AtV

Philippa Gregory hat Geschichte und englische Literatur des 18. Jahrhunderts studiert. Sie arbeitete als Journalistin und für BBC Radio, bevor sie freie Schriftstellerin wurde. Philippa Gregory lebt mit ihrer Familie in Sussex. Mit ihrem ersten Roman »Die Glut« wurde sie über Nacht in England und Amerika berühmt.

Weitere Veröffentlichungen: »Die weise Frau«, 1993; »Die Traumsammlerin«, 1995; »Meridon«,1996; »Die Schwiegertochter«, 1998; »Die Farben der Liebe«, 1999; »Die Lügenfrau«, 2000; »Irdische Freuden«, 2003.

Wideacre ist eines der schönsten Landgüter im England des 18. Jahrhunderts. Hier lebt Beatrice Lacey, die von frühester Kindheit an ihren Vater auf seinen Ausritten begleitet hat. Sie lernte, die Ländereien zu verwalten, den Bauern eine gute Herrin zu sein, vor allem aber dieses Land über die Maßen zu lieben. Aber wer wird Wideacre erben? Nach geltendem Recht hat Beatrice keinen Anspruch darauf, sondern der männliche Nachkomme, ihr schwächlicher, blasser Bruder Harry. Vergeblich wartet Beatrice darauf, daß ihr Vater ihr den Besitz überläßt; dann beschließt sie, andere Weg zu gehen. Der einzige, den sie in ihre Pläne einweiht, ist ihr Jugendfreund Ralph, Sohn einer Zigeunerin. Gemeinsam spinnen sie Intrigen und schrecken auch vor Gewalt und Verbrechen nicht zurück. Aus dem Komplizen wird der gefährliche Mitwisser. Doch ihr Wunsch, das Landgut zu besitzen, ist stärker als jede Furcht. Schönheit, Klugheit, ihr unbändiger Charme und eine gehörige Portion Skrupellosigkeit kommen ihr bei der Verwirklichung ihrer Pläne zu Hilfe.

Philippa Gregory

DIE GLUT

Roman

Aus dem Englischen
von Günter Panske

Aufbau Taschenbuch Verlag

ISBN 3-7466-1936-X

2. Auflage 2003

Die Originalausgabe erschien 1987 unter dem Titel »Wideacre«
bei Viking London/New York

Umschlaggestaltung gold, Fesel/Dieterich unter Verwendung
eines Gemäldes von J. W. Waterhouse (Ausschnitt), 1903, Artothek
Druck Elsnerdruck GmbH, Berlin
Printed in Germany

www.aufbau-taschenbuch.de

1. Kapitel

Wideacre Hall liegt genau nach Süden, und die Sonne scheint den ganzen Tag auf den gelben Stein, bis er sich warm und pulverig anfühlt. Die Sonne wandert vom einen Giebelende zum anderen, so daß die Vorderfront des Hauses nie im Schatten liegt. Wenn ich als Kind im Rosengarten Blütenblätter sammelte oder mich hinter dem Haus im Stallhof herumtrieb, so schien Wideacre der absolute Mittelpunkt der Welt zu sein, mit Grenzen, welche einzig die Sonne bestimmte: vom Tagesanbruch fern im Osten bis zu ihrem Untergang hinter den westlichen Hügeln am Abend. Den großen Bogen, den sie in den Himmel über Wideacre zeichnete, empfand ich als angemessene Begrenzung für unsere Macht. Hinter der Sonne waren Gott und seine Engel; diesseits indes – weitaus wichtiger – herrschte der Squire, mein Vater.

Ich kann mich an keine Zeit erinnern, in der ich ihn nicht geliebt hätte, diesen blonden, rotgesichtigen, lauten Engländer; doch lag ich gewiß eine Zeitlang in einer mit weißen Rüschen geschmückten Wiege im Kinderzimmer, und meine ersten Schritte werde ich wohl an der Hand meiner Mutter gemacht haben. Doch habe ich keinerlei Erinnerungen an meine Mutter aus dieser Zeit. Mein Bewußtsein war von Wideacre erfüllt, und der Squire von Wideacre beherrschte mich, wie er die Welt beherrschte.

Meine erste, meine früheste Kindheitserinnerung ist folgende: irgend jemand hebt mich zu meinem Vater empor, der über mir im Sattel seines braunen Jagdpferds in die Höhe ragt. Hilflos baumeln meine kleinen Beine in der Luft, während ich durch die gähnende Leere hinaufschwinge zur mächtigen Schulter des Fuchses – eine rauhe, rötlich-braune Felswand, wie es scheint –, und noch höher, zum harten, speckigen Sattel. Dann schlingt sich der Arm meines Vaters fest um meinen Körper, und ich sitze sicher vor ihm auf dem Sattel und darf mit der einen Hand nach den Zügeln greifen und mit der anderen nach dem Sattelknopf. Mein Blick heftet sich auf die rauhe, rostbraune Mähne und das glänzende Leder. Dann beginnt sich das Monster unter mir zu bewegen, und voll Angst suche ich nach einem Halt. Doch im Arm meines Vaters bin ich geborgen, und langsam hebe ich den Blick von der muskulösen, wie dampfenden Schulter des gewaltigen Pferdes, lasse meine Augen den langen Hals hinaufgleiten zu den spitzen, signalartigen Ohren... und dann stürzt die Weite von Wideacre auf mich ein.

Das Roß schritt die große, zum Haus führende Buchen- und Eichenallee entlang. Auf dem üppigen Gras und dem tiefgefurchten Weg lagen die gefleckten Schatten der Bäume, und von den Böschungen leuchtete das bläßliche Gelb der Schlüsselblumen und das sonnenhellere Gelb des Scharbockskrauts. Der Geruch, der dunkle, dumpfe Geruch der regenfeuchten Erde erfüllte die Kuppel der Bäume wie mit Vogelgesang.

Die gelben Steine und der weiße Sand des Grabens am Rande des Wegs waren von einem Rinnsal reingespült, und aus meiner luftigen Höhe konnte ich ihn in seiner ganzen Länge sehen – und auch das schwarze Altlaub auf der Böschung mit den Abdrücken gespaltener Hufe darin, Spuren nächtlich streunender Hirsche.

»Alles in Ordnung, Beatrice?« Die Stimme meines Vaters hinter mir war wie ein Grummeln, das ich nicht nur hörte, sondern auch spürte in meinem angespannten, mageren Körper. Ich nickte, überwältigt vom Anblick der Bäume, vom Geruch der Erde, vom Hauch des Windes über Wideacre, vom Gefühl frei zu sein: ohne Häubchen, ohne Kutsche, ohne Mutter. Über alle Begriffe frei.

»Wie wär's mit einem Trab?« fragte er.

Wieder nickte ich, straffte dann die Zügel, und sofort fiel der Fuchs in Trab, und rings um mich tanzten und taumelten die Bäume, während der Horizont zu schwanken begann, daß mir schwindelte. Ich hüpfte wie ein Korken auf einem Fluß bei Frühlingsschwemme und rutschte gefährlich zur einen Seite. Dann hörte ich, wie mein Vater mit der Zunge schnalzte, und prompt schlug der Fuchs eine raumgreifendere Gangart an. Wunderbarerweise festigte sich der Horizont, die Bäume indes jagten vorüber. Ich gewann mein Gleichgewicht zurück, und obwohl der Boden unter den hämmernden Hufen dahinhuschte, konnte ich atmen und wieder um mich blicken. Der erste Kantergalopp, den man erlebt, ist die schnellste Pace, die man jemals geht. Wie ein Äffchen klammerte ich mich an den Sattel und spürte den Frühjahrswind im Gesicht, und während in blitzhaftem Wechsel Licht und Schatten über mich hinwegglitten und die rostbraune Pferdemähne flog, fühlte ich, wie es sich in meiner Kehle staute, gurgelndes Glücksgelächter und Angstschrei zugleich.

Zu unserer Linken wurde der Wald jetzt spärlicher, und die steile

Böschung wich zurück, so daß ich zwischen den Bäumen zu den jenseitigen Feldern blicken konnte, die bereits gesprenkelt waren von jungem Grün. An einer Stelle stand ein kräftiger Hase auf den Hinterkeulen und ließ die schwarzmarkierten Löffel spielen, um das Pochen der Hufe und das Klirren der Kinnkette zu hören. Auf dem Nachbarfeld stand eine Reihe von Frauen, dunkle Gestalten vor dem tiefschwarzen Untergrund der gepflügten Erde, über die Furchen gebeugt: unablässig Steine klaubend, um den Boden vor der Aussaat davon zu befreien – Spatzen ähnlich, die sich auf dem breiten Rücken einer schwarzen Kuh niedergelassen haben.

Dann verlangsamte sich wieder das Tempo der vorübergleitenden Szenerie. Der Fuchs fiel zurück in den harten, stoßenden Trab, der einem die Zähne klappern ließ, und hielt dann vor dem geschlossenen Tor. Aus der offenen Hintertür des Holzhauses stürzte eine Frau hervor und eilte zwischen auseinanderstiebenden Hühnern herbei, um das hohe eiserne Tor zu öffnen.

»Eine feine junge Dame haben Sie heute zum Reiten bei sich«, sagte sie mit einem Lächeln. »Genießen Sie den Ritt, Miß Beatrice?«

Ich hörte, spürte das Lachen meines Vaters: ein Vibrieren meiner Wirbelsäule. Doch war ich, hochoben auf meinem Sattelthron, ganz Würde und neigte bloß mein Haupt. Eine perfekte Kopie des frostigen Hochmuts meiner Mutter, wenngleich ich das damals noch nicht wußte.

»Sag Mrs. Hodgett guten Tag«, sagte mein Vater abrupt.

»Nein, nein!« sagte Mrs. Hodgett, »heute ist sie für mich zu erhaben. Aber am nächsten Backtag wird sie es schon zu einem Lächeln bringen, das weiß ich.«

Wieder das tiefe Lachen meines Vaters, wieder das Vibrieren; ich ließ mich herab und bedachte Mrs. Hodgett mit einem strahlenden Lächeln. Dann setzte ein Schnalzer meines Vaters den Fuchs in Bewegung.

Anders als ich erwartet hatte, folgten wir nicht der Abzweigung nach Acre-Dorf, sondern einem mir nicht vertrauten Reitweg. Bisher hatte ich nur Ausflüge in der Kutsche – mit Mama oder im Ponywagen mit der Nurse – unternommen, nie jedoch zu Pferde über schmale grüne Wege, wo keine Räder rollen konnten. Dieser Pfad führte uns vorbei an den offenen Feldern, wo jeder Mann aus dem Dorf seinen eigenen Flecken bestellen konnte – Teil eines Musters, das einem hübschen Flickenteppich glich. Mißbilligend klickte mein Vater mit der Zunge, als er einen schlecht ausgehobenen Graben und auf einem Feld wild wuchernde Disteln sah; das Jagdpferd hielt das Geräusch für einen aufmunternden

Schnalzer und fiel eifrig wieder in Kantergalopp. Mühelos trug es uns den gewundenen Pfad empor, immer höher, vorüber an hohen Böschungen, die betüpfelt waren mit Wildblumen und gekrönt von knospenden Hundsrosen- und Weißdornhecken.

Die Böschungen entschwanden, mit ihnen die Felder und die Hecken, und wir ritten, lautlos auf dicker Lauberde, durch das Buchengehölz auf den unteren Hängen unserer Hügel. Graue Baumstämme ragten steil empor in schwindelnde Höhen. Der nußartige Holzgeruch der Buchen kitzelte mich in der Nase, und am Ende des Gehölzes erblickte ich einen Lichtflecken, der einer hellen Höhlenöffnung glich, viele Meilen von hier entfernt. Der Fuchs schnaubte und jagte darauf zu, und schon nach Sekunden tauchten wir hinaus in strahlenden Sonnenschein: beim obersten Punkt, bei der allerhöchsten Spitze auf der ganzen Welt, beim Gipfel der South Downs, der südlichen Hügel.

Wir drehten die Köpfe und blickten den Weg zurück, den wir gekommen waren, und jetzt zeigte sich mir Wideacre in voller Gestalt – wie ein Bild in einem magischen Buch, zum ersten Mal erschaut.

Unmittelbar vor uns, sich jedoch tief nach unten streckend, lagen die grünen, schmiegsamen Hänge der Downs, oben ziemlich steil, weiter unten jedoch sanft wie weiche Schultern. Der frische, stete Wind, der immer auf den Downs dort weht, trug den Geruch von neuem Gras und gepflügter Erde herbei.

Wo sich oben auf den steileren Hängen auf Vorsprüngen Platz dafür bot, standen Gruppen von Buchen, und wie eine Lerche konnte ich jetzt auf sie hinunterblicken und ihre dichtbelaubten Wipfel sehen. Noch zeigten die Blätter ihr frühes Grün, und die Früchte waren kaum mehr als saftige Knospen. Das Laub silbriger Birken zitterte wie flutendes grünes Licht.

Zu unserer Rechten lagen die Häuschen von Acre-Dorf, ein rundes Dutzend, weißgetüncht und schmuck. Dazu das Pfarrhaus, die Kirche, die Dorfaue und der breite, ausladende Kastanienbaum, der das Herz des Dorfes beherrschte. Jenseits davon befanden sich, in Miniaturgröße wie zusammengequetschte Kisten, die Hütten jener Häusler, die auf dem Gemeindegrund Siedlungsrechte beanspruchten. Ihre winzigen Behausungen, manchmal mit Gras bedeckt, mitunter nicht mehr als überdachte Karren, wirkten selbst aus dieser Entfernung häßlich wie Warzen. Westlich von Acre jedoch, eine gelbe Perle auf grünem Samt, lag inmitten hoher, stolzer Bäume und einer sanften, feuchten Parklandschaft Wideacre Hall.

Mein Vater löste die Zügel von meinen Fingern, und der mächtige Kopf des Fuchses wippte nach unten, um sich am Gras zu laben.

»Was für ein schöner Ort«, sagte er zu sich selbst. »Ich glaube, in ganz Sussex gibt's keinen schöneren.«

»Auf der ganzen Welt gibt's keinen schöneren«, sagte ich mit der Selbstgewißheit einer Vierjährigen.

»Mmm«, machte er leise und lächelte mich an. »Kann sein, daß du recht hast.«

Auf dem Rückweg ließ er mich in der herrlichen Einsamkeit der wie schwingenden Bergeshöhe allein reiten. Er schritt an meiner Seite, und die Finger der einen Hand umspannten die Rüschen und Spitzen meiner Petticoats. Als wir dann unten durch das Eisentor wieder auf die Allee gelangten, löste er seinen Griff und schritt vor mir, um mich von dort zu beobachten und mir Anweisungen zuzubrüllen.

»Sitz aufrecht! Kinn hoch! Hände runter! Ellbogen angelegt! Behutsam sein mit dem Pferdemaul! Möchtest du traben? Dann setz dich richtig hin, straff die Zügel und gib dem Fuchs die Fersen! Ja! Gut!« Und sein lächelndes Gesicht verschwamm vor meinem Blick, während ich mich mit aller Kraft auf dem hüpfenden Sattel hielt und furchtsame Schreie unterdrückte.

Ganz allein ritt ich das letzte Stück des Weges, brachte das sanftmütige große Tier dann triumphierend vor der Terrasse zum Stehen. Doch keinerlei Applaus begrüßte mich. Unbeeindruckt beobachtete mich Mama durch das Fenster ihres Salons und kam dann langsam heraus auf die Terrasse.

»Komm auf der Stelle herunter, Beatrice«, sagte sie und winkte die Nurse herbei. »Du bist viel zu lange fort gewesen. Nurse, bringen Sie Miß Beatrice nach oben. Umziehen, baden, ohne Verzug. All ihre Sachen müssen gewaschen werden. Sie riecht wie ein Pferdeknecht.«

Man zog mich von meinem Thron herunter, und ich sah den Ausdruck in den Augen meines Vaters: bedauernd, kleinlaut. Dann hielt die Nurse, halb schon auf dem Weg ins Haus, mitten in ihrer Hast inne.

»Madam!« sagte sie mit Entsetzen in der Stimme.

Zusammen mit meiner Mutter streifte sie die Schichten meiner Petticoats zurück und sah, daß der Stoff in Kniehöhe blutig verfleckt war. Die Nurse hob den Stoff, um meine Knie zu betrachten. Die Kramme und die Steigriemen hatten meine Knie und teilweise auch die Unterschenkel blutig gescheuert.

»Harold!« sagte meine Mutter. Es war das einzige Zeichen von Vorwurf, das sie sich jemals gestattete. Papa trat herbei und nahm mich in die Arme.

»Warum hast du mir nicht gesagt, daß du wund warst?« fragte er mit sorgenvollen Augen. »Ich hätte dich auf meinen Armen nach Hause getragen, kleine Beatrice. Warum hast du es mir nicht gesagt?«

Brennesseln schienen mir die Knie zu versengen, doch ich brachte ein Lächeln zustande.

»Ich wollte doch reiten, Papa«, sagte ich. »Und ich will wieder reiten.«

Seine Augen blitzten, und er ließ sein tiefes, glückliches Lachen hören.

»*Das* ist mein Mädchen!« sagte er entzückt. »Willst wieder reiten, eh? Nun, das wirst du auch. Morgen werde ich in Chichester ein Pony für dich kaufen, und du sollst sofort reiten lernen. Ist geritten, bis ihr die Knie bluteten, mit vier Jahren, eh? Das ist mein Mädchen!«

Noch immer lachend, führte er sein Pferd in Richtung Stallhof hinter dem Haus, und wir hörten, wie er nach einem Stallburschen rief. Ich war jetzt Mama überlassen.

»Am besten geht Miß Beatrice auf der Stelle zu Bett«, sagte sie zu der Nurse, mein hellwaches Gesicht geflissentlich ignorierend. »Sie wird müde sein. Für einen Tag hat sie mehr als genug getan. Und sie wird nicht wieder reiten.«

Natürlich ritt ich wieder. Meine Mutter war zutiefst von dem Glauben durchdrungen, daß eine Ehefrau dem Oberhaupt der Familie unbedingten Gehorsam schuldete, und sie stellte sich höchstens für den Hauch eines unkontrollierten Augenblicks gegen meinen Vater. Ein paar Tage nach meinem Ritt auf dem Fuchs und, leider, noch bevor der Schorf an den Innenseiten meiner Knie ganz verschwunden war, hörten wir draußen auf dem Kies Hufgetrappel und dann ein »Holloa!« von der anderen Seite der Tür.

Auf dem Kiesweg vor dem Haus stand der mächtige Fuchs, mit Vater im Sattel. Er saß vorgebeugt, um das zierlichste Pony zu führen, das ich jemals gesehen hatte. Es war ein Tier aus der neuen Dartmoor-Zucht, mit einem Fell, das so dunkel und so glatt war wie brauner Samt, und mit einer Mähne, einer dichten, schwarzen Mähne, die das kleine Gesicht praktisch verhüllte. Ich rannte auf das Pony zu, schlang meine Arme um seinen Hals, flüsterte ihm ins Ohr.

Bereits am Tag darauf hatte die Nurse etwas zusammengestückelt, das eine Art Reitkleidung *en miniature* war, die ich während der täglichen

Lektionen mit Papa in der Koppel tragen sollte. Da er darin weiter keinerlei Erfahrung hatte, übernahm er die Methode, die sein Vater einmal bei ihm angewandt hatte. Rund ging's und rund über die Rieselwiesen, so daß, wenn ich stürzte, der weiche Boden meinen Fall dämpfte. Wieder und wieder plumpste ich ins nasse Gras – und ich rappelte mich keineswegs jedesmal mit einem Lächeln wieder auf. Aber Papa, mein wunderbarer, gottähnlicher Papa war geduldig, und Minnie, die liebe, kleine Minnie war gutmütig und sanft. Und ich war eine geborene Kämpferin.

Nur zwei Wochen später ritt ich täglich mit Papa aus. Minnie ging an einem Leitzügel, und neben dem Fuchs wirkte sie wie eine etwas gedrungene Elritze am Ende einer sehr langen Angelschnur.

Und schon wenige Wochen darauf befreite mich Papa vom Joch des Leitzügels und ließ mich allein reiten. »Ich würde ihr überall vertrauen«, erwiderte er kurz auf Mamas gemurmelte Proteste. »Sticken kann sie jederzeit lernen. Aber auf einem Pferd sitzen lernt sie besser in jungen Jahren.«

Und so war es nun Papas mächtiger Fuchs, der vorausschritt, während Minnie mit flinkfüßigem Trab in seiner Kielspur segelte. Auf den Wegen und Feldern von Wildeacre wurden der Squire und die kleine Mistress zum vertrauten Anblick, weil wir unsere Ritte immer weiter ausdehnten; statt der ursprünglichen halben Stunde waren wir schließlich den ganzen Nachmittag unterwegs. Und dann wurden sogar Morgenritte zur Gewohnheit. Im Sommer 1760 – einem besonders trockenen, heißen Sommer – ritt ich tagtäglich mit dem Squire aus, und ich war ganze fünf.

Dies waren die goldenen Jahre meiner Kindheit, und das war mir trotz meines jugendlichen Alters bewußt. Mein Bruder Harry fuhr fort zu kränkeln; man befürchtete, daß er Mamas schwaches Herz geerbt hatte. Ich dagegen war kerngesund und ließ mir keinen einzigen Ausritt mit Papa entgehen. Harry mußte, von Erkältungen, Schnupfen und Fieber geplagt, fast den ganzen Winter über im Haus bleiben, ängstlich umsorgt von Mama und der Nurse. Als dann der Frühling kam und die lauen Winde die verlockenden Düfte des aus seiner Starre erwachenden Landes herbeitrugen, befand Harry sich auf dem Wege der Besserung. Zur Zeit der Heuernte, wenn ich mit Papa draußen war, um den Schnittern zuzusehen, wie sie mit weiten Schwüngen das hohe grüne Gras mähten, befand sich Harry wieder im Haus, geplagt vom Nieszwang, der ihn jedes Jahr zur Zeit der Heumahd heimsuchte. Sein klägliches Hatschi-hatschi war den ganzen heißen Sommer über zu hören, so daß ihm also auch die Ernte entging. Und als mir Papa zum Jahreswechsel versprach, mich zur Jagd auf Jungfüchse mitzunehmen, hielt Harry sich wieder im Kinderzimmer auf, falls er nicht, mit einer Erkältung oder was immer sonst, im Salon am prasselnden Kamin saß.

Er war ein Jahr älter als ich, größer und schwerer, mir jedoch nicht gewachsen. Falls es mir einmal gelang, ihn zu einer Rangelei zu provozieren, so hatte ich ihn immer bald soweit, daß er nach Mama rief oder nach der Nurse. Doch war er von Natur aus ziemlich gutmütig und verpetzte mich nie, selbst wenn er ein paar Beulen abbekommen hatte. Seinetwegen bekam ich nie Prügel.

Doch konnte ich ihn nicht dazu bewegen, mit mir herumzutollen oder sich mit mir zu balgen oder auch nur so etwas Harmloses wie Verstecken zu spielen in den Schlafzimmern oder Korridoren von Wideacre Hall. Am liebsten saß er bei Mama im Salon und las mit ihr. Manchmal spielte er auf dem Pianoforte kleine Stücke, und gern las er Mama traurige Gedichte vor. Von dem Leben, wie Harry es führte, genügten wenige Stunden, um mich müde und buchstäblich krank zu machen, und ein ganzer Tag in der stillen Gesellschaft von Harry und Mama erschöpften mich mehr als ein ebenso langer Ritt über die Downs, zusammen mit Papa.

Durfte ich bei schlechtem Wetter nicht hinaus, so bat ich Harry, mit mir zu spielen, doch es gab keine gemeinsamen Spiele für uns. Während ich im dunklen Bibliothekszimmer Trübsal blies und mich damit zu trösten versuchte, daß ich in Papas Jagdpferd-Zuchtbüchern blätterte, häufte Harry alle Kissen, die er finden konnte, auf dem Fenstersitz auf und baute sich gleichsam ein Nest: wie eine plustrige Waldtaube. In der einen Hand ein Buch, in der anderen eine Schachtel mit Zuckerwerk, wirkte er wie festgewurzelt. Riß der Wind plötzlich ein Loch in die Sturmwolken und strömte dann Sonnenschein herab, so blickte Harry hinaus in den tropfnassen Garten und sagte: »Es ist zu feucht, um hinauszugehen, Beatrice. Du wirst deine Schuhe und Strümpfe naßmachen, und Mama wird dich ausschelten.«

Und so blieb Harry im Haus und lutschte Zuckerwerk, während ich allein hinauslief in den Rosengarten, wo sich an der Spitze eines jeden dunklen und glänzenden Blattes ein Regentropfen sammelte, Verlockung für meine Zunge. Überall zwischen den Blütenblättern schienen Diamanten zu hängen, und wenn ich den süßen Duft in mich einsog, so geriet Regenwasser in meine Nase, und es kitzelte. Falls es plötzlich wieder zu regnen begann, suchte ich schleunigst im laubenartigen Sommerhäuschen in der Mitte des Rosengartens Unterschlupf und beobachtete, wie der Regen auf die kiesbestreuten Wege klatschte. Meistens nahm ich davon allerdings keine Notiz, sondern ging einfach weiter und hinaus auf die überströmte Koppel, vorbei an den nässetriefenden Ponys, dem Pfad durch das Buchengehölz folgend, hinunter zum Fenny-River, der sich dort, am anderen Ende, streckte wie eine silberne Schlange.

Harry und ich: obwohl nahezu gleichaltrig, blieben wir einander während unserer gesamten Kindheit völlig fremd. Zwar wird es in einem Haus mit zwei Kindern – und eines davon ein Wildfang – niemals so still sein wie in einer Kirche, aber ich glaube doch, daß wir ein sehr ruhiges, isoliertes Familienleben führten. Papas Vermählung mit Mama war eher im Hinblick auf Reichtum als auf »Annehmlichkeiten« erfolgt, und wir spürten genauso wie die Dienerschaft und selbst die Dörfler, daß sie einander zuwider waren. Mama fand Papa laut und vulgär. Allzu oft fühlte sie sich in ihrem Sinn für das sich Geziemende verletzt, weil Papa in ihrem Salon ungeniert seinen breiten Sussex-Akzent ertönen ließ, weil er so gern und so dröhnend lachte, und weil er mit jedermann auf unserem Land geradezu kumpelhaft verkehrte, ganz gleich ob einfacher Pachtbauer oder bettelarmer Häusler.

Mama war davon überzeugt, daß ihr städtisches Gebaren und Gehabe für die Menschen auf dem Land ein leuchtendes Vorbild waren, doch im Dorf verachtete man dergleichen. Die hochmütigen Trippelschritte, mit denen Mama allsonntäglich die Gemeindekirche durchquerte, wurden im Schankraum des *Bush* von jedem Burschen, der als Witzbold gelten wollte, mit Behagen nachgeäfft.

Wenn wir das Mittelschiff entlangschritten, Mama mit ihrem Getrippel, Harry mit seinem Gewatschel (und aus weit aufgerissenen Augen glotzend), so schämte ich mich meiner Familie und wurde rot. Erst wenn wir in unserer hochlehnigen Kirchenbank saßen, begann ich aufzuatmen. Während Mama und Harry die Köpfe zwischen ihre Hände klemmten und inbrünstig beteten, saß ich dicht bei Papa und steckte eine meiner kalten Hände in seine Rocktasche.

Indes Mama ihre Gebete flüsterte, suchte und fand ich den geheimen Zauber in Papas Tasche: sein Klappmesser, sein Taschentuch, eine Weizenähre oder auch ein besonderes Steinchen, das ich ihm geschenkt hatte – und dieser Zauber war mächtiger als Brot und Wein und wirklicher als der Katechismus.

Wenn Papa und ich nach dem Gottesdienst noch im Kirchhof verweilten, um Dorfneuigkeiten zu erfahren, strebten Mama und Harry eilends der Kutsche zu, voller Abscheu vor den plumpen Witzen der Dörfler und voller Angst vor Ansteckung. Mama gab sich durchaus Mühe, ein engeres Verhältnis zu gewinnen zum Dorf und zu den Dörflern, doch es fehlte ihr einfach der freie und unbeschwerte Umgangston mit unseren Leuten. Wenn sie jemanden fragte, wie es ihm ging oder für wann ein Baby erwartet wurde, so klang das, als sei es ihr gleichgültig (was es auch war), oder als fände sie das ganze Leben dieser Menschen ebenso greulich wie unerquicklich (was gleichfalls stimmte). Und so murmelten die Leute wie Schwachsinnige, und die Frauen drehten beim Sprechen ihre Schürzen zu Würsten und hielten die Köpfe mit den Hauben tief gesenkt.

»Ich begreife wirklich nicht, was du in denen siehst«, klagte Mama erschöpft, nachdem sie wieder einmal einen vergeblichen Versuch unternommen hatte, mit den Leuten ein Gespräch zu führen. »Sie sind doch wirklich und wahrhaftig *natürlich*!«

Sie *waren* natürlich. Allerdings nicht in dem Sinn, in dem Mama das Wort gebrauchte: daß die Leute schwachsinnig seien. Natürlich waren sie in dem Sinn, daß sie handelten, wie sie empfanden, und sagten, was sie dachten. Kein Wunder, daß es ihnen in Mamas fröstliger Gegenwart die Sprache verschlug. Was wohl sollte man zu einer Lady sagen, die hoch über einem in einer Kutsche saß und einen mit näselnder Langeweile fragte, was man seinem Ehemann am Abend als Mahl bereiten werde? Die Lady fragte nach Dingen, die sie nicht für einen Pfifferling interessierten. Noch merkwürdiger erschien den Leuten, nach deren Überzeugung man in ganz England über das Leben und Treiben genau im Bilde war, daß die Lady des Squires offenbar nicht wußte, daß sie mit der Frau eines der erfolgreichsten Wilddiebe von Acre sprach, und so hätte die wahrheitsgemäße Antwort auf die Frage in etwa lauten müssen: »Einen von Ihren Fasanen, Ma'am.«

Papa und ich wußten natürlich Bescheid. Aber es gibt nun mal Dinge, die man nicht sagen, nicht lehren kann.

Mama und Harry lebten in einer Welt aus Wörtern: Sie verschlangen Bücher, die in riesigen Kästen von Londoner Buchhändlern und Bibliotheken kamen. Mama schrieb lange Briefe, die in ganz England Empfänger fanden: ihre Brüder und Schwestern in Cambridge und London, ihre Tante in Bristol. Immer Wörter, Wörter, Wörter. Geschwätz, Geklatsche, Bücher, Dramen, Lyrik und sogar Lieder mit Wörtern, die auswendig gelernt werden mußten.

Papa und ich lebten in einer Welt, wo es nur sehr wenige Wörter gab. Wir spürten ein Prickeln am Hals, wenn Donner die Heuernte bedrohte, und ein bloßes Nicken zwischen uns genügte: schon ritt ich zur einen Ecke des Feldes, während Papa sich zu weiteren Wiesen aufmachte, um den Männern zu sagen, sie sollten soviel wie möglich ins Trockene schaffen und bereit sein für den Regen. War die Getreideernte im Gange und rochen wir Regen in der Luft, so warfen wir wortlos unsere Pferde herum und jagten zu den Gruppen der Schnitter, damit sie das Korn im Halm stehenließen, solange Sturm dräute. Alles Wichtige, was ich wußte, wurde nicht gelehrt. Das Wissen um das Wichtigste war mir angeboren, weil ich in Wideacre zur Welt gekommen war, weil Wideacre mich prägte.

Was die Welt draußen betraf, so existierte sie kaum. Manchmal hielt Mama Papa einen Brief hin und sagte: »Man stelle sich nur vor...« Doch Papa nickte bloß und erwiderte: »Man stelle sich nur vor.« Sofern es nichts mit den Preisen für Getreide oder Wolle zu tun hatte, interessierte es ihn nicht.

Natürlich besuchten wir andere in der Grafschaft ansässige Familien. Im Winter wohnten Papa und Mama Abendgesellschaften bei, und ab und zu besuchte Mama mit Harry und mir die Kinder von Nachbarfamilien: die Haverings auf Havering Hall, zehn Meilen weiter westlich, und die de Courcey-Familie in Chichester. Doch die Wurzeln unseres Lebens lagen tief, sehr tief in der Erde von Wideacre, und wir lebten dieses Leben in Abgeschiedenheit hinter der Umfriedung unseres Parkgeländes.

Und nach einem Tag im Sattel oder einem langen Nachmittag bei den pflügenden Arbeitern gab es nichts, das Papa mehr schätzte als eine Zigarre im Rosengarten, während am perlgrauen Himmel die Sterne auftauchten und Fledermäuse durch die Luft hin und wider zuckten. Mama, im Salon, kehrte dann den Fenstern mit einem kurzen Seufzer den Rükken zu und schrieb lange Briefe nach London. Selbst meinen Kinderaugen entging nicht, wie unglücklich sie war. Doch die Macht des Squire und die Macht des Landes sorgten dafür, daß sie stumm blieb.

Ihre Einsamkeit zeigte sich nur in ihrem unaufhörlichen Briefeschreiben und in der Art, in der es bei ihren Meinungsverschiedenheiten mit Papa nie so etwas wie Sieg oder Niederlage gab, doch schleppte sich dies ebenso qualvoll wie unentschieden dahin.

Während meiner gesamten Kindheit wurde der Streit über meine »Reiterei« nie ganz beigelegt. Zwar mußte Mama sich in konventionellem Gehorsam dem Wort ihres Herrn beugen, irgendwelche moralischen Maximen belasteten sie jedoch nicht. Hinter der Fassade aus Respektabilität und willig akzeptierten Konventionen galt für sie das Sittengesetz der Gosse. Machtlos, wie sie war, hatte sie ihr ganzes Leben damit verbracht, winzige Vorteile zu ergattern bei dem unaufhörlichen Versuch, Genugtuung zu gewinnen, indem sie sich einmal bei *irgend* etwas behauptete – und mochte es auch noch so belanglos sein.

Arme Frau! Sie hatte keine Kontrolle über die Haushaltsgelder, die vom Butler und von der Köchin verwaltet wurden. Sie hatte keine Kontrolle über das Geld für ihre Garderobe; Schneiderei und Putzmacherei in Chichester wurden direkt bezahlt. Alle Vierteljahr erhielt sie einige Pfund und ein paar Schillinge zur »freien Verfügung«: für die Kirchenkollekte, für Wohltätigkeitsspenden und für den ungeheuren Luxus, sich ein Sträußchen Blumen oder ein Schächtelchen mit Näschereien kaufen zu können. Und selbst diese winzige »Apanage« richtete sich nach ihrem Wohlverhalten. Als sie kurz nach meiner Geburt in einem unbewachten Augenblick gegen Papa aufgemuckt hatte, war die Taschengeld-Quelle urplötzlich versiegt – was Mama, obwohl inzwischen sieben Jahre vergangen waren, noch immer so wurmte, daß sie mir das Geheimnis in ihrer tiefen Verbitterung anvertraute.

Ich hörte kaum hin, es kümmerte mich nicht. Ich stand zum Squire. Ich war Papas kleines Mädchen und begriff sehr genau, daß Mamas verbittertes Gezischel hinter Papas Rücken ebenso gegen mich und meinen Vater gerichtet war wie Mamas Einwände gegen meine Reiterei. Mama schien unaufhörlich auf der Suche nach einem Familienleben, wie es in ihren Vierteljahreszeitschriften dargestellt wurde. Das war der heimliche Grund für ihren Haß gegen Vaters ungeniert lautes und ungeschliffenes Benehmen, seine unbezähmte Lebensfreude. Darum sonnte sie sich geradezu in der stillen Hübschheit ihres blonden Söhnleins. Und genau deshalb hätte sie alles darum gegeben, mich herunterzubekommen vom Pferdesattel und hinein in den Salon, wohin junge Mädchen gehörten, *alle* jungen Mädchen, ungeachtet ihrer Talente oder Neigungen.

»Warum bleibst du heute nicht zu Hause, Beatrice?« fragte sie mich mit ihrer süßen, klagenden Stimme, als wir eines Morgens beim Frühstück saßen. Papa hatte schon gefrühstückt und war fort, und Mama löste ihren Blick jetzt von seinem Teller, auf dem ein säuberlich abgenagter Schinkenknochen lag und ein Haufen Krümel von einem krustigen Wideacre-Brot.

»Ich reite mit Papa aus«, erwiderte ich undeutlich, den Mund voller Schinken und Brot.

»Ich weiß, daß du das vorhattest«, korrigierte sie mich scharf. »Aber ich bitte dich, heute zu Hause zu bleiben. Zu Hause mit mir. Ich möchte heute morgen Blumen pflücken, und du könntest mir dabei helfen, sie in den blauen Vasen zu arrangieren. Am Nachmittag könnten wir dann eine Ausfahrt machen. Wir könnten sogar die Haverings besuchen. Das würde dir doch gefallen. Du könntest mit Celia plaudern.«

»Tut mir leid, Mama«, sagte ich mit der ganzen Entschiedenheit einer nachsichtigen Siebenjährigen, »aber ich habe Papa versprochen, nach den Schafen auf den Downs zu sehen, und dafür werde ich den ganzen Tag brauchen. Am Vormittag reite ich zur Westseite und komme zum Mittagessen wieder nach Hause. Am Nachmittag reite ich zur Ostseite und komme erst zur Teestunde wieder zurück.«

Mama preßte die Lippen aufeinander und starrte auf die Tischplatte. Ich achtete nicht weiter auf ihre wachsende Gereiztheit, und so verblüffte mich der zornige und qualvolle Ton ihrer Stimme, als sie herausplatzte: »Beatrice, ich begreife einfach nicht, was mit dir los ist! Immer wieder mal bitte ich dich, einen Tag oder einen halben Tag mit mir zu verbringen, doch jedesmal ist da irgend etwas, das du lieber tun möchtest. Das verletzt mich; es schmerzt, so zurückgewiesen zu werden. Du solltest eigentlich überhaupt nicht allein reiten. Ich finde es unerhört, da ich dich ausdrücklich gebeten habe, mir zu Hause Gesellschaft zu leisten.«

Ich musterte sie ausdruckslos, eine Gabel mit einem Stück Schinken halb im Mund.

»Du scheinst überrascht zu sein, Beatrice«, sagte sie säuerlich, »aber in einer normalen Familie hättest du nicht einmal reiten gelernt. Nur weil dein Vater pferdenärrisch ist und du Wideacre-närrisch bist, hast du eine solche Freiheit. Doch ich werde es nicht dulden bei meiner Tochter. Ich werde es nicht zulassen!«

Das machte mir angst. Wenn Mama offen gegen meine täglichen Ausritte opponierte, so konnte das darauf hinauslaufen, daß ich mich auf die konventionellen Aktivitäten einer jungen Lady beschränken mußte, ein Schicksal, das man keinem Mädchen wünschen mochte. Für mich wäre es zur unerträglichen Folter geworden, hätte ich im Haus bleiben müssen, wenn auf den Feldern gepflügt wurde oder zur Zeit der Aussaat oder zur Zeit der Mahd. Dann hörte ich aus der Vorhalle ein Poltern: Papa kam zurück, die Tür flog auf. Mama zuckte bei dem Lärm zusammen, und ich ruckte den Kopf herum wie ein Jagdhund, der bereit ist, Wild zu verbellen.

Ich sah Papas strahlende Augen und sein fröhliches Lächeln.

»Noch immer beim Futtern, Schweinchen?« brüllte er. »Spät beim Frühstück, spät beim Aufbruch und spät auf den Feldern. Du weißt doch, daß du zum Westhang mußt und zu Mittag wieder zurück sein sollst. Du mußt dich beeilen.«

Ich zögerte und blickte zu Mama. Sie schwieg, hielt die Augen gesenkt. In Sekundenschnelle durchschaute ich das Spiel, das sie spielte. Sie hatte mich in eine Lage manövriert, wo mein Trotz ihr gegenüber absolut sein würde – falls ich jetzt mit Papa ging. Andererseits konnte ich meinen Gehorsam und meine Ergebenheit völlig intakt von Papa auf Mama übertragen – falls ich zu Hause blieb. Aber solch schäbige Salonspielchen verfingen bei mir nicht. Ich schluckte Brot und Schinken herunter und breitete Mamas Geheimnisse vor meinem Vater aus.

»Mama sagt, ich muß heute zu Hause bleiben«, erklärte ich unschuldig. »Was soll ich tun?«

Ich blickte vom einen zum anderen, ein Bild kindlicher Gehorsamsbereitschaft. Scheinbar um Rat verlegen, setzte ich in Wahrheit natürlich ganz und gar auf Papa.

»Beatrice wird heute draußen auf den Downs gebraucht«, sagte er geradeheraus. »Sie kann morgen zu Hause bleiben. Ich möchte, daß sie sich heute die Herden ansieht, bevor wir die Tiere für den Markt auswählen, und es ist sonst niemand frei, der dort hinaufreiten und auf dessen Urteil ich mich verlassen könnte.«

»Normalerweise bringen junge Damen nicht den ganzen Tag im Sattel zu. Ich bin um Beatrices Gesundheit besorgt«, sagte Mama.

Papa grinste. »Unfug, Ma'am«, sagte er dröhnend. »Sie ist so gut in Schuß wie ein Rennpferd. War ja in ihrem Leben noch keinen einzigen Tag krank. Warum sagt Ihr also nicht, wie Ihr's wirklich meint?«

Mama warf den Kopf zurück. Ungenierte Direktheit paßte nicht zur wahren Natur einer Lady.

»Es ist keine schickliche Erziehung für ein junges Mädchen«, sagte sie. »Der dauernde Umgang mit solch ungeschlachten Männern. Kennt alle Pachtleute und Häusler und galoppiert ohne ... ohne Anstandsbegleitung in der Gegend herum.«

Papas blaue Augen funkelten gereizt. »Jene ungeschlachten Männer arbeiten für unser Brot und unsere Butter«, sagte er. »Jene Pachtleute und Häusler bringen das Geld auf für Beatrices Pferd, oh ja, und sogar für das Kleid und die Stiefel, die sie anhat. Ein Etepetete-Stadtfräulein hättest du auf dem Hals, wenn sie nicht wüßte, wo die Arbeit verrichtet und Reichtum erworben wird.«

Mama, die in jungen Jahren ein »Stadtfräulein« gewesen war, hob die Augen vom Tisch und geriet in gefährliche Nähe jener Grenze, wo eine Verletzung jener Konvention drohte, derzufolge eine Lady niemals ihre Stimme hebt, niemals ihrem Gatten (offen) widerspricht, niemals und unter gar keinen Umständen die strenge Kontrolle über sich verliert.

»Beatrice sollte so erzogen werden, wie es sich für eine junge Lady geziemt«, sagte sie mit zitternder Stimme. »Sie wird in ihrem späteren Leben ja keine Gutsverwalterin sein, sondern eine Lady. Also sollte sie lernen, sich wie eine Lady zu benehmen.«

Papas Kopf war rot bis zu den Ohren – ein sicheres Zeichen für seinen Groll. »Sie ist eine Lacey of Wideacre«, sagte er mit fester Stimme und viel zu laut für den kleinen Frühstücksraum. Die Tassen hüpften und klirrten, als er gegen den Tisch stieß.

»Sie ist eine Lacey of Wideacre, und was immer sie tun, wie immer sie sich benehmen mag, es wird sich *stets* geziemen. Ob sie Schafe zählt oder einen Graben aushebt, sie wird immer eine Lacey of Wideacre sein. Hier auf diesem Land ist ihr Benehmen ein Muster für Qualität. Und kein geziertes Getue, keine gespreizte städtische Affektiertheit kann verdammt noch mal daran etwas ändern. Und nichts kann das ›verbessern‹.«

Mamas Gesicht war kalkweiß vor Angst und Ingrimm.

»Sehr wohl«, sagte sie zwischen verengten Lippen. »Es soll so sein, wie Ihr befehlt.«

Sie erhob sich und nahm ihr Retikül, ihren Schal und ihre Briefe, die neben ihrem Teller lagen. Ich sah, daß ihre Finger zitterten. Angestrengt arbeiteten ihre Lippen, während sie Tränen der Wut unterdrückte. Papa hielt sie an der Tür zurück. Als sie seine Hand auf ihrem Arm spürte, blickte sie ihm mit einem Ausdruck eisigen Abscheus ins Gesicht.

»Sie ist eine Lacey of Wideacre«, sagte er erneut, um ihr, der Außenseiterin, nachdrücklich klarzumachen, was das bedeutete. »Als Trägerin dieses Namens kann sie auf diesem Land nichts Unrechtes tun. Ihr habt nichts für sie zu fürchten, Ma'am.«

Mama neigte in eisiger Ergebung ihr Haupt und stand da wie eine Statue, bis er sie losließ. Dann glitt sie mit den kurzen, zierlichen Schritten einer perfekten Lady aus dem Zimmer. Jetzt blickte Papa zu mir, die ich stumm vor meinem Frühstücksteller saß.

»Du wolltest doch nicht zu Hause bleiben, Beatrice, oder?« fragte er bekümmert. Ich strahlte ihn an.

»Ich bin eine Lacey of Wideacre, und mein Platz ist auf dem Land!« sagte ich. Er hob mich von meinem Stuhl hoch, hielt mich in seinen kraftvollen Armen, und dann gingen wir engumschlungen zu den Ställen, Sieger in einer gerechten Schlacht. Mama sah uns aus dem Salonfenster nach, und als ich dann auf meinem Pony saß und sie mich beim besten Willen nicht mehr zurückhalten konnte, ritt ich zur Terrasse, um zu sehen, ob sie herauskommen würde. Sie öffnete die Glastür und tauchte langsam hervor. Ihre parfümierten Röcke schleiften über die Steine der Terrasse, und sie blinzelte gegen die Sonne. Entschuldigend streckte ich ihr die Hand entgegen.

»Tut mir leid, Mama«, sagte ich. »Heute geht's nun mal nicht. Ich werde morgen zu Hause bleiben.«

Sie trat nicht näher, um meine Hand zu nehmen. Sie hatte Angst vor Pferden, und ihr war wohl nicht recht geheuer beim Anblick des Ponys, das mit dem Huf unruhig auf dem Boden scharrte und den Kopf schleuderte. Kalt musterte sie mich aus ihren fahl wirkenden Augen, wie ich da so über ihr thronte: sehr aufrecht im Sattel meines prachtvollen Ponys.

»Immer und immer wieder versuche ich's mit dir, Beatrice«, sagte sie mit trauriger, aber auch selbstgerecht-vorwurfsvoller Stimme. »Manchmal denke ich, daß du nicht richtig zu lieben weißt. Das einzige, was dich je kümmert, ist das Land. Mitunter denke ich, daß du deinen Vater nur deshalb so sehr liebst, weil er der Herr des Landes ist. Dein Herz ist so voll von Wideacre, daß für etwas anderes kaum Platz zu sein scheint.«

Das Pony scharrte wieder unruhig mit den Hufen, und ich strich ihm über den Hals. Was Mama gesagt hatte, entsprach womöglich der Wahrheit, und für einen Augenblick empfand ich so etwas wie eine sentimentale Traurigkeit, weil ich nicht die Tochter sein konnte, die sie sich wünschte.

»Tut mir leid, Mama«, sagte ich verlegen.

»Leid!« wiederholte sie verächtlich. Dann drehte sie sich um und rauschte gleichsam davon; trat wieder ins Haus, während ich, oben auf meinem Sattelthron, mir irgendwie lächerlich vorkam. Dann gab ich Minnie die Zügel frei, und das Pony trabte vom kiesbestreuten Untergrund zum grasbewachsenen Reitweg am Rande der Allee. Unter den Bäumen, die ein Gitterwerk aus Schatten und Licht über den Boden warfen, spürte ich die Wärme der frühen Sommersonne auf meinem Gesicht und vergaß die enttäuschte Frau, die jetzt in ihrem trüben Salon saß. Was

einzig galt, war meine Freiheit hier auf diesem Land; und wichtig war nur die Arbeit, die ich heute zu leisten hatte.

Harry, ihr Liebling, war allerdings gleichfalls eine Enttäuschung für sie, wenn auch auf andere Weise. Ihm genügten sie nicht, unsere Hügel und Täler und der liebliche Fenny-River, der so kühl und grün durch unsere Felder und Wälder floß. Er nahm jede Gelegenheit wahr, unsere Tante in Bristol zu besuchen, und erklärte, die endlosen Reihen der Stadthäuser mit ihren hohen Dächern seien ihm lieber als die öde Weite unseres Landes.

Als Papa den Gedanken an eine Schule zur Sprache brachte, wurde Mama blaß und streckte eine Hand nach ihrem einzigen Sohn aus. Doch Harrys blaue Augen funkelten, und er erklärte, er würde gern gehen. Mama war hilflos. Gegen Papas Überzeugung, daß Harry eine bessere Erziehung genießen müsse als er selbst, um sich in einer feindseligen und trügerischen Welt behaupten zu können, und Harrys ebenso besonnene wie beharrliche Entschlossenheit vermochte sie nichts auszurichten. Den ganzen August hindurch (Harry war natürlich wieder krank) hetzten Mama, die Nurse, die Haushälterin sowie alle vier Zimmermädchen für die oberen Etagen tagtäglich stundenlang durchs Haus, um Vorbereitungen zu treffen für die Abreise des elfjährigen Helden zu seiner Schule.

Papa und ich gingen dem ärgsten Trubel aus dem Weg. Zu dieser Zeit mußten wir ohnehin lange Tage auf den offenen Downland-Weiden zubringen, um wegen des Schlachtens die Lämmer von den Muttertieren zu trennen. Harry seinerseits zog sich in die Bibliothek oder in den Salon zurück, um Bücher auszuwählen, die er mitnehmen wollte zur Schule; auch beschäftigte er sich mit den neuerworbenen Grammatiken für Latein und Griechisch.

»Du kannst doch nicht gehen *wollen*!« sagte ich ungläubig zu ihm.

»Aber warum denn nicht?« fragte er und krauste die Stirn: Wie ein Wirbelwind war ich in die Bibliothek gestürmt, und mir auf dem Fuße fegte eine kleine Brise herein.

»Wideacre verlassen …«, begann ich und brach ab. Wieder einmal bezwang mich Harrys Welt der Wörter. Wenn er nicht selbst wußte, daß es jenseits von Wideacre nichts gab, das dem Duft von Wideacres Sommerwind gleichkam, wenn er nicht begriff, daß eine Handvoll von Wideacre-Erde soviel wert war wie ein ganzer Morgen Land irgendwo sonst, wie sollte ich es ihm dann erklären? Wir sahen nicht mit den gleichen Augen.

Wir sprachen nicht dieselbe Sprache. Nicht einmal ein Stück Familienähnlichkeit verband uns. In einer Hinsicht schlug Harry unserem Vater nach: er hatte seine blonden Locken und auch seine blauen, ehrlichen Augen. Mama verdankte er seinen eher zierlichen Knochenbau und die Süße des Lächelns. Mama selbst lächelte zwar nur noch selten, Harry jedoch war von cherubinischer Fröhlichkeit. Trotz aller übermäßigen Verzärtelung durch Mama hatte sein sonniges Wesen keinen Schaden genommen – und in seinem lächelnden und attraktiven Äußeren spiegelte sich seine sanfte, liebevolle Natur.

Im Vergleich zu ihm war ich so etwas wie eine atavistische Rückentwicklung zu unseren normannischen Vorfahren, den Begründern des Stammbaums: war genauso »fuchsfarben« wie jene gierigen und gefährlichen Männer, die im Gefolge des normannischen Eroberers kamen und denen ein Blick auf Wideacre genügte, um mit *allen* Mitteln, gleich ob Lug oder Trug, um das liebliche Land zu kämpfen, bis sie es endlich besaßen. Von jenen Ahnen hatte ich mein kastanienbraunes Haar, doch meine haselgrünen Augen gehörten ganz mir selbst. In der Galerie gab es kein einziges Porträt mit einem Paar Augen wie den meinen: schräg über hohen Backenknochen.

»Sie ist ein Wechselbalg«, sagte Mama einmal voll Verzweiflung.

»Sie bildet ein ganz eigenes Muster«, sagte mein blonder Papa tröstend. »Vielleicht wächst sie sich ja noch zur Hübschheit aus.«

Harrys goldene Locken konnten nicht ewig bleiben. Sie fielen, als ihm der Kopf für seine erste Perücke geschoren wurde, als Teil der Vorbereitung für die Schule. Mama weinte, als die strahlende Pracht rings um ihn zu Boden schwebte, doch Harrys Augen glänzten vor Aufregung und Stolz, als ihm Papas persönlicher Perückenmacher eine kleine bezopfte Perücke auf den Schädel paßte, der so kahlgeschoren war wie ein Schaf. Mama weinte um Harrys Locken; sie weinte, als sie seine Wäsche einpackte; sie weinte, als sie eine Riesenschachtel mit Zuckerwerk dazutat, damit ihr Baby in der grausamen Welt dort draußen keinen Hunger zu leiden brauche. Während der Woche vor seiner Abreise war sie ständig in Tränen aufgelöst, was selbst Harry ermüdend fand, und Papa und ich hatten vom Frühstück bis zum Abendmahl dringend ganz am anderen Ende von Wideacre zu tun.

Als er schließlich abreiste – wie ein junger Lord in der Familienkutsche mit hinten angeschnalltem Gepäck, dazu zwei Berittene als Begleiter und überdies Papa als Gesellschaft für den ersten Abschnitt der Reise –, schloß Mama sich für den Nachmittag im Salon ein. Ich hatte es immerhin fertiggebracht, ein paar Tränen zu vergießen; doch behielt ich wohlweislich für mich, daß sie nicht Harrys Abschied galten. Um mich über den Verlust meines Bruders hinwegzutrösten, hatte Papa mir mein erstes richtiges Reitpferd gekauft: Bella, eine Prachtstute mit einem Fell so kastanienbraun wie mein eigenes Haar, mit schwarzer Mähne und schwarzem Schweif und einer sogenannten Blesse: einem hellen Streifen, der sich wie Sternenlicht über ihre Nase herabzog. Allerdings durfte ich sie nicht reiten, ehe Papa nicht wieder zu Hause war, und er würde über Nacht fortbleiben. Meine Tränen flossen leicht genug, doch galten sie ausschließlich mir selbst und der weißnasigen Bella. Sobald Harry mit seiner Kutsche außer Sichtweite war, dachte ich kaum noch an ihn.

Anders Mama. Lange, einsame Stunden verbrachte sie in ihrem vorderen Salon und hantierte mit allem Möglichen herum; sortierte Nähsachen und Besticktes, auch Wolle nach diversen Farbtönen; arrangierte Blumen, die ich oder einer der Gärtner für sie gepflückt hatte; oder klimperte kleine Weisen auf dem Piano – schien ganz aufzugehen in den kurzen und dennoch so zeitraubenden Verrichtungen, die zum Leben einer Lady gehörten. Aber dann geschah es wie von selbst, daß die kleine Weise abbrach und Mamas Hände in ihren Schoß sanken; und daß sie aus dem Fenster blickte zur sanften Wölbung der grünen Downs, deren windbewegte Lieblichkeit sie zu betrachten schien, während sie in Wirklichkeit jedoch die ganze Zeit nichts anderes sah als das strahlende Gesicht Harrys, ihres einzigen Sohnes. Und dann seufzte sie, ganz leise, um darauf ihre Arbeit wiederaufzunehmen oder erneut eine kleine Weise zu klimpern auf dem Klavier.

Das Sonnenlicht, das so fröhlich wirkte im Garten und in den Wäldern, schien grausam herabzusengen auf die Pastellfarben im Damensalon. Es bleichte das Rosa aus den Teppichen und das Gold aus Mamas Haar, und es brannte ihr Furchen ins Gesicht. Während sie in der fahlen Stille des Hauses dahinblich, ritten mein Vater und ich kreuz und quer über Wideacre-Land: schwatzten mit den Bauern, verglichen das Heranreifen ihrer Feldfrüchte mit dem Zustand unserer eigenen, beobachteten, wie sich das Mühlrad im Fenny-River drehte – bis es schließlich schien, als gehöre uns die ganze Welt, als könne ich gleichsam Besitzansprüche anmelden auf alles, was lebte.

Im Dorf kam kein Baby zur Welt, ohne daß ich davon wußte, und gewöhnlich erhielt das Kind dann einen von unseren Namen: Harold oder Harry nach meinem Vater oder meinem Bruder, Beatrice nach meiner Mama und mir. Starb einer unserer Pächter, so kümmerten wir uns um die Packerei, falls die Hinterbliebenen später fortzogen; oder um die Nachfolge durch den ältesten Sohn sowie die Kooperation seiner Brüder, falls die Familie blieb. Mein Vater und ich kannten jeden Grashalm unseres Landes: waren ebenso genau im Bilde über die unkrautverwucherte Farm der faulen Dells (die ihren Pachtvertrag gern würden verlängern wollen) wie über die weißgestrichenen Zaunpfähle der mustergültigen Home Farm, die wir selbst betrieben.

Ich war, was Wunder, eine kleine Kaiserin auf dem Ritt über unser Land auf unseren Pferden, zusammen mit Vater: er, der größte Grundbesitzer im Umkreis von hundert Meilen, ritt vor mir und nickte unseren Leuten zu, die einen Knicks machten oder sich an der Stirnlocke zogen.

Dem armen Harry entging all dies. Für ihn gab es nicht die Freude am ständig wechselnden Licht den ganzen Tag über zu jeder Jahreszeit. Nicht die gepflügten Felder, von Rauhreif wie bekränzt, knirschend unter dem Schritt, nicht das in der prallen Sommerhitze schwankende Getreide. Während ich, wie ein Lord an der Seite eines Lords, hier über das weite Land ritt, langweilte sich Harry in seiner Schule und klagte sein Leid brieflich seiner Mutter, die ihm auf tränenverflecktem Briefpapier in blaßblauer Tinte antwortete.

Das erste Jahr verging für ihn elendiglich, voller Sehnsucht nach seiner Mama und ihrem stillen, sonnigen Salon. Seine Mitschüler gehörten sämtlich zu Banden voll strengster Stammesloyalitäten, und Klein-Harry wurde von jedem schikaniert und drangsaliert, der nur einen Zoll größer oder einen Monat älter war als er. Erst als im drauffolgenden Jahr ein Haufen frischer Opfer in die Arena gelangte, gestaltete sich Harrys Leben erträglicher. Sein drittes Schuljahr führte ihn in die schwindelnden Höhen des Zustands, fast schon ein erwachsener Knabe zu sein, und sein cherubinisch-strahlendes Äußeres sowie seine ungeminderte Lieblichkeit trugen ihm Liebkosungen ebenso ein wie gelegentliche Grausamkeiten. Kam er jetzt in den Ferien nach Hause, so war sein großer Koffer immer häufiger mit Näschereien und Kuchen vollgestopft, den Geschenken älterer Knaben.

»Harry ist ja so beliebt«, sagte Mama stolz.

In den Ferien erzählte er mir regelmäßig Geschichten vom Mut und Schneid seines Bandenführers. Wie sie für jeden Schulabschnitt einen Feldzug im Krieg gegen die Lehrburschen der Stadt planten. Wie sie vom Schultor abmarschierten, um sich in ruhmreichen, epischen Gefechten auf die Lehrburschen zu stürzen. Und daß der Held des Tages stets Stavely war, Lord Stavelys jüngster Sohn, der die stärksten, die härtesten und die hübschesten Knaben der Schule um sich scharte.

Harrys frisch entwickelter Eifer für die Schule konnte die Kluft zwischen uns nur vergrößern. Der arrogante Schoolboy-Ton hatte ihn erwischt wie eine galoppierende Seuche, und wenn er mich nicht gerade zu Tränen langweilte mit den Geschichten über seinen Halbgott Stavely, ließ er sich kaum dazu herab, überhaupt mit mir zu sprechen. Papa gegenüber war er stets höflich, und sein unverhohlener Lerneifer weckte bei Papa zunächst Stolz, dann jedoch Gereiztheit, weil Harry es so unverkennbar vorzog, die Tage in der Bibliothek zuzubringen, während durch die offenen Fenster Kuckucksrufe hereinschollen, die doch jedermann dazu aufforderten, Angel und Angelschnur zu nehmen und auf Lachsfang zu gehen.

Einzig Mama gegenüber war er völlig unverändert, und beide verbrachten lange, gemeinsame Tage in engster Gesellschaft: lasen und schrieben zusammen in der Bibliothek und im Salon, indes Papa und ich, unwiderstehlich angezogen von der Weite und Freiheit draußen, das Land erlebten bei wechselndem Licht, wechselnden Jahreszeiten, wechselndem Wetter. Harry konnte kommen und gehen, wie es ihm gefiel; er war stets ein Besucher in seinem eigenen Heim. Er gehörte niemals auf die gleiche Weise zu Wideacre, wie ich zu Wideacre gehörte. Nur Papa, das Land und ich selbst waren konstante Elemente in meinem Leben. Papa, das Land und ich waren unzertrennbar gewesen von jenem Augenblick an, da ich Wideacre zum erstenmal in seiner wunderbaren Ganzheit gesehen hatte – zwischen den Ohren des rotbraunen Fuchses. Papa, das Land und ich würden für immer hier sein.

2. Kapitel

Ich weiß nicht, was ich ohne dich tun werde, wenn du fortgehst«, sagte Papa eines Tages beiläufig, als wir den Weg nach Acre-Dorf entlangritten. Wir wollten zum Hufschmied.

»Ich werde niemals fortgehen«, erklärte ich mit felsenfester Gewißheit, doch nur halb bei der Sache. Jeder von uns führte ein schweres Ackerpferd, das beschlagen werden sollte. Für Papa hoch oben auf seinem Fuchs war das leicht, meine zierliche Stute jedoch reichte dem Arbeitspferd nur bis zur Schulter, so daß ich vollauf damit beschäftigt war, ihr Tempo den weiten, raumgreifenden Schritten des großen Gauls anzupassen.

»Eines Tages mußt du fort«, sagte Papa und blickte über die Hecken hinweg zu dem Pflug, der vom zweiten Pferdegespann gezogen wurde; mühselig wendete die Pflugschar die träge Wintererde. »Du wirst heiraten und mit deinem Gemahl fortgehen. Möglich, daß du eine feine Dame bei Hofe wirst, allerdings stellt der Hof nicht mehr viel dar, da ist alles voller häßlicher deutscher Weiber, Hannover-Ratten nennt man sie – jedenfalls wirst du von hier fort sein und kein Interesse mehr haben für Wideacre.«

Ich lachte. Die Vorstellung war so unsinnig und das Erwachsensein so weit entfernt, daß nichts meinen Glauben erschüttern konnte an die Dreieinigkeit: Papa und ich und das Land.

»Ich werde nicht heiraten«, sagte ich. »Ich werde hier bleiben und mit dir arbeiten und mich um Wideacre kümmern, genau wie du und ich das auch jetzt tun.«

»Aye«, sagte Papa zärtlich. »Aber wenn ich nicht mehr da bin, wird Harry hier der Herr sein, und es wäre mir lieber, dich dann in deinem eigenen Heim zu wissen statt im Streit mit ihm. Außerdem, Beatrice, genügt dir das Land zwar im Augenblick, doch in ein paar Jahren wirst du dir hübsche Kleider und Bälle wünschen. Wer wird sich dann um die Wintersaat kümmern?«

Wieder lachte ich in meiner kindlichen Gewißheit, daß sich gute Dinge niemals änderten.

»Harry hat keine Ahnung vom Land«, sagte ich wegwerfend. »Wenn du ihn fragst, was ein Shorthorn ist, so denkt er, du sprichst von einem Musikinstrument. Er ist seit Monaten nicht hier gewesen – er hat ja noch nicht einmal die neue Pflanzung gesehen. Diese Bäume dort waren meine Idee, und du hast sie genau an die Stelle gepflanzt, an der ich sie haben wollte. Der Mann hat gemeint, ich hätte das Zeug zu einem richtigen Förster – und du hast gesagt, wenn ich mal eine alte Dame bin, soll ich mir aus dem Holz meiner Bäume einen Schemel machen lassen! Harry kann hier nicht Herr sein – er ist ja immer fort.«

Ich hatte immer noch nicht begriffen, Närrin, die ich war. Zwar hatte ich oft genug gesehen, daß ältere Söhne die Farmen erbten, während die jüngeren sich als Tagelöhner verdingen oder in den Dienst treten mußten, bevor sie ihre geduldigen Bräute heiraten konnten; doch hatte ich in ihnen niemals Grundbesitzer von unserer Art gesehen.

Nie war mir der Gedanke gekommen, daß eine solche Regelung, die den älteren Söhnen den Vorzug vor den jüngeren gab, möglicherweise auch für uns galt – für mich. Gewiß, ich hatte Dorfmädchen meines Alters so hart arbeiten sehen wie erwachsene Frauen, um Geld für die Familientruhe zu verdienen. Ich hatte gesehen, wie ihre nur wenige Jahre älteren Schwestern stets den ältesten Sohn einer anderen Familie als zukünftigen Ehemann zu ergattern versuchten. Nie jedoch war es mir in den Kopf gekommen, daß dies gleichsam eherne Gesetz, demzufolge der älteste Sohn alles bekam, auch für uns gelten mochte. Es schien etwas zu sein, das zum Leben der Armen gehörte, genauso wie früher Tod, schlechte Gesundheit und Hungersnot im Winter.

Sonderbarerweise hatte ich Harry nie als Sohn und Erben gesehen, genausowenig wie ich Mama je als Herrin von Wideacre empfunden hatte. Beide waren ganz einfach Privatpersonen, die man nur selten außerhalb der Parkumfriedung sah. Sie bildeten gleichsam den Hintergrund, vor dem sich *unser* Glanz desto deutlicher abhob. Und so hatten mich die Worte meines Vaters auch nicht weiter beunruhigt – sie waren an mir vorübergeklungen.

Aber ich hatte noch viel zu lernen, ich naives kleines Mädchen. Was wußte ich von jener Gesetzgebung, welche die Erbfolge dergestalt regelte, daß stets der nächste *männliche* Erbe berücksichtigt wurde, auch wenn er noch so entfernt verwandt war und es hundert Töchter gab, deren Liebe soviel größer war als seine eigene. Auf Kinderart hörte ich nur das heraus, was mich interessierte – und irgendwelche Spekulationen über den nächsten *Herrn* von Wideacre wären für mich genauso unwirklich gewesen wie der Gesang von Engeln.

Während ich die Gedanken an unser Gespräch beiseite schob, brachte mein Vater seinen Fuchs zum Stehen, um ein wenig mit einem unserer Pächter zu plaudern, der gerade dabei war, die Schlehdorn- und Hundsrosenhecken zu stutzen, die sein Grundstück umgrenzten.

»Guten Morgen, Giles«, sagte ich von meiner Sattelhöhe her, den Kopf in perfekter Nachahmung genauso in freundlicher Herablassung vorgebeugt wie mein Vater.

»Mistreß.« Giles hob seine arthritische Hand zum Kopf. Obwohl um Jahre jünger als mein Vater, wirkte er wie zusammengekrümmt, Folge seiner Armut. Die jahrelange Arbeit in nassen Gräben, auf schlammigen Feldern und überfrorenen Wegen hatte in seinen Knochen eine qualvolle Arthritis bewirkt, gegen die auch der schmutzige Stoff, mit dem er seine dünnen Beine umwickelt hatte, keine Abhilfe zu bieten schien. Seine braunen Hände, für alle Zeiten gezeichnet von schmutziger Erde (unserer Erde) wirkten so knotig und knorrig wie ein Stubben.

»Eine prächtige kleine Lady wird aus ihr«, sagte er zu meinem Vater. »Traurig, daran zu denken, daß sie schon eines baldigen Tages von uns fort muß.« Ich starrte den alten Mann an. Mein Vater angelte mit dem Stiel seiner Peitsche nach einem abgeschnittenen Zweig auf der Hecke.

»Aye«, sagte er langsam. »So ist das nun mal. Männer müssen sich ums Land kümmern, und Mädchen müssen heiraten.« Er schwieg einen Augenblick. »Der junge Herr wird bald nach Hause kommen, wenn er mit seinen Büchern fertig ist. Dann ist Zeit genug, um Leben und Treiben auf dem Land kennenzulernen. Für ein Mädchen sind die Felder und die Downs gut genug, zusammen mit den Lehren ihrer Mutter. Aber die Zeiten sind schlecht. Der nächste Herr von Wideacre wird sich in der Welt auskennen müssen.«

Stumm hörte ich zu. Selbst meine Stute schien zu erstarren, während mein Vater sprach, und die mächtigen Shire-Pferde senkten ihre Köpfe, wie um genau zuzuhören, als mein Vater die geborgene Welt meiner Kindheit mit seinen ruhigen, tödlichen Worten niederriß.

»Ja, sie ist ein gutes Mädchen und vom Land ganz besessen. Aber eines Tages wird sie fortgehen, um einen Lord oder dergleichen zu heiraten, und der junge Harry wird meinen Platz einnehmen. Und da ist es wohl nur gut, daß er so etwas wie ein Studierter ist.«

Giles nickte. Ein Schweigen trat ein. Eine lange, ländliche Stille, durchbrochen nur von frühlingshaftem Vogelgesang. Ohne jede Hast ging alles vor sich an jenem zeitlosen Nachmittag, der das Ende meiner Kindheit markierte. Mein Vater hatte alles gesagt, was es für ihn zu sagen gab, und so schwieg er. Giles sagte nichts, dachte nichts, starrte ins Leere. Und auch ich blieb stumm, denn ich hatte keine Worte, um mit diesem Schmerz fertigzuwerden. In mir war es wie das Ticken einer fremdartigen, grausamen Uhr: Stück für Stück fügten sich meine inneren Bilder von der Erwachsenenwelt zu einer Gesamtheit. Stets ging das Land an den so einzigartigen ältesten Sohn – und die Mädchen mußten zusehen, daß sie einen Mann fanden, der sie nahm. Mein Aufenthalt auf Wideacre war nicht etwa ein Privileg – genausowenig, wie Harrys Abwesenheit einem Exil gleichkam –, vielmehr wurde ich zu Hause behalten, weil ich's nicht wert war, auf eine Schule geschickt zu werden.

Bei Harry war das etwas ganz anderes. Für ihn war die Schule weniger eine Unterbrechung seines Lebens auf Wideacre als vielmehr eine wesentliche Vorbereitung darauf. Während ich das Land genossen hatte und die Freiheit, das einzige Kind daheim zu sein, war Harry stärker und geschickter geworden, und er würde zurückkehren, um mich aus meinem Heim zu verjagen. Papa liebte mich nicht am meisten. Papa liebte mich nicht am meisten. Papa liebte mich nicht am meisten.

Tief und zittrig holte ich Luft; sog leise, ganz leise den Atem ein, damit es niemand hörte. Und sah meinen Vater mit neuer, ungewohnter Klarheit an. Ja, er liebte mich wohl zärtlich – aber nicht genug, um mir Wideacre zu geben. Und er wünschte mir wohl das Beste, konnte jedoch nicht weiter sehen als bis zu einer »guten Partie« und meinem endgültigen Abschied von jenem einzigen Ort auf der Welt, der meine Heimat war. Für Harrys Zukunft hatte er wohl genauere Pläne, mich dagegen hatte er vergessen.

Das also war das Ende meiner Kindheit; jener warme Frühlingstag auf dem Weg nach Acre mit den beiden mächtigen Shire-Pferden neben Papa und mir, und Giles, mit leerem Blick ins Leere starrend. In jenem Augenblick verlor ich jenes sichere Gefühl, das Land, das ich liebte, zu besitzen, und ich gewann es nie wieder ganz zurück. Ich ließ meine Kindheit zurück mit einem Herzen, in dem Schmerz wütete, und einem Gehirn voller Zorn und Groll. Ich begann das Erwachsensein mit einem bitteren Geschmack im Mund und der noch gestaltlosen Entschlossenheit, nicht von hier fortzugehen. Ich würde Wideacre nicht verlassen. Ich würde meinen Platz nicht Harry abtreten. Wenn es auf der Welt so

Brauch war, daß Mädchen von zu Hause fortgingen, so würde sich die Welt ändern müssen. Ich würde mich nicht ändern.

»Du wirst dich in aller Eile umziehen müssen«, sagte Mama zu mir in ihrer unablässigen, tief eingefleischten Art, mich zurechtzuweisen. Sie raffte den Saum ihres grünen Seidenkleides aus der bedrohlichen Nähe der Pfützen auf dem Stallhof hoch, als Vater und ich auf unseren Pferden hereingetrabt kamen. Diese Art des permanenten besserwisserischen Widerspruchs übte sie gegen mich ebenso wie gegen meinen Vater. Schon früh lernte ich von ihr, daß man seine Überzeugungen nicht eigens aussprechen oder rechtfertigen muß, um gegen jemanden zu opponieren. Es genügt, andere gleichsam zu ignorieren: ihre Ideen, ihren Enthusiasmus, das, was sie lieben. Gut möglich, daß sie ohne Papa eine Frau von direkterer, liebenswürdigerer Wesensart gewesen wäre. Im Zusammenleben mit ihm hatte sich ihr Gefühl für die eigene Bestimmung in Frustration verkehrt. Und Direktheit und Aufrichtigkeit waren degeneriert zu uneingestandenem Oppositionsgeist.

»Du mußt dich beeilen und schleunigst in dein rosa Seidenkleid schlüpfen«, wiederholte sie mit Nachdruck, während ich aus dem Sattel glitt und die Zügel einem wartenden Stallburschen zuwarf. »Wir haben zum Dinner einen besonderen Gast – Harrys Headmaster.«

Mein Vater musterte sie mit einem langen, stummen Blick.

»Ja«, sagte sie rechtfertigend. »Ich habe ihn zu uns eingeladen. Der Junge macht mir Sorgen. Tut mir leid, Harold, ich hätte es dir schon früher sagen sollen, doch ist es schon einige Zeit her, seit ich geschrieben habe, und ich dachte, er würde gar nicht kommen. Ich hätte es erwähnt, bevor...« Sie brach ab. Die steigende Gereiztheit meines Vaters war mir nur zu begreiflich. Doch seine Reaktion war kontrolliert, als an der Pforte des Rosengartens ein Mann auftauchte – ganz in Schwarz bis auf das weiße Band des Priesterkragens.

»Dr. Yately!« sagte mein Vater im Ton aufrichtigen Entzückens. »Wie schön, Sie zu sehen! Und was für eine Überraschung! Hätte ich gewußt, daß Sie kommen, wäre ich zu Hause geblieben, um Sie zu empfangen!«

Der hochgewachsene Mann nickte lächelnd; er machte den Eindruck eines ebenso kühlen wie gewitzten Mannes von Welt. Ich knickste und musterte ihn dann wieder aufmerksam. Offensichtlich handelte es sich nicht um einen Höflichkeitsbesuch. Irgendeine besondere Angelegenheit führte ihn hierher, und er wollte die Sache möglichst schnell hinter sich bringen. Ich sah, wie er mit aufmerksamem Blick Papa gleichsam abtaxierte, und fragte mich, was er wohl von uns wollte.

Er schien gekommen zu sein, um Mama sozusagen die Arbeit abzunehmen. Nach wie vor wünschte sie sich Harrys Rückkehr, damit er jene Lücke fülle, die seine Abwesenheit in ihrem Leben hervorgerufen hatte. Aus Gründen, die ich noch nicht ahnen konnte, schien Dr. Yately bereit, dem Squire gegenüber die Position der schwachen Ehefrau zu vertreten. Aus irgendeinem Grund lag ihm genausoviel daran, Harry loszuwerden, wie Mama daran lag, ihren Liebling wieder zu Hause zu haben.

Beim Dinner trug ich das Mädchenkleid von unschuldigstem Rosa und sprach kein Wort, außer Antworten auf an mich gerichtete Fragen – es waren nur wenige. Ich saß meiner Mutter gegenüber. Zu den Gewohnheiten meines Vaters gehörte es, einem männlichen Gast das Fußende der Tafel zuzuweisen, während er selbst am Kopfende saß. Und so hockten Mama und ich – gleichermaßen unwichtig – stumm da, während sich die Männer über unsere Köpfe hinweg unterhielten.

Dr. Yately war offensichtlich gekommen, um meinen Vater dazu zu bewegen, Harry von seiner teuren, exklusiven Schule zu nehmen. Falls ihm das gelang, würde er zwar einen Schüler verlieren, der sich alle kostspieligen »Extras« geleistet hatte, der aber auch einen Privatlehrer von derselben Schule benötigen würde, um von diesem auf die Universität vorbereitet zu werden; und der den Privatlehrer womöglich mitnahm auf die traditionelle »Grand Tour« durch Europa. Ging Harry von der Schule ab, so bedeutete das für Dr. Yately erst einmal den Verlust etlicher tausend Pfund Schulgeld. Welche Beweggründe hatte er also, Harry loswerden zu wollen? Was konnte Harry bloß angestellt haben, das so schlimm war, daß Dr. Yately meinem Vater gegenüber keine offene Erklärung abgeben mochte, und das zu schandbar war, als daß der Headmaster gewillt schien, es zu übersehen und weiterhin das Schulgeld einzustreichen?

Der clevere Mann wußte, wie er vorgehen mußte. Das Thema Harry berührte er zunächst überhaupt nicht. Statt dessen pries er das Roastbeef und labte sich am Wein (unserem zweitbesten roten, wie ich bemerkte). Von Landwirtschaft hatte er offenbar keinerlei Ahnung, doch brachte er meinen Vater dazu, über einige der neuen Techniken zu sprechen, die wir vielleicht ausprobieren würden. Mein Vater wurde mitteilsam, jovial. Er lud Dr. Yately sogar für ein paar Jagdtage während der nächsten Saison ein, sofern dieser sich dafür freimachen könne. Dr. Yately zeigte sich höflich, jedoch unverbindlich.

Sobald Papa sich für den Besucher zu erwärmen begann und eine zweite Flasche anbrach, hatte Mama große Eile, die beiden Gentlemen einander zu überlassen. Mit großem Bedauern (und dem Bärenhunger einer Vierzehnjährigen, die den ganzen Tag im Sattel gesessen hat) mußte ich mitansehen, wie der Nachtisch – Apfel-Charlotte – unberührt in die Küche zurückwanderte. Doch Mama erhob sich von der Tafel, Dr. Yately und Papa verbeugten sich höflich, während wir den Raum verließen, und ließen sich dann beim Port nieder zum Gespräch.

Das sonst so blasse Gesicht meiner Mutter war vor Vergnügen rötlich überhaucht, als sie ihr Handarbeitskästchen öffnete und mir meine Stikkereien reichte.

»Dein Bruder Harry wird gleich nach Ende des Schuljahres heimkommen und nie wieder zu jenem scheußlichen Ort zurückkehren, sofern nur dein Papa zustimmt«, sagte sie mit unverkennbarer Freude.

»So vorzeitig?« fragte ich, gewillt, meine Position mit aller Entschiedenheit zu verteidigen. »Wieso denn? Was hat er angestellt?«

»Angestellt!?« Sie musterte mich mit einem direkten, rückhaltlosen Blick. »Nichts! Was könnte er schon angestellt haben? Es geht vielmehr um das, was jene brutalen Knaben mit Harry anstellten.« Sie unterbrach sich, suchte einen Seidenfaden aus.

»Als er das letzte Mal in den Ferien zu Hause war, brauchte er einen Brustverband, erinnerst du dich?« Natürlich erinnerte ich mich nicht. Dennoch nickte ich.

»Nurse und ich, wir haben beide die Spuren an seinem armen Körper gesehen. Er war geschlagen worden, Beatrice. Er flehte mich an, nichts zu sagen und nichts zu unternehmen, doch je mehr ich darüber nachdachte, desto klarer wurde mir, daß er von jener Schule genommen werden müßte. Ich schrieb an Dr. Yately, und er erwiderte, er werde versuchen, sich ein Bild zu verschaffen. Und heute ist er nun hier eingetroffen!« Aus der Stimme meiner Mutter klang der Stolz darüber, daß sie etwas unternommen hatte, das zu Ergebnissen, und zwar dramatischen Ergebnissen geführt hatte. »Er erzählte mir, Harry sei mit Gewalt dazu gezwungen worden, sich einer der Knabenbanden anzuschließen, und daß es bei deren Spielen einige schockierende Regeln und Strafen gibt. Der schlimmste Knabe – der Rädelsführer – ist der Sohn von ...« Sie brach ab. »Nun, spielt keine Rolle, wer genau es ist. Aber es handelt sich um jemanden, den der Doktor einfach nicht beleidigen darf. Dieser Knabe übt über Harry irgendeine Art Macht aus. Er zwingt ihn, beim Unterricht neben ihm zu sitzen, im Schlafsaal im Bett neben dem seinen zu liegen, und er hat ihn während des ganzen Schuljahrs gehänselt und schikaniert. Dr. Yately sagt, er könne die beiden nicht voneinander trennen, und er meint – oh! ich hoffe so sehr, daß dein Papa zustimmt –, daß sich Harry in einem Alter befindet, wo er sein Studium zu Hause betreiben und gleichzeitig etwas über den Grundbesitz lernen könnte.«

Ich hielt meinen Kopf über die Stickerei gebeugt, und Mama konnte nicht sehen, daß ich ironisch die Augenbrauen hob. Harry und etwas über Wideacre lernen, Allmächtiger! Sein ganzes Leben lang hatte er hier gelebt und wußte immer noch nicht genau, wo unsere Grenzen verliefen. Sonntag für Sonntag war er durch die Waldungen gefahren und wußte noch immer nicht, wo sich dort ein Kuckucksnest befand oder wo und in welchem Bach man immer Forellen finden konnte. Falls Harry etwas über den Grundbesitz lernen sollte, so konnte man nur hoffen, daß er in einem Buch etwas darüber fand, denn als er das letzte Mal zu Hause gewesen war, hatte er nicht mal das Bedürfnis gespürt, wenigstens durch die Fenster der Bibliothek hinauszublicken.

Trotz allem war ich meiner Sache gar nicht so sicher. Unbehagen flog mich an. Was Harry momentan über Wideacre wußte, konnte man auf ein, zwei Blatt Papier unterbringen. Sobald er jedoch auf Mamas Wunsch wieder daheim sein würde, und nicht, weil Papa ihn brauchte, entwikkelte er sich womöglich genau zu dem Sohn, wie mein Vater ihn sich immer gewünscht und – ersatzweise – in mir gesucht hatte. Vielleicht würde er tatsächlich der wahre Erbe werden.

Die Gentlemen kamen nicht zum Tee in den Salon, und Mama schickte mich früh zu Bett. Nachdem meine Zofe mein kastanienbraunes Haar auf meinem Rücken zum dicken Zopf geflochten hatte, schickte ich sie fort und kletterte aus dem Bett, um mich auf den Fenstersitz zu setzen. Mein Schlafzimmer in der ersten Etage ging nach Osten hinaus, und man hatte Ausblick auf den sichelförmigen Rosengarten, der sich um die Vorderfront und die Ostseite des Hauses krümmte; auch konnte man die Pfirsichbäume und die Obstkästen des Küchengartens sehen. Anders als Harry hatte man mir keines der größeren Schlafzimmer im vorderen, nach Süden blickenden Teil des Hauses gegeben. Doch konnte ich von meinem Fenstersitz den Garten im Mondschein sehen, auch den Wald, der gegen das Gartentor anzudrängen schien. Die kühle Nachtluft trug die Gerüche des Landes herbei. Den verheißungsvollen Duft wachsender Wiesen, feucht vom Tau. Ab und zu vernahm ich die ruhelosen Laute einer Schwarzdrossel. Aus dem Wald hörte ich das schroffe Bellen eines Fuchses, und aus dem unteren Stockwerk kam die grummelnde Stimme meines Vaters, der über Pferde sprach. In diesem Augenblick wußte ich, daß sich der ruhige Mann in Schwarz bei Papa durchgesetzt hatte und daß Harry nach Hause kommen würde.

Ein dunkler, sich quer über den Rasen bewegender Schatten unterbrach meine Gedanken. Ich erkannte den Sohn des Wildhüters, einen Burschen in meinem Alter, gebaut wie ein junger Ochse, mit einem Lurcher – einem Spürhund, um Wilddiebe zu fangen – unmittelbar hinter sich. Er sah die Kerze in meinem Fenster und kam vom Garten (wo er nichts zu suchen hatte), um sich unter mein Fenster zu stellen (wo er genausowenig verloren hatte), und stützte eine Hand lässig gegen die warme Sandsteinmauer. Der Seidenschal über meinem Nachthemd schien zu dünn zu sein, denn ich sah den sich erwärmenden Blick des Burschen und sein Lächeln, als er sein Gesicht zu mir hob.

Wir waren Freunde und dennoch keine Freunde, Ralph und ich. Als Harry in einem Sommer besonders unpäßlich gewesen und ich mir völlig selbst überlassen gewesen war, hatte ich diesen verwilderten Knaben im Rosengarten gefunden und ihn, mit dem ganzen Hochmut einer Sechsjährigen, zur Pforte hinausgewiesen. Zur Antwort hatte er mich mit einem einzigen harten Stoß in einen Rosenbusch befördert. Als er mein schockiertes, zerkratztes Gesicht sah, erbot er sich freundlich, mich wieder herauszuziehen. Ich nahm die dargebotene Hand – in die ich mit aller Kraft biß, sobald ich wieder auf den Füßen war. Dann gab ich Fersengeld; nicht in Richtung Hall, um dort Zuflucht zu suchen, sondern durchs Tor hinaus in den Wald, der gegen Mama und die Nurse ein viel sichereres Refugium bildete; undurchdringlich mit seinen Tierfährten durch dichtes Unterholz, so daß die anderen am Tor zurückbleiben mußten, um wieder und wieder nach mir zu rufen, bis ich mich bereitfand, wieder aufzutauchen. Doch dieser stämmige Kerl bewegte sich genauso schnell über die Schleichwege wie ich, und als ich inmitten von Brombeersträuchern, Rosen und Buschwerk eine kleine Mulde erreichte, war er mir unmittelbar auf den Fersen.

Sein schmutziges kleines Gesicht verzog sich zu einem breiten Grienen, und ich griente zurück. Es war der Beginn einer Freundschaft, die, nach Kinderart, einen Sommer dauerte und genauso schnell und gedankenlos endete, wie sie begonnen hatte. In jenem heißen, trockenen Sommer entwischte ich Tag für Tag dem Hausmädchen, das zu ihren sonstigen Pflichten plötzlich auch noch die Aufsicht über mich erhalten hatte, und entkam in den Wald. Ralph traf mich unten beim Fenny, und den ganzen Morgen verbrachten wir damit, zu fischen und im Wasser herumzuplanschen; auch gingen wir auf große Expeditionen, die uns den Weg in Richtung Acre entlangführten, wobei wir auf Bäumen herumkletterten, Vogelnester ausplünderten oder auch Schmetterlinge fingen.

Ich war frei, weil Harry Tag und Nacht von der Nurse und Mama beobachtet wurde. Und Ralph war von dem Tag an frei gewesen, an dem er hatte laufen können, denn seine Mutter Meg, eine Schlampe, die in einer verwahrlosten Hütte mitten im Wald lebte, hatte sich nie darum gekümmert, wohin er ging oder was er trieb. Dies machte ihn für mich zum idealen Spielgefährten – und er zeigte mir alle Pfade und Bäume der Wideacre-Waldung in weitem Bogen um die Hall herum; soweit mich eben meine kurzen Beine an diesem Morgen trugen.

Wir spielten wie Landkinder: sprachen wenig, taten viel. Aber der Sommer ging schon bald zu Ende; Harry erholte sich, und Mama richtete ihren Adlerblick wieder auf die makellose Weißheit meines Lätzchens. Der Vormittag gehörte wieder dem Unterricht, und falls Ralph im Wald wartete, während das Laub gelb und rot wurde, so ganz gewiß nicht sehr lange. Bald schon gab er alle gemeinsamen Spiele auf und heftete sich dem Wildhüter an die Fersen; erlernte das Handwerk der Wildhege und des Tötens von Ungeziefer. Im Dorf nannte man Papa Ralphs Namen als den des geschicktesten Burschen für Fasanen, und mit acht Jahren bekam er in der Saison einen Penny pro Tag.

Mit zwölf Jahren verdiente er einen halben Männerlohn, verrichtete jedoch innerhalb und außerhalb einen ganzen Männerjob. Seine Mutter war von nirgendwoher gekommen; sein Vater war verschwunden, aber das bedeutete, daß er frei war von jener Familienloyalität, welche den Wilddieben von Acre-Village die größte Sicherheit bot. Und ein Vorteil war auch sein verfallenes Häuschen im Wald. Die Brutverschlage für die Fasanen wurden rund um die schmutzige kleine Hütte am Fenny aufgestellt, und selbst wenn er im tiefsten Schlaf lag, genügte das Knacken eines Zweiges in der Nähe der Fasanen, um Ralph sofort hellwach werden zu lassen.

Acht Jahre in der Kindheit, das ist wie eine ganze Lebensspanne, und ich hatte den Sommer, in dem der schmutzige kleine Stromer und ich unzertrennlich gewesen waren, fast vergessen. Aber wenn ich auf meiner hübschen Stute saß in meiner maßgeschneiderten Reitkleidung und mit meinem Dreispitz, so fühlte ich mich immer irgendwie verlegen, wenn ich an Ralph vorüberritt. Vor Papa zog er dann zum untertänigen Gruß an seiner Stirnlocke, mir nickte er zu, und ich kam mir nicht gerade großmächtig und erhaben vor, wenn ich dann »Guten Tag« sagte. Ich scheute mich, zu halten und mit Ralph zu reden, zumal wenn ich allein ritt. Und jetzt mißfiel mir die selbstsichere Art, in der er sich gegen unsere Mauer lehnte und zu mir emporblickte, die ich im Kerzenschein beim Fenster saß.

»Ihr werdet euch erkälten, Miß Beatrice«, sagte er. Seine Stimme war bereits tief. In den vergangenen beiden Jahren hatte er körperlich zugelegt, er wirkte wie ein ausnehmend kräftiger junger Mann.

»Ja«, erwiderte ich kurz. Doch ich blieb beim Fenster sitzen. Es sollte nicht so aussehen, als ob ich meinte, seinen Rat befolgen zu müssen... oder als ob ich seine zudringlichen Blicke überhaupt bemerkte.

»Bist du hinter Wilddieben her?« fragte ich überflüssigerweise.

»Also auf Brautschau würde ich mit Hund und Gewehr ja wohl nicht gehen«, sagte er in der gedehnten Sprechweise der Dörfler. »Würd' ich mir wohl ein feines Frauenzimmer einfangen mit einem Schießgewehr und einer Falle, Miß Beatrice, meint Ihr nicht?«

»Du bist noch viel zu jung, um auf Brautschau zu gehen«, erklärte ich kategorisch. »Du bist ja nicht älter als ich.«

»Oh, ich denk' aber trotzdem schon dran«, sagte er. »Ist nämlich angenehm, sich vorzustellen, daß da so eine warme, freundliche Dirne auf mich wartet, wenn ich in einer kalten Nacht ganz allein im Wald bin. Ich bin nicht zu jung, um mich schon mal ein bißchen *umzutun,* Miß Beatrice. Gewiß, wir beide sind gleichaltrig, da habt Ihr recht. Aber sind denn Mädchen von fast fünfzehn zu jung, um ans Küssen und Liebkosen in warmen Sommernächten zu denken?«

Seine dunklen, eigentümlich im Mondlicht glänzenden Augen schienen an mir festzuhaften, und ich war froh – und bedauerte gleichzeitig ein wenig –, daß ich mich in der Sicherheit des Hauses befand, hoch über ihm.

»Wenn sie Ladies sind, dann schon«, erwiderte ich mit Nachdruck. »Und was die Dorfmädchen betrifft, so haben sie wohl Besseres zu tun, als ausgerechnet an dich zu denken.«

»Ah.« Er seufzte. Schweigen trat ein, nächtliche Stille. Sein Hund gähnte und streckte sich zu seinen Füßen aus. Er hielt den Kopf gesenkt: blickte nicht mehr zu mir, sondern starrte zu Boden. Paradoxerweise wünschte ich mir, daß er mich wieder aus so heißen, glänzenden Augen ansah; und verwünschte mich, weil ich mich eine Lady genannt und ihn daran erinnert hatte, daß er ein Nichts war. Ich wußte nicht, was ich sagen sollte; ich kam mir dumm und töricht vor und bedauerte zutiefst, daß ich mich gegen einen unserer Leute so arrogant verhalten hatte.

Plötzlich bewegte er sich, schulterte sein Gewehr, und ich konnte sehen, daß er lächelte; nein, er brauchte mein Mitleid nicht.

»In einem Heuschober oder einer kleinen Höhle in den Downs gibt's wohl weiter keinen Unterschied zwischen einer Dorfdirne und einer Lady, schätze ich«, sagte er. »Und wenn fünfzehn alt genug ist für mich, dann ist's wohl auch alt genug für dich.« Er schwieg einen Augenblick. »Für Euch, *my Lady*«, fügte er hinzu, und es klang wie ein Kosewort.

Ich war so schockiert, daß es mir die Rede verschlug; Ralph löste sich von der Mauer und entfernte sich, seinen Hund, ein nachtschwarzes Tier, dicht auf den Fersen. Nicht einmal ein »Mit Eurer Erlaubnis« warf er mir zu. Wie ein Lord schritt er über unseren Grund und Boden, durch den Garten und durch die Pforte hinaus in den Wald, als sei all dies sein Besitz. Seine Impertinenz lähmte mich. Dann aber stieg Zorn in mir hoch, ich sprang von meinem Fenstersitz auf, wollte hinunter zum Squire, damit dieser den Unverschämten durchpeitschen ließ. Aber noch bevor ich die Tür erreichte, blieb ich stehen. Aus irgendeinem, mir selbst unerfindlichem Grunde wollte ich nicht, daß Ralph ausgepeitscht oder gar von Wideacre verstoßen wurde. Bestraft werden sollte er natürlich, aber nicht durch meinen Vater und auch nicht durch den Wildhüter. Ich, ich selbst mußte einen Weg finden, um jenes warme, beleidigende Lächeln von seinem Gesicht zu wischen. Ich ging zu Bett, sann auf Rache. Doch ich fand keinen Schlaf. Mein Herz hämmerte so laut. Es verwunderte mich, daß es derart schnell schlug vor lauter Zorn.

Am nächsten Morgen hatte ich Ralph so gut wie vergessen. Es hatte nichts, überhaupt nichts zu bedeuten, daß ich mich dazu entschloß, in Richtung seines Häuschens zu reiten. Ich wußte, daß er die ganze Nacht hindurch im Wald nach Wilddieben gespürt hatte, und spätestens gegen Mittag würde er wohl wieder daheim sein in der scheußlichen feuchten Hütte bei der nicht mehr benutzten Mühle am Fenny-River. Eine verläßliche Strömung hatte es dort nie gegeben, und so hatte mein Vater weiter stromaufwärts eine neue Mühle gebaut, um unser Getreide zu mahlen. Die alte Mühle befand sich im Zustand des Verfalls, und die winzige Arbeiterhütte daneben schien in den sumpfigen Untergrund einzusinken. Der Wald stieß gleichsam gegen die Hintertür der niedrigen Behausung, und vermutlich konnte sich Ralph, nachdem er eine gewisse Größe erreicht hatte, drinnen nur gebückt bewegen. Die Hütte bestand aus zwei Zimmern, und das Ganze glich eher einem Verschlag.

Ralphs Mutter war eine dunkelhaarige, grobknochige Frau und von ähnlich wildem, gefährlichem Aussehen wie ihr Sohn. »Eine Zigeunerin von einer Frau«, wie mein Vater mit sichtlichem Vergnügen befand.

»In der Tat?« fragte meine blonde Mutter kühl.

Wir ritten oft diesen Weg entlang, mein Vater und ich. Er pflegte vor der armseligen Hütte anzuhalten, und dann tauchte Meg aus der niedrigen Tür hervor, barfüßig, den Rock über dem Morast hochgerafft, die braunen Fesseln mit Schmutz bespritzt. Doch sie begegnete dem Blick meines Vaters mit dem stolzen, strahlenden Lächeln einer Ebenbürtigen und brachte ihm in einem primitiven Becher selbstgebrautes Bier. Warf er ihr eine Münze zu, so fing sie das Geldstück auf, als stünde es ihr zu, und mitunter gewahrte ich zwischen beiden den Hauch eines einverständigen Lächelns.

Geheimnisse konnte es zwischen dieser wilden und einsamen Frau und dem Squire, meinem Vater, nicht geben. Doch war es ein- oder zweimal geschehen, daß er, meiner Mutter und ihrer peniblen, wenn nicht pedantischen Art überdrüssig, schleunigst von zu Hause fortgeritten war, wobei es ihn wie von selbst zum Fenny und zur kleinen Hütte im Wald zu ziehen schien, wo Meg, die Zigeunerin, uns barfüßig und wie mit beschwingten Tanzschritten entgegenkam, mit glänzenden, wissenden Augen.

Es hieß, sie sei Witwe. Ralphs Vater, das schwarze Schaf einer der ältesten Familien von Acre, war zum Dienst in der Kriegsmarine gepreßt worden und dann verschwunden: tot oder verschollen oder desertiert. Die Männer des Dorfes verfolgten sie mit den Augen hungriger Hunde, doch sie blickte weder nach rechts noch nach links. Nur der Squire, mein Vater, zauberte ein Lächeln in ihre Augen und zog ihren dunklen Blick auf sein Gesicht. Kein anderer Mann weckte je ihr Interesse. Und obgleich sie viele, sogar sehr viele Angebote erhielt, blieb sie also mit Ralph in dem kleinen, dunklen Häuschen am Fluß.

»Vor hundert Jahren hätte man sie als Hexe verbrannt«, sagte mein Vater.

»Oh, in der Tat?« sagte meine nicht-behexende Mutter.

Meg schien nicht weiter überrascht, mich allein an ihrer Gartenpforte zu sehen; doch gab es offenbar nichts, das sie überraschen konnte. Sie nickte bloß und brachte mir einen Becher Milch, eine Geste ländlicher Gastfreundschaft. Ich trank, noch immer im Damensattel oben auf meiner Stute, und während ich noch dabei war, den Becher zu leeren, tauchte Ralph wie ein mitternächtlicher Schatten aus dem Wald auf. In einer Hand hielt er, an den Löffeln, zwei tote Kaninchen, und wie stets folgte ihm sein Hund auf den Fersen.

»Miß Beatrice«, sagte er langsam zur Begrüßung.

»Hallo, Ralph«, sagte ich herablassend. Im hellen Tageslicht war von seiner nächtlichen Macht nichts mehr zu spüren. Seine Mutter nahm meinen Becher, und wir waren allein im Sonnenschein.

»Ich wußte, daß du kommen würdest«, sagte er selbstsicher. Plötzlich schien die Sonne erloschen zu sein. Wie ein hypnotisiertes Kaninchen starrte ich in seine pechschwarzen Augen und sah nichts, nichts, doch sein Blick war auf mich fixiert, mir galt sein eigentümlich träges Lächeln, und unter der braunen Haut an seinem Hals schlug ein rascher Puls. Dieser hochgewachsene junge Bursche verfügte auch jetzt über die Macht der vergangenen Nacht. Sie wohnte ihm inne. Er stand neben dem Kopf meiner Stute, und ich war froh, über ihm zu sitzen, in Schulterhöhe im Sattel.

»Oh, in der Tat?« sagte ich in unbewußter Nachahmung des frigiden Tons meiner Mutter. Er machte abrupt kehrt und ging durch die Weidenröschen zum Ufer des Fenny. Ohne recht zu wissen, was ich tat, glitt ich aus dem Sattel, schlang die Zügel meiner Stute um Megs wackligen Zaun und folgte Ralph. Er blickte sich nicht um, wartete nicht auf mich. Als sei er völlig für sich allein, ging er zum Ufer, wo er sich flußaufwärts wandte, in Richtung der Ruinen der alten Mühle und des dunklen, tiefen Mühlteichs dahinter.

Die breite, oben gerundete Tür, von wo man einmal die Wagen beladen hatte, stand offen. Ohne sich auch nur einmal umzusehen, ging Ralph hinein, und ich folgte ihm. Der Raum war in halber Höhe horizontal unterteilt, um mehr Lagerkapazität zu schaffen; eine wacklige Leiter führte hinauf. In der Wärme des alten Gebäudes roch ich den moderigen, irgendwie anheimelnd wirkenden Geruch von altem Stroh und fühlte unter meinen Füßen eine dicke, weiche Schicht von staubiger Spreu.

»Hast du Lust, dir ein Schwalbennest anzusehen?« fragte Ralph beiläufig.

Ich nickte. Schwalben sind Glücksbringer, und es bereitete mir stets Freude, ihre kleinen Nester zu betrachten: becherförmige Nester aus Schlamm und Gras auf einem Balken oder Vorsprung unter schützendem

Überhang. Ralph kletterte die Leiter empor, und wieder folgte ich ihm ohne das geringste Zögern. Oben angelangt, streckte er die Hand aus, um mich zu sich hinaufzuziehen, und als ich dann neben ihm stand, ließ er meine Hand nicht los. Er maß mich mit einem langen, prüfenden Blick.

»Dort sind sie«, sagte er und deutete auf ein Nest, das gerade unter dem Dach auf einem Balken gebaut wurde. Ein ausgewachsener Vogel flog herbei, den winzigen Schnabel voll Lehm, den er seitlich auf dem Nest ablud, um dann wieder davonzuflitzen. Schweigend schauten wir zu. Ralph ließ meine Hand los und schob dann seine Hand um meine Taille, zog mich näher. Wir standen Seite an Seite, und seine Hand glitt über den Samt meines Kleides, hinauf zur Wölbung meiner kleinen Brust. Wortlos wandten wir uns einander zu, und er beugte seinen Kopf vor, um mich zu küssen. Der Kuß war so behutsam wie der Flug der Schwalbe.

Sanft und zärtlich glitten seine Lippen über meinen Mund. Ich spürte die plötzliche Spannung in seinem Körper, und der Griff um meine Taille wurde fester. Ein wohliges Schwindelgefühl umfing mich, und ich fühlte, wie meine Knie unter mir einknickten, und sank auf den staubigen, strohbestreuten Boden, die Arme um Ralphs Leib geschlungen.

Wir waren noch halbe Kinder. Aber auch schon halbe Erwachsene. Über das Paaren von Tieren war ich genau im Bilde, doch wußte ich nichts von Liebkosungen und Küssen. Aber Ralph war ein Bursche vom Land, und bereits seit zwei Jahren bezog er den Lohn eines Mannes und trank mit Männern. Der Hut rutschte mir vom Kopf, als ich meinen Mund darbot zum Küssen, und es waren meine Hände, die Ralphs forschenden, plumpen Fingern das Halsteil meines Kleides öffneten, und auch sein Hemd, damit ich meine Stirn gegen seine Brust drücken und mein brennendes Gesicht gegen seine Haut scheuern konnte.

Irgendwo in der Tiefe meines Bewußtseins sagte eine Stimme: »Fieber. Ich muß Fieber haben.« Denn meine Beine waren zu schwach, als daß ich mich hätte erheben können; auch zitterte ich, zitterte am ganzen Körper. Direkt unter meinem Brustkorb, gleichsam im Kern meines Leibes, war eine eigentümliche Empfindung, eine Art Flattern, ein Schmerz. Und meine ganze Wirbelsäule schien zu vibrieren. Die kleinste Bewegung von Ralph schickte einen Schauer durch mich hindurch. Als er mit dem Zeigefinger von meinem Ohr zu meinem Nacken strich, konnte er spüren, daß ich am ganzen Leibe zitterte. »Ich muß krank sein«, sagte mein schwindendes Bewußtsein. »Ich muß sehr, sehr krank sein.«

Ralph löste sich von mir, stützte sich auf einen Ellbogen und blickte zu mir herab. »Du solltest gehen«, sagte er. »Es wird spät.«

»Noch nicht«, sagte ich. »Es kann ja noch nicht mal zwei Uhr sein.«

Ich kramte aus meiner Tasche meine silberne Uhr hervor, eine Miniaturkopie der Uhr meines Vaters, und öffnete sie.

»Drei!« rief ich. »Ich werde zu spät kommen!« Ich sprang auf die Füße, griff nach meinem Hut und schüttelte das Stroh von meinem Rock. Ralph machte keinerlei Anstalten, mir zu helfen, sondern lehnte sich gegen einen alten Strohballen zurück. Ich knöpfte mein Kleid vorn zu und beobachtete ihn heimlich unter meinen tiefgesenkten Augenlidern. Er zog einen Strohhalm aus dem Ballen hervor und kaute darauf herum, während er mich leidenschaftslos beobachtete. In seinen dunklen Augen spiegelte sich nichts. Er glich einem heidnischen Gott, vernachlässigt und vergessen in den Wäldern, den es nicht weiter zu berühren schien, ob ihn jemand besuchte – oder wieder sich selbst überließ.

Ich war zum Gehen bereit und hätte davoneilen sollen; doch das eigentümliche Flattern unter meinem Brustkorb hatte sich zu wirklichem Schmerz vertieft. Ich wollte einfach noch nicht fort. Ich setzte mich wieder neben ihn und legte meinen Kopf sacht auf seine Schulter.

»Sag, daß du mich liebst, bevor ich gehe«, flüsterte ich.

»O nein«, sagte er unbewegt. »Von so was will ich nichts wissen.«

Verdutzt schleuderte ich den Kopf zurück und starrte ihn an.

»Du liebst mich nicht?« fragte ich fassungslos.

»Nein«, sagte Ralph. »Genausowenig wie du mich liebst, oder?«

Einen Empörungsschrei auf den Lippen, blieb ich dennoch stumm. Zu sagen, daß ich ihn liebte, wäre unaufrichtig gewesen. Gewiß, die Küsserei gefiel mir, ganz enorm sogar, und gern würde ich mich wieder mit ihm treffen, hier in der Dunkelheit der alten Mühle. Vielleicht würde ich nächstes Mal aus meinem Kleid schlüpfen und seine Hände und Lippen überall auf meinem Körper spüren. Doch war und blieb er letzten Endes Megs Sohn. Und er wohnte in einer solch schmutzigen kleinen Hütte. Im übrigen ließen wir ihn und Meg praktisch umsonst in der Hütte wohnen; es war fast schon so etwas wie Mildtätigkeit.

»Nein«, sagte ich langsam. »Lieben tu' ich dich wohl nicht.«

»Es gibt solche, die lieben, und solche, die geliebt werden«, sagte er nachdenklich. »Ich habe gesehen, wie sich erwachsene Männer nach meiner Mutter die Augen ausgeheult haben. Richtige Gentlemen, wohlgemerkt. Aber so werde ich mich nie wegen einer Frau haben. Ich werde nie lieben und wie ein Idiot nach einer Frau verschmachten. Ich werde einer sein, der geliebt *wird* und der die Geschenke kriegt und die Liebe und das Vergnügen . . . und der dann weiterzieht.«

Blitzartig kam mir der Gedanke an meinen Vater, seine rauhe und unbekümmerte Natur, und an meine Mutter mit ihren halbunterdrückten Seufzern und der schmachtenden Sehnsucht nach der Liebe ihres Sohnes. Dann dachte ich an die Mädchen, die ich dabei beobachtet hatte, wie sie einem Dorfburschen mit den Augen folgten und abwechselnd rot und blaß wurden. Das Dorfmädchen fiel mir ein, das sich im Fenny-Teich ertränkt hatte, als ihr Bursche zum Militärdienst nach Kent gegangen war. Und ich dachte an den ständigen Schmerz, den es für eine Frau gab: bei der Liebe und bei der Heirat und beim Gebären, beim Verlust ihres guten Aussehens und dann beim Verlust der Liebe.

»Auch ich werde keine solche sein, die liebt«, sagte ich mit aller Bestimmtheit.

Er lachte laut.

»Du!« sagte er. »Oh, du bist wie all die Hochwohlgeborenen. Dich interessiert nur dein eigenes Vergnügen und der Besitz von Land.«

Dein eigenes Vergnügen und der Besitz von Land. Es stimmte. Seine Küsse waren ein Vergnügen gewesen, ein wunderbares, schwindelerregendes Vergnügen. Köstliche Speisen, ein Schluck guter Wein, Jagd an einem frostigen Morgen: solche Dinge bereiten Vergnügen. Der Besitz von Wideacre dagegen ist kein »Vergnügen«, er ist die einzige Lebensmöglichkeit. Ich lächelte über den Gedanken. Freundlich erwiderte Ralph das Lächeln.

»Oh«, sagte er wie sehnsüchtig, »wenn du einmal soweit bist, wirst du eine richtiggehende kleine Herzensbrecherin sein. Mit deinen schrägen grünen Augen und deinem kastanienbraunen Haar wirst du alles Vergnügen haben, das du dir wünschst – und alles Land dazu.«

Irgend etwas in seiner Stimme überzeugte mich davon, daß er die Wahrheit sprach. Ich würde alles Vergnügen haben und all das Land dazu. Das Mißgeschick, als Mädchen geboren worden zu sein, würde mir nicht zum Schicksal werden. Ich konnte mir mein Vergnügen *nehmen,* und ich würde mir auch Land nehmen, genau wie ein Mann. Das Vergnügen, die Lust, die mir Liebesspiele bereiten sollten, würde größer sein als bei irgend jemandem sonst. Gewiß hatte Ralph unsere Küsserei genossen, und doch, das wußte ich genau, war sein Genuß nichts im Vergleich zu meinem. Vor Entzücken über die Gefühle auf meiner seidenen

Haut hatte ich mich schwach gefühlt. Mein Körper besaß etwas vollkommen Animalisches, so schlank und so biegsam und so süß. Ich würde mein Vergnügen haben mit jedem Mann, den ich wollte. Und auch das Land würde ich bekommen. Ich wünschte mir Wideacre mit jedem wachen Gedanken, mit jedem Atemzug, in jedem Traum. Und ich hatte Wideacre auch verdient. Denn keinem einzigen Menschen lag an Wideacre soviel wie mir; keiner liebte es so sehr wie ich; und absolut niemand kannte es so gut, wie ich es kannte.

Doch jetzt lag mein Blick forschend auf Ralphs Gesicht. Denn ich hatte aus seiner Stimme noch etwas anderes herausgehört, und seine Augen wirkten nicht länger leidenschaftslos; in ihnen fanden sich wieder Wärme und frischerwachte Sinnlichkeit.

»Du könntest mich lieben!« sagte ich. »Fast tust du es ja schon.«

Er schleuderte eine Hand schräg nach vorn, so wie es die Burschen tun, wenn sie miteinander ringen und der eine aufgeben will.

»O ja«, sagte er, als spiele das kaum eine Rolle. »Und vielleicht könnte ich dich dazu bringen, mich zu lieben. Aber da wäre kein Platz für uns. Du gehörst zur Hall, und ich gehöre in Megs Hütte im Wald. Wir können uns heimlich treffen und an dunklen und schmutzigen Orten unser Vergnügen haben, aber du wirst einen Lord heiraten und ich irgendeine Schlampe aus dem Dorf. Falls du Liebe willst, mußt du dir einen anderen suchen. Ich werde dich nur zum Vergnügen nehmen.«

»Dann also zum Vergnügen«, erklärte ich mit einem Ernst, als handle es sich um ein Klostergelübde. Ich wandte ihm mein Gesicht zu, und er küßte mich feierlich in einer Art bindender Zeremonie. Ich stand auf, betrachtete ihn dann still. Gegen den Strohhaufen gelehnt, ähnelte er irgendwie einer gefährlichen Erntegottheit. Ich lächelte ihn an, schüchtern fast, und stellte mich dann direkt vor ihn hin. Lässig hob er eine Hand und zog mich zu sich herab. Wieder lag ich in seinen Armen; lächelnd blickten wir einander in die Augen wie Ebenbürtige, als gebe es keine Hall und keine Hütte. Dann preßte sich sein fester Mund auf meine Lippen, und wieder rutschte mir der Hut vom Kopf.

An diesem Tag fiel das Abendessen für mich aus.

Aber ich hatte auch keinen Hunger.

3. Kapitel

Drei Tage nacheinander fuhr Mama, in irrer Aufregung über Harrys verheißene Heimkehr, mit mir im Landauer nach Chichester, um für sein Zimmer eine neue Tapete zu kaufen. Das Journal, das Mama las, war angefüllt mit der modischen Sucht für den chinesischen Stil, und gemeinsam mit Mama blätterte ich in Drucken von Drachen, bis mir vor Müdigkeit und Langeweile der Kopf schwindelte. Drei unerträglich lange Tage ging das so, während die frühe Sommersonne immer wärmer schien und irgendwo am Fluß Ralph wartete. Ich jedoch war gezwungen, jeden dieser Tage bei den Tuchhändlern von Chichester zuzubringen, um Mama beim Aussuchen zu helfen, mochte es nun um eine neue Zierdecke für Harrys Bett gehen oder um neuen Brokatstoff für die Vorhänge oder die Wandverkleidung.

Alles war für Harry bestimmt, alles für Harrys Heimkehr. Als ich fragte, ob ich für mein Zimmer gleichfalls neue Vorhänge und Tapeten haben könnte, mußte ich eine besonders kränkende Zurückweisung hinnehmen.

»Wäre wohl die Sache kaum wert«, sagte sie vage. Mehr sagte sie nicht, mehr brauchte sie auch nicht zu sagen. Solche Ausgaben für das zweite Kind lohnten sich nicht. Sie lohnten sich noch weniger, da es sich um ein Mädchen handelte. Wozu unnötige Kosten für jemanden, der gleichsam nur Durchgangsgast war: in Richtung Ehe und zu einem anderen Heim.

Ich schwieg; ich mißgönnte Harry jeden Penny. Ich schwieg; doch neidete ich ihm jede Winzigkeit seines unverdienten Status'. Ich schwieg; doch an jedem Morgen dieser langen drei Tage hatte ich für ihn böse Wünsche.

So wie ich meinen Bruder kannte, würde er sich eine Woche lang daran freuen, dann nicht mehr dran denken. Allerdings kannte ich auch seinen Charme und wußte, daß Mama ihre Mühe entgolten bekommen würde: sein zartes, sanftes Lächeln würde sie reichlich belohnen. Aber was war mit *meiner* Mühe? Wie sehr verabscheute ich sie doch, diese Tage in Chichester, an denen ich gezwungen war, müßig in einem Geschäft zu sitzen, während Mama Prinzessin spielte und sich reinweg umbrachte, wenn sie sich zwischen Farbnuancen zu entscheiden hatte. Schlimmer als all dies war allerdings, daß ich irgendwie krank zu sein schien.

Aber davon sagte ich Mama nichts. Das zu erwartende Getue ließ mich davor zurückschrecken, auch wollte ich mich von niemandem berühren lassen. Wenn ich meine behandschuhten Hände ausstreckte und die Finger spreizte, konnte ich sehen, daß sie zitterten. Übler jedoch war das tiefe, unerklärliche Zucken in meinem Bauch, wie vor Furcht. Ich verspürte keinerlei Hunger. Einzig Mamas Besessenheit beim Stoffkauf verschleierte ihr die Tatsache, daß ich in den letzten drei Tagen nur beim Frühstück etwas zu mir genommen hatte.

Als ich in einem der Geschäfte mit der Hand über bedruckten Samt strich, mußte ich unwillkürlich an Ralphs glatte Haut denken, und plötzlich knickte ich buchstäblich in den Knien ein. Ich sank in einen Stuhl, und mein Herz schlug so wild, daß ich kaum Luft holen konnte. »Ich muß krank sein«, dachte ich.

Am Abend des dritten Tages folgten wir der Sonne nach Hause. In einer Glut aus Rot und Gold schickte sie sich an, hinter den Downs unterzugehen. Mama war eine gründliche Frau. In unserem Gepäck führten wir Seide und Satin mit, für neue Kissenbezüge, sowie Füllmaterial und auch Muster. Morgen würden uns noch folgen: Brokatstoffe, Tapeten und mehrere ausgemacht häßliche Möbelstücke, die Harrys reizendes, altes englisches Schlafzimmer in eine Art Pagode verwandeln sollten, so wie das den Vorstellungen Mamas und der Chichester-Händler entsprach.

Mama war hochzufrieden mit all ihren Einkäufen, und ich selbst lächelte wie eine Madonna, weil wir auf der Heimfahrt waren in der milden Abendluft eines Wideacre-Frühlings. Blumen am Straßenrand schickten uns ihren Duft, während die müden Pferde heimwärts trotteten, die Ohren bereits gespitzt in Richtung ihres Stalls. Auf den Böschungen sah ich das grünliche Gelb der späten Schlüsselblumen, und in den kleinen Gehölzen schimmerten wie in wäßrigem Dunst die Glockenblumen. Amseln ließen ihren Liebesgesang erklingen, traurige und doch liebliche Töne, und als wir durchs hohe Vordertor fuhren, vernahm ich den beharrlichen Ruf des Kuckucks.

Im Schatten einer mächtigen Eibe stand Ralph. Die Pferde gingen im Schritt, und langsam bewegte ich mich an ihm vorüber. Seine Augen hafteten so unverwandt auf den meinen, daß es schien, keiner von uns könne irgend etwas anderes wahrnehmen. Ringsum dunkelte der Wald, als sei ich plötzlich erblindet. Wie der Stich eines Messers ging es durch meinen Bauch, in tödlichem Schrecken, doch dann verwandelte sich der Schrekken in Freude, und ich lächelte Ralph zu, als sei er es gewesen, der den Frühling gebracht hatte und die Glockenblumen und den Kuckucksruf. Er senkte vor dem Landauer kurz den Kopf – zog jedoch nicht an seiner Stirnlocke, wie unsere Leute das gewöhnlich taten – und löste seinen Blick nicht eine Sekunde von mir. Ein Ausdruck von Wärme erschien auf seinem Gesicht, und in seinen Augen glänzte ein vertrautes Lächeln. Im Schrittempo fuhr die Kutsche an ihm vorüber, und dennoch ging alles viel, viel zu schnell. Ich sah mich nicht um, spürte jedoch seinen warmen, begehrenden Blick in meinem Nacken, bis wir schließlich um die große Blutbuche bogen, die mich seinem Blick entzog.

Am folgenden Tag verloren die Fuhrleute ein Rad vom Wagen (Gott segne sie dafür!), und so konnten sie die erstandenen Waren nicht bringen. Mama war ganz wild darauf erpicht, mich die Vorhänge säumen zu lassen, doch sie mußte sich gedulden. Morgen, ja morgen würde ich mich wohl abmühen müssen über Harrys verfluchten Drachen, aber heute war ich frei. Der Tag dehnte sich vor mir wie die Galgenfrist bei einem aufgeschobenen Todesurteil. Schleunigst schlüpfte ich am Morgen in meine neue grüne Reitkleidung – die erst in derselben Woche von Papas Schneider gekommen war – und ordnete mit besonderer Sorgfalt mein Haar, um sodann den Hut von passender grüner Farbe aufzusetzen. Schon sprengte ich auf der hübschen Bella davon, die Allee entlang und über die Steinbrücke über dem Fenny. Dann lenkte ich sie nach rechts und ließ sie im Kantergalopp der Fährte zum Fluß folgen.

Der Fenny war angeschwollen von den Frühjahrsregengüssen, und er war braun und brodelte wie eine Suppe. Das Strudeln und Sprudeln über frischgebildeten Wasserfällen entsprach meiner Stimmung, und lächelnd ritt ich in leichtem Galopp dahin. Über mir wölbte sich das frühe, wolkige Grün der Buchen, und inmitten des raschelnden Laubs vom vergangenen Herbst drängten sich frische Triebe empor, wundersam schlank und stark. Alle Vögel der Welt schienen zu rufen – nach einem Gefährten, einer Gefährtin. Das Universum von Wideacre war prall von Leben: von Liebe und Lenz, und ich, ich war gekleidet in Grün wie das Leben selbst.

Ralph saß am Fluß, eine Rute in der Hand, den Rücken gegen eine umgestürzte Kiefer gelehnt. Als er den Hufschlag meines Pferdes vernahm, hob er den Kopf und lächelte – überrascht war er nicht. Er schien genauso ein Teil meines geliebten Wideacre zu sein wie der Baum, gegen den er sich lehnte. Wir hatten keine Verabredung getroffen, und doch war es so natürlich wie der Vogelgesang, daß wir uns trafen, wann immer wir es wünschten. Ralph am Fluß zog mich zu sich mit derselben Unausweichlichkeit, mit der verborgenes Wasser einen gegabelten Weidenzweig nach unten deuten läßt.

Ich band Bella an einen Holunderbusch, und sie senkte den Kopf, als schicke sie sich darein, daß wir den ganzen Nachmittag hier verbringen würden. Meine Schritte raschelten im Laub, als ich auf Ralph zuging und dann, wartend, vor ihm stand.

Er lächelte mir zu, die Augen gegen die Helle des Frühlingshimmels hinter mir verengt.

»Du hast mir gefehlt«, sagte er plötzlich, und mein Herz tat einen Sprung – als sei ich unversehens von einem von Papas Jagdpferden in hohem Bogen fortkatapultiert worden.

»Ich konnte nicht von zu Hause weg«, sagte ich und versteckte meine Hände hinter meinem Rücken, damit er nicht sehen konnte, wie sie zitterten. Absurderweise schienen sich meine Augen mit Tränen zu füllen, und völlig unkontrolliert vibrierten meine Lippen. Meine Hände konnte ich verbergen, und unter den glatten Röcken meiner Reitkleidung waren meine zitternden Knie nicht zu sehen; doch mein Gesicht kam mir so nackt vor, als sei ich im Schlaf überrumpelt worden oder in einer Sekunde schändlicher Furcht. All meinen Mut zusammennehmend, richtete ich meinen Blick auf ihn – und sah, daß sein Blick auf mich gerichtet war. Und sah auch, in derselben Sekunde, daß seine sonstige Selbstsicherheit geschwunden war. Ralph schien von der gleichen Anspannung erfüllt wie ich selbst. Sein Atem, ich sah es, ging rasch wie von hastigem Lauf. Verwundert machte ich einen Schritt nach vorn und streckte eine Hand vor, um Ralphs dichtes, schwarzes Haar zu berühren. Doch er packte meine Hand und zog mich zu sich, neben sich. Seine Hände auf meinen Schultern, starrte er mir ins Gesicht, als sei er zerrissen zwischen der Begierde, mich zu ermorden, und der Begierde, mich zu lieben. Ich hatte keinen Gedanken, ich sah Ralph nur an, wie ausgehungert nach seinem Anblick.

Dann entschwand der feurige, gefährliche Blick aus seinen Augen, und sein Lächeln war warm wie ein Sommertag.

»Oh, Beatrice«, sagte er stockend. Seine Hände glitten von meinen Schultern zu meiner Taille, und er zog mich ganz dicht an sich und küßte meine Lippen, meine Augenlider und meine Kehle. Dann saßen wir Seite an Seite, er mit seinem Arm um meine Taille, ich mit meinem Arm auf seiner Schulter. Lange saßen wir so, beobachteten den Fluß und den schwankenden Kiefernzapfen, der Ralph als »Schwimmer« diente.

Kinder vom Land, die wir noch waren, sprachen wir wenig. Als der Schwimmer plötzlich stark hüpfte, sprang Ralph auf, um die Schnur einzuholen. Ich hielt seine Mütze bereit, um den Fisch dort so säuberlich und so sicher zu bergen wie in den Sommertagen unserer Kindheit. Totes Laub, Adlerfarn und alte Zweige sorgten für ein kleines Feuer unter den Bäumen am Fluß, und Ralph säuberte die Forelle und spießte sie auf einen kleinen Zweig, während ich das Feuer in Gang hielt. Drei Tage lang hatte ich kaum etwas gegessen, und die verbrannte Haut der Forelle war salzig und gut. Wen konnte es schon scheren, daß sie teilweise noch roh war, da wir sie doch selbst aus unserem Fluß gefangen und über unserem eigenen Feuer gebraten hatten? Ich wusch mir Finger und Mund am Fluß und trank dann etwas vom süßen Wasser. Als ich mich zurücklehnte, fand ich mich in Ralphs Armen wieder.

Junge Damen, Mädchen von Stand, so heißt es, gebären unter Schmerzen, haben einen schwierigen Monatszyklus und leiden beim Verlust der Jungfräulichkeit. Ohne jemals auch nur ein einziges direktes und deutliches Wort an mich zu richten, hatte Mama ihren Teil dazu beigetragen, daß ich »Bescheid« wußte über die Pflichten einer Gattin, wozu auch die Erzeugung und das Austragen eines Erben gehörte, und es war ihr vollauf gelungen, mich davon zu überzeugen, daß es sich dabei um eine ebenso unangenehme wie schmerzhafte Angelegenheit handelte. Womöglich ist dem auch so. Vielleicht ist die geschlechtliche Vereinigung mit dem Mann, welcher die Wahl der Eltern ist, in dem großen hölzernen Familienbett eine Qual und Schinderei für den eigenen Körper, da man ja weiß, was für Erwartungen zwei Familien in einen setzen und worin die eigene Pflicht besteht. Mit Sicherheit weiß ich jedoch, daß es etwas ganz anderes ist, zusammenzuliegen mit dem Jungen der eigenen Wahl, so wie die freien Mädchen das tun, dort unter den Wideacre-Bäumen und dem Wideacre-Himmel; und daß man auf diese Weise ein Teil wird des alten Zaubers dieses Landes: daß man das Pulsen des großen Herzens von Wideacre in den Ohren hat, und daß man den pochenden Schlag der Erde spürt.

Wie sich balgende Otternjunge rollten wir umeinander, ebenso unerfahren, doch gewiß nicht ohne Anmut; und dann steigerten sich jene unerwarteten und unerklärlichen Empfindungen mehr und mehr, bis sie in einem plötzlichen Ausbruch von Entzücken gipfelten, so daß ich an

Ralphs Schulter keuchte und weinte, während er: »Oh« sagte, als sei er ganz ungeheuer überrascht.

Dann lagen wir schweigend, so dicht an dicht wie ineinanderverschränkte Hände. Und dann, Kinder, die wir waren, schliefen wir ein.

Als wir aufwachten, fühlten wir uns kalt, verkrampft, ungemütlich. Der Rücken meines Kleides schien verfleckt von den Abdrücken von Zweigen und Blättern, und auf Ralphs Stirn zeichnete sich ein rötlicher Streifen ab, eine Druckspur von Kiefernborke. Wir zogen uns wieder richtig an und umarmten uns, um uns aneinander zu wärmen, während die Schatten der Büsche und Bäume in der eiligen Frühjahrsdämmerung sehr rasch länger wurden. Dann verschränkte Ralph seine Hände als Tritt für meinen Fuß und katapultierte mich fast in den Sattel. Wir wechselten noch einen warmen, wortlosen Blick, und dann lenkte ich mein Pferd herum und trabte in Richtung Hall davon. Jetzt sehnte ich mich nach einem heißen Bad und einer herzhaften Mahlzeit. Ich fühlte mich wie eine Göttin.

Jene erste, fast wortlose Begegnung wurde gleichsam zum Grundmuster unseres Vergnügens, das immer mehr wuchs im Frühling und Frühsommer, indes die Tage wärmer und wärmer wurden und das Grün der Pflanzen die dunklen Felder überzog. Die Lämmer, die trächtigen Kühe und Säue, sie waren genügend Grund, um Mama aus dem Wege zu gehen; praktisch lieferten sie mir täglich eine Ausrede für meine Abwesenheit. Sobald ich mich um die Tiere gekümmert hatte oder zur Hand gewesen war, um die Schafherden zum süßen Gras auf den Downs zu treiben, konnte ich tun, was immer mir beliebte. Ralph kannte im Wald ein paar Verstecke, die weiter abgelegen waren als jene, wo wir als Sechsjährige gespielt hatten, und an den wenigen nassen Tagen trafen wir uns wieder in der alten Mühle. Über unseren ruhelosen Körpern gediehen die kleinen Schwalben. Wir waren schon seit Wochen ein Liebespaar, während das hungrige Geschrei im kleinen Nest immer lauter wurde, um dann eines Tages abrupt zu verstummen. Die Jungvögel waren fort. Es war das einzige, was mich daran erinnerte, daß Zeit verstrich.

Dennoch hatte der Übergang vom Frühjahr zum Hochsommer etwas eigentümlich Unverrückbares, das Ralph und mir schier endlose heimliche Nachmittage gönnte. Das Land selbst schien zum Mitverschwörer zu werden, um uns im Farn zu verbergen, und im Wald wuchs das Unterholz dichter und üppiger denn je zuvor. Das Wetter in jenem einzigartigen Frühjahr lächelte, es lächelte so lange, bis Papa sagte, eine solche Saison habe er noch nie erlebt – es müsse wohl mit Zauberei zugehen, daß man schon so frühzeitig an die Heuernte denken konnte.

Natürlich war es Zauberei. Durch jeden warmen Tag und durch jeden nächtlichen Traum schritt Ralph dahin wie ein dunkler Gott der Erde, der ganz Wideacre zum Blühen und Glühen brachte, während unsere Leidenschaft und unser Lieben die Tage sonnig und lang machte und den Nachthimmel mit den klarsten Sternen füllte.

Obschon wir geübter wurden darin, einander Vergnügen zu bereiten, so verloren wir doch nie die Scheu vor der Gegenwart des anderen. Einfach nur dort zusammenzusein unter den weit gebreiteten Ästen der hohen Buchen oder gekrümmt unten zwischen Farnwedeln, war für mich ein Grund unablässigen Verwunderns. Alles, was unsere Phantasie uns eingab, jede Steigerung des Vergnügens, das wir uns erträumten, setzten wir um in Wirklichkeit; taten es in zärtlicher, atemloser Erregung, erfüllt von Gelächter. Mitunter lagen wir stundenlang nackt und berührten einander abwechselnd überall.

»Ist das schön, wenn ich dich so berühre? Und so? Und so?« fragte ich, während meine Finger, mein Gesicht, meine Zunge Ralphs ausgestreckten Körper erforschten.

»Oh, ja. Oh, ja.«

Vergnügen bereitete uns auch die Erregung, fast ertappt zu werden. Eines Nachmittags begegneten wir uns zufällig, als Ralph einen Hasen zur Hall gebracht hatte, während ich im Garten für Mama Rosen pflückte. Er kam von der Küche auf der Rückseite des Hauses, und als er den Garten betrat, klappte die Pforte. Ich drehte mich um, sah ihn, und der Korb mit den Rosen entfiel meinen Händen, war vergessen. Ohne sich darum zu scheren, daß die Fenster des Hauses den Garten überblickten, schritt Ralph einfach auf mich zu, nahm meine Hand und führte mich zum Sommerhäuschen. Mit gebeugtem Rücken stand er, um mich zu tragen, und hob mich zu sich, mein seidenes Kleid knäulte sich zwischen uns, zerknitterte, und Ralph senkte tief den Kopf, um meine Brüste zu küssen. Keuchend in unserer Hast beim unerwarteten Vergnügen, hielten wir schließlich inne, und Ralph stellte mich wieder auf meine Füße. Und dann prusteten wir los und konnten einfach nicht aufhören zu lachen über die unglaubliche Komik und Kühnheit, die darin bestand, daß wir uns am hellichten Tage im Garten liebten, direkt vor Mamas Salon, direkt vor allen Fenstern der Vorderfront des Hauses.

Am Morgen meines Geburtstages im Mai erwachte ich früh, voller Freude über den Gesang der Vögel bei Tagesanbruch, und mein erster Gedanke galt nicht den teuren Geschenken, die ich von Mama und Papa erwarten konnte, sondern dem, was Ralph mir bringen mochte.

Ich sollte nicht lange im Ungewissen bleiben. Während ich mein Gesicht spülte, hörte ich unter meinem Fenster einen langen, leisen Pfiff, und als ich, nur mit dem Nachthemd bekleidet, das Fenster öffnete und mich hinauslehnte, erblickte ich Ralph, strahlend vor Freude, mich zu sehen.

»Alles Gute zum Geburtstag«, rief er in einer Art von rauhem Flüstern. »Ich habe dir ein Geschenk mitgebracht.«

Ich sprang vom Fenstersitz herab und trat zur Kommode, wo ich in einer Schublade ein Garnknäuel fand. Wie eine Märchenprinzessin ließ ich den Faden aus meinem Fenster hinunter, und Ralph befestigte sorgfältig eine Art Weidenkörbchen daran. Vorsichtig zog ich es empor und legte es neben mir auf den Fenstersitz.

»Etwas Lebendiges«, fragte ich überrascht, als aus dem Geflecht ein Rascheln kam.

»Etwas Lebendiges – und Kratziges«, sagte Ralph und hob eine Hand, so daß ich auf dem Handrücken einen langen roten Kratzer sehen konnte.

»Ein Kätzchen?« riet ich.

»Aber doch nicht für dich«, sagte Ralph wegwerfend. »Viel aufregender.«

»Ein Löwenjunges«, sagte ich prompt und lächelte, als ich Ralphs leises Glucksen hörte.

»Mach doch auf und sieh nach«, drängte er. »Aber sei vorsichtig dabei.«

Ich hob den Deckel des Körbchens ein winziges Stück in die Höhe und spähte durch den Spalt. Ein Blick aus tiefblauen Augen traf mich, und ich sah zerzaustes, gesträubtes Gefieder – eine Jungeule, auf dem Rücken liegend, die Füße mit den scharfen Krallen zur Verteidigung gegen mich gerichtet, während aus ihrem aufgesperrten Schnabel mit der roten Zunge ein heiseres, zorniges Geräusch drang.

»Oh, Ralph!« sagte ich wie verzaubert. Und als ich hinunterblickte, sah ich, wie Ralphs Gesicht strahlte vor Liebe und Triumph.

»Um die zu erbeuten«, sagte er stolz, »bin ich eine Kiefer hinaufgeklettert, bis ganz nach oben. Ich wollte dir etwas schenken, das dir niemand sonst schenken kann. Und etwas, das von Wideacre stammt.«

»Ich werd' sie Canny nennen, die Kluge«, sagte ich, »weil Eulen weise sind.«

»So weise nun auch wieder nicht«, lachte er. »Wir wären beinahe vom Baum gestürzt, als sie mich kratzte.«

»Und ich werde sie immer lieben, weil du sie mir geschenkt hast«, sagte ich und blickte in die tiefblauen, verrückten Augen.

»Weisheit und Liebe also«, sagte Ralph, »und all das dank einer kleinen Eule.«

»Ich danke dir«, betonte ich und meinte es wortwörtlich.

»Kommst du später – heraus?« fragte er.

»Vielleicht«, erwiderte ich und strahlte ihn an. »Gleich nach dem Frühstück komme ich zur Mühle.« Ich drehte den Kopf, lauschte auf ein unverkennbares Geräusch: irgend jemand schürte das Küchenfeuer. »Ich muß gehen«, sagte ich. »Wir sehen uns bei der Mühle, und vielen Dank für dein Geschenk.«

In den Nebengebäuden gab es einen kleinen, nichtbenutzten Lagerraum, und dort brachten wir Canny unter. Ralph zeigte mir, wie ich den Jungvogel zu füttern hatte: mit rohem Fleisch, umhüllt von Fell oder Federn. Und daß man sacht die Brustfedern streicheln mußte, damit sich die blauen Augen verschleierten und der Jungvogel schlummerte.

In jenem Sommer hätte Ralph jeden Baum erklettert, alles für mich riskiert. Und ich meinerseits hätte alles für ihn getan. Oder doch fast alles. Eines allerdings wäre mir nie in den Sinn gekommen, und wäre er klüger gewesen oder weniger verliebt gewesen, so hätte ihn das warnen müssen: niemals hätte ich ihn ins Bett meines Papas genommen. Dabei sehnte sich Ralph danach, eben dort mit mir zu liegen, in dem großen Herrenbett unter dem dunklen, gewölbten Holzdach, das von vier baumstammdicken Säulen gestützt wurde. Aber in diesem Punkt gab ich nicht nach. So sehr ich den Burschen des Wildhüters auch liebte, niemals würde ich mit ihm im Bett der Squires von Wideacre liegen. Ich wich der Frage aus; doch als Papa und Mama eines Tages in Chichester waren, während das Personal so etwas wie einen freien Tag hatte, bat Ralph mich ausdrücklich, mich mit ihm in jenes Bett zu legen, was ich rundweg abschlug. In seinen Augen flammte Zorn auf, doch schwieg er und machte sich davon, um im Wald Schlingen zu legen. Bald schon schien er die Zurückweisung vergessen zu haben. Ein klügerer Mann als er hätte sich erinnert: wäre sich an jedem Tag jenes goldenen, zeitlosen Sommers meiner Zurückweisung bewußt gewesen.

Für Mama war es kein zeitloser Sommer. Sie zählte die Tage bis zur Heimkehr ihres Goldjungen. Sogar einen kleinen Kalender hatte sie gemacht und an eine Wand im Salon gehängt. Jeden Abend wurde einer der noch verbleibenden Tage »abgehakt«, was ich ohne Enthusiasmus vermerkte. Ebenso wie ich ohne Freude (und mit noch weniger Geschick) Vorhänge säumte und mithalf, Harrys Drachen-Bettdecke zu besticken. Trotzdem wurde sie zur Zeit fertig und spreizte sich gleichsam auf Harrys Bett in Erwartung der höchstpersönlichen Ankunft des Kaisers.

Am ersten Julitag – einem herrlichen Tag, der viel zu schade war, um ihn auf diese Weise zu vergeuden – saßen wir im Salon und lauschten darauf, ob sich nicht die Geräusche von Harrys Kutsche näherten. Sobald ich von der Allee Hufschlag vernahm, befolgte ich die an mich ergangenen Weisungen. Ich verständigte Mama, und sie ihrerseits holte Papa aus seinem Gewehrraum. Und dann standen wir draußen auf den Eingangsstufen, während die Kutsche um die Kurve bog und dann vor der Vordertür hielt. Papa begrüßte Harry, der mit schwungvollem Satz aus der Kutsche sprang, ohne zu warten, bis die Stufen heruntergelassen wurden. Mama eilte auf ihn zu. Ich allerdings hielt mich zurück; Neid, Eifersucht und irgend so etwas wie Furcht erfüllten mein Herz.

Harry hatte sich seit dem letzten Mal sehr verändert. Sein Babyspeck hatte sich verloren, sein Gesicht wirkte straff, und er glich in nichts mehr dem pummeligen Knaben, der er einmal gewesen war. Auch war er ein ganzes Stück in die Höhe geschossen. Er begrüßte Papa mit einem Lächeln unverkennbarer Zuneigung und strahlte, als sein Vater ihn in die Arme nahm und an sich drückte. Dann gab er Mama einen Handkuß, küßte sie auch auf die Wangen, voll Zärtlichkeit, jedoch ohne jeden Überschwang. Danach – und das war bei allem das Überraschendste – blickte er sich nach mir um, und seine strahlend blauen Augen leuchteten auf, als er mich dann sah.

»Beatrice!« rief er und eilte mit zwei langen Schritten die Stufen zu mir empor. »Wie hübsch du geworden bist! Und wie erwachsen du wirkst! Küssen wir uns noch?«

Ich hob mein Gesicht zu ihm empor und setzte ein gelöstes Lächeln auf, doch als seine Lippen meine Wange berührten und ich den sprießenden Bartwuchs auf seiner Oberlippe spürte, stieg unwillkürlich Röte in mein Gesicht.

Dann nahm Mama ihn unter ihre Fittiche und führte ihn ins Haus, und Papa sprach laut hinweg über ihre geflüsterten Fragen nach Weg und nach Steg und nach den Gasthäusern, wo er genächtigt hatte, und wann er zum letztenmal gespeist habe; und alle ließen mich zurück auf der sonnenbeschienenen Vordertreppe, als gehörte ich nun einfach nicht mehr dazu.

Doch an der Tür zum Salon blieb Harry stehen und wandte sich zurück, um mir durch die offene Vordertür zuzurufen: »Komm doch, Beatrice!« und: »In meinem Gepäck habe ich ein Geschenk für dich.«

Und plötzlich erwärmte sich mein Herz, ihn lächeln zu sehen, während er mir eine Hand entgegenstreckte. Mit raschen Schritten trat ich ins Haus und hatte irgendwie das Gefühl, daß Harry mich vielleicht gar nicht verdrängen würde, sondern mein Heim zu einem glücklicheren Ort für mich machen konnte.

Als jedoch die Tage ins Land gingen, nutzte sich Harrys Charme ein wenig ab. Jedes Dienstmädchen, jede Pächtertochter hatte ein Lächeln für den gutaussehenden jungen Herrn übrig. Seine neugewonnene Sicherheit, sein Selbstbewußtsein gewann ihm Freunde, wohin er auch immer ritt. Er wirkte charmant, und er wußte es. Er wirkte stattlich, und er wußte es. Wir lachten darüber, daß ich jetzt zu ihm emporblicken mußte, denn er war einen Kopf größer als ich.

»Du wirst mich nicht mehr schurigeln, Beatrice«, sagte er.

Nach wie vor war er ein Bücherwurm: Zwei seiner mitgebrachten Koffer waren ausschließlich mit Schriften über Philosophen sowie Gedichten, Theaterstücken und Erzählungen gefüllt. Was jedoch seine einstige Kränkelei betraf, so schien er sie überwunden zu haben, und er war nicht mehr gezwungen, den ganzen Tag im Haus zu bleiben und sich mit Lesen zu vergnügen. Irgendwie schämte ich mich jetzt sogar, daß ich so wenig gelesen hatte. Ich hätte inzwischen mehr über das Land wissen können, als Harry jemals lernen konnte, hatte ich doch Jahre hier draußen auf Wideacre verbracht; auch war ich mit dem Herzen dabei, wie Harry es niemals gewesen war. Nur fiel das nicht weiter ins Gewicht, wenn Harry auf ein bestimmtes Buch verwies und ausrief: »Aber Beatrice! Das *mußt* du doch gelesen haben! Es steht ja in unserer Bibliothek. Dort hab' ich's gefunden, als ich etwa sechs war.«

Manche seiner Bücher befaßten sich auch mit der Landwirtschaft, und nicht alle waren unsinnig.

Dieser neue Harry war des Ergebnis einer ganz natürlichen Entwicklung: des Wachstums vom Knaben zum Fast-schon-Mann. Die Kränkeleien seiner Kindheit galten nicht mehr. Allein, Mama machte sich noch immer Sorgen um sein Herz. Jedermann sonst sah seinen schlanken Körper, seine kraftvollen Arme, seine strahlend blauen Augen; spürte seinen

Charme, mit dem er sehr bewußt und sehr geschickt vorzüglich Dienstmädchen zu bezaubern schien.

Allerdings: was ihn noch immer am stärksten prägte, war Stavelys Einfluß. Und im Salon wie auch an der Abendtafel fiel kein Name häufiger als eben dieser. Mama allerdings hatte ihre ganz eigene Ansicht über Stavely und dessen »Bande«. Doch beherrschte sie sich, hielt den Kopf gesenkt und ihre Zunge im Zaum und ließ ihren angebeteten Sohn reden und reden. Er rühmte sich seiner Rolle als Stavelys »rechte Hand«. Die Bande war immer verwegener geworden und die Disziplin immer strenger. Harry, zweiter in der Rangordnung, hatte nichtsdestoweniger Hiebe des Halbgotts Stavely einstecken müssen. Stavelys Jähzorn, seine bösen Bestrafungen, sein zärtliches Verzeihen wurde mir, in Fortsetzungen gleichsam, anvertraut.

Harry vermißte seinen Helden, wie auch anders, ganz ungeheuerlich. Während seiner ersten Wochen daheim schrieb er tagtäglich und erbat Neuigkeiten aus der Schule sowie von Stavelys Bande. Ein- oder zweimal antwortete Stavely persönlich mit einem unorthographischen Gekritzel, das Harry wie einen kostbaren Schatz verehrte. Und da war noch ein anderer Knabe, der ein paarmal schrieb. In seinem letzten Brief teilte er Harry mit, daß nunmehr er dem Range nach der zweite sei. An diesem Tag sah Harry düster aus; und schon am Vormittag ritt er mit seinem Pferd davon und kehrte erst zu Abend heim.

Aber mochte Harry jetzt auch ein recht angenehmer Gefährte sein, so hinderte mich seine Anwesenheit doch daran, das Haus einfach zu verlassen, um mich mit Ralph zu treffen, am Fluß oder auf den Downs oder wo immer sonst. Während die Tage verstrichen, wurde ich, mit Harry an meiner Seite, immer ungeduldiger. Ich konnte ihn einfach nicht loswerden. Mama wollte, daß er ihr vorsang, Papa brauchte ihn für einen Ritt nach Chichester, doch Harry zog es vor, sich an mich zu heften, während Ralph wartete und wartete und ich vor Begierde brannte.

»Jedesmal wenn ich mein Pferd reitfertig machen lasse, muß auch er ausreiten«, sagte ich klagend zu Ralph, als uns der Zufall für wenige Augenblicke auf der Allee zusammenführte. »Jedesmal wenn ich im Haus in irgendein Zimmer gehe, folgt er mir auf dem Fuße.«

Ralphs glänzende dunkle Augen leuchteten interessiert auf.

»Wieso folgt er dir so dicht auf dem Fuße? Ich dachte, er hinge an den Schürzenbändern deiner Mutter.«

»Weiß ich nicht«, erwiderte ich. »Früher hat er mich nie weiter beachtet. Jetzt kann ich ihn nicht abschütteln.«

»Vielleicht will er dich haben«, meinte Ralph empört.

»Sei nicht albern«, sagte ich. »Er ist mein Bruder.«

»Möglich, daß er da in seiner Schule einiges gelernt hat«, bemerkte Ralph. »Vielleicht hatte er dort eine Dirne und hat gelernt, nach Mädchen zu gucken. Und möglicherweise sieht er, genau wie ich, daß du jung und richtig wild auf Vergnügungen bist. Vielleicht ist er so lange von zu Hause fortgewesen, daß er vergessen hat, in dir die Schwester zu sehen; und daß ihm nur bewußt ist, daß er im selben Haus mit einem Mädchen zusammenlebt, das von Tag zu Tag reizender und lieblicher ist und so ziemlich für alles bereit zu sein scheint, was ein Mann bieten kann...«

»Unsinn«, erwiderte ich. »Ich wünschte nur, er würde mich in Ruhe lassen.«

»Ist er das dort?« fragte Ralph und wies mit dem Kopf auf einen sich nähernden Reiter. In der Tat war es mein Bruder, der auf uns zuritt: gehüllt in einen Reitumhang in warmem Braun, der seine breiter werdenden Schultern betonte. Überraschenderweise wirkte er wie ein verjüngtes Ebenbild meines Vaters oben im Sattel eines der hochgewachsenen Jagdpferde von Wideacre. Er hatte Vaters stolze, gelöste Art und sein allzeit bereites Lächeln. Das Liebliche seiner Wesensart war jedoch von ganz eigener Prägung, und seine biegsame Schlankheit erinnerte in nichts an Papas untersetzte Körperlichkeit.

»Ja, das ist er«, bestätigte ich. »Sei vorsichtig.«

Ralph stand ein Stück vom Kopf meines Pferdes entfernt und zog vor meinem Bruder respektvoll an seiner Stirnlocke.

»Sir«, sagte er.

Harry nickte ihm mit einem süßen Lächeln zu.

»Ich würde gern mit dir reiten, Beatrice«, sagte er. »Wir könnten doch die Downs hinaufgaloppieren.«

»Warum nicht«, erwiderte ich. »Dies ist Ralph, der Sohn von Meg, der Bursche des Wildhüters.« Irgendein Teufel hatte mir eingegeben, sie miteinander bekannt zu machen; doch mein Bruder verschwendete auf Ralph kaum einen Blick. Ralph seinerseits schwieg, beobachtete meinen Bruder jedoch voller Anspannung. Harry hingegen schien Ralph überhaupt nicht wahrzunehmen.

»Reiten wir also los?« fragte er lächelnd. Mit plötzlichem Erschrekken wurde mir die Kluft zwischen mir und Ralph bewußt – ein Unterschied, den ich vergessen hatte während der Tage der Sinnlichkeit und unter einem Himmel, unter dem alles gleich zu sein schien. Harry, von meinem Blut und meinem Stand, ignorierte Ralph, weil Ralph ein

Bediensteter war. Leute wie wir – mein Bruder und ich – waren umgeben von Hunderten und Tausenden von unseren Leuten, die nichts bedeuteten; deren Ansichten, Befürchtungen, Hoffnungen keinerlei Bedeutung für uns haben konnten. Es lag einzig an uns, ob wir uns für ihr Leben interessierten oder sie völlig ignorierten. Ihnen selbst blieb keinerlei Wahl. Und als ich Ralph jetzt neben meinem Bruder sah, der anmutsvoll wie ein Prinz hoch zu Roß saß, wurde ich unwillkürlich rot vor Scham und vor Schande – vor Schrecken über das, was geschehen war. Und die Träume jener Frühlingstage verwandelten sich unversehens in Alpträume.

Wir lenkten unsere Pferde herum und ritten davon. Ich spürte Ralphs Blicke, als er uns fortreiten sah; diesmal jedoch erfüllte es mich nicht mit Freude, sondern mit Schrecken. Steifrückig saß ich im Sattel, und die Stute fühlte meine Unruhe und spitzte wachsam die Ohren.

Ich war stolz, gewiß, aber ich war auch jung und sinnlich, und es war viele Tage her, daß ich mit Ralph allein gewesen war. Die Fährte, die zu den Downs hinaufführte, war dieselbe, der mein Vater folgte, damals an jenem Tag, an dem ich zum erstenmal von einem Pferderücken aus die Weite von Wideacre sah, und hier hatte ich mich immer besonders gern mit Ralph getroffen. Während wir jetzt durchs Buchengehölz ritten, erinnerte ich mich an jene langen, trägen Nachmittage, an denen Ralph und ich in den tiefschattigen Mulden einander zu immer größerer Begierde angestachelt hatten, und als die Pferde zum höchsten Punkt der Downs emporgeklommen, kamen sie an einem unserer kleinen Kuschelnester im Farn vorüber. Das Gefühl der Scham verblich angesichts der Erinnerung an das Vergnügen.

An jener Stelle dort, nur wenige Meter von den Hufen von meines Bruders Pferd entfernt, hatte Ralph auf meinen Wunsch still wie eine Statue verharren müssen, während ich ihn entkleidete und meine Zunge und meine langen Haarflechten über seinen ganzen Körper gleiten ließ. Er hatte vor Wollust gestöhnt – und geächzt, weil es ihn solche Anstrengung kostete, tatsächlich still liegen zu bleiben. Und in süßer Rache hatte er dann mich ins Gras gedrückt und mich mit verzehrender Langsamkeit am ganzen Körper geküßt: jeden noch unerforschten Flecken meiner nackten Haut. Erst als ich vor lauter Begierde buchstäblich zu weinen begann, drang er in mich ein.

Die Erinnerung an jene Lust löste eine feuchte Hitze in mir aus, und ich warf meinem Bruder einen Seitenblick zu, in dem sich wohl meine

Verärgerung darüber spiegelte, daß Harry meinen Sommer mit Ralph unterbrochen hatte, gerade wo der Adlerfarn jetzt hoch genug stand, um uns zu verbergen, so daß nur ein Wanderfalke von hoch oben uns hätte erspähen können in unserer Nacktheit.

Abrupt sagte ich: »Ich muß umkehren, Harry. Mir ist nicht gut. Mich quält ein plötzliches Kopfweh.«

Er musterte mich besorgt. Seine Leichtgläubigkeit hatte etwas Mitleiderregendes.

»Beatrice! Gestatte, daß ich dich nach Hause bringe.«

»Nein, nein«, protestierte ich. »Genieße du nur deinen Ritt. Ich werde am besten zu Megs Häuschen reiten und mir von ihr einen ihrer Fiebertees machen lassen. Die wirken immer.«

Ohne auf seine Einwände zu hören, wendete ich mein Pferd und ritt den Weg zurück, den wir gekommen waren. Ich spürte seine Augen auf mir und ließ mich plump auf meinem Sattel durchstauchen, als spüre ich bei jedem Schritt der Stute meinen bösschmerzenden Kopf. Doch sobald ich, unter dem Schutz der Buchen, außer Sicht war, richtete ich mich auf und ritt in flottem Tempo die Fährte zurück. Ich nahm die Abkürzung zu Megs Hütte – wozu ein kleiner Sprung über die Parkummauerung gehörte – und folgte dann in forschem Galopp dem Ufer des Fenny bis hin zur im Sonnenschein schlummernden Hütte. Ralph saß draußen und verknotete eine Schnur zur Schlinge, neben ihm lag, träge ausgestreckt, seinen Hund. Sein Anblick genügte, um in meiner Herzgegend ein Zucken auszulösen. Er hörte die Hufschläge der Stute und legte seine Arbeit beiseite. Mit einem warmen, gelösten Lächeln kam er mir an der Pforte entgegen.

»Es ist dir also gelungen, deinen hocherhabenen Bruder abzuschütteln?« fragte er. »Vorhin auf der Straße kam ich mir neben ihm wie ein Stück Dreck vor.«

Ich hatte kein Lächeln, mit dem ich sein Lächeln hätte beantworten können. Der Kontrast zwischen beiden war allzu schmerzlich.

»Wir sind über die Downs geritten«, sagte ich. »Vorbei an unseren alten Treffpunkten. Ich habe dich sehr vermißt. Komm, laß uns zur Mühle gehen.«

Er nickte wie um den Empfang eines Befehls zu bestätigen; aus seinen Augen war das Lächeln entschwunden. Ich band die Stute an die Pforte und folgte ihm den schmalen Pfad entlang. Sobald wir in der Mühle waren, drehte er sich um, nahm mich in die Arme, schien etwas sagen zu wollen. Doch ich zog ihn aufs Stroh herab und sagte drängend: »Tu's einfach, Ralph.«

Und mein Zorn und meine Traurigkeit schmolzen dahin, als ich jenes vertraute und doch immer wieder neue Gefühl der Lust spürte, das mich wärmte. Er küßte mich, und der übermäßige Druck seiner Lippen verriet mir seine Sorge und seinen Zorn, und dann öffnete er mein Kleid vorn am Hals. Mit zitternden Fingern knüpfte ich die Lederschnüre vorn am Schurz seiner Beinkleider auf, während er unter den vielschichtigen Petticoats meiner Reitkleider wühlte. Ungeduldig sagte ich: »Laß mich!« und streifte alles, Kleid und Petticoats, über meinen Kopf.

Nackt spreizte ich mich unter ihm und erschauerte vor Lust, während er sich mit seinem vollen Gewicht auf mich legte. Plötzlich schwang ein Flügel der Doppeltür weit auf, und über uns fiel Sonnenlicht wie ein körperlicher Schlag. In Schock und Schrecken verharrten wir wie gelähmt: Ralph halb um die eigene Achse gedreht, während ich kreidebleich über seine Schulter hinwegspähte.

In der sonnenhellen Türöffnung stand mein Bruder, die Augen gegen das Halbdunkel verkniffen und den Blick starr auf seine Schwester gerichtet, die dort unten, in Wollust befangen, auf einer Dreschtenne lag. Für den Bruchteil einer Sekunde wirkte alles erstarrt, wie ein obszönes Tableau; dann sprang Ralph von mir herunter. Ich rollte zur einen Seite, krümmte mich zu meinen Kleidern, und Ralph zerrte seine ledernen Breeches über die festen Muskeln. Keiner sprach. Das Schweigen schien eine Ewigkeit zu währen. Ich stand, meine neue Reitkleidung gegen meine nackten Brüste gepreßt, und starrte meinen Bruder voll Angst und Schrecken an.

Plötzlich gab Harry einen wie erstickten Schrei von sich und stürzte mit erhobener Reitpeitsche auf Ralph zu. Ralph war größer und schwerer und hatte sich von frühauf mit den Dorfburschen geprügelt. Er wehrte Harry von sich ab, und Harrys wilde Peitschenschläge trafen nur seine Arme und Schultern. Aber dann brachte ihn ein Hieb quer über seine Wange in Wut, und er entriß Harry die Peitsche und stieß ihm heftig in den Bauch, brachte ihn zu Fall, und hart schlug Harry auf den Rücken. Er knallte geradezu auf die Tenne, und ein brutaler Fußtritt von Ralph in seine Leistengegend ließ ihn zusammenzucken und sich zusammenkrümmen wie zu einem Knäuel. Er schrie auf, vor Schmerz, wie mir schien, und ich rief beschwörend: »Nein, Ralph, nein!«

Aber dann hob mein Bruder sein Gesicht vom staubigen Untergrund, und ich sah sein engelhaftes Lächeln und seine wie verklärten blauen Augen. Ein kalter Schauer lief mir über den Rücken, als ich Harrys glückseligen Gesichtsausdruck sah, während er dort zu Ralphs Füßen im

Dreck lag und mit hündischem Blick Ralphs Gestalt und die Peitsche in seiner Hand betrachtete. Er bewegte sich und kroch im Staub auf Ralphs Füße zu.

»Schlag mich«, bettelte er mit kindlicher Stimme. »Oh, bitte, schlag mich.«

Ungläubig sah Ralph mich an, und uns beiden begann zu dämmern, daß wir ungeschoren davonkommen würden. Jetzt wußte ich, weshalb mein Bruder von der Schule verwiesen worden war: auf eine ganz besondere Weise hatte Dr. Yatelys Erziehungsinstitut ihn fürs Leben geprägt.

Die leichten Peitschenhiebe, die Ralph meinem Bruder versetzte, trafen Harrys gutgeschnittenen Rock und seine Breeches, und Harry umspannte mit festem Griff Ralphs nackten Fuß und schrie laut auf und gab dann ein lustvolles Stöhnen von sich. Der zukünftige Herr von Wideacre, das Gesicht vergraben in schmutzigem Stroh, die Hände um das Fußgelenk eines einfachen Arbeiters gespannt, schluchzte wie ein Baby. Ralph und ich sahen einander wie in erstarrter Stille an.

Jene Stille, jenes *Schweigen*, schien den ganzen Sommer anzudauern. Mein Bruder folgte mir nicht mehr auf Schritt und Tritt; war nicht mehr mein Schatten; trieb sich nicht mehr bei den Ställen herum, während ich zusah, wie mein Pferd gestriegelt wurde; schlich nicht mehr hinter mir her auf Gartenwegen; saß abends im Salon nicht mehr an meiner Seite. O nein. Jetzt folgte er Ralph. Mein Vater war hochzufrieden, weil Harry sich meistens draußen auf unserem Land aufhielt und nicht mehr, ewiger Stubenhocker, im Haus. Während mein Bruder so brav wie dessen neuer schwarzer Spanielwelpe Ralphs Schritten folgte, lernte er nach und nach die Felder, die Wälder und den Fenny kennen. Während Ralph die Schlupfwinkel des Wildes ausfindig machte, für Jagdvögel Körner ausstreute, Drahtschlingen legte und die Löcher zu Fuchs- und Dachsbauten aufspürte, folgte ihm Harry – und erfuhr dabei, genau wie ich als Kind, unendlich viel über Wideacre: er lernte seine Geheimnisse kennen.

Endlich war ich ihn los. Doch wenn ich mich mit Ralph traf, so waren wir unglaublich verkrampft: waren uns ständig der schweigsamen, jedoch scharfäugigen Gegenwart meines Bruders bewußt. Selbst an jenen Tagen, an denen ich in aller Herrgottsfrühe zu einem Stelldichein mit Ralph ritt, noch bevor Harry aus den Federn fand, fehlte unseren Umarmungen die frühere Leidenschaft. Ich fühlte mich frostig und angespannt, Ralph wirkte stoisch, blieb stumm. Nie wurde ich das Gefühl los, mein Bruder könne jeden Augenblick auftauchen, um Ralph zu Füßen zu kriechen und sich Prügel zu erbetteln. Ich konnte Ralph ja nicht einmal fragen, ob er und mein Bruder...? Schließlich legten sie bei ihren weiten Wanderungen über Wideacre doch zwischendurch immer wieder mal Rast ein, in einer geschützten Mulde vielleicht, und... und wenn Ralphs Welpe, noch nicht abgerichtet, eine Tracht Prügel bezog und sich ergeben auf den Rücken legte, während Ralph die Peitsche noch in der erhobenen Hand hielt, was geschah dann, wenn Harry ihn ansah...? Nein, solche Fragen gingen mir nicht über die Lippen. Ich konnte mir beide nicht *zusammen* vorstellen. Ich fand nicht die Wörter für jene Fragen, zu denen es mich drängte, die ich jedoch nicht zu stellen wagte.

Vielleicht hätte ich Eifersucht empfinden sollen, aber ich empfand nichts. Der zaubrische Sommer mit Ralph, dem dunklen Gott, schien vorüber zu sein. Und er hatte, als ein Stück Zauber, geendet, kaum daß er begonnen zu haben schien. Für mich endete er an jenem Tag, jenem heißen Tag auf der Allee, als Ralph vor meinem Bruder seine Stirnlocke zog und mein Bruder dies nicht einmal bemerkte. Von Ralph hatte ich viel gelernt über Vergnügen, über Lust; auch darüber, mein Herz wohl behütet zu halten; doch eine Zukunft konnte es für uns beide nicht geben. Ralph war einer unserer Leute, ein Bediensteter, und ich war eine Lady von Wideacre. Ritt ich mit einer Hundemeute auf meinem eigenen Jagdpferd oder fuhr ich mit der Kutsche zur Kirche, oder ging über unsere Felder spazieren, so war mir nicht danach zumute, bei irgendeiner Hecke Ralph zu sehen, wie er sein heimliches, wissendes Lächeln lächelte. Es war nicht Eifersucht, sondern ein ausgeprägter Kastensinn, der mich jenes Lächeln hassen ließ, als ich es auf meinen Bruder gerichtet sah: als ich sah, wie der Wildhüter-Bursche den nächsten Herrn von Wideacre zu seinem willenlosen Sklaven erniedrigte.

So kam ich dann in den folgenden Wochen nur selten mit Ralph zusammen, und er schien kaum interessiert, sich mit mir zu treffen. Als ich einmal, in der Kutsche neben Mama sitzend, den Weg nach Acre entlangfuhr, bedachte er mich mit jenem heimlich-geheimen Lächeln, und mir schien aus seinen samtschwarzen Augen irgendeine Botschaft zu sprechen. Es war, als warte er auf irgend etwas, auf eine Gelegenheit, sich offen mit mir auszusprechen, um seit langem gehegte Gedanken in Worte zu kleiden. Doch er war ein Bursche vom Land und als solcher gewohnt zu warten, bis sich ein günstiger Augenblick ergab.

Die damals immer weiter um sich greifende Wilddieberei nahm ihn völlig in Anspruch. Nach einer epidemischen Fußfäule im Frühjahr waren die Preise für Hammelfleisch sprunghaft angestiegen, und nicht einmal unsere eigenen Pächter respektierten unseren Wildbestand. Fasan auf Fasan verschwand, und während jeder Mahlzeit sprach Harry von Ralphs Plänen, die Wilddiebe zu fangen, und pries Ralphs Entschlossenheit und Wagemut.

Es war eine gefährliche Aufgabe. Auf Wilddieberei steht die Todesstrafe, und zwar durch den Strang, und die Männer, welche Wilddieberei betreiben, sind verzweifelte Männer. So mancher Wilddieb hat, außer seinen sonstigen Verbrechen, einen Mord auf dem Gewissen – die Erschlagung eines Wildhüters, der ihn erkannt hat. Ralph hielt seine Schußwaffe gut instand und trug einen schweren Knüttel bei sich. Seine beiden Hunde – ein schwarzer Jagdhund und der schwarze Spanielwelpe – schnürten eifrig vor ihm und hinter ihm, genauso zum Schutz ihres Herrn wie zum Schutz der Fasane.

Beim Frühstück, beim Dinner und beim Tee vernahmen wir aus Harrys Mund enthusiastische Berichte darüber, wie der Krieg gegen die Wilddiebe verlief, und daß dabei Ralphs Hilfe für den Wildhüter der ausschlaggebende Faktor war. Als Bellings, der Wildhüter, dann an Influenza erkrankte, drang Harry darauf, daß Ralph pro Woche zusätzlich mit zwei Schillingen entlohnt werde – und den Posten übernähme, bis der ältere Mann wieder wohlauf sei.

»Er ist noch sehr jung«, sagte Papa vorsichtig. »Es wäre vielleicht klüger, einen älteren Mann auf den Posten zu stellen, bis Bellings wieder gesund ist.«

»Keiner kennt Wideacre besser als Ralph, Papa«, sagte Harry mit Nachdruck. »Und mag er auch noch ziemlich jung sein, so ist er doch schon voll erwachsen und stark wie ein Ochse. Du solltest nur sehen, wie mühelos er mich zu Boden wirft, wenn wir miteinander ringen! Ich glaube nicht, daß irgend jemand sonst der Aufgabe besser gewachsen wäre.«

»Nun ja«, sagte Papa nachgiebig, während sein Blick auf Harrys strahlendem Gesicht ruhte, »wenn ich einmal nicht mehr da bin, wirst du hier der Herr sein. Setze einen jungen Wildhüter wie Ralph ein, und er wird dir vielleicht für dein ganzes Leben dienen. Ich freue mich, in dieser Sache deinem Rat folgen zu können.«

Mein Blick zuckte zu Papas Gesicht, dann wieder zurück zu meinem Teller. Noch vor wenigen Wochen würde Papa mich gefragt haben, wie ich darüber dachte. Und natürlich hätte ich den von mir Angebeteten in den Himmel gelobt. Jetzt war ich mir da nicht mehr so sicher. Ralph hielt meinen Bruder wie unter einem Bann, und als Harry von ihren

Ringkämpfen sprach, hatte ich aufgehorcht. Das klang mir wieder ganz nach Stavely. Und aus irgendeinem Grund – weshalb genau, hätte ich nicht sagen können – fürchtete ich die Vorstellung, daß Ralph über Harrys impulsives Herz Gewalt ausüben mochte.

»Ich brauche heute jemanden, der nach den Schafen sieht«, sagte Papa, und sein Blick schien Harry und mich gleichzeitig zu umfassen.

»Ich werde gehen«, sagte Harry, »aber bis zum Lunch muß ich damit fertig sein. Ralph hat ein Turmfalkennest gefunden, und dort will ich heute nachmittag hin – bevor die Henne die zweiten Eier legt.«

»Ich werde gehen«, sagte ich. »Die Schafe müssen auf Fußfäule untersucht werden, und du würdest die Anzeichen dafür nicht erkennen, Harry.«

Papa strahlte. Die latente Eifersucht in meiner Stimme entging ihm.

»Da scheine ich ja zwei ›Vögte‹ zu haben!« sagte er zufrieden. »Was meint Ihr dazu, Ma'am?«

Auch Mama lächelte. Endlich schien alles, wie sie es empfand, ins Lot zu fallen. Nur ich fügte mich noch nirgends so richtig rein.

»Harry sollte gehen«, sagte sie mit süßer Stimme. »Ich brauche Beatrice heute morgen, um ein paar Blumen zu schneiden, und am Nachmittag darf sie mich bei einigen Besuchen begleiten.«

In instinktiver, stummer Bitte richtete ich meinen Blick auf Papa. Doch er sah mich nicht an. Jetzt, da sein Sohn wieder daheim war, schien unser liebevolles, kameradschaftliches Verhältnis nur noch zweitrangig zu sein. Wie seinerzeit bei mir beobachtete er jetzt voller Liebe und Anteilnahme, welche Fortschritte Harry dabei machte, sich das Land gleichsam innerlich anzueignen. Ja, voll Liebe und voll Stolz betrachtete er jetzt seinen hochgewachsenen, goldigen Sohn: sah, wie seine Gestalt kräftiger und breiter wurde und der ehemalige Waschlappen und Weichling sich zum jungen Mann entwickelte. Und er sah in Harry den zukünftigen Herrn von Wideacre.

»Dann also Harry«, sagte er wie beiläufig. »Ich werde mit dir hinausreiten, Harry, und dir zeigen, wie Schaffäule aussieht. Falls du dich, wie Beatrice gesagt hat, tatsächlich nicht damit auskennst, wird es höchste Zeit, daß du's lernst. Wideacre ist nicht nur Spielerei, weißt du!«

»Ich wollte heute ausreiten«, sagte ich leise, Rebellion in der Stimme.

Papa sah mich an, und er lachte, als fände er das komisch: meine Enttäuschung, meinen Schmerz.

»Ah, Beatrice!« sagte er in ebenso beiläufigem wie nichtssagendem liebevollem Ton. »Du mußt jetzt wirklich lernen, eine junge Lady zu sein. Ich habe dir alles beigebracht, was du über unser Land wissen mußt. Von Mama mußt du lernen, was es über das Haus zu wissen gibt. Dann bist du deinem Gemahl einmal drinnen wie draußen über!« Wieder lachte er, und Mamas leise perlendes Gelächter sagte mir, daß ich eine Schlappe erlitten hatte.

Harry lernte von Papa, Fußfäule zu erkennen, und er wußte seine Zeit zu nutzen: Er überredete Papa dazu, Ralph und Meg in ein anderes Quartier umzusiedeln. Als er beim Tee davon sprach, konnte ich meine Zunge nicht im Zaum halten.

»Unsinn!« rief ich aus. »Ralph und Meg sind in ihrer kleinen Hütte sehr gut aufgehoben. Sie ist praktisch mietfrei, und Meg ist eine ziemlich schlampige Hausfrau. Das Strohdach wird vom Wind abgetragen, weil Ralph zu faul ist, um's zu reparieren, und Meg kümmert das sowieso nicht weiter. Die haben nicht den geringsten Anspruch auf ein besseres Quartier. Meg wüßte gar nicht, was sie damit anfangen sollte.«

Mein Vater nickte bestätigend, blickte jedoch zu Harry. Die Art und Weise, wie seine Augen mich mieden, traf mich ins Mark. Er blickte zu seinem Nachfolger, seinem Erben, erwog sein Urteil. Meine Meinung, die Meinung der Tochter des Hauses, mochte falsch sein oder richtig, das fiel nicht weiter ins Gewicht. Harrys Urteil war von immenser Bedeutung, denn er würde die Zukunft gestalten. Er war der Erbe, der männliche Erbe.

Papa hatte keineswegs aufgehört, mich zu lieben. Das wußte ich. Nur stand ich nicht mehr im Mittelpunkt seiner Aufmerksamkeit. Jenes Band, das uns miteinander verbunden hatte, als er mein Pony das erste Mal beim Leitzügel nahm und das uns seither stets verknüpft hatte, es schien zerrissen. Jetzt ritt an Papas Seite nicht mein Pony und auch nicht meine Stute, sondern das Pferd des künftigen Squire.

Was immer ich tat, ob ich ausritt, auf dem Pianoforte übte oder kleine Bilder malte, es fiel nicht weiter ins Gewicht. Ich war die Tochter des Hauses, eine Durchreisende. Meine Zukunft lag woanders.

Und während Harry Papas Ohr hatte, hatte Ralph Harrys Ohr. Und ich kannte Ralph gut genug, um zu wissen, daß er dies für seine Zwecke ausbeuten würde. Nur ich durchschaute ihn. Nur ich wußte, daß er gierig war aufs Land. Nur ich wußte, wie es war, im eigenen Heim, auf dem eigenen Land so etwas wie ein Ausgestoßener zu sein. Sich ewig nach Geborgenheit und Zugehörigkeit zu sehnen. Sich immer und immer wieder zurückgewiesen zu fühlen.

»Ralph ist ein erstklassiger Mann«, sagte Harry mit Nachdruck.

Nichts war mehr zu spüren von seiner knieweichen Nachgiebigkeit, Stimme und Manieren indes waren noch immer von makelloser Sanftheit. Völlig unverhohlen widersprach er mir, schien jedoch nicht einen einzigen Gedanken daran zu verschwenden, daß mich das irritieren oder gegen ihn aufbringen könne. »Es wäre ein Unglück, ihn zu verlieren, und es gibt viele Grundbesitzer, die ihm mehr zahlen und ihn auch besser unterbringen würden. Ich meine, man sollte ihm das Tyacke-Cottage überlassen, nach dem Ableben des Alten. Ist ein recht hübsches Cottage und nicht weit vom Wald.«

Ich explodierte fast vor Wut über die Dummheit meines Bruders. »Unfug! Tyackes Cottage ist pro Jahr hundertfünfzig Pfund wert, und ein neuer Mieter müßte hundert Pfund Grundgebühr zahlen. Wir können doch, nur Ralph zu Gefallen, das Geld nicht einfach zum Fenster hinauswerfen. Man könnte seine alte Hütte reparieren oder ihm im Dorf ein kleines Cottage zuweisen, das Tyacke-Cottage kommt jedoch überhaupt nicht in Frage. Das ist ja praktisch ein richtiges Haus! Was sollten Ralph oder Meg wohl mit einer Art von vorderem ›Salon‹ anfangen – die würden darin ja bloß Geflügel halten.«

Meine Mutter vernahm nicht ein *Wort* unseres Gesprächs, sie registrierte nur den *Ton* meiner Stimme und reagierte darauf ganz automatisch.

»Haltung, Beatrice!« sagte sie. »Haltung! – Und misch dich nicht in Geschäfte ein, Liebes.«

Ich ignorierte die Warnung, aber mein Vater bedeutete mir mit einem Nicken, den Mund zu halten.

»Ich werd's mir überlegen, Harry«, sagte er. »Ralph ist ein guter Mann, da hast du recht. Will's überdenken. Was Fasane und Füchse betrifft, so ist er zuverlässig, und wir brauchen ihn auf Wideacre. Beatrice hat mit ihrer Feststellung recht, daß es sich beim Tyacke-Heim um ein besonders hübsches Cottage handelt, doch braucht Ralph fürwahr etwas Besseres als jene Hütte am Fluß. Ist so voller Ideen, dieser Ralph. Hat sogar eine von jenen Menschenfallen für den Wald parat. Er kennt seine Aufgabe und arbeitet hart. Ich werd's mir überlegen.«

Mein Bruder nickte und lächelte mir dann zu. Sein Lächeln war ohne Bösartigkeit, ohne Triumph. Die Freundschaft mit Ralph erfüllte ihn mit Selbstsicherheit, jedoch ohne daß er arrogant gewesen wäre. Sein Lächeln war noch immer das eines cherubinischen Schulknaben, seine Augen hatten noch das klare Blau eines glücklichen Kindes.

»Er wird sich freuen«, sagte er.

Plötzlich wurde mir bewußt, daß all dies Ralphs Idee war, gleichsam seine Worte, Harry in den Mund gelegt. Er hatte mich besessen, mir Vergnügen bereitet, Lust; aber jetzt hielt er meinen Bruder in der Hand wie ein Stück Wachs. Mit Hilfe meines Bruders konnte er meinen Vater beeinflussen, und da ich Ralph kannte, wußte ich genau, daß er hinter mehr her war als hinter dem hübschen kleinen Tyacke-Cottage. Hinter Land war er her; und dann hinter noch mehr Land. Genauer gesagt: Er war hinter unserem Land her. Nur wenige Menschen ziehen von dem Dorf, wo sie geboren wurden, jemals weiter als fünf Meilen fort. Ralph war auf Wideacre-Land zur Welt gekommen, und hier würde er auch sterben. Wenn er Land wollte, so konnte es nur unser Land sein, hinter dem er her war. Das Cottage war für ihn nur der erste Schritt, und wann und wo sein Hunger befriedigt sein würde, war nicht abzusehen. Das verstand ich mit derselben Klarheit, mit der ich mich selbst verstand. Ich hätte alles getan, hätte jedes Verbrechen, jede Sünde begangen, um unsere Felder und Wälder zu besitzen. Und mit wachsender Furcht begann ich mich zu fragen, ob Ralph nicht genauso rücksichtslos dazu entschlossen war. Wie aber konnte mein törichter und betörter Bruder jemals imstande sein, ihm Widerspruch zu leisten?

Ich entschuldigte mich von der Tafel und schlüpfte hinaus zu den Ställen, Mamas gemurmelte Anweisungen ignorierend. Ich mußte unbedingt Ralph sehen: mußte mich davon überzeugen, ob er für das Land jene Leidenschaft empfand, die er einmal für mich empfunden zu haben schien. Begehrte er Wideacre mit der gleichen Inbrunst wie ich – das schöne Haus, die liebreizenden Gärten, die weitgeschwungenen Hügel und die üppige Torferde mit den silbrigen Spuren von Sand –, dann war meine Familie verloren. Harrys blinder Enthusiasmus war so etwas wie ein Freibillet für jenen Jungen, der uns rücksichtslos beiseite drängen würde, um selbst Anspruch zu erheben auf das goldene Königreich. In flottem Trab legte meine Stute den Weg zu der Hütte zurück, die auf einmal nicht mehr gut genug war für Ralph. Urplötzlich scheute das Tier, warf mich beinahe aus dem Sattel: Dicht beim Pfad schwankte und raschelte das Buschwerk.

»Ralph!« sagte ich. »Beinahe wäre ich abgeworfen worden!«

Er grinste. »Du solltest die Zügel straffer halten, Beatrice.«

Ich zwang den Kopf meines Pferdes ein Stück herum, um besser sehen zu können, was Ralph da trieb. Er war dabei, eine gewaltige Menschenfalle in den Boden zu senken: Sie klaffte auf, diese Falle, wie eine gigantische Muschel – ein Modell, so wollte es scheinen, das eigens in London angefertigt worden war, um das Eigentum des Landadels zu schützen. Über einen Meter war es breit und bestand aus scharfen Eisenspitzen; besaß überdies eine Schnappvorrichtung, die zuschlug wie Peitschenknall.

»Was für ein gräßliches Ding«, sagte ich. »Aber weshalb bringst du die Falle nicht auf dem Weg an?«

»Weil ich den Weg von der Hütte aus nicht sehen kann«, erwiderte Ralph. »Und das wissen die. Genau hier, vor der Biegung des Weges, kriechen sie durchs Gebüsch, um an die Fasane heranzukommen. Ich habe die Abdrücke ihrer Stiefel gesehen. Dies hier wird ihnen ein Willkommen bereiten, wie sie's nicht erwartet haben.«

»Kann so eine Falle einen Mann töten?« fragte ich und stellte mir vor, wie die »Kinnbacken« zuschnappten.

»Schon möglich«, erwiderte Ralph gleichgültig. »Kommt drauf an, ob er Glück hat. Auf den großen Landsitzen im Norden stellt man solche Fallen rund um die Mauern auf und sieht dann einmal in der Woche nach. Tappt jemand in eine Falle, so kann er längst verblutet sein, bevor jemand nachsehen kommt. Dein Vater läßt dergleichen hier nicht zu. Hat der betreffende Mann Glück, so kommt er mit zwei gebrochenen Beinen davon; hat er Pech, so wird ihm die Hauptschlagader durchschnitten, und er verblutet.«

»Kannst du denn nicht schnell genug hier sein, um dem Mann auf jeden Fall das Leben zu retten?« fragte ich, entsetzt über die tödliche »Waffe« mitten im Buschwerk.

»Nein«, erwiderte Ralph, genauso gleichgültig wie zuvor. »Du hast doch gesehen, wie ich einem Hirsch die Kehle durchgeschnitten habe. Du weißt also, wie schnell ein Tier stirbt, wenn das Blut nur so hervorsprudelt. Genauso ist es bei einem Menschen. Allerdings werden die meisten glimpflich davonkommen – sich höchstens für den Rest ihres Lebens ein bißchen langsamer bewegen.«

»Du solltest unbedingt deine Mutter warnen«, meinte ich.

Ralph lachte. »Die hat sich fortgemacht, sobald sie das Ding sah«, sagte er. »Sie hat da so 'n übersinnliches Gespür, weißt du. Hat gesagt, es rieche nach Tod. Und ich sollte mich unbedingt davon fernhalten.« Er warf mir einen Seitenblick zu. »Nachmittags schlafe ich hier allein, und nachts halt' ich's unter Beobachtung.«

Ich ignorierte die verschlüsselte Einladung; doch überlief mich ein Prickeln, als ich an jene langen Nachmittage dachte, die ich mit Ralph verbracht hatte. Aber das war jetzt Vergangenheit.

»Du bist dick Freund mit Master Harry«, sagte ich.

Er nickte. »Macht sich so nach und nach mit dem Wald vertraut«, sagte er. »Soviel Gefühl fürs Land wie du hat er zwar nicht, aber er wird schon mal einen ganz brauchbaren Squire abgeben, wenn er den richtigen Verwalter hat.«

»Wir haben noch nie einen Verwalter gehabt«, sagte ich hastig. »So etwas gibt es in Wideacre nicht.«

Ralph, noch auf dem Boden kniend, musterte mich mit einem langen, kühlen Blick. Seine Augen blitzten so hell und so scharf wie die Zähne der Falle.

»Möglich, daß der nächste Squire einen Verwalter haben wird«, sagte er langsam. »Möglich, daß der Verwalter das Land gut kennen wird, besser noch als selbst der Master. Möglich, daß der Verwalter das Land lieben und ihm ein guter Master sein wird, besser noch als selbst der Squire. Wäre das nicht genau der Master, den das Land haben sollte? Wäre das nicht genau der Mann, wie du ihn gern sehen würdest, hier, an deiner Seite?«

Ich glitt von meiner Stute herunter, schlang die Zügel um einen tiefen Ast, in sicherer Entfernung von der Falle.

»Gehen wir zum Fluß«, sagte ich.

Ralph häufte mit dem Fuß noch mehr Laub auf die Falle und folgte mir dann. Er schloß auf, und während wir nebeneinander schritten, streifte meine Wange seine Schulter. Wir wechselten kein einziges Wort. Der Fenny, unser Fluß, ist ein klares Gewässer mit süßem, trinkbarem Wasser, in dem sich Forellen finden. In der Sommerzeit kommen sogar die Lachse bis hier hinauf, auch kann man innerhalb einer halben Stunde außer Forellen einen ganzen Eimer Aale fangen. Die Kieselsteine schimmern golden, und der Fluß ist ein Silberstreifen in der Sonne mit geheimnisvollen bernsteinfarbenen »Pools« unter den Schatten der Bäume. Gemeinsam beobachteten wir das unablässig fließende Wasser und sagten plötzlich wie aus einem Mund: »Sieh! Eine Forelle!« Und lächelten unwillkürlich, und unsere Blicke trafen sich, weil wir sie miteinander teilten, die Liebe für Forellen, für den Fluß, für die süße Sussex-Erde. Die Tage des Getrenntseins fielen gleichsam von uns ab, und wir lächelten.

»Hier bin ich zur Welt gekommen und aufgewachsen«, sagte Ralph plötzlich. »Mein Vater und seine Eltern und deren Eltern haben dieses Land bearbeitet, solange es sich zurückverfolgen läßt. Das gibt mir einige Rechte.«

Der Fluß plätscherte ruhig vor sich hin.

Der Fenny, an dieser Stelle ziemlich schmal, ein Flüßchen nur, wurde von einem Baumstamm überbrückt, auf dem ich mich jetzt niederließ, um meine Beine über dem Wasser baumeln zu lassen. Ralph balancierte auf dem Stamm, stützte sich dann gegen einen Ast und sah mich an.

»Ich sehe meinen Weg jetzt klar vor mir«, sagte er ruhig, »deutlich und klar sehe ich jetzt meinen Weg durch das Land und die – Freude. Erinnerst du dich noch, Beatrice, wie wir damals das erste Mal sprachen? Über das Land und die Freude für uns beide.«

Hinter ihm schnellte eine Forelle aus dem Fluß, doch er wandte nicht den Kopf. Er beobachtete mich so eingehend, wie meine Eule mich nachts beobachtete – wie um meine Gedanken zu lesen. Ich musterte ihn mit einem Blick ganz seitlich aus meinen Augenwinkeln.

»Dasselbe Land und dieselbe Freude. Wir teilen sie miteinander?«

Er nickte. »Du würdest doch alles darum geben, die Mistreß – die Herrin – von Wideacre zu sein, Beatrice, nicht wahr? Du wärst doch zu jedem Opfer bereit, um Mistreß in der Hall zu werden und an jedem Tag deines Lebens über das Land reiten und sagen zu können: ›Dies gehört mir.‹«

»Ja«, erwiderte ich.

»Man wird dich fortschicken«, sagte er. »Du bist kein Kind mehr. Du weißt, wie deine Zukunft aussehen wird – man wird dich nach London schicken und mit einem Fremden verheiraten, der dich weit fortführen wird, vielleicht in ein anderes Land. Das Land, das Klima, die Art der Landwirtschaft, all das wird anders sein. Das Heu wird nicht so riechen wie hier; die Erde wird nicht die gleiche Farbe haben. Die Milch und der Käse werden anders schmecken. Harry wird irgendein hochvornehmes Mädchen heiraten, das dann hierher kommen wird, um die Königin zu spielen und den Platz deiner Mutter einzunehmen. Du wirst von Glück sagen können, wenn man dir einmal pro Jahr zu Weihnachten einen Besuch gestattet.«

Ich schwieg. Das Bild war überscharf – und nur zu wahrscheinlich. Während ich geträumt hatte, war Ralph mit kühlem Verstand bei der Sache gewesen. Alles, was er sagte, hatte Hand und Fuß. Man würde mich wegschicken. Harry würde heiraten. Wideacre würde nicht für alle Zeit mein Heim sein; vielmehr würde ich irgendwo fern von hier leben, in irgendeinem Winkel unseres, wenn nicht gar eines anderen Landes. Schlimmer noch war die Vorstellung, mit irgendeinem »fashionablen« Gemahl in London zu leben und niemals wieder frischgemähtes Gras zu riechen. Ich blieb stumm, doch schmerzten solche Gedanken, und ich hatte Angst.

All die kleinen Mosaiksteinchen fügten sich zusammen: daß Mama es mir abgeschlagen hatte, mein Schlafzimmer gleichfalls neu einzurichten; und Papas Warnung; und die Liebe, die sie beide Harry bewiesen – all dies fügte sich klar und eindeutig zu einem Bild, aus dem sich unmißverständlich ablesen ließ, was mich erwartete. Ich befand mich auf dem Weg ins Exil, und all meine Leidenschaft konnte mich nicht retten.

Ralph wandte seinen Blick von meinem erschreckten Gesicht und beobachtete den Fluß. Die schlanke, silberne Forelle strebte stromaufwärts inmitten des klaren, süßen Wassers.

»Es gibt für dich eine Möglichkeit, hier zu bleiben und die Lady von Wideacre zu sein«, sagte er langsam. »Es ist eine langwierige und krumme Angelegenheit, aber wir gewinnen das Land und das Vergnügen – die Freude.«

»Wie?« sagte ich nur. In meinem Innern war ein Gefühl der Einsamkeit, und meine Stimme klang gedämpft: so ruhig und so tief wie die von Ralph.

»Wenn Harry das Erbe antritt, bleibst du in seiner unmittelbaren Nähe. Er vertraut dir, und er vertraut mir«, sagte Ralph. »Wir betrügen ihn, du und ich. Als sein Verwalter kann ich bei fast allem betrügen, Pachtgeldern, Ernten, Land. Ich sage ihm einfach, daß wir höhere Steuern zahlen müssen, und stecke die Differenz ein. Ich sage ihm, daß wir spezielles Getreide brauchen, spezielles Vieh, und lege die Differenz beiseite. Du betrügst ihn bei der Buchführung. Bei den Löhnen für die Hausbediensteten, den Aufwand für den Haushalt, die Home-Farm, die Stallungen, die Molkerei und die Brauerei. Wie du das anstellen mußt, weißt du doch besser als ich.« Er wartete, und ich nickte. In der Tat, ich wußte es. Schließlich war ich schon von frühauf mit der Verwaltung befaßt gewesen – in jenen Jahren, die Harry bei Verwandten verbracht hatte; oder dann in der Schule. Ich wußte, daß ich ihm allein bei der Haushaltsbuchführung ein Vermögen abschwindeln konnte. Und im Verein mit Ralph, so ließ sich auskalkulieren, konnte ich dafür sorgen, daß Harry in drei Jahren bankrott war.

»Wir werden ihn ruinieren.« Ralphs Stimme war ein Flüstern, in eins vermischt mit dem Plätschern des Flusses. »Du wirst mit ihm so etwas wie eine gemeinsame Vollmacht teilen – irgend etwas in der Art. Deine Interessen werden jedenfalls geschützt sein. Du wirst über ein sicheres Einkommen verfügen, doch werden wir ihn in den Bankrott treiben. Mit dem Geld, das wir dabei für uns herausgeschlagen haben, kaufe ich den Besitz von ihm. Und dann bin ich hier der Herr, und du bist das, was du zu sein verdienst, die Mistreß des feinsten Grundbesitzes und Hauses in England, die Lady des Squire, die Herrin von Wideacre.«

»Und Harry?« fragte ich, und meine Stimme klang kalt.

Ralph spie verächtlich aus. »Der ist doch in der Hand von jedem oder jeder nichts als Ton«, sagte er. »Der verliebt sich in ein hübsches Mädchen oder einen hübschen Jungen. Könnte sein, daß er sich aufhängt – oder ein Poet wird. Er könnte in London leben oder nach Paris gehen. Aus dem Verkauf von Wideacre wird er etwas Geld übrigbehalten; verhungern wird er nicht.« Er lächelte. »Er kann uns ja besuchen, wenn du willst. Für mich spielt Harry weiter keine Rolle.«

Ich erwiderte sein Lächeln, doch mein Herz schlug schneller, und es mischten sich darin Hoffnung und Furcht.

»Es *könnte* klappen«, sagte ich, scheinbar leichthin.

»Es *wird* klappen«, sagte er. »Ich habe so manche Nacht damit verbracht, mir alles genau zu überlegen.«

Ich stellte mir vor, wie er im Wald zwischen Farnen verborgen lag, um den Wilddieben aufzulauern, und wie seine dunklen Augen scharf ins Dunkel spähten – und dennoch hinausblickten über die Schatten; in die Zukunft, wo es keine kalten, unbehaglichen Nächte mehr geben würde: wenn nämlich andere, bezahlte Leute an seiner Stelle Ausschau halten würden, während er nach Herzenslust essen und trinken konnte, um sich später bei einem prasselnden Kaminfeuer über die Unzuverlässigkeit der Bediensteten zu ergehen und über die Probleme mit den Pachtgeldern und über die jeweiligen Ernteerträge und über die Unfähigkeit der Regierung; und – natürlich – würden die Gentlemen ihm zuhören und zustimmen.

»Es würde klappen, mal abgesehen von einem Punkt«, sagte ich.

Ralph wartete.

»Mein Vater ist mordsgesund, stark wie ein Ochse. Er könnte schon morgen einen weiteren Sohn zeugen und das Kind rechtlich absichern, durch Mündel, Treuhänder, was immer sonst. Aber davon mal ganz abgesehen – mag sein, daß Harry im Augenblick völlig von dir fasziniert ist, doch bezweifle ich, daß du ihn zwanzig Jahre in deinem Bann halten kannst. Mein Vater ist neunundvierzig. Er könnte noch weitere vierzig Jahre leben. Bis er stirbt, werde ich rund fünfunddreißig Jahre mit irgendeinem fetten alten schottischen Adligen verheiratet sein, dazu eine ganze Bande barfüßiger Kinder haben, womöglich künftige Herzöge und Herzoginnen sowie einen Schwung dazugehöriger Enkelkinder. Harrys Gattin, wer immer sie auch sein mag, wird sich angepaßt und eingefügt haben: wird immer molliger und zufriedener werden, wenn die beiden neuen Erben ihren kurzen Kleidern entwachsen. Das Beste, worauf du hoffen kannst, ist Tyackes Cottage. Und das Beste, worauf ich hoffen kann«, ein Schluchzen in meiner Stimme war nicht zu unterdrücken, »ist das Exil.«

Ralph nickte. *»Aye«,* sagte er. »Das ist die Schwierigkeit. Es könnte klappen, aber es könnte nur jetzt klappen, in diesem Sommer. Wenn es schon mal passieren muß, dann geschieht es am besten, wenn Harry noch ohne Orientierung ist – wenn er noch hinter mir herläuft, und gleichzeitig nach dir schmachtet. Wenn er in uns beide verknallt ist – und uns gleichzeitig beide fürchtet. Und das muß jetzt sein, während wir landhungrig und liebeshungrig sind. Ich habe keine Lust zu warten, Beatrice.«

Sein Blick lag hell auf meinem Gesicht. Er war verliebt in mich und in mein Land, eine berauschende Mischung für einen Arbeiter, dessen Vater gleichfalls Arbeiter gewesen war. Die nüchterne, nackte Realität jedoch besagte, daß ich fern von Wideacre leben würde, ein offenbar unaufhebbarer Widerspruch zu der Traumzukunft, wie Ralph sie sah: zu jener Konstellation, die er für günstig und gewinnträchtig hielt – mit mir als Lady von Wideacre.

»Mein Vater wirkt eigentlich recht rüstig«, sagte ich trocken.

Schweigend sahen wir einander an, und unsere Blicke begegneten sich in dem klaren gemeinsamen Wissen darum, wie weit zu gehen wir bereit waren, um Ralphs und meinen Traum zu verwirklichen.

»Es geschehen Unfälle.« Ralphs Worte fielen in ein Schweigen, das so tief und so ominös war wie der stille Mühlteich. Es war, als sei ein Stein ins Wasser geworfen worden; als breite sich jetzt wie in konzentrischen Kreisen in meinem Gehirn ein Gedanke aus, gewinne immer mehr Raum. Ich maß die Vorstellung, meinen geliebten, wunderbaren Papa zu verlieren, an der unausweichlichen Gewißheit des Verlustes von Wideacre.

Ja, dies war der Kern: die kostbare, unverwechselbare Gegenwart meines vitalen, mitreißenden Papas, gemessen an der zwangsläufigen Einsamkeit und Kälte meines Exils, das genauso unvermeidlich kommen würde wie mein sechzehnter Geburtstag; und wohl auch so ziemlich zur selben Zeit. Ich musterte Ralph sehr ernst.

»Unfälle?« fragte ich tonlos.

»Es könnte morgen geschehen«, sagte er, genauso kalt wie ich.

Ich nickte. Im Geist versuchte ich, die verworrenen Fäden zu ordnen, um irgendwie hindurchzufinden durch ein Labyrinth aus Sünde und Verbrechen; und in der Hoffnung, aus dem Wirrwarr hinauszugelangen in den hellen Sonnenschein meines Heims, meiner Heimat. In aller Ruhe überlegte ich, wie sehr ich meinen Papa brauchte im Verhältnis zu jener für mich unerläßlichen Geborgenheit; und ich überdachte in aller Nüchternheit, in welchem Maße Harry Ralph wohl verfallen war und wie weit ihn seine »Hörigkeit« führen würde. Ich dachte auch an meine Mama und in welchem Maße mich der Verlust meines Vaters ihr gegenüber verwundbar machen würde; doch immer und immer wieder stellte sich vor meinem geistigen Auge das Bild eines unwirtlichen Schlosses – oder einer Burg – im unwirtlichen Norden ein, fern von dem Land, zu dem ich gehörte. Wo es mir schier das Herz zerriß bei der geduldigen Erwartung der Geräusche eines Wideacre-Morgens. Und überdeutlich brannte es sich in mich ein: wie Papa seinen Kopf wandte, fort von mir, um seinen Sohn zu betrachten. Er war mir gegenüber treulos geworden, bevor ich auch nur mit dem Gedanken gespielt hatte, ihm die Treue aufzukündigen. Ich seufzte. Im Grunde hatte es wohl von Anfang an nur eine Antwort geben können.

»Es könnte klappen«, sagte ich wieder.

»Jetzt *wird* es klappen«, korrigierte mich Ralph. »Harry könnte sich in einem Jahr, vielleicht sogar in wenigen Monaten verändern. Sollte er fortgehen, um sich auf die Universität vorzubereiten, so werden wir beide unseren Einfluß auf ihn verlieren. Nur in diesem Sommer kann es klappen. Und es würde morgen klappen.«

»Morgen?« fragte ich mit plötzlicher Irritation. »Du meinst wirklich morgen?«

Ralphs dunkle Augen spiegelten die Gewißheit dessen wider, was wir sagten.

»Ja«, versicherte er. »Das tu' ich.«

Ich hielt unwillkürlich den Atem an. »Weshalb so schnell?« fragte ich in instinktiver Furcht. Dennoch machte mein Herz so etwas wie einen Sprung; berauschte sich gleichsam an der Vorstellung, meine Zukunft so rasch gesichert zu sehen, all dies im Handumdrehen zu erledigen.

»Weshalb warten?« fragte Ralph mit grausamer Logik. »Für mich ändert sich ja nichts weiter. Ich vertraue auf deinen Mut. Wenn du für Wideacre bist, wenn du hier leben willst, wenn du so entschlossen bist, wie es den Anschein hat – wozu dann noch warten?« Er musterte mich aus verengten Augen, und ich wußte, daß wir zusammen so etwas wie eine hochexplosive Mischung waren. Ohne mich würde er diesen Plan niemals entwickelt haben. Ohne mich hätte es auch niemals klappen können. Ohne das Drängen, den Druck von seiner Seite hätte ich mich nicht voranbewegt. Wir führten einander vorwärts wie ein Paar gefallener Engel, die im Taumeltanz hinabstürzten zur Hölle. Tief holte ich Luft, um das jagende Hämmern meines Herzens zu dämpfen. Unter uns plätscherte gleichgültig der Fluß.

4. Kapitel

Mit einem Ruck erwachte ich im perlgrauen Licht des heraufdämmernden Sommermorgens und wußte sofort, daß es heute für mich etwas Besonderes zu tun gab – aus eben diesem Grund war ich ja so früh wach geworden. Doch in meiner Schlaftrunkenheit konnte ich mich sekundenlang an nichts erinnern. Dann jedoch kam ein leises Keuchen über meine Lippen: Das Gestern kehrte zurück – so überdeutlich wie ein angestrahltes Bild: wie Ralph und ich am unter uns dahinfließenden Fenny saßen und verrückte Gespräche führten, über Tötung oder doch Tod, über Heimtücke und Verrat.

Ralph hatte mich in einem Augenblick erwischt, in dem ich ohne Gleichgewicht war. Er hatte mich gleichsam im rohen Fleisch meines eifersüchtigen, alles fordernden Herzens berührt, welches sagte – und stets gesagt hatte: »Liebe mich. Liebe ausschließlich mich.« Die unübersehbare Tatsache, daß mein Papa einen anderen Menschen liebte, daß er jetzt mit ihm ausritt, sich mit ihm austauschte, in ihm seinen Nachfolger sah, hatte meinen Zorn bis zu einem Punkt gesteigert, an dem ich ganz einfach zuschlagen wollte – um anderen genauso weh zu tun, wie man mir wehgetan hatte. Hätte ich Harry mit bösen Wünschen tot zu Boden strecken können, so würde ich es getan haben, um wieder meinen Platz an Papas Seite einnehmen zu können. Doch im tiefsten Kern richtete sich mein Groll gegen meinen Vater, der sich von mir abgewandt hatte, nachdem ich ihm mein Leben lang unbeirrt meine Liebe bewiesen hatte. Sein Mangel an Treue zu mir war es, der mich dem Gedanken an ein »Bündnis« wie dem mit Ralph überhaupt erst öffnete. Daß er die Liebe und das Vertrauen zwischen uns offenbar so gering achtete, trieb mich halt- und wurzellos in eine amoralische Welt, in der die Rachsucht und sogar ein bestimmter Racheplan von mir Besitz ergreifen konnten. Es war, als hätte ich ihm Lehenstreue gelobt und er sein Gelöbnis als Lehensherr mir gegenüber gebrochen. Enttäuschung und Betrübnis blieben zweitrangig – entscheidend war die Tatsache des Treuebruches.

Aus Ralphs Mund hatte das alles so überzeugend geklungen, so einfach und so selbstverständlich; und so vernünftig. Ein wohlüberlegter, nüchterner Plan, den man kaum zurückweisen konnte. So logisch, daß ich nichts daran auszusetzen fand. Er würde klappen. Würde mir bescheren, was ich brauchte – Wideacre –, und meine Rache sein für die Schmerzen, die Papa mir zugefügt hatte.

Im grauen Licht meines weißgetünchten Schlafzimmers drehte ich meinen Kopf auf dem Kopfkissen hastig hin und her. Für ein paar Sekunden war mein Zorn zurückgekehrt; für ein paar Sekunden hatte ich mich wieder auf dem Baumstamm befunden, dicht an meinem Ohr Ralphs sanfte, bezaubernde Stimme. Ich war wütend darüber gewesen, daß ich ihm zuhörte, und doppelt wütend darüber, daß ich mit allem einverstanden zu sein schien. Dennoch: die Vorstellung, daß mein Papa Schmerzen litt, und das Bewußtsein, daß er am Ende doch wohl mich nötig haben würde, war ein süßer Gedanke. Und schön war es auch, sich vorzustellen, daß er wunderbarerweise auf einmal verschwunden sein würde, genauso wie dann auch Harry, und daß nur noch ich dasein würde, allein und in alleiniger Kontrolle. Doch war ich nicht so töricht, mir einzubilden, daß solche Dinge geschehen würden, nur weil ich sie mir mit aller Kraft herbeiwünschte. Es waren die Träume eines tief verletzten Kindes. Allerdings war ich gefährlich nah daran gewesen, sie zu glauben.

Dem Weg zu folgen, den Ralph vorgeschlagen hatte, war Wahnsinn. Und heute war ein anderer Tag, ein Tag noch ohne eigentlichen Anfang: ohne aufgehende Sonne, ohne Vogelgesang. Sobald die Bediensteten auf waren und die Küchentüren aufgeriegelt hatten, konnte ich hinausschlüpfen zu Megs Hütte im Wald: um an Ralphs Fenster zu klopfen und ihm zu sagen, daß es mir mit dieser Sache natürlich nicht ernst gewesen war. Allerdings müßte ich möglichst unbemerkt hinter dem Rücken eines Küchenmädchens das Haus verlassen, sonst würde das unnötige Neugier hervorrufen.

Falls Ralph in der Nacht auf der Pirsch nach Wilderern gewesen war, würde ich ihn vielleicht schon auf dem Weg zur Hütte treffen.

Also ließ ich mir Zeit, genoß noch die kuschelige Wärme des Bettes, bevor ich aufstand, um mich mit kaltem Wasser zu waschen und mich in der Kälte des Zimmers anzukleiden. Ich würde die Angelegenheit mit Ralph klären, und wir würden uns irgend etwas anderes ausdenken. Vielleicht würden die Dinge ja ganz von selbst ins richtige Lot fallen. Falls Harry schon früh zur Universität mußte oder selbst wenn er nur für ein paar Wochen zu irgendwelchen Verwandten von Mama reiste, würde ich genügend Zeit haben, um Papas Aufmerksamkeit zurückzugewinnen. Auch wenn er mich im Augenblick nicht weiter beachtete – ich *wußte* doch, daß er mich im tiefsten Herzen liebte. Er würde Harrys überdrüssig werden; würde es leid werden, ihn alles und jedes lehren zu müssen. Er würde sich zurücksehnen nach jener wortlosen instinktiven Gemeinsamkeit, die sich zwischen uns entwickelt hatte in den Jahren, da wir zusammen über Land geritten waren. Und dann würde er wieder mich an seiner Seite haben wollen, und Harry würde der unerwünschte Dritte sein.

Über solchen Gedanken glitt ich wieder in tiefen Schlaf.

Als ich dann wie mit einem Ruck wach wurde, leuchtete mein Fenster in der hellen Morgensonne, und die Schlafzimmertür öffnete sich. Meine Zofe brachte für mich warmes Waschwasser und eine Tasse mit Schokolade.

»Ihr habt lange geschlafen, Miss Beatrice«, sagte sie vergnügt und stellte die Tasse mit leisem Poltern auf meinen Nachttisch. Ich sprang aus dem Bett und lief zum Fenster. Es war hellichter Tag.

»Wie spät ist es, Lucy?« fragte ich drängend, während ich mir hastig das Gesicht spülte und mich meines Nachthemds entledigte.

»Acht Uhr«, erwiderte sie, als spiele das keine Rolle. Als spiele es überhaupt keine Rolle.

Ich zuckte zusammen. Doch Selbstvorwürfe, weil ich an diesem so entscheidenden Morgen verschlafen hatte, waren sinnlos. »Hilf mir«, gebot ich. »Ich bin furchtbar in Eile.«

Sie bewegte sich wie ein Trampel; dennoch war ich in wenigen Minuten angekleidet und hastete die Treppe zur Halle hinunter. Auf die Küchentür konnte ich verzichten: die Eingangstür stand jetzt weit offen. Während ich vorübereilte, sah ich, daß Papa beim Frühstück saß. Er warf mir einen Gutenmorgengruß zu, den ich erwiderte, ohne auch nur für eine Sekunde innezuhalten. Vielleicht war ja noch Zeit, Ralph abzufangen.

Ja, vielleicht blieb noch Zeit. Dieser Gedanke erfüllte mich, während ich rannte: durch den Rosengarten, durch die kleine Pforte, über die Koppel, den langen Rock, der sich überall zu verfangen drohte, mit einer Hand hochgerafft. Und dann befand ich mich im Wald und folgte in stetem Tempo dem Ufer. Die Hoffnung, Ralph doch noch zu treffen, mochte ich nicht aufgeben. Wer konnte wissen, was er inzwischen getrieben hatte: vielleicht war er jetzt erst auf dem Weg nach Hause, vielleicht saß er gerade beim Frühstück, vielleicht sagte ihm auch irgendein Instinkt, daß ich ihn zu sehen und zu sprechen wünschte – um ihm zu sagen, daß ich's mir anders überlegt hatte: daß ich gestern für ein paar Augenblicke völlig überspannt gewesen war – und daß ich jetzt wieder wußte, was ich im Grunde immer gewußt hatte: mein Vater war absolut unantastbar. Auf seinem Land war er der Squire und somit gleichsam heilig. Außerdem liebte ich Papa ja wie niemanden sonst – er war mir teurer als mein eigenes Leben, wie ich glaubte. Alles, was ich gegen ihn vorgebracht hatte, war unsinnigem, weil übertriebenem Groll entsprungen. Einem wirklich törichten Groll, der von gestern bis heute längst wieder verschwunden war.

Mein Atem kam stoßweise, und mein engsitzendes Kleid war unter den Armen und auf dem Rücken durchgeschwitzt, doch ich wagte nicht stehenzubleiben. Die langen Röcke behinderten meine Schritte, und ein Hemmnis war auch der rauhe Boden unter meinen Schuhsohlen. Es war ein weiter Weg. Dennoch blieb ich nicht stehen, um auch nur eine Sekunde zu verschnaufen. Wie leicht hätte es geschehen können, daß ich Ralph um einen Sekundenbruchteil verpaßte. Vielleicht griff er gerade nach seiner Mütze, um sich in den Wald aufzumachen, wo ich ihn niemals finden würde.

Nach seinen genauen Plänen hatte ich mich nicht erkundigt, also wußte ich auch nicht, welche Richtung er einschlagen würde; hatte keine Vorstellung davon, wie er meinen Vater treffen wollte, um in Szene zu setzen, wozu ich meine Zustimmung gegeben hatte – nur daß ich es gar nicht *wirklich* so meinte.

Keuchend lief ich weiter, mit schmerzender Lunge, und es war wie in einem jener Alpträume, in denen man schneller und immer schneller rennt, ohne auch nur einen Fußbreit Boden voranzukommen.

Aber irgendwann, endlich, kam dann doch die kleine Hütte in Sicht, und völlig außer Atem taumelte ich durch den Garten zur Eingangstür, so erschöpft, daß ich mich hätte übergeben mögen. Von drinnen kam das Geräusch von Schritten. Erleichterung erfüllte mich. Ich war also nicht zu spät gekommen. Ich würde mit Ralph sprechen, und schon in wenigen Minuten würden wir uns ausschütten vor Lachen. Denn natürlich würde er sagen: »Hast du etwa im Ernst geglaubt, daß ich so etwas tun würde?« Und prustend vor Gelächter würde ich erwidern: »Aber natürlich nicht!«

Die Tür ging auf, und dort stand Meg.

»Meg!« sagte ich erschrocken und spähte an ihr vorbei ins Dunkel der Hütte. »Wo ist Ralph?«

»Ausgegangen«, sagte sie und musterte mich mit ausdruckslosem

Gesicht, jedoch unverkennbarer Neugier: die Tochter des Squire, die keuchend, schwitzend und mit aufgelöstem Haar vor ihr stand.

Ich starrte sie an, als habe sie mein Todesurteil unterzeichnet. Tod, ja. Um Tod handelte es sich wirklich.

»Wohin ist er?« fragte ich, noch immer keuchend und außerstande, mehr als einen kurzen Satz hervorzubringen.

Sie zuckte die Achseln, gab sich noch immer uninteressiert. »In den Wald«, sagte sie. »In Richtung Gemeindeland, glaube ich.«

Ich nahm mein Gesicht zwischen meine Hände. Denken konnte ich nicht. Ich war so absolut sicher gewesen, Ralph doch noch erwischen zu können. Hatte zumindest gehofft, daß er mein Kommen irgendwie ahnen würde. Damit der Traum eines rachsüchtigen Kindes auf gar keinen Fall Wirklichkeit werden würde. Die Welt konnte und durfte doch nicht zulassen, daß meine bösen Wünsche Wahrheit wurden.

Meg verschwand plötzlich in ihrer Hütte und kam mit einem Tonkrug voll Wasser zurück. Ich nahm und trank, ohne irgend etwas zu spüren oder zu schmecken. Ich hatte verschlafen. War dann so schnell gelaufen, wie ich nur konnte. Und hatte ihn dennoch verfehlt.

Heiß lag die Sonne auf meinem Gesicht. Ich fühlte den Schweiß auf meiner Kopfhaut, auf Stirn und Wangen. Wie erstarrt war ich, und eiskalt war mir vor Entsetzen.

»Hat er sein Gewehr mitgenommen?« fragte ich mit eigentümlich leer klingender Stimme.

»Nein, und auch die Hunde nicht«, erwiderte Meg und wies mit dem Kopf auf die beiden Tiere, die bei einer Art Hundezwinger angebunden waren.

Kein Gewehr. Sofort griff ich nach diesem Strohhalm. War das denn nicht ein gutes Omen? Konnte das nicht bedeuten, daß Ralph an diesem Morgen mit demselben nüchternen Sinn aufgewacht war wie ich? Natürlich, auch ihm mußte bewußt sein, daß alles Narrheit, Torheit war; daß wir geschwatzt hatten, wie Kinder so schwatzen: von dem, was sie vielleicht gern tun würden... vielleicht... Jedenfalls hatte Ralph nicht sein Gewehr mitgenommen. Möglich, daß er nur ausgegangen war, um die Fallen zu überprüfen. Und daß mein Vater sich absolut in Sicherheit befand.

Mein Vater.

Plötzlich begriff ich, daß es eine einfache Möglichkeit gab, um sicherzugehen, daß meinem Vater nichts geschah. Er brauchte sich ja nur in unserem Haus aufzuhalten, dort war er vor dem draußen umherpirschenden Ralph unbedingt sicher. Und eine absolute Garantie würde es sein, wenn ich mit meinem Vater zusammen war – oder vielleicht auch jemand anders. Dann würde Ralph ihn nicht antasten, sondern die Ausführung seines Planes auf den nächsten Tag verschieben. Wenn er dann am Nachmittag oder am Abend nach Hause kam, konnte ich ihn aufsuchen und mit ihm reden, ihm klarmachen, daß ich das so eigentlich gar nicht gemeint hatte.

Im Augenblick brauchte ich nur dafür zu sorgen, daß Papa nicht allein ausritt. Was nichts anderes hieß, als daß ich ihn gegebenenfalls begleiten mußte. Aber das würde sich wohl ohne Schwierigkeiten machen lassen.

Ja, er war sicher. Ich war's, die ihn retten konnte.

»Sag Ralph, daß ich ihn dringend sehen muß«, sagte ich gebieterisch zu Meg.

Als ich wieder richtig auf den Füßen stand, taumelte ich immer noch ein wenig, doch achtete ich nicht weiter darauf, sondern ging durch den Garten zurück und folgte dann, in umgekehrter Richtung, dem Uferweg, über den ich vor wenigen Minuten zur Hütte gehastet war. Doch jetzt ging mein Atem wieder ruhig, und ich schritt rasch aus und beschleunigte mein Tempo dann noch. Es war, als kläfften böse, schwarze Köter an meinen Fersen: jene Ängste, die mich immer schneller vorantrieben. Als ich fortgegangen war, hatte Papa beim Frühstück gesessen, die Morgenzeitungen schon zur Hand; die Post war noch nicht eingetroffen. Ich konnte ziemlich sicher sein, daß er, bis ich die Hall wieder erreicht hatte, seine Mahlzeit noch nicht beendet haben würde. Konnte ich das wirklich? Ich beschleunigte meine Schritte noch ein wenig, und das Herz schlug mir bis zum Hals, aber weniger vor Anstrengung als vor Angst.

Aber nein, nicht doch: Papa würde doch bestimmt auf seine Briefe warten; und vielleicht sogar auf meine Rückkehr. Wenn ich den Rosengarten durchquerte, würde ich ihn gewiß auf der Terrasse stehen sehen, die frische Luft schnuppernd, seine Zigarre paffend, die Morgenzeitung unter den Arm geklemmt. Dieses Bild stand so klar vor meinem geistigen Auge, daß ich fast den blauen, durch die Luft schwebenden Zigarrenrauch riechen konnte. Unwillkürlich fiel ich in eine Art Laufschritt. Papa befand sich dort, dessen war ich ganz sicher. Vermutlich fragte er sich, was mich wohl in so übergroßer Eile aus dem Haus geführt haben mochte, während er jetzt auf den Knaben wartete, der ihm endlich die Post aus der Frühkutsche von London bringen sollte. Mein Laufschritt steigerte sich zu vollem Tempo. Ich wußte, daß Papa dort war; doch schon seit Stunden quälten mich meine Ängste so sehr, daß ich ihn jetzt so schnell wie möglich sehen wollte. Daß ich verschwitzt und geradezu aufgelöst war, spielte nun keine Rolle. Ich wollte seine starken, mächtigen Arme um mich spüren, den festen Druck, mit dem er mich an sich preßte, damit ich mich wirklich davon überzeugen konnte, daß ihm nichts geschehen war. Und daß ich ihm nichts antun konnte, selbst wenn ich das wollte – gewollt hatte. Ein quälendes Seitenstechen setzte ein, auch spürte ich, wie meine Wadenmuskeln sich verkrampften.

Aber ich wußte es doch; *wußte,* daß Papa in Sicherheit war. Weshalb jagte ich nur wie besessen dahin? Doch nicht aus Angst um ihn, nein, nein, sondern weil ich mich ganz einfach erleichtert fühlen würde, wenn ich ihn sah, nach seinem Arm griff und ihn fragte: »Papa, heute werde ich den ganzen Tag lang mit dir reiten, ja?« Oder aber ich würde zu Harry, dem Begriffsstutzigen sagen: »Wenn du heute mit Papa reitest, mußt du während der ganzen Zeit bei ihm bleiben, das mußt du mir versprechen.« Harry würde es versprechen, und Harry würde sein Wort halten. Also befand Papa sich in Sicherheit. Jetzt hatte ich ganz einfach das Bedürfnis, ihn zu sehen.

Das Buschwerk am Uferweg riß an meinen Röcken, und das Rauschen des Fenny klang so laut wie das Hämmern meines Herzens und das Stampfen meiner Schuhe auf dem weichen Erdboden. Ich jagte über den umgestürzten Baum hinweg, der eine Art Brücke bildete beim Koppeltor, das ich aufriß und hinter mir zuknallte. Schweiß rann mir in die Augen, und ich konnte die Terrasse nicht klar erkennen, auch tanzten mir, in meiner Erschöpfung, Pünktchen vor den Augen, so daß ich wie durch einen Schleier blickte. Papa war auf der Terrasse, davon war ich überzeugt. Zwar sah ich ihn nicht, doch ich fühlte, daß er dort war. Dort in Sicherheit. Mochte Ralph auch den ganzen Tag im Wald lauern, es spielte keine Rolle.

An der Pforte zum Rosengarten zwinkerte ich, um endlich wieder klar sehen zu können. Ich blickte zur Vorderseite des Hauses, konnte meinen Vater jedoch nirgends entdecken. Allerdings war die Eingangstür weit geöffnet; möglich, daß er gerade wieder ins Haus zurückgegangen war, um sich eine frische Zigarre zu holen oder noch eine Tasse Schokolade zu trinken. Ich folgte dem gepflasterten Weg und erwartete, daß er jeden Augenblick wieder heraustreten werde in den Sonnenschein, die Zeitung entfaltend, um sich damit auf einem der Steinsitze niederzulassen. Doch er erschien nicht, und ich hastete die Stufen hinauf in die Halle: in so jähem Wechsel aus grellem Licht in tiefschattiges Dunkel, daß ich mir für einen Augenblick fast blind vorkam.

»Wo ist Papa?« fragte ich eines der Hausmädchen, das mit einem Tablett aus dem Frühstücksraum kam.

»Fort, Miß Beatrice«, erwiderte sie mit einem Knicks. »Ausgeritten.«

Ich sah sie fassungslos an. War es möglich, daß all dies wirklich geschah? Daß ein winziges Körnchen Wahrheit von einem Gedanken, einer Idee immer mehr anwuchs und zur Lawine zu werden drohte?

»Ausgeritten?« wiederholte ich ungläubig.

Sie musterte mich verwundert. Da Papa jeden Morgen ausritt, mußte ihr das Entsetzen in meiner Stimme absurd vorkommen.

»Ja, Miß Beatrice«, bestätigte sie. »Er ist vor etwa einer Viertelstunde fort.«

Ich machte gleichsam auf dem Absatz kehrt und ging zur Eingangstür. Natürlich hätte ich mich auf ein Pferd schwingen und überall nach Papa und nach Ralph suchen können. Doch mir war zumute, wie einem Seemann zumute sein mag, der Ballast über Bord geworfen hat und unentwegt Wasser aus dem Rumpf pumpt, ohne daß er das Sinken des Schiffes verhindern könnte. Heute schien sich alles gegen mich verschworen zu haben. Und Papa schien es nicht anders zu ergehen. Wie gewöhnlich befand er sich auf seinem Ausritt, weit über sein Land, nur daß diesmal irgendwo ein Mörder auf ihn lauern mochte. Und es gab nichts, was ich hätte tun können. Nichts, absolut nichts; außer für meinen eigenen Schutz zu sorgen. Wie ein Schatten glitt ich die Treppe hinauf zu meinem Zimmer. Ich wollte mich waschen und umziehen, bevor ich Mama oder Harry begegnete. Für das, was dort draußen im Wald geschah, konnte ich nichts, trug ich keine Verantwortung. Zwar hatte ich mitgeholfen, eine tödliche Saat aufgehen zu lassen. Doch mußte sie ja nicht gedeihen. Nein – nicht gedeihen.

Am Nachmittag brachten sie dann meinen Vater nach Hause. Langsam und ungelenk schlurften vier Männer an den vier Ecken einer Weidenmatte, Teil eines Zauns, den wir zum Einpferchen von Schafen benutzten. Unter dem Gewicht meines Vaters, der auf dem Rücken lag, bog das Weidengeflecht nach unten durch. Sein Gesicht wirkte zusammengeschrumpft wie ein Knäuel Pergamentpapier. Den wirklichen Menschen, meinen geliebten, vitalen, so ungeheuer lebendigen Vater, gab es nicht mehr. Was man nach Wideacre gebracht hatte, war nichts als ein schlaffes, schweres Bündel.

Sie trugen ihn durch die Eingangstür und dann quer durch die Halle, und ihre schmutzigen Stiefel hinterließen Abdrücke auf den polierten Dielenbrettern und dem schönen Teppich. Vom Küchenrevier her knallten Türen, und ein halbes Dutzend weißer Gesichter starrte. Ich stand bewegungslos; hielt die Tür auf, während sie ihn an mir vorübertrugen. An der einen Seite seines Schädels war eine tiefe, klaffende Wunde. Meinen Vater, den ich so geliebt hatte, es gab ihn nicht mehr.

Ich stand wie ein im Winterfrost erstarrter Baum, während sie langsam an mir vorbeischlurften. Sie schienen an mir vorbeizukriechen wie in einem Traum, so, als wateten sie bis zu den Oberschenkeln in siruartigem Wasser. Sie schleppten die Füße nach wie in einer irrsinnigen Phantasmagorie: als *wollten* sie unbedingt, daß ich die grauenvolle Wunde im Schädel meines Vaters sah: den tiefen, aufklaffenden Spalt, ein riesiges Loch mit einem entsetzlichen Gemengsel aus Knochensplittern und Blut.

Und sein Gesicht! Nein, dies war ganz und gar nicht das Gesicht meines geliebten Papas! Sein Gesicht war eine Maske des Entsetzens. Das Gesicht meines lebensvollen, lauten, lachlustigen Vaters gab es nicht mehr. Er war gestorben, die gelblichen Zähne in einem Schrei des Schreckens entblößt und seine blauen Augen, hervorquellend, auf seinen Mörder gerichtet. Alle Farbe war aus seinem Gesicht entwichen, und seine Haut wirkte so gelb wie der Sandstein, aus dem die Hall gebaut war.

Endlich waren die vier plumpfüßigen Träger an mir vorüber, endlich zwang mich nichts mehr, in die blicklosen blauen Augen meines Vaters zu schauen. Ich hörte das Ächzen der Stufen, während man ihn emportrug zum Hauptschlafzimmer, und von irgendwoher klang ein klagendes Weinen. Auch ich wäre am liebsten in Tränen ausgebrochen. Doch ich stand mit trockenen Augen, noch immer bewegungslos, noch immer die Tür in der Hand, und starrte auf den polierten Fußboden, auf den, vom Eingang her, schräge Sonnenstrahlen fielen, welche die Lehmspuren von den Stiefeln der Männer rasch trocknen ließen. Draußen drängte sich ein halbes Dutzend unserer Pächter, die Männer mit entblößten Köpfen, während die Frauen sich mit ihren Schürzen die Augen tupften.

Man sagte, sein Pferd müsse ihn abgeworfen haben. Als man ihn fand, lag er tot bei der niedrigen Mauer, welche an der nördlichen Begrenzung den Park vom Farmland trennte. Das Pferd graste unverletzt in der Nähe, und der Sattel war verrutscht, als sei der Gurt zu locker gewesen. Mein Vater hatte offenbar über die Mauer hinwegsetzen wollen und war dann auf der Wideacre-Seite zu Boden gestürzt. Ungerufen stellte sich vor meinem inneren Auge ein ebenso willkommenes wie unausweichliches Bild ein: Ralph, hinter der Mauer verborgen, die Zügel des Pferdes pakkend, um meinen Vater sodann mit einem Stein zu erschlagen. Mein einziger Trost – wenn man es denn so nennen wollte – bestand darin, daß mein Vater auf der Parkseite der Mauer gestorben war, unter den Bäumen, die er liebte, auf dem Land, das er liebte. Einen anderen Trost gab es für mich auch nicht.

Ralph war sich treu geblieben. Dieser hinterhältige, heimtückische Angriff ging zweifellos auf sein Konto. Ja, seine Sünde war abgrundtief bös. Während Mama weinte – Tränen, die mühelos kamen und sie wenig kosteten – und Harry in einer Art Schockzustand im Hause umherwanderte, spürte ich, wie mein Verstand immer klarer wurde, wie er an schneidender Schärfe gewann, bis zum alleräußersten Haß. Ralph hatte dies getan. Er allein war verantwortlich.

Aye, ich war dort gewesen, auf jenem Baumstamm, welcher den Fluß überspannte. Meine Lippen hatten Ralphs Lippen berührt. Ich hatte gesagt: »Unfall«, und: »Es müßte klappen«; aber ich hatte ja nicht gewußt, daß es *so* sein würde. Ich hatte zugestimmt; ohne jedoch zu wissen, was ich da in Gang setzte. Ralph hingegen hatte es nur zu genau gewußt. Ralph hatte Hirsche mit dem Hirschfänger erlegt, hatte Hasen mit der Hand getötet und gehäutet. Ralph wußte alles über den Tod, und er hatte sich meine Zustimmung – die Zustimmung eines naiven, unerfahrenen Kindes – praktisch erschlichen. Ich hatte nichts gewußt und nichts begriffen. Als ich dann zu begreifen begann, war es zu spät. Es war nicht meine Schuld.

Ich hatte meinem Vater doch nicht den Tod gewünscht! Mein einziger Wunsch war es gewesen, daß seine strahlend blauen Augen wieder voll Liebe auf mir ruhten. Ich wünschte mir, daß er mich wieder mitnahm, wenn er ausritt, um Schafe zusammenzutreiben. Ich wollte, daß er mich genauso selbstverständlich zu sich rief, wie er seinen Hunden pfiff. Ich wollte, daß er Harry vergaß; und Harrys Anspruch auf das Land. Ich wollte, daß Harry für ihn genauso nebensächlich war wie früher. Ich wollte in seinem Herzen wieder die erste sein, die erste auf Wideacre, geborgen in seiner Liebe und geborgen im Land.

Jetzt hatte Ralph ihn umgebracht, und mein Papa würde mich nie wieder lieben.

Aber Ralph hatte noch Schlimmeres getan. Er hatte die Trennungslinie vergessen. Er hatte außer acht gelassen, daß zwischen ihm und mir eine Kluft bestand. Niemals hatte ich ihn mitgenommen in Papas Bett; niemals hatte ich ihn auch nur in die Hall mitgenommen. Ihm fehlte es an Qualität: Er war nicht von Stand und also feines Leinen nicht wert.

Homespun war Ralph: grobgewirkt, und seine Mutter trug Lumpen. Und dieser Bursche, dieser Lümmel, hatte den traurigen Mut gehabt, meinem Papa, dem kühnen Squire, aufzulauern, um ihn wie ein elender Mordbube zu Fall zu bringen. Und mein Papa war dabei umgekommen, in Schmerz und Schrecken, von der Hand seines hinterhältigen Bediensteten.

Dafür sollte Ralph zahlen.

Kein Mann sollte sich rühmen können, einen Lacey of Wideacre aus dem Weg geräumt zu haben und ungeschoren davongekommen zu sein. Kein Lacey of Wideacre war jemals so zuschanden gekommen, ohne sich mit dem Schwert verteidigen zu können. Wäre es mir möglich gewesen, Ralph festnehmen und hängen zu lassen, so hätte ich keinen Augenblick gezögert. Doch würde er womöglich mich bezichtigt haben, und ich hätte es nicht ertragen können, so etwas Entsetzliches laut ausgesprochen zu hören. Der Tod meines Vaters hatte nicht zu meinem Plan gehört. Der Mord war nicht meine Tat. Ich hatte die Tötung nicht befohlen. Ralph hatte es allerdings verstanden, mich in diese Richtung zu treiben, weil ich überhaupt nicht wußte, was dergleichen bedeutete. Jetzt kehrte die Erinnerung an meinen Vater tagtäglich zu mir zurück, sein Gesicht, erstarrt in stummem Schrei, und ich konnte den Schrecken nur von mir abwehren, indem ich mir stumm und beschwichtigend vorsprach: »Ralph wird dafür bezahlen.«

Bei der Bestattungszeremonie waren meine Augen, hinter dem dunklen Schleier, schwarz vor Haß gegen den Mörder, und ich sprach kein einziges Gebet. Kein christlicher Gott konnte teilhaben an der Rache, nach der dieses Blut rief. Die Furien waren hinter Ralph her, und ich war eine Göttin von tödlicher Rachsucht, getrieben von Haß, getragen von einer Woge dunklen Willens.

Doch der Haß machte mich verschlagen und listenreich, und mein Gesicht verriet nichts von meinen Gedanken. Als Erdbatzen mit dumpfem Geräusch auf den Sargdeckel fielen, sank ich schwach gegen Harry, als hätte ich nicht starr und aufrecht stehen können, ja müssen in meinem Haß und meinem Zorn. Während der Heimfahrt hielten wir einander in der Kutsche bei den Händen, und mein Griff war sanft und zart. Ich würde auch Harry retten, wenn ich jenen Killer zur Strecke brachte: diesen tödlichen Parasiten auf unserem Land.

Mama weinte wieder, und ich griff nach ihrer Hand. Ihre Finger waren kalt, und sie erwiderte meinen Händedruck nicht. Seit die Männer mit den schlurfenden Schritten Papa heimgebracht hatten, war Mama gleichsam in sich selbst hineingekrochen; nur dann und wann richtete sich ihr Blick auf mich, doch so, als nähme sie mich gar nicht wahr, sondern sähe durch mich hindurch, nachdenklich, grübelnd. Jetzt richtete sie ihre Augen, durch die schwarzen Maschen ihres Schleiers hindurch, mit ungewöhnlicher Schärfe auf mich.

»Du kennst den Fuchs deines Vaters, Beatrice«, sagte sie plötzlich mit einer klaren Stimme, die so ganz anders klang als ihr sonstiges zaghaftes Gemurmel. »Wie hätte das Tier ihn jemals so abwerfen können? Er hat den Fuchs doch so viele Jahre geritten, ohne jemals herunterzufallen. Wie also konnte er stürzen, und zu allem auch noch so fürchterlich stürzen, bei einem so kleinen Sprung?«

Ich begegnete ihrem Blick ohne Scheu. Mein Haß gegen Ralph hielt mein Gewissen rein.

»Das weiß ich nicht, Mama«, erwiderte ich. »Möglich, daß der rutschende Sattel die Ursache war. Ich habe immer wieder daran denken müssen; und an die Schmerzen, die er erleiden mußte. Wäre anzunehmen, daß es die Schuld des Pferdes war, so würde ich das Tier erschießen lassen. Ich würde es nicht ertragen können, ein Pferd am Leben zu wissen, das am Tod meines Vaters schuldig ist. Aber es war nur ein tragischer Unfall.«

Sie nickte, ohne ihren Blick von meinem Gesicht zu lösen.

»Es wird jetzt viele Veränderungen geben«, sagte sie, während die Kutsche schaukelnd in die Allee einbog. »Den Besitz wird natürlich Harry erben. Und für einige Zeit wird er am besten einen Verwalter einsetzen, der sich um alles kümmert. Oder wärst du bereit, Harry zu helfen?«

»Natürlich werde ich helfen, so gut ich irgend kann«, sagte ich vorsichtig. »Wir haben niemals einen Verwalter gehabt, und Papa hielt nichts von ihnen. Mir wäre es lieber, wenn wir ohne einen Verwalter auskommen könnten. Aber die Entscheidung liegt bei Euch, Mama ... und bei Harry.«

Sie nickte. Eine Pause trat ein. Gedämpft klang der Hufschlag der Pferde auf dem mit Herbstlaub bedeckten Fahrweg.

»Das einzige, was Beatrice mehr liebte als ihren Vater, war sein Land«, sagte Mama, während sie nachdenklich aus dem Fenster schaute. Harry und ich tauschten überrascht einen Blick. Es war Mamas Stimme, doch sie klang wie aus einem fremden Mund, dem Mund einer Seherin. »Niemals hat es ein Mädchen gegeben, das ihren Vater mehr geliebt hat als Beatrice, nur liebte sie das Land, Wideacre, noch mehr als ihn. Wäre sie gezwungen gewesen, zwischen beiden zu wählen, so würde sie sich wohl für das Land entschieden haben. Es wird für Beatrice ein großer Trost sein zu wissen, daß sie, mag sie auch ihren Vater verloren haben, ja noch immer Wideacre hat.«

Harry musterte mich aus verschreckten blauen Augen.

»Aber, aber«, sagte er lahm und tätschelte Mamas schwarzbehandschuhte Hand. »Du bist verstört, Mama. Wir alle lieben Papa, und wir alle lieben Wideacre.«

Mama löste ihren Blick von der Szenerie draußen, von den schlanken Baumstämmen und den Feldern, und starrte mich an, als versuche sie auf dem Grunde meiner Seele zu lesen. Ich begegnete ihrem Blick mit aller Klarheit. Es war nicht mein Verbrechen. Ich trug keinerlei Schuld.

»Ich werde Harry so gut helfen, wie ich kann«, wiederholte ich ruhig. »Und mein Papa wird gar nicht so fern sein. Ich werde tun, was er von mir verlangen würde. Ich werde die Tochter sein, die er verdient.«

»Nun ja, nun ja«, sagte Harry, der überhaupt nichts begriff, jedoch auf den Klang meiner Stimme reagierte. Er streckte seine Hände aus, hielt die eine Mama hin, die andere mir. Und so saßen wir noch, als die Kutsche vor der Hall hielt, und blieben dann für einen kurzen Augenblick schweigend sitzen. Wieder gelobte ich insgeheim, daß Ralph büßen sollte für das, was er uns angetan hatte. Und er sollte sofort büßen. Noch in derselben Nacht.

Am Nachmittag wurde das Testament meines Vaters verlesen. Es war so klar abgefaßt, wie es einem Mann von seinem aufrechten Charakter entsprach. Mama erhielt das Witwenhaus sowie, bis an ihr Lebensende, ausreichende Einkünfte aus dem Besitz. Mir war eine beträchtliche Mitgift zugedacht, und zwar in Form von Geld, das in der City investiert war; dazu noch das Wohnrecht auf Wideacre bis zu dem Zeitpunkt, da mein Bruder heiraten würde, und später bei meiner Mutter, wo immer sie auch ihr Domizil wählen mochte. Ich hielt meinen Blick auf den Tisch gesenkt; ließ scheinbar gefügig über mich ergehen, daß ich gleichsam beiseite geschoben und meine Liebe zum Land einfach mißachtet wurde; doch ich spürte, wie meine Wangen brannten.

Harry erbte, nach unumstrittenem Recht, sämtliche fruchtbaren Felder, die reichen Waldungen und die rollenden Downs. Falls er starb, bevor er einen Erben gezeugt hatte, fiel das gesamte liebliche Land an den nächsten männlichen Verwandten, als sei ich niemals geboren worden. Meine gesamte Familie, Papa, Mama und Harry, konnten vom Tod dahingerafft werden, ohne daß mich das dem Besitz des Landes auch nur eine Handbreit näher brachte. Gegen mich stand eine Barriere, die unüberwindbar blieb, was immer ich auch unternahm. Generationen von Männern hatten wahre Verteidigungsanlagen errichtet gegen Frauen wie mich, gegen alle Frauen. Sie hatten alles darangesetzt, daß wir niemals erfuhren, was Macht bedeutet; und daß wir niemals selbst die Freude erlebten über den Besitz der Erde unter unseren Füßen, aus der die Nahrung sproß, die wir auf den Tisch brachten. Sie hatten eine schier endlose Kette von Kontrollen eingebaut, Hemmnisse aus männlicher Macht und männlicher Gewalttätigkeit zwischen mir und meiner Sehnsucht nach dem Land. Und es gab nichts in der von Männern dominierten Gesetzgebung und in der von Männern etablierten Tradition, das mir auch nur die leiseste Hoffnung ließ, erfolgreich dagegen anzugehen.

Harrys Vorväter hatten gut für ihn gesorgt. Er nahm das Land, er nahm die Erträge des Landes, und ganz selbstverständlich genoß er die Freude an dem Besitz – *seinem* Eigentum. Praktisch konnte er damit tun, was ihm beliebte; konnte jeder Augenblickslaune nachgeben. Eine solche Erbschaft entsprach den ganz normalen Gepflogenheiten, und in keinem Herzen (außer in meinem natürlich) herrschte wohl irgendein kritischer Argwohn gegenüber der scheinbaren Fairneß an der Oberfläche, die in meiner Vorstellung jedoch nur eine Art Tarnung war für eine Verschwörung, durch die ich um mein geliebtes Zuhause gebracht werden sollte, um in irgendeine Ferne vertrieben zu werden, die mir niemals Heimat sein konnte.

Wie in einem Dunstkreis aus Haß vernahm ich, wie das Testament verlesen wurde. Doch war mein Haß nicht gegen Harry gerichtet, der nun in – oder trotz – seiner närrischen Naivität davon profitieren würde, sondern gegen Ralph, der meinen Vater auf dem Gewissen hatte, während für mich nur eine lumpige Mitgift heraussprang, indes der eigentliche Besitz, der wahre Reichtum, der Schatz, den dieses Land darstellte, an Harry fiel. Harry besaß alles. Die Liebe meines Vaters war endgültig für mich verloren: Er hätte mich wohl niemals fortgeschickt, unglücklich, in ein fernes Exil. Ralphs übler Anschlag war einzig Harry zugute gekommen.

Nach den kleineren Legaten und untergeordneten Geschenken war da noch eine persönliche Botschaft von Papa an Harry, worin er ihm die Fürsorge für die Armen der Gemeinde ans Herz legte: Standard-Rhetorik, die niemand ernst nehmen würde. Aber dann hatte Papa noch geschrieben: »Und ich lege Dir dringend nahe, Harry, Dich um Deine

Mutter zu kümmern sowie um meine geliebte Tochter Beatrice – meinem Herzen am teuersten.«

Seinem Herzen am teuersten. Tränen, die ersten seit seinem Tod, brannten mir in den Augen, und ich würgte mit Anstrengung ein Schluchzen hinunter, das mir die Kehle zu zerreißen drohte.

»Entschuldigt mich«, flüsterte ich Mama zu, erhob mich und eilte hinaus. Draußen in der klaren Luft auf der Freitreppe legte sich mein Schluchzen. Er hatte mich »geliebte Tochter« genannt; und er hatte allen klargemacht, daß ich ihm »am teuersten« war. Tief sog ich die Gerüche der späten Sommerdämmerung in mich ein und spürte einen Schmerz, wie von einer Krankheit, es war die ungeheure Sehnsucht nach ihm. Dann ging ich barhäuptig durch den Rosengarten, durch die Pforte zur Koppel, und weiter auf den Wald zu in Richtung Fenny. Papa hatte mich geliebt. Er war unter Schmerzen gestorben. Und der Mann, der ihn getötet hatte, lebte noch auf unserem Land.

Ralph wartete bei der alten Mühle auf mich. Ihm fehlte der Zigeunerinstinkt, der zweite Blick seiner Mutter, und so sah er nicht seinen Tod, als sich dieser ihm mit einem Lächeln näherte. Er streckte mir seine Arme entgegen, und ich ließ mich von ihm umarmen und halten; ließ mich von ihm küssen in den dunklen Schatten des Schuppens.

»Ich habe mich nach dir gesehnt«, flüsterte er mir ins Ohr, indes seine Hände rasch über meinen Körper glitten und mein Kleid vorn öffneten. Ich seufzte, während er mir über die Brüste strich und den Kopf beugte, um mich zu küssen. Sein Stoppelkinn kratzte über meine Wange und dann über meinen Hals, als er seinen Kopf zum geöffneten Kleid senkte. Ein Schauer überlief mich, denn nun spürte ich seinen warmen Atem auf meiner Haut.

Auf dem Balken über uns hockten noch ein paar späte Schwalben. Doch ich sah nichts außer den dunklen Umrissen von Ralphs Kopf, und ich hörte nur seinen gleichmäßigen, raschen Atem.

»Es ist so schön, dich zu berühren«, sagte Ralph ernst, als hätte es da einen Zweifel geben können. Er drückte mich rückwärts auf einen Strohhaufen und streifte meine Röcke und Petticoats hoch.

»Wenn wir einander haben und Wideacre dazu, *das* wird eine Lust sein, Beatrice, wie? Wenn wir uns als verheiratetes Paar im großen Hauptschlafzimmer von Wideacre lieben? Wenn ich so wie jetzt zu dir komme, in dem großen, verzierten Bett unter der bestickten Bettdecke und zwischen frischen Leinentüchern, als wär' ich ein geborener und gebildeter Landedelmann.«

Ich antwortete nicht darauf. Eng umschlungen lagen wir da, von Leidenschaft überwältigt stöhnte ich wie eine Sterbende; und die Welt wurde dunkel und still, als sei eine Riesenwoge über mich hinweggegangen und habe mich ertränkt. Noch spürte ich Ralphs wilde Bewegungen, bis auch er ganz plötzlich ruhig wurde. All meine Gefühle verebbten, ich lag völlig erschöpft, doch mit klarem Verstand und eiskalter Beherrschung. Ich empfand ein Bedauern darüber, daß die Lust, die Wollust, so schnell verflogen war und mich so leer zurückgelassen hatte. Und weil der Augenblick, *dieser* Augenblick, unwiederholbar war.

»Was für ein gutes, pflichtgetreues Eheweib«, sagte Ralph scherzend. »Genauso wird's im Master-Schlafzimmer sein. Nacht für Nacht schlafe ich zwischen Linnen, und du darfst mir jeden Morgen Kaffee ans Bett bringen.«

Unter halbgeschlossenen Augenlidern lächelte ich ihm zu.

»Sollen wir all unsere Zeit hier verbringen?« fragte ich. »Oder siedeln wir für die Saison nach London über?«

Ralph streckte sich neben mir aus, die Arme hinter dem Kopf verschränkt, seine Breeches noch irgendwo um die Waden.

»Weiß ich noch nicht«, sagte er langsam. »Muß ich mir noch überlegen. Den Winter in der Stadt verbringen – gar kein so übler Gedanke. Hier allerdings gibt's Fuchsjagd und Schießerei. Das möchte ich mir nicht entgehen lassen.«

Meine Lippen verzogen sich zu einem Lächeln; doch ließ ich in meiner Stimme auch nicht den leisesten Hauch von Sarkasmus mitschwingen.

»Glaubst du denn, du kannst den Platz meines Vaters einnehmen?« fragte ich. »Meinst du, der Landadel wird dich akzeptieren, wo man dich doch als Ralph gekannt hat, den Burschen des Wildhüters, den Sohn von Meg, der Zigeunerin, und einem durchgebrannten Vater?«

Ralph zeigte sich unbeeindruckt. Nichts konnte ihn erschüttern in seiner Zufriedenheit. »Wieso denn nicht?« fragte er zurück. »Ich bin nicht schlimmer, als die's vor einem Dutzend Generationen waren. Ich habe mir meinen Platz auf Wideacre verdient, und das ist weit mehr, als die von sich behaupten können.«

»Hast den Platz verdient!?« Mit Mühe unterdrückte ich die Verachtung in meiner Stimme, ließ sie süß und lieblich klingen. »Sonderbare Arbeit hast du verrichtet, Ralph! Mord und Unkeuschheit!«

»Ja, ja, schlimme Worte«, sagte Ralph leichthin. »Eine Sünde ist eine Sünde. Mit so was auf dem Gewissen sehe ich dem Tag des Jüngsten Gerichts ziemlich ruhig entgegen. Jeder Mann im ganzen Land hätte genau das gleiche getan. Ich bin bereit, alles auf meine eigene Kappe zu nehmen. Ich will die Verantwortung dafür gar nicht mit dir teilen, Beatrice. Ich hab's geplant. Ich trage die Schuld und die Konsequenzen. Ich habe die Tat vollbracht – nicht zuletzt auch für dich und unsere gemeinsame Zukunft –, aber die Schuld dafür nehme ich allein auf mich, ob in dieser Welt oder in der nächsten.«

Meine innere Anspannung wich, legte sich völlig. Es war Ralphs Verbrechen. Ich war schuldlos.

»Hast du's wirklich ganz allein getan?« fragte ich. »Hat dir denn gar niemand dabei geholfen? Und hast du, außer mit mir, mit niemandem darüber gesprochen?«

Ich spürte den Druck seiner Hand, dann strich er mir sacht übers Gesicht. Er konnte nicht ahnen, daß sein Leben an einem Faden hing. Er konnte nicht wissen, daß er den Faden in eben dieser Sekunde zerriß.

»Ich arbeite allein«, sagte er stolz. »Es wird im Dorf keinen Klatsch geben, kein loses Gerede, keine bösen Beschuldigungen. Das wäre mir viel zu riskant, meinetwegen – und vor allem deinetwegen, Beatrice. Ich hab's allein getan. Außer dir und mir weiß niemand davon.«

Er berührte mein Gesicht mit den Kuppen seiner Finger: eine seiner eher seltenen Liebkosungen dieser Art. In seinen Augen und in seinem Lächeln sah ich die Zärtlichkeit, die er für mich empfand, und die langsam, jedoch stetig wachsende Liebe, die währen würde, solange unsere Herzen im Einklang waren mit Wideacre. Ich spürte, wie – trotz meines Zorns – hinter meinen Augenlidern Tränen brannten und wie mein Mund zuckte, als ich sein Lächeln zu erwidern versuchte. Konnte ich denn anders als ihn lieben, wer immer er auch war? Eines war er auf jeden Fall: meine erste Liebe. Und er hatte alles gewagt, um mir das größte Geschenk zu machen, das mir ein Mensch jemals würde machen können: Wideacre.

Ich hatte meine Kindheit verloren, als Papa an jenem feuchten Frühlingstag davon gesprochen hatte, daß ich würde fortgehen müssen. Ich hatte meine friedliche und zufriedene Kindheit in eben jenem Augenblick verloren, da ich begriffen hatte, daß Papa mir Wideacre wegnehmen würde, um es Harry zu überlassen – ohne dabei einen Gedanken an mich und meinen Schmerz zu verschwenden. Doch jener Schmerz war vergessen, als ich jetzt in Ralphs Armen lag und wußte, daß er alles aufs Spiel gesetzt hatte, um mich und Wideacre zu gewinnen. Und es war der Gedanke an das kühne, tollkühne Spiel, daß er verloren hatte, der mir die Tränen in die Augen trieb.

Ralph hatte einen Traum gehabt, einen hoffnungslosen, unmöglichen Traum, wie ihn nur sehr junge Liebende haben können: wir beide als verheiratetes Paar, allen Konventionen zum Trotz; so als sei die Welt ein romantisches Paradies, in dem man aus Liebe heiratete und sein Leben ganz nach eigenen Wünschen führte. Als sei das einzige, was wirklich zählte, die Liebe und die Leidenschaft und die Loyalität zum Land.

Es war ein Zukunftstraum, der niemals hätte Wirklichkeit werden können; und zweifellos handelte es sich um den einzigen schwerwiegenden Irrtum, den Ralph sich zuschulden kommen ließ: daß er, wenn wir irgendwo im Stroh, im Gras, im Farn miteinander zärtlich waren, ganz einfach vergaß, daß er ein Bediensteter war, der Sohn einer Schlampe; ich hingegen eine Lacey of Wideacre. Hätte es sich um irgendein anderes Stück Land gehandelt, so würde ich Ralph zuliebe darauf verzichtet haben, das schwöre ich. Und gar kein Zweifel, daß Ralph überall sonst einen guten Hausherrn abgegeben hätte. Man hätte sich woanders gar keinen besseren Master wünschen können als ihn.

Aber hier handelte es sich nicht um irgendwelchen Landbesitz oder um irgendein Haus. Dies war mein geliebtes Wideacre. Und keine verdammte Zigeunerbrut sollte hier jemals herrschen.

Die Kluft zwischen Ralph und mir war so breit wie der Fenny bei Hochwasser und so tief wie der grüne Mühlteich. Zu meinem Vergnügen mochte ich mich mit Ralph einlassen, aber niemals konnte ich seine Frau werden. Im selben Augenblick, da er mich zu beherrschen glaubte, war das Ende zwischen uns beschlossene Sache.

Und wie hätte ich je vergessen können, daß er, der Zigeuner, der Meuchelmörder meines Vaters war? Niemals würde ich ihm das verzeihen.

Vor meinem inneren Auge stand ein grelles, wildes Bild: wie mein Vater, der tapfere, edle Squire, hinterhältig und heimtückisch überfallen und erschlagen wurde. Der Mann, dem Lacey-Blut an den Händen klebte, würde niemals auf Wideacre leben. Der Möchtegern-Emporkömmling, der nur zu gern die Leiter erklommen hätte und dem jedes Mittel dazu recht war, gleich ob Wollust oder Lüge oder Blut. Er war Ungeziefer und gehörte ausgetilgt wie alles Ungeziefer auf dem Land. Er gehörte sofort ausgetilgt.

Wenn man mit fünfzehn Jahren *sofort* sagt, so meint man auch *sofort.* Mein Vater war nur einen Tag, nachdem Ralph seinen gemeinen Plan ausgeheckt hatte, gestorben. Und so sollte Ralph seinerseits sterben, noch bevor das Blut meines Vaters an seinen Händen wirklich getrocknet war.

»Dann ist es also unser Geheimnis«, sagte ich. »Und es stirbt, wenn wir sterben. Aber jetzt muß ich gehen.« Er half mir auf die Füße und versuchte dann, mein schwarzes Trauerkleid zu säubern. Da überall Reste von Stroh hafteten, kniete er nieder, um auch die letzte verräterische Spur zu entfernen.

»Es wird besser sein, wenn ich Tyackes Cottage habe«, sagte er ungeduldig. »Sorge dafür, daß dein Bruder die Tyackes gleich morgen früh an die frische Luft setzt. Ich kann nicht warten, bis der Alte endlich abkratzt. Der kann auch im Armenhaus sterben, wenn er will. Ich möchte bis zum nächsten Quartalstag einziehen, und jetzt gibt's keinen Grund, noch länger zu warten. Sorge also gleich morgen früh dafür, Beatrice.«

»Natürlich«, sagte ich ergeben. »Ist da sonst noch etwas, wenn ich mit Harry spreche?«

»Nun, ich werde bald ein Pferd brauchen«, sagte er nachdenklich. »Vielleicht eines von den Jagdpferden deines Vaters? Dein Bruder Harry wird vorläufig sicher nicht ausreiten, und der Fuchs deines Vaters steht dann praktisch nur nutzlos im Stall herum, nicht gerade das Richtige für ein gutes Pferd. Und ein Prachttier ist er, der Fuchs. Ich habe dafür gesorgt, daß er bei dem Unfall nicht in Mitleidenschaft gezogen worden ist. Du könntest Harry sagen, daß er ihn mir geben soll.«

Die bloße Vorstellung, daß Ralph eines der edlen Pferde meines Vaters ritt, ließ jähen Zorn in mir aufsteigen; doch ich behielt die Kontrolle über mich, und mein Lächeln verlor nichts von seiner Lieblichkeit.

Es waren ja nur Worte. Worte und Pläne.

»Natürlich, Ralph«, sagte ich sanft. »Du wirst so manche Veränderung haben wollen.«

»O ja«, erwiderte er grübelnd. »Und wenn ich hier erst der Master bin, noch viel mehr.«

Das Wort »Master« aus seinem Mund löste ein fast unerträgliches Prickeln auf meiner Haut aus; doch der Blick meiner grünen Augen ruhte still auf seinem Gesicht.

»Ich muß jetzt gehen«, wiederholte ich. Er nahm mich in die Arme, und wir küßten einander, ein langer, süßer Abschiedskuß, der erst endete, als ich mein Gesicht mit einem Schluchzen an Ralphs Schulter vergrub. Sein Rock, aus rauhem Manchesterstoff, roch so gut – nach Holzfeuer und sauberem Schweiß und dem absolut unverwechselbaren

Duft seiner Haut. Mit aller Kraft spannte ich meine Arme um seinen Brustkorb, drückte zum letztenmal den starken, herrlichen Körper an mich, den ich so gut gekannt und so sehr geliebt hatte.

Unsere enge Umarmung, meine körperliche Nähe schien wieder Verlangen nach mir in ihm zu wecken. Er preßte seine Lippen in mein Haar und hob dann mein Kinn zu sich empor.

»Was ist denn dies?« fragte er zärtlich. »Tränen?« Er senkte seinen Kopf, und mit der Behutsamkeit einer Katzenmutter ließ er seine Zunge über meine feuchten Wimpern gleiten. »Tränen sind jetzt überflüssig, meine schöne Beatrice. Und sie werden für alle Zeit überflüssig bleiben. Denn von jetzt an wird alles anders sein.«

»Ich weiß«, sagte ich, und während ich sprach, empfand ich in meinem Herzen eine solche Qual, daß ich das Gefühl hatte, es könne buchstäblich brechen. »Ich weiß, daß alles anders sein wird. Das ist es ja, was mich so traurig macht. Ralph, mein geliebter Ralph. Nichts wird jemals wieder so sein.«

»Aber es wird besser sein, Beatrice!« Er sah mich fragend an. »Du bereust doch hoffentlich nichts?«

Ich lächelte. »Ich bereue nichts«, bestätigte ich. »Weder jetzt noch später werde ich irgend etwas bedauern. Was geschehen ist, hast du für mich und für Wideacre getan. Und was noch geschehen wird, wird gleichfalls für Wideacre geschehen. Ich empfinde kein Bedauern.« Doch meine Stimme zitterte, und Ralph hielt mich mit beiden Händen ganz fest.

»Warte, Beatrice«, sagte er. »Geh nicht, während du so traurig bist. Sag mir, was los ist.«

Ich lächelte wieder, um ihn zu beschwichtigen, doch die Schmerzen in meiner Brust steigerten sich zu einer solchen Qual, daß ich fürchtete, wieder in Tränen ausbrechen zu müssen.

»Es ist alles in Ordnung. Es ist alles so, wie es sein sollte, wie es sein muß«, sagte ich. »Also goodbye. Goodbye. Goodbye, mein Liebling.«

Er sah mich so zärtlich und so besorgt, so voll Vertrauen auf meine Liebe an, daß ich zu fürchten begann, mir werde die Kraft fehlen, mich wirklich von ihm zu trennen. Ich gab ihm noch einen Kuß – einen sanften, allerletzten Kuß auf die Lippen – und löste mich dann aus seinen Armen. Irgendwie hatte ich das Gefühl, meine halbe Seele bei ihm zurückzulassen. Ich entfernte mich von ihm und drehte mich dann noch einmal um. Er hob eine Hand, und ich flüsterte so leise, daß er die Worte nicht verstehen konnte: »Goodbye, meine Liebe, meine einzige Liebe.«

Ich sah dann, wie er zu seiner Hütte ging und in der niedrigen Türöffnung verschwand. Mich im dichten Buschwerk beim Pfad verbergend, zählte ich langsam und sorgfältig bis dreihundert. Dann wartete ich. Meine Liebe und mein Haß standen gegeneinander, schienen sich wechselseitig zu verzehren. Der ungeheure Konflikt lähmte mich fast. Es war, als wüteten in meinem Kopf die Furien – doch ihr Zorn schien nicht Ralph zu gelten, sondern mir. Wie zerrissen fühlte ich mich: zerrissen in zwiefache Treue, zwiefache Liebe, zwiefachen Haß. Ich stöhnte unwillkürlich vor buchstäblich physischem Schmerz; doch dann sah ich vor meinem inneren Auge wieder den erstarrten Blick meines ermordeten Vaters, als man seine Leiche an mir vorübergetragen hatte in der Düsternis der Hall. Und jetzt sog ich meine Lunge bis zum Bersten voll Luft und öffnete den Mund und schrie so schrill und so angstvoll, wie ich nur konnte:

»Ralph! Ralph! Hilf mir! Ralph!«

Die Tür der Hütte krachte auf, und dann hörte ich das Geräusch von Ralphs Füßen, dahinjagend über den Weg. Wieder schrie ich und hörte, wie er jetzt vom Pfad abbog, in Richtung auf meine flehende Stimme. Seine Füße stampften durch Laub, und dann vernahm ich den grauenvollen, metallenen Klang der zuschnappenden Menschenfalle und fast gleichzeitig das Geräusch von brechenden Knochen – von Ralphs zerschmetterten Beinen – und Ralphs gellenden, fassungslosen Schrei. Meine Knie knickten unter mir ein, und ich ließ mich zu Boden sacken und wartete auf einen weiteren Schrei. Ich wartete und wartete. Doch kein Schrei kam.

Ich war kaum einer Bewegung fähig. Dennoch mußte ich ihn unbedingt sehen. Und so krallte ich mich gleichsam von Baumstamm zu Baumstamm, und mein Gesicht schabte über die rauhe Borke.

Ich mußte ihn sehen. Doch wo genau befand er sich? Ich vernahm nicht das leiseste Geräusch.

Ich stand an einen Baum gelehnt, unter meinen Fingern die sonnenwarme Rinde, wie umhüllt vom vertrauten Geruch trockenen Laubs. Die Stille war so tief, als sei die Welt durch Ralphs Schrei in zwei Teile zerspalten worden, die erst allmählich wieder zueinanderfanden.

Irgendwo begann eine Amsel zu singen.

Aber ich mußte weiter, mußte mich mit eigenen Augen überzeugen.

Mit meinen Händen teilte ich das Buschwerk auseinander – und sah dann mit einem halberstickten Entsetzensschrei, daß mein Geliebter wie eine Ratte gefangen war in der Falle, in die ich ihn geködert hatte: mit

Liebe. Die Schnappvorrichtung hatte ihm, bei den Knien, die Beine gebrochen, und schlaff, bewußtlos vor Schmerzen, baumelte er vornüber. Einer der scharfen Zacken schien eine Ader durchtrennt zu haben, und das unablässig strömende Blut färbte seine Breeches dunkel und floß seine Beine hinunter in die schwarze Erde.

Bei dem grauenvollen Anblick verließ mich alle Kraft. Wieder knickte ich in den Knien ein – und stützte mich rasch gegen einen Baum, um nicht gleichfalls in die Grube zu stürzen. Fast war es, als hinge ich hilflos an einem Seil und baumelte über einem Abgrund aus Entsetzen. Doch ich biß die Zähne aufeinander, raffte mich hoch und entfernte mich genauso unauffällig und still, wie ich gekommen war: so, als fürchtete ich, meinen geliebten, müden Gatten zu wecken. Schritt für Schritt bewegte ich mich rückwärts, ohne meinen Blick auch nur für einen Sekundenbruchteil zu lösen von jener erschlafften Gestalt, deren Lebensblut in den dunklen Boden sickerte – die wie Ungeziefer verendete.

Wie eine Verbrecherin schlich ich heim, schlüpfte durch die geöffnete Küchentür ins Haus. Dann kam mir ein Gedanke. Ich ging zu dem kleinen Lagerraum hinten und holte Canny, die Eule, die ich über die Hintertreppe hinauftrug zum Podest vor meinem Zimmer. Niemand begegnete mir. Durch mein Fenster blickte ich zum aufgehenden Mond: eine dünne, traurige Sichel nur, in der abnehmenden Phase, mit einem winzigen, flackernden Stern in der Nähe, wie eine blinkende Träne. Vor einer Ewigkeit hatte ich hier am Fenster gesessen und Ralphs glänzende, mir zulächelnde Augen gesehen. Jetzt konnte ich nicht einmal das Sternenlicht ertragen. Und unversehens tauchte in irgendeinem Winkel meines Gehirns die Frage auf, ob Ralph jetzt wohl wirklich tot war – oder ob er, wie eine Ratte in einer Rattenfalle, nun Folterqualen litt, wieder bei Bewußtsein, meinen Namen ächzend, heulend, in der Hoffnung, daß ich kommen und ihm helfen würde. Ahnte, wußte er inzwischen, daß ich ihn in die Falle gelockt hatte und daß ihn der Tod erwartete, der grimmige Sensenmann in der Dunkelheit?

Canny hockte jetzt großäugig oben auf dem Schrank. Er war nahezu voll ausgewachsen, fast flügge. Ralph hatte vorgehabt, ihn teilweise in Freiheit zu halten und ihn sparsam zu atzen, bis er es gelernt hatte zu jagen. Nun würde er für sich selbst sorgen müssen. In dieser grausamen neuen Welt unter dem gelblichen, wie siechen Schein des Mondes mußten wir alle überleben lernen, und Hilfe gab es nicht. Im goldenen Sommer meiner Kindheit hatte ich Papa vertraut, so wie Ralph später mir vertraut hatte, meinem falschen Lächeln, meinen verlogenen Blicken:

Vertrauen und Treue, das gab es nicht mehr. Und so hob ich Canny hoch, sanft ruhten seine umfiederten Krallen auf meiner Hand, und ich befreite seine knochigen Beine von den Fesselriemen. Sein Fuß, den er in seinem plustrigen Gefieder versteckt gehalten hatte, war angenehm warm. Ich öffnete das Fenster und hielt ihn hinaus. Der Nachtwind raschelte in seinem Gefieder.

»Flieg, Canny«, sagte ich. »Denn Liebe und Weisheit kenne ich nicht mehr.«

Im Wind begann er ein wenig zu schwanken und krallte sich fester. Während sich sein Körper bewegte, wippte sein Kopf; doch er blieb ruhig und blickte sich um.

»Flieg!« sagte ich und schleuderte ihn fast brutal von mir fort in Richtung Mond: so als könne er im Davonfliegen alle Schmerzen und Sorgen mit sich nehmen. Doch er flog nicht, sondern fiel: stürzte in die Tiefe wie ein sich überschlagender Federwisch. Entsetzt starrte ich hinter dem Vogel her, während meine Hände am Fensterbrett Halt suchten.

Canny überschlug sich wieder und wieder; doch bevor er auf den Boden aufprallen konnte, breitete er die Flügel, schwebte im Gleitflug in Richtung Küchengarten und landete in einem Johannisbeerstrauch. Fahl schimmerte sein Gefieder im Mondenschein, und ich beobachtete ihn, wie er ganz still dahockte, vielleicht darüber verwundert, in Freiheit zu sein. Langsam entkrampfte sich meine Hand, mit der ich am Fensterbrett Halt gesucht hatte. Die andere indes blieb eigentümlicherweise zusammengeballt. Ich hielt irgend etwas darin, wußte jedoch nicht, was es sein mochte. Als ich dann die Finger öffnete, sah ich auf dem Handteller einen Batzen Erde und etwas Laub. Ich erinnerte mich: Als ich auf Ralphs zweiten Schrei gewartet hatte, endlos fast, hatte ich, fest zupackend, in den Erdboden gegriffen. Und nun hielt ich den Batzen noch immer in der Hand, während Canny seine Flügel breitete und tief über den Küchengarten hinwegflog zum wartenden Wald, eine Botschaft vom Verlust meiner Weisheit, vom Verlust meiner Liebe.

Ich schlief mit der Handvoll Erde und Laub unter meinem Kopfkissen: hielt den Batzen nach wie vor in meiner kalten Hand, besudelte das saubere irische Leinen, das Ralph sich so sehr ersehnt hatte. Ich schlief unbeschwert, wie ein braves Kind, und träumte keine Träume. Am Morgen tat ich den Batzen in Papierhaarwickel und legte ihn in mein Schmuckkästchen. Sonderbar, so etwas zu tun. Aber an diesem Morgen war mir sonderbar zumute: irgendwie schwindlig und unwirklich, als seien der gestrige Tag und überhaupt alle Tage dieses Sommers ein fremdartiger Traum gewesen, ein Traum, in dem ich noch immer befangen war. Doch erschien mir das jetzt wie eine Art Talisman, welcher die Ängste abzuwehren half, die mir nach Hause gefolgt waren wie ein schwarzer Hund. Dies war alles, was mir von Ralph blieb, nachdem seine Eule davongeflogen war: eine Handvoll Erde von dem Ort seines Todes; eine Handvoll von unserem Land, Wideacre.

Am nächsten Tag wartete ich auf die Nachricht von Ralphs Tod. Ich rechnete fest damit, daß die Kunde, aus dem Dorf, schon bald die Hall erreichen würde, und daß dann, beim Frühstück, meine Mutter oder Harry die Geschichte von dem grauenvollen Unfall erzählte. Doch ich wartete vergeblich darauf. Nicht anders war es beim Lunch. Und auch beim Tee. Ich wartete auf die Geschichte, als wir abends in Mamas Salon saßen . . . Nichts.

»Du hast den ganzen Tag lang nichts gegessen, Beatrice«, sagte meine Mutter behutsam. »Du mußt es versuchen, Liebes. Und du machst auch so einen hinfälligen Eindruck.«

Jetzt wandte mir auch Harry seine Aufmerksamkeit zu. Meine Blässe und meine Nervosität entgingen ihm natürlich nicht.

»Sie trauert, Mama«, sagte er und erhob sich von seinem Sitz am anderen Ende des Kamins, um sich neben mich auf das Sofa zu setzen. Behutsam nahm er meine Hand in seine Hand. »Arme Beatrice, du mußt versuchen, nicht so traurig zu sein. Papa würde das nicht wollen.«

Ich lächelte, doch mein Herz war kalt. Dann zuckte mir der Gedanke durch den Kopf, daß Harry wußte, daß Ralph tot war, mir die Nachricht jedoch vorenthielt, um mich zu schonen.

»Ich habe nur so ein Gefühl, daß etwas Schreckliches geschehen wird«, sagte ich und zuckte die Achseln. »Wieso, weiß ich nicht. Mir wäre fast wohler zumute, wenn es einen Unfall gegeben hätte, denn dann könnte ich glauben, daß das Unglück vorbei ist.«

»Weil *ein* Unglück nie allein kommt, meinst du?« fragte meine Mutter. Närrisches Gerede, doch ihre Augen spähten scharf. »Aber es ist nichts geschehen, nicht wahr, Harry?«

Harry tätschelte meine Hand; doch seine Behutsamkeit und Anteilnahme drangen nicht in die Kälte meiner Isolation. »Nein, Mama. Nein, Beatrice. Was könnte schon passieren? Beatrice ist einfach übermüdet, und Ihr, Mama, neigt wohl ein wenig zum Aberglauben. Morgen früh werden wir uns alle besser fühlen.«

Ich fühlte mich am Morgen keineswegs besser. Auch nicht am nächsten Morgen oder dem Morgen danach. Gewiß hatte ihn doch inzwischen irgend jemand entdeckt? Meg, seine Mutter, mußte ja nach Hause gekommen sein und die Hütte leer vorgefunden haben, mit offener, hin und her pendelnder Tür. Wie wohl würde sie sich verhalten? Sie würde seinen Namen rufen und dann dem Pfad folgen und wieder zurückkehren. Und danach? Zweifellos würde sie jemanden bitten, ihr bei der Suche nach ihrem Sohn zu helfen, und natürlich würde man ihn schon bald finden, dort in der Falle, die eingeklemmten Beine gebrochen, mit schlaff vornüberhängendem Oberkörper. Tot? Ich saß im Fenstersitz in meinem Zimmer und blickte hinaus auf den Garten, unbewußt meine Hände knetend, bis die Handgelenke rote Flecken zeigten. Wie kam es, daß es so langsam ging? Waren sie so träge, so gleichgültig und hatten ihn vielleicht bis jetzt noch gar nicht gefunden? Wie konnte Meg sich Mutter nennen, eine liebende Mutter mit speziellem Zigeuner-Instinkt für die ihrem Sohn drohenden Gefahren, wenn sie bis jetzt noch nicht gespürt hatte, daß irgend etwas nicht stimmte: wenn sie Ralph noch immer nicht gefunden hatte?

Immer und immer wieder malte sich mein Gehirn die Szene aus: wie die Nachricht das Dorf erreichte und der Dorfzimmermann den Sarg machte; wie ein Freund oder ein Verwandter eines unserer Bediensteten die Neuigkeit dann zur Hall brachte; wie mein Bruder und vielleicht auch meine Mutter davon erfuhren, ebenso wie Lucy, meine Zofe. Zweifellos war die Geschichte jetzt *das* Küchengespräch, und einer der Bediensteten würde uns schon bald davon berichten. Ich mußte geduldig sein. Und absolute Selbstkontrolle an den Tag legen, damit mir auch nicht ein Hauch von Unruhe anzumerken war. Niemand durfte etwas ahnen. Aber ganz bestimmt hatte man ihn inzwischen gefunden!

Ich erhob mich, um mein Schlafzimmer zu verlassen und mich zum Frühstück zu Harry und zu Mama zu gesellen. Ein weiterer Tag – bereits der fünfte – und noch immer keine Nachricht. Aber heute mußte etwas geschehen. Und ich mußte bereit sein. Bei der Tür drehte ich mich noch einmal um und betrachtete mich im Spiegel. Meine Augen, von opakem Grün, verrieten nichts von meiner inneren Anspannung. Ich wirkte sehr blaß: cremefarbene Helle im starken Kontrast zur Schwärze meines Kleides. Ich war eine schöne Tochter, die um ihren innig geliebten Papa trauerte, nichts in meinem Gesicht ließ die Rachegöttin auch nur ahnen.

Und ich trauerte ja auch wirklich um meinen Papa. Er fehlte mir sehr: so sehr, daß mir Tränen über die Wangen rannen, wenn ich allein war. Auch Ralph fehlte mir, obschon sich mit dieser Vorstellung ein Gefühl physischer Übelkeit verband. Ja, sie fehlten mir, die beiden Männer, die diesen goldenen Sommer für mich einfach vollkommen gemacht hatten: den schwerelosen Sommer, in dem ich die schützende Liebe meines Vaters und die körperliche Liebe Ralphs erfahren und genossen hatte.

Hätte nicht alles einen normalen Verlauf nehmen können, ja müssen? Wäre es für mich nicht das Vernünftigste gewesen, mich mit meinem Schicksal abzufinden: Heirat und ein elendes Dasein irgendwo fern von Wideacre? Dann hätte ich an diesem Morgen unbeschwert aufwachen können, um mit meinem geliebten Papa zu frühstücken; und am Nachmittag wäre ich dann ausgeritten, um mich heimlich mit meinem Liebhaber zu treffen, mit dem dunkel-verschlagenen Sohn der Zigeunerin Meg. In der Tat: glücklich hätte ich aufwachen sollen – frei von diesem qualvollen Gefühl der Leere.

Unwillkürlich strich ich mir über die Stirn; die Geste einer alten, erschöpften Frau. Dann verließ ich mein Zimmer und stieg die Treppe hinunter. Selbst das Geräusch meiner Schritte auf den Stufen klang irgendwie leer.

Neues schien es nicht zu geben. Fast wortlos saßen wir am Tisch, Harry am Kopfende, herzhaft schmausend, Mama ihm gegenüber, ein Stück Toast zerbröckelnd, während ich schweigend meinen Tee trank. Wir boten ein Bild vollkommenen häuslichen Friedens. Nach dem Frühstück – Mama hatte den Raum inzwischen verlassen – sah Harry mich wie prüfend an und sagte: »Ich habe da eine sonderbare Neuigkeit für dich, Beatrice, und hoffe, daß sie dich nicht aus der Fassung bringen wird.«

Ich hatte mich halb erhoben, sank wieder auf meinen Stuhl zurück. Mein Gesicht konnte ich beherrschen, doch im Kopf schwindelte mir vor Furcht.

»Ralph, der Bursche des Wildhüters«, sagte mein Bruder mit unsicherer Stimme, »scheint verschwunden zu sein.«

»Verschwunden!?« rief ich aus. Ungläubig starrte ich Harry an. »Aber er kann unmöglich verschwunden sein!« Ralphs Bild, wie er mit gebrochenen Beinen in der Menschenfalle festsaß, war so fest in mein Gehirn eingebrannt, daß ich fürchtete, Harry könne sehen, wie es sich in meinen Augen spiegelte. »Aber wie konnte er denn entkommen?« sagte ich – und verriet mich.

»Was meinst du damit?« fragte Harry vorsichtig; mein Ausbruch hatte ihn offenkundig schockiert. »Hier«, sagte er und reichte mir eine Tasse Tee. Doch meine Hände zitterten so stark, daß ich die Tasse nicht halten konnte, und als ich sie auf den Tisch stellte, gab es eine Art Knackgeräusch, und im feinen Porzellan zeigte sich ein Sprung. Ich muß mich unter Kontrolle haben, dachte ich; jetzt bloß nicht zusammenbrechen. Ich fühlte Harrys Augen auf mir, holte tief Luft und versuchte, mich zur Ruhe zu zwingen. Gewiß versuchte Harry, mir die Neuigkeit schonend beizubringen, aber die Nachricht, Ralph sei verschwunden – statt tot –, war noch eine Steigerung meines Alptraums. Während der letzten vier Nächte hatte ich nämlich davon geträumt, daß Ralph, so schnell ich auch rannte, mir kriechend auf den Fersen blieb, um die blutigen Knie das klirrende Gestell der Menschenfalle.

»Trink dies«, sagte Harry. »Bitte, Beatrice.« Ich schluckte und spürte, wie sich die Wärme in meinem Körper ausbreitete. Ich räusperte mich. »Tut mir leid, Harry. Meine strapazierten Nerven. Hast du da irgend etwas über Ralph gesagt?«

»Ein andermal, Beatrice, es ist nicht weiter wichtig.« Harry tätschelte mir wieder die Hand. »Ich hatte ja keine Ahnung, daß du noch immer so mitgenommen bist, meine arme Schwester.«

Ich gab mir alle Mühe, meine Stimme zu beherrschen. »Ich bin gar nicht so sehr mitgenommen, lieber Harry«, sagte ich. »Allerdings habe ich schlechte Nerven, wie du ja weißt. Und ich habe da so eine Vorahnung gehabt, daß Ralph tot ist. Wieso, weiß ich nicht. Sollte das jedoch die Wahrheit sein, so sag's mir bitte.«

»Nein, liebe Beatrice, nein«, versuchte Harry mich zu beschwichtigen. »So schlimm ist es wirklich nicht. Er scheint nur ganz einfach verschwunden zu sein. Ein Verlust für Wideacre und vor allem für mich, weil er mir praktisch schon als eine Art Verwalter diente. Aber wir werden auch ohne ihn zurechtkommen.«

»Harry, ich muß es wissen«, sagte ich. »Auf welche Weise ist er verschwunden? Und aus welchem Grund?«

»Das ist ja das Geheimnis«, sagte Harry. Er setzte sich neben mich, hielt noch immer meine Hand. »Mein Diener hat mir berichtet, jemand aus dem Dorf sei zu Megs Hütte gekommen und habe die paar Habseligkeiten ringsum verstreut gefunden, darunter allerdings keinerlei Kleidungsstücke, auch waren Ralphs zwei Hunde fort. Nirgends eine Botschaft, nicht ein Wort. Sie sind wie vom Erdboden verschluckt.«

Der Alptraum begann allmählich Wirklichkeit zu werden. Irgendwo außerhalb der Mauern von Wideacre Hall befand sich Ralph – noch am Leben und in Freiheit. Und er wußte natürlich, daß ich seinen Tod geplant hatte: daß ich ihn, in seinen Qualen, sich selbst überlassen hatte, damit er stürbe. Er wußte, daß ich zugelassen hatte, daß er meinen Vater tötete; wußte, daß ich dann ihn hatte vernichten wollen. Und jetzt würde er, irgendwo außerhalb der Mauern von Wideacre Hall, auf mich warten. Ja, warten. Nein, lauern. Und niemals wieder in meinem ganzen Leben würde ich auch nur für eine einzige Sekunde frei sein von Furcht.

»In was für einem Zustand haben sie die Hütte denn zurückgelassen?« fragte ich, über den gelassenen Klang meiner Stimme selbst verwundert. Man hätte meinen können, nichts interessiere mich mehr als die Wiederverpachtung der elenden Hütte.

»Nun, von den Einheimischen zieht dort ganz gewiß niemand ein«, sagte Harry. »Man erzählt sich allen möglichen Unsinn über Blutopfer und Megs Hexerei – Gerüchte, mit denen ich dich lieber verschonen möchte, liebe Beatrice.«

Ich unterdrückte die würgende Angst; ich mußte es ganz einfach wissen. »Oh, ich bin gar nicht mehr so schonungsbedürftig, Harry«, beschwichtigte ich ihn. »Bitte, sag mir, was sich die Leute erzählen. Ich möchte es lieber von dir hören als von meiner Zofe oder sonst irgend jemand aus dem Dorf.«

Es bedurfte nur eines kleinen Anstoßes: Harry brannte geradezu darauf, mich in alles einzuweihen.

»Ist wirklich sehr sonderbar«, sagte er mit offenkundigem Behagen. »Es war Mrs. Tyacke, welche die Hütte aufsuchte. Sie wollte gern wissen, welches Mobiliar Ralph in ihrem Cottage behalten wollte. Ralph hatte ihr nämlich gesagt, daß er ihre Cottage übernehmen werde. Jedenfalls fiel ihr sofort auf, daß die Tür der Hütte offenstand, und dann sah sie auf der Schwelle Blutflecken.« Jeder Muskel meines Körpers schien zu Eis zu erstarren. »Auf dem Fußboden fanden sich Blutspuren, so als habe jemand ein erlegtes Wild in die Küche geschleppt. Aber genauso sonderbar ist, daß überall Schüsseln und Eimer mit blutgefärbtem Wasser herumstanden, und daß Megs einziges Bettuch zerrissen und blutig war.«

Mühelos konnte ich mir die Szene vorstellen. Meg, zweifellos durch ihren besonderen Instinkt gewarnt, war früh heimgekommen; sie hatte ihren Sohn gesucht, geleitet vielleicht von seinen qualvollen Schreien. Mit Hilfe eines kräftigen Astes und unter Einsatz ihrer ganzen Kraft mußte es ihr gelungen sein, den Schnappmechanismus der Falle aufzuzwängen, so daß sie Ralph daraus befreien konnte. Sodann hatte sie ihn mit der Kraft einer verzweifelten Mutter in die Hütte geschleppt, überall auf dem Boden Spuren hinterlassend. Ihr einziges Bettuch zerfetzend, versuchte sie, das strömende Blut zum Stoppen zu bringen, indem sie den kalten Stoff in die Wunden preßte. Und dann... und dann... und dann? War Ralph tot? Hatte Meg die Leiche versteckt? Von sich aus konnte sie nicht wissen, daß es kein Unfall gewesen war. Vielleicht trauerte sie jetzt in irgendeinem stillen Winkel des Waldes um ihn, und ich befand mich in Sicherheit. Ich klammerte mich an diese Hoffnung und zeigte meinem Bruder ein unbekümmertes Gesicht.

»Ist das alles?«

»Na, ich finde, das reicht!« sagte er mit der Genüßlichkeit einer Klatschbase. »Allerdings gibt es tatsächlich noch mehr. Ihre Möbel haben sie zwar zurückgelassen, dafür jedoch einen alten Handkarren mitgenommen. Die alte Betty schwört, sie habe vor drei Tagen in aller Herrgottsfrühe eine Person, die wie Meg aussah, einen Handkarren die London-Road entlangschieben sehen. In dem Handkarren habe jemand gelegen, und die beiden schwarzen Hunde seien hinterhergetrottet. Die alte Betty behielt das zunächst für sich, weil sie meinte, sie müsse sich getäuscht haben. Aber da der Handkarren fehlt und wegen all der anderen Umstände reimen sich die Leute im Dorf nun so manches zusammen.«

Ich nickte und hielt den Kopf dann gesenkt, damit mir mein Bruder nicht meine Angst und meine Verzweiflung vom Gesicht ablesen konnte. Alles war schiefgegangen. Es sah ganz so aus, als sei es Meg gelungen, Ralph das Leben zu retten, wennschon er zu sehr geschwächt war, um gehen zu können. Doch war er gewiß imstande gewesen, ihr zu sagen, wer ihn in die Falle gelockt hatte. Wäre sie von ihm nicht ins Bild gesetzt worden, so würde sie ihn unverzüglich zur Hall gebracht haben. Doch eben das hatte sie nicht getan! Sie hatte ihn fortgeschafft, weit fort von der Hall und gleichsam außerhalb meiner Reichweite; vermutlich zu ihren Leuten, jenem wilden Stamm von Zigeunern. So daß sie ihn in aller Ruhe gesundpflegen konnte, damit er wieder voll zu Kräften kam, um hierher zurückzukehren und mich zu stellen. Fern von Wideacre, außerhalb unseres Machtbereichs konnte er ungestört Pläne schmieden, die meine Zukunft und mein Leben bedrohten. Von jetzt an würde ich auch im Wachzustand jeden Augenblick darauf gefaßt sein, ihn zu sehen, so wie es mir bereits allnächtlich in meinen Träumen erging. Hinkend, vielleicht grauenvoll entstellt, voll Rachsucht gegen mich. So gespenstisch war dieses Bild in meine Vorstellung eingeätzt, daß ich das Gefühl hatte, Ralph stemme seinen beinlosen Körper in just diesem Augenblick die Stufen zur Eingangstür der Hall hoch. Ich verlor alle Selbstkontrolle.

»Mir ist übel, Harry. Ruf meine Zofe«, sagte ich und ließ meinen Kopf in einem Taumel des Entsetzens auf die Tischplatte plumpsen.

Mein Trauerzustand wirkte jetzt echt genug, und ich lächelte meinem Spiegelbild nicht mehr zu. Ich brachte kaum noch Nahrung herunter, aus Angst, Ralph könne sich in die Küche geschlichen haben, um meine Speisen mit irgendeiner von Megs Zigeunermixturen zu vergiften. Ich wagte mich nicht einmal bis zum Rosengarten, weil er mir womöglich im Sommerhäuschen oder bei der Pforte zum Wald auflauerte. Selbst im Haus waren meine Nerven in jeder Sekunde zum Zerreißen angespannt, und besonders schlimm wurde es, als im Winter die Tage immer kürzer wurden und man die Fenstervorhänge zuzog. Es gab dunkle Schatten auf der Treppe und in der Halle, wo Ralph sich unbemerkt verstecken und mir auflauern konnte. Nachts schlief ich kaum, und immer wieder fuhr ich schreiend aus Angstträumen hoch. Meine Mutter rief erst den Ortsmedikus und dann sogar einen Arzt aus London. Man verabfolgte mir flüssige Schlafmittel, doch je tiefer der Schlaf, desto schlimmer die Träume, und drei, fast vier Monate lang litt ich in der kalten, harten, erbarmungslosen Jahreszeit wie ein in Gefangenschaft geratenes Tier: konnte weder tagsüber noch nachts dem Schrecken entkommen.

Allmählich begann mir in meiner dauernden Panik zu dämmern, daß bislang nichts, gar nichts geschehen war. In meiner überhitzten, angstverzerrten Phantasie war mir eben dies bisher entgangen: daß ja überhaupt nichts passiert war – der entscheidende Punkt. Niemand wußte, daß mein Vater vom Pferd gezerrt und wie ein Kaninchen erschlagen worden war. Niemand wußte, daß das Blut von Ralphs prachtvoll-festen Schenkeln in unsere dunkle Erde geflossen war, in der Falle, in die ich ihn hinterhältig gelockt hatte. Beide Ereignisse hatten sich zur Zeit des einsetzenden Frosts abgespielt, und seitdem war praktisch alles überfroren. Während der Wintermonate war alles ruhig gewesen, ausgenommen mein wie jagender Puls und mein fast fieberndes Gehirn.

Der Winter verlor immer mehr seine Kraft, und als ich dann eines Morgens erwachte, vernahm ich nicht die Weise eines einzelnen Rotkehlchens, sondern ein vielkehliges Zwitschern sowie, vom Fenny her, das Knistern und Knacken von schmelzendem Eis. Ich warf einen dicken Schal über mein dunkles Wollkleid und trat in den Garten hinaus. Die Glasscheibe, die sich zwischen mir und dem Land befunden hatte, schien geschmolzen zu sein wie das Eis in den Mulden der Downs. Wohin ich auch blickte, überall sproß junges Grün. Von Ralph jedoch keine Spur.

Ich schaute in die Richtung, wo er früher gewohnt hatte, konnte jedoch nichts weiter sehen als die unschuldige Vielfalt junger Knospen, welche das schwarze Geäst gleichsam umwoben. Nein, der Wald war nicht verwest oder verfault durch Ralphs Blut oder durch meinen heimtückischen Todeskuß. Unsere Liebe und sein Blut – die Erde, die gute, gleichgültige Erde, hatte sie in sich aufgenommen, so wie sie ein totes Kaninchen oder das Gift einer Schlange in sich aufnimmt. Nein, das Land hatte sich nicht grundlegend verwandelt, war nicht zu einer Stätte ewiger Rache geworden. Es war, wie es in jedem Frühjahr gewesen war, voller Wärme und Wachstum: voller Verheißung. Das Land kümmerte es nicht, wer es wodurch für sich gewonnen hatte; dem Land war es gleichgültig, was für Sünden seinetwegen begangen worden waren. Unter Teppichen aus altem Laub und Moos sickerte und rieselte es, und heimlich und unwiderstehlich stiegen Säfte hoch in Baumstämmen und Pflanzenstielen.

Was immer auch geschehen war, es war Vergangenheit. Es war im Herbst geschehen, wo es nur natürlich ist, daß Dinge sterben und Blut vergossen wird. Der Herbst ist eine Zeit der Herausforderung und des Tötens; der Winter eine Zeit der Ruhe und der Erholung; und der Frühling bedeutet: neue Pläne, neue Bewegung und neues Leben.

Ich ging schneller, auf das Ende des Rosengartens zu, schritt beschwingt wie früher. Durch die Pforte trat ich in den Wald, unter die tropfenden Bäume, ohne jedes Zögern. Ich betastete die feuchte Rinde und fühlte den pochenden Herzschlag meines geliebten Wideacre, hier im süßen Drängen des neuen Lenzes. Schnell wie ein heftiger feuchter Wind war das Frühjahr gekommen, und die nasse Erde erwärmte sich unter einer neuen, einer gelben Sonne. Ich nahm Witterung wie ein Pointer und roch die Verheißung von mehr Regen, den Duft der gedeihenden Erde und sogar den salzigen Hauch des Tangs von der See, aus südlicher Richtung hinter den Downs. Und plötzlich erfüllte mich eine ungeheure Freude darüber, daß – mochten Papa und vielleicht auch Ralph tot sein – ich jedenfalls lebte; und daß mein Körper stärker und weiblicher und reizvoller war denn je. Summend kehrte ich heim, und zum erstenmal seit Monaten spürte ich einen Heißhunger auf das Mittagsmahl.

Harry kam die Allee entlanggetrabt und winkte mir zu. Während ich durch den Rosengarten in Richtung Hall schlenderte, bemerkte ich, daß auf dem kiesbestreuten Weg Unkraut wucherte. Ich würde mit Riley sprechen müssen. Harry saß ab und wartete am Tor auf mich, und als ich seinen kräftigen, geschmeidigen Körper betrachtete – in den Schultern breiter als früher –, wurde mir mit einem inneren Lächeln bewußt, daß irgendwo tief in mir sogar ein leises Verlangen sich regte. Ich lebte, ich war jung, und ich konnte mich selbst wieder als reizvoll empfinden – die Wideacre-Göttin, neuerschaffen durch den Lenz, emporschnellend aus dem Totenbett alter Schmerzen und alter Sorgen.

Und so lächelte ich süß meinen Bruder an, legte die Fingerspitzen sacht auf seinen Arm und ließ mich von ihm in die Eingangshalle unseres Hauses führen.

Es war zweifellos ein Zeichen dafür, daß Harry mich für »wiederhergestellt« hielt, als er etwas später auf Ralph zu sprechen kam. Wir saßen beide allein im Salon vor der verglimmenden Glut des Kamins. Mama war bereits zu Bett gegangen.

»Wir werden wohl einen neuen Wildhüterburschen brauchen«, sagte Harry gleichsam tastend und beobachtete aufmerksam meine Reaktion.

»Ja, guter Gott, hast du denn noch keinen gefunden!?« rief ich, ärgerlich über das Versäumnis. »Bellings kann das unmöglich alles allein schaffen, und wenn du keinen jungen und tüchtigen Burschen findest, dann machen uns sämtliche Dörfler die Waldungen unsicher. Du kannst doch für den nächsten Herbst auf keine Jagd hoffen, wenn du sie nicht jetzt daran hinderst, Füchse zu schießen. Was das Wild angeht, so mußt du für die Junghirsche einen weiteren Hüter einstellen, Harry, oder es gibt weder Hirschjagd noch Wildbret.«

»An Jagen ist sowieso nicht zu denken«, erinnerte er mich. »Zu Beginn der Jagdzeit jedenfalls ist unser Trauerjahr noch nicht zu Ende. Aber ich werde für einen jungen Hüter sorgen. Was Ralph betrifft – er fehlt mir ziemlich.« In seinen Augen glänzte Neugier und mehr noch: angespannte Erwartung. »Er war sehr fähig, sehr brauchbar. Er ging mir auf Wideacre sehr zur Hand.« Er hielt inne. Blitzartig wurde mir klar, was Harry wissen wollte. »Ich hatte ihn recht gern«, sagte er, seine Vernarrtheit in Ralph eher beiläufig herunterspielend. »Du ja wohl auch, wie?«

Vor meinem inneren Auge stieg jenes absurde Erinnerungsbild auf: wie Ralph und ich splitterfasernackt waren, während Harry, das Gesicht im staubigen Stroh, auf uns zukroch und seine Wange gegen Ralphs bloßen Fuß schmiegte. Doch ich schwieg. Ich wollte sichergehen, daß ich auch wirklich wußte, was Harry dachte.

»Er besaß eine sehr starke, um nicht zu sagen machtvolle Persönlichkeit«, fuhr Harry fort, die Wörter voll Bedacht wählend. Jetzt war ich meiner Sache sicher. Mit tränenvollen Augen betrachtete ich sein offenes und angespanntes junges Gesicht.

»Oh, Harry«, sagte ich und ließ meine Stimme in einem Schluchzer brechen. »Er hat mich zu solch abscheulichen Dingen gezwungen. Ich hatte ja eine solche Angst vor ihm. Er sagte, er würde mir auflauern, und falls ich ihm nicht gehorchte, würde er, oh, so abscheuliche Lügen über mich verbreiten. Er hat mir einen solchen Schrecken eingejagt, und wenn du damals nicht gekommen wärst, ich weiß nicht, was dann passiert wäre.«

»Ich habe dich... gerettet?« fragte Harry hoffnungsvoll.

»Er hätte mich und unseren Familiennamen entehrt«, sagte ich mit fester Stimme. »Gott sei Dank bist du gerade noch rechtzeitig gekommen, und von dem Tag an hatte er zuviel Angst vor dir, um mir noch weiter nachzustellen.«

Die wahre Szene – so wie sie sich wirklich abgespielt hatte – verblaßte in Harrys willigem Gehirn. Ihren Platz nahm jetzt ein rosigeres Bild ein: die heroische Errettung seiner tugendhaften Schwester.

»Meine liebste Beatrice«, sagte er zärtlich. »Ich bin ja so bekümmert gewesen, aber es widerstrebte mir, dich so direkt zu fragen... Er hat seine abscheuliche Tat nicht ausgeführt? Ich bin gerade noch rechtzeitig gekommen?«

Eine mädchenhafte Röte der Verlegenheit überhauchte meine Wangen, doch meine Aufrichtigkeit und Wahrheitsliebe gaben mir den Mut zur Antwort.

»Ich bin eine Jungfrau, Harry«, sagte ich verschämt. »Du hast mich gerettet. Und der Mann, der mich bedrohte, ist für immer verschwunden, zweifellos durch die Hand Gottes davongetrieben. Meine Ehre ist deine Ehre.«

Der liebe Harry, ein so stattlicher und breitschultriger Mann, und trotzdem noch ein solches Baby. Und Mama so überaus ähnlich in Vorliebe für bequeme Lügen anstelle von unangenehmen Wahrheiten. Mit gewinnender Herzenswärme lächelte ich ihn an, ohne auch nur eine Sekunde von meinen lächerlichen Lügen abzulassen.

»Du hast meine so überaus kostbare Ehre gerettet, Harry, und ich werde niemals vergessen, daß ich unter deinem Schutz stehe. Du bist jetzt das Oberhaupt des Hauses und das Oberhaupt der Familie. Voll Stolz und Vertrauen begebe ich mich in deine Obhut.«

Er streckte mir die Hand entgegen, und keusch schmiegte ich mich in eine liebevolle Umarmung. Aber als ich seine kräftigen Männerarme richtig um mich fühlte, regte sich in mir wieder ein leises Begehren, und ich spürte, wenn auch nur halb bewußt, wie sich meine Bein- und Gesäßmuskeln spannten, als Harrys Hände sich sacht um meine Taille schmiegten. Was war es, was mich dazu trieb? Ein winziger Dämon vielleicht, ein Kobold kindlicher Arglist? Jedenfalls drehte ich mich, während er mich in brüderlicher Umarmung hielt, so herum, daß eine seiner Hände höhergleiten mußte und wie zufällig auf der glatten, warmen Seide über der Rundung meiner Brust zu liegen kam.

»Rückhaltlos«, sagte ich.

Er ließ seine Hand ruhen, wo sie lag.

5. Kapitel

In der darauffolgenden Nacht spielte mir meine Phantasie in meinen Träumen einen sonderbaren Streich. Ich träumte von Ralph, nicht vom Ralph meiner Alpträume, sondern von jenem früheren Ralph aus unserem Liebessommer. Ich schwebte durch den Rosengarten, kaum daß meine Füße den Boden berührten. Vor mir öffnete sich die Pforte, und ich schwebte weiter zum Fluß. Am Ufer stand eine Gestalt. Ich wußte, daß es mein Geliebter war, und wir glitten zusammen. Mit durchdringender Süße drang er in mich ein, und ich stöhnte vor Lust. Der schrille Klang meiner eigenen Stimme riß mich aus dem Schlaf, und mit tiefem Bedauern wurde ich wach. Indes ich die Augen öffnete, verblich der Traum, doch das Gesicht meines Liebhabers, das sich von mir löste nach innigem Kuß, gehörte Harry.

Wahrscheinlich hätte ich schockiert sein sollen, doch ich war es nicht. Vielmehr lächelte ich und setzte mich im Bett auf. Im alles belebenden Frühling von Harry zu träumen, erschien ebenso natürlich wie richtig. Wir waren fast immer zusammen, und unsere Kameradschaft bereitete mir zunehmend Vergnügen. Es machte Spaß, mit ihm durch die Gärten zu spazieren. Wir wollten Gesträuch anlegen und nahmen Holzpflöcke mit, um alles genau abzustecken. Als dann eine große Fuhre mit Büschen, teils auch Bäumchen kam, verbrachten wir zwei herrliche Tage damit, die drei Gärtner anzuweisen, wo genau sie gepflanzt werden sollten, und genossen es, selbst mit Hand anzulegen.

Manchmal fuhren wir auch zusammen die Downs hinauf. Zwar war mir noch immer verboten, außerhalb des sogenannten Innengeländes zu reiten, doch hatte ich inzwischen einen alten Governess-Cart, einen zweirädrigen Wagen, aufgetrieben und meine Stute als Zugpferd abgerichtet, so daß ich praktisch auf ganz Wideacre herumfahren konnte, bis zu den Downs, mit Harry an meiner Seite. Und manchmal mußte ich daran denken, wie sehr Papa sich darüber gefreut haben würde, uns derart vereint zu sehen auf dem Land, das er so sehr geliebt hatte.

»Hoffentlich bist du nicht müde, Beatrice?« pflegte Harry fürsorglich zu fragen.

Meine Antwort war dann ein wortloses Lächeln, und gemeinsam spazierten wir die Downs hinauf, von wo wir weiten Ausblick hatten über die grünenden Felder und Wälder. Und drehten wir uns um, so blickten wir in südlicher Richtung, wo in der Ferne die See bläulich schimmerte.

Ich begann, meinen übergroßen Respekt vor Harrys überlegener Bildung zu verlieren, zumal ich sah, wie wenig er noch immer über das Land wußte. Es machte mir jetzt sogar Spaß, etwas über die Bücher und die Ideen zu erfahren, die ihn interessierten. Zwar begriff ich nie, was für einen Unterschied es machte, ob es so etwas wie einen »Gesellschaftsvertrag« gab oder nicht; doch als Harry vom Kampf um Landbesitz sprach und die Frage aufwarf, ob Land einer Eliteschicht gehören dürfe, da bewies ich plötzlich ein ausgesprochen geschärftes Interesse.

Lachend sagte er dann: »Oh, Beatrice, dich interessiert doch überhaupt nichts, sofern es nichts mit Wideacre zu tun hat. Was für eine kleine Heidin bist du doch! Was für eine kleine Bäuerin!«

Und ich erwiderte sein Lachen und sagte, sein Kopf sei so zum Platzen mit Gedanken angefüllt, daß er in einem Weizenfeld ja nicht einmal den wilden Hafer erkennen könne – was leider der Wahrheit entsprach.

Hätte es in der Nachbarschaft mehr junge Leute gegeben, so würden wir viel weniger Zeit miteinander verbracht haben. Und hätte Harry mehr über das Land gewußt, so wäre meine tagtägliche Begleitung nicht nötig gewesen. Außerdem: das Trauerjahr hatte Harry praktisch dazu gezwungen, im Winter auf die Saison in London zu verzichten, und selbst ich hätte vermutlich einige Zeit in Chichester verbracht. Doch die Dinge lagen nun mal anders.

Dem Land fehlte Papa. Harry war unerfahren und verstand es nicht, die Pächter unter Kontrolle zu halten, die in übelster Weise wilderten und stahlen. Ebensowenig war er imstande, den Einsatz der Dörfler beim Säen und Jäten auf unseren Feldern zu organisieren. Durch seine Ignoranz gewann ich an Ansehen, und es war überaus angenehm, dieses und jenes anordnen zu können, ohne daß die Anordnung erst durch den Master bestätigt werden mußte. Oft kam mir der Gedanke, wie schön es doch wäre, das Land ganz für mich zu haben, doch war es stets nur ein flüchtiger Gedanke. Es machte ganz einfach Freude, im zweirädrigen Cart über die Wege zu fahren, während Harry neben dem Fahrzeug ritt; und eine Freude war es für mich auch, abends im Salon seinen lächelnden Blick auf mich gerichtet zu sehen.

Das Schuljungenhafte hatte er abgestreift. Er war ein junger Mann, der sich zunehmend seines breitschultrigen, kräftigen Körpers bewußt zu werden begann. Was mich betraf, so machte mich jeder Tag um eine Schattierung goldener, meine Augen noch haselgrüner und mein Haar, dafür sorgte die Sonne, noch einen Hauch röter. Und während dieser so besonders schöne Frühling mit seiner Wärme mich von Tag zu Tag mehr umkoste, regte sich in mir immer stärker das Verlangen nach einem Liebhaber. Mit zusammengepreßten Lippen erinnerte ich mich an Ralphs rauhe, wilde Küsse, und unter der schwarzen Seide meines Trauerkleides begann es in meinem Körper zu prickeln, wenn ich an Ralphs innige, hemmungslose Liebkosungen dachte. Einmal ertappte mich Harry bei einem dieser erotischen Tagträume: als wir eines Abends allein in der Bibliothek am Kamin saßen und völlig mit Buchführung beschäftigt schienen. Plötzlich blickte er mir in die Augen, und ich wurde bis unter die Haarwurzeln rot.

Harry schwieg, betrachtete mich jedoch irgendwie verblüfft und wurde gleichfalls rot.

Wir waren einander auf eine bezaubernde Weise fremd. Bei Ralph hatte ich mich zu meiner Genugtuung bestätigt gefunden als Mensch sowie in meinen Ansichten über jene Dinge, die wichtig waren. Mit Ralph brauchte ich nur wenige Worte zu wechseln. Wir wußten beide, ob es ein schöner Tag werden oder aber regnen würde. Wir wußten, wann die Dörfler auf den unteren Hängen der Downs ihre Felder bestellten, so daß wir dann gezwungen waren, uns irgendwo im Wald einen Schlupfwinkel zu suchen. Wir wußten, daß im Leben eines jeden Menschen Land und Leidenschaft das Wichtigste sind und daß daneben alle anderen Interessen zweitrangig, ja nebensächlich sind.

Harry hingegen wußte von diesen Dingen nichts, doch wenn ich auch nicht umhin konnte, ihn wegen solcher Unwissenheit gering zu achten, so weckte das desto stärker meine Neugier, was er wußte und was ihn interessierte. Auf seine Weise war Harry für mich ein tiefes, faszinierendes Geheimnis, und während die warmen Frühlingstage den heißen Sommertagen wichen und das Getreide sich dann in silbriges Grün verwandelte, wuchs mein Interesse an Harry immer mehr. Den einzigen Störfaktor bei unserem immer inniger werdenden Verhältnis bildete Mama, die unablässig betonte, ich solle mich wie eine normale junge Lady benehmen und nicht wie ein Gutsverwalter. Allerdings konnte selbst sie nicht ignorieren, daß Harry mich auf dem Land sehr brauchte. Einmal bestand sie darauf, daß ich daheim blieb, um gemeinsam mit ihr die uns besuchenden Ladies von Havering Hall zu empfangen, und prompt hatten wir an diesem einen Tag einen Verlust von etwa fünfzig Pfund! Harry war außerstande, die Gruppe der Schnitter unter Kontrolle zu halten, und ihre ihnen folgenden Familien, welche Ähren lesen sollten, stahlen im Schnitt jede dritte Garbe.

Die Ladies – Lady Havering und die kleine, mausartige Celia – plauderten höflich mit Mama, während ich sah, wie Sonnenschein hereinströmte durchs Fenster; ich wußte in meiner ohnmächtigen Wut, daß er die Schnittersleute nicht beobachten würde. Als er zum Nachmittagstee erschien, bestätigte sich meine Befürchtung. Voll Stolz berichtete er, man sei mit den Feldern von Manor Farm bereits fertig. Bei ordnungsgemäßem Mähen hätte man erst einen Tag später so weit sein können. Harry saß neben Celia Havering und knabberte Gewürzkuchen, ein von der Sonne geküßter Cupido, den nicht der Hauch einer Sorge drückte, während ich vor lauter Unruhe kaum stillsitzen konnte.

Wie ein munterer Singvogel plauderte er selig mit Celia, deren Stimme sich eine Winzigkeit über ihr gewohntes Flüstern hob. Eine halbe Stunde verbrachte er damit, über das entzückende Wetter und den jüngst erschienenen Roman zu sprechen, bis ihn ein scharfer Blick von mir daran erinnerte, daß er auf dem Feld Arbeiter hatte, die, wie ich genau wußte, eine ebenso ausgiebige Pause machen würden. Er entfernte sich unter vielen Verbeugungen und schien es fast zu bedauern, daß er gehen mußte. Nun ja, mein schöner Bruder war in vielem ein Rätsel, und am rätselhaftesten war oft sein Geschmack.

»Ihr scheint wegen der Ernte recht besorgt zu sein, Miß Lacey«, sagte Celia leise. Ich musterte sie scharf, doch ihre sanften braunen Augen schienen ohne Arg, und in ihrem blassen Gesicht entdeckte ich nicht einen Funken von Boshaftigkeit.

»Dies ist die erste Ernte, die Harry zu überwachen hatte«, erwiderte ich zerstreut. »Er ist ja lange von Wideacre fort gewesen und kennt sich bei uns auf dem Lande nicht mehr so aus. Ich fürchte, daß ich auf den Feldern gebraucht werde.«

»Vielleicht würde es Euch Vergnügen machen –« Sie hielt einen Augenblick inne. »Vielleicht hättet Ihr Spaß an einer Ausfahrt ...« Wieder unterbrach sie sich. »Wir sind in Mamas Kutsche gekommen, und Ihr und ich, wir könnten ... ich bin sicher ...« Ihre stockenden Worte versiegten vollkommen, doch endlich begann mir ihre Bedeutung zu dämmern. Zwar hatte ich eben draußen am Horizont ein paar Regenwolken gesehen, die alles hätten verderben können, doch schienen sie sich zu verziehen.

»Eine Ausfahrt?« sagte ich. »Aber sehr gerne!«

»Mamas Kutsche« entpuppte sich als großer altmodischer offener Landauer, und nach einigem umständlichen Hin und Her mit den Sonnenschirmen – unser zarter Teint mußte ja geschützt werden – fuhren wir in Richtung der Felder. Celia hielt ihren Schirm überaus sorgfältig, damit sich ihr Gesicht auch ja im Schatten befand. Sie wirkte so blaß, als sei sie in einem Keller aufgewachsen: wunderschön blaß im Kontrast zur Honigfarbe auf meinem Gesicht, meinen Händen und meinem Hals, und was meine Nase betraf, so war sie sogar von einem abscheulichen Gesprengsel von Sommersprossen entstellt. Selbst in meiner dunklen Trauerkleidung wirkte ich neben Celia wie ein Ausbund allzu blühenden Lebens: mit geröteten Wangen, denn in meinem schweren Kleid war mir in der Sonne recht warm. Celia dagegen saß blaß und kühl neben mir, und ihre scheuen braunen Augen wagten kaum einmal einen Blick über die an uns vorbeigleitenden Hecken hinweg. Sie hatte ein kleines, gleichsam zitterndes Gesicht und einen gleichfalls wie zitternden Rosenknospenmund. Sie kam mir ganz unglaublich jung vor. Zwar fünf Jahre älter als ich, doch noch immer ein so süßes Baby.

Mit ihren einundzwanzig Jahren war sie noch immer unverheiratet – auch ungeliebt? Jedenfalls schien ihr das alles nichts auszumachen. Ihre blasse Hübschheit hatte in ihrer einen und einzigen Londoner Saison offenbar nirgends den rechten Anklang gefunden. Lord Havering hatte auf Havering House für sie einen Einführungsball gegeben – und sogar ein sogenanntes Hofgewand für sie erstanden. Doch war das Vermögen, das Lady Havering seinerzeit in ihre Ehe eingebracht hatte, durch die Wettleidenschaft ihres Gatten arg zusammengeschrumpft, so daß für ihre Tochter kaum etwas übrigblieb. Celias beträchtliches eigenes Vermögen, durch ihren Stiefvater auf recht vernünftige Weise abgesichert, hätte ihr in einer Ehe ein prächtiges Auskommen garantiert; doch Celia schien an dergleichen nicht auf Gedeih und Verderb interessiert zu sein, und Lady Havering hatte keinen besonderen Druck auf sie ausgeübt. So führte Celia nun das pflichtgemäße, freudlose Leben eines jungen Mädchens, dem wirkliches Vergnügen nicht zugedacht war.

Sie hatte in ihrem Leben ohnehin wenig Freude erlebt. Als ihre Mama Lord Haverings Antrag angenommen hatte und nach Havering House gezogen war, hatte sie die kleine Celia mitgenommen, eher so wie man eine Extra-Hutschachtel mitnimmt und weniger wie einen Menschen, den man erst mal nach seinen eigenen Wünschen fragt. Mit ihren elf Jahren hatte Celia dann die »Aufsicht« über die lauten und lustigen Havering-Kinder erhalten, um die sie sich nun Tag für Tag kümmern mußte, während Lord Havering seine Spielschulden auszugleichen versuchte, indem er nacheinander die Haushälterin, die Gouvernante und die Nurse entließ, seiner neuen Frau und seiner Stieftochter die Verantwortung fürs Haus respektive fürs Kinderzimmer aufbürdend.

Die Havering-Kinder, adlig geboren, doch alles andere als wohlerzogen, scherten sich einen Dreck um ihre scheue und stille neue Schwester, und Celia, in schweigender Trauer um ihren Papa, lebte im größten Haus im Land ein einsames und abgeschiedenes Leben.

Eine solche Situation war dazu angetan, jedes junge Mädchen nervös zu machen. Das einzige wirklich Gute für Celia bestand darin, daß ihre Mitgift – ein stattliches Stück Grundbesitz, welcher unmittelbar an unseren grenzte: ein gutes halbes Dutzend Farmen – juristisch dem Zugriff ihres verschwenderischen Stiefvaters entzogen war: das hatte mit zum Ehevertrag gehört. Ich kannte Celia aus Kindertagen, als unsere Mamas einander besucht hatten. In Havering Hall brachte man mich dann regelmäßig ins »Kinderzimmer«, wo ich mit den kleinen Haverings herumtollte oder an einer von Celias ernsten Puppen-Teeparties teilnahm. Als ich dann alt genug war, um mit meinem Vater auszureiten, sah ich sie nur noch wenig. Manchmal brachten wir unsere Jagdhunde nach Havering Hall, und dann winkte ich Celia zu, während ich in meinem schmucken dunkelgrünen oder marineblauen Jagdgewand an der Seite meines Vaters ritt. Sie pflegte uns aus einem der oberen Fenster zu beobachten, eine zerbrechliche Blume in weißem Satin. Natürlich ritt sie niemals; und nie kam sie zur Eingangstür, um uns zu begrüßen. Ich glaube, ihre beiden »Hauptexpeditionen« in einer normalen Woche galten den beiden Sonntagsgottesdiensten; mitunter kam noch ein Höflichkeitsbesuch hinzu – so wie dieser.

Aus welchem Grund Celia die gemeinsame Ausfahrt vorgeschlagen hatte, wußte ich nicht, und es war mir, offen gesagt, auch völlig gleichgültig. Ich wäre selbst mit dem Teufel ausgefahren, um zu den Feldern zu gelangen.

Sobald die Felder in Sichtweite kamen, zeigte sich, daß ich nur allzu recht gehabt hatte. Ein Dutzend Männer mähten in einer Reihe, während ihre Frauen und ihre Kinder ihnen folgten, um Garben zu binden und diese zu Stiegen zusammenzusetzen. Eigentlich hätte der Boden dann so frei sein müssen, daß nur noch wenige Strohhalme blieben, welche die Ährenleser aufklauben konnten als Füllsel für Strohsäcke oder als Futter für ihre Tiere. Doch hatte Harry die Männer so miserabel mähen lassen, daß noch streifenweise Getreidehalme standen, eine leichte Beute für die

Ährenleser; auch versuchte man's mit dem alten Trick, das Korn so kurz zu schneiden, daß es sich nicht in Garben binden ließ, sondern für die sammeleifrigen Familien zu Boden fiel.

Statt dieses Tohuwabohu zu überwachen, hatte sich Harry seines Rocks entledigt und stand in Hemdsärmeln und mit einer Sichel in der Hand am einen Ende der Reihe, welche die Mäher bildeten. Trotz meines Zorns konnte ich nicht umhin, seine blendende Erscheinung zu bewundern. Er hatte auch seine Perücke abgenommen, im hellen Sonnenschein leuchtete sein eigenes Haar wie pures Gold, und um seinen Oberkörper bauschte sich sein weitgeschnittenes Hemd. Er war größer als die Männer neben ihm und schlank. Seine dunklen Breeches schmiegten sich eng an seine kräftigen Beine. Selbst eine Heilige, möchte ich schwören, hätte bei seinem Anblick Verlangen empfunden. Celias Blicke hafteten genauso an ihm wie meine eigenen. Er schaute auf, sah sie, winkte und kam zur Kutsche.

»Nun, hoffentlich schneidest du dir nicht deine Füße ab!« sagte ich bissig. Ich fühlte mich gereizt. In meiner schweren Trauerkleidung war mir unerträglich heiß. Celia, auf dem Sitz neben mir, in ihrem weißen Seidenkleid unter dem kirschroten Sonnenschirm, bot ein Bild kühler Vollkommenheit.

Harry lachte vergnügt. »Kann alles passieren!« sagte er glücklich. »Es ist ein herrlicher Spaß! Wenn ich an all die Ernten denke, die ich verpaßt habe! Wißt Ihr, Miß Celia, daß dies meine allererste Ernte auf Wideacre ist?«

Celias braune Augen weiteten sich anteilnehmend. Sie war außerstande, ihren Blick von ihm zu lösen. Sein offenes Hemd ließ oben auf seiner Brust ein paar gleißende Härchen sehen, und seine Haut war so hell wie sahnige Milch, mit einem rötlichen Hauch überall dort, wo er Sonne »abbekam«.

»Die Männer sollten dichter beieinander sein«, sagte ich. »Jedesmal, wenn sie sich voranbewegen, bleibt zwischen ihnen ein Streifen von gut einem Yard Breite stehen.«

Harry lächelte Celia an. »Ich bin ein solcher Anfänger«, sagte er hilflos.

»Ich verstehe nichts von solchen Dingen«, erwiderte Celia mit ihrer leisen Stimme. »Doch liebe ich es, den Männern bei der Arbeit zuzusehen.«

»Arbeit!?« sagte ich gereizt. »Der Haufen dort macht Ferien! Hilf mir aus der Kutsche, Harry.« Ich ließ die beiden bei ihrer gemeinsamen

Bewunderung der szenischen Schönheit zurück und schritt über die Stoppeln (oder eher: zwischen ihnen hindurch, denn sie waren mehr als einen Fuß hoch), um mir die Männer vorzuknöpfen.

»Achtung«, sagte einer von ihnen so laut, daß ich's verstehen konnte, »hier kommt der Master.« Die Männer ließen ein träges, belustigtes Glucksen hören; auch ich mußte unwillkürlich lächeln.

»Genug davon«, sagte ich so laut, daß mich die ganze Bande hören konnte. »Seid jetzt still, ihr alle. John Simon, es ist nicht meine Absicht, deine Familie für den ganzen Winter mit kostenlosem Korn zu versorgen! Rück dort näher an William heran. Und du, Thomas, mähe dichter bei der Hecke. Bildet ihr euch etwa ein, ich wüßte nicht, was für ein Spielchen ihr spielt? Macht nur so weiter, und ich setze euch alle am Michaelitag an die frische Luft.«

Murrend und noch immer glucksend rückten sie näher zusammen und begannen die Prozedur von vorn. Diesmal arbeiteten sie sich gradlinig auf dem Feld vor, und nirgends blieb ein Streifen stehen. Zufrieden beobachtete ich, wie unser Korn unter ihren Sicheln in breiten goldenen Schwaden fiel. Mit einem Lächeln drehte ich mich um und ging zum Landauer zurück.

Ich vernahm Celias Zwitscherlachen, hörte das Glück in ihrer Stimme, und ich sah, wie mein Bruder sie warm anlächelte. Ich achtete nicht weiter darauf.

»Siehst du jetzt, Harry, daß sie dichter beieinander sind und daß es weniger Vergeudung gibt?«

»Ja, tu' ich«, sagte Harry. »Ich hab' sie ja auch dazu angehalten, aber sie sind dann einfach wieder so auseinandergedriftet.«

»Sie halten dich zum Narren« sagte ich ernst. »Du mußt ihnen zeigen, daß du der Master bist.«

Harry lächelte Celia zu, und sie lächelte scheu zurück. »Ich bin ein nichtsnutziger Kerl«, sagte er zu Celia – und natürlich auf Widerspruch hoffend.

»Das bist du in der Tat«, sagte ich, ihr zuvorkommend. »Geh jetzt zu den Männern zurück und gib ihnen nicht mehr als zehn Minuten Pause zum Tee. Nach Hause dürfen sie erst bei Sonnenuntergang.«

Diesmal nahm er seine Aufgabe ernst, und erst lange nach Sonnenuntergang trotteten die Arbeiter zu ihren Hütten zurück. Als Harry heimritt unter einem runden goldenen Erntemond, pfiff er für sich. Ich hörte sein Pfeifen, während ich mich zum Dinner umkleidete, und aus irgendeinem albernen Grund fühlte ich mich wie beschwingt, als der

Hufschlag seines Pferdes um das Haus herum den Stallungen zustrebte. Ich schürzte mein Haar auf meinem Kopf zu einer Art Knoten und hielt dabei unwillkürlich inne, um mich im Spiegel aufmerksamer zu betrachten. Wie wohl, so fragte ich mich, nahm ich mich neben Celia aus? Ich war schön, daran gab es Gott sei Dank keinen Zweifel, dennoch hätte ich gern gewußt, wie mein klares, blühendes Äußeres im Vergleich zu Celias süßer Lieblichkeit wirkte. Und als mir jetzt plötzlich jene Szene auf dem Feld einfiel, wurde mir zum erstenmal bewußt, daß Harry sich ganz gewiß nicht gern vor den Männern von seiner Schwester abkanzeln ließ. Vielleicht ließ mein Anblick sein Herz nicht höher schlagen, und mit Sicherheit beobachtete er meinen Körper und meine Bewegungen nicht so, wie ich ihn beobachtet hatte: als er sich dort auf dem Kornfeld beugte und streckte.

Rasch schlüpfte ich in Mamas Zimmer. Es gab dort einen hohen Wandspiegel, wo ich mich in meiner ganzen Länge sehen konnte. Der Anblick beruhigte und ermutigte mich. Schwarz stand mir – besser als Hellrosa oder Hellblau, was ich früher hatte tragen müssen. Das Kleid schmiegte sich eng um meine Taille; es hatte ein Mieder und einen eckigen Halsausschnitt, und ich wirkte schlank wie eine Gerte. Die mein Gesicht umrahmenden kürzeren Haare kräuselten sich zu natürlichen Locken (von ein wenig Nachhilfe durch die Brennschere allerdings zu schweigen), und im Kerzenschein wirkten meine Augen so unergründlich wie die einer Katze.

Hinter dem Spiegelbild meiner dunklen Gestalt lag das Zimmer in nachtschwarzen Schatten. Die tiefgrünen Vorhänge des alten Himmelbetts waren im Licht der einzigen Kerze, die ich in der Hand hielt, so dunkel wie Kiefernnadeln, und als ich mich bewegte, hüpfte mein Schatten, riesig wie der eines Giganten, über die düstere Wand hinter mir. Irgendein Zucken des Lichts, vielleicht auch eine Art nervöser Instinkt, gab mir plötzlich das sichere Gefühl, daß ich mich nicht allein im Zimmer befand. Normalerweise hätte ich mich sofort umgedreht, um rasch hinter mich zu blicken. Diesmal tat ich es nicht. Ich blieb vor dem Spiegel stehen, meinen ungeschützten Rücken dem offenen Raum zugekehrt, während ich mit den Augen die schattigen Winkel des dunklen Zimmers zu durchdringen versuchte, wie sie der Spiegel reflektierte: um zu sehen, wer dort war.

Es war Ralph.

Er lag dort, wohin es ihn immer verlangt hatte, auf dem Master-Bett. Seine Gesichtszüge waren durchwärmt von jenem vertrauten, jenem geliebten Lächeln, das er stets zeigte, wenn er sich mir zuwandte. Seine Miene trug einen Ausdruck, in dem sich Vertrauen, männlicher Stolz und Zärtlichkeit mischten; auch die Vorfreude auf gleichermaßen wilde wie sanfte Liebesspiele fand sich darin. Ich erstarrte. Ich konnte seine Beine nicht sehen. Ich bewegte mich nicht, ich atmete nicht. Ich konnte seine Beine nicht sehen. Falls sie heil waren, so waren die vergangenen Monate ein einziger Alptraum gewesen, und dies hier war süße Wirklichkeit. Waren sie jedoch nicht mehr vorhanden, so war dies jetzt der Alp, in dessen Würgegriff ich mich befand – nur tausendmal schlimmer als in den Träumen in meinem Bett. Die Vorhänge am Bett warfen tiefdunkle Schattenstreifen über die Bettdecke. Ich konnte seine Beine nicht sehen.

Nein, ich kam nicht umhin: Ich mußte mich umdrehen, ihn anblicken.

Mein Gesicht im Spiegel war im dunklen Raum das einzige helle Objekt, es schien zu glühen in geisterhafter Leichenblässe. Unwillkürlich biß ich mir ins Wangenfleisch, nahm meinen ganzen Mut zusammen und drehte mich langsam, unendlich langsam um.

Doch da war nichts.

Das Bett war leer.

»Ralph!?« Wie ein Krächzen kam es aus meiner Kehle, und das einzige, was sich bewegte, war die Kerzenflamme. Mit steifen Beinen machte ich drei Schritte vorwärts und hielt die Kerze hoch, um jeden Winkel des Bettes auszuleuchten. Aber dort war niemand. Die Kissen und die bestickte Seidendecke waren unberührt. Zitternd streckte ich eine Hand vor und betastete die Kissen. Der Stoff war kühl.

Nein, dort hatte niemand gelegen.

Mir schwindelte. Ich trat an Mamas Toilettentisch, stellte vorsichtig die Kerze ab und sackte dann auf den Schemel, vergrub den Kopf in den Händen.

»Oh, Gott«, sagte ich verzweifelt. »Laß mich nicht wahnsinnig werden. Nein, laß mich jetzt nicht wahnsinnig werden. Oh, laß es nicht in Wahnsinn enden, wo ich meinem Frieden nun doch so nah bin.«

In tiefer Stille verrannen die Minuten. Nur das Ticken der Großvateruhr im Korridor war zu hören. Ich atmete ruhiger, tiefer, löste mein Gesicht aus den Händen. Und sah im Spiegel, daß es so lieblich und heiter-gelassen wirkte wie eh und je, ganz als gehöre es einer anderen, einer schönen Fremden. Nicht einmal mir selbst gelang es, einzudringen in dieses so gelassen wirkende Äußere: ahnend jene Ängste zu erforschen, die sich hinter den katzengrünen Augen verbargen.

Dann kam von draußen das Geräusch eines knarrenden Dielenbretts, und die Tür ging auf. Mit einem Schrei in der Kehle fuhr ich herum, aber dort stand nur Mama. Für ein oder zwei Sekunden stand sie bewegungslos, und ich spürte ihre Sorge um mich. Ihre Miene schien mir dunklere Gedanken zu verraten.

»Es entspricht eigentlich gar nicht deiner Art, dich vor einem Spiegel zu plustern, Beatrice«, sagte sie sanft. »Habe ich dich erschreckt? Woran magst du gerade gedacht haben, daß du so leichenblaß bist?«

Krampfhaft setzte ich ein Lächeln auf und drehte mich zu ihr herum. Schweigend trat sie auf den Toilettentisch zu, zog die oberste Schublade auf und nahm ein Taschentuch heraus. Das Schweigen dauerte an, und in meinem Kopf spürte ich ein altgewohntes Pochen, indes meine innere Anspannung sich steigerte. Was wohl, fragte ich mich, würde als nächstes kommen?

»Gewiß hast du deine hübschen Kleider vermißt, als du heute nachmittag Miß Havering gesehen hast«, sagte meine Mutter – und irrte sich wieder einmal. »Wie reizend sie aussah, nicht wahr? Harry schien ja völlig hingerissen zu sein.«

»Harry?« sagte ich mechanisch.

»Eine passendere Verbindung könnte es wohl kaum geben«, sagte Mama und tat ein wenig Eau-de-Cologne auf das spitzenbesetzte Taschentuch. »Der Grundbesitz, der zu ihrer Mitgift gehört, grenzt so überaus praktisch an unseren eigenen – dein Papa hatte immer ein Auge darauf –, und sie ist so ein liebes, charmantes Mädchen. Bei sich zu Hause muß sie ja wohl recht schwierige Umstände ertragen, und das arme Ding ist es gewohnt, sich anzupassen. Lady Havering hat mir versichert, daß – sollte es zu einer Verbindung kommen – du und ich hier bleiben können, solange wir wollen. Celia würde keinerlei Veränderungen erwarten. Ich glaube kaum, daß man noch besser planen kann.«

Ein Frösteln stieg in mir hoch. Sprach Mama tatsächlich von einer ehelichen Verbindung für Harry? Aber Harry war doch mein Freund, mein Gefährte. Gemeinsam bewirtschafteten wir Wideacre. Wir gehörten zusammen, gehörten hierher – jedoch allein.

»Eine Verbindung? Eine Partie für Harry?« fragte ich ungläubig.

»Natürlich«, sagte Mama, ohne mich anzublicken. »Selbstverständlich. Hast du etwa geglaubt, er würde sein Leben lang Junggeselle bleiben? Hast du etwa gemeint, er würde seine Pflicht gegenüber seinem Namen vergessen und einmal kinderlos sterben?«

Ich starrte sie an. Darüber hatte ich niemals nachgedacht. Keinen einzigen Gedanken hatte ich verschwendet auf das, was nach diesem Sommer kommen mochte: diesem unbeschwerten Sommer mit meinem immer inniger werdenden Verhältnis zu meinem Bruder.

»Über die Zukunft habe ich nicht besonders nachgedacht«, bekannte ich aufrichtig, denn bisher waren all meine Pläne in Halbherzigkeiten versandet.

»Aber ich«, sagte Mama, und mir war bewußt, daß sie mich sehr eingehend betrachtete – und daß mein Gesicht jetzt gleichsam ungeschützt war. Bislang war sie mir auf dem Schachbrett meines Lebens – auf dem großen Schachbrett der Felder von Wideacre – wie ein unwichtiger Bauer vorgekommen. Jetzt jedoch wurde mir erschreckend bewußt, daß sie mich mein Leben lang mit der gleichen Intensität beobachtet hatte wie in diesem Augenblick. Sie kannte mich, wie mich kein anderer Mensch kannte. Sie hatte mich zur Welt gebracht, hatte verfolgt, wie ich laufen lernte... und wie dann später meine Leidenschaft wuchs für das Land und meine Lust, es zu verwalten. Falls sie wußte...! Aber diesen Gedanken durfte ich nicht weiterdenken: unmöglich, sich vorzustellen, was sie denken würde, wenn sie jene Barrieren überschritt, mit denen ich mich innerlich umgeben hatte.

Zweifellos beobachtete sie mich seit Jahr und Tag mit steigendem Unbehagen. Ihre ewigen kleinen Nörgeleien, ihr dauernder Widerspruch – aus all dem sprach ihr Argwohn, daß ich wohl kein Kind mit ordnungsgemäßen und schicklichen Gefühlen war. Solange mein Vater gelebt hatte – und mit ihm die stolze Behauptung, eine Lacey of Wideacre könne überhaupt nichts Unrechtes tun –, hatte Mama sich dreinschicken müssen, und ihre Klagen über mich schienen lediglich ihrem städtischen Konservativismus zu entstammen. Aber jetzt war Papa nicht mehr da, um sie in seiner lauten, ungenierten Art zum Schweigen zu bringen, und sie beobachtete mich mit schärferen Augen denn je. Was sie an mir auszusetzen fand, betraf keineswegs nur meine unkonventionelle Art, mich zu benehmen – da hätte sich leicht etwas machen lassen. Sie argwöhnte vielmehr, und darauf zielte ihre Kritik, daß ich in meinem tiefsten Herzen nicht so empfand, wie es sich für ein junges Mädchen gehörte.

»Mama...«, sagte ich, und es war ein halbes Flehen: die Bitte, mich vor meiner eigenen Angst zu schützen. Obwohl ich im Grunde nichts stärker fürchtete als das, was hinter ihren plötzlich so scharfen Augen vorging.

Sie drehte sich zu mir herum, stand an den Toilettentisch gelehnt, und ihre blauen Augen forschten eingehend in meinem Gesicht.

»Was ist eigentlich los, Beatrice?« fragte sie. »Was geht in dir vor? Du bist zwar mein Kind, doch mitunter ahne ich nicht im entferntesten, was du denkst.«

Ich stammelte. Mir fehlten die richtigen Worte. Und noch immer hämmerte mir das Herz wegen jener närrischen Einbildung: Ralph dort auf dem Bett. Die Konfrontation mit Mama, jetzt, nur wenige Minuten später – es war einfach zuviel für mich.

»Irgend etwas ist nicht in Ordnung«, sagte sie mit Nachdruck. »Ich bin in diesem Hause wie eine Närrin behandelt worden, aber ich bin keine Närrin. Ich weiß, wann irgend etwas nicht in Ordnung ist, und genau das ist jetzt der Fall.«

Ich streckte meine Hände vor, ihr entgegen; gleichzeitig aber auch, um jene Worte und Gedanken abzuwehren, die, wie ich fürchtete, in ihrem Kopf umgingen. Doch sie griff nicht nach meinen Händen. Sie machte nicht die geringste Bewegung auf mich zu. Meine gleichsam liebkosende Geste ließ meine Mutter kalt; sie blieb völlig beherrscht, und ihre Augen hörten nicht auf, zudringlich zu forschen – sie sogen allen Mut aus mir heraus.

»Du hast deinen Papa nicht so geliebt, wie ein normales Kind seinen Vater liebt«, sagte sie mit aller Entschiedenheit. »Ich habe dich dein Leben lang beobachtet. Du hast ihn geliebt, weil er der Squire war und weil ihm Wideacre gehörte. Das weiß ich. Niemand hat sich um das geschert, was ich wußte oder was ich dachte. Aber mir war klar, daß deine Art Liebe irgendwie ... gefährlich ist.«

Gefährlich – ein ebenso schlimmes wie treffendes Wort; unwillkürlich hielt ich den Atem an.

Meine Hände lagen wieder auf meinem Schoß, lose ineinander verschränkt, um ihr Zittern zu verbergen. Aus meinem Gesicht schien alles Blut entwichen zu sein. Wäre ich eine vor Gericht stehende Mörderin gewesen, ich hätte mich nicht schuldiger fühlen können.

»Mama ...« Es war nur ein Flüstern. Und ein Flehen, endlich aufzuhören mit dieser gnadenlosen Verfolgung von Gedanken, die sie tief in das geheime Labyrinth der Wahrheit eindringen lassen mochten.

»Beatrice, ich bereite mich darauf vor, daß Harry Celia heiraten wird«, sagte sie, und ich sah in ihren Augen eine Spur glitzernder Tränen. »Keine Frau freut sich darauf, daß eine andere Frau in ihr Heim einziehen wird. Keine Frau freut sich darauf, daß ihr Sohn sich von ihr abkehrt, um sich seiner Braut zuzuwenden. Doch ich tue dies für Harry.« Sie schwieg einen Augenblick. »Ich tue es auch für dich«, sagte sie bedachtsam. »Du mußt befreit werden, und du wirst befreit werden von deiner Faszination für dieses Land und für seinen Master, seinen Herrn.« Ihre Stimme hatte etwas Drängendes. »Wenn noch eine junge Dame im Haus ist, obschon älter als du, wirst du gewiß öfter ausgehen. Du kannst die Haverings besuchen, vielleicht sogar mit ihnen nach London reisen. Und Harry wird sich Celia widmen und für dich weniger Zeit haben.«

»Du willst dich zwischen Harry und mich stellen?« fragte ich ebenso impulsiv wie vorwurfsvoll.

»Ja«, sagte meine Mutter ohne Umschweife. »Da ist irgend etwas in diesem Haus – was es ist, weiß ich zwar nicht, doch ich kann es spüren, irgend so eine dräuende Gefahr. Mir ist, als könnte ich das in jedem Raum wittern, wo ihr beide, Harry und du, gemeinsam arbeitet. Ihr seid meine Kinder, und ich liebe euch beide. Ich muß euch beide behüten. Ich werde euch beide vor jener Gefahr bewahren, die uns alle bedroht, was immer es auch sei.«

Ich weiß nicht, wo ich das Lächeln hernahm; jedenfalls setzte ich es auf.

»Mama, du bist niedergeschlagen, und du trauerst noch immer um Papa. Wir alle trauern noch um ihn. Es gibt keine Gefahr, keine Bedrohung. Es gibt nur einen Bruder und eine Schwester, die gemeinsam versuchen, die Arbeit zu leisten, die früher nur unser Papa leisten konnte. Nur darum handelt es sich, Mama, um die Arbeit. Und nun werden wir auch auf Celias Hilfe zählen können, und bald wird in Wideacre wieder die alte Ordnung herrschen.«

Ihre Reaktion war ein Seufzen. Ein nervöses Schaudern schüttelte ihre Schultern, dann straffte sie ihren Körper.

»Wenn ich da nur sicher sein könnte«, sagte sie. »Mitunter komme ich mir geradezu verrückt vor, daß ich an Gefahr denke, Gefahr allüberall. Wahrscheinlich hast du recht, Beatrice. Es ist der Gram, der törichte Gedanken auslöst. Verzeih mir, mein Liebes, wenn ich dich mit meiner Narretei beunruhigt habe. Vergiß dennoch nicht, was ich dir einzuschärfen versuchte: Jetzt, wo dein Papa nicht mehr bei uns ist, trägst du die Verantwortung, und du wirst ein normaleres Leben führen müssen. Solange Harry deine Hilfe braucht, magst du ihm ja meinetwegen helfen; aber wenn er dann eine Frau hat, wirst du auf Wideacre nicht mehr so vonnöten sein, Beatrice. Und ich erwarte von dir, daß du das mit Anstand akzeptierst.«

Ich beugte den Kopf, und unter halbgesenkten Lidern lächelten meine Augen. »Oh, gewiß, Mama«, sagte ich ergeben; und dachte gleichzeitig:

Mich wirst du nicht mit so blöden Stickereien im Salon festhalten, wenn die Sonne heiß herabbrennt und die Schnitter auf den Feldern beobachtet werden müssen. Und ich wußte, daß sie mich nicht einpferchen konnte.

Aber das Verlöbnis offenbarte auch meine Verwundbarkeit. Ich hatte keinen Plan. Ralph war es gewesen, der einen Plan gehabt hatte: Ralph, der schwer hatte büßen müssen für seinen bösartigen Ehrgeiz. Ich meinerseits schien dahinzuleben wie ein zeitlos glückliches Kind, während die sonnigen Sommertage verstrichen. Dabei war ich in diesem Sommer nicht einmal die Hauptperson in den Weiten von Wideacre. Aber ich wußte mehr über das Land, als Harry jemals lernen würde. Noch immer war ich es, die wußte, was das Land brauchte, was unsere Leute brauchten: Ich kannte mich aus mit den vielen Besonderheiten von Wideacre. Doch in diesem Sommer befand sich Harrys Stern in aufsteigender Bahn, und mochte ich auch diejenige sein, welche die Befehle gab, so erstrahlte die Sonne doch in besonderem Glanz, wenn Harry auf einem Kornfeld auftauchte.

Nie allerdings vermochte er eine Gruppe von Schnittern so wirksam unter Kontrolle zu halten wie ich. Er war gleichzeitig zu intim – indem er darauf bestand, selbst eine Sense zu handhaben, und das auch noch schlecht – und zu distanziert – indem er etwa in der Mittagspause zur Hall ritt und die Leute sich selbst überließ. Sie zogen meine Aufsicht vor, weil sie wußten, daß ich gute Arbeit leistete – und meinerseits ihre gute Arbeit zu würdigen wußte. Wenn dann, in der Arbeitspause, die Mädchen mit Krügen voll Apfelwein und selbstgebrautem Bier kamen und mit gewaltigen braun-krustigen Brotlaiben, dann wußte man, daß ich mich auf dem Stoppelfeld zu den anderen setzen würde, um genauso hungrig zuzulangen wie sie.

Doch in jenem Jahr waren sie nicht meine Leute. Sie waren Harrys Leute.

Aber Harry konnte ich deswegen nicht hassen. Was ich haßte, und zwar mit jeder Faser meines Körpers, war das sogenannte Rechtssystem, das weiblichen Personen den Besitz von Land grundsätzlich verwehrte – das also, was das Leben wirklich lebenswert machte. Und natürlich haßte ich diese ganze männliche Clique, die dahintersteckte: die Landbesitzer, die Advokaten, die Parlamentsabgeordneten. Harry jedoch konnte ich nicht hassen. Niemand konnte das. Sein bereitwilliges Lächeln, seine ruhige Art, sein Sinn für Humor und sein blendendes Aussehen nahmen fast jeden für ihn ein. Mochten die Männer einer Mähergruppe auch lieber auf einem Feld arbeiten, wo ich die Aufsicht führte, die Frauen bekamen rote Köpfe, wenn sie ihn irgendwo auf seinem Pferd erblickten. In jenem Sommer war er der Erntegott. Ich konnte kaum mehr sein als die Priesterin an seinem Schrein.

In jenem Sommer ging eine Art Zauber aus von dem neuen, jungen Master von Wideacre. Ich war vermutlich der einzige Mensch, der ständig und voll Bedauern an den früheren Master zurückdachte. Für alle anderen war Harry die aufgehende Sonne, der prachtvoll-prächtige Sommerprinz von Wideacre.

Der Höhepunkt des Jahres ist auf Wideacre das Erntemahl, nachdem der letzte Weizen abgeerntet ist. In dieser Schlußphase muß jeder hart ran, ganz gleich, ob Mann, Frau oder Kind, denn es ist eine Art Wettrennen mit dem Wetter, gegen den herannahenden Herbstregen; das goldene Korn muß geborgen werden, bevor sich dunkles Gewölk zusammenbraut und ein Unwetter in einer einzigen Nacht den Ertrag eines ganzen Jahres vernichtet.

Auf dieses Ziel hat man seit Jahresanfang hingearbeitet, vom ersten Pflügen, im Winter noch, und der Frühjahrsaussaat. Und dann beobachtet man Monat für Monat die Erde und den Himmel. Hoffentlich ist es nicht zu kalt für die Saat. Hoffentlich ist der Boden nicht zu trocken für das junge Grün. Hoffentlich gibt es genügend Sonnenschein, um das Korn reifen zu lassen. Hoffentlich gibt es genügend Regen, um alles üppig gedeihen zu lassen. Und wenn der Weizen dann hoch und stolz im Halm steht, so betet man: Kein Regen jetzt, bitte nur kein Regen; denn jetzt ist das Getreide so ungeheuer anfällig gegen Schauer und Krankheit. Schließlich dann das Gefühl des Triumphs, wenn der Trupp der Schnitter mit gleichmäßigem rhythmischem Geräusch das erste Feld angeht, ein weites, golden-wogendes Meer. Und schon ist das Wettrennen in Gang zwischen den Feldarbeitern und den überheblichen, unberechenbaren Wettergöttern. Doch in diesem Jahr, dem Jahr des Gottes Harry, hielt sich das Wetter; es hielt sich so unglaublich gut, daß die Leute schließlich meinten, einen solchen Sommer hätten sie noch nie erlebt; und sie wußten nichts von Ralphs und meinem heißen Sommer im vorigen Jahr, eine Ewigkeit war's her.

Am letzten Erntetag überwachte ich die Arbeit am Morgen, und am Nachmittag ritt dann Harry zum letzten Feld hinaus. Als ich annehmen konnte, die Arbeit dort werde bald beendet sein, schwang ich mich auf mein Pferd und strebte zu dem Kornspeicher und der Scheune hinter der neuen Mühle. Nur der Müller – Bill Green – und seine Frau waren daheim. Ihre beiden Arbeiter sowie die drei Söhne waren fort, um mitzuhelfen beim Einbringen der Ernte. Was Mrs. Green betraf, so war sie mit den Vorbereitungen für das Ernteabendmahl beschäftigt, und in ihrer Küche drängte sich Personal von der Hall, das aus unseren Küchen eine Menge großer Körbe und Krüge herbeigeschleppt hatte.

Ich saß allein auf dem Hof und lauschte auf das rhythmische, klatschende Geräusch des Mühlrads und beobachtete den Taubenschwarm beim Taubenschlag oben auf dem Dach.

In der Sonne räkelte sich eine Katze, viel zu faul, um sich das staubige Fell zu säubern. Als ich mich bewegte, beobachtete sie mich scharf aus grünen, unergründlichen Augen – Augen, die meinen ähnlich waren. Am Fluß raschelte es oben in der Krone der höchsten Buche, während es im tieferen Geäst völlig reglos blieb. Bei der Hitze blieben die Waldvögel stumm, nur die Tauben gurrten ihr ewiges Gurren.

Während ich so saß, kamen mir ganz von selbst, wie in einer Art Tagtraum, Gedanken an meinen Bruder. Jedoch nicht an Harry, den Schulknaben, oder Harry, den unfähigen Farmer. Sondern an Harry, den Ernte-Halbgott, auf dessen Land das Korn hoch und stolz im Halm stand. An den Harry, wie er Celia erschienen sein mußte, als sie den Mut gefunden hatte, mich im Landauer ihrer Mutter zu einer Ausfahrt einzuladen: ein Vorwand natürlich, um seinen Anblick zu genießen, wie er dort auf dem Feld stand, in Hemd und Reithose. Gedanken auch an den Harry, der allmählich an Autorität und Ansehen gewann. An den Harry, der täglich mehr zum wahren Master von Wideacre wurde; und den ich nicht mehr verdrängen konnte.

Aber dann wurde mir mit zunehmender Klarheit bewußt, daß ich Harry gar nicht verdrängen wollte. Es machte mir Freude, wenn ich sah, wie er seine Erfahrungen sammelte mit dem Land. Es machte mir Freude, daß, gleichsam unter seiner schützenden Hand, alles so gut gedieh. Es machte mir Freude, wenn er vom Kopfende der Tafel her lächelnd zu mir blickte. In der Tat: jede Sekunde, die ich in diesem heißen Sommer zusammen mit Harry verbracht hatte, war für mich voller Freude gewesen. Und die lange, langweilige Zeit ohne ihn versuchte ich mir dadurch zu verkürzen, daß ich an ihn dachte, mir sein Lächeln und den Klang seiner Stimme zurückrief oder in der Erinnerung noch einmal irgendein Gespräch zwischen uns durchging.

Ich schrak aus meinen Tagträumen. In der Ferne vernahm ich das Gerumpel von Erntewagen und Gesang. Ich erhob mich ein wenig unschlüssig und ging in Richtung Scheune, während Mr. und Mrs. Green aus dem Haus gestürzt kamen, um das Hoftor zu öffnen. Inzwischen klang der Erntegesang näher und deutlicher – ich konnte sogar einzelne Stimmen unterscheiden, auch Harrys klaren Tenor.

Der vorderste Wagen war ein schwankender Berg aus goldenen Garben, auf denen, hochoben, Harry thronte. Die schweren Zugpferde hielten vor mir beim Scheuneneingang, und während die Wagenräder zum Stillstand kamen, sprang Harry oben auf der noch immer schwankenden Ladung auf die Füße und stand, steil in den blauen Himmel emporragend, und blickte zu mir herab. Um ihn richtig sehen zu können, warf ich den Kopf in den Nacken, spähte hinauf zu ihm, wie er dort auf seinem Gebirge aus Weizen stand. Er trug die normale Kleidung des Landadels, nur daß er sich seines Rocks und alles Hinderlichen entledigt hatte; eine für solche Arbeit absolut ungeeignete Kleidung und in ihrem jetzigen unvollkommenen Zustand von irgendwie peinlicher Indezenz. Das feine Leinenhemd, an einer Schulter eingerissen und an der Kehle weit geöffnet, ließ die braune Säule des Halses sehen und auch ein Stück des festen, glatten Schlüsselbeins. Seine Reithosen schmiegten sich fest an seinen Leib und betonten die Muskeln seiner Oberschenkel. Seine kniehohen ledernen Reitstiefel waren von den Stoppeln hoffnungslos zerkratzt. Harry bot ein unverwechselbares Bild: das Bild eines Mannes von Stand, eines Herrn, der Bauer spielte – die schlimmste Art Grundbesitzer, die man sich vorstellen konnte. Und ich stand da und betrachtete ihn mit schierem Entzücken.

Schon im Begriff, mit einem Satz aus seiner luftigen Höhe auf den Boden zu springen, hielt er plötzlich inne. Offenbar war es mein Gesichtsausdruck, der ihn stutzen ließ. Er musterte mich überrascht, mit ernster, irgendwie schockierter Miene, und er forschte in meinen Augen, als wollte er mir eine ungeheuer wichtige Frage stellen – und als habe er bisher nicht einmal geahnt, daß ich die Antwort darauf wußte. Fast starr erwiderte ich seinen Blick und schien, mit halbgeöffnetem Mund, zur Antwort bereit, doch ging mein Atem hastig und flach. Langsam glitt Harrys Blick von meinem kastanienbraunen Haar bis zum Saum meines schwarzen Rocks und kehrte dann zurück zu meinem Gesicht. Das einzige, was er, sehr leise, sagte, war: »Beatrice«, als habe er meinen Namen bisher nicht gewußt.

Der Fuhrmann wartete darauf, daß ich beiseite trat, und schnalzte dann seinem Gespann zu, das den Erntewagen in die Scheune zog. Die anderen Wagen folgten, und oben bei Harry zeigten sich jetzt mehrere

Männer, die damit begannen, die Garben herunterzuwerfen, so daß sie von anderen aufgefangen und gelagert werden konnten, so daß Wideacres Reichtum weiterwuchs. Doch von alldem schien Harry nichts wahrzunehmen. Er stand inmitten der fliegenden Garben, und sein Gesicht spiegelte eine eigentümliche Intensität und Ungläubigkeit wider.

Für den Rest dieses langen, harten Tages wechselten wir kein Wort miteinander, obwohl wir nahe beieinander arbeiteten, bis die letzte Garbe abgeladen und alles in der Scheune oder in geschützten Stapeln verstaut war. Als dann in der Dämmerung die großen, auf Holzböcken stehenden Tische gedeckt wurden, saß Harry am Kopfende und ich am Fußende, und wir lächelten, als man auf unsere Gesundheit trank und uns zujubelte. Wir tanzten sogar eine kleine Jig, zuerst miteinander im Kreis, traumartig, wie atemlos, und dann mit einigen der wohlhabendsten Pächter, die an diesem Tag bei der Ernte mitgeholfen hatten.

Als es dunkler wurde und der Mond aufging, sagten die respektablen Dörfler gute Nacht und fuhren mit den Wagen heimwärts. Die jungen Männer und Mädchen blieben, um zu tanzen und zu schäkern, und die wilderen Junggesellen sowie die weniger braven Ehemänner ließen jetzt kleine Flaschen mit Gin kreisen. Harry holte unsere Pferde aus dem Stall bei der Mühle, und wir ritten heimwärts unter einem Herbstmond, der so rund war und so golden wie eine Guinea. Mich schwächte mein Verlangen so sehr, daß ich kaum die Zügel halten oder aufrecht im Sattel sitzen konnte. Ein flüchtiger Blick von Harry genügte, um mich zittern zu lassen, und als unsere Pferde gegeneinanderscheuerten und unsere Schultern sich berührten, zuckte ich zusammen, als hätte ich mich versengt.

Im Stallhof wollte es mein Glück, daß kein Pferdeknecht zur Hand war, um mir aus dem Sattel zu helfen. So blieb ich denn sitzen, bis Harry herbeitrat, und dann stützte ich beide Hände auf seine Schultern. Er hob mich herab, hielt mich ganz eng. Ein Schauer überlief mich, als ich Zoll für Zoll an seinem heißen, müden Körper hinunterglitt und seinen frischen Körpergeruch roch und seine warme Männlichkeit. Sacht, doch mit festem Griff stellte er mich auf meine Füße, und ich schwankte leicht auf ihn zu und hob mein Gesicht zu ihm empor. Im magischen Licht des Mondes wirkte sein klargeschnittenes Gesicht wie eine Einladung zu schnellen, sanften Küssen, auf seine Augen, auf seine Stirn, auf die zerkratzten Wangen. Der Blick, mit dem er mich jetzt musterte, hatte etwas Verschleiertes.

»Gute Nacht, Beatrice«, sagte er, und seine Stimme klang plötzlich ein wenig heiser. Er beugte sich zu mir und gab mir einen sanften, trokkenen, keuschen Kuß auf die Wange. Ich tat nichts weiter, ließ es einfach geschehen. Er küßte mich, trat dann, seine Hände von meiner Taille lösend, einen Schritt zurück. Und nun entfernte ich mich, mit bewußter Grazie; in Richtung Stalltür und dann die Hintertreppe hinauf zu meinem Zimmer. Der goldene Mond leuchtete mir, und es war wie eine Verheißung des Paradieses.

Es war ein qualvolles Paradies, in jenem Herbst und Winter. Oft, viel zu oft, weilte Harry irgendwo fern von Wideacre Hall; speiste oder trank mit neuen Freunden oder besuchte Celia auf Havering Hall. Zwar gab mir seine Abwesenheit mehr Macht über das Land, doch verminderte sich meine Macht über mich selbst, und wenn Harry nicht da war, verzehrte ich mich geradezu vor Sehnsucht nach ihm.

Heimlich beobachtete ich ihn beim Frühstück; sah, wie er die Zeitung las, und lauschte seinen etwas gezwungen klingenden Kommentaren zu politischen Entwicklungen und gewissen Zuständen in der Londoner Gesellschaft. Ich sah ihm nach, wenn er mit raschen Schritten den Raum verließ, und lauschte auf das Zuklappen der Vordertür. Zur Lunchzeit war ich am Fenster, um ihn zu sehen, wenn er heimgeritten kam, den Kopf voller Theorien aus seinen Landwirtschaftsbüchern. Ich saß zu seiner Rechten und brachte ihn zum Lachen mit allerlei Klatsch über Mamas Nachmittagsbesucher. Später beim Tee schenkte ich seine Tasse voll, und wenn ich sie ihm reichte, zitterte mir die Hand. Ich war hoffnungslos und verzweifelt verliebt, und ich genoß jede qualvolle, freudvolle Sekunde.

Wenn er von Celia sprach, so stellte ich mich eher taub. Ihre tadellosen Manieren, die frischen Blumen in ihrem Salon, ihre feinen Handarbeiten und ihre geschmackvollen Zeichnungen bedeuteten mir nichts. Das vornehm-formelle Werben meines Bruders um die engelhafte Celia war nichts, was ich mir gewünscht hätte. All die kleinen Aufmerksamkeiten, Präsente, Bouquets und der allwöchentliche Besuch – ich neidete sie Celia nicht. Ich wollte, daß mein Bruder für mich die gleiche Leidenschaft empfand, wie ich für ihn; eine Leidenschaft, wie ich sie mit Ralph geteilt hatte. Da war jene Erinnerung, vor der ich jetzt nicht zurückscheute, die ich mir vielmehr bewußt zurückrief: wie Harry sein Gesicht gegen Ralphs Fuß gedrückt und, als Ralph die Reitpeitsche auf seinem Rücken tanzen ließ, vor Wonne gestöhnt hatte. Für mich war dies ein Bild, das mir Hoffnung gab. Harry konnte wildes Verlangen empfinden, brauchte dazu jedoch offenbar das Gefühl der Erniedrigung; das faszinierte und überwältigte ihn. Ich hatte ihn ja mit Ralph gesehen: hatte gesehen, wie hilflos, ja närrisch ihn die Liebe machte. Und ich wollte, daß er wieder närrisch wurde – sich in mich vernarrte.

Ich wußte auch – eine Frau weiß so etwas instinktiv –, daß Harry seinerseits mich begehrte. Normalerweise gab er sich zwar sehr kontrolliert, verstand es, Gesicht und Stimme zu beherrschen; bei überraschenden Begegnungen jedoch – etwa in der Bibliothek, wenn er mich nicht dort, sondern irgendwo anders vermutet hatte – glänzten seine Augen plötzlich, und seine Hände begannen zu zittern. Bei den ausführlichen Gesprächen darüber, was auf Wideacre im nächsten Jahr angebaut werden sollte, konnte es geschehen, daß wir uns gleichzeitig über ein Papier mit irgendwelchen Zahlen beugten und mein Haar gegen seine Wange strich; er schien dann fast buchstäblich zu erstarren. Leider unternahm er nichts; aber er schrak auch nicht zurück.

Der Herbst und der Winter: lange, kühle und regnerische Monate. Doch irgendwie gewahrte ich das kaum. Ich glühte innerlich zu sehr. Die Jagdsaison kam, und ich hörte das hysterische Kläffen der Hunde. Doch blieb mir das Jagdvergnügen versagt, während irgendeine verrückte gesellschaftliche Regel es zuließ, daß Harry daran teilnahm, wenn auch nur halb: In dunkler Reitkleidung durfte er den Hunden über die ersten Felder folgen, jedoch nicht teilhaben am Erlegen der Beute. Ich meinerseits durfte offiziell nicht einmal in Gesellschaft ausreiten und mußte mich mit heimlichen Ritten auf Wideacre begnügen: kein Angehöriger der Gentry, des Landadels also, durfte mich dabei sehen.

Dabei hätten sie mir so gut getan, die wilden Galoppaden bei der Jagd, schon wegen meiner überschüssigen Energie. Auf dem Land gab es wenig Arbeit, so daß ich mich viel im Haus aufhielt. Während der Regen abgelöst wurde vom Frost, wuchs mein Verlangen nach Harry ins Unerträgliche.

Weihnachten und Neujahr wurden in aller Stille gefeiert, wir waren noch immer in Trauer. Als dann plötzlicher Frost die Landstraßen fast unwegbar machte, fuhr Harry für eine Woche in die Stadt, um irgendein Geschäft zu tätigen. Voll frischer Erlebnisse kehrte er zurück, berichtete von neuen Moden und Theaterstücken.

Seine Abwesenheit gab mir Gelegenheit zu ironischer Selbsterkenntnis: Einerseits fehlte er mir, andererseits genoß ich die absolute Macht über das Land, das mir gehörte, wenn er nicht da war. Unsere Pächter, unsere Arbeiter und die Handwerker von Acre wußten sehr genau, wer auf Wideacre Master war, und bevor sie mit einem Plan oder einer Bitte zu Harry gingen, wandten sie sich immer erst an mich. Doch die Kaufleute oder Händler, die sich hier nicht so gut auskannten, machten in jenem ersten Jahr in der Regel den Fehler, nach dem Squire zu fragen. Mich irritierte und ärgerte es, wenn sie bei belanglosem Geplauder bloß darauf warteten, daß ich den Raum verließ, damit sie sich mit meinem Bruder »geschäftlich unterhalten« konnten. Harry, der kaum über die Hälfte meines Wissens und meiner Erfahrung verfügte, fühlte sich regelmäßig geschmeichelt, und mitunter sagte er mit einem Lächeln zu mir: »Laß dich nur nicht von uns aufhalten, Beatrice, falls du irgendwo anders etwas zu tun hast. Ich werde dies schon allein erledigen können und spreche dann später mit dir darüber.« Eine deutliche, überdeutliche Aufforderung, der ich manchmal nachkam. Mitunter jedoch leistete ich mir den gesellschaftlichen Fauxpas, zurückzulächeln und zu sagen: »Ich habe nirgendwo anders etwas zu tun, Harry. Ich möchte lieber bleiben.«

Während Harrys Abwesenheit blieb den Kaufleuten, den Händlern, den Advokaten und den Bankiers jedoch gar nichts anderes übrig, als sich an mich zu wenden und meine Autorität anzuerkennen. Vor dem Gesetz, dem ewigen männlichen Gesetz, galt meine Unterschrift zwar genausowenig wie die eines Kriminellen oder eines Geistesgestörten. Doch einem Geschäftsmann genügte in der Regel ein einziger scharfer Blick, um zu begreifen, daß er besser nicht vorschlug, Harrys Rückkehr abzuwarten, wenn er einen Vertrag mit Wideacre wollte. Während Harrys Abwesenheit trat meine Macht über das Land gleichsam aus dem Schatten, eine Tatsache, die dem ärmsten Kesselflicker oder Hüttenbewohner ebensowenig entging wie den gesellschaftlichen Führern des Landadels.

Nach Weihnachten hatten wir eine Woche mit kaltem, klammem Nebel, doch im Januar verloren die Hügel dann ihr Grau und wurden klar und frostig-hell. Jeden Morgen erwachte ich aus wirren, heißen Träumen und riß dann rasch das Fenster auf, um die kalte, scharfe Luft zu atmen. Nach einigen tiefen Zügen begann ich zu frösteln und schloß das Fenster wieder, um mich zu waschen und vor dem Kaminfeuer anzukleiden.

Die Witterung forderte ihren Tribut. Bill Green, der Müller, rutschte bei Glatteis auf seinem Hof aus und brach sich ein Bein. Ich mußte aus Chichester einen Arzt kommen lassen, der es ihm wieder richtete. Mrs. Hodgett, die Mutter des Pförtners, wurde bettlägerig, als es zu schneien anfing, und beklagte sich über Brustschmerzen. Sie weigerte sich aufzustehen. Als dann eines Morgens Hodgett das Tor für mich öffnete, versicherte er mir, nach seiner Überzeugung bleibe sie aus purem Trotz im

Bett, und was Sarah, seine Frau, beträfe, so sei die durch all die Extra-Arbeit ganz erschöpft: Wäschewaschen und Kochen und zweimal pro Tag zu Fuß nach Acre-Dorf, um der Alten ihr Essen zu bringen.

Ich nickte und lächelte ihm zu, und am nächsten Tag ritt ich auf meinem Rotschimmel nach Acre-Dorf, wo ich das Tier an Mrs. Hodgetts hölzerne Pforte band. Zwar konnte ich am Fenster der kleinen Cottage kein Gesicht sehen, doch war ich sicher, daß mich die alte Hexe beobachtete. Als ich dann ihr Häuschen betrat, nachdem ich mir den Schnee von den Stiefeln gestampft und mich meiner Reithandschuhe entledigt hatte, lag sie längst wieder in ihrem Bett, die Decke bis zum Kinn hochgezogen und die vor Gesundheit glänzenden Äuglein zu leidendem Blick verstellt.

»Guten Tag, Mrs. Hodgett«, rief ich. »Tut mir leid, Sie im Bett zu sehen.«

»Guten Tag, Miß Beatrice«, erwiderte sie, »wie freundlich von Euch, eine arme, alte Frau zu besuchen.«

»Nun, beim Besuch soll's nicht bleiben«, sagte ich. »Ich bin gekommen, um Ihnen zu sagen, daß ich Dr. MacAndrew, den neuen schottischen Arzt, holen lasse, damit er nach Ihnen sieht. Gerade bei Brustbeschwerden soll er ganz wunderbar helfen können.«

»Das wäre großartig«, sagte sie. »Ich habe von ihm gehört. Man spricht gut über ihn.«

»Aber haben Sie auch von seiner Spezialbehandlung gehört?« fragte ich. »Er hat da so eine wunderbare Diätkur, von der es heißt, daß sie immer wirkt.«

»Nein. Was für eine Kur ist das?« fragte sie – und tappte ahnungslos in die Falle.

»Er nennt es: den Krankheitsherd aushungern«, sagte ich und log frisch drauflos. »Am ersten Tag darf man nichts zu sich nehmen außer warmem Wasser, am zweiten Tag dann warmes Wasser und einen, einen einzigen Löffel voll Haferschleim. Am dritten Tag wieder nur warmes Wasser und am vierten Tag abermals einen Löffel voll Haferschleim. Und so immer weiter, bis Sie kuriert sind. Es heißt, das wirkt immer, ohne jede Ausnahme.«

Ich lächelte ihr aufmunternd zu, während ich innerlich dem jungen Arzt Abbitte leistete, mit dessen Reputation ich jetzt so willkürlich umging. Zwar war ich ihm noch nicht persönlich begegnet, doch genoß er einen hervorragenden Ruf. In der Hauptsache behandelte er natürlich Angehörige der Familien von Rang, doch nahm er sich in zunehmendem Maße auch der Armen an, mitunter sogar kostenlos. Mein Lügenmärchen würde ihm nichts anhaben können, denn einen solchen Unfug konnte nur eine sehr törichte alte Frau glauben. Mrs. Hodgett schien vor Entsetzen außer sich. Fassungslos starrte sie mich an und zupfte mit ihren plumpen Fingern an der Bettdecke.

»Also ich weiß nicht, Miß Beatrice«, sagte sie zögernd. »Es kann doch nicht richtig sein, so wenig zu essen, wenn man so krank ist.«

»Oh, doch«, sagte ich vergnügt und drehte mich zur Tür herum, durch die in diesem Augenblick Sarah Hodgett eintrat. In den Händen hielt sie eine Tonschüssel voll Stew, auf deren Deckel, säuberlich in ein fleckenloses Handtuch gewickelt, ein frischgebackener Brotlaib lag. Der verlockende Geruch des Kaninchenstews füllte den stickigen kleinen Raum, und ich sah, wie die Augen der alten Frau glänzten.

»Miß Beatrice!« sagte Sarah mit einem höflichen kleinen Nicken und einem herzlichen Lächeln: Ich war ihr Liebling. »Wie gut von Euch, Mutter zu besuchen, wo sie jetzt krank ist.«

»Es wird ihr bald besser gehen«, versicherte ich. »Sie wird sich nämlich Dr. MacAndrews Spezial-Diätkur unterziehen. Und am besten fangen wir damit gleich auf der Stelle an, Mrs. Hodgett, nicht wahr? Sie können das Kaninchenstew also wieder mit nach Hause nehmen, Sarah, dort haben Sie gewiß noch Verwendung dafür.«

»Ich könnte mit der Behandlung doch morgen anfangen!« warf Mrs. Hodgett verzweifelt ein.

»Nein, gleich heute«, beharrte ich. »Es sei denn, Sie fühlten sich bereits besser.«

Sie schnaufte erleichtert, ließ sich den Ausweg nicht entgehen.

»Oh, ja«, sagte sie. »Ich fühle mich tatsächlich kräftiger. Ich glaube fast, ich befinde mich auf dem Wege der Besserung.«

»Nun, dann wollen wir gleich mal die Glieder strecken.« Ich streckte die Hand vor und zog die alte Frau resolut aus dem Bett. »Sarah kann wieder nach Hause gehen und ein weiteres Gedeck auflegen, wenn Sie, Mrs. Hodgett, sich zur Mahlzeit einstellen.«

»Ich soll hinaus in den Schnee?« fragte sie so entsetzt, als vernehme sie ihr Todesurteil. An Haken bei der Tür hingen ein Paar feste Lederstiefel, ein warmer Schal und eine Haube.

»Ja«, sagte ich unbarmherzig. »Entweder hübsch die Glieder strekken, Mrs. Hodgett, oder aber die Spezialdiät. Sie sind uns allen viel zu wichtig, als daß wir bei Ihrer Gesundheit irgendein Risiko eingehen dürften.«

Die Komplimente schmeckten ihr, die Aussicht auf einen Spaziergang im Schnee weit weniger. Murrend schickte sie sich drein. Als ich die Hütte verließ, war Sarah dabei, die alte Hexe dick einzumummen. Zufrieden band ich Sorrel los. Ich hatte den Hodgetts eine Gefälligkeit erwiesen, an die sie sich erinnern würden. Außerdem hatte ich das Dorf mit einem »Lachstoff« versorgt, der bis zum Frühjahr vorhalten würde. Die Geschichte von meinem forschen Auftreten und meiner Spezialdiätkur würde die Runde machen, und über kurz oder lang würde man sie sich im Umkreis von hundert Meilen in jeder Schenke erzählen. Und wenn dann das derbe Gelächter irgendwann abklang, würde der Trinkspruch lauten: »Auf den Master von Wideacre – Miß Beatrice!«

Ich rief einen der Tyacke-Burschen herbei, der auf dem Weg Schneebälle knetete, und er hielt Sorrel am Zügel, während ich linkisch auf die Mauer kletterte, um von dort in den Sattel zu gelangen. Ich warf ihm als Lohn für seine Hilfe einen Penny zu – und dann noch einen, weil mir sein bewunderndes, zahnlückiges Lächeln gefiel.

»Gaffer Cooper ist gleichfalls krank«, sagte er, während er die Münzen in der Hand drehte und wohl von allerlei Zuckerwerk träumte.

»Schlimm?« fragte ich, und der Bursche nickte. Nun, bei Cooper konnte ich auf dem Heimritt vorbeischauen. Er gehörte zu den Häuslern, die ganz am Rande des Dorfes irgendeine Art von Dasein fristeten. Im Sommer verdingte er sich bei uns als Tagelöhner und arbeitete mit diesem oder jenem Trupp auf den Feldern. Im Winter schlug er sich durch, indem er hier und dort beim Schlachten half und dann als Lohn dafür ein kräftiges Stück Speck oder etwas ähnliches erhielt. Er besaß ein paar magere Hennen, die manchmal sogar ein Ei legten, und eine dünne, alte Kuh, die ein wenig Milch gab. Seine Hütte war aus Holz gebaut, das er zum guten Teil aus unseren Waldungen gestohlen hatte. Das Dach bestand aus Geäst und Torfsoden, und für sein Feuer verwendete er Holz und Torf vom Gemeindeland. In der rauchgeschwängerten Hütte pflegte er auf einem alten, dreibeinigen Hocker zu sitzen, und er aß mit einem Blechlöffel aus einem Holzteller. Zum Kochen benutzte er einen dreifüßigen Topf oder Kessel, den er direkt auf die brennenden Holzscheite in der Mitte des Raums stellte.

Es war kein Leben, wie ich es mir gewünscht haben würde; doch Gaffer Cooper hatte nie ein anderes gehabt, hatte nie eine regelmäßige Arbeit angenommen und niemals irgend jemanden seinen Herrn genannt. In seiner schmutzigen kleinen Hütte, auf seinem Lager aus Adlerfarn, eingehüllt in Lumpen fühlte Gaffer Cooper sich als freier Mann; Papa mit seinem Gespür für den Stolz anderer hatte ihn niemals John genannt, sondern Gaffer Cooper, Väterchen oder Alterchen also, und ich hielt es nicht anders.

Sorrel war vom Stehen im Schnee steif und kalt, und so ließ ich ihn auf dem weißen Weg erst ein bißchen hin und her galoppieren, bevor ich die rechte Abzweigung nahm, die in Richtung der Hütten führt. Der Wald lag still, in weißer Verzauberung. Nach einiger Zeit vernahm ich den Fenny, lauter als sonst, ein Plätschern vermischt mit dem Klirren von Eis. Ich ritt näher ans Ufer und sah, wie das grüne Wasser durch Eisgebilde trieb, teils lautlos dahinglitt wie unter einer silbernen Haut.

Im Schnee im Wald fanden sich vielerlei Fährten. Ich sah den doppelten, länglichen Abdruck von Kaninchenpfoten und dicht dahinter die Pünktchen einer Wieselspur. Auch Fuchsfährten gab es, denen kleiner Hunde ähnlich, und sogar die verwischte Spur eines Dachses, dessen niedriger Bauch höhere Schneeschichten gestreift hatte.

Ein Blick zum Himmel, durch pudrig-weißes Geäst hindurch, verriet mir, daß es später am Tag noch mehr Schnee geben würde, und ich schlug mit Sorrel einen leichten Galopp an, um noch vor dem Mittagessen zu Hause zu sein. Spuren auf dem Weg zeigten, daß hier bereits Leute gegangen waren: Abdrücke von einem kräftigen Paar Stiefel und von einem Paar hölzerner Clogs. Wenn jemand Gaffer aufsuchte, so war das ein ziemlich sicheres Zeichen, daß es ihm elend ging.

Als wir um die Biegung zu seiner Hütte kamen, ahnte ich sofort, daß es zu spät war. Die Hüttentür stand weit offen – was normalerweise nur an glutheißen Sommertagen geschah –, und Mrs. Merry trat heraus, Hebamme und Leichenfrau der Acre-Gemeinde – und, wie es ihrem Rang zukam, Eigentümerin eines guten Paar Stiefels.

»Guten Tag, Miß Beatrice. Gaffer ist gestorben.« Sie grüßte mit formeller Höflichkeit.

Ich zügelte Sorrel.

»Altersschwäche?« fragte ich.

»*Aye*«, erwiderte sie. »Und der Winter holt sie sich.«

»Er hatte genug zu essen, auch genügend Kleidung?« fragte ich. Gaffer gehörte nicht zu unseren Leuten. Er war kein Pächter, kein Arbeiter, kein Ruheständler; doch hatte er auf unserem Land irgendwie sein Dasein gefristet, und ich hätte mir Vorwürfe gemacht, wenn er in Not gestorben wäre.

»Er hat noch gestern abend eine seiner Hennen gegessen«, sagte Mrs. Merry. »Und in seinen Kleidern und in seinem Bett hat er so manchen Winter überstanden. Macht Euch da nur keine Gedanken, Miß Beatrice.

Gaffers Zeit war gekommen, und er ist in Frieden dahingegangen. Möchtet Ihr ihn sehen?«

Ich schüttelte den Kopf. In Acre gab es keine Familie, die durch meine Weigerung beleidigt sein würde. Ich brauchte mich zu nichts zu zwingen.

»Hat er irgendwelche Ersparnisse hinterlassen?« fragte ich. »Genug für ein Begräbnis?«

»Nay«, sagte sie. »Für ihn wird's ein Armengrab geben. Wir haben nichts gefunden.«

Ich nickte. »Ich werde für den Sarg und die Andacht aufkommen«, sagte ich kurz. »Sorgen Sie dafür, Mrs. Merry. Wer auf Wideacre gelebt hat, soll nicht wie ein Hund verscharrt werden.«

Mrs. Merry musterte mich aufmerksam und lächelte.

»Oh, Ihr gleicht doch sehr Eurem Papa!« sagte sie, und ich erwiderte ihr Lächeln: Ein größeres Kompliment konnte sie mir nicht machen.

»Das hoffe ich«, sagte ich und verabschiedete mich mit einem Nikken.

In ein oder zwei Tagen würde man Gaffers sterbliche Reste in einem schlichten Holzsarg zum Friedhof schaffen, um ihn dort in jenem Winkel beizusetzen, wo sich die Wasserpumpe befindet und Geräte aufbewahrt werden. Auch ein einfaches Holzkreuz mit seinem Namen darauf sollte Gaffer haben. Die Andacht würde der Kurator halten, und vielleicht stellten sich sogar ein paar Trauergäste ein: »Häusler«, wie Gaffer einer gewesen war. In Acre-Dorf selbst würde man wohl kaum Anteil nehmen. Doch wenn dann die Trauerglocke läutete, gegen ein kleines Entgelt von mir, so würden die Männer, welche die Felder pflügten oder die Hecken stutzten oder Gräber aushoben, in ihrer Arbeit innehalten, die Mütze ziehen und barhäuptig dem Toten Respekt zollen; etwas, das dem Lebenden nie widerfahren war.

Es war ein harter Winter und zumal für die Schäfer ein wahrer Alptraum. Wegen der starken und schon frühzeitig einsetzenden Schneefälle hatte man die Schafe nicht mehr von den oberen zu den niederen Hängen der Downs treiben können: dorthin also, wo die Muttertiere zu lammen pflegten. Tag für Tag schneite es, der Schnee türmte sich immer höher, und wir quälten uns den blockierten Weg hinauf und stocherten mit langen Stöcken im Schnee und versuchten, jene harten, weißen Klumpen aufzuspüren, die nichts anderes waren als erfrorene Schafe.

Wir verloren verhältnismäßig wenig Tiere, weil ich dafür sorgte, daß die Männer von früh bis spät draußen waren, und sie fluchten auf mich mit Ausdrücken, bei denen ich vor Schreck eigentlich hätte aus dem Sattel fallen müssen; doch sie brachten mich nur zum Lachen.

Der harte Winter sorgte dafür, daß mir diese Männer, wenn auch nur widerstrebend, großen Respekt entgegenbrachten. Anders als die Arbeiter und Pächter, die mich fast täglich sahen, arbeiteten die Schäfer allein. Nur in einer Krisenzeit wie dieser, wo sich der Schnee teils zu sechs Fuß hohen Wehen häufte, arbeiteten sie in einer Gruppe zusammen, der ich die Befehle gab. Auf meinem Pferd war ich ihnen gegenüber natürlich im Vorteil, und so fluchten sie wild, wenn ich ihnen scheinbar mühelos voranritt, während sie auf den trügerischen, schneebedeckten Hängen oft stürzten. Aber sie wußten auch, daß selbst die ältesten und erfahrensten von ihnen es nicht mit mir aufnehmen konnten, wenn es um das sichere Gespür für verirrte Einzeltiere oder eine irgendwo Zuflucht suchende Herde ging. Dann galt es, die toten oder auch nur froststarren Tiere aus dem Schnee zu graben, und meist arbeitete ich dann unmittelbar an der Seite der Männer; tastete nach verwehten Tieren, versuchte die Kopfseite aufzuspüren.

Wenn dann die törichten und noch gliedersteifen Schafe hügelab getrieben werden mußten, so konnten sich die Männer darauf verlassen, daß ich trotz meiner Müdigkeit und der Kälte hinter den Nachzüglern reiten und die Hunde anstacheln würde, bis wir mit der gesamten Herde eine der tiefer gelegenen Weiden erreicht hatten.

Erst dann, nachdem das Tor geschlossen und auf dem Schnee Heu ausgestreut worden war, trennten sich unsere Wege. Die Männer kehrten zu ihren kleinen Cottages zurück, um für die nächste Mahlzeit Kartoffeln oder Rüben auszugraben oder, mit einigem Widerstreben, auf den Gemeindefeldern zu arbeiten. Dieser oder jener legte wohl auch eine Schlinge für Kaninchen aus oder flickte ein undichtes Dach. Arbeiten, arbeiten, arbeiten, selbst in der Dunkelheit noch, bis sie schließlich in ihre Betten fielen, oft noch in nassen Kleidern.

Ich meinerseits trabte nach Hause, warf dem Stallburschen meine Zügel zu, und in meinem Zimmer ließ ich mich dann vor dem Kaminfeuer in eine Wanne sinken, in die Lucy Kannen voll heißen Wassers zu schütten hatte. »Miß Beatrice!« warnte sie oft. »Ihr werdet Euch verbrühen! Ihr seid ja schon ganz rot!«

Doch erst, wenn das heiße Wasser meine Haut fast buchstäblich zu verbrennen schien, stieg ich aus der Wanne und hüllte mich in ein Tuch aus Leinen, während Lucy mir das Haar bürstete, um es sodann hochzutürmen und für den Abend zu pudern.

Beim Dinner konnte ich mit Mama ein wenig plaudern. Es interessierte sie, wie ich den Tag verbracht hatte; doch fühlte ich mich gehemmt durch ihre offensichtliche Mißbilligung. Meine »Aktivitäten« waren wenig nach ihrem Geschmack; andererseits mußte selbst sie einsehen, daß man es nicht einfach dem Belieben der Arbeiter überlassen konnte, jenes Vermögen an Wolle und Fleisch aus dem Schnee auszugraben, wann und wie es ihnen paßte.

Sobald die eigentliche Mahlzeit begann, versank ich in Schweigen, und wenn dann später im Salon der Tee serviert wurde, war ich todmüde.

»Also wirklich, Beatrice, du bist zu überhaupt nichts mehr zu gebrauchen«, sagte Mama und blickte tadelnd auf die verpfuschte Stickerei, die seit einer Woche allabendlich aus dem Handarbeitskörbchen geholt wurde. »Es ist fast so, als ob ich gar keine Tochter hätte.«

»Tut mir leid, Mama«, sagte ich mit plötzlichem Mitgefühl. »Ich verstehe schon, daß es Euch merkwürdig erscheinen muß. Aber wir haben mit den Schafen ja soviel Pech. Nur noch ein paar Tage, und wir werden sie alle in Sicherheit haben. Harry wird rechtzeitig zum Lammen wieder daheim sein.«

»Als ich ein junges Mädchen war, habe ich vom Lammen überhaupt nichts gewußt«, sagte Mama in klagendem Tonfall.

Ich lächelte, fühlte mich jedoch zu müde, um sie ein wenig aufzuheitern.

»Papa hat ja immer gesagt, ich sei eine Lacey of Wideacre«, sagte ich leichthin. »Da bleibt mir jetzt wohl gar nichts anderes übrig, als Squire und Tochter zugleich zu sein.«

Ich warf die Stickerei in den Korb und erhob mich.

»Verzeiht, Mama. Es ist zwar noch früh, aber ich bin nicht die rechte Gesellschaft für Euch – und ganz einfach zu müde, um mich wachzuhalten.«

Ich beugte mich zu ihr und empfing einen kühlen, gleichsam verärgerten Gutenachtkuß.

Abend für Abend war es das gleiche. Während ich die Treppe zu meinem Zimmer emporstieg, fiel die Müdigkeit von mir ab, und meine Gedanken wandten sich Harry zu. Sein Lächeln, sein süßes und zärtliches Gesicht, seine blauen Augen, seine ganze Erscheinung – alles wurde für mich immer deutlicher und nahm fast buchstäblich Gestalt an. Lag ich dann im Bett, so glaubte ich geradezu, seinen Körper auf mir zu spüren und seine Umarmung zu fühlen. Stöhnend drehte ich mich dann zur

Seite und versuchte, das irre, verstörende Bild zu verdrängen. Im Grunde, so schien mir, verlangte es mich nach Ralph, nach seiner Berührung, seiner Umarmung. Aber da der Gedanke an Ralph für mich ein Alp war, ließ mich mein Gehirn von Harry träumen. Nach Harrys Rückkehr, wenn mein Bruder und ich wieder Seite an Seite arbeiteten, würde sich dieser absonderliche, fiebrige Traum gewiß wieder legen, so daß ich Harrys Gesellschaft genießen konnte. Jetzt jedoch... Ich wälzte mich hin und her, nickte ein, fuhr gegen Mitternacht erschrocken hoch. Dann fiel ich in Schlaf und träumte nur von goldenen Locken und einem süßen, offenen Lächeln... und von weitem Gelände voller Schnee, unter dem kostbare Schafe verborgen waren.

Harry kam in der zweiten Februarwoche heim, später, als er es versprochen hatte. So mußte ich in der ersten Woche des Lammens ohne ihn auskommen. Die Schäfer und ich hatten vom frühen Morgen bis in die Dunkelheit alle Hände voll zu tun, zunächst einmal hauptsächlich mit den trächtigen Muttertieren, um die schwächlichen zum Lammen in Scheunen unterzubringen.

Eine Scheune voller Schafe, das bereitete mir ein großes Vergnügen. Wenn ich zwischen ihnen hindurchschritt, so war es, als woge ein wolliger Fluß zu beiden Seiten von mir fort. Draußen heulte der Wind, und das Scheunengebälk knarrte wie ein Schiff auf hoher See, doch drinnen war es gemütlich und roch angenehm süß. Sah ich frühmorgens oder auch spätabends nach den frischgeworfenen Lämmern, so verbreitete die Öllaterne einen gelblichen Schein; und wenn ich nach Hause ritt, haftete an meinen schmutzigen Händen noch der Geruch der Jungtiere und auch von Öl.

Als ich eines Abends müde und durchgefroren nach Hause ritt, entdeckte ich unweit der Hall im Schnee frische Hufspuren, und plötzlich begann mein Herz zu jubilieren wie eine Lerche. »Vielleicht ist Harry zu Hause«, sagte ich leise für mich und spornte Sorrel trotz der Schneeglätte zu schnellerem Tempo an.

Harrys Pferd befand sich beim Eingang, und er selbst, groß und breit in einem Umhang mit Kapuze, stand in der Tür, hielt Mama in den Armen und antwortete mit einem Lachen auf ihren Schwall von Fragen. Als er Sorrels Hufschläge hörte, drehte er sich um und kam mir entgegen, obwohl Mama ihn zurückzuhalten versuchte.

»Beatrice!« sagte er voller Freude.

»Oh, Harry!« rief ich und wurde über und über rot.

Er streckte seine Arme zu mir empor, und ich glitt aus meinem Sattel auf ihn zu. Der Stoff seines Reitumhangs blähte sich, und ich schien halb zu versinken in den verwirrenden Gerüchen von nasser Wolle, Zigarrenrauch und Pferdeschweiß. Er drückte mich fest an sich, und während er mich so hielt, wußte ich mit sicherem Instinkt, daß sein Herz genauso laut schlug wie meines.

»Kommt herein, ihr zwei«, rief Mama vom Eingang her. »Ihr holt euch dort draußen in der Kälte ja noch den Tod.«

Harry schlang einen Arm um meine Taille und fegte mit mir ins Haus wie ein böiger Winterwind. Lachend und außer Atem erreichten wir den Salon.

Er steckte voller Neuigkeiten – allerlei politischem Kleinkram, den er von Papas alten Freunden erfahren hatte, sowie Nachrichten von der Familie: von unseren Cousins in London. Er erfreute uns mit einer Anzahl kleinerer Geschenke und hatte die gedruckten Programme eines Theaterstücks und eines Konzerts, die er besucht hatte.

»Wunderbare Musik«, sagte er enthusiastisch.

Er hatte auch die Londoner Sehenswürdigkeiten genossen, Astleys Amphitheater zum Beispiel und den Tower. Bei Hofe war er zwar nicht gewesen, dafür jedoch bei einer Reihe privater Gesellschaften; und er hatte so viele Leute kennengelernt, daß er sich kaum an die Hälfte aller Namen erinnern konnte.

»Aber es ist schön, wieder zu Hause zu sein«, sagte er. »Mein Wort darauf. Ich habe schon gefürchtet, ich würde es gar nicht bis hierher schaffen. Die Straßen waren entsetzlich. Eigentlich wollte ich mit der Postkutsche kommen, aber dann habe ich mein Gepäck in Petworth gelassen und bin den Rest des Weges geritten. Hätte ich gewartet, bis die Straßen für Kutschen wieder befahrbar sind, so wäre ich hier wohl erst Ostern eingetroffen. Was für ein unglaublicher Winter! Die Schafe haben dir sicher eine Menge Arbeit gemacht, Beatrice!«

»Oh! Frag sie lieber nicht!« Lebhaft rang Mama ihre Hände; die Rückkehr ihres geliebten Sohnes machte sie überglücklich. »Beatrice hat sich in eine richtiggehende Schäferin verwandelt. Sie riecht nach Schafen, sie denkt an Schafe, und sie spricht von Schafen, bis sie schließlich noch selbst zu blöken anfängt.«

Harry schüttelte sich vor Gelächter. »Wie ich sehen kann, war es für mich höchste Zeit, wieder nach Hause zu kommen. Noch eine Woche, und ihr wärt wohl richtig aneinandergeraten. Arme Beatrice, die bei dieser Witterung so hart arbeiten mußte! Und arme Mama, so ganz ohne Gesellschaft!«

Ich warf einen Blick auf die Uhr und eilte auf mein Zimmer, um mich umzukleiden. An diesem Abend war mein Bad noch heißer als sonst, und ich wusch mich noch sorgfältiger mit parfümierter Seife. Ich wählte ein tiefblaues Samtkleid mit üppig gebauschtem Rock. Meine Zofe puderte mir das Haar mit besonderer Sorgfalt und steckte zwischen die weißen Locken tiefblaue Schleifchen, eine Art farbliches Echo zur Tönung meines Gewandes. Im Kontrast zum Puder wirkte meine Haut hell-honigfarben und klar, und meine Augen sahen weniger grün als vielmehr haselfarben aus. Nachdem Lucy mich allein gelassen hatte, saß ich wie verträumt vor meinem Spiegel und fragte mich, ob es in London wohl irgendein Mädchen gab, das mich an Attraktivität übertraf.

Der Gong riß mich aus meinen Grübeleien, und ich eilte – mit raschelnden Seidenpetticoats und gleichsam rauschendem Samt – die Treppe hinunter.

»Sehr hübsch, mein Liebes«, bemerkte Mama anerkennend und betrachtete aufmerksam mein so überaus sorgfältig gepudertes Haar und das neue Kleid.

Harry starrte mich ungeniert an, und ich erwiderte seinen Blick.

Da er, genau wie Mama und ich, sich noch in Halbtrauer befand, mußte er dunkle Kleider tragen, doch war seine Weste von tiefem, sehr tiefem Blau und mit wunderschönen schwarzen Stickereien verziert. Sein langer Rock mit den weitgeschnittenen Manschetten und Aufschlägen war gleichfalls tiefblau – glänzender Satin, auf dem sich das Licht brach, wenn Harry sich bewegte. Sein Haar wurde von einem Band von gleicher Farbtönung an Ort und Stelle gehalten, und auch seine Abend-Breeches aus Satin waren blau.

»Ihr paßt zueinander«, stellte Mama überflüssigerweise fest. »Wie hübsch ihr doch beide ausschaut.«

Harry lächelte, doch in seinen Augen war ein gleichermaßen verwirrter wie verklärter Ausdruck. Er machte eine Verbeugung vor Mama und vor mir, sehr zeremoniell, spaßig übertrieben, und bot jeder von uns einen Arm, doch spürte ich hinter seinem Lächeln und seiner Höflichkeit eine überwache Aufmerksamkeit, die jeder meiner Bewegungen galt. Ich lächelte mit scheinbar ähnlicher Unbeschwertheit zurück, aber meine Hand auf seinem Arm zitterte leicht, und als ich dann auf meinem Stuhl saß, schien der Tisch vor meinen Augen zu schwimmen.

Harry und Mama tauschten beim Mahl Familienneuigkeiten aus, und ich konzentrierte mich ganz darauf, meine Stimme zu kontrollieren, um lachend und leichthin zu antworten, wenn sich Harry oder Mama an mich wandten. Nach dem Dinner schlug Harry den Portwein aus und sagte, er würde lieber gleich mit uns in den Salon überwechseln.

»Ich habe nämlich den Familienschmuck aus der Bank mitgebracht, Mama«, sagte er. »Und ich brenne darauf, ihn mir anzusehen. Unglaublich, was das wiegt! Da ich den Schmuck nicht bei meinem übrigen Gepäck zurücklassen wollte, habe ich ihn beim Reiten unterm Arm gehalten. Ich hatte Angst, er würde gestohlen werden.«

»Du hättest ihn nicht mitzunehmen brauchen«, meinte Mama. »Bei deinem Diener wäre er sicher in zuverlässigen Händen gewesen. Aber natürlich darfst du dir den Schmuck jetzt anschauen.«

Sie holte den Schlüssel aus ihrem Zimmer, schloß dann das Kästchen auf und nahm dann die drei »Einsätze« heraus.

»Diese Sachen soll Celia an ihrem Hochzeitstag tragen«, sagte sie und wies auf die Familienerbstücke, die Lacey-Diamanten: Ringe, Armbänder, ein Brillant-Kollier, Ohrgehänge und eine Tiara.

»Wenn das Celia nur nicht in die Knie zwingt«, sagte Harry lachend. »Muß ja eine Tonne wiegen! Habt Ihr jemals alle Stücke getragen, Mama?«

»Allmächtiger Himmel, nein!« erwiderte sie. »Nach unserer Hochzeit haben wir damals nur eine einzige Saison in der Stadt zugebracht, und in London wirkte ich auch ohne diesen altmodischen Schmuck schon altmodisch genug. Der Sitte gemäß gab man mir die Sachen an meinem Hochzeitstag, und seither wurden sie in der Bank aufbewahrt. Jedenfalls sollte Celia sie im Oktober zumindest sehen.«

»Oktober?« sagte ich. Die unvermeidliche Stickerei in meinen Händen geriet ins Rutschen, und die Nadel stieß gegen meinen Daumen.

»Oh, arme Beatrice!« sagte Harry. »Wenn dieses bestickte Taschentuch fertig ist, muß ich es unbedingt haben. Es sind ja mehr Blutflecken darauf als Stickfäden. Was für Torturen habt Ihr sie unterworfen, Mama!«

»Die Tortur habe ich zu ertragen, indem ich es ihr beizubringen versuche«, sagte Mama und stimmte in das Lachen ihres geliebten Sohnes ein. »Wenn sie den ganzen Tag draußen bei deinen Schafen verbracht hat, kann sie kaum noch einen ordentlichen Stich machen. Und mit einer Nadel geht sie ohnehin ungeschickt um.«

Sie tat den Schmuck in sein Behältnis zurück und brachte ihn hinauf zu ihrem Zimmer. Harry griff nach meiner Hand und betrachtete die leicht angeschwollene Stelle auf dem Ballen meines linken Daumens.

»Arme Beatrice!« sagte er wieder und küßte den Daumen. Seine Lippen öffneten sich, und er begann, an dem blutigen Flecken zu saugen. In meinem nervösen Zustand der Leidenschaft zitterte ich wie eine Vollblutstute. Er preßte meinen Daumenballen gegen seine Zähne, und ich fühlte, wie seine feuchte und warme Zunge über die rifflige Daumenhaut glitt. Die Wärme, nein, Hitze und die Feuchtigkeit seines Mundes faszinierten mich. Ich streckte meine Hand nach seinem Gesicht und atmete kaum.

»Arme Beatrice«, wiederholte er. Er hob seine Augen und sah mich an. Ich saß fast völlig reglos. Seine Berührung bereitete mir ein solches Vergnügen, selbst die einfachste Geste war tiefste Wonne. Es war mir unmöglich, meine Hand von seinem Gesicht fortzuziehen. Gleichzeitig jedoch wurde mir zunehmend bewußt, daß er meine andere Hand sehr, sehr lange hielt. Die eher beiläufige Geste verwandelte sich in eine Liebkosung. Und wir schwiegen beide.

Er nahm meinen Daumen von seinem Mund und inspizierte ihn mit gespieltem Ernst.

»Meinst du, daß du diese Verwundung überleben wirst?« fragte er.

»Ich trage Narben aus tausend ähnlichen Schlachten«, sagte ich scherzend, konnte es jedoch nicht verhindern, daß meine Stimme zitterte. Er seinerseits atmete ein wenig hastiger, und in seinen Augen zeigte sich wieder jener gleichzeitig faszinierte und ungläubige Ausdruck.

»Arme Beatrice«, sagte er abermals, als könne er keine anderen Wörter finden. Noch immer hielt er meine Hand, und ich erhob mich von meinem Sitz, um mich neben ihn zu stellen. Wir waren ungefähr von gleicher Größe, und hätte ich auch nur einen halben Schritt auf ihn zugemacht, so würden meine Brüste seinen Brustkorb berührt haben, und wir hätten wohl buchstäblich Bauch an Bauch gestanden.

»Ich kann nur hoffen, daß du dich immer so zärtlich um meine Wunden und Sorgen kümmern wirst, Harry«, sagte ich.

»Meine liebe Schwester«, erwiderte er herzlich, »du wirst mir immer teuer sein. Und versprich mir, es stets zu sagen, wenn du dich unglücklich oder unpäßlich fühlst. Es tut mir leid, daß ich dir, ohne es zu wollen, soviel Arbeit aufgehalst habe. Ich war tief betrübt, dich so blaß zu sehen.«

»Das Herz flattert mir so, Harry«, flüsterte ich. Seine Nähe ließ es buchstäblich hämmern. Er legte eine Hand auf meine Rippen, wie um mir den Puls zu fühlen, und ich schob meine Hand über seine Hand und preßte sie gegen mich. Ohne recht zu wissen, was ich tat, drückte ich sie dann höher, zu der sanften Rundung unter blauem Samt.

Harry schien buchstäblich den Atem anzuhalten. Er schob seine andere Hand um meine Taille, um mich enger an sich zu ziehen. Wir standen wie zwei Statuen, konnten kaum glauben, daß in unseren Körpern wild und heiß das Blut pulsierte und wir immer näher zueinander kamen. Ich fühlte, wie sich sein Bein vorwärts bewegte, und schloß dann die Augen, als sich unsere Körper in ganzer Länge berührten. Und mit geschlossenen Augen, blind sozusagen, wandte ich ihm voll mein Gesicht entgegen und spürte die Wärme seines Atems.

Seine Lippen berührten meinen Mund so sacht und so keusch, wie es Bruderlippen nur können. Instinktiv und lustvoll öffnete ich meinen Mund und fühlte, wie Harry vor Überraschung am ganzen Körper zusammenzuckte. Er versuchte sich von mir zu lösen, doch hatte ich meine Hand in seinen Nacken geschoben und zog seinen Kopf fest gegen mein Gesicht. Dann ließ ich meine Zunge in seinen jungfräulichen Mund gleiten und dort spielen – in einem unkontrollierten Anfall von Leidenschaft.

Jetzt riß er sich geradezu von mir los, und ich kam wieder zu Sinnen.

»Das war ein brüderlicher Kuß«, sagte er freundlich. »Ich bin ja so glücklich über meine Rückkehr und das Wiedersehen mit dir, daß ich dich richtig in die Arme nehmen und dir einen brüderlichen Kuß geben wollte.« Und mit grausamer Abruptheit machte er auf den Hacken kehrt und verließ mich. Verließ mich mit einem süßen Lächeln und einer süßen, fadenscheinigen Lüge.

Er hatte gelogen, um uns beiden das Bekenntnis zu unserer Leidenschaft zu ersparen. Er hatte gelogen, weil er gar nicht wußte, was das war, eine Leidenschaft zwischen Mann und Frau. Er hatte gelogen, weil er in seinem Kopf zwei unvereinbare Bilder von mir hatte: zum einen das Bild von einer lieben, hübschen Schwester, zum anderen das Bild von jener unwiderstehlichen Schönheit, welche die Erntewagen hocherhobenen Hauptes empfing, in den Augen den Glanz und die Glorie einer Erntegöttin.

So verließ er mich also mit einer Lüge, und ich stand, eine Hand auf dem Sims des Kamins in Mamas Salon, die Füße auf der Platte davor, und bebte geradezu vor Verlangen nach meinem Bruder.

Niemand konnte uns aufhalten auf unserem Weg, dem Weg zueinander. Kein Wort und kein Willensakt konnten uns voneinander getrennt halten. Wir glichen beide dem Treibholz auf dem Fenny zur Zeit der Frühjahrsschmelze, und unsere Leidenschaft und unsere Liebe wuchsen so unaufhaltsam wie die Knospen an den Zweigen und die Frühlingsblüten in den Hecken.

Hätte ich diesem Schicksal entgehen wollen: Wohin hätte ich mich schon wenden können? Es trieb mich zu Harry, wie es die Vögel dazu treibt, Nester zu bauen und Eier zu legen; mein Herz und mein Körper riefen ihm mit der gleichen Beharrlichkeit zu, mit der ein Kuckuck im grünenden Wald seine Rufe ausstößt. Er war der Master von Wideacre; natürlich wollte ich ihn für mich.

Die ersten warmen Frühlingstage vergingen für mich wie in einer Art Nebel aus sinnlicher Tagträumerei. Die Lämmer waren gesund und munter, und wir trieben die Herde zurück zu den Downs, aufs Frühlingsgras; und plötzlich war ich meiner bisherigen Pflichten ledig. Ich ritt im Wald umher; verfertigte für mich sogar eine Art Angelzeug und verbrachte einen Morgen damit, im angeschwollenen, schnellfließenden Fluß zu fischen. Aber was immer ich auch tat, wo immer ich mich befand, ob unten am Fluß oder oben auf den Downs, ich spürte die Sonne, die meine Wangen wärmte, und durch die geschlossenen Augenlider hindurch schienen mich ihre Strahlen zu versengen. Es gab nichts, was ich dagegen tun konnte.

Celia.

Sprachen Harry und Mama jetzt von der Hochzeit im Oktober, so wurde mir vor Eifersucht übel. In jedem zweiten Satz sprach Harry von Celia und von dem, was sie mochte und nicht mochte; und es fiel mir ungeheuer schwer, gelassen zu lächeln, wenn ihr Name fiel. Sie war für mich eine sich immer mehr nähernde Bedrohung. Sie würde sich in meinem Heim einnisten: würde am Fußende des riesigen Wideacre-Tisches sitzen, und Harry würde sie vom Kopf der Tafel her anlächeln. Schlimmer jedoch, und ein wahrer Alptraum für mich, war die Vorstellung, daß sie und Harry Abend für Abend die Treppe hinaufsteigen und die Schlafzimmertür hinter sich schließen würden: und er würde sie dann in seinen Armen halten und sie besitzen, während ich allein in meinem Bett lag und mich vor Begierde verzehrte.

Jetzt träumte ich nicht; ich begann zu denken. Irgendwo in den Tiefen meines Bewußtseins formte sich nach und nach ein Plan: wie ich das Land *und* Harry bekommen könne: wie aus all diesen verschrobenen und instabilen Teilelementen eine sichere Basis für meine Zukunft geschaffen werden mochte. Aber war das überhaupt möglich? Es hing in sehr großem Maße von Celia ab, und ich kannte sie nur ziemlich oberflächlich. Nun, ich würde sie beim nächsten Besuch scharf ins Auge fassen.

Als der Havering-Landauer vor der Freitreppe von Wideacre Hall hielt, stand Harry zum Empfang bereit, und Mama befand sich an seiner Seite. Ich war etliche Schritte hinter beiden und konnte, als Harry sie begrüßte, Celias Gesicht genau beobachten. Zu meiner Überraschung zeigte sie sich ihm gegenüber auffällig nervös. Über ihrem Kopf zitterte der hellrosa Sonnenschirm, indes Harry den Lakaien zur Seite drängte, um die Kutschentür zu öffnen. Als erstes half er Lady Havering heraus, dann wandte er sich Celia zu. Er verbeugte sich tief und nahm ihre behandschuhte Hand. Aus ihrem Gesicht entwich alle Farbe – und strömte wieder zurück, als Harry ihr die Hand küßte. Doch wußte ich – mit dem sicheren Instinkt einer liebenden Frau –, daß es sich dabei keinesfalls um die gleichermaßen nervöse wie heiße Leidenschaft handelte, wie ich sie für Harry empfand. Aus welchem Grund errötete diese törichte Person? Weshalb zitterte sie?

Ich mußte unbedingt herausbekommen, was sich abspielte hinter jenen sanften braunen Augen; und so war diesmal ich es, die eine Ausfahrt vorschlug, während unsere Mamas beim Tee ausgiebig klatschten.

Um einen Blick auf Harrys frischangebaute Rübenfelder zu werfen, folgten wir bestimmten Wegen, auf denen unter den Kutschenrädern weiße, kreidige Staubwolken aufstiegen; und so bewahrte Harry, der höflich hinter uns ritt, einen gewissen Abstand zur Kutsche. Folglich hatte ich Celia ganz für mich.

Es war ein warmer Frühlingstag – fast so warm, nein, so heiß wie jener Tag im vorigen Sommer, als mein Lebensglück oder -unglück weder von Harry noch von Celia abgehangen hatte – so ganz anders als jetzt.

»Celia«, sagte ich mit süßer Stimme, »ich bin ja so froh, daß wir Schwestern werden. Mit Mama und Harry allein habe ich mich einsam gefühlt, und ich habe schon immer eine Freundin haben wollen.«

Sie errötete jäh, wie so oft. »Oh, Beatrice«, sagte sie. »Ich würde mich ja so freuen, wenn wir beide enge Freundinnen werden würden. Es wird für mich soviel Neues und Fremdartiges geben. Und es ist für mich ein so eigentümliches Gefühl, ins Haus deiner Mama zu kommen.«

Ich lächelte und drückte ihre kleine Hand.

»Du wirkst immer so erwachsen und selbstsicher«, sagte sie schüchtern. »Ich habe dich früher oft beobachtet, wenn du mit deinem Papa auf die Jagd geritten bist, und habe mir so sehr gewünscht, dich besser kennenzulernen. Was für riesengroße Pferde du geritten bist. Wenn ich mir jetzt vorstelle, daß ich auf Wideacre Hall leben werde« – sie atmete beengt –, »dann ist mir richtig bange.«

Ich lächelte sie freundlich an. Obwohl sie inzwischen viele Jahre auf Havering Hall verbracht hatte, war sie mit den Kreisen des Landadels kaum vertraut und hatte auch im Leben von Havering Hall selbst keine große Rolle gespielt. Natürlicherweise fühlte sie sich verunsichert, und – dieser Gedanke kam mir plötzlich – vielleicht war Harry für sie nur das geringere von zwei Übeln.

»Du wirst Harry an deiner Seite haben«, meinte ich.

»Oh, ja«, pflichtete sie bei. »Aber Gentlemen sind manchmal so ...« Sie hielt inne. »Die Ehe ist so ...«; und wieder brach sie ab.

»Es ist ein großer Schritt für ein Mädchen«, meinte ich mitfühlend.

»Oh, ja!« sagte sie mit soviel Nachdruck, daß ihre sanfte Stimme ganz verändert klang, und ich grübelte angestrengt, was hinter all ihrer Unruhe wohl stecken mochte.

»Da ist die neue Position – als die Lady von Wideacre«, sagte ich und hätte mir am liebsten die Zungenspitze abgebissen – aus Verbitterung darüber, daß dieses Kind in den Besitz eines solchen Titels gelangen würde.

»Ja«, sagte sie. »Das hat etwas Beängstigendes, jedoch ...«

Da war also noch etwas, das ihr Angst machte.

»Harry trinkt selten bis zum Exzeß«, sagte ich aufs Geratewohl und dachte an ihren Stiefvater.

»Oh, nein!« erwiderte sie rasch, und ich erkannte, daß ich mich wieder geirrt hatte.

»Ich bin sicher, daß er dich sehr, sehr liebt«, sagte ich. Mir war vor Eifersucht fast übel, doch es stimmte: Ich war wirklich sicher, daß er sie liebte – verdammt sollte sie sein.

»Ja«, sagte sie. »Das ist ja eigentlich das Problem.«

Ich glaubte, nicht richtig zu hören. Das Problem? Ja, was für ein Problem denn? »Das Problem?« wiederholte ich.

Sie senkte ihren Kopf so tief, daß ihre hübsche kleine Haube fast ins Rutschen geriet. »Er ist so ...« Sie war um das richtige Wort verlegen, und bei Gott, ich hatte nicht die leiseste Ahnung, was sie meinen mochte.

»Er ist so ... ungestüm ...«, brachte sie schließlich hervor. »Das hängt vielleicht damit zusammen, daß er hier auf der Farm ... so aktiv ist ... jedoch ...«

Diese Enthüllung verschlug mir fast den Atem. Während ich mich vor Verlangen nach Harry verzehrt hatte und bei der leisesten seiner Berührungen zu zittern begann, war diese kleine Eis-Jungfer zu prüde gewesen, auch nur einen Kuß von ihm zu dulden oder seinen sich um ihre Taille schlingenden Arm.

Eifersucht wühlte in mir, doch durfte ich mir davon nichts anmerken lassen.

»So sind Männer nun einmal, nehme ich an«, sagte ich im gleichen gepreßten Tonfall wie sie. »Ist er denn immer so ... ungestüm?«

»Oh, nein!« Ihre dunkelbraunen Augen forschten unsicher in meinem Gesicht. »An den vergangenen beiden Sonntagen, da war er auf einmal anders. Er hat versucht, mich zu küssen« – sie dämpfte ihre Stimme noch mehr –, »und zwar auf den Mund! Oh, es war abscheulich.« Wieder stockte sie. »Und noch etwas.«

Ich erinnerte mich, oder genauer: jede Zelle meines sinnlichen Körpers erinnerte sich an die Berührung mit Harrys Körper – und daran, wie sich meine Lippen geöffnet und meine Zunge seinen Mund gesucht hatte; und wie seine Hand sich enger spannte und meine Brust preßte.

»Er hat sich vergessen«, sagte Celia in überraschend entschiedenem Tonfall. »Er hat vergessen, wer ich bin. Eine junge Dame wird doch niemals ... nein, niemals wird sie zulassen, daß ein Gentleman sie ... auf solche Weise berührt.«

Mit hörbarem Zischen sog ich die Luft ein. Jener Abend in Mamas Salon, er mußte wohl den Anstoß gegeben haben: als ich Harrys Hand gegen meine Brust gedrückt und ihm meinen Mund geöffnet hatte. Brennend vor Begierde, erregt noch von der ersten intimen Berührung mit einem weiblichen Wesen, war er von mir zu Celia gegangen – und die kalte, lieblose kleine Celia hatte ihn zurückgewiesen.

»Hast du ihm das gesagt?« fragte ich.

»Natürlich«, erwiderte sie. Die braunen Augen weiteten sich, und sie warf mir wieder einen Blick zu. »Er schien zornig zu sein.« Ihre Unterlippe zitterte. »Das hat mir ziemlich angst gemacht ... für später.«

»Möchtest du denn nicht, daß er dich küßt?« platzte ich heraus.

»Nicht so! Solche Küsse mag ich nicht! Und ich werde sie gewiß niemals mögen! Ich glaube nicht, daß man es lernen kann, sie zu ertragen. Mama und Stiefpapa tun so etwas nicht; sie haben da so eine ... Abmachung.«

Die ganze Welt wußte, worin diese Abmachung bestand: Nach insgesamt sechs Entbindungen, davon vier Fehlgeburten, hatte Lady Havering energisch ihr Desinteresse bekundet, und Lord Havering hielt sich an einer Londoner Ballettänzerin schadlos.

»Und ein solches Arrangement würdest du gern mit Harry treffen?« fragte ich und mochte meinen Ohren nicht trauen.

»Oh, nein«, sagte sie mißvergnügt. »Das geht nun mal nicht, solange kein Erbe da ist. Und so werde ich es... und so werde ich es wohl...« Sie ließ einen kläglichen kleinen Schluchzer hören. »Und so werde ich es wohl einfach ertragen müssen.«

Ich nahm ihre Hand, hielt sie mit festem Griff.

»Celia, hör mir zu«, sagte ich. »Im Oktober werde ich dir eine Schwester sein, und jetzt bin ich dir eine Freundin. Harry und ich, wir stehen uns sehr, sehr nah – und du weißt ja, daß wir gemeinsam Wideacre verwalten –, und er wird stets auf mich hören, weil er weiß, wie sehr mir seine Interessen am Herzen liegen. Ja, ich will dir eine gute Freundin sein. Ich werde dir bei Harry helfen. Ich kann mit Harry reden, und außer dir und mir braucht niemand zu wissen, was du mir erzählt hast. Ich kann dafür sorgen, daß zwischen euch beiden alles in Ordnung ist.«

Celias Augen forschten in meinem Gesicht.

»Oh, wenn du das tun könntest!« sagte sie. »Aber wird Harry denn nichts dagegen einzuwenden haben?«

»Überlaß das nur mir«, sagte ich. »Ich stelle nur eine Bedingung.« Ich hielt inne und sah, daß die Kirschen auf ihrem kleinen Bonnet zitterten. Kein Zweifel: Um Harrys Umarmungen zu entgehen, würde sie mir alles versprechen.

»Ich mache zur Bedingung, daß du mir stets alles über dich und Harry erzählst – alles.«

Sie nickte so heftig, daß die Kirschen wild zu pendeln begannen.

»Sollten sich deine Gefühle ihm gegenüber ändern – oder auch sein Verhalten dir gegenüber –, so wirst du mir das sofort sagen.«

Wieder schaukelten die Kirschen, und sie hielt mir ihre Hand hin.

»Oh, ja, Beatrice. Laß uns diese Abmachung mit einem Handschlag besiegeln. Ich verspreche dir, daß du immer meine beste und engste Freundin sein wirst. Ich werde dich immer ins Vertrauen ziehen, und ich will es an Gefälligkeiten nie fehlen lassen. Was immer du dir wünschst, sollst du haben, sofern es mir möglich ist.«

Ich lächelte und küßte sie, gleichsam zur Bestätigung, auf die Wange. Sie hatte nur eines, das ich mir wünschte – das ich mir jemals wünschen würde –, und sie hatte, ohne es zu wissen, wohl schon den entscheidenden Schritt getan, mir auch zu geben, was ich von Herzen begehrte: meinen Bruder Harry.

6. Kapitel

Nach der Rückkehr von der Ausfahrt dachte ich an alles andere als an Rüben und Rübenfelder. In meinen Schläfen spürte ich den jagenden Puls. Celias Enthüllungen über Harrys »Zudringlichkeiten« hatten Eifersucht und Begierde in mir geschürt. Mochte sie auch froh darüber sein, mir sozusagen die Kontrolle über ihr Eheleben zu überlassen; mir war nicht entgangen, daß Harrys Augen geradezu an ihr hingen, selbst wenn ich in der Nähe war. Ich erinnerte mich, wie er sich, als wir Seite an Seite beim Rübenfeld standen, tief vorgebeugt hatte, um unter dem aufgespannten Sonnenschirm Celias blasses, hübsches Gesicht betrachten zu können.

Ich ließ sie im Salon und ging auf mein Zimmer, um mein Bonnet abzunehmen. Das Bild, das mir der Spiegel zeigte, weckte in mir wenig Freude. Falls Harry Zucker und Sahne vorzog, war meine klare, starke Schönheit für mich kaum von Nutzen. Die grünen Augen, die mich aus dem Spiegel anblickten, brannten vor Verlangen, und ich konnte mir einfach nicht vorstellen, daß irgendein Mann, wenn ich ihn nur wirklich haben wollte, mich zurückweisen würde. Seufzend preßte ich die Stirn gegen das kühle Glas und sehnte mich nach Harry.

Mit rauschenden Röcken stieg ich wieder die Treppe hinunter zum Salon. Celia mochte Harrys Liebe nicht begehren, doch sie besaß sie. Ihr galten seine ausgesuchte Höflichkeit und seine sanften Worte, ihr seine aufmerksamen, liebevollen Blicke. Gewiß war ich weit häufiger mit ihm zusammen als sie, doch – einen jener magischen Augenblicke konnte es zwischen uns kaum geben. Dauernd wurden wir gestört; dauernd tauchte Mama auf, schien ihren geliebten Sohn nicht aus den Augen lassen zu können.

Auf dem nächsten Treppenabsatz blieb ich unwillkürlich stehen. Irgendwie war es einer Stallkatze gelungen, durch die Hintertür hereinzuschlüpfen. Jetzt hockte sie, gleichsam stolzgeschwellt, im Korridor der ersten Etage. Mama, die krank wurde, wenn sie sich mit einer Katze im selben Raum befand, hatte strenge Anweisung gegeben, keine Stallkatze ins Haus eindringen zu lassen. Also wäre es das Nächstliegende gewesen, die Katze hinauszuscheuchen und den Korridor zu lüften, um Mama einen ihrer qualvollen Anfälle von Atemnot zu ersparen, wenn sich ihr sonst so weißes Gesicht gelblich verfärbte. Sie hatte ein schwaches Herz, und nach ihrem letzten Anfall war sie von dem Londoner Spezialisten eindringlich ermahnt worden, sich ja nicht der Gefahr eines weiteren Anfalls auszusetzen. Daher wurde die Anweisung, Katzen von ihr fernzuhalten, streng befolgt, und ich hätte das Tier entfernen sollen, bevor Mama zum Umkleiden heraufkam.

Doch irgend etwas ließ mich zögern. Dabei hatte ich keinerlei Plan, nicht einmal einen klaren Gedanken. Es war meine Leidenschaft für Harry, die mich trieb; so, als hätte ich keinen eigenen Willen. Es verlangte mich so sehr danach, mit Harry allein zu sein, und mein Körper, in seiner qualvollen Sinnlichkeit, handelte wie von selbst. Ich fürchtete Mamas scharfe Augen, ihr instinktives Wissen um mich: ihre, wenn man so wollte, Witterung für meinen Zustand.

Wir sahen uns an, die Katze und ich; grüne Augen begegneten einander, und beide schienen wir wortlos zu wissen, worum es ging. Unter meiner vorgestreckten Hand öffnete sich die Schlafzimmertür, und gehorsam und stolz zugleich, mit hocherhobenem Schwanz, stolzierte die Katze hinein, und ich schloß die Tür hinter ihr.

Was ich da eigentlich getan hatte, begriff ich nicht so ganz. Auch hätte ich nicht einmal sagen können, ob ich die Katze hineingelassen hatte, oder ob es nicht die Katze selbst gewesen war, die sich einließ, wobei ich gleichsam nur den Handlanger spielte. Die Katze, Mama, Harry und ich, wir alle schienen eingefangen in ein Spinnweb, das irgend jemand anders gesponnen hatte.

Jetzt ging ich hinunter in den Salon, und mein Gesicht war so klar und so ruhig wie der Fenny an einem Sommertag und meine Augen so unergründlich wie die der Katze im Schlafzimmer meiner so anfälligen Mama.

Ich setzte mich neben Celia und begleitete sie auf dem Piano, sang sogar ein kleines Duett mit ihr, wobei ihre helle, hohe Stimme meine dunklere gleichsam führte. Dann sangen Harry und sie ein Volkslied, und ich nutzte den Augenblick, um mich zu entschuldigen und die Treppe hinaufzugehen.

Das liebe Katzentier hatte überall auf dem Fußboden Pfützen hinterlassen, die ich aufwischen mußte. Außerdem hatte es sich auf Mamas Bett bequem gemacht und auf dem Kissen gesonnt: genau dort, wo in der Nacht Mamas Kopf liegen würde. Ich packte die Katze beim Genick und trug sie die Hintertreppe hinunter, um sie dann draußen auf dem Hof abzusetzen.

An diesem Abend zogen wir uns schon frühzeitig zurück, doch gegen Mitternacht hörte ich das Knallen einer Tür und Fußgetrappel. Wahrscheinlich war es Mamas Zofe, die ihr aus der Küche einen Topf mit heißem Molketrunk und für ihre kalten Füße eine Wärmepfanne brachte. Ich hätte wohl aufstehen sollen, um nachzusehen, ob ich irgendwie helfen konnte, und so halb spielte ich auch mit diesem Gedanken, doch in meinem Bett war's so angenehm warm, und ich fühlte mich sehr schläfrig. Bald schlief ich wieder fest.

Als ich Mama am Morgen besuchte, waren die Fenster abgedunkelt, und im Zimmer roch es nach Kampfer und Lavendel. Ganz still lag sie in dem großen Bett, den Kopf mit dem weißen Gesicht auf jenen Kissen, wo die Katze gelegen und sich das schmutzige, verfilzte Fell geleckt hatte.

»Es tut mir ja so leid, mein Liebes, aber ich kann nicht sprechen. Ich fühle mich so krank, so unglaublich krank«, sagte Mama mit zittriger Stimme. »Bitte sag Harry, er soll sich keine Sorgen machen. Es wird mir schon bald wieder besser gehen.«

Ich murmelte mitfühlend und beugte mich zu ihr, um sie zu küssen. Ihr Gesicht war vor Schmerz verzerrt, und sie war weiß wie ein Laken. Ihre Lippen zitterten, mühsam ging ihr Atem, und sie dauerte mich, wirklich und wahrhaftig; doch was konnte ich für ihren Zustand? Ich hatte keinen Plan gehabt, konnte also auch keines geplanten Verbrechens schuldig sein. Es waren die trügerischen, unverläßlichen Götter des Landes, die auf Wideacre irgend etwas Verhextes in Gang gesetzt hatten, und mir blieb nichts anderes übrig als ihnen blindlings zu folgen, wohin sie mich auch führten.

Doch fühlte ich mich ganz und gar nicht wohl in meiner Haut. Mamas Schmerzen, ihr beengtes Keuchen – ich litt geradezu mit ihr. Ja, mir war elend zumute.

»Mama«, sagte ich stockend. Ihr Lächeln, und sei es auch noch so schwach, würde mir Zuversicht geben: daß sie sich schon in wenigen Tagen wieder erholte; daß ihr noch genügend Zeit bleiben würde, mich zu lieben; daß sie es noch lernen würde, mich zu schätzen, ihrer Vernarrtheit in Harry gleichsam zum Trotz. Vielleicht würde ich am Ende sogar noch ihr Lieblingskind werden.

Sie öffnete die müden Augen und sah mein angespanntes Gesicht.

»Ist schon gut, Beatrice«, sagte sie mit einem Hauch von Ungeduld.

»Geh du nur frühstücken und reite auch aus, wenn du magst. Ich brauche jetzt nur Ruhe.«

Nur zu deutlich verriet der Unterton ihrer Stimme, daß sie mich nicht um sich haben wollte; und noch immer vermochte sie es, mich zu verletzen. Sie wandte ihr Gesicht von mir ab ohne das Lächeln, auf das ich gehofft hatte. Nein, hier brauchte ich nicht länger zu bleiben. Fast geräuschlos zog ich die Tür hinter mir ins Schloß, und dann verbannte ich Mama aus meinen Gedanken.

In ihrer Abwesenheit führte Harry mich zu Tisch an jenem Abend, und zum erstenmal in unserem Leben saßen wir einander am Kopf- und Fußende der von Kerzen erleuchteten Tafel gegenüber und speisten allein. Obwohl Mamas Zimmer so weit entfernt lag, daß unsere Gespräche sie nicht stören konnten, dämpften wir unsere Stimmen, was die Intimität der Atmosphäre allerdings nur noch erhöhte. Der von Kerzen erhellte Raum glich einer kleinen Insel des Friedens und der Zufriedenheit im dunklen Haus inmitten des dunklen Landes. Ich blieb bei Harry sitzen, als er nach der Mahlzeit noch seinen Port trank, und anschließend begaben wir uns dann zusammen in den Salon. Wir spielten Karten, bis Stride den Teetisch hereinbrachte. Als ich Harry seine Teetasse reichte, streiften sich unsere Finger, und die Berührung ließ mich lächeln, jedoch nicht erzittern. Dann saßen wir in geselligem Schweigen vor dem Feuer. Harry schien in die Betrachtung der brennenden Scheite versunken. Als er einmal den Kopf hob, lächelte er mich an, und ich erwiderte sein Lächeln ohne den leisesten Hauch von Begierde.

Dieser Abend war wie eine Insel des Friedens inmitten eines reißenden Stroms von Verlangen. Da ich Harry hier ganz für mich hatte, konnte ich einfach dasitzen und lächeln und träumen. Mit einem keuschen, brüderlichen Kuß auf der Stirn ging ich zu Bett, und nach mehr verlangte es mich nicht. Mein Schlaf in dieser Nacht war tief und gesund, ohne verworrene Träume voller Begierde. Endlich hatte ich Harrys Zuneigung und ungeteilter Aufmerksamkeit sicher sein können, und das schien mir damals sehr viel zu sein. In dieser schwerelosen und zauberhaften Nacht glaubte ich sogar, es sei genug.

Der nächste Tag war so lieblich, daß wir beschlossen, uns von allen Pflichten frei zu machen. Zusammen ritten wir hinauf zu den Downs. Da ich die Trauer jetzt nicht mehr so streng einzuhalten brauchte, hatte ich mir ein hellgraues Reitkostüm machen lassen, das mir ausgezeichnet stand. Der Rock war aus weichem Wollstoff und die schicke kleine Jacke aus grauem Samt. Eine graue Samtmütze von gleicher Tönung rundete mein Erscheinungsbild ab, und ich hatte das Gefühl, daß ich auf diese Weise die sogenannte »zweite« Trauer, die Nachtrauer, noch jahrelang würde ertragen können. Helle Farbtöne waren allemal das Beste, um meine Figur zur Geltung zu bringen.

Oben auf den Downs blies der Wind stärker und riß mir die Mütze vom Kopf. Sofort jagten Harry und ich auf unseren Pferden um die Wette hinterher. Harry gewann. In Wahrheit ließ ich ihn gewinnen, indem ich mein Tier zügelte. Er beugte sich tief im Sattel vor und hob die Mütze mit dem Stiefel seiner Reitpeitsche vom Boden auf. Dann kam er zurückgaloppiert und reichte sie mir mit schwungvoller Geste. Ich dankte ihm mit einem Lächeln, in das ich mein ganzes Herz legte.

Schulter an Schulter schritten unsere Pferde die alte Schafsdrift oben auf den Downs entlang, und wir spähten südlich in Richtung See. Jubelnd stiegen Lerchen höher und immer höher und klappten dann ihre Flügel zusammen und stürzten wie Steine auf die Erde zu. Vom Wald her schallten die Rufe eines Kuckuckspärchens, hemmungsloses Liebeslocken, und überall war das träge Kratz-kratz der Grashüpfer und das Surrgesumm der Bienen.

Ich befand mich auf meinem Land, zusammen mit dem Mann, den ich brauchte, und nur für mich hatte er Augen. Heute war Harry niemandes Sohn und niemandes Verlobter. Er war mit mir allein, und mein eifersüchtiges, hungriges Herz konnte ruhig sein, wußte es doch, daß wir den ganzen Tag und den ganzen Abend niemanden sonst sehen würden. Keiner würde die Räume betreten, in denen ich mit ihm allein sein wollte. Einzig mich würde er ansehen und anlächeln.

Beim Gehen rieben die Pferde ihre Schultern gegeneinander, und wir sprachen über das neueste Buch, das Harry sich in Sachen Agrikultur besorgt hatte. Wir sprachen auch über das Haus und die Veränderungen, die es im Oktober geben würde. Plötzlich begann Harry von Celia zu reden.

»Sie ist so rein, Beatrice, so unschuldig. Ich achte sie so sehr«, begann er. »Ein Mann, der sie in irgendeiner Weise zu... zwingen versucht, muß wahrhaftig ein Unhold sein. Sie gleicht einem wunderschönen Stück Dresdener Porzellan. Findest du nicht auch?«

»Oh, ja«, versicherte ich bereitwillig. »Sie ist schön und so süß wie ein Engel. Vielleicht ein bißchen allzu scheu?« Indem ich meine Stimme hob, wurde aus der Feststellung eine behutsame Frage.

»Und so nervös«, ergänzte Harry. »Bei diesem Rohling von einem

Stiefvater kann sie ja nicht einmal ahnen, wie sehr eine Ehe von Liebe erfüllt sein kann.«

»Wie bedauerlich«, sagte ich vorsichtig. »Wie bedauerlich, daß ein so liebliches Mädchen, daß deine zukünftige Frau so kühl ist.«

Harry warf mir einen raschen, durchdringenden Blick zu.

»Genau das ist es, was ich fürchte«, gestand er offen.

Unsere Pferde trotteten in eine überdachte kleine Mulde und blieben stehen, um sich an jungem Frühlingsgras gütlich zu tun. Hinter uns stieg die Anhöhe steil empor, und gegen Norden hin schirmte uns ein Dickicht aus Haselnußsträuchern ab. Wenn man dort saß, war man vor fremden Blicken völlig geschützt, konnte seinerseits jedoch nach Süden hin weit Ausschau halten über England. Harry schwang sich aus dem Sattel und band sein Pferd an. Ich meinerseits blieb oben sitzen und ließ mein Tier bei gelockertem Zügel grasen.

In meinen Ohren war ein Singen, so süß und beharrlich wie das Singen der Lerche, und ich wußte, daß es der Zauber von Wideacre war: das Summen des Spinnrads, das unsere Lebensfäden zusammenspann.

»Du bist ein Mann mit starken Leidenschaften«, sagte ich.

Harry stand neben dem Kopf meines Pferdes, und während er hinausblickte über unser Land, sah ich sein Profil: so klar und stark wie das einer griechischen Statue. Mein Körper sehnte sich nach ihm; doch es gelang mir, meine Stimme unter Kontrolle zu halten.

»Ich kann es nicht ändern«, sagte er, und in seine goldbraunen Wangen stieg heftige Röte.

»Das verstehe ich nur zu gut«, sagte ich. »Es ist bei mir ja nicht anders. Das liegt uns so im Blut, glaube ich.«

Harry warf mir einen raschen Blick zu. Ich schwitzte vor Nervosität wie eine Stute, die dem Hengst zugeführt wird. Ich spürte die Nässe meiner Achselhöhlen, doch mein Gesicht blieb ruhig und beherrscht.

»Eine Lady kann eine perfekte Lady sein«, begann ich. »Ihr öffentliches Verhalten kann untadelig sein; und dennoch kann sie Verlangen empfinden, wenn sie liebt und wenn sie gut gewählt hat.«

Harry starrte mich an. Ich wollte weitersprechen, konnte jedoch keine Worte finden. Und so erwiderte ich einfach seinen Blick, und jetzt drückte mein Gesicht all meine Leidenschaft und all mein Verlangen aus, so daß er sehen mußte, wie es in Wahrheit zwischen uns stand.

»Du hast einen Verlobten?« fragte er verwundert.

»Nein!« explodierte ich. »Und ich möchte auch niemals einen haben!«

Ich sprang vom Sattel und streckte die Arme nach Harry. Er fing mich auf, während ich hinunterglitt, und ich packte seine Rockaufschläge und weinte fast vor Zorn und Frustration.

»Oh, Harry!« sagte ich. Und plötzlich begann ich zu schluchzen, konnte die Tränen nicht länger zurückhalten. Qual erfüllte mein Herz, wurde unerträglich. »Oh, Harry! Oh, Harry, du, meine Liebe!«

Er erstarrte, schien durch meine Worte buchstäblich in Stein verwandelt. Ich schluchzte und schluchzte, konnte meine Tränen nicht beherrschen. Niemals würde er mich lieben, mein Leben war sinnlos. Wie sehr hatte ich mich doch nach seiner Berührung, seiner Umarmung gesehnt! Jetzt hielt er mich in seinen Armen, jedoch ...

Jedoch? Noch immer hielt er mich in seinen Armen, und ganz fest umschlangen sie meine Taille. Ich hörte auf zu schluchzen und lehnte mich ein wenig zurück, um sein Gesicht betrachten zu können.

In Harry brannte das Verlangen, und jetzt spürte ich unter meinen Händen auch das Hämmern seines Herzens. Seine Lippen zitterten leicht, und er starrte mich an, als wollte er mich verschlingen.

»Es ist eine Sünde«, sagte er leise.

Rings um mich drehte sich alles. Ich konnte Harry kaum verstehen; und angestrengt suchte ich nach den richtigen Worten.

»Das ist es nicht«, sagte ich. »Oh, nein, Harry. Es ist richtig. Du kannst doch fühlen, daß es richtig ist. Es ist keine Sünde. Es ist keine Sünde. Es ist keine.«

Er beugte sich zu mir, und mit halbgeschlossenen Augen erwartete ich seinen Kuß. Er war so nah, daß ich auf meinem Gesicht seinen Atem spürte, ja sogar den Luftstrom aus seinem Mund in mich einatmete. Doch er küßte mich nicht.

»Es ist eine Sünde«, sagte er leise.

»Es ist schlimmer als eine Sünde, für alle Zeit mit einer Frau verheiratet zu sein, die so kalt ist wie Eis«, sagte ich. »Es ist schlimmer, mit einer Frau zu leben, die dich nicht lieben kann, die überhaupt nicht weiß, was Liebe ist, während ich Tag für Tag vor Sehnsucht nach dir vergehe. Oh, bedaure mich, Harry! Wenn du mich schon nicht lieben kannst, dann bedaure mich.«

»Ich kann dich lieben«, widersprach er mit eigentümlich rauher Stimme. »Oh, Beatrice, wenn du wüßtest! Doch es ist eine Sünde.«

Er klammerte sich an diese fünf Wörter wie an einen Schutzschild, der ihn davor bewahren sollte, seinen Kopf noch eine Winzigkeit vorzubeugen, um mich leidenschaftlich zu küssen. Deutlich spürte ich das Verlangen in seinem angespannten Körper, doch er hielt sich unter Kontrolle. Er liebte mich, er begehrte mich, und trotzdem wollte er mich nicht berühren. Ich konnte seine Nähe, diese Fast-Berührung, nicht länger ertragen. Und so stieß ich meinen Kopf vor und biß Harry mit aller Kraft in die so aufreizend-verlockenden Lippen. Von einer Schlaufe an meinem Handgelenk baumelte meine Reitpeitsche. Ich packte sie wie einen Dolch und stieß den Stiel hart gegen Harrys Oberschenkel.

»Harry, ich werde dich töten«, sagte ich und meinte es ernst.

Sein Mund blutete, und er löste eine Hand von meiner Taille und berührte mit den Fingern seine Lippen, starrte dann auf das Blut an seiner Hand. Plötzlich stieß er eine Art Grunzen aus und warf sich mit seinem vollen Gewicht auf mich. Er zerrte, er riß an meiner Reitkleidung, und als die oberen Knöpfe nachgaben und der Stoff auseinanderklaffte, vergrub er sein Gesicht in meinen Brüsten und küßte und biß, hemmungslos. Ich zerrte seine Breeches zu seinen Knien hinab, und er schob meine Röcke und Petticoats hoch.

Noch immer halb angekleidet, jedoch in zügelloser Ungeduld, wälzten wir uns zusammen im Gras, und mit ebenso hektischen wie ungeübten Stößen schwang Harry seinen Körper gegen mich, stach seine erregte Steifheit blindlings gegen meine Schenkel, meinen Rücken, gegen meine feuchte, weiche Mitte, bis er dann schließlich die genaue Stelle fand und in mich eindrang, eine schreckensvolle Sekunde, ein lustvoller Augenblick. Es war, als werde mit einem Faustschlag ein Vorhang zerrissen. Unwillkürlich hielten wir inne, wie erstarrt, fast wie betäubt. Dann schüttelte er mich, wie ein Terrier eine Ratte schüttelt, und plötzlich begann ich zu schreien und umklammerte ihn mit meinen Armen, meinen Beinen. Unsere Leiber waren die Leiber wild sich windender Schlangen, bis Harry mit einem Schrei, einem Brüllen fast, erschlaffte und ganz still lag, während ich, noch immer hungrig, ja gierig, mich auf dem weichen Gras hochbäumte, wieder und wieder, bis dann auch ich mit einem Stöhnen der Erlösung zur Ruhe kam.

Langsam öffnete ich die Augen und sah Harrys Kopf vor unserem blauen Himmel, wo singend die Lerchen stiegen. Der Squire von Wideacre lag schwer auf mir. Sein Samen war in mir, sein Land unter unseren wie zusammengewachsenen Leibern; in meiner Hand hielt ich ein Büschel von unserem Gras, und die kleinen Wildblumen und Kräuter unter mir waren benetzt von meinem Schweiß. Endlich, endlich hatte ich Wideacre *und* den Master. All die qualvolle Sehnsucht, die mich mein Leben lang erfüllt hatte, all die neidvoll-eifersüchtige Anspannung – plötzlich war ich davon befreit.

Unwillkürlich stieß ich ein Schluchzen aus, einen Laut der Erlösung.

Harry schrak zusammen, rollte von mir herunter, und ich sah sein Gesicht: ein Bild von Schuld und Elend.

»Mein Gott, Beatrice, was kann ich sagen?« fragte er hilflos. Er setzte sich auf und vergrub sein Gesicht in den Händen. Mit vorgebeugtem Kopf und hängenden Schultern saß er, und ich setzte mich neben ihn, schloß am Hals mein Gewand und legte sacht meine Hand auf seine Schulter. Noch zitterte mein Körper vom rauhen Liebestaumel, noch fühlte ich mich zu betäubt, um richtig zu begreifen, was mit Harry eigentlich los war.

Er hob den Kopf, wandte mir sein trauriges Gesicht zu und sah mich tief zerknirscht an.

»Mein Gott, Beatrice! Ich muß dir ja furchtbar weh getan haben! Dabei liebe ich dich doch so! Was kann ich sagen? Ich schäme mich so sehr!«

Für einen Augenblick starrte ich ihn verständnislos an; dann begann mir allmählich zu dämmern, was in ihm vorging. Er empfand mir gegenüber eine tiefe Schuld, weil er glaubte, eine Art Vergewaltigung begangen zu haben.

»Ja, es ist meine Schuld«, beteuerte er. »Seit dem Tag, wo ich dich vor dem Wüstling gerettet habe, war ich voller Verlangen nach dir. Möge Gott mir vergeben, Beatrice, aber im Geist habe ich dich immer wieder so gesehen wie damals: nackt auf dem Boden. Vor ihm habe ich dich damals gerettet – doch bloß, um dich nun selber zu schänden!« Wieder vergrub er seinen Kopf verzweifelt in seinen Händen. »Beatrice, beim Himmel, ich hab' das wirklich nicht gewollt«, murmelte er undeutlich. »Ich mag ja ein Schurke sein, aber weiß Gott kein Schurke, der so etwas plant. Ich habe mir wahrhaftig nicht träumen lassen, daß eine solche Sache zwischen Bruder und Schwester geschehen kann. Es ist ganz und gar meine Schuld, dazu stehe ich. Aber, Beatrice, ich wußte ja nicht, daß so etwas überhaupt möglich ist.«

Zärtlich strich ich ihm über seinen zerquälten Kopf.

»Es ist nicht allein deine Schuld«, sagte ich behutsam. »Und eigentlich gibt es gar keine Schuld. Du hast von mir geträumt, und ich habe von dir geträumt. Für Schuld ist gar kein Bedarf.«

Er hob den Kopf, und in seinen tränenfeuchten Augen glomm ein Hoffnungsfunke auf.

»Aber es ist doch eine Sünde«, sagte er mit unsicherer Stimme.

Ich zuckte die Achseln, und diese Bewegung ließ mein Kleid wieder aufklaffen, so daß eine Schulter und der Ansatz meines Busens entblößt wurden, was Harry nicht entging.

»Ich habe nicht das Gefühl, daß es eine Sünde ist«, sagte ich. »Ich weiß es, wenn ich etwas Unrechtes tue, und dies scheint mir nichts Unrechtes zu sein. Vielmehr kommt es mir so vor, daß ich jetzt dort bin, wo ich sein sollte, wohin ich mein Leben lang gestrebt habe. Und darin kann ich nichts Unrechtes sehen.«

»Es ist aber unrecht«, sagte Harry. Sein Blick haftete am aufklaffenden Spalt meines Kleides. »Es ist unrecht«, wiederholte er. »Und man kann nicht sagen, etwas sei keine Sünde, bloß weil man dabei kein schlechtes Gefühl hat...«

Seine Stimme klang so, als bete er Pastorensprüche her. Ich lehnte mich zurück und schloß die Augen. Harry streckte sich neben mir aus, stützte sich auf einen Ellenbogen. »Du denkst nicht logisch, Beatrice...«, sagte er und verstummte. Er beugte sich zu mir und küßte mich so sanft auf die Augenlider, daß es schien, ein Downland-Schmetterling husche über eine Blume hinweg.

Ganz still lag ich, bewegungslos wie ein Blatt, während seine sanften Küsse gleichsam eine Spur über meine Wange zogen, hinunter zum Hals, über die Kehle, bis zur glatten Haut zwischen meinen Brüsten. Mit Nase, Wange, Mund schob er den Stoff beiseite, bis mein Busen freilag, und dann nahm er eine der steifen Brustwarzen zwischen seine Lippen.

»Es ist eine Sünde«, sagte er fast unhörbar.

Seine Augen waren geschlossen, und so konnte er mein Lächeln nicht sehen.

Ich lag sehr still; spürte die Sonne auf meinen Augenlidern und fühlte, wie Harry sich langsam wieder über mich zu schieben begann; bemerkte genau, wie er wieder steif wurde dort unten. Mochte er auch in Rhetorik bewandert sein, ich hatte die singende Magie von Wideacre für mich; und die unwiderstehliche Anziehungskraft zweier junger Leiber.

»Es ist eine Sünde, und ich werde es nicht tun«, sagte Harry. Doch damit steigerte er nur unsere Erregung, seine wie meine.

»Ich werde es nicht tun«, wiederholte er, während er es tat. Rhythmisch begannen wir uns zu bewegen, und er glitt in mich hinein wie ein Otter in tiefes Wasser.

»Beatrice, mein Liebes«, sagte er. Ich öffnete die Augen und lächelte ihn an.

»Harry, mein Geliebter«, sagte ich. »Meine einzige Liebe.«

Er preßte seine Lippen auf meinen Mund, und ich spürte gleichzeitig, wie sich seine Zunge und seine Steifheit in mir bewegten. Diesmal machten wir es langsamer und sinnlicher, und diesmal drehte und wandte ich mich unter ihm, damit er mich besser spüren konnte. Seine stoßenden Bewegungen, so linkisch sie auch waren, brachten mich vor Wollust fast um den Verstand. Dann ging es schneller; schneller und immer schneller; bis unsere Gefühle buchstäblich zu explodieren schienen und Harry sich emporbäumte: Mich mit den Händen bei Kopf und Schultern packend, stieß er mich in Triumph und Ekstase mehrmals ins weiche Gras zurück.

Dann lag er lange, sehr lange still.

Wir lösten uns voneinander und ordneten unsere Kleider. Mein Gemüt war ruhig, doch mein Körper schmerzte. Aus einer Satteltasche holte ich Schinken, helles, noch backwarmes Brot, einen Krug Bier für Harry und ein Körbchen voll Wideacre-Erdbeeren. Seite an Seite sitzend, ließen wir die Blicke über unser Land schweifen und schlangen das Essen in uns hinein. Ich war so hungrig, als hätte ich eine Woche lang gefastet. Von einer Quelle weiter unten bei einem Buchenhain holte Harry in einem Becher für mich Wasser, und ich trank. Das Wasser war eiskalt und schmeckte süß und irgendwie grün.

Die ganze Zeit über schwiegen wir, und selbst nachdem wir die letzte Erdbeere verzehrt hatten, blieben wir stumm. Ich streckte mich auf dem Rücken aus und blickte zum Himmel empor, und nach kurzem Zögern legte sich Harry neben mich und stützte dann seinen Kopf auf eine Hand, um mich zu betrachten. Mit der anderen Hand strich er mir sanft und nervös über das Gesicht. Als ich lächelte, nahm er eine Strähne meines aufgelösten Haars und wickelte sie sich um den Finger.

»Es hat dir gefallen«, sagte er. Er hatte mein Entzücken gesehen und gefühlt, und zu meiner Erleichterung bedurfte es keiner Lüge zwischen uns.

»Ja«, sagte ich und rollte so herum, daß ich ihm gleichsam spiegelgerecht gegenüberlag.

»Und es kommt dir nicht unrecht vor?« Sein Körper hatte Harrys moralische Skrupel überrollt, doch er brauchte beschwichtigende Worte, würde sie wohl immer brauchen. Selbst jetzt, durchwärmt noch von Lust, von Liebkosungen ermattet, mußte er sprechen: mußte den wortlosen Zauber in der Luft und in der Erde rings um uns in Worte kleiden.

»Wir sind die Laceys von Wideacre«, sagte ich nur. Noch immer schien es mir, daß dieser Satz, Ausdruck unseres Familienstolzes, die einzige Erklärung war, die ich für mein Verhalten jemals brauchte, auch wenn der Mann, von dem er stammte, inzwischen tot war und sein Sohn, mein Bruder, in meinen Armen gelegen hatte.

»Wir sind die Laceys von Wideacre«, wiederholte ich. Harrys Gesicht blieb ausdruckslos. Er brauchte Worte und komplizierte Erklärungen. Etwas Einfaches tat's bei ihm nicht. »Wen anders könnte es für mich geben?« fragte ich. »Wen anders könnte es für dich geben? Auf unserem eigenen Land, wenn wir herrschen. Wer sonst wohl käme jemals in Frage?«

Harry lächelte. »Du bist so stolz wie ein Pfau, Beatrice«, sagte er. »Wideacre ist eher ein kleiner Grundbesitz, das weißt du ja. Es gibt größere; und es gibt ältere Namen.«

Ich forschte in seinem Gesicht. Scherzte er? Es *konnte* doch wohl nur ein Scherz sein. Doch zu meiner Verblüffung meinte er es ernst. Aber wie konnte er Wideacre nur mit anderen Besitzungen vergleichen, so als sei das für uns Laceys möglicherweise austauschbar; als könnten wir gegebenenfalls auch irgendwo anders leben.

»Schon möglich«, sagte ich. »Aber sie bedeuten nichts. Hier auf diesem Land gibt es nur einen Master und eine Mistreß, und sie sind immer Laceys von Wideacre.«

Harry nickte. »*Aye,* das klingt gut«, sagte er. »Und was sich zwischen dir und mir abspielt, ist eine Privatangelegenheit, die niemanden etwas angeht. Wie du sagst: Unser Land ist unsere Sache. Doch wir werden uns zu Hause sehr vorsichtig verhalten müssen.«

Unwillkürlich weiteten sich meine Augen. Ich hatte Harry klarmachen wollen, daß wir unausweichlich ein Liebespaar werden mußten, so wie eine Jahreszeit der anderen folgt. Ich selbst war doch das Herz von Wideacre, so wie er der Halbgott der Ernte gewesen war. In dem Augenblick, wo ich für ihn das Scheunentor geöffnet hatte, hatte ich ihm mein Herz geöffnet. In dem Augenblick, wo die Ernte für ihn grünte, gehörte er mir. Ich nahm ihn ebenso mühelos und ebenso natürlich in mich auf, wie Kreide Regen in sich aufnimmt. Doch Harry begriff nichts von all dem. Was er herausgehört hatte, und worüber er jetzt nachdachte, das war, daß wir uns auf unserem Land treffen und uns heimlich lieben konnten. Er hatte recht. Wollten wir uns in Heimlichkeit und Sicherheit lieben, so mußten wir sehr umsichtig vorgehen. Meine Vorstellung von dem kalkblauen Schmetterling, der die Blume besuchte, entsprach allerdings ganz und gar nicht jenem Bild, auf dem Harry die Blicke der Nachbarn scheute und die Bediensteten täuschte. Ich hatte ganz einfach nicht so weit gedacht: hatte gemeint, daß jener Zauber, der uns zu dieser Mulde geführt hatte, uns die Freiheit lassen würde, wie sie etwa ein Reiherpaar besitzt, das fast den ganzen Fluß als sein ureigenes Revier betrachten kann.

Harry hatte den Verstand eines Mannes, und er benutzte ihn jetzt, um auf Mittel und Wege zu sinnen, wo und unter welchen Umständen wir uns wohl lieben konnten.

»Meinst du, daß es im Haus für uns irgendwelche Möglichkeiten gibt?« fragte er. »Mein Schlafzimmer befindet sich ja direkt neben dem von Mama, und sie hat immer sehr helle Ohren für mich. Und dein Zimmer liegt in der zweiten Etage, wo ich keinen plausiblen Grund hätte, mich aufzuhalten. Aber natürlich müssen wir zueinander können, Beatrice.«

»Was ist mit dem Westflügel?« sagte ich. »Die Gästezimmer werden ja kaum jemals benutzt, und die Spülküche und der Frühstückssalon im Parterre sind geschlossen. Wie wär's, wenn wir den Salon in ein Büro für Verwaltungsarbeiten verwandeln würden. Und ich könnte das darüberliegende Gästezimmer beziehen.«

Harry grübelte mit gekrauster Stirn.

»Das Gästezimmer?« fragte er.

Ich lächelte. »Es stößt direkt an dein Zimmer«, sagte ich. »Es gab sogar mal eine Verbindungstür, die jedoch geschlossen wurde, um in jedem der beiden Zimmer ein nicht sehr tiefes Wandkabinett anzubringen. Das ließe sich aber mühelos wieder rückgängig machen. Und dann könnten wir zusammenkommen, wann immer wir wollten – Tag und Nacht.«

Harry strahlte wie ein Kind. »Oh, Beatrice«, sagte er. »Das wäre ja einfach wunderbar.«

»Gut, dann wird's so gemacht«, versicherte ich resolut, ohne länger irgendwelchen magischen Verträumtheiten nachzuhängen. »Gleich morgen werde ich die Arbeit in Gang setzen, und ich werde Mama nur sagen, daß wir ein Büro für den Verwaltungskram einrichten.«

Harry nickte, doch sein Gesicht wirkte wieder überschattet.

»Mama«, sagte er nachdenklich. »Der leiseste Schatten eines Verdachts würde sie umbringen. Ich könnte es mir niemals verzeihen, ihr einen solchen Kummer bereitet zu haben. Und dann ist da noch Celia. Und auch an deine Zukunft gilt es zu denken, Beatrice.«

Wieder konnte ich spüren, wie sich in Harry ein Wall von Worten aufbaute, und seufzend dachte ich an meine eigene Art zu lieben, wortlos, instinktiv, selbstverständlich. Um ihn nichts von meinen Gedanken ahnen zu lassen, Gedanken, die dem langen, heißen Sommer mit Ralph galten und der wortlosen Liebe zwischen uns, senkte ich die Augenlider.

Aber Harry war nun mal anders; so klug, so beredt. Sacht drückte ich seinen Kopf zurück ins süß riechende Gras und beugte mich über ihn. Harry lächelte, doch dann wurden seine Augen verlangend im Vorgefühl einer Liebkosung... doch die Liebkosung blieb aus. Ich schob mein Gesicht nahe an seinen Hals und spitzte die Lippen, küßte ihn jedoch nicht. Statt dessen blies ich sacht und beobachtete, wie seine Muskeln auf den dünnen, kühlen Atemstrom reagierten. Und während er noch so lag, leicht angespannt und schweigend, wortlos, ließ ich meinen Kopf tiefergleiten, über Harrys Brust hinweg, ohne ihn irgendwo zu berühren, nur eine unsichtbare Spur zeichnend mit meinem Atemstrom, eine gerade Linie von seinem sonnengebräunten Hals bis zur Mulde seines Nabels und dann weiter über das rauhe, gekrauste Haar, das in der Form eines Pfeils in die Tiefe seiner noch nicht wieder zugebundenen Breeches deutete. Als mein verheißungsvoller, kühler Atem das Kraushaar zwischen seinen gespreizten Beinen bewegte, hob ich ein wenig den Kopf und lächelte Harry zu. Mein Haar war wirr, mein Gesicht gerötet, meine grünen Augen glänzten vor Lust – vor Wonne über jeden Zoll des hingestreckten Körpers; und über meine ganz natürliche, mühelos ausgeübte Macht.

»Mach dir da weiter keine Gedanken, Harry«, sagte ich zu ihm mit leiser, betörender Stimme. »Denke lieber an das, was du jetzt gern tun würdest.«

Er brauchte nicht lange, um sich zu entscheiden.

Daheim ging es Mama noch immer schlecht, doch hatte sich die bläuliche Verfärbung ihrer Mundpartie inzwischen verloren, und sie atmete auch nicht mehr so mühselig. Eines der Unter-Zimmermädchen hatte Stride, dem Butler, gestanden, daß sie die Stalltür offengelassen hatte, und sie fürchtete, es sei ihre Schuld, daß eine Katze ins Haus gelangt war. Stride hatte ihr mit Entlassung gedroht. Vor dem Dinner wartete er in der Diele auf mich, um sich seine Entscheidung von mir bestätigen zu lassen. Ich fühlte mich entspannt und schläfrig – und wie in einem Dunstkreis aus Genugtuung und Zufriedenheit.

»Sie muß gehen«, sagte ich. Fast hatte ich vergessen, daß es meine Hand gewesen war, dort auf Mamas Türklinke. Das Mädchen wurde heimgeschickt nach Acre-Dorf, ohne Lohn und ohne Zeugnis. Mein

Kopf war zu sehr angefüllt mit meinem Glück, als daß da Platz gewesen wäre, mir eine bessere Lösung für die Entlassene auszudenken.

Stride nickte, und dann saßen wir beim Dinner, Harry am einen Ende der langen, polierten Tafel, und ich am anderen. Im Schein der Kerzen leuchteten wir wie ein Engelspaar, und der Raum schien von unserem Glück zu erstrahlen.

Beiläufig sprachen wir über das Land. Und wir sprachen über Mamas Gesundheit; und ob sie wohl gern für ein paar ruhige Tage an die See fahren würde; oder ob es für sie das Beste wäre, einen der hervorragendsten Ärzte in London aufzusuchen. Schließlich stellte Stride Obst und Ratafia vor mich hin, während er Harry Käse und Portwein servierte. Dann ging er hinaus und schloß die Tür hinter sich. Wir lauschten auf seine Schritte, die sich durch den Korridor in Richtung Küchenrevier entfernten. Das Schwingen einer Tür, ein leises Klappen – alles war still. Wir waren allein.

Harry füllte sein Glas bis zum Rand mit dem pflaumenfarbenen Wein und toastete mir zu.

»Beatrice«, sagte er. Ich hob ihm mein Glas entgegen, in förmlicher Geste, mit lächelndem Schweigen.

Über die ganze Länge der Tafel hinweg betrachteten wir einander in wechselseitigem und unbeschwertem Wohlgefallen. Nach dem ziemlich wilden Ausbruch unserer Leidenschaft oben auf den Downs war es ein ebenso eigentümliches wie echtes Vergnügen, die Förmlichkeit dieses Raums zu genießen. Es gefiel mir, Harry so elegant zum Dinner gekleidet zu sehen, so sehr wie mein Papa, und auf dem Stuhl meines Papas, indes ich gleichsam im Glanz meines tiefvioletten Seidenkleides erstrahlte.

Harrys Stimme durchbrach die Stille und den Zauber.

»Was ist mit meiner Heirat mit Celia?« fragte er. »Was sollen wir tun?«

Celia! Sie hatte ich beinahe vergessen. Ich war nicht in der Stimmung zum Nachdenken und Plänemachen. Träges Wohlgefühl erfüllte mich; ich glich einer Stallkatze nach der Paarung mit einem rauhen Kater. Aber Harry hatte recht: Wir mußten wegen Celia zu einer Entscheidung kommen. Und mit Genugtuung war mir bewußt, daß es unsere Entscheidung sein würde, Harrys *und* meine.

»Sie hat mich gebeten, mit dir zu reden«, sagte ich und mußte lächeln, als ich an Celias Angst vor Harrys Sexualität dachte. Auch Harry zeigte sich amüsiert, als ich ihm von dem Gespräch berichtete.

»Offensichtlich möchte sie zwar von Havering Hall fort, um Mistreß von Wideacre zu werden, jedoch widerstrebt es ihr, eine richtige Ehefrau zu sein.«

Harry nickte.

»Kalt ist sie, dacht' ich's mir doch.« Er wirkte wie umgewandelt. Plötzlich war Celias Jungfräulichkeit keine gepriesene Kostbarkeit mehr; er verabscheute jetzt ihre Frigidität.

»Sie schlägt also einen Handel vor, bei dem sie alles nimmt, ihrerseits jedoch nichts gibt?« fragte er bissig.

»Im Grunde«, sagte ich, »hat sie wohl nur große Angst. Du scheinst sie, nun ja, ein wenig rauh umworben zu haben.«

»Rauh!« rief er. »Beatrice, ich schwöre dir, daß ich sie nur auf die Lippen geküßt und in den Armen gehalten habe. Vielleicht drückte ich dabei auch ihre...« Er unterbrach sich. »Das kann man doch wohl kaum ›rauh‹ nennen, oder?« Offenbar erinnerte er sich an unsere Liebkosungen, denn ein zufriedenes Lächeln spielte um seine Lippen. Gemeinsam erhoben wir uns von der Tafel und standen dann nebeneinander am Kamin, blickten in die sacht züngelnden Flammen. Im Spiegel über dem Kamin konnte ich sehen, daß das Dunkelviolett des Kleides die Sonnenbräune meines lächelnden Gesichts sehr vorteilhaft betonte. Mehr denn je glichen meine Haselaugen denen einer Katze, und sie glänzten vor Zufriedenheit. Die Sonne hatte kupferfarbene Tupfer in mein Haar gesetzt, und sie schimmerten durch den leichten Puder hindurch. Harry stand kaum eine Armlänge von mir entfernt, und ich genoß den Reiz seiner körperlichen Nähe.

»Ihr liegt an einem Arrangement«, sagte ich.

»Ein Arrangement wie dieses?« fragte Harry ungläubig.

»Ich glaube schon«, sagte ich aufrichtig. »Sie weiß, daß Wideacre einen Erben haben muß und ist darauf vorbereitet. Doch scheint sie mir im Innersten eine kalte Frau zu sein, die es vorzieht, allein zu bleiben. Sie ist ein ruhiges und scheues Geschöpf, und das Leben auf Havering Hall muß eine Qual für sie sein. Was sie sich wünscht, sind die Position und der Friede von Wideacre, und sie ist bereit, dafür zu zahlen, und zwar mit einem männlichen Erben. Mehr allerdings auch nicht.«

»Wie würde uns das passen, Beatrice?« fragte Harry, und mir wurde warm ums Herz, war dies doch der Beweis dafür, daß jetzt mein Wort auf Wideacre galt. Ich würde darüber entscheiden, ob die Hochzeit stattfand oder nicht. Celia war jetzt nichts weiter als ein

Bauer auf dem Schachbrett meiner Wünsche. Und meinen Wünschen würde sich sogar meine Mama zu fügen haben. Ich hielt den Master von Wideacre in meiner Hand, und sein Land, seine Macht und sein Reichtum waren jetzt mein, so wie es sich gehörte.

Ich zuckte nur leicht die Achseln.

»Das ist ganz und gar deine Entscheidung, Harry«, log ich. »Allerdings ist eine Heirat ja Voraussetzung dafür, daß du an Wideacre die vollen Besitzrechte erlangst und die Kontrolle des Kapitals von den Advokaten auf dich übergeht. Andernfalls müssen wir warten, bis du mündig wirst. Celia, scheint mir, ist genausogut wie irgendeine andere. Die Pläne müssen durchgeführt werden, eine Annullierung wäre überaus schwierig. Im übrigen wäre Celia schon insofern für dich die ideale Gattin, als sie deine Gesellschaft nicht allzu oft benötigen wird, was es uns leicht macht, zusammen zu sein.«

Harry drehte den Kopf, warf mir einen forschenden Blick zu.

»Fandest du, daß ich rauh zu dir war, Beatrice?« fragte er mit eigentümlich dunkler Stimme.

Fürchtete er, mir weh getan zu haben? Dann würde ich ihn schleunigst beschwichtigen. Doch irgendein Instinkt ließ mich mit der Antwort zögern. War es nicht, als ob er immer dann die allergrößte Wonne empfand, wenn sich Schmerz und Lust miteinander mischten? Mir war ein solches Verlangen fremd; doch konnte ich jetzt beobachten, daß ihn die Vorstellung, mir weh getan zu haben, rascher atmen ließ, und daß sich seine Wangen röteten. Und das gefiel mir, steigerte seine Erregung doch meine Erregung. Auch wenn ich seine Art von Leidenschaft nicht mit ihm teilte, zufriedenstellen konnte ich ihn allemal.

»Ja, du hast mir weh getan«, sagte ich kaum hörbar.

»Und hast du Schmerzen?« fragte er lauernd, wie zum Sprung gespannt.

»Ich fühle mich ziemlich mitgenommen«, sagte ich. »Du hast meinen Kopf gegen den Boden gehämmert und meine Lippen gebissen, bis sie bluteten.«

Wir atmeten beide hastiger. Dennoch rührte ich mich nicht von der Stelle, bewegte mich keinen Zoll auf Harry zu.

»Hattest du Angst vor mir?« fragte er.

Unsere Blicke begegneten sich, und ich konnte unsere Familienähnlichkeit sehen. Bruder und Schwester, in den Augen genau den gleichen Ausdruck sinnlicher Begierde. In dieser wie glühenden Sekunde waren wir mehr als bloß Geschwister: wir waren wie Zwillinge.

»Ja«, sagte ich. »Aber ich werde mich revanchieren, indem ich dir weh tue.«

Ich hatte den Schlüssel für Harry, den Zauberstab. Zwei Statuen schienen sich in Bewegung zu setzen. Mit einem Arm zog er mich fest an sich, küßte mich brutal, biß. Die andere Hand glitt über meinen Rücken, und harte Fingernägel krallten sich durch den Seidenstoff in mein Gesäß. Mit unwiderstehlicher Kraft zwang er mich auf den Fußboden nieder, grob und völlig rücksichtslos. Dann hielt er mit einer Hand meine beiden Hände fest und zog mit der anderen Hand meine Röcke und Petticoats hoch. Als ich mich zu befreien versuchte, ließ er mich jedoch sofort los und verlangsamte seine ungeübten und ungeschickten Stöße. Doch ich befreite meine Hände nur, um ihn zu umarmen – und ihm zu helfen, in mich zu gleiten.

»Du, meine Liebe«, sagte ich. Pervers. Pompös. Lauter Worte. Aber noch war er der Squire von Wideacre, und ich wollte ihn in mir haben.

»Meine Liebe«, sagte ich.

Ich schlief in meinem eigenen Bett, und es war für mich der erste süße Schlaf seit dem Tod meines Vaters und Ralphs Verstümmelung. Harry hatte mich aus der grauenvollen inneren Anspannung befreit, und ich fand Ruhe. Nicht ein einziges Mal vernahm ich in dieser Nacht das Zuschnappen einer Menschenfalle oder das laute Krachen brechender Knochen. Auch schrak ich nicht aus dem Schlaf, weil ich das Klappen einer Tür zu hören glaubte, durch die ein grauenvoll entstellter Krüppel hereingekrochen kam, der seine in einer monströsen Falle eingeklemmten Beine hinter sich her schleppte. Harry, der goldene Harry, mein Liebling, hatte mich von all dem erlöst. Er hatte mich befreit aus der Dunkelheit, und ich empfand keine Furcht und keine Qualen mehr und auch keine Sehnsucht nach jenen, die ich geliebt hatte und die ich niemals wiedersehen würde.

Jetzt erschien mir ihr Verlust als etwas, das im natürlichen Lauf der Dinge lag. Wenn man den Ackerboden bestellt, so muß man ihn durch Pflugscharen aufbrechen, und man muß auch Gräben graben, damit das Land neue und gute Frucht tragen kann. Und genau darauf lief das hinaus, was ich getan hatte: hatte gleichsam gepflügt und ausgemerzt; und jetzt war neues Leben in der Erde. Es gab einen neuen jungen Master, und der Beweis dafür, daß ich richtig gehandelt hatte, ließ sich leicht erbringen: Strahlend hell lag die Zukunft vor mir, ich befand mich in Sicherheit hier auf diesem Land, zu dem ich gehörte.

Ganz früh am nächsten Morgen stand ich vor meinem Toilettenspiegel und betrachtete mich, um zu sehen, wie Harry mich sehen würde. In der Morgenhelle besaß meine Haut die Tönung eines reifen Pfirsichs, der nur noch gepflückt zu werden brauchte. Ich schien wirklich eigens für die Liebe gemacht zu sein. Ich kippte den Spiegel ein wenig vor und ließ mich dann zurückgleiten aufs Bett, um mich von dort aus zu betrachten: um zu sehen, wie Harry mich gesehen haben mußte, als ich mit großen Augen und auseinandergespreizten Schenkeln vor ihm gelegen und er mich genommen hatte, oben im Gras der Downs und dann auf dem Holzfußboden. Während ich mich so räkelte, hatte ich immer mehr das sichere Gefühl, daß bald schon Harry in mein Zimmer treten würde. Es war wirklich noch sehr früh. Meine Zofe würde erst in einer Stunde auftauchen, und meine Mutter lag ja noch wie betäubt im Schlaf. Ja, für Harry und mich war die Luft rein.

Als ich dann vor meiner Zimmertür Schritte hörte, blieb ich liegen wie ich war und drehte nur träge den Kopf zur Tür, um Harry entgegenzulächeln. Plötzlich jedoch fuhr ich zusammen, als hätte ich mich in kochend heißem Wasser verbrüht. Denn es war nicht Harry, sondern – meine Mutter!

»Allmächtiger Himmel, Kind«, sagte Mama ruhig. »Du kannst dich ja auf den Tod erkälten. Was tust du denn da nur?«

Ich blieb stumm und blinzelte sie nur verschlafen an. Es war das einzige, was ich tun konnte.

»Bist du gerade erst aufgewacht?« fragte sie. Ich gähnte und streckte schlaff die Hand nach meinem Nachthemd.

»Ja«, erwiderte ich. »Ich muß das wohl ausgezogen haben, als es nachts so heiß war.« Ich streifte das Nachthemd über, fühlte mich erleichtert. Dennoch spürte ich ein Kribbeln auf der Haut und eine innere Gereiztheit – über mich selbst, weil ich so schuldbewußt zusammengeschreckt war, und über meine Mutter, die mein Zimmer mit einer Selbstverständlichkeit betreten hatte, als ob es ihr gehörte.

»Wie schön, Euch wieder auf den Beinen zu sehen«, sagte ich lächelnd. »Aber fühlt Ihr Euch auch wirklich kräftig genug? Solltet Ihr nicht besser nach dem Frühstück wieder auf Euer Zimmer gehen?«

»Oh, nein«, sagte Mama, als sei sie in ihrem ganzen Leben noch nicht einen einzigen Tag krank gewesen. In ihrem raschelnden Morgenkleid ging sie zum Fenster und machte es sich dort auf dem Sitz bequem.

»Ich fühle mich ja so viel besser! Du weißt doch, wie das nach solchen Anfällen bei mir ist. Sobald sie vorüber sind, habe ich das Gefühl, ich würde niemals wieder krank werden. Aber du, Beatrice« – während ich mich im Bett aufsetzte, betrachtete sie mich eingehend aus verengten Augen – »du siehst wahrhaftig aus wie das blühende Leben, so voller Überschwang! Ist irgend etwas Angenehmes geschehen?«

Ich lächelte und zuckte die Schultern.

»Ach, eigentlich nichts Besonderes«, sagte ich ausweichend. »Harry ist gestern mit mir zu den Downs hinausgeritten, und es hat mir so gut getan, bei dem schönen Wetter wieder einmal dort draußen zu sein.«

Mama nickte.

»Ja, du mußt viel öfter raus«, sagte sie. »Könnten wir aus den Ställen nur einen Burschen entbehren, damit der hinter dir ritte, dann könntest du viel öfter hinaus. Aber das wird sich kaum einrichten lassen, weil ja Leute wie Pferde sämtlich auf dem Land gebraucht werden. Doch wenn Harry erst einmal verheiratet ist, hast du ja Celia zur Gesellschaft. Du kannst ihr das Reiten beibringen und dann zusammen mit ihr ausreiten.«

»Reizend«, sagte ich nur, und wir wechselten das Thema. Mama sprach über Kleider und sagte, sie sei doch froh, daß wir nun nicht länger tiefschwarze Trauer tragen müßten.

»Du kannst zu Harrys Hochzeit etwas Hübsches haben, allerdings nicht zu hell«, sagte sie. »Und während sie dann in den Flitterwochen sind, können wir für sie eine kleine Willkommensparty vorbereiten, und das soll gleichzeitig deine Einführungsparty werden, Beatrice. Auf diese Weise kannst du viel häufiger mit Celia zusammensein, und wenn die Haverings sie nach London mitnehmen, kannst du sie begleiten.«

Ich war gerade dabei, aus einem Krug Wasser in die Waschschüssel zu gießen, und hielt jetzt mitten in der Bewegung inne. »Flitterwochen?« sagte ich.

»Ja«, erwiderte Mama. »Celia und Harry sollen eine dieser Hochzeitsreisen machen, wie sie neuerdings Mode sind. Bis nach Frankreich und nach Italien soll die Reise gehen – hat dir denn niemand davon erzählt? Celia möchte zeichnen, und Harry will einige Güter besuchen, von denen er gelesen hat. Mir wäre eine solche Marathon-Tour ja zuviel, und dir sicher auch. Aber wenn die beiden nun mal reisen wollen, dann sollen sie doch ihren Spaß haben. Du und ich, wir können hier einander Gesellschaft leisten. Allerdings wirst du wohl damit beschäftigt sein, an Harrys Stelle die Winteraussaat zu beaufsichtigen.«

Ich beugte den Kopf über die Schüssel und spülte mir das Gesicht; nur gut, daß Mama es jetzt nicht sehen konnte. Blind tastete ich nach einem Handtuch und fand es und vergrub mein Gesicht darin; drückte den weichen Stoff gegen meine Augen, in denen heiße Tränen brannten, Tränen der Wut und der Furcht. Eine wahre Mordgier erfüllte mich. Ich wollte Celias hübsches kleines Gesicht zerschmettern, ihr die sanften braunen Augen auskratzen. Ich wollte Harry die Qualen der Verdammten leiden lassen, damit er zu mir gekrochen käme und mich um Vergebung anflehte. Ich konnte sie einfach nicht ertragen, die Vorstellung, daß die beiden miteinander allein waren, während der Fahrt in einer Post-Chaise, während des Aufenthalts in einem Hotel; daß sie allein, ohne Familie oder Freunde, dinierten und sich jederzeit zurückziehen konnten, um sich zu küssen und zu liebkosen, während ich in meiner Einsamkeit vor Begierde verschmachtete und Harrys Rückkehr entgegenharrte wie eine alte, ungeliebte Vettel.

Wie sicher hatte ich mich doch noch gestern abend gefühlt! Welche Genugtuung hatte ich doch empfunden, weil ich zu wissen glaubte, daß niemals wieder über meinen Kopf hinweg über mich und mein Leben bestimmt werden würde. Ich war fest davon übezeugt gewesen, daß ich, die ich doch Harrys Herz in den Händen hielt und den geheimen Schlüssel zu seiner Sinnlichkeit besaß, auch über Wideacre verfügen konnte. Jetzt jedoch, nur wenige Stunden, nachdem ich mit Harry auf dem harten Holzfußboden gelegen hatte, teilte meine Mama mir Neuigkeiten so beiläufig mit, als sei ich die junge Tochter irgendwo in irgendeinem Herrenhaus.

»Ist das Harrys Idee?« fragte ich, während ich mich, Mama den Rükken zukehrend, anzukleiden begann.

»Das haben er und Celia sich gemeinsam ausgedacht, während sie dauernd italienische Lieder sangen«, sagte sie zufrieden. »Er meinte, sie würde sie gern von Italienern gesungen hören, oder irgend so ein Unsinn. So ungeheuer lange werden sie gar nicht fort sein, nur zwei oder drei Monate. Bis Weihnachten sind sie wieder daheim.«

Zischend sog ich die Luft durch die Zähne ein, aber das hörte sie nicht; und sie bemerkte auch nicht, wie bleich mein Gesicht war, als ich mir vor dem Spiegel die Haare kämmte. Grausam erwachten meine alten Ängste wieder zum Leben. Ich hatte mich nach einem Arm gesehnt, in dem ich mich geborgen fühlen würde, und nach einer Liebe, der ich vertrauen konnte. All das hatte ich gestern erfüllt geglaubt; all das erwies sich jetzt als Lug und Trug. Nur daß es nun, nachdem ich Harrys Liebe, die körperliche Wollust, genossen hatte, viel ärger war als zuvor. Vielleicht konnte ich ohne seine Liebkosungen leben. Und vielleicht konnte ich leben, ohne auf Wideacre die erste Geige zu spielen. Doch auf beides zu verzichten, war ganz einfach zuviel. Auch erschien mir der

Gedanke unerträglich, daß eine andere Frau beides haben würde, die Liebe und die Macht. War Celia erst einmal Harrys geliebtes Weib, so gab es nichts, das mich davor bewahren konnte, völlig von Mama beherrscht zu werden. Nichts, das mir das leere Leben einer »pflichtgetreuen Tochter« ersparte. Nichts, das mich davor rettete, mit dem erstbesten Freier verheiratet zu werden. Falls ich jetzt Harry verlor, so würde ich alles verlieren, was ich jemals hatte haben wollen – Lust und Land.

Diese Reise mußte verhindert werden. Ich kannte Harry gut genug, um zu wissen, daß er für Celia Liebesgefühle entwickeln würde, wenn er zwei Monate lang mit ihr allein war. Und wer konnte ihm schon wirklich widerstehen? Ich hatte beobachtet, wie verständnisvoll er mit einem verängstigten Fohlen oder einem verletzten Jagdhund umgehen konnte; und ich wußte, wie stolz er darauf war, das Vertrauen einer scheuen Kreatur zu gewinnen. Er würde Celias Kälte auf die grausame Behandlung zurückführen, der sie daheim ausgesetzt war, und er würde versuchen, ihre Freundschaft zu gewinnen. Von dort jedoch war es nicht mehr weit bis zu der Erkenntnis, daß sie in der Tat die beste Gattin war, die er sich wünschen konnte.

Unter der äußeren Hülle aus Scheu und Kälte war Celia ein warmherziger und liebevoller Mensch. Sie besaß sogar einen verborgenen Sinn für Humor, und Harry würde sehr bald lernen, wie er jene braunen Augen zum Zwinkern brachte, und er würde Celias helles Gelächter hören. Unvermeidlich würden sie sich füreinander erwärmen, und an irgendeinem Abend, nach einem Theater- oder Opernbesuch, oder nach einem ruhigen Dinner für zwei würde es dann soweit sein: gestärkt durch Wein und neues Vertrauen würde Celia lächeln und Harrys Kuß nicht länger zurückweisen; und er würde ihre Brust berühren, und sie würde seine Hand nicht zurückschieben. Er würde ihr Koseworte ins Ohr flüstern, und sie würden einander umarmen, und – und ich? Ich würde vergessen sein.

Inzwischen hatte ich mich wieder vollständig in der Gewalt, und nichts war mir anzumerken von meinen Gedanken und Gefühlen. Aber als Mama und ich dann etliche Zeit später den Frühstückssalon betraten, versetzte es mir doch einen schmerzlichen Schock, wie glücklich Harry lächelte, als er Mama so munter auf den Beinen sah. Er war buchstäblich entzückt. Ich trank Tee und aß ein wenig Toast, während Harry alles mögliche in sich hineinschlang, kalten Schinken und frisches Brot und Honig und etwas Toast und Butter und schließlich noch einen Pfirsich.

Auch Mama aß mit allerbestem Appetit und lachte und scherzte mit Harry, als sei sie niemals krank gewesen. Nur ich saß stumm; nahm wieder meinen alten Platz an der Seite der Tafel ein statt am Ende; war wieder die Außenseiterin.

»Beatrice sieht so gesund und so glücklich aus, daß ich meine, sie sollte regelmäßiger ausreiten«, bemerkte Mama, während Harry sich noch etwas Schinken abschnitt. Er hielt es zwischen seinen Fingern, biß zuerst ins weiße Fett. »Vielleicht könntest du dafür sorgen, daß sie das täglich tut«, sagte Mama, als sei ich ein Schoßhündchen, das ausgeführt werden müßte.

»Mal sehen«, warf Harry beiläufig hin.

»Könnte sie heute vormittag oder heute nachmittag ausreiten?« fuhr sie beharrlich fort. Ich hob meine Augen vom Teller und warf Harry einen beschwörenden Blick zu, eine stumme Botschaft. *Jetzt! Jetzt! Sag: jetzt, und laß uns hinaustoben zu den Downs und uns herumbalgen in unserer kleinen Mulde, und ich will all dies vergessen, die Eifersucht und die Qual, und dir eine solche Lust bereiten, daß du am liebsten niemals mehr aufhören möchtest und in deinem ganzen Leben keine andere Frau mehr haben willst!*

Harry lächelte: bedachte mich mit seinem offenen, brüderlichen Lächeln.

»Wenn es dir recht ist, Beatrice, werde ich mich morgen darum kümmern. Ich habe Lord Havering versprochen, mir heute zusammen mit ihm seine Wildlager anzusehen, und möchte nicht zu spät kommen.«

Er zog seine Uhr hervor, warf einen Blick darauf, erhob sich.

»Heute abend wird es wohl recht spät werden, Mama. Ich werde zum Dinner bleiben, wenn man mich bittet. Ich bin drei Tage lang nicht dort gewesen und werde mich dafür entschuldigen müssen.«

Er küßte Mama die Hand, lächelte mir eine Art Abschiedsgruß zu und stolzierte hinaus, als sei die Welt für ihn eitel Sonnenschein. Ich hörte seine flotten Schritte in der Eingangshalle und bald darauf die trappelnden Hufe seines Pferdes. Er ritt davon, als seien Liebe und Leidenschaft nur leere Worte. Er ritt davon, weil er ein Narr war. Ich hatte mein Herz an einen Narren verloren.

Mama sah mich an.

»Mach dir nichts daraus, Beatrice«, sagte sie. »Daß ein junger Mann, der heiraten will, seine Familie vernachlässigt, ist doch nur natürlich. Man kann es ihm nicht gut verdenken, wenn er Celias Gesellschaft der unseren vorzieht. Aber ich bin sicher, daß er morgen mit dir ausreiten wird.«

Ich nickte und brachte mühsam eine Art Lächeln zustande.

Dieses Lächeln behielt ich den ganzen Tag auf, wie eine Maske.

Am Nachmittag fuhr Mama los, um Besuche zu machen. Zum Glück zeigte sie Verständnis für meinen Gemütszustand und zwang mich nicht, sie zu begleiten. Nachdem ihre Kutsche verschwunden war, nahm ich mein Pferd und ritt zum Fenny hinunter, allerdings nicht in die Nähe von Ralphs alter Hütte, sondern weiter flußaufwärts zu einer Einbuchtung mit klarem, tiefem Wasser, wo Harry manchmal Fische zu fangen versuchte. Ich band mein Pferd an einen Busch und legte mich auf den Boden, streckte mich lang auf den Bauch.

Ich weinte nicht, ich schluchzte nicht. Ich lag stumm da, und Wogen aus Eifersucht und Elend spülten über mich hinweg. Harry liebte mich nicht so, wie ich ihn liebte. Für ihn war Sinnlichkeit ein gelegentliches Vergnügen – zwar notwendig im flüchtigen Augenblick des Begehrens, nach dem kurzen Genuß jedoch bald vergessen. Für mich hingegen bedeutete Sinnlichkeit eine Lebensweise, sie war der Kern meines Wesens. Harry hatte so vieles, das ihn beschäftigte: seine Zeitungen und Zeitschriften, seine Bücher, seine Freunde, seine Verlobung mit Celia und seine Besuche bei den Haverings. Mir hingegen blieben nur zwei Dinge, von denen ich träumen konnte, um mein Leben auszufüllen, um die Lebenskraft in mir in Gang zu halten: Wideacre und Harry.

Harry? Nein, einzig Wideacre. Jedenfalls in diesem Augenblick. Ich lag mit der Wange auf dem Waldboden, direkt auf dem dunklen, feuchten Altlaub, und als ich die Augen öffnete, konnte ich sehen, wie kleine, dünne Pflanzen mit herzförmigen Blättern ihre Stiele durch die torfartige Erde drängten. Zwischen diesem jungen Grün sah ich das Wasser des Fenny, glänzend wie poliertes Zinn. An dieser Stelle strömt der Fluß fast lautlos zwischen hohen Ufern, die überwuchert werden von Frauenhaar und Hahnenfuß – hell spiegeln sie sich in der ruhigen Wasseroberfläche.

In der Mitte des Flusses kann man zwei Welten sehen: die reflektierte Welt der Luft und der Winde, der sich wiegenden Bäume und des bewölkten Himmels; und die Unterwelt des Flußbettes, eine Mischung aus reinem weißem Sand und Steinen so gelb wie Gold. In den dunklen Biegungen des Flusses, wo sich Teiche gebildet haben, gibt es wasserdurchtränkte Flecken von Torf, welche die Vertiefungen schwarz und unheimlich wirken lassen, doch der Fluß selbst leuchtet wie Sonnenschein. Junge Aale und auch ein paar Lachse haben ihre Schlupfwinkel zwischen hellgrünen Wasserpflanzen, die sich wedelnd in der Strömung bewegen. Die grünen Farne am Ufer tarnen die Löcher von Wasserspitzmäusen und Ottern.

Ich lag stumm, bis das Hämmern meines zornigen und grollenden Herzens verstummte und ich wieder den ruhigen, gleichmäßigen Schlag des Herzens von Wideacre hören konnte. Tief, tief in der Erde, so tief, daß die meisten Menschen es niemals vernehmen, schlägt ruhig und gleichmäßig das große Herz. Es sprach zu mir von Mut und Beharrlichkeit. Es sprach von meinem Vertrauen auf das Land und von meiner Treue zu dem Land. Und es sprach von Sünde und von Blut: wieviel davon ich auf mich geladen hatte, um so weit zu kommen, wie ich gekommen war; und daß ich noch mehr Sünde auf mich laden würde, um unaufhaltsam weiter zu gelangen.

Vor meinem inneren Auge tauchten Bilder auf, und ich wies sie nicht zurück: das in jähem Todessturz erstarrte Gesicht meines Vaters; Ralphs durch den Wald jagende Gestalt, Sekundenbruchteile, bevor er mit gellendem Schrei der Falle zum Opfer fiel; selbst die Eule, die wir Canny genannt hatten, bei ihrem flatternden Fall aus meinem Fenster. Wideacre sprach zu mir in meiner Einsamkeit und meiner Sehnsucht nach Liebe, und der Schlag seines Herzens sagte: »Vertraue keinem. Es gibt nur das Land.« Und ich erinnerte mich an Ralphs Rat, den er zu seinem Unglück nicht genügend befolgt hatte – stets derjenige zu sein, der geliebt wird; und niemals den Fehler begehen, selbst zu lieben.

Lange, sehr lange lauschte ich auf den geheimen Herzschlag, auf jenes harte, weise Geheimnis. Das tote Laub drückte in das Fleisch meiner Wange, und die Vorderseite meiner grauen Reitkleidung wurde dunkel von der Feuchtigkeit des Bodens. Ich spürte die Kühle, doch war mir, als würde ich abgehärtet wie eine frischgeschmiedete Waffe aus Eisen. Ich stieg auf mein Pferd und ließ es nach Hause trotten in einem Tempo, das mir »ladylike« schien.

Da es keinen Sinn hatte, auf Harry zu warten, aßen wir schon früh zu Abend. Im Salon schenkte ich Mama dann Tee ein, und sie erzählte mir von ihren Besuchen und vom neuesten Klatsch in der Nachbarschaft. Ich gab mich interessiert und nickte dann und wann. Als sie sich erhob, um zu Bett zu gehen, warf ich einen Holzscheit ins Feuer und sagte, ich würde noch bleiben, um noch ein paar Minuten zu lesen. Sie gab mir einen Gute-Nacht-Kuß und ging. Ich saß völlig unbeweglich, wie eine Zauberin in einem Märchen, die Augen auf dem brennenden Scheit im Kamin.

Ich hörte, wie sich die Haustür öffnete; ganz leise. Geräuschlos durchquerte Harry die Eingangshalle. Vermutlich glaubte er uns alle im Schlaf. Aber dann sah er offenbar das Licht unter der Salontür. Er trat herein, und ich erkannte sofort, daß es genau so war, wie ich es mir erhofft hatte. Er hatte getrunken und wirkte unzufrieden. Seine Bewegungen waren rasch, fast heftig. Seine blauen Augen schienen zu funkeln.

»Beatrice!« sagte er, und es klang, als sage ein Durstender: »Wasser!«

Ich lächelte, auch hierbei ganz Zauberin, und schwieg; ließ die Magie meines Körpers und meines Gesichts auf ihn wirken. Er kam, wie von einem Magneten angezogen, und kniete zu meinen Füßen vor dem Kamin nieder.

»Ich hatte gedacht, es sei besser, wenn wir den heutigen Tag getrennt verbrächten«, sagte er zögernd in entschuldigendem Tonfall. »Ich mußte nachdenken.«

In meinem Gesicht zeigte sich nicht die leiseste Spur von Verärgerung über seine alberne Lüge. Harry und nachdenken! Er hatte ganz einfach die Nerven verloren: hatte Angst bekommen vor meiner Sinnlichkeit, auch vor seiner eigenen; Angst vor der Sünde, vor den Konsequenzen – und war vor der Hitze der Leidenschaft zur kühlen, kalten Celia geflohen. Mühelos konnte ich mir ausmalen, was dort geschehen war. Celia und ihre hübschen jungen Schwestern hatten ihn den ganzen Nachmittag über geneckt, vielleicht auch getätschelt; Lord Haverings guter und großzügig kredenzter Wein hatte ihm wieder Mut gemacht; später dann, bei einem Mondscheinspaziergang im Garten, mochte er's abermals bei Celia versucht haben, wiederum vergeblich, doch mit entfachter und ungelöschter Glut, so daß er mir nun hier gleichsam zu Füßen lag. Allerdings hatte das bei Harry mit Liebe nichts zu tun. Und bei mir hätte das genauso sein sollen.

»Hoffentlich bist du mir deshalb nicht gram«, sagte er zaghaft und griff nach meiner reglosen Hand. Ich tat, als wüßte ich nicht, was er meinte. Meine weitgeöffneten Haselaugen waren aufs Feuer gerichtet. Der wie entrückte Blick ließ kaum mehr erkennen als höfliches Interesse.

»Wir beide als Liebespaar, das hat mir angst gemacht«, gestand er aufrichtig, während er mich gespannt beobachtete. Ich schwieg noch immer. Mein Selbstvertrauen wuchs, doch noch immer fröstelte ich innerlich nach meiner inneren Zwiesprache auf dem feuchten, kalten Waldboden. Und ich würde niemals einen Mann lieben, der mich nicht liebte – wirklich liebte.

Er verstummte, und ich ließ das Schweigen andauern.

»Beatrice«, sagte er schließlich. »Ich will alles tun, was ...«

Das war eindeutig eine Bitte. Ich hatte gesiegt.

»Ich muß zu Bett«, sagte ich und erhob mich. »Ich habe Mama versprochen, nicht lange aufzubleiben. Wir hatten dich nicht so früh zurückerwartet.«

»Beatrice«, wiederholte er und blickte zu mir empor.

Hätte ich in meiner Selbstkontrolle nachgelassen und mir auch nur gestattet, mit einem meiner Finger eine von Harrys Locken zu berühren, so wäre ich verloren gewesen. Ich wäre auf den Kaminteppich gesunken, und er hätte mich an jenem Abend genommen, um am darauffolgenden Tag dann wieder zu Celia zurückzukehren: in einer Art von ständigem Pendelschlag, der dann wohl angedauert hätte für den Rest eines für mich elenden Lebens. Ich mußte diese Auseinandersetzung mit Harry gewinnen. Verlor ich ihn, so verlor ich nicht nur die Liebe des Mannes, den ich haben wollte, sondern auch Wideacre. Ich hatte das Glück meines Lebens auf diesen unentschlossenen, von Skrupeln geplagten Menschen gesetzt, und ich mußte gewinnen. Als Waffe gegen seine moralische Untadeligkeit hatte ich seine eigene leidenschaftliche Sinnlichkeit benutzt und auch seine Neigung zu perverser Wollust, der er bei mir frönen konnte – meine Peitsche auf seinem Schenkel, der Geschmack von Blut, wenn ich ihm in die Lippen biß: Dinge, die er bei der sanften Celia niemals haben konnte.

Ich lächelte zu ihm hinab, vermied jedoch jede Berührung. »Gute Nacht, Harry«, sagte ich. »Vielleicht reiten wir ja morgen zu den Downs hinaus.«

Langsam kleidete ich mich bei Kerzenschein aus. Ich hatte viel gewagt. Zuviel? Hatte ich alles gewonnen oder alles verloren? Kniete Harry womöglich jetzt an seinem Bett und betete, wie ein braves Kind, zu Gott, damit dieser ihn reinerhalte? Oder lag er noch im Salon bei meinem Stuhl auf den Knien, brennend vor Begierde? Ich schlüpfte ins Bett und blies die Kerze aus. In der Dunkelheit hörte ich, wie das Haus gleichsam zu nächtlicher Ruhe kam; ich jedoch lag wach und durchlebte in der Erinnerung die Szene unten im Salon und verzehrte mich vor Sehnsucht nach meinem Geliebten. Ich wartete auf Schlaf, war jedoch darauf gefaßt, wach zu bleiben. Mein erregtes Herz schien wie rasend zu schlagen, und in meinem Körper zitterte jeder Muskel in angespannter Erwartung.

In der Stille der Nacht vernahm ich ein eigentümliches, leises Geräusch, und ich hielt den Atem an, um besser lauschen zu können. Ich vernahm es ein zweites Mal – das Knarren eines Dielenbretts im Korridor vor meiner Tür; und dann – und dies war für mich das willkommenste Geräusch auf der Welt – ein leises, trauriges Stöhnen, als Harry seine Stirn gegen das harte Holz meiner Tür preßte und draußen vor meinem Schlafzimmer niederkniete.

Er wagte es nicht, den Türgriff zu bewegen; er wagte nicht einmal, an die Tür zu klopfen, um herauszufinden, ob ich ihn hereinlassen würde. Wie ein geprügelter Hund verharrte er dort draußen auf dem Gang; eine Kreatur, die endlich wußte, wer ihr Herr war. Schweigend, in tiefer Zerknirschung und verzehrt von Verlangen kniete er an der Schwelle meiner Schlafzimmertür. Und ich ließ ihn dort warten.

Ich drehte mich im Bett herum, lächelte still und zufrieden ... und schlief wie ein Baby.

Am nächsten Morgen beim Frühstück zog Mama Harry wegen der dunklen Schatten unter seinen Augen auf und sagte, sie frage sich, was wohl die Ursache dafür sei – Celias hübsches Gesicht oder aber Lord Haverings Portwein. Harry lächelte angestrengt und erwiderte mit bemühter Nonchalance. »Ein Morgengalopp hinaus zu den Downs wird die Spinnweben schon bald fortblasen, Mama! Wie ist es, Beatrice? Reitest du heute mit mir aus?«

Ich lächelte und sagte: »Ja«, und seine Augen leuchteten vor Freude auf. Während des Frühstücks sagte ich kein weiteres Wort, und auch beim Ausritt schwieg ich zunächst. Wir kamen an unseren Feldern vorbei, wo das Getreide reifte, und gelangten zu den Downs. Harry ritt voran, und wie ein altgeübter Liebhaber führte er mich zu unserer kleinen Mulde zwischen den Farnen. Dort saß er ab und wandte sich dann zu mir, um mir zu helfen.

Ich blieb in meinem Sattel sitzen und fixierte Harry von oben herab, bis ich sah, daß sein Selbstvertrauen zu schwanken begann.

»Du hast mir einen Galopp versprochen«, sagte ich leichthin.

»Ich bin ein Narr gewesen«, sagte er. »Ich bin verrückt gewesen, Beatrice, und du mußt mir vergeben. Vergiß den gestrigen Tag, denk nur an den Tag davor. Die Wonne, die Lust – du kannst sie mir doch nicht erst geben, um sie mir dann für immer zu nehmen! Bestrafe mich auf irgendeine andere Weise, sei zu mir so grausam, wie du willst, aber laß mich nicht die Lieblichkeit deines Körpers entbehren. Verdamme mich nicht dazu, mit dir im selben Haus zu leben, dich jeden Tag zu sehen, dich jedoch nie wieder in den Armen zu halten! Verurteile mich nicht zum Tod bei lebendigem Leibe, Beatrice!«

Mit einem halben Schluchzen brach er ab, und als er sein Gesicht hob, sah ich, daß sein Mund zitterte. Ich streckte meine Hände zu ihm hinab und ließ mich von ihm stützen, während ich aus dem Sattel glitt. Sobald jedoch meine Füße das Gras berührten, trat ich beiseite, so daß wir uns nicht mehr berührten. Seine Augen brannten vor Begierde, und auch meine glühten vor Verlangen. Deutlich spürte ich, wie die aufsteigende Hitze der Erregung in meinem ganzen Körper pulsierte, und mir war bewußt, daß ich im Begriff stand, die Kontrolle über mich selbst und über die Situation zu verlieren. Mein Zorn auf Harry und das gleichzeitige Verlangen, ihn auf mir zu spüren, vermischten sich zu einer Leidenschaft aus Liebe und Haß. Ich holte aus und schlug ihm mit aller Kraft gegen die rechte Wange; ein zweiter Hieb, mit dem Rücken meiner behandschuhten Hand, traf heftig seine linke Wange.

Instinktiv zuckte er zurück, stolperte über ein Grasbüschel und fiel hin. Sofort war ich bei ihm und trat ihm mit voller Wucht in die Rippen. Mit wollüstigem Stöhnen krümmte er sich im Gras zusammen und küßte die Spitze meines Reitstiefels. Ich zerrte mir mein Kleid vom Leib, während er seine Breeches herunterstreifte; und dann schleuderte ich mich wie eine Wildkatze auf ihn. Beide schrien wir, während ich auf ihm ritt wie ein Stallbursche, der einen Hengst zureitet; und mit meinen behandschuhten Fäusten bearbeitete ich seine Brust, seinen Hals und sein Gesicht, bis mich der Gipfelpunkt der Lust dann fällte wie eine Kiefer, so daß ich neben ihm lag. Still wie Tote lagen wir stundenlang unter unserem Himmel. Ich hatte gewonnen.

7. Kapitel

Am nächsten Tag besuchte ich Celia. Auch Mama entschied sich für einen Besuch und zog sich dann mit Lady Havering in den Salon zurück, wo sich die beiden Damen bei Tee und Gebäck mit Mustern für ein Hochzeitskleid beschäftigten, während Celia und ich im Garten umherspazierten.

Havering Hall ist ein größeres Gebäude als Wideacre Hall – bereits bei seiner Errichtung als imposanter Repräsentationsbau angelegt. Wideacre hingegen war stets in allererster Linie ein Heim, das durch Anbauten und Erweiterungen dann immer mehr zum Herrenhaus wurde. Im Jahrhundert zuvor hatte man Havering Hall architektonisch umgestaltet. Seinerzeit war der Barockstil beliebt gewesen mit in Stein gehauenen Girlanden, mit Nischen voller Statuen, mit über den Fenstern eingemeißelten ornamentalen Bändern. Falls man dergleichen mag, ist Havering Hall wohl so etwas wie ein architektonisches Schmuckstück. Ich finde es ganz einfach überladen und ziehe entschieden die klaren Linien von Wideacre Hall vor: die schlicht und unaufwendig in die sandfarbenen Mauern eingelassenen Fenster, wo es auch nirgends dekorative Säulen gibt, die das einfallende Sonnenlicht behindern.

Die Gärten waren genauso alt wie das Haus, wirkten allerdings noch ärger vernachlässigt. Die Wege hatte man offenbar mit Hilfe von Lineal und Kompaß angelegt; sie verliefen schnurgerade an Blumenbeeten vorbei und führten zum quadratischen Teich in der Mitte des Gartens, wo eigentlich zwischen plätschernden Springbrunnen und Teichrosen fette Karpfen sich hätten tummeln sollen.

Aber dem war nicht so. Der Teich war nämlich ausgetrocknet. Irgendwann entstand einmal ein Leck, und niemand machte sich die Mühe, das Loch zu suchen und auszubessern. Was die Springbrunnen betrifft, so hatten sie wegen des zu geringen Wasserdrucks niemals gut funktioniert, und als dann die Pumpe streikte, hauchten sie sozusagen ihr Leben gänzlich aus.

Möglich, daß die ornamentalen Blumenbeete noch immer schnurgerade Reihen stolzer Rosen oder Lilien beherbergen, doch läßt sich das wegen des üppig wuchernden Unkrauts nicht erkennen. Für mich ist das Unkraut allerdings gar kein Unkraut: Es handelt sich um die lieblichen Wildblumen, wie ich sie seit meinen Kindertagen auf Wideacre kenne – Weidenröschen, Fingerhut, Zigeunerkraut. In diesen künstlichen Gärten jedoch wirken diese Pflanzen wie ein Omen, welches das Ende der Welt ankündigt. Für die Damen von Havering – Celias Mama, Celia selbst und ihre vier Stiefschwestern – ist eine praktische Lösung offenbar etwas Unvorstellbares. Sie wandern hilflos im Garten umher und jammern über die verfallenen Beete, über die Blattläuse und sonstige Schmarotzer: »O Gott, o Gott!« Dabei wäre es ein Leichtes, dem Verfall Einhalt zu gebieten: zwei anstellige Männer und eine Woche harter Arbeit, das würde genügen. Doch die Damen von Havering ziehen es in ihrer Torheit vor, all dies, wenngleich nicht ohne Trauer, hinzunehmen: den rettungslosen Verfall des Gartens und, schlimmer noch, auch des Farmlands.

»Es ist eine Schande«, räumte Celia ein. »Aber mit dem Haus ist es noch schlimmer. Es wirkt so düster, weil das Mobiliar mit Schutzhüllen zugedeckt ist und überall Töpfe herumstehen, um das Wasser aufzufangen, wenn es durchregnet. Und im Winter ist es wirklich sehr kalt.«

Ich nickte. Celia befand sich hier in einer schwierigen Position. Als Tochter aus der früheren Ehe ihrer Mutter war sie in ein fremdes Haus gekommen, das gleichermaßen erdrückend grandios und abstoßend ungemütlich wirkte. Die Anziehungskraft, welche Wideacre und unser Leben dort für Celia besaßen, bestand darin, daß sich für sie eine Art Refugium bot, in das sie sich aus dem für sie so bedrückenden Havering Hall flüchten konnte. Dabei wäre dort, bei guter Verwaltung, sehr viel zu erreichen gewesen; Harry und ich erwarteten, daß Celias Mitgift-Grundbesitz einen stattlichen Gewinn abwerfen würde. Schließlich war der Boden keinen Deut schlechter als der unsere. Es gab sozusagen von Haus aus nicht den geringsten Grund dafür, daß Wideacre-Felder den doppelten Ertrag erbrachten und daß Wideacre-Rinder die doppelte Fleischmenge trugen. Es fehlte ganz einfach die feste Hand des Masters. Wideacre hatte glücklicherweise niemals einen Herrn gehabt, der das Geld schneller zum Fenster hinauswarf, als es hereinkam.

Wideacre wirkte gewiß eher einfach und nicht gerade »fashionable«. Der Rosengarten war recht bescheiden und ähnelte den schlichten Gärten bei den Cottages und kleinen Farmhäusern. Aber das hatte einen einfachen Grund: warf das Land einen satten Gewinn ab, so wurde das Geld wieder in das Land gesteckt, wurden Gebäude, Zäune, Tore ausgebessert, wurde aus den Ställen Dünger auf die Felder gebracht, um sie noch ergiebiger zu machen. Lord Havering hingegen interessierte sich keinen Pfifferling für das Land als solches. Er beutete es als Geldquelle für seine Spieleinsätze aus. Von ihm aus konnten seine Gattin und seine Töchter in einer verfallenen Scheune hausen. Hauptsache, es kam genügend Pachtzins zusammen, um ihn bei *White's* oder *Brook's* in London seiner Spielleidenschaft frönen zu lassen.

»Du wirst froh sein, wenn du erst einmal auf Wideacre bist«, sagte ich mitfühlend.

»Oh ja«, erwiderte sie. »Zumal ich dich dort weiß, liebste Beatrice. Und auch deine Mama natürlich.«

»Um so mehr überrascht es mich, daß du eine Hochzeitsreise machen wirst«, sagte ich vorsichtig. »War das deine Idee?«

»Oh ja«, sagte sie mit unverkennbarem Bedauern. »Es war meine Idee. Oh, Beatrice!« Sie warf einen bänglichen Blick zum Haus, als fürchte sie, in einem der Fenster das gestrenge Gesicht ihrer Mama zu entdecken. Dann führte sie mich zu einer wild überwucherten Laube, wo wir uns setzten. Schwesterlich legte ich einen Arm um sie.

»Ich hatte diese Idee, als Harry noch so süß und so sanft war«, sagte sie. »Ich meinte, es müsse doch herrlich sein, nach Paris und nach Rom zu reisen und die wunderschönen Konzerte zu hören und Besuche zu machen und sich so vieles anzuschauen...« Sie stockte einen Augenblick. »Aber wenn ich jetzt an die Ehe denke und an die Dinge, die man tun muß, so wünschte ich, ich hätte das niemals vorgeschlagen! Denk doch nur an das wochenlange Alleinsein!« In mir löste die bloße Vorstellung, mit Harry wochenlang allein zu sein, eine leise kribbelnde Erregung aus; aber natürlich ließ ich mir nichts anmerken, gab mich auch weiter schwesterlich.

»Wenn uns doch nur deine Mama begleiten könnte«, sagte Celia verzweifelt. »Oder Beatrice... oder... oder... oder du!«

Ich war völlig verblüfft.

»Ich?« fragte ich. Bis zu dieser Sekunde hatte mich nur das Problem beschäftigt, wie die Hochzeitsreise zu verhindern sei. Dies war eine unerwartete Entwicklung.

»Ja«, sagte sie hastig. »Du kannst doch mitkommen und mir Gesellschaft leisten, während Harry alle möglichen Güter besichtigt und Vorträge besucht, und wenn ich dann mit Zeichnen beschäftigt bin, kannst du Harry in Rom Gesellschaft leisten.«

Der Gedanke war außerordentlich bestechend.

»Oh, Beatrice, sag zu!« beschwor sie mich. »Es ist doch durchaus üblich. Voriges Jahr hat Lady Alverstoke ihre Schwester auf ihre Hochzeitsreise mitgenommen, und Sarah Vere hat das gleiche getan. Beatrice, begleite uns, mir zu Gefallen. Deine Gesellschaft würde für mich alles grundlegend ändern, und ich bin sicher, daß das auch Harry gefallen würde. Wir könnten uns doch alle drei nach Herzenslust vergnügen.«

»Das könnten wir allerdings«, sagte ich langsam. Vor meinem inneren Auge wechselten rasch die Szenen. Da waren die langen, sonnigen Nachmittage, an denen Celia zeichnete oder Besuche machte, während Harry und ich uns behaglich im Sonnenschein räkelten. Oder abends, wenn Celia in einem Konzert war: Harry und ich würden irgendwo exzellent, doch unauffällig dinieren, um uns sodann mit einer Flasche Champagner in ein Privatgemach zurückzuziehen. Und mehr, so unendlich viel mehr: tägliche Ausritte in fremder Umgebung, heiße Umarmungen an verschwiegenen Orten; tief ausgeschöpfte Sinnlichkeit.

»Versprich mir, daß du mitkommen wirst!« flehte Celia. »Es ist eine weitere Gefälligkeit, um die ich dich bitte, ich weiß. Doch versprich mir, daß du es tun wirst!«

Ich nahm ihre zitternden Finger, hielt sie beschwichtigend fest.

»Ich verspreche dir, mitzukommen«, sagte ich. »Ja, teure Celia, eigens dir zuliebe werde ich mitkommen.«

Sie umklammerte meine Hand wie eine Ertrinkende. Ich ließ sie gewähren. Wenn mir ihre abgöttische Bewunderung auch recht lästig war, so übte ich mit ihrer Hilfe doch großen Einfluß auf Celia aus – und durch Celia auf Harry. Während wir noch so saßen, tauchte plötzlich Celias Stiefbruder George vor uns auf.

»Guten Tag, Miß Lacey«, sagte er, ein vierzehnjähriger, schlaksiger Knabe, dessen Gesicht sich vor Verlegenheit mit einem rosigen Hauch überzog. »Mama schickt mich. Ich soll Euch sagen, daß Eure Mama zum Aufbruch bereit ist.«

Celia eilte über den unkrautverwucherten Weg auf das Haus zu, während George mir mit ausgesuchter Höflichkeit seinen Arm darbot.

»Sie haben über die Brot-Unruhen gesprochen«, sagte er, eifrig bemüht, mit der lieblichen Miß Beatrice, der Allerschönsten im Land, ein wenig Konversation zu machen.

»Oh, wirklich?« fragte ich mit höflichem Interesse. »Brot-Unruhen – wo denn?«

»In Portsmouth, hat Mama wohl gesagt«, erwiderte er vage. »Offenbar ist der Mob gewaltsam in zwei Bäckereien eingedrungen und hat behauptet, das Brot sei aus verfälschtem Mehl gebacken. Angeführt wurden diese Leute von einem beinlosen Zigeuner zu Pferde. Man stelle sich das vor!«

»Man stelle sich das vor«, wiederholte ich langsam und mit einem mir unbegreiflichen Gefühl aufsteigender Furcht.

»Ein Mob, der von einem Mann zu Pferde angeführt wird«, sagte George mit jugendlicher Verachtung. »Also wirklich! Nächstes Mal fahren die sicher mit einem Zweispänner vor.«

»Wann war das?« fragte ich scharf. Ein eiskalter Fingernagel schien an meiner Wirbelsäule hinunterzugleiten.

»Das weiß ich nicht«, sagte George. »Vor ein paar Wochen, glaube ich. Inzwischen wird man sie wohl alle festgesetzt haben. Aber sagt, Miß Lacey, werdet Ihr bei Celias Hochzeit tanzen?«

Ich nahm mich zusammen und quittierte seine offene Bewunderung mit einem Lächeln. »Nein, George«, erwiderte ich freundlich. »Die Trauerzeit wird für mich immer noch nicht ganz abgelaufen sein. Aber wenn es so weit ist, werde ich auf der ersten Party mit dir tanzen.«

Er verfärbte sich bis zu den Ohren und begleitete mich, wie in atemlosem Schweigen die Stufen zur Hall hinauf. Als wir den Salon betraten, sprachen Mama und Lady Havering nicht mehr von den Brot-Unruhen in Portsmouth, und so ergab sich für mich auch keine Gelegenheit, irgendwelche Fragen zu stellen. Auf meinem Gemüt lag ein leichter Schatten, jenem kalten Schaudern verwandt, von dem die Leute auf dem Land sagen, das sei jemand, der hinwegschreite über das Grab des Betroffenen. Es bereitete mir Unbehagen, von zornigen Männern auf Pferden zu hören, von beinlosen Männern, welche einen Mob anführten; doch hätte ich kaum sagen können, weshalb.

Ich verdrängte die innere Unruhe, dachte wieder an den Vorschlag, den Celia mir gemacht hatte: sie und Harry auf der Hochzeitsreise zu begleiten. Klugerweise platzte ich mit dieser Neuigkeit nicht sofort heraus. Ich wartete, bis wir zu dritt beim Tee saßen: Mama, Harry und ich. Ich wollte sichergehen, daß er mir als Liebhaber nicht ausschlagen konnte, was er mir als Bruder unvermeidlich zugestehen mußte.

Ich betonte, daß Celia mich ausdrücklich eingeladen habe, ich ihr jedoch erklärt hätte, daß ich ihr ohne Mamas Einwilligung keine Antwort geben könne. Aufmerksam beobachtete ich Harrys Gesicht, sah die kurz aufflackernde Freude über die unerwartete Neuigkeit, bemerkte den sogleich folgenden Ausdruck des Zweifels. Harrys reines Gewissen hatte wieder mal die Oberhand, und mit ätzender Eifersucht wurde mir bewußt, daß er sich durchaus darauf freute, mit Celia allein zu sein, weit weg von ihrer herrischen Mutter, weit fort auch von seiner ihn mit ihrer Liebe schier erstickenden Mama; und nicht zuletzt auch fern von seiner begehrenswerten, geheimnisvollen Schwester.

»Es wäre eine vorzügliche Gelegenheit für dich«, sagte Mama und versuchte mit einem forschenden Blick zu erkunden, was ihrem geliebten Sohn wohl genehmer sei. »Wie typisch für Celia, auch dich und dein Vergnügen in ihre Gedanken mit einzuschließen. Aber vielleicht hat Harry das Gefühl, daß du während seiner Abwesenheit hier dringender gebraucht wirst? Im Herbst gibt es auf dem Land immer sehr viel Arbeit, wie ich weiß, denn dein Papa pflegte das zu sagen.«

Voll wandte sie ihm ihr Gesicht zu. Jetzt war der Boden sorgfältig bereitet. Harry brauchte nur noch seine Wünsche zu äußern, und wir würden alle eilen, sie ihm zu erfüllen. In diesem Haus ging immer alles nach Harrys Nase. Ich bezwang meine Ungeduld.

»Celia hat mich buchstäblich angefleht, mitzukommen«, sagte ich mit einem Lächeln und blickte zu Harry am Ende der Tafel. »Ich glaube, sie hat große Angst davor, in einer fremden Stadt allein zu bleiben, während Harry auf irgendwelchen Gütern irgendwelche Experimente studiert.« Ich sah ihn unverwandt an und wußte, daß er die Botschaft in meinen Augen lesen würde. »In vielem teilt sie deinen Geschmack noch nicht so, wie ich das tue.«

Er verstand, was ich meinte. Neugierig glitt Mamas Blick zwischen Harry und mir hin und her.

»Es bleiben Celia noch viele Jahre, um Harrys Geschmack kennenzulernen«, sagte sie sanft. »Ich bin sicher, daß sie ihr Bestes tun wird, um ihn zu erfreuen und ihn glücklich zu machen.«

»Oh, gewiß«, pflichtete ich bereitwillig bei. »Ich bin sicher, daß sie uns alle glücklich machen wird. Sie ist so ein liebes, gutes Mädchen; sie wird eine vorzügliche Gattin abgeben.«

Der Gedanke an ein ganzes Leben mit einer »vorzüglichen Gattin« ließ einen Schatten über Harrys Gesicht gleiten. Auf Mamas Naivität vertrauend, riskierte ich ein gewagtes Spiel. Ich erhob mich und näherte mich dem Kopfende der Tafel. Von Mamas Stuhl am Fußende sah es so aus, als versuche ich nur, meinen teuren Bruder ein wenig zu beschmeicheln; aber natürlich wußte ich, daß Harrys Puls schneller schlug, je näher ich kam, und daß, als ich ihn berührte und er meine warme, parfümierte Haut roch, sein Atem immer heftiger ging. Ich hielt Mama den Rücken zugekehrt und schmiegte eine Wange gegen Harrys Gesicht.

Heiß spürte ich seine Haut an meiner Haut, und ich wußte, daß meine Berührung und der Anblick meiner Brüste im Ausschnitt meines Kleides die Schlacht gegen Harrys »Gefühlspanzer« für mich entschied. Einer Auseinandersetzung mit meinem Bruder bedurfte es eigentlich nie: Bei der leisesten Verheißung von Lust war er verloren.

»Nimm mich mit dir mit, Harry«, bat ich in leisem Schmeichelton. »Ich verspreche dir, brav zu sein.« Ohne daß Mama es sehen konnte, hauchte ich einen Kuß auf seine Wange. Er hielt es nur einen kurzen Moment aus, drückte mich dann sacht zurück. Ich sah seine leicht verengten Augen. Es kostete ihn große Mühe, sich unter Kontrolle zu halten.

»Natürlich, Beatrice«, sagte er fast förmlich. »Wenn es das ist, was Celia wünscht, so kann ich mir kein angenehmeres Arrangement vorstellen. Ich werde ein Briefchen an sie schreiben und dir und Mama dann im Salon beim Tee Gesellschaft leisten.«

Er entfernte sich mit raschen Schritten und ließ mich mit Mama allein. Sie schälte einen Pfirsich und sah mich nicht an. Ich ging zu meinem Stuhl zurück und schnitt mir mit einem silbernen Scherchen ein paar Weintrauben ab.

»Bist du sicher, daß du mitreisen solltest?« fragte Mama mit ruhiger Stimme. Sie hielt ihren Blick auf ihre feinen Hände gerichtet.

»Warum denn nicht?« fragte ich wie beiläufig, doch meine Nerven befanden sich im Alarmzustand.

Sie antwortete nicht sofort. Offenbar suchte sie nach einem triftigen Grund.

»Beunruhigt es dich, allein zurückzubleiben?« fragte ich. »Wir werden ja nicht allzulange fort sein.«

»Ich glaube schon, daß es leichter wäre, wenn du bleiben würdest«, erklärte sie. »Allerdings kann ich für sechs oder acht Wochen gewiß allein zurechtkommen. Es ist nicht Wideacre...« Sie ließ den Satz gleichsam in der Luft hängen, und ich half ihr nicht, ihn zu beenden.

»Vielleicht brauchen die beiden Zeit zum Alleinsein...«, begann sie.

»Ja, wozu denn?« fragte ich kühl – und setzte dabei auf ihren Glauben an meine jungfräuliche Unschuld. Und auf ihre eigenen ehelichen Erfahrungen: denn weder war sie umworben worden, noch hatte es Flitterwochen gegeben; es war eine Art geschäftlicher Vereinbarung gewesen, eingegangen mit dem Blick auf Profit und abgeschlossen ohne Emotion – von gegenseitiger Abneigung abgesehen.

»Vielleicht würde dir und Harry eine Trennung ganz gut tun...«, sagte sie noch zögernder.

»Mama«, rief ich scharf und nahm meinen ganzen Mut zusammen. »Was sagst du da?«

Der heftige Klang meiner Stimme ließ ihren Kopf herumrucken, und in ihren Augen zeigte sich eine deutliche Spur von Furcht.

»Nichts«, sagte sie fast tonlos. »Nichts, Kind. Nichts. Es ist nur manchmal so, daß ich solche Angst um dich habe – wegen deiner extremen Leidenschaften. Früher hast du deinen Vater mit einem so unglaublichen Überschwang verehrt, und dann – dann überträgst du diese Zuneigung auf Harry. Und die ganze Zeit treibst du dich auf Wideacre herum, als seist du ein Gespenst, das die ganze Gegend unsicher macht. Es ängstigt mich, wenn ich sehe, daß du so sehr von Wideacre besessen bist – und ständig in Harrys Gesellschaft. Ich möchte ganz einfach, daß du eine normale, gewöhnliche Mädchenzeit verlebst.«

Ich zögerte. »Meine Mädchenzeit ist normal und gewöhnlich, Mama«, sagte ich sanft. »Wenn sie anders ist als deine, so liegt das daran, daß sich die Zeiten ändern. Vor allem aber bist du in der Stadt aufgewachsen, während ich auf dem Land groß geworden bin. Ich unterscheide mich nicht von den Mädchen meines Alters.«

Ihre Beklemmung blieb, doch würde sie niemals den Mut aufbringen, jene Bilder von Harry und mir, die sich in ihrem Kopf befanden, eingehend zu betrachten: deutlich zu sehen, was sich vor ihren verängstigten, halbgeschlossenen Augen abspielte.

»Vermutlich nicht...«, sagte sie stockend. »Ich habe kein Urteil darüber. Wir sehen so wenige junge Leute. Dein Papa brachte nie viel Zeit für die Gesellschaft der County auf, und wir leben so zurückgezogen... Ich kann das kaum beurteilen.«

»Macht Euch nur keine Sorgen, Mama«, sagte ich beschwichtigend und gab meiner Stimme einen Hauch künstlicher Wärme. »Ich bin nicht von Wideacre besessen, denn, Ihr seht ja selbst, ich möchte im Herbst, einer der lieblichsten Jahreszeiten, von hier fortreisen. Und ich erhebe auch keinerlei Besitzansprüche auf Harry, sondern bin glücklich über seine Heirat und versuche, Celia eine enge Freundin zu sein. Es gibt keinen Grund zu irgendwelchen Befürchtungen.«

Mama besaß weder genügend scharfen Verstand noch Instinkt, um Wahrheit von Lüge zu scheiden. Doch wäre sie gewiß auch lieber gestorben, als sich die wahre Natur des Verhältnisses zwischen Harry und mir einzugestehen. Jetzt schluckte sie ihr letztes Scheibchen Pfirsich und lächelte mich entschuldigend an.

»Wie töricht von mir, mich so zu sorgen«, sagte sie. »Aber die Verantwortung für dich und für Harry lastet schwer auf mir. Ohne euren Papa habt ihr nur noch mich als Führerin auf eurem Lebensweg, und es liegt mir so sehr daran, daß wir ein wahrhaft glückliches Zuhause haben.«

»Das haben wir doch«, entgegnete ich mit Nachdruck. »Und wenn Celia hier bei uns lebt, wird es noch schöner sein.«

Mama erhob sich, und zusammen gingen wir zur Tür, die ich ihr höflich öffnete. Sie hielt kurz inne, um mich sanft auf die Wange zu küssen.

»Der Herr segne und beschütze dich, mein Liebes«, sagte sie zärtlich, und ich wußte, daß sie sich Vorwürfe machte: wegen ihres Mangels an Wärme mir gegenüber; und wegen der Beklemmung, die sie empfunden hatte, als ich meinen Bruder umarmte.

»Danke, Mama«, sagte ich aufrichtig und irgendwie bewegt, weil sie nicht nur versuchte, mir gegenüber ihre Pflicht zu tun, sondern auch, mich zu lieben. Sie hatte mir oft weh getan, und ihre einseitige Bevorzugung meines Bruders hatte meine Gefühle für sie völlig erkalten lassen. Aber ich sah auch, daß sie sich jetzt aufrichtig Mühe gab, uns beiden gerecht zu werden.

»Ich werde den Tee kommen lassen«, sagte sie und ging hinaus.

Ich blieb zurück, stand grübelnd am Fußende der Tafel. In mir herrschte ein Wirrwarr widerstreitender Gefühle. Wenn das Leben doch bloß so wäre, wie Mama sich das vorstellte, wie einfach wäre dann alles. Wenn, wenn ... Wenn das Verhältnis zwischen Harry und mir normal wäre, rein geschwisterlich, ohne Sünde; wenn Harrys Heirat eine Liebesheirat wäre; wenn für mich eine glückliche Zukunft zu erwarten wäre, an der Seite eines liebenden Gatten in einem neuen Heim – wie leicht würde es dann sein.

Während ich noch grübelnd stand, ging die Tür auf, und Harry trat ein, in der Hand den halbbeendeten Brief an Celia.

»Beatrice«, murmelte er. Wir standen einander am Fußende der Tafel gegenüber, und im polierten, dunklen Holz spiegelten sich unsere Gesichter. Harry hatte das Antlitz eines Engels, und das schattenhafte Spiegelbild ließ seine klaren Züge nur um so leuchtender wirken. Als ich meinen Blick senkrecht auf die Tischplatte richtete, sah ich mein Gesicht, bleich wie das eines Geistes, und darüber das hochaufgetürmte, weißgepuderte Haar: majestätisch wie eine Königin. Doch meine Augen wirkten groß und tiefernst, und mein Mund hatte einen traurigen Ausdruck. Unser Erscheinungsbild entsprach der Wirklichkeit: der schwache

Knabe und die stolze und leidenschaftliche Frau. Aber in diesem Augenblick hätten wir wohl jenem Prozeß Einhalt gebieten können, den wir, halb bewußt, halb unbewußt, in Gang gesetzt hatten. Ich fühlte mich irgendwie beschwichtigt, im Frieden mit mir selbst: Das hatten die Worte meiner Mutter bewirkt, ihre gleichsam demütige Haltung und ihre verwirrte Suche nach der richtigen Handlungsweise in einer Welt, wo in jedem Winkel ihres Hauses die Sünde wohnte, halb geahnt, halb begriffen, eine heimliche, unheimliche Bedrohung. Ihr innerer Kampf: ihr Bemühen, den Mut zur Wahrheit zu finden und mir, gleichzeitig, auch Liebe entgegenzubringen, ließ mir das Leben in einem ganz neuen Licht erscheinen: Als sei es Menschen sehr wohl möglich, Verzicht zu üben, statt nach Lust zu gieren. Weil die moralischen Kosten ganz einfach zu hoch waren. Weil die ständige Jagd nach Befriedigung gar nicht lohnte.

Aber das war nur eine flüchtige Vision.

»Ich werde heute nacht in dein Zimmer kommen«, sagte Harry mit drängender Stimme. Er hielt inne, sein Blick forschte in meinem Gesicht. »Du willst es doch?«

Ich zögerte. Die Ablehnung lag mir auf den Lippen, und dieses Nein, das erste, wäre wohl entscheidend gewesen. Dann hätten wir unter jene zwei sündigen Tage vielleicht einen Schlußstrich ziehen können. Doch in diesem Augenblick las ich zufällig den Anfang des Briefes an Celia: Harry hielt das Blatt offen in seiner Hand, und ich konnte die Anrede erkennen. »Mein guter Engel«, stand dort. Er nannte sie seinen guten Engel, obwohl er sich doch vor Begierde nach mir verzehrte! Und sie würde in unser Haus – mein Haus – kommen und der Engel von Wideacre sein, während ich an irgend jemanden verheiratet werden würde, um dann fern von hier mein Leben zu fristen, wie eine Verbannte.

Nicht nur Harry: auch Celia, Mama und ich – wir alle waren Gefangene jener Rollen, die wir zu spielen hatten. Ein sekundenlanges Zögern von mir, und Celia würde Harry und Wideacre für alle Zeit gewinnen, ganz als hätte sie gegen mich ein raffiniertes Komplott geschmiedet. Mühelos konnte sie mir Wideacre wegnehmen, gleichsam als Lohn für ihre Lieblichkeit und Sanftmut. Ich hingegen konnte mir Wideacre nur durch Kampf erhalten, durch böse und hinterhältige Intrigen. Sie war Harrys »guter Engel«, ich meinerseits, in meinem Kampf um den Besitz von Wideacre, war gezwungen, Luzifer zu spielen.

Ich zuckte die Achseln. Es war meine Leidenschaft für Wideacre, die mich so weit gebracht hatte. Vielleicht würde sie mich noch weiter treiben. Auf gar keinen Fall entsprach es meiner Natur, zu Harry nein zu sagen, als ich ihn jetzt mit dem Liebesbrief an meine Rivalin vor mir stehen sah, die Augen dunkel vor Begierde nach mir.

Kurz streifte mein Körper seinen Körper, als ich an ihm vorbei zur Tür trat. »Um Mitternacht«, sagte ich. »Komm auf mein Zimmer.«

Ein Seufzen, fast schon ein Stöhnen kam aus seinem Mund, als mein Haar seine Wange berührte, und dann folgte er mir wie ein gehorsames Hündchen in den hellerleuchteten Salon, zum fröhlichen Kaminfeuer, zu Mama mit ihrem liebevollen Lächeln für uns beide, ihre guten und braven Kinder.

In jener Nacht lag ich in Harrys Armen und ließ mich von ihm lieben, als könnten wir auf diese Weise den Morgen ewig fernhalten von uns. Meine Bereitwilligkeit und meine Leidenschaft erregten Harry so stark, daß er stundenlang keinen Schlaf finden konnte. Wir liebten uns, lange, sehr lange, und schliefen dann irgendwann doch ein, und als wir wach wurden, liebten wir uns wieder. Erst als vom Rosengarten her der frühe Gesang der Vögel erscholl, schlüpfte Harry aus meinem Zimmer. Von unten, dem Gesindequartier, klang das Gepolter von Wasserkrügen und das Gerassel von Milcheimern.

Allein, in meinem schmalen Bett, konnte ich nicht schlafen, hatte auch gar keine Lust dazu. Ich stützte mich hoch und blickte hinaus auf den Garten. Physisch fühlte ich mich befriedigt, auch erschöpft; was Wunder, schließlich hatten wir uns fast die ganze Nacht hindurch geliebt. Was ich nicht fühlte, war jene tiefe innere Stille, wie ich sie früher, nach nur zehn Minuten, bei Ralph empfunden hatte. Harry löste zwar Verlangen in mir aus, er bereitete mir auch Lust, jenen inneren Frieden jedoch verschaffte er mir nie. Harry gegenüber hatte ich immer das Gefühl, in einer Art Alarmzustand verharren zu müssen. Bei Ralph, dem Sohn der Zigeunerin, hatte ich mich in puncto Sinnlichkeit ebenbürtig fühlen können. Mit Harry war das anders. Ihm gehörte das Land, und an seiner Seite unbeschwert zu schlafen, wollte mir nicht gelingen.

Was meine Pläne betraf, so schien ich mich mit ihrer Hilfe in einen sicheren Hafen manövriert zu haben. Die Hochzeit würde stattfinden, und sowohl Braut als auch Bräutigam sahen in mir ihren wichtigsten Freund und Verbündeten. Indem ich mich von ihnen als Vertraute und Botin benutzen ließ, konnte ich für alle Zeit dafür sorgen, daß sie einander entfremdet blieben. Die einzige potentielle Gefahr für meine Zukunft schien mir in der Möglichkeit zu liegen, daß Harry einen Sohn und Erben bekommen würde. Mit Harry konnte ich mich in den tatsächlichen Besitz von Wideacre teilen; die Vorstellung jedoch, Celias Brut auf meinem Land aufwachsen zu sehen, war mir unerträglich. Solange Harry mir widerstandslos die Verwaltung von und die Macht über Wideacre überließ, konnte ich mich zu Recht zumindest als Mitbesitzerin fühlen; doch wenn er erst einmal einen Sohn hatte, würde er darangehen, für dessen Zukunft zu planen – ein absolut unakzeptabler Gedanke.

Sehr wahrscheinlich erschien eine solche Entwicklung allerdings nicht. Für Celia war die bloße Vorstellung ehelicher Pflichten ein Alptraum, der sie zittern und erblassen ließ: Sie machte wahrhaftig nicht den Eindruck einer gebärfreudigen Gattin. Ich konnte mir kaum vorstellen, daß sie und Harry sich mehr als nur ein paarmal – und das eher beiläufig – lieben würden. Auch erschien mir Celia nicht gerade als der Typ Frau, der so prompt und mühelos empfängt wie eine vor Gesundheit strotzende Bäuerin.

Im übrigen war ich jetzt auf Celia überhaupt nicht neidisch. Es würde mir nichts ausmachen, ihr etwa beim Betreten des Salons den Vortritt zu lassen, wie es ihr als Frau des Hauses gebührte. Es würde mir nichts ausmachen, weil ja jedermann wußte, wer auf Wideacre die wahre Macht besaß. Unsere County – unsere Grafschaft – ist klein, und jeder ist über jeden sehr genau im Bilde. Unsere Arbeiter hatten mich schon längst als die eigentliche Autorität anerkannt, und unsere Pächter fragten ausnahmslos immer erst mich um Rat. Während Harry in diesem Frühjahr einen Großteil seiner Zeit auf Havering Hall verbracht hatte, war ich damit beschäftigt gewesen, Zäune und sogar Cottages wieder instandsetzen zu lassen, ohne daß er das überhaupt bemerkte. In der gesamten Grafschaft wußte man, daß ich auf Wideacre das Sagen hatte.

Bald schon würde man überall begreifen, daß ich, auch wenn Celia als Harrys Gattin im Haus war, nicht im Traum daran dachte, die Zügel aus der Hand zu legen. Und ich hielt sie sehr straff, diese Zügel, und Köchin, Butler und Stallmeister legten mir allmonatlich ihre Abrechnungen vor. Weder im Haus noch in den Stallungen gab es Extra-Ausgaben, die nicht zuvor von Miß Beatrice genehmigt worden waren. Falls Celia auch nur versuchen würde, eine Dinner-Party ohne mein Wissen zu planen, so mußte sie scheitern. Ohne Miß Beatrice' Erlaubnis wurde weder Wein aus dem Keller geholt noch auf der Home Farm ein Lamm geschlachtet. Celia würde entdecken – falls sie es nicht schon wußte –, daß sie auf Wideacre nur eine untergeordnete Rolle spielen konnte.

Allerdings würde ich mir von ihr sehr gern die lästigen gesellschaftlichen Verpflichtungen abnehmen lassen: zeitraubende Besuche und Tee-Parties. Mindestens einmal pro Woche mußte ich Mama zu solchen

»Anlässen« begleiten, und regelmäßig an jedem Mittwochnachmittag empfingen wir unsererseits Besucher. Meine Woche war gleichsam durchlöchert von jenen sterbenslangweiligen Nachmittagen, an denen ich – je nach Saison in Samt oder Seide – hinter der »Tea-Urn« saß und Tee einschenkte und lächelte und über das Wetter sprach oder über das neue Schauspiel in Chichester oder die Predigt des Vikars oder über eine bevorstehende Vermählung.

Schon der Gedanke an diese allwöchentliche Tortur verursachte mir Unbehagen, und die unerträgliche Langeweile solcher Nachmittage rief in meinen Beinen ein unkontrollierbares Kribbeln hervor.

»Setz dich doch, Beatrice, du bist ja so ruhelos«, pflegte Mama zu sagen, wenn die Kutsche mit der letzten Besucherin endlich entschwunden war.

»Ich bin ganz krumm und steif vor lauter Sitzerei«, erwiderte ich dann verzweifelt, während sie seufzte und mich irritiert musterte. Ich warf mir einen Schal um und spazierte gemächlich davon, bis ich den Wald erreichte. Dort, vor fremden Blicken geschützt, raffte ich meine Röcke hoch und jagte geradezu über die Pfade dahin. Wenn dann mein Blut wieder richtig pulsierte, wenn meine Lunge gefüllt war mit frischer Luft und meine Beine ihre bleierne Schwere verloren hatten, schlenderte ich nach Hause zurück, in der Hand mein an seinen Bändern schwingendes Bonnet, den Kopf in den Nacken zurückgelehnt, um das Gewirr der Äste und Zweige zu betrachten, während das Gezwitscher und der Gesang der Vögel meine Ohren reinzuspülen schien.

Die Mittwochnachmittage würde ich Celia liebend gerne überlassen. Und die Sonntagnachmittage dazu. Nach dem Gottesdienst und einem ausgiebigen Mittagsmahl genoß Harry das Privileg, sich in die Bibliothek zurückzuziehen, wo er sich angeblich ernster Lektüre widmete, in Wirklichkeit jedoch schlummerte, bequem in seinem Sessel, die Füße auf dem Schreibtisch – während ich im Salon stocksteif auf einem Stuhl sitzen und Mama aus einem religiösen Buch vorlesen mußte: gerade das Richtige für die erbauungsselige Celia.

Das einzig für mich Interessante am gesellschaftlichen Leben in unserer Grafschaft waren jene Augenblicke, die sich eher zufällig ergaben, wenn sich genügend junge Leute zusammenfanden und, mit Erlaubnis einer großzügigen Mutter oder Tante, die Teppiche zurückgerollt wurden, damit man tanzen konnte. Ich mochte die Zusammenkünfte in Chichester, an denen wir teilnahmen, wenn das Lammen vorüber und die Straßen wieder besser befahrbar waren. Und ich liebte die ungezwungene männliche Kameradschaft bei den Jagden und die Tänze im Winter, nach dem Dinner. Doch mit Ausnahme solcher Anlässe – wenn es mir in den Füßen zuckte und ich mit jedem tanzte aus schierer Freude am Umherwirbeln im Raum – konnte mir das gesellschaftliche Leben gestohlen bleiben. Ich schlug halt meinem Papa nach. Mein Heim war alles, was ich brauchte, und von mir aus konnte Wideacre bis in alle Ewigkeit auf jeder Tee-Party von der stillen, hübschen Celia repräsentiert werden.

Die hübsche, kleine Celia, ja. Zweifellos hätte ich mir wegen ihrer zukünftigen Position einige Sorgen gemacht, wäre ich nicht – ohne jedwede Eitelkeit – sicher gewesen, weitaus hübscher zu sein als sie. Celia war ein liebliches Mädchen: braune Augen, so sanft wie Stiefmütterchen, eine Haut wie Creme. Doch an meiner Seite wurde sie gleichsam unsichtbar. In jenem Sommer glühte ich vor Schönheit und Sinnlichkeit. Ging ich in Chichester eine Straße entlang, so spürte ich, wie die Leute mich beobachteten – Frauen genauso wie Männer –, und zwar mit unverkennbarem Vergnügen: meinen raschen, beschwingten Gang, mein in der Sonne kupferfarben gleißendes Haar, mein strahlendes Gesicht, mein unbeschwertes Lachen.

Hätte ich ein Leben geführt, wie Mama es für mich wünschte, so wäre ich wohl so stolz gewesen wie ein törichter Pfau. Doch in dem Leben, das ich für mich gewählt hatte, war es nicht weiter wichtig, welche Farben mir besonders gut »standen« oder ob mein Haar gut frisiert war. Für mich war entscheidender, ob ich eine Schar von Schnittern »in Linie« halten konnte. Das klare Grün meiner Augen mochte ja reizvoll und interessant sein, für mich war viel wichtiger, daß ein einziger harter Blick aus ihnen genügte, um einen faulen Ackerknecht zur Eile anzuspornen.

Was Celia betraf, so behielt ich sie trotz allem scharf im Auge; schließlich war sie meine Rivalin und ich kein naiver Engel. Im übrigen freute ich mich – ganz unengelhaft – auf ihren Hochzeitstag, weil ich dann, als ihre Brautführerin, irgendwann an ihrer Seite stehen und sie überstrahlen würde.

Die graue Seide, die Celia ausgewählt hatte, würde mir ganz ausgezeichnet stehen. Und ich würde eine hochgetürmte Frisur tragen, aus der dann, wie unabsichtlich, eine losgelöste Locke über meine entblößte Schulter fiel. Weiß, schneeweiß würde mein Haar gepudert sein, in eindrucksvollem Kontrast zum strahlenden Grün meiner Augen und der warmen, lebendigen Tönung meiner Haut. Die sauertöpfige alte

Schneiderin, die man, wegen der letzten Anproben, eigens aus London nach Havering Hall geholt hatte, hielt buchstäblich den Atem an, als ich aus Celias Umkleidezimmer trat, um mich vor den Spiegel zu stellen.

»Miß Lacey, Ihr werdet dort die schönste Lady sein«, sagte sie.

Ich betrachtete mich im Spiegel in Celias Schlafzimmer. Das Kleid war aus moirierter Seide, die – changierend – das Licht reflektierte, während ich mich bewegte, und dennoch so gleichmäßig glatt und matt wirkte wie Zinn. Wer mich darin sah, wollte mich gewiß unbedingt berühren. Es haftete an mir wie eine zweite Haut, und da ich darunter nichts anhatte – ich war buchstäblich splitterfasernackt –, schien es, als riefe das kostbare Gewebe bei jeder Bewegung von mir: »Seht nur! Seht! Seht!« Ich sah in der Tat sehr, sehr reizvoll aus. Und war glücklich darüber.

Das graue Mieder war mit winzigen Perlen bestickt und so eng geschnürt, daß ich kaum atmen konnte. Es drückte so stark auf meine Brüste, daß sie, in warmen, weichen Rundungen, teilweise aus dem Ausschnitt quollen. Und mehr, sehr viel mehr ließ sich ahnen.

Doch mein selbstzufriedenes Lächeln erlosch, als die Tür auf der anderen Seite von Celias Schlafzimmer aufging und sie hereintrat, um sich neben mir vor den Spiegel zu stellen. In ihrem Hochzeitskleid aus weißer Seide, mit einem Muster aus Silberfäden, sah sie aus wie eine Märchenprinzessin. Kein Mann konnte mich ansehen, ohne wilde Begierde zu empfinden. Kein Mann und keine Frau konnten Celia ansehen, ohne sie zu lieben. Ihre Taille, nicht weniger schlank als meine eigene, wurde noch betont durch das spitze Dreieck des Mieders, und ihr schmaler Rücken erhielt seinen besonderen Reiz durch den glatt herabfallenden Wurf des Seidengewebes, das sich aufreizend zu bewegen begann, wenn sie sich bewegte. Ihr sanftes braunes Haar trug sie hochgetürmt. Sie hatte es an diesem Tag nicht gepudert; doch konnte ich mir vorstellen, wie es – wie sie – wirken würde, wenn es gepudert und sorgfältig gelockt war: Sie würde das Herz eines jeden Mannes rasend schnell schlagen lassen, nicht nur vor Begierde, sondern auch vor Zärtlichkeit.

Sie lächelte, über meinen Anblick offenbar ehrlich erfreut, und sagte: »Oh, Beatrice! Du siehst reizender denn je aus. Du solltest die Braut sein, nicht ich!«

Ich erwiderte ihr Lächeln, fragte mich jedoch unwillkürlich, ob sie mit ihrer Bemerkung recht hatte: Welche von uns, völlig freie Wahl vorausgesetzt, würde Harry wohl vorziehen?

»Ist irgendwas, Beatrice?« fragte sie, zu mir blickend. »Woran denkst du, daß du so tiefernst aussiehst?«

»Ich habe an deinen zukünftigen Gatten gedacht«, sagte ich in der Hoffnung, den glücklichen Ausdruck von ihrem Gesicht wischen zu können. Es gelang, mit durchschlagendem Erfolg: Sie wurde leichenblaß, ihr Herzschlag schien auszusetzen.

»Sie können gehen, Miß Hokey«, sagte sie zur Schneiderin und sank dann auf den Fenstersitz, ohne auf die empfindliche, feine Seide ihres Kleides zu achten. Sie verknitterte sie sogar zwischen ihren unruhigen Händen.

»Kannst du auf die Hochzeitsreise mitkommen?« fragte sie, mit vor Angst geweiteten Augen. »Er hat mir einen Brief geschrieben, in dem er sich dafür bedankt, daß ich dich darum gebeten habe; doch ging nicht klar hervor, ob du mitkommen kannst oder nicht. Kannst du, Beatrice? Denn je mehr ich darüber nachdenke, desto sicherer bin ich, auf gar keinen Fall mit ihm allein reisen zu können.«

»Ich kann«, sagte ich triumphierend und sah, wie sich ihre Miene aufhellte.

»Oh! Was für eine Erleichterung!« rief sie und lehnte ihren Kopf mit der Stirn gegen die kühle Fensterscheibe. Sie seufzte tief, und ich sah, daß ihr Gesicht noch immer voller Anspannung war.

»Gibt es noch etwas, das dich bekümmert, Celia?«

»Es ist verkehrt von mir, ich weiß«, sagte sie. »Aber es ist der Gedanke an die ... Hochzeitsnacht. Geplant ist, daß wir nach dem Hochzeitsfrühstück zum Golden Fleece in Portsmouth fahren, um am darauffolgenden Morgen ein Schiff nach Frankreich zu nehmen. Ich kann den Gedanken nicht ertragen ...« Sie unterbrach sich, und wieder sah ich das Zucken der Angst in ihrem jungen Gesicht. »Sollte ich verletzt werden«, sagte sie leise, »oder mich sehr fürchten, so wäre es mir lieber, nicht in einem kleinen Hotel zu sein, zumal in England und dazu noch nicht weit von daheim.«

Ich nickte. Mir sagte so etwas zwar nichts; es war ganz einfach Unsinn, wenngleich zu meinem Vorteil. Doch besaß ich durchaus ein Ohr für Empfindlichkeiten.

»Du meinst, es könnte geklatscht werden, und die Leute würden dann wohl allerlei über dich erzählen«, sagte ich verständnisvoll.

»Oh, nein!« widersprach sie überraschenderweise. »Nicht über mich, sondern über Harry. Es wäre mir gar nicht recht, wenn er durch Klatsch beunruhigt würde, zumal ja ich der Grund dafür wäre mit meiner törichten Unfähigkeit zu...« Sie hielt einen Augenblick inne. »... mich so zu verhalten, wie sich eine Braut zu verhalten hat.«

Sie war wirklich ein Herzblatt! Da verging sie fast vor Angst und dachte doch zuerst an uns. Gut zu wissen, daß der künftigen Lady von Wideacre so sehr an der Erhaltung unseres guten Namens gelegen war.

»Ich bin sicher, daß Harry dich in der ersten Nacht – entschuldigen wird«, sagte ich und dachte voll Genugtuung daran, daß er seine erste Nacht als Ehemann genau dort verbringen würde, wo auch für den allergrößten Teil seines weiteren »Ehelebens« sein Platz sein mochte – bei mir. »Was die Reise nach Portsmouth und dann nach Frankreich betrifft, so sollten wir uns vielleicht darauf einigen, als Freunde zu reisen, bis wir wohlbehalten in Paris angekommen sind.«

Sie senkte den Blick und nickte. Mit dieser Zustimmung räumte sie mir einen weiteren Halt in Harrys Leben ein. Ich lächelte ihr aufmunternd zu und umarmte sie; fühlte die schlanke, biegsame Taille und spürte, durch ihr Kleid hindurch, die Wärme ihres Körpers. Sie wandte mir ihr trauriges Gesicht zu und schmiegte dann ihre Wange an meine.

Auf ihrer glatten, sanften Haut war eine winzige Spur von Feuchtigkeit – Tränen; und unwillkürlich kam mir der Gedanke, daß, falls Harry sie jemals so sah, all meine Kraft und meine Leidenschaft ihn nicht würden halten können. Auf einen Mann wie Harry mußte ihr reizvoller jungfräulicher Körper dann geradezu unwiderstehlich wirken, und ihre Jugend, ihr Vertrauen und ihre Sensibilität würden in ihm eine sanfte und zärtliche Liebe erzeugen. Ich gab ihr einen kleinen Kuß auf die Lippen, die – zumal im Kontrast zu Harrys gierigen Bissen – überaus weich und süß wirkten.

Rasch kleidete ich mich um, schlüpfte wieder in mein graues Reitkostüm.

Während ich vor Celias Spiegel meine Locken zurechtzupfte, klopfte es an die Tür, und Lady Havering trat ein.

»Allmächtiger Himmel, Celia, zieh auf der Stelle das Kleid aus«, sagte sie mit ihrer festen Stimme. »Wenn du so herumsitzt, wirst du es verknittern und verderben.« Sofort eilte Celia davon, um sich umzukleiden. »Vermutlich habt ihr beiden Mädchen von eurer Reise geträumt«, sagte Lady Havering zu mir.

Ich lächelte, knickste, nickte.

»Es ist von Celia so freundlich, mich einzuladen, und ich bin glücklich, daß Mama mich entbehren kann.«

Sie quittierte meine Antwort mit einem stummen Nicken. Lady

Havering war eine imposante Frau, die das Zeug hatte, in unserer Grafschaft eine führende Rolle zu spielen. Ein wenig grobknochig, jedoch wohlproportioniert, besaß sie eine Präsenz, welche auf ihre Tochter, aber auch auf jedermann sonst völlig überwältigend wirkte. Jetzt nahm sie auf einem Stuhl Platz und musterte mich mit der Unverblümtheit einer Frau von Stand und Rang, die sich in ihrem eigenen Hause weiß. Wie sie sich, mit ihrem kranken ersten Gatten, in das kleine Stadthaus in Bath eingefügt haben mochte, blieb für mich unerfindlich. Lord Havering jedenfalls hatte in der reichen Witwe eine Person erkannt, welche bereit war, hinwegzusehen über seine tatsächliche Armut wegen der Bedeutung seines offiziellen Ranges: eine Frau, die stets den äußeren Anschein aufrechterhalten würde, mochte er sie auch noch so schlecht behandeln. Er hatte eine kluge Wahl getroffen; Lady Havering war ihren Pflichten getreulich nachgekommen – sie hatte sich um die Kinder aus seiner ersten Ehe gekümmert und selbst Nachkommen in die Welt gesetzt. Havering Hall hielt sie so gut in Gang, wie es ihr möglich war als eine Frau, die kein Geld hatte und keine Liebe zum Land. Sie beklagte sich weder über den häufigen Aufenthalt ihres Lords in London noch über sein nicht weniger häufiges Auftauchen mit einer Schar betrunkener Freunde, die dann auf Fasanenjagd gingen und auf ihren Pferden das Getreide niedertrampelten.

»Wie ich sehe, läßt deine Mama dich allein ausreiten«, sagte Lady Havering abrupt. Ich blickte auf meine graue Reitkleidung. »Ja«, erwiderte ich. »Ich hätte wohl auf unserem Besitz bleiben sollen, doch wollte ich gern Celia besuchen und dachte mir, es würde mich ja niemand sehen.«

»Lax«, sagte ihre Ladyschaft, ohne es beleidigend zu meinen. »Aber du hast ja immer sehr viel Freiheit genossen, für ein junges Mädchen. In meiner Jugend wäre eine junge Dame überhaupt nicht so weit geritten, nicht einmal in Begleitung ihres Pferdeknechts oder ihres Bruders.«

Man wußte auf Havering Hall also von meinen Ritten mit Harry. Ich lächelte nichtssagend und schwieg.

»Du wirst dich umstellen müssen, wenn du in die Gesellschaft eingeführt wirst«, sagte sie. »Wenn du nach London reist, kannst du nicht auf einem von Harrys Jagdpferden in der Stadt umherreiten.«

»Nein.« Ich lächelte. »Aber ich glaube auch nicht, daß Mama irgendwelche Pläne hat, mit mir nach London zu reisen.«

»Vielleicht könnten wir dich ja mitnehmen«, erklärte sie großmütig. »Wenn wir in der nächsten Saison für Celia und Harry Havering

House öffnen, könntest du mitkommen und bei Hofe eingeführt werden. Ich werde mit deiner Mama sprechen.«

Ich lächelte und dankte ihr. Um mich von Wideacre fortzulocken, brauchte es mehr als die Verheißung eines Hofknickses vor dem König; aber bis zur nächsten Saison war noch viel Zeit. Gewiß gab es in meinem Leben Augenblicke voller Eitelkeit, doch bewahrte ich mir stets genügend nüchternen Sinn, um letztlich die Ruhe von Wideacre dem gesellschaftlichen Leben und Treiben in London vorzuziehen. Die raunende Bewunderung, die mich beim Betreten eines der Chichester Assembly Rooms empfing, war das äußerste an Schmeichelei, was ich je erlebt hatte, und ich war nicht Törin genug, um mehr zu wollen.

»Schockierende Neuigkeiten von jenen Brot-Unruhen in Kent«, sagte Lady Havering gesprächsweise.

»Neuigkeiten?« fragte ich, plötzlich hellwach. »Was für Neuigkeiten? Was ist geschehen?«

»Ich habe einen Brief von einer Freundin aus Tunbridge Wells bekommen«, sagte ihre Ladyschaft. »Es hat eine Unruhe gegeben, und offenbar ist sogar Getreide verbrannt worden. Der Einsatz von Miliz wurde erwogen, doch die Friedensrichter nahmen einige der schlimmsten Missetäter in Haft.«

»Bestimmt ist es genau das gleiche wie immer«, sagte ich. »Die Ernte wird in diesem Jahr nicht sehr gut sein. Der Preis steigt bereits. Die Armen müssen hungern, und ein paar üble Kerle stiften Unruhen an, bis schließlich irgendein Grundbesitzer zur Vernunft kommt und ihnen billiges Getreide verkauft. Das ist doch in fast jedem schlechten Jahr so.«

»Nein, diesmal scheint es schlimmer zu sein als sonst«, sagte sie. »Ich weiß, daß man von seiten der Arbeiter Unverschämtheiten zu erwarten hat, wann immer sie Mangel leiden, aber dies hat ja geradezu Ähnlichkeit mit einem geplanten Aufstand! Einfach gräßlich! Mal sehen, ob ich den Brief finden kann.«

Sie suchte in ihrer Tasche, und ich machte mich gefaßt auf den geschwätzigen Erguß einer alten Dame, die sich, halb zu Tode geängstigt, über ferne Ereignisse ausließ. Aber als Lady Havering dann zu lesen begann, hörte ich mit steigender Aufmerksamkeit zu, während in mir gleichzeitig kalte Furcht um sich griff.

»›Teure …‹, hmm, hmm, hmm, ja, hier haben wir's. ›Hoffentlich ist es in Eurer Grafschaft ruhig, denn kaum zwanzig Meilen von Tunbridge Wells sollen sich ja die schrecklichsten Dinge ereignen. Ich gebe die Schuld den Richtern, die in der Vergangenheit zu lax waren bei der

Bestrafung der Unzufriedenen, so daß der Pöbel nun meint, sich alles herausnehmen zu können. Ein gewisser Mr. Wooler, ein guter, ehrlicher Händler, hatte einen Vertrag abgeschlossen, wonach er das Getreide seiner sämtlichen Nachbarn den Londoner Kaufleuten schikken sollte, statt es, nach alter Gewohnheit, an Ort und Stelle mahlen zu lassen. Er betrieb die Sache in so großem Stil, um das Geschäft wirklich gewinnträchtig zu machen – eine überaus vernünftige Überlegung.‹ «

Ich nickte. Für mich war die Sache sonnenklar. Mr. Wooler hatte gemeinsam mit seinen Nachbarn so etwas wie ein Verkaufsmonopol gebildet, so daß sie für ihr Getreide einen Höchstpreis erzielen konnten. Sie schickten, auf vielen Wagen, die gesamte Ernte des betreffenden Gebietes nach London, entzogen sie also dem lokalen Markt. Für Mr. Wooler würde ein hübscher Gewinn herausspringen. Genau wie für seine Nachbarn. Für die Pächter allerdings, wie auch für die ärmeren Arbeiter, würde es dort, wo sie lebten, kein Getreide oder Mehl geben: Sie würden zu benachbarten Märkten reisen müssen, um dort ihren Bedarf zu decken. Das jedoch mußte die Preise steil in die Höhe treiben – mit entsprechendem Gewinn für die Landbesitzer, die Mr. Woolers in dieser ungerechten Welt. Und wer die inflationären Preise nicht aufbringen konnte, der ging halt leer aus: jene, die nicht einmal auf Kartoffelkost oder auf nachbarschaftliche Hilfe rechnen konnten, würden hungern müssen, wenn nicht verhungern.

Lady Havering fuhr fort: » ›Da Mr. Wooler einige Schwierigkeiten mit dem lokalen Pöbel voraussah, traf er entsprechende Vorkehrungen. Er ließ seine Wagen von fünf starken, berittenen Männern begleiten, die sowohl mit Schußwaffen als auch mit Knütteln bewaffnet waren.‹ «

Mr. Wooler erschien mir etwas überängstlich. Allerdings mußte er selbst am besten gewußt haben, wie viele Familien durch sein Gewinnstreben vom Hungertod bedroht sein würden; und wieviel Zorn sich aufstauen mußte in den Eltern, deren Kinder dort vor Hunger weinten.

» ›Er war auf Schwierigkeiten gefaßt, jedoch nicht auf das, was sich dann tatsächlich ereignete‹ «, fuhr Lady Havering fort, während Celia hereinschlüpfte und sich rasch setzte, um zuzuhören.

» ›Als sie auf dem Weg nach London zu einem besonders unübersichtlichen Abschnitt kamen, wo dichtes Gehölz das Terrain beherrschte, da vernahm Mr. Wooler plötzlich ein langgezogenes, leises Pfeifen. Entsetzt sah er, wie sich etwa dreißig Männer vom Boden erhoben, manche bewaffnet mit Sensen oder Hippen, andere mit Knütteln in den Händen.

Vorn versperrte ein gefällter Baum den Weg, und als Mr. Wooler sich umwandte, hörte er, wie hinter ihm ein anderer Baum zu Boden krachte, so daß sich auch dort eine Sperre befand. Eine unheimlich dröhnende Stimme befahl Mr. Woolers Leuten, ihre Feuerwaffen auf den Boden zu legen: die Männer sollten absitzen und zu Fuß zum Dorf zurückkehren.‹ «

Ich hörte angespannt zu. Uns oder unser Land konnte dergleichen allerdings niemals betreffen, denn für mich verbot es sich ganz einfach, mit Londoner Händlern einen solchen Vertrag abzuschließen – mein Vater hatte für so etwas nur Verachtung übrig gehabt. Der Weizen von Wideacre wurde niemals verkauft, solange das Korn noch im Halm stand. Und stets kam es auf den lokalen Markt, wo die Armen für ein Scherflein einkaufen und die Händler bei einer fairen Auktion meistbietend ersteigern konnten. Dennoch empfand ich eine Spur von Beklemmung, denn jeder Angriff auf Besitz löst beim Besitzenden Ängste aus, und dieser bewaffnete Überfall war überdies etwas, wovon ich noch nie gehört hatte. Stets war mir bewußt – so wie es wohl jedem Angehörigen der höheren Gesellschaft stets bewußt war –, daß wir ein ausgesprochenes Wohlleben führten, gekleidet in Seide und sauberes Leinen, mit warmen, wunderschönen Herrenhäusern als Domizil, während rings um uns die Mehrheit der Menschen hungerte und im Elend hauste. Im Umkreis von zweihundert Meilen gab es vielleicht nur noch drei ähnlich reiche Familien wie wir auf Wideacre. Andererseits lebten dort Hunderttausende von armen Menschen, die sich den Buckel für uns krumm arbeiteten.

Daher löste er eine begreifliche Furcht in mir aus, der Gedanke, daß arme Menschen einen bewaffneten Angriff auf Eigentum organisierten. Gleichzeitig empfand ich aber auch ein leises Gefühl der Bewunderung für die Männer, die sich gegen diesen cleveren Mr. Wooler erhoben hatten, um das in ihrer Heimat angebaute Getreide dort zu behalten, damit sie es zu einem anständigen Preis kaufen konnten. Ihre Handlungsweise war gesetzwidrig, natürlich, und falls man sie fing, würde man sie hängen. War es ihnen jedoch gelungen, ihr Dorf vor einem Hungerwinter zu bewahren, so würden sie dort als Helden gelten; und falls es so etwas wie eine natürliche Gerechtigkeit gab, konnte sie niemand eines Unrechts bezichtigen.

Celias Reaktion war, wie sich voraussehen ließ, weit konventioneller.

»Abscheulich«, sagte sie.

Lady Havering las weiter: » ›Während die Männer zögerten und ratsuchend zu Mr. Wooler blickten, rief eine Stimme: Bist du Wooler? Wenn du dich bewegst, bist du ein toter Mann! Und dann krachte ein Schuß, und eine Kugel riß Mr. Wooler den Hut vom Kopf.‹« Lady Havering hielt inne, um sich davon zu überzeugen, daß ich gebührlich entgeistert war – mein entsetztes Gesicht stellte sie offenbar vollauf zufrieden. Zu einer solchen Schußgenauigkeit bedurfte es jahrelangen Übens, und ich hatte nur einen Mann gekannt, einen einzigen Mann, der so genau schießen konnte. Lady Havering blätterte um.

»›Mr. Wooler blickte in die Richtung, aus welcher der Schuß gekommen war, und er sah ein Roß, ein großes, schwarzes Roß sowie zwei schwarze Hunde und einen Reiter, der ihm zurief: Ich habe frisch geladen, Wooler, und die nächste ist für dich! – Mr. Wooler blieb nichts anderes übrig, als dem Befehl zu gehorchen und unter Zurücklassung seines Pferdes und des Getreides in den Wagen zu Fuß zum Dorf zu gehen. Bis die Squires alarmiert und die Richter mobilisiert waren, hatte der Schauplatz sein Gesicht verändert. Die Wagen waren fort, und man fand sie erst vier Tage später wieder, leer...‹«

»Gütiger Himmel, wie schrecklich«, sagte Celia mit ruhiger Stimme.

Ich meinerseits schwieg. Vor meinem inneren Auge sah ich sie sehr deutlich, die Szene dort im dunklen Wald: den Kreis der stummen, bewaffneten Männer, bedingungslos der durchdringenden Stimme gehorchend; den Anführer auf dem mächtigen Pferd, der so ungeheuer genau schießen und so unglaublich schnell wieder laden konnte. Es schien unvorstellbar, und dennoch: bei Ralph hatte ich es erlebt. Nicht einmal Harry war dazu imstande, trotz jahrelanger Übung und erstklassiger Pistolen. Aber mit meinen eigenen Augen hatte ich gesehen, wie Ralph nach dem Schuß, während sein Pferd ruhig stand, mit nur einer Hand frisch lud, kaum daß man bis zwanzig zahlen konnte. Es war unwahrscheinlich, daß irgendwer außer ihm über eine solche Fähigkeit verfügte, doch scheute ich vor der offenkundigen Schlußfolgerung zurück.

»›Mr. Wooler befragte eine Anzahl von Männern, aber trotz rigoroser Verhöre sagten sie nichts. Natürlich wird man sie hängen; dennoch weigerten sie sich, die Mitglieder ihrer üblen Bande oder ihren Führer zu identifizieren. Mr. Wooler hat seinerseits erklärt, er habe den Mann nicht deutlich sehen können. Er erinnert sich verschwommen, daß sich der Mann zur Tarnung ein Tuch ums Gesicht geschlungen hatte.‹« Lady Havering blickte über den Rand des Briefbogens hinweg und brach ab.

»Fühlst du dich nicht wohl, meine Liebe?« fragte sie.

»Doch, doch«, erwiderte ich. Mir wurde bewußt, daß ich mich wie im Krampf mit den Fingern an meinen Sitz klammerte. Ich lockerte den Griff und versuchte normal zu sprechen.

»Was für eine schreckliche Geschichte«, sagte ich. »Wie ein Alptraum. Gab es denn ...« Ich suchte nach Worten, um die Frage geschickt zu formulieren. »Gab es denn nichts Auffälliges an dem Reiter; irgend etwas, das es leicht machen würde, ihn zu identifizieren?«

»Nein. Offensichtlich nicht«, sagte Lady Havering. »Mr. Wooler hat eine hohe Belohnung ausgesetzt, aber niemand hat diesen Mann verraten. Allem Anschein nach wird er völlig ungeschoren bleiben. Ich bin nur froh, daß er sich in Kent befindet. Einfach entsetzlich, die Vorstellung, er könnte in der Nähe von Havering sein ... oder von Wideacre«, fügte sie als Nachgedanken hinzu.

Ich versuchte zu lächeln, doch es wollte nicht gelingen. Es war mir unmöglich, mein Gesicht zu kontrollieren, und ich klapperte ganz buchstäblich mit den Zähnen. Der beinlose Mann auf dem Rappen in Portsmouth und der Mann auf dem Rappen im dunklen Gehölz, der so ungeheuer genau schießen und so unglaublich schnell laden konnte, nein, sie waren nie und nimmer ein und derselbe. Es war töricht von mir, einen solchen Schrecken zu empfinden. Und es war gefährlich, vor Lady Haverings wachem und Celias besorgtem Blick die Selbstkontrolle zu verlieren. Ich versuchte, normal zu sprechen, brachte jedoch nur ein Krächzen hervor; gewaltsam hielten meine Halsmuskeln den Schrei zurück, der hervordringen wollte. Der Ralph meiner Alpträume schien menschliche Gestalt anzunehmen – vielerlei Gestalt, vielerlei Gesichter. In Portsmouth, in Kent, überall. Führte, stets auf einem Rappen, Menschen zum Angriff auf Eigentum; näherte sich mir immer mehr. Selbst als ich jetzt das Bewußtsein verlor, versuchte ich mit letzter Kraft die Augen offenzuhalten, um gewappnet zu sein, falls das Dunkel der Ohnmacht Ralph zu mir kommen lassen würde. Ralph auf einem mächtigen Rappen an der Spitze einer dreißigköpfigen Schar hungriger, zorniger Männer – ein Reiter mit an den Knien abgehackten Beinen.

Ich erinnere mich nicht, wie ich nach Hause gelangte. Man erzählte mir, ich sei in der Havering-Kutsche heimgefahren worden mit Lady Havering an meiner Seite. Eine Erinnerung daran habe ich jedoch nicht. Dabei war ich, bis auf zwei Phasen, keineswegs völlig bewußtlos; doch lähmte mich die Furcht in einem solchen Maße, daß ich weder sprechen noch mich bewegen konnte. Immer wenn ich die Augen schloß, sah ich in meiner panisch überhitzten Phantasie Ralph: Wie er, gleich einer zerbrochenen Puppe, zusammengeklappt über den gezackten Metallbacken der Menschenfalle hing; und wieder hörte ich das Krachen seiner Knochen und seinen heiseren Schrei. Und öffnete ich die Augen, um diesem Bild des Entsetzens zu entkommen, so erblickte ich durch das Fenster der Kutsche einen Reiter und meinte in meiner Angst, es sei Ralph auf seinem mächtigen Rappen.

Als ich wieder daheim war, schickte man sofort nach dem neuen Arzt aus Chichester, dem gescheiten jungen Dr. MacAndrew. Ich nahm ihn kaum wahr, begriff nur mit Mühe, daß er kurze, präzise Fragen stellte; und dann spürte ich seinen Arm um meine Schultern und ein Glas an meinen Lippen, und das Laudanum glitt wie ein Seelenbalsam meine Kehle hinunter.

Träume – dank Gott und Laudanum – hatte ich nicht. Ich schlief wie ein Kind, und kein schwarzer Schatten verfolgte mich. Als ich am nächsten Tag wieder aufwachte, saß Dr. MacAndrew an meinem Bett. Ich lächelte nicht, sah ihn auch nicht an. Ich sagte nur leise: »Bitte, lassen Sie mich wieder schlafen.«

Er gab zurück: »Am besten befolgen Sie meinen Rat und scheuen nicht zurück vor dem, was Sie ängstigt. Sie haben genug geschlafen.«

Jetzt blickte ich zu ihm und dann zu meiner Zofe, die beim Bett stand, und zu meiner Mama am Fußende. Ob ich im Schlaf wohl irgend etwas gesagt hatte, das meine wahren Gedanken verriet und mir also schaden konnte? Sonderbarerweise schien mir das jetzt gar nicht sehr wichtig. In den Augen des Arztes fand sich ein Ausdruck von Interesse und Anteilnahme; nichts ließ darauf schließen, daß er ein tödliches Geheimnis erfahren hatte. Und so nahm ich auch an, daß er nichts wußte.

»Möglicherweise haben Sie ja recht«, sagte ich. »Aber ich weiß schon, was das Beste für mich ist. Ich bitte Sie, mir wieder jene Medizin zu verabfolgen und mich schlafen zu lassen.«

Er musterte mich aufmerksam aus hellen, blaugrauen Augen.

»Nun ja«, sagte er nachsichtig, »vielleicht wissen Sie wirklich, was das Beste für Sie ist. Nehmen Sie also dies hier ein, und falls Sie bis morgen früh durchschlafen, so werde ich dann wieder nach Ihnen sehen.«

Wortlos schluckte ich die Arznei, blickte kurz zu Mama und der Zofe und wartete dann mit geschlossenen Augen auf den Trost des Vergessens. Gerade als das Gefühl des Schreckens wiederzukehren drohte und meine wie fieberhaft überreizten Sinne mir vorzugaukeln begannen, daß Ralph sich in wildem Ritt Wideacre näherte, auf der Jagd nach mir, spürte ich die tiefe Wärme der Medizin und die friedvolle Süße des mich umfangenden Schlafs. Ich lag gelöst und lächelte in kindlicher Dankbarkeit die vor meinem halbbetäubten Blick wabernde Gestalt des Arztes an. Er war nicht besonders hübsch, doch irgend etwas in dem kantigen Gesicht mit den hellblauen Augen und dem sandfarbenen Haar flößte mir ein Gefühl der Geborgenheit ein. Und es hatte auch nichts Erschreckendes für mich, als er, während ich in Schlaf fiel, meine Mutter fragte: »Was mag diesen Nervenanfall bei ihr hervorgerufen haben?«

Als ich wieder aufwachte, war die Frage längst beantwortet, und ich brauchte mir keine Lüge über meine Nervenkrise auszudenken. Mama war nämlich der festen Überzeugung, daß ich in der gleichen Weise auf Katzen reagierte wie sie; und ich hatte – gesegnet sollte das Katzenvieh sein – auf einem Kissen gesessen, auf dem Celias verhätschelte Perserkatze zu schlafen pflegte. Die Erklärung wirkte viel zu verlockend, um verworfen zu werden. Mochte Dr. MacAndrew auch eher skeptisch dreinblicken, für Mama und Lady Havering war das Rätsel damit gelöst, und als ich dann am dritten Tag wieder unten im Salon erschien, erwarteten mich keinerlei peinliche Fragen. Harry, Mama und Celia, die an diesem Tag zu Besuch gekommen war, stürzten auf mich zu und umsorgten und umhegten mich, und alle gaben sich offenbar mit der »Katzen-Erklärung« zufrieden. Der schicksalhafte Brief von der klatschsüchtigen Freundin aus Tunbridge Wells war bei allen in Vergessenheit geraten; nur bei mir nicht.

Natürlich konnte ich ihn nicht vergessen, und während der nächsten Tage verfolgte er mich geradezu. An jedes einzelne Wort der Beschreibung erinnerte ich mich. Die düstere Straße im dichten Gehölz; die jähe Überrumpelung mit den niederkrachenden Bäumen hinter den schwerbeladenen Wagen; die Männer, die sich auf den Pfiff langsam aus den Farnen erhoben – und vor allem der riesige Rappe des Anführers und die beiden schwarzen Hunde.

Unerbittlich verfolgten mich die Bilder, welche der Brief heraufbeschworen hatte; sie verfolgten mich im Schlafen wie im Wachen und wollten nicht verblassen, sondern gewannen noch an bedrohlicher Schärfe, bis ich mich schließlich immer stärker an die Hoffnung klammerte, die ganze Bande werde gewiß gefangen werden, damit der Henker an Ralph vollenden könne, was ich verpfuscht hatte.

Ein Überfall von einem solchen Ausmaß würde eine gewaltige Reaktion auslösen, und bestimmt würde man amtlicherseits alles unternehmen, um den Anführer dingfest zu machen. Große Belohnungen würden die Treue seiner Anhänger untergraben, und die Widerstandskraft jener, derer man habhaft wurde, würde man mit Hilfe hartnäckiger Verhöre und geheimer Folterungen zu brechen wissen. Bald schon würde der Anführer vor Gericht gestellt und zum Strick verurteilt werden.

Und so begann für mich wieder eine qualvolle Warterei; traf, allwöchentlich, die Zeitung ein, so überflog ich in aller Hast die jüngsten Nachrichten.

Doch fand sich nichts von dem, worauf ich so sehr hoffte. Einmal wurde gemeldet, Mr. Wooler habe die ausgesetzte Belohnung noch erhöht und die Ermittlungen würden fortgesetzt. Ein andermal gab es einen Bericht, wonach ein halbes Dutzend als Bandenmitglieder verdächtigte Männer deportiert worden waren; drei weitere hatte man gehängt.

Die Vorbereitungen für den Hochzeitstag waren jetzt in vollem Gange, und äußerlich wirkte ich recht gelassen; doch insgeheim quälten mich wieder meine früheren Ängste vor der Dunkelheit, vor hämmernden Hufschlägen, vor dem Rasseln einer Kette, vor dem Klirren von Metall. Dank Dr. MacAndrew besaß ich gegen meine nächtlichen Schreckensgesichter eine Waffe: Tief in einem Fach hinter meinem Bett hatte ich eine kleine Flasche mit Laudanum versteckt, und wenn ich abends zu Bett ging, ließ ich regelmäßig zwei oder drei der kostbaren Tröpfchen meine Kehle hinuntergleiten und lag dann wie in einem goldenen Nebel der Zufriedenheit.

Doch die Flasche, die Dr. MacAndrew mir gegeben hatte, war nur zu bald aufgebraucht, und als ich ihn um eine zweite bat, musterte er mich mißbilligend.

»Da kann ich nicht zustimmen, Miß Lacey«, sagte er mit seiner angenehmen Stimme. »Es mag ja bei so jungen Damen wie Sie die Mode sein, jeden Abend Laudanum zu nehmen, aber Sie vergessen, die jungen Damen vergessen, daß dies kein abendlicher Milchtrunk ist, sondern eine Arznei, und zwar eine, die auf Opium basiert. Sie ist stark, wie wir wissen, und es kann sein, daß sie manche Menschen süchtig macht. Sie würden es sich nicht im Traum einfallen lassen, pro Woche eine Flasche Brandy zu trinken, Miß Lacey, sind jedoch bereit, im selben Zeitraum eine Flasche Laudanum aufzubrauchen.

Ich habe sie Ihnen gegeben, als Sie nervlich in einer sehr schlechten Verfassung waren – als zeitweiliges Beruhigungsmittel. Sie sind eine aufrechte und willensstarke junge Frau, Miß Lacey. Nun, da Ihre Nerven wieder in Ordnung sind, müssen Sie für das, was Sie beunruhigt und ängstigt, eine echte Lösung suchen und finden – und nicht mit Hilfe von Laudanum davor flüchten.«

Die Klarsichtigkeit des jungen Arztes hatte etwas Beklemmendes, und so brach ich das Gespräch ab. Allerdings dachte ich nicht daran, mich durch seine Einstellung zum Laudanum beirren zu lassen. Es würde einen stärkeren Mann als John MacAndrew brauchen, um mich von dem Weg abzubringen, zu dem ich mich entschlossen hatte. In meinem bisherigen Leben hatte ich nur zwei solcher Männer gekannt, und den einen von ihnen hatte man auf einer Tragbahre heimgebracht, gefolgt von einem lahmenden Pferd, und den anderen hatte ich in der Hoffnung, er sei tot, in einer dunklen Grube zurückgelassen. Es war besser, wenn niemand versuchte, mir in die Quere zu kommen oder mich zu kontrollieren.

Aber Dr. MacAndrew war zu hartnäckig, um von einem Thema abzulassen, wenn er meinte, dazu noch etwas sagen zu müssen. Er musterte mich eindringlich, jedoch mit eher sanftem Ausdruck.

»Miß Lacey«, sagte er. »Ich habe Ihnen in Ihrer Krankheit beigestanden; dennoch halten Sie mich vielleicht für zu jung oder für zu neu, um Ihr Vertrauen zu verdienen. Doch eben darum möchte ich Sie bitten.«

Ich warf ihm einen scharfen Blick zu. Seine blasse Gesichtshaut war vor Verlegenheit gerötet, bis zu den Ohren, doch seine hellblauen, ehrlichen Augen begegneten meinem Blick ohne das geringste Schwanken.

»Sie leiden unter irgendwelchen Ängsten«, sagte er ruhig. »Was immer die Ursachen dafür sein mögen, ob nur eingebildet oder aber wirklich, Sie sollten sich dem stellen und es überwinden. Welcher Art die Bedrohung auch sein mag, Sie haben nichts zu fürchten, Sie sind nicht allein. Sie haben Ihre Sie liebende Familie und gewiß auch viele Freunde. Sagen Sie es mir, falls ich mich irre, und tadeln Sie mich, falls ich impertinent bin; aber ich glaube, daß sowohl meine Diagnose als auch meine Therapie richtig sind. Sie fürchten sich vor etwas, und Sie werden diese Furcht niemals loswerden, wenn Sie sich ihr nicht stellen.«

Es war ein warmer Tag, und heller Sonnenschein fiel in den Salon; trotzdem fröstelte ich unwillkürlich, hüllte mich enger in mein Schultertuch. Mich meiner Furcht stellen? Das hieß, daß ich mich all jenen Bildern stellen mußte, die mir wieder und immer wieder Ralph zeigten. Ralph auf seinem riesigen Rappen; Ralph als mein junger Liebhaber mit dem lächelnden, sinnlichen, vertrauensvollen Gesicht, das sich in die verzerrte Grimasse eines Bettlers und Ausgestoßenen verwandelte, eines Krüppels, der zu keiner Arbeit mehr taugte. Und vor dieser beklemmenden Vorstellung schrak ich zurück; würde ich immer zurückschrecken.

»Sie irren sich«, sagte ich leise und hielt die Augenlider so tief gesenkt, daß er die Angst in meinen Augen nicht sehen konnte. »Ich danke Ihnen für Ihre Freundlichkeit, doch fürchte ich mich vor nichts. Allerdings trauere ich noch immer um meinen Papa. Es braucht halt seine Zeit, bis ich mich von dem Schock ganz erhole.«

Wieder überzog Röte das Gesicht des jungen Arztes. Er nahm seine Ledertasche, öffnete sie.

»Ich gebe Ihnen dies wider meine bessere Überzeugung«, sagte er, während er mir eine kleine Flasche Laudanum reichte. »Es wird Ihnen beim Schlafen helfen, doch *müssen* Sie es mit Maßen einnehmen. Lediglich zwei Tropfen pro Nacht und niemals tagsüber. Es wird Ihnen während dieser Zeit der Umstellung helfen – während der Vorbereitungszeit für die Hochzeit Ihres Bruders und die anschließende Reise. Sobald Sie England verlassen, sollten Sie darauf verzichten.«

»Ich werd's nicht brauchen, sobald ich von hier fort bin«, entfuhr es mir unwillkürlich.

»Oh?« sagte er prompt. »Dann können Ihre Ängste, ähnlich wie Gespenster, Wasser also nicht überqueren –?«

Wieder senkte ich den Blick. Dieser junge Mann war im Beobachten geschult, und er gewahrte für meinen Geschmack zu viel. »Ich werde neue Dinge sehen und andere Menschen kennenlernen«, sagte ich mit fester Stimme. »Das wird mich auf andere Gedanken bringen.«

»Nun, ich will Sie nicht weiter befragen«, erklärte er und erhob sich, um zu gehen. Ich hielt ihm meine Hand hin, und zu meiner Überraschung schüttelte er sie nicht einfach, sondern beugte sich vor und küßte sie. Ich fühlte den warmen Druck seiner Lippen. Er richtete sich wieder auf, hielt meine Hand noch immer in seiner Hand.

»Ich würde Ihnen ein Freund sein, Miß Lacey«, sagte er sanft. »Ihr Vertrauen wäre bei mir gut aufgehoben, schon weil ich ja Ihr Arzt bin. Allerdings wäre es mir lieber, wenn Sie das Gefühl hätten, Sie könnten zu mir als einem Freund sprechen.« Er verbeugte sich kurz und ging hinaus.

Überrascht, ja verblüfft sank ich auf meinen Stuhl zurück. Die Wärme in der Stimme des jungen Arztes übte eine eigentümlich belebende Wirkung auf mich aus, und unwillkürlich blickte ich zum Spiegel über dem Kamin, um mich darin zu betrachten. Sein Kuß hatte Farbe in meine Wangen gebracht, doch die dunklen Schatten unter meinen Augen ließen mich noch hinfällig wirken. Mein Blick indes war voll Glanz, voller tanzender Lichter. Der junge Dr. MacAndrew – natürlich begehrte ich ihn nicht: weder gehörte ihm Wideacre, noch konnte er mir dabei helfen, Wideacres Besitz zu sichern. Aber welcher Frau widerstrebte es schon, die bewundernden Blicke eines Mannes auf sich zu spüren? Ich mußte über meine eigene Eitelkeit lächeln. Doch da war sie nun einmal, die Freude darüber, so überaus attraktiv zu wirken. Als meine Mutter das Zimmer betrat, lächelte ich sie an, und sie erwiderte mein Lächeln, offenbar sehr zufrieden, mich wieder wohlauf zu sehen.

»War das Dr. MacAndrews Zweispänner?« fragte sie.

»Ja«, antwortete ich.

»Du hättest mich holen lassen sollen, Beatrice«, sagte sie mit sanftem Tadel. »Es schickt sich nicht für dich, mit ihm allein zu sein.«

»Er kam nur, um sich nach meinem Befinden zu erkundigen«, sagte ich beiläufig. »Es ist mir gar nicht in den Sinn gekommen, dich holen zu lassen. Er kam zufällig bei uns vorbei. Er befand sich auf dem Weg zu den Springhams; einer der Knaben ist erkrankt.«

Sie spitzte die Lippen, steckte einen Faden durch ein Nadelöhr und nickte zögernd. »Nun ja, aber ich kann mich nicht mit dem Gedanken anfreunden, daß ein Arzt gesellschaftliche Besuche macht«, sagte sie. »In meiner Jugend kamen solche ... solche Medikusse nur, wenn man nach ihnen schickte, und sie kamen durch den Kücheneingang.«

»Aber, Mama!« sagte ich. »Dr. MacAndrew ist wahrhaftig nicht das, was Ihr einen Medikus nennt! Er ist ein richtiger Arzt, der an der Universität von Edinburgh studiert hat. Wir können von Glück sagen, daß er bereit war, sich hier in der Nähe niederzulassen. So brauchen wir doch nicht immer nach London zu schicken, wenn jemand krank wird. Es kann nur von Vorteil sein. Überdies ist er ein Gentleman, und das macht es viel leichter, sich mit ihm zu unterhalten.«

»Nun ja«, lenkte meine Mutter ein. »Das ist wohl so die neue Art. Kommt mir halt irgendwie merkwürdig vor, das ist alles. Jedenfalls bin ich doch froh, daß er hier war, um nach dir zu sehen, Liebes.« Sie schwieg und machte ein paar Stiche. »Allerdings möchte ich niemals ein Wort darüber hören, daß er Celia beisteht, wenn ihre Zeit kommt.«

»Allmächtiger Himmel!« sagte ich gereizt. »Bis zur Hochzeit sind es noch zwei Wochen, und Ihr haltet bereits Ausschau nach einer *accoucheuse*!«

»Beatrice, also wirklich!« Die Stimme meiner Mutter klang zwar schockiert, doch in ihren Augen war ein Lächeln. »Wenn du so ungeniert sprichst, werde ich anfangen müssen, für dich eine Heirat zu planen.«

»Oh, danach steht mir ganz und gar nicht der Sinn, Mama.« Ich lachte. »Ich könnte es nicht ertragen, Wideacre verlassen zu müssen, und der Gedanke an einen Ehemann läßt mich kalt. Ich möchte liebend gern hierbleiben, um Celia eine Schwester zu sein und für ihre und Harrys süßen kleinen Babys eine Tante.«

»So sprechen alle jungen Mädchen, bevor ihre Hochzeit arrangiert ist«, sagte meine Mutter ruhig. »Du wirst froh sein, von hier fortzukommen, wenn du deine Zukunft vor dir siehst.«

Ich lächelte. Es war eines jener Gespräche, für die es keinen Schluß geben kann. Ich setzte mich neben Mama und zog das Arbeitskästchen näher zu mir. Wir hatten uns der achtbaren Aufgabe unterzogen, Harrys Krawatten zu säumen. Inzwischen konnte ich ganz passabel nähen, und während ich säuberliche, gleichmäßige Stiche ausführte, stellte ich mir vor, daß es eben diese Krawatte sein würde, die Harry an seinem Hochzeitstage trug – und daß dann in der Hochzeitsnacht nicht die scheue, kleine Celia sie von seinem Halse lösen würde, sondern ich.

»Harry plant für dich für die Zeit nach der Rückkehr von der Hochzeitsreise eine Überraschung«, sagte Mama, meine Tagträume unterbrechend. »Ich erwähne das nur, weil all die von ihm vorgesehenen Arbeiten reine Vergeudung wären, falls das vielleicht gar nicht deinen Wünschen entspricht.«

Ich hob den Kopf und wartete schweigend.

»Harry renoviert nicht einfach einige der Räume im Westflügel; er gestaltet sie zum ausschließlichen Gebrauch für dich um«, sagte sie mit ruhiger Stimme. Dennoch wurde ein Hauch von Anspannung spürbar. »Du wirst ihm doch gewiß sagen, daß das nicht das ist, was du möchtest?«

Ich blieb stumm.

»Hast du von diesen Plänen gewußt, Beatrice?«

»Harry hat das vor einiger Zeit vorgeschlagen«, sagte ich. »Und ich hielt das für eine gute Idee. Ich hatte allerdings keine Ahnung, daß er die Sache bereits in Angriff genommen hat.«

»Ihr habt dies beide geplant, und keiner von euch hat es für nötig befunden, mich zu konsultieren?« Mama begann sich zu erregen. Ich mußte unbedingt dafür sorgen, diese Zwistigkeit nicht außer Kontrolle geraten zu lassen.

»Mama, das war mir völlig entfallen«, sagte ich ruhig. »Harry meinte, es sei eine gute Idee, wenn ich auf Wideacre meine eigene private Zimmerflucht hätte. So sehr ich Celia auch liebe – es wäre doch für uns alle gut, jeweils eigene Salons zur Verfügung zu haben. Ihr, Mama, habt ja schließlich Euren eigenen Salon sowie auch Umkleide- und Schlafzimmer. Ich dagegen habe nichts als ein Schlafzimmer.«

Wie gewöhnlich ging es meiner Mutter darum, den äußeren Schein zu wahren.

»Es wird so eigenartig aussehen«, sagte sie. »Für ein Mädchen in deinem Alter ist es absolut ungewöhnlich, in dieser Art an eigene Räume auch nur zu denken. Du solltest an … nun ja, an Privatheit noch gar keinen Bedarf haben.«

»Ich weiß, Mama«, sagte ich freundlich. »Aber unsere Situation ist nun einmal von besonderer Eigenart. Harry braucht auf Wideacre in der Tat noch Hilfe, und ich kenne mich auch in der Verwaltung gut aus. Es wird noch einige Jahre dauern, bis er imstande ist, wirklich selbständig zu handeln. Im übrigen meine ich, daß er, während er Kenntnisse und Erfahrungen sammelt, stets jemanden benötigen wird, der Zahlen, Erträge und so weiter überprüft. Gewiß ist es ungewöhnlich, daß ein junges Mädchen eine solche Verantwortung trägt, aber da ich das nun einmal tue, brauche ich Räumlichkeiten, wo ich arbeiten kann, ohne dich oder Celia zu stören. Außerdem hält sich die Umgestaltung sehr in Grenzen. Ein kleiner Arbeitsraum sowie ein Umkleidezimmer, viel mehr braucht's eigentlich gar nicht. Ich glaube kaum, daß das überhaupt irgend jemand bemerkt.«

Meine Mutter beugte sich tiefer über ihre Handarbeit.

»Ich verstehe mich nicht auf Verwaltungsdinge und dergleichen«, sagte sie. »Doch hätte ich eigentlich gedacht, daß Harry mit all dem allein fertig werden müßte. Er ist der Master. Er sollte imstande sein, Wideacre auch ohne die Hilfe seiner Schwester zu leiten.«

Ich wußte, daß ich gewonnen hatte, und konnte mich also großmütig geben. Ich legte meine Hand auf ihre Hand.

»Warum sollte er?« fragte ich und gab meiner Stimme einen warmen, scherzhaften Klang. »Auf seine reizende Mutter kann er nicht verzichten. Und offensichtlich braucht er auch eine Schwester. Ihr habt ihn verwöhnt, Mama, und wir geben Celia einen Sultan zum Gatten, der einen ganzen Harem in seinem Hause braucht!«

Mama lächelte, und der besorgte Ausdruck verschwand aus ihren Augen.

»Nun ja«, sagte sie, »wenn es das ist, was ihr wollt, Harry und Celia und du, so kann ich wohl nichts dagegen einwenden. Allerdings wäre die ganze Arbeit umsonst gewesen, falls du einen Lord heiratest und dann fortgehst, um in Irland oder irgendwo sonst zu leben!«

»Oh, nein – einen italienischen Prinzen!« sagte ich, heilfroh, das heikle Gespräch in scherzhaftem Tonfall beenden zu können. »Ich werde mich nur zufriedengeben, falls ich als Prinzessin heimkehre! Denkt doch nur an die Möglichkeiten, die ich in Paris und in Italien haben werde!«

Wir lachten beide und widmeten uns Harrys Krawatten über Tage hinweg mit einem solchen Fleiß, daß er am Ende der zwei Wochen nicht weniger als fünfzig neue in seine Reisetruhe packen konnte, um dann dafür zu sorgen, daß diese sicher in der Post-Chaise verstaut wurde, zusammen mit Celias vier Prachtkoffern sowie meinen bescheideneren zwei (drei Kästchen nicht gerechnet). Die schwere Kutsche mit dem Gepäck sowie Harrys Diener und Celias und meiner Zofe würde uns durch Frankreich und Italien folgen. Ein sonderbares Trio, nur daß das Trio in unsrer, der vorderen Post-Chaise noch sonderbarer war: eine unberührte Ehefrau, ein zufriedener Gatte und eine liebevolle Schwester, dahinrumpelnd im herbstlichen Sonnenschein.

»Ich kann es kaum erwarten«, sagte ich, mich gegen Harrys Arm lehnend, während auf dem Stallhof die Bediensteten das Gepäck einluden. Niemand konnte sehen, daß Harrys Hand in der Taillengegend meinen Rücken tätschelte. Seine Finger strichen über meine Wirbelsäule, streichelten mich wie eine Katze. Ich drängte mich dichter an ihn.

»Zwei Monate voller Nächte«, sagte er leise. »Zwei Monate voller Nächte und niemand, der von uns Notiz nimmt.« Seine Hand, über den Seidenstoff meines Kleides gleitend, wanderte an meinem Rücken auf und ab, und ich mußte mich zusammennehmen, um nicht die Augen zu schließen und wie eine Katze zu schnurren. Meine Gesichtsmuskeln konnte ich kontrollieren, doch meine Augen? In ihnen, dessen war ich sicher, brannte die Begierde. Die Bediensteten rings um die Kutschen waren zu sehr beschäftigt, um uns auch nur einen Blick zuzuwerfen.

»Darf ich heute nacht auf dein Zimmer kommen?« fragte Harry, den Mund so dicht an meinem Ohr, daß ich die Wärme seines Atems spüren konnte. Wir waren in den letzten Wochen, wegen meiner Krankheit und meines betäubten Schlafes, nur sehr selten zusammen gewesen, und ich fühlte, wie mein Verlangen wuchs. »Ich bin ein Bräutigam, vergiß das nicht«, sagte Harry.

Ich lachte leise. »Dann solltest du irgendwo gemeinsam mit deinen

Freunden zechen, um deine letzte Nacht in Freiheit zu genießen, bevor dein leidenschaftliches, eifersüchtiges Weib dich für immer ins Joch spannt.«

Harry stimmte in mein leises Lachen ein. »Also in *der* Rolle kann ich mir Celia nun wirklich nicht vorstellen«, sagte er. »Doch würde ich heute nacht gern bei dir liegen, Beatrice.«

»Nein«, sagte ich, mich von ihm lösend und ihm aus halb geschlossenen Augen meinen Blick zuwendend. »Nein, ich werde morgen als deine Braut zu dir kommen, in der Nacht nach deiner Hochzeit.« Ich sagte es, als spräche ich einen Schwur. »Denn dann werden wir unsere Hochzeit haben, werden unsere Ehe vollziehen. Wenn wir morgen vor dem Altar stehen, dann wird jedes Wort deines Gelöbnisses in Wahrheit nicht Celia gelten, sondern mir. Celia ist nur ein leeres Gefäß, ein leerer Mund, der die Worte spricht, die in Wirklichkeit ich zu dir sage. Sie ist die Braut, ich jedoch werde die Gattin sein. Der morgige Tag mag ihr gehören, denn die morgige Nacht wird meine Nacht sein. Morgen nacht also, mein Liebling, nicht heute nacht. Heute nacht kannst du an mich denken und von mir träumen. Morgen nacht werden wir drei auf unsere Zimmer gehen, und Celia mag den Schlaf der Guten und Törichten schlafen, während wir beide überhaupt nicht schlafen werden!«

Harrys blaue Augen leuchteten. »Einverstanden!« sagte er. »Dies sollen unsere Flitterwochen werden, deine und meine. Du bist es, die ich heirate und mit der ich reise, und Celia mag uns begleiten, sowie die Bediensteten oder das Gepäck – um uns nützlich zu sein.«

Ich seufzte in der Vorfreude auf befriedigte Lust und aus Genugtuung über meinen Sieg. »Ja«, sagte ich. »Morgen heiraten wir, und morgen paaren wir uns.«

Wir taten beides. Wie in einem magischen Traum betrat ich an Harrys Seite die Kirche; und stand dann mit ihm vor dem Altar; und sah und hörte nichts anderes als ihn und seine Stimme; vernahm Verheißungen unvorstellbarer Wonnen und dachte an die kommende Nacht.

Wie zu erwarten, bewies Celia schwache Nerven, und nachdem Lord Havering sie ihrem Bräutigam zugeführt hatte, mußte ich zu ihr treten, um sie zu stützen. Nichts als ihr schmaler Körper befand sich zwischen mir und Harry, aus dessen Mund – und scheinbar an Celia gerichtet – all jene wunderbaren Worte kamen, die in Wahrheit mir galten.

Celia flüsterte ihre Antworten, und dann war die Zeremonie vorbei. Was das Hochzeitsfrühstück betraf, so wurde es, wie sich denken läßt, zu einer Angelegenheit von abgeschmackter Sentimentalität, wobei die lieblich wirkende Celia gleichsam bekränzt wurde mit leerem Lächeln und törichten Tränen. Ich blieb nahezu unbeachtet, genauso wie Harry, der ein wenig abseits stand und zusammen mit Lord Havering kräftig »einen hob«. Ich hatte niemanden, mit dem ich mich unterhalten konnte, und so war ich gezwungen, Celias alberne Geschwister und Freunde zu ertragen. Nicht einmal Lord Haverings verstohlene lüsterne Blicke, mit denen er meinen ganzen Körper abtastete, waren ein großer Trost, denn er entschwand mit Harry im Arbeitszimmer, und wir Frauen waren – von ein paar ältlichen Nachbarn abgesehen – ganz unter uns. Um so erfreulicher war das Eintreffen von Dr. MacAndrew, der, offenbar zur allgemeinen Überraschung, spornstreichs durch den Raum auf mich zukam. Ich hob die Augen und lächelte ihn an.

»Ich freue mich sehr, Sie zu sehen«, sagte er, während er neben mir Platz nahm. »Und dazu noch an einem solch glücklichen Tag.«

Mir entging nicht, wie taktvoll er sich jeder Frage nach meinem Gesundheitszustand enthielt; im übrigen bemerkte ich zum erstenmal, daß er ein ausnehmend attraktiver Mann war. Die übrigen Mädchen sowie Celias andere beiden Brautjungfern beobachteten ihn heimlich wie mit Habichtaugen, und ich drehte den Kopf und lächelte sie an; spottete wortlos ihrer eitlen Torheit und törichten Eitelkeit.

»Werden Sie lange fortbleiben?« fragte er mit seinem sanften schottischen Akzent.

»Nur bis Weihnachten«, erwiderte ich. »Länger von zu Hause fort zu sein, könnte ich nicht ertragen, und Harry und ich, wir wollen beide reichlich Zeit haben bis zur Frühjahrsaussaat.«

»Sie sollen in Dingen der Agronomie ja überaus beschlagen sein«, sagte er ohne jenen Beiklang belustigter Überlegenheit, wie ich ihn von Nachbarn gewohnt war, deren Felder kaum halb so viele Erträge abwarfen wie unsere, und die dennoch meinten, meine Aktivitäten schickten sich nicht.

»Schon möglich«, erwiderte ich. »Mein Papa hat mich von frühauf dazu angehalten, mich für unser Land zu interessieren, und ich liebe Wideacre und lerne mit Freuden alles, was ich darüber erfahren kann.«

»Es ist etwas Schönes, eine solch herrliche Heimstatt zu haben«, sagte er. »Ich habe nicht das Glück, über einen Landsitz zu verfügen. Meine Familie hat seit jeher Grundbesitz so häufig gekauft und wieder veräußert, daß ich nie eine Gelegenheit hatte, irgendwo wirklich Wurzeln zu schlagen.«

»Sie entstammen einer Edinburgher Familie?« fragte ich interessiert.

»Meinem Vater gehört die MacAndrew-Linie«, sagte er zögernd.

Plötzlich fügten sich, wie die Stücke eines Puzzles, viele einzelne Details zu einem Bild. Und dieses Bild bot eine einleuchtende Erklärung für die Anwesenheit des jungen Arztes im Haus der Haverings. Die MacAndrew-Linie war eine höchst erfolgreiche Linie von Handelsschiffen, die zwischen London, Schottland und Indien verkehrten. Dieser junge Mann entstammte einer Familie von sagenhaftem Reichtum, und Lady Havering war zweifellos nur zu gern bereit, über seinen ungewöhnlichen Beruf »hinwegzusehen«, sofern eines der größten Vermögen in ganz Britannien sozusagen in greifbare Nähe rückte. Gewiß hatte sie den jungen Arzt bereits für eines der Mädchen »vorgesehen«, und was Lord Havering betraf, so hatte er bestimmt versucht, Dr. MacAndrew zu Investitionen in angeblich gewinnträchtige Geschäfte zu bewegen.

»Es überrascht mich, daß Ihr Vater so ohne weiteres auf Sie verzichtet«, sagte ich.

Dr. MacAndrew lachte kurz. »Ich fürchte, er war recht unglücklich, als ich der Familienfirma und der Heimat den Rücken kehrte«, sagte er. »Mein Vater wollte unbedingt, daß ich ins Geschäft eintrat, aber ich habe zwei ältere Brüder und auch noch einen jüngeren, die das tun werden. Ich habe mich schon als Knabe für die Medizin interessiert und es geschafft, allen Einwänden meines Vaters zum Trotz, an der Universität zu studieren.«

»Mir würde es nicht sehr liegen, mich mit kranken Menschen zu befassen«, sagte ich aufrichtig. »Mir fehlt die Geduld.«

»Nun ja, warum sollten Sie auch«, sagte er verständnisvoll. »Ich wünschte nur, alle Menschen wären so gesund wie Sie. Ich habe Sie auf Ihrem Pferd die Downs hinaufgaloppieren sehen und über einen so herrlichen Anblick vor lauter Vergnügen gelacht. Sie wären in einem Krankenzimmer fehl am Platze, Miß Lacey. Ich würde es stets vorziehen, soviel Jugend und Lieblichkeit draußen im Freien zu beobachten.«

Ich fühlte mich geschmeichelt. »Eigentlich hätten Sie mich überhaupt nicht beim Galoppieren beobachten dürfen«, sagte ich mit einem Hauch von Sprödigkeit. »Während der Trauerzeit wurde von mir erwartet, daß ich auf wilde Galoppaden verzichtete. Aber wenn man ein gutes Pferd unter sich hat und der Wind so linde weht, dann – dann kann ich einfach nicht anders.«

Er lächelte über meinen enthusiastischen Ausbruch und begann über Pferde zu sprechen. Selbst während der Zeit meiner Krankheit war mir nicht entgangen, daß er für Pferde ein gutes Auge besaß. Die beiden Braunen, die seine kleine Kutsche zogen, waren ein prächtiges Gespann: kühn gebogene Hälse, stolzer Schritt, bronzefarbene Tönung.

Ich hatte mich sogar beiläufig gefragt, woher der junge Arzt das Geld haben mochte, um sich solche Prachtexemplare leisten zu können; jetzt hatte er mir diese Frage beantwortet. Ich erzählte ihm von dem ersten Pony, das Papa für mich gekauft hatte, und er erzählte mir von seinem ersten Jagdhund... und mir war kaum noch bewußt, daß uns rundum neugierige Blicke anstarrten.

»Beatrice, Liebes...«, sagte meine Mutter zögernd. Ich hob den Kopf und sah Lady Havering. Wie ein Habicht stieß sie auf uns herab, und schon hatte sie Dr. MacAndrew entführt: die tüchtige, wenn nicht übertüchtige Gastgeberin, die lediglich darauf bedacht schien, den jungen Arzt nicht den übrigen Gästen vorzuenthalten. Mama erinnerte mich daran, daß es an der Zeit war, Celia nach oben zu begleiten, damit sie sich für die Reise umziehen könne.

Eine große Hilfe war ich für Celia sicherlich nicht. Während Celias Zofe sich emsig tummelte, blickte ich tief in Gedanken zum Fenster hinaus, mit einiger Mühe darauf achtend, daß mein Umhang und mein Bonnet glatt und ordentlich waren.

Ich würde Wideacre verlassen. Mir war elend zumute.

Plötzlich erschien er fast unerträglich, der altvertraute Anblick der Hügel mit den sich gerade verfärbenden Bäumen; und es standen Tränen in meinen Augen, als ich Mama zum Abschied küßte und in die Kutsche stieg. Und sie, die liebe Närrin, bezog die Tränen auf sich und küßte mich herzlich und segnete mich. Ich ließ meinen Blick über die Menschenmenge gleiten, welche sich rings um die Post-Chaise drängte, um Celia die Hand zu küssen und uns gute Wünsche und Abschiedsgrüße zuzurufen, und hielt Ausschau nach Dr. MacAndrew. Er stand am äußersten Rand, und unsere Blicke begegneten einander. Ich gewahrte ein Lächeln in seinen Augen, ein Lächeln eigens für mich, und plötzlich war es in mir sehr still. Im Lärm der Menge konnte ich nicht hören, was er sagte, doch seine Lippen formten drei Worte: »Komm bald zurück.«

Ich ließ mich auf den Sitz sinken, ein Lächeln auf den Lippen und rundum ein eigentümliches Gefühl von Wärme, während wir davonfuhren in die Flitterwochen.

8. Kapitel

Die Hochzeitsnacht verlief ganz und gar so, wie Harry und ich es geplant hatten, wobei es für mich ein zusätzlicher Reiz war, daß die ahnungslose Celia im benachbarten Zimmer schlief. Harry mußte mir mit der Hand den Mund zuhalten, um meine Lustschreie zu ersticken, und diese Kombination von Gewalttätigkeit seinerseits und Hilflosigkeit meinerseits steigerte unsere Erregung noch mehr. Und als er dann kam, preßte er sein Gesicht in die weichen Kissen, um sein wildes Stöhnen zu dämpfen. Anschließend lagen wir dann in Stille und Frieden, und ich machte mir nicht die Mühe, mein eigenes Zimmer aufzusuchen.

Das Golden Fleece in Portsmouth befindet sich nahe den Hafenmauern und während wir hinüberglitten in den Schlaf, hörte ich, wie die Wellen gegen die Steine klatschten. Der Geruch der salzigen Luft gab mir das Gefühl, bereits in fernen Landen zu reisen, und alles, was sich mit Wideacre verband, Hoffnungen wie Ängste, war weit von uns. Harry seufzte schwer und wälzte sich herum, ich jedoch lag still in diesem fremden Zimmer und genoß die Entfernung von daheim – während ich mich gleichzeitig geborgen fühlte in dem Bewußtsein, Wideacre mehr denn je zuvor zu meinem Zuhause gemacht zu haben. Unwillkürlich dachte ich an Ralph – an den Ralph meiner Jungmädchenjahre; und an seinen Wunsch, mit mir in einem mit blitzsauberem Leinen bezogenen Bett zu liegen. Er hatte recht, uns zu beneiden. Land – und der Reichtum, den das Land einbringt –, sie sind entscheidend.

Lang auf dem Rücken liegend, blickte ich in die Dunkelheit und lauschte auf das Geräusch der Wellen, die zu seufzen schienen, wenn sie das Land berührten. Ich hatte jetzt Harry, und nebenan schlief Celia, geborgen in meiner Freundschaft. Die bohrende alte Angst in meinem Herzen – die Angst, nirgends hinzugehören und von niemandem geliebt zu werden – hatte nachgelassen. Ich wurde geliebt. Mein Bruder, der Squire, vergötterte mich und würde mir auf einen bloßen Wink gehorchen. Mein Platz war auf Wideacre, dort war ich sicher. Es war rechtmäßig Harrys Land, und Harry würde tun, was ich ihn zu tun hieß. Doch während ich emporstarrte zur dunklen Decke des Schlafzimmers, wußte ich, daß das nicht genug war. Ich brauchte mehr. Ich brauchte etwas, das Harry gleichsam überhöhte: so wie jenes Magische, das er besessen hatte – oder von dem er besessen gewesen war –, als er damals die Ernte einbrachte, ein Teil jener wundervollen Überfülle aus Weizengarben: goldener Schopf und goldene Haut, hoch aufragend wie das Gebirge aus Weizen. Als ich herausgetreten war aus dem Schatten der Scheune, hatte mein Gruß nicht nur dem Mann gegolten, den ich begehrte: Mein Gruß galt dem Gott der Ernte, und als er mich anblickte, sah er die alte dunkle Göttin der grünen Erdfruchtbarkeit. Wurde aus ihm jedoch ein Mann in einem Nachthemd, der leise schnarchend im Bett lag, so verlor sich meine Vision, entschwand meine Leidenschaft.

Natürlich dachte ich an Ralph. Sooft wir uns an jenen heißen Sommertagen auch zu heimlichen Zärtlichkeiten getroffen hatten, stets war an ihm etwas Magisches gewesen. Er war und blieb ein dunkles Geschöpf aus den Wäldern. In ihm atmete etwas den Zauber Wideacres. Harry jedoch konnte, wie er selbst sagte, überall leben.

Ich drehte mich zur Seite und schmiegte mich an Harry. Ralph hätte ich niemals so beherrschen können, wie ich Harry beherrschte; und wenn ich meinerseits auch niemanden als Herrn über mir ertragen konnte, so empfand ich doch ganz unwillkürlich ein leises Gefühl der Verachtung für einen Mann, der sich von mir so mühelos abrichten ließ wie ein Hündchen. Jeder Reiter mag ein gutgeschultes Pferd, gewiß; doch wer stellt sich nicht gern der Herausforderung eines Tieres, dessen Wille unbeugbar scheint? Harry war seit jeher domestiziert gewesen und würde es auch bleiben. Ich meinerseits entstammte gleichsam aus früherer Zeit: aus jenen wilden Tagen, da in den Wäldern von Wideacre noch der Zauber umging. Ich sah mich als grünäugiges Tier mit einem schlanken, zähen Körper und mußte unwillkürlich lächeln. Und dann schlief ich ein; fiel in tiefen, tiefen Schlaf.

Früh schon weckten mich irgendwelche Geräusche von draußen, und ich schlüpfte in mein angrenzendes Zimmer, lange bevor meine Zofe mit der morgendlichen Tasse Schokolade und dem heißen Wasser fürs Waschen fällig war. Von meinem Schlafzimmer aus hatte ich einen schönen Blick auf den Hafen, und das blaue Wasser mit den schwankenden Schiffen und Fischerbooten schien mich willkommen zu heißen. Ich war fast außer mir vor Freude und Erregung, und als wir dann die bei der hohen Hafenmauer vertäute Fähre bestiegen, lachten Celia und ich wie Kinder.

Die ersten Minuten waren herrlich. Ganz sanft wiegte sich das kleine Schiff an seiner Anlegestelle, und alles, was es zu sehen gab und zu riechen, war so neu und so fremd. Am Ufer drängten sich viele Menschen. Händler versuchten, Reisenden alles mögliche zu verkaufen. Körbe voller Obst und Proviant; gemalte Bilder im Kleinformat mit Landschaftsansichten als Souvenirs; allerlei wertloses Glitzerzeug aus Muscheln und Glassplittern.

Plötzlich sah ich einen Beinlosen – einen verkrüppelten Seemann; doch selbst sein Anblick beunruhigte mich nicht: erfüllte mich nicht mit einem Gespür für eine sich immer mehr nähernde Gefahr. Zwar betrachtete ich mit einem gewissen Entsetzen seine Beinstümpfe – die Oberschenkel –; und beobachtete, wie er sich geschickt, doch irgendwie widerlich auf dem Boden bewegte; doch hatte ich sofort gesehen, daß er hellfarbenes Haar hatte; auch meinte ich, nunmehr fern von Wideacre, vor Ralph unbedingt in Sicherheit zu sein. Aus reinem Aberglauben warf ich ihm einen Penny zu, und er fing ihn auf und bedankte sich mit typischem Bettlersäuseln. Der Gedanke, daß Ralph, mein geliebter Ralph, in völliger Armut sein Leben fristete und auf Pflastersteinen kauern mußte, griff mir ans Herz. Aber dann schüttelte ich ihn ab, während Celia rief: »Schaut! Schaut doch! Wir setzen Segel!«

Mit affenartiger Behendigkeit waren Matrosen die Masten hinaufgeklettert und hatten zusammengebundenes Segeltuch entrollt. Es flappte, blähte sich, und unter den rauhen Rufen und Flüchen der Männer auf dem Schiff und am Ufer wurden die Taue gelöst. Verschreckt hüpften Celia und ich zur Seite, während die Matrosen, wilden Piraten zum Verwechseln ähnlich, fast übereinanderstürzten. Die Hafenmauer blieb zurück, und die winkenden Menschen schrumpften immer mehr zusammen. Das Schiff glitt durch die Hafeneinfahrt hinaus, und Arme aus gelbem Stein schienen uns noch für einen letzten Augenblick in England, in der Heimat zu halten.

Jetzt blähte frischer Wind die Segel, und knatternd dehnten sie sich, und die Matrosen hetzten nicht mehr gar so wild herum, was Celia und ich für ein gutes Zeichen hielten. Ich ging zum Bug, und als ich sicher war, daß mich niemand beobachtete, streckte ich mich so weit vor, wie nur irgend möglich: um zu sehen, wie unter mir das Wasser wogte und der scharfe Bug die grüne See zerschnitt. Über eine Stunde brachte ich dort zu, völlig fasziniert vom wogenden Wasser, dessen Bewegungen indes allzu wild wurden; und obwohl es erst Mittag war, überzog sich der Himmel mit dunklen Wolken, was nichts anderes bedeuten konnte als Sturm, auf dem Land oder auf der See. Es begann zu regnen, und plötzlich spürte ich eine tiefe Müdigkeit. Ich mußte in der Kajüte sitzen, und jetzt war das Schwanken alles andere als angenehm.

Es war schrecklich. Und wurde immer schrecklicher. Ich hatte das

Gefühl, sterbenskrank zu werden und nur an Deck dieser tödlichen Krankheit entkommen zu können. Krampfhaft klammerte ich mich an das Bild des Bugs, welcher die grünen Wellen so säuberlich zerschnitt. Doch es nützte nichts. Ich haßte das Schiff, ich haßte dieses irre, sinnlose Schwanken, und aus tiefstem Herzen sehnte ich mich danach, wieder auf der guten festen Erde zu stehen.

Ich öffnete die Kajütentür und rief nach meiner Zofe, welche in der gegenüberliegenden Kajüte untergebracht war. Übelkeit überwältigte mich, und ich stürzte zu dem Becken in meinem Quartier. Hilflos stand ich, mußte mich übergeben; wurde jäh gegen meine Koje geschleudert. Alles ringsum schwankte, und ungesicherte Gepäckstücke rutschten und stürzten von einer Seite zur anderen. Krachend prallten sie gegen die Wandung. Mir war hundeelend, und ich begann zu heulen. Dann mußte ich mich abermals erbrechen; und sackte zurück in die Kissen, die wie verrückt auf und ab wippten; schließlich schlief ich ein.

Als ich wieder erwachte, schwankte die Kajüte noch immer, doch waren die Gepäckstücke jetzt sicher verstaut, so daß der kleine Raum nicht mehr ganz so alptraumhaft wirkte. Es roch leicht nach Lilien, und alles war sauber. Unwillkürlich hielt ich nach meiner Zofe Ausschau, doch es war Celia, die ruhig auf einem schwankenden, schleudernden Stuhl saß und mich anlächelte.

»Ich bin ja so froh, daß es dir besser geht«, sagte sie. »Fühlst du dich gut genug, um etwas zu dir zu nehmen? Ein wenig Suppe, oder nur Tee?«

Ich wußte kaum, wo ich war und wie mir geschah. Ich schüttelte nur den Kopf, weil der bloße Gedanke an Nahrung mir den Magen umstülpte.

»Nun, dann schlafe«, sagte diese fremde, autoritäre Celia. »Das ist das Beste, was du tun kannst, und wir werden bald den Hafen erreichen, in aller Ruhe und Sicherheit.«

Ich schloß die Augen, völlig gleichgültig gegenüber der Außenwelt, und schlief. Und wurde wieder wach, weil ich mich übergeben mußte. Irgend jemand hielt mir eine Schüssel hin, säuberte dann sorgfältig mein Gesicht und legte meinen Kopf auf das umgedrehte Kissen. Ich träumte, es sei meine Mutter, denn meine Zofe war es nicht, das wußte ich. Doch erst als ich noch einmal in der Nacht erwachte, wurde mir bewußt, daß es Celia war, die mich pflegte.

»Bist du die ganze Zeit hier gewesen?« fragte ich.

»Oh, ja«, sagte sie, als handle es sich um die natürlichste Sache der Welt. »Außer wenn ich nach Harry gesehen habe.«

»Ist er gleichfalls krank?« fragte ich überrascht.

»Es geht ihm um einiges schlechter als dir, fürchte ich«, erwiderte Celia ruhig. »Aber wenn wir Frankreich erreichen, werdet ihr beide wieder wohlauf sein.«

»Macht es dir denn nichts aus, Celia?«

Sie lächelte, und während ich wieder in Schlaf sank, schien ihre Stimme von weither zu kommen.

»Oh, nein«, sagte sie. »Ich bin stärker, als ich aussehe.«

Als ich das nächste Mal erwachte, hatte das schreckliche Schwanken und Schleudern aufgehört. Zwar fühlte ich mich noch immer schwach und benommen, empfand jedoch keinen Brechreiz mehr. Ich setzte mich auf, streckte meine bloßen Füße auf den Boden und ging dann, wenn schon ein wenig zittrig, zu der Verbindungstür, die zu Harrys Kajüte führte. Lautlos schwang sie auf, und stumm stand ich in der Türöffnung.

Ich sah Celia und Harry. Sie stand bei seiner Koje, in der einen Hand einen tiefen Teller mit Suppe, während sie den anderen Arm um Harrys Schultern geschlungen hielt. Wie ein krankes Kind schlürfte er die Suppe in sich ein. Schließlich ließ Celia ihn aufs Kissen zurückgleiten.

»Besser?« fragte sie mit einer Stimme, aus der unendliche Zärtlichkeit klang. Harry umklammerte ihre Hand.

»Mein Liebes«, sagte er, »du bist so gut, so süß zu mir gewesen.«

Celia lächelte und strich ihm mit einer intimen, vertraulichen Geste über die Stirn.

»Nun sei nicht töricht, Harry«, sagte sie. »Ich bin doch deine Frau. Natürlich kümmere ich mich um dich, wenn du krank bist. Ich habe gelobt, dich in guten wie in schlechten Zeiten zu lieben. Es hat mich glücklich gemacht, mich um dich zu kümmern – und auch um die liebe Beatrice.«

Mit Entsetzen beobachtete ich, wie Harry Celias Hand nahm und sie sanft an seine Lippen drückte. Und sie, die kalte, scheue Celia, beugte sich vor und küßte ihn auf die Stirn. Dann zog sie die Vorhänge um das Bett zu. Ich zog mich lautlos zurück und schloß hinter mir die Tür. Celias Zärtlichkeit, ihre vertrauensvolle Zuwendung zu Harry, all das bestürzte und verwirrte mich. Wieder fühlte ich quälende Eifersucht, aber auch Furcht – die Furcht, eine Außenseiterin zu sein in der ehelichen Bindung. Um mir selbst Mut zu machen, blickte ich in den Spiegel an der Wand der Kajüte. Blaß und elend sah ich aus, und meine Haut war wie Wachs.

Nachdenklich kleidete ich mich an. Zum erstenmal wurde mir bewußt, wie wenig ich im Grunde mit Harry teilte. Hier, fern von Wideacre, fern von meiner Obsession also und zu erschöpft, um Zärtlichkeiten zu tauschen, waren wir füreinander kaum mehr als Fremde.

Als ich zu seiner Kajüte gegangen war, hatte ich keinerlei Zärtlichkeiten – oder Zärtlichkeit – im Sinn gehabt. Ich hätte nicht einmal gewußt, was ich zu ihm sagen sollte. Und niemals wäre es mir eingefallen, ihn mit Suppe zu füttern wie ein hilfloses Baby oder die Bettvorhänge zuzuziehen, damit er schlafen konnte. In meinem ganzen Leben hatte ich noch keinen Kranken gepflegt; als kleines Mädchen hatte ich nicht einmal mit Puppen gespielt, und mich interessierte keinerlei Liebesbeziehung zwischen Mann und Frau, die sich in sanften Liebkosungen und liebevollen Floskeln erschöpfte.

Als ich dann an Deck stand, wischte ich alle störenden Gedanken beiseite. Was tat's? Mochte Celia sich in ihrer neuen Rolle auch sehr wichtig fühlen, mochte Harry ihr auch in kindlicher – oder kindischer – Dankbarkeit die Hand geküßt haben, das war wahrhaftig nichts, um sich irgendwelche Sorgen zu machen. Um seiner Sinnenlust zu frönen, brauchte Harry mich, und wir befanden uns jetzt in Frankreich, wo wir nicht länger auf neugierige Augen und Ohren zu achten brauchten, sondern nur noch die naive, törichte, sklavische Celia täuschen mußten.

Während eine frische Brise meine Haare zauste und wieder lebendige Röte in meine Wangen zauberte, faßte ich neuen Mut.

Bald gesellten sich Harry und Celia auf dem Deck zu mir, und ich verzieh es ihnen sogar, daß sie untergehakt gingen, – zumal als ich sah, daß mein sonst so kräftiger Geliebter sich auf Celia stützen mußte. Er war blaß und lethargisch und lächelte mich nur an, als ich ihm sagte, bis zur Ausschiffung werde es keine Stunde mehr brauchen. Aber ich war nicht länger besorgt. Sobald Harry wieder wohlauf war – mit einem gesunden Appetit aufs Dinner wie auf alles übrige –, würde er wieder ganz mir gehören.

Wir übernachteten in Cherbourg, und am nächsten Morgen war Harry wieder völlig in Ordnung, während ich, wegen eines erneuten Anfalls von Übelkeit, das Frühstück nicht herunterbrachte. Die anderen taten sich an Kaffee und Wecken gütlich, und ich erging mich im Garten des Gasthauses, um frische Luft zu schöpfen, und sah zu, wie unsere Post-Chaise beladen wurde. Mir war bange vor der langen Fahrt nach Paris, vor dem Eingepferchtsein in der schwankenden Kutsche. Und als Harry mir dann die Stufen hinaufhalf, machte es mir Mühe, sein Lächeln zu erwidern.

Auch fern von der See blieb mir die Seekrankheit treu. An jedem

Morgen der Reise nach Paris setzte sie mir zu, und – verdammt! – auch in Paris, wenn morgens die Sonne schien und Harry an meine Tür hämmerte, um mit mir in den *bois* zu reiten, setzte sie mich matt. Während der Weiterreise nach Süden war es nicht anders.

Eines Morgens mußte ich es mir dann eingestehen; mußte der Wahrheit ins Auge sehen, um die ich so lange einen Bogen gemacht hatte: Ich war schwanger.

Paris lag inzwischen drei Tage hinter uns, wir befanden uns im Herzen der französischen Provinz, und während ich, von leerwürgender Übelkeit geschüttelt, durch das Fenster meines Zimmers auf das Dächermeer irgendeiner Altstadt blickte, drang irgendein widerwärtiger Geruch in meine Nase, von Knoblauch oder dergleichen, und das leere Würgen in meiner Kehle wurde immer beängstigender.

Tränen quollen aus meinen Augen, rannen mir kalt über die Wangen, so als weinte ich vor Leid. Die hübschen, bläulichen Schindeldächer, der hohe alte Kirchturm, der blaue Horizont, die wie leise wallende Wärme draußen – nichts vermochte mir das Gefühl von Kälte zu nehmen. Ich war schwanger.

Die anderen würden schon unten bei der Kutsche auf mich warten. Mir graute bei dem Gedanken an die Weiterfahrt, den langen lieben Tag eingeschlossen in die enge Post-Chaise, dahinschwankend über die miserablen französischen Straßen, während Celia nicht müde wurde, aus ihrem verdammten Reiseführer vorzulesen, und Harry, wie stets, vor sich hin schnarchte. Da war keiner, nach dessen Hand ich in meiner Verzweiflung greifen konnte, um ihm zu sagen: »Hilf mir! Ich bin in Schwierigkeiten!«

Geahnt hatte ich es schon längst. Als meine Blutungen ausgeblieben waren, hatte ich das jedoch auf all die Aufregung wegen der Hochzeit und der Reise geschoben. Ich konnte der Wahrheit einfach nicht ins Auge sehen; nicht morgens, wenn mich unausweichlich Übelkeit überwältigte; nicht nachts, wenn ich bei Harry im Bett lag und er tief in mich eindrang; nicht am Tage, wenn ich Harry zulächelte und mit Celia plauderte. Allerdings befürchtete ich zunehmend, daß Celias ebenso besorgter wie scharfer Blick hinter das Geheimnis kommen mochte. Oder daß es mich in meiner Erschöpfung und Einsamkeit dazu treiben mochte, mich irgend jemandem anzuvertrauen; irgend jemandem, der erwidern würde: »Hab' keine Angst. Du bist ja nicht allein.«

Denn ich hatte große Angst, und ich fühlte mich sehr allein. Ich wagte es nicht, an die Zukunft zu denken.

Ein Taschentuch in der Hand, stieg ich die Treppe hinunter. Celia wartete im Foyer, während Harry die Rechnung beglich. Celia lächelte mir zu, doch ich konnte ihr Lächeln nicht erwidern; meine Gesichtsmuskeln waren wie gelähmt.

»Alles in Ordnung, Beatrice?« fragte sie, mein blasses Gesicht betrachtend.

»Ja«, erwiderte ich kurz, und meine scheinbare Schroffheit ließ sie verstummen; dabei verlangte es mich doch so sehr danach, mich in ihren Armen auszuweinen und sie um Hilfe und Rat zu bitten.

Was sollte ich tun? Was nur sollte werden?

Ich stieg in die Kutsche, als ginge es zu meiner Hinrichtung, und blickte dann mit leeren Augen aus dem Fenster, um Celia von jeglichem Geplauder abzuhalten. Angespannt rechnete ich nach: Ich war im zweiten Monat schwanger und konnte im März mit meiner Niederkunft rechnen.

In ohnmächtigem Haß starrte ich auf die sonnenüberflutete französische Landschaft, auf die gedrungenen kleinen Häuser und die staubigen, gepflegten Gärten. Dieses fremde Land in all seiner Sonderbarkeit schien ein Teil meines Alptraums zu sein. Ich war erfüllt von der Furcht, daß das Schlimmste geschehen werde: Ich würde hier bei einer schandbaren Entbindung sterben und mein liebliches Wideacre niemals wiedersehen. Nicht in heimatlicher Erde würde man mich begraben, sondern irgendwo hier, auf einem dieser schrecklich überfüllten Friedhöfe. Ein leises Seufzen entrang sich mir, und Celia blickte von ihrem Buch auf. Ich fühlte ihre Augen auf mir, drehte jedoch nicht den Kopf. Sie streckte eine Hand vor und berührte mit einer sachten, liebevollen Bewegung meine Schulter – etwa so, wie man ein trauriges Kind tröstet. Ich reagierte nicht weiter darauf, doch die kleine, knappe Geste tat mir sehr gut; tröstete mich.

Während der nächsten zwei oder drei Tage dieser elenden Reise schwieg ich vor mich hin. Harry bemerkte nichts. Langweilte er sich, so fuhr er, der besseren Aussicht wegen, auf dem Kutschbock; oder er mietete ein Pferd und ritt zum Vergnügen. Celia beobachtete mich mit wacher Zärtlichkeit, bereit zu sprechen oder zu schweigen; doch dachte sie nicht daran, gewaltsam in die Welt meiner trüben Gedanken einzudringen. War Harry in der Nähe, setzte ich eine gelassene Miene auf; war ich mit Celia allein, blickte ich mit leeren Augen aus dem Fenster.

Als wir Bordeaux erreichten, hatte ich den ärgsten Schock überwunden. Ein ausgedehnter Ritt, so schien mir, würde jetzt gerade das richtige sein, um die letzten trüben Spinnweben zu zerreißen. Ich sagte es Harry, doch mit zweifelndem Blick beobachtete er, wie ich mir bei den Stallungen einen bösartig aussehenden Hengst aussuchte und auf einem Damensattel bestand. Alle rieten mir davon ab. Und alle hatten recht. Selbst bei bester Gesundheit wäre ich nicht imstande gewesen, mich auf diesem Tier zu halten, und in weniger als zehn Sekunden hatte mich der Hengst im Hof abgeworfen. Man stürzte herbei, um mir auf die Füße zu helfen, und ich brachte ein Lächeln zustande und sagte, ich sei unverletzt und hätte nur den Wunsch, irgendwo still dazusitzen. Ich tat's und wartete. Lauschte gleichsam in mich hinein. Hatte der Sturz vom Pferd die erhoffte Wirkung gehabt? Ich wußte es nicht. Alles schien zu sein wie zuvor. Ich ging auf mein Hotelzimmer zurück, wartete dort. Durch das Fenster fiel der warme Sonnenschein des französischen Herbstes herein, doch irgendwie schauderte mir. Das hübsche sonnenhelle Zimmer war zu klein; die Wände schienen mich zu erdrücken. Die Luft war zum Atmen zu stickig, und es war, als ob ganz Frankreich stank. Ich griff nach meinem Bonnet und lief die Treppe hinunter. Harry hatte für die Zeit unseres Aufenthalts in Bordeaux ein Landaulet gemietet, und ich gab Anweisung, es vorfahren zu lassen, und sah dann, daß Celia langsam die Treppe herunterkam.

»Willst du allein ausfahren, Beatrice?« fragte sie erstaunt.

»Ja«, erwiderte ich angespannt. »Ich brauche ein wenig frische Luft.«

»Soll ich mitkommen?« fragte sie. In den ersten Wochen unserer Reise hatte mich der unverbindliche Klang ihrer Stimme stark irritiert, doch hatte ich schon bald herausgefunden, daß Celia keineswegs von molluskenhafter Gestaltlosigkeit war; sie wollte es mir nur gern recht machen.

Wenn sie etwa fragte: »Soll ich mit ins Theater kommen?« oder: »Soll ich mitkommen zum Dinner mit dir und Harry?«, so hieß das nichts anderes als: »Ziehst du meine Gesellschaft vor, oder möchtest du lieber allein sein?« – und ich und Harry hatten festgestellt, daß sie es auch genauso meinte: Sie war nicht gekränkt, wenn man ablehnte.

»Laß mich allein fahren«, sagte ich. »Mach Tee für Harry, wenn er kommt. Du weißt ja, wie sehr er ihn mag, und das Personal hier versteht sich nicht richtig darauf. Ich werde nicht lange fortbleiben.«

Lächelnd sah sie mir nach, und solange sich die Kutsche in Sichtweite des Hotels befand, zeigte ich eine unbewegte Miene. Dann jedoch zog ich den kleinen Schleier meines Bonnets herunter und ließ meinen Tränen freien Lauf.

Ich war verloren, verloren, verloren. Und ich konnte nicht denken, keinen klaren Gedanken fassen, wußte nicht, was ich tun sollte. Anfangs hatte ich daran gedacht, Harry einzuweihen und zusammen mit ihm eine Lösung zu suchen. Doch irgendein Instinkt hatte mich davor gewarnt, Hals über Kopf ein »Geständnis« abzulegen, das sich nicht mehr rückgängig machen ließ.

Wäre dies daheim und in früherer Zeit geschehen, so würde ich als erstes Meg aufgesucht haben, Ralphs »Hexen«-Mutter. Jedermann wußte – oder hatte gewußt –, daß solche Weiber wie Meg jungen Frauen halfen, die wegen eines vielleicht schon verheirateten Mannes in Schwierigkeiten geraten waren: Hexen, die dafür irgendein halbgiftiges »Hexengebräu« verwandten.

Ich zuckte unwillkürlich die Schultern. Was half's. Ich hatte keine »Hexe« zur Hand und kannte mich mit solchen Dingen nicht aus.

Und trotzdem. Irgendwo in dieser verschlafenen französischen Kleinstadt würde es, genau wie in jeder anderen, irgendwo eine »weise Frau« geben, die mir raten konnte. Nur: Wie sollte ich sie finden, ohne daß in unserem Gasthaus alle, also auch dort logierende Engländer, davon gerüchteweise erfuhren?

Der fragende Blick des Kutschers, der nicht wußte, wohin er mich eigentlich fahren sollte, rief mich in die Gegenwart zurück.

»Los, los, weiter, weiter«, wies ich ihn an. »Hinaus aufs Land, immer weiter.«

Er nickte, knallte mit der Peitsche. Eine exzentrische junge Engländerin, der man halt gehorchen mußte. Die Kutsche ließ die Stadt hinter sich, und bald befanden wir uns inmitten von Feldern und sich endlos erstreckenden Weinbergen.

Bedrückt betrachtete ich die sanfte, hügelige Landschaft, die so ganz anders war als mein geliebtes Wideacre. Während unsere Hügel in die Höhe strebten, zum Teil bedeckt mit Buchenhainen, zum Teil gekrönt mit Kappen aus weichem, süßem Gras, sind diese Hügel terrassiert und gleichsam bis zum letzten Zoll verplant, und mir wollte scheinen – Harry und ich hatten inzwischen verschiedene ortsansässige Großgrundbesitzer besucht und so mancherlei Informationen gesammelt –, daß es unseren Leuten denn doch entschieden besser ging als den einfachen Menschen hier. Im übrigen hatten wir beide, Harry und ich, uns davon überzeugt, daß eine Kombination der neuen landwirtschaftlichen Methoden mit dem Einsatz zuverlässiger Arbeitskräfte für Wideacre der richtige Weg in die Zukunft war.

Urplötzlich überwältigte mich Heimweh, und voller Sehnsucht dachte ich an mein Haus und mein Land. Wie gern wäre ich jetzt dort gewesen und nicht in diesem fremden Land. Aber dann rief mir eben dieser Heimwehschmerz eine Tatsache ins Bewußtsein, die mich einen Ruf ausstoßen ließ, einen so schrillen Ruf, daß sich der Kutscher umdrehte, weil er meinte, ich wolle umkehren. Weiter! winkte ich ihm zu und umspannte dann mit meinen Händen meinen sacht gerundeten Bauch. Das Kind darin – dieses geliebte Baby, das ich noch vor wenigen Sekunden als eine Art heranwachsende Geschwulst gesehen hatte –, es war der künftige Erbe von Wideacre. Würde es ein Knabe werden – und davon war ich absolut überzeugt –, so würde es der künftige Master von Wideacre sein, und meine Position war ein für allemal gesichert. Ja, mein Baby würde der Master sein und ich, die Mutter des Sohns des Squires, auf jeden Fall *de facto* die Mistress von Wideacre.

Mein Stimmungsumschwung war schier unglaublich. Sofort fielen alle Ressentiments von mir ab. Was machten mir schon Unbequemlichkeiten oder selbst Schmerzen aus, würde die Ursache dafür doch der kostbare Sohn sein, der in mir wuchs und wuchs, bis er am richtigen Ort zur Welt kommen konnte.

Wieder spielte ich mit dem Gedanken, Harry einzuweihen: mir seinen Stolz auf die Zeugung eines Sohns und Erben zunutze zu machen. Doch wieder warnte mich ein Instinkt, ja nicht voreilig zu handeln. Harry gehörte mir, stand ganz in meinem Bann, das bewies diese Reise. Wenn es abends dunkel wurde und man Kerzen brachte – oder Laternen, falls wir im Freien dinierten –, so betrachtete er hingerissen mein glänzendes Haar, mein helles Gesicht. Celia pflegte sich dann mit einer beiläufigen Entschuldigung zurückzuziehen. Die Abende und Nächte gehörten mir, ganz allein mir. Tagsüber jedoch mußte ich Harry mit Celia teilen, und ich konnte es nicht verhindern, daß sich zwischen den beiden ein ungezwungenes und fast schon inniges Verhältnis entwickelte.

Seinen Anfang genommen hatte das natürlich auf dem verdammten Fährschiff. Es machte Celia Freude, sich Harry gegenüber nützlich zu zeigen; ihn aufzumuntern, wenn er müde war; die Zimmer in unseren jeweiligen Hotels so »umzuarrangieren«, daß sie elegant und dennoch behaglich wirkten. Die so überaus scheue Celia mit ihrem eher holprigen Französisch ließ es sich nicht nehmen, in fremde Hotelküchen einzudringen, um beim Chefkoch persönlich Tee zu bestellen. Unbeirrt durch die Empörung des französischen Personals, blieb sie dort, um sich davon zu überzeugen, daß alles genau Harrys Wünschen entsprach.

Es war fast amüsant, in welchem Maße sie den Mann umsorgte, von dem ich wußte, daß er mir gehörte. Aber mir konnte das nur recht sein, befreite es mich doch von »hausfraulichen« Aufgaben. Es war Celia, die sich immer wieder um die Packerei kümmerte. Es war Celia, die Wäschereien, Schneidereien etc. für uns ausfindig machte. Es war Celia, die an Harrys reichverzierter Weste ein gelockertes Glitzerperlchen wieder festnähte. Sie spielte gleichsam Harrys Dienerin, während ich seine ihm ebenbürtige Geliebte war.

Allerdings schien sie an Selbstvertrauen eher gewonnen zu haben nach jener angespannten Nacht in Paris, als beide wirklich Mann und Frau geworden waren. Zusammen mit Harry hatte ich den Abend ausgesucht, an dem er ihr gegenüber seine Pflicht erfüllen sollte – und dafür gesorgt, daß er darin eine unangenehme Aufgabe sehen würde. Für unseren Besuch in der Oper und das anschließende Souper hatte ich ein tiefausgeschnittenes Kleid angezogen, und an jenem Abend erglänzte ich in Grün wie eine junge Silberbirke. Mein Haar war sehr stark weiß gepudert, so daß meine Haut die Tönung eines klaren, trockenen Weins hatte. Als Harry, Celia und ich im Hotel zu unserem Tisch gingen, waren aller Augen auf mich geheftet. Celia, in blassem Rosa, verblich gleichsam neben mir.

Harry trank viel und wieherte vor Gelächter über mein witziges Geplauder. Seine innere Anspannung war sehr groß, und seine Nervosität machte ihn fast unempfindlich für Celias Gefühle. Sie glich eher einer Gefangenen auf dem Weg zur Guillotine als einer Jungvermählten. Stumm und mit leichenblassem Gesicht saß sie da und nahm den ganzen Abend über keinen einzigen Bissen zu sich. Als ich Harry dann später in ihr Zimmer schickte, konnte ich sicher sein, daß alles geschehen war, um beiden einen Akt unangenehmer und sicher auch schmerzhafter Pflichterfüllung zu bescheren.

Harry erledigte die Sache noch schneller, als von mir erwartet. In seinem Schlafrock kam er in mein Zimmer, und das Nachthemd, das er darunter trug, war noch mit Celias Blut befleckt. »Hab's hinter mir«, sagte er nur und kletterte zu mir ins Bett. Wir schliefen dicht aneinandergekuschelt – als suche er Trost für irgendeinen geheimen Kummer. Aber als dann am Morgen das erste graue Licht von Paris durch die Vorhänge kroch und der Lärm der Wasserwagen draußen auf dem Pflaster uns beide weckte, da liebten wir uns.

Was Celia betraf, so war es ein Zeichen für ihre neugewonnene Reife, daß sie mir über die für sie so scheußliche und schmerzvolle »Hochzeitsnacht« nicht die leiseste Andeutung machte. Die sonst so vertrauensvolle kleine Celia schwieg mir gegenüber – augenscheinlich aus Loyalität für den ihr angetrauten Gatten. Im übrigen enthielt sie sich jeder Frage oder sonstigen Äußerung, was Harry und mein Beisammensein betraf, nachdem sie sich abends zurückgezogen hatte. Als sie eines Morgens Harrys Bett unberührt fand – wir hatten beide verschlafen –, schwieg sie gleichfalls, offenbar in der Annahme, Harry sei auf seinem Stuhl eingenickt, oder aber bei irgendeiner anderen Frau gewesen. Für uns war sie die ideale Gattin. Ich vermutete, daß sie tiefunglücklich war.

Zu denken gab mir allerdings die Art und Weise, in der Harry auf sie reagierte. An ihrer unbeirrbaren Loyalität für Harry, mich und unseren Familiennamen war nicht zu zweifeln; auch wußte Harry ihre Fürsorglichkeiten durchaus zu schätzen. Ich sah, daß er Celia mit ausgesuchter Höflichkeit begegnete, und bemerkte, wie sich das Vertrauensverhältnis zwischen beiden weiter festigte. Dagegen ließ sich nichts tun, es sei denn, ich hätte es zur offenen Feldschlacht kommen lassen – und dabei das Gesicht verloren. Aber ich hatte auch gar nichts gegen ein derartiges Verhältnis zwischen den beiden. Ich gönnte Celia Harrys formelle Liebenswürdigkeiten, die Handküsse und Verbeugungen, sein süßes Lächeln beim Frühstück, seine ganze geistesabwesende Höflichkeit. Mir blieb Harrys Leidenschaft – und Wideacre. Und ich wußte von mir – und ja auch von Ralph –, daß Sexualität und Wideacre das Wichtigste waren, was es im Leben eines Menschen geben konnte. Daß sie gleichsam das Fundament bildeten.

All diese Gedanken waren mir durch den Kopf gegangen, während ich in der Kutsche saß und durch die fremde französische Landschaft mit ihren Feldern und Weinbergen fuhr. Jetzt kam ich zu einem Entschluß. Ich klappte meinen Sonnenschirm zusammen, stieß dem Kutscher damit fast unsanft in den Rücken und befahl ihm, umzukehren.

Es waren Harrys irgendwie vage Gefühle gegenüber Celia gewesen, die mich letztlich davon abgehalten hatten, meinem Bruder zu sagen, daß er einen Erben gezeugt hatte. Ich war mir seiner Reaktion einfach nicht sicher. Und so schien es mir ratsam, auf eine Möglichkeit zu sinnen, wie ich das Kind heimlich zur Welt bringen und aufziehen könne, bis die Zeit gekommen war, Harry mit dem Gedanken vertraut zu machen, daß wir beide die Eltern eines Sohnes und Erben waren. Allerdings: Die sich auftürmenden Probleme schienen unüberwindbar zu sein und jede Hoffnung illusorisch. Verzweiflung und Zorn erfüllten mich, während die Kutsche wieder durch die Gassen der Stadt ratterte. Aber als ich dann Celia sah, welche mir zum freundlichen Empfang aus dem Hotel entgegenkam, da fiel es mir plötzlich wie Schuppen von den Augen: die Lösung für all meine Probleme.

»Fühlst du dich jetzt besser?« erkundigte sie sich voller Anteilnahme.

Während wir die Stufen zum Hotel hinaufstiegen, nahm ich ihren Arm, zog ihre Hand unter meine Achsel.

»O ja, sehr viel besser«, sagte ich zuversichtlich. »Und ich muß dir etwas erzählen, Celia, und ich brauche deine Hilfe. Komm auf mein Zimmer, und wir können uns noch vor dem Dinner unterhalten.«

»Natürlich«, erwiderte Celia bereitwillig und offenbar geschmeichelt. »Aber was ist es denn, was du mir erzählen mußt? Du weißt, daß ich dir helfen werde, so gut ich irgend kann, Beatrice.«

Ich lächelte sie liebevoll an und trat höflich zurück, um ihr den Vortritt zu lassen. Was lag schon an so einer kleinen Geste der Ehrerbietung in Anbetracht der Tatsache, daß ich Celia sowie jedes von ihr in die Welt gesetzte Kind ein für allemal von ihrem Platz verdrängen würde, und zwar mit ihrer eigenen loyalen und uneigennützigen Hilfe?

Ich schloß die Tür meines Schlafzimmers hinter mir, setzte eine sehr ernste Miene auf, zog Celia neben mich auf eine Chaiselongue und schob meine Hand zwischen ihre Hände. Unendlich traurig und hilfsbedürftig blickte ich sie an und fühlte, wie sich meine grünen Katzenaugen mit Tränen füllten.

»Celia«, sagte ich, »ich bin in furchtbaren Schwierigkeiten und weiß nicht, was ich tun soll.«

Ihre braunen Augen weiteten sich, aus ihren Wangen wich die Farbe. »Ich bin vernichtet, Celia«, sagte ich mit einem Schluchzen. Ich schmiegte mein Gesicht trostsuchend gegen ihren Hals und spürte, daß es wie ein Schaudern durch ihren Körper ging.

»Ich erwarte nämlich …«, begann ich und brach ab. »Celia, ich erwarte ein Kind.«

Sie schien zu erstarren. Vor Schreck und Entsetzen wirkte sie wie gelähmt. Dann schob sie eine Hand unter mein Kinn und hob mein Gesicht höher, um mir in die Augen zu blicken.

»Beatrice, bist du dir dessen sicher?« fragte sie.

»Ja«, erwiderte ich. »Ja, das bin ich. Oh, Celia! Was soll ich nur tun?«

Ihre Lippen zitterten, und sie nahm mein Gesicht zwischen ihre Hände.

»Was auch geschehen mag«, sagte sie. »Ich werde deine Freundin sein.«

Wir schwiegen beide, während sie vor sich hin grübelte.

»Und der Vater des Kindes...?« begann sie zögernd.

»Das weiß ich nicht«, sagte ich, zu einer Lüge Zuflucht nehmend. »Erinnerst du dich an den Tag, als ich wegen meiner Anprobe nach Havering Hall geritten kam – und mir dort dann übel wurde?«

Celia nickte. Ihre offenen, ehrlichen Augen forschten in meinem Gesicht.

»Schon auf dem Ritt nach Havering Hall fühlte ich mich schwach. Ich mußte absitzen und wurde offenbar ohnmächtig. Als ich wieder zu Bewußtsein kam, war da ein Gentleman, der Wiederbelebungsversuche machte. Mein Kleid war in Unordnung – du erinnerst dich vielleicht an einen Riß in meinem Kragen... aber ich wußte nicht... ich konnte ja nicht ahnen...« Meine Stimme senkte sich zu einem angestrengten, kaum noch hörbaren Flüstern. »Er muß mich entehrt haben, während ich ohnmächtig war.«

Celia nahm meine Hände zwischen ihre Hände.

»Hast du ihn gekannt, Beatrice? Würdest du ihn wiedererkennen?«

»Nein«, sagte ich. »Er war in einer Reisekarriole mit hinten aufgeschnalltem Gepäck. Möglicherweise befand er sich auf dem Weg nach London.

»Oh, Gott«, sagte Celia verzweifelt. »Mein armer Liebling.«

Ein Schluchzen ließ sie verstummen, und wir saßen engumschlungen, die feuchten Wangen aneinandergeschmiegt. Daß Celia das wilde Garn so ohne weiteres glaubte, war wohl nur damit zu erklären, daß sie sozusagen mit romantischen Geschichten großgeworden war, um dann, in ihrer »Hochzeitsnacht«, selbst so etwas wie eine, wenn auch legale, Vergewaltigung zu erleben. Bis sie über genügend Erfahrung verfügte, um daran zu zweifeln, daß eine Empfängnis während einer Ohnmacht unmöglich war, würde sie zu tief in meinem Lügennetz stecken, um noch aus dem Labyrinth herausfinden zu können.

»Was sollen wir bloß tun, Beatrice?« fragte sie verzweifelt.

»Ich werde mir schon etwas einfallen lassen«, erklärte ich tapfer. »Mach dir jetzt nur keine Sorgen, Celia. Geh und kleide dich zum Dinner um. Wir werden morgen darüber sprechen, wenn wir mehr Zeit zum Nachdenken haben.«

Gefügig ging sie zur Tür, drehte sich dort noch einmal um.

»Wirst du es Harry sagen?« fragte sie.

Ich schüttelte den Kopf. »Der Gedanke, daß ich geschändet wurde, wäre für ihn unerträglich, Celia. Du kennst ihn ja. Er würde den Mann, diesen Teufel, in ganz England jagen und nicht eher ruhen, als bis er ihn getötet hätte. Ich hoffe sehr, daß sich eine Möglichkeit finden läßt, diese schreckliche Geschichte ein Geheimnis bleiben zu lassen, das außer uns beiden niemand kennt. Ich lege meine Ehre in deine Hände, Celia, Liebes.«

Sie kam zurück und küßte mich in stillschweigendem Einverständnis. Als sie dann hinausging, zog sie die Tür so leise hinter sich zu, als verlasse sie das Zimmer einer Kranken.

Ich betrachtete mich im Spiegel des hübschen französischen Toilettentisches. Niemals hatte ich besser ausgesehen. Die Veränderungen in meinem Körper hatten in mir zwar Übelkeit hervorgerufen, meinem Äußeren jedoch alles andere als geschadet. Meine Brüste waren voller und üppiger und wölbten sich so deutlich unter meinen jungfräulichen Kleidern, daß sie Harry stets aufs neue mit Begierde erfüllten. Meine Taille, wennschon etwas fülliger, war noch immer schlank. Meine Wangen wirkten warm durchblutet, und meine Augen glänzten. Nun, da ich die Ereignisse wieder unter Kontrolle hatte, fühlte ich mich obenauf. Denn jetzt war ich keine törichte Hure mit einem Bastard im Bauch, sondern eine stolze Frau, die mit dem künftigen Master von Wideacre schwanger ging.

Als wir am folgenden Tag mit Handarbeiten im sonnigen Salon des Hotels saßen, kam Celia ohne Umschweife auf »unser« Problem zurück.

»Die ganze Nacht über habe ich mir den Kopf zergrübelt, aber mir ist nur eine einzige Lösung eingefallen«, sagte sie. Ich betrachtete sie unauffällig. Unter ihren Augen waren dunkle Schatten; sie schien, aus Sorge wegen meiner Schwangerschaft, in der Tat kaum geschlafen zu haben. Auch ich hatte kaum geschlafen, freilich aus anderen Gründen: Harry, brennend vor Begierde, hatte mich um Mitternacht wach gemacht und dann noch einmal in den frühen Morgenstunden. Wir konnten voneinander kaum genug bekommen, und ich erschauerte innerlich vor perverser Lust bei dem Gedanken, gleichzeitig Harrys Samen und Harrys Kind in mir zu haben.

Irgendwie absurd: Während ich mit ihrem Gatten das Liebeslager geteilt hatte, war Celia, die liebe Celia, tief um mich besorgt gewesen.

»Mir fällt nur eine einzige Lösung ein«, sagte Celia wieder. »Sofern du dich nicht deiner Mama anvertrauen möchtest – und ich kann mir denken, daß dir kaum danach zumute ist –, so mußt du während der nächsten Monate von daheim fortbleiben.« Ich nickte. Celias rasche Auffassungsgabe machte mühselige Überredungsversuche überflüssig.

»Ich habe mir das so gedacht«, sagte Celia langsam. »Wenn du erklärst, daß du krank bist und mich zur Gesellschaft brauchst, so könnten wir in irgendeine ruhige kleinere Stadt reisen, an der See gelegen, vielleicht eines dieser Seebäder, und wir könnten irgendeine gute Frau finden, die sich, wenn du im Wochenbett bist, um dich kümmert und nach der Geburt das Kind zu sich nimmt.«

Ich nickte, wennschon ohne große Begeisterung.

»Wie gut du doch bist, Celia«, sagte ich dankbar. »Würdest du mir wirklich so sehr helfen?«

»Aber natürlich«, erwiderte sie, und ich dachte nicht ohne Belustigung, daß sie bereits sechs Wochen nach der Hochzeit ohne Wimpernzucken bereit war, ihren Mann zu hintergehen und zu belügen.

»In einem Punkt macht mir dieser Plan Sorgen«, sagte ich. »Ich meine das Schicksal des armen, unschuldigen Babys. Viele dieser Frauen sollen ja bei weitem nicht so freundlich sein, wie sie sich geben. Ich habe davon gehört, daß sie die ihnen anvertrauten Kinder mißhandeln und manchmal sogar ermorden. Mag ich das Kind auch unter Umständen empfangen haben, die es mich hassen lassen, so ist es dennoch schuldlos, Celia. Stell dir doch das arme kleine Ding nur vor, vielleicht ist es ein süßes Mädchen, ein kleines englisches Mädchen, das fern von Familie und Freunden aufwachsen muß, sehr einsam und schutzlos.«

Celia ließ ihre Hände sinken, in ihren Augen standen Tränen.

»Oh, das arme Kind! Ja!« sagte sie. Der Gedanke an eine einsame Kindheit, das war mir klar, mußte ihr unerträglich erscheinen. Es erinnerte sie zu sehr an ihre eigenen Erfahrungen.

»Es ist eine furchtbare Vorstellung für mich, Celia, daß mein Kind, deine Nichte, womöglich bei irgendwelchen groben, unfreundlichen Menschen aufwächst, ohne irgendeinen Freund auf der Welt.«

Tränen liefen ihr über die Wangen. »Oh, es kommt mir so verkehrt vor, daß sie nicht bei uns leben soll!« sagte sie impulsiv. »Du hast recht, Beatrice. Sie sollte nicht fern von uns sein. Sie sollte in unserer Nähe sein, damit wir über ihr Wohl wachen können. Wenn wir sie vielleicht irgendwie und irgendwo im Dorf unterbringen könnten.«

»Oh!« Voller Entsetzen hob ich die Hände. »In dem Dorf! Dann könnten wir auch gleich in den Zeitungen annoncieren. Wenn wir richtig für sie sorgen und sie zur Lady erziehen wollen, so kommt im Grunde nur Wideacre in Betracht. Ich wünschte, es bestünde die Möglichkeit, sie als eine mit dir verwandte Waise auszugeben, oder irgend so etwas.«

»Jaja«, sagte Celia. »Aber Mama würde natürlich wissen, daß es nicht stimmt...« Sie verstummte, und ich ließ ihr ein paar Minuten Zeit, um sich den Gedanken durch den Kopf gehen zu lassen. Dann pflanzte ich das Samenkorn meines Plans in ihr bekümmertes Gemüt.

»Wenn doch nur du ein Kind erwarten würdest, Celia!« sagte ich sehnsüchtig. »Alle würden so zufrieden mit dir sein, vor allem Harry! Harry würde dich nie wieder wegen... ehelicher Pflichten... belästigen, und das Kind könnte sich auf ein wunderbares Leben freuen. Wenn es doch nur dein kleines Mädchen wäre, Celia...«

Für einen Augenblick schien ihr der Atem zu stocken, und ich wußte, daß ich erleichtert aufatmen konnte: Ich hatte es geschafft.

»Beatrice, genau diese Idee ist mir bereits selbst gekommen!« sagte sie, vor Aufregung fast stotternd. »Warum erklären wir nicht einfach, daß ich es bin, die ein Baby erwartet, und später sagen wir dann, es sei mein Kind! Das liebe Kleine kann in Sicherheit und Geborgenheit bei uns leben, und ich werde für das Mädchen sorgen, als sei sie meine eigene Tochter. Niemand braucht jemals zu erfahren, daß sie es nicht ist. Ich wäre ja so glücklich, ein Kind zu haben, für das ich sorgen kann, und du wärst gerettet! Was meinst du? Könnte das wohl – funktionieren?«

Ich musterte sie verblüfft, mit halboffenem Mund. »Celia! Was für ein kühner Gedanke!« sagte ich wie betäubt. »Ja, ich glaube schon, daß es funktionieren könnte. Bis zur Geburt des Kindes könnten wir hierbleiben und erst dann mit ihm zurückkehren. Wir könnten sagen, die Empfängnis habe in Paris stattgefunden und das Kind sei einen Monat zu früh zur Welt gekommen. Aber möchtest du das arme kleine Ding denn auch wirklich haben? Wäre es vielleicht nicht doch besser, wenn wir sie irgend so einem alten Weib überließen?«

Celia zeigte sich enthusiastisch. »Nein. Ich liebe Babys, und deines werde ich ganz besonders lieben, Beatrice. Und wenn ich eigene Kinder habe, so wird sie ihre Spielgefährtin sein – meine älteste Tochter und genauso geliebt, als ob sie mein eigen Fleisch und Blut wäre. Und sie wird niemals, niemals erfahren, daß sie nicht meine Tochter ist.« Ihre Stimme erstickte in einem Schluchzen, und ich wußte, daß sie an ihre Jungmädchenzeit als Außenseiterin auf Havering Hall dachte.

»Ich bin sicher, daß wir es tun können«, sagte sie. »Ich werde dein Kind zu mir nehmen und sie lieben und für sie sorgen, als ob sie mein eigenes Töchterchen wäre, und niemand wird jemals wissen, daß sie es nicht ist.«

Ich lächelte, befreit von einer ungeheuren Last. Jetzt konnte ich meinen Weg klar vor mir sehen.

»Also gut, ich bin einverstanden«, sagte ich, und wir beugten uns zueinander und küßten uns. Celia legte mir die Arme um den Hals und sah mich aus ihren sanften braunen Augen voller Vertrauen an. Sie trug ihre Aufrichtigkeit, ihre Bescheidenheit, ihre Tugendhaftigkeit wie ein Gewand aus reinster Seide. Ich erwiderte ihr Lächeln, und es war genauso süß wie ihr Lächeln, und nichts war darin zu entdecken von List oder Verschlagenheit.

»Was«, fragte sie aufgeregt, »wollen wir jetzt tun?«

Ich bestand darauf, daß wir vorerst gar nichts taten: keine weiteren Pläne für eine Woche. Celia konnte die Verzögerung nicht verstehen, nahm's jedoch als Laune einer werdenden Mutter und bedrängte mich nicht. Mir war es um eine Atem- und Denkpause zu tun. Vor mir lag ein gewaltiges Problem, und dieses Problem bestand darin, Celia so »anzulernen«, daß sie Harry wirkungsvoll zu täuschen verstand. Ich wollte nicht, daß sie sich Hals über Kopf daran machte, den Mann zu belügen, dem sie Treue und Liebe gelobt hatte, denn mir war klar, daß sie äußerst ungeschickt lügen würde. Je häufiger sie und Harry zusammen waren, desto stärker wurde das Band zwischen ihnen. Zwar schienen sie weit davon entfernt, ein Liebespaar zu werden – wie sollte es denn auch bei Celias angststarrer Frigidität und Harrys leidenschaftlicher Faszination für mich anders sein –, doch die Freundschaft zwischen beiden wurde mit jedem Tag herzlicher und enger. Ich konnte nicht sicher sein, daß Celia die Fähigkeit besaß, ihr wahres Selbst vor Harry zu verbergen. Ob es mir wohl gelingen würde, sie so weit zu bringen, daß sie imstande war, ihrem Mann in die Augen zu sehen und ihn ohne Wimpernzucken anzulügen?

Was mich selbst betraf, so hatte ich keine Zweifel. Lag ich in Harrys Armen, so gehörte ich ihm, mit Leib und mit Seele. Aber das dauerte nur so lange, wie die Lust währte. Danach war ich wieder ganz ich selbst. Und ich empfand nicht das geringste Bedürfnis, mich Harry anzuvertrauen, nicht einmal, wenn sein Kopf auf meinem Bauch oder meinen Brüsten ruhte, die zu seinem Entzücken immer praller wurden: durch unseren in meinem Leib sich formenden Sohn. Harry konnte sehen, daß ich glücklich war – jeder konnte das Glänzen tiefer Zufriedenheit in meinen Augen sehen –, doch blieb es mein Geheimnis, daß mich jeder Tag einer unangreifbaren Position auf Wideacre näherbrachte. Durch Harry hatte ich mir zwar einen Platz auf unserem Land gesichert, doch mit dem nächsten Master schwanger zu gehen und zu wissen, daß alle künftigen Squires Blut von meinem Blut und Fleisch von meinem Fleisch sein würden, war eine einzigartige Befriedigung.

Wenn ich morgens am Hotelfenster saß und hinausblickte auf die schöne, breite Allee mit den schlanken Pappeln, so begann ich von anderen Bäumen zu träumen, von unseren lieblichen Buchen. Und ich lächelte und sah mich als alte Lady, ein für allemal am Kopfende der Tafel von Wideacre Hall: die autokratische »Tante« des Squire, die mehr Macht besaß als irgendein anderes Mitglied der Familie – die, kraft ihres Blutes und ihrer Persönlichkeit, den Squire ebenso beherrschte wie seine Frau und seine Kinder.

Als ich eines Morgens wieder einmal träumend am Fenster saß, sah ich auf der Straße die Kokarde an der Kopfbedeckung des Postboten. Es klopfte an die Salontür, und dann hielt ich erfreut zwei Briefe von daheim in der Hand. Der eine war von Mama – ich erkannte sofort ihre Handschrift –, und auch der andere war für mich, sehr säuberlich geschrieben, aber von wem? Ich erbrach das Siegel und sah oben die eher förmliche Anrede: »Liebe Miß Lacey« und unten die Unterschrift: »John MacAndrew«. Ich glaube, daß ich lächelte. Ich glaube, ich wurde sogar rot. Der gute Dr. MacAndrew versuchte sich also in vertraulicher Korrespondenz – wer hätte das gedacht? Mit einer halbbewußten Geste der Eitelkeit glättete ich den Seidenstoff meines Kleides und begann zu lesen. Ich hätte mir mein Erröten sparen können. Der Brief war von nüchterner Geschäftlichkeit.

Liebe Miß Lacey,
ich möchte mich dafür entschuldigen, daß ich mich ohne die Erlaubnis ihrer Mutter an Sie wende, aber ich schreibe Ihnen wegen ihres Gesundheitszustandes. Es geht ihr nicht gut, und ich glaube, daß die Verantwortung für den Betrieb von Wideacre ihr einigen Kummer bereitet.

Sie ist nicht in Gefahr; dennoch möchte ich Ihnen raten, Ihre Reise nicht über die vorgesehene Länge auszudehnen.

Ich habe sie während einer kürzlichen leichteren Erkrankung betreut, und nach meiner Diagnose hat sie ein schwaches Herz, was jedoch ihre Gesundheit nicht besonders beeinträchtigen sollte, sofern Aufregungen vermieden werden.

Ich hoffe, daß Sie, Lady Lacey und Sir Harry sich bei guter Gesundheit befinden, und daß Sie Ihre Reise genießen.

Ihr gehorsamer Diener
John MacAndrew

Ich war zunächst verärgert, daß John MacAndrew sich in meine Angelegenheiten einmischte. Just in dem Augenblick, wo ich meinen Aufenthalt in Frankreich unbedingt verlängern mußte, beorderte er mich wie ein Schulkind nach Hause. Natürlich würde ich seiner Aufforderung nicht nachkommen. Allerdings mochten sich allerlei Schwierigkeiten ergeben, wenn ich die Verantwortung so einfach von mir schob.

Meine zweite Reaktion war kühler, überlegter. Das Problem mit Mamas Gesundheit bot womöglich die ideale Lösung für das uns bedrückende Problem: Während Celia und ich in Frankreich zurückblieben, konnte Harry doch heimwärts eilen, um Mamas Hand zu halten, wenn sie ihre Herzanfälle oder was immer sonst hatte – ihr ging's doch nur darum, ihren Augapfel, ihren Liebling endlich wieder bei sich zu haben.

Als ich Celia diese Idee – in geschickter Verpackung, versteht sich – unterbreitete, zeigte sie sich davon durchaus angetan.

»Oh, ja!« sagte sie. Wir befanden uns in ihrem Zimmer, wo sie sich für unsere Ausfahrt umkleidete, und unsere Augen trafen sich im hohen Spiegel. »Aber du wirst dir um deine Mama Sorgen machen, Beatrice.«

»Ja«, erwiderte ich bedrückt. »Aber ich kann nicht nach Hause zurückkehren, ehe wir nicht eine Lösung haben, Celia. Und es ist für mich ein doch nicht geringer Trost, zu wissen, daß Harry zur Hand ist, um sich um sie zu kümmern. Harry wird ihr natürlich die Sorgen wegen des Betriebs von Wideacre von den Schultern nehmen.«

»Sagen wir es ihm doch sofort«, erklärte Celia mit Entschiedenheit. So banden wir also unsere Bonnets fest, spannten unsere Sonnenschirme auf und fuhren hinaus, um ihn zu suchen.

Harry weilte auf einem Gut, wo man Seetang als Dünger verwendete, so wie wir das für Wideacre planten. Ich war der Überzeugung, daß für kalkhaltigen Boden, wie bei unseren höhergelegenen Wiesen, tierischer Dünger gebraucht werden sollte, während sich Seetang nur für die Sand- und Lehmböden der Talsohlen eignet. Harry hingegen meinte, bei entsprechendem Fäulnisgrad lasse sich Tang auch auf Kalkböden verwenden. Er befand sich jetzt zu Besuch auf einem Gut, wo man den sogenannten Tang-Dünger – den Dünger aus Seepflanzen – zunächst einmal Sonne und Regen aussetzte, bevor man ihn unterpflügte.

Als wir jetzt in Richtung des besagten Gutes fuhren, kam uns ein Reiter entgegen: Harry. Offenbar hatte er, wie von uns erwartet, seinen Besuch beendet und strebte zum Luncheon zum Hotel zurück.

In Celias Gesicht leuchtete es auf, als sie Harry sah. Unter dem Einfluß der französischen Sitten in dieser kleinen Provinzstadt hatte Harry sich daran gewöhnt, auf seine Perücke zu verzichten und statt dessen sein Haar wachsen zu lassen. Unter dem Dreispitz glänzten seine goldenen Locken in der Sonne, und er ritt seinen Mietgaul, als sei dieser ein Vollblut-Araber.

»Hallo!« sagte er, als er das Tier neben der Kutsche zum Halten brachte. »Was für eine angenehme Überraschung.« Sein Lächeln galt gleichermaßen uns beiden, sein Blick war jedoch auf mich gerichtet.

»Wir haben als Lunch an ein Picknick gedacht und alles mitgebracht«, sagte Celia. »Hast du ein hübsches Plätzchen gesehen?«

»Nun, am besten begeben wir uns zum Gut. Die haben dort einen herrlichen Fluß. Hätte ich doch bloß meine Angeln mitgebracht, dann könnte ich versuchen, dort Forellen zu fangen.«

»Ich habe sie mitgebracht!« sagte Celia freudestrahlend. »Denn es war mir klar, daß du dir ein Picknickplätzchen an einem Flüßchen oder Bach aussuchen würdest, in dem es Forellen gibt, und daß du dann gern deine Angeln zur Hand haben würdest.«

Harry beugte sich über ihre Hand, die seitlich auf der Kutsche ruhte, und küßte sie.

»Du bist die beste Ehefrau auf der Welt«, sagte er gefühlvoll zu ihr. »Großartig!«

Er riß sein Pferd herum, rief dem Kutscher zu, er solle ihm folgen, und führte uns zum Flußufer.

Von Dr. MacAndrews Brief sprach ich erst, nachdem wir mit dem Lunch fertig waren und Harry etwa eine halbe Stunde lang Gelegenheit gehabt hatte, sich mit seinen teuren Angeln (und leeren Netzen) zu beschäftigen. Ich zeigte ihm diesen Brief und auch den wesentlich längeren von Mama, in dem sie über ihre Sorgen wegen der Winteraussaat sprach und über die Verwirrung wegen der Wahl der Felder: Auf welchen sollte gesät werden, und welche sollten brachliegen bleiben?

»Wir sollten am besten sofort zurückkehren«, sagte Harry, nachdem er beide Briefe gelesen hatte. »Mama ist ja, was ihr angegriffenes Herz betrifft, immer schon sehr anfällig gewesen, und es wäre mir ein unerträglicher Gedanke, daß sie vor lauter Sorgen krank würde.«

»Ja, ich finde auch, wir sollten so schnell wie möglich heimkehren«, sagte ich. »Dr. MacAndrew drückt sich zwar sehr zurückhaltend aus, um uns nicht zu beunruhigen, doch wenn die Situation nicht ernst wäre, würde er uns überhaupt nicht geschrieben haben. Wie kommen wir auf dem schnellsten Weg nach Hause?«

»Wir können von Glück sagen, daß wir uns in Bordeaux befinden«, meinte Harry nachdenklich. »Hätten wir diesen Brief in Italien oder irgendwo im französischen Binnenland erhalten, so müßten wir mit einer wochenlangen Rückreise rechnen. Aber von hier können wir mit einem Paketboot nach Bristol kommen und dort dann eine Postkutsche nehmen.«

Ich lächelte. Alles lief genauso, wie ich es mir gewünscht hatte, und ich war mit dem Erreichten vorerst zufrieden. Celia warf mir einen erstaunten Blick zu, den ich mit einem Stirnrunzeln beantwortete, und gefügig schwieg sie.

Erst nach mehreren Stunden brachte ich die Rede auf meine Anfälligkeit für die Seekrankheit und sagte zu Harry, daß ich mich einer langen Seereise nicht gewachsen fühlte.

»Du wirst mich gewiß für eine wenig liebevolle Tochter halten«, sagte ich mit tapferem Lächeln. »Aber Harry, ich wage es nicht, eine lange Seereise auf mich zu nehmen, zumal im November. Schon der Gedanke, den Channel zu überqueren, versetzt mich in Angst.«

Wir befanden uns, nach dem Dinner, in unserem privaten Salon, und Harry hielt mitten im Briefeschreiben inne. Vor ihm lag auch eine Tabelle mit den Schiffahrtszeiten.

»Was können wir da nur tun, Beatrice?« fragte er. Wenn es sich um die Lösung von Problemen handelte, wandte er sich an mich; wenn es ihm um Annehmlichkeiten und Bequemlichkeiten ging, war ihm Celia gerade recht.

»Mama braucht dich«, sagte ich tapfer. »Und deshalb meine ich, daß du reisen solltest. Celia und ich können hierbleiben, bis wir hören, wie die Dinge zu Hause liegen. Sollte Mama auch noch krank sein, nachdem du sie von der Last der Verantwortung für Wideacre befreit hast, dann werde ich ganz einfach den Mut finden müssen, von hier mit dem Schiff zurückzukehren. Bessert sich ihr Befinden jedoch und bist du davon überzeugt, daß keinerlei Gefahr besteht, so können wir mit der Postkutsche zum Kanal reisen, um von dort die Überfahrt nach Portsmouth anzutreten.«

»Ja, oder ich könnte auch kommen und euch holen«, sagte Harry beschwichtigend. »Oder wir könnten es so arrangieren, daß ihr von einem Kurier begleitet werdet. Allein könnt ihr natürlich nicht reisen. Erscheint dir das als die beste Lösung, Beatrice?«

Ich lächelte und nickte; gab mir alle Mühe, mir nichts von meiner tiefen Genugtuung anmerken zu lassen. Nicht nur, daß Harry bis aufs I-Tüpfelchen meinen Intentionen nachgekommen war; er hatte bemerkenswerterweise nicht einmal in Celias Richtung geblickt, um ihre Meinung zu erkunden. Sie hatte sich unseren – meinen – Wünschen quasi ungefragt zu fügen.

»Was ist mit den Bediensteten?« fragte Harry. »Ich werde meinen Leibdiener mit nach Hause nehmen, aber euch bleiben die Zofen und auch die beiden Reisekutschen.«

»Aber ich bitte dich!« sagte ich und lachte protestierend. »Wir werden dir in wenigen Tagen folgen! Celia und ich sind doch nicht so hochvornehm, als daß wir nicht für ein paar Tage mit einer französischen Zofe auskommen könnten. Harry, ich bitte dich, bürde es uns nicht auf, mit Bediensteten und zwei Kutschen die Heimreise antreten zu müssen.«

Harry grinste. »Nein, natürlich nicht«, sagte er. »Ich kann es so arrangieren, daß ich bei meiner Reise sowohl die beiden Kutschen als auch das ganze schwere Gepäck mitnehme, und wenn ihr wollt, können auch eure Zofen mit mir kommen.«

»Ja, bitte«, sagte ich und blickte zu Celia. »Es macht dir doch nichts aus, für kurze Zeit ohne Zofe zu sein, Celia, nicht wahr?«

Sie hielt ihren Kopf über ihre Handarbeit gebeugt: Sie war eine schlechte Lügnerin, und sie wußte es.

»Natürlich nicht«, sagte sie mit gleichmäßiger Stimme.

»Dann also gut«, sagte Harry. »Das wäre beschlossen. Ich werde mit dem Wirt sprechen.« Er ging zur Tür, blieb dort stehen. »Ich hoffe, daß es dir so recht ist, Celia«, sagte er höflich.

»Natürlich«, versicherte sie großmütig. »Ganz wie ihr beiden wollt, du und Beatrice.«

Harry ging hinaus, und Celia wartete, bis er die Tür hinter sich geschlossen hatte. Dann warf sie mir einen Blick zu, in dem sich Bewunderung und fassungsloses Staunen mischten.

»Beatrice, du hast fast überhaupt nichts getan, und doch ist alles genauso gekommen, wie du wolltest.«

Ich lächelte und gab mir Mühe, mir meine Triumphgefühle nicht zu sehr anmerken zu lassen.

»Ja«, sagte ich. »Wie immer.«

In der Nacht vor seiner Abreise zeigte Harry sich besonders gefühlvoll. Seit wir in Frankreich gelandet waren, hatten wir jede Nacht miteinander verbracht, und nun stand die Trennung bevor. Harry war im

Begriff, die Verantwortung für den Betrieb eines großen Grundbesitzes zu übernehmen, ein vollerwachsener und verheirateter Mann. Stolz erfüllte mich, als ich an seiner Seite lag, und ich lächelte ihn an.

»Mein Gott, Beatrice, du wirst mit jedem Tag lieblicher«, sagte er mit einem Unterton von Besitzerstolz. Er beugte sich über mich und vergrub sein Gesicht in dem warmen Tal zwischen meinen jetzt so prallen Brüsten. »Ich bete dich an.« Er küßte die linke Brust und nahm die Brustwarze zwischen seine Lippen. Ich wuschelte in seinem Haar und schob seinen Kopf tiefer; hinweg über die sachte Rundung meines inzwischen gleichsam »harten« Bauches; hinab zu der Stelle, wo seine Zunge eine feuchte Spur ziehen konnte, tiefer und tiefer.

Dies war nur das Nachspiel – ein Austausch spielerischer Zärtlichkeiten nach einer langen Nacht voller heißer Liebesspiele. Ich seufzte zufrieden, nicht nur wegen der wollüstigen Empfindungen in meinem Körper, sondern auch im Bewußtsein der Tatsache, daß wir diesen frühen Morgen ganz für uns hatten, von keinerlei Störungen bedroht.

»Wenn ich wieder zu Hause bin«, sagte ich verträumt, »dann möchte ich, daß wir die Nachmittage und die Nächte so miteinander verbringen. Ich habe keine Lust, mich wie früher oben auf den Downs zu verstecken oder aber heimlich ums Haus zu schleichen.«

»Natürlich«, sagte Harry und hob den Kopf, legte ihn wieder aufs Kissen. »Ich habe Anweisung gegeben, die Verbindungstür von meinem Umkleidezimmer zum Westflügel wieder zu öffnen, so daß ich auf deiner Seite des Hauses sein kann, ohne daß es jemand weiß – und ohne daß ich die Halle durchqueren muß. Ich werde kommen können, während die anderen schlafen.«

»Und auch zur Teezeit«, sagte ich lächelnd.

»Und auch zum Frühstück«, sagte Harry.

Er wälzte sich herum und warf einen Blick auf seine Uhr, die auf dem Nachttisch lag.

»Ich muß mich ankleiden«, sagte er. »Celia wird vom Einkauf des Reiseproviants bald zurück sein, und ich muß mich vergewissern, daß sie auch all meine Papiere einpackt.«

Ich nickte, bewegte mich jedoch nicht.

»Schreibe mir gleich nach deiner Ankunft«, sagte ich. »Ich möchte hören, wie es auf Wideacre so geht. Vergiß nicht, mir zu schreiben, welche Kühe trächtig sind, und wie der Winterweizen aussieht, und ob das Heu ausreichen wird.«

»Und über Mama«, sagte Harry.

»Oh, ja, und über Mama«, pflichtete ich bei.

»Und du paß ja gut auf dich auf«, sagte Harry zärtlich, während er nach einem frischen Hemd griff. »Ich wünschte, du würdest jetzt mit mir kommen, Beatrice. Mir ist der Gedanke zuwider, dich – euch beide – so ganz allein zurückzulassen.«

»Unsinn«, sagte ich freundlich und glitt aus dem Bett. »Celia und ich werden schon gut zurechtkommen. Uns bleibt ja Zeit, um in aller Muße die Heimreise zu genießen, und wir können zusammen mit Lady Davey und ihren Töchtern reisen, sobald sie in der Stadt eintreffen. Du kannst uns ja in Portsmouth in Empfang nehmen oder von mir aus sogar zur französischen Kanalseite kommen, um uns von dort abzuholen.«

»Kann gut sein, daß ich das tue«, erwiderte Harry erfreut. »Allerdings nur, falls ich mich diesmal als seefest erweise. Ich muß offen gestehen, daß mir vor der Seereise graut. Da bist du fein raus, du kleiner Feigling.«

»Ja, ein richtiges Hasenherz«, stimmte ich lächelnd zu. Ich drehte ihm den Rücken zu und schob mit den Händen mein langes Haar hoch, damit er mir im Nacken die kleinen, für mich schwierig zu erreichenden Knöpfe schließen konnte. Er tat es ein wenig umständlich und beugte sich dann vor, um mich auf die Haarlinie zu küssen. Ich spürte, wie seine Zähne sacht über meine Haut schabten, und fühlte ein prickelndes Erschauern. Plötzlich wollten sich mir Worte über die Lippen drängen: das Bekenntnis, daß ich, daß wir ein Kind erwarteten. Und für einen kurzen Augenblick zuckte mir durch den Kopf, wie ungeheuer glücklich Harry sein würde über diese Neuigkeit, wenn wir wären, was wir in dieser Sekunde zu sein schienen – ein liebendes Ehepaar.

Doch mein kühler Verstand warnte mich: nur kein Bekenntnis aus der Spontaneität süßer Liebesgefühle am frühen Morgen. Harrys Loyalitäten waren ja bereits geteilt. Ich würde unsinnigerweise das Risiko eingehen, daß er Celia vor etwaigen ihr drohenden Gefahren zu schützen versuchen würde. Sie selbst mochte ja zu naiv und zu töricht sein, um zu begreifen, daß sie, indem sie meinen Sohn als ihren eigenen akzeptierte, ihre leiblichen Kinder ein für allemal benachteiligte – Harry war so begriffsstutzig nicht. Er würde sich niemals dazu bereitfinden, meinen Bastardsohn (obwohl er ihn selbst gezeugt hatte) als seinen Erben zu akzeptieren, solange die Frau, die er geheiratet hatte, eigene legitime Söhne haben konnte.

Aber die Stimmung gelöster Liebe und innigen Vertrauens ging vorüber. Nein, all meine Geheimnisse konnte ich niemals einem anderen

Menschen anvertrauen, nicht einmal meinem Liebling Harry. Während dieser langen, unbeschwerten Reise waren wir einander noch nähergekommen, doch blieb in mir, aller Entspanntheit zum Trotz, stets ein innerer Hüter auf Wacht; eine Schärfe der Wahrnehmung und Wachsamkeit, die Harry abging. Harry war mein Geliebter, mein Traum, doch er ließ mich nicht erschauern, wie Ralph mich hatte erschauern lassen durch einen einzigen Seitenblick. Beim besten Willen konnte ich mir nicht vorstellen, daß Harry meinetwegen oder überhaupt irgendwelche Verbrechen begehen, sich gar die Hände blutig machen würde. Bei Harry war ich »der Master«; Ralph und ich hingegen waren einander ebenbürtig gewesen; in Sinnlichkeit und Leidenschaft, in List und Hinterlist. Ralph gegenüber hatte ich eine schier abgründige Wollust empfunden. Harry hingegen glich mit seinen bewundernden Küssen und Liebkosungen eher einem liebeskranken Jüngling.

Zwei todeswürdige Verbrechen waren in meinem Herzen verschlossen, und das Unterschieben eines Bastards gehörte ja auch nicht zu den leichteren Delikten. Nein, niemals wieder sollte mir jemand ins Herz blicken können, so wie Ralph das in jener frühen Zeit getan hatte. Und ich hatte recht, auf der Hut zu sein, zumal bei Harry. Das bewiesen seine nächsten Worte.

»Paß gut auf Celia auf, Beatrice«, sagte er, während er sich vor dem Spiegel sorgfältig eine frische Krawatte umband. »Sie ist während dieser Reise wirklich ganz unglaublich lieb gewesen. Ich möchte nicht, daß ich ihr allzu sehr fehle. Kümmere dich doch um sie, und vergiß nicht, mich daran zu erinnern, daß ich dir vor meiner Abreise noch ein wenig Geld gebe, damit ihr kaufen könnt, wonach ihr gerade der Sinn stehen mag.«

Ich nickte und schwieg.

»Du wirst mir fehlen«, sagte er und drehte sich herum, um mich noch einmal in die Arme zu nehmen. Ich schmiegte mein Gesicht an sein sauberes, frischgestärktes Hemd; spürte in der Nase den Geruch des Leinengewebes und die Wärme von Harrys Haut.

»Weißt du«, sagte er, und dieser Gedanke überraschte ihn offenbar selbst. »Ihr werdet mir beide fehlen! Kommt so rasch wie möglich nach, Beatrice, ja?«

»Natürlich«, versicherte ich.

9. Kapitel

Natürlich hatte ich gelogen. Die Umstände machten es mir leicht. Zunächst jedoch wartete ich: wartete einen Monat lang in dem alten Hotel in Bordeaux, bis ich von Harry aus England hörte. Ich lächelte, als ich den Brief las, denn alles war genauso, wie ich es erwartet hatte. Unsere geliebte Mama war überglücklich, ihren Sohn wieder bei sich zu haben, und dachte nicht daran, ihn fortzulassen. Harry schrieb mir – in einer auffällig knabenhaften, krakelig-nervösen Handschrift –, daß es auf Wideacre mancherlei Probleme gab; es wurde viel gewildert, und eines der Felder, das eigentlich brachliegen sollte, war versehentlich gepflügt worden. Außerdem hatte einer der Pächter in seiner Scheune einen Brand gehabt und brauchte ein Darlehen.

»Mama scheint durch all diese Dinge doch stark überfordert zu sein«, schrieb Harry. »Sie leidet an sehr ernsten Anfällen von Atemnot, die sie enorm schwächen. Wie schlimm diese Anfälle sind, hat sie jedoch sogar Dr. MacAndrew verheimlicht. Es ist mir einfach unmöglich, sie wieder sich selbst zu überlassen, und so bitte ich Dich, Beatrice, mein armer Liebling, einen Kurier zu engagieren, der Euch zu Lande oder zu Wasser heimbegleiten kann.«

Ich nickte unwillkürlich. Daß die Verwaltung von Wideacre Mama überfordern würde, hatte ich gewußt. Das war eine Aufgabe für jemanden, der unser Land kannte und liebte; eine Aufgabe überdies, die einen völlig in Anspruch nahm. Wer dazu so wenig taugte wie Mama, konnte unter der Last der Verantwortung buchstäblich zusammenbrechen. Aber ein solches Risiko hatte ich eingehen müssen, um Harry und Celia nicht allein auf ihre »Hochzeitsreise« gehen zu lassen. Jetzt konnte ich nur darauf hoffen, daß Harry auf Wideacre keinen großen Schaden anrichtete, bis ich dort endlich wieder nach dem Rechten sehen konnte. Denn Harry mußte in England bleiben und ich in Frankreich, bis unser Sohn geboren wurde.

Ich griff zu einer Feder, überlegte einen Augenblick und begann dann zu schreiben. In diesem Brief an Harry beschränkte ich mich ausschließlich auf geschäftliche Dinge. Zunächst jedenfalls. Auf dem versehentlich gepflügten Feld solle man Klee säen; dem Pächter sei ein Darlehen zu gewähren bei 2% Zinsen, zahlbar in bar oder in Produkten von seiner Farm, als Sicherheit gelte sein Viehbestand; was die Wilderei betreffe, so müsse man den Wildhüter, falls er nicht wirksamer arbeite, durch einen neuen ersetzen, wobei Lord Havering zweifellos helfen könne.

Dann jedoch schlug ich einen vertraulicheren Ton an. Ich versicherte Harry, daß er mir sehr fehle – was der Wahrheit entsprach – und daß mir Frankreich, ohne ihn, wenig Vergnügen biete – was nur zur Hälfte stimmte – und daß ich mich nach der Heimkehr sehnte – eine absolute Unwahrheit. Dann grübelte ich angestrengt, wie ich ihm am besten beibringen konnte, daß Celia ein Kind von ihm erwartete.

»Aber so sehr ich mich auch danach sehne, so müssen dieses Mal meine eigenen Wünsche zurücktreten«, schrieb ich schließlich. »Denn Celia ist nicht reisefähig, und der Grund dafür ist der einzige, der mich davon abhalten kann, zu Euch zu kommen.« Ganz liebreizend gesagt, dachte ich und wußte, daß ich damit rechnen mußte, daß Harry den Brief Mama und vielleicht auch Lady Havering vorlesen würde. »Es erfüllt mich mit tiefem Glück, Euch mitteilen zu können, daß Celia gesegneten Leibes ist.«

Abermals hielt ich inne. Celias Gesundheitszustand mußte einerseits prekär genug sein, um für sie jegliche Reisemöglichkeit von vornherein auszuschließen, andererseits jedoch nicht so prekär, daß Harry meinen mußte, Celia brauche ihn noch dringender als Mama. Auch Mama selbst durfte keinerlei Grund sehen, Harry in einem Anfall von Zärtlichkeit für Celia und ihren ungeborenen Enkelsohn zu beider Nutz und Frommen nach Frankreich zu schicken.

»Es geht ihr ganz ausgezeichnet«, schrieb ich. »Sie ist überglücklich und wohlauf. Allerdings meint sie, daß die Schaukelbewegungen einer Kutsche oder eines Schiffs ihr unerträgliche Übelkeit verursachen würden. Die hiesige *accoucheuse* – die ausgezeichnet englisch spricht und überaus aufmerksam und hilfsbereit ist – rät uns nachdrücklich davon ab, eine Reise zu unternehmen, bevor Celia ihren dritten Monat überstanden hat. Danach würden solcherlei Symptome dann soweit abklingen, daß wir voraussichtlich an die Heimreise denken könnten.«

Ich füllte eine weitere Seite mit Beschwichtigungen: ich sei ja da, um mich um Celia zu kümmern, so daß Harry sich keine Sorgen zu machen brauche.

Nun ja. In ein, zwei Monaten, zur Zeit der Winterstürme, würde eine Überfahrt kaum noch in Betracht kommen können, auch würde es mir wohl nicht allzu schwerfallen, Harry mit allerlei Ausflüchten hinzuhalten; allerdings mußten die Lügen so fein gesponnen sein, daß Harry vor Freunden und Nachbarn mühelos sein Gesicht wahren konnte.

Mein Leib wurde in der nächsten Zeit immer fülliger, bis ich mir schließlich vorkam wie eine dicke Tulpe auf schlankem Stiel. Wir waren nach Harrys Abreise aus dem Hotel ausgezogen und bewohnten jetzt einige möblierte Zimmer in der Peripherie von Bordeaux, südlich des Flusses Gironde. Wenn ich morgens erwachte, so tanzten auf der Decke meines Zimmers die Lichtreflexe des Wassers, und ich vernahm die lauten Rufe der Fischer und Bootsleute.

Die Witwe, der das Haus gehörte, glaubte, ich sei eine junge, verheiratete Engländerin und Celia sei meine Schwägerin. Das war der Wahrheit immerhin so nah, daß wir später bei etwaigen Gerüchten auf »Mißverständnis durch die Leute« pochen konnten.

In meinem jetztigen Zustand genoß ich die Ruhe der frühen Wintertage. Als ich dann schwerer wurde und leichter ermüdete, saß ich gern mit hochgelegten Füßen auf dem Sofa am prasselnden Kamin, während Celia unentwegt nähte, um eine Babyausstattung anzufertigen, die eines Prinzen würdig gewesen wäre.

Ich sah, wie es in ihrem Gesicht aufleuchtete, als ich eines Tages großmütig sagte: »Er strampelt. Du darfst ihn fühlen, wenn du magst.«

»Oh, darf ich?« sagte sie eifrig und ließ ihre Hand sanft auf meinem gewölbten Leib ruhen. Auf ihrem Gesicht spiegelte sich die innere Anspannung, dann glitt ein Lächeln darüber hinweg, als sie die deutlichen Bewegungen in meinem Bauch fühlte. Auffällig feste Bewegungen.

»Oh!« sagte sie mit einem Seufzer des Entzückens. »Was für ein kräftiges Kind sie sein wird.« Plötzlich huschte ein Schatten über ihr Gesicht: Närrin, die sie war, hatte sie bis zu diesem Augenblick gebraucht, um an Wideacre zu denken. »Was ist, wenn es ein Knabe wird?« fragte sie. »Ein Erbe?«

Mein Lächeln war makellos, mein Blick klar und rein. Ich war für sie bereit. »Ich verstehe schon«, sagte ich. »Aber auch wenn ich ›er‹ gesagt habe, weiß ich genau, daß es ein Mädchen ist.« Natürlich war das eine Lüge. Ich war felsenfest davon überzeugt, den Erben von Wideacre in meinem Bauch zu tragen. »Es ist ein Mädchen«, wiederholte ich. »Und glaub mir, Celia, eine Mutter weiß stets, welches Geschlecht ihr Kind haben wird.«

Endlich legte sich der kalte Wind, der den ganzen Winter hindurch so stark von der See her geweht hatte, und ein milder Frühling hielt Einzug. Doch in meiner Sehnsucht nach Wideacre kam ich mir vor wie ein verbannter Sträfling und hatte kaum Augen für die Schönheit dieser so angenehm warmen Jahreszeit in Frankreich. Ich empfand sie, weil ihr keine langen Tage der Erwartung vorausgegangen waren, als allzu warm, fast schon heiß. Aber wenn ich einen Blick auf den Kalender warf, so hüpfte mir das Herz: ging alles glatt und traf der »neue Erbe« rechtzeitig ein, so konnte ich damit rechnen, wieder auf Wideacre zu sein, während die wilden Narzissen noch unter den Waldbäumen blühten.

Madame hatte inzwischen für eine ihr wohlbekannte Hebamme gesorgt, eine zumal bei Frauen von Stand sehr bewährte Person. Für den Fall von Komplikationen wußten wir auch einen fachkundigen Arzt. Zu meiner Überraschung sehnte ich mich nach der kühlen, sachlichen Tüchtigkeit von Dr. MacAndrew; und ich lächelte bei dem Gedanken, wie er wohl reagieren würde, wenn er wüßte, daß sich die liebliche Miß Lacey in Frankreich auf ihre Niederkunft vorbereitete. Als es dann soweit war und die alte Hebamme meinen mächtigen Bauch mit allerlei Ölen einrieb und Celia getrocknete Blumen und Kräuter über die Tür hängte, da waren mir diese Bekundungen von Aberglauben sehr zuwider, und ich hätte es vorgezogen, Dr. MacAndrew in seine klaren, ehrlichen Augen blicken zu können und von ihm zu erfahren, ob es eine leichte oder schwere Geburt werden würde.

Überraschenderweise wurde es eine sehr leichte Geburt – was ich, wie mir die Hebamme versicherte, meiner von jung auf gepflegten Reitleidenschaft zu verdanken hätte. Ich wachte in der Nacht wie in Schweiß gebadet auf und sagte verschlafen: »Gütiger Himmel, er kommt.« Das war alles; doch Celia hörte mich sogar durch die Schlafzimmerwand hindurch und war sofort hellwach und gleich darauf bei mir. Sie schickte Madame nach der Hebamme und holte die kleine Wiege und Windeln hervor, stellte einen Topf mit Wasser auf den Herd und setzte sich dann ruhig zu mir.

Es war wie das Heben von Heuballen oder das Schieben eines Feldwagens: harte Arbeit, deren man sich auch bewußt ist, doch für mich ohne große Schmerzen. Zwar schrie ich wohl ein paarmal, doch war ich immer genügend bei Bewußtsein, um mir nicht unbedacht irgendeinen Namen entschlüpfen zu lassen.

Als ich mich im Bett aufsetzte (Celia umklammerte meine Hand, ihr Gesicht war kalkweiß) und mich über meinen ungeheuer prallen Leib beugte, konnte ich buchstäblich die Umrisse meines Sohnes sehen, meines geliebten Sohnes, des Erben von Wideacre, wie er sich langsam und mutig den Weg durch meinen Leib bahnte, bereit, geboren zu werden.

»Poussez, Madame!« schrie die Hebamme.

»Poussez!« rief die Witwe.

»Sie sagen ›drücken‹ «, flüsterte mir Celia zu, völlig überwältigt von all diesem Lärm und all dieser Geschäftigkeit. Ich unterdrückte ein Lachen und vergaß dann die Komödie, denn eine mächtige, mich gleichsam durchflutende Woge ließ meinen Sohn einen weiteren Zoll vorangleiten.

»Arrêtez! Arrêtez!« rief die Hebamme, und sie beugte sich vor und wischte mit dem Zipfel ihrer schmutzigen Schürze über etwas hin, das nicht länger ich war. Celias Augen füllten sich mit Tränen, als wir einen leisen, wie gurgelnden Schrei hörten. Mein Sohn, mein Erbe, kündigte der Welt seine Ankunft an, während er ganz herausschlüpfte aus mir, seiner bisherigen Hülle.

Ich betrachtete seine Augen, die von so tiefem Blau waren, daß selbst das Weiße in ihnen so bläulich wirkte wie der frühe Morgenhimmel über Wideacre. Ich berührte sein feuchtes Köpfchen, das dunkel war, aber vielleicht schon Anzeichen eines kastanienbraunen Schimmers trug. Ich betrachtete seine winzigen Finger mit den noch winzigeren, jedoch vollkommen geformten Fingernägeln.

»Vous avez une jolie fille«, sagte die Hebamme.

Ich blickte verständnislos von meinem Söhnchen zu Celias besorgtem Gesicht.

»Es ist ein Mädchen«, sagte Celia sanft, wie behutsam.

Ich verstand die Worte nicht, nicht in englisch, nicht in französisch. Das Baby, mit dem ich so lange schwanger gegangen war, das Kind, auf das ich so sehnsuchtsvoll gewartet hatte, war mein Sohn, war Wideacres Erbe. Er war der Zweck und der Triumph all meiner Sünden, all meines Trachtens. Dies war mein Kind, welches eines Tages unumstritten sein Erbe antreten würde. Dies war mein Sohn, mein Sohn, mein Sohn.

»Ein liebes Mädchen«, wiederholte Celia.

Ich drehte mich so schroff zur Seite, daß das Kind wohl böse gestürzt wäre, hätten es Celias Hände nicht rechtzeitig aufgefangen. Das Kind stieß einen schrillen Schrei aus; und weinte dann in Celias Armen, weinte und weinte.

»Nimm das kleine Balg fort«, sagte ich voller Haß. »Nimm's fort und behalt's. Du hast dich ja dazu bereit erklärt. Du wolltest ja von vornherein ein Mädchen. Nun hast du eines. Nimm sie fort.«

Ich empfand keine Reue, keine Zerknirschung, als ich in der Nacht wachlag und hörte, wie Celia in ihrem Zimmer hin und her ging, offenbar mit dem hungrigen Baby in ihren Armen. Sie tröstete es mit kleinen Liedern, und ihre Stimme wurde immer dünner und schwächer. Der Klang ließ mich einschlummern, und als ich wieder erwachte, spürte ich Zorn und bittere Enttäuschung. Mein Leben lang waren mir meine Rechte auf Wideacre vorenthalten worden. Ich, die ich das Land mehr liebte als irgendein anderer von uns, die ich ihm auch besser diente, die ich um seinetwillen intrigiert und Blut vergossen hatte, ich war erneut die Enttäuschte – Getäuschte. Mit einem winzigen Hauch von Glück hätte ich für alle Zeit meinen Platz als Mutter des Erben von Wideacre haben können. Ob ich das Geheimnis für mich behalten haben würde, einfach der inneren Genugtuung halber, oder ob ich davon Gebrauch gemacht, es vielleicht meinem heranwachsenden Sohn anvertraut hätte, das konnte ich nicht sagen. Aber das war jetzt auch nicht mehr von Interesse. Ich hatte ein ganz und gar unwichtiges Mädchen zur Welt gebracht, ein Kind, das von Celias erstem eigenen Sohn verdrängt werden würde; und dessen Zukunft als Erwachsene darin bestand, sich »wegheiraten« zu lassen, genauso wie man das noch immer mit mir vorhatte.

Sie war der Tod meiner Pläne, und die Enttäuschung saß zu tief, als daß sie sich jetzt überwinden ließ. Außerdem trauerte ich in einer Art von traumhaftem Dämmerzustand über den Verlust eines Kindes, das es niemals gegeben hatte: um den Sohn, der das Geschöpf meiner zärtlichen Phantasie und meines Stolzes gewesen war. Und in diesem halbwachen Zustand mit all den verworrenen Gedanken wandte ich mich in meiner inneren Not an das vorgestellte Bild von – nein, nicht von Harry, sondern von Ralph – und sagte still für mich: »Jetzt habe ich auch etwas verloren. Du bist nicht der einzige, der für Wideacre gelitten hat. Du hast deine Beine verloren, ich aber meinen Sohn.« Er hatte etwas Tröstendes, dieser Traum, in dem ich Ralph erzählte von meinem Schmerz, den nur er verstehen konnte.

Doch in diese Schlummervision drang das alptraumhafte Bild von einem Mann auf einem riesigen Rappen, und ich fuhr senkrecht in meinem Bett hoch und schrie – und erwachte.

Es war heller Tag. Die durch die geschlossene Tür dringenden Geräusche verrieten mir, daß man dabei war, das Frühstück zu bereiten, und plötzlich empfand ich einen wahren Heißhunger auf die knusprigen Croissants und den starken schwarzen Kaffee, womit Madame oder Celia schon bald zu mir ins Zimmer treten würden. Mein Körper war wie zerschunden; ich hatte das Gefühl, ein Hengst habe mir einen Tritt in den Unterleib versetzt, und ich war so erschöpft wie nach einem sehr langen Jagdtag. Mein Bauch allerdings war so flach wie ein Milchpudding und auch genauso wabblig – aber da würde ich schon bald Abhilfe schaffen. Ich zog mein Nachtgewand hoch, um mich am Anblick meiner Oberschenkel und Knie zu erfreuen, denn monatelang hatte mir ja mein kugelrunder Bauch keinen Blick mehr darauf gestattet. Und dann dankte ich den Göttern in aller Aufrichtigkeit dafür, daß mein Nabel sich wieder zu einem hübschen kleinen Grübchen zurückgebildet hatte, das keine Ähnlichkeit mehr besaß mit dem kleinen Maulwurfshügel, der sich während der Schwangerschaft dort befand.

So war ich guter Stimmung und lächelte Celia an, als sie mit dem Frühstückstablett für mich eintrat. Irgend jemand hatte im Garten weiße Veilchen für mich gepflückt, und ihr kühler, feuchter Geruch erinnerte mich an die Waldungen von Wideacre, wo am Fuß der Bäume weiße und blaue Veilchen in Mengen wachsen. Und dann war da natürlich auch der herrliche Geruch von Madames geradezu tödlich starkem Kaffee und der Anblick der knusprig-goldenen Croissants und der hellen ungesalzenen Butter. Ich empfand einen Wolfshunger, als hätte ich ein ganzes Jahr lang gefastet.

»Wunderbar«, sagte ich und setzte das Tablett auf meine Knie und schenkte mir eine Tasse voll tiefschwarzem, bitterem Kaffee ein und machte mich über die Croissants her. Erst als ich alles aufgegessen hatte und mit dem Zeigefinger sogar Krümel aufwischte, um sie sodann abzulecken, fiel mir auf, daß Celia blaß und müde aussah.

»Bist du unpäßlich, Celia?« fragte ich überrascht.

»Ich bin erschöpft«, erwiderte Celia leise, jedoch mit einem Unterton innerer Kraft, der mich verwunderte. »Das Baby hat die ganze Nacht geschrien. Sie ist hungrig, verweigert Brei jedoch ebenso wie Ziegenmilch. Die Amme, die man uns versprochen hatte, ist leider trocken geworden, und Madame wird versuchen, heute morgen eine andere zu finden. Ich fürchte, das Kind hat Hunger.«

Ich legte mich auf die Kissen zurück und betrachtete Celia mit undurchdringlicher Miene.

»Ich meine, du solltest sie stillen«, sagte Celia. »Du wirst es tun müssen, bis wir eine andere Amme gefunden haben. Da bleibt dir, fürchte ich, gar keine Wahl.«

»Ich hatte gehofft, dem enthoben zu sein«, sagte ich mit deutlichem Zögern, um die Kraft der so ungewohnt zielstrebigen Celia auf die Probe zu stellen. »Zum Nutzen des Kindes und zu unser aller Nutzen wollte ich sie so wenig wie möglich sehen, zumal in diesen ersten Tagen, wo ich mich natürlicherweise recht niedergeschlagen fühle.« Ich ließ meine Stimme leicht erzittern und beobachtete mit Habichtaugen Celias Reaktion.

»Oh, Beatrice, es tut mir leid«, sagte sie. »Ich habe nur an das Kind gedacht, und das war falsch. Natürlich kann ich verstehen, daß du sie erst dann sehen möchtest, wenn du genügend Zeit gehabt hast, dich an den Gedanken zu gewöhnen. In meiner Sorge um sie habe ich meine tiefere Sorge um dich ganz außer acht gelassen. Verzeih mir, bitte, liebe Beatrice.«

Ich nickte, lächelte sie freundlich an und bedeutete ihr mit einer Handbewegung, sie möge das Tablett forträumen. Sie tat es, und ich kuschelte mich in die Kissen und seufzte zufrieden, was sie für ein Anzeichen von Müdigkeit nahm.

»Dann laß ich dich jetzt allein, damit du dich ausruhen kannst«, sagte sie. »Und mach dir wegen der Kleinen keine Sorgen. Ich werde schon eine Lösung finden.« Ich nickte. Natürlich würde sie eine Lösung finden. Wäre es ein Knabe gewesen – mein Sohn, mein heißersehnter Sohn –, so hätte ich gewiß kein französisches Bauerntrampel mit seiner Milch und seinem Schmutz auch nur in seine Nähe gelassen. Ein Mädchen hingegen mochte getrost sehen, wie es durchkam. Zahllose Babys gedeihen prächtig bei Wasser und Mehl, da mochte dieses Balg mit dem falschen Geschlecht es gleichfalls versuchen. Zahllose Babys jedoch sterben bei solcher Kost, was für dieses schreiende Mädchen in vielfacher Hinsicht wohl die einfachste Lösung sein würde. Andernfalls würde ich gezwungen sein, mein Leben lang alles zu tun, damit Celia auch ja mein Geheimnis wahrte. Für einen Sohn, den künftigen Erben von Wideacre, wäre das ein geringer Preis gewesen. Für ein Mädchen, das es niemals zu etwas bringen konnte, war das ein viel zu hoher Preis. Das Mädchen war für mich zu nichts nutze; Mädchen sind nie für irgendwen von Nutzen. Enttäuscht schloß ich die Augen und schlief wieder ein.

Als ich aufwachte, war mein Kissen von Tränen naß; während meines traumlosen Schlafs waren sie mir über die Wangen gelaufen. Als ich den feuchten Stoff an meiner Haut fühlte, stiegen mir wieder Tränen in die

Augen. Wideacre war so fern von diesem kleinen, stickigen Zimmer in dieser fremden Stadt. Eine weite Fläche aus grauen Wogen lag zwischen mir und meiner Heimat. Wideacre und mein unumstrittenes Besitzrecht daran waren – konnten –, wenn man so wollte, gar nicht ferner von mir sein. Der Ort geisterte durch meine Tag- und Nachtträume wie ein Heiliger Gral, nach dem ich mich zwar auf die Suche machen konnte, um mein Leben bei dieser Suche zu erschöpfen, den zu erlangen mir jedoch versagt bleiben würde. Ich drehte meinen Kopf auf dem Kissen und sagte ein trauriges Wort, den Namen des Mannes, der Wideacre für mich gewonnen haben würde: »Ralph«.

Dann schlief ich wieder ein.

Zur Mittagszeit kam Celia wieder mit einem Tablett voller Köstlichkeiten: Artischockenherzen, Hühnerbrust, Gemüseragout, eine Pastete, ein wenig Milch und auch Käse. Ich verspeiste alles mit so gutem Appetit, als sei ich einen Tag lang zu Fuß über Wideacre gewandert. Als ich fertig war, schenkte Celia mir ein Glas Ratafia ein. Ich musterte sie überrascht, trank jedoch.

»Die Hebamme sagt, davon sollst du jeden Tag ein Glas trinken«, erklärte Celia. »Und abends ein Glas Porterbier oder etwas in der Art.«

»Ja, zu welchem Zweck denn?« fragte ich satt und träge, im Mund noch den angenehmen süßen Geschmack.

»Um Milch zu machen«, erwiderte Celia mit verblüffender Direktheit.

Jetzt entdeckte ich auch in ihrem Gesicht, was ich zuvor nur in ihrer Stimme bemerkt hatte: den Ausdruck von Entschlossenheit, der bei ihr recht überraschend wirkte. Ihr blumenhaftes Gesicht verlor nichts von seinem Liebreiz, doch in die braunen Samtaugen trat eine gewisse Härte. Ich senkte den Blick, um mir nichts von meiner leisen Belustigung anmerken zu lassen. Celia nahm die Pflichten der Mutterschaft übermäßig ernst; wenn sie so weitermachte, würde sie bis zu unserer Ankunft auf Wideacre viel von ihrem Reiz eingebüßt haben, während ich mich schlank und rank und bestens erholt präsentieren konnte.

»Es ist leider unmöglich, hier am Ort eine andere Amme aufzutreiben, und ich habe mich gezwungen gesehen, dem Curé, der für das Magdalen-Haus verantwortlich ist, eine Botschaft zu schicken. Dorthin gehen arme Mädchen, um ihre Babys zur Welt zu bringen, und die Kinder werden ihnen gleich nach der Geburt fortgenommen«, sagte Celia. »Ich habe Madames Stallburschen als Boten geschickt, doch ist es unwahrscheinlich, daß wir sofort eine finden werden. Inzwischen schreit das Kind unaufhörlich nach deiner Milch. Alles andere verweigert sie: Kuhmilch und Ziegenmilch, Mehl vermischt mit Wasser und auch klares Wasser.«

Ich betrachtete Celia unauffällig. Was sie mir da mitteilte, beeindruckte mich weniger als ihr Gesichtsausdruck. Mit plötzlichem Erschrecken wurde mir bewußt, daß wir unversehens in eine Situation geraten waren, wo sie stärker sein mochte als ich. Sie warf sich zur Beschützerin dieses lästigen Balgs auf, als sei es ihr eigenes. Vermutlich hatte sie sich schon seit Monaten so intensiv in die Mutterrolle versetzt, daß sie sich beim ersten Blick auf das Neugeborene in ihre »Tochter« verliebt hatte. Sie hatte die Kleine in den Armen gehalten, sie hatte tröstend auf sie eingesprochen, sie hatte all das für die Kleine empfunden, was eine Mutter vermutlich für ihr Erstgeborenes empfindet. Und jetzt verteidigte sie ihr Kind. Sie kämpfte für sein Leben und schien bereit, jeden zu überrennen, der dieses Leben bedrohte. Nein, sie glich wahrhaftig nicht mehr dem Mädchen, das man wie ein kleines Hündchen zu absoluter Fügsamkeit abgerichtet hatte. Diese Celia hier war eine erwachsene Frau, die sich rückhaltlos für ein anderes Wesen einsetzte – und das machte sie stark.

In dieser Sache war sie sogar noch stärker als ich.

»Beatrice«, sagte sie voll Nachdruck. »Du mußt dieses Kind stillen. Sie wird dich nicht weiter stören. Ich werde sie bringen und, sobald sie gestillt ist, wieder fortnehmen. Ich bitte dich nur, dies alle paar Stunden zu tun, bis eine Amme gefunden ist.«

Sie hielt inne. Ich schwieg noch immer, war jedoch nicht mehr völlig abgeneigt. Warum auch? Meine Figur würde ich mir dadurch schon nicht allzusehr verderben; bald würde ich auch in dieser Hinsicht wieder ganz die Alte sein. Meine Bereitwilligkeit konnte nur meine »von Herzen kommenden« Gefühle beweisen. Aber ich schwieg noch, um herauszufinden, *wie* stark diese neue Celia war.

»Es ist ja nur für ein paar Tage«, sagte sie. »Aber selbst, wenn es für ein Jahr wäre, Beatrice, würde ich dich darum bitten; in der Tat, ich würde darauf *bestehen*. Es ist mein Kind; ich akzeptiere die Verantwortung, und so muß ich auch dafür sorgen, daß sie gestillt wird. Und du allein kannst geben, was sie braucht.«

Ich lächelte liebevoll.

»Natürlich, Celia, wenn es das ist, was du willst«, sagte ich großmütig. »Ich habe mich nur deshalb nicht angeboten, weil ich dachte, du und

Madame, ihr hättet alles so gut arrangiert.« Um ein Haar hätte ich laut aufgelacht, so gewaltig war die Erleichterung, die sich in ihrem Gesicht spiegelte.

»Du kannst sie holen«, sagte ich. »Aber bleibe hier, um sie wieder fortzunehmen. Ich werde schlafen wollen.«

Celia jagte geradezu hinaus und war im Handumdrehen mit dem schreienden kleinen Bündel wieder da. Das Haar, sanft und braun, bildete oben auf dem winzigen Schädel eine Art zugespitzte Locke – aber das mochte sich sehr wohl ändern. Und verändern würden sich wahrscheinlich auch ihre tief-, tiefblauen Augen. Sie blickte mir ins Gesicht, als könnte sie mir in die Seele schauen. Amüsiert versuchte ich, sie »niederzustarren«, wie ich das unzählige Male bei Menschen und Tieren getan hatte. Doch bei diesen blauen, blauen Augen war das irgendwie unmöglich: als sei in ihnen das leere Starren des Wahnsinns; und bald löste der Blick in mir Unbehagen und sogar Beklemmung aus. Die Händchen, unglaublich winzig, glichen verschrumpelten Seesternen, und die Füßchen, die unten aus dem Wickeltuch lugten, sahen aus wie verwelkte Blättchen. Sie roch nach etwas, das ich auch bei mir selbst bemerken konnte: es war der süße, starke Geruch der Geburt. Für einen Augenblick empfand ich das Gefühl des Einsseins mit diesem kleinen Bündel, doch hielt ich das mühelos unter Kontrolle. Sie war nun mal ein Mädchen und nicht der von mir so sehr erhoffte Sohn; auch gehörte sie bereits wirklich Celia, wie der sorgenvolle Gesichtsausdruck und die umschatteten Augen der bislang so Sanftmütigen bewiesen.

Linkisch legte ich das Bündelchen an meine Brust, und sofort zuckten Celias Hände vor, bereit zur Hilfe; doch beherrschte sie sich und wartete ab. Im Grunde wußten wir beide nicht genau, was zu tun war; das Baby wußte es dafür um so besser. Die Kleine witterte buchstäblich meine Brustwarze und machte dann ein schiefes, dreieckiges Mäulchen, um an die Warze heranzugelangen, auf der sich bereits ein weißer Tropfen zeigte. Ich empfand ein sonderbares, irgendwie schmerzhaftes Gefühl in meiner Brust und dann eine große Erleichterung und Befriedigung, als das Baby sich festsaugte. Die Kleine schnuffelte, muffelte, schien zu niesen, gab einen kurzen Protestschrei von sich und ließ sich durch nichts beirren. Sie rollte mit den Äuglein, schloß sie dann und saugte rhythmisch. Ich blickte zu Celia, und wir lächelten beide.

»Wie wirst du sie nennen?« fragte ich.

Celia beugte sich vor, um das Köpfchen zu berühren; sie legte den Finger auf eine leichte Einbuchtung des Schädels, wo man das kräftige Pochen des Pulses sehen konnte.

»Dies ist meine kleine Julia«, sagte sie mit ruhiger, fester Stimme. »Bald schon werde ich mit ihr nach Hause reisen.«

Ich ließ ein oder zwei Wochen vergehen und schrieb dann den Brief, den ich in Gedanken längst entworfen hatte:

»Liebster Harry,
es erfüllt mich mit Stolz und mit Glück, Dir mitteilen zu können, daß Dein Kind zur Welt gekommen ist, ein wenig vorzeitig zwar, jedoch gesund. Es ist ein Mädchen, und Celia will ihr den Namen Julia geben. Celias zarte Gesundheit hat uns bis zuletzt in Spannung gehalten, und als bei ihr zwei Wochen vor der Zeit die Frühwehen einsetzten, machte mir das Angst. Aber wir hatten eine gute Hebamme und die Hilfe unserer hiesigen Wirtin, und Celias Wehen dauerten nicht einmal einen Tag. Das Baby hatte natürlich Untergewicht, aber dank einer guten Amme hat die Kleine inzwischen kräftig zugenommen, und wenn wir wieder daheim sind, wird sie wie ein normal ausgetragenes Kind aussehen.«

Zumindest dies entspricht der Wahrheit, dachte ich, während ich das Bild noch durch ein paar weitere Details abrundete. Später kritzelte Celia, angeblich vom Wochenbett genesend, noch ein paar ergänzende Zeilen.

Obwohl ich über Babys nicht sehr viel wußte, war ich doch ziemlich fest davon überzeugt, daß, wenn Julia erst einmal einen guten Monat alt war, niemand mehr ihr Alter genau würde schätzen können. Im übrigen war die Wahrheit viel zu abwegig, als das irgend jemand etwas vermuten würde. Falls wirklich jemand das Baby allzu »stramm« entwickelt fand, so würde er annehmen, Harry und Celia hätten schon vor der Hochzeit ein sehr intimes Techtelmechtel gehabt. Allein Harry selbst wußte, daß er erst in Paris mit Celia das Bett geteilt hatte, doch er würde das Alter des Kindes gewiß nicht auf den ersten oder auch zweiten Blick feststellen können. Alles paßte naht- und fugenlos zusammen. Ich hatte getan, was ich konnte.

Ich versiegelte den Brief und legte ihn auf meinen Nachttisch, damit Celia ihn zur Post bringen konnte. Jetzt mußte ich abwarten. Und den Rest den launischen alten Göttern von Wideacre überlassen, die mich schon so oft hart gebeutelt hatten; vielleicht würden sie mich zumindest sicher heimgeleiten, als Lohn für meine Treue zum Land. Im übrigen mußte ich darauf vertrauen, daß Celia ihrer neuen Rolle gewachsen war.

Sie war's. Mit einer Selbstsicherheit, wie ich sie bei ihr zuvor nur ein einziges Mal erlebt hatte – bei jener grauenvollen Überfahrt von England nach Frankreich –, verstand sie es, mit allem und allen zurechtzukommen, mit der neuen Amme, mit mir, mit dem ewig quäkenden Bündel Julia und nicht zuletzt mit sich selbst: in schier unglaublich kurzer Zeit hatte sie uns allesamt auf ein nach England gehendes Paketboot verfrachtet.

Mir war es mehr als recht, daß sie das alles übernahm, denn ich fühlte mich eigentümlich erschöpft. Dabei hatte ich mich doch vor und nach der Niederkunft wie eine verwöhnte Prinzessin ausruhen können. Aber in der kleinen französischen Pension war ich ewig müde und apathisch gewesen – andererseits jedoch beunruhigt durch das Schreien des Kindes, das nachts durch die Wände drang, und den Instinkt, das Baby doch zur Ruhe und zum Frieden zu bringen.

Ich war eine Frau im Zwiespalt. Früher hatten mein Körper und meine Seele ein harmonisches Ganzes gebildet. Jetzt jedoch, mit noch immer rundlicher Taille, schlaffem Bauch und widerlich hellrosa Linien an den Hüften, wo meine Haut sonst straff gewesen war, schien ich mir einfach selbst nicht mehr zu ähneln. Und dann: wie sich so prompt meine Augen öffneten und meine Muskeln anspannten, wenn ich das Baby nachts schreien hörte! Wie meine stramm gebundenen Brüste schmerzten, weil sie Milch geben wollten! All das war falsch, verkehrt; all das konnte unmöglich ich sein. Vielleicht lag es ja an Frankreich, an diesem fremden Land mit dem ewig blauen, strapaziösen Himmel und den sonderbaren Gerüchen, gleich ob Brot oder Käse oder was sonst.

Zum Glück fand die Überfahrt bei fast völlig ruhiger See statt, und ich genoß den Salzgeruch und den Atem des Windes von Süden her, und ich gewöhnte mich sogar an das gelegentliche Schaukeln des Schiffes. Mein Körper hatte angefangen, seine frühere ranke und schlanke Form zurückzugewinnen, was mir die Zuversicht gab, daß ich im Begriff war, zu meinem wahren Selbst zurückzukehren. Die frühe, strahlende Sonne ließ mein Haar kupferfarben erglänzen und übersprenkelte meine Nase mit winzigen Sommersprossen. Mein Hals war noch immer ein bißchen kräftiger, und meine Brüste waren voller und schwerer, aber wenn ich mich nackt auszog und in einem kleinen Spiegel in der Kajüte betrachtete, so wollte mir scheinen, daß niemand auf den Gedanken kommen konnte, daß ich ein Kind zur Welt gebracht hatte – nicht einmal Harry, wenn er jeden Zoll meines nackten Körpers mit seinen Augen und seinen Händen und seiner Zunge erforschte.

Als es Celia gelungen war, eine Amme aufzutreiben, hatte ich dieser sofort das Kind überlassen und meine Brüste gebunden. Ich erzählte Celia, die Milch sei sogleich versiegt, doch entsprach das nur teilweise der Wahrheit. Immer wenn ich das hungrige Schreien hörte, schmerzten mir die Brüste, und das straff, sehr straff darum geschlungene Wickelband wurde an und um die harten Brustwarzen feucht. Hätte Celia geahnt, daß ich noch immer Milch hatte, so würde sie darauf gedrungen haben, daß ich das Baby wieder stillte, damit es ruhig und zufrieden war; doch obwohl es warm und üppig aus meinen Brüsten quoll, log ich Celia ins Gesicht, ich sei trocken.

Die abscheulichen rosafarbenen Linien auf den Hüften verblichen, genau wie Madame es vorhergesagt hatte, zu einem kaum noch sichtbaren Weiß, und die Schatten unter meinen Augen verschwanden, nachdem – auf meinen ausdrücklichen Wunsch – Celia, das Baby und die Amme Kajüten bezogen hatten, die sich sozusagen außer Hörweite meiner Luxuskabine befanden.

Die anderen schliefen nur wenig. Während ich an Deck spazierenging oder dort im schönsten Sonnenschein saß und die blauen Wogen beobachtete, mußte Celia nur allzu häufig unten in der stickigen Kajüte das Baby in ihren Armen hin und her tragen.

Dem Kind behagte das Leben auf See offenbar ganz und gar nicht, und das französische Mädchen, das Celia als Amme engagiert hatte, wurde wegen ihrer Seekrankheit trocken; das Baby jedoch wollte, all seinem Hunger zum Trotz, von Brei und Wasser nicht viel wissen. Sah ich Celias Gesicht – nachdem sie einen ganzen Tag lang die seekranke Amme gepflegt und die ganze Nacht hindurch mit dem greinenden Baby hin und her gegangen war –, so mußte ich mich beherrschen, nicht laut aufzulachen. Ein einziger Blick auf dieses bleiche, ausgezehrte Gesicht genügte, um die »Freuden« der Mutterschaft als absolut entbehrlich zu empfinden. Celia wirkte um Jahre gealtert; sie sah in der Tat aus wie eine Frau, die eine Frühgeburt gehabt hatte. Man hätte meinen können, sie habe Drillinge zur Welt gebracht.

»Ruh dich aus, Celia. Ruh dich doch aus«, sagte ich und pochte mit den Fingerspitzen auf den Platz neben mir.

»Ich kann mich nur für einen Augenblick setzen, während sie schläft«, erwiderte Celia und saß dann ganz vorn auf dem Rand der Bank, angespannt auf mögliche Geräusche aus der Kajüte lauschend.

»Wie geht es dem Kind denn?« fragte ich beiläufig.

»Nicht viel anders als bisher«, erwiderte Celia erschöpft. »Zuerst hat das Schaukeln des Schiffes ihr sehr zugesetzt. Dann hatte die Amme keine Milch mehr, und die Kleine wurde hungrig. Jetzt ist wohl wieder Milch da, und beim letzten Stillen ist die Kleine wieder einigermaßen satt geworden und hat dann gut geschlafen.«

Ich nickte freundlich, jedoch ohne besonderes Interesse. »Die Luft von Wideacre wird sie schon wieder in Ordnung bringen«, sagte ich, dachte dabei jedoch mehr an mich selbst.

»Oh, ja«, stimmte Celia glücklich zu. »Wenn sie nur erst bei ihrem Papa ist, in ihrem Heim. Ich selbst kann's kaum erwarten. Und du, Beatrice?«

Beim Gedanken an Harry und Wideacre hüpfte mir das Herz.

»Mir geht's nicht anders«, sagte ich. »Wie lange sind wir doch schon von daheim fort! Ich frage mich, wie es jetzt dort wohl aussehen mag.«

Unwillkürlich beugte ich mich vor und blickte zum Horizont, als könnte ich durch bloße Willensanstrengung den fernen, purpurfarbenen Buckel der Downs vor meine Augen zwingen. Ich dachte an die Probleme und die Menschen dort. Durch Harrys detaillierte Briefe wußte ich bereits, daß die Frühjahrsaussaat gut vonstatten gegangen war; es war ein milder Winter gewesen, und das Winterfutter hatte ausgereicht, so daß es nicht nötig gewesen war, Tiere wegen Futtermangels notzuschlachten. Nachdem wir auf der Home Farm bewiesen hatten, daß man die Tiere den ganzen Winter hindurch mit Rüben füttern konnte, waren auch die Pächter von dieser Methode überzeugt. Die französischen Reben, die Harry aus Bordeaux mitgebracht hatte, waren auf den Südhängen der Downs angepflanzt worden und schienen sich auf unserem Boden und in unserem Klima nicht schlechter zu halten als in Frankreich. Die Sache sah zukunftsträchtig aus.

Allerdings hatte sich Harry auch zwei Fehler geleistet, die auf das Konto seiner Experimentierwütigkeit gingen. Der erste fiel nicht weiter ins Gewicht: das Umpflügen einiger alter Felder. Die konnte man brachliegen lassen und in Weideland verwandeln. Das Schlimme dabei war die verständliche Verärgerung der Leute, die dort nun nicht mehr ihren altvertrauten Trampelpfad benutzen konnten, wie auch die des benachbarten Farmers, dessen Fahrweg nach dem Umpflügen unpassierbar war. Harry hatte den Rat der älteren Arbeiter ignoriert und sich mit dem Plan getragen, auf der Green Lane Weide einen Obstgarten anzulegen. Wie er jedoch bald herausfand, gedieh das Gras dort so gut, weil es sich um einen

Lehmboden besonderer Art handelte, zäh wie in Devon. Andauernd blieben die Pflüge stecken, und im Sonnenschein verwandelten sich die klebrig-feuchten Erdschollen in steinharte Brocken. Der gewaltige Weidegrund, nicht weniger als einhundert Morgen, mußte für dieses Jahr abgeschrieben werden, desgleichen die Investition für die jungen Obstbäume etc. – der Preis für Harrys Unerfahrenheit. Wie ärgerlich, daß ich nicht zur Stelle gewesen war, um Verluste zu verhindern; allerdings hätte der Schaden noch weit größer sein können. Die erfahrenen älteren Arbeiter, aber auch die jüngeren Burschen würden über die Narretei des jungen Squire zweifellos den Kopf schütteln und sich wünschen, daß bald schon wieder Miß Beatrice auf Wideacre walten würde.

Harrys zweiter Fehler hätte Menschenleben kosten können, und deshalb fiel es mir schwer, Nachsicht zu üben. Er hatte so ein paar kluge theoretische Ideen, wie man die Strömung des Fenny unter Kontrolle bringen könnte. Seit Urzeiten war der Fluß im Frühjahr breit und schnell dahingeströmt, im Sommer hingegen langsam, ja träge. Dies war natürlich, mit Ausnahme von Harry, jedem bekannt, so daß alle Farmer mit Land am Fenny auf Hochwasser im Frühjahr (und auch im Winter) gefaßt sind. Deshalb lassen sie die tiefergelegenen Felder ungepflügt, zumal dort, wo das Flußbett in Krümmungen verläuft, so daß die Wasserflut dann, ohne größeren Schaden anzurichten, darüber hinwegjagen kann, bevor sie sich wieder mit der Hauptströmung vereint. Normalerweise verlieren wir dort höchstens ein verirrtes Schaf oder Kalb; nur ein einziges Mal ertrank dort, wie ich mich erinnere, auch ein Kind. Aber der Fenny ist kein reißender Gebirgsfluß. Er ist recht umgänglich, zumal wenn man ihm auf gute, alte Weise seine wenigen Launen läßt.

Doch mit der guten, alten Weise hatte Harry nicht viel im Sinn. Er meinte, wenn man zur Kontrolle am Oberlauf in einem kleinen Tal mit steilen Seitenwänden eine Art Damm errichtete, könnte man die sich aufstauende Wassermenge kontrollieren und all die Felder, die sonst wegen des Hochwassers ungenutzt blieben, umpflügen und bebauen. Harry war darauf erpicht, noch mehr von seinem verdammten Weizen auszusäen. Und so hörte er den alten Männern ebenso höflich wie gleichgültig zu und ignorierte ihre Ratschläge ebenso wie meine empörten Protestbriefe. Den alten Pächtern blieb nichts anderes übrig, als ihm ihre Söhne zu Verfügung zu stellen, damit sie ihm seinen kleinen Damm, sein Wehr, bauen konnten samt allem, was dazu gehörte. Hinter seinem Rükken lachten sie über ihn und über das unnütz verschwendete Geld; und vermutlich fragten sie sich, was wohl Miß Beatrice dazu sagen würde, wenn sie wieder daheim war, und freuten sich schon auf ihre Wutausbrüche.

Was als nächstes geschah, hätte jeder Narr voraussagen können, ausgenommen der Narr, der jetzt der Squire von Wideacre war. Das Wasser hinter dem neuerrichteten Damm staute sich sehr rasch auf: viel schneller, als Harry das erwartet hatte. Bei seiner Kalkulation hatte er nur die Normalströmung des Fenny berücksichtigt und die Tatsache außer acht gelassen, daß durch die Schneeschmelze und die starken Regenfälle im Frühjahr sich überall zusätzliche Rinnsale und Bächlein bilden. Der Stausee schwoll mehr und mehr an, setzte ein paar gute höhergelegene Wiesen unter Wasser und durchbrach dann das Wehr: riß die sogenannten Schütze weg, mit deren Hilfe das Wasser reguliert werden sollte; und der ganze Damm stürzte ein, so daß ein haushoher Wasserfall hinabdonnerte ins kleine Tal, in Richtung Acre.

Erstes Opfer der wilden Wasserflut wurde die Straßenbrücke, und Harry konnte seinem Narrenglück danken, daß auf der Brüstung zu diesem Zeitpunkt niemand saß, weder spielende Kinder noch rauchende alte Männer. Die Wassermassen fegten die stabile alte Brücke einfach mit sich fort.

Dann jagte die Flut in breiterer Front über das Land dahin und richtete schlimme Verwüstungen an. Auf jeder Seite etwa zwanzig Fuß über die Ufer tretend, entwurzelte der Fluß Sträucher und Bäume, selbst hohe, nicht allzu fest verwurzelte Tannen, und Harrys frische Weizenaussaat wurde davongeschwemmt, und die »neugewonnenen« Felder waren voller Schlamm und Trümmer und zerbrochener Bäume.

Mit leicht verminderter Wucht brandete die Flut gegen die neue Mühle. Zwar wurden die unteren Fenster und Türen eingedrückt, doch hatten die stabilen neuen Gebäude dem Anprall standgehalten. Die alte Mühle hingegen, wo Ralph und ich uns getroffen und geliebt hatten, war fortgerissen worden, genauso wie Megs wacklige alte Hütte. Von der Mühle waren nur zwei Mauern stehengeblieben, alle anderen Überbleibsel der Vergangenheit hatte das Wasser beseitigt.

Nunmehr war die Wucht vollends gebrochen, und der Fluß kehrte zwischen seine Ufer zurück. Harry hatte mir geschrieben, bei seinem Ausritt am folgenden Tag habe er allenthalben angespannte Gesichter gesehen; mir war jedoch klar, daß man hinter seinem Rücken über ihn gelacht haben mußte: von der Narretei des Squire hatte jeder Schmarotzer auf Wideacre profitiert, und die Ersatzansprüche für die Flutschäden würden ins Uferlose gehen. Natürlich mußte die Brücke wiederaufgebaut werden, und es galt, jene Pächter zu entschädigen, deren Felder in Mitleidenschaft gezogen worden waren. Schließlich würde auch Mrs. Green neues Glas für ihre Fenster und neuen Stoff für ihre Gardinen verlangen. Als ich Harrys kläglichen Jammerbrief über die Katastrophe gelesen hatte, war siedendheißer Zorn in mir aufgestiegen. Jetzt jedoch war ich ganz einfach begierig darauf, endlich wieder zu Hause zu sein, um alles in Ordnung bringen zu können.

Außerdem gab es Dinge, über die ich Harry nicht gut brieflich befragen konnte; ich mußte die Antwort selbst finden, an Ort und Stelle.

Etwa, wie es dem jungen Doktor ging, und ob es Lady Havering bereits gelungen war, ihn für eine von Celias hübschen Schwestern zu angeln; und ob er sich wohl noch an seine damalige Zuneigung zu mir erinnerte. Der Gedanke an ihn ließ mein Herz nicht schneller schlagen – er war kein Mann, den ich erregend oder aufreizend fand –, und Wideacre konnte er für mich nicht gewinnen. Doch seine Aufmerksamkeit hatte meiner Eitelkeit zu einer Zeit geschmeichelt, wo ich eine Ablenkung brauchte, auch fand ich ihn alles andere als uninteressant. Er war so ganz anders als die Männer, die ich kannte – Männer aus der Provinz: Squires, Großgrundbesitzer und dergleichen mehr. Doch faszinierte er mich nicht. Er besaß nichts Magisches, Mysteriöses wie Ralph. Und anders als Harry hatte er weder Land noch besonderen Charme. Er konnte mich, ganz buchstäblich, nur interessieren. Falls er jedoch noch nicht vergeben war und noch immer bereit, mich mit seinen kühlen blauen Augen anzulächeln, so würde ich mich mit Vergnügen auch weiterhin für ihn interessieren.

Während ich meinen Blick hinweggleiten ließ über die rollenden Wogen legte ich mir wieder einmal jene Hauptfrage vor, deren Beantwortung mich daheim erwartete: waren inzwischen jene Schurken, welche am Überfall in Kent teilgenommen hatten, sämtlich gefaßt, verurteilt und hingerichtet? Oder war einer von ihnen – der Anführer mit den beiden schwarzen Hunden und dem Rappen – noch immer frei? Mitunter tauchte der Rappe noch in meinen Träumen auf, doch erwachte ich nicht mehr mit schrillem Schrei. Aber der Gedanke an meinen wunderbaren, starken Ralph, wie er sich an Krücken vorwärtsschwang oder, schlimmer noch, seinen Körper wie ein gelähmter Hund über den Boden schleifte, verursachte mir stets Übelkeit. So gut es irgend ging, hielt ich dieses Bild von mir fern, und wenn es sich beim Einschlafen ungerufen einstellte, so nahm ich eine kräftige Dosis Laudanum und entkam der Bedrohung.

Falls sämtliche Mitglieder der Bande gefaßt worden waren, konnte ich wieder in Frieden schlafen. Vielleicht war ja auch der Anführer inzwischen tot. Möglicherweise hatte niemand seine wahre Identität erfahren, zumindest nicht in Wideacre; und natürlich würde sich niemand die Mühe gemacht haben, uns in einem Brief davon zu berichten. Vielleicht lebte der, der mich bis tief in meine Träume verfolgte, ja nicht mehr; und vor Toten hatte ich keine Angst.

Doch würde ich, falls er tot war, um ihn trauern. Mein erster Liebhaber, der Jüngling, dann der Mann, der so sehnsüchtig vom Land und von der Lust gesprochen hatte und von der Notwendigkeit, beide zu haben. Der junge Bursche, der schon so früh erkannt hatte, daß es solche gibt, die Liebe geben, und solche, die Liebe nehmen. Der wagemutige, leidenschaftliche, spontane Liebhaber, der ohne jede Hemmung über mich herfiel und mich nahm. Seine offene Sinnlichkeit hatte meiner eigenen in einem Maße entsprochen, wie das bei Harry niemals der Fall sein konnte. Wäre er doch nur eine Person von Rang gewesen... aber das war ein sinnloser Tagtraum. Ralph hatte für Wideacre getötet; und wäre dafür beinahe selbst getötet worden. Ich konnte nur hoffen, daß der Strick inzwischen vollendet hatte, was der zuschnappenden Menschenfalle nur halb gelungen war, und daß der Geliebte meiner frühen Jahre nicht mehr lebte.

»Ist das dort möglicherweise Land?« fragte Celia plötzlich. Sie deutete weit voraus, und ich erkannte am Horizont so etwas wie einen verwischten dunklen Streifen, einem Rauchwölkchen ähnlich.

»Das glaube ich kaum«, erwiderte ich, angestrengt starrend. »Der Kapitän hat gesagt, nicht vor morgen. Allerdings hatten wir den ganzen Tag über gute Winde.«

»Mir scheint, es ist tatsächlich Land«, sagte Celia mit vor Freude geröteten Wangen. »Wie wunderbar, England wiederzusehen. Ich werde Julia holen, damit sie einen ersten Blick auf ihre Heimat werfen kann.«

Und sie entschwand unter Deck und kehrte dann zurück mit dem Baby, der Amme und einer ganzen Kleinkind-Ausrüstung, damit die Kleine auf dem Vorderteil des Decks »postiert« werden konnte, um den Blick auf ihr Heimatland zu richten.

»Nun«, sagte ich, während ich belustigt diesen Unsinn verfolgte, »den Anblick ihres Vaters wird sie hoffentlich etwas interessanter finden.«

Celia lachte ohne irgendeine Spur von Enttäuschung. »Oh, nein«, sagte sie. »Mir ist doch klar, daß sie noch viel zu jung ist, um viel zu verstehen. Aber es macht mir Spaß, mit ihr zu sprechen und ihr Dinge zu zeigen. Sie wird bald genug lernen.«

»Und falls sie's nicht tut, so liegt's gewiß nicht an deinen mangelnden Bemühungen«, sagte ich trocken.

Celia warf mir einen erstaunten Blick zu; der unverkennbare Unterton in meiner Stimme war ihr nicht entgangen.

»Du ... du bereust es doch nicht etwa, Beatrice?« Das Baby in den Armen, machte sie unwillkürlich einen Schritt auf mich zu. In ihrem Gesicht zeigte sich Mitgefühl für meine Empfindungen, doch fiel mir auch auf, daß sich ihre Hand am Tragetuch des Babys plötzlich straffte.

»Nein.« Ich betrachtete ihre ängstliche Miene, lächelte sie an. »Nein, nein, Celia. Das Baby gehört dir, da hast du meinen Segen. Ich habe das nur gesagt, weil es mich überrascht, wieviel sie dir bedeutet.«

»Wieviel?« Celia blickte mich verständnislos an. »Aber, Beatrice, sie ist so absolut *vollkommen*. Ich müßte ja verrückt sein, wenn ich sie nicht mehr liebte als mein eigenes Leben.«

»Nun, das wäre dann ja geklärt«, sagte ich und ließ das Thema schleunigst fallen. Ich fand es sonderbar, daß Celias instinktive, leidenschaftliche Liebe zu diesem Kind, die sofort zu spüren gewesen war, als sie von meiner Schwangerschaft erfuhr, sich bis zu einer solchen Hingabe gesteigert hatte. Mein eigener Überschwang für den Knaben, den ich mir erhofft hatte, machte mich blind für den Liebreiz des Mädchens, das sozusagen an seiner Statt zur Welt gekommen war. Aber Celia hatte sich einfach ein Kind gewünscht, das sie lieben konnte; ich hingegen hatte ausschließlich einen Erben gewollt.

Ich erhob mich und ging über das leicht schwankende Deck zur Reling. An meinen Brüsten spürte ich den Druck des sonnenwarmen Holzes, und unwillkürlich dachte ich daran, daß ich schon heute nacht – spätestens aber morgen nacht – wieder in den Armen des Squire von Wideacre liegen würde. Die Vorstellung ließ mich wohlig erschauern. Wie lange hatte ich doch darauf warten müssen! Aber bald würde alles wieder so sein wie früher.

Der Wind drehte sich, die Segel erschlafften, und die Matrosen fluchten, indes wir uns dem Land näherten. Beim Dinner erklärte der Kapitän, wir würden erst am kommenden Morgen in Portsmouth einlaufen. Ich beugte mich über meinen Teller, um meine Enttäuschung zu verbergen. Celia hingegen meinte lächelnd, das sei ihr sehr recht.

»Weil Julia dann wahrscheinlich wach ist«, sagte sie. »Und der Morgen ist ohnehin ihre beste Zeit.«

Ich nickte, ohne mir etwas von meiner Verachtung anmerken zu lassen. Mochte Celia auch nichts anderes im Kopf haben als die Kleine – mich würde es überraschen, wenn Harry auch nur einen Blick auf die teure Wiege warf, solange ich daneben stand.

Ich war überrascht.

Ich war unangenehm überrascht.

Ich war bitter enttäuscht.

Als wir, bald nach dem Frühstück, in Portsmouth einliefen, stand ich mit Celia an der Reling, und unsere Blicke glitten suchend über die Köpfe der Menge am Kai.

»Dort ist er, Beatrice!« rief Celia. »Ich kann ihn sehen, Beatrice! Und dort ist auch deine Mama!«

Als mein Blick auf Harry traf, fühlte ich mich tief aufgewühlt. Meine Hände umklammerten die Reling, und meine Fingernägel gruben sich ins Holz. Nur mit großer Mühe gelang es mir, Selbstbeherrschung zu üben; denn innerlich drängte es mich: »Harry! Harry!« zu rufen und ihm meine Arme entgegenzustrecken, um die schmale Kluft zwischen Schiff und Ufer gleichsam zu überbrücken. Ich hörte mein eigenes Keuchen: ein Ausdruck ununterdrückbarer physischer Begierde. Dann löste ich meinen Blick von ihm und sah ein Stück dahinter, wie sich Mama aus dem Fenster der Kutsche beugte. Kurz winkte ich ihr zu, doch zog es meinen Blick wieder zu meinem Bruder, meinem Geliebten.

Er war der erste, der nach dem Anlegen des Schiffes die Gangway heraufkam, und ich war die erste, die ihn begrüßte – es fiel mir gar nicht ein, Celia den Vortritt zu lassen, die sich im übrigen gerade über die Wiege beugte, um das Baby herauszunehmen. Für mich gab es keinen Grund, mir Zurückhaltung aufzuerlegen; und für Harry gab es keinen Grund, mich nicht in die Arme zu nehmen.

»Harry«, sagte ich, und meine Stimme hatte einen wollüstigen Unterton. Ich streckte ihm meine Hände entgegen, hob mein Gesicht zu ihm empor, zu einem Kuß. Meine Augen verschlangen ihn geradezu. Er küßte mich flüchtig auf einen Mundwinkel und blickte über meine Schulter hinweg.

»Beatrice«, sagte er. Und richtete dann seinen Blick wieder auf mein Gesicht. »Ich danke dir. Ich danke dir *sehr* dafür, daß du sie heimgebracht hast, daß du sie *beide* heimgebracht hast.«

Dann schob er mich sacht, oh so sacht beiseite, um auf Celia zuzutreten. Mich – die Frau, die er doch liebte – ließ er stehen und ging zu Celia und zu meinem Kind und umarmte beide.

»Oh, Liebstes«, sagte er leise in ihr Ohr. Dann schob er seinen Kopf unter ihr Bonnet und küßte sie, gleichgültig gegen die lächelnden Matrosen, die Menschenmenge am Kai und gegen mich, deren Blick sich in seinen Rücken bohrte.

Es war ein langer Kuß, und in seinen Augen sah ich Wärme und Zärtlichkeit und Liebe. Schließlich richtete er seinen Blick auf das Baby in ihren Armen.

»Und dies ist also unser kleines Mädchen«, sagte er, erstaunt und entzückt zugleich. Behutsam nahm er das Baby aus Celias Armen und hielt es so, daß sich sein Köpfchen in Höhe seines Gesichts befand.

»Guten Morgen, Miß Julia«, sagte er zärtlich-verspielt.

»Willkommen in deinem Heimatland.« Zu Celia sagte er: »Also sie ist Papa wie aus dem Gesicht geschnitten! Eine echte Lacey! Findest du nicht? Eine wahre Erbin, mein Liebes!« Er lächelte sie an, vergewisserte sich, daß er das Baby sicher in der rechten Ellbogenbeuge hielt, und griff dann mit der linken Hand nach Celias kleiner Hand, die er küßte.

Ärger, Entsetzen, Eifersucht hatten mich verstummen lassen. Jetzt fand ich endlich meine Stimme wieder.

»Wir müssen uns um das Gepäck kümmern«, sagte ich abrupt.

»Ja, natürlich«, sagte Harry, ohne den Blick von Celias lieblich errötendem Gesicht zu lösen.

»Würdest du die Gepäckträger rufen?« fragte ich so höflich wie möglich.

»Ja, natürlich«, sagte Harry, ohne sich einen Zoll zu bewegen.

»Celia wird Mama begrüßen und ihr das Baby zeigen wollen«, sagte ich listig, und Celia zuckte schuldbewußt zusammen und eilte mit dem Kind zur Gangway.

»Aber doch nicht so«, tadelte ich und befahl der Amme, das Baby zu tragen, ordnete sodann Celias Bonnet und ihren Schal, reichte ihr ihren Retikül – und in würdiger Prozession schritten wir über die Gangway an Land.

Mama verhielt sich noch schlimmer als Harry. Weder Celia noch mich nahm sie richtig wahr. Sie streckte die Arme nach dem Baby und ließ das vollkommene kleine Gesicht nicht aus den Augen.

»Was für ein exquisites Kind«, sagte Mama, und jede Silbe klang wie ein Koselaut. »Hallo, Miß Julia. Hallo. Willkommen daheim, endlich.«

Celia und ich tauschten einverständige Blicke. Und wir verharrten in respektvollem Schweigen, bis Mama schließlich soweit war, auch von uns Notiz zu nehmen. Sie hob den Kopf und blickte uns beide mit einem warmen Lächeln an.

»Oh, meine Lieben, ich kann euch gar nicht sagen, wieviel Vergnügen es mir bereitet, euch beide zu sehen!«

Noch während sie sprach, ging etwas Eigentümliches vor sich. Der verträumte Ausdruck, mit dem sie das Baby betrachtet hatte, verschwand aus ihren Augen, und wie ein Schatten glitt es über das fahle Blau. Scharf und schnell huschte ihr Blick von Celias Gesicht, das einer offenen Blume glich, zu meinem Gesicht, das lieblich und voller Lüge war.

Plötzlich empfand ich eine fast abergläubische Furcht. Furcht vor ihrem Gespür, ihrer Witterung. Sie kannte den Geruch der Geburt, und ich litt immer noch an Blutungen, an einem sonderbaren, süßlich riechenden Ausfluß, den sie, wie ich fürchtete, womöglich wittern konnte. Wissen konnte sie nichts, und doch: als sie mich scharf musterte, kam ich mir halbnackt vor und hatte das Gefühl, sie bemerke nur allzu genau meine volleren Brüste und auch die ungewohnte Rundlichkeit meiner Arme und meines Halses. Und mehr noch: Als könne sie, obwohl ich mich doch so häufig und so sorgfältig badete, den süßen Geruch der ständig meinen Brüsten entweichenden Milch riechen. Sie blickte mir in die Augen ... und sie wußte. Ein kurzer, stummer Austausch von Blicken, und sie wußte. Ihre Erfahrung sagte ihr, daß sie eine Frau vor sich hatte, welche die Schmerzen und die Freuden des Gebärens kannte: die genau wie sie selbst das Wunder und den Triumph des Leben-Gebens an sich selbst erfahren hatte. Von mir zuckte ihr Blick wieder zurück zu Celia, und sie sah ein Mädchen, ein hübsches, jungfräulich wirkendes Mädchen, noch ganz schüchterne Braut, praktisch unberührt.

Ja, Mama wußte, das spürte ich. Doch schrak sie innerlich davor zurück. Es war ihrem von Konventionen geprägten und geängstigten Verstand einfach unmöglich, das als Wahrheit zu akzeptieren, was ihr Instinkt ihr eindeutig verriet.

»Wie müde mußt du doch sein, meine Liebe«, sagte sie zu Celia. »Eine so lange Reise nach einer solchen Erfahrung. Nimm nur hier Platz. Gar nicht lange, und wir sind zu Hause.« Celia bekam einen Kuß und, neben Mama, einen Sitz in der Kutsche. Dann blickte meine Mutter zu mir.

»Meine Liebste«, sagte sie, und aus ihren Augen waren die Angst und der unausgesprochene Verdacht verschwunden. Sie war zu schwach, ganz einfach zu feige, um unangenehmen Dingen ins Auge zu sehen; und genau hierin bestand im Grunde der geheime Schrecken ihres Lebens. »Willkommen daheim, Beatrice«, sagte sie und beugte sich vor und küßte mich und hielt meinen rundlichen, fruchtbaren Körper in ihren Armen. »Wie schön, dich wiederzusehen, und wie schön, daß du so wohl aussiehst.«

Dann trat Harry zu uns, und gemeinsam mit ihm sorgte ich dafür, daß die Amme noch in Mamas Kutsche Platz fand, während für das Gepäck und die Bediensteten die zweite Chaise blieb.

»Wie gut du mit allem fertiggeworden bist«, sagte Harry dankbar zu mir. »Wenn ich damals bei meiner Abreise gewußt hätte... Allerdings wäre ich gar nicht abgereist, wenn ich daran gezweifelt hätte, daß du mit jeder Situation fertigwerden würdest, meine liebste Beatrice.«

Er nahm meine Hand und küßte sie, doch es war der kühle Kuß eines dankbaren Bruders und nicht mehr. Meine Augen forschten in seinem Gesicht, suchten nach einer Erklärung für sein mir gegenüber so verändertes Benehmen.

»Du weißt doch, daß ich stets alles tun würde, um dir zu Gefallen zu sein, Harry«, sagte ich beziehungsvoll und spürte noch immer die Hitze in meinem Körper.

»Ja, gewiß«, erwiderte er gleichmütig. »Doch fühlt natürlich jeder Mann, daß die Sorge für sein Kind, sein eigenes Kind, etwas Besonderes und überaus Kostbares ist, Beatrice.«

Ich mußte unwillkürlich lächeln. Denn ich blickte ihm ins Herz. Harry war Baby-närrisch, genau wie Celia. Das würde sich schon bald wieder geben. Bei Harry vielleicht sogar schon sehr bald. Wie bald würde sich während der langen Heimreise zeigen, wenn er sich in einer Kutsche zusammengepfercht fand mit einem greinenden, unterernährten und reisekranken Baby sowie einer unerfahrenen Mutter und einer ausländischen Amme.

Doch ich irrte mich.

Die lange und beschwerliche Reise tat weder Harrys noch Celias Gefühlen für das Baby in irgendeiner Weise Abbruch. In der Tat waren beide derart in das Kind vernarrt, daß sich die Reisedauer noch ausdehnte. Die beiden meinten nämlich, es täte der Kleinen gut, wenn sie mit ihr möglichst viel spazierengingen; und so fuhr die Kutsche oft im Schrittempo voraus, während Harry und Celia mit dem Baby folgten und »frische Luft« schöpften.

Trotz meiner wachsenden Verärgerung über Harry konnte ich nicht wirklich zornig auf ihn sein, während ich die Wege von Wideacre entlangschritt (indessen Mama ungerührt in der Kutsche sitzenblieb), vorüber an den großen Kastanienbäumen, die rote und weiße Blütenblätter auf meinen Kopf regnen ließen. Das Gras war so grün – war so betörend grün, daß man durstig wurde auf den Regen, der dies bewirkt haben mußte. Und grün, ganz unglaublich grün war jede Hecke, jeder Strauch, war die moosbewachsene Nordseite der Baumstämme. Das Land schien mit Feuchtigkeit vollgesogen wie ein Schwamm. Bei den Hecken sah man fahle Hunderosen und auch die weißen Blüten von Brombeersträuchern. In den Gärten vor den besten Cottages gediehen Blumen und Gemüse, daß es nur so eine Pracht war; doch sah es allenthalben nach Wachsen und Gedeihen aus. Das Gras, die Pfade und selbst alte Mauern waren betüpfelt mit Sommerblumen, die sich selbst in winzigen Spalten und Ritzen eingenistet hatten.

Ja, zwischen Harry und mir gab es eine Rechnung zu begleichen. Kein Mann sollte mich einer anderen Frau wegen verschmähen, ohne das bitter zu bereuen, doch während dieser langen, langsamen Heimreise fühlte ich – so wie ich es dann auch für den ganzen Rest des Sommers fühlte –, daß ich erst wieder richtig nach Wideacre heimkehren mußte und daß Harry bei dieser Heimkehr von untergeordneter Bedeutung war: Harry und ich, wir konnten warten, bis ich dem Land wiederbegegnet war.

Und wie ich heimkehrte, oh ja! Kein Cottage auf unserem Besitz ließ ich aus, ich schwör's; klopfte an jede Tür und stieß sie auf und trat lächelnd ein und nahm einen Becher mit Ale oder Milch. Es gab kein Haus, wo ich nicht nach den Kindern fragte und mit den Männern über Gewinne sprach. Nichts, gar nichts ließ ich mir entgehen, keinen neuen Heuschober, kein frisch bepflanztes Feld. Nicht einmal die Möwen, die über den Pflügen dahinsegelten, sahen mehr als ich. Während Harry frühmorgens noch auf Baby-Wache war, ritt ich bereits aus, eine Bruthenne, die über ihr Land wacht.

Mehr denn je liebte ich es jetzt, nachdem ich die so erbärmlich trockenen französischen Güter und Gehöfte gesehen hatte. Ich liebte unsere frischen, fruchtbaren Böden; und ich liebte auch die schwierigen Hügelfelder und die unpflügbaren Downs. Tag für Tag ritt ich, bis ich unseren Besitz in allen Richtungen durchstreift hatte wie eine jagende Schleiereule.

Mama war natürlich dagegen, daß ich ohne Pferdeknecht ausritt. In Harry und Celia, dem glücklichen Paar, fand ich überraschend Verbündete.

»Laß sie doch, Mama«, sagte Harry liebenswürdig. »Beatrice muß sich ein bißchen austoben; sie ist lange fort gewesen. Laß sie nur. Ihr wird schon nichts zustoßen.«

»Wirklich«, pflichtete Celia mit ihrer sanften Stimme bei, »nach alledem, was sie getan hat, hat sie sich ihre Ferien verdient.«

Sie lächelte mich an mit ihrem törichten, kindernärrischen Elternlächeln, und ich erwiderte es und machte, daß ich fortkam. Denn ich hatte es eilig, mir den Besitz – meinen Besitz – wieder zu erobern.

Die Arbeiter hießen mich willkommen wie einen verlorenen Stuart-Prinzen. Während meiner Abwesenheit waren sie zwar mit Harry soweit ganz gut zurechtgekommen, schließlich war er ja der Master, doch zogen sie es vor, mit mir zu sprechen, denn mir brauchten sie ihre familiären und sonstigen Verhältnisse nicht erst darzulegen; ich kannte sie. Zwischen uns war's mit wenigen Worten getan, während Harry, durchaus in hilfreicher Absicht, sie mit Fragen in Verlegenheit setzte, so daß sich sein ehrliches Bemühen wie eine Wohltätigkeitsaktion ausnahm.

Sie grinsten listig, als sie mir anvertrauten, daß der alte Jacob Cooper auf seinem Cottage ein nagelneues Schilfdach habe; natürlich brauchten sie mir nicht erst zu erklären, daß das Schilf »kostenfrei« an unserem Fenny geschnitten worden war. Und als ich hörte, es sei ein ausnehmend schlechtes Jahr für Fasane, Hasen und sogar Kaninchen gewesen, da wußte ich sofort, daß sie mit Hilfe ihrer Hunde und Schlingen meine lange Abwesenheit weidlich ausgenutzt hatten. Ich lächelte grimmig. Harry würde dergleichen niemals wahrnehmen, weil er unsere Menschen nicht wahrnahm – als Menschen. Zwar bemerkte er das respektvolle Ziehen an der Stirnlocke, jedoch nicht das ironische Lächeln dahinter. Ich sah beides, und das wußten sie. Und sie wußten auch, daß das Funkeln in meinen Augen eine Warnung war für jeden, der es wagen sollte, sich zuviel herauszunehmen. So wußten wir alle, wie wir miteinander standen. Ich war zurückgekehrt, um wieder alles bis ins kleinste in den Griff zu bekommen. Und von Tag zu Tag wuchs in mir das Gefühl, daß eben dies allen zum besten ausschlug.

Da ich überall hinritt – auch zum Fenny, um mir das sumpfige Wasser anzusehen –, kam ich schließlich auch zu der alten Mühle, von der nur zwei halb eingestürzte Mauern übriggeblieben waren, zwischen denen gelbe Blumen wuchsen. Dort hatten einmal ein Mädchen und ein junger Bursche gelegen und von Liebe gesprochen. Nie wieder würde das Gebäude einem Liebespaar einen Unterschlupf bieten.

Es schien so unendlich lange her zu sein, daß ich das Gefühl hatte, es höchstens im Traum erlebt zu haben. Konnte es denn Wahrheit sein, daß ich es gewesen war, die hier Ralph geliebt hatte und von ihm geliebt worden war? Daß wir beide ein Komplott schmiedeten und daß er dabei sein Leben riskierte? Jene Beatrice war ein bildhübsches Kind gewesen. Jetzt war ich eine Frau, die weder die Vergangenheit noch die Zukunft fürchtete. Mit nüchternem Blick betrachtete ich die Überreste der alten Mühle und die neue sumpfige Wiese und war froh, nichts weiter zu empfinden. Wo einmal Reue und Furcht gewesen waren, gab es jetzt nur ein unbeschwertes Gefühl von Distanz. Falls Ralph überlebt hatte – mochte er später auch Anführer einer Bande von Aufrührern geworden sein –, dann war er jetzt gewiß weit fort: Jene Tage auf den Downs und die heimlichen Nachmittage in der Mühle würden für ihn auf ähnliche Weise vergangen und vergessen sein wie für mich.

Ich wendete mein Pferd und ritt durch den sonnendurchwobenen Wald heimwärts. Die Vergangenheit lag hinter mir, der Fenny floß unentwegt weiter. Ich hatte eine Zukunft zu planen.

10. Kapitel

Den Anfang machte ich mit meinem neuen Quartier, das inzwischen im Westflügel für mich fertiggestellt worden war. Das schwere alte Mobiliar, das man nach Harrys Rückkehr von der Schule in einen Abstellraum auf dem Dachboden geschafft hatte, ließ ich jetzt hervorholen und auf Hochglanz bringen. Es war aus Walnuß, mit vielen Schnitzereien, und so schwer, daß sechs Männer unter seinem Gewicht schwitzten. »Wie häßlich!« sagte Celia in sanfter Verwunderung. Aber für mich war es das Mobiliar meiner Kindheit, ohne das nach meinem Empfinden ein Zimmer unvollständig blieb. Und so ließ ich das große, geschnitzte Bett mit den vier mächtigen Pfosten, welche den verzierten Betthimmel trugen, in mein Schlafzimmer im Westflügel schaffen.

Jetzt hatte ich endlich ein Zimmer, das nach vorn hinausging, und konnte von meinem Fenster aus den Rosengarten sehen und die Koppel und den Wald und dahinter die lieblich sich wölbenden Downs. Bei dem Bett stand die geschnitzte Truhe, und im benachbarten Ankleidezimmer befand sich eine große, schwere Presse für meine Kleider.

Im Abstellraum oben fand ich noch so manches, daß meinem Papa gehört hatte, unter anderem, von den Bediensteten zu einer Art Haufen gebündelt, eine Menge Sättel, Reitpeitschen und ähnliches mehr. Papa hatte sich aus Liebhaberei als Sattler betätigt, und so fand sich im Abstellraum unter anderem auch ein Holzpferd, das dort nunmehr ein wenig verloren herumstand. Irgendeine Laune, sicher auch der Respekt vor Papa hielt mich davon ab, das Zeug einfach fortschaffen zu lassen. Statt dessen richtete ich mir dort eine Art Sattlerei ein und ging daran, jene Fertigkeiten zu erlernen, die er sich so mühelos erworben hatte. Lange Nachmittage verbrachte ich dort, behutsam Nadel und Faden führend, wunderbar im Frieden mit mir selbst.

Unten in meinem Büro hatte ich Papas alten »Pacht-Tisch« aufgestellt: Dies war ein großer, runder Tisch mit vielen Schubfächern, der sich so drehen ließ, daß man, im großen, geschnitzten Stuhl sitzend, jedes beliebige Fach bequem vor sich haben konnte. Die einzelnen Fächer waren mit Buchstaben gekennzeichnet, so daß sämtliche Papiere eines

Pächters unter dem Anfangsbuchstaben seines Namens abgelegt werden konnten. Neben diesen Tisch plazierte ich die große Geldtruhe; und hier zog ich, monatlich oder vierteljährlich, die Pachtgelder ein und zahlte, wöchentlich oder täglich, die Löhne aus. Ja, dies war das Büro, das Zentrum ertragreicher Geschäfte auf Wideacre, und ich hatte die Schlüssel. Mit Hilfe einer neuangefertigten und sehr detaillierten Karte von Wideacre und den genau eingezeichneten Feldergrenzen konnten etwaige Streitfälle nunmehr in meinem Büro entschieden werden, so daß die bislang üblichen zeitraubenden »Ortstermine« wegfielen. Auch hatte ich, aus der Bibliothek, Papas alten Schreibtisch herbeischaffen lassen, einen mit Fächern und zwei sehr geheimen Verstecken. Er fand seinen Platz beim Fenster, so daß ich, von meiner Arbeit aufschauend, über die Rosen hinweg zur Koppel und zum Wald und zu den Downs blicken konnte, über welche die Sonne hinwegzurollen schien, während ich lächelnd an die Erträge und Gewinne von Wideacre dachte.

Das kleinere der von mir benutzten Privatzimmer hatte ich leider nicht vor Mamas Zugriff – und ihrer Leidenschaft für Pastell- und Goldtöne – retten können. So war ein konventioneller Damensalon daraus geworden, den sie für mich mit einem blassen Teppich, zierlichem, wie stelzbeinigem Mobiliar und hübschen Brokatvorhängen ausgestattet hatte. Ich mußte mir ein dankbares Lächeln abringen, denn ich empfand das Ganze als ebenso geschmacklos wie fade. Viel wichtiger indes war, daß man den Salon wie auch die übrigen Räumlichkeiten vorbehaltlos als mein Quartier betrachtete, wo ich allein meine Zeit verbrachte, ob nun abends im Salon oder tagsüber im Büro.

Dafür bot das süße Baby einen zusätzlichen Vorwand. Selbst Mama meinte, ich könne unmöglich in demselben Raum arbeiten, in dem sich ein greinendes oder gurgelndes Baby befand: Harry und Celia hatten sich nämlich daran gewöhnt, die Kleine jeden Nachmittag in Mamas Salon zu bringen. Dem konnte ich also, zumindest teilweise, entgehen.

Etwas ganz anderes war es mit meiner Reaktion auf das Baby. Julia war wirklich bezaubernd. Ihre Augen besaßen nach wie vor das tiefe Blau, mit dem sie zur Welt gekommen war, und ihr Haar, von sanftem Braun, fühlte sich an wie Seide, wie das weiche Fell eines Welpen. Im Sonnenschein konnte man deutlich sehen, daß etwas von der Kupfertönung meines eigenen Haares darin war, auch wirkte es genauso lockig.

Bei gutem und warmem Wetter brachte Celia die Kleine am Nachmittag regelmäßig auf die Terrasse, und wenn ich das Fenster meines Büros geöffnet hatte, konnte ich ihr eigentümliches Gegurgel und

Gegurre hören, vermischt mit dem Summen der Hummeln und dem tieferen Gurren der Waldtauben. Und wenn ich über einem Geschäftsbrief oder über Zahlenkolonnen brütete und nicht recht weiterwußte, dann blickte ich aus dem Fenster und sah, wie Julia mit den Beinchen strampelte oder die Fäustchen schwenkte, um Sonnenschein oder vielleicht auch Schatten einzufangen.

Eines Tages klang ihr Gurren und Krähen so laut zu mir herein, daß ich über den Lärm lachen mußte. Wie sehr glich sie doch mir mit meiner Leidenschaft für das Gefühl von Sonne und Wind auf meiner Haut. In diesem Haus mit Menschen, die auf dem Land herumtrotteten, als handle es sich um Dielenbretter, schienen ich und meine Tochter, Celias Tochter, die einzigen zu sein, die wußten, wo sie sich befanden: Ja, ich und das Baby, das zu klein war, um zu sprechen, und zu jung, um zu verstehen. Während ich noch schaute und lauschte, flog plötzlich eines ihrer Spielzeuge, ein Kaninchen aus Schafswolle aus der Wiege, und das zufriedene Gurgeln verwandelte sich nach einer kurzen Pause in eine Folge klagender Laute. Ohne lange zu überlegen öffnete ich das hohe Fenster meines Büros und trat hinaus auf die Terrasse.

Ich hob das Wollkaninchen vom Boden auf und legte es in die Wiege neben das Baby. Die Kleine achtete nicht darauf. Statt dessen strahlte sie mich an und streckte mir wie als Willkommensgruß Ärmchen und Beinchen entgegen. Laut gurgelnd schien sie mich packen zu wollen. Ich mußte lachen – sie war unwiderstehlich. Kein Wunder, daß alle im Haus ihrem Lächeln verfallen waren. Sie war nicht weniger Haustyrann, als ich das jemals sein konnte. Wir glichen uns schon sehr, dieses kleine Baby und ich.

Ich beugte mich vor, erwiderte ihr Lächeln und schnipste spielerisch mit einem Finger gegen ihre Wange. Sie packte ihn mit erstaunlich starkem Griff und zog ihn zielstrebig zu ihrem lächelnden, zahnlosen Mund und schloß dann die Lippen darum und begann heftig daran zu saugen mit nach innen gewölbten Wangen und vor Lust gleichsam verschleierten blauen Augen. Ich mußte wieder lachen – das Kind war genauso sinnenfroh und genußfreudig wie ich selbst – und packte ebenso entschlossen zu. Als ich meinen Finger zurückziehen wollte, hob ich das Baby halb aus der Wiege; und nahm es dann in meine Arme und schmiegte es gegen meinen Hals.

Sie roch so süß. Verströmte jenen köstlichen Babygeruch nach warmer, sauberer Haut und nach Seife. Jenen süßen Geruch, der an Babymäulchen zu haften pflegte, weil sie ja nur warme Milch trinken. Und jenen lieblichen sauberen Geruch frischgewaschener Baumwolle und Wolle. Ihr Köpfchen sicher an meiner Schulter bergend, begann ich sie leicht hin und her zu wiegen; und sogleich setzte wieder, dicht und laut an meinem Ohr, ihr Gurren ein. Als ich dann den Kopf drehte, um an der kleinen, warmen Falte ihres Hälschens zu schnuppern, da brachte sie mich zum Lachen, weil sie sich mit ihrem Mäulchen plötzlich bei mir am Kinnwinkel festsaugte, wie ein kleiner Vampir, und schmatzend und mit offenkundiger Befriedigung zu nuckeln begann.

Mit lächelndem Gesicht, die Kleine noch immer in meinen Armen wiegend, drehte ich mich zum Haus herum. Am Fenster des Salons stand jemand und beobachtete mich. Es war Celia. Sie stand völlig bewegungslos, und ihr Gesicht war weiß wie Marmor.

Als unsere Blicke sich begegneten, erlosch mein Lächeln sofort, und ich fühlte mich beklommen und schuldig – so schuldig, als habe sie mich dabei ertappt, wie ich heimlich einen von ihren Briefen las. Sie verschwand vom Fenster, und gleich darauf öffnete sich die Vordertür, und Celia trat heraus auf die Terrasse.

Ihre Hände zitterten, doch ihr Gesicht wirkte ebenso kontrolliert wie entschlossen. Mit raschen Schritten trat sie wortlos auf mich zu und nahm mir das Baby fort wie – wie ein Kleidungsstück, das nicht mir gehörte.

»Ich hatte Julia zum Schlafen auf die Terrasse gebracht«, sagte sie mit kühler, sachlicher Stimme und legte, mir den Rücken zukehrend, das Baby in die Wiege zurück. Protestierend begann die Kleine zu zetern, doch Celia zeigte sich genauso unerbittlich wie eine gestrenge Nurse.

»Es wäre mir lieber, sie würde nicht gestört, wenn sie ihre Ruhe haben soll«, sagte Celia.

Ich druckste buchstäblich vor Verlegenheit.

»Natürlich, Celia«, sagte ich kleinlaut. »Sie hatte ihr Spielzeug fallenlassen, und ich bin nur auf die Terrasse gekommen, um es ihr wiederzugeben.«

Celia richtete sich auf und wandte sich zu mir herum. »*Das* Spiel würde sie mit Vergnügen den ganzen Nachmittag spielen«, sagte sie. »Aber du bist ja gewiß mit deiner Arbeit beschäftigt.«

Mit diesen Worten entließ sie mich. Die kleine, unbedeutende Celia, mit der Macht ihrer Mutterschaft riesengroß über ihr Kind wachend, schickte mich fort wie ein unzuverlässiges Hausmädchen.

»Natürlich«, sagte ich mit dem Lächeln einer Idiotin. »Natürlich.« Und drehte mich dann um und ging zurück zu meinem offenen Bürofenster, hinter dem mein mit Papieren überhäufter Schreibtisch auf mich wartete. In meinem Rücken spürte ich Celias Blick, wie eine harte Hand.

Ich hätte daraus lernen sollen, zweifellos. Aber Julia zog mich an. Nur ein bißchen, nur ein kleines bißchen. Nicht mit magnetischer Gewalt. Nein, meine Sehnsucht nach ihr war nicht allzu groß. Hörte ich sie mitunter nachts weinen, so schlief ich nur um so besser im angenehmen Bewußtsein, daß nicht ich es war, die aufstehen und nach ihr sehen mußte. Und auch tagsüber, wenn Celia das Mittagsmahl oder den Tee versäumte, weil sie im Kinderzimmer zu tun hatte, regte sich in mir kein Instinkt, der mich zu dem Baby rief. Manchmal jedoch – wenn ich bei warmem Wetter auf der Terrasse die strampelnden Beinchen sah und das Gurren hörte – schlich ich mich zu ihr hinaus wie ein heimlicher Liebhaber und lächelte sie an und kitzelte ihre plumpen Händchen und Füßchen.

Ich lernte es, umsichtig zu sein. Nie wieder ertappte mich Celia bei der Wiege. Doch als sie mit Harry nach Chichester fuhr, um für das Kinderzimmer eine neue Tapete auszusuchen, und Mama wegen der Hitze unpäßlich darniederlag, da verbrachte ich mit dem Baby eine unbeschwerte halbe Stunde mit dem herrlich albernen Guck-Guck-Spiel, bei dem ich plötzlich auf der einen Seite der Wiege hinter dem Sonnendach verschwand, um wie durch Zauber auf der anderen Seite wieder aufzutauchen; und wir lachten beide, wobei sie so heftig gurgelte, daß sie fast zu ersticken drohte.

Natürlich wurde ich des Spiels weit eher überdrüssig als sie. Außerdem mußte ich zum Dorf fahren, um mit dem Schmied zu sprechen. Ich gab ihr ein Abschiedsküßchen, und sie packte mein Gesicht, aber als ich dann tatsächlich entschwand, gab sie ein solches Protestgeheul von sich, daß ihre Nurse aus dem Haus geeilt kam, um zu sehen, was denn da los sei.

»Jetzt kommt sie nicht zur Ruhe«, sagte sie und musterte mich mißbilligend. »Sie ist hellwach und möchte spielen.«

»Das ist meine Schuld«, räumte ich ein. »Wie kann man sie denn nur zur Ruhe bringen?«

»Ich werde sie schaukeln müssen«, sagte die Nurse mürrisch. »Die Bewegungen der Wiege – das könnte helfen.«

»Ich muß zum Dorf fahren«, erklärte ich. »Ob sie vielleicht in der Kutsche einschläft?«

Die Miene der Nurse hellte sich auf. Der Gedanke an eine Ausfahrt in einem flotten Gefährt hatte etwas Unwiderstehliches. Sie eilte davon, um ihr Bonnet und für Julia ein Extratuch zu holen.

Es war so, wie ich's mir insgeheim vorgestellt hatte. Julia wurde aus der Wiege gehoben und strahlte vor Zufriedenheit. Als wir dann die Allee entlangfuhren und durch die Baumkronen in wirrem Wechselspiel Licht und Schatten über sie hinweghuschten, da winkte sie mit ihren Händchen, um den Wind zu begrüßen und das rhythmische Geräusch der Hufe und den strahlenden Tag und die Schönheit ringsum.

Auf der Brücke über den Fenny verlangsamte ich die Fahrt.

»Dies ist der Fenny«, erklärte ich ihr ernst. »Wenn du ein großes Mädchen bist, dann werde ich dir zeigen, wie man hier Forellen fängt. Aber nicht mit der Angel. Das kannst du von deinem Papa lernen. Ich werde dir beibringen, wie man sie lockt und ans Ufer wirft, so wie es die Landkinder tun.«

Sie strahlte mich an, als verstünde sie jedes Wort, und ich strahlte zurück. Dann schnalzte ich Sorrel zu, und wir fuhren auf der sonnenüberfluteten Straße in Richtung Acre.

»Dies sind die Wiesen, die dieses Jahr brachliegen«, sagte ich zu Julia und gestikulierte mit meiner Peitsche. »Nach meiner Ansicht sollte man gute Felder alle drei Jahre brachliegen lassen, nur Gras darf dann darauf wachsen. Dein Papa meint, alle fünf Jahre sei gut genug. Nun, wir haben beides versucht, und wenn du einmal eine Lady bist und Landwirtschaft betreibst wie ich, dann kannst du dir ein eigenes Urteil darüber bilden, welches System dem Land besser bekommen ist.«

Julias Sonnenhäubchen wippte, so daß es aussah, als ob das Kind verständnisvoll nicke. Aber vielleicht verriet ihr der Klang meiner Stimme, wie sehr ich das Land liebte und daß ich für sie, die kleine Julia, eine wachsende Zärtlichkeit empfand.

Vor der Schmiede standen etwa ein halbes Dutzend Leute, und zwar Dörfler sowie ein Pächter, der sein Arbeitspferd beschlagen lassen wollte. Im Nu hatten die Frauen die kleine Kutsche umringt und bewunderten das Baby und das kostbare spitzenbesetzte Kleidchen. Der Schmied kam heraus, wischte sich die Hände an seinem Lederschurz ab, und ich warf ihm die Zügel zu. Dann reichte ich das Baby vorsichtig nach unten, zu den Frauen.

Sie wußten sich kaum zu lassen, zeigten sich mütterlich besorgt wie brütende Hennen; behutsam berührten sie die verzierten Petticoats und den flauschigen Schal, und sie standen gleichsam an, damit jede von ihnen Julia in den Armen halten konnte, um ihre glatte Haut, ihre blauen Augen und das makellose Weiß ihrer Kleidung zu bewundern.

Ich besprach mich mit dem Schmied. Inzwischen hatte man Julia buchstäblich herumgereicht, und zwar so behutsam, als handle es sich um eine heilige Reliquie. Dennoch blieben ein paar unvermeidliche Spuren.

»Bevor ihre Mama zurückkommt, stecken Sie sie besser in ein anderes Kleidchen«, sagte ich bedauernd zu der Nurse, denn der Spitzenbesatz war grau, weil ihn Finger befühlt hatten, deren Haut gleichsam zerfressen war vom Schmutz jahrelanger Arbeit.

»Das will ich wohl meinen«, sagte die Nurse steif. »Lady Lacey hat sie niemals ins Dorf mitgenommen, und sie würde es niemals zugelassen haben, daß diese Leute sie anfassen.«

Ich musterte sie scharf, schwieg jedoch einen Augenblick.

»Es ist ihr nichts geschehen«, sagte ich schließlich. »Nicht wahr, kleines Mädchen? Und diese Leute werden deine Leute sein, so wie sie meine sind. Dies sind die Menschen, die durch ihrer Hände Arbeit dafür sorgen, daß Wideacre ein schöner und blühender Besitz bleibt. Sie sind schmutzig, damit wir täglich ein Bad nehmen und feine, saubere Kleider tragen können. Du mußt immer ein Lächeln für sie bereit haben, Kleines. Ihr gehört zueinander.«

Wir fuhren los, und ich genoß den Wind, der mir ins Gesicht wehte, und achtete sorgfältig darauf, daß wir Geröll mieden, damit Julia nicht durchgestaucht wurde. Daher entgingen mir die Geräusche eines Zweispänners, und ich zuckte wie ein ertappter Dieb zusammen, als ich plötzlich ein Stück voraus die Familienchaise entdeckte. Die Kutsche bog gerade ins Tor ein – ein oder zwei Minuten nur und ich wäre den anderen zuvorgekommen und eher zu Hause gewesen. So jedoch kam es, daß Celia, aus dem Seitenfenster blickend, sehr deutlich meinen Einspänner sehen konnte, wie er sich in zügigem Tempo von Acre her näherte, mit Julia und Julias Nurse auf den Passagiersitzen.

Unsere Blicke trafen aufeinander, und ihr Gesicht war wie versteinert. Ich hatte ein flaues Gefühl im Magen, so wie früher, wenn ich bei meinem Papa in Ungnade gefallen war. Die so sanftmütig wirkende Celia schien flammenden Zorns eigentlich gar nicht fähig; doch hatte ich ohne ihre Erlaubnis ihr Kind in meiner Kutsche mitgenommen, was sie mir naturgemäß verübeln würde. Unter ihrem strengen Blick empfand ich starke Gewissensbisse.

Ich folgte dem Zweispänner in betont langsamem Tempo und hatte eigentlich erwartet, mich auf dem Stallhof einer erzürnten Mutter gegenüber zu sehen. Aber dort war Celia nicht. Nurse stieg mit Julia aus und betrat das Gebäude durch die Tür im Westflügel. Ich überließ Sorrel dem Pferdeknecht und ging dann nach vorn zur Haupteingangstür. Und dort, in der Vorhalle, wartete Celia auf mich. Sie zog mich in den Salon. Harry war nirgends zu sehen.

Ich blickte in den Spiegel über dem Kamin und nahm meinen Hut ab.

»Was für ein wunderschöner Tag«, sagte ich leichthin. »Hast du in Chichester gefunden, was du brauchst? Oder mußt du in London Bestellungen aufgeben?«

Celia antwortete nicht. Ich drehte mich zu ihr um. Sie stand mitten im Salon, und ihr Zorn war geradezu mit Händen greifbar.

»Ich muß dich bitten, niemals wieder Julia ohne meine ausdrückliche Erlaubnis spazierenzuführen«, sagte sie, meine Fragen ignorierend, mit beherrschter Stimme.

Ich schwieg.

»Nimm überdies bitte zur Kenntnis, daß Harry und ich beschlossen haben, daß Julia niemals in einer Karriole oder einem offenen Gefährt ausgefahren werden soll«, fuhr Celia fort. »Wir, ihre Eltern, sind zu der Überzeugung gekommen, daß das zu gefährlich ist.«

»Also, ich bitte dich, Celia«, sagte ich irritiert. »Gefährlich – das kann doch nicht dein Ernst sein. Ich hatte das zuverlässigste Pferd im ganzen Stall vorgespannt. Ich habe Sorrel selbst trainiert. Im übrigen nahm ich Julia nur deshalb in der Kutsche nach Acre mit, weil sie auf der Terrasse keine Ruhe gab.«

Celia musterte mich, als sei ich ein Hindernis, das ihr den Weg versperrte und entweder überwunden oder umgangen werden mußte.

»Ihr Vater und ich haben beschlossen, daß es für sie unzuträglich ist, in einer offenen Kutsche zu fahren, was auch deine Karriole mit einschließt, gleichgültig, welches Pferd du vorgespannt hast«, sagte sie so langsam, als gelte es, einem beschränkten Kind etwas zu erklären.

»Außerdem möchte ich nicht, daß sie aus ihrer Wiege genommen wird; und natürlich auch nicht aus dem Haus oder gar fort von Wideacre, wenn ich nicht zuvor ganz persönlich meine Erlaubnis dazu gegeben habe.«

Ich zuckte die Achseln. »Aber, Celia, deshalb müssen wir uns doch nicht aneinanderreiben«, sagte ich leichthin. »Es tut mir leid. Ich hätte so etwas nicht tun sollen, ohne mich zuvor zu vergewissern, daß du nichts dagegen hattest. Ich mußte nach Acre fahren, und es machte mir ganz einfach Spaß, Julia mitzunehmen und ihr das Land, ihr Zuhause, zu zeigen, so wie Papa das früher mit mir und mit Harry zu tun pflegte.«

Celias Blick blieb starr, ihre Miene unbewegt. »Julias Situation unterscheidet sich grundlegend von deiner und auch von Harrys Situation«, sagte sie kühl. »Es gibt keinen Grund, warum sie so erzogen werden sollte wie ihr.«

»Aber sie ist ein Wideacre-Kind!« rief ich überrascht. »Natürlich muß sie mit dem Land vertraut werden und möglichst viel darüber erfahren. Dies ist ihre Heimat, genauso wie es meine ist. Sie gehört ebenso hierher wie ich.«

Celias Kopf ruckte herum, und ihre Wangen waren plötzlich flammend rot.

»Nein«, sagte sie. »Sie gehört *nicht* auf dieselbe Weise hierher wie du. Ich weiß nicht, was für Pläne du hast, Beatrice. Ich bin in dieses Haus gekommen, um mit meinem Mann und eurer Mama und dir zusammenzuleben. Meine Julia hingegen wird nicht ihr ganzes Leben hier verbringen. Sie wird heiraten und fortgehen. Selbst für einen großen Teil ihrer Jugendzeit wird sie nicht hier sein, sondern irgendwo auf einer Schule. Und sie wird Freunde besuchen. Wideacre wird für sie nicht das einzige Haus auf der Welt sein. Es wird in ihrem Leben sehr viel mehr geben als nur das Land und das Haus. Ihre Kindheit wird anders sein als deine, desgleichen ihre Interessen, ja ihr ganzes Leben.«

Ich starrte Celia an, aber da war nichts, was ich hätte vorbringen können.

»Wie du willst«, sagte ich, und meine Stimme war genauso kalt wie ihre. »Du bist ja ihre Mutter, Celia.«

Schroff drehte ich mich um und ließ sie stehen, dort in der Mitte des Salons. Und ging zu meinem Büro und schloß die Tür hinter mir und lehnte mich mit dem Rücken gegen die Täfelung. Und stand dann sehr lange völlig bewegungslos, dort in der Stille meines Büros, inmitten meiner Papiere.

Julia war ganz und gar Celias Kind. Alles geschah genauso, wie Celia das wünschte. Mama hätte die Babykost bei jeder Mahlzeit gern durch einen Löffel voll Sirup oder Honig ergänzt. Aber davon wollte Celia nichts wissen, und so trank das Baby ausschließlich pure Brustmilch. Harry wollte der Kleinen, wenn sie nach dem Dinner auf seinem Knie saß, ein Schlückchen von seinem Portwein geben, doch Celia ließ das nicht zu. Mama wollte Julia »gewickelt« haben, doch Celia leistete mit eisiger und eiserner Höflichkeit Widerstand – und trug den Sieg davon.

Mama hatte behauptet, damit Julias Gliedmaßen nicht krumm wüchsen, müsse man sie fest an Bretter schnallen; doch Celia widersetzte sich und rief sogar Dr. MacAndrew als Verbündeten herbei. Er lobte ihre Entscheidung in den höchsten Tönen und versicherte, Julia werde bei voller Bewegungsfreiheit kräftiger und gesünder sein.

Die Stimme des jungen Arztes war in unserem Haus von großem Gewicht. Während unserer Abwesenheit schien er für Mama so etwas wie ein Freund und Vertrauter geworden zu sein, und vermutlich erzählte sie ihm eine Menge über sich selbst, über ihre Ehe und über ihren schlechten Gesundheitszustand. Ich nahm auch an, daß sie ihm gegenüber von den Problemen sprach, die sie mit mir bei meiner Erziehung gehabt hatte: Mitunter musterte er mich nämlich mit einem eigentümlichen, mir unbehaglichen Glänzen in den Augen. Zwar schien ihm zu gefallen, was er sah, doch wirkte er gleichzeitig auf eine mir unergründliche Weise amüsiert. Mama ihrerseits beobachtete aufmerksam uns beide.

Unsere erste Begegnung nach meiner Rückkehr aus Frankreich setzte mich irgendwie in Verlegenheit. Mama und ich saßen im Salon beim Tee, als er eintrat, um routinemäßig nach Julia zu sehen und mit mir ein wenig Konversation zu machen – ebenso routinemäßig und ganz in der Art eines wohlerzogenen Mannes, der die Röte, die bei seinem Anblick plötzlich in meine Wangen gestiegen war, geflissentlich ignorierte.

»Sie sehen aus, als ob Ihnen Frankreich ausgezeichnet bekommen sei, Miß Lacey«, sagte er. Mama beobachtete uns scharf, und ich entzog ihm rasch meine Hand und nahm wieder Platz.

»O ja, in der Tat«, erwiderte ich. »Aber ich bin doch froh, wieder daheim zu sein.«

Ich schenkte ihm Tee ein und reichte ihm dann Tasse und Untertasse mit sicherer Hand. Das leise Lächeln auf seinem Gesicht würde meine Finger ganz gewiß nicht zittern lassen.

»Während Ihrer Abwesenheit habe ich eine Neuerwerbung gemacht«, sagte er gesprächsweise. »Ich habe aus dem Ausland ein Pferd gekauft, ein arabisches Vollblut, als Sattelpferd. Es würde mich interessieren, was Sie von ihm halten.«

»Ein Araber!« sagte ich. »Nun, da werden wir wohl kaum einer Meinung sein. Für unser Klima und unser Terrain ziehe ich für meinen Teil noch immer ein Pferd aus englischer Zucht vor. Einen Vollblutaraber mit der Ausdauer, die für einen langen Jagdtag nötig ist, muß ich erst noch sehen.«

Er lachte. »Nun, darauf will ich mit Ihnen gern eine Wette abschließen. Ich bin bereit, Sea Fern gegen jedes Jagdpferd in ihrem Stall antreten zu lassen, gleich ob über eine Flach- oder eine Hindernisstrecke.«

»Ach, Wettrennen«, sagte ich wegwerfend. »In dem Punkt will ich Ihnen gar nicht widersprechen. Ich weiß wie gut Araber bei kurzen Rennen sind, doch was ihnen fehlt ist Stamina.«

»Ich habe Sea Fern den ganzen Tag beim Jagen geritten, und trotzdem hatte er abends noch die Kraft, über die Downs zu galoppieren«, sagte Dr. MacAndrew. »Miß Lacey, Sie werden ihn ohne Fehl finden.«

Ich lachte. »Papa hat immer gesagt, es sei Zeitverschwendung, vernünftig mit einem Mann reden zu wollen, der Land verkaufen will oder der ein Pferd gekauft hat. Also werde ich das jetzt auch bei Ihnen nicht versuchen. Aber lassen Sie mich das Pferd nach einem Winter sehen, vielleicht sind wir dann einer Meinung. Wenn Sie erst mal die Futterrechnung beglichen haben für ein Pferd, das so hoch im Blut steht, daß es das ganze Jahr über nur Hafer verträgt, werden Sie vielleicht meiner Meinung sein.«

Der junge Arzt lächelte und sah mich aus seinen blauen Augen offen und direkt an.

»Natürlich werde ich ein Vermögen für ihn ausgeben«, sagte er leichthin. »Aber das ist mir ein Tier, zumal ein so prächtiges, allemal wert. Da würde ich gegebenenfalls eher an Küche und Keller sparen.«

»Nun, in diesem Punkt sind wir einer Meinung.« Ich lächelte. »Auf einem Besitz sind Pferde mit Sicherheit das wichtigste.« Ich erzählte ihm von den Pferden, die ich in Frankreich gesehen hatte – bemitleidenswerte Karrengäule auf den Straßen und wahre Prachttiere in den Stallungen der Adligen. Er seinerseits erzählte mir mehr über seinen kostbaren Sea Fern. Dann sprachen wir noch über Pferdezucht, bis Harry und Celia eintraten, hinter sich die Nurse mit dem Baby, das natürlich sofort im Mittelpunkt stand.

Doch als sich der junge Arzt später verabschiedete, hielt er meine Hand für einen Augenblick fest und fragte: »Sie stehen doch zu Ihrer Herausforderung, Miß Lacey? Sea Fern und ich sind jedenfalls bereit. Wie wär's mit einem Wettrennen? Die Wahl des Bodens und der Distanz überlasse ich Ihnen.«

»Herausforderung?« fragte ich lachend zurück. Harry hörte unsere Stimmen und blickte von der Wiege hoch, über der er seine Taschenuhr hin und her schwingen ließ.

»Ich halte es durchaus für möglich, daß du verlierst, Beatrice«, warnte er mich. »Ich habe Dr. MacAndrews Pferd gesehen, und es ist gewiß keiner jener zierlichen Araber, wie du sie kennst, sondern ein recht imposantes Tier.«

»Auf Tobermory«, sagte ich, den Namen unseres besten Jagdpferdes nennend, »nehme ich es hierzulande mit jedem Araber auf.«

»Gut, dann werde ich auf dich setzen«, erklärte Harry voller Enthusiasmus. »Fünfzig Crowns, Sir?«

»Oo! Einhundert!« sagte Dr. MacAndrew, und plötzlich wetteten wir alle um die Wette. Celia setzte ihre Perlenkette gegen meine Perlenohrringe; Mama wettete mit mir um ein neues Regal für das Büro. Harry versprach mir ein neues Reitkostüm als Preis für die erfolgreiche Verteidigung der Wideacre-Ehre und ich ihm eine neue Reitpeitsche mit Silbergriff als eine Art Garantie dafür, daß mir eben dies gelingen würde! Schließlich drehte John MacAndrew den Kopf zu mir herum, und ich begegnete seinem Blick.

»Und was für eine Wette machen wir?« fragte ich.

»Der Sieger hat eine Forderung frei«, erwiderte er so prompt, als habe er dies geplant. »Falls ich gewinne, fordere ich von Ihnen einen Preis, Miß Lacey. Andernfalls haben Sie dieses Recht.«

»Eine solch offene Wette ist für den Verlierer ein gefährliches Spiel«, sagte ich mit einem leisen Lachen.

Das bevorstehende Wettrennen bewirkte bei Harry zweierlei. Es konzentrierte seine Aufmerksamkeit wieder auf mich, und wir verbrachten zusammen einen glücklichen Vormittag im Büro vor der neuen Karte von Wideacre, um die Rennstrecke zu planen. Außerdem, und das war noch besser, inspirierte es ihn, das Baby und Celia sich selbst zu überlassen und mit mir auszureiten, um an den entscheidenden Stellen der Strecke die Bodenverhältnisse zu überprüfen. Es war unser erster gemeinsamer Ausritt nach meiner Rückkehr, und ich schlug nicht ohne Hintergedanken vor, den Reitweg zu nehmen, der über die Downs führte, vorbei an jener Mulde, wo wir uns das erste Mal geliebt hatten.

Es war ein lieblicher, heißer Tag, der noch heißer zu werden versprach, und von den Wiesen her kam der Geruch des frischgemähten Grases. Auf den oberen Hängen, welche zu den Downs führten, waren die Leute bei der Ernte, und betäubender Duft wehte herbei, von rotem Mohn und blauem Rittersporn und anderen Feldblumen mehr. Mit meiner Reitpeitsche stocherte ich in einem Strohhaufen und hob dann ein Bündelchen Halme mit Mohnblumen dazwischen zu mir empor. Entzückt roch ich daran und schob die Mohnblumen dann unter mein Hutband, obwohl ich wußte, daß sie am Ende des Vormittags verwelkt sein würden. Mohnblumen und Lust – beides ist nicht von Dauer. Dennoch sollte man beides haben. Das dunkle Karmesinrot meines Reitkleides und das leuchtende Scharlachrot des Mohns bildeten eine grelle, geradezu schreiende Kombination, und Mama würde wohl gelächelt und gesagt haben: »Beatrice hat kein Auge für Farben.« Aber das wäre ein Irrtum gewesen. Ich hatte ein so gutes Auge für Farben, zumal für die Farben der Blumen auf Wideacre, daß mir keine Farbe falsch oder verkehrt erscheinen konnte. Harry lächelte mich an.

»Ich kann sehen, daß du sehr glücklich bist, daheim zu sein, Beatrice«, sagte er liebevoll.

»Es ist der Himmel für mich«, erklärte ich wahrheitsgemäß.

Er nickte lächelnd. Wir ritten weiter hangaufwärts. Unsere Pferde bahnten sich den Weg durch brusthohen Farn und wehrten mit zuckenden Ohren die sie unaufhörlich umsummenden Fliegen ab. Schließlich tauchten wir aus dem Adlerfarn hervor wie aus einem grünen Meer.

Unsere Tiere schritten schneller aus und schnaubten freudig. Harry ritt Saladin, ein frisches, junges Jagdpferd, doch als ich meinem ausgeruhten Tobermory die Zügel freigab, nahm er eifrig die Spitze, und wir galoppierten den Weg entlang, bis er sich dahinschlängelte zwischen Bäumen, teils Buchen, teils Eichen, während auf dem dunklen Waldboden viele Blumen wie Sterne schimmerten. Das Gehölz war kaum zweihundert Meter lang, doch gab es hier dichtes Unterholz und auch so manche kleine Mulde. Ich warf Harry einen Blick zu und bemerkte mit Unbehagen den entschlossenen Zug um seinen Mund. Er sah starr geradeaus und hielt die Zügel so verkrampft, daß Saladin protestierend den Kopf schüttelte.

»Laß uns halten, Harry«, sagte ich leise. Er kam meiner Aufforderung nach, doch hatte sein Gesichtsausdruck etwas Verbissenes, und in seinen Augen war sogar eine Andeutung von Verzweiflung. Ich konnte in ihm lesen wie in einem Buch. Aber hatte ich ihn nicht schon in- und auswendig gekannt, damals als ich ihn verführte? Auch war mir natürlich bewußt gewesen, daß ich ein großes Risiko einging, als ich ihn allein nach England zurückkehren ließ. Jetzt registrierte ich kühl, daß Harry offenbar Schluß mit mir machen wollte, um rein und schuldlos zu sein und frei für die Liebe zu – nein, nicht zu Celia – sondern zum angebeteten Baby.

Lieblich und begehrenswert wie eh und je war ich, das wußte ich genau, und ebenso genau wußte ich, daß ich Harry haben mußte: daß ich ihn haben mußte, solange ich in dem Haus lebte, das mein Haus hätte sein sollen, das er jedoch seines nannte, und solange ich auf dem Land ritt, das mein Land hätte sein sollen, das er jedoch für sich beanspruchte. Und ich wußte auch, daß ich ihn für den Rest meines Lebens hassen und verabscheuen würde, Tag für Tag und Nacht für Nacht. Meine Leidenschaft für ihn war verflogen. Aus welchem Grund, wußte ich nicht. Sie war verwelkt, so wie die Mohnblumen verwelken würden, die ich mir ins Hutband gesteckt hatte. Es war allzu leicht gewesen, ihn zu erobern; in Frankreich, fern von dem Grund und Boden, der ihm gehörte, den ich jedoch so unbedingt brauchte, hatte er so überaus durchschnittlich gewirkt. Ein gutaussehender junger Mann, gar kein Zweifel, charmant, amüsant, nicht allzu intelligent: in jedem von Engländern stark frequentierten Hotel in Frankreich sah man mindestens ein halbes Dutzend Harrys. Fern von Wideacre und bar der Magie des Herbstes war Harry nur einer unter vielen.

Aber mochte sich meine Leidenschaft auch in Abscheu verwandelt haben, so mußte ich ihn dennoch haben. Weil er der Squire war und ich den Squire noch brauchte. Nur ein intimes Verhältnis mit ihm bot mir die Sicherheit, auf diesem Land, auf meinem Land, zu bleiben.

»Harry«, sagte ich und gab meiner Stimme einen wie schwebenden Klang.

»Es ist vorbei, Beatrice«, erklärte er nervös. »Ich habe gesündigt, mit dir gesündigt – und dich in die Sünde geführt. Aber das ist jetzt vorbei, und wir werden niemals wieder in dieser Weise zusammensein. Doch ich weiß, daß die Zeit kommen wird, wo du einen anderen liebst.«

Er verstummte, und meine Gedanken begannen wild zu kreiseln. Wie nur konnte ich ihn einfangen, ihn mir gefügig machen? Ich beobachtete ihn schweigend. Er hob den Kopf, und sein Gesicht wirkte sehr entschlossen. Offenbar hatte er sein Herz an ein sentimentales Idealbild gehängt, dem er unbedingt entsprechen wollte: liebender Vater, guter Gatte und mächtiger Squire. In diesem Tagtraum von einem tugendhaften neuen Leben hatten die heimlichen Wonnen unserer sündigen Liebe keinen Platz.

Ich beobachtete ihn aus unergründlichen Schlangenaugen, während ich unablässig weitergrübelte, wie diesem neuen moralischen Harry am besten beizukommen sei. Dies war nicht der rechte Ort, und dies war nicht die rechte Zeit, um zum Erfolg zu kommen. Er hatte sich gegen Avancen von meiner Seite von vornherein gewappnet und hielt jetzt seine Begierde mit genauso festem Griff unter Kontrolle wie Saladin, sein

Pferd. Ans Ziel gelangen konnte ich bei ihm nur, wenn ich, bei anderer Gelegenheit, seine Wollust weckte, bevor sein Verstand eingreifen konnte.

Und so lächelte ich ihn an mit einem süßen und offenen Lächeln, das er mit sichtlicher Erleichterung erwiderte.

»Oh, Harry, ich bin ja so froh«, sagte ich. »Du weißt, daß ich das eigentlich niemals wollte. Es war etwas, das gegen meinen Willen geschah, genauso wie ja auch gegen deinen, und es hat mich immer so tief beunruhigt. Wie schön, daß wir das mit denselben Augen sehen. Ich habe mir das Gehirn zermartert, wie ich dir von meinem Entschluß erzählen sollte, unter alles einen Schlußstrich zu ziehen.«

Die Miene dieses nicht gar so reinen Narren hellte sich auf. »Beatrice! Ich hätte es wissen müssen . . . Ich bin ja so froh, daß du es so siehst. Oh, Beatrice, ich bin ja so froh«, sagte er und lockerte die Zügel, so daß Saladin endlich erleichtert den Hals strecken konnte.

Ich lächelte Harry zärtlich an.

»Gott sei gedankt, daß wir jetzt beide frei von Sünde sind«, sagte ich fromm. »Jetzt können wir einander endlich so lieben und so zusammensein, wie sich das für uns gehört.«

Die Pferde setzten sich wieder in Bewegung, und wir ritten nebeneinander her wie gute Gefährten. Aus dem Düster des Waldes tauchten wir hervor in Gottes hellen Sonnenschein, und Harry drehte den Kopf und ließ seinen Blick ringsum über den welligen, grasbewachsenen Boden gleiten, als meine er, ihm sei Neu-Jerusalem erschienen im goldenen Licht eines sündenfreien Paradieses.

»Laß uns jetzt dieses Wettrennen planen«, sagte ich mit süßer Stimme, und im Handgalopp strebten wir einer Kuppe in den Downs zu, von wo man den größten Teil der Rennstrecke überblicken konnte, die ich für Tobermory und Dr. MacAndrews Araber ausgesucht hatte. Es würde ein harter, sehr harter Ritt werden. Start und Ziel waren bei der Hall, und die Rennstrecke hatte die Form einer Acht. Die erste Schlaufe befand sich nördlich von der Hall und verlief teilweise über pulvrigen Sand. Schnell konnte dort keines der Pferde gehen, doch glaubte ich, daß das tiefe, rutschige Geläuf den Araber ermüden würde. Dort ist das Gemeindeland, das die Dörfler für ihre Schafe, Ziegen und Kühe benutzen. Natürlich gibt es auch andere Tiere dort: Vögel, Füchse, sogar Hirsche. Auf dem dürftigen Boden wucherte Heidekraut, auch Farn, während es auf den westlichen Hängen dichten Wald gab, hauptsächlich Buchen. Die Schleife führte über das Gemeindeland hinweg in den offenen Grund, wo dem Araber seine Wendigkeit wenig nützen würde und wo Tobermorys kräftige Beine sich als die schnelleren erweisen mochten.

Vom Gemeindeland ging es dann bald so steil hügelabwärts, daß ich überzeugt war, diese Teilstrecke lasse sich nur in einer Art Mischung aus Traben und Rutschen bewältigen, und in diesem Punkt konnte ich zu Tobermory volles Vertrauen haben, war er doch durch so manche Jagd auch mit diesem Gelände genau vertraut. Im Park von Wideacre Hall gab es dann zwei schwierige Sprünge, der eine über eine ziemlich hohe Mauer, der andere über einen Graben, dessen Breite schwer abzuschätzen war, sofern man ihn nicht kannte. Der sich anschließende Grasweg im Wald bot Gelegenheit zu einem strammen, donnernden Galopp, bis man die Bäume hinter sich ließ und zur südlichen Schlaufe der von mir geplanten Rennstrecke gelangte. Ihr Verlauf würde uns über eine Fährte führen, hinauf zu den Downs. Diese Teilstrecke ließ sich, bei steter Steigung, in einem langen, anstrengenden Galopp zurücklegen, und zweifellos würden beide Pferde ausgepumpt oben ankommen; aber dasjenige, welches die Führung hatte, würde sie wohl auch behalten. Denn nun kam eine über rund zwei Meilen führende weiche Grasstrecke und dann das Gefälle zurück zur Hall, durch das Buchengehölz hindurch, für die Pferde wie für die Reiter eine ermüdende Rutschstrecke, und schließlich dann noch das donnernde Finish auf dem letzten Stück zur Hall.

Harry und ich waren übereinstimmend der Meinung, daß der gesamte Ritt rund zwei Stunden dauern würde, wobei das starke Gefälle am Schluß für Pferd und Reiter wohl die härteste Probe war. Fairerweise warnten wir John MacAndrew davor, während die Stallknechte schon die Pferde sattelten, doch der lachte nur und meinte, wir wollten ihm bloß Angst einjagen.

Wie ein kupferfarbener Pfeil tauchte Tobermory aus der Stalltür hervor. Er wirkte ausgeruht und rennbegierig, und Harry sagte leise zu mir, ich sollte ja mit harter Hand reiten, sonst ginge Tobermory mit mir in Richtung London durch. Dann half er mir mit Schwung in den Sattel und hielt die Zügel, während ich die scharlachroten Röcke meines Reitkostüms zurechtzupfte und mir meinen Hut fester auf den Kopf drückte.

Dann sah ich Sea Fern.

Dr. MacAndrew hatte mir erzählt, sein Araber sei grau, doch wirkte das Fell fast silbrig mit seidig-geschmeidigen Schattierungen auf den kraftvollen Beinen und Schultern. Ich betrachtete das Tier mit unverhohlener Bewunderung, und John MacAndrew lachte.

»Ich kann mir schon denken, was Sie von mir fordern werden, falls Sie gewinnen, Miss Lacey«, sagte er scherzend. »Ihr Gesicht ist wie ein offenes Buch – beim Pokern nicht unbedingt eine Tugend.«

»Wer möchte ein solches Pferd wohl nicht haben«, erwiderte ich, während ich den perfekt geformten Pferdekopf und die glänzenden, intelligenten Augen betrachtete. Der gekrümmte Hals – ein Stallknecht hielt straff die Zügel – bildete eine wunderbar bogenförmige Linie. Ein bildschönes Tier. John MacAndrew schwang sich mit einem Fast-Sprung in den Sattel. Wir maßen einander mit den Augen und lächelten.

Von der Terrasse aus beobachteten uns Celia, Mama, das Baby und die Nurse, während wir dicht nebeneinander auf Harrys Signal warteten. Tobermory schleuderte den Kopf, und Sea Fern tänzelte nervös. Harry, gleichfalls auf der Terrasse, stand sehr still, ein Taschentuch in der erhobenen Hand. Dann ließ er den Arm fallen. Ich gab die Zügel frei und ließ Tobermory die Sporen fühlen, und wild preschte er los.

Durch das Gehölz donnerten wir in straff kontrolliertem Kanter. Sea Ferns weiße Vorderbeine setzten als erste über die weiße Parkmauer hinweg, aber das hatte ich erwartet. Überrascht war ich allerdings, als er seine Pace auch auf dem strapaziösen Anstieg zum Gemeindeland beibehielt und oben kaum ein Zeichen von Erschöpfung zeigte. Auf der Hügelhöhe schnaubte er gegen den Sand und nahm die Strecke dann im Galopp. Es handelt sich um einen flußbettartigen Sandstreifen, so breit wie eine Feuerschneise, und obwohl Tobermory alles daran setzte, zu Sea Fern aufzuschließen, wehrte der Araber unseren Angriff auf der zwei oder drei Meilen langen Strecke ab, und seine Hufe schleuderten mir silberfarbenen Sand ins Gesicht. Beide Pferde keuchten, doch erst als der ebene Boden dem Gefälle in Richtung Park wich, gelang es Tobermory, den Araber zu überholen.

Einige unserer Leute waren dabei, Brennholz zu machen, und bei ihrem plötzlichen Anblick scheute Sea Fern und bäumte sich auf. Tobermory strebte völlig unbeeindruckt voran, und ich hörte, wie die Leute jubelten, während ich hügelabwärts donnerte, jetzt deutlich in Führung. Mit einem mächtigen Satz nahm Tobermory die Mauer zum Park, in dessen schattiges Dunkel wir jetzt tauchten. In gestrecktem Galopp ging es weiter, und als wir dann den Hang zu den Downs hinaufstrebten, ohne etwas von unserem Vorsprung verloren zu haben, lachte ich lautlos für mich: Das Rennen schien gelaufen, denn welche Chance konnte Sea Fern jetzt noch haben?

Wir erreichten die Höhe, und vor uns lag eine fast ebene Strecke. Tobermory keuchte zwar, doch spürte er unter seinen Hufen das weiche

Gras der Downs und reckte den Kopf. Wir donnerten den Weg entlang, doch hörte ich Hufschläge hinter uns: John MacAndrew und sein Araber holten auf. Sea Fern schnaubte Schaum, und der junge Arzt beugte sich vor wie ein Jockey, um aus seinem Tier noch mehr herauszuholen; immer heftiger trieb er Sea Fern an.

Tobermory hörte – und begriff die Herausforderung. Er wechselte über zum Jagdgalopp, einem Galopp mit gleichmäßig raumgreifenden Schritten, der schnellsten Gangart über eine längere Strecke; aber das war nicht schnell genug. Als der Weg überging ins Gefälle, in Richtung auf das Gehölz, hatte Sea Fern Tobermory eingeholt, und wir ritten Schulter an Schulter.

Im schattigen Licht zwischen den Bäumen straffte ich die Zügel; hielt sorgfältig Ausschau nach gefährlichen Wurzeln und trügerischem Schlamm; und auch nach tiefhängenden Ästen oder Zweigen, die mich aus dem Sattel werfen oder mir ins Gesicht peitschen konnten. John MacAndrew dagegen ritt ohne jede Rücksicht drauflos. Mit einem wahnwitzigen Tempo übernahm er die Spitze und trieb sein so überaus kostbares Roß über die rutschige Strecke, als schere es ihn keinen Deut. Das bildschöne Tier schlitterte, strauchelte, behielt jedoch das mörderische Tempo bei, und ich konnte nicht mithalten, wagte es nicht, weil es Wahnsinn war und ein sehr böses Ende nehmen konnte. Während in meinem Kopf in wildem Wirbel die Bilder wechselten, aufspritzende Pfützen und peitschendes Gezweig, tauchte in irgendeinem Winkel meines Gehirn knapp und präzise die Frage auf: »Warum? Warum riskiert John MacAndrew bei diesem einfachen Wettrennen so ungeheuer viel?«

Als wir dann durch das Tor beim Pförtnerhäuschen donnerten (»Los doch, los, Miss Beatrice!« rief Sarah Hodgett), war der Vorsprung zu groß, um ihn noch wettmachen zu können. Vor mir sah ich Sea Ferns mächtiges Hinterteil, wie weiße Seide glänzend und gleichsam überflakkert vom Spiel aus Licht und Schatten, während wir über die Auffahrt zum Haus, unserem Ziel, galoppierten. Als der Arzt seinen Araber vor der Terrasse zum Stehen brachte, war er mir etwa zwei Längen voraus.

Ich lachte in ungeheucheltem Entzücken. Ich war schmutzig: mein Gesicht war besprenkelt mit feuchtem Schlamm, der zu verkrusten begann. Irgendwo hatte ich meinen Hut verloren; ein Stallbursche würde morgen danach suchen müssen. Mein aufgelöstes Haar hing mir als wildes Lockengewirr über die Schultern. Tobermory war völlig schweißbedeckt, und Sea Fern keuchte mit zitternden Flanken. Dr.

MacAndrews sonst so helle Haut war vor Anstrengung und Aufregung knallrot, und seine Augen – die Augen des Siegers – waren ein funkelndes Blau.

»Nun haben Sie eine Forderung frei – welche?« japste ich, als ich wieder einigermaßen zu Atem gekommen war. »Wie ein Dämon sind Sie dafür geritten. Worauf sind Sie denn so – so wild?«

Er saß ab und streckte die Arme zu mir empor, um mir aus dem Sattel zu helfen. Ich spürte die enge Berührung und fühlte, wie es siedend heiß in meine Wangen stieg: ein inneres Hochbranden, das bewirkt wurde durch die noch nachklingende Erregung des Rennens, durch den Geruch unserer heißen, noch vibrierenden Körper und durch das Vergnügen, wieder die Arme eines Mannes um mich zu spüren.

»Ich fordere für mich Ihren Handschuh«, sagte er. Doch sagte er es mit einer solchen Betonung, daß mein ungläubiges Lachen sofort wieder verstummte. Ich musterte ihn eingehend.

»Zuerst den Handschuh«, sagte er und streifte mir den roten Reithandschuh von der Hand, »und später, Miss Lacey, Ihre Hand zur Vermählung.«

Mit Mühe unterdrückte ich einen Schrei der Empörung, während er gelassen sein »Pfand« einsteckte, als sei dies durchaus die übliche Art, in der ein Mann um die Hand einer Dame anhielt. Bevor ich ein Wort hervorbringen konnte, hatten sich uns Harry und die anderen so weit genähert, daß sie sich in Hörweite befanden; und so blieb ich stumm.

Aber ich hatte auch keine Lust, irgend etwas zu sagen. Während ich mich zurückzog, um mich frischzumachen und umzukleiden, vergeudete ich keine einzige Sekunde damit, mir eine Antwort auszudenken. Sein kühler Ton hatte keinen Zweifel daran gelassen, daß eine solche jetzt überflüssig war. Ich brauchte kaum zu fürchten, daß mir das Herz brechen würde wegen eines Mannes, der kein Land besaß und vor allem nicht in der Position war, Wideacre zu erben – oder zumindest kaufen zu können. Sollte es diesem jungen und an sich recht charmanten Arzt jemals einfallen, tatsächlich um meine Hand anzuhalten, so würde er sich sanft und überaus freundlich zurückgewiesen finden. Im Augenblick jedoch ... ich war inzwischen dabei, mir mit den Fingern rings ums Gesicht sorgfältig Löckchen zu drehen, und gluckste zufrieden vor mich hin ... im Augenblick jedoch war alles höchst vergnüglich, und ich mußte mich beeilen, um nicht zu spät zum Tee zu kommen.

Mochte das Rennen für mich auch nichts weiter gewesen sein als ein Spaß, so machte es den jungen Arzt doch zu einem akzeptierten Mitglied unseres Familienkreises. Wennschon Mama auch niemals davon sprach, so wußte ich dennoch, daß sie in ihm ihren zukünftigen Schwiegersohn sah, und seine Anwesenheit in unserem Haus befreite sie von ihren hartnäckigen, uneingestandenen Ängsten. So war es denn für uns alle ein glücklicher Sommer. Da ich nun wieder rechtzeitig eingreifen konnte, um Schaden zu verhüten, fand sich Harry auch von der Sorge erlöst, aus Unwissenheit folgenschwere Fehler zu begehen, sowohl was das Land selbst als auch seinen Umgang mit den Leuten betraf. Die französischen Rebstöcke gediehen soweit recht ordentlich in der für sie fremden englischen Erde, womit, wie ich gerne einräumte, Harrys Experimentierlust über meine Vorliebe für das Herkömmliche einen Sieg errungen hatte. Ob wir genügend Sonne haben würden, um später auch schwere, süße Trauben ernten zu können, blieb allerdings abzuwarten. Auf jeden Fall war es die Mühe wert, denn womöglich konnte Wideacre einmal mit einem neuen, ungewohnten Erzeugnis aufwarten.

Mamas Hauptrolle war jetzt die einer hingebungsvollen Großmutter. Erst jetzt wurde mir bewußt, wie sehr sie in ihrer Zärtlichkeit blockiert gewesen sein mußte durch meine frühzeitige Selbständigkeit; und auch durch die Konvention, Kinder in der Obhut der Nurse in der Nursery zu lassen. Celia sorgte in ihrer liebevollen, nachsichtigen Art dafür, daß der kleine Engel niemals verbannt war, außer zu den Mahlzeiten und zur Schlafenszeit. Julia mußte sich niemals allein in der Dunkelheit ihres Kinderzimmers in den Schlaf weinen, und niemals wurde sie der gleichgültigen Obhut der Dienerschaft überlassen. Das Leben der kleinen Julia glich einem unaufhörlichen Bankett aus Liebkosungen und Küssen und Spielen und Liedern, mit dem sie verwöhnt wurde von seiten Harrys, Celias und Mamas, die sie alle gleichermaßen anbeteten.

Was mich betraf, so ging sie mir ab. Ich gehörte weiß Gott nicht zu jenen Frauen, die nur dann glücklich sind, wenn sie so ein Balg haben, das sie auf ihrer Hüfte reiten lassen können; aber die kleine Julia schien mir ein ganz besonderes Kind zu sein. Mehr noch. Sie war Fleisch von meinem Fleische in einer Weise, die ich nicht ergründen konnte. In ihrem Haar erkannte ich den rostbraunen Glanz meines eigenen Haares wieder; in ihrem gurgelnden Gelächter hörte ich mein eigenes glückliches Lachen vor Freude an Wideacre. Sie war durch und durch mein Kind, und sie fehlte mir, wenn ich wußte, daß Celia mich scharf im Auge behielt und ich nichts von dem tun durfte, was ich so gern getan hätte: Julia aus der

Wiege nehmen und mit ihr spielen – und sie am liebsten mitnehmen hinaus aufs Land, um sie ein wenig, ein klein wenig von dem kosten zu lassen, was eine richtige Wideacre-Kindheit war – oder sein konnte.

Was Celia betraf, so schwebte sie gleichsam auf einer Wolke aus Glück. Sie war für das Kind da, ganz und gar, und entwickelte in bezug auf Julia schier übersinnliche Fähigkeiten. Mitunter erhob sie sich von der Tafel, um zur Nursery zu gehen, obwohl außer ihr niemand das leiseste Weinen oder Rufen vernommen hatte. Sie schien sich meist oben bei dem Kind aufzuhalten, dem sie Lieder vorsang und mit dessen gurgelndem, glucksendem Lachen sie zu wetteifern schien. Und Celia sorgte auch dafür, daß nach und nach alle Räume der Nursery renoviert und auch neu eingerichtet wurden. Das schwere alte Mobiliar meines Vaters und Großvaters wurde ersetzt durch die leichteren und zierlicheren Möbel, wie sie derzeit Mode waren. Den Gewinn davon hatte ich, denn ich ließ das alte Mobiliar zu mir in den Westflügel schaffen, wo allerdings kaum noch Platz dafür war. Dem Haus bekam die Umgestaltung indes recht gut; es war, als erstrahle es in ungewohnter Helligkeit.

Celia entzückte Mama mit ihrer Neigung für Aktivitäten, die unzweifelhaft »ladylike« waren. Wie Dienstmägde arbeiteten beide an einem neuen Altartuch für die Kirche, und wenn sie nicht gerade mit solchen Handarbeiten beschäftigt waren, dann lasen sie laut, wie verliebt in ihre eigenen Stimmen, oder sie machten mit dem Baby eine Kutschfahrt, oder sie pflückten Blumen, oder sie übten Lieder – all jene Aktivitäten also, die reine Zeit- und Energieverschwendung waren – und wohl eben deshalb geeignet, das Leben einer Lady sinnig »auszufüllen«.

Für mich ganz gewiß kein Grund zur Klage. Sie waren glücklich in der kleinen Tretmühle ihrer bedeutungslosen Pflichten, und durch Celias Bereitwilligkeit, für das Haus und ihre Schwiegermutter verfügbar zu sein, blieb mir so manche langweilige Stunde in dem kleinen Salon erspart.

Celias mädchenhafte Fügsamkeit und ihre Bereitschaft, sich in der Familie nicht nur mit dem zweiten, sondern dem vierten Platz zu begnügen, sorgten dafür, daß sie niemals mit Mama aneinandergeriet. Bereits in Frankreich hatte sie gelernt, daß ihre Wünsche und Bedürfnisse hinter meinen und auch hinter denen Harrys rangierten, und schien das auch gar nicht anders zu erwarten. Jetzt, weit davon entfernt, die selbstsichere junge Ehefrau im eigenen Heim zu sein, glich sie eher einem höflichen Gast, wenn nicht gar einer armen Verwandten, die bei der Familie leben darf, sofern sie Wohlverhalten und Fleiß beweist. Niemals maßte sie sich irgendwelche Rechte an in den Bereichen, wo ich die Macht besaß – Keller, Küche, Schlüssel. Niemals nahm sie sich irgendwelche Rechte heraus in den Bereichen, wo Mama die Macht besaß – Auswahl und Ausbildung des Hauspersonals, Zusammenstellung der Menüs, Entscheidungen über die Reinigung und die Pflege der Räume. Celia hatte eine harte Schule hinter sich. Die gleichgültige Behandlung, die sie auf Havering Hall hatte erdulden müssen, würde sie niemals vergessen, und sehr viel mehr erwartete sie auch nicht in ihrem neuen Heim.

Kein Wunder, daß sie angenehm überrascht war über die Behandlung, die sie auf Wideacre Hall erfuhr. Mama wäre bereit gewesen, Celias – wenn auch geringe – Rechte gegen jeden Übergriff zu verteidigen; nur mußte sie entdecken, daß Celia keinerlei Ansprüche geltend machte, es sei denn, um Harry das Leben noch angenehmer und bequemer zu machen, und dann hatte sie in Mama natürlich eine willige Verbündete, der für das Wohlergehen ihres Goldjungen praktisch alles recht war.

Und Stride, unser erfahrener Butler, zeigte sich stets bereit, Celia mit einem Rat zu dienen. Die anderen Bediensteten folgten seinem Beispiel und bewiesen ihr den gebührenden Respekt. Niemand würde Celia jemals fürchten; doch alle liebten sie. Ihre innere Bereitschaft, sich uns in allem anzupassen, machte das Zusammenleben mit ihr angenehm, und sie selbst schien glücklich zu sein.

Glücklich war auch ich. Morgens ritt ich für gewöhnlich aus, um nach den Feldern zu sehen oder die Zäune zu überprüfen, und oft ging's die Downs hinauf zu den Schafen. Nachmittags erledigte ich den Verwaltungskram, schrieb Geschäftsbriefe und empfing die Leute, die im Vorraum beim Seiteneingang geduldig auf mich zu warten pflegten. Bevor ich mich zum Dinner umkleidete, unternahm ich meist mit Harry einen Spaziergang durch den Rosengarten und mitunter sogar bis zum Fenny, wobei wir über Geschäftliches und Privates sprachen. Abends saß ich dann, Celia gegenüber, auf Harrys rechter Seite und speiste wie eine Prinzessin: genoß die wunderbaren Gerichte, die es seit Ankunft der neuen Köchin auf Wideacre gab.

Nach dem Dinner pflegte Celia uns vorzuspielen und vorzusingen; oder aber Harry las; oder Harry und ich unterhielten uns leise auf der Fensterbank, während Celia und Mama auf dem Piano Duette spielten, falls sie nicht wieder irgendeine Stickerei in Angriff nahmen.

Den ganzen wunderbaren Sommer hindurch genossen wir ein wahrhaft idyllisches häusliches Glück, ohne Konflikt, ohne Sünde. Wer uns beobachtete – so wie es der junge Dr. MacAndrew mit aufmerksamen, freundlichen Augen tat –, der mußte wohl denken, wir hätten das Geheimnis mitmenschlicher Liebe entdeckt, da wir so sanft, ja zärtlich miteinander umgingen. In dieser goldenen Zeit schienen selbst meine Begierden besänftigt. John MacAndrews warmes Lächeln, der sanfte Klang seiner Stimme, ein still genossener Abendspaziergang mit ihm im Garten, all dies schien mir in jenem lieblichen Sommer zu genügen. Verliebt war ich nicht, natürlich nicht. Doch seine Art, mich anzusehen, mich zum Lachen zu bringen, und vielerlei winzige, oft triviale Dinge – der Sitz seiner Reitjacke etwa – lösten in mir eine Empfindung aus, die mich lächeln ließ, wenn ich ihn den Weg zu Hall heraufreiten sah, rechtzeitig zum Dinner mit uns. Und natürlich genoß ich auch sein Lächeln beim Abschied, den leichten Druck seiner Finger und die sanfte Berührung seiner Lippen auf meiner Hand: Er machte mir den Hof, er warb um mich – und das war in dieser Phase viel zu reizvoll, als daß ich darauf hätte verzichten mögen.

Natürlich würde es enden. Falls er mir, wie es zu erwarten stand, irgendwann einen ernsten Heiratsantrag machte, würde ich ihn selbstverständlich zurückweisen müssen, und dann hatte diese unschuldsvolle, vergnügliche Zeit ein Ende. Bis dahin jedoch war ich sehr gern bereit, mich von ihm verwöhnen zu lassen durch seine regelmäßigen Besuche, durch ein Blumensträußchen oder ein Buch oder auch die Erlaubnis, seinen geliebten Sea Fern reiten zu dürfen. So war es kein Wunder, daß ich morgens mit einem Lächeln erwachte in der Erinnerung an irgend etwas, das John gesagt oder getan haben mochte. Und gutgelaunt begann ich meinen Tag.

Ich genoß diese neue Erfahrung: daß ein Mann meines eigenen Standes um mich warb. Selbst die einfachsten Dinge hierbei konnten mich entzücken: etwa die sachte Berührung seiner Finger, wenn ich ihm eine Teetasse reichte; oder sein mich suchender Blick in einem Raum voller Menschen. Es war für mich eine wohltuende Gewißheit, daß er mich bei meinem Eintritt – etwa in einen der überfüllten Riesensäle in Chichester – sofort sah und sich einen Weg zu mir bahnte. Überhaupt schien er sich meiner Anwesenheit stets bewußt zu sein, auch wenn ich mich außer Sichtweite befand.

Ich war so verzaubert durch dieses behutsame Umworbenwerden, daß das Verhältnis zwischen Harry und Celia kaum noch einen Stachel für mich hatte. Meine einst so qualvolle Begierde auf Harry schien völlig zum Erliegen gekommen zu sein. Da ich jetzt, allgemein akzeptiert, als die wahre und bewährte Herrin von Wideacre galt, brauchte ich den eigentlichen Herrn von Wideacre nicht länger zu beherrschen. Harry konnte mein Partner sein, mein Kollege. Sofern ich mich nur geborgen wußte, hier auf Wideacre, brauchte ich ihn als Liebhaber nicht.

Ausgerechnet Celia war es dann, welche Dissonanzen brachte in diese friedvolle Oase, die sie doch gleichsam erst erschaffen hatte. Natürlich tat sie es nicht aus Bösartigkeit, sondern, ihrem Wesen gemäß, in an sich allerbester Absicht: aus Liebe und Zärtlichkeit nämlich. Hätte sie nur geschwiegen damals, in jenem Sommer – alles hätte einen ganz anderen Verlauf nehmen können.

Aber sie schwieg nicht, und das kam so: Ihre Mama hatte sie zur Rede gestellt, weil sie und Harry in getrennten Schlafzimmern schliefen. Meine Mama ließ keinen Zweifel daran, daß sie es begrüßen würde, wenn Julia, unserem Engelchen, in nicht allzu ferner Zeit ein Brüderchen, ein männlicher Erbe, folgen würde. Celia selbst, in ihrer Gewissenhaftigkeit, erinnerte sich wohl bei jedem Nachtgebet daran, daß sie Harry gegenüber nicht ihre Pflicht erfüllt hatte, war doch das Baby, das er liebte, nicht beider gemeinsames Kind. Noch wichtiger jedoch, und zwar für Celia, für Harry und natürlich auch für mich, war zweifellos, daß sie ihn mehr und mehr zu lieben begann.

Harry war kein Tyrann und kein Monster, sondern, zumal in ihren Augen, ein eher gutmütiger Mensch, der es klaglos über sich ergehen ließ, wenn ihn seine Mama ausschalt, weil er sich zum Lunch verspätete, und den seine Schwester wegen seiner hypermodernen Ideen in Sachen Landwirtschaft verspottete. Was die Besonderheiten ihres Ehelebens betraf, so nahm er sie ohne Verdrossenheit hin. Nie schloß er die Verbindungstür zwischen den beiden Schlafzimmern zu, obwohl er, wie Celia wußte, den entsprechenden Schlüssel besaß. Ihr Zimmer betrat er immer nur vom Gang her, und zwar nachdem er angeklopft hatte. Wenn er sie morgens begrüßte, küßte er ihr respektvoll die Hand, und abends gab er ihr einen zärtlichen Kuß auf die Stirn. In den drei Monaten seit unserer Rückkehr hatte sie nicht ein einziges Mal ein böses Wort von ihm gehört, nie eine schlechte Laune oder gar eine Bösartigkeit bei ihm erlebt. In noch ungläubiger Verwunderung über soviel Glück entdeckte Celia, daß sie einen unvergleichlich sanften und liebenswerten Mann geheiratet hatte. Und natürlich liebte sie ihn.

All dies hätte ich klar und deutlich voraussehen müssen, spiegelte es sich doch in Harrys zärtlichem Lächeln, wenn er Celia mit dem

Baby sah, klang es doch aus Celias Stimme, wenn sie bewundernd von Harry sprach.

Aber ich sah und hörte nichts bis zu jenem späten Septembertag, als mir Celia im Garten begegnete. Sie hatte eine völlig ungeeignete aber elegante Schere in der Hand und trug einen Korb. Ein Strohhut, der mit einem Band unter ihrem Kinn befestigt war, beschattete ihr Gesicht. Ich kam gerade in Reitkleidung von der Koppel, wo ich eines der Jagdpferde untersucht hatte, das sich womöglich eine Sehne gezerrt hatte, und war auf dem Weg zum Stall, um einen Umschlag für das verletzte Bein machen zu lassen. Celia hielt mich an und bot mir ein Knopflochsträußchen von späten weißen Rosen an, und ich sog ihren cremigen Duft ein und dankte lächelnd.

»Riechen sie nicht wie Butter?« meinte ich träumerisch, das Gesicht in die vollen Blüten vergraben. »Butter und Sahne und ein Hauch von etwas Scharfem, wie Limonen.«

»Bei dir klingt das wie ein Pudding der Köchin«, gab Celia lächelnd zurück.

»Warum auch nicht?« sagte ich. »Sie sollte einmal einen Pudding aus Rosen machen. Wie schön wäre es doch, Rosen zu essen. Sie riechen, als wären sie von einem süßen, zarten Schmelz.«

Celia, erheitert von meinem sinnlichen Entzücken, schnupperte an einer kleinen Blüte, um mir einen Gefallen zu tun, schnitt eine weitere Rose ab und legte sie in ihren Korb.

»Was macht Saladins Bein?« fragte sie, als sie meine schmutzigen Hände und das Halfter bemerkte.

»Ich lasse einen Breiumschlag machen«, sagte ich.

Eine Bewegung im ersten Geschoß des Hauses ließ mich aufblicken. Irgend jemand ging mit einem großen Haufen Bettzeug und Kleidern den Korridor entlang, gefolgt von noch jemandem mit einem weiteren Armvoll. Ich beobachtete sie, wie sie an einer Reihe von Fenstern vorübergingen – eine eigenartige Prozession.

Ich hätte Celia fragen können, doch es kam mir nicht in den Sinn, daß sie wissen könne, was dort im Haus vor sich ging, wenn ich selbst nichts wußte.

Und so sagte ich: »Entschuldige mich«, und ging mit raschen Schritten zur Vordertür und dann die Treppe hinauf zum Korridor. Die Szene wirkte chaotisch. Überall war Bettzeug, ein Kleiderschrank blockierte die Tür zu Celias Schlafzimmer, und auf Mamas Bett sah ich einen großen Stapel von Harrys Kleidern.

»Was soll denn das?« fragte ich das Zimmermädchen, das einen Stapel gestärkter Petticoats in den Armen hielt, Celias zweifellos. Das Mädchen knickste, und der hohe Stapel schwankte wie der schiefe Turm zu Pisa.

»Ich bringe Lady Laceys Sachen, Miss Beatrice«, sagte sie. »Sie und Master Harry ziehen in das Zimmer Eurer Mama um.«

»Wie!?« fragte ich ungläubig. Wieder schwankte der Stapel in ihren Armen, während sie wiederholte, was sie gesagt hatte. Aber verstanden hatte ich das bereits beim erstenmal. Das heißt, meine Ohren hatten es verstanden, nicht jedoch mein Gehirn. Mein Verstand wollte nicht glauben, was ich hörte. Daß Celia und Harry gemeinsam in Mamas Schlafzimmer zogen, konnte nur eines bedeuten: Celia mußte ihre Angst vor Harrys Sexualität überwunden haben – und das war doch wohl unmöglich.

Ich machte auf dem Absatz kehrt, polterte die Treppe hinunter und eilte hinaus in den Sonnenschein. Celia war noch immer dabei, Rosen zu schneiden – ein unschuldig-unwissender Engel im Garten Eden.

»Die Bediensteten bringen deine Sachen ins Hauptschlafzimmer, das du dir mit Harry teilen sollst«, sagte ich geradeheraus und wartete auf ihre schockierte Reaktion. Doch auf ihrem Gesicht zeigte sich nicht der leiseste Hauch von Beunruhigung.

»Ja«, sagte sie gelassen. »Ich habe die Bediensteten gebeten, den Umzug heute nachmittag vorzunehmen, wenn ihr alle aus dem Haus seid. Ich dachte mir, daß euch dadurch Unbequemlichkeiten erspart bleiben.«

»Du hast die Anweisung dazu gegeben!« rief ich fassungslos und biß mir dann auf die Lippen.

»Oh, ja«, sagte Celia ruhig, um mich dann jedoch besorgt zu mustern. »Ich habe geglaubt, das sei so in Ordnung«, erklärte sie. »Deine Mama hat nichts dagegen, und ich meinte, ich brauchte dafür nicht erst deine Einwilligung. Ich hoffe, daß du deshalb nicht gekränkt bist, Beatrice? Ich habe angenommen, das würde dich nicht weiter berühren.«

Damit war jedes Wort des Protestes von meiner Seite erstickt. Ich begriff, daß Celia in der Tat genau dies annehmen mußte: daß es mich nicht weiter berühren konnte, wenn sie sich dafür entschied, mit ihrem Mann im selben Bett zu schlafen. Nur war jenes Bett nicht irgendein Bett. Es war das große Master-Bett von Wideacre, wo die Squires und ihre Ladys seit fast undenklichen Zeiten geruht hatten. In jenem Bett würde Celia die wirkliche erste Lady von Wideacre werden – und das berührte mich sehr wohl. In jenem Bett, in Harrys Armen, wurde sie tatsächlich sein Weib und die Wonne seiner Nächte. Und das betraf mich, beeinträchtigte meine Position. Als seine Lady und seine Geliebte machte sie mich überflüssig. Und da in der Gestalt von John MacAndrew ein Freier zielstrebig im Anmarsch war, der mich von Wideacre wegführen wollte, war es für mich gefährlich, wenn Harry mich nicht mehr als – wenngleich platonische – Gefährtin brauchte.

»Warum tust du dies, Celia?« bedrängte ich sie. »Du brauchst es doch nicht zu tun. Bloß weil meine Mama oder auch deine Mama sich ein weiteres Enkelkind wünschen, bist du doch noch lange nicht zu diesem Umzug verpflichtet. Dir bleiben noch so viele Jahre, du brauchst doch noch nicht in diesem Sommer das Bett mit Harry zu teilen. Du bist jetzt die Herrin deines eigenen Hauses. Du brauchst dich keiner Pflicht zu unterziehen, die dir zuwider ist, die dir buchstäblich widerstrebt.«

In Celias Wangen stieg eine zarte Röte. Und sie lächelte still, mit niedergeschlagenen Augen.

»Aber sie widerstrebt mir ja gar nicht«, sagte sie ganz leise. »Es macht mir Freude, sagen zu können, daß es mir nicht widerstrebt.« Die Röte auf ihren Wangen vertiefte sich. »Es widerstrebt mir ganz und gar nicht«, sagte sie.

Mein Gesicht glich einer Maske aus Holz, doch gelang es mir irgendwie, ein Lächeln darauf zu zaubern. Celia lachte leise für sich und drehte sich dann um, um den Garten zu verlassen. An der Pforte blieb sie stehen und blickte mit einem kurzen, liebevollen Lächeln zu mir zurück. »Ich wußte ja, daß du dich so sehr für mich freuen würdest«, sagte sie so leise, daß ich sie kaum verstehen konnte. »Ich glaube, daß ich deinen Bruder sehr glücklich machen kann, liebste Beatrice. Und dies nun endlich zu versuchen, bedeutet jedenfalls wahrhaftiges Glück für mich.«

Mit diesen Worten entschwand sie, leichtfüßig, lieblich, begehrenswert und jetzt selbst begehrend.

Ich fühlte mich verloren.

Harry war eher ein Mensch des Augenblicks. Wenn er Nacht für Nacht das Bett mit der hübschen und reizvollen Celia teilte, würde er all die sinnlichen Wonnen mit mir fraglos vergessen. Celia würde zum Mittelpunkt seiner Welt werden, und wenn dann Mama den Gedanken an meine Verheiratung ins Spiel brachte, würde Harry sich geradezu begeistert zeigen, indem er von den guten Erfahrungen in seiner eigenen Ehe ausging. In demselben Augenblick, da Harry seine eigene reizende Frau begehrte, verlor ich praktisch alle Macht über ihn. Und bereits verloren war, was mir hinsichtlich Celia eine Art Garantie zu bieten schien: ihre angsterfüllte Frigidität. Wenn sie bei dem Gedanken, mit Harry das Bett zu teilen, vergnügt lachen konnte, so war sie kein Kind mehr, das man mit dem Butzemann schrecken konnte. Sie war eine Frau, die sich ihrer Begierden bewußt zu werden begann. In Harry würde sie einen liebevollen Lehrer finden.

Das Halfter in der Hand, stand ich allein im Garten. Irgendwie mußte es mir gelingen, allem zum Trotz, meinen Einfluß auf Harry zu bewahren. Celia konnte ihm Liebe geben; sie besaß Zärtlichkeit im Übermaß und brauchte jemanden zum Lieben. Sie war weitaus liebevoller, als ich es jemals sein konnte, sein würde, sein wollte. Celia konnte ihm Wonnen bereiten – eine Nacht mit ihren süßen Küssen und ihrem lieblichen, reizvollen Körper war mehr, als sich die meisten Männer erhoffen können.

Aber es mußte irgend etwas geben, das ich tun konnte, Celia hingegen nicht. Mochte Harry sich auch in einen ergebenen Gatten und vernarrten Liebhaber verwandeln, es mußte mir dennoch irgendwie gelingen, ihn in meinem Bann zu halten. Zwei Jahre lang war er mir praktisch hörig gewesen, und ich kannte ihn besser als irgend jemand sonst. Ich mußte einen Faden in der Hand halten, an dem ich nur zu ziehen brauchte, damit er nach meiner Pfeife tanzte. Ich stand da wie eine Statue von Diana, der Jägerin: hochaufgerichtet, stolz, hinreißend und hungrig, während die Septemberschatten immer länger über den Garten fielen und die tief über dem Dach der Hall glühende Sonne die Schindeln rosig färbte. Und ich hob den Kopf noch höher und wandte mein Gesicht voll der glutenden Sonnenscheibe zu und sagte leise zu mir selbst nur ein einziges Wort: »Ja.«

11. Kapitel

Das dritte und oberste Stockwerk des Westflügels wurde als Abstellraum benutzt. Es ist ein langgestreckter, niedriger Raum, der sich über die gesamte Länge des Hauses hinzieht und dessen Fenster am einen Ende nach Norden hinausgehen mit Blick auf das Gemeindeland und am anderen Ende nach Süden mit Blick auf den Garten. Als junges Mädchen mit allzuviel überschüssiger Energie war ich an Regentagen heraufgekommen, um hier, wo mich niemand hören oder sehen konnte, zu singen und zu tanzen. Das Dach ist gleichzeitig die Decke, und die Fenster darin sind so niedrig, daß ich mich schon mit elf Jahren bücken mußte, um hinauszuschauen. Altes Mobiliar war in diesem Speicher aufbewahrt und später dann in meine Zimmer geschafft worden, so daß nur noch Papas altes Sattlergerät und seine übrigen Sachen zurückblieben.

Ich benutzte den Raum als eine Art Refugium, und der neue Zweck, für den ich ihn zu verwenden gedachte, würde keinerlei Aufmerksamkeit auf ihn lenken. Ich räumte die Sättel, an denen ich gearbeitet hatte, vom Sattelgestell fort, das nun wie ein Sprungpferd mitten im Raum stand. Papas Röcke und Stiefel, seine Notizbücher über die Zucht und seine Musterzeichnungen von Sätteln verstaute ich in einer Truhe. Sein Jagdmesser jedoch und seine Peitsche mit der langen Peitschenschnur ließ ich draußen.

Dann ließ ich aus Acre den Zimmermann holen und befahl ihm, an der Wand Haken anzubringen, zwei in Schulterhöhe und zwei dicht über dem Fußboden.

»Hoffentlich hab' ich's richtig gemacht«, knurrte er, »denn wenn ich nicht weiß, wofür sie gedacht sind, kann ich nicht sagen, ob sie's tun werden.«

»Ist schon in Ordnung so«, sagte ich, die Haken betrachtend. Ich bezahlte ihn doppelt, zum einen für seine Arbeit, zum anderen für sein Schweigen. Ein guter Handel. Denn er wußte genau, daß ich's erfahren würde, falls er sein Schweigen brach; und daß er dann in ganz Sussex nie wieder Arbeit finden würde. Nachdem er verschwunden war, befestigte ich an den Haken Lederriemen. Ich sah mich im Raum um. Alles entsprach genau meinen Vorstellungen. In der Nähe des Kamins stand inzwischen eine große Chaiselongue, und niemandem würde auffallen, daß ich aus meinen Zimmern unten einen Kandelaber heraufgeschafft hatte sowie mehrere Schaffelle, die jetzt über den Fußboden verstreut lagen. Ich war bereit.

Ich war bereit, konnte mich jedoch nicht dazu bringen, den Anfang zu machen. Es war gewiß kein unüberwindliches Widerstreben; es fehlte mir ganz einfach an dem notwendigen Antrieb oder an der, wenn man so wollte, notwendigen Besessenheit. Denn ich würde ja Harrys irgendwie abartige Leidenschaft befriedigen und nicht meine eigene mehr oder minder normale. Ich brauchte irgend etwas, das mich zur Tat ansporntc. Selbst als Celia verspätet zum Frühstück erschien, dunkle Ringe um die Augen, doch mit einem glücklichen Kinderlächeln, blieb ich untätig. Eine Woche verging, und ich war bereit und doch nicht bereit. Dann sagte Harry eines Abends beim Dinner zu mir: »Kann ich dich nachher sprechen, Beatrice? Würdest du bei mir sitzen, während ich meinen Port trinke?«

»Aber gewiß«, sagte ich mit der gleichen Förmlichkeit. Ich wartete, bis Celia und Mama den Raum verließen, und setzte mich dann auf den Stuhl am Fußende des Tisches. Der Butler schenkte mir ein Glas Ratafia ein, stellte die Karaffe mit dem Portwein für Harry hin und ließ uns allein.

Im Haus war es sehr still. Unwillkürlich fragte ich mich, ob Harry sich wohl an einen anderen, ähnlichen Abend erinnerte, an dem wir schweigend dagesessen hatten, während es im Haus leise knackte oder knarrte und die Flammen im Kamin flackerten und dann erloschen, und wir beide auf dem harten Holzfußboden ineinanderschmolzen. Aber als ich jetzt das Lächeln auf seinem knabenhaften Mund sah und seine klaren, glücklichen Augen, da begriff ich, daß ihm nichts ferner war als eine solche Erinnerung. Es waren andere Küsse und ein anderer Körper, der ihn jetzt wärmte. Jetzt machte er Liebe in des Masters Bett; unsere leidenschaftlichen Heimlichkeiten gehörten der Vergangenheit an.

»Ich muß mit dir über etwas sprechen, das mich sehr glücklich macht«, sagte Harry. »Ich nehme kaum an, daß es dich überraschen wird. Und es wird wohl auch niemanden sonst überraschen.«

Ich drehte den zierlichen Stiel meines Glases zwischen Zeigefinger und Daumen und blickte ihn verständnislos an.

»Dr. MacAndrew ist an mich als das Haupt des Hauses herangetreten und hat um deine Hand angehalten«, erklärte Harry pompös.

Mein Kopf ruckte hoch, ich funkelte Harry an.

»Und was hast du gesagt?« Meine Frage klang wie ein Fauchen.

Er stotterte verdutzt. »Natürlich habe ich ›Ja‹ gesagt, Beatrice. Ich habe gedacht – wir alle haben gedacht ... ich war sicher, daß ...«

Ich sprang auf; hinter mir schurrte der schwere alte Stuhl über den polierten Fußboden.

»Du hast deine Einwilligung gegeben, ohne mich zu fragen?« sagte ich mit eisiger Stimme, doch flammendem Blick.

»Beatrice«, sagte Harry beschwichtigend. »Es haben doch alle gesehen, wie sehr du ihn magst. Gewiß, er übt einen ungewöhnlichen Beruf aus, doch stammt er aus einer ausgezeichneten Familie, und sein Vermögen ... ist bemerkenswert. Natürlich habe ich zu ihm gesagt, er könne mit dir sprechen. Warum denn auch nicht?«

»Weil er nichts hat, wo man leben kann!« rief ich und hörte ein Schluchzen in meiner Stimme. »Wo denn, meint er, sollte ich leben – kannst du mir das sagen?«

Harry lächelte besänftigend. »Beatrice, mir scheint, dir ist nicht ganz klar, wie ungeheuer reich John MacAndrew ist. Er hat die Absicht, nach Edinburgh zurückzukehren, und ich glaube, er könnte für dich ganz Holyrood House kaufen, wenn er wollte. Genügend Geld dafür besitzt er gewiß.«

Sofort stieß ich zu, außer mir vor Zorn und doch eiskalt. »Ich soll also unter die Haube gebracht und nach Edinburgh verfrachtet werden!« sagte ich voller Empörung. »Und was ist mit Wideacre?«

Harry, noch immer verwirrt durch meinen Zorn, versuchte mich zu beschwichtigen. »Wideacre wird auch ohne dich überleben, Beatrice. Du bist all das, was ein Squire nur sein könnte, und noch mehr, weiß Gott, aber dies darf dir nicht im Wege stehen. Wenn dein Leben und dein Glück dich nach Schottland führen, so ist der Gedanke an Wideacre das letzte, was dich belasten darf.«

Wäre mein Zorn nicht so ungeheuer groß gewesen, daß ich am liebsten geschrien und geheult hätte, so wäre ich wohl in Gelächter ausgebrochen. Die Vorstellung, daß mein Leben mich in irgendein hochvornehmes Stadthaus in Edinburgh führen würde oder meine Liebe zu irgendeinem hellhaarigen Schotten fort von Wideacre – diese Vorstellung war ganz ungeheuer komisch: wäre mein Entsetzen darüber nicht noch ungeheuerlicher gewesen. Ein grauenvolles Entsetzen.

»Wer weiß von dieser Sache?« fragte ich heftig. »Mama?«

»Niemand außer mir«, erwiderte Harry hastig. »Ich wollte natürlich erst mit dir sprechen, Beatrice. Allerdings ist es möglich, daß ich Celia gegenüber etwas davon erwähnt habe.« Sein halbes Lächeln verriet mir zur Genüge, daß meine zukünftige Exilierung das Thema ehelichen Geplauders im Master-Bett gewesen war.

»Aber ich hätte mir niemals träumen lassen, Beatrice, nein, niemals, daß du etwas anderes empfinden könntest als tiefes, tiefes Glück.«

Seine Stimme: so kontrolliert, so besänftigend, so ganz und gar die schokoladenglatte Stimme mächtiger Männer, die nach Belieben mit Frauen schalten und walten, sie heiraten, mit ihnen das Bett teilen, sich ihrer gegebenenfalls entledigten, seit Jahrhunderten und aber Jahrhunderten schon, während Frauen vergeblich auf Land warteten – diese so unerträgliche Stimme fegte meine letzte Hemmung fort.

»Komm mit!« befahl ich und nahm einen Leuchter mit brennenden Kerzen vom Tisch. Harry schluckte hörbar, sah sich hilfesuchend um und folgte mir dann brav. Von der Diele her sahen wir die spaltbreit geöffnete Tür zum Salon und hörten die leisen Stimmen von Mama und Celia, die wieder gemeinsam am Altartuch nähten. Ich ignorierte die Tür und begann die Treppe hinaufzusteigen. Harry schien verwirrt, doch wieder folgte er mir gehorsam. Ich führte ihn zur ersten, dann zur zweiten Etage; und weiter die schmale Treppe hinauf zum obersten Stockwerk, wo einzig die Kerzen in dem Kerzenhalter ein unruhiges, flackerndes Licht warfen.

Wir erreichten die verschlossene Tür des Abstellraums.

»Warte hier«, sagte ich und zog einen Schlüssel hervor, mit dem ich die Tür öffnete. Harry ließ ich draußen im Dunkeln stehen. Dann schlüpfte ich rasch aus dem Abendkleid und zog mir jenes grüne Reitkostüm an, das ich getragen hatte, als Harry mich an jenem heißen Nachmittag entblößt auf dem Boden der alten Mühlenscheune ertappte. Die lange Knopfleiste der Jacke ließ ich vom Hals bis zum Bauchnabel offen. Darunter war ich nackt. In der Hand hielt ich Papas alte Jagdpeitsche – ein langes, schwarzes Gebilde aus geflochtenem Leder, ebenso tückisch wie wirksam. Der Griff war aus schwarzem Ebenholz mit eingelegtem Silber.

»Komm herein!« sagte ich mit einer Stimme, der Harry sich nicht zu widersetzen wagen würde.

Er stieß die Tür auf, und ich hörte, wie er die Luft einsog, als er mich so sah: hochaufgerichtet und voller Zorn im flackernden Kerzenlicht. Und er keuchte wieder, als er deutlicher meine vorn aufklaffende Jacke sah; und dann das sprungpferdartige Sattelgestell; und die Haken an der

Wand; und den mit üppigen Kissen gepolsterten Diwan und die dicken Schafsfelle auf dem Boden.

»Komm hierher!« sagte ich, schneidend scharf. Willfährig, wie in Trance, folgte er mir zu den Haken in der Wand, und als ich ihm mit dem Peitschenstiel gegen die Beine klopfte, spreizte er sie so auseinander, daß ich mit den Lederriemen seine Fußgelenke festschnallen konnte. Und ganz von selbst breitete er die Arme, damit ich ihn auch an den Handgelenken fesseln könne. Ich zog die Lederriemen so straff, daß sie ihm tief und schmerzhaft ins Fleisch schnitten.

Mit einem einzigen Ruck riß ich sein feines Hemd auf, bis hinab zur Hüfte. Halbnackt stand er vor mir. Dann schlug ich ihm mit der flachen Hand ins Gesicht, links, rechts, links, rechts. Und fuhr wie eine Stallkatze auf ihn los, mit vorgestreckten, krallenartigen Händen, um ihm mit den scharfen Fingernägeln die Brust zu zerkratzen, von der Kehle bis zum Gürtel seiner Reithosen. Er stöhnte, hing schlaff in den Lederschlaufen an den Haken. Eine tiefe Befriedigung erfüllte mich.

Ich nahm Papas altes Jagdmesser und schlitzte Harrys feine Hosen an den Nähten auf, so daß sie in Fetzen von seiner Taille herabhingen. Die Klinge hatte ihn am Oberschenkel verletzt, und als ich den hervorquellenden Blutstropfen sah, kniete ich nieder und begann so gierig zu saugen wie ein Vampir. Hätte ich aus Harry seinen männlichen Stolz und seinen Wahn und seine Macht heraussaugen können, ich würde keinen Augenblick gezögert haben. Er stöhnte, richtete sich wieder auf und stemmte sich gegen seine Fesseln, als wolle er sich davon befreien. Ich trat einen Schritt zurück und ließ die Peitschenschnur vorschnellen, so daß sie sich auf dem Fußboden vor Harry wie eine Schlange krümmte, zum Zustoßen bereit.

»Mach dir eines klar«, sagte ich, und meine Stimme war voller Haß. »Nie, niemals werde ich mich von Wideacre trennen. Und nie, niemals werde ich mich von dir trennen. Wir bleiben für alle Zeit zusammen. Solange du der Squire von Wideacre bist, gehöre ich genauso dazu wie das Land. Das hast du vergessen, und deshalb werde ich dich bestrafen. Ich werde dich so bestrafen, daß du es niemals vergessen wirst – es wird ein Rausch und ein Verlangen sein, das du niemals loswerden wirst.«

Harry öffnete den Mund, und er schien mich anflehen zu wollen. Ihm die Strafe zu ersparen? Sie unbedingt zu vollziehen? Ich wußte es nicht, und es war mir auch egal. Ich hob den Arm und knallte mit der Peitsche.

Als ich zehn gewesen war, hatte Papa mir im Stallhof beigebracht, wie man eine Peitsche handhabt. Mit Erfahrung und Übung kann man es dazu bringen, eine zarte Frucht, eine Erdbeere etwa, damit zu treffen, ohne daß man sie beschädigt. Aber man kann auch mit einem einzigen Schlag das Fell eines Bullen aufplatzen lassen. Ich ließ Papas Peitsche jetzt hart gegen Harrys zarte Haut unter den Armen klatschen und dann weiter hinab gegen die Flanken seines schwitzenden, zitternden Körpers. Nun tanzte die Lederschnur liebkosend, aufreizend über seinen Hals und über die schwer arbeitende Brust, um dann nur noch hinzuhuschen zwischen seine auseinandergespreizten Beine.

»Jetzt zum Sattelgestell!« befahl ich und band ihn los. Sofort sackte er zu meinen Füßen zusammen. Ich trat ihm hart gegen die Rippen. »Los, zum Sattelgestell!« wiederholte ich.

Lang ließ er sich darauffallen: als sei es sein Bett aus alten Schultagen. Er schmiegte eine Wange an das glatte, polierte Holz, indes ich seine Hand- und Fußgelenke an die Beine des Sattelgestells fesselte. Dann ließ ich spielerisch die Peitsche hinwegtanzen über seinen Rücken, seine Hinterbacken und seine Schenkel, so daß jede Berührung wie ein leichter Stich war, was sich jedoch, buchstäblich Schlag auf Schlag, immer mehr steigerte zu Unbehagen, dann Schmerz und schließlich scharfer, beißender Folter.

Nun band ich ihn wieder los, und er glitt vom Gestell schlaff zu Boden und streckte flehend eine Hand zum Saum meines Rocks.

Ich lockerte den Rock im Bund und ließ ihn neben Harry zu Boden gleiten. Seine Hand krallte sich in den Stoff, und dann vergrub er mit halbersticktem Schluchzen sein Gesicht in dem weichen Samt. Meine kurze, knappe Jacke und die Reitstiefel aus weichem Leder behielt ich an.

»Streck dich auf dem Rücken aus!« befahl ich erbarmungslos.

Er gehorchte, längst nicht mehr Herr seiner Sinne. Wie ein gestrandeter Wal lag er dort, Gefangener und Knecht seiner abartigen Gelüste. Und ich, ein beutegieriger Adler, ließ mich nieder auf dem zum Platzen prallen Schaft seines Körpers, und er stieß einen heiseren Schrei aus, einen Schrei der Lust, als er eindrang in mich. Wild bäumte er sich mir entgegen und schabte Rücken und Schultern, beides geißelwund, über den kahlen Boden, scheuerte die Haut gegen die flauschigen Felle. Meine Gedanken blieben kühl und distanziert, während irgendwo in der Tiefe meines Körpers, wie von mir abgetrennt, Lust nach Erlösung strebte und Befriedigung fand. Die Anspannung meiner inneren Muskeln, während ich zum Gipfel gelangte, brachte Harry seinerseits zum Höhepunkt seiner Ekstase aus Wollust und Schmerz, und sein ganzer Körper bewegte sich wie im Krampf, wilder und immer wilder; und dann sah ich seine geschlossenen Augen und die tränennassen Wangen und den aufklaffenden Mund, aus dem ein ungeheures Stöhnen drang, ein Laut der Erleichterung und Lust. In genau diesem Augenblick straffte ich mich und stieg von ihm herunter. Und dann schlug ich mit der flachen Hand hart gegen seine erigierte Männlichkeit, als wollte ich einen schlecht abgerichteten Hund bestrafen. Harry schrie vor Schmerz gellend auf, und ich sah, daß einer meiner Ringe die zarte, pralle Haut hatte aufplatzen lassen. Über Harrys zerkratzten und zerpeitschten Bauch ergoß sich ein Schwall von Samen und Blut, zurückgewiesen, verschmäht, und aus Harrys Kehle kam ein Schluchzen, ein zerrissener Laut, in dem Erlösung und Verlust sich mischten. Ich sah, wie er blutete, wie ein entjungfertes Mädchen, und mein Gesicht war eine lächelnde Maske aus Marmor.

Am nächsten Morgen kam ich vor lauter Müdigkeit kaum aus dem Bett. Die emotionelle und sexuelle Anspannung sowie die Anstrengung, mit Harry herrisch und brutal umzuspringen, hatten mich erschöpft. Ich frühstückte sehr spät in meinem breiten, weißen Bett, und den Rest des Vormittags verbrachte ich an meinem Schreibtisch am sonnenhellen Fenster meines Büros. Doch fiel es mir schwer, mich auf meine Arbeit zu konzentrieren. Meist schaute ich mit leerem Blick zum Fenster hinaus, vor meinem inneren Auge Bilder, die Harry im Schmerz zeigten und in der Ekstase des Schmerzes.

Um die Mittagszeit brachte mir das Hausmädchen etwas von dem starken, schwarzen Kaffee, den wir aus Frankreich mitgebracht hatten. Auf dem silbernen Tablett stand eine zweite Tasse, und ich sah Harry, der dem Hausmädchen folgte. Eine Überraschung, wie ich gestehen muß. Ich hatte nicht damit gerechnet, daß er das Zeug dazu besaß, sich wieder zu fangen – jedenfalls nicht so schnell. Er bewegte sich ein wenig steif, was bei einem nichtsahnenden Beobachter allerdings kaum Verdacht erregen konnte.

Das Mädchen goß die Tassen voll, stellte meine vor mich auf den Schreibtisch und ließ uns dann allein. Ich schwieg. Meine Müdigkeit war verflogen, und ich war wachsam wie ein Wilddieb – auf Beute aus, doch voll angstvoller Anspannung.

Harry stellte seine Tasse auf die Untertasse, und es gab ein klirrendes Geräusch.

»Beatrice«, sagte er, und seine Stimme klang wie ein Seufzen der Müdigkeit, aber auch Besessenheit.

In meinem Herzen schienen plötzlich Dutzende von Kerzen aufzuflammen. Ich hatte ihn wieder. Er stand wieder unter meinem Bann. Niemals wieder würde ich um meinen Platz auf Wideacre fürchten müssen. Ja, ich besaß wieder Macht über ihn, hatte den Squire sicher in meinem Netz.

»Du behandelst mich, als ob du mich hassen würdest, aber du haßt mich doch nicht, Beatrice, nicht wahr?« In seiner Stimme war etwas von dem kläglichen Flehen eines Bettlers. Und dieser Klang war es wohl, der meinem cleveren Ralph nicht entgehen konnte. Es war die Stimme eines Schulknaben, ein Überbleibsel aus jener Zeit, wo der Held Stavely seiner kleinen Anhängerschar beigebracht hatte, bedingungslos zu gehorchen. Es war die Stimme des Schulknaben, der gleichsam dazu abgerichtet worden war, alles zu erflehen, kleine Vergünstigungen, aber auch Strafe, brutale Züchtigung. Hätte ich Stavely gekannt, oder wäre Ralph da gewesen, um mir einen Rat zu geben, so würde ich besser gewußt haben, wie ich mich in diesem Augenblick zu verhalten hatte – ob ich mich nachsichtig zeigen oder Harry weiter bestrafen sollte. Ich wartete auf irgendeinen Anhaltspunkt.

»Es war falsch von mir, es war ganz und gar falsch von mir«, sagte Harry und sah aus wie ein geprügelter Hund. »Aber schlag mich nicht wieder, Beatrice. Ich werde mich bessern. Ich werde dich niemals wieder beleidigen.«

Harry, der Squire von Wideacre, als winselnde Kreatur – ein Anblick zum Übelwerden. Plötzlich tauchte eine Erinnerung in mir auf: die Verachtung in Ralphs glänzenden schwarzen Augen, als Harry sich auf dem Boden der schmutzigen Scheune niedergeworfen und seine Wange gegen Ralphs bloßen Fuß gepreßt hatte. Natürlich war Ralph darüber erleichtert gewesen, daß sich die Gefahr, von Harry verraten zu werden, so überraschend in nichts auflöste. Doch hatte er Harry wohl gleichzeitig als eine Art Mißgeburt betrachtet, ähnlich einem dreiköpfigen Kalb. Und plötzlich sah ich vor mir die langen Jahre, in denen ich den Squire als eine Art plärrendes Baby würde ertragen müssen – und ich sehnte mich nach Ralphs unkomplizierter, starker und frischer Wollust.

»Du ekelst mich an«, sagte ich – die Wahrheit war heraus, bevor ich sie zurückhalten konnte.

Harry gab ein Wimmern von sich und glitt von seinem Stuhl herab, kniete auf dem Teppich, mir zu Füßen.

»Ich weiß, ich weiß ja«, sagte er kläglich. »Ich kann doch nichts dafür. Ich glaube, ich bin verhext. Mein ganzes Leben war bisher verkehrt. Allein du kannst mich retten, Beatrice – obwohl du es bist, die mich verhext hat. Ich bin in deiner Schlinge gefangen und bin hilflos vor dir. Um Gottes willen, sei nicht zu streng zu mir!«

Ich lächelte – lächelte das überlegene, grausame Lächeln, das zu der Rolle gehörte, die Harry in seiner überhitzten, wie fiebernden Phantasie mir zugedacht hatte.

»Du gehörst mir für immer, Harry«, sagte ich. »Deine Zärteleien mit deiner kleinen Frau, deine Freundschaften mit Männern, deine Liebe zu Mama und auch deine Arbeit auf dem Land – nichts davon ist wirkliches Leben. Das wirkliche Leben gibt es bei mir als Geheimnis – in einem verschlossenen Raum, von dem nur du und ich wissen. Und zu diesem Raum wirst du nur auf mein Geheiß gehen, denn nur ich besitze den Schlüssel. Und dort werde ich dich in den Schmerz führen und über den Schmerz hinaus. Und wir werden uns niemals, niemals trennen; denn ich will nicht fort, und du –« lächelnd betrachtete ich sein zu mir emporgekehrtes weißes Gesicht – »du würdest sterben ohne solche Lust.«

Er schluchzte auf und vergrub sein Gesicht in meinem Rock. Mit der Zärtlichkeit, die er von unserer Mama gewohnt war, strich ich ihm über den Kopf, und wieder schluchzte er, dankbar. Dann packte ich ihn bei den dichten blonden Locken und zog seinen Kopf herum, so daß ich ihm in die Augen blicken konnte.

»Bist du mein Diener?« fragte ich mit einer Stimme, die so scharf war wie zersplittertes Eis.

»Ja«, sagte er tonlos. »Ja.«

»Bist du mein Sklave?«

»Ja.«

»Dann geh jetzt, denn ich habe von dir genug.«

Schroff wandte ich mich von ihm ab, trat zu meinem Schreibtisch. Er raffte sich hoch und ging langsam und demütig zur Tür. Als er die Hand nach dem Türknopf streckte, rief ich in dem Ton, in dem ich meine Hunde zu rufen pflegte: »Harry!«

Rasch wandte er sich zu mir herum, mit hündisch-erwartungsvollem Blick.

»Du wirst dich beim Dinner so benehmen, als sei überhaupt nichts geschehen«, sagte ich. »Dies ist ein Geheimnis auf Leben und Tod, und dein albernes, offenes Gesicht darf dich nicht verraten, oder du wärst erledigt. Halte dich daran, Harry!«

Er nickte, gefügig wie eine willenlose Puppe, und wandte sich zum Gehen.

»Noch etwas, Harry«, sagte ich, und meine Stimme, kaum mehr als ein Flüstern, war plötzlich voller lüsterner Sinnlichkeit.

Ich sah, wie sich seine Schultern spannten, wie ein Schauer über seinen Rücken hinwegging. Wieder drehte er sich zu mir herum.

»Heute nacht werde ich die Tür zu meinem geheimen Raum aufsperren, und um Mitternacht darfst du zu mir kommen«, sagte ich leise.

Er warf mir einen Blick voll unaussprechlicher Dankbarkeit zu.

Es blieb natürlich noch jenes Problem, das John MacAndrew hieß, und dazu gehörte auch, ganz offen gesagt, jenes Vergnügen, welches mir seine Gesellschaft bereitete: ohne Not wollte ich nicht auf sie verzichten. Eine Möglichkeit lag auf der Hand. Ich konnte mich durch eine bequeme Lüge herauswinden: Harry habe mich mißverstanden; zwar sei mir an seiner Freundschaft gelegen, doch dächte ich, daß wir als Eheleute nicht zusammenpassen würden. Grübelnd saß ich an meinem Schreibtisch, vor mir unter einem schweren gläsernen Briefbeschwerer (mit einer dunkelroten Mohnblume darin) einen Stapel unerledigter Papiere; und ich versuchte mir die Szene vorzustellen: wie ich mit würdevollem Ernst und tiefem Bedauern John MacAndrew einen Korb gab. Ich probierte sogar ein paar entsprechende Floskeln durch – und mußte dabei immer wieder unwillkürlich lächeln. Was für ein heuchlerisches Getue! Der kluge, scharfsinnige John MacAndrew würde das sofort durchschauen. Ich mußte irgendeine Lüge erfinden, die ihn endgültig abbrachte vom Gedanken an eine Heirat mit mir. Denn niemals würde ich ihn davon überzeugen können, daß ich ihm gegenüber nur freundschaftliche Gefühle hegte, wo es doch für niemanden ein Geheimnis war, daß ich über seine Gesellschaft glücklich war und mich niemand so gut zu unterhalten verstand wie er.

Ich sehnte mich nicht in derselben Weise nach ihm wie früher nach Harry. Auch wurden meine Empfindungen für ihn keineswegs so von körperlichen Gefühlen beherrscht wie einst bei Ralph. Doch der Gedanke an ihn zauberte gleichsam ein Lächeln auf mein Gesicht, und die Vorstellung, von ihm geküßt zu werden, entzückte mich.

Während ich noch überlegte, was ich zu ihm sagen sollte, hörte ich die Geräusche einer Kutsche und sah dann, wie Dr. MacAndrews teures Gefährt die Auffahrt herauf kam. Zu meiner Verblüffung brachte er die Kutsche nicht vor der Eingangstür, sondern erst vor meinem Fenster zum Stehen, ein ebenso unkonventionelles wie ungehöriges Verhalten. Lächelnd blickte er von seinem hohen Kutschersitz zu mir herein. Ich trat zum Fenster und ließ es weit aufschwingen.

»Guten Morgen, Miß Lacey«, sagte er. »Ich bin gekommen, um Sie von Ihren Geschäften zu entführen. Es ist ein viel zu schöner Tag, um drinnen zu versauern. Kommen Sie mit auf eine Ausfahrt.«

Ich zögerte. Eine Ablehnung würde unhöflich wirken und im übrigen den Heiratsantrag, zu dem er ja entschlossen schien, nur weiter hinausschieben. Außerdem kamen jetzt durch das offene Fenster die verführerischen Spätsommerdüfte der vollerblühten Rosen und Levkojen. Vom Wald klang das innige Gurren der Tauben herüber, und Schwalben stießen pfeilschnell durch die Luft.

»Ich hole nur meinen Hut«, sagte ich mit einem Lächeln und verließ das Zimmer.

Aber ich hatte nicht mit Mama gerechnet. Sie fing mich an der breiten Treppe ab und bestand darauf, daß ich in ein hübsches Ausgehkleid schlüpfte; unmöglich könne ich in meinem Morgengewand eine Ausfahrt über Land machen. Während ich noch zu protestieren versuchte, rief Mama ihre wie auch meine Zofe, und wenig später lag eine ganze Auswahl von entsprechenden Kleidern auf dem Bett.

»Irgendeines, irgendeines davon«, sagte ich. »Es ist doch nur für eine Ausfahrt mit Dr. MacAndrew, hier durch unsere Felder, Mama. Wozu der Aufwand? Wir wollen doch nicht nach London.«

»Kein Grund für dich, nicht so reizend wie möglich auszusehen«, sagte Mama mit ungewöhnlichem Nachdruck. Und sie wählte für mich ein tiefgrünes Gewand aus, mit enganliegender Jacke und weitgebauschtem Rock, welches das Grün meiner Augen und meinen reinen honigfarbenen Teint noch stärker hervorheben würde. Das dazu passende kleine Bonnet hatte einen grünen Spitzenschleier. Ich beklagte mich zwar darüber, daß mir die »Pünktchen« vor meinen Augen die klare Sicht nähmen, war in Wirklichkeit jedoch darüber entzückt, wie sehr dadurch das Strahlen meiner Augen zur Geltung kam und wie stark die Aufmerksamkeit auf meinen lächelnden Mund gelenkt wurde. Mamas Zofe türmte mein Haar in dichten Flechten hoch, und dann befestigte Mama selbst den Hut mit Nadeln und zog den Schleier herunter. Zum Schluß griff sie nach meinen behandschuhten Händen und küßte mich.

»Jetzt geh nur«, sagte sie. »Du siehst liebreizend aus. Ich bin sehr, sehr glücklich für dich.«

Nicht nur Mama schien zu denken, daß der Antrag jetzt sozusagen fällig war. Das halbe Hauspersonal hatte plötzlich auf der Treppe oder in der Vorhalle zu tun, und ich wurde ringsum mit Knicksen und Verbeugungen bedacht, während alles lächelte, als habe sich ganz Wideacre verschworen, mich unter die Haube zu bringen. Die Vordertür wurde von unseren Lakaien und Hausmädchen flankiert, wie bei einer Art Staatsempfang. Der Butler ließ mit zeremoniellem Gehabe die beiden Flügel der großen Tür aufschwingen, und während mir Dr. MacAndrew in die Kutsche half, beobachteten uns vom Salonfenster her Celia, die Nurse und natürlich Klein-Julia.

»Wenn das heute morgen für Sie kein großes Geleit ist!« sagte er scherzend und betrachtete meine scharlachroten Wangen.

»Es ist eigentlich üblich, daß man wartet, bis man akzeptiert worden ist, bevor man irgendwas in die Welt hinausposaunt«, sagte ich bissig – und vergaß in meiner Gereiztheit ganz und gar jene von mir geplante Szene, wo ich ihm mit mädchenhafter Scheu und Sprödigkeit mein »Nein« sagte.

Mein überschießendes Temperament provozierte ihn zu einem mühsam unterdrückten Gelächter.

»Also bitte, Beatrice, ein bißchen mehr Sanftmut«, sagte er in flehendem Ton, und meine unwillkürliche Antwort war – ein Lachen: nicht gerade der richtige Auftakt, um einen Antrag abzulehnen. Im übrigen drängte sich jetzt das gesamte Hauspersonal auf der Terrasse, um unserer Abfahrt beizuwohnen; und die Leute konnten nun sehen, wie ich mit meinem Freier davonfuhr, ein Lächeln auf dem Gesicht.

Er hatte seine beiden Braunen vorgespannt, und in flotter Fahrt ging es auf das Tor zu, das für uns bereits weit geöffnet war. Sarah Hodgett hielt sich dort knicksend bereit und warf mir ein bedeutungsvolles Lächeln zu, und als ich vor dem Pförtnerhaus die gesamte Hodgett-Familie sah, auf die hübsche Miß Beatrice und ihren jungen Begleiter deutend und heftig winkend, da blickte ich vorwurfsvoll zu John MacAndrew, dessen Gesicht nur im Profil zu sehen war. Er drehte den Kopf und grinste mich ohne eine Spur von Reue an.

»Ich habe nichts hinausposaunt, Beatrice, das schwöre ich. Durchbohren Sie mich also nicht mit Ihren Blicken. Ich habe zu niemandem auch nur ein Wort verlauten lassen, außer zu Ihrem Bruder. Aber alle Welt hat wohl bemerkt, wie ich Sie anblicke und wie Sie mich anlächeln, und man hat wohl bloß gewartet, daß uns selbst das bewußt werde.«

Ich schwieg und überlegte. Sein Ton hatte etwas Vertrauliches, das mir nicht recht gefiel. Aber war ich über seinen Antrag eigentlich überrascht? Damals nach dem Wettrennen, da war ich sicherlich verblüfft gewesen, und jetzt – jetzt war ich verwundert, geradezu fassungslos über mein eigenes Verhalten. Da saß ich nun mit ihm oben auf dem Sitz seiner

Rennkarriole, ein zitterndes Lachen auf den Lippen und nirgendwo in meinem Kopf auch nur ein einziges Wort der Ablehnung.

Daß ich mich weigern würde, von Wideacre fortzugehen, verstand sich natürlich von selbst. Allerdings konnte ich John nicht gut zurückweisen, bevor er sich erklärte. Andererseits verstärkte sich von Sekunde zu Sekunde – und sozusagen stillschweigend – der Eindruck, daß ich ihn akzeptieren würde, ja bereits akzeptiert hatte. Der kluge, clevere John MacAndrew hatte es verstanden, eine Atmosphäre zu erzeugen, in der dieses »stillschweigende Einverständnis« zu einer Selbstverständlichkeit wurde und er kein Wort der Ablehnung riskierte.

Er bog von der Auffahrt in die Allee ein, jedoch nicht in Richtung Acre, wie ich erwartet hatte, sondern zu jener Kreuzung, wo unsere Allee in die Hauptlandstraße zwischen London und Chichester mündet.

»Ja, wo soll's denn eigentlich hingehen?« erkundigte ich mich.

»Wir machen eine Ausfahrt, ganz wie versprochen«, sagte er leichthin. »Mir steht der Sinn danach, das Meer zu sehen.«

»Das Meer!« rief ich. »Mama wäre außer sich. Ich habe ihr gesagt, daß ich zum Lunch zurück sein werde. Tut mir leid, Dr. MacAndrew, aber Sie werden allein auf Krabbenfang gehen müssen.«

»Oh, nein«, wehrte er kühl ab. »Ich habe zu Ihrer Mama gesagt, daß wir nach dem Tee zurück sein werden. Sie wird uns gar nicht früher erwarten. Genau wie ich ist sie der Meinung, daß zuviel Schreibtischarbeit jungen Frauen nicht gut bekommt.«

Er war wirklich ein verflixt guter Taktiker, dieser John MacAndrew. »So sehr leidet meine Gesundheit darunter?« fragte ich sarkastisch.

»Allerdings«, erwiderte er prompt. »Sie kriegen runde Schultern.«

Ich unterdrückte ein Lachen – und lachte dann laut heraus.

»Dr. MacAndrew, Sie sind ein wahrer Schurke, und ich will nichts mit Ihnen zu tun haben«, versicherte ich. »Es ist Ihnen zwar gelungen, mich heute zu entführen, doch nächstes Mal werde ich mich besser vor Ihnen in acht nehmen.«

»Oh, Beatrice«, sagte er und wandte mir mit einem sehr zärtlichen Lächeln sein Gesicht zu, »Beatrice, du bist so überaus klug und so ganz ungeheuer töricht.«

Es gab nichts, was ich darauf hätte sagen können. Zu meiner Überraschung entdeckte ich, daß ich ihm lächelnd in die Augen blickte, während mir gleichzeitig Röte in die Wangen stieg.

»Und jetzt«, sagte er und spornte das Gespann zu einem flotten Kanter an, »jetzt werden wir uns einen herrlichen Tag machen.«

Und das taten wir auch. Seine Haushälterin hatte ein Picknick eingepackt, auf das ein Lord neidisch gewesen wäre, und wir speisten oben auf den Downs, ganz Sussex zu unseren Füßen und Gottes klaren Himmel über uns. Jenes Fremdartige, das sich, mit meinem sehr aktiven Zutun, in der vergangenen Nacht ereignet hatte, entschwand aus meinem Bewußtsein, und ich genoß das befreiende Gefühl, weder eine Göttin noch eine Hexe zu sein, sondern ganz einfach ein hübsches Mädchen an einem sonnigen Tag. Nach Harrys wie wahnwitziger Verehrung, ja Anbetung war es erholsam, nichts vortäuschen und niemanden dominieren zu müssen. John MacAndrews Lächeln war von herzlicher Wärme, sein freundlicher Blick jedoch besaß stets etwas von kritischer Wertschätzung. Er würde sich ganz gewiß nie zu meinen Füßen winden, ein tränentriefender Haufen Elend aus Reue und Wollust. Ich lächelte ihn mit unverhohlener Sympathie an, und er erwiderte mein Lächeln. Dann packten wir unsere Picknicksachen zusammen und fuhren weiter.

Um die Teezeit erreichten wir das Meer. John hatte jenes Küstenstück ausgesucht, das Wideacre am nächsten lag – fast genau südlich; und dort gibt es ein winziges Fischerdorf mit einem halben Dutzend Hütten und einer geradezu verboten aussehenden Schenke. Dort hielten wir, und auf Johns Ruf kam der Wirt gerannt, völlig verdutzt und absolut davon überzeugt, daß es in seinem Hause nichts gab, das für Leute von Stand in Frage kam. Wir waren durchaus seiner Meinung; doch befand sich im Kutschkasten ein komplettes Teeservice sowie ausgezeichneter Tee und Zucker und Sahne.

»Wird inzwischen wohl zu Butter geworden sein«, sagte John MacAndrew und breitete am Strand einen Sitzteppich für mich aus. »Aber ein einfaches Mädchen vom Land wie Sie erwartet ja nicht, das alles vollkommen ist, wenn sie sich herbeiläßt, ihr Reich zu verlassen und schlichtes Bauernvolk zu besuchen.«

»Natürlich nicht«, erwiderte ich. »Und was Sie betrifft, so werden Sie den Unterschied gar nicht merken. Denn bevor Sie aus dem fernen, wilden Schottland hierhergekommen sind, hatten Sie gewiß weder das eine noch das andere auch nur jemals gekostet.«

»Och, no«, sagte er prompt im breitesten schottischen Akzent. »Das einzige, was wir zu Hause trinken, ist der Usquebach!«

»Usquebach?« rief ich erstaunt. »Was ist denn das?«

Wie ein Schatten glitt es über sein Gesicht hinweg, wie ein dunkler Gedanke. »Das ist ein Getränk«, erwiderte er kurz. »Ein geistiges Getränk, ähnlich wie Grog oder Brandy, nur wesentlich stärker. Es ist ein wunderbarer Drink, um seine Sinne zu betäuben, und viele meiner Landsleute vergessen mit seiner Hilfe ihre Sorgen. Doch ist er ein schlechter Herr, wenn man unter seinem Joch steht. Ich habe Männer gekannt, und einer von ihnen war mir sehr teuer, die durch ihn ruiniert worden sind.«

»Trinken Sie diesen Drink denn?« fragte ich, fasziniert von dieser ernsten Seite seines Wesens, von der ich bisher nur bei seiner beruflichen Tätigkeit etwas bemerkt hatte.

Er verzog das Gesicht. »Ich trinke ihn in Schottland«, sagte er. »Es gibt viele Plätze, wo man gar nichts anderes bekommen kann. Mein Vater kredenzt ihn abends daheim anstelle von Port, und ich kann nicht behaupten, daß ich ihn ausschlage! Aber irgendwie macht er mir angst.« Er hielt inne und sah mich unsicher an, als überlege er, ob er mir ein Geheimnis anvertrauen solle oder nicht. Er atmete tief und fuhr dann fort. »Als meine Mutter starb, hatte ich gerade auf der Universität angefangen«, sagte er ruhig. »Ihr Verlust traf mich schwer, sehr schwer sogar. Doch mit Hilfe von Usquebach – Whisky – gelang es mir, den Schmerz zu betäuben. Und schließlich fand ich's gut, die ganze Zeit zu trinken. Man kann sehr wohl süchtig danach werden – genauso wie bekanntlich auch nach Laudanum. Diese Sucht, diese Abhängigkeit, fürchte ich für meine Patienten, weil ich die Auswirkungen an mir selbst erlebt habe. Ich trinke mit meinem Vater ein Glas Whisky, mehr nicht. Und ich tue gut daran, mich gegen diese meine Schwäche zu wappnen.«

Ich nickte, ohne ganz zu begreifen, was er eigentlich meinte, doch war mir klar, daß er mir sozusagen ein Bekenntnis anvertraut hatte. Gleich darauf tauchte der Wirt aus der Schenke auf. Mit ängstlicher Behutsamkeit balancierte er auf einer Art Tablett John MacAndrews silbernes Teeservice. Das silberne Kännchen war bis zum Rand gefüllt mit perfekt zubereitetem indischem Tee.

»Bei so viel Silberzeug muß man unterwegs ja direkt mit Wegelagerern rechnen«, sagte ich in scherzendem Ton. »Reisen Sie immer so pompös?«

»Nur wenn ich einer Frau einen Antrag mache«, sagte er so unerwartet, daß ich zusammenfuhr und etwas Tee verschüttete, auf die Untertasse und auch auf mein Kleid.

»Sie gehören ausgepeitscht!« sagte ich, über die verfleckte Stelle wischend.

»Aber nicht doch«, sagte er, den Scherz noch ein wenig weitertreibend. »Sie mißverstehen die Natur meines Antrags. Ich bin sogar bereit, Sie zu heiraten.«

Ich unterdrückte ein Lachen, und er nahm meine Teetasse und stellte sie auf das Tablett.

»Aber im Ernst«, sagte er, und genau so klang seine Stimme: sehr ernst. »Ich liebe Sie, Beatrice, und ich wünsche mir von ganzem Herzen, daß Sie meine Frau werden.«

Ich wollte »Nein!« sagen, aber das Wort ging mir einfach nicht über die Lippen. Alles in mir sträubte sich dagegen, diesen wunderschönen, sonnenhellen Tag irgendwie zu trüben. Die Wellen klatschten ans Ufer, schmatzten an den Steinen. Jedes Wort der Ablehnung schien unendlich fern, obwohl ich doch genau wußte, daß ich unmöglich annehmen konnte.

»Ist Wideacre das Hindernis?« fragte er schließlich. Mit einem Blick dankte ich ihm für sein Verständnis.

»Ja«, sagte ich. »Ich könnte nirgendwo sonst leben. Ich könnte es einfach nicht.«

Er lächelte behutsam, doch seine blauen Augen hatten einen verletzten Ausdruck.

»Auch nicht, um meine Frau zu werden und ein eigenes Heim zu gründen?« fragte er.

Zwischen uns dehnte sich ein Schweigen, und es schien, als würde ich kaum herumkommen um eine eindeutige Ablehnung.

»Es tut mir leid«, sagte ich. »Es tut mir wirklich leid. Wideacre ist für mich mein Leben, ist es seit jeher gewesen. Ich weiß nicht, wie ich Ihnen klarmachen soll, wieviel es mir bedeutet. Ich kann mich nicht von Wideacre trennen.«

Er griff nach meiner Hand, hielt sie in seinen beiden Händen. Sacht drehte er sie im Gelenk herum, drückte einen Kuß auf den warmen, gewölbten Handteller. Dann schloß er meine Finger darüber, als wollte er, daß sie den Kuß gleichsam festhielten.

»Beatrice«, sagte er, und seine Stimme klang tiefernst. »Ich hatte ja ein Jahr lang Gelegenheit, Sie zu beobachten, und wußte also, daß Sie meinen Antrag wahrscheinlich ablehnen würden, weil Ihnen Wideacre so überaus teuer ist. Aber hören Sie mir bitte gut zu: Wideacre gehört Harry und nach ihm seinen Erben. Niemals kann es und niemals wird es Ihnen gehören. Es ist das Heim Ihres Bruders; es ist nicht Ihr Heim. Nur einmal angenommen, Sie beide würden sich zerstreiten – so unwahrscheinlich das auch immer sein mag –, so könnte er Sie, wenn er wollte, schon morgen davonjagen. Nur mit seiner Erlaubnis können Sie auf Wideacre leben. Sie selbst haben überhaupt keine Rechte. Wenn Sie Wideacre wegen auf eine Heirat verzichten, so verzichten Sie auf ein eigenes Heim zugunsten eines Ortes, der für Sie im Grunde immer nur eine vorübergehende Heimstatt sein kann – nie jedoch etwas Sicheres und Dauerhaftes.«

»Ich weiß«, sagte ich leise, den Blick starr in die Ferne gerichtet, das Gesicht völlig ausdruckslos. »Wideacre ist für mich so sicher wie – wie es mir halt möglich ist.«

»Beatrice, Wideacre ist gewiß etwas Besonderes und Wunderbares. Allerdings kennen Sie ja außerhalb von Wideacre nicht allzu viel. Es gibt im Land noch andere, kaum weniger reizvolle Landsitze, wo wir beide ein eigenes Heim gründen könnten – Orte, die Ihnen genauso teuer sein würden, wie Wideacre das jetzt ist«, sagte er.

Ich schüttelte den Kopf und sah ihn an.

»Sie begreifen nicht. Es kann immer nur Wideacre sein«, sagte ich. »Sie wissen nicht, was ich alles getan habe, um es nach Möglichkeit für mich zu gewinnen – um es für mich zu einem Ort zu machen, wie ich ihn mir mein Leben lang ersehnt habe.«

Seine klugen Augen forschten in meinem Gesicht. »Was haben Sie denn alles getan?« fragte er, meine unvorsichtigen Worte wiederholend. »Was haben Sie getan, um Wideacre zu gewinnen, das Sie so ungeheuer stark bindet?«

Für einen Augenblick schwankte ich. Sollte ich mein Herz erleichtern, indem ich mich diesem klugen und verständnisvollen Verehrer anvertraute, oder war es nicht doch ratsam, gewohnheitsmäßig zu einer Lüge meine Zuflucht zu nehmen? Meine Instinkte warnten mich, schlugen gleichsam Alarm: nur keine Vertrauensseligkeit, nur keine Liebesbeziehung, nur keine Ehe.

»Beatrice ...«, drängte er sanft. »Mir können Sie es doch sagen.«

Ich zögerte, die Worte lagen mir auf der Zunge. Ich war im Begriff, mich ihm tatsächlich anzuvertrauen. Dann blickte ich zum Meer und sah, daß ein Mann, bronzefarben wie ein Pirat, uns neugierig betrachtete.

»Ich scheine recht gehabt zu haben, was Ihr Silberzeug betrifft«, sagte ich in scherzendem Tonfall. John folgte meinem Blick, erhob sich sodann und trat ohne Zögern auf den Mann zu. Ich sah, wie sie miteinander sprachen. John warf mir einen unsicheren Blick zu und kam dann zurück. Der Mann folgte ihm.

»Er weiß, daß Sie Miß Lacey von Wideacre sind«, sagte John. Er schien verwirrt. »Und er möchte mit Ihnen über irgend etwas sprechen, will mir jedoch nicht verraten, worüber. Soll ich ihn fortschicken?«

»Nein, natürlich nicht!« sagte ich lächelnd. »Vielleicht will er mir ja verraten, wo man einen vergrabenen Schatz finden kann! Mal sehen, was er will. Sie können inzwischen ja das Teezeug einpacken.«

Ich erhob mich und trat auf den Mann zu, der an seiner Stirnlocke zog. Er mußte Seemann sein, denn in seinen Bewegungen war nichts von der Plumpheit eines Landarbeiters. Seine Haut war von einem tiefen, schmutzigen Braun, und er schien es gewohnt zu sein, aus verengten Augen gegen die Sonne zu spähen. Er trug bauschige Hosen, die sich nach unten zu noch zu verbreitern schienen, sowie Schuhe – und nicht die klobigen Stiefel eines Landarbeiters. Um den Kopf hatte er sich ein Tuch gebunden, und hinten ragte eine Art Zopf hervor. Ein übler Spitzbube, zweifellos. Ich betrachtete ihn mit einem vorsichtigen Lächeln.

»Was willst du von mir?« fragte ich, fest überzeugt, daß er mich anbetteln würde.

»Ein Geschäft«, sagte er überraschenderweise. »Einen Handel.«

Sein Akzent verriet mir, daß er nicht aus dieser Gegend stammte. Vielleicht aus der West Country? Plötzlich kam mir eine leise Ahnung, worum es sich bei seinem »Geschäft« handeln mochte.

»Wie meinst du das?« fragte ich scharf. »Wir betreiben Landwirtschaft und keinen Handel.«

»Freier Handel, hätte ich sagen sollen«, erklärte er und beobachtete mich aufmerksam. Unwillkürlich huschte ein Lächeln über mein Gesicht.

»Was willst du?« fragte ich schroff. »Ich habe keine Lust, mit Spitzbuben meine Zeit zu verlieren. Du kannst kurz mit mir sprechen – doch auf Wideacre werden keine Gesetze gebrochen.«

Er grinste mich unverfroren an. »Aber woher denn, Miß«, sagte er. »Natürlich nicht. Aber Ihr habt guten billigen Tee und Zucker und Brandy.«

Ich musterte ihn ein wenig betroffen. »Also, was willst du?« wiederholte ich.

»Da, wo wir für gewöhnlich unsere Ware lagern, gibt's Probleme«, sagte er leise, während er wachsam John MacAndrew im Auge behielt, der ebenso aufmerksam von der Kutsche herüberblickte. »Wir haben einen neuen Anführer, und der hat vorgeschlagen, die alte Mühle auf Eurem Land als Speicher zu benutzen. Die Ware braucht nach jeder Fahrt immer nur für ein paar Nächte dort zu lagern, und Ihr, Miß Lacey, müßt davon ja gar nichts weiter wissen. Wir würden für Euch ein paar Fäßchen dalassen, falls Ihr die Güte hättet, sie zu akzeptieren, oder vielleicht auch feine französische Seide. Ihr würdet den Gentlemen einen Gefallen erweisen, Miß Lacey, und wir vergessen unsere Freunde niemals.«

Es fiel mir schwer, dem kecken Spitzbuben gegenüber eine strenge Miene zu bewahren, zumal an seiner Bitte durchaus nichts Ungewöhnliches war. Die Schmuggler – die Gentlemen, wie sie genannt wurden – hatten seit altersher ihre Schlupfwinkel an den weitläufigen Ufern von Sussex, und die beiden Preventive Officers, jene Beamte also, deren Aufgabe es eigentlich war, die Schmuggelei entlang der weitgestreckten, vielgestaltigen Küste zu unterbinden, verbrachten ihre Nächte behaglich im Bett und schrieben tagsüber Berichte. Einer von ihnen war im »Hauptberuf« Dichter, und man hatte ihm diesen Posten gegeben, damit er genügend Zeit zum Dichten hatte. So genossen wir denn in Sussex den zweifachen Vorteil, einerseits mit zollfreien Spirituosen und andererseits mit gediegener Poesie versorgt zu werden – das ebenso überraschende wie komische Resultat einer Konfusion über die Durchführung von Gesetzen sowie des Brauchs, verdienstvollen jungen Gentlemen Regierungsposten zuzuschanzen.

Papa hatte es zugelassen, daß Schmuggelgut in abgelegenen Scheunen gelagert wurde, und sich blind und taub gestellt, wenn es beispielsweise in Berichten hieß, ein halbes Dutzend Pferde habe in der Dunkelheit in aller Stille Acre-Dorf passiert; im Dorf selbst hielt man die Fenstervorhänge zugezogen und den Mund geschlossen. Die Gentlemen waren großzügig zu ihren Freunden, mit Denunzianten jedoch machten sie kurzen Prozeß.

Es gab also kaum einen Grund, weshalb sie ihre Ware nicht auf unserem Land lagern sollten, und ich war bereit, meine Erlaubnis zu geben; doch die Erwähnung der alten Mühle und des neuen Anführers hatte mich neugierig gemacht.

»Wer ist dieser neue Anführer, von dem du gesprochen hast?« fragte ich.

Der Mann zwinkerte. »Was ich nicht weiß, macht mich nicht heiß«, sagte er ausweichend. »Aber er ist ein guter Planer und versteht sich darauf, Leute zu führen. Wenn ich seinen Rappen an der Spitze der Pferde sehe, ist mir immer wohler.«

Plötzlich war mein Mund sehr trocken. Ich schluckte angestrengt.

»War er es, der den Gedanken hatte, die alte Mühle als Speicher zu benutzen?« fragte ich. Meine Stimme klang sehr dünn, und ich spürte, wie mir der Schweiß ausbrach.

Neugierig betrachtete der Mann mein blutleeres, feuchtes Gesicht.

»Ja, so ist es, Miß«, sagte er. »Seid Ihr krank?«

Ich hob die Hand zu den Augen, fühlte die Nässe der Stirn.

»Es ist nichts, gar nichts«, sagte ich hastig. »Dann stammt er also aus dieser Gegend?«

»Soweit ich weiß, ist er bei Wideacre geboren und aufgewachsen«, sagte der Mann, durch meine Fragen irritiert und überdies über mein Aussehen beunruhigt. »Was soll ich zu ihm sagen?«

»Sag ihm, daß die alte Mühle vom Hochwasser fortgespült wurde und daß jetzt alles ganz anders ist«, rief ich und spürte, wie mich die Angst zu würgen begann. »Sag ihm, daß für ihn auf Wideacre kein Platz ist. Sag ihm, daß er sich einen anderen Speicher, eine andere Route suchen soll. Sag ihm, daß er es ja nicht wagen soll, in meine Nähe oder in die Nähe meines Landes zu kommen. Sag ihm, daß meine Leute das nicht zulassen werden. Sag ihm, daß er seit jeher ein Ausgestoßener gewesen ist, während ich immer geliebt worden bin.«

Meine Knie knickten unter mir ein, doch plötzlich fühlte ich Johns starken Arm um meine Taille. Er stützte mich, und ein harter Blick von ihm genügte, um den Mann das Weite suchen zu lassen. Er verschwand zwischen umgekippten Fischerbooten.

John MacAndrew hob mich hoch, trug mich wie ein Baby zu seiner Karriole und setzte mich hinein. Dann holte er unter dem Kutschersitz eine silberne Flasche mit schottischem Whisky hervor und hielt sie mir an die Lippen. Angewidert drehte ich den Kopf zur Seite, doch John zwang mich, ein paar Schluck zu nehmen, und ich entdeckte, daß mich das Zeug wärmte und auch mein angstvolles Zittern abklingen ließ. Wir saßen schweigend, bis mein jagender Puls wieder zur Ruhe gekommen war; doch mein Kopf fühlte sich noch immer völlig leer an vor Schrecken über diese Erscheinung – diesen Geist an einem sonnenhellen Tag.

Aber dieser Geist, dieses Schreckgespenst existierte sicher nur in meiner Phantasie; der Anführer, von dem dieser Spitzbube gesprochen hatte, war zweifellos einer unserer vertriebenen Wilddiebe oder einer der Tunichtgute aus Acre oder ein Landarbeiter, der, zum Dienst in der Marine gepreßt, zu den Schmugglern desertiert war. Der Rappe allein besagte noch nichts. Ich war eine Närrin, so in Panik zu geraten. Eine Närrin, vor Angst so zu schlottern.

Doch obwohl ich nun hoch oben in John MacAndrews schöner Karriole saß, wärmenden Whisky im Bauch und im warmen Licht der Nachmittagssonne, schien es mich noch immer zu frösteln: Sie wollte sich einfach nicht völlig legen, die Furcht, und ich kam mir ungeheuer verletzlich vor, wie ohne jeden Schutz.

Ich schüttelte mich, atmete dann tief durch. Vorsichtig nahm ich das Fleisch meiner Wangen zwischen die Zähne, biß kräftig zu, während ich gleichzeitig mit meinen starken, scharfen Fingernägeln die Innenflächen meiner in meinem Schoß verborgenen Hände kniff. Dann blickte ich zu John MacAndrew und lächelte.

»Ich möchte Ihnen danken«, sagte ich, »Wie töricht von mir, mich über diesen Kerl so aufzuregen. Er ist ein sogenannter Freihändler, ein Schmuggler, und er wollte einen sicheren Platz, um dort seine Fässer zu lagern. Als ich ihn abwies, wurde er ausfällig. Ich verstehe nicht, weshalb mich das so sehr aufgeregt hat, aber so war's nun mal.«

John MacAndrew nickte verständnisvoll, doch seine Augen forschten scharf in meinem Gesicht.

»Warum haben Sie denn ›Nein‹ gesagt?« fragte er. »Sie haben doch sicher nichts gegen die Schmuggler?«

»Nein, habe ich eigentlich nie gehabt«, sagte ich langsam. Aber dann stieg die Angst in mir hoch und würgte die Wahrheit ab. »Ich will auf Wideacre ganz einfach keine Gesetzlosen haben!« rief ich leidenschaftlich. »Ich will keine Anführer irgendwelcher Banden, welche es auf das Eigentum anderer abgesehen haben; will keine Männer, die nachts heimlich auf meinem Land, in der Nähe meines Hauses umherschleichen. Mag ja sein, daß er heute nichts als ein Schmuggler ist, aber morgen – wer will das wissen? Ich will nicht, daß so ein Haufen gefährlicher Männer mit einem Rappen an der Spitze über die Wege bei meinem Haus zieht.« Schluchzend brach ich ab, über meinen eigenen Ausbruch erschrocken. Ich war zu geängstigt und zu schockiert über mich selbst, als daß ich fähig gewesen wäre, den Eindruck zu verwischen, den ich bei John hinterlassen haben mußte: das Bild einer buchstäblich vor Angst schlotternden Frau.

Johns warme Hand schob sich über meine.

»Wollen Sie mir nicht sagen, warum?« fragte er leise, und seine Stimme war voller Mitgefühl.

Ich atmete gepreßt, und es klang fast wie ein Stöhnen.

»Nein«, sagte ich bedrückt. »Nein.«

Wieder saßen wir schweigend, während die Pferde bei schlaffen Zügeln mit gebeugten Köpfen standen und die späte Nachmittagssonne tief über der See zwischen rötlichen Schäfchenwolken schwebte.

»Dann werde ich Sie jetzt nach Hause fahren«, sagte John, und seine Stimme war voller Wärme und Geduld. In diesem Augenblick begriff ich, daß er mich wirklich liebte: mich so sehr liebte, daß er bereit war, meinem Handeln blindlings zu vertrauen, obwohl doch gerade mein Verhalten ihn hätte warnen müssen: daß ich nämlich keineswegs das hübsche und aufrichtige Mädchen war, das ich zu sein schien. Er hätte erraten können, daß ich in ein gefährliches Geheimnis verwickelt war. Doch er schnalzte einfach mit der Zunge, das Gespann setzte sich in Bewegung, und wir fuhren in den Sonnenuntergang hinein, der abgelöst wurde von der Dämmerung, als wir bei Goodwood die Downs überquerten. Dann begannen am dunkelnden Himmel ein paar Sterne zu funkeln, und schließlich wies uns der Neumond den Weg nach Hause, eine dünne Sichel am nächtlichen Firmament. Und als mich dann John MacAndrew von seiner Karriole herunterhob, fühlte ich auf meiner Stirn den Hauch eines Kusses.

Er drang auf keine Erklärung. Heiße Sommertage kamen und gingen, Wiesen wurden gemäht, Getreide eingebracht, das Vieh gedieh prächtig, und es gab weniger Arbeit auf dem Land und mehr Zeit für Besuche und Tänze und Picknicks.

Wenn wir mit Celia und Harry und Mama Havering Hall besuchten, so machten John und ich meist ganz allein einen Spaziergang in den so arg vernachlässigten Gärten oder im verwucherten Gehölz. Gingen wir dann zum Tee ins Haus, so tauschten Mama und Lady Havering einen lächelnden Blick, schauten jedoch sofort ernst drein, wenn sie unsere Augen auf sich wußten. Rollten wir abends die Teppiche zurück und spielte Mama dann auf dem Flügel der Haverings Ländler und Giguen, so tanzte ich den ersten und den letzten Tanz des Abends stets mit John. Und warteten wir später in der ein wenig kühleren Nachtluft auf unsere Kutschen, so hüllte er meinen Schal fester um meine Schultern, manchmal auch um meinen Hals, wobei mir seine Finger sacht, ganz sacht über die Wange strichen, die wohl so fahl und so sanft wirkte wie eine Blume im Mondenschein.

Dann kamen, vom Stallhof her, die Kutschen herbeigerumpelt, und John half mir in die Chaise, wobei er sacht meine Finger drückte: ein gleichsam privates »Gutenacht« zwischen dem allgemeinen Lebewohl. Ich ließ meinen Kopf gegen die Seidenkissen zurücksinken und fühlte, während die Pferde heimwärts trotteten, noch die Wärme seines Lächelns, den Glanz seiner Augen und, auf meiner Wange, noch die

Berührung seiner Hand, neben mir Mama, die gleichfalls lächelte und genauso mit sich und der Welt im Frieden war.

Diese wunderbare, schwerelose Zeit des Umworbenwerdens zog mich so in ihren Bann, daß ich es darüber fast vernachlässigte, Harry im Griff zu behalten, um mir die Bindung an das Land zu bewahren. Wenigstens einmal pro Woche stieg ich die Treppe hinauf zu jenem Raum unter dem Dach, wo ich Harry durch das für ihn so magische Labyrinth aus wollüstiger Angst und angstvoller Wollust führte. Je öfter ich das tat, desto weniger bedeutete es mir, bis schließlich meine eisige Verachtung gegen Harrys widerliche Leidenschaft unbezweifelbare Wirklichkeit war.

Und ich hatte einmal Leidenschaft für ihn empfunden! Was nur, ging es mir durch den Kopf, war mir dadurch verborgen geblieben? Aber ich begriff, natürlich begriff ich, hatte es im Grunde ja schon lange begriffen. Auch wenn ich mir immer wieder eingebildet hatte, mit ihm aus freien Stücken ins Bett zu gehen, so war ich ihm in Wirklichkeit doch hörig gewesen wie ein willenloser Sklave. Nein, ich hatte nicht aus freier Entscheidung gehandelt, weil es mir nicht freigestanden hatte, nein zu sagen. Meine Sicherheit und meine Geborgenheit auf dem Land von Wideacre machten es erforderlich, daß ich zu dem Besitzer ganz besondere und sehr, sehr teure Beziehungen unterhalten mußte. Ich war genauso gezwungen, meinen Pachtzins an ihn abzuführen wie die Pächter, die zu mir ins Büro kamen, um auf meinem runden »Pacht«-Tisch ihre in Tücher eingewickelten Münzen abzuladen. Wenn ich mich für Harry hinlegte oder mich auf ihn setzte oder im Raum umherging und ihm alle nur möglichen lächerlichen Martern androhte, so war dies der Pachtzins, den ich an ihn abführen mußte. Und es war ein Gedanke, der mir immer unerträglicher wurde.

Aber mochte Harry für mich auch allen Zauber verloren haben, so galt das ganz gewiß nicht für das Land. In jenem Herbst glühte Wideacre wie ein scharlachrotes Blatt der Eberesche. Die Sommerhitze hielt sich sehr lange, und selbst im Oktober konnte John mich umherkutschieren, ohne daß ich mehr gebraucht hätte als einen Extra-Schal um die Schultern. Aber als dann im November die Jagdsaison begann und der Frost kam, war ich doch froh, denn der harte Boden ließ die Hunde leicht Witterung nehmen, und im weißlichen Frost konnte ich die Abdrücke von Fuchspfoten sehen.

Zum erstenmal seit zwei langen Jahren der Trauer und der Abwesenheit saß ich wieder im Jagdsattel, und unsere Hundemeute hatte wieder, so wie es rechtens war, ihren angestammten Herrn im Squire von Wideacre. Harry und ich kümmerten uns täglich um die Hunde, und wir sprachen von nichts anderem als von Füchsen und Jägern und Jagden. Es war Harrys erste Saison, und in seiner Unerfahrenheit lief er Gefahr, schlecht auszusehen. Allerdings hatten wir durch sein Interesse für Tierzucht die schnellsten Jagdhunde in der ganzen Grafschaft – man mußte ihnen im Galopp folgen und jedes im Weg liegende Hindernis überspringen – keine Zeit für Artigkeiten! Und so würde es stets Reiter geben, die Lust hatten, uns zu begleiten, und die bereit waren, bei den Hunden mit zur Hand zu sein. Shaw war ein guter Wildhüter, der sich mit Füchsen auskannte, und ich war stets an Harrys Seite.

12. Kapitel

Unser erster großer Ausritt im Oktober wurde zu einer langen prachtvollen Jagd, die auf dem Gemeindeland begann, sodann in weitem Bogen über die Felder wieder dorthin zurückführte und schließlich am Rande des Parks, wo die Bäume an Heidekraut und Adlerfarn grenzen, damit endete, daß wir die Beute zur Strecke brachten. Es handelte sich um einen alten Fuchsrüden, und ich hätte schwören können, daß ich ihn bereits einmal gejagt hatte, zusammen mit Papa. Damals hatte er der – langsameren – Hundemeute entkommen können, doch inzwischen war er drei Jahre älter, und selbst der unerfahrene Harry, dem jeglicher Jagdinstinkt abging, konnte erkennen, daß das listige Tier auf einen Bach zuhielt, um im Wasser der Meute die Möglichkeit zur Witterung zu nehmen.

»Volle Hatz, Harry!« schrie ich durch das Toben der Meute und das Donnern der Hufe.

Das Jagdhorn tönte: »Tuh-ruh! Tuh-ruh!« und die Pferde preschten voran, während die Hunde fächerförmig ausschwärmten, in einer Art Zangenbewegung, aus der es kein Entrinnen geben konnte. Und doch wäre ihnen der alte Fuchs, in einer letzten Kraftanstrengung, ums Haar entkommen. Mit verdoppelter Geschwindigkeit jagte er dahin. Doch sie erwischten ihn gerade noch am Ufer des Bachs, und Harry watete inmitten der wimmelnden, zeternden Meute knietief ins Wasser, um die Lunte – den Schwanz des Fuchses – abzuschneiden und mir das noch blutende Stück heraufzureichen. Ich nickte zum Dank und nahm die Trophäe mit behandschuhter Hand entgegen. Dies war bei der jeweils ersten Beute in jeder Jagdsaison mein Privileg, seit Papa – ich war damals elf gewesen – mein Gesicht mit dem widerlichen, klebrigen Blut beschmiert hatte.

Mama riß die Augen weit auf, als sie mich damals so sah, gezeichnet wie eine blutrünstige Wilde, und sie war einem offenen Protest sehr nahe gewesen, als Papa mit Nachdruck erklärt hatte, das Blut dürfe auf gar keinen Fall abgewaschen werden.

»Das Kind riecht doch nach Fuchs«, sagte Mama, und ihre von Empörung durchzitterte Stimme klang sehr leise.

»So ist es nun mal Tradition«, befand Papa unbeirrt. Das genügte ihm, und es genügte auch mir. Ich war wahrhaftig keine Zimperliese, doch als er mir das Blut vom abgeschnittenen und noch sehr warmen Schwanz aufs Gesicht geschmiert hatte, war mir auf meinem Sattel übel und schwindlig geworden. Doch ich war nicht vom Pferd gefallen. Und ich wusch das Blut auch nicht ab.

Ich löste das Problem auf eine Weise, die mir, wenn ich so zurückblicke, typisch erscheint für meinen Wunsch, meinem Papa zu Gefallen zu sein und dennoch ich selbst zu bleiben. Papa hatte zu mir gesagt, traditionellerweise müsse das abscheuliche Blut dranbleiben, »bis sich's halt so abscheuert«. Während das Blut gerann und mein junges Gesicht wie Schorf bedeckte, überlegte ich. Schließlich ging ich hinaus zum alten Sandsteintrog bei den Stallungen. Ich kauerte mich nieder, preßte mein Gesicht gegen den Stein und bewegte meinen Kopf so hin und her, daß die empfindliche Haut meiner Wangen und meiner Stirn über die rauhe Oberfläche schabte. Am Ende war die Haut wund, leicht aufgescheuert, jedoch sauber.

»Hast du dich gewaschen, Beatrice?« fragte Papa mich streng am nächsten Morgen beim Frühstück.

»Nein, Papa, bloß nachgeholfen, daß sich's abscheuert«, antwortete ich. »Darf ich mich jetzt wieder waschen?«

»Bloß nachgeholfen, wie, mein kleiner Liebling!« röhrte er und begann dann zu glucksen, wischte sich mit einer Serviette die Lachtränen aus den Augenwinkeln. »Ja, ja, du darfst dich wieder waschen. Du hast die Tradition gewahrt, und das ist gut. Gleichzeitig hast du deinen Kopf durchgesetzt, und das ist lustig.«

Eine Ewigkeit schien sie zurückzuliegen, diese Szene mit Papa, als ich jetzt aus Harrys Hand den Fuchsschwanz entgegennahm, oben im Sattel im harten Licht der Wintersonne. Der Geruch des frischen, warmen Fuchsblutes brachte eine Flut von Erinnerungen zurück, ferne Reminiszenzen – lang schon vergangen, lang schon vorbei.

»Eine gute Jagd, Miß Lacey«, sagte einer der jungen Haverings, Celias Halbbruder George.

»Ja, in der Tat«, gab ich lächelnd zurück.

»Und wie Sie reiten!« sagte er voller Bewunderung. »Mit Ihnen kann ich nicht mithalten! Als Sie die letzte Hecke nahmen, mußte ich die Augen zumachen. Ich war sicher, daß der niedrige Ast dort Sie aus dem Sattel werfen würde!«

Ich lachte bei der Erinnerung.

»Auch ich habe die Augen zugemacht«, gestand ich. »Mich packt das Jagdfieber so sehr, daß ich alle Vorsicht vergesse. Als ich mit Tobermory zum Sprung ansetzte, sah ich den Baum überhaupt nicht – und mußte dann plötzlich erkennen, daß zwischen der Hecke und dem tiefen Geäst kaum noch Platz für uns blieb. Also zog ich den Kopf ein und hoffte, wir würden uns noch gerade so durchmogeln. Das haben wir auch getan, doch konnte ich spüren, wie mir Zweige über den Rücken kratzten.«

»Wie ich höre, haben Sie auch an einem Wettrennen teilgenommen«, sagte George und nickte John MacAndrew zu, der auf uns zugeritten kam. Plötzlich schien die Wintersonne mit sommerlicher Wärme, und lächelnd blickten wir einander in die Augen.

»Nur ein freundlicher Wettstreit«, sagte ich. »Allerdings reitet Dr. MacAndrew um hohe Einsätze.«

Georges helle Augen wanderten zwischen uns hin und her.

»Nun, hoffentlich haben Sie dabei nicht Tobermory verloren!« sagte er.

»Nein«, erwiderte ich mit einem leisen Lächeln. »Allerdings würde ich mich bei dem Doktor nie wieder auf eine blinde Wette einlassen.«

George lachte und entfernte sich, um Harry zur erfolgreichen Jagd zu beglückwünschen, und ich blieb mit John allein. Aber es war die nüchterne Stimme des Arztes, die jetzt zu mir sprach, nicht die meines Freiers.

»Sie sehen blaß aus«, sagte er. »Sind Sie unpäßlich?«

»Nein, ich fühle mich ausgezeichnet«, versicherte ich und lächelte angestrengt, um die Lüge glaubhaft zu machen. Doch empfand ich gleichzeitig ein Schwindelgefühl sowie aufsteigende Übelkeit.

»Wie ich sehen kann, tun Sie das nicht«, sagte er kurz. Er schwang sich aus dem Sattel und streckte die Arme zu mir empor, um mir vom Pferd zu helfen. Ich ließ mich zu Boden gleiten, und John führte mich zu einem umgestürzten Baumstamm. Sobald ich saß, fühlte ich mich besser. Tief atmete ich die rauhe Herbstluft ein, roch den starken und erregenden Geruch des trockenen Laubes.

»Was ist denn nicht in Ordnung?« fragte er. Noch immer hielt er meine Hand, fühlte mir vorsichtig den Puls.

»Was soll das«, sagte ich und entzog ihm meine Hand. »Ich kann mir eine allwöchentliche Konsultation nicht leisten, Doktor. Mir ist ein wenig übel und ich habe leichtes Kopfweh. Ich habe nämlich gestern abend vom jungen Wein gekostet. Schmeckt wie Essig, und man wird einen Haufen westindischen Zucker brauchen, um ihn genügend zu süßen. Kostet ein Vermögen, dieses Zeug, dem ich zu allem nun auch noch diese gräßlichen Kopfschmerzen verdanke – von einem möglichen Leberschaden ganz zu schweigen.«

Er lachte über meine galligen Bemerkungen und gab sich mit meiner »Erklärung« offenbar zufrieden. Dann ließ er mich taktvollerweise allein und trat zu den anderen, um mit ihnen zu plaudern.

Ich hatte natürlich gelogen. Es stimmte zwar, daß wir gestern abend von Harrys saurem Wein getrunken hatten, doch war das keineswegs die Ursache für meine Morgenübelkeit, mein Schwindelgefühl und die eigentümliche Spannung in meinen Brüsten. In Wirklichkeit war ich wieder schwanger; das war der wahre Grund, und die Gewißheit dieses Zustands verschlimmerte mein Befinden noch. Ich mußte all meine Energie zusammennehmen, um zu lächeln und mit Harry und George und John MacAndrew zu scherzen, während mir in Wirklichkeit tiefübel war von dem, was da in meinem Körper wuchs.

Daß George mir bei der Jagd nicht mehr hatte folgen können, war kaum verwunderlich, hatte ich doch einen riskanten Sturz von meinem Pferd mit einkalkuliert. Eine harte Stauchung, so hatte ich gehofft, würde mich von dem parasitären Balg in meinem Bauch befreien. Aber Tobermory war ein viel zu sicheres Springpferd und ich eine viel zu gute Reiterin. Ich hatte so manchen unglaublichen Sprung gewagt und saß nun doch völlig unversehrt hier im herbstlichen Sonnenschein, lieblich wie eh und je und von so jungfräulichem Aussehen wie Diana, die Jägerin – und doch seit einem Monat schwanger. In mir loderte Zorn. Der Zwang, Harry in sklavischer Abhängigkeit von mir zu halten, hatte mir nur ein neues Problem beschert. Wenn es trotz meines Wahnsinnsritts nicht gelang, das unerwünschte Gewächs in meinem Leib loszuwerden, so handelte es sich womöglich um ein genauso starkes Kind, wie Julia es gewesen war, die vor ihrer Geburt so manchen wilden, gefährlichen Galopp überstanden hatte. Ich würde es, wohl oder übel, mit dem speziellen Gebräu irgendeiner sogenannten »weisen Frau« versuchen müssen: die widerliche Mixtur herunterschlucken und dann mit zusammengebissenen Zähnen die irrsinnigen Schmerzen aushalten.

Doch eine solche Frau zu finden war alles andere als leicht. Meg, Ralphs Mutter, die in dergleichen bewanderte Zigeunerin, schien bei uns keine Nachfolgerin gefunden zu haben. Die Ironie wollte es, daß ich auf eine Spur stieß, als ich Mary, Mrs. Hodgetts hübsche Tochter, danach fragte, wo denn wohl ein »Liebestrank« zu bekommen sei. Sie selbst sah mir nicht so aus, als ob sie einen solchen Zauber benötige, doch wußte sie, wie von mir erhofft, den Namen einer alten Frau, die auf Havering Common in einer verfallenen alten Hütte hause.

Die Bezeichnung Hütte erwies sich als Übertreibung. Das Loch, in dem die alte Hexe hauste, war schlimmer als die Koben, in denen wir unsere Schweine hielten. Noch während ich gebückt eintrat, wurde mir bewußt, daß es verkehrt gewesen war, hierher zu kommen; doch blieb mir keine Wahl, denn da war niemand, an den ich mich hätte wenden können. Also ließ ich's über mich ergehen. Die abscheuliche alte Hexe holte eine kleine Tonflasche hervor, deren Öffnung mit einem dreckigen Fetzen Stoff verschlossen war; die Silberschillinge, die ich auf den Boden warf, versteckte sie irgendwo zwischen ihren Lumpen. Ich trug das Gebräu nach Hause, als sei es Gift. Abends in meinem Schlafzimmer trank ich es dann buchstäblich bis zur Neige.

Es war so schlimm, wie ich es befürchtet hatte. Die ganze Nacht hindurch fühlte ich mich sterbenskrank, und am Tag darauf litt ich an Übelkeit und Ausfluß, doch irgend etwas, das wie ein Embryo aussah, ging mir nicht ab. Das Kind blieb hartnäckig bei mir. Wir schienen unzertrennlich zu sein. Trotz all meiner Erschöpfung blieb mir nichts anderes übrig, als noch einmal zu der dreckigen Hütte zu reiten, um herauszufinden, ob die alte Hexe doch irgendwie Rat wußte.

Der Rat, den sie mir gab, war: die gleiche teuflische Kur noch mal. Und als ich den Kopf schüttelte, flüsterte sie mir aus ihrem übelriechenden Mund ins Ohr: Wenn sie ganz vorsichtig ein stumpfes Messer in mich hineinstieße, so würde ich, versicherte sie, kaum irgendwelchen Schmerz empfinden und von dem Inkubus befreit sein. Doch ich hatte genug. Vermutlich hätte sie an mir herumkuriert oder herumoperiert, solange sie sich von mir guten Lohn versprach und entweder das Kind tot war – oder ich. Schon bei dem, was sie ihre Zauberkräuter nannte, traute ich ihr nicht recht über den Weg – und nun gar bei einem rostigen Messer? Also verzichtete ich wohlweislich auf sie, und als ich mich – nach vier weiteren jämmerlichen Tagen – wieder gut genug fühlte, um klar denken zu können, begann ich über andere Möglichkeiten nachzusinnen.

Natürlich fiel mir Celia ein. Die liebe kleine Celia, so süß und verständnisvoll. Wie bereitwillig hatte sie mir doch beim erstenmal aus meinem Dilemma geholfen, und wie liebevoll hatte sie auf Julia reagiert. Unwillkürlich hob ich den Kopf und lächelte. War dies für mich denn nicht eine neue Chance, meinem Kind einen Platz in der Wiege des Erben zu verschaffen? Hätte ich die Schwangerschaft vermeiden können, so würde ich nie gezögert haben. Hätte ich das Kind verlieren können, so wäre ich auch dazu bereit gewesen – das hatte ich bewiesen. Doch wenn es so hartnäckig war, das Kind, wenn *er* sich so entschlossen zeigte, zur Welt zu kommen, dann hatte er auch das Recht, die Welt zu erben – jedenfalls den schönsten, lieblichsten Teil der Welt.

Diesmal war ich vorsichtiger. Die Entbindung von einem nutzlosen Mädchen hatte meinem Stolz und meiner Zuversicht einen harten Schlag versetzt. Nie wieder würde ich meinen hochschwangeren Körper bewundern und in ihm eine Garantie für meine Zukunft sehen. Dennoch konnte ich ein leises Lächeln nicht unterdrücken. Da es das erste Mal ein Mädchen gewesen war, schienen die Chancen größer, daß mein Bruder und ich diesmal einen Sohn gezeugt hatten.

Ich konnte, ich durfte nicht warten. Empfangen hatte ich im September, jetzt war es bereits Mitte Oktober. Ich mußte Celia einweihen, und es galt, glaubhafte Erklärungen für unsere baldige Abreise von Wideacre zu finden – für all das blieb nur noch wenig Zeit.

Um mich mit Celia in aller Ruhe besprechen zu können, bat ich sie am Nachmittag zu mir ins Büro, angeblich um mit ihrer Hilfe Brokatstoffe auszusuchen. Ein Hausmädchen servierte uns auf dem großen Pacht-Tisch Tee, und Celia lächelte über den eigentümlichen Kontrast, den das zierliche rote Porzellan zu dem schweren, »maskulinen« Mobiliar hier bot.

»Nun, es ist nun mal ein Büro«, sagte ich halb entschuldigend. »Würde ich die Arbeiter in meinen Salon lassen, so wären die feinen Stühle dort im Nu zerbrochen und der Teppich voller Schlamm und Schmutz.«

»Wie wirst du nur mit all dem fertig?« fragte Celia und blickte auf den Stapel Geschäftsbücher auf der einen Seite des Tisches. »Ich meine, es muß doch überaus schwierig sein, dort zu arbeiten, wo alles Geld eingenommen und auch wieder ausgegeben wird! Ja, schwierig – und so langweilig!«

»Nun ja, ist gewiß harte Arbeit«, log ich behende. »Aber ich tu es ja gern, damit Harry sich deshalb keine Sorgen zu machen braucht. Aber ich habe dich hierher gebeten, Celia, weil ich mit dir unter vier Augen sprechen möchte.«

Sofort nahmen ihre samtbraunen Augen einen bekümmerten Ausdruck an.

»Aber gern, Beatrice«, sagte sie. »Gibt es Probleme?«

»Nicht bei mir«, erklärte ich mit Nachdruck. »Und ich möchte eigentlich über dich reden. Meine Teure, wir sind inzwischen wieder seit vier Monaten daheim, und seit fast zwei Monaten teilst du mit Harry dasselbe Zimmer. Ich frage mich ganz unwillkürlich, ob es wohl irgendwelche Anzeichen gibt, die dir verraten, daß du ein Kind erwartest?«

Sie wurde rot bis unter die Haarwurzeln, während sie gleichzeitig den Blick auf ihre ineinanderverschränkten Hände richtete.

»Nein«, sagte sie sehr langsam. »Nein, keinerlei Anzeichen, Beatrice. Ich kann das nicht begreifen.«

»Bist du denn auch wirklich gesund?« fragte ich sie mit gespielter Besorgnis.

»Davon war ich überzeugt«, erwiderte sie kläglich. »Doch ich scheine unfähig, zu empfangen. Harry sagt zwar nichts, aber mir ist klar, daß er sich wegen eines Erben Gedanken macht. Mama hat mir geraten, viel Salz zu mir zu nehmen, und das habe ich auch getan, nur scheint es überhaupt nicht zu helfen. Das Schlimmste bei allem ist, daß wir beide, du und ich, ja wissen, daß ich nicht einmal Julia empfangen habe. Ein ganzes Jahr bin ich nun schon verheiratet – und habe noch kein Kind empfangen.«

Ich krauste bekümmert die Stirn, sah Celia mitfühlend an.

»Meine Liebe«, sagte ich, »vielleicht solltest du ärztlichen Rat einholen. Von John MacAndrew oder, falls dir das lieber ist, von einem Londoner Spezialisten?«

»Aber das geht doch nicht!« rief Celia. »Mit Sicherheit würde mich jeder Arzt wegen der Empfängnis beim ersten Kind befragen, und ich könnte ihm doch unmöglich sagen, ich hätte gar kein erstes Kind gehabt, wo doch Julia da ist und Harry glaubt, daß sie seine Tochter ist!«

»Oh, Celia!« sagte ich. »Genau dies habe ich befürchtet. Aber was willst du tun?«

»Ich weiß es nicht, ich weiß es einfach nicht«, sagte sie und zog ein winziges, spitzenbesetztes Taschentuch hervor, mit dem sie sich die feuchten Wangen zu trocknen versuchte. Sie lächelte mich an, doch ihre Unterlippe zitterte.

»Ich bete – bete unentwegt«, sagte sie leise. »Aber meine Gebete werden nicht erhört. Es ist ein entsetzlicher Gedanke, daß wegen meiner Unzulänglichkeit Wideacre einmal an eure Vettern fallen wird. Wenn ich doch nur gewußt hätte, daß ich als Harrys Frau so versagen würde... Es wäre besser gewesen, ich hätte ihn gar nicht geheiratet – dann wäre ihm eine solche Enttäuschung erspart geblieben.« Sie schluchzte auf und preßte das kleine Taschentuch gegen ihre Lippen.

»Doch ich weiß von diesen Dingen so wenig, Beatrice«, sagte sie, »und meine Mama kann ich ja nicht gut fragen. Ein Jahr ist doch gar keine so sehr lange Zeit, nicht wahr? Vielleicht habe ich bisher nur kein Glück gehabt.«

»Nein«, erwiderte ich, ihre Hoffnung mit Nachdruck zerschmetternd. »Ich glaube, daß die meisten Frauen im ersten Jahr ihrer Ehe am fruchtbarsten sind. Und da du bis jetzt noch nicht empfangen hast, halte ich es für unwahrscheinlich, daß das bei dir jemals der Fall sein wird.«

Ich schwieg und ließ ihr Zeit, sich wieder die Augen zu tupfen. Mit gebeugtem Kopf saß sie, wie von schwerem Urteil getroffen. Nun ließ ich einen Hoffnungsstrahl aufblitzen.

»Was wäre, wenn ich wieder empfangen würde? Und wenn wir für eine Weile fortgingen und ich dir das Kind überließe?« sagte ich grübelnd, wie für mich.

Ihr tränenfeuchter Blick suchte mein Gesicht, und sie gab ein sonderbares Geräusch von sich, halb Schluchzen, halb Kichern.

»Also wirklich, Beatrice!« sagte sie. »Du *bist* aber auch schockierend!«

»Ich weiß«, sagte ich ungeduldig. »Aber ich denke an dich, an dich und an Harry. Wenn es die Not verlangt, wäre ich bereit, ja sogar glücklich, euer schlimmstes Problem zu lösen, indem ich euch – dir – mein Kind überlasse.«

»Nein«, sagte sie und schüttelte heftig den Kopf. »Nein, damit könnte es niemals klappen. Einfach unmöglich. Das ließe sich nicht arrangieren.«

Ich unterdrückte meine Irritation. »Ich sage dir, daß es sich arrangieren läßt. Ich kann es arrangieren. Wäre es für dich etwa keine Erleichterung, wieder mit einem Baby nach Wideacre zurückzukehren? Und sollte es ein Knabe sein, so würdest du Harry sogar mit einem Erben überraschen!«

Sie musterte mich mit einem unsicheren Blick, und in mir wuchsen Hoffnung und Zuversicht.

»Es ist dir wirklich ernst damit, Beatrice?« fragte sie.

»Kaum anzunehmen, daß ich scherze, wenn dein Leben und deine Ehe sich in einer solch verzweifelten Krise befinden«, sagte ich eindringlich. »Ich sehe doch, wie sehr du leidest; ich sehe auch, wie sehr es an Harry zehrt. Und ich weiß, daß Wideacre, wenn kein Erbe da ist, später einmal an entfernte Vettern fallen wird. Natürlich ist es mir ernst damit.«

Celia erhob sich von ihrem Stuhl und stellte sich hinter mich. Sie schlang ihre Arme um meinen Hals und beugte sich über die Stuhllehne, um ihre feuchte Wange an meine heiße zu schmiegen.

»Wie gut du doch bist!« sagte sie emphatisch. »So großmütig und so voller Liebe und Verständnis. Ja, dieses Angebot – es sieht dir und deinem wunderbaren Wesen sehr, sehr ähnlich.«

»Ja?« sagte ich. »Wir könnten's also tun?«

»Nein«, erwiderte sie leise und traurig, »das könnten wir nicht.«

Ich drehte den Kopf und sah sie an. Ihr Gesicht war wie eine Maske aus Traurigkeit – eine Traurigkeit, in die sie sich geschickt hatte.

»Ich könnte es nicht tun, Beatrice«, sagte sie. »Vergiß doch bitte nicht, daß ich Harry anlügen müßte, wieder und immer wieder. Ich würde dem Kind eines anderen Mannes in Harrys Heim einen Platz geben, und damit würde ich ihn genauso betrügen, als ob ich ihm untreu gewesen wäre. Ich könnte es nicht tun, Beatrice.«

»Du hast es schon mal getan«, sagte ich hart. Sie zuckte zusammen wie unter einem Schlag.

»Das weiß ich, und ich weiß auch, daß es falsch von mir war«, erwiderte sie. »In meiner Angst vor der Ehe und in meiner Sorge um dich habe ich furchtbar gesündigt gegen meinen Mann, den ich jetzt mehr liebe als alles auf der Welt. Ich hätte es nicht tun sollen, und manchmal denke ich, daß meine Strafe nicht nur darin besteht, daß ich mit dem Bewußtsein dieser Sünde leben muß, sondern auch, daß ich leben muß mit meiner Unfruchtbarkeit. Ich versuche das wiedergutzumachen, indem ich Julia so liebe, als wäre sie tatsächlich mein eigenes Töchterlein; und indem ich Harry nie wieder anlüge, solange ich lebe. Aber ich weiß nur zu genau, daß ich es nicht hätte tun sollen. Und ich sollte so etwas auch nie wieder tun, so groß die Versuchung auch immer sein mag.

Es ist so gut und so großmütig von dir, einen solchen Vorschlag zu machen, Beatrice. Es ist so typisch für dich, daß du überhaupt nicht an dich selbst denkst, sondern nur an mich. Aber deine Großmütigkeit ist diesmal fehl am Platz. Es wäre kein Geschenk, aus dem Gutes käme. Es wäre ein Fehler, der mich in die Irre führen würde.«

Ich versuchte zu nicken und ein mitfühlendes Lächeln aufzusetzen, doch meine Gesichtsmuskeln waren wie erstarrt. Panik stieg in mir auf, fressende Furcht; und mit der Furcht würgende Übelkeit. Der Horror drohte mich zu ersticken. Der Horror vor diesem Kind, das in mir wuchs und einfach nicht sterben wollte, das ich nicht loswerden konnte, auch bei Celia nicht. Der Horror vor der Schande, die mich erwartete, falls ich gezwungen war, meinen Zustand einzugestehen. Der Horror vor dem, was Mama tun würde, was Harry tun würde. In Schande würde man mich fortschicken von meinem einzigen Heim. In irgendeiner tristen Kleinstadt würde ich mein Leben fristen müssen, mit einem Pseudo-Trauring am Finger und nichts aus Wideacre als dem allmonatlichen Scheck. Morgens würde mich der Lärm der Karren und Kutschen wekken und nicht mehr das altvertraute Vogelgezwitscher. Die Sonne, die auf den Feldern von Wideacre die Früchte reifen ließ, würde durch meine schmutzigen Fensterscheiben fallen, doch ihre Wärme würde nicht die gleiche sein. Und der Regen, der in Bächen herabrann an den Scheiben meines standesgemäßen kleinen Stadthauses, würde sich am Ufer des Fenny in Löchern und Mulden sammeln, doch niemals wieder würde ich das süße Wasser dort trinken. Ich konnte es nicht ertragen. Dies würde mein Ende sein.

Ich sah Celia an, eine schlanke Gestalt in lilafarbener Seide, und ich haßte sie wegen ihrer starrköpfigen moralischen Prinzipien, ihrer Selbstsicherheit bei der Unterscheidung von falsch und richtig, ihrer Unzugänglichkeit gegenüber meinen Wünschen. Sie war unfruchtbar, ein klarer, unkomplizierter Zustand, nach dem ich mich nur sehnen konnte. Sie war verheiratet und hatte dadurch praktisch ihre Freiheit eingebüßt – eingetauscht gegen existentielle Sicherheit! Sie war bis an ihr Lebensende geborgen auf Wideacre, während ich, die ich das Land liebte und brauchte und mich danach sehnte, an Heimweh sterben würde, irgendwo in der Fremde, um dann beigesetzt zu werden in fremdem, fühllosem Boden.

Es würgte mir in der Kehle, doch auf keinen Fall durfte Celia meine Tränen sehen.

»Gütiger Himmel«, sagte ich, »wie spät es inzwischen geworden ist! Julia wird schon verzweifelt nach dir rufen.«

Meine Worte wirkten prompt. Ohne sich auch nur einen Augenblick zu besinnen, eilte Celia zur Tür, und ihre Schritte hatten etwas beneidenswert Leichtes, Schwereloses. Aber anders als ich trug sie in ihrem Bauch ja auch keine Last, die sie gleichsam zu Boden zog. Mit ihrer Rechtschaffenheit, ihrer moralischen Prinzipientreue wußte sie sich wohlgeborgen und unverletzlich. Mir jedoch hatte sie durch ihre rigorose Haltung den letzten Hoffnungsfunken genommen, und ich sank in meinem Büro auf die Knie und legte meinen müden Kopf auf den großen, mit Schnitzereien verzierten Stuhl, der seit altersher dem Master von Wideacre gehört hatte, und verbarg mein Gesicht in den Händen. Schluchzen erschütterte meinen Körper. Ich war so entsetzlich allein. Und ich war verzweifelt.

Plötzlich hörte ich Hufschläge, die sich immer mehr näherten. Ich hob den Kopf, und sah dann zu meinem Schrecken, wie John MacAndrews prachtvoller, silberfarbener Araber vor dem Fenster meines Büros auftauchte, natürlich mit John MacAndrew im Sattel. Er konnte mich sehen, nur allzu deutlich: wie ich auf dem Boden kniete, mit roten, verweinten Augen und zerknittertem Kleid. Sein fröhliches Lächeln war wie weggewischt, und dann sprengte er mit Sea Fern davon zum Stallhof. Ich hörte, wie er nach einem Pferdeknecht rief; und dann kam er durch die Seitentür des Westflügels, den Eingang für die Arbeiter, hereingestürmt, und schon war er bei mir im Büro – und ich in seinen Armen.

Ich hätte ihn zurückstoßen sollen; ich hätte mich mit Migräne oder was immer sonst entschuldigen sollen, um sofort in meinem Schlafzimmer zu verschwinden. Doch statt dessen klammerte ich mich an ihn und weinte mich an seiner breiten, gleichsam schützenden Brust aus.

»Oh, John«, sagte ich kläglich. »Ich bin ja so froh, daß du hier bist.«

Und er, der so klug war und so voller Liebe und Verständnis, machte keine großen Worte, sondern sagte nur tröstend, beschwichtigend: »Gut, gut, gut, kleiner Liebling«, und wieder: »Gut, gut, gut.«

Seit Kindertagen hatte mir niemand mehr über den Rücken gestrichen, wenn ich in Tränen aufgelöst war, und Johns unerwartete Zärtlichkeit ließ mich noch tiefer in Selbstmitleid versinken. Doch allmählich ließ mein Schluchzen nach, und John setzte sich wie selbstverständlich auf den Masterstuhl und zog mich auf seinen Schoß. Er schlang einen Arm um meine Taille und schob die andere Hand unter mein Kinn, damit er mein Gesicht zu sich herumdrehen und besser betrachten konnte.

»Hattest du Streit mit Harry? Mit deiner Mama?« fragte er.

»Das kann ich dir nicht sagen«, erwiderte ich, um eine Lüge verlegen. »Frag mich bitte nicht. Doch ist mir gerade durch bestimmte Umstände klargeworden, daß es genauso ist, wie du gesagt hast: daß ich nämlich kein eigenes Heim habe. Dennoch könnte ich es nicht ertragen, von hier fortzugehen.«

»Das mit Wideacre verstehe ich«, sagte er, während seine Augen in meinem tränennassen Gesicht forschten. »Ja, ich verstehe es, auch wenn ich mir nicht vorstellen kann, daß Land mir so ungeheuer viel bedeuten könnte. Trotzdem fühle ich mit dir.«

Ich vergrub meinen Kopf an seiner Schulter. Der Wollstoff fühlte sich weich und warm an, irgendwie behaglich. John roch nach Zigarren und frischer Herbstluft, auch einen Hauch herber Rasierseife nahm ich wahr. Während auf meinen Wangen die Tränen trockneten, wurde ich mir mehr und mehr seiner Gegenwart als Mann bewußt. Eng umschlungen saßen wir – wie war das nur gekommen? –, und ich schmiegte mein Gesicht gegen seinen Hals und berührte, fast scheu, mit meinen Lippen seine Kehle.

»Heirate mich, Beatrice«, sagte er leise und beugte seinen Kopf und fing meinen Kuß gleichsam ab: mit seinen Lippen. »Ich liebe dich, und du weißt, daß du mich liebst. Sag mir, daß wir heiraten können, und ich werde irgendeine Möglichkeit finden, um deinen Platz zu sichern hier auf diesem Land, das du so sehr liebst.«

Sanft küßte er meinen traurigen Mund, und als sich meine Mundwinkel in einem zufriedenen Lächeln dann aufwärts krümmten, verstärkte sich der Druck seiner Lippen. Ich schlang meine Arme um seinen Hals, und er begann, mich richtiggehend abzuküssen: mein Haar, meine noch feuchten Lider, meine geröteten Wangen, meine Ohren, meinen Mund und weiter und immer weiter.

Ich war in Liebesdingen gewiß alles andere als unerfahren, und dennoch wußte ich jetzt nicht recht, wie mir geschah. Irgendwie verstand es John, mich gleichsam übergangslos von seinem Schoß auf den Fußboden gleiten zu lassen, noch ehe ich eigentlich dazu bereit gewesen war. Und dann waren seine Hände in meinem Kleid und berührten meine Brüste, und ich spürte das Gewicht seines Körpers auf mir. Und schon wieder waren seine Hände am Werk, seine geschickten Doktorhände, die meine Petticoats hochstreiften, noch bevor ich protestieren konnte, zumindest mit Worten, denn in meinem Kopf, da fand sich nicht die leiseste Spur von Protest.

Die Tür war nicht verschlossen, die Vorhänge waren nicht zugezogen: wir hätten nur allzu leicht überrascht werden können, von einem Bediensteten, von irgend jemandem sonst. Aber daran dachte ich nicht. Ich konnte gar nicht denken. In meinem Kopf war so etwas wie ein jubelndes Gelächter – und ein stummer Ruf, ein Schrei, von meinem Herzen zu seinem: *Liebster, vergiß all meine früheren Zurückweisungen. Laß uns nicht länger unnütze Worte verlieren. Aber liebe mich, liebe mich, liebe mich.*

Und dann, während mir plötzlich glasklar bewußt wurde, daß ich *tatsächlich* hier in meinem Büro auf dem Fußboden lag, John über mir und wir beide in innigster Umarmung, da flüsterte ich seinen Namen und sagte es dann laut: »Liebe mich.« Und er tat es.

Und nachdem ich aufgeschrien hatte vor Lust – viel zu laut: wie unvorsichtig von mir! –, da sagte er ruhig, aber auch sehr erleichtert und zufrieden: »Oh, ja, ja, ja.«

Und dann lagen wir lange sehr still.

Das Knacken der Holzscheite im Kamin schreckte mich aus meinem tranceartigen Zustand. Ich versuchte, auf die Füße zu kommen, und John rückte ein wenig beiseite und half mir hoch. Dann setzte er sich wieder auf den Masterstuhl, zog mich wieder auf den Schoß, und ich schmiegte mein Gesicht gegen seine Wange und lächelte still – hätte jedoch laut lachen mögen vor lauter Glück.

Wie Verschwörer sahen wir einander an.

»Beatrice, du liederliche Person«, sagte er mit einem Lächeln, doch seine Stimme klang eigentümlich rauh, »jetzt kommst du um ein Verlöbnis nicht mehr herum.«

»Das ist wohl wahr«, erwiderte ich.

Wir blieben in meinem Büro, während die Sonne hinter den westlichen Feldern unterging und tief über dem Horizont der Abendstern auftauchte. Das Feuer im Kamin brannte immer niedriger, doch keiner von uns machte sich die Mühe, einen oder auch zwei Holzscheite nachzulegen. Wir küßten uns, küßten uns sanft und zärtlich, küßten uns wild und leidenschaftlich. Wir sprachen nur wenig, über nebensächliche Dinge: über die Jagd, über Harrys Inkompetenz als Master. John fragte mich nicht, warum ich geweint hatte, und wir schmiedeten keinerlei Pläne. Dann sah ich, wie in Mamas Salon die Kerzen entzündet wurden; sah auch die Silhouette des Mädchens, das die Vorhänge zuzog.

»Ich hatte gedacht, es würde weh tun«, sagte ich wie beiläufig, doch mit einem flüchtigen Gedanken an meinen Ruf als Jungfrau.

»Wo du soviel reitest?« erwiderte er mit einem Lächeln. »Es überrascht mich, daß du überhaupt etwas bemerkt hast!«

Ich kicherte, nicht gerade sehr »ladylike«, doch fühlte ich mich viel zu glücklich und zufrieden, um etwas anderes zu sein als ich selbst.

»Ich muß jetzt gehen«, sagte ich, ohne jedoch wirklich Anstalten dazu zu machen. Es war schön, so auf seinem Schoß zu sitzen, entspannt wie eine schnurrende Katze. »Man wird sich fragen, wo ich nur bleibe.«

»Soll ich mitkommen, damit wir es ihnen gleich sagen?« fragte John und half mir auf die Beine; strich, so gut es irgend ging, mein bei unserem Liebesspiel arg verknittertes Kleid glatt.

»Nicht heute«, sagte ich. »Heute – das ist nur für dich und mich. Komm morgen zum Dinner, dann können wir es ihnen sagen.«

Er nickte kurz und entschwand dann, nach einem letzten, zärtlichen Kuß, durch die Tür des Westflügels. Mama, Harry und Celia war sein Besuch zweifellos entgangen, doch würde das Hauspersonal sowie die Stallknechte sehr wohl wissen, daß er bei mir gewesen war – und sogar, wie lange er sich aufgehalten hatte. Eben deshalb hatte man beim Eintritt der Dunkelheit, anders als sonst, keine brennenden Kerzen in mein Büro gebracht – um John und mir genausoviel Gelegenheit zum »Näherkommen« zu lassen, wie das bei einem Dorfmädchen und ihrem Liebhaber üblicherweise der Fall war. Wieder einmal wußten die Leute von Wideacre weitaus mehr, als Harry oder Mama jemals auch nur ahnten.

Am folgenden Tag kam John, um mich vor dem Dinner zu einer Ausfahrt abzuholen. Harry, Mama und Celia achteten nicht weiter darauf, doch sämtliche Bediensteten im Haus lächelten und spähten aus den Fenstern oder trieben sich in der Vorhalle herum. Stride meldete mir in formvollendeter Weise, Dr. MacAndrew warte in seiner Karriole vor dem Haus, und als er mir dann in die Kutsche half, hatte ich das Gefühl, zum Altar geführt zu werden – und empfand dabei nicht das leiseste Widerstreben.

»Heute wirst du mich hoffentlich nicht entführen«, sagte ich, während ich über meinem gelben Wollkleid und meinem gelben Bonnet meinen aufgespannten gelben Sonnenschirm rotieren ließ.

»Nein. Heute werde ich mich mit der Aussicht aufs Meer von der Höhe eurer Downs zufriedengeben«, versicherte er. »Glaubst du, wir können über den Reitweg hinauffahren?«

»Wird knapp sein«, sagte ich, die Breite der Karriole und des Pferdegespanns mit den Augen abschätzend. »Aber wenn du in gerader Linie fahren kannst, sollte es möglich sein.«

Er lachte leise. »Oh, ich bin ein schlechter Fuhrmann, weißt du. Mit mir ist wirklich kein Staat zu machen. Aber du kannst ja jederzeit in die Zügel greifen, um mich auf dem richtigen Weg zu halten.«

Ich lachte laut auf. Einer seiner sympathischsten Züge war für mich seine Immunität gegen meine oft mutwilligen Sticheleien. Sie schienen ihn weder zu provozieren noch gar herauszufordern. Er nahm sie als Teil des Spiels, das wir miteinander spielten – und gestand ohne jedwede Beschämung seine Unfähigkeit oder Unzulänglichkeit ein; wobei er sehr genau wußte, wie sehr mich das zu Gelächter reizte.

»Nun tu mal nicht so bescheiden«, sagte ich vergnügt. »Ich bin sicher, daß du mit Kutsche und Gespann die Treppe hinauffahren könntest, ohne die Peitsche zu gebrauchen und ohne daß die Pferde den Lack zerkratzen würden.«

»Das könnte ich in der Tat«, sagte er und gab sich noch bescheidener. »Allerdings würde ich das niemals tun, Beatrice. Dich in eine so hochnotpeinliche Lage bringen? Wo ich doch sehr genau weiß, wie sehr dich *jeder* Verstoß gegen die Etikette verletzt.«

Ich konnte ein Lachen nicht unterdrücken und blickte in seine so beunruhigend glänzenden Augen. Wenn er so mit mir scherzte, hatten seine Augen denselben Ausdruck wie beim Küssen. Wir erreichten die Stelle am Zaun, wo der Pfad hinauf zu den Downs begann, und John kletterte vom Kutschersitz und schlang die Zügel um den Pfosten.

»Die lassen wir hier«, sagte er und half mir aus der Kutsche, und dann, über die sogenannte Steige, über den Zaun hinweg. In aller Gemütlichkeit stiegen wir zu den Downs empor, und ganz gewiß war das dort der schönste Flecken für ein junges Liebespaar – nur daß mein Glücksgefühl ein wenig getrübt wurde, weil wir uns schließlich nur wenige Schritte von jener Stelle befanden, wo Ralph und ich, zwischen Adlerfarn versteckt, gelegen hatten; auch hatte ich, etwa zehn oder fünfzehn Schritte weiter nach rechts, die kleine Mulde bemerkt, wo ich Harry ins Gesicht geschlagen und ihm allerhöchste Wonnen bereitet hatte.

»Beatrice«, sagte John MacAndrew, und ich wandte ihm mein Gesicht zu.

»Beatrice ...«, sagte er noch einmal.

Es ist wirklich so, wie Ralph behauptet hatte. Es gibt Menschen, die lieben, und Menschen, die geliebt werden. John MacAndrew gehörte zu jenen, die rückhaltlos Liebe geben, und all seine Intelligenz, seine durchdringende Klugheit konnte ihn nicht davor bewahren, mich zu lieben und zu lieben und zu lieben, wie hoch der Preis dafür auch sein mochte. Ich brauchte nur »Ja« zu sagen.

»Ja«, sagte ich.

»Ich habe vor einigen Wochen meinem Vater geschrieben, um ihn mit meinen Empfindungen vertraut zu machen, und ich darf sagen, daß er mich ausgesprochen großzügig behandelt hat«, sagte John. »Er hat mir meine Anteile an der MacAndrew-Linie sofort überlassen, zu völlig freiem Gebrauch.« Er lächelte. »Es ist ein Vermögen, Beatrice – genug, um Wideacre viele, viele Male zu kaufen.«

»Es ist unveräußerlich; Harry könnte es niemals verkaufen«, sagte ich, mit geschärftem Interesse.

»Das ist wohl wirklich das einzige, woran du denkst, wie?« meinte

John in bedauerndem Ton. »Ich wollte damit eigentlich bloß sagen, daß das Vermögen groß genug ist, um hier in der Nähe einen Grundbesitz von entsprechender Größe zu kaufen. Meinem Vater habe ich mitgeteilt, daß ich niemals nach Schottland zurückkehren werde. Ich habe ihm gesagt, daß ich eine Engländerin heiraten werde, eine stolze, schwierige, starrköpfige Engländerin, die ich liebe und immer lieben werde.«

Ich sah ihn an, meine glänzenden Augen voller Zärtlichkeit, mein lächelndes Gesicht voller Liebe. Nach Ralph hatte ich nie wieder auf Liebe gehofft. Bei Harry hatte ich geglaubt, meine Leidenschaft werde ewig währen. Jetzt jedoch konnte ich mich kaum noch an die Farbe seiner Augen erinnern. Ich sah nur noch Johns blaue Augen, so voller Liebe, und sein Lächeln, so voller Zärtlichkeit.

»Und ich kann also weiter hier leben?« fragte ich noch ein wenig ungläubig.

»Ja, das kannst du«, bestätigte er. »Notfalls«, fügte er lächelnd hinzu, »kann ich ja die Schweineställe von Wideacre kaufen, so als eine Art Brückenkopf auf geheiligtem Boden. Was meinst du dazu?« Voller Ungeduld hob er mich hoch und hielt mich fest und liebevoll in seinen Armen. Ein eigentümliches Gefühl überwältigte mich, ein Gefühl, wie ich es lange nicht empfunden: eine Schwäche aus Sinnlichkeit, weil mich ein leidenschaftlicher Mann in den Armen hielt. Als wir uns wieder voneinander lösten, atmeten wir beide heftig, fast stoßweise.

»Dann sind wir also miteinander verlobt?« fragte er. »Du wirst mich heiraten, und wir werden hier leben, und das werden wir beim Dinner bekanntgeben?«

»Ja«, sagte ich, und meine Stimme klang eigentümlich feierlich. Ich dachte an das Baby in meinem Leib, und ein warmes Gefühl durchströmte mich. Auch war da eine tiefe Genugtuung beim Gedanken an das MacAndrew-Vermögen, mit dessen Hilfe ich so viel für Wideacre würde tun können.

»Ja«, wiederholte ich.

Hand in Hand gingen wir zur Karriole. Das Wenden war hier nicht ganz leicht, doch ein Stück weiter gelang es, und dann rollten wir auf der Allee dahin, machten eine kleine Spazierfahrt, um erst einmal Atem zu schöpfen. Die Blutbuchen waren in diesem Herbst von purpurner Schwärze, während das Laub der anderen Bäume, das einmal von zartestem Grün gewesen war, jetzt gelb und orangefarben glänzte, unglaublich flammende Töne selbst noch im schwindenden Licht. Meine Lieblingsbäume, die Silberbirken, wirkten jetzt so gelb wie Butterblumen, eine schier goldene Tönung im Kontrast zum Silber der weißen Baumstämme. Und von den Hecken leuchtete das Rot der Hunderosen, und wo vorher weißschimmernde Blüten gewesen waren, nickten nun schwarzglänzende Holunderbeeren.

»Wirklich ein wunderschönes Land«, sagte John, der lächelnd meinen Blicken gefolgt war. »Ich verstehe sehr gut, daß du es liebst.«

»Auch du wirst es lieben«, sagte ich mit Überzeugung. »Wenn du hier lebst, wenn du dein Leben hier verbringst, wirst du das Land kaum weniger lieben als ich.«

»Nun, mit deiner leidenschaftlichen Liebe für Wideacre kann sich wohl niemand messen«, sagte er in leicht scherzendem Tonfall. »Auch Harry nicht, stimmt's?«

»Ich glaube kaum«, sagte ich. »Der einzige, dem es genausoviel bedeutete wie mir, war mein Papa, und selbst ihm machte es nichts aus, eine Zeitlang von hier fort zu sein – für eine Saison in der Stadt oder irgendwo anders bei einer Jagdgesellschaft. Ich wäre glücklich, wenn ich in meinem ganzen Leben nie wieder von Wideacre fortmüßte.«

»Na, wie wär's mit wenigstens einmal Urlaub pro Jahr«, sagte John lachend. »Und wenn wir ein Schaltjahr haben, können wir ja auch vielleicht mal nach Chichester!«

»Und an unserem zehnten Hochzeitstag werde ich dich in meiner Großmut nach Petworth reisen lassen«, sagte ich im gleichen scherzenden Tonfall.

»Also abgemacht«, erklärte er lächelnd. »Ich bin mit dem Handel durchaus zufrieden.«

Ich erwiderte sein Lächeln, und nun hielten wir auf das Gebäude zu und stoppten schließlich vor den Eingangsstufen.

Erst nach dem Ende des eigentlichen Dinners, als sich die Bediensteten zurückgezogen hatten und wir bei Obst und Käse saßen, machte John die »offizielle« Ankündigung. Naturgemäß war die Überraschung nicht sehr groß, um so mehr dafür die Freude. Mama lächelte unter Tränen, als sie John beide Hände entgegenstreckte und zu ihm sagte: »Mein liebster Junge, mein liebster Junge.«

Er nahm ihre beiden Hände und küßte sie, und dann drückte er meine Mutter an sich und gab ihr einen Schmatz auf beide Wangen.

»Mama!« sagte er, sich eine Freiheit nehmend, die prompt mit einem Klaps des Fächers geahndet wurde.

»Impertinenter Knabe!« schalt sie vergnügt und breitete dann ihre Arme aus – für mich. Zum erstenmal seit meiner frühesten Jugend –

nein, wohl zum allerersten Mal überhaupt – gab es zwischen uns so etwas wie eine warme, innige Umarmung.

»Bist du glücklich, Beatrice?« fragte sie mich inmitten all des Lärms, den Harry veranstaltete, indem er die Glocke läutete, um Champagner kommen zu lassen, während er gleichzeitig mit der anderen Hand John auf den Rücken schlug.

»Ja, Mama«, erwiderte ich wahrheitsgemäß. »Das bin ich wirklich.«

»Und hast du endlich so ein bißchen deinen Frieden gefunden?« Ihre Augen forschten in meinem Gesicht, wie um das Rätsel zu ergründen, das ihre Tochter für sie war.

»Ja, Mama«, sagte ich. »Es ist, als sei das, worauf ich gewartet habe, endlich zu mir gekommen.«

Sie nickte, offenkundig zufrieden. In der Vergangenheit hatte es so manches gegeben, das sie in tiefster Seele beunruhigt hatte, ohne daß sie sich seiner je voll bewußt geworden wäre, fehlte ihr doch der Schlüssel zum Verständnis all des Unverständlichen. Jener Geruch nach Milch, der von mir ausging, als Celia, das Baby und ich aus Frankreich zurückgekommen waren; meine verheerenden Alpträume nach dem Tod meines Vaters; das so plötzliche Verschwinden meines Jugendgespielen, des Gehilfen des Wildhüters. Sie hatte es niemals gewagt, nach dem Faden zu greifen und sich von ihm durch das Labyrinth führen zu lassen, hin zur ungeheuerlichen Wahrheit. Jetzt war sie nur allzu froh, daß all dies klaftertief begraben schien; so tief, als habe es dergleichen nie gegeben.

»Er ist ein guter Mann«, sagte sie und blickte zu John, der, einen Arm um Celias Taille, mit Harry lachte.

»Das glaube ich auch«, sagte ich, ihrem Blick folgend. John, der sofort spürte, daß ich ihn ansah, löste abrupt seinen Arm von Celia.

»Ich darf nicht vergessen, daß ich jetzt ja verlobt bin!« sagte er lachend. »Celia, vergeben Sie mir. Ich muß mich an meinen neuen Status erst noch gewöhnen.«

»Und wann werden Sie den Status eines Verheirateten haben?« fragte sie freundlich. »Denkt ihr an ein längeres Verlöbnis, Beatrice?«

»Aber woher denn«, sagte ich spontan; und hielt dann inne und blickte zu John. »Wir haben zwar noch nicht darüber gesprochen, aber ich würde unbedingt vor Weihnachten und vorm Lammen heiraten wollen.«

»Nun denn, wenn Schafe bei meinem Eheleben die Schiedsrichter sein sollen, dann werden wir uns zeitlich wohl entsprechend einrichten müssen«, meinte John ironisch.

»Aber ihr werdet doch wohl nach den kirchlichen Aufgeboten auf Wideacre eine richtige volle Hochzeit haben wollen«, sagte Mama, die vor ihrem inneren Auge schon jetzt den ganzen Prunk und Pomp zu erleben schien.

»Nein«, sagte ich entschieden und mit einem vergewissernden Seitenblick auf John. »Nein. Ich möchte auf jeden Fall, daß es in aller Stille geschieht. Eine große, bombastische Angelegenheit wäre mir zuwider. Still und einfach soll es sein und sobald wie möglich.«

John nickte in schweigendem Einverständnis.

»Natürlich sollte es deinen Wünschen entsprechen«, meinte Celia diplomatisch, während ihr Blick zwischen Mama und mir hin und her wanderte. »Aber gegen eine ganz kleine Gesellschaft hast du doch sicher nichts, Beatrice? Nur deine und Johns engeren Familienangehörigen und eure besten Freunde.«

»Nein«, erklärte ich unnachgiebig. »Ich weiß zwar, daß die Gewohnheiten sich ändern, doch bleibe ich lieber bei der guten alten Sitte. Ich möchte in der Frühe aufwachen, mir ein hübsches Kleid anziehen, zur Kirche fahren, John heiraten, zum Frühstück wieder zu Hause sein und den Nachmittag dann draußen verbringen, um die Weidezäune nachzusehen. Von diesem modernen Tralala wegen einer Sache, die eine Privatangelegenheit ist und bleiben sollte, halte ich nichts – und ich will es nicht.«

»Ich auch nicht«, erklärte John, mir sofort zu Hilfe eilend.

»Die beiden haben recht«, sagte Harry in altgewohnter Loyalität. »Mama, Celia, ihr braucht nichts weiter zu sagen. Beatrice ist ja bekannt dafür, wie stark sie an alten Traditionen hängt; für sie wäre es eine wahre Blasphemie, eine moderne Hochzeit zu haben. Also richten wir uns doch nach ihren Wünschen – eine stille, ruhige Angelegenheit. Wir können ja zu Weihnachten eine Gesellschaft haben, aus doppeltem Anlaß.«

»Nun denn, meinetwegen«, sagte Mama. »Es soll so sein, wie ihr es wünscht. Mir wäre eine richtige Gesellschaft zwar lieber gewesen, aber wir können ja, wie Harry gesagt hat, statt dessen auf Wideacre ein ganz besonderes Weihnachtsfest feiern.«

Daß sie sich zu diesem Kompromiß bereitfand, trug ihr ein Lächeln von mir ein, und ihr Schwiegersohn küßte ihr mit einer eleganten Verbeugung die Hand.

»Und jetzt«, sagte Celia, sich der wohl allerwichtigsten Frage zuwendend, »werden wir wohl den Westflügel umgestalten müssen – für euch beide. Was für Vorstellungen habt ihr denn in dieser Hinsicht?«

Ich kapitulierte.

»Ist mir egal, völlig egal«, sagte ich und hob die Hände. »Mama und du, ihr beide werdet es schon richtig machen. Nur so chinesisches Zeug, ganz gleich ob Pagoden oder Drachen, das möchte ich dort nicht haben.«

»Keine Sorge«, sagte Celia. »Die chinesische Mode ist jetzt ziemlich *démodé*. Für dich, Beatrice, werde ich einen türkischen Palast kreieren!«

So wurde unter Scherzen und lustigen Reden alles Wichtige zufriedenstellend geregelt: eine stille, ruhige Hochzeit, wie von John und mir gewünscht; die Einrichtung eines schönen, großen Schlafzimmers für ihn, gleich neben meinem; ein daran anschließendes Umkleidezimmer; ein Arbeitszimmer im Parterre mit Blick auf den Küchengarten, so daß er genügend Platz hatte für seine Bücher und sein ärztliches Instrumentarium; und, nicht zuletzt, eine Frei-Box im Stall für seinen kostbaren Sea Fern.

Allerdings entschlossen wir uns zu einer Hochzeitsreise: nur für ein paar Tage. John hatte eine Tante in Pagham, und sie war bereit, uns ihr Haus zur Verfügung zu stellen, eine bequeme Fahrt am Nachmittag zu einem kleinen, eleganten Herrenhaus, dessen Tür uns offenstehen würde.

»Grundbesitz gehört nicht dazu«, sagte John in meine Richtung. »Ihr gehören nur das Haus und der Garten, jedoch keinerlei Farmland. Also – eine Agrikultur-Revolution kannst du dort kaum in Angriff nehmen.«

»Nun, dergleichen ist ja auch eher Harrys Metier«, sagte ich und trat vom Fenster, durch das ich hinausgeschaut hatte aufs dunkle Land, zu dem Tisch, wo John seinen Portwein trank. Ich griff nach kandierten Früchten. »Allerdings habe ich mir überlegt, wie es wohl wäre, wenn wir Felder in langen Streifen anlegten, statt wie jetzt in so kleinen Parzellen – das wäre doch ein viel leichteres und bequemeres Pflügen.«

»Macht das denn einen so großen Unterschied?« fragte John, typischer und unwissender Städter; und Schotte dazu.

»Allmächtiger, ja!« betonte ich. »Das summiert sich zu Stunden pro Tag. Das Schwierigste und Zeitraubendste beim Pflügen ist das Wenden am Ende der Furche. Wenn's nach mir ginge, würden wir das gesamte Farmland in lange Streifen unterteilen. In so lange Streifen, daß die Ackergäule praktisch ohne Anhalten den Pflug ziehen könnten, weiter und weiter und weiter.«

John lachte laut auf.

»Immer weiter – bis nach London, wie?« fragte er.

»Oh, nein!« rief ich aus. »Das wäre wohl Harrys Vorstellung. Er ist es, der mehr, viel mehr Land haben möchte. Ich meinerseits wünsche mir nicht mehr als das Gelände von Wideacre, abgerundet und in sich geschlossen – ertragreich. Weiteres Land hinzuzugewinnen ist sicherlich ein Vergnügen, eine Genugtuung, doch bedeutet das, neue Menschen kennenzulernen und sich mit neuen Feldern vertraut zu machen. Harry würde neues Land kaufen wie soundsoviel Ellen von einem Ballen Tuch. Doch bei mir ist das anders.«

»Wie ist es denn?« drängte er mich. »Inwiefern ist Land so etwas ganz anderes als jede andere Ware, Beatrice?«

Ich drehte den schlanken Stiel meines Weinglases zwischen den Fingern, blickte auf die wirbelnde Flüssigkeit.

»Ich kann das nicht wirklich erklären«, sagte ich. »Es ist wie so eine Art Zauber. *So als ob jeder insgeheim irgendwo anders hingehörte.* Als ob jeder in sich die Möglichkeit zu einem Blick auf einen Horizont trüge, dessen er vielleicht niemals ansichtig wird – doch erblickt er ihn, so weiß er auf einmal, daß es genau das ist, worauf er sein Leben lang gewartet hat. Er – oder, wenn man so will, all diese Menschen, die das erfahren – würden auf einmal sagen: ›Endlich bin ich hier.‹ Und genauso ist es für mich mit Wideacre«, sagte ich und war mir bewußt, daß ich weitaus mehr empfand, als ich ausdrücken konnte. »Sobald ich das ganz begriff – vor vielen Jahren, als mein Papa mich eines Tages auf seinem Pferd mitnahm und mir das Land zeigte – da erkannte ich im Bruchteil einer Sekunde, daß dies meine Heimat war. Für Harry würde es immer einfach Land sein, x-beliebiges Land, irgendwo. Für mich jedoch ist es Wideacre. Wideacre. Wideacre. Der einzige Ort auf der Welt, wo ich meinen Kopf auf die Erde legen und das Pochen eines Herzens hören kann.«

Ich verstummte. Ich hatte viel mehr gesagt, als ich hatte sagen wollen. Und kam mir prompt töricht vor, hatte mir gefährliche Blößen gegeben. Noch immer drehte ich zwischen meinen Fingern das Glas, hielt meinen Blick gesenkt. Dann erlahmte die Bewegung meiner Finger, und John schob seine blaßhäutige Hand darüber.

»Niemals würde ich dich gegen deinen Willen hier fortführen, Beatrice«, sagte er zärtlich. »Ich verstehe sehr wohl, daß dein Leben sich hier ereignet. Es ist eine Tragödie für dich. Ich meine, daß du nicht als Erbe zur Welt gekommen bist. Aber ich begreife durchaus, daß du hier absolut unentbehrlich bist. Von allen Seiten wird mir versichert, wie ausgezeichnet du es verstehst, Harrys Pläne so mit der Praxis zu vereinen, daß sie genausogut funktionieren wie in der Theorie. Und daß du nicht etwa Almosen verteilst, sondern echte Hilfe bietest. Daß die Leute, die das Land bearbeiten, durch dein leidenschaftliches Engagement einen enormen Nutzen haben. Folglich hast du – nun ja – mein Mitgefühl, meine Anteilnahme. In der Tat, du tust mir leid.« Ich fuhr herum, wollte ihm heftig widersprechen; doch mein Protest erstickte gleichsam in seinem gütigen Lächeln. »Weil du nämlich dein geliebtes Wideacre niemals besitzen kannst. Niemals werde ich mich zwischen dich und deine Kontrolle über das Land stellen, doch bin ich genauso außerstande wie jedermann sonst, das Land, das du liebst, endgültig zu deinem zu machen.«

Ich nickte. Einige Stücke des Puzzles, das mein zukünftiger Ehemann bot, lagen jetzt klar vor meinen Augen. Sein Verständnis für das, was Wideacre für mich bedeutete, hatte ihn zu der Einwilligung geführt, mit mir im Westflügel zu wohnen. Ja, oh ja. Und sein Verständnis für meine erste Zurückweisung – wegen meiner Leidenschaft, meiner Besessenheit – hatte ihn zur Toleranz geführt, *ver*führt. Er wußte, daß wir heiraten konnten. Er wußte, daß sein Vorteil darin bestand, kein Land und kein Haus zu besitzen, wohin er mich »mitnehmen« mußte. Und er wußte auch, wie sehr mich sein bloßes Lächeln erregen konnte und daß ich gleichsam dahinschmolz unter seiner Berührung.

Er tat mir gut. Seine Gegenwart wirkte befreiend. Sonst hatte ich mich, allein in meinem Bett, immer vor dem nächsten Morgen gefürchtet. Jetzt spürte ich keine Angst. Noch schöner aber war, daß es John in dieser Nacht wieder und wieder zu mir zog, daß er mich begehrte wie ich ihn. Wir liebten uns, wir schwatzten, wir lachten.

»Ach, Beatrice«, sagte John und zog meinen Kopf, zart und rauh zugleich, auf seine Schulter. »Lange, sehr lange habe ich auf dich gewartet.«

Und so schliefen wir.

Und am Morgen, bei frischen Brötchen und starkem Kaffee, sagte er: »Weißt du, Beatrice, es ist richtig schön, mit dir verheiratet zu sein.« Spontan erwiderte ich sein warmes Lächeln und wurde sogar, zu meiner eigenen Überraschung, ein wenig rot.

So vergingen die ersten Tage unserer Ehe, die ersten Wochen, die ersten Monate, zärtlich und unbeschwert und nicht zuletzt geprägt durch das Band gemeinsamer Sinnlichkeit. Er war in Liebesdingen recht erfahren (genau wie ich, weiß Gott), doch was sich zwischen uns entwickelte, war etwas Besonderes: eine Mischung aus Zärtlichkeit und Sinnlichkeit, die unseren Nächten Süße gab. Aber auch unsere Tage waren etwas Besonderes, denn er scherzte und lachte für sein Leben gern: lachte mit mir, lachte über mich. Und er verstand es, mich in den ungeeignetsten Augenblicken zum Lachen zu bringen, etwa wenn mir der alte Tyacke mit einer Jammertirade in den Ohren lag oder wenn ich mir wieder einmal eines von Harrys verrückten Projekten anhören mußte. Dann zog John, für den alten Tyacke nicht sichtbar, in einer Pantomime grotesker Ehrerbietung an seiner Stirnlocke; und hinter Harrys Rücken nickte er in stummer Begeisterung, während mein Bruder den idiotischen Plan entwickelte, gewaltige Glashäuser zu bauen, um darin Ananas für den Londoner Markt zu züchten.

Lachen und Lebenslust schienen unsere täglichen Begleiter zu sein, und immer wieder hatte ich das Gefühl, wir seien schon seit Jahren verheiratet und glücklich; die Zukunft, so schien es, lag vor uns wie eine klar überschaubare Strecke.

Weihnachten stand vor der Tür, und die Pächter wurden zum traditionellen Fest geladen. Die größten Häuser im Land pflegten es so zu handhaben, daß sie die Pächter und Arbeiter bei den Festivitäten der hohen Herrschaften zuschauen ließen. Auf Wideacre, einer sogenannten Manor Farm, pflegen wir eine Tradition anderer Art. Und so wurden im Stallhof lange Holztische und -bänke aufgestellt. Über einem prächtigen Feuer würden später ganze Ochsen gegrillt werden, und wenn dann alle satt waren und auch reichlich von unserem selbstgebrauten Bier getrunken hatten, dann rückte man die Tische und Bänke zur Seite, entledigte sich der winterlichen Vermummung und drehte sich im fahlen Schein der Wintersonne im Tanz.

Dieses Fest, das erste seit Papas Tod, fand an einem guten Wintertag unter klarem, blauem Himmel statt, und wir tanzten den ganzen Nachmittag. Als Frischvermählte fiel es mir zu, die »Reihe« anzuführen, und mit einem um Verständnis bittenden Blick zu John wählte ich Harry als Tänzer. Hand in Hand nahmen wir Aufstellung, und die Paare hinter uns taten es uns nach. Genauso hatte ich es gewollt, eine Tradition sollte begründet werden: Der Squire und seine schöne Schwester würden von nun an stets den Weihnachtstanz auf dem Stallhof anführen. Das nächste Paar waren Celia und John: Celia, bildhübsch, in königsblauem, mit weißen Schwanendaunen verziertem Samt; und John, mein Liebling, der perfekte Gentleman, höflich mit seiner Tänzerin plaudernd, während er mich mit liebevollen Blicken streifte.

Die Musik hob an. Nichts Besonderes: eine Fiedel und eine Gambe. Doch es war eine schnelle, lustige Weise, und meine scharlachroten Röcke wirbelten, während ich mich bald hierhin, bald dorthin drehte, um dann, Harrys Hände mit meinen Händen packend, zusammen mit ihm die Reihe der Paare entlangzuhüpfen und am Ende Aufstellung zu nehmen, die Arme zu einer Art Torwölbung nach oben gestreckt, durch die Celia und John als nächste hindurchtanzten.

»Bist du glücklich, Beatrice? Du siehst so aus«, rief Harry, aufmerksam mein lächelndes Gesicht betrachtend.

»Ja, Harry, das bin ich«, erwiderte ich emphatisch. »Mit Wideacre steht alles zum besten, und wir sind beide gut verheiratet. Mama ist zufrieden. Ich bin eigentlich wunschlos glücklich.«

Harrys Lächeln vertiefte sich. Sein inzwischen recht vollwangiges Gesicht – Celias Köchin war wirklich eine Meisterin ihres Faches – strahlte geradezu vor Zufriedenheit.

»Gut«, sagte er. »Ist doch prächtig, wie sich soweit alles zum Besten gewendet hat.«

Ich lächelte, schwieg jedoch. Offenbar spielte Harry darauf an, daß ich, meinem ursprünglichen Sträuben zum Trotz, schließlich doch John MacAndrew geheiratet hatte – scheinbar unbegreiflicherweise. Außerdem dachte Harry zweifellos an mein Versprechen – und meine Drohung –, für alle Zeit auf Wideacre und an seiner Seite zu bleiben. Er fürchtete sich vor unseren Zusammenkünften im Dachraum des Westflügels – und sehnte sich gleichzeitig danach. Mochte ihn sein Eheleben, sein Leben überhaupt, auch durchaus befriedigen, so würde in ihm dennoch stets die heimliche Sehnsucht nach den perversen Wonnen in unserem Dachparadies sein, fernab von der normalen Welt. Seit meiner Hochzeit hatten wir uns dort zwei- oder dreimal getroffen. John gegenüber erklärte ich, ich hätte noch spät zu arbeiten, eine Entschuldigung, die er bereitwillig akzeptierte: Er selbst blieb ja mitunter über Nacht fort, wenn er eine schmerzhafte Entbindung oder einen qualvollen Tod voraussah. Und während er Wache hielt an einem Bett, wo es um neues Leben ging oder um Tod, schnallte ich meinen Bruder an der Wand fest und verabfolgte ihm die ersehnte »Behandlung«.

»Ja, es ist gut«, sagte ich schließlich.

Inzwischen waren wir wieder an den Kopf der Kolonne gelangt, und nun galt es, im Galopp die Reihe entlangzutanzen. Als wir das entgegengesetzte Ende erreichten, zeigte ein Schlußakkord der Musikanten das Ende des Tanzes an, und Harry wirbelte mich um meine Achse, daß meine roten Röcke nur so flogen. Plötzlich jedoch wurde mir schwindlig. Alles Hochgefühl war dahin, Übelkeit würgte mich, mit blutleerem Gesicht löste ich mich von Harry.

Sofort war John an meiner Seite, gefolgt von Celia.

»Es ist nichts weiter«, keuchte ich. »Nur ein Glas Wasser, bitte.«

John winkte einem Lakaien, und dann spülte ich, mit eiskaltem Wasser aus einem grünlichen Weinglas, den gallebitteren Geschmack in meinem Mund herunter, hielt das Glas dann, um sie zu kühlen, gegen meine Stirn. Ich blickte zu John, brachte ein Lächeln zustande.

»Wie gut, einen so brillanten jungen Arzt zu haben, der sich aufs rasche Kurieren versteht«, sagte ich.

»Zumal wenn sich's um etwas handelt, wofür ich vermutlich selbst die Ursache war«, erwiderte er mit leiser, warmer Stimme. »Jedenfalls hast du für einen Tag genug getanzt. Komm und setz dich mit mir ins Speisezimmer. Von dort kannst du alles sehen, aber tanzen darfst du nicht mehr.«

Ich nickte und ging an seinem Arm ins Haus, während nun Celia und Harry die Reihe anführten. John blieb einsilbig, bis wir am Fenster saßen, mit Blick auf den Hof, vor uns eine Kanne mit gutem, starkem Kaffee.

»Nun, mein Liebes«, sagte er, während er mir eine Tasse mit Kaffee reichte, wie ich ihn am liebsten mochte: ohne Milch, jedoch mit viel braunem Zucker. »Wann wirst du wohl endlich die Güte haben, deinem Mann die frohe Botschaft mitzuteilen?«

»Ja, wie meinst du denn das?« fragte ich mit gespielter Naivität.

»Hat doch keinen Zweck, Beatrice«, sagte er. »Du vergißt, daß du mit einem hervorragenden Diagnostiker sprichst. Ich habe beobachtet, wie du Morgen für Morgen das Frühstück verschmähst. Es ist mir nicht entgangen, daß deine Brüste größer und fester geworden sind. Findest du nicht, daß es an der Zeit ist, mir zu sagen, was mir dein Körper bereits verraten hat?«

Ich zuckte leicht mit den Schultern, strahlte ihn jedoch über meine Tasse hinweg an.

»Der Experte bist doch du«, sagte ich. »Also sag du's mir.«

»Nun gut«, erwiderte er. »Mir scheint, daß wir gut daran getan haben, so kurzfristig zu heiraten! Ich rechne damit, daß es ein Knabe werden wird. Ende Juni dürfte es soweit sein.«

Rasch beugte ich mich über meine Tasse. Auf keinen Fall sollte er von meinem Gesicht meine Erleichterung ablesen können. Er zweifelte also nicht daran, daß das Kind von ihm war – gezeugt bei unserer einmaligen leidenschaftlichen »Umarmung« vor unserer Hochzeit –, und ahnte also auch nicht, daß das Kind bereits im Mai kommen würde. Ich hob den

Kopf und lächelte ihn an. Er war nicht Ralph. Er war auch nicht der Squire. Doch er war mir sehr, sehr teuer.

»Bist du glücklich?« fragte ich. Er erhob sich, kniete bei meinem Stuhl nieder und schlang die Arme um meine Taille. Er küßte meinen Hals, schmiegte das Gesicht gegen meine stramm hochgestützten Brüste.

»Sehr glücklich«, erwiderte er. »Ein weiterer MacAndrew für die MacAndrew-Linie.«

»Ein Junge für Wideacre«, korrigierte ich sacht.

»Geld und Land also«, sagte er. »Das ist eine starke Kombination. Zu allem auch noch Schönheit *und* Verstand. Ein Muster an Vollkommenheit!«

»Das allerdings, an Konventionen gemessen, einen Monat vor der Zeit eintreffen wird!« sagte ich leichthin.

»Ach was«, meinte John lachend. »Ich bin nun mal fürs Althergebrachte. Man kauft eine Katze nicht im Sack – und eine Kuh nicht ohne Kalb.«

Ich hatte mir Sorgen darüber gemacht, wie er die Neuigkeit wohl aufnehmen würde; doch hegte er offenbar nicht einmal den Schatten eines Verdachts, weder in diesem ersten heiklen Augenblick, noch irgendwann später. Er, der Experte, ließ sich nicht einmal träumen, daß ich bereits fünf Wochen länger schwanger war, als er meinte.

Niemand schien Zweifel zu haben, nicht einmal Celia. Ich erklärte, das Baby sei im Juni zu erwarten, und wir »bestellten« die Hebamme, als würde sie tatsächlich gebraucht werden in diesem Monat. Als dann der lange, eisige Winter dem ersten Grün zu weichen begann, verbarg ich meine wachsende Müdigkeit und tat, als ob ich, mitten in meiner Schwangerschaft, vor Gesundheit nur so strotzte. Und einige Wochen, nachdem ich in meinem Bauch die ersten Regungen gespürt hatte, preßte ich eine Hand auf meinen Leib und sagte mit geheimnisvollem Flüstern: »John, er hat sich bewegt.«

Entscheidend für den Erfolg meines Täuschungsmanövers war Johns Unwissenheit. Gewiß, er hatte an einer der ersten Universitäten des Landes promoviert, doch fehlte es ihm an Erfahrung, an Praxis: Keine Frau von Stand hätte unter solchen »Umständen« einen jungen Arzt um Rat und Hilfe gebeten. Solche, die einem männlichen *accoucheur* den Vorzug gaben, ließen einen älteren, erfahrenen Mann kommen; die Mehrheit der Ladys und Frauen jedoch hielt es mit der alten Sitte und bediente sich der Kunst der jeweiligen Hebamme.

So verfügte John in dieser Hinsicht kaum über irgendwelche Erfahrungen. Eher per Zufall hatte er hier der Frau eines Pächters und dort der Frau eines Arbeiters beistehen können, weil er halt gerade zur Hand war. Gerufen wurde er nicht, denn die Leute fürchteten die Arztkosten, und so verfügte er bestenfalls über ein recht sporadisches Wissen.

Kein Wunder also, daß ich ihn mit all *meiner* Erfahrung, mit all *meiner* Übung erfolgreich anlügen konnte. Und lügen mußte ich, um mir meine Welt so zu erhalten, wie sie jetzt war.

Ich liebte John, ich liebte ihn sehr, und um mir seine Liebe zu erhalten, mußte ich dafür sorgen, daß er nicht zugegen war, wenn das Kind – sein Kind, wie er ja glaubte – zur Welt kam, vier Wochen vor der Zeit.

»Ich würde mich sehr freuen, deinen Papa wieder hier zu sehen«, sagte ich eines Abends gesprächsweise, als wir zu viert im Salon am Kamin saßen. Obwohl es in der Natur bereits grünte, war es nachts noch immer kalt.

»Möglich, daß er sich zu einem Besuch entschließt«, meinte John und wiegte bedenklich den Kopf. »Aber es ist ein höllisches Stück Arbeit, ihn von seinen Geschäften loszueisen. Schon zu unserer Hochzeit mußte ich ihn praktisch an den Rockschößen hierher zerren.«

»Sein erstes Enkelkind würde er doch bestimmt gern sehen wollen«, befand Celia optimistisch. Sie beugte sich über den stets griffbereiten Handarbeitskasten und wählte einen Faden aus. Das Altartuch war halb fertig, und meine Aufgabe bestand darin, hinter irgendeinem Engel ein Stück Himmel zu sticken – eine leichte Arbeit, die ich mir noch leichter machte, denn nach jedem zweiten Stich legte ich die Nadel aus der Hand.

»Nun ja, er ist sicher das, was man einen ›family man‹ nennt«, meinte John. »Oberhaupt eines Clans – eine solche Vorstellung ist bestimmt nach seinem Geschmack. Doch um ihn während der geschäftigsten Jahreszeit von seinen Geschäften loszueisen, müßte ich ihn praktisch entführen.«

»Na, dann tu's doch!« sagte ich, als sei dies ein spontaner Einfall von mir. »Fahr doch hin und hole ihn. Du hast mir doch selbst gesagt, wie sehr dir die süßen Gerüche von Edinburgh fehlen! Also – warum nicht das Angenehme mit dem Nützlichen verbinden? Er könnte während der Entbindung hier sein und auch bei der Taufe.«

»Nun ja.« John runzelte die Stirn. »Ich würde ihn gern wiedersehen – und auch ein paar Kommilitonen von der Universität. Doch möchte ich dich nicht so dir selbst überlassen, Beatrice. Ich würde lieber später reisen – wenn wir alle dazu imstande sind.«

Ich lachte und warf in (halb-)gespieltem Entsetzen die Hände in die Höhe.

»Oh, nein!« rief ich. »Mit einem Neugeborenen bin ich schon einmal gereist. Das reicht mir, ein für allemal. Dein Söhnchen und ich werden brav hierbleiben, bis er entwöhnt ist. Falls du also vor Ablauf von zwei Jahren nach Edinburgh willst, so reist du besser jetzt.«

Celia lachte unwillkürlich auf.

»Beatrice hat absolut recht, John«, sagte sie. »Du kannst dir einfach nicht vorstellen, wie grauenvoll es ist, mit einem Baby zu reisen. Irgendwie scheint alles schiefzugehen, und du kriegst es einfach nicht zur Ruhe. Wenn du möchtest, daß dein Papa das Baby sieht, so wirst du dafür sorgen müssen, daß er hierher kommt.«

»Ihr habt wahrscheinlich recht«, meinte John unsicher. »Allerdings möchte ich dich während deiner Schwangerschaft nicht dir selbst überlassen, Beatrice. Falls irgend etwas schiefgeht, bin ich so weit weg.«

»Ach, mach dir da nur keine Sorgen«, sagte Harry beschwichtigend aus der Tiefe seines Sessels. »Ich verspreche dir, sie nicht auf Sea Fern reiten zu lassen, und Celia wird dafür sorgen, daß sie kein Zuckerwerk nascht. Sie ist hier wirklich bestens aufgehoben, und falls es irgendwelche Probleme gibt, können wir ja nach dir schicken.«

»Ich würde schon ganz gerne fahren«, gestand John. »Aber nur, wenn du wirklich damit einverstanden bist, Beatrice.«

»Das bin ich«, versicherte ich. »Ich verspreche dir, bis zu deiner Rückkehr weder wilde Pferde zu reiten noch mich mit Näschereien vollzustopfen.«

»Und du wirst nach mir schicken, wenn du dich auch nur im geringsten unwohl oder besorgt fühlst?« fragte er.

»Das verspreche ich dir«, sagte ich leichthin, und er nahm meine Hand, drehte sie mit der Innenfläche nach oben, wie er es vor unserer Hochzeit gern getan hatte, und drückte seine Lippen zum Kuß auf den Handteller, um dann sofort meine Finger darüber zu schließen. Ich sah ihn an und lächelte, und in meinen Augen war mein ganzes Herz.

John blieb nur noch bis zu meinem neunzehnten Geburtstag am 4. Mai. Celia hatte praktisch das ganze Mobiliar aus dem Speisezimmer räumen lassen, und zur Feier hatte sich ein halbes Dutzend Nachbarn zum Tanz eingefunden. Müder, als ich's mir anmerken lassen wollte, tanzte ich zwei Gavotten mit John und einen langsamen Walzer mit Harry, ehe ich mich setzte, um meine Geschenke zu öffnen.

Harry und Celia hatten für mich ein Paar Brillantohrringe ausgesucht, Mama eine dazu passende Halskette. Johns Geschenk befand sich in einem ziemlich großen und schweren ledernen Behältnis, das einem Schmuckkästchen ähnelte. Es hatte messingverstärkte Kanten und ein Schloß.

»Ein Haufen Diamanten«, riet ich, und John lachte.

»Noch besser«, sagte er.

Er zog einen kleinen Messingschlüssel aus seiner Westentasche, den er mir reichte. Ich öffnete das Schloß, klappte den Deckel hoch. Das Kästchen war mit blauem Samt ausgeschlagen und enthielt einen Sextanten aus Messing.

»Du lieber Himmel«, sagte Mama, »was ist denn das?«

Ich strahlte John an. »Das, Mama«, sagte ich, »ist ein Sextant, eine wunderschöne Arbeit und eine großartige Erfindung. Mit seiner Hilfe kann ich selbst Karten von den Ländereien von Wideacre anfertigen und bin also nicht mehr auf die Spezialisten aus Chichester angewiesen.« Ich streckte John die Hand entgegen. »Danke, Liebster, vielen Dank.«

»Was für ein Geschenk für eine junge Ehefrau«, sagte Celia kopfschüttelnd. »Ihr paßt wirklich gut zueinander, ihr zwei. John ist genauso sonderbar wie du, Beatrice.«

John lachte vergnügt. »Beatrice ist ja so verwöhnt, daß ich mir schon etwas Besonderes einfallen lassen muß«, sagte er. »Geschmeide und Seide hat sie im Überfluß. Seht euch doch nur diesen Berg von Geschenken an!«

Der kleine Tisch in der Ecke des Raums war in der Tat überhäuft mit bunt eingewickelten Geschenken von Pächtern, Arbeitern und Bediensteten. Und rings im Zimmer waren die Blumensträußchen der Dorfkinder verteilt.

»Du bist außergewöhnlich beliebt«, sagte John lächelnd zu mir.

»Das ist sie in der Tat«, meinte Harry. »So üppig geht's an meinem Geburtstag niemals zu. Wenn Beatrice einundzwanzig wird, werde ich den Tag zum Feiertag erklären müssen.«

»Oh, mindestens eine ganze Woche!« sagte ich und mußte unwillkürlich über den Hauch von Eifersucht in seiner Stimme lächeln. Damals, in jenem ersten Sommer und bei der ersten prachtvollen Ernte hatten ihn die Leute mit offenen Armen aufgenommen und in ihr Herz geschlossen. Doch nach seiner Rückkehr aus Frankreich mußten sie dann entdecken, daß der Squire ohne seine Schwester nur ein halber Master war, der zu allem auch noch unsinnig und unverantwortlich handelte.

Nach meiner Rückkehr aus Frankreich waren die Dinge dann wieder ins Lot gekommen, und die Leute bezeugten mir ihre Dankbarkeit und Zuneigung durch tiefe Knickse und Verbeugungen, durch herzliches Lächeln und – an diesem Tag – durch Geschenke.

Ich trat zu dem kleinen Tisch und begann die Geschenke zu öffnen. Es handelte sich um zumeist kleine, selbstgemachte Dinge. Ein gestricktes Nadelkissen mit meinem Namen darauf, gebildet aus Nadeln mit bunten Glasköpfen. Eine Reitpeitsche, auf deren Griff mein Name eingeschnitzt war. Wärmende Fingerhüllen, unter meinen Reithandschuhen zu tragen. Ein Schal, aus Schafswolle gewebt. Und dann: ein winziges Päckchen, nicht größer als meine Faust und sonderbarerweise in schwarzes Papier eingewickelt. Es trug keinen Gruß, keinen Namen, nichts. Unschlüssig drehte ich es zwischen meinen Händen, mit einer eigentümlichen Unruhe, die sich auch meinem Baby mitzuteilen schien. Es bewegte sich in meinem Bauch.

»Mach's doch auf«, drängte Celia. »Vielleicht steht ja drin, von wem es kommt.«

Ich riß das schwarze Papier auf, und zum Vorschein kam eine kleine braune Eule aus Porzellan.

»Wie süß«, sagte Celia prompt; doch ich fühlte mich vor Entsetzen wie gelähmt: starrte darauf, versuchte ein Lächeln, fühlte, wie meine Lippen zitterten.

»Was ist denn, Beatrice?« fragte John. Seine Stimme schien von weither zu kommen, und als ich ihn ansah, konnte ich sein Gesicht kaum erkennen. Ich schüttelte den Kopf, wie um mich von einem Nebel zu befreien.

»Nichts«, erwiderte ich kaum hörbar, »gar nichts. Entschuldigt mich einen Augenblick.« Ohne ein weiteres Wort drehte ich mich um und ging hinaus. In der Vorhalle läutete ich nach Stride. Er erschien, lächelte mich an.

»Ja, Miß Beatrice?« sagte er.

Ich zeigte ihm das schwarze, zuammengeknüllte Einwickelpapier in meiner Hand. In der anderen Hand hielt ich die kleine, braune Eule. Die Kälte des Porzellans schien meinen ganzen Körper zu durchströmen, rief ein Zittern hervor.

»Eines meiner Geschenke war in dieses Papier eingewickelt«, sagte ich. »Wie ist es hierher gekommen? Wann ist es abgegeben worden?«

Stride nahm das zusammengeknüllte Papier aus meiner Hand und strich es glatt.

»War es ein sehr kleines Päckchen?« fragte er.

Ich nickte. Meine Kehle war wie zugeschnürt.

»Wir meinten, es müsse wohl von einem der Dorfkinder sein«, sagte er mit einem Lächeln. »Es befand sich unter Eurem Schlafzimmerfenster, Miß Beatrice, in einem kleinen Weidenkörbchen.«

»Ich möchte den Korb sehen«, sagte ich. Stride nickte und verschwand. Die Kälte der kleinen Porzellaneule in meiner linken Hand ließ mich frösteln. Natürlich wußte ich, von wem dieses »Geschenk« stammte. Von jenem Mann, der mir vor vier Jahren die Jungeule geschenkt hatte, als Zeichen seiner Liebe, und der jetzt ein Krüppel war, ein Gesetzloser. Ja, Ralph hatte mir dieses Geburtstagsgeschenk geschickt, als ein Zeichen – aber wofür? Ich wußte es nicht.

Die Tür des Speisezimmers öffnete sich, und John erschien, augenscheinlich entsetzt über mein leichenblasses Gesicht.

»Du bist erschöpft«, sagte er. »Was hat dich denn nur so erregt?«

»Nichts, gar nichts«, behauptete ich, doch meine Lippen ließen sich nur mit Anstrengung bewegen.

»Komm und setz dich«, sagte er und zog mich in den Salon. »Erhol dich erst einmal. Möchtest du vielleicht etwas Riechsalz?«

»Ja«, sagte ich, um ihn wenigstens für einen Augenblick los zu sein. »Es ist in meinem Schlafzimmer.«

Er warf mir einen besorgten Blick zu, ging dann hinaus. Ich saß wie erstarrt und wartete auf Stride, der kaum eine Minute später mit dem Weidenkorb erschien. Ich nahm ihn entgegen, entließ Stride mit einem kurzen Nicken.

Ja, es war so, wie ich vermutet hatte. Dieses Körbchen war eine kleinere Kopie jenes Korbes, den ich damals an meinem fünfzehnten Geburtstag im trüben, ungewissen Licht zu meinem Fenster emporgezogen hatte. Das Material war noch so frisch, daß der Korb erst in den letzten Tagen gemacht worden sein konnte – vielleicht hier auf Wideacre-Grund. Ich schrak zusammen. Denn hieß das nicht, daß Ralph womöglich in allernächster Nähe war?

Mit Anstrengung nahm ich mich zusammen. Kniff mir hart in die Wangen, um etwas Farbe hineinzuzaubern, und als dann John mit dem Riechsalz zurückkehrte, hatte ich mich wieder soweit in der Gewalt, daß ich mit einem etwas überlauten Lachen abwinken konnte: Riechsalz, ach was, wirklich überflüssig, die kleine Unpäßlichkeit war längst überstanden. John betrachtete mich, aufmerksam und besorgt, doch bedrängte er mich nicht mit Fragen.

»Es ist nichts«, sagte ich. »Wirklich. Ich habe ein bißchen zuviel getanzt für deinen kleinen Sohn.« Und dabei ließ ich's.

Auf gar keinen Fall durfte ich ihm einen Grund dafür liefern, auf Wideacre zu bleiben. In drei oder vier Wochen würde bereits das Baby da sein. Also verbarg ich all meine Ängste, setzte eine lächelnde Miene auf und half John scheinbar unbeschwert beim Packen seines Reisegepäcks. Und als seine Kutsche dann abfuhr, winkte ich ihm von der Freitreppe her nach, beherrscht, bis zum letzten kontrolliert, während die Hufschläge des Gespanns immer mehr verklangen.

Erst jetzt gab ich die Pose auf: lehnte mich gegen den sonnenwarmen Türpfosten und stöhnte vor Angst bei dem Gedanken an Ralph, wie er, in seiner grenzenlosen Verwegenheit, auf seinem Rappen geritten kommen würde, oder – schlimmer noch – wie er, der Krüppel, gekrochen kam, jedes Hindernis nehmend, eindringend in die Hall. Denn da war sein Haß – ein Haß, so ungeheuer, daß er sich an jenes besondere Geschenk erinnerte, das er mir vor vier Jahren gemacht hatte.

Zum Glück blieb mir keine Zeit zum Grübeln. Es gab viel vorzubereiten, viel zu tun. Tagsüber überwältigte mich oft Müdigkeit, und nachts schlief ich einen bleischweren Schlaf. Während meiner ersten Schwangerschaft hatte ich mich in den letzten Wochen ziemlich gehen lassen können. Diesmal jedoch mußte ich vor drei wachsamen Augenpaaren so tun, als hätte ich bis zu meiner Niederkunft noch zwei Monate Zeit. Also gab ich mir alle Mühe, einen entsprechenden Zustand vorzutäuschen: bewegte mich mit möglichst leichten Schritten, arbeitete den ganzen Tag, preßte nie die Hände gegen meinen schmerzenden Rücken; und nur wenn ich allein in meinem Schlafzimmer war, gestattete ich mir ein Stöhnen und gestand mir, wie zerschlagen ich mich fühlte.

Ich hatte meine Niederkunft für Ende Mai erwartet. Doch die letzten Maitage kamen und gingen, und als ich am 1. Juni erwachte, war ich sehr froh. Juni – irgendwie klang das besser, viel besser. Ich zählte die Wochen an den Fingern her. Sollte das Baby, was mir im Grunde nur recht sein konnte, ein Spätankömmling sein? Doch in derselben Sekunde, wo ich meine Hand nach dem Kalender streckte, durchfuhr ein so heftiger Schmerz meinen Bauch, daß rings um mich alles zu verschwimmen schien und ich wie von fern mein eigenes Stöhnen hörte.

Minutenlang war ich wie paralysiert; dann fühlte ich die nasse Wärme des abgehenden Fruchtwassers – als das Baby seine kurze, gefahrvolle Reise antrat.

Irgendwie gelang es mir, mich von meinem Schreibtisch zu erheben und einen der schweren Stühle an das hohe Regal zu rücken, wo ich all die Unterlagen aufbewahrte, die nicht weniger als 800 Jahre zurückreichten: als sich die ersten Laceys des Landes bemächtigt hatten. Den Stuhl zu erklimmen, bereitete mir höllische Schmerzen, genau wie ich es erwartet hatte. Doch es mußte sein, es gehörte mit zum Spiel. Ich reckte mich, um ans oberste Fach zu gelangen, und riß drei oder vier der dicken alten Folianten herunter, so daß sie laut zu Boden krachten. Dies war ein notwendiger Teil der Szene, wenn sie denn überzeugend wirken sollte. Dann riß ich den Stuhl um und streckte mich daneben auf dem Fußboden aus.

Meine Zofe, die gerade oben in meinem Schlafzimmer beschäftigt war, hörte den Lärm und kam heruntergeeilt. Sie klopfte, öffnete die Tür und nahm voll Entsetzen das Bild in sich auf: umgestürzter Stuhl, herumliegende Bücher, immer größer werdender Fleck auf meinem leichten Seidenkleid. Hilfeschreiend stürzte sie hinaus. Der ganze Haushalt geriet in Panik, und mit allergrößter Behutsamkeit trug man mich in mein Schlafzimmer, wo ich mit einem leisen Stöhnen aus meiner Ohnmacht erwachte.

»Hab keine Angst«, sagte Mama, meine kalte Hand haltend. »Du brauchst nichts zu fürchten, Liebling. Du bist in deinem Arbeitszimmer von einem Stuhl gefallen, und so wird das Baby früher kommen, als erwartet. Wir haben inzwischen bereits nach der Hebamme geschickt, und Harry wird John per Post eine Nachricht schicken.« Sie beugte sich über das Bett und wischte mir mit einem nach Veilchen duftenden Taschentuch über die Stirn. »Es ist allzu früh, mein Liebling«, sagte sie sanft. »Du mußt dich gegen eine Enttäuschung wappnen, dieses Mal. Aber es wird ja andere Gelegenheiten geben.«

Ich brachte ein schicksalsergebenes Lächeln zustande.

»Ich bin in Gottes Hand, Mama«, sagte ich heuchlerisch. »Wird es sehr weh tun?«

»Nein, nein«, versicherte sie zärtlich. »Nur keine Angst, mein gutes, tapferes Mädchen. Du hast ja immer so viel Mut gehabt, Schmerzen und Gefahren zu trotzen. Außerdem wird es ja ein ziemlich kleines Baby sein, da es ja eine Frühgeburt ist.«

Ich schloß die Augen, denn ich spürte starke Schmerzen, von früher her wohlvertraut.

»Mama«, fragte ich, als es vorbei war, »könnte ich wohl solche Limonade haben, wie du sie früher für uns gemacht hast, wenn wir krank waren?«

»Natürlich, mein Liebling«, sagte sie und beugte sich über das Bett, um mich zu küssen. »Ich werde mich sofort darum kümmern. Falls du mich brauchst, kannst du ja läuten, und Celia ist ja ohnehin zur Hand. Mrs. Merry, die Hebamme, dürfte bereits auf dem Weg hierher sein, und nach Mr. Smythe, dem *accoucheur* von Petworth, haben wir einen berittenen Boten ausgeschickt. Wie du siehst, mein Liebling, ist für alles gesorgt. Ruh dich jetzt aus, so gut du kannst. Denn es ist nun mal so, daß es sehr, sehr lange dauert.«

Ich unterdrückte ein Lächeln. Nein: sehr, sehr lange würde es diesmal wohl kaum dauern. Das zweite Baby, soviel wußte ich, kommt schneller als das erste, und ich spürte, wie die Wehen heftiger wurden und die Intervalle dazwischen immer kürzer. Celia saß an meinem Bett und hielt meine Hand, wie sie es ja schon einmal getan hatte.

»Es ist wie das Warten auf Julia«, sagte sie, und ich sah, daß ihre Augen voller Tränen waren. Der Gedanke an die bevorstehende Geburt bewegte sie tief, diese hübsche, unfruchtbare Frau. »Du warst damals so tapfer, liebste Beatrice, und du wirst es auch diesmal sein, das weiß ich.«

Ich lächelte zwar, hörte jedoch kaum mehr hin. Es war, als sei sie unendlich weit von mir entfernt. Was meine Aufmerksamkeit voll in Anspruch nahm, war jenes eigentümliche Ringen in meinem Inneren: zwischen dem Baby, das sich seine Freiheit zu erkämpfen suchte, und meinem Körper, dessen angespannte Muskeln sich gleichsam sträubten, den Weg widerstandslos freizugeben. Abermals traf mich eine Woge aus Schmerz, und ich stöhnte auf; gleichzeitig polterte draußen vor der Tür etwas zu Boden – einem der Mädchen war vor Schrecken das eine Ende der Wiege entglitten, die sie zusammen mit einer anderen Bediensteten trug. Der ganze Haushalt schien kopfzustehen, alles sollte bereit sein für die frühzeitige Ankunft des Babys: das erste seiner Generation, auf Wideacre geboren, gleichsam in die Wideacre-Wiege hinein.

Die Wehen kamen schneller, nur daß es jetzt eigentlich gar keine Schmerzen mehr waren, sondern eher wie eine große Anstrengung, als würde ein schweres Möbelstück bewegt oder mit aller Kraft an einem Seil gezogen. Inzwischen war Mrs. Merry eingetroffen, doch ich achtete kaum auf sie, während sie ein zusammengedrehtes Laken von einem Bettpfosten zum anderen spannte. Als sie mich dann aufforderte, daran zu ziehen, fauchte ich sie böse an. Ich wollte nichts wissen von dieser Methode, nach der Frauen, unter Schmerzen schreiend, kräftig »mitarbeiten« sollten. Was da in mir vorging, während mein Sohn sich Stück für Stück seinen Weg bahnte durch den engen Tunnel meines Körpers, war unsere Sache und unser Geheimnis, seines und meines.

Sie war nicht im mindesten beleidigt, die alte Mrs. Merry. Ihr weißes, runzliges Gesicht verzog sich zu einem Lächeln, und ihre kundigen Augen beobachteten aufmerksam, wie ich, mit krummem Rücken, meinen Körper vor und zurück bewegte, während ich gleichzeitig, mir kaum bewußt, stöhnende, fast gurrende Laute von mir gab.

»Wird schon werden«, sagte sie in einem Ton, wie ich ihn einer fohlenden Stute gegenüber gebrauchen mochte. Und dann packte sie in aller Ruhe ihr Nähzeug aus, setzte sich ans Fußende des Bettes und begann mit irgendeiner Flickarbeit – bis ich sie brauchen würde.

Es dauerte nicht lange.

»Mrs. Merry!« rief ich beschwörend. Celia stürzte herbei, um meine Hand zu halten, doch meine Augen forschten in dem lächelnden Gesicht der weisen Alten.

»Ist es soweit?« fragte sie und krempelte sich die schmutzigen Ärmel hoch.

»Es ist ... es ist ...«, keuchte ich hilflos.

»Pressen!« schrie Mrs. Merry. »Ich kann schon den Kopf sehen.«

Ein Krampf schien mich zu packen, ich hielt inne. Dann wieder ein mächtiges Drücken, und ich konnte fühlen, wie Mrs. Merrys alterfahrene Finger herumtasteten und das Baby packten und ihm dabei halfen, sich herauszuzwängen. Und noch einmal kam ein gewaltiger Schub, Muskeln, Fleisch, alles schien in Bewegung, und dann war es geschafft, und das Kind war frei. Ein dünner, gurgelnder Schrei stieg auf und füllte das Zimmer, und hinter der geschlossenen Tür erscholl Stimmengewirr, laute Rufe, entzücktes Jubeln, als der Pulk der Bediensteten, die sich dort drängten, gleichsam Antwort gaben auf den Schrei des Babys.

»Ein Junge«, sagte Mrs. Merry, während sie ihn, bei den Füßen haltend, wie ein frischgerupftes Huhn hin und her schwingen ließ, um ihn sodann völlig unzeremoniell auf meinem noch stark pulsierenden Bauch zu plazieren. »Ein Junge für Wideacre. Das ist gut.«

Naiv und arglos betrachtete Celia das Neugeborene.

»Wie süß«, sagte sie, und ihre Stimme war voller Liebe und Sehnsucht und ungeweinter Tränen.

Ich nahm ihn in meine Arme und roch den süßen, starken, unvergeßlichen Geruch, den er ausströmte. Und plötzlich quollen, nein stürzten Tränen aus meinen Augen und liefen mir über die Wangen, und ich schluchzte und schluchzte. Weinte aus einem Schmerz, den ich niemandem nennen konnte. Denn die Augen des Kindes waren so unglaublich dunkelblau und sein Haar war so unglaublich schwarz. Und in meinem erschöpften und verwirrten Zustand glaubte ich, es sei Ralphs Baby, glaubte, ich hätte Ralphs Sohn zur Welt gebracht. Mrs. Merry nahm ihn mir resolut aus den Armen, hüllte ihn ein und reichte ihn schließlich Celia.

»Alles raus aus dem Zimmer!« befahl Mrs. Merry. »Ich habe ein heißes Gebräu für sie aufgesetzt, so einen Molketrunk, der ihr helfen wird. Ist gut für sie, sich jetzt auszuweinen – lieber früher als später.«

»Beatrice weint!?« sagte Mama, die gerade in der Türöffnung auftauchte und dann stehenblieb, um mich ungläubig anzustarren.

»Das war einfach alles zuviel für sie«, meinte Celia zartfühlend. »Aber sieh doch nur – das Baby. Was für ein Wunder! Kümmern wir uns erst einmal um ihn. Beatrice braucht jetzt Ruhe. Wir kommen später wieder.«

Hinter ihnen schloß sich die Tür, und ich war allein mit meinem plötzlichen unerklärlichen Kummer – und mit der scharfäugigen alten Mrs. Merry.

»Trinkt dies«, sagte sie, und ich schluckte mit Mühe ein Gebräu, das alle möglichen Kräuter und vor allem einen kräftigen Schuß Gin zu enthalten schien. Nach und nach leerte ich den Krug, und nach und nach versiegten auch meine Tränen.

»Ein Sieben-Monats-Kind, wie?« fragte Mrs. Merry, ihre wachen, kundigen Augen auf meinem Gesicht.

»Ja«, erwiderte ich mit fester Stimme. »Durch meinen Sturz halt früher gekommen.«

»Ziemlich groß für ein Sieben-Monats-Kind«, sagte sie. »Und auch sehr schnell gekommen für ein Erstgeborenes.«

»Was ist Ihr Preis?« fragte ich, zu müde, um mit ihr zu feilschen, und zu klug, um zu lügen.

»Aber nein«, sagte sie. Ihr Lächeln war ein Labyrinth aus Runzeln. »Ihr habt mich reichlich entlohnt, indem Ihr mich habt kommen lassen. Wenn's die Frau des klugen jungen Doktors mit den alten Sitten hält, dann werden sich das sehr viele Ladys in der Grafschaft als Beispiel dienen lassen. Ihr habt mir einen großen, sehr großen Dienst erwiesen, Miß Beatrice. Wenn man weiß, daß ich Euch ganz allein entbunden habe, dann wird man nicht voreilig Mr. Smythe zu Hilfe rufen.«

»Mrs. Merry«, sagte ich, »Sie wissen doch, daß ich mich, soweit möglich, in allem an die alten Sitten halte – sogar bei der Empfängnis.«

Ich lächelte und fuhr zuversichtlich fort. »Wenn ich etwas sage, ist es auf Wideacre praktisch Gesetz. Auf meinem Land wird es für Sie stets ein Cottage geben, Mrs. Merry, und in meiner Küche für Sie stets einen Platz. Ich vergesse meine Freunde nicht ... aber ich hasse Klatsch.«

»Aus meinem Mund werdet Ihr keinen hören«, versicherte sie mit Nachdruck. »Im übrigen gibt's ja keinen, der schwören kann, wie alt ein Kind bei seiner Geburt ist. Nicht einmal Euer kluger junger Mann wäre dazu imstande. Und falls er nicht innerhalb einer Woche oder so zurückkehrt, kann er nicht mal was ahnen – und wenn er auch zehnmal an der Edinburgher Universität studiert hätte!«

Ich nickte und lehnte mich gegen die Kissen zurück, während sie geschickt und ohne irgendeine Unbequemlichkeit für mich die Bettücher wechselte. Dann drehte sie sich um, klopfte mit flacher Hand die Kissen zurecht.

»Holen Sie meinen Sohn, Mrs. Merry«, sagte ich plötzlich. »Bringen Sie ihn mir. Ich brauche ihn.«

Sie nickte, ging schwerfällig hinaus und kehrte dann mit einem Bündel zurück, das sie sorglos in ihren kräftigen Armen hielt.

»Eure Mama und Lady Lacey möchten Euch sehen, aber ich habe nein gesagt«, erklärte sie. »Hier ist Euer Söhnchen. Ich lasse Euch jetzt mit ihm allein, damit ihr zwei miteinander bekannt werden könnt; aber bleibt ja ruhig in Eurem Bett liegen. Ich bin bald wieder da, um ihn zu holen.«

Ich nickte, hörte jedoch kaum hin. Seine blauen Augen schauten in meine, ohne irgend etwas zu sehen. Sein Gesicht glich einem verknautschten Mond, ohne Form und Struktur. Das einzige, was unübersehbar auffiel, war einerseits die Masse des schwarzen, schwarzen Haars und andererseits jene fast veilchenblauen, durchdringend blickenden Augen. Mrs. Merrys Mahnung zum Trotz warf ich die Bettdecke zurück, setzte meine bloßen Füße auf die kalten Dielenbretter und ging, meinen Sohn in den Armen, zum Fenster. Sein Körper war winzig, war leicht wie eine Puppe, war zerbrechlich wie eine Pfingstrose. Ich ließ das Fenster weit aufschwingen und atmete tief, als die süßen, die fruchtigen, die herben Düfte und Gerüche des frühen Juni auf Wideacre ins Zimmer drangen. Dort der Rosengarten war wie ein Dickicht aus Rosa und Rot und Weiß, und es konnte einem schwindlig werden von der unsichtbar heraufschwebenden Wolke betäubender Süße. Jenseits des Gartens dehnte sich die Koppel, üppiges, ellenhohes Sommergras, grün wie Smaragd. Und hinter der Koppel ragten die grauen Stämme der Buchen empor und trugen eine Welt aus lebensstrotzendem Laub: ein Gewölk aus ineinanderschmelzendem Grün, in das, hier und dort, die dunkleren, fast violetten Spritzer der Blutbuchen sich mischten. Und oberhalb der schwankenden Kronen der Bäume zeichneten sich, bläßlicher, die am höchsten gelegenen Felder auf den Flanken und Schultern der Downs ab. Und noch höher, höher als es sich irgend jemand vorstellen kann, höher als je eines Menschen Auge es sonstwo sah, dort befand sich das mächtige Haupt der Downs und der geschwungene Halbbogen der grünen Linie des Horizonts, welcher Wideacre umschließt.

»Siehst du das dort?« sagte ich zu dem Baby und drehte behutsam sein Köpfchen nach vorn. »Siehst du es? All das gehört mir und wird eines Tages dir gehören. Mögen sich andere getrost einbilden, daß sie die Besitzer sind; sie sind es nicht. Es gehört mir, und ich werde dafür sorgen, daß du es bekommst. Hier beginnt eine neue Schlacht, damit es keinen Zweifel geben kann, daß es dir gehören wird, mein Sohn, ganz und gar dir. Denn du bist der Erbe, du allein; du bist der Sohn des Squire und seiner Schwester, hast also zwiefaches Besitzrecht. Aber mehr noch als das: Es gehört dir, weil du es so kennen und so lieben wirst wie ich. Und durch dich wird, selbst nach meinem Tod, das Land wirklich und wahrhaftig mein Land sein.«

Vom Gang, draußen vor meiner Tür, kam das Geräusch schwerer Schritte – zweifellos Mrs. Merry. Rasch warf ich das Fenster zu und hüpfte in mein Bett wie ein unartiges Schulmädchen, das nicht von der Lehrerin erwischt werden möchte. Meine Strafe war ein Schwächeanfall, kaum daß ich mich ausgestreckt hatte. Mein Sohn, mein einzigartiger Sohn, wurde nun zu Mama und Celia gebracht, und mir blieb ein wunderbar friedvoller Schlaf; mir blieben Träume von einer Zukunft, die zwar auf einmal eine größere Herausforderung zu sein schien, aber dafür auch viel heller und strahlender war denn je.

13. Kapitel

Die folgende Woche verbrachte ich in einer Welt zufriedener Mütterlichkeit – ein eigentümlich sinnliches Behagen. Ich lebte in einem Gewirr von Tagträumen, die alle beherrscht wurden von ein und demselben Gedanken: Wie konnte ich Harry dazu bringen, seinen Sohn zum Erben von Wideacre zu machen, ohne daß ich ihm, Harry, seine Vaterschaft verriet. Ich kannte meinen Bruder gut genug, um zu wissen, daß ihn der Gedanke an ein »Kind der Blutschande« zutiefst abstoßen würde. Sogar ich selbst, obschon wesentlich pragmatischer als Harry, scheute ein wenig vor dieser Vorstellung zurück. Im übrigen war mir klar, daß eine Enthüllung dieses Geheimnisses eine Katastrophe bedeuten würde und das Ende all meiner Hoffnungen und Pläne. Und doch – davon war ich überzeugt – mußte es irgendeinen Weg geben, um meinem zweiten Kind – meinem so vollkommenen Sohn – die gleichen Rechte zu verschaffen, wie sie meinem ersten, Julia, gleichsam von selbst zustanden. Solche Überlegungen waren das einzige, was in Augenblicken des Alleinseins mein Glücksempfinden trübte. Meist jedoch fühlte ich mich wie im siebten Himmel, summte und sang, meinen Sohn in den Armen, meinen wunderbaren, vollkommenen Sohn.

Alles an ihm entzückte mich. Seine winzigen Finger, die rundlichen, jedoch wohlgeformten Füßchen (deutlich spürten meine vorsichtig tastenden Fingerkuppen die schöne Struktur der Knochen), die süß riechende Haut des Hälschens, die irgendwie muschelähnlichen Öhrchen, die gerundeten Lippen, wenn er ein *Ooooo* oder *Uuuuu* von sich gab. Und wenn er hungrig war und zu meinen prallen, schier übervollen Brüsten drängte, bildeten seine Lippen ein verlangendes Dreieck; und er saugte und saugte, bis er in einen wie bewußtlosen Zustand milchsatter Behaglichkeit fiel, und sich auf der winzigen Oberlippe ein süßes kleines Bläschen zeigte vom hartnäckig-angestrengten Saugen.

Die Junitage waren so heiß, daß er nackt und strampelnd auf meinem Bett liegen konnte, während ich ihn, nachdem er gebadet worden war, mit Puder und Öl behandelte. Auch bestand ich darauf – genau wie seinerzeit Celia: und jetzt endlich begriff ich das auch –, daß seine Beinchen nicht »festgezurrt« werden sollten, sondern unbehindert zu bleiben hatten. So herrschten nun also zwei kleine Tyrannen über Wideacre: die vollkommene Julia und der gleichermaßen vollkommene Richard.

Denn Richard sollte er heißen. Wie ich auf diesen Namen kam, weiß ich nicht; es sei denn, weil ich beim Anblick des feuchten, pechschwarzen Köpfchens sofort an Ralph gedacht hatte und mir sozusagen das »R« auf der Zunge lag, bevor ich es zurückhalten konnte. Ein Ausrutscher gewissermaßen, wie er mir sonst nie unterlief. Aber Richard, mein kleiner Liebling, machte mich sorgloser, unbeschwerter. Ich träumte für ihn und plante für ihn, doch im Augenblick war er wie fortgeblasen, mein alter Zorn, in dem ich stets auf alles gefaßt und immer zu allem bereit war. In meiner so zufriedenen Gemütsverfassung dachte ich nicht einmal daran, für alle Fälle patente Notlügen parat zu halten. Richard war alles andere als eine kränklich wirkende Frühgeburt. Er war rund und gesund und mußte alle drei bis vier Stunden gestillt werden. Celia stellte keinerlei Fragen – sie war sicher viel zu gutgläubig und zu naiv, um irgend etwas zu ahnen. Aber was war mit dem Hauspersonal? Die Bediensteten ließen sich garantiert kein X für ein U vormachen, und wenn sie im Bilde waren, dann wußte man auch in Acre Bescheid – das lag auf der Hand.

Allerdings ist es bei uns auf dem Land eher die Regel als die Ausnahme, daß die Braut mit prachtvoll gerundetem Bauch vor den Traualtar tritt; denn was soll ein Mann mit einer Frau, bei der er nicht weiß, ob sie überhaupt fruchtbar ist? Natürlich geht's, vornehmerweise, auch ohne einen solchen Beweis, nur darf man sich dann nicht wundern, wenn man am Ende mit leeren Händen dasteht, so wie Harry – eine unfruchtbare Frau und keine Hoffnung auf Änderung. Das Hauspersonal, die Leute im Dorf und wahrscheinlich auch jedermann sonst nahm natürlich an, daß John und ich schon vor unserer Hochzeit »etwas miteinander gehabt« hatten – was unserem Ansehen nicht den geringsten Abbruch tat.

Aber da war noch Mama. Und Mama richtete ihren Blick fest auf das, was für andere eine läßliche Sünde war.

»Er ist wirklich sehr groß für sein Alter«, sagte sie und beobachtete uns aufmerksam, den kleinen Richard und mich. Er lag auf meinem Bett, satt und zufrieden, mit geschlossenen Augen, glücklich schlummernd.

»Ja«, sagte ich, ohne recht hinzuhören.

»Hast du dich womöglich im Datum geirrt, liebste Beatrice?« fragte Mama und senkte ihre Stimme. »Für eine Frühgeburt wirkt er so überaus rund und gesund.«

»Ich bitte dich, Mama, warum um den heißen Brei herumreden«, sagte ich ein wenig belustigt. »Er ist gezeugt worden, als John und ich bereits zur Ehe entschlossen waren. Ich bin nun mal für die alten Bräuche; das Kind ist von dem Mann, der mir anverlobt war, und *das* ist ja wohl kein Unglück.«

Mamas Gesicht drückte unverkennbar Mißbilligung aus.

»Schon gut, Beatrice«, sagte sie, »ich weiß, daß es als moralisch akzeptabel gilt, und wenn dein eigener Mann keinerlei Einwände hat, so werde ich mich jeglicher Kritik entschlagen. Doch scheint mir das typisch für deine Erziehung hier auf dem Land und deine Versessenheit auf ›ländliche Werte‹. Ich hätte mir so etwas nicht einmal träumen lassen. Jedenfalls bin ich froh, daß ich für dich keine Verantwortung mehr trage.«

Und damit rauschte sie in heller Empörung hinaus, und ich platzte fast vor Lachen, während Richard friedlich dösend in der Sonne lag, als sei es ihm, weiß Gott, herzlich egal, ob seine Mama nun ein »Flittchen« war oder nicht.

Die Lüge, daß John und ich das Kind vor unserer Hochzeit gezeugt hatten, wirkte so überzeugend, daß ich mir wegen Johns Rückkehr und seiner Reaktion keinerlei Sorgen machte. Ich wußte wenig über Babys und glaubte, daß drei Wochen im Säuglingsalter nur einen geringen Unterschied machten. An Julias erste Tage konnte ich mich kaum noch erinnern: In der Zeit bis zur Rückkehr nach England schien sie, ohne sich wesentlich zu verändern, halt um einiges zugenommen zu haben. Im übrigen hatte mich die erfolgreiche Täuschung mit Julia selbstsicher gemacht. Warum sollte mir nicht wieder gelingen, was mir bereits einmal gelungen war? Und John? Nun, er war zwar ein kluger und scharfäugiger Arzt, aber auch er würde schon nach kurzer Zeit Schwierigkeiten haben, aus dem Zeitpunkt der Geburt eindeutige Schlüsse zu ziehen. Nur noch ein paar Tage ... und bei seiner Rückkehr würde er nichts merken, nichts ahnen.

Doch er traf früher ein.

Früher jedenfalls, als von uns erwartet. Noch vor Ablauf der Woche befand er sich wieder bei uns. Wie der Leibhaftige mußte er gereist sein: hatte die Kutscher bestochen, ihre Pferde gnadenlos und ohne Futterpause anzutreiben bis zur nächsten Poststation, um dort Kutsche oder Gespann zu wechseln. Bei Tag und bei Nacht war er durchs Land gejagt, und dann kam er in einer schmutzüberkrusteten Chaise die Auffahrt heraufgeprescht, und wir hörten seinen polternden Schritt in der Vorhalle, und dann war er auch schon im Salon. Mama saß am Piano, Celia hatte Julia auf ihrem Schoß, und ich saß auf dem Fenstersitz, neben mir die Holzwiege mit Richard. John wirkte sehr erschöpft. Sein Gesicht, unter verkrustetem Schlamm, war blaß und unrasiert, und er roch nach Whisky. Ungläubig blickte er sich um, als sei dieser ruhige, friedliche Salon für ihn so etwas wie eine fremde Welt; dann richtete er seinen Blick auf mich.

»Beatrice, mein Liebstes«, sagte er und kniete dann neben mir und preßte seine trockenen, wie borkigen Lippen fest auf meinen Mund, schlang einen Arm um meine Taille.

Hinter ihm knallte die Tür. Mama und Celia waren hinausgeeilt, um uns alleinzulassen.

»Allmächtiger Gott«, sagte er mit einem tiefen, erschöpften Seufzen. »Ich hatte ja solche Angst, du könntest tot sein oder sterbenskrank, vielleicht am Verbluten; und hier find' ich dich, liebreizend wie ein Engel und wohlauf.« Seine Augen forschten in meinem Gesicht. »Bist du's wirklich – wohlauf, meine ich?«

»Oh, ja«, sagte ich mit leiser, zärtlicher Stimme. »Genau wie dein Sohn.«

Er stieß einen überraschten Ruf aus und drehte sich dann, ein fassungslos-freudiges Lächeln wie zaghaft um den müden Mund, zur Wiege herum. Plötzlich jedoch war dieses halbe Lächeln wie weggewischt, und als er sich jetzt über die Wiege beugte, waren seine Augen voller Härte.

»Wann geboren?« fragte er, und seine Stimme war kalt.

»Am 1. Juni, vor zehn Tagen«, sagte ich und versuchte, meine Stimme unter Kontrolle zu halten.

»Rund drei Wochen vor der Zeit, wie?« Johns Stimme klang noch kälter, noch schärfer. In mir stieg Angst hoch. Ich fühlte, wie ich, kaum merklich, zu zittern begann.

»Zwei oder drei«, sagte ich. »Ich bin mir da nicht ganz sicher...«

John hob Richard aus der Wiege, und er tat es nicht mit den liebenden Händen eines Vaters, sondern den erfahrenen des Arztes. Er wickelte das Kind aus dem Tuch. Meinen halbherzigen Protest ignorierend, enthüllte er das Baby so schnell und so geschickt, daß es nicht einmal weinte. Dann zog er behutsam an den Beinchen und Händchen und tastete das runde Bäuchlein ab. Mit seinen nervigen Arztfingern umschloß er wie prüfend das pummelige Handgelenk und die genauso pummeligen Knie. Dann hüllte er das Baby wieder in das Tuch und legte es vorsichtig in die Wiege zurück, wobei er den Kopf des Kindes stützte, bis es wieder sicher in seinem Bettchen lag. Nun erst richtete er sich auf und wandte sich voll zu mir herum. Als ich den Ausdruck in seinen Augen gewahrte, war es, als bräche eine dünne Eisdecke unter mir ein; ich stürzte in eine nachtschwarze Tiefe, in der es keine Hoffnung gab, nur Katastrophe und Ruin.

»Das Kind ist voll ausgetragen worden«, sagte er, und seine Stimme stach wie splitterndes Glas. »Du hattest es in deinem Bauch, als du dich mir hingegeben hast. Du hattest es in deinem Bauch, als du mich geheiratet hast. Und zweifellos hast du mich aus eben diesem Grund geheiratet. Das macht dich zu einer Hure, Beatrice Lacey.«

Er brach ab, und ich öffnete den Mund, brachte jedoch kein Wort heraus. Das einzige, was ich jetzt fühlte, waren Schmerzen in meiner Brust, so als triebe ich, unter einer dünnen Eisdecke, im eiskalten Wasser eines Flusses dahin.

»Und noch etwas bist du«, sagte er mit unbewegter, fast tonloser Stimme. »Du bist eine Närrin. Denn ich habe dich so sehr geliebt, daß ich dich geheiratet und das Kind akzeptiert haben würde, hättest du mich nur darum gebeten. Doch du hast es vorgezogen, zu lügen und zu betrügen und mir meinen guten Namen zu stehlen.«

Unwillkürlich hob ich die Hände: wie um einen Schlag abzuwehren. Ich war ruiniert. Und ruiniert war auch mein wunderbarer Sohn. Was hätte ich nur sagen können, um uns zu retten? Ich fand kein schützendes Wort.

Mit eiligen Schritten ging John zur Tür; öffnete und schloß sie geräuschlos. Mit angespannten Nerven wartete ich auf das Knallen der Tür zum Westflügel. Es blieb aus. Nur das leise Klicken der Bibliothekstür war zu hören. Dann war das Haus still – so still, als sei alles darin erstarrt.

Bewegungslos saß ich, während die Sonne über den Himmel wanderte und gleichzeitig mit unendlicher Langsamkeit ein Finger aus Licht durch das Zimmer glitt. Doch mir war kalt, und trotz des wärmenden Seidenkleides fröstelte ich. Voller Anspannung lauschte ich, ob da nicht irgendein Geräusch war, in der Bibliothek; doch ich vernahm nichts. Das friedliche Ticktack der Salonuhr klang so sacht und so regelmäßig wie der Schlag eines Herzens; doch das Pendel der Großvateruhr draußen, durch Widerhall noch verstärkt, tönte lauter und zerhackte die Zeit in Sekunden.

Ich konnte nicht länger warten, hielt's nicht mehr aus. Ich schlüpfte aus dem Zimmer und lauschte vor der Bibliothekstür. Kein Geräusch, und doch spürte ich seine Anwesenheit dort drinnen; witterte ihn, wie ein Hirsch einen lauernden Hund wittert. Ich stand stocksteif, mit vor

Angst geweiteten Augen, schwer atmend. Mein Mund war trocken, wie ausgedörrt... und dann trat ich ein, mit plötzlichem Entschluß. Schließlich war ich ja meines Vaters Tochter, und so groß meine Furcht auch war, so wirkte in mir doch ein Instinkt, der verlangte, daß ich mich ihr stellte. Ich drehte am Türknauf, die Tür öffnete sich einen Spalt, ich spähte hindurch, ohne etwas zu sehen, und drückte die Tür weiter auf.

Und jetzt sah ich ihn. Er saß in dem Ohrensessel, seine dreckigen Reitstiefel auf die Samtkissen auf dem Fenstersitz gestreckt, und starrte wie blicklos hinaus auf den Rosengarten. In der einen Hand hielt er mit schlaffen Fingern ein Glas, und zwischen den Kissen des Stuhls steckte eine Flasche mit MacAndrew-Whisky. Die Flasche war fast leer; er hatte schon während der Reise getrunken und wirkte jetzt stark berauscht. Er drehte den Kopf, beobachtete mich, während ich mit nachschleifenden Röcken über den Orient-Teppich schritt. Sein Gesicht war das eines Fremden: eine Maske aus Schmerz. Zu beiden Seiten seines Mundes zogen sich Furchen, die ich nie zuvor bemerkt hatte, und der Ausdruck seiner Augen war irgendwie – zerschunden.

»Beatrice«, sagte er, und seine Stimme war wie ein sehnsuchtsvolles Stöhnen. »Beatrice, warum hast du es mir nicht gesagt?«

Ich trat ein Stück näher und breitete die Hände, die offenen Innenflächen ihm zugekehrt: so, als hätte ich keine Antwort.

»Du bist mir doch so wichtig gewesen«, sagte er, und in seinen Augen glänzten Tränen, und tränenfeucht waren auch seine Wangen. Die tiefen Linien zu beiden Seiten seines Mundes waren wie Wunden. »Du hättest doch Vertrauen haben können zu mir. Ich hatte dir doch versprochen, daß ich für dich sorgen würde. Du hättest mir vertrauen sollen.«

»Ich weiß«, sagte ich, und meine Stimme brach in einem Schluchzen. »Aber ich... ich konnte es einfach nicht über mich bringen, es dir zu sagen. Ich liebe dich doch so sehr, John!«

Er stöhnte leise und lehnte seinen Kopf zurück: als bestätige mein Liebesbekenntnis seine Erwartung, lindere jedoch nicht im mindesten seinen Schmerz.

»Wer ist der Vater?« fragte er mit dumpfer Stimme. »Du hast mit ihm geschlafen, während ich um dich freite, nicht wahr?«

»Nein«, sagte ich. »Nein, so ist das nicht.« Vor seinem schmerzerfüllten Blick senkte ich die Augen, starrte zu Boden.

»Hat es irgend etwas mit der Porzellaneule zu tun?« fragte er plötzlich, und ich zuckte zusammen, erschrocken über seine Scharfsinnigkeit. »Hat es vielleicht etwas mit jenem Seemann am Strand zu tun, mit jenem

Schmuggler?« fragte er, schärfer jetzt. Seine Augen bohrten sich in mich hinein. Er hielt alle Stücke des Puzzles in der Hand, schien jedoch nicht zu wissen, wie er sie zusammenfügen sollte. Auch unser Glück und unsere Liebe war jetzt wie in Stücke zersplittert, hoffnungslos, unrettbar. Und was hätte ich nicht darum gegeben, seine Liebe wieder zu besitzen.

»Ja«, sagte ich tonlos.

»Ist es der Anführer der Bande?« fragte er. Seine Stimme klang jetzt leise und zart, als behandle er einen schwer erkrankten Patienten.

»John...«, sagte ich flehend. Seine gedankenschnellen Fragen drohten mich noch tiefer in einen Pfad der Lügen zu führen, und ich ahnte nicht einmal, wohin der Weg gehen würde. Die Wahrheit konnte ich ihm unmöglich sagen, und eine Lüge, eine für ihn befriedigende Lüge, hatte ich nicht parat.

»Hat er dich gezwungen?« fragte John mit sehr, sehr sanfter Stimme. »Besaß er irgendeine Macht über dich, vielleicht Wideacre?«

»Ja«, sagte ich fast unhörbar und betrachtete sein Gesicht. Es war verzerrt, wie unter furchtbarer Folter. »Oh, John!« rief ich. »Sieh mich bitte nicht so an. Ich habe ja versucht, das Baby loszuwerden, aber das gelang mir einfach nicht. Wie eine Wahnsinnige bin ich geritten, schreckliches Gebräu habe ich getrunken. Ich wußte nicht, was ich tun sollte! Oh, wie sehr wünschte ich jetzt, daß ich es dir erzählt hätte!« Ich fiel bei seinem Stuhl auf die Knie, schlug die Hände vors Gesicht und weinte wie eine Bäuerin an einem Totenbett. Ich wagte nicht einmal, seine Hand auf der Armlehne zu berühren. Ich konnte nur knien – einfach so daknien, versunken in Leid und Elend.

Doch während ich immer tiefer zu versinken schien wie in einem Nebel aus Kummer und Schmerz, fühlte ich plötzlich eine Berührung – das schönste und zärtlichste Streicheln, das ich jemals empfunden. Seine Hand lag auf meinem vorgebeugten Kopf, und ich hob mein Gesicht empor und sah ihn an.

»Oh, Beatrice, du, meine Liebe«, sagte er mit brüchiger Stimme.

Ich schmiegte meine nasse Wange gegen seine Hand. Er öffnete sie, so daß sie mein ganzes Gesicht umspannte, und ich fügte mich gleichsam hinein, während meine Augen in seinen Augen forschten.

»Geh jetzt«, sagte er leise, und in seiner Stimme war keine Spur von Zorn, nur tiefer, tiefer Kummer. »Ich bin zu müde und zu betrunken, um klar zu denken. Im Augenblick habe ich das Gefühl, dies sei das Ende der Welt, Beatrice. Aber ich möchte nicht darüber sprechen, bevor ich nicht genügend Zeit zum Nachdenken gehabt habe. Geh jetzt.«

»Wirst du auf dein Zimmer gehen und dort schlafen?« fragte ich behutsam – sein Gesicht war so stark von Erschöpfung gezeichnet, und seine Augen waren so voller Schmerz, daß ich ihn nur zu gern auf einem bequemen Ruhelager gewußt hätte.

»Nein«, sagte er, »ich werde hier schlafen. Laß alle wissen, daß ich nicht gestört werden möchte. Ich möchte eine Zeitlang allein sein.«

Ich nickte und fügte mich. Während ich mich erhob, berührte er mich nicht wieder, und ich ging mit sehr langsamen Schritten auf die Tür zu.

»Beatrice«, sagte er leise, und sofort drehte ich mich um.

»Dies ist die Wahrheit?« fragte er und schien buchstäblich in meinem Gesicht lesen zu wollen. »Es war der Schmuggler, und er hat dich gezwungen?«

»Ja«, erwiderte ich. Was wohl hätte ich sonst sagen sollen? »So wahr Gott mein Zeuge ist, John, ich habe dich nicht willentlich betrogen. Niemals wäre ich dir untreu gewesen, hätte ich mich nicht der Gewalt beugen müssen.«

Er nickte kaum merklich: so als sei meine Beteuerung ein Strohhalm, an den er sich klammern wolle; ein ganz leiser Hoffnungsschimmer für das Erreichen des anderen Ufers. Doch er blieb stumm, und ich verließ das Zimmer.

Ich warf mir einen Schal um und ging hinaus ins Freie, wie ich es immer tat, wenn mich etwas tief bedrückte. Der Rosengarten, die Koppel, der Wald, der Fenny. Meine seidenen Schuhe waren völlig verdreckt, und verschmutzt war auch der Saum meines schönen, langen Nachmittagskleides.

Ich schritt dahin mit emporgerecktem Kopf, die Hände zu Fäusten geballt, die Wangen von Tränen verfleckt. Und ich trauerte um all das, was endgültig verloren schien.

Denn ich liebte John. Ich liebte ihn, als einen Mann, der mir ebenbürtig war – der Herkunft (daß in Ralphs Adern Zigeunerblut floß, hatte ich nie völlig verdrängen können) wie auch seiner geistigen Beweglichkeit nach (während Harry durch all sein Buchwissen in seinem Denken eher langsam und träge wirkte). John, in seiner hinreißenden Art, hatte mich erobert wie kein Mann je zuvor: Körper *und* Geist – ein für mich völlig neues Vergnügen, dessen ich, wie ich meinte, niemals müde werden würde.

Aber all das schien jetzt zerbrochen zu sein. Fast jedenfalls. Der winzige Hoffnungsrest hing an jenem dünnen Faden der Lüge, den ich selbst gesponnen hatte, und schon ein Hauch von Wahrheit würde genügen, ihn zerreißen zu lassen.

Um mir meinen Platz auf Wideacre zu sichern, hatte ich buchstäblich nichts unversucht gelassen. Doch in einer jener dunklen Nächte, in denen ich Harry den fälligen »Pachtzins« zahlte, hatte ich jenes Kind empfangen, das mir jetzt zum Verhängnis werden konnte. Mein Mann konnte mich verstoßen, und ich würde in Schande davongejagt werden; er konnte mich auch mit sich fortnehmen, fort von Wideacre.

Unwillkürlich blieb ich stehen und lehnte meinen Kopf mit der Stirn gegen die rauhe Rinde eines Kastanienbaums. Dann drehte ich den Kopf hin und her, und irgendwie hatte die Berührung, gleich einer derben Zärtlichkeit, etwas Tröstliches. Schließlich drehte ich mich herum, lehnte mich mit dem Rücken gegen den Stamm, hob den Kopf, sah durch das Blätterwerk den blauen Junihimmel, sah die rötlichen Blüten.

»Oh, John«, sagte ich traurig.

Wenn es auf der Welt einen Menschen gab, dem ich auf gar keinen Fall auch nur das geringste Leid zufügen wollte, dann war er es. Vielleicht würde er mich endgültig zurückweisen; vielleicht würden wir uns niemals wieder lieben. Doch ein unwiderruflicher Bruch zwischen uns schien unvorstellbar; ich konnte und ich wollte an kein Ende glauben; und während mir wieder Tränen über die Wangen rannen, war da in mir ein Gefühl, als könne ich fast verzichten auf Wideacre – auf das Haus wie auf das Land –, um nur diesen so guten Mann nicht zu verlieren. Verzichten, ja. Fast.

Ich stand und wartete darauf, daß der Wald mir Trost spenden würde, wie stets. Mit geschlossenen Augen lauschte ich auf das Plätschern des Wassers, auf das zärtliche Gurren der Waldtauben; sogar der Ruf eines Kuckucks ertönte von fernher, von der Höhe der Downs vermutlich.

Aber an diesem Tage wirkte er nicht, der alte, sonst so selbstverständliche Zauber des Landes; nichts milderte meine Traurigkeit. In der Bibliothek war der Mann, den ich liebte und von dem ich gehofft hatte, daß er mein Kind lieben werde. Er hatte sich zurückgezogen wie in eine Höhle, von der er sich Schutz versprach. Und je mehr ich darüber nachdachte, desto deutlicher glaubte ich zu erkennen, daß es für mich nur einen Weg zurück in sein Herz und in sein Vertrauen gab: eine gewaltige Lüge, die ich ihm mit allem Geschick und aller Unverfrorenheit auftischen mußte, wenn er wieder wach und nüchtern war.

Ich löste mich von dem Baum, machte mich mit langsamen Schritten auf den Rückweg. Im Rosengarten brach ich eine der frühen Rosen, eine weiße, und nahm sie mit ins Haus, wo ich sie auf meinen Frisiertisch legte, während meine Zofe mir mein langes Haar flocht und puderte. Als ich dann, in der Haltung einer Königin, zum Dinner hinunterging, hielt ich die Rose zwischen meinen Fingern und drückte mir die Dornen ins Fleisch, wenn ich aufsteigende Tränen fühlte.

Mama und Celia zogen mich ein wenig wegen Johns Abwesenheit auf. Celia hatte für seine Lieblingsspeise gesorgt, hatte Wildente mit Zitrone zubereitet; doch ich empfahl, ohne ihn mit dem Essen anzufangen und sein Lieblingsgericht für später aufzuheben.

»Er ist erschöpft«, sagte ich. »Er hat eine lange, lange Reise hinter sich, und sein einziger Begleiter war eine Kiste voll Whiskyflaschen von seinem Papa. Seinen Diener hat er für eine beträchtliche Wegstrecke zurückgelassen, und sein Gepäck wird wohl noch nicht einmal London erreicht haben. Er ist zu schnell gereist, viel zu schnell. Das Beste ist, sich von ihm fernzuhalten, damit er sich erst einmal richtig ausruhen kann.«

Die weiße Rose ließ ich während des gesamten Dinners neben meinem Teller liegen. Gelbliches Kerzenlicht flackerte über ihr reines Weiß. Mama, Harry und Celia unterhielten sich unbeschwert, und ich konnte mich damit begnügen, dann und wann ein belangloses Wort einzuflechten. Nach dem Dinner begaben wir uns in den Salon, und während Celia Klavier spielte und Mama sich mit irgendeiner Handarbeit beschäftigte, saßen Harry und ich vor dem Kamin und blickten in die flackernden Flammen.

Als der Tee gebracht wurde, murmelte ich irgendeine Entschuldigung und verließ den Salon. In der Bibliothek fand ich John. Er saß schlafend in seinem Lieblingsstuhl, den er ans Fenster gerückt hatte. Auf einem Tisch, unmittelbar daneben, standen griffbereit ein Glas und die Flasche. Wahrscheinlich hatte er mich beobachtet bei meinem Spaziergang durch den Rosengarten und über die Koppel bis zum Wald. Was mochte er bei meinem Anblick empfunden haben? Schmerz – Liebesschmerz? Was für Gefühle es auch gewesen sein mochten, er hatte sie jedenfalls betäubt: die Flasche war leer. Auf dem Teppich zeichnete sich ein Flecken ab, verschütteter Whisky vermutlich. Er saß mit zurückgelehntem Kopf und schnarchte. Aus dem Schrank in der Vorhalle holte ich eine Reisedecke und breitete sie über seine ausgestreckten Beine. Dann kniete ich nieder und schmiegte meine Wange gegen sein schmutziges, stoppelbärtiges Gesicht.

Minutenlang verharrte ich so.

Schließlich erhob ich mich, setzte ein leeres und nichtssagendes Lächeln auf und kehrte in den Salon zurück. Celia war inzwischen dabei, aus einem Roman vorzulesen, und so blieb es mir erspart, Konversation zu machen. Endlich schlug es dann elf – im altvertrauten Duett der Großvateruhr draußen und der Uhr im Salon –, und Mama richtete sich mit einem Seufzer auf, endlich befreit von der selbstauferlegten Dauerfron am Altartuch.

»Gute Nacht, meine Lieben«, sagte sie und küßte Celia, die sich sofort erhoben hatte, um vor Mama zu knicksen. Mir gab meine Mutter einen flüchtigen Kuß auf die Stirn, und Harry küßte sie auf die Wange.

»Gute Nacht, Mama«, sagte er, die Tür für sie öffnend.

»Gehst du gleichfalls zu Bett, Celia?« fragte ich.

Nach wie vor war Celia die Frau, die sich willig in die gegebene Rangordnung fügte.

»Soll ich?« fragte sie, ohne diese Frage an irgend jemanden zu richten.

»Geh nur und wärm schon das Bett für mich«, sagte Harry lächelnd zu ihr. »Ich habe mit Beatrice noch etwas Geschäftliches zu besprechen. Wird nicht lange dauern.«

Sie küßte mich und berührte Harrys Wange sacht mit ihrem kleinen Fächer. Er schloß die Tür hinter ihr und kam dann zu seinem Sitz am Kamin zurück.

»Etwas Geschäftliches?« fragte ich, ihn aufmerksam musternd.

»Nicht direkt«, sagte er mit einem wissenden Lächeln. »Aber ich habe mir gedacht, daß du dich inzwischen von der Entbindung erholt haben wirst, Beatrice. Und ich mußte an den Dachboden im Westflügel denken.«

Eine tiefe Müdigkeit überkam mich.

»Oh, nein, Harry«, sagte ich. »Nicht heute nacht. Körperlich bin ich zwar wieder wohlauf, und wir werden auch bald dort oben zusammenkommen, aber nicht jetzt, nicht heute. John ist wieder daheim, und Celia wartet auf dich. Vielleicht können wir uns morgen abend dort treffen.«

»Morgen wird John ausgeruht sein, und dann wird er dauernd mit dir zusammensein wollen«, sagte Harry. Er wirkte wie ein verwöhntes Kind, dem ein Spielzeug verweigert wird. »Voraussichtlich wirst du auf Wochen hinaus nur heute nacht frei sein.«

Ich seufzte vor Müdigkeit und Überdruß. Harrys rücksichtsloses Beharren auf Befriedigung seiner perversen Wollust widerte mich an.

»Nein«, wiederholte ich. »Es ist unmöglich. Der Raum oben ist kalt und dunkel. Ich habe keine Anweisung gegeben, dort zu heizen. Wir werden schon bald wieder zusammenkommen, aber heute nacht geht das nicht.«

»Wenn nicht dort, dann halt hier!« sagte Harry, und sein Gesicht hellte sich auf. »Hier vor dem Kaminfeuer im Salon! Warum eigentlich nicht, Beatrice?«

»Nein, Harry«, sagte ich mit zunehmender Gereiztheit. »John schläft in der Bibliothek, und er könnte wach werden. Oben wartet Celia auf dich, und sie will dich.«

»Aber heute nacht will ich dich«, sagte Harry starrsinnig, und sein sonst so weicher Mund bildete eine schroffe Linie. »Wenn wir den Dachraum nicht benutzen können, nun gut – aber dann will ich dich hier.«

Ich hatte einen langen, schlimmen Tag hinter mir – und jetzt zu allem noch dies? Doch es schien sich nicht vermeiden zu lassen.

»Komm, Beatrice, komm schon«, sagte er und kniete dann vor mir nieder, einen Arm um meine Taille schlingend, mit der anderen Hand unter meinen Röcken wühlend.

»Also gut«, sagte ich gereizt. »Aber hör endlich damit auf, Harry, du zerreißt noch mein Kleid.« Mit flinken Fingern lockerte ich mein Korsett, raffte meine Röcke und Petticoats hoch und legte mich vor dem Kamin auf den Boden. Bei Harrys halsstarriger Stimmung schien es ratsam, die Sache schleunigst hinter mich zu bringen: meinem Bruder wieder einmal den Pachtzins zu zahlen. Da Harry bereits sehr erregt war, würde es höchstens ein paar Minuten dauern. Bei meinem aufreizenden Anblick atmete er heftig, und sein vollwangiges Gesicht glänzte rötlich im flackernden Widerschein der Flammen. Inzwischen war er vom Bauchnabel abwärts nackt, und ich spreizte in trägem Widerstreben die Beine, damit er in mich eindringen konnte.

»Oh, Beatrice«, sagte er, und ich lächelte bitter: lächelte, weil er meinem mechanischen Michhingeben den Vorzug gab vor Celias liebevollen Küssen im Masters-Bett. Während er mit seinen altgewohnten rhythmischen Bewegungen begann, hob ich meine Hüften ein wenig höher und hörte, wie er vor Wonne stöhnte, weil er nun tiefer drang. Und dann vergaß ich all mein inneres Widerstreben, weil der Rhythmus seines Körpers mich wie von selbst mitschwingen ließ und sich, von meiner heißen Körpermitte her, Wellen zu breiten schienen bis zu meinen Zehenspitzen. Die unwiderstehliche Wollust des Augenblicks hielt mich gefangen, und ich war wie blind und taub für alles ringsum.

Aber dann drang von fern etwas an mein Bewußtsein, ein Geräusch, daß sich weder durch Harrys Keuchen noch mein leises Stöhnen erklären ließ – es war ein Klicken – das Klicken einer Tür – und zu spät, viel, viel zu spät wurde mir bewußt, wie alles zusammenhing: Die Tür des Salons hatte sich geöffnet, und das klickende Geräusch war entstanden, als die Hand meiner Mutter im Schock den Türknauf losgelassen hatte und der Riegel zurückgeschnellt war.

Alle Bewegungen wirkten unendlich verlangsamt, so daß jede Reaktion lächerlich und sinnlos schien. Ich öffnete die Augen so träge, als seien die Lider durch Kupfermünzen beschwert. Und während mein Bruder über mir fortfuhr in wie besessenem Rhythmus, begegnete ich dem Blick meiner Mutter.

Starr wie eine Statue stand sie in der Türöffnung zum Salon. Das Kerzenlicht aus der Diele hinter ihr war so stark, daß es die Szene vor dem Kamin praktisch taghell erleuchtete. Und so sah unsere Mutter Harrys kugelrunde, fette, weiße Hinterbacken, wie sie sich rhythmisch hoben und senkten, und mein kalkweißes Gesicht, während ich Mama stumm über die Schulter von Harrys Samtjackett hinweg anstarrte.

Ganz, ganz langsam dämmerte uns allen die Ungeheuerlichkeit dieser Situation.

»Ich habe meinen Roman hier liegenlassen«, sagte Mama fast entschuldigend, während sie uns beide beobachtete, wie wir vor dem fröhlich flackernden Kaminfeuer kopulierten. Das heißt, inzwischen hatte auch Harry etwas bemerkt, und so lag er nun mucksmäuschenstill auf mir, das Gesicht Mama zugewandt, mit hervorquellenden Blauaugen.

»Ich bin nur gekommen, um mein Buch zu holen«, versicherte Mama, und erst jetzt, in demselben Augenblick, da er ihren Fingern entfiel, wurde mir bewußt, daß sie einen Kandelaber in der Hand gehalten hatte. Sie taumelte rückwärts aus dem Salon, als sei der Anblick ihrer beiden Kinder, dort vor dem Kamin, für sie ein tödlicher Schlag.

Harry wirkte wie gelähmt, ich dagegen erwachte jetzt aus meinem wie tranceartigen Zustand – bewegte mich so schnell ich nur konnte – und immer noch viel zu langsam. Doch gelang es mir, gleichsam unter Harry fortzukriechen. Rasch brachte ich mein Kleid in Ordnung.

»Zieh doch um Gottes willen deine Breeches hoch«, zischte ich Harry an, und endlich raffte er sich hoch und fingerte an seiner Kleidung herum. Ich ging zur Tür und stürzte um ein Haar über Mama, die zusammengekrümmt neben den noch rauchenden Kerzen lag. Sonderbarerweise wirkte ihr Gesicht nicht weiß, sondern grün, zweifellos der absurde

Effekt des Lichts aus der Diele. Instinktiv tastete ich an ihrem Hals nach einer Ader, nach dem pochenden Puls. Nichts. Dann horchte ich an ihrer Brust, an ihrem Herzen. Wieder nichts. Sie sah aus wie der Tod, und von einem Puls fand sich nicht die leiseste Spur.

»Allmächtiger Gott!« sagte ich fassungslos. Und dann, mit raschem Entschluß, zu Harry: »Komm und hilf mir, sie zu ihrem Bett zu tragen.«

Er bückte sich, hob sie hoch, trug sie in beiden Armen und folgte mir dann die Treppe hinauf. Ich hielt inzwischen eine brennende Kerze in der Hand, und ihr Flackerlicht warf von Harry und seiner Last groteske, gespenstische Schatten an die Wände. Endlich waren wir oben, und Harry legte Mama auf ihr Bett. Dann standen wir beide in bewegungslosem Schrecken, sahen ihre Leichenblässe, ihre totengleiche Starre.

»Sie sieht sehr krank aus«, sagte Harry, und seine Worte klangen wie aus weiter Ferne und endlos zerdehnt.

»Ich glaube, ihr Herz hat aufgehört zu schlagen«, sagte ich mit eigentümlicher Nüchternheit.

»Wir müssen sofort John holen«, meinte Harry und wollte zur Tür. Ich streckte eine Hand aus, um ihn zurückzuhalten.

»Es muß sein, Beatrice«, sagte er mit überraschender Festigkeit. »Was auch immer geschieht – Mamas Gesundheit ist nun einmal das Allerwichtigste.«

Ich lachte ihm ins Gesicht. Es war ein Lachen, das meinen ganzen Körper durchschüttelte, doch es war ein lautloses Lachen.

»Oh, ja«, sagte ich, »tu du nur deine Pflicht, du Drei-Penny-Squire.« Angewidert wandte ich mich ab.

Und so, bewegungslos wie eine Statue, den Blick auf Mamas kaltes Gesicht gerichtet, stand ich noch, als sie ins Zimmer kamen. Harry hatte John fast die Treppe heraufragen müssen, weil John viel zu erschöpft und zu berauscht war, um sich ganz ohne fremde Hilfe bewegen zu können. Harry hatte ihn ohne lange Erklärung wachgeschüttelt und ihm Wasser über den Kopf gekippt, aber John befand sich nach wie vor in stark alkoholisiertem Zustand. Doch obwohl er gleichsam privatim einem Wrack ähnelte, war da etwas in ihm, das ihn aufrecht hielt, sein Berufsethos oder, einfacher gesagt: der Arzt, der er war. Und Gott weiß, daß dies die Wahrheit ist, und eine sonderbare Wahrheit dazu: ich liebte ihn mehr denn je, als er sich in seiner Selbstdisziplin über das heulselige Häufchen Elend erhob, das er gewesen war, um sich nun mit rotgeränderten Augen über Mamas grünliches Gesicht zu beugen und ihr mit zitternden Fingern den Puls zu fühlen.

»Raus mit dir, Harry«, sagte er, und obwohl sein Atem nach Whisky stank, ging von ihm eine Autorität aus, der man sich nicht widersetzen konnte. »Beatrice, meine Tasche ist in deinem Büro: Hol sie.«

Wir flüchteten geradezu aus dem Zimmer. Harry verzog sich in den Salon, um dort Ordnung zu schaffen, verräterische Spuren zu beseitigen, und ich eilte zum Westflügel, um Johns Arzttasche zu holen. Unterwegs straffte und glättete ich mein Kleid, doch genügte die Zeit nicht, um auch in meine Gedanken Ordnung zu bringen. Ich fand die Arzttasche nicht sofort, aber dann entdeckte ich sie und kehrte mit ihr zurück in das Schlafzimmer, wo Mama in ihrem Himmelbett lag und in Richtung des Betthimmels immer wieder ein und dasselbe Wort murmelte: »Harry, Harry, Harry.« Ein glasklarer Instinkt sagte mir, daß sie wußte, was sie gesehen hatte, und daß sie mit ihrer brüchigen, heiseren Stimme ihren Sohn zurückrufen wollte aus dem Abgrund der Hölle, aus dem dunklen Schlund der Sünde; zurück aus der Umarmung mit seiner Schwester, zurück aus seinem Leben als Erwachsener, damit er wieder ihr Söhnchen sein könne, das lockenköpfige Kind, das ohne Sünde war.

»Harry«, sagte sie stöhnend. »Harry, Harry, Harry.«

Erschrocken blickte ich von ihr zu John. Doch der Ausdruck seiner Augen wirkte gleichgültig, fast leer. Noch war sein Verstand – seine messerscharfe ärztliche Intelligenz – halb betäubt.

»Harry!« sagte meine Mutter in ihrem traumartigen Monolog.

»Beatrice.«

Johns Blick ruhte auf mir, ohne daß darin irgendein Begreifen dämmerte. Doch ich wußte, daß das nicht so bleiben würde. Mir war nur zu klar, daß er den Weg ins Zentrum des Labyrinths finden würde. Ich hatte diesen klugen und liebevollen Mann gewählt, weil er der beste war, den ich je getroffen hatte: der Mann, der am besten zu mir paßte, dessen Verstand dem meinen ebenbürtig war. Und jetzt standen wir unversehens gegeneinander in einem Kampf, bei dem wir all unsere Klugheit und all unseren Scharfsinn aneinander erproben würden.

Wie würde er wohl vorgehen, wenn er erst einmal im Bilde war?

»Ich wollte doch nur meinen Roman!« rief Mama, als sei damit alles erklärt. »Oh, Harry! Beatrice! *Nein*!«

Aber John hörte nur mit halber Aufmerksamkeit auf das, was Mama sagte; denn er achtete vor allem auf ihren Atem, auf die Bewegung ihrer Hände auf dem Bettuch, an dem sie in unaufhörlicher, kummervoller Geste zupften.

»Sie hat einen Schock erlitten«, sagte John zu mir, als sei ich eine

Medizinstudentin, die sich für Diagnosen interessierte. »Es war fast zuviel für sie, und ich weiß nicht, was der Anlaß dafür gewesen sein könnte. Jedenfalls ist sie zutiefst verstört. Was immer das auch sein möge – wenn man sie zwei oder drei Tage davon abhalten könnte, eben *daran* zu denken, so könnte sie sich wohl schließlich dem stellen, was sie so in Furcht versetzt, ohne daß man in Sorge sein müßte, daß ihr Herz nicht mehr mitmacht. Es wird buchstäblich eine Sache auf Leben und Tod sein, doch ich bin davon überzeugt, daß es gut gehen kann.«

Er nahm eine kleine Flasche aus seiner zerstoßenen Arzttasche, außerdem ein Glas mit einer Art Schnabel, welcher dem Patienten das Trinken erleichterte. Vorsichtig ließ er aus der Flasche ein paar Tropfen in das Glas fallen. Mit eiserner Selbstdisziplin hantierte er, die Finger jetzt völlig ruhig, doch die Schweißperlen auf seinem Gesicht verrieten, wieviel Anstrengung ihn das kostete.

»Eins, zwei, drei, vier«, zählte er sorgfältig, wenn auch mit schwerer Zunge. »Alle vier Stunden muß sie genau vier Tropfen bekommen. Hast du mich verstanden, Beatrice?«

»Ja«, sagte ich.

Er schob einen Arm unter Mamas schlaffe Schultern, hob ihren Oberkörper höher und flößte ihr geschickt die Arznei ein. Dann ließ er ihren Kopf auf das Kissen zurückgleiten und deckte sie sorgfältig zu. Unruhig ruckte sie ihren Kopf hin und her.

»Harry! Harry! Harry!« rief sie, doch ihre Stimme klang jetzt ruhiger.

»Einer von euch wird an ihrem Bett Wache halten müssen, du oder Harry«, sagte John. »In vier Stunden muß sie wieder vier Tropfen bekommen – in vier Stunden, keinesfalls früher. Bis ihr Schlaf nicht mehr so unruhig ist, sondern wieder weitgehend normal. Hast du verstanden?«

»Ja«, sagte ich wieder, ohne irgend etwas zu empfinden.

»Nur keine weitere Aufregung, nur keine weitere Belastung«, sagte er eindringlich. »Sonst hört ihr Herz ganz einfach auf zu schlagen. Sie braucht unbedingt absolute Ruhe. Zuviel Laudanum wäre gleichfalls gefährlich. Du verstehst doch?«

»Ja«, erwiderte ich mit monotoner Stimme.

»Vier Tropfen alle vier Stunden«, schärfte er mir noch einmal ein. Während er seine Instruktionen Wort für Wort wiederholte, kam ich mir vor wie in einem von der Welt abgeschiedenen Kerker. Da war das unaufhörliche Stöhnen vom Bett her, da war das Bewußtsein meiner Sünde, da waren die flackernden Kerzen auf dem Nachttisch, tropfende, verquollene Gebilde. Mein Mann schien mich kaum wahrzunehmen, mein Bruder – zusammen mit mir bei der Schande ertappt – war nirgends zu sehen. Und meine Mutter lag auf dem Bett und stöhnte und sabberte vor sich hin wie eine Geistesgestörte.

John klappte seine Arzttasche zu und bewegte sich auf unsicheren Beinen in Richtung Tür.

»Nicht mehr als vier Tropfen und nicht vor Ablauf von vier Stunden. Du verstehst, Beatrice?«

»Ja, ja«, sagte ich wieder.

Er stolperte aus dem Zimmer und hielt sich dann, um nicht zu stürzen, am Treppengeländer fest. Gleichzeitig schlug es, im gespenstischen Chor der Uhren, Mitternacht. Ich reckte meine Hand mit dem Kandelaber höher, um John zu leuchten. Seine Tasche prallte gegen einen Geländerpfosten, und ums Haar wäre er gestürzt. Stolpernd erreichte er die Tür zur Bibliothek, und als sie unter seiner Hand nachgab, schlug er beinahe lang hin. Ich stellte den Kandelaber ab und huschte wie ein Geist die Treppe hinunter.

»Paß auf Mama auf«, sagte ich zu Harry, der wie ein überzähliger Gast bei der Salontür stand. Er nickte gefügig, und ich wartete, bis er die Treppe hinaufgestiegen und in Mamas Zimmer verschwunden war, bevor ich meinen ganzen Mut zusammennahm und die Tür zur Bibliothek öffnete, um die Konfrontation mit meinem Mann zu wagen.

Er saß dort, wo er schon zuvor gesessen hatte. Doch hielt er eine frische Whiskyflasche zwischen den Knien, ein frisches, wohlgefülltes Glas in der Hand – die dreckigen Stiefel auf den Kissen des Fenstersitzes und den Kopf schräg zurückgekippt.

»Was mag denn nur Mamas Anfall verursacht haben?« fragte ich, mich langsam dem Stuhl nähernd, der gleichsam überhaucht wurde vom kalten, durch das Fenster einfallende Licht des Mondes.

Er drehte den Kopf und sah mich an wie ein Kind, das in einem dunklen Raum erwacht und nicht weiß, wo es sich befindet.

»Das weiß ich nicht«, erwiderte er. »Immer und immer wieder hat sie gesagt: ›Beatrice‹ und: ›Harry‹, als ob ihr beide ihr helfen könntet. Aber ich weiß nicht, was sie meint. Oder weshalb sie mehrmals gesagt hat: ›Ich bin nur gekommen, um meinen Roman zu holen.‹ Verstehst du das, Beatrice?«

»Nein«, sagte ich und hoffte, daß meine Lüge überzeugend klang. »Ich weiß es nicht, John. Irgend etwas muß sie verstört haben, aber ich weiß nicht, was es sein könnte. Ich weiß auch nicht, was sie gelesen hat.«

Er drehte sein Gesicht von mir fort, und ich begriff, daß er jetzt nicht an seine Patientin dachte, sondern an mich, seine Frau.

»Geh jetzt, Beatrice«, sagte er, und aus seiner Stimme klang Mitgefühl. »Du weißt, daß ich dir nur zu gern vergeben möchte und mich danach sehne, daß zwischen uns alles wieder gut wird. Aber ich bin jetzt erschöpft. Ich habe deine Mama so gut versorgt, wie ich kann. Ihr Befinden ist soweit stabil. Es gibt nichts, was ich für sie heute nacht noch tun könnte. Aber ich kann dir versichern, daß sie's überstehen wird. Was uns beide betrifft, so können wir uns morgen aussprechen. Jetzt jedoch muß ich ganz einfach allein sein – muß fertig werden mit meiner Trauer. Als ich aus Schottland zurückkehrte, war ich ein Mensch voller Träume, und es wird sich zeigen müssen, ob ich den schroffen Wechsel verkraften kann. Ich meinem Leben scheint buchstäblich alles kopfzustehen. Laß mir ein wenig Zeit. Vielleicht genügt ja diese eine Nacht, damit ich wieder ich selbst werde.«

Ich beugte mich vor, um ihn auf die Stirn zu küssen.

»Es tut mir leid«, sagte ich und sprach die Wahrheit. »Ich habe sehr viel falsch gemacht – vielleicht sehr viel mehr, als du jemals erfahren wirst. Aber es tut mir leid, daß ich dir solchen Kummer verursacht habe. Ich liebe dich, das weißt du ja.«

Er berührte meine Hand, nahm jedoch nicht meine Finger. »Ja, das weiß ich, Beatrice. Laß mir nur noch ein wenig Zeit. Ich bin betrunken und müde und kann nicht reden.«

Ich beugte mich vor und küßte ihn wieder und verließ dann leise die Bibliothek. An der Tür drehte ich mich noch einmal zu ihm um. Er war wie versunken in eine Welt aus Rausch und Müdigkeit. Während ich noch stand und schaute, schenkte er sich sein Glas wieder voll und kippte das bernsteinfarbene Zeug in einem Zug herunter.

Die Welt, fand ich in diesem Augenblick, behandelte mich ziemlich unfair, um nicht zu sagen: gemein. Hätte es für mich nicht einen anderen Weg geben können nach Wideacre? Aber ich konnte nicht in der Bibliothek bleiben und sagen, daß ich Zeit brauchte zum Nachdenken. Oben lag meine Mutter stöhnend in ihrem Bett, an dem jetzt sicher mein Bruder saß in unaufhörlich wachsender Angst. Und draußen – ja, draußen rief das Land nach einem Master, einem wirklichen Master. Nein, für mich gab es niemals Ruhe. Für mich gab es immer etwas zu tun.

Harry saß an Mamas Bett, und sein Gesicht wirkte genauso blutleer wie ihres.

»Beatrice!« sagte er, als ich eintrat. Er zog mich von dem Bett fort und sprach leise, doch überaus erregt auf mich ein. »Beatrice! Mama weiß es, sie hat uns gesehen! Sie spricht im Schlaf, und sie weiß es! Was sollen wir nur tun?«

»Ach, hör schon auf«, sagte ich schroff; viel zu erschöpft, um bei ihm die Seelentrösterin zu spielen, während mein Mann vor mir vorerst seine Ruhe haben wollte und meine Mutter auf meinen Anblick mit einem Herzanfall reagieren würde.

»Hör damit auf, Harry! Es ist schon schlimm genug, ohne daß du die Mimose spielst.«

Verblüfft über den harten Klang meiner Stimme, starrte er mich an. Ich schob ihn kurzerhand aus dem Zimmer. »Einer von uns muß bei Mama sitzen und ihr Laudanum geben«, erklärte ich knapp. »Ich werde bis drei oder vier bei ihr bleiben, und dann kannst du mich für den Rest der Nacht ablösen. Geh jetzt schlafen.«

Er schien protestieren zu wollen, doch ich stieß ihn mit beiden Fäusten weiter. »Geh schon, Harry!« sagte ich. »Ich habe genug von dieser Nacht und auch genug von dir. Leg dich jetzt hin, damit du mich später ablösen kannst, so daß ich zu etwas Schlaf komme. Morgen können wir dann sehen, wie wir aus diesem Wirrwarr einen Ausweg finden. Aber verdammt nochmal – geh jetzt endlich!«

Er zuckte zusammen, fügte sich; preßte wortlos seine Lippen auf meine geballte Faust und entfernte sich dann in Richtung seines Schlafzimmers. Ich drehte mich um und ging müde zurück in Mamas Zimmer.

Sie wälzte, sie warf sich hin und her und stöhnte vor Schrecken. Ab und zu sagte sie: »Harry!« oder: »Beatrice!« oder: »Nein! Nein!«; aber das Laudanum sorgte dafür, daß sie nicht mehr sagte. Es war wahrhaftig keine angenehme Nachtwache, die ich dort hielt beim dunklen Bett. Das Haus war still. Alle außer mir schliefen. In der Bibliothek schnarchte mein Mann seinen Rausch aus. Nur ein kurzes Stück entfernt lagen Harry und Celia zusammen im Masters-Bett. Und hier in diesem Bett lag meine Mutter, ein tödliches Wissen im Herzen, das dennoch weiterschlug.

Ich allein war wach in dieser Nacht. Wie eine Hexe saß ich im Wechselspiel zwischen Mondschein und Schatten und beobachtete, wie sich das magische Silberlicht einen Pfad über den Boden bahnte, von meinem Stuhl bis zu Mamas Bett. Ich saß und sammelte Kraft: Kraft von dem Land draußen vor den Fenstern; und ich wartete auf den Augenblick zum Handeln.

Schließlich erhob ich mich, folgte der geisterhaften Spur des Lichts und trat an Mamas Bett. Ich sah sie an. Sie bewegte sich, als spüre sie meinen Blick auf ihrem Gesicht, wurde jedoch nicht wach. Rauh, fast rasselnd kam ihr Atem, und ich lächelte unwillkürlich, lächelte süß und sanft und sicher. Ein Blick auf die Uhr sagte mir, daß in einer Stunde ihre nächste Dosis fällig war. Ich würde jetzt Harry wecken.

Lautlos glitt ich hinaus, ging zu seinem Zimmer und klopfte leise; doch nicht Harry öffnete, sondern Celia.

»Harry schläft«, flüsterte sie. »Er hat mir gesagt, daß eure Mama krank ist. Darf ich kommen und bei ihr sitzen?«

Ich lächelte, und mein Lächeln war eine Mischung aus Unglauben und Genugtuung. War es nicht wirklich so, als sollte alles zielstrebig seinen Weg gehen – so wie der zu Mamas Bett wandernde Strahl des Mondes?

»Danke, Celia, allerherzlichsten Dank«, sagte ich aufrichtig. »Ich bin ja so unglaublich müde.« Ich reichte ihr das Fläschchen mit dem Laudanum und das Glas. »Verabreiche ihr all dies in einer halben Stunde«, sagte ich. »John hat mir da genaue Anweisungen gegeben, bevor er in die Bibliothek zurückging. Er hat gesagt, sie müsse unbedingt alles nehmen.« Celia hielt die Flasche mit dem Laudanum in der Hand und nickte bestätigend.

»Ich werde dafür sorgen«, sagte sie. »Ist John noch immer erschöpft?«

»Er ruht sich jetzt aus«, erwiderte ich. »Einfach wunderbar, wie er sich um Mama gekümmert hat, aber das kann Harry dir erzählen. Jedenfalls hat John glasklare Anweisungen hinterlassen!«

Celia nickte. »Du kannst jetzt schlafen gehen«, sagte sie. »Notfalls kann ich dich ja rufen, aber jetzt mußt du dich erst einmal ausruhen, Beatrice. Geh jetzt schlafen, und ich werde ihr das Landanum genau nach Johns Anweisungen geben.«

Ich nickte kurz und stieg dann, Celia bei Mamas Tür zurücklassend, leise die Treppe hinab. Vor der Bibliothekstür blieb ich stehen, vernahm rasselnde Geräusche: lautes Schnarchen. Vorsichtig öffnete ich die Tür und trat ein.

Draußen vor den Fenstern zeigte sich bereits frühes, graues Licht, und in diesem trüben Schein konnte ich erkennen: das Wrack, das einst jener Mann gewesen war, der mich voll Stolz geliebt hatte. Noch immer saß er, hockte er, hing er in seinem Stuhl; irgendwann hatte er sich erbrochen und seine Reisekleidung besudelt. Außerdem hatte er sein Glas zerschmettert und gleich aus der Flasche getrunken, die inzwischen fast leer war. Immerhin schlief er jetzt wie betäubt. Neben ihm, auf dem Fußboden, war seine Arzttasche umgekippt; Pillen und Fläschchen und der übrige Inhalt lag auf dem Boden verstreut.

Schritt für Schritt zog ich mich zurück, bis ich die Tür zudrücken und den Schlüssel im Schloß drehen konnte, um John einzuschließen. Daß sich in diesem seinem unglaublichen Zustand irgendwelche Bediensteten des jungen Doktors annahmen und ihn säuberten, um Miß Beatrice die Peinlichkeit seines Anblicks zu ersparen – nein, das wäre wahrhaftig zuviel gewesen.

Lautlos schlüpfte ich durch die Verbindungstür zum Westflügel, in mein Zimmer.

Meine Zofe lag natürlich längst im Bett, und so entkleidete ich mich ohne fremde Hilfe. Meine Kleidung bildete auf dem Boden einen wirren Haufen: das eigentliche Gewand und die jetzt stark durchgeschwitzten Petticoats. Wie »praktisch« waren sie doch gewesen, weil sie sich mühelos bis zu den Hüften hochraffen ließen, wenn ich mich mit Harry paaren wollte. Doch das schien jetzt eine Ewigkeit her zu sein, eine besudelte Vergangenheit; und ich ließ all das Zeug auch einfach so liegen – in einem Haufen mitten im Ankleideraum.

Aus dem Schrank nahm ich einen leichten Morgenmantel, rötlich und verheißungsvoll wie die aufgehende Sonne, die inzwischen ihre wärmenden Strahlen auf den Rosengarten fallen ließ. Es würde ein heißer Tag werden. Ein heißer Tag – und ein langer und harter Tag; und ich würde all meine Geistesgegenwart brauchen. Das Wasser im Krug war natürlich kalt, doch ich besprühte damit mein Gesicht und meinen ganzen bibbernden Körper. Dieser Tag würde für mich zur Prüfung werden, zur entscheidenen Probe – und es mochte durchaus sein, daß mein Anspruch auf Wideacre stand oder fiel mit einer achtlos hingeschleuderten Münze: Kopf oder Zahl. Doch wollte ich es, soweit es mich und meine Rolle betraf, an nichts, aber auch gar nichts fehlen lassen.

Ich hüllte mich in meinen seidenen Morgenmantel, schlang einen Schal um meine Schultern und setzte mich dann auf meinen Stuhl, um zu warten. Seit ich mich von Celia getrennt hatte, mochte eine Stunde vergangen sein, doch ich war klug und kühl genug, um in Ruhe abzuwarten, ob die Ereignisse den Verlauf nahmen, denen ich ihnen gewissermaßen zugewiesen hatte.

Plötzlich hörte ich das Knallen einer Tür; es schien die Bibliothekstür zu sein; und dann ertönte, schrill und furchtsam, Celias Stimme, die nach meinem Mann rief:

»John! John! Wach auf!«

Dann hörte ich das Knallen der Tür zum Westflügel; Celia war offenbar auf dem Wege zu mir; und ich riß meine Zimmertür auf, und als sei ich gerade aus dem Bett gesprungen, eilte ich Celia auf der Treppe entgegen.

»Was ist denn?« fragte ich besorgt.

»Es ist Mama«, erwiderte sie verzweifelt. »Ich habe ihr Laudanum gegeben, genauso wie du es mir gesagt hast, und sie schien auch einzuschlafen. Aber jetzt wirkt sie so kalt, und ich kann einfach nicht ihren Puls fühlen.«

Ich streckte ihr meine Hände entgegen, und sie packte sie mit fast krampfhaftem Griff; und dann drehten wir uns um und jagten gemeinsam die Treppe hinunter.

»Was ist mit John?« fragte ich sie.

»Ich konnte ihn nicht aufwecken; er scheint sich in der Bibliothek eingeschlossen zu haben«, erwiderte sie verzweifelt.

»Ich habe einen Extra-Schlüssel«, sagte ich, öffnete die Tür und stieß sie weit auf, so daß Celia das Chaos sehen konnte.

Im Morgenlicht war Johns besudelte Kleidung deutlich zu erkennen, auch die Spritzer von Erbrochenem auf den Steinen des Kamins und auf den wertvollen Teppichen. Der Stuhl war umgestürzt, und auch die Flasche war umgekippt. Unmittelbar neben einer Lache aus säuerlich stinkendem Whisky lag Johns Kopf, und seine Stiefel, halb noch auf den Kissen des Fenstersitzes, sahen aus wie Klumpen aus Dreck. Mein Mann, die Leuchte des ärztlichen Berufes, lag wie ein Hund in seinem eigenen Erbrochenen; und auch als wir laut und immer lauter seinen Namen riefen, reagierte er nicht.

Ich trat zur Glocke und läutete laut; und dann nahm ich einen Krug voll Wasser und schüttete es ihm über das Gesicht. Ächzend rollte er seinen Kopf in der Pfütze hin und her. Aus dem Gesindequartier hörten wir Lärm, dann eilige Schritte; und von oben hörte ich etwas, das wohl nur das Geräusch von Harrys nackter Füße sein konnte, wie er durch den Gang und dann die Stufen hinunter eilte. Er tauchte in der Tür auf, neben sich eines der Küchenmädchen.

»Mama geht es schlechter, und John ist betrunken«, sagte ich zu Harry, sehr wohl wissend, daß diese »Kunde« durch das Mädchen bis nach Acre-Dorf und darüber hinaus verbreitet werden würde.

»Geh zu Mama«, sagte Harry in befehlendem Ton. »Ich werde John aufwecken.« Er beugte sich über meinen Mann, zerrte ihn hoch in einen

Stuhl. »Einen Eimer mit eiskaltem Wasser«, sagte er zu dem Mädchen, »und zwar frisch aus der Küchenpumpe. Dazu einen Topf mit Senf und außerdem warmes Wasser.«

»Vergiß auch nicht, die Stallburschen und Stride aufzuwecken«, sagte ich zu dem Mädchen, während ich zur Treppe ging. »Einer der Burschen soll nach Chichester reiten, wir brauchen einen kompetenten Arzt.«

Ich ignorierte Celias fassungslosen Blick und ging hinauf zu Mama.

Sie war tot. Aber das wußte ich längst.

Sie hatte nicht leiden müssen, und darüber war ich froh; denn Papas Tod war hart und brutal gewesen, und Ralph war einer langen und qualvollen Folter ausgesetzt worden. Aber dieser letzte und, wie ich hoffte, endgültig letzte Tod für Wideacre, war ein leichter Tod gewesen, ein Tod in einem betäubten Schlaf. Mama lag geradezu entspannt in ihrem üppigen, mit goldenen Spitzen besetzten weißen Bett. Die Arznei hatte auf ihr Gesicht ein Lächeln gezaubert, wie beim Anblick einer wunderschönen Vision. Unter der Wirkung der Überdosis, ihr liebevoll dargereicht von den liebenden Händen ihrer sie liebenden Schwiegertochter, war sie von der alptraumhaften Wahrheit hinübergeglitten in ein Reich der Halluzinationen, wo sie durch nichts mehr verstört werden konnte.

Ich kniete an ihrem Bett und lehnte meine Stirn gegen ihre Hand; vergoß mühelos ein paar Tränen auf das mit Stickereien verzierte Betttuch.

»Sie ist verschieden«, sagte Celia mit einer Stimme, die keinen Zweifel zuließ.

»Oh, ja«, sagte ich leise. »Aber so friedlich, Celia. Ich muß glücklich sein, daß sie so im Frieden dahingegangen ist.«

»Als ich versuchte, dich und John herbeizuholen, wußte ich bereits, daß es zu spät war«, sagte Celia ruhig. »Sie befand sich nun mal in diesem Zustand. Ich glaube, sie ist genau in dem Augenblick gestorben, wo ich ihr die Arznei gab.«

»John meinte, ihr Herz werde es womöglich nicht überstehen«, sagte ich und erhob mich. Mechanisch strichen meine Hände das Bettuch glatt; dann trat ich zum Fenster und öffnete es. »Aber, bei Gott, ich wünschte doch, er wäre an ihrer Seite geblieben.«

»Mach ihm keine Vorwürfe«, sagte Celia prompt zu seiner Verteidigung. »Er hatte ja eine lange und schwere Reise hinter sich; und wie konnte er ahnen, daß deine Mama auf einmal so krank werden würde? Er war ja eine Zeitlang fort, und uns ist nichts aufgefallen, obwohl wir doch täglich mit ihr zusammen waren. Mach ihm keine Vorwürfe.«

»Nein.« Ich drehte mich wieder zu ihr um. »Nein, natürlich nicht. Niemandem ist ein Vorwurf zu machen. Daß Mama ein schwaches Herz hatte, wußten wir ja alle. Ich gebe John keine Schuld.«

Von überallher kamen jetzt die Geräusche des erwachenden Wideacre, doch klangen sie eigentümlich gedämpft. Das Hauspersonal bewegte sich wie auf Zehenspitzen, und flüsternd machte die traurige Neuigkeit ihre Runde. Celia und ich verließen Mamas Zimmer und gingen hinunter in den Salon.

»Kaffee für dich«, sagte Celia liebevoll und läutete. Während wir dort saßen, konnten wir von der Bibliothek her schwere Schritte hören. Harry führte John durch den großen Raum hin und her, damit er wieder voll zu sich komme. Dann vernahmen wir ein eigentümliches Geräusch: Harry zwang John, Senf und Wasser zu schlucken, ein wirksames Brechmittel, und John würgte das Zeug herunter und erbrach sich dann. Celia verzog unwillkürlich das Gesicht, und wir setzten uns ans Fenster, wo wir den Morgengesang der Vögel hören konnten.

Es war ein wunderschöner, windstiller Morgen, und der Geruch des Grases und der Duft der Rosen waren wie eine Botschaft, die von Neubeginn sprach. Vom Wald her schimmerte, wie taubenetzt, das frische Laub der Buchen, und in den Senken im grünen Horizont der Downs wallte Frühnebel. Dieses Land, ja, es war wirklich jeden Preis wert. Fest umschlossen meine Finger die Kaffeetasse, und mit tiefen Zügen trank ich das heiße Getränk.

Die Tür öffnete sich, und Harry trat ein. Er wirkte sehr blaß, noch wie benommen, doch war sein Zustand soweit wohl völlig normal. Anders als ich befürchtet hatte, war ihm von irgendeinem Schuldgefühl nichts anzusehen. Wortlos streckte er Celia eine Hand entgegen, und sofort lief sie zu ihm und schmiegte sich in seine Arme.

»John ist wieder er selbst«, sagte er zu mir, über Celias Kopf hinweg. »Er hätte sich eine passendere Zeit zum Trinken aussuchen können, doch ist er jetzt wieder nüchtern.«

Während Celia ihm eine Tasse Kaffee einschenkte, setzte er sich in den Sessel beim Kamin, in dem noch, inmitten der Asche, ein paar sacht glühende Holzscheite lagen.

»Ich habe sie gesehen«, sagte er kurz. »Sie sieht sehr friedlich aus.«

»So muß sie sich auch gefühlt haben«, meinte Celia. »Sie sagte nichts. Sie lächelte nur und schlief ein.«

»Du warst bei ihr?« fragte er überrascht. »Ich dachte, Beatrice sei bei ihr gewesen.«

»Nein«, erwiderte Celia, und ich unterdrückte ein zufriedenes Lächeln: welch ein Glück – alles war nach Wunsch gelaufen. »Nachdem Beatrice mich geweckt hatte, ging sie selbst zu Bett. Ich war bei eurer Mama, als sie starb.«

Plötzlich sah ich, daß John in der Türöffnung stand. Er trug einen Hausmantel, und sein Gesicht und sein Haar waren jetzt sauber und feucht. Er wirkte hellwach, im Vollbesitz seiner geistigen Kräfte. Und plötzlich fühlte ich mich wie ein Kaninchen, das ein Wiesel wittert.

»Sie hat nicht mehr als die verordnete Dosis bekommen?« fragte er. Seine Stimme klang noch immer ein wenig verschwommen, auch schwankte er leicht.

»Genau wie du's gesagt hast«, erklärte ich. »Daran hat Celia sich gehalten.«

»Celia?« sagte er. Aus verengten Augen blickte er gegen das helle Licht, hielt schirmend eine Hand gegen die Brauen. »Ich habe gedacht, du wärst letzte Nacht dort gewesen.«

»Leg dich ins Bett, Mann«, sagte Harry kalt. »Du bist ja noch immer nicht ganz bei dir. Du hattest es Beatrice und mir überlassen, sie zu pflegen, und Celia löste mich dann ab. Du selbst warst nicht gerade eine große Hilfe.«

John setzte sich unsicher auf einen Stuhl bei der Tür und starrte zu Boden.

»Vier Tropfen«, sagte er schließlich. »Vier Tropfen alle vier Stunden, das hätte doch niemals zu viel sein dürfen.«

»Wovon sprichst du eigentlich«, sagte ich mit harter, fast klirrender Stimme. »Du hast mir dieses Fläschchen gegeben und mich angewiesen, Mama den Inhalt zu verabfolgen. Das hat dann Celia getan – und dann ist Mama gestorben. Willst du uns jetzt vielleicht sagen, du hättest einen Fehler begangen?«

»Ich mache als Arzt keine Fehler«, versicherte er mit Nachdruck.

»Dann dürfte soweit ja alles in Ordnung sein«, sagte Harry ungeduldig. »Geh jetzt zu Bett. Mama ist erst wenige Stunden tot. Du solltest ein wenig Würde beweisen.«

»Tut mir leid«, murmelte John und erhob sich unsicher. Harry trat auf ihn zu, um ihn zu stützen, und auf einen Wink meines Bruders näherte ich mich von der anderen Seite.

»Faßt mich nicht an, ihr beiden!« rief John und drehte sich zur Tür herum; doch die Bewegung war für ihn zu schnell, und er knickte in den Knien ein und wäre gefallen, hätte ihn Harry nicht mit raschem Griff festgehalten. Ich assistierte meinem Bruder, und zwischen uns führten wir den schlaff schreitenden John die Treppe hinauf; zum Westflügel, wo wir ihn auf sein Bett legten.

Ich wandte mich zum Gehen, doch mit plötzlicher Kraft packte John mich beim Handgelenk.

»Vier Tropfen, habe ich gesagt, Beatrice, nicht wahr?« Ich blickte in seine Augen, sah das Begreifen in ihnen. Flüsternd fuhr er fort: »Ich weiß, wovon sie sprach, eure Mama. Was sie gesehen hatte. Was sie entdeckte, als sie kam, um ihren Roman zu holen. Beatrice und Harry – ja. Vier Tropfen, habe ich zu dir gesagt; und du hast zu Celia gesagt, das ganze Fläschchen, stimmt's?«

Sein Griff war von so brutaler Kraft, daß ich zu spüren glaubte, daß die Knöchel meines Handgelenks knackten; dennoch machte ich keinen Versuch, mich aus seinem Griff zu befreien. Ich war auf eine Auseinandersetzung mit ihm gefaßt gewesen, und er konnte mir vielleicht den Arm brechen, nur besiegen konnte er mich nicht. Trotzdem schmerzte es mich, diesem Mann, der mich so aufrichtig geliebt hatte, so kaltblütig ins Gesicht zu lügen. Ich hielt seinem Blick nicht nur stand: *Ich* war es, die ihm mit eisigem Blick anklagte. Es ging um Wideacre, und der Kampf um *mein* Land gab mir Riesenkräfte. Im Vergleich zu mir war John ein Schwächling: nur ein Betrunkener, der einen Alptraum träumte.

»Du warst betrunken«, sagte ich mit ätzender Stimme. »So betrunken, daß du in der Bibliothek beim Hantieren mit der Arzttasche ihren Inhalt auf dem Boden verstreut hast. Celia hat es heute morgen gesehen, auch die Bediensteten haben es gesehen. Du wußtest nicht mehr, was du tatest. Du wußtest nicht mehr, was du sagtest. Ich habe dir vertraut, weil ich dich für einen großartigen Arzt hielt, einen wirklichen Meister deines Metiers. Aber du warst zu betrunken, um Mama überhaupt zu sehen. Wenn sie eine Überdosis Laudanum bekommen hat, so warst jedenfalls du es, der mir die Arznei gab und mich anwies, sie Mama zu verabreichen. Wenn sie gestorben ist, weil du ihr zu viel gabst, dann bist du ein Mörder und solltest gehängt werden.«

Er ließ mein Handgelenk los, als habe er sich die Finger versengt.

»Vier Tropfen, alle vier Stunden«, keuchte er. »Das ist es, was ich dir gesagt haben muß.«

»Du erinnerst dich an nichts«, sagte ich aus tiefster Überzeugung und mit tiefster Verachtung. »Aber woran du dich jetzt erinnern solltest – jetzt, wo du wieder nüchtern bist –, ist sehr leicht zu merken:

Sollte es wegen Mamas Tod auch nur die Andeutung, ja den Hauch einer Frage geben, so genügt ein Wort von mir, und du wirst hängen.«

Seine hellblauen Augen waren geweitet vor Entsetzen und Abscheu; vom Kopfkissen des großen Bettes blickte er zu mir empor wie zu einer Erscheinung, die, den tiefsten Tiefen der Hölle entstiegen, nach Schwefel roch.

»Du irrst dich«, sagte er leise, fast flüsternd. »Ich erinnere mich; jedenfalls glaube ich, daß ich mich an alles erinnere. Es ist wie ein Alptraum, so ungeheuerlich, daß ich es nicht zu glauben vermag. Aber ich erinnere mich, wie an einen Traum in einem Delirium.«

»Ach, Geschwätz!« sagte ich gereizt und wandte mich zum Gehen. »Ich werde dir eine Flasche Whisky heraufschicken«, fügte ich verächtlich hinzu. »Du scheinst wieder eine zu brauchen.«

Und dann begann ich zu schwanken.

Während ich alles für Mamas Begräbnis vorbereitete, die eigentliche Zeremonie, die Einladungen an die Trauergäste, die Zusammenstellung des Dinners (die ich gemeinsam mit Celia besprach), die trauergemäße Kleidung des Personals – während all dieser Zeit schwankte ich. In der Woche vor Mamas Begräbnis fühlte ich mich wieder und wieder versucht, John aufzusuchen. Mindestens einmal pro Tag stand ich vor seiner Schlafzimmertür, die Hand schon auf dem Türknauf. Erst vor kurzem hatte ich angefangen, ihn wirklich zu lieben; und ich liebte ihn immer noch, liebte ihn – in irgendeinem Winkel meines verlogenen Herzens – sogar sehr.

Aber dann mußte ich immer daran denken, wieviel er über mich wußte; und mit einem Schaudern stellte ich mir vor, was wohl geschehen würde, falls er Celia gegenüber irgend etwas davon verlauten ließ. Und was für Spekulationen die beiden dann anstellen mochten über Julias Erzeuger. Dann ließ ich den Türknauf wieder los und ging, mit hartem Gesicht und starrem Blick. John hatte zu viel gesehen, er wußte zu viel. Und das Abbild meiner selbst in seinen hellblauen Augen war etwas, das sich kaum ertragen ließ. Er wußte, welch ungeheuerlichen Preis ich für mein Bleiben auf Wideacre bezahlt hatte, und ihm gegenüber war ich nicht nur ein wenig entblößt und verletzlich; vor ihm stand ich nackt in aller Schande.

Trotz meiner Inanspruchnahme durch die Vorbereitungen für ein standesgemäßes Begräbnis vergaß ich denn auch nicht, Stride strikte Anweisung zu geben: jeweils zur Mittags- und Dinnerzeit, ob nun im

Schlafzimmer oder im Arbeitszimmer, für Dr. MacAndrew eine frische Flasche parat zu haben. Strides Augen waren voller Mitgefühl, und ich brachte so etwas wie ein zittriges Lächeln zustande. Im Gesindequartier nannte man mich eine Frau, »die tapfer ihr Päckchen trägt«; John hingegen wurde vom Personal verachtet, wenn er auch stets prompt bedient wurde, sobald er nach einem frischen Glas läutete oder nach Wasser, um damit seinen Drink zu verdünnen.

Inzwischen hatte sich das Gerücht, daß seine Unfähigkeit die Ursache für Mamas Tod gewesen war, von der Hall nach Acre-Dorf und weit darüber hinaus verbreitet. Über vielfältige Kanäle – Kammerzofen, Kammerdiener usw. – hatte das Gerücht auch die Ohren der Leute von Rang und Stand erreicht, und als John wieder sein gewohntes Leben aufnehmen wollte, mit Besuchen und Gesellschaften und Dinner-Partys, fand er sämtliche Türen versperrt. In jene Welt würde es für ihn keine Rückkehr geben, falls nicht ich, mit Hilfe meines Charmes und meines persönlichen Einflusses, sie ihm verschaffte.

Auch als Arzt war er nicht mehr gefragt. Weder von den freien Bauern wurde er ans Krankenbett gerufen noch von den Händlern in Chichester oder Midhurst. Im Umkreis von hundert Meilen und mehr war man über ihn »im Bilde«, und selbst in entlegenen Dörfern erntete er nur böse Blicke: im Zustand der Trunkenheit hatte er bei Lady Lacey als Arzt versagt – hatte außerdem Miß Beatrice, dem Liebling der ganzen Grafschaft, bitteres Leid verursacht.

In der Tat war mein Kummer einige Tage lang echt. Doch im selben Maße, wie meine Angst vor John und das Gefühl der Schande wegen seines Wissens wuchsen, erkalteten meine Empfindungen für ihn. Und am Tag von Mamas Beerdigung, nur eine Woche, nachdem ich ihm mit dem Henker gedroht hatte, falls er mich verriete, wußte ich endgültig, daß ich ihn haßte: und daß ich nicht ruhen würde, bis er von Wideacre verschwunden und zum Schweigen gebracht war.

Ich hatte gehofft, er werde betrunken sein am Tag der Bestattung; doch als Harry mir gerade in die Kutsche half, trat John aus dem Haus ins helle Licht der Junisonne. Sein äußeres Erscheinungsbild wirkte makellos: schwarzer Anzug, sorgfältig gepudertes Haar, schwarzer Dreispitz mit schwarzem Band. Allerdings war er blaß, so blaß, als ob ihn trotz der heißen Sonne friere. Zumindest schien ihn zu frösteln, als unsere Blicke sich trafen. Getrunken hatte er offenbar kaum; nur ein paar Schluck, um sich für diesen Tag Mut zu machen; und der entschlossene Ausdruck in seinen Augen verriet mir, daß er ihn unbedingt durchstehen wollte. Im

Vergleich zu ihm wirkte Harry irgendwie aufgebläht, ja aufgeblasen. Mit Schritten, die etwas von der erzenen Entschlossenheit eines Racheengels hatten, näherte sich John der Kutsche, stieg ein und nahm wortlos mir gegenüber Platz. Angst zuckte in meinem Herzen auf. Ein John, der sich betrunken in der Öffentlichkeit zeigte, war für mich, seine Frau, eine Schmach. Doch ein nüchterner und rachsüchtiger John konnte mich vernichten. Das Gesetz gab ihm praktisch das uneingeschränkte Recht, mich zu kontrollieren und herumzukommandieren. Er konnte in mein Zimmer, in mein Bett kommen, wann immer es ihm paßte, tags wie nachts. Doch viel schlimmer und völlig unerträglich war der Gedanke, er könne von Wideacre wegziehen und, falls ich mich weigerte, mit ihm zu gehen, öffentlich auf Scheidung von mir klagen.

Indem ich ihm seinen Namen gestohlen hatte, für mein vaterloses Kind, hatte ich mich ihm praktisch völlig ausgeliefert. Und wenn er, in dem ich jetzt meinen Feind sehen mußte, es für richtig hielt, mich zu schlagen oder einkerkern zu lassen oder was immer sonst – er hatte das Gesetz auf seiner Seite. Als Ehefrau genoß ich nicht einmal die geringen Rechte einer Unverheirateten – und wenn mein Mann mich haßte, dann sah ich fürwahr einer fürchterlichen Zukunft entgegen.

Er beugte sich vor und tätschelte Celias Hände, die sie über ihrem Gebetbuch gefaltet hatte.

»Sei nicht zu traurig«, sagte er. Seine Stimme klang rauh: Schlafmangel und zu viel Alkohol offenbar. »Sie ist friedlich gestorben, hatte einen leichten Tod, und als sie noch lebte, genoß sie zutiefst das Glück deiner Gesellschaft und der kleinen Julia. Sei also nicht allzu traurig. Wir können, ein jeder für sich, nur hoffen auf ein so wunderbares Leben voller Liebe, wie sie es hatte, und auf einen friedlichen, leichten Tod.«

Celia beugte ihren Kopf, und ihre schwarzbehandschuhte Hand erwiderte Johns Berührung.

»Ja, du hast recht«, sagte sie, und es kostete sie sichtlich Mühe, ihre Tränen zurückzuhalten. »Aber es ist doch ein großer Verlust für mich. Auch wenn sie nur meine Schwiegermama war, so empfand ich ihr gegenüber doch so viel Liebe wie eine Tochter.«

»Ja, wie eine Tochter«, sagte John.

Ich spürte seinen harten, ironischen Blick auf meinem Gesicht. Hinter dem Schleier glühten meine Wangen vor Zorn: über seine Frechheit, über diese ganze sentimentale Konversation.

»Wie eine Tochter«, sagte John wieder, ohne seinen Blick von mir zu lösen. »Und wer verstünde solche Empfindungen schon besser als Beatrice – nicht wahr, Beatrice?«

Ich antwortete nicht sofort. Ich mußte meine Stimme völlig unter Kontrolle haben: weder Zorn noch Furcht über Johns bewußte Provokation durften darin anklingen. Ja, er forderte mich heraus, versuchte, mir Angst einzujagen – versuchte, mich zu einer Unbedachtsamkeit zu verleiten.

Aber auch ich war nicht ohne Macht, und es schien ratsam, ihm das auf der Stelle klarzumachen.

»Aber gewiß doch«, sagte ich kühl und ungerührt. »Mama hat ja auch immer betont, wie überaus glücklich sie war über die Wahl, die Harry getroffen hatte, und ebenso über meine Wahl. Eine so reizende Schwiegertochter – und einen so hervorragenden Arzt als Schwiegersohn.«

Das traf ins Schwarze, genau wie beabsichtigt. Ein Wort von mir, und an seiner alten Universität würde man seinen Namen aus allen Urkunden tilgen. Ein Wort von mir, und all seine Cleverneß würde ihn nicht vor dem Seil des Henkers retten. Dies mußte ihm eingeschärft werden, ein für allemal: falls er mich dazu trieb, würde ich vor dem Skandal nicht zurückschrecken – ihn der Tötung zu beschuldigen, weil er im Zustand der Trunkenheit Mama mit einer Überdosis bedacht hatte. Und es gab niemanden, der meine Behauptungen widerlegen konnte.

Er lehnte sich auf dem Sitz neben Harry zurück, wobei er sorgfältig einen gewissen Abstand zu meinem Bruder wahrte. Ich sah, wie er sich auf die Lippen biß, um ihr Zittern zu verbergen, und seine Hände ineinander verschränkte, um sie stillzuhalten. Jetzt hätte er zweifellos einen Drink gebrauchen können.

Wir fuhren los, dann begann die Glocke zu läuten, laut hallende Schläge, und als wir an den Feldern vorbeifuhren, hielten die Tagelöhner für einen kurzen Augenblick barhäuptig in ihrer Arbeit inne, um nach kaum einer Minute damit fortzufahren. Ich bedauerte das: In der alten Zeit hatte jedermann auf Wideacre einen freien bezahlten Tag bekommen, damit alle bei einem Sterbefall in unserer Familie dem Toten ihren Respekt bezeugen konnten. Die Pächter allerdings, selbst die allerärmsten unter ihnen, hatten einen halben Arbeitstag drangegeben, um bei der Trauerfeier für Mama in der Kirche anwesend zu sein.

Mama – sie war eigentlich die letzte der alten Generation gewesen;

und in der Kirche wie auch auf dem Friedhof sagte so mancher, mit Mama seien nun wohl auch die alten Zeiten und die alten Sitten dahingegangen. Aber es gab noch mehr, die meinten, solange ich am Ruder wäre, lebte praktisch mein Papa weiter. Denn auf Wideacre verfüge über die wirkliche Macht nicht ein änderungsbesessener und gewinnsüchtiger Squire, sondern die Schwester des Squire, die das Land so gut kenne wie die meisten Ladys ihren Salon und die sich auf einer Wiese wohler fühle als in einem Ballsaal.

Nach der feierlichen, schwermütigen Andacht folgten wir dem Sarg hinaus ins Freie. Man hatte die Familiengruft geöffnet, und Mama erhielt ihren Platz an Papas Seite, so als wären sie im Leben ein sich innig liebendes, unzertrennliches Paar gewesen. Später würden Harry und ich für sie irgendein Monument errichten, neben der Marmormonstrosität, die zu Papas Gedenken bereits an der Nordmauer stand. Als Pearce, der Vikar, mit der Andacht fertig war, klappte er sein Buch zu; für einen Augenblick vergaß ich ganz, wo ich mich befand, und reckte wie ein Jagdhund witternd meinen Kopf in die Höhe. »Ich kann riechen, daß da was brennt«, sagte ich besorgt.

Harry schüttelte dem Vikar die Hand, gab dem Totengräber ein Zeichen, die Gruft wieder zu schließen, und blickte dann zu mir.

»Ich glaube kaum, daß du das kannst, Beatrice«, sagte er. »Um diese Jahreszeit würde doch niemand Unkraut oder was verbrennen. Und für einen zufälligen Waldbrand ist es noch zu früh.«

»Ich kann«, beharrte ich. »Ich kann riechen, daß da was brennt.« Angestrengt spähte ich in die Richtung des Westwindes. Am Horizont entdeckte ich etwas Glühendes, das nicht viel größer als ein Stecknadelkopf zu sein schien.

»Dort«, sagte ich und streckte die Hand aus. »Was ist das?«

Harrys Blick folgte meiner ausgestreckten Hand. Verdutzt sagte er: »Du scheinst wirklich recht zu haben, Beatrice. Das ist ein Feuer! Aber was mag dort brennen? Sieht wie eine ziemlich große Fläche aus – zu groß für eine Scheune oder ein Haus, die in Brand geraten sind.«

Inzwischen waren auch viele der Umstehenden auf den rötlichen Schein in der Ferne aufmerksam geworden – nicht sehr hell im Sonnenlicht, doch deutlich genug, um trotz der beträchtlichen Entfernung wahrgenommen zu werden. Das aufgeregte Getuschel rundum verriet mir, daß es sich um mehr handeln mußte als um einen gewöhnlichen Brand. Aus den Stimmen hinter mir klang sogar Befriedigung, wenn nicht gar Freude. »Das ist der Culler«, hörte ich. »Der Culler hat ja versprochen, daß er kommen würde. Und zwar heute. Er hat gesagt, man würde es vom Acre-Kirchhof aus sehen können. Der Culler ist hier.«

Ich drehte mich schroff herum, doch die verschlossenen Gesichter verrieten mir nichts. Dann erklang das Getrappel von Hufen, und ein schwitzendes Shire-Pferd tauchte auf der Acre-Straße auf, noch im normalen Geschirr eines Ackergauls, doch hockte, gleich einem hüpfenden Korken, auf seinem breiten Rücken ein kleiner Bursche.

»Papa! Es ist der Culler!« rief er so laut, daß das Tuscheln ringsum verstummte.

»Sie haben Mr. Biggs neue Schonung in Brand gesteckt, Papa! Dort, wo er die Kätner vom Gemeindeland vertrieben hatte, um dann fünftausend Bäume zu pflanzen. Der Culler hat die Schonung in Brand gesteckt, und es wird davon nichts übrigbleiben als verkohlte Äste. Mama hat zu mir gesagt, ich soll hierher reiten und dich sofort holen. Aber das Feuer wird nicht bis zu uns kommen.«

Sein Vater war Bill Cooper, der bei uns mit einer Hypothek für seine Farm in der Kreide stand, jedoch kein Pächter war. Er fühlte meine Augen auf sich, machte eine höfliche Verbeugung und ging dann zur Kirchhofspforte. Ich eilte hinter ihm her.

»Wer ist dieser Culler?« fragte ich voller Anspannung.

»Er ist der Anführer einer der schlimmsten Banden von Aufrührern und Brandstiftern, die das Land je gesehen hat. Angefangen hat's wohl mit Aufruhr wegen Brot und Getreide«, erwiderte Bill Cooper, während er das Pferd zur Pforte führte, um dort bequemer aufsitzen zu können. Mein neues schwarzes Seidenkleid vergessend, hielt ich den Kopf des Pferdes fest, während Bill Cooper seinen Fuß auf einen Querstreben der Pforte setzte, um sich sodann, hinter seinem Sohn, auf den breiten Rükken des Arbeitspferdes zu schwingen.

»Culler?« fragte ich. »Das heißt doch soviel wie ›Ausmerzer‹ und dürfte wohl kaum sein richtiger Name sein – oder?«

»Ganz recht, Miß Beatrice«, sagte er. »Man nennt ihn so, weil er behauptet, die Gentry – alle Edelleute hier – seien von Grund auf verrottet und gehörten ausgemerzt.«

Er blickte vom Rücken des mächtigen Shire-Pferdes zu mir herab, und als er den Ausdruck meiner Augen sah, hielt er das, was in Wirklichkeit Furcht war, fälschlich für Zorn.

»Ich bitte um Vergebung, Miß Beatrice – Mr. MacAndrew. Ich sollte sagen, daß ich nur erzähle, was meine Arbeiter mir erzählt haben.«

»Wie kommt es, daß ich noch nicht von ihm gehört habe?« fragte ich, meine Hand immer noch an den Zügeln.

»Er ist erst vor kurzem aus einer anderen Grafschaft nach Sussex gekommen«, erwiderte Bill Cooper. »Ich selbst habe erst gestern von ihm gehört. Ich hörte, Mr. Bigg hätte an einem seiner feinen neuen Bäume einen Zettel genagelt gefunden. Darauf stand eine Warnung. Grundbesitzer, denen Bäume wichtiger wären als Menschen, hätten kein Recht auf das Land – und daß es jetzt losginge mit dem Ausmerzen der Grundbesitzer.«

Er straffte die Zügel, und auf sein Zeichen setzte sich das schwere Pferd in Bewegung. Doch ich ließ die Zügel nicht los, klammerte mich buchstäblich daran. Mochte den anderen, zumal Harry, Celia und John, mein Benehmen auch höchst sonderbar vorkommen, ich scherte mich nicht darum, denn mich trieb eine Furcht, von der ich erlöst werden wollte, gleich hier und jetzt an diesem sonnigen Samstagmorgen.

»Warte, Cooper!« befahl ich. »Was für ein Mann soll das denn sein?« fragte ich, den mächtigen Kopf des Pferdes nur mit Mühe bändigend, meine Satinschuhe in sicherer Entfernung von seinen Hufen.

»Er soll einen gewaltigen Rappen reiten, erzählt man sich«, erwiderte Bill Cooper. »Es heißt, er hätte irgendwo auf einem Landsitz als Hüter gearbeitet und mit der Gentry Ärger gekriegt und angefangen, die Grundbesitzer zu hassen. Seine Bande, heißt es, würde ihm bis zur Hölle folgen. Er soll zwei schwarze Hunde haben, die ihm überallhin folgen wie Schatten. Es heißt auch, er hätte keine Beine; er sitzt so sonderbar auf seinem Pferd. Man erzählt sich, daß er der Tod ist, der Tod persönlich. Ich muß jetzt los, Miß Beatrice ... er ist nicht weit von meinem Land.«

Ich gab den Kopf des Pferdes frei, und das Tier strich so dicht an mir vorüber, daß mich sein rauhes Fell zu streifen schien. Der Culler. Ich kannte ihn. Ich wußte, wer er war, oh ja. Und dort am Horizont, am Rande von Wideacre, brannte das Feuer, das er gelegt hatte. Ich schwankte. Das Feuer war fern, und doch schien sein greller Schein mich zu blenden, und doch hatte ich das Gefühl, daß Rauch – der Rauch *dieses* Feuers – in meine Lunge drang und daß mein Haar und meine Kleidung voll waren vom Geruch dieses Rauchs.

Ich fühlte Celia an meiner Seite.

»Ist dir nicht gut, Beatrice?« fragte sie.

»Bring mich zur Kutsche«, bat ich bedrückt. »Und fahrt mich nach Hause. Ich fühle mich so elend, daß ich mich in mein Schlafzimmer zurückziehen möchte. Bitte, Celia.«

So erzählte man den Leuten, der Gram über Mamas Tod zehre so sehr an mir, daß ich nicht die Kraft hätte, allen anwesenden Trauergästen die Hand zu schütteln; und als sich unsere Kutsche in Bewegung setzte, fuhren wir vorbei an einer Reihe von Gesichtern, die gleichermaßen höflichen Respekt wie Anteilnahme ausdrückten. Konnte unter ihnen jemand sein, der einer Bande böser Menschen, einer Horde von Landfriedensbrechern Unterschlupf und Hilfe gewährte? Nein, ganz gewiß nicht, beschwichtigte ich mich. Keiner meiner Leute würde auf einen solchen Gedanken kommen. Mochte ihr Ehrenkodex auf unsereinen manchmal auch absonderlich wirken, einen Verbrecher wie den Culler würden sie auf ihrem Land nicht schalten und walten lassen, wie es ihm gefiel. Sie würden ihn sich schnappen und dem Friedensrichter übergeben. Hier auf Wideacre hatte er keine Chance, ungestraft zu brandschatzen. Mochten ihm andernorts die von ihren Herren unterdrückten Leute auch helfen, hier auf Wideacre konnte ich der Herzen und der Treue der Menschen sicher sein. Man liebte mich, also hatte der Culler hier keine Chance. Selbst dann nicht, wenn er hier geboren und aufgewachsen war. Selbst dann nicht, wenn er Wideacre so gut kannte und so sehr liebte wie ich.

Dennoch schluchzte ich plötzlich angstvoll auf, und Celia legte mir tröstend einen Arm um die Schultern.

»Du bist müde«, sagte sie mitfühlend. »Du bist müde und erschöpft und mußt dich jetzt erst einmal ausruhen. Du brauchst nicht zusammen mit den Gästen zu speisen. All die Vorbereitungen für diesen Tag haben an deinen Kräften gezehrt. Du bist jetzt aller Verpflichtungen ledig – nur ruhen mußt du, liebste Beatrice.«

Ich fühlte mich tatsächlich sehr erschöpft. Und wie zerfressen von Angst. Es war, als sei all mein sonstiger Mut, meine schier unerschöpfliche Energie mit vernichtet worden durch jenes Feuer, das von Mr. Biggs Schonung nur verkohlte Strünke und Stämme zurückließ: verbrannten Boden, wo kein Vogel mehr sang. Für mich konnte es von nun an keine wirkliche Ruhe, keinen wirklichen Frieden mehr geben, ehe der Culler nicht gefaßt war.

Ich ließ meinen Kopf auf Celias Schulter sinken, und ihre Hand strich mir tröstend über den Rücken. Die Augenlider hinter meinem Schleier halb gesenkt, warf ich einen raschen Blick auf meinen mir gegenüber sitzenden Mann. Er forschte so eingehend in meinem blutleeren Gesicht, als wolle er in die Tiefen meiner Seele dringen. Unsere Blicke trafen sich, und ich entdeckte in seinen Augen einen Ausdruck ärztlich-professioneller Neugier. Trotz der so überaus warmen Sonne überlief mich ein Frösteln. Wie strahlend hatte dieser Tag doch begonnen! Und jetzt überzog sich der Horizont immer mehr mit Rauch: wie graues Gewölk, aus dem ein Gewitter hervorbrechen wollte.

Plötzlich begriff ich, daß mir jetzt von zwei Seiten Gefahr drohte: vom Culler, der – noch – jenseits der Grenzen von Wideacre sein Unwesen trieb, und von John MacAndrew, dem ich mein Bett nicht verbieten konnte.

Er witterte meine Angst, gar kein Zweifel. Mein sonderbares, unkontrolliertes Verhalten wirkte auf ihn so ähnlich wie ein kräftiger Schluck Whisky. Im selben Augenblick, in dem er auf meinem Gesicht Furcht entdeckte, war sein eigener Schrecken vergessen. Und sofort schüttelte sein kühler, analytischer Verstand den Alptraum ab, zerriß alle trüben Gespinste.

Mit einem Ruck beugte er sich vor.

»Wer ist dieser Culler?« fragte er mit klarer, fast klirrender Stimme. »Welche Bedeutung hat er für dich?«

Wieder überlief mich ein Frösteln, und ich schmiegte mein Gesicht enger an Celias warme Schulter, während sie mich liebevoll an sich drückte.

»Nicht jetzt«, sagte sie freundlich zu John. »Frag sie nicht jetzt.«

»Nur jetzt werden wir vielleicht die Wahrheit hören!« widersprach John brutal. »Wer ist der Culler, Beatrice? Warum fürchtest du ihn so sehr?«

»Bring mich nach Hause, Celia«, bat ich mit dünner, zitternder Stimme. »Bring mich zu Bett.«

Endlich erreichten wir die Hall, und ich ließ mich von Celia buchstäblich ins Bett stecken wie ein fieberndes Kind. Ich nahm zwei Tropfen Laudanum, um all dies fernzuhalten von meinen Träumen: das Zuschnappen der Menschenfalle, den krachenden Aufprall eines stürzenden Pferdes und den traurigen, leisen Seufzer im letzten Atemzug meiner Mama.

Am Nachmittag war das Testament verlesen worden, und die meisten Trauergäste hatten sich zerstreut. Viel hatte Mama wahrhaftig nicht hinterlassen. Das geringe Kapital ging zu gleichen Teilen an Harry und an mich. Land hatte ihr natürlich nie gehört. Der Boden unter ihren Füßen, die Baumkronen über ihrem Kopf, selbst die dort nistenden Vögel – nichts davon hatte sie je ihr eigen nennen können. In ihrer Jugend hatte sie im Haus ihres Vaters gelebt; als verheiratete Frau hatte sie im Heim ihres Mannes gelebt, auf seinem Land. Nie hatte sie auch nur einen einzigen Penny verdient: nicht die kleinste Scheidemünze, die sie als ihr tatsächliches Eigentum hätte bezeichnen können. Das Geld, das sie uns hinterließ, hatte ihr in Wahrheit genausowenig gehört wie der Schmuck, den sie Celia gab, als Celia und Harry geheiratet hatten. Ob es nun Wideacre betraf oder das Bankkonto oder den Schmuck oder das Haus – nie war sie etwas anderes gewesen als eine Art Pächterin.

Und alle Grundbesitzer verachten ihre Pächter.

Als ich mich abends gegen neun Uhr wieder blicken ließ, waren sämtliche Formalitäten zum Glück längst erledigt, und außer Harry, Celia und John war nur noch Dr. Pearce, der Vikar von Acre, anwesend.

Für John war es seit seiner Rückkehr das erste Mal, daß er sich in Gesellschaft befand – das erste Mal vor allem seit der Nacht, in der Mama gestorben war. Harry, wie gewöhnlich ohne jedes Gespür für eine angespannte Atmosphäre und für die Gefühle anderer, plauderte angeregt mit Dr. Pearce vor dem Kamin in der Bibliothek, und ich war ausnahmsweise recht froh über seine mangelnde Sensibilität. Auf diese Weise wirkte alles, was sich in diesem Raum zugetragen hatte, irgendwie unwirklich: der Akt der Paarung zwischen Harry und mir ebenso wie Johns Zustand der Volltrunkenheit samt Erbrechen und was immer sonst. Doch schien mir Johns eigentümlich angespannte Körperhaltung zu verraten, daß die Vorstellung von *beidem* in ihm wach war; und was Celia betraf, so warf sie, offenbar in Erinnerung an seinen Rausch, einen besorgten Blick auf das Whiskyglas, das er in der Hand hielt.

Er bemerkte ihren Blick, und plötzlich huschte ein Lächeln über sein Gesicht.

»Keine Sorge, Celia. Ich werde das Mobiliar nicht zertrümmern.«

Sie errötete, wich seinem Blick jedoch nicht aus. Zweifellos empfand sie eine aufrichtige Zuneigung zu ihm und war um seine Gesundheit besorgt.

»Tut mir leid, aber ich mach' mir halt so meine Gedanken«, sagte sie. »Es war eine sehr schwierige Zeit. Ich freue mich, daß du dich gut genug fühlst, heute wieder mit uns zusammenzusein. Solltest du es dir jedoch anders überlegen und lieber allein auf deinem Zimmer speisen wollen, so will ich gern dafür sorgen, daß man dir dort serviert.«

John nickte dankbar. »Das ist sehr lieb von dir, Celia, aber ich bin genug alleine gewesen«, sagte er. »Auch wird meine Frau in den kommenden Tagen und Wochen meiner Gesellschaft und – Assistenz bedürfen, weißt du.« Er sagte: »Meine Frau«, wie man »meine Krankheit« sagt oder »meine Schlange«. Sein sarkastischer Tonfall war so scharf, und der Abscheu, mit dem er mich betrachtete, so unverkennbar, daß sich nicht einmal die naive und gutgläubige kleine Celia über seine wahren Gefühle für mich täuschen konnte. Selbst Harry stockte mitten im Gespräch und blickte verdutzt zu uns herüber. Die feindselig-gespannte Atmosphäre schien mit Händen greifbar. John griff zur Karaffe und goß sein Glas wieder voll. Dann erschien Stride, um uns zur Tafel zu bitten, und die Szene löste sich gleichsam von selbst auf. Ich genoß meine kleine Rache: ging so dicht an John vorbei, daß meine Schleppe seine Beine streifte, und griff dann nach Harrys Hand, damit er mich zur Tafel führe. Harry nahm dann am Kopfende Platz und ich am Fußende: auf Mamas altem Sitz. Celia saß dort, wohin man sie von Anfang an plaziert hatte, zur Rechten Harrys. John saß neben ihr, Dr. Pearce den beiden gegenüber. Johns Nähe bewirkte bei mir eine eisige Haltung, aber ich konnte auch spüren, daß ihm geradezu übel war.

Harry gegenüber versuchte er es mit kalter, distanzierter Höflichkeit, doch konnte er seine physische Nähe nicht ertragen. Als Harrys Hand einmal zufällig seinen Ärmel streifte, schrak John zurück wie vor der Berührung mit einem Aussätzigen. Harry ekelte ihn an, und mich verabscheute er. Sein Haß drückte sich aus in beißendem Sarkasmus, in versteckten Beleidigungen, in unverhohlener Bösartigkeit. Ich konnte nichts anderes tun, als ihn mit meiner körperlichen Nähe zu foltern: mit der Erinnerung an seine frühere Begierde auf mich. Er rührte kaum einen Bissen an, und voller Genugtuung fragte ich mich, wie lange er wohl, in seiner Wut und dem sich selbst auferlegten Schweigen, die Wirkung des Alkohols würde kontrollieren können. Neben seinem Teller stand ein halbvolles Weinglas, und ich wies den Lakaien mit einem Nicken an, es wieder ganz zu füllen.

Da Dr. Pearce ein Neuankömmling war, spürte er von der knisternden Atmosphäre in dieser Familienrunde relativ wenig. Doch er war ein Mann von Welt und verstand es geschickt, Harry dazu zu bewegen, von seinem Steckenpferd zu sprechen: den Farming-Experimenten auf Wideacre. Harry war sehr stolz auf die Veränderungen auf unserem Land: Wideacre sei inzwischen berühmt wegen seiner Pioniertaten und neuen Techniken. Ich hatte meine Bedenken und liebte die alten Sitten und Gebräuche, und die allgemein bekannte Tatsache, daß Miß Beatrice an Traditionen festhielt und sich für die Armen einsetzte, erhöhte bei unseren Leuten nur mein Ansehen.

»Als ich auf Wideacre mit der Landwirtschaft anfing, gab es hier kaum zwei Tagelöhner, und wir benutzten Pflüge, wie sie schon in römischer Zeit in Gebrauch gewesen waren«, sagte Harry. »Jetzt haben wir Pflüge, mit denen man ganz weit die Downs hinaufpflügen kann, auch gibt es auf Acre immer weniger Squatter und Kätner.«

»Wovon keiner von uns viel hat«, bemerkte ich trocken. Ich sah, wie John beim Klang meiner kühlen, silbrigen Stimme von einer eigentümlichen Anspannung erfaßt wurde; mechanisch, wie zwanghaft, griff er nach dem Glas Wein.

»Die Leute, die früher in Hütten rund um das Dorf hausten, sind jetzt Tagelöhner oder wohnen sogar im Gemeindearbeitshaus und arbeiten in Arbeitshausgruppen. Und dein neuer Pflug hat alten Wiesengrund aufgerissen, um zusätzliche Getreidefelder zu schaffen, was Jahr für Jahr nur zu einer Kornschwemme führen wird. Der Brotpreis fällt, die ganze Mühe mit dem Getreideanbau lohnt kaum noch, und wenn es dann, bei nachlassendem Interesse, schließlich ein wirklich schlechtes Jahr gibt, dann kommt's zu Aufruhr, weil der Preis in die Höhe schnellt.«

Harry lächelte mich vom Kopfende des Tisches her an.

»Du bist nun mal ein alter Tory, Beatrice«, sagte er. »Dir ist jede Veränderung zuwider, aber gerade du, die du ja die Bücher führst, weißt am besten, was die Weizenfelder abwerfen.«

»Gewiß, sie werfen etwas ab, für uns, für die Gentry«, erwiderte ich. »Für die Leute auf Wideacre bringt das allerdings wenig Gutes. In der Tat hat es denen, die wir unsere Leute zu nennen pflegten, überhaupt nichts Gutes gebracht – jene, die in den Hütten wohnten, die wir beseitigen ließen, und die ihre Schweine auf dem Stück Gemeindeland hielten, das wir inzwischen abgesperrt haben.«

»Ach, Beatrice«, sagte Harry scherzend. »Du sprichst mit zwei Stimmen. Einerseits bist du froh, wenn sich in den Büchern ein Profit ergibt, andererseits hängst du innerlich noch immer an den alten, uneinträglichen Methoden.«

Ich erwiderte sein Lächeln; vergaß John, vergaß die angespannte Atmosphäre, dachte an Wideacre. Harrys Bemerkung war keineswegs unfair, und unsere Meinungsverschiedenheiten waren so alt wie unsere gemeinsame Verwaltung des Landes. Bislang hatte es damit recht gut geklappt. Soweit Harrys neue Methoden mir ungefährlich schienen, hatte ich sie akzeptiert, andernfalls jedoch sofort mein Veto eingelegt – womit die Angelegenheit dann erledigt war. Was mir allerdings grundsätzlich Sorgen machte, war die Tatsache, daß in Harrys Methoden eine

Tendenz sich abzeichnete, die im ganzen Land um sich zu greifen schien: immer mehr Profit für die Gentry, während die Armen immer ärmer wurden.

»Es ist schon etwas Wahres daran«, sagte ich lächelnd und mit eigentümlich zärtlicher Stimme. »Mein Verhältnis zu diesem Land ist ziemlich – sentimental.«

John erhob sich mit einem Ruck. Die Beine seines Stuhls kratzten über den polierten Boden.

»Entschuldige mich bitte«, sagte er, zu Celia sprechend und mich betont ignorierend. Mit schweren Schritten ging er zur Tür, zog sie mit hartem Knall hinter sich zu, wie um uns seine Ablehnung zu bekunden. Celia warf mir einen besorgten Blick zu, doch mein Gesicht blieb unbewegt. Ich wandte mich Dr. Pearce zu, als habe es nicht die geringste Unterbrechung gegeben.

»Aber Sie kommen ja aus dem höhergelegenen, kälteren Norden, wo, soweit ich weiß, kaum Weizen angebaut wird«, sagte ich. »Daß wir uns in einem solchen Maße mit den Preisen für Weizen und weißes Mehl beschäftigen, muß Ihnen sonderbar vorkommen.«

»Bei uns ist das in der Tat ganz anders«, räumte er ein. »In Durham, meiner Heimat, essen die Armen noch immer Roggenbrot, also schwarzes oder braunes. Scheußliches Zeug, verglichen mit Ihren goldenen Brotlaiben, zugegeben; doch genügt es ihren Ansprüchen und ist außerdem billig. Sie essen einen Haufen Kartoffeln und so Backspeisen aus grobem Mehl, daher spielt der Weizenpreis keine sehr große Rolle. Ich habe den Eindruck, daß hier die Armen ganz und gar auf Weizen angewiesen sind!«

»Oh, ja«, bestätigte Celia mit ihrer sanften Stimme. »Es ist so, wie Beatrice sagt. Ist der Weizenpreis niedrig, so geht es auch den Armen nicht so schlecht; doch wenn er steigt, leiden sie schlimme Not, weil es keine Nahrung gibt, auf die sie ausweichen können.«

»Und dann lassen sich die verdammten Narren zu Unruhen hinreißen«, sagte Harry. »Sie rebellieren, als sei es unsere Schuld, daß der Regen die Ernte verdirbt und das Zeug so teuer wird, daß sie sich's nicht mehr leisten können.«

»Der Zufall allein ist allerdings nicht daran Schuld«, erklärte ich. »Zwar horten wir das Getreide hier auf Wideacre nicht, um höhere Profite zu erzielen, doch hat es hier in der Gegend böse Machenschaften gegeben, durch die große Vermögen verdient wurden, indem man das Korn nicht hier auf den Markt brachte, sondern aus der Grafschaft hinausschaffte. Wenn Händler künstlich Mangel erzeugen, wissen sie sehr genau, daß es Hunger und dann Unruhen geben wird.«

»Wenn man die Leute bloß dazu bringen könnte, wieder dunkles Brot zu essen!« sagte Celia mit einem Seufzer.

»Es sind doch meine Kunden!« rief Harry lachend. »Mir ist es lieber, sie bleiben bei weißem Brot und hungern halt in den mageren Jahren. Es wird immer mehr Weizen angebaut werden, bis schließlich das ganze Land mit weißem Mehl versorgt werden kann.«

»Moment!« unterbrach ich ihn. »Nicht ganz so eilig, Harry. Solange ich die Bücher führe, werden wir keine weiteren Weizenfelder in Angriff nehmen. Ich glaube nämlich, daß der Markt in absehbarer Zeit übersättigt sein wird und die Preise dann ins Bodenlose fallen. Wenn ein Teil der Farmer Weizen anbaut, so ist das in Ordnung, aber wenn jeder Squire im ganzen Land darauf aus ist, durch ausschließlichen Weizenanbau große Profite zu erzielen, so kann das auf die Dauer nicht gut gehen. Ein einziges schlechtes Jahr würde genügen, um viele Weizenfarmen kaputtzumachen. Wideacre soll niemals zu etwas werden, dessen Wohl und Wehe von einem einzigen Erzeugnis abhängt.«

Harry nickte. »Schon recht«, Beatrice«, sagte er. »Du bist die Planerin. Und wir sollten Dr. Pearce und Celia nicht mit unserem Farmergeschwätz langweilen.«

Er lehnte sich auf seinem Stuhl zurück, und auf ein Nicken von mir begannen die Bediensteten mit dem Abräumen der Tafel. Dr. Pearce und Harry suchten auf dem Board Käse aus, und in der Mitte der Tafel fand eine große, silberne Obstschale Platz, überquellend mit den Produkten unseres eigenen Landes.

»Es wäre wohl recht töricht, sich gelangweilt zu fühlen, wenn die Rede von einer Arbeit ist, die solch wunderbare Dinge hervorbringt«, versicherte Dr. Pearce höflich. »Sie essen, wenn ich so sagen darf, auf Wideacre wie Heiden in einem goldenen Zeitalter.«

»Ich fürchte, wir sind tatsächlich Heiden«, sagte ich in scherzendem Tonfall. Ich nahm einen prallen Pfirsich, schälte ihn und biß in die süße, saftige Frucht. »Die Erde ist so gut, und die Erträge sind so hoch, daß ich zur Erntezeit manchmal kaum anders kann, als an Zauber glauben.«

»Nun, ich glaube an die Wissenschaft«, erklärte Harry mit Nachdruck. »Doch passen Beatrice' Magie und meine Experimente gar nicht so schlecht zusammen. Aber sagen Sie, Dr. Pearce, würden Sie meine Schwester als Hexe verbrennen, falls sie sie jemals auf einer abgemähten Wiese erblickten?«

Celia lachte. »Es ist wahr, Beatrice. Erst neulich solltest du mit Sea Fern zur Schmiede wegen neuer Hufeisen, doch ich sah ihn an das Gatter der Oak Tree Meadow gebunden und dich mitten auf der Wiese, ohne Hut, das Gesicht zum Himmel emporgekehrt und beide Hände voller Mohnblumen und Rittersporn. Ich saß mit Mama in der Kutsche nach Chichester, und ich mußte ihre Aufmerksamkeit von dir fort und rasch auf etwas anderes lenken. Du sahst aus wie Ceres in einem Maskenspiel!«

Ich lachte ein wenig verlegen. »Ich fürchte fast, aus mir wird noch eine verrufene Exzentrikerin, die in Chichester zum Gespött der Lehrjungen wird«, meinte ich.

»Nun ja«, sagte Dr. Pearce und zwinkerte mir schalkhaft zu. »Ich war noch gar nicht lange in Acre, als mir sonderbare und unheimliche Gerüchte zu Ohren kamen. Einer unserer älteren Kätner, Mr. MacAndrew, erzählte mir, er habe Sie zur Zeit der Aussaat stets gebeten, Tee zu machen und über die Felder zu gehen. Er schwor, das sicherste Mittel gegen Fäulnisbefall bei der Aussaat sei es, wenn Miß Beatrice in kurzem Abstand hinter dem Pflug her gehe.«

Ich nickte Harry zu. »Tyacke und Frosterly und Jameson«, sagte ich mit Überzeugung. »Und es gibt noch ein paar, die das glauben. Als ich nach Papas Tod zuerst allein draußen auf dem Land war, fügte es sich, daß es auch mehrmals gute Ernten gab, und seither glauben sie das.«

Bei der Erinnerung an jene herrlichen Sommer stieg Nostalgie in mir auf, und es gab mir einen Stich. Jener allererste Sommer, in dem ich Frau geworden war, in dem Ralph und ich uns geliebt hatten unter einem blauen Himmel, in dem alle Zeit grenzenlos schien. Und dann der zweite Sommer, in dem Harry der Herr der Ernte gewesen war und das Korn einbrachte wie ein Sommerkönig. Dann war da noch das dritte heiße Jahr und mein dritter guter Liebhaber, John, der um mich gefreit hatte, der mir die Hand küßte und der mich unter allen möglichen Vorwänden immer wieder über das Land kutschierte.

»Magie und Wissenschaft«, sagte Dr. Pearce. »Kein Wunder, daß Ihre Ernten so ertragreich sind.«

»Hoffentlich bleibt das so«, sagte ich, ohne recht zu wissen, warum ich auf einmal einen pessimistischen Ton anschlug. Eine Art Vorahnung schien mich anzurühren – so wesenlos und dennoch so bedrohlich wie Holzrauch an einem fernen Horizont. »Es gibt nichts Schlimmeres als ein schlechtes Jahr nach einer Reihe von guten. Die Menschen fangen an, die Dinge als selbstverständlich zu nehmen. Sie erwarten zuviel.«

»Das tun sie in der Tat«, sagte Dr. Pearce eine Idee zu schnell, und er bestätigte auf diese Weise die grundverschiedenen Ansichten, die Harry und ich von diesem Mann hatten. Harry nämlich hielt ihn für einen sachlich-nüchternen Realisten, ich hingegen fand ihn ebenso phantasielos wie pompös. Was jetzt folgen würde, war mir nur allzu klar: eine Tirade gegen die Armen, gegen ihre Unzuverlässigkeit bei der Entrichtung von Pachtzins und Zehntem, gegen ihre maßlose Fruchtbarkeit und ihre unverschämten Forderungen.

Das Beste würde es sein, wenn Celia und ich uns jetzt zurückzogen; dann bestand eine gewisse Chance, daß Harry und Dr. Pearce mit diesen Standardthemen fertig waren, wenn sie zum Tee in den Salon kamen. Ich nickte Celia zu, und sie ließ ein paar Trauben auf ihrem Teller zurück und erhob sich zugleich mit mir. Stride ging zur Tür, doch Harry winkte ihn beiseite und hielt selbst die Tür für uns auf. Ich ließ Celia den Vortritt und wußte, als ich Harrys warme Augen auf mir fühlte, daß ich seine Geste richtig gedeutet hatte. Das Gespräch über das Land hatte ihm meine Macht und meine Schönheit bewußt gemacht. Seinen Schrecken und seine Angst hatte er mit Mama begraben, und heute nacht würden wir wieder ein Liebespaar sein.

14. Kapitel

Mich mit ihm zu treffen, erwies sich als relativ leicht. Johns abruptes Verschwinden von der Tafel war, genau wie ich gehofft hatte, ein Anzeichen dafür gewesen, daß er innerlich bereit war, sich wieder dem Alkohol zu ergeben; und so hatte ich rechtzeitig – und völlig unauffällig – Vorsorge getroffen. In seinem Arbeitszimmer im Westflügel fand er zwei frische, volle Whiskyflaschen, eine Karaffe mit kühlem Wasser, um seine Drinks zu verdünnen, und einen Teller mit Biskuits und Käse, um ihm die Illusion zu geben, er genehmige sich ja nur ein Gläschen zu einer Mahlzeit. Natürlich hatte er dann der Versuchung nicht widerstehen können, und als ich später kam, um einen spähenden Blick in das Arbeitszimmer zu werfen, war eine der beiden Flaschen fast leer, und er hockte schlaff in einem Sessel beim Kamin und schnarchte leise. Von der tadellosen Erscheinung, die er am frühen Morgen geboten hatte, war nichts, aber auch gar nichts übriggeblieben. Er wirkte zerknittert, zerknautscht, wie verwelkt. Feucht klebte ihm das blonde Haar am Schädel, ab und zu warf er seinen Kopf hin und her und stöhnte, wie von Alpträumen gemartert. Seine Krawatte war übersät mit Biskuitkrümeln, und sein Atem roch säuerlich nach Whisky.

Ich empfand keinerlei Mitleid. Dies war der Mann, den ich geliebt hatte und der mir seinerseits über Wochen und Monate hinweg seine in der Form konventionelle, wenn auch großmütige Liebe bewies. Aber dann war ich für ihn ein Gegenstand des Abscheus geworden und er für mich zu einer Gefahr für meine Sicherheit auf Wideacre. Die Ungeheuerlichkeit meiner Sünde hatte ihn halb vernichtet; jetzt wünschte ich, er wäre auf der Stelle krepiert. Falls er sich in seinem Seelenschmerz zu Tode trank, so würde das zwar länger dauern, aber auch dann hatte ich endlich wieder meinen Frieden. Meine Seidenröcke vorsichtig hochraffend, ging ich langsam zur Tür, schloß sie von außen ab. Er war jetzt völlig in meiner Gewalt.

Und ich war in Sicherheit.

Eine brennende Kerze in der Hand, stieg ich die Treppe zum Dachraum im Westflügel hinauf, zündete die Scheite im Kamin an und auch die anderen Kerzen im Raum. Dann öffnete ich die Verbindungstür zum Hauptteil des Hauses. Harry wartete bereits geduldig, barfüßig und im Hemd, eine brennende Kerze in der Hand.

Wir umarmten einander wie ein wirkliches Liebespaar, ganz anders als sonst in diesem Raum, wo meist eine perverse, wild übersteigerte Sinnlichkeit zwischen uns herrschte. Doch beim Gedanken an meinen sinnlos betrunkenen Mann und an jenen mir vermutlich nur zu gut bekannten Feind, der nicht sehr fern von hier auf Rache sann, empfand ich Harry gegenüber keinerlei Bedürfnis auf einen Sturm der Leidenschaft. Ich brauchte jemanden zum Lieben; ich brauchte jemanden zum Küssen; und ich brauchte, für mein geängstigtes, wie erstarrtes Herz, unbedingte Zärtlichkeit. So war denn, in mancherlei Hinsicht, dieser zärtliche, gleichsam eheliche Liebesakt zwischen uns der perverseste und verruchteste von allen.

Aber das war mir egal. Im Augenblick war mir alles egal.

Hinterher lagen wir entspannt auf der Couch, blickten ins flackernde Kaminfeuer und tranken Rotwein. Ich hatte meinen Kopf auf Harrys weichbehaarte Brust gelegt, und ich fühlte mich müde, jedoch ruhig und zufrieden.

»Harry«, sagte ich.

»Ja?« Ich schien ihn aus einem Halbschlummer geweckt zu haben; er drückte mich fester an sich.

»Da ist etwas, worüber ich schon seit einiger Zeit mit dir sprechen wollte, Harry«, sagte ich zögernd. »Und ich fürchte, daß es sich um etwas handelt, daß dir Kummer bereiten wird, doch mußt du es erfahren, Wideacres wegen.«

Harry wartete in aller Ruhe. Daß Wideacre keine unmittelbare Gefahr drohte, war ihm klar: sonst würden wir uns jetzt nicht geliebt haben. Er wußte, daß meine Liebe zum Land stets die erste Stelle einnahm. Und so wartete er jetzt in Ruhe auf das, was ich ihm sagen wollte.

»Es geht um das Erbrecht, die Erbfolge«, sagte ich. »Mich beunruhigt, daß Wideacre nach wie vor an unseren Vetter als den nächsten männlichen Erben fallen wird. Sollte dir, was Gott verhüten möge, irgend etwas zustoßen, so wären Celia, Julia und ich ohne ein Heim.«

Ein kaum merklicher Schatten fiel über sein zufriedenes Gesicht.

»Das ist wahr«, sagte er. »Ich habe selbst schon ein paarmal daran gedacht. Aber es bleibt ja noch so viel Zeit, Beatrice. Was soll mir schon zustoßen? So riskante Ritte wie du mache ich nicht! Vielleicht ist mein nächstes Kind ein Knabe, und dann wird er natürlich erben. Ich glaube wirklich nicht, daß diese Erbfolgefrage für uns ein brennendes Problem ist.«

»Ich habe befürchtet, daß du nicht im Bilde bist«, sagte ich und drehte mich ganz herum, so daß ich, auf dem Bauch liegend und auf meine Ellbogen gestützt, sein Gesicht genau betrachten konnte. »Ich habe befürchtet, daß Celia dir nichts sagen würde. Ich will ihr daraus keinen Vorwurf machen. Vielleicht hat sie, nach Julias Geburt in Frankreich, nicht so richtig verstanden. Ich fürchte, Celia ist jetzt unfruchtbar. Die Hebamme sagte damals, es sei ein Wunder gewesen, daß sie überhaupt empfangen habe, und sie hege die allergrößten Zweifel, ob Celia jemals wieder ein Kind bekommen werde. Irgendwas in ihrem Körper stimmt nicht, und das macht sie unfruchtbar.«

Ich hielt einen Augenblick inne, um meine Worte nachwirken zu lassen.

»Nach der Entbindung versuchte ich, ihr das so schonend wie möglich beizubringen, um sie nicht aufzuregen, aber vielleicht drückte ich mich dabei nicht klar genug aus. Die Wahrheit, Harry, die unverfälschte Wahrheit ist –, «mit einem Ausdruck rückhaltloser Aufrichtigkeit richtete ich meinen Blick auf ihn», – die absolute Wahrheit ist, daß zu befürchten steht, daß Celia nie wieder empfangen wird und daß du niemals einen Sohn und Erben für Wideacre haben wirst.« Harrys glückliches, rundes Gesicht verfinsterte sich. Er glaubte mir.

»Das ist in der Tat ein Schlag«, sagte er, und ich konnte spüren, daß er nach Worten suchte, um seine Gedanken auszudrücken: um auf irgendeine Weise innerlich fertig zu werden mit dieser neuen, für ihn so bestürzenden Situation – daß er keinen Sohn haben würde, der nach seinem Tod sein Erbe antrat; daß Wideacre vielmehr praktisch an Fremde fallen würde.

»Allerdings hatte ich gehofft, Celia würde alles richtig verstanden und es dir mitgeteilt haben«, sagte ich zartfühlend. »Aber es ist für euch beide nun mal eine bittere Gewißheit, daß Wideacre nach deinem Tod an deinen Vetter fallen wird. Die kleine Julia, wie letztlich auch der kleine Richard, werden praktisch heimatlos sein.«

»Ja«, sagte er, und der Gedanke schien ihn mit voller Schärfe zu treffen. »Auf Wideacre aufgewachsen – und es dann verlassen müssen!«

»Wenn sich doch nur die Erbfolge ändern ließe!« sagte ich mit einem Seufzer über diese so ferne Möglichkeit. »Wenn wir doch nur einen Weg finden könnten, um unseren beiden Kindern für alle Zeit ihr Heim zu sichern.«

»Ich habe davon gehört, daß Änderungen der Erbfolge stattgefunden haben«, sagte Harry in skeptischem Tonfall. »Doch erfordert das eine ungeheure Menge Geld. Die Erbberechtigten müssen abgefunden werden, außerdem sind da die Kosten für die juristische Prozedur. Solch horrende Summen könnten nur wenige Landsitze aufbringen, Beatrice, und Wideacre gehört ganz gewiß nicht dazu.«

»Wenn wir keine Änderung vornehmen, wird uns das noch weit mehr kosten«, sagte ich und erhob mich, um, nackt wie ich war, zum Kamin zu gehen und einen frischen Holzscheit ins Feuer zu werfen. Dann drehte ich mich lächelnd zu Harry um, eine aufreizende Gestalt, über deren warme, glatte Haut ein Flackergemisch aus Licht und Schatten hinweghuschte. »Ich kann den Gedanken nicht ertragen, daß unsere Kinder, weil wir nicht entsprechend vorgesorgt haben, nach unserem Tod von Wideacre fortgehen müssen«, sagte ich. »Die beiden – altersmäßig einander so nah, so sehr wie du und ich – müßten von hier fort, ohne daß es für sie irgendwo sonst ein Heim gäbe.«

»Nun, obdachlos wären sie wohl kaum«, meinte Harry prosaisch. »Julia wird mein Kapital und den Schmuck ihrer Mutter erben, und was Richard betrifft, so wäre er einer der Erben der MacAndrew-Line. Na, und die haben so viel Geld, daß sie sich einen ganzen Haufen Landsitze wie diesen kaufen könnten.«

»Was wär' dir denn lieber, Geld oder Wideacre?« fragte ich spontan – und vergaß für einen Augenblick völlig, in welche Richtung ich das Gespräch lenken wollte.

Harry überlegte. Narr, der er war, brauchte er Zeit nachzudenken. »Nun ja«, erwiderte er schließlich, »hätte man ein riesiges Vermögen, könnte man sich ja jederzeit einen so schönen Besitz wie diesen kaufen. Du bist ja total von Wideacre besessen, Beatrice, aber sowohl in Kent wie auch in Suffolk und Hampshire gibt es ein paar sehr hübsche Landsitze.«

Ich biß mir hart ins Innenfleisch meiner Wangen. Und wartete, bis ich sicher war, daß mir kein unbedachtes, verächtliches Wort entschlüpfen würde. Dann, erst dann sagte ich mit einer Stimme, die so glatt war wie Seide: »Das ist ganz gewiß wahr, Harry. Aber falls dein Töchterchen etwas von meiner Wesensart hat, wird sie, falls sie einmal fern von Wideacre leben muß, vor lauter Sehnsucht und Heimweh umkommen. Welch ein schaler Trost müßte für sie ein Vermögen sein, mit dem sie sich, gleichsam als Ersatz für unsere Downs, irgendwo irgendwelche Hügel kaufen könnte, nachdem der entfernte Vetter sie sozusagen von Haus und Hof vertrieben hat. Dann wird sie dich für einen schlechten Vater halten, und sie wird die Erinnerung an dich verfluchen, weil du es versäumt hast, für sie vorzusorgen, obwohl du sie doch so sehr liebtest.«

»Oh, sag so etwas bitte nicht!« rief Harry. Das von mir gezeichnete Bild einer ihren Vater verfluchenden Julia hatte die beabsichtigte Wirkung erzielt. »Ich wünschte, wir könnten da irgend etwas tun, Beatrice, nur seh' ich beim besten Willen keine Möglichkeit dazu.«

»Nun, dann laß uns zumindest einen Entschluß fassen«, sagte ich. »Wenn wir beschließen, eine Änderung der Erbfolge anzustreben, dann wollen wir uns auch mit ganzem Herzen dafür einsetzen – und wir werden einen Weg finden, um das erforderliche Kapital zu bekommen.«

Harry schüttelte den Kopf. »Du verstehst nicht, Beatrice«, sagte er. »Es wird uns niemals gelingen, eine solche Summe aufzubringen, wie sie für die Abänderung nötig wäre. Nur die allerreichsten Familien im Königreich können sich so etwas leisten. Das übersteigt nun wirklich und wahrhaftig unsere finanziellen Möglichkeiten.«

»Unsere Möglichkeiten gewiß«, sagte ich langsam. »Aber wie steht es mit den Möglichkeiten des MacAndrew-Vermögens?«

Harrys blaue Augen weiteten sich. »Aber er würde doch niemals...«, begann er, und plötzlich klang in seiner Stimme ein Hauch von Hoffnung. »Er würde doch niemals das ganze Geld in Wideacre hineinstecken!«

»Momentan wohl kaum«, pflichtete ich ihm bei. »Doch könnte es ja sein, daß er sich's anders überlegt. Vielleicht reizt es ihn, etwas zu investieren. Und hätten wir das halbe MacAndrew-Vermögen hinter uns, so könnten wir, meine ich, anfangen, in allem Ernst an eine rechtliche Änderung zu denken; könnten die Kosten ausrechnen, könnten Mittel und Wege erkunden.«

Harry nickte. »Einverstanden«, sagte er. »Ich wäre sogar bereit, einige meiner experimentellen Projekte zu opfern und mich statt dessen auf die gewinnträchtigeren Weizenfelder zu konzentrieren. Die Profite kämen in einen Fonds für die Änderung der Erbfolge. Ja, wir könnten und sollten dafür sparen, Beatrice, und schlimmstenfalls könnten wir sogar für einen Teil des Landes Hypotheken aufnehmen und dann später abzahlen.«

»Ja«, sagte ich. »Das wäre mir zwar zuwider, jedoch in diesem Fall gerechtfertigt.«

»Allerdings müßtest du damit aufhören, dich für die Kätner und ihre Rechte einzusetzen, Beatrice«, sagte Harry ernst. »Da sind rund hundert Morgen Gemeindeland, das wir einfrieden und unter den Pflug nehmen könnten, auch ließen sich Tausende von Pfund extra verdienen, wenn wir den Pachtzins erhöhten. Du bist zwar immer entschieden gegen solche Maßnahmen gewesen, doch wenn wir Geld aufbringen müssen, ungeheuer viel Geld, so zwingt uns das zu Dingen, die wir sonst nicht tun würden.«

Ich zögerte; dachte an das Gemeindeland mit den lieblichen, wie rollenden Hügeln, wo das Heidekraut auf dem leichten Sandboden fast kniehoch wächst und wo in winzigen, miniaturartigen Tälern schmale Bäche plätschern. Und ich dachte an die Senken und Mulden, wo der Adlerfarn schattenspendend seine grünen Fächer breitet; und sitzt man ganz still und bewegungslos dort, so kann es geschehen, daß sich eine dunkeläugige Schlange hervorwagt, um in allernächster Nähe ein Sonnenbad zu nehmen. Ich dachte auch an die kalten Nächte, wenn ich dort so ganz für mich unter den Sternen dahingewandert war, hier und dort im Lehmboden Hirschfährten entdeckend und mitunter auch einige der Tiere selbst: sacht sich bewegende Schatten unter Eichen- und Buchengeäst. Wenn es nach Harrys Plänen ging, so würde für all dies kein Platz mehr sein: roden und brennen und einebnen, bis gleichförmige, gestaltlose Weizenfelder sich dort dehnten. Nein, kein Platz mehr für im Wind zitternde Silberbirken, für hochaufragende Tannen – ein hoher, ein sehr hoher Preis. Viel höher, als ich es jemals erwartet hatte. Doch mußte ich mich damit abfinden, denn es ging ja darum, mein Kind auf den Stuhl des Masters zu bekommen und mein Blut in die Linie der Squires.

»Im übrigen werden wir die Gruppenarbeiter der Pfarrgemeinde für unsere Zwecke nutzen«, sagte Harry mit unüberhörbarer Genugtuung. »Es ist doch die reine Verschwendung, unsere Pächter oder Leute aus Acre einzusetzen, wenn wir durch Verträge mit der Pfarre genügend Tagelöhner bekommen können. Wir bezahlen sie nur dann, wenn sie arbeiten. Tun sie nichts, kriegen sie nichts. Viele hundert Pfund würden wir pro Jahr sparen, wenn wir es den Armen von Acre überließen, sich selbst Arbeit zu suchen, statt daß sie uns auf der Tasche hocken.«

Ich nickte. In die Zukunft blickend, konnte ich sehen oder doch ahnen, wie Wideacre sein Gesicht veränderte. Acre-Dorf würde kleiner sein, mit weniger Cottages. Wer alles überstand, würde dann sogar ein besseres Leben haben. Verschwinden allerdings würden jene kleinen Hütten, in denen Familien hausten, die mühselig ihr Leben fristen konnten, indem sie sich bei uns als Gelegenheitsarbeiter verdingten. Im Grunde waren sie fein raus und führten ein bequemes Leben, halfen bei der Ernte, stutzten Hecken, hoben Gräben aus, befreiten im Winter eingeschneite Schafe oder sonstiges Vieh. In der harten Jahreszeit lebten sie von dem, was sie im Sommer zusammengespart hatten, von dem Gemüse, das sie auf ihrem Fleckchen Land zogen, von der Milch ihrer Kuh auf dem Gemeindeland. In der Regel hatten sie auch noch ein Schwein dort, das sich von Eicheln nährte, und außerdem ein paar Hühner.

Ganz gewiß würden sie es niemals zu irgendwelchen Reichtümern bringen. Zweifellos würde ihnen niemals ein Stück Land gehören. Und doch führten sie ein Leben, um das sie so mancher reiche und verwöhnte Städter beneiden konnte.

Wirklichen Hunger hatten sie bei uns nie leiden müssen. Und gab es in der Familie einen schlimmen Todes- oder Krankheitsfall, so war stets für alle ein Platz in der Wideacre-Küche. Ein Wort an Miss Beatrice genügte, um dem ältesten Sohn eine Lehrstelle oder der ältesten Tochter eine Anstellung in der Hall zu verschaffen.

Erklärte ich mich bereit, Harrys schmalen, harten Weg einzuschlagen, so würde Wideacre genauso sein wie alle anderen Güter, wo die Leute an ihren Stirnlocken zogen, wenn die Kutschen vorbeifuhren, und hinter dem Rücken der Herrschaft böse Grimassen schnitten; wo die Gesichter der Kinder weiß und dünn waren und die Gesichter ihrer Mütter alt vor Sorgen. Die Armen von Wideacre wußten sich gegen schlimme Not gefeit, weil bei uns noch die alten Bräuche galten. Unumstrittene Traditionen regelten die Benutzung des Landes und die willkommenen Feiertage. Das Gemeindeland stand allen offen – selbst das Wildern war ein rituelles Spiel, das ohne wirkliche Bösartigkeit gespielt wurde. Was Harry vorschlug, würde all das völlig auf den Kopf stellen: eingefriedetes Gemeindeland, gesperrte Fußwege, kein Weidegrund für Kuh und Schwein. Die Armen würden ärmer werden. Und die Allerärmsten würden, ohne den bisherigen Schutz, hilflos der Not ausgeliefert sein – und sie würden verhungern.

Doch am Ende der Straße war die Geborgenheit für meinen Sohn. Am Ende dieser Straße lag sein Erbe. Und was hätte ich für meinen Sohn wohl *nicht* getan? Um ihn auf den Stuhl des Masters zu befördern, würde ich rücksichtslos niederreiten, wer immer sich mir in den Weg stellte, selbst Maria und Joseph oder den Jesusknaben.

»Es muß sein«, sagte ich. »Das sehe ich ein.«

»Das finde ich großartig von dir!« rief Harry strahlend. »Ich weiß ja, wie sehr du am Althergebrachten hängst, Beatrice, und solche Traditionen waren bislang für uns ja auch recht nützlich. Es ist wirklich großartig von dir, all das aufzugeben, nicht zuletzt ja auch zum Nutzen von Klein-Julia.«

»Ja«, sagte ich. Ich ließ mich wieder auf der Couch nieder und hüllte einen seidenen Schal um meine nackten Schultern, ein angenehm weiches, wärmendes Gefühl. Beim Gedanken an die kommende Not der Kätner zuckte ich unwillkürlich die Achseln, wie um die Vorstellung von mir abzuwehren. Der Seidenschal rutschte tiefer, und Harry beugte sich vor, um mich auf die nackte Schulter zu küssen. Ich lächelte ihn an. Er hatte noch ein Stück Weg vor sich, in dieser Nacht.

»Aber das würde immer noch nicht genügen«, sagte Harry. »Um den erbberechtigten Vetter abzufinden, müßten wir eine enorme Geldsumme zur Verfügung haben. Natürlich könnten wir einen Fonds einrichten. Allerdings ist es höchst unwahrscheinlich, daß wir das Geld schnell genug bekommen.«

»Ich weiß«, sagte ich und nickte. »Wir brauchen das MacAndrew-Geld.«

Er krauste die Stirn. Ein besonders heller Kopf war er zwar nicht, aber auch nicht dumm.

»John würde wohl kaum damit einverstanden sein«, widersprach er. »Es geht hier ja darum, Julias Zukunft zu sichern, und wenn ich auch hoffe, daß, solange sie lebt und zu bestimmen hat, für euch drei Wideacre stets eine Heimstatt sein wird, so besteht für John dennoch keinerlei Anlaß, sein Privatvermögen in eine Sache zu stecken, bei der für ihn oder sein Kind nichts herausspringt.«

Ich lächelte. Man mußte sich bei Harry immer Zeit lassen. Am Ende pflegte ihm in der Regel aber doch ein Licht aufzugehen.

»Es sei denn, wir könnten irgendeine Möglichkeit finden, Richard und Julia zu gemeinsamen Erben zu machen«, sagte ich scheinbar zögernd. »Ich meine, sie könnten sich in die Verwaltung von Wideacre doch genauso teilen wie wir beide. Jeder kann sehen, wie ausgezeichnet das klappt. Vielleicht könnten auch sie es lernen, so gut zusammenzuarbeiten.«

Harry lächelte. Er küßte die Rundung meiner Schulter, und seine Lippen wanderten über meinen Hals bis hinauf zum Ohr.

»Ja, sicher, Beatrice«, sagte er leise. »Allerdings haben du und ich eine sehr spezielle Methode in Geschäftsangelegenheiten.«

»Sie könnten doch Partner werden«, murmelte ich, scheinbar träge und wohlig entspannt in der Wärme und Wonne seiner Küsse.

Ich legte mich lang auf die Couch zurück, wieder völlig entblößt und mit halbgeschlossenen Augen.

Harry, gerade im Begriff, sozusagen eine frische Kußspur zu ziehen, von der Halsgrube zu meinen warmen, gewölbten Brüsten, hielt plötzlich mitten in der Bewegung inne.

»Julia und Richard?« sagte er überrascht.

»Ja«, erwiderte ich. »Weshalb eigentlich nicht?«

Harry küßte mich wieder, war jedoch mit seinen Gedanken offenkundig woanders. Das von mir ausgestreute Saatkorn schien auf fruchtbaren Boden gefallen zu sein: der Gedanke, daß Julias Teilhabe an einem Erbe gesichert werden könne, das dann Besitz jener Linie der Familie bleiben würde, der sich in ihm verkörperte.

»Weißt du, Beatrice«, sagte er. »Das ist eine sehr gute Idee. Falls John bereit ist, den halben Anteil am Besitz als Ausgleich für das Darlehen zu akzeptieren, mit dessen Hilfe wir Charles Lacey abfinden und die Erbfolge ändern könnten, so ließe sich sicher ein Vertrag schließen, der die beiden zu gemeinsamen Erben macht.«

»Das wäre ja wunderbar!« rief ich, als sei ich es, die sich von seinem spontanen Enthusiasmus anstecken ließ – und nicht, als hätte ich das Ganze von langer Hand geplant, für Julia *und* Richard, unsere beiden Kinder.

Ich sprach es sogar aus, nur begriff er den wahren Sinn meiner Worte natürlich nicht.

»Wie wunderbar, Harry, wenn unsere beiden Kinder hier herrschen könnten, wenn wir einmal nicht mehr sind!«

Harry strahlte. »Julia ein Recht auf Wideacre zu verschaffen, ist fast jedes Opfer wert«, sagte er glücklich. »Und deinem Sohn einen gleichgroßen Anteil an unserer Heimat zu geben, ist für mich kaum weniger Genugtuung, Beatrice.«

»Du hast ja so recht, Harry«, sagte ich, wie um ihn zu *seiner* Idee zu beglückwünschen. »Wir sollten die Sache sofort in Gang bringen, meinst du nicht?«

Harry rollte sich zu mir herum, und ich war für ihn bereit. Ich konnte ja durchaus mein Vergnügen mit ihm haben; und war ich voller Angst oder Anspannung, so empfand ich sogar ein Bedürfnis für ihn. Nachdem ich mich, jetzt, sehr bald schon hinreichend befriedigt fühlte, sehnte ich mich hauptsächlich nach dem Komfort meines eigenen Betts. Aber Harry war noch sehr angeregt, ja übererregt – beschwingt durch seine eigene, geniale Idee, wie das Erbproblem von Wideacre zu lösen sei; und am liebsten hätte er wohl noch stundenlang darüber gesprochen, zumal über seine eigene Gescheitheit. Eine Zeitlang ließ ich ihn gewähren, weil ich nicht wollte, daß er munter weiterplauderte, wenn er zu Celia ins Bett stieg. Müde und zufrieden sollte er möglichst sofort in Schlaf sinken. Ich wollte, daß er frisch und ausgeruht war; es würde allerlei zu tun geben.

»Komm morgen früh in mein Büro, und wir werden einen Brief an die Londoner Anwälte aufsetzen«, sagte ich schließlich und seufzte wie erschöpft von der Wonne, die seine Küsse mir bereiteten. »Oh, Harry«, sagte ich mit wie verhauchender Stimme. »Morgen nach dem Frühstück.«

Nachdem Harry verschwunden war, saß ich dann noch lange vor dem Kamin und starrte auf die rotglühenden Scheite, während in meinem Kopf eine Art Vexierspiel vor sich ging. Minuten verstrichen, Stunden vielleicht, doch ich gewährte mir diese Zeit wie ein Geschenk. Mehr noch: Ich gab mir die Chance, noch einen Rückzieher zu machen. Denn die nächsten Schritte, die ich zu machen hatte, waren wie die ersten Schritte von der höchsten Höhe der Downs: von dort, wo der Hang so steil ist, daß nicht einmal Gras dort wachsen kann. Man macht einen Schritt; dann einen zweiten; und dann gibt es buchstäblich keinen Halt mehr. Genauso würde es hier sein, auf diesem Weg, den ich jetzt einschlagen wollte – mit einem kleinen Unterschied: ein lustiges oder ängstliches Lachen über die immer mehr zunehmende Geschwindigkeit würde es kaum geben und auch keine unsanfte, doch ungefährliche Landung; sondern vielleicht einen tödlichen Sturz.

Also ließ ich mir jetzt, hier vor dem rötlich glühenden Kamin, noch etwas Zeit. Durchdachte alles noch einmal und prüfte meine Entschlossenheit. Würde ich durchstehen können, wozu ich mich entschieden hatte – oder doch entscheiden mußte? Ich mußte dem Land Gewalt antun, um das Geld aufbringen zu können für die Änderung in der Erbfolge. Aus der Erde, aus den Menschen, ja selbst aus den Jahreszeiten mußte ich herausquetschen, was sich nur herausquetschen ließ, was für meine Zwecke als Gold diente, in Wirklichkeit jedoch Blut war, der Preis für diesen Teufelsplan.

Die Arbeit auf dem Land gilt nicht dem heutigen Tag. Stets denkt man an die kommende Jahreszeit, ans nächste Jahr, ans übernächste. Weizen baut man für den eigenen Gewinn an, Bäume jedoch pflanzt man für seinen Erben. Ich pflanzte Bäume. Ich plante fünfzig Jahre im voraus. Für irgend so einen verdammten Vetter steckt man nicht all seine Liebe, seine Kraft und auch noch sein Geld ins Land; das tut man nur für sein eigen Fleisch und Blut.

Wie hoch der Preis auch immer sein mag.

Alles lief, wie von mir geplant. Nach der Liebesnacht mit mir war Harry zu seiner schlafenden Frau ins Bett geklettert, und als wir am nächsten Morgen am Frühstückstisch saßen, hatten die beiden kaum mehr als ein Dutzend Worte miteinander gewechselt. Celia, in einem einfachen schwarzen Kleid mit schwarzem Spitzenbesatz, sah so reizend aus, wie eine ausgeschlafene junge Frau an einem schönen Sommermorgen nur aussehen kann. Im Vergleich zu ihr wirkte ich vermutlich völlig übermüdet. Jedenfalls fühlte ich mich so. Aber ich lächelte, denn während sich noch vor kurzem alles gegen mich verschworen zu haben schien, standen die Sterne für mich jetzt wieder günstig. Ich bedankte mich bei Celia für die Tasse mit dem französischen Kaffee, die sie mir reichte, und nahm vom Sideboard eine Scheibe Schinken. Dann ging die Tür auf, und mein Mann trat ein.

Sein Schritt wirkte so leicht und schwerelos, daß niemand von sich aus auf den Gedanken gekommen wäre, John sei in der vergangenen Nacht schwer betrunken gewesen – praktisch sogar seit fast zwei Wochen im Vollrausch Nacht für Nacht. Mit einem Lächeln voller Zuneigung betrachtete er Celias reizende Erscheinung; und dann blickte er zu mir, und sein Lächeln wurde zu einem höhnischen Grinsen.

»Mein liebliches Weib«, sagte er zu mir, und die Worte klangen so abgehackt, als spüre er, indem er zu mir sprach, einen üblen Geschmack im Mund.

»Guten Morgen«, erwiderte ich ruhig und nahm meinen Platz am Fußende der Tafel ein.

»Beatrice, ich werde heute vormittag zu dir ins Büro kommen, damit wir die Angelegenheit besprechen können, die wir gestern abend erwähnten«, verkündete Harry pompös, und ich wünschte, er hätte den Mund gehalten.

»Gestern abend?« fragte John, den Blick auf seinen Teller gerichtet. »Irgend etwas, worüber ihr drei zusammen gesprochen habt?«

Celia hantierte mit dem silbernen Kaffeegeschirr. »Nein, nein, die beiden waren noch stundenlang auf, um wie gewöhnlich über Gewinne und Verluste zu sprechen«, sagte sie. »Du weißt ja, wie sie sind, wenn es um Wideacres Wohl und Wehe geht.«

John hob seine sandfarbenen Augenbrauen und warf ihr einen scharfen, prüfenden Blick zu.

»Ich weiß, wie die beiden zusammen sind«, sagte er kurz.

Sekundenlang herrschte verlegenes Schweigen.

»Natürlich«, sagte ich höflich zu Harry. »Komm nur. Später würde ich dich dann gern mitnehmen, damit du dir ansehen kannst, was die Hale-Familie mit Reedy Hollow gemacht hat. Die haben dort so einen Abfluß mit ein paar Rinnen gebaut. Das Feld ist dadurch ein gutes trokkenes Feld geworden, doch mache ich mir Sorgen wegen des Schmelzwassers im Frühjahr.«

»Du kennst dich mit dem jeweiligen Grundwasserspiegel besser aus als irgendwer sonst, Beatrice«, sagte Harry. »Könnte es nicht sein, daß sie daran denken, eine Wasserpumpe einzusetzen?«

Trotz Johns eisiger und beklemmender Anwesenheit an der Frühstückstafel konnten Celia und ich es uns nicht verkneifen, miteinander ein Lächeln zu tauschen.

»Aber, Harry«, sagte ich. »Du bist nun doch wirklich zu alt, um noch mit Spielzeugen zu spielen. Ich meine, du solltest deine Pumpen und deine Windmühlen und deine Patentsysteme allmählich aufgeben.«

Harry lachte ein wenig betreten. »Es ist bloß so, daß die so interessante Sachen in den Fenns haben«, sagte er bedauernd. »Und ich hätte so gern eine Pumpe auf Wideacre.«

»Als nächstes werden wir noch Deiche bauen«, sagte ich mit freundlichem Spott. »Halte dich an das in Sussex Übliche und begnüge dich damit, hier der progressivste Farmer weit und breit zu sein.«

Harry erwiderte mein Lächeln. »Ich werde sparen, Beatrice«, sagte er ernst. »Du weißt, daß ich diese Dinge nur schätze wegen der Vorteile, die sie Wideacre bringen.«

»Sparen – wofür denn?« fragte John, und seine Stimme klang messerscharf. Er blickte zu Celia. »Hast du eine Ahnung, wovon Harry spricht – wofür er sparen will?«

Celia schwieg betreten.

»Harry und ich haben die Absicht, einen Fonds einzurichten, um Julias und Richards Zukunft zu sichern«, sagte ich mit glatter Freundlichkeit. »In diesen Fonds soll ein Teil der Profite von Wideacre fließen. Das ist die Grundidee. Über Details wollen wir nachher in meinem Büro reden und überdies einige weitere Farmangelegenheiten besprechen. Natürlich bist du, genau wie Celia, nach dem Frühstück in meinem Büro willkommen; allerdings dürfte das für euch nicht sonderlich interessant sein. Wir befinden uns ja erst im Stadium der Vorbesprechungen.«

John musterte mich scharf. »Für die Zukunft planen, Beatrice?«

fragte er, und unüberhörbar klangen aus seiner Stimme Mißtrauen und Haß. Ich warf einen kurzen Blick zu dem Lakaien bei der Tür, dessen Gesicht, korrekterweise, von hölzerner Ausdruckslosigkeit war. Ich kannte ihn, wie ich ja alle Bediensteten kannte. Er war einer der Söhne von Hodgett, dem Wildhüter. Nach einem Streit wegen eines Frettchens, dessen er sich im Wildreservat bediente, hatte ich, ihm eine Tracht Prügel und seinem Vater eine Menge Ärger ersparend, ihn in der Hall in unsere Dienste genommen. Er war mir zutiefst dankbar, und auf seine Verschwiegenheit konnte ich mich verlassen. Äußerstenfalls würde er auf Miss Beatrices jungen Mann fluchen, der es nicht wert sei, ihr die Schuhe zu küssen.

»Natürlich plane ich für die Zukunft, John«, sagte ich und sah, wie er unwillkürlich zusammenzuckte, als er aus meinem Mund seinen Namen hörte. »Ich plane für unser Kind, genau wie jede Mutter. Und ich plane für dich und für mich, genau wie jede Ehefrau. Du kannst sicher sein, daß ich stets an dich denken und für dich planen werde, solange du lebst.«

Celia wirkte sehr erleichtert über meine liebevollen und besorgten Worte; John hingegen wurde leichenblaß, als er die Drohung dahinter begriff. Für heute hatte ich ihn mit Sicherheit zum Schweigen gebracht. Und ich würde ganz gewiß einen Weg finden, ihn für alle Zeit zum Schweigen zu bringen.

Ich erhob mich.

»In meinem Zimmer, in zehn Minuten, Harry?« fragte ich.

Harry stand auf und nickte, während ich mich zum Gehen anschickte. John erhob sich langsamer, als Ausdruck seines Respekts vor mir, und ich wartete bewegungslos, bis er sich ganz erhoben hatte. Seinen Stuhl schob er zurück wie ein verdrossener Knabe, und ich empfand eine tiefe Genugtuung darüber, daß er vor mir kuschte wie ein widerspenstiger Hund, dem man endlich die Mucken ausgetrieben hat. Allerdings gibt es auch Hunde, mit denen man so viel Ärger hat, daß man ihnen einen Stein an den Hals bindet und sie in den Fenny wirft.

Ich begab mich in mein Büro.

Auf ganz Wideacre gibt es keinen Winkel, wo mich nicht tiefer Friede erfüllt, sitze ich jedoch auf dem Stuhl des Squires, vor mir den runden Pacht-Tisch mit den Papieren sämtlicher Pächter wohlgeordnet in den Fächern, an einer Art Stellwand die Karte von Wideacre, während draußen vor dem Fenster pfeilschnell die Schwalben dahinschießen, so fühle ich mich wie im Paradies. Hier schlägt das Herz von Wideacre. Auch auf den Downs, im Wald und an vielen anderen Stellen kann man den Herzschlag fühlen; hier indes kommt etwas Besonderes hinzu: Auf den Papieren, in den von mir säuberlich geführten Büchern findet sich, was das Leben der Leute, unserer Leute, ausmacht – und was es an Plänen und Entwürfen gibt, betrifft gerade auch ihre Zukunft. Hier fließt das Geld zusammen, aus Pacht- und Ernteerträgen, Bankanweisungen von den Getreidehändlern in Chichester, stattlichen Profiten vom Fleischmarkt. Und von hier fließt das Geld auch wieder fort, in vielerlei Kanäle: für neue Geräte, für neues Vieh, für neues Saatgut; und auch für endlose Neuanschaffungen für das Haus, die Celia für notwendig zu halten scheint und gegen die ich keine Einwände erhebe. Wir leben gut auf Wideacre, und die Eintragungen in meinen Büchern, kräftige schwarze Tintenstriche auf weißem Papier, verraten mir, daß wir es uns leisten können, gut zu leben, denn dieses Land macht uns reich.

Doch jetzt gilt es, einen Teil dieses Reichtums abzuzweigen für den Fonds – jenen Fonds, der dazu dienen soll, meinem Sohn das Recht auf den Stuhl zu erkaufen, auf dem ich hier sitze und Anweisungen und Befehle erteile: das Recht auf das Land und das Recht auf die Macht. Richard, mein süßer kleiner Richard, würde hier einmal der Master sein, wenn es für mich eine – irgendeine – Möglichkeit gab, ihm dazu zu verhelfen.

Es klopfte, und Harry trat ein. Er küßte mich auf die Wange, der zweite Kuß, den er mir heute gab; doch war der erste, am Frühstückstisch, sozusagen ein öffentlicher und also geschwisterlicher gewesen. Dieser zweite, obschon weder herzlicher noch zärtlicher, war eine private Geste zwischen altvertrauten Liebesleuten.

»Setz dich«, sagte ich, und er rückte einen Stuhl an den Tisch.

»Ich werde heute an die Anwälte in London schreiben und die Frage der Erbfolge zur Sprache bringen. Wir müssen wissen, wie hoch sie die Kosten schätzen, um zu wissen, was auf uns zukommt«, sagte ich in geschäftlichem Ton.

»Gut.« Harry nickte zustimmend.

»Allerdings sollte das alles ganz unter uns bleiben, bis wir wissen, daß wir die Sache in Angriff nehmen können«, sagte ich. »Ich werde John gegenüber nichts davon verlauten lassen, und ich meine, du solltest es bei Celia genauso halten.«

»Ja, aber weshalb denn?« wollte Harry wissen.

»Oh, Harry«, sagte ich. »Wie wenig verstehst du doch von den Gefühlen einer Frau! Wenn Celia weiß, daß du Julia zu deiner Erbin machen willst, dann ist ihr natürlich klar, daß du sie für unfruchtbar hältst. Und das würde ihr wohl das Herz brechen. Schlimmer noch. Sie wird wissen, daß ich dir ihr trauriges Geheimnis anvertraut habe, und sie wird sich von mir verraten fühlen. Erst wenn wir wissen, ob es uns möglich ist, die Erbfolge ändern zu lassen, ja sogar erst, wenn alle Formalitäten erledigt und das Erbrecht offiziell auf Richard und Julia übergegangen ist, darf Celia etwas davon erfahren. Schonen wir sie doch, solange es irgend geht; denn jede vorzeitige Bemerkung wird sie als eine Anklage empfinden für etwas, woran sie im Grunde doch schuldlos ist.«

»Ja, das stimmt«, sagte Harry prompt in jenem zärtlichen Ton, in dem er jetzt immer von Celia, seiner hübschen Frau, zu sprechen pflegte. »Es wäre mir tief zuwider, sie so zu beunruhigen. Aber wenn später der unterzeichnete Vertrag der Partnerschaft zwischen Richard und Julia auf dem Tisch liegt, wird sie ja doch wissen, daß ich mir von ihr keinen Erben erhoffe.«

»Aber dann hat sie den Trost, Julias Zukunft gesichert zu wissen, und kann sogar ein wenig stolz darauf sein, Wideacre immerhin eine Erb*in* beschert zu haben. Julia und Richard werden ja gemeinsam erben.«

Harry nickte und stand auf, um ans Fenster zu treten. Ich hörte knirschende Schritte auf dem Kies und trat gleichfalls ans Fenster. Unten steuerte John wie ziellos auf den Rosengarten zu. Seine schlaffe Haltung verriet mir, daß er einen kräftigen Schluck aus der Flasche genommen hatte, die auf meine Weisung in der Bibliothek für ihn bereitstand. Von irgendwoher mußte er ihn ja nehmen, den Mut, den er brauchte, um den vor ihm liegenden Tag zu ertragen. Ein langer Tag ohne Lachen, ohne Liebe, ohne Freude in einem Haus, das nach Sünde stank. Verloren war die Leichtigkeit und Schwerelosigkeit seiner Schritte; verloren war jener Stolz, der ihn zum schnellen Tänzer, zum guten Liebhaber machte. Ich hatte ihm seine Kraft und seine Energie genommen. Und ich würde ihm noch mehr nehmen, wenn sich die Gelegenheit dazu bot.

»Was ist mit John?« fragte Harry leise.

Ich hob die Schultern. »Was mit ihm los ist, siehst du ja selbst«, sagte ich. »Ich werde ihm nichts von unseren Plänen erzählen. Zum einen kann man auf sein Urteil nichts geben, zum anderen ist er nicht verschwiegen genug. Falls er mit dieser unmäßigen Trinkerei fortfährt, werde ich an seinen Papa schreiben und sehen, ob du und ich die Generalvollmacht über seine MacAndrew-Anteile bekommen können. Ihm kann man kein Vermögen anvertrauen. Er wäre imstande, alles zu vertrinken.«

Harry nickte, ohne seinen Blick von Johns verkrümmten Schultern zu lösen.

»Schämt er sich wegen der falschen Dosierung für Mama?« fragte er.

Ich nickte. »Das wird's wohl sein. Allerdings vertraut er sich mir nicht an. Er weiß, daß ich ihm sein Verhalten in jener Nacht nicht verzeihen kann. Wäre er nicht betrunken gewesen, so würde unsere geliebte Mama wohl noch leben.« Ich lehnte meinen Kopf gegen den Fensterrahmen. »Immer wieder muß ich weinen, wenn ich an sie in ihrer Krankheit denke und daran, daß dieser Säufer mit der Dosierung gepfuscht hat.«

Zornesröte flammte in Harrys Wangen. »Ja, ich verstehe«, sagte er. »Wenn wir es nur genau wüßten! Aber wirklich sicher können wir nicht sein, Beatrice. Mama hatte seit jeher ein schwaches Herz, und wir wußten ja alle, daß wir sie eines Tages verlieren würden.«

»Ich kann den Gedanken nicht ertragen, daß wir sie durch seine Verantwortungslosigkeit verloren haben!« sagte ich.

»Was«, fragte Harry plötzlich und streifte mein Gesicht mit feigem Blick, »mag wohl Mamas Herzanfall ausgelöst haben? Hat John da irgendeine – Idee?«

»Nein«, behauptete ich, und meine Antwort war genauso verlogen wie seine Fragen. »Mama ist praktisch noch vor dem Salon zusammengebrochen. Vielleicht war sie zu schnell die Treppe heruntergestiegen. John hat nicht die leiseste Ahnung, was die Ursache gewesen sein mag.«

Harry nickte zufrieden. Süße Lügen schmecken den meisten ja besser als bittere Wahrheiten.

»Ich weiß, daß wir wegen der Todesursache nicht absolut sicher sein können«, fuhr ich fort. »Aber du und ich, wir glauben doch beide, daß es die Überdosis war; und jedermann weiß, daß er Mama trotz seiner Trunkenheit behandelte und daß sie am nächsten Tag tot war. Natürlich kann ich ihm nicht vergeben. Und natürlich schämt er sich. Seit dieser schrecklichen Nacht hat er sich ja praktisch nur beim Begräbnis draußen sehen lassen. Niemand lädt ihn ein, niemand will ihn in seinem Haus haben, nicht einmal die Allerärmsten. Alle glauben, daß er betrunken war und sich einen tödlichen Irrtum geleistet hat.«

Harry nickte. »Es muß sehr bitter für ihn sein«, sagte er. Wir sahen, wie John im Rosengarten in Richtung des Sommerhäuschens ging. Langsam stieg er die Stufen hoch und nahm Platz, völlig erschöpft.

»Das ist es wohl wirklich«, sagte ich. »Praktizierender Arzt zu sein, war sein ganzes Leben und sein ganzer Stolz. Ich glaube fast, am liebsten wäre er tot.«

Der triumphierende Unterton in meiner Stimme drang selbst an Harrys dumpfes Bewußtsein.

»So sehr haßt du ihn?« fragte er. »Wegen Mama?«

Ich nickte.

»Ich kann ihm nicht verzeihen, was er uns angetan hat – Mama, mir, uns allen. Ich verachte ihn wegen seiner Pflichtvergessenheit; wegen seiner Trunkenheit in jener Nacht, in allen Nächten seither. Ich wünschte, ich hätte ihn niemals geheiratet. Aber mit deiner Hilfe und deiner Unterstützung, Harry, werde ich dafür sorgen, daß er mir keinen Schaden zufügen kann.«

Harry nickte. »Es ist eine schlimme Sache für dich, Beatrice. Aber hier bei mir wirst du immer sicher sein. Und falls sein Vater dir tatsächlich die MacAndrew-Anteile anvertraut, die er John wegnehmen müßte, so wäre dein Mann völlig ungefährlich. Wenn er nur das zu seiner Verfügung hat, was du ihm gibst, so kann er gar nichts tun und muß leben, wo du es erlaubst.«

Ich nickte. »Ich werde es tun müssen«, sagte ich, halb für mich. »Im Augenblick heißt es abwarten, vor allem wegen des Erbfolgerechts.«

Zwei lange Monate vergingen, bevor aus London Nachrichten kamen. Die Anwälte dort durchforschten ihre verstaubten Akten und drangen, über viele Jahrhunderte hinweg, tief in die Vergangenheit ein, wobei sie bei der Erbfolgespur ausschließlich auf männliche Erben stießen. Es war das Übliche und also gar nicht anders zu erwarten. In jener Frühzeit, als meine Vorfahren zum erstenmal nach Wideacre kamen und seine verträumten Hügel und die kleinen Ansammlungen von Lehmhütten sahen, da waren sie Krieger gewesen, landhungrige Gefolgsleute des normannischen Eroberers. Für sie taugten Frauen hauptsächlich als Gebärerinnen und Großzieherinnen von Kriegersöhnen. Nichts sonst hatte irgendeinen Wert. Natürlich regelten sie es so, daß Männer – und zwar nur Männer – erben konnten.

Und niemand stellte das jemals in Frage.

Generationen von Frauen kamen und gingen auf diesem Land. Heirateten, ließen sich begatten, brachten mutig und unter Schmerzen Kinder zur Welt, und ihnen – ihnen allein – fiel oft die Verantwortung zu für das »Betreiben« des Besitzes. Mütter und Schwiegertöchter erbten – die Verantwortung, nicht die Macht; denn Gatten und Söhne gaben die Befehle, sackten die Profite ein und machten sich davon. Abenteuerlustige Squires überließen Wideacre über Jahre hinweg der Obhut ihrer

Frauen und fanden dann bei ihrer Rückkehr friedliche Felder, üppige Ernten, guterhaltene oder neugebaute Cottages und fruchtbaren Boden vor. Fremde auf ihrem eigenen Land, tiefgebräunt in fernen Ländern, zogen sie sich nun sozusagen ins »Privatleben« zurück: nahmen ohne Wimpernzucken die Macht aus den Händen der Frauen, die ihre ganze Kraft und ihre ganze Liebe Wideacre Hall und Wideacre Land gegeben hatten, damit alles wachse und gedeihe.

Sie liegen im Erdboden von Wideacre Church begraben, diese Lords, die hauptsächlich durch Abwesenheit glänzten. Es gibt große Statuen von ihnen oder auch Bildnisse, die sie in ihren Rüstungen zeigen, die Hände fromm über dem Metallbauch gefaltet, die Füße unbehaglich gekreuzt. Blicklos starren ihre Augen zum Kirchdach empor, und manchmal stelle ich mir vor, daß sie in einem großen Holzbett wie dem meinen neben ihren Frauen lagen und zum Betthimmel emporstarrten, vor ihrem inneren Auge jedoch die Wüste sahen und die Horden von Ungläubigen und am Horizont Jerusalem.

Die Frauen an ihrer Seite lagen ganz gewiß nicht wach; die schliefen so tief und fest wie ich nach einem Tag, an dem ich so hart und so lange an den Rechnungsbüchern gearbeitet habe, bis mir schließlich die Zahlen vor den Augen tanzen und ich meine Kerze nehme, um wie in einem Dunstschleier aus Müdigkeit zu meinem Bett zu stolpern. Nicht anders ist es an den Tagen, wo wir die Schafe zusammentreiben müssen und ich, zu Pferde, mit den albernen Viechern praktisch den ganzen Tag lang eine Art Ringelreihen spiele und wie ein Bauer die Hunde anbrülle. Oder wenn's bei der Ernte nicht wie geplant läuft, sondern plötzlich zu regnen beginnt und ich den ganzen Tag draußen bleiben muß, um die Männer bei der Arbeit anzutreiben: »Nun macht schon! Macht! Der Sturm kommt! Der Herbst kommt! Und noch ist die Ernte nicht eingebracht!« Die Frauen der Kreuzfahrer waren an solchen Tagen gewiß genauso müde gewesen, wie ich es bin, und sie hatten bestimmt genauso geschlafen wie ich – den Schlaf einer Frau, die sich um das Haus und das Land kümmern muß. Für Träume haben wir keine Zeit; und ebensowenig haben wir Zeit, um davonzureiten auf der Suche nach Kriegen und Schlachten und Ruhm. Wir haben Haus und Hof zu hüten, und für uns gibt es keinen Ruhm und keinen Reichtum und keine Macht.

Wideacre Squires waren keine großen Lords wie die der Havering-Familie und auch keine großen Kaufleute wie die de Courceys. Sie verbrachten ein wenig mehr Zeit auf ihrem Grund und Boden als die größeren Herren, zogen aber dennoch viel in der Weltgeschichte umher. Wideacre war für sie so etwas wie eine Garantie, ein fast nach Belieben sprudelnder Quell des Reichtums, auf den sie jederzeit zurückgreifen konnten. Und so folgten sie im Krieg nur zu gern dem Ruf des Königs und verbrachten oft lange Jahre in der Fremde. Wieder einmal waren es ihre Frauen, die sich um alles zu kümmern hatten; die Briefe schrieben und Geld schickten aus immer leerer werdenden Truhen.

Nicht nur in fremden Landen hatte es Kriegswirren gegeben, auch in der eigenen Heimat. In der Zeit des sogenannten Protektorats – der Cromwell-Zeit also – waren die Frauen von Wideacre praktisch auf ihrem eigenen Land Exilierte gewesen: hatten sich möglichst still und unauffällig verhalten und gehofft, daß man sie in Frieden lassen würde. Natürlich gelang es ihnen. Welche Frau wüßte nicht, wie man gleichsam verschmilzt mit einer gefahrvollen Landschaft, so daß man schier unsichtbar wird und sich aufs Überleben konzentrieren kann – ohne Macht, ohne Reichtum, ohne Hilfe!

Als dann die Stuart Squires hoch zu Roß und im Triumph wieder heimkehrten, stand an der Türschwelle eine müde und blasse Frau, bereit, den Master daheim willkommen zu heißen. Und er schwang sich hinab von seinem Pferd und hinein in den Master-Stuhl, als sei er niemals fortgewesen. Und sie überließ ihm die Bücher, die Schlüssel, die Pläne und die Befehle und die Entscheidungen, als sei ihre Nadel das einzige, womit sie umgehen könne. Als sei sie nicht viel mehr als ein zeitweise nützlicher Gegenstand, brauchbar etwa fürs Arrangieren von Blumen oder fürs Trällern eines Liedchens.

Meine Ur-ur-ur-Großmutter war eine solche Frau gewesen. Tagtäglich komme ich an ihrem Porträt vorbei, denn es hängt an der gekrümmten Wand bei der Westflügeltreppe. Nach der damaligen Mode trägt sie ein tiefausgeschnittenes Kleid und hat, wie alle Frauen seinerzeit, rundliche weiße Arme. Ihr hübscher Rosenknospenmund legt einen gewissen Vergleich mit Harrys Lippen nahe. Insgeheim stelle ich mir ihren Mund allerdings ganz anders vor. Ich glaube, daß sie einen festen Mund hatte und ein starkes Kinn, so wie ich – etwas, wofür der Porträtist kein Auge hatte, weil er nach Schönheit Ausschau hielt, nicht nach Kraft. Ich weiß nämlich, daß ich etwas von mir selbst in ihren Augen sehe. Dabei sind sie anders als meine, sie sind blau, nicht katzenartig. Dennoch ist da etwas in ihnen, ein Mißtrauen, ein Argwohn, ein auch für meine Augen charakteristischer Ausdruck, wenn ich höre, wie Männer von Land und von Eigentumsrechten sprechen. Sie machte die gleiche Erfahrung wie ich: Frauen können Verantwortung tragen, Frauen können tüchtig sein, nur besitzen können Frauen nie. Mit einem kaum merklichen Nicken bezeuge ich ihr meine Anerkennung – und frage mich unwillkürlich, wie gut es ihr gelungen sein mag, ihren Haß und ihren Zorn zu verbergen, als sie den Master-Stuhl räumen und sich in den Salon zurückziehen mußte. Und ich frage mich auch, wie ich mir selbst dieses Schicksal ersparen kann.

Wäre es nach mir gegangen, so hätte ich Wideacre am liebsten auf die gleiche Weise gewonnen wie einst meine normannischen Vorfahren: mit einer direkten Herausforderung und einem Kampf bis zum Tod um den Besitz des Landes. Aber wir sind jetzt ja zivilisiert, und so sind Frauen Leibeigene ohne Hoffnung auf irgendeine Art Ausgleich. Kein Squire mit Grundbesitz denkt auch nur von fern an mögliche Landbesitzerrechte für seine Frau oder seine Töchter. Für mich gab es immer nur eine einzige Chance, das Land, das ich liebte und verdiente, zu besitzen: Ich mußte den Männern, denen es gehörte, unentbehrlich sein, – unentbehrlich auf den Feldern, wie bei Papa, oder – in Harrys Fall – unentbehrlich in Feld und Flur und im Büro und im Bett.

Aber mein Sohn und meine Tochter sollten nicht intrigieren und lügen und sich prostituieren müssen, um zu dem zu kommen, was ihr Recht war. Sie würden rechtmäßig erben, aufgrund der von Männern geschaffenen Gesetze, durch einen Akt des Männerparlaments, mit dem Segen männlicher Advokaten und männlicher Abgeordneter. Und ich würde lächeln und lächeln und unter halbgesenkten Lidern den Triumph in meinen glänzenden Augen zu verbergen suchen an jenem Tag, an dem Richard und Julia feierlich und vertragsmäßig zu gleichberechtigten Partnern wurden, benannt als die gemeinsamen Erben von Wideacre.

Im Brief der Londoner Anwälte wurde umrissen, wie es gemacht werden konnte. Die Prozedur war so kostspielig, wie wir es befürchtet hatten – gleichsam in letzter Instanz war tatsächlich die Zustimmung des Oberhauses, des House of Lords, erforderlich. Außerdem mußte natürlich Charles Lacey, der betreffende Vetter, entschädigt werden, der ja seines Erbrechtes verlustig ging. Da bislang über Celias Unfruchtbarkeit kein Wort nach draußen gedrungen war, konnte sich dieser Vetter im Augenblick zwar keine großen Hoffnungen machen, aber wenn er erst einmal erfuhr, daß Harry den Besitz später an seine Tochter und seinen Neffen vererben wollte, so gehörte wenig Phantasie dazu, um zu begreifen, daß Harry offenbar niemals einen Sohn haben würde. Dann mußten wir mit einer Forderung von mehr als 100 000 Pfund rechnen – und diese Forderung mußte erfüllt werden, bevor die Änderung der Erbfolge Wirklichkeit werden konnte.

»Wie sollen wir bloß jemals so viel Geld aufbringen, Beatrice«, sagte Harry, mir gegenüber am Pacht-Tisch, den Brief in der Hand. »Wir könnten es nicht einmal tun, indem wir sozusagen ganz Wideacre verpfänden – denn was für ein armseliges Erbe wäre dann das, was wir den beiden einmal hinterlassen würden. Und unsere Einkünfte auf Wideacre würden niemals ausreichen, um eine solche Summe zusammenzubringen.«

»Das MacAndrew-Vermögen muß uns helfen«, sagte ich mit Entschiedenheit. »Wenn wir das dazu verwenden könnten, Charles Lacey abzufinden, dann, so meine ich, könnten wir auf einen Teil des Landes eine Hypothek aufnehmen, um die Anwaltskosten etc. zu bezahlen. Bei gutem Management und Hochprofit-Farmerei könnten wir den Besitz wahrscheinlich in zehn oder zwanzig Jahren schuldenfrei haben – jedenfalls bevor ihn die Kinder einmal erben.«

»Ja, aber der alte Mr. MacAndrew wird kaum bereit sein, für eine solche Summe seinem Enkelsohn einen Anteil an Wideacre zu kaufen«, meinte Harry. »Im übrigen hat er erst vor einem Jahr für John eine etwa gleich große Summe ausgeworfen.«

»Es ist Johns Vermögen, an das ich denke«, sagte ich grübelnd. »Wenn wir dafür die Generalvollmacht bekommen könnten, dann könnten wir praktisch nach Belieben darüber verfügen.«

»Ja, aber mit welcher Begründung denn?« fragte Harry und stand auf, um ans Fenster zu treten. Tief sog ich den Duft der Blumen von draußen ein, Heidekraut-Aster und Chrysanthemen.

»Wegen seiner Trunksucht«, sagte ich schroff. »Vielleicht ist es möglich, ihn für unzurechnungsfähig erklären zu lassen.«

Harry fuhr zurück wie von einer Biene gestochen.

»Für unzurechnungsfähig!?« würgte er hervor. »Beatrice, du bist es, die nicht bei Sinnen ist! Ich weiß zwar, daß John regelmäßig trinkt, daß er jeden Tag trinkt. Doch ihm ist das selten anzumerken. Und verrückt ist er ja wohl kaum!«

»Mir scheint, daß das mit seiner Trunksucht immer schlimmer wird«, sagte ich und unterdrückte ein flüchtiges Gefühl des Bedauerns. »Ich glaube, daß er immer mehr trinken wird statt weniger. Und wenn er sehr viel mehr trinkt, wird er entweder nicht mehr für sich verantwortlich sein, in welchem Fall man eine Generalvollmacht bekommen kann, oder er wird sich zu Tode trinken, in welchem Fall ich sein Vermögen erbe mit dir und dem alten Mr. MacAndrew als Treuhänder. Ob nun so oder so – sein Geld fällt an uns.«

»Ja, aber Beatrice –«, Harry drehte sich wieder voll zu mir herum, und sein Gesicht war sehr ernst, »– falls es wirklich dazu kommen sollte, wäre es eine Tragödie. John ist ein junger Mann; er hat noch das ganze Leben vor sich. Wenn er sich wieder erholen würde, könntet ihr doch noch zusammen glücklich werden; und vielleicht würde er in eine so gute Sache für die Zukunft seines Sohnes investieren. Ich weiß, du bist jetzt zornig und böse auf ihn, so kurz nach Mamas Tod, aber ich bin sicher, daß ihr beiden miteinander glücklich sein werdet, wenn John wieder so ist wie früher.«

Ich bedachte Harry mit meinem strahlendsten, engelhaftesten Lächeln.

»Genau das ist es, worum ich jeden Abend bete«, sagte ich. »Was du soeben gehört hast, war die Geschäftsfrau, die aus mir sprach – eine Geschäftsfrau, die naturgemäß Pläne macht. Jetzt siehst du mich als Ehefrau. Natürlich hoffe und glaube ich, daß dieser Schatten von John weichen wird. Sollte das jedoch nicht der Fall sein, so bin ich verantwortlich für die Zukunft meines Sohnes und habe naturgemäß entsprechend vorauszuplanen.«

Harry lächelte erleichtert.

»Ja«, sagte er. »Ich wußte ja, daß du nur laut gedacht und für Richard und Julia geplant hast. Mir war auch klar, daß du nicht im Ernst daran gedacht hast, John für unzurechnungsfähig erklären zu lassen.«

»Natürlich nicht«, versicherte ich und wechselte rasch das Thema. Die Zukunft meines Mannes war mir ein allzu heikler Punkt.

Mit Celia gab es größere Probleme. Sie hatte Klein-Julia im Rosengarten spazierengeführt, und John, noch im Sommerhäuschen, sah die beiden und kam heraus, um sich ihnen anzuschließen. Julia wackelte für ihr Leben gern auf ihren leicht gekrümmten Beinchen einher, wobei sie sich dann, haltsuchend, an die Hand eines Erwachsenen zu klammern pflegte. Natürlich strebte sie bald in diese und bald in jene Richtung, und oft genug geschah es, daß sie auf ihrem gutgepolsterten kleinen Popo landete.

Vom Fenster meines Büros konnte ich sie alle drei sehen und hörte, wie sich Celia und John miteinander unterhielten.

»Meinst du nicht, daß sie vielleicht noch zu jung ist, um schon die ersten Schritte zu versuchen?« fragte Celia.

»Nein«, erwiderte John. Er beugte sich vor und löste vorsichtig Julias

Klammerhändchen aus Celias stützendem Griff. Celia war ihm dafür zweifellos dankbar. Sie richtete sich auf und stützte ihre Hände gegen den offenbar schmerzenden Rücken, während Julia schon wieder auf Expedition ging, diesmal in Begleitung und unter dem Schutz von John.

»Nur gut, daß wir ihr ihre Strampelfreiheit gelassen haben«, sagte Celia. »Wären wir der alten Swaddlingmethode gefolgt, hätte sie erst mit drei oder vier Jahren gehen können.«

»Mit Kleinkindern ist es nicht anders als mit Jungtieren«, sagte John. »Sie wissen am besten, was gut für sie ist. Und wenn man ihnen ihre Strampelfreiheit läßt, dann kräftigt das ihre Beinchen so sehr, daß sie schon in so frühem Alter ihre ersten Gehversuche machen können.«

»Aber könnte es nicht doch schädlich für sie sein? Könnte sie ihre Beine vielleicht überanstrengen?«

John drehte den Kopf und lächelte Celia an. »Nein«, beschwichtigte er sie. »Sie wird nur tun, was sie sich zutrauen kann, und schon bald kräftiger und gelenkiger werden.«

Celia nickte.

»Es ist schön, dich an einem so prachtvollen Tag draußen zu sehen«, sagte sie. »Und so angenehm, dir wegen Julia Fragen stellen zu können. Du wirst deine ärztliche Tätigkeit doch bald wieder aufnehmen, John, nicht wahr? Es ist inzwischen über ein Vierteljahr her, weißt du?«

Ein Schatten glitt über sein Gesicht, und er senkte den Kopf, blickte wieder zu Julia.

»Nein«, erwiderte er leise. »Ich werde wohl niemals mehr als Arzt arbeiten. Ich habe mein Ansehen verloren; ich habe die Möglichkeit zu jener Tätigkeit verloren, die mir so überaus wichtig war; Wideacre hat jedem von uns einen Preis abverlangt, wenn auch auf die verschiedenste Weise.«

Wie erstarrt stand ich am Fenster. Dieses Gespräch zielte in eine gefährliche Richtung. Drohten irgendwelche Enthüllungen? Nun, gegebenenfalls konnte ich ans Fenster klopfen, freundlich grüßen, mich einmischen. John wanderte da einen sehr schmalen Grat entlang. Ich würde es niemals zulassen, daß er Celia gegenüber irgendwelche Andeutungen machte, Indiskretionen beging. Beide wußten zu viel; jeder für sich. Niemals durfte es dazu kommen, daß sich beider Wissen zu einem Gesamtbild fügte.

»Aber du wirst doch jetzt mit dem Trinken aufhören«, sagte Celia in zartfühlendem, liebevollem Ton. »Du weißt doch, wie schlecht es für dich ist und wie unglücklich du die liebe Beatrice machst. Du wirst doch versuchen, damit aufzuhören, ja?«

John schien sich irgendwie zu straffen. Mit seiner freien Hand pflückte er eine goldgelbe Chrysantheme.

»Ich werd's versuchen«, sagte er unsicher. »Die vergangenen Monate kamen mir so unwirklich vor, eher wie ein Traum. Immer wieder denke ich, daß ich eines Morgens aufwachen werde, Beatrice neben mir im Bett, und daß sie unser Kind erwartet, und daß dieser ganze Alptraum – meine Abwesenheit, die Entbindung, der Tod unserer Schwiegermama – sich als Hirngespinst entpuppen wird. Dann nehme ich wieder einen Drink, weil ich nicht glauben kann, was geschieht. Und wenn ich trinke, weiß ich, daß alles unwirklich ist und daß mein wahres Leben genauso glücklich ist wie noch vor wenigen Monaten.«

Celia, widerlich raffiniert in ihrem guten Willen, hielt ihm eine Hand hin. »Du wirst versuchen, mit dem Trinken aufzuhören«, sagte sie in schmeichelndem Tonfall. »Lieber, lieber Bruder John, du wirst es doch versuchen?«

Und mein Mann, der haltlose Trinker, nahm ihre Hand und küßte sie. »Ich werd's versuchen«, gelobte er. Und dann beugte er sich wieder zu Julia, stellte sie ordentlich auf ihre Beinchen und ging mit ihr weiter, in Richtung Stallhof.

Plötzlich wußte ich, daß ich mit ihm wohl kaum Probleme haben würde.

Weil er ein sentimentaler Schwächling war, so halb und halb in Celia und ihr Kind verliebt und irgendwie angezogen von dem Gefühlsschwulst von Celias Leben. Durch mich abgestoßen und abgewiesen, klammerte er sich nun gleichsam an Celia, für ihn eine Art Madonnengestalt, der er in frommer Ergebenheit die Füße küssen würde. Celias Liebe zu ihrem Kind, ihre Aufrichtigkeit, ihre Herzenswärme – all das waren Dinge, die für ihn eine Verbindung zum Leben bildeten zu einem Zeitpunkt, da er sich dem Wahnsinn nah glaubte und Todessehnsucht ihn erfüllte. Wenn er zu verzweifeln drohte an einer Welt, die von mir dominiert wurde, so gab es da ja noch Celia mit ihrem klaren, liebevollen Blick, und er konnte sich wärmen an der hellen Flamme ihrer Reinheit.

Und genau dies war für mich so etwas wie eine Garantie für sein Wohlverhalten. Denn wenn es die Liebe zu Celia war, die ihn auf Wideacre hielt, so drohte mir von seiner Seite kaum irgendwelche Gefahr.

Solange er den Mund hielt, um sie zu schonen, kam seine Verschwiegenheit mir zunutze. Wenn er ihr zärtlich die Hand küßte, so durfte ich das für mich getrost als Plus verbuchen. Er liebte und war also verwundbar. Für mich bedeutete das ein wenig mehr Sicherheit.

Aus demselben Grund war ich jetzt allerdings auch gefährlicher. Ich bin keine kalte Frau, und ich bin auch keine, die, was sie liebt – oder einmal geliebt hat –, leichten Herzens mit anderen teilt. Unvergessen war für mich die Zeit, da ich mit der Drohung hatte leben müssen, daß Celia mir Harry endgültig wegnehmen würde. Nur zu genau erinnerte ich mich, daß er sie mir sogar eine Zeitlang im Bett vorgezogen hatte. Und wäre da nicht jene perverse Leidenschaft gewesen, welche durch die Brutalität auf seiner früheren Schule gleichsam gezündet worden war, so hätte es für mich wohl kaum eine Möglichkeit gegeben, zwischen die beiden eine Art Keil zu treiben. Aber ich war es, die seine Sucht nach Perversionen befriedigen konnte, und das machte ich mir zunutze.

Worin nur bestand Celias Anziehungskraft? War ich nicht hundertmal schöner und hundertmal interessanter als sie? Hatte ihre fade Madonnenhaftigkeit für manche Männer tatsächlich einen so starken Reiz, daß ich mir keineswegs immer sicher sein konnte, sie auszustechen?

Ja, ich erinnerte mich. Erinnerte mich an jenen Sommer, in dem wir aus Frankreich zurückgekehrt waren. Erinnerte mich an den Blick voller Liebe, mit dem Harry seine junge Frau betrachtete.

Niemals würde ich Celia das und alles andere verzeihen können. Obwohl ich mich in jenem Sommer eigentlich gar nicht so sehr für Harry interessierte, sondern tagsüber viel mit John ausritt und abends mit ihm tanzte. Niemals würde ich vergessen, daß Celia mir meinen Liebhaber weggenommen hatte, ohne sich auch nur die Mühe einer »Eroberung« zu machen.

Und jetzt also hatte mein Mann ihr artig die Hand geküßt, als sei sie eine Art Roman-Königin und er ein in Liebe zu ihr entbrannter Ritter. Und diese Szene hatte sich vor meinem Fenster, vor meinen Augen abgespielt. Nun gut, auch das würde ich letztlich für meine Zwecke zu nutzen wissen, irgendwie. Auch wenn ich für John nichts mehr empfand, so würde ich ihn dennoch dafür bestrafen, daß er seine bewundernden Blicke so unverhohlen Celia zuwandte. Ob ich ihn wollte oder nicht, spielte dabei keine Rolle. Mein Mann sollte keine andere lieben.

Zum Dinner kleidete ich mich an diesem Tag mit besonderer Sorgfalt. Das schwarze Samtkleid, das ich im Winter nach Papas Tod getragen hatte, war von der *modiste* von Chichester umgearbeitet worden, einer Meisterin ihres Fachs. Um meine Brüste und meine Taille schmiegte sich der Stoff wie eine zweite Haut und bauschte dann an meinen Hüften in weichen, weiten Falten über die Stützreifen aus. Der Unterrock war aus schwarzer Seide und scheuerte bei jedem Schritt, den ich machte, raschelnd gegen den dicken Samt. Ich achtete darauf, daß Lucy mir das Haar auf die vorteilhafteste Weise puderte, und flocht, zum Kontrast, schwarze Bänder hinein. Schließlich nahm ich meine Perlenkette ab und schlang mir ein schwarzes Band um den Hals. Das Sommergold meiner Haut war inzwischen weitgehend verblichen, und die Schwärze meines Gewandes ließ mich blaß und liebreizend wirken. Doch meine Augen unter den schweren Lidern und den dunklen Wimpern leuchteten grünlich, und bevor ich dann die Tür zum Salon öffnete, rieb ich meine Lippen gegeneinander, damit sie röter wirkten.

Harry und John standen am Kamin, und John war offenbar bemüht, zu Harry einen möglichst großen Abstand zu halten, ohne auf die angenehme Wärme des Feuers verzichten zu müssen. Harry seinerseits hatte seine Rockschöße hochgeschoben, um sein fettes Hinterteil kräftig durchwärmen zu lassen, und trank Sherry. John begnügte sich, wie ich auf den ersten Blick sah, mit Limonade. Celias Bemühungen, meinen Mann zu retten, zeitigten allererste Früchte.

Als Harry meiner ansichtig wurde, gaffte er mich aus weitaufgerissenen Augen an; John seinerseits streckte sofort eine Hand nach dem Kaminsims, als müsse er sich stützen, um durch ein Lächeln von mir nicht völlig aus dem Gleichgewicht zu geraten.

»Ganz ehrlich, Beatrice, du siehst heute abend überaus liebreizend aus«, sagte Harry und rückte beim Kamin einen Stuhl für mich zurecht.

»Danke schön«, sagte ich mit meiner allersüßesten Stimme. »Guten Abend, John.« Ich bedachte ihn mit einem Blick voller Wärme und Sinnlichkeit. Seine Hand auf dem Kaminsims schien sich geradezu in den Stein zu krallen.

Die Tür des Salons öffnete sich, und Celia trat ein. Wirkte das Schwarz der Trauerkleidung bei meinem Teint, meinem Haar und meinen Augen besonders vorteilhaft, so wurde Celias fahlgoldene Schönheit durch die dunklen Farbtöne geradezu ausgelöscht. Dunkel war stets unvorteilhaft für sie, und es war für mich eine wohltuende Gewißheit, daß ich sie während der langen Trauerzeit nach Mamas Tod stets mühelos überstrahlen würde. Schon jetzt war der Kontrast zwischen uns frappierend. Während ich vor Gesundheit und Anmut geradezu glühte, und der schwarze Samt dem Untergrund glich, auf dem ein Juwelier eine warme Kamee voll zur Wirkung kommen läßt, sah Celia in ihrem schwarzen Kleid gealtert und abgezehrt aus.

Unwillkürlich suchten ihre braunen Augen Johns Glas; ihre Wangen röteten sich, und plötzlich sah sie wieder hübsch und reizend aus.

»Oh! Ausgezeichnet!« sagte sie anerkennend, und als Harry ihr ein Glas Sherry anbot, entschied sie sich, als Geste der Verbundenheit wohl, für Limonade. Ich lächelte, hielt meine grünen Katzenaugen streng unter Kontrolle und nahm das große Glas Sherry, das Harry für mich vollschenkte. Ich trank; trank mit sichtlichem Genuß, als ich mich von John beobachtet wußte.

Stride rief uns zum Dinner und bedeutete mir mit einem Nicken, daß er mich zu sprechen wünsche. Ich ließ mich von Harry ins Speisezimmer und zu meinem Stuhl führen; entschuldigte mich dann mit einem Lächeln und ging zurück in die Vorhalle, wo Stride auf mich wartete.

»Miss Beatrice«, sagte er leise, »ich hielt es für angeraten, Eure Bestätigung einzuholen. Lady Lacey hat nämlich angeordnet, daß heute abend kein Wein serviert werden soll; und auch kein Port nach dem Dinner, für die Herren. Statt dessen wünscht sie auf der Tafel Limonade und Wasser.«

Ich lachte unwillkürlich auf.

»Seien Sie nicht albern, Stride«, sagte ich. »Stehen auf der Tafel etwa keine Weingläser?«

»Doch«, erwiderte er und nickte. »Es war bereits gedeckt, als sie mir diese Anweisung gab, und ich tat nichts, wollte bei Euch erst Rücksprache nehmen.«

»Natürlich«, sagte ich, ohne eine Miene zu verziehen. »Das war richtig von Ihnen. Selbstverständlich werden wir heute abend Wein trinken, und selbstverständlich wird Sir Harry seinen Port haben wollen. Auch meinem Mann können Sie Wein einschenken, sofern er nicht weiterhin auf Limonade besteht.«

Stride nickte, und ich kehrte lächelnd ins Speisezimmer zurück.

»Alles in Ordnung?« fragte Harry. Ich nickte und beugte mich dann zu Celia.

»Das mit dem Wein werde ich später erklären«, sagte ich ruhig zu ihr.

Sie musterte mich überrascht und blickte dann instinktiv zu John. Er hatte die Lippen so fest zusammengepreßt, daß sie völlig weiß wirkten. Mit schier übermenschlicher Anstrengung hielt er sich unter Kontrolle.

Dann kam Stride wieder ins Zimmer, und während die beiden Livrierten servierten, schenkte er, genau wie von mir befohlen, Wein in jedes Glas.

Celia richtete ihren Blick auf mich, und die Herausforderung darin war unverkennbar; doch ich schaute zu Harry und befragte ihn wegen des neuernannten Jagdherrn.

»Wir werden die Hunde natürlich hierbehalten«, sagte Harry. »Mr. Haller kann ja jederzeit herkommen, um sie zu sehen. Mir wär's auf jeden Fall sehr lieb, wenn wir ihn in diesem Trauerjahr möglichst oft zu Gesicht bekämen, denn wenn er auch mit der Wildbahn hier ganz gut vertraut ist, so kennt er doch die Waldungen von Wideacre längst nicht so gut wie wir, Beatrice. Und mir liegt viel daran, daß die Füchse in diesem Jahr in Schach gehalten werden.«

»Gut«, sagte ich. Mr. Haller hatte das Dower House gemietet, ein hübsches, quadratisches Sandsteingebäude, halb so groß wie Wideacre Hall. Es stand leer, befand sich nur ein kurzes Stück entfernt. Mr. Haller hatte das Haus der Jagd wegen gemietet – und zu seinem Entzücken entdeckt, daß es, solange Harry in Trauer war, auf Wideacre einen eigentlichen Jagdherrn – *master of the Hunt* – gar nicht geben konnte.

»Wie sehr mir die Jagd fehlen wird«, sagte ich sehnsüchtig. Beim Klang meiner Stimme schien John zusammenzufahren. Vor ihm stand sein volles, rubinrot schimmerndes Weinglas, er konnte das Bouquet riechen.

»Ja«, sagte Harry. »Dabei hätte gerade Mama gewünscht, daß wir uns amüsieren.«

Ich ließ ein gurgelndes Gelächter hören. »Das hat für dich gegolten«, sagte ich, »dir zuliebe hätte sie sich über alle Verbote hinweggesetzt. Mich dagegen hätte sie am liebsten nie aus dem Haus und schon gar nicht auf ein Pferd gelassen.«

Harry nickte lächelnd. »Das ist wahr«, sagte er mit sichtlichem Behagen. »Aber um beim Thema zu bleiben – bei allem Respekt, den wir ihrem Andenken schulden: Es ist hart, schon wieder eine Jagdsaison auslassen zu müssen.«

Er schaute auf seinen Teller, nickte dann Celia zu.

»Einfach exzellent, mein Liebes«, sagte er.

Sie lächelte, offenkundig über sein Lob erfreut.

»Es ist ein Rezept, das Papa von einem seiner Londoner Clubs mitgebracht hat«, sagte sie. »Ich dachte mir, es könnte nach deinem Geschmack sein.«

Johns Schultern wirkten jetzt nicht mehr angespannt, er aß sogar.

»Oh, ich bin ja so froh, daß du etwas zu dir nimmst, John«, sagte ich mit zuckersüßer Stimme. »Ich war ja so in Sorge, als du nichts essen konntest.«

Johns Gabel fiel aus seiner Hand, zurück auf den Teller. Harrys Augen ruhten zartfühlend und anteilnehmend auf meinem Gesicht, Celia hingegen schien verwirrt und betrachtete mich eingehend. Ich bedachte sie mit einem herzlichen Lächeln und streckte die Hand nach meinem Weinglas. John starrte auf den Rotwein, und ich leckte mir im Vorgeschmack die Lippen.

»Was hast du morgen vor, Harry?« fragte ich in leichtem Gesprächston, um die Aufmerksamkeit von mir abzulenken. »Ich dachte daran, vielleicht nach Chichester zu fahren, um für mich eine kleine Kutsche, einen Zweisitzer vielleicht, in Auftrag zu geben – damit ich ein Fortbewegungsmittel habe für die Zeit, wo ich in der Öffentlichkeit nicht reiten darf.«

»Dann werde ich mitkommen«, sagte Harry. »Schon um sicherzugehen, daß du dir's nicht etwa einfallen läßt, so einen hohen, altmodischen *Phaeton* zu kaufen!«

Ich lachte. Es war ein sinnliches, verführerisches Lachen; und wieder klapperte Johns Gabel auf dem Teller. Er schob ihn zurück.

»Was heißt hier altmodisch!« rief ich. »Etwas Sportliches und Rassiges und dazu ein passendes Grauschimmelgespann!«

»Wenn's recht ist, würde ich gleichfalls gern mitkommen«, sagte Celia sanft. »Julia braucht neue Schuhe, und zum Schuster in Acre möchte ich mit ihr nicht; der hat nicht das dafür nötige weiche Leder.«

Die Bediensteten räumten die Teller fort, und Harry erhob sich, um ein Paar Fasanen zu zerlegen. Celia und ich bekamen Brustfleisch und John ein Paar Schenkel und ein reichliches Quantum Sauce. Er starrte auf seinen Teller, und mir schien, daß ihm übel war; vermutlich sehnte er sich nach einem Drink. Ich wartete, bis ihm auch noch Gemüse serviert worden war sowie, auf einem Extra-Teller, ein Brötchen; dann beugte ich mich vor.

»Versuch doch etwas zu essen«, sagte ich zärtlich. »Bleib bitte an der Tafel sitzen und geh nicht etwa auf dein Arbeitszimmer, John.«

Das gab den Ausschlag. Er stieß seinen Stuhl zurück, als sei der Sitz siedend heiß, und machte ein, zwei rasche Schritte in Richtung Tür. Dann drehte er sich noch einmal um und machte vor Celia eine knappe Verbeugung.

»Bitte um Vergebung«, sagte er kurz, und der Lakai eilte, um die Tür zu öffnen und sie dann hinter ihm mit einem Klicken zu schließen. Ich nickte: Johns gesamtes Gedeck verschwand unauffällig; und Harry und Celia und ich waren allein.

»Es ist eine Schande«, sagte Harry voller Mitgefühl. »Du tust dein Bestes, Beatrice. Aber, bei Gott, es ist eine Schande.«

Ich senkte den Kopf, wie um meine Tränen zu verbergen.

»Ich bin sicher, daß es besser werden wird«, sagte ich tonlos. »Ich bin sicher, daß er es überwinden wird.«

Ich hatte gehofft, einem Gespräch mit Celia aus dem Wege gehen zu können, indem ich bei Harry ausharrte, solange der bei seinem Port saß, und dann anschließend zu Bett zu gehen. Aber am nächsten Morgen, vor dem Frühstück, klopfte sie an meine Bürotür und fragte, ob sie eintreten dürfe. In ihrem schwarzen Morgengewand wirkte sie abgezehrt und wesentlich älter als sechsundzwanzig – ihr jetziges Alter. Unter ihren Augen waren Schatten – sie hatte offensichtlich eine schlaflose Nacht verbracht – und auf ihrer Stirn furchten sich tiefe Sorgenfalten. Ich dagegen wirkte frisch und munter wie der junge Morgen. Lächelnd forderte ich sie auf, Platz zu nehmen.

»Es ist wegen John«, sagte sie, und wieder lächelte ich. Daß Celia mich aufsuchte, daß sie mich sprechen wollte, daß sie offenbar in Sorge war um meinen Mann – das erschien mir doch alles recht ungewohnt.

»So?« sagte ich. Ich war an meinem Schreibtisch sitzengeblieben und ließ meinen Blick jetzt über die vor mir liegenden Papiere gleiten.

»Beatrice, er ist gestern abend auf sein Arbeitszimmer gegangen und hat wieder angefangen zu trinken, obwohl er doch versprochen hatte, daß er damit aufhören wollte«, sagte Celia hastig.

»Ja«, sagte ich bekümmert; allerdings galten meine Gedanken den Problemen, wie sie sich in den vor mir liegenden Papieren dokumentierten. Ich hatte gehofft, Harrys Pläne in Sachen Hochprofit-Farmerei würden sich möglichst bald auszahlen, und ich war gerade dabei, nüchterne Fakten miteinander zu vergleichen.

»Beatrice, tut mir leid, dich zu stören«, sagte Celia, aber in ihrer Stimme klang nicht der leiseste Hauch von Bedauern. Plötzlich tauchte eine Erinnerung in mir auf: wie sie ohne ein Wort der Entschuldigung in Frankreich in mein Schlafzimmer gestürzt gekommen war, ein hungriges Baby in den Armen und felsenfest entschlossen, daß ich das Kind stillen sollte. Wenn es um ihre eigenen Interessen ging, war Celia das kraftloseste aller Geschöpfe; doch im selben Augenblick, wo sie jemanden unter ihre Fittiche nahm oder bekam, wurde sie zur Heldin. Ich hätte auf der Hut sein sollen, doch ich fühlte mich bloß belustigt.

»Du störst mich nicht, Celia«, sagte ich höflich, ohne jedoch einen Zweifel daran zu lassen, daß sie eben dies tat. »Fahr nur fort.«

»Als John gestern abend in sein Arbeitszimmer ging, standen dort auf dem Tisch zwei offene Flaschen Whisky. Er hat sie beide leergetrunken«, sagte sie. Ich setzte eine schockierte Miene auf.

»Wie sind die Flaschen dort hingekommen?« fragte Celia geradezu.

»Keine Ahnung«, erwiderte ich. »Wahrscheinlich hat John seinem Diener befohlen, ihm welche zu bringen. Vergiß nicht, daß er schon seit vier Monaten so trinkt, Celia. Für die Bediensteten muß es inzwischen Routine sein, ihm zu bringen, was er wünscht.«

»Dann müssen wir sie anweisen, das nicht zu tun«, sagte Celia energisch. Sie beugte sich über den Tisch vor, und ihre braunen Augen funkelten ohne jede Spur von Müdigkeit. »Du mußt Stride sagen, daß John unter gar keinen Umständen mit Alkohol versorgt werden darf und daß wir keinen Wein auf dem Tisch und überhaupt nichts dergleichen im ganzen Haus haben dürfen, ehe er nicht geheilt ist.«

Ich nickte. »Vermutlich hast du recht, Celia«, sagte ich. »Und Johns Gesundheit muß an allererster Stelle stehen. Wir müssen irgendeine Möglichkeit finden, um ihm bei dem Genesungsprozeß zu helfen. Vielleicht sollten wir ihn irgendwohin schicken. Es gibt ein paar großartige Ärzte, die auf derartige Fälle spezialisiert sind.«

»Solche Spezialisten gibt es?« fragte Celia. »Das wußte ich nicht. Aber wäre er damit auch einverstanden?«

»Wir könnten darauf bestehen. Vermutlich könnte er gesetzlich dazu verpflichtet werden, sich einer entsprechenden Behandlung zu unterziehen«, sagte ich bewußt vage.

Celia seufzte. »Womöglich kommt es wirklich noch so weit. Aber das hört sich so schrecklich an. Wir könnten doch damit anfangen, ihm zu helfen, indem es hier keinerlei Alkohol gibt.«

Ich nickte. »Wenn du davon überzeugt bist, daß das der richtige Weg ist, Celia«, sagte ich unsicher. »Ich habe gestern abend nur deshalb angeordnet, Wein zu servieren, weil ich meinte, John sollte sich daran gewöhnen, Limonade zu trinken, während die anderen ringsum alle Wein haben. Wenn er außerhalb speist, wird immer Wein auf dem Tisch stehen, und Port, du weißt ja.«

»Ja«, sagte Celia. »Daran hatte ich nicht gedacht. Allerdings meine ich, während der ersten Tage sollten wir jeglichen Alkohol von ihm fernhalten. Wirst du das anordnen, Beatrice?«

Ich lächelte sie an. »Natürlich werde ich das tun, Celia. Alles. Alles, was meinem Mann helfen kann, wieder gesund zu werden.«

Sie betrachtete mich, forschte aufmerksam in meinem Gesicht. Die kleine, liebevolle Celia, welche die Welt für so gutartig hielt, wie sie selbst es war, lernte schnell. Vielleicht hatte sie das Gefühl, daß sich zu ihren Füßen eine Kluft auftat, die sie von Andersartigem trennte. Und vielleicht fing sie an zu begreifen, daß zum Beispiel ich anders war als sie, ganz anders. Nur verstehen würde sie mich nicht.

Sie wurde wieder ihr freundliches, liebenswürdiges Selbst. »Ich muß dich um Entschuldigung bitten«, sagte sie. »Ich hatte kein Recht, ohne dein Wissen irgendwelche Anweisungen zu erteilen. Es war meine Sorge um John, die mich gedankenlos machte. Ich wollte ganz einfach, daß kein Wein auf den Tisch kam.«

Ich warf ihr eine Art hochmütiger Kußhand zu.

»Das spielt doch weiter keine Rolle, Celia!« sagte ich leichthin. »Und wahrscheinlich hattest du recht. Wir werden sämtlichen Alkohol aus dem Haus schaffen, und das könnte John ja helfen, wie du meinst.«

»Dann werde ich gehen und es ihm sagen«, erwiderte sie und verließ das Zimmer.

Konzentriert wandte ich mich wieder meiner Arbeit zu. Was sich zwischen Celia und John abspielen würde, war mir so klar, als wäre ich als heimlicher Beobachter zugegen. Celia würde John bitten, nicht mehr zu trinken, und John, noch stark verkatert und tief beschämt über sein eigenes Verhalten – seine Haltlosigkeit –, würde ihr das auch versprechen. Celias nunmehr folgende freudestrahlende Erklärung, es werde im ganzen Haus keinen Alkohol mehr geben, mochte in der Tat Hoffnung in ihm wecken: kein verlockender Wein mehr während des Dinners, keine verführerischen – und unwiderstehlichen – Whiskyflaschen in der Bibliothek, in die er sich so oft schon eingeschlossen hatte, um sich ungestört vollaufen lassen zu können.

Während des Frühstücks erklärte Celia plötzlich – für mich nicht gar so überraschend –, sie wolle doch lieber zu Hause bleiben, statt mich nach Chichester zu begleiten. Zweifellos ging es ihr darum, John nicht sich selbst und den Versuchungen des Alkoholteufels zu überlassen. Plaudernd und lächelnd würde sie ihn von seinen Problemen ablenken. Sie kämpfte um seine Seele und tat das, ihrem Wesen gemäß, aus treuem, liebevollem Herzen.

So fuhren Harry und ich dann ohne sie nach Chichester zum Kutschenmacher, um für mich ein passendes Gefährt auszusuchen. Es gab wunderschöne Modelle, doch waren sie zum einen zu teuer – schließlich hatten wir ja unser neues Sparprogramm – und zum anderen für meine Zwecke wenig geeignet. Ich brauchte ein unverwüstliches Gefährt, ein Gig etwa, mit dem ich auch über unwegsames Gelände oder durch Schnee fahren konnte (um mir, während des Lammens etwa, strapaziöse Fußmärsche zu ersparen).

»Ich bin erschöpft«, sagte ich mit einem Seufzer, als wir endlich zu einer Entscheidung gekommen waren. »Weißt du was: Laß uns doch den de Courceys einen Besuch abstatten.«

Lady de Courcey war mit Mama befreundet gewesen, und ihre beiden Kinder waren nur wenig älter als Harry und ich. Von allen Familien in Chichester kamen uns, Mamas präziser Einschätzung zufolge, die de Courceys dem Rang nach am nächsten. Sie waren eine sehr alte Familie und, obschon keine eigentlichen Grundbesitzer, reicher als wir. Außer den de Courceys statteten wir noch zwei oder drei Familien – und natürlich auch dem jeweils amtierenden Bischof – gelegentlich einen Besuch ab, aber wirklich befreundet waren wir nur mit den de Courceys.

Obwohl nach Mamas Tod keine Notwendigkeit mehr bestand, sich an ihre strikten gesellschaftlichen »Abgrenzungen« zu halten, hatten wir unseren Freundes- und Bekanntenkreis praktisch überhaupt nicht erweitert. Einer der Gründe dafür war ganz einfach die Entfernung zwischen Wideacre und Chichester: Eine Fahrt dorthin kam immer einer kleinen Reise gleich. Außerdem waren die Landstraßen oft voll Schlamm und im Winter, bei stärkerem Schneefall, absolut unpassierbar. Auch die Art unseres Lebens auf Wideacre trug stark zu unserer Isolierung bei. Die Arbeit auf dem Land war hart und ermüdend, und so zogen wir es vor, mit Freunden oder Verwandten zusammenzukommen, die nicht allzuweit von uns lebten. Mir persönlich machte diese Abgeschiedenheit nichts weiter aus; am liebsten hätte ich Wideacre nicht einmal für einen einzigen Tag verlassen. Aber auch die anderen, die meine Leidenschaft für dieses Land ja nicht unbedingt teilten, waren es zufrieden, wochen-, ja selbst monatelang ohne sogenannte »Abwechslung« in der Abgeschiedenheit Wideacres zu leben.

Die Haverings und die de Courceys waren unsere Freunde. Mitunter kam irgend jemand aus Mamas Familie für einige Zeit zu Besuch, manchmal auch ein de Lacey. Im Grunde jedoch lebten wir, wie viele Familien unseres Ranges, ein wenig isoliert inmitten eines Heers von armen Leuten. Kein Wunder, daß Mama, die alles unter ihrem Rang als anonyme, kaum wahrnehmbare Masse ansah, einsam gewesen war. Kein Wunder auch, daß ich, inmitten der Hunderte und Tausende, manchmal von irgendeiner Seite eine Drohung witterte – und Furcht empfand.

Für Stadtbewohner war das anders. Das Haus der de Courceys stand, ein deutliches Stück von der Straße entfernt, inmitten schottischer Tannen und war umgeben von einer hohen, oben mit scharfen Metallspitzen gespickten Mauer. Als Harry und ich vorfuhren, parkten auf dem Abstellplatz bei der Auffahrt bereits drei Kutschen.

»Eine Teegesellschaft!« sagte ich zu Harry und schnitt eine Grimasse. »Um Gottes willen – liefere mich bloß nicht den alten Ladys aus.«

Harry lachte und half mir dann die Eingangsstufen hinauf, während unser Lakai bereits an die Tür hämmerte. Der Butler der de Courceys geleitete uns über den schwarzen und weißen Marmorboden und ließ die Tür zum Salon aufschwingen.

»Mrs. MacAndrew, Sir Harry Lacey«, meldete er, und Lady de Courcey erhob sich sofort und eilte uns entgegen.

»Beatrice! Harry – meine Lieben!« sagte sie und küßte uns herzhaft auf beide Wangen.

Sie war eine interessante Frau. Stets hatte ich das Gefühl gehabt, sie sei eigentlich viel zu jung, um Mamas Freundin zu sein. Irgendwie erschien sie mir als die nicht alternde Zwanzigjährige, die mit ihrer Schönheit seinerzeit ganz London bezaubert und sich den besten Freier auf dem Markt geangelt hatte, Lord de Courcey. Allein ihrem Äußeren verdankte sie, die ohne Geld und vornehme Abkunft war, ihren Erfolg; und ich, mit meinem ausgeprägten Gespür für Besitz und Eigennutz, konnte nie so recht den Verdacht loswerden, sie sei eine Abenteurerin. Dabei wies nichts, aber auch gar nichts in ihrem Verhalten darauf hin. Ihr gesellschaftliches Auftreten war ohne jeden Makel. Es handelte sich ganz einfach um meine persönliche Einschätzung: Da sie ihren Rang und ihren Reichtum ausschließlich ihrem hübschen Gesicht verdankte, meinte ich, sie müsse wohl eine clevere Schwindlerin sein.

Jetzt war ihr Salon voller Gäste, die überwiegend zur besten Chichester-Society gehörten. Die meisten Gesichter kannten wir. Es gab die übliche Begrüßung und die übliche Konversation. Harry und ich plauderten hauptsächlich mit Lady de Courceys Schwiegertochter und mit ihrem Sohn Peter.

Trotzdem schleppten sich, in dieser Atmosphäre, die Minuten schier endlos dahin, und ich war froh, als die unvermeidliche halbe Stunde um war und wir aufbrechen konnten. Aus irgendeinem Impuls heraus lud ich Isabel und Peter ein, mit uns nach Wideacre zu kommen zum gemeinsamen Dinner. Dergleichen war ebenso spontan wie unüblich; doch Lady de Courcey gab lächelnd ihr Einverständnis, und innerhalb von zehn Minuten waren wir alle bereit zur Abfahrt.

Celia hatte offenbar durch das Salonfenster bereits nach uns Ausschau gehalten; und als sie die zweite Kutsche mit dem Wappen der de Courceys hinter der unseren sah, erschien sie vor dem Eingang auf der Freitreppe.

»Wie reizend«, sagte sie in ihrer natürlichen, liebenswürdigen Art. Doch ich sah einen Schatten auf ihrem Gesicht, und ich war sicher, den Grund dafür zu kennen.

Sie hatte den ganzen Tag mit John verbracht, um ihn vom Alkohol fernzuhalten. Beim Dinner, so hatte sie ihm zweifellos immer wieder versichert, werde auch in meiner Anwesenheit kein Wein auf der Tafel zu finden sein. Jetzt jedoch, bereits zum Dinner umgekleidet und offenbar genauso auf John wartend wie auf uns, entdeckte sie plötzlich zu ihrem Entsetzen, daß es sich keineswegs um die von ihr erwartete ruhige Familienmahlzeit handeln würde, sondern um eine lustige Gesellschaft – eine harte, von ihr nicht einkalkulierte Prüfung für ihren Schützling John.

Ich überließ die de Courceys Celia und eilte, um mich umzukleiden, die Westflügeltreppe hinauf. An diesem Abend würde ich ein tiefausgeschnittenes Kleid aus schwarzem Taft tragen und dazu ein Paar schwarzer, tiefhängender Ohrringe, welche die Länge meines Halses betonten. Mit dem Bild, das mir der Spiegel zeigte, war ich vollauf zufrieden. Mein Anblick würde jeden Mann mit Begierde erfüllen; ich wußte mit absoluter Sicherheit, daß dies auf die Dauer John MacAndrew zerstören würde: mich Abend für Abend so begehrenswert zu finden und mich gleichzeitig so sehr zu hassen.

Er hatte eine Reihe von Phasen durchgemacht. Anfangs hatte er sich Mut angetrunken, um dann gegen mich aggressiv zu werden. Dann hatte er einen Drink gebraucht, nur um meinen Anblick ertragen zu können. Jetzt entdeckte er, daß der Alkohol, zu dem er so gern seine Zuflucht genommen hatte – das scheinbar einzige Mittel, um den Alptraum der vergangenen Monate zu überstehen –, in Wirklichkeit überhaupt keine Hilfe für ihn war. Er begriff jetzt, warum für ihn stets ein

Drink in bequemer Griffweite gewesen war: bei seinem Bett, in der Bibliothek, in seinem Arbeitszimmer, im Gewehrraum. Kein Zufall, natürlich nicht: Ich hatte die entsprechenden Anweisungen gegeben. Allmählich war ihm klar geworden, muß ihm klar geworden sein, daß er zwei Feinde hatte und daß diese beiden Feinde miteinander verbündet waren: die Frau, die er liebte, und der Alkohol, dem er nicht widerstehen konnte. Er fühlte sich der endgültigen Niederlage nahe. Er fürchtete, daß er sich im unaufhaltsamen Sturz befand. Sein früher so volles Leben war leer. Niemand und nichts war ihm geblieben, nicht seine Frau, nicht »sein« Kind, nicht seine Arbeit, nicht einmal sein Stolz. Einen einzigen Menschen nur gab es, der ihn mit Liebe geradezu überhäufte, um ihm herauszuhelfen aus seiner Misere. Aber selbst dies war für ihn ein Grund zur Furcht. Weil er fürchtete, ihre Erwartungen nicht erfüllen zu können. Weil er Angst hatte, zu versagen.

Ich lächelte unwillkürlich. Der Spiegel zeigte mir das strahlende Bild einer jungen Frau, die noch so hinreißend aussah wie eine Braut am Hochzeitstag. Rasch verließ ich das Zimmer und eilte die Treppe hinunter. In der Vorhalle sah ich Stride, der dort offenbar auf mich gewartet hatte.

Ich musterte ihn mit einem Lächeln. Auf seinen Lippen lag eine unausgesprochene Frage.

»Ich weiß«, sagte ich mit einem halben Lächeln. »Aber wir können wirklich nicht erwarten, daß die de Courceys Limonade trinken. Servieren Sie im Salon Sherry und im Speisezimmer Wein. Den besten Bordeaux zur Mahlzeit und zum Obst dann Champagner. Im übrigen, wie gewohnt, für die Gentlemen Port.«

»Soll Mr. MacAndrews Glas gefüllt werden?« fragte Stride mit ausdrucksloser Stimme.

Stride wie auch das übrige Personal hatte aufgehört, meinen Mann »Doktor« zu nennen. Er war für alle nur noch »Mr. MacAndrew« – und ich ließ es natürlich durchgehen.

»Ja, selbstverständlich«, erwiderte ich auf Strides Frage und betrat den Salon, in dem die anderen bereits versammelt waren.

John schien sich gut unter Kontrolle zu haben, und ich sah, daß Celia ihn mit liebevollem Blick betrachtete. Harry hielt bereits Ausschau nach der Sherry-Karaffe, die Stride gerade hereinbrachte, und großzügig schenkte er den de Courceys, mir und sich selbst davon ein. Celia nahm ein Glas Limonade, und John hielt den bläßlich gelben Drink in der Hand, ohne jedoch daran auch nur zu nippen. Ich sah, wie er den Kopf unwillkürlich in Harrys Richtung drehte, und wußte instinktiv, daß er, witternd wie ein Tier, den Duft des Sherrys in sich einsog.

Das Dinner wurde serviert, und Celia genügte ein einziger Blick, um zu sehen, was für Gläser auf der gedeckten Tafel standen. Sie musterte mich scharf, doch ich zuckte nur leicht mit den Achseln und wies mit dem Kopf auf die de Courceys. »Was will man da machen?« sagte mein stummer Blick.

John aß wenig, zeigte jedoch tadellose Manieren und führte mit Isabel, zu seiner Linken, eine gestelzte Konversation. Ich ließ mir kein Wort entgehen, während ich mich meinerseits mit Peter unterhielt, der an meiner Seite saß. Während der Mahlzeit rührte John weder den weißen noch den roten Wein an, doch sah ich, wie seine Augen unwillkürlich den Gläsern folgten, als sie fortgeräumt wurden. Gleich darauf stand die große silberne Schale voll Obst auf dem Tisch, verlockend knallte der Champagnerkorken, und sprudelnd ergoß sich die perlende Flüssigkeit in die speziellen Gläser.

Ich ließ John nicht aus den Augen; er liebte Champagner.

»Nur ein Glas«, sagte er, halb zu sich, halb zu Celia. Celia schüttelte heftig den Kopf, als der Lakai sich näherte, um John einzuschenken. Ein peinlicher Augenblick folgte. Der Livrierte stand mit der Flasche in der Hand, und der Flaschenhals, halb schon über das hohe, schlanke Glas geneigt, verharrte gleichsam in der Schwebe, während der Ausdruck des Verlangens in Johns Augen immer stärker wurde.

»Nein«, sagte Celia leise, doch energisch zu dem Lakaien. Es war Jack Levy – eine Waise, deren Heim das Arbeitshaus gewesen wäre, hätte ich Jack nicht, zehn Jahre war es inzwischen her, die Aufgabe übertragen, im Haus für das Anzünden der Kaminfeuer zu sorgen. Mittlerweile sah er wohlgenährt aus und wirkte in seiner Livree recht stattlich. Jetzt blickte er fragend zu mir, und auf mein kaum merkliches Nicken schenkte er Johns Glas voll und ging dann weiter. Harry brachte einen Toast aus, was er stets sehr gern tat, und wir tranken. John leerte sein Glas auf einen Zug, wie ein Verdurstender. Wieder warf Levy mir einen fragenden Blick zu, und wieder nickte ich. John trank und trank, und doch schien sein Glas niemals leer zu werden.

Isabel erzählte von der Londoner Saison und den Partys, die sie und ihr Mann dort besucht hatten, Harry erkundigte sich nach den neuesten Klatschgeschichten, und Peter de Courcey sprach zu mir von seiner Absicht, im Norden eine Jagdhütte zu kaufen. Ich riet ihm, sich darüber mit Dr. Pearce zu unterhalten, weil der die Gegend ausgezeichnet kenne.

Niemand kümmerte sich um John, der mit immer stärker glänzenden Augen unaufhörlich dem Champagner zusprach. Und niemand außer mir achtete auf Celia, die stumm und mit gebeugtem Kopf dasaß, während ihr Tränen über die Wangen liefen.

Ich wartete, bis sie sich mit ihrer Serviette heimlich die Tränen getrocknet und ihre Schultern wieder gestrafft hatte. Dann wurde die Tafel aufgehoben. John stand schwankend und hielt sich an der Stuhllehne fest. Wahrscheinlich hatte er das Gefühl, daß sich alles um ihn herum drehte. Ich führte die Damen in den Salon, und wir setzten uns an den Kamin.

Die Zeit schien dahinzuschleichen. Als sich die Herren schließlich zu uns gesellten, kamen sie ohne John. Ich blickte zu Harry, hob fragend eine Augenbraue und sah, wie sich, in einer Art Grimasse, seine Mundwinkel nach unten krümmten.

»Die Lakaien bringen ihn ins Bett«, sagte er leise zu mir. »Peter de Courcey scheint nichts weiter dabei gefunden zu haben, aber es ist wirklich eine Schande, Beatrice.«

Ich nickte, schenkte dann für alle Tee ein. Die de Courceys leerten hastig ihre Tassen und brachen dann auf, um die Heimfahrt noch bei Mondschein zurücklegen zu können. Sie stiegen in ihre vor dem Eingang wartende Kutsche, hüllten sich bis zu den Ohren in Reisedecken ein und hatten für ihre Füße heiße, ziegelartige Steine.

»Good bye!« rief ich ihnen von der Freitreppe zu, und mein Atem war wie Rauch in der kalten Luft. »War schön, euch wiederzusehen! Vielen Dank für euern Besuch.«

Sie fuhren los, und ich ging ins Haus zurück. Harry, offenbar müde vom Port und der Abendgesellschaft, hatte sich bereits zurückgezogen, aber Celia wartete noch im Salon auf mich.

»Hattest du die de Courceys eingeladen, Beatrice?« fragte sie. Ich zögerte. Ihre Stimme hatte einen Unterton von Härte, wie ich ihn bei ihr noch nie vernommen hatte.

»Ich erinnere mich nicht«, wich ich aus. »Harry oder ich.«

»Ich habe Harry gefragt«, erklärte sie. »Und Harry hat mir gesagt, die Einladung sei von dir ausgegangen.«

»Dann wird's wohl so gewesen sein«, sagte ich leichthin. »Wir haben sie ja oft zum Dinner, Celia. Ich dachte wahrhaftig nicht, daß dir ihr Besuch mißfallen könnte.«

»Er hat mir ja auch nicht mißfallen«, sagte sie, offensichtlich irritiert. »Aber das ist auch gar nicht die Frage, Beatrice. Es geht um etwas ganz anderes. Es geht darum, daß John heute den Entschluß gefaßt hatte, nichts zu trinken. Nie wieder zu trinken. Und ich versicherte ihm immer und immer wieder, du habest dein Wort gegeben, daß es auf Wideacre nichts Alkoholisches mehr gebe. Niemand, sagte ich ihm, werde ihn an der Dinnertafel mit Alkohol in Versuchung bringen. Und dann kommt er zum Dinner, vor sich ein Weißweinglas, dann ein Rotweinglas und am Ende dann noch sein geliebter Champagner. Beatrice, das war zu viel für ihn! Jetzt ist er wieder betrunken, und morgen früh wird er sich sehr elend fühlen! Er wird das Gefühl haben, versagt zu haben, und so ist es ja auch. Aber schuld daran sind unsere Selbstsucht und Verantwortungslosigkeit...«

In ihren Augen standen Tränen, doch bemerkte ich auf ihren Wangen auch eine zornige Röte. War diese so entschlossen und energisch wirkende junge Frau wirklich meine so sanftmütige kleine Schwägerin?

»Celia«, sagte ich vorwurfsvoll.

Sie senkte den Blick, die Röte wich aus ihren Wangen.

»Verzeih mir bitte«, sagte sie, plötzlich wieder unter striktester Selbstkontrolle und mit untadeligen Manieren. »Aber ich mache mir um John große Sorgen. Ich hoffe sehr, daß es morgen abend im Haus keinen Alkohol geben wird.«

»Natürlich«, sagte ich. »Aber wenn wir Gäste haben, können wir ihnen ja nicht gut Limonade servieren. Das siehst du doch wohl ein, Celia, nicht wahr?«

»Ja«, sagte sie widerstrebend. »Aber für den Rest dieser Woche erwarten wir doch wohl keine Gäste, oder?«

»Nein«, sagte ich mit einem Lächeln. »Und solange wir unter uns sind, werden wir übrigen uns natürlich bei Drinks zurückhalten, um John nicht in Versuchung zu führen. Schließlich wollen wir ihm doch alle helfen.«

Sie trat auf mich zu und gab mir, in leerer Höflichkeitsgeste, einen Kuß auf die Wange. Aber ihre Lippen waren kalt. Dann ging sie zu Bett, während ich noch am Kamin zurückblieb. Ich betrachtete die brennenden oder glühenden Holzscheite, die alle möglichen bizarren Gebilde formten, Hügel und Höhlen, Burgen und Pyramiden; und es war, als blickte ich einen weiten, gewundenen Weg entlang, eine endlose Strecke voller Verzweiflung und Versagen für den Mann, den ich aus Liebe geheiratet hatte.

Am nächsten Abend kam Mr. Haller zum Dinner, und so mußten wir natürlich Wein servieren. John trank ein Glas und dann noch eines. Später zogen sich die Männer – John, Harry und Georg Haller – zum üblichen Port zurück. Johns Kammerdiener schaffte seinen stockbetrunkenen Herrn später ins Bett.

Am Abend darauf tauchte Dr. Pearce zum Dinner auf. Ganz überraschend. Oder auch nicht. »Denn mir hat ein kleiner Vogel zugezwitschert, heute abend gebe es bei Ihnen Hase in Rotweinsauce, und das ist mein Lieblingsgericht«, sagte er liebenswürdig zu Celia.

»Welcher kleine Vogel war denn das?« fragte sie, während ihr Blick zu meinem Gesicht zuckte.

»Der schönste kleine Vogel in der ganzen Gemeinde!« sagte Dr. Pearce und küßte mir die Hand. Celias Gesicht wirkte wie versteinert.

Für den folgenden Abend waren wir bei Celias Eltern zum Dinner eingeladen, und wir kamen überein, daß John nicht mitkommen sollte.

Celia sprach längere Zeit mit Stride, und ich war davon überzeugt, daß sie ihm das Versprechen abnahm, John während der Mahlzeit keinen Wein und danach keinen Port zu servieren. Stride begegnete mir in der Vorhalle. Er wirkte äußerst geduldig. Sein Lohn war gewiß hoch genug, um die Lösung des Problems mit einzuschließen, wie man mit einander widersprechenden Anweisungen fertig wurde; im übrigen gab es auf Wideacre nur eine Stimme, die Befehle erteilte, und diese Stimme sprach jetzt.

»Mr. MacAndrew wird heute abend weder Wein noch Port serviert werden«, sagte ich. »Aber Sie werden für ihn in die Bibliothek zwei Flaschen mit seinem Whisky stellen, und dazu ein Glas und Wasser.«

Stride nickte. Sein Gesicht blieb völlig ausdruckslos. Hätte ich ihm befohlen, in Mr. MacAndrews Schlafzimmer einen Henkerstrick anzubringen, so würde er auch das widerspruchslos getan haben.

»Ich habe Stride gesagt, daß John heute abend nichts zu trinken bekommen sollte«, sagte Celia, als wir uns in der Kutsche für die Fahrt nach Havering Hall in Decken einhüllten.

»Natürlich.« Ich nickte. »Ich hoffe nur, daß er keinen Whisky hat.«

Celia warf mir einen entsetzten Blick zu. »Daran hatte ich nicht gedacht«, sagte sie. »Allerdings bin ich ziemlich sicher, daß er nur trinkt, wenn er was angeboten bekommt, seinerseits sich jedoch von den Bediensteten nicht eigens etwas bringen lassen wird.«

»Das hoffe ich«, sagte ich fromm.

Harry grunzte nur unwillig, schwieg jedoch.

Ich sorgte dafür, daß es ein langer Abend wurde. Lord Havering war anwesend, und es machte ihm Spaß, seine Frau zu noch einer und noch einer Kartenpartie aufzufordern, wenn ich seine Partnerin war. Danach saßen wir einander gegenüber, und wenn ich meine grünen, schrägliegenden Augen meist auch sehr ernst auf meine Karten gerichtet hielt, so ließ ich sie mitunter doch mit einem leicht provozierenden Lächeln zu seinem groben, von geplatzten Blutäderchen übersäten Gesicht gleiten.

Als wir später zu Hause ankamen, brannte überall Licht, und die Vorhänge waren nicht zugezogen.

»Was hat das zu bedeuten?« rief ich beunruhigt und sprang aus der Kutsche, noch bevor die Stufen heruntergeklappt worden waren.

»Ist was mit Richard? Mit Julia? Treibt etwa der Culler sein Unwesen?«

»Es ist Mr. MacAndrew«, sagte Stride, sich der Kutsche nähernd. »Er hat in der Bibliothek den Teppich angesteckt und einiges Porzellan zertrümmert.«

Ich folgte Harry, der mit raschen Schritten vorauseilte und die Tür zur Bibliothek aufwarf. Alles war ein einziges Chaos. Der kostbare Orientteppich war schwärzlich versengt mit einem großen Loch in der Mitte. Das schützende Glas der Bücherschränke lag in Scherben und Splittern, einige Bodenvasen waren umgeschleudert und zertrümmert worden. Überall lagen verstreute Bücher, zerknickt, verbogen, eingerissen; und inmitten dieses heillosen Durcheinanders stand mein Mann, in Stiefeln, hemdsärmlig, in der Hand ein Schüreisen, und sah aus wie der Prinz von Dänemark bei einer reisenden Schauspielertruppe.

Harry blieb wie erstarrt in der Tür stehen, brachte kein Wort hervor. Doch Celia tauchte wie ein fliegender Vogel unter seinem ausgestreckten Arm hindurch und lief auf John zu.

»Was ist denn, John?« fragte sie besorgt und aufgeregt. »Bist du – verrückt geworden? Was ist denn?«

Mit dem Schüreisen deutete er auf den kleinen, runden Tisch, der in so bequemer Nähe bei seinem Lieblingsstuhl stand. Auf dem kleinen, runden Tisch befanden sich zwei Whiskyflaschen und eine Wasserkaraffe, außerdem ein Schälchen mit Biskuits und eine ansteckbereite Zigarre.

»Wer hat das dorthin getan?« fragte Celia, und sie fuhr buchstäblich zu Stride herum. Plötzlich wirkte sie größer. Sie stand mit hochgerecktem Kopf da, und ihre Augen glühten vor Zorn. »Wer hat das dorthin getan?« wiederholte sie, und es war keine Frage: Es war ein Befehl zur Antwort.

»Ich, Euer Ladyship«, erwiderte Stride. Obwohl er Celias Blick ohne das leiseste Wimpernzucken standhielt, war ihm anzumerken, daß er perplex war. So kannte er sie nicht. So kannte sie keiner von uns.

»Hat Dr. MacAndrew Ihnen die Anweisung dazu gegeben?« fragte sie, und während sie so stand, mit blitzenden Augen und eisigem Gesicht, war eine Lüge als Antwort einfach unmöglich.

»Nein, Euer Ladyship«, sagte Stride. Daß ich ihm den Befehl gegeben hatte, behielt er für sich. Aber Celia wußte auch so genug.

»Sie können gehen«, sagte sie schroff und bedeutete ihm mit einem Nicken, die Tür hinter sich zu schließen. Harry, John, Celia und ich standen stumm in dem verwüsteten Raum.

John hielt das Schüreisen schlaff in der herabbaumelnden Hand. Aller Zorn schien aus ihm entwichen. Sehnsüchtig, gierig blickte er zu den Flaschen auf dem Tisch. Er stand mit vorgekrümmten Schultern, wie im Bewußtsein einer unausweichlichen Niederlage. Mit raschen, abrupten Schritten trat Celia zu dem kleinen, runden Tisch, packte mit einer Hand beide Whiskyflaschen bei den Hälsen und schleuderte sie gegen den Kamin, wo sie zersplitterten.

»Du, Beatrice, bist es gewesen, welche die Anweisung gab, dieses Zeug für ihn hierher zu stellen«, sagte sie voll Zorn. »Und du bist es auch gewesen, die es immer so arrangiert hat, daß wir bei jeder Mahlzeit Wein hatten. Du willst John zum Trinken zwingen. Und du willst, daß er immer und immer weitertrinkt.«

Harrys Mund ähnelte dem eines gefangenen Karpfens. Es ging einfach alles zu schnell für ihn, und ich konnte durchaus begreifen, daß eine derart zornige Celia selbst einem gelassenen Mann einen Schock versetzte. Mir selbst ging es nicht viel anders. Ich beobachtete sie neugierig, so wie man ein Kätzchen beobachtet, das sich plötzlich als Wildkatze entpuppt. Und ich fürchtete diese neue Stärke in ihr.

»Ich bin Lady Lacey«, sagte sie, rasch atmend, mit hocherhobenem Haupt und gleichsam zornleuchtendem Antlitz. Nie zuvor in ihrem Leben war sie wirklich zornig gewesen, und dies war ein Ausbruch, der sie mit sich riß wie mit Naturgewalt.

»Ich bin Lady Lacey«, wiederholte sie. »Dies ist mein Haus, und ich befehle. Ich *befehle,* daß es in diesem Haus für niemanden mehr Alkohol geben wird.«

»Celia ...«, begann Harry zaghaft, und sie fuhr zu ihm herum. Da war nichts mehr von ihrer sonstigen gewohnheitsmäßigen Fügsamkeit; es war, als habe es dergleichen niemals gegeben. »Harry, ich werde es nicht zulassen, daß ein Mensch vor meinen Augen vernichtet wird«, sagte sie heftig. »Ich habe in diesem Haus niemals Befehle gegeben. Ich habe nirgends jemals Befehle gegeben, und es war auch niemals mein Wunsch, das zu tun. Aber ich kann nicht zulassen, daß dies so weitergeht.«

Harry warf mir einen wirren, hilfeheischenden Blick zu, aber ich konnte nichts tun. Ich stand so still wie ein Fuchs im Wald, wenn er die Hörner hört und das Kläffen der Hunde. Doch mein Blick glitt von John, der stumm und bewegungslos dastand, zu Celia, die vor Zorn zu lodern schien.

»Wo sind die Schlüssel für den Keller?« fragte sie Harry.

»Die hat Stride«, erwiderte er gefügig. »Und Beatrice.«

Celia ging zur Tür und schleuderte sie auf. In der Vorhalle standen Stride und die Haushälterin, wie ertappte Sünder; zweifellos hatten sie versucht, unser Gespräch zu belauschen.

»Geben Sie mir die Schlüssel für den Keller«, sagte Celia zu Stride. »Sämtliche Schlüssel. Auch das Bund von Miß Beatrice.«

Stride warf mir einen Blick zu, und ich nickte. Es hat keinen Zweck, sich gegen eine reißende Flut zu stemmen. Klüger ist es, mit dem Strom zu schwimmen, bis alle wilde Kraft verausgabt ist. Erst dann kann man daran denken, wieder sicheres Land zu erreichen.

Stride holte seine Schlüssel und dann auch meine, von dem Haken in meinem Büro. Wir warteten wortlos, bis er vom Westflügel wieder zurückkam.

Celia nahm die beiden Schlüsselbunde mit festem Griff an sich.

»Ich werde diese behalten, bis wir wieder Wein servieren, wenn John sich richtig erholt hat«, sagte sie in einem Ton, der keinen Widerspruch zuließ. »Du bist einverstanden, Harry?«

Harry schluckte und sagte gefügig: »Ja, mein Liebes.«

»Beatrice?« fragte sie, und ihre Stimme war so hart wie ihr Gesicht.

»Natürlich, wenn das dein Wunsch ist«, sagte ich und hob ironisch die Augenbrauen.

Sie ignorierte mich und blickte zu Stride.

»Wir werden jetzt gehen und die Keller abschließen, wenn's recht ist. Aber schicken Sie Dr. MacAndrews Kammerdiener, damit dieser ihn zu seinem Zimmer bringt. Er ist nicht wohlauf.«

»Mr. MacAndrews Kammerdiener hat heute abend frei«, begann Stride. Celia fiel ihm sofort ins Wort.

»Dr. MacAndrew, meinen Sie«, sagte sie und starrte ihn so hart an, daß er den Blick senkte.

»Dr. MacAndrew«, sagte er.

»Dann schicken Sie einen Lakaien«, befahl sie. »Dr. MacAndrew wird müde sein, und er braucht seinen Schlaf. Und schicken Sie auch jemanden, um hier Ordnung zu schaffen.« Jetzt wandte sie sich zu mir und zu Harry, die wir beide schafsdumm auf dem schwärzlich versengten Teppich herumstanden. Ich war so nervös wie ein Pferd auf verbranntem Land.

»Wenn ich den Keller abgeschlossen habe, werde ich zu Bett gehen«, sagte sie. »Wir werden hierüber, falls gewünscht, morgen früh diskutieren.«

Und dann drehte sie sich um und ging hinaus.

Und es gab nichts, was ich tun konnte, um sie zu hindern.

15. Kapitel

Am nächsten Tag war sie unverändert. Am Nachmittag empfing sie einige Besucher, und während ich in meinem Büro arbeitete, fragte ich mich unwillkürlich, ob sie sich bei dem üblichen Geplauder und Gelächter vielleicht zurückverwandeln werde in die so sanftmütige und liebenswerte Celia, wie wir sie seit jeher kannten. Doch als ich am Abend mit rauschenden Seidenröcken und hocherhobenem Haupt zum Dinner herunterkam, begegnete sie meinem Blick mit unbezwinglicher Härte. Sie war die Herrin des Hauses.

An Harrys Hand schritt ich zur Tafel, John geleitete Celia zu ihrem Platz. Er war jetzt seit einem ganzen Tag ohne Alkohol, und seine Hände zitterten, auch war da ein nervöses Zucken um seinen Mund. Doch mit Celia an seinem Arm schritt er straff und ohne das leiseste Schwanken. Ich beobachtete die beiden unauffällig. Irgendwie ähnelten sie einem Heldenpaar, das den schlimmsten Teil seines Abenteuers hinter sich hat. Beide sahen müde aus: John war in schlechter körperlicher Verfassung, und Celia hatte dunkle Schatten unter den Augen, zweifellos ein Beweis dafür, daß sie in ihrem Zorn eine schlaflose Nacht verbracht hatte. Dennoch machten beide irgendwie den Eindruck, sie würden keinen Augenblick zögern, jeglicher Art von Ariadne-Faden in jegliches Labyrinth zu folgen – ohne Furcht vor dort lauernden Monstern.

Wein gab's beim Dinner nicht. John trank Wasser, Celia nippte an einem Glas mit Limonade. Neben Harrys Teller stand ein Krug voll Wasser, und mein Bruder starrte verdrossen vor sich hin, und ich trank meine Limonade in rebellischem Schweigen. Keiner von uns machte sich die Mühe, dem gemeinsamen Mahl auch nur einen Anstrich von Normalität zu geben. Eine Konversation kam nicht in Gang. Bald schon wurde die Tafel aufgehoben, und zu meiner Erleichterung folgten uns die Herren sofort in den Salon. Mit Celia allein vor dem Kamin zu sitzen, und sei es auch nur für kurze Zeit, wäre mir im Augenblick alles andere als angenehm gewesen.

Viel schneller als sonst ließen wir den Tee kommen und saßen schweigsam da, wie mißtrauische Fremde. Nachdem ich meine Tasse geleert hatte, stellte ich sie mit entschiedener Geste auf die Untertasse und sagte zu Harry: »Würdest du wohl in mein Büro kommen, Harry, sofern du nichts anderes vorhast? Ich habe da einen Brief über die Wasserrechte am Fenny, und ich möchte dir das Problem gern anhand einer Karte vor Augen führen.«

Celia beobachtete mich, und mir war klar, daß sie meine Worte gleichsam auf ihren Wahrheitsgehalt abwog.

»Das heißt, falls Celia es gestattet«, sagte ich scharf und sah, wie sie rot wurde. Dann senkte sie wie beschämt die Augen.

»Natürlich«, sagte sie leise. »Ich werde sowieso gleich in die Bibliothek gehen, um ein wenig zu lesen.«

Kaum waren wir in meinem Büro, so warf ich die Tür zu, lehnte mich dann gegen die Täfelung und sagte zu Harry in herrischem Ton: »Du mußt Celia diesen Wahnsinn austreiben! Sie macht uns sonst noch alle verrückt!«

Harry ließ sich in einen Lehnstuhl beim Kamin fallen. Er sah aus wie ein schmollender Schuljunge.

»Ich kann da nichts tun!« erwiderte er gereizt. »Ich habe heute früh mit ihr gesprochen, weil sie gestern abend überhaupt nicht mehr ansprechbar war, aber sie hat nur immer wieder gesagt: ›Ich bin Lady Lacey, und John wird in meinem Haus nichts zu trinken bekommen.‹ «

»Sie ist deine Frau«, sagte ich grob. »Sie hat dir zu gehorchen, und sie hatte ja sogar einmal Angst vor dir. Verschaff dir also wieder den gebührenden Respekt. Brüll sie an, bedrohe sie, schlag sie. Tu, was du willst. So kann es jedenfalls nicht weitergehen.«

Harry sah mich entgeistert an.

»Beatrice«, stammelte er, »du weißt nicht, wovon du sprichst! Wir sprechen von Celia! Ich könnte sie genausowenig anbrüllen, wie ich zum Mond fliegen könnte. Sie ist ganz einfach keine Frau, die man anbrüllt. Und ich könnte auch niemals versuchen, ihr Angst einzujagen. Das ginge einfach nicht. Ich würde es auch niemals wollen.«

Ich biß mir auf die Lippen, um nicht meine Selbstkontrolle zu verlieren.

»Wie du willst, Harry«, sagte ich schließlich. »Aber das wird ein recht scheußliches Weihnachten auf Wideacre sein, wenn Celia den Wein unter Verschluß hält. Du kannst nach dem Dinner nicht einmal ein Glas Port genießen. Was ist, wenn wir Gäste haben? Sollen die zur Mahlzeit alle Wasser oder Limonade trinken? Was Celia sich da ausgedacht hat, ist einfach absurd, und das mußt du ihr auch sagen.«

»Habe ich ja bereits versucht«, versicherte Harry kleinlaut. »Aber sie kommt immer und immer wieder auf John zurück. Sie ist fest entschlossen, alles zu tun, damit er mit dem Trinken aufhört, Beatrice, verstehst du? Und nichts kann sie davon abbringen.«

Ein weicher Zug kam in sein Gesicht. »Und sie hat ja recht, wenn sie sagt, wie glücklich wir doch waren, bevor Mama starb. Wenn er mit dem Trinken aufhören würde, Beatrice, und ihr beide wieder miteinander glücklich sein könntet, so wäre das doch praktisch jedes Opfer wert, meinst du nicht?«

»Ja, natürlich«, versicherte ich glattzüngig. »Andererseits Harry, will ich dir auch nicht verheimlichen, wie sehr es mich bekümmert, daß Celia, der dein Wohlbefinden doch so sehr am Herzen zu liegen schien, dir nun den kleinsten und harmlosesten Grund verweigert, wie etwa ein Glas Sherry vor dem Dinner oder ein Glas Port mit einem Freund. Wenn sich das in der Grafschaft herumspricht, wirst du zum Gespött der Leute werden. Man wird Witze reißen über Wideacre als heiligen Hort der Abstinenz und über einen Squire, der so sehr unter dem Pantoffel steht, daß er nicht einmal ein Gläschen von seinem eigenen Wein trinken darf.«

Harrys Rosenknospenmund krümmte sich noch weiter nach unten.

»Es ist schlimm, ich weiß«, sagte er. »Aber Celia ist entschlossen.«

»Aber wir sind doch mit ihr einer Meinung«, log ich behende. »Auch wir wollen doch, daß John mit der Trinkerei aufhört. Tatsache ist allerdings, daß wir hier auf Wideacre nie völlig sicher sein können, ob er nicht doch irgendwie zu einem Drink kommt. Es gibt nur eine echte Möglichkeit. Und die besteht darin, ihn zu einem Arzt zu schikken, der ihn heilen kann. Ich habe mich da bereits ein wenig umgetan und herausgefunden, daß es in Bristol einen Dr. Rose gibt, der auf dieses Problem spezialisiert ist? Wär's nicht das Beste, John dorthinzuschicken? Er kann bleiben, bis er geheilt ist, und wenn er dann gesund zurückkehrt, können wir alle wieder glücklich sein.«

Harrys Augen begannen zu glänzen. »Ja, und während er fort ist, kann hier wieder alles normal sein«, sagte er fast vergnügt.

»Nun, dann sprich doch sofort mit Celia darüber«, sagte ich. »Mach ihr die Sache klar. Noch in dieser Woche könnten wir John aus dem Haus haben.«

Erfüllt von frischer Energie, katapultierte Harry geradezu von seinem Sitz und verließ das Büro. Ich las mir noch einmal den Brief über die Wasserrechte durch, ein Problem, das für jeden Grundbesitzer ein wahrer Alptraum ist. Anhand meiner Karte verschaffte ich mir einen konkreten Überblick.

Es ging, kurz gesagt, um folgendes: Ein Stück weiter flußabwärts im Fenny-Tal hatte ein Farmer, neumodischen Ideen folgend, auf seinem Land für spezielle Anbauzwecke Bewässerungsgräben angelegt, und als er nun die Schleusentore öffnen wollte, um vom Fenny her Wasser in sein Bewässerungssystem zu leiten, war der Wasserspiegel plötzlich gesunken. Hätte der Mann, bevor er die teuren Schleusentore anbringen ließ, weniger seine Nase im Buch als vielmehr seine Augen auf dem Fluß gehabt, so wäre er über den sich ändernden Wasserspiegel des Fenny im Bilde gewesen. Jetzt war er gezwungen, alles umzubauen, und er gab uns die Schuld und verlangte, daß wir ihm praktisch einen gleichbleibenden Pegelstand garantierten: als könnte ich es nach Belieben regnen lassen. Ich machte mich daran, ein Antwortschreiben zu entwerfen und war so in meine Arbeit vertieft, daß ich kaum aufblickte, als die Tür ging.

Ich hatte Harry erwartet, und zwar mit der Nachricht, die Sache sei nunmehr geregelt. Doch es war Celia. Da mir schien, daß in ihren Augen Tränen blinkten, glaubte ich für eine Sekunde, Harry habe die Oberhand behalten. Aber dann sah ich ihren entschlossenen Gesichtsausdruck, und der Blick, mit dem sie mich bedachte, war keineswegs der einer Unterlegenen.

»Beatrice, Harry ist zu mir gekommen, um mit mir zu sprechen, doch schien mir, daß praktisch jedes Wort aus seinem Mund eigentlich von dir stammte«, sagte sie resolut, und zu meiner Verblüffung war aus ihrer Stimme ein leichter Unterton von Verachtung herauszuhören.

»Man sollte doch meinen, daß wir einander gut genug kennen, daß du direkt mit mir sprichst«, fuhr sie fort, und ich hatte mich nicht geirrt: Aus ihrer Stimme klang deutlich Verachtung. »Vielleicht kannst du mir ja jetzt sagen, wie es mit deinen Gedanken aussieht, was John betrifft.«

Ich schob den Papierkram beiseite, schaffte auf meinem Schreibtisch ein wenig Ordnung, während ich gleichzeitig dieses an sich doch so brave und eher schüchterne Kind im Auge behielt, das jetzt alles hatte stehen- und liegenlassen, um völlig furchtlos in mein Büro einzudringen.

»Nimm doch bitte Platz, Celia«, sagte ich höflich. Sie rückte einen Stuhl mit steifer Rückenlehne heran und saß dann darauf mit steifem Rücken. Ich kam hinter meinem Schreibtisch hervor, um mich näher zu ihr zu setzen; auch versuchte ich, meinen Augen einen warmen, mitfühlenden Ausdruck zu geben, doch fand ich Celias offenen, direkten Blick allzu beunruhigend.

»So wie jetzt kann's mit uns nicht weitergehen«, sagte ich mit bekümmerter Stimme. »Du hast ja selbst erlebt, wie ungemütlich es heute abend beim Dinner war. So etwas können wir unmöglich Abend für Abend durchmachen, Celia.«

Sie nickte. Der vernünftige Ton, in dem ich sprach, nahm ihrem Zorn gleichsam die Nahrung. Ich sprach von John als von einem Problem, für das wir alle Verantwortung trugen. Sacht versuchte ich sie zu lösen von der Vorstellung, er sei ihr Schutzbefohlener in einer Welt, der er gleichgültig war – ein Mann, dessen Frau sich womöglich sogar darüber freute, ihm Schaden zuzufügen.

»Ich glaube, für eine kurze Zeit ließe es sich schon einrichten«, sagte sie nachdenklich. »Ich bin nämlich davon überzeugt, daß Johns Problem gar nicht derart tief liegt – und daß schon einige Wochen frei von Versuchung höchstwahrscheinlich genügen.«

»Celia«, sagte ich ernst. »Er ist mein Mann. Ich denke sehr eingehend über das nach, was für ihn das Beste ist. Seine Gesundheit und sein Glück sind meine Sorge.«

Beim zärtlichen Klang, den ich meiner Stimme gab, begann Celia eindringlich in meinem Gesicht zu forschen. Sie starrte mich geradezu an.

»Meinst du, was du da sagst?« fragte sie unverblümt. »Oder sagst du es bloß so dahin?«

»Celia!« rief ich. Doch mein vorwurfsvoller Protest blieb praktisch wirkungslos.

»Tut mir leid, wenn ich unhöflich klinge«, sagte sie unbeeindruckt. »Aber ich kann dein Verhalten einfach nicht verstehen. Wenn du John liebst, so müßtest du doch verzweifelt auf seine Gesundung bedacht sein. Aber davon kann ich nichts sehen.«

»Ich kann es nicht erklären«, sagte ich leise. »Ich kann ihm Mamas Tod nicht verzeihen. Ich wünsche ihm ja, daß er wieder gesund wird, aber ich kann ihn noch nicht so lieben, wie ich ihn lieben sollte.«

»Aber du wirst ihn wieder so lieben, Beatrice!« sagte Celia, und plötzlich war ihr Gesicht voller Mitgefühl für mich. »Wenn er erst wieder gesund ist, dann wirst du ihn auch wieder lieben. Ich weiß, daß ihr wieder richtig glücklich miteinander sein werdet.«

Ich lächelte ein zuckersüßes Lächeln. »Aber Celia, du mußt doch auch an deinen Mann denken«, sagte ich. »Wenn ich erkläre, hier soll kein Drink serviert werden, so wird das jeder verstehen; aber für dich ist das doch alles andere als leicht, weil es Harrys Wohlbefinden so sehr schmälern wird.«

Celias Gesicht bekam etwas Abweisendes; vermutlich war dieser Punkt bereits zwischen Harry und ihr zur Sprache gekommen.

»Es ist von einem Mann nicht zuviel verlangt«, sagte sie energisch, »für einige wenige Wochen nichts zu trinken, wenn das Glück, vielleicht sogar das Leben seines Schwagers davon abhängt.«

»Natürlich hast du an sich recht«, sagte ich und nickte. »Vorausgesetzt allerdings, er hält das so ohne weiteres aus. Aber was wäre, wenn dieses absolute Alkoholverbot den Effekt hätte, Harry aus seinem Heim zu treiben?«

Beunruhigt glitten ihre Augen über mein Gesicht.

»Es gibt schließlich viele Familien in der Nachbarschaft, die sich glücklich schätzen würden, Harry an jedem Abend zum Dinner bei sich zu haben«, sagte ich. »Dort brauchte er keine tragischen Szenen zu befürchten, wenn er müde ist und sich nach einem ruhigen Drink und einem guten Mahl sehnt. Sie würden sich freuen, ihn bei sich zu haben, ihm das Beste vorzusetzen, was das Haus hergibt, und er würde sich gemütlich, glücklich und geliebt fühlen. In einigen der Häuser hätte er auch junge Gesellschaft«, fuhr ich fort, das Messer in der Wunde drehend, »und nach dem Dinner gäbe es vielleicht noch Tanz. In den Farmerhäusern hier in der Gegend findet man einige der hübschesten Mädchen von ganz England, und da wäre wohl keine, die nicht alles darum gäbe, mit dem Squire zu tanzen.«

Wer liebt, ist Sklave seiner eigenen Gefühle. Und Celia, die einmal zu mir gesagt hatte, es würde ihr nichts ausmachen, wenn Harry eine Geliebte hätte, entsetzte sich jetzt über die bloße Vorstellung, er würde mit einem hübschen Mädchen tanzen.

»Natürlich würde dir Harry niemals untreu sein«, sagte ich in beschwichtigendem Tonfall. »Ich bin *sicher,* daß er das niemals tun würde. Allerdings kann man es einem Mann kaum verübeln, wenn er es vorzieht, auswärts zu dinieren, statt im ungemütlichen eigenen Heim.«

Celia drehte ihren Kopf fort und erhob sich dann so plötzlich und so ruckhaft, daß mir das genug verriet. Der Gedanke daran, daß Harry womöglich auswärts irgendwelchen Vergnügungen nachjagen mochte, war für sie unerträglich. Ich blieb sitzen und schwieg, ließ ihr mehrere Minuten Zeit, während sie am Kamin stand, den Kopf auf den hohen Sims stützend und auf die brennenden Scheite starrend.

»Was, Beatrice, sollten wir denn deiner Meinung nach tun?« fragte sie. Ich seufzte nur leise; hatte mich wieder voll unter Kontrolle.

»Ich meine, wir sollten einen guten Arzt finden, der John bei sich aufnimmt, um ihn zu heilen«, sagte ich. »Diese Trinkerei ist nicht einfach eine Schwäche, Celia. Sie ist eher wie eine Krankheit. John kann sich selbst nicht helfen. Zweifellos wäre es das beste für ihn, sich einem wirklich erstklassigen Spezialisten anzuvertrauen, während wir inzwischen gleichsam das Nest für ihn warmhalten. Wenn er dann zurückkommt, kann alles wieder so sein wie früher.«

»Und du wirst ihn wieder lieben, Beatrice?« In Celias Augen glänzte es wie eine Herausforderung. »Denn ich weiß, daß es euer jetziges Verhältnis zueinander ist, das ihm am schlimmsten zusetzt.«

Ich lächelte. Die Vorstellung, für John eine unaufhörliche Folter zu sein, bereitete mir Genuß.

»Ja, gewiß«, sagte ich mit zärtlicher Stimme. »Ich werde immer in seiner Sichtweite sein.«

Celia löste sich vom Kamin, näherte sich, kniete bei meinem Stuhl nieder.

»Ist das ein Versprechen, Beatrice?« fragte sie und schien mit ihrem offenen Blick in meinem Gesicht lesen zu wollen.

Ich hielt ihrem Blick stand; mein Gesicht war so rein wie mein Gewissen.

»Auf meine Ehre«, erklärte ich feierlich.

Jetzt gaben ihre überstrapazierten Nerven nach. Sie schluchzte auf und vergrub ihr Gesicht in der Seide meines Rocks. Sanft strich ich ihr über den Kopf. Arme Celia! Sie begriff so wenig und versuchte, sich übernehmend, allzuviel.

Meine Finger glitten über ihr Haar. Es fühlte sich so weich an wie warme Seide.

»Celia, du Dummerchen«, sagte ich liebevoll. »Und was für eine Szene du gestern abend gemacht hast!«

Sie hob den Kopf und sah mich lächelnd an.

»Ich weiß selbst nicht, was mit mir los war«, gestand sie. »Irgendwie schien es in meinem Kopf *knacks* zu machen, und ich war so wütend, daß ich nicht wußte, was ich sagte oder tat. Ich hatte mir solche Sorgen um John gemacht und war auch voller Angst, weil alles aus dem Lot zu sein schien. Niemand war mehr so wie sonst: du nicht, Harry nicht und natürlich auch John nicht. Alles war so anders, so fremdartig, und früher waren wir doch alle so glücklich gewesen. Irgend etwas schien das ganze Haus zu vergiften.«

Ich lächelte, um meinen plötzlichen Schock zu verbergen. So oder so ähnlich hatte ich es schon aus einem anderen Mund gehört. Celia sagte im Grunde nichts anderes, als Mama gesagt hatte. Beide besaßen ein Gespür für das widernatürliche Verhältnis zwischen Harry und mir. Es war, als sei unsere Sünde irgend etwas Verrottetes, das im Haus vor sich hinfaulte und einen Gestank verbreitete, den schließlich jeder in unserer Nähe wahrnehmen konnte, ohne jedoch zu wissen, was es eigentlich war. Ich schauderte unwillkürlich zusammen und beugte mich vor; verbarg mein Gesicht in Celias süß riechendem Haar.

»Sprechen wir heute nicht mehr davon«, sagte ich. »Morgen werde ich dir einen Brief von einem Dr. Rose aus Bristol zeigen, und falls du gleichfalls der Meinung sein solltest, daß er genau der richtige Mann für John zu sein scheint, dann können wir ja nach ihm ausschicken, damit er herkommt und sich John hier ansieht.«

Celia erhob sich gefügig. Sie wirkte ungeheuer erleichtert. Ich hatte sie gleichsam ihrer Macht entkleidet: mit Hilfe geschickter Argumente und indem ich mir ihre vertrauensselige Natur zunutze machte. Jetzt war sie wieder frei: konnte wieder liebevolle Gattin und der Liebling des ganzen Hauses sein. Mit leichten Schritten ging sie zur Tür, sagte leise: »Gute Nacht, der liebe Gott segne dich«, und ließ mich allein. Lächelnd saß ich vor dem Feuer, die Füße auf dem Kaminvorsetzer. Es war Celia gelungen, mir einigen Schrecken einzujagen, doch jetzt hatte ich sie wieder fest im Griff. Ich läutete nach Lucy, meiner Zofe.

»Ich hätte gern ein Glas von dem Port, der in dem Korb aus Chichester geliefert worden ist«, sagte ich. »Und bring die Flasche in Mr. MacAndrews Schlafzimmer.«

Anschließend wärmte ich mir die Zehen und nippte an meinem Glas, bis ich zum Supper gerufen wurde. Später las ich noch im Salon, bis es Mitternacht schlug, Geisterstunde; dann ging ich zu Bett.

Es war eine geschäftige Woche für mich. Ich schrieb an Dr. Rose und bat ihn und seinen Partner, nach Wideacre zu kommen, um sich John anzusehen; sofern sich nach ihrer Überzeugung ein Behandlungserfolg erwarten lasse, könnten sie ihn ja bitte gleich in ihrer Kutsche mitnehmen. Von mir aus hätte John in eine öffentliche Heilanstalt geschickt werden können, wo die Irren sich in ihrem eigenen Dreck suhlen und in irgendwelchen Winkeln wie Affen sabbern. Dr. Roses Sanatorium war davon grundverschieden. Er besaß eine Art Villa am Rande von Bristol und nahm jeweils nur ein halbes Dutzend Patienten auf. Seine Methode bestand im Grunde darin, sie allmählich zu entwöhnen: die Quantität an Alkohol oder irgendwelchen Drogen langsam zu reduzieren, bis sie schließlich mit ganz geringen Mengen pro Tag auskamen. Manchmal brauchten sie überhaupt kein Laudanum, kein Opium, keinen Alkohol mehr und konnten völlig geheilt zu ihren Freunden und Familien zurückkehren.

Kaum hatte ich diesen Brief abgeschickt, als ich einen von den Londoner Anwälten erhielt. Sie erklärten sich bereit, die Prozedur wegen der Änderung der Erbfolge in Gang zu setzen, sofern ich sicher sei, das Kapital für die Abfindung Charles Laceys werde zur Verfügung stehen. Mein angeheirateter Name, MacAndrew, garantierte mir in der City eine Menge Respekt, und der Brief war auch in eindeutig servilem Ton gehalten. Allerdings warnten sie mich – wie es ja auch ihre Pflicht war –, daß die Kosten für die Erbfolgeänderung sich vermutlich auf eine Summe von nicht weniger als £ 200 000 belaufen würden. Aber ich lächelte nur. Vor einer Woche wäre ich noch verzweifelt gewesen, jetzt jedoch glaubte ich, mit Hilfe der süßen Celia, noch im selben Monat zu dieser Summe zu kommen. So faßte ich eine sehr vorsichtig gehaltene Antwort ab, in der ich den Anwälten erklärte, sie sollten mit Charles offen Verhandlungen aufnehmen und den Preis so niedrig wie möglich halten.

Ein zweiter Brief stammte von einem Londoner Kaufmann, mit dem unsere Anwälte Kontakt aufgenommen hatten wegen einer eventuellen Hypothek, um das Kapital für die zu erwartenden »juristischen« Kosten aufbringen zu können. Das MacAndrew-Vermögen würde dafür nicht mehr reichen, so daß wir wohl oder übel auf einen Teil von Wideacres lieblichem Land eine Hypothek aufnehmen mußten, um meinem Sohn sein Besitzrecht zu sichern. Allerdings würden wir nach meinen Berechnungen die Hypothek abbezahlt haben, noch bevor Richard einundzwanzig war. Mit Hilfe des auf dem Gemeindegrund wachsenden Weizens sowie der erhöhten Pachtgelder und rigoros eingeforderten Außenstände konnte Wideacre seine Profite nahezu verdoppeln. Allerdings würde es, wenn wir all dies taten, für die Leute ein harter Winter werden. Der Kaufmann, ein Mr. Llewellyn, erbot sich, nach Wideacre zu kommen, um das Land persönlich in Augenschein zu nehmen, und ich schickte ihm eine höfliche Einladung noch für dieselbe Woche.

Und dann hatte ich mein Büro und die vier Wände rund um mich so satt, daß ich die Treppe hinaufhuschte zu Richards Nursery, wo er gerade bei seinem Frühstück war.

Es gibt auf der ganzen Welt nichts, aber auch gar nichts »Schmuddligeres« als ein kleines Kind, das versucht, essen zu lernen. Und wenn man gezwungen ist, das Kerlchen dabei anzufassen, bietet man bald einen ähnlich ergötzlichen Anblick. Unsicher grabschte Richard nach seinem Becher voll Milch, platschte sie sich ins Gesicht und bekam sogar etwas davon, per Zufall zweifellos, in sein Mäulchen. Seine winzige Hand umklammerte ein Stück Brot mit Butter, und er aß »aus der Faust« wie ein kleiner Wilder. Sein mit Milch, Butter und Brotkrumen bekleckstes und verschmiertes Gesicht strahlte mich wie durch eine närrische Maske an, und ich strahlte zurück.

»Wird er nicht von Tag zu Tag größer!« sagte ich zur Nurse.

»In der Tat, ja«, erwiderte sie, mit einem feuchten Tuch darauf wartend, daß Richard seinen Freudenschmaus irgendwann beenden würde. »Und so kräftig ist er und auch so klug!«

»Ziehen Sie ihn warm an«, sagte ich. »Ich werde mit ihm in meiner neuen kleinen Kutsche, einer *Trap,* eine Ausfahrt machen. Sie werden mitkommen.«

»Na«, sagte sie vergnügt zu Richard, »ist das nicht was Feines!«

Sie wischte ihn sauber, hob ihn von seinem Stuhl und ging mit ihm zu seinem Schlafzimmer. Während sie ihn auszog und säuberte, schrie er wie am Spieß, und ich mußte unwillkürlich lächeln. Er hat eine kräftige Lunge, mein Sohn Richard, dachte ich, und scheint, einmal mehr, mir nachzuschlagen. Als die beiden dann wieder erschienen, war er ordentlich gekleidet, einfach makellos. Die Nurse allerdings wirkte ein wenig mitgenommen.

»Mama!« sagte er und krabbelte über den Boden auf mich zu. Ich hockte mich nieder und hob ihn bis in Augenhöhe. Seine Händchen patschten gegen meine Wangen, und seine tiefblauen Augen hafteten auf meinen mit jenem Ausdruck unbeirrter Liebe, wie das nur sehr kleine, sich geliebt wissende Kinder tun. Ich preßte mein Gesicht gegen seinen Hals und küßte ihn, und dann biß ich ihm spielerisch in sein pralles, mit Brot und Milch gefülltes Bäuchlein und kitzelte seine warm umhüllten Rippen, bis er gleichsam um Gnade kreischte.

Während die Nurse ihr Bonnet, ihren Schal und für Richard eine Extradecke holte, spielte und tollte ich mit ihm, als sei ich selbst noch ein Kind. Ich versteckte mich hinter dem Stuhl und sprang dann, zu seinem lautstarken Entzücken, wie aus dem Nichts hervor. Ich verbarg seine Puppe hinter meinem Rücken und ließ ihn sie schließlich finden. Ich rollte ihn über den Fußboden, nahm ihn dann und schwang ihn in die Höhe, wobei ich zu seinem glucksenden Vergnügen so tat, als würde ich ihn haltlos zu Boden purzeln lassen.

Schließlich schnappte ich ihn mir und trug ihn die Westflügeltreppe hinunter, durch den Seitenausgang hinaus auf den Stallhof. Zufällig tauchte in diesem Augenblick John auf, und er schien zu erstarren, als er mich so sah, mein Kind auf meiner Hüfte, mein Gesicht gerötet von Liebe und Gelächter. Ich überließ Richard der Nurse, die mit ihm zu den Pferden ging.

»Vielen Dank für dein Geschenk von gestern abend«, sagte John. Sein Gesicht wirkte kränklich bleich. Er schien dem Alkohol stark zugesprochen zu haben.

»Nichts zu danken«, erwiderte ich eisig. »Du kannst sicher sein, daß ich dich stets mit dem versorgen werde, was du brauchst.«

Seine Lippen zitterten. »Beatrice, um Gottes willen, tu's nicht...«, sagte er. »Es ist schlimm, einem Menschen so etwas anzutun. Ich habe erlebt, wie Männer sich in wahre Spukgestalten verwandelten, durch die Straßen torkelnd und sich ständig erbrechend, weil sie sich bis zum Exzeß betranken. Celia glaubt, sie könne mich heilen; sie hat mir gesagt, ihr wärt alle drei übereingekommen, daß es im Haus nichts mehr zu trinken geben soll. Bitte, laß mir keine Flaschen mehr bringen.«

Ich hob die Schultern. »Wenn du sie nicht trinken willst, dann trink sie doch nicht«, sagte ich. »Ich kann doch nicht ganz Sussex für dich trockenlegen. Es wird immer etwas zum Trinken da sein, und es kann jederzeit passieren, daß dir dieser oder jener Diener ein Glas bringt. Dafür kann ich doch nichts.«

»Doch, Beatrice«, sagte er mit jener für Kranke typischen nervösen, schubartigen Energie. »Doch, du kannst es ändern. Denn es geschieht ja auf deine Anweisungen hin. Auf Wideacre ist dein Wort soviel wie das Gesetz. Wenn du die Absicht hättest, mich zu retten, so könntest du befehlen, daß es auf dem gesamten Besitz nichts zu trinken gibt, und niemand würde sich deinen Anordnungen widersetzen.«

Lächelnd blickte ich in seine rotgeränderten Augen.

»Das ist wohl wahr«, sagte ich mit der liebenswürdigsten Miene der Welt. »Doch werde ich, wo immer du dich aufhalten magst, Alkohol niemals aus deiner Nähe verbannen, weil es mir nämlich Vergnügen macht, mitanzusehen, wie du dich selbst zerstörst. Solange ich hier bin, wird es für dich keinen Frieden geben. Und immer und überall wird für dich eine Flasche da sein – wenn du eine Schublade aufziehst, wenn du einen Schrank öffnest, wenn du unter dein Bett langst. Und nichts, was du tust oder was Celia tut, kann das verhindern.«

»Ich werde es Celia sagen!« rief er verzweifelt. »Ich werde ihr sagen, daß du entschlossen bist, mich zu vernichten.«

»Celia!« sagte ich mit einem verächtlichen Lachen. »Los doch, lauf zu Celia und erzähl es ihr. Ich werde sagen, ich hätte dich heute noch nicht einmal gesehen, offenbar würdest du phantasieren. Ich hätte dir eine Flasche mit Port geschickt? Aber die Kellertüren sind doch verschlossen, sie sind's wirklich. Erzähl ihr, was immer du magst«, sagte ich triumphierend. »Nichts wird dich vor dem Trinken bewahren, solange du auf meinem Land bist.«

Ich glitt an ihm vorbei mit Schritten, die so leicht und so unbeschwert waren wie die eines jungen Mädchens, und dann nahm ich meinen Sohn von der Nurse in Empfang. John stand wie angewurzelt. Er hörte, wie Richard vor Vergnügen krähte, als ich ihn wieder in den Armen hielt; und ebenso hörte er, wie ich den Stallknechten mit scharfer Stimme befahl, das Pferd richtig zu halten, während ich mit meiner kostbaren Last in die kleine Kutsche stieg.

Während ich die Zügel in meine behandschuhten Hände nahm und das Pferd auf meinen Schnalzer reagierte, blickte ich zurück zur Tür. John stand noch immer an derselben Stelle, mit grünlich-weißem Gesicht und vor Verzweiflung schlaffen Schultern. Irgendwo tief in mir zuckte plötzlich Schmerz auf: darüber, ihn so hilflos, so völlig verloren zu sehen. Aber dann erinnerte ich mich an seinen Angriff gegen mich, an seine Zuneigung zu Celia; und Eifersucht, Angst und mein eigener, mich gnadenlos antreibender Wille verhinderten jedes Mitgefühl. Halbheiten sind nichts für mich. Ich hatte diesen Mann wirklich geliebt; jetzt haßte und fürchtete ich ihn. Wieder schnalzte ich dem Pferd zu, und wir fuhren vorüber an jener haltlosen Figur, fuhren hinaus in den hellen Sonnenschein eines Wintertags auf Wideacre.

John, mein Mann, fühlte sich wie ein Gehetzter. Während meiner Abwesenheit hatte er offenbar mit Celia gesprochen, und als wir von der Ausfahrt zurückkehrten, bemerkte ich am Salonfenster ihr Gesicht. Genau, wie ich es erwartete, tauchte Stride auf dem Stallhof auf, zweifellos mit einer Botschaft von ihr. Er wartete, während ich Richard emporhob, damit er dem Pferd über die Nüstern streichen konnte, indes ich das Pferd gleichzeitig mit einer Handvoll Körner aus meiner Tasche fütterte. Dann meldete er mir, Lady Lacey würde mich, wenn es genehm sei, gern sofort sehen. Ich nickte, drückte Richard noch einmal fest an mich und begab mich dann mit raschen Schritten zum Salon.

Celia saß nähend auf dem Fenstersitz, und ihr Gesicht wirkte wieder blaß und müde.

»Guten Tag«, sagte ich munter. »Ich bin sofort zu dir gekommen, noch nach Pferd riechend, und habe jetzt nicht viel Zeit, denn ich muß mich umkleiden.«

Celia nickte mit einem Lächeln, das kaum mehr als eine mimische Geste war.

»Hast du heute John gesehen, Beatrice?« fragte sie.

»Gesehen schon«, erwiderte ich. »Ich bin ihm heute früh auf der Treppe begegnet, aber wir haben nicht miteinander gesprochen.«

Sie musterte mich plötzlich scharf. »Ihr habt nicht miteinander gesprochen?«

»Nein«, sagte ich. »Ich hatte Richard bei mir, und John sah krank aus. Ich wollte nicht, daß sich das Kind erschreckt.«

Auf Celias Gesicht zeigte sich plötzlich ein Ausdruck tiefen Entsetzens. »Beatrice, ich bin ja so in Angst!« rief sie. Ich musterte sie verwundert.

»Celia, was ist denn?« fragte ich besorgt. »Was ist geschehen?«

»Es handelt sich um John«, sagte sie, den Tränen nah. »Er scheint zu delirieren, durch die Trinkerei.«

Ich stellte mich, wie von hartem Schock getroffen; setzte mich neben sie auf die Fensterbank.

»Wie kommst du darauf?« fragte ich. »Was ist denn passiert?«

Celia schluchzte auf und vergrub ihr Gesicht in den Händen. »John kam gleich nach dem Frühstück zu mir«, sagte sie. »Er sah grauenvoll aus und führte wilde Reden. Er sagte, du seist eine Hexe, ein von diesem Land besessenes Weib. Er sagte, du hättest für das Land getötet. Und du wolltest auch ihn töten. Du hättest praktisch geschworen, dafür zu sorgen, daß für ihn immer und überall etwas zu Trinken bereitstehen werde, bis er sich schließlich zu Tode trinken würde. Und als ich zu ihm sagte, das bilde er sich sicher nur ein, da sah er mich wild an und sagte: ›Also auch du! Auch dich hat sie verhext!‹ und stürzte aus dem Zimmer.«

Ich legte den Arm um sie, und Celia schmiegte ihren weichen, biegsamen Körper gegen mich und weinte in meine Schultern.

»Aber nicht doch, Celia«, sagte ich. »Wein doch nicht so sehr. Das klingt alles ganz furchtbar, aber ich bin sicher, daß wir John schließlich doch heilen können. Es hört sich zwar tatsächlich so an, als ob er halb verrückt wäre, aber wir können ihm helfen.«

Celia schluchzte noch einmal auf, wirkte dann aber ruhiger.

»Er spricht so, als sei all das deine Schuld«, sagte sie leise. »Er spricht von dir wie von einem Ungeheuer. Er nennt dich eine Hexe, Beatrice.«

»So etwas ist keine Seltenheit«, sagte ich mit ruhiger, trauriger Stimme. »Menschen, die so viel trinken, wenden sich oft gerade gegen jene, die sie am meisten lieben. Es gehört zu ihrem Wahn, glaube ich.«

Celia nickte, straffte sich und trocknete sich die Augen.

»Er hat gestern abend getrunken«, sagte sie traurig. »Ich konnte das nicht verhindern. Er sagte, der Alkohol sei einfach so auf seinem Zimmer gewesen. Und er behauptete, du hättest ihn dazu verflucht, daß jedesmal, wenn er auch nur die Hand ausstreckt, ein Drink da ist.«

»Ja«, sagte ich. »Das läßt sich denken, daß er mir an allem die Schuld gibt. In seinem Herzen liebt er mich noch. Das ist ja der Grund, aus dem er sich jetzt gegen mich wendet.«

Celia betrachtete mich verwundert. »Du bist so ruhig«, sagte sie. »Er scheint dem Wahnsinn nahe zu sein, und dennoch bist du so ruhig, Beatrice.«

Ich hob den Kopf und betrachtete ihr müdes Gesicht mit den tränennassen Augen. »Ich habe viel Schlimmes durchgemacht in meinem Leben, Celia«, sagte ich traurig. »Ich war erst fünfzehn, als ich meinen Papa verlor, und kaum neunzehn, als meine Mutter starb. Jetzt habe ich Angst, daß mein Mann durch die Trinkerei dem Wahnsinn verfällt. Ich weine innerlich, Celia. Aber ich habe gelernt, äußerlich Haltung zu bewahren, solange Arbeit zu erledigen ist und Pläne verwirklicht werden müssen.«

Celia nickte voller Achtung.

»Du bist tapferer und stärker als ich«, sagte sie. »Denn seit ich heute morgen John sah, bin ich in Tränen aufgelöst. Ich weiß einfach nicht, was wir tun können.«

Ich nickte. »Das Problem ist zu groß, als daß wir allein damit fertigwerden könnten«, sagte ich. »Er muß zu einem guten Spezialisten, der ihn richtig behandeln kann. Dr. Rose und sein Partner sind noch in dieser Woche zu erwarten, und sie können John dann ja mitnehmen nach Bristol.«

In Celias Gesicht leuchtete Hoffnung auf.

»Aber wäre er auch dazu bereit?« fragte sie. »Er redete so wild daher, Beatrice, als ob er niemandem traut. Vielleicht weigert er sich, mit ihnen zu fahren.«

»Wenn die beiden Ärzte der Meinung sind, daß er behandelt werden muß, und bereit sind, ihn mitzunehmen, so können wir ihn zwingen, sich bei ihnen einer Behandlung zu unterziehen«, sagte ich. »Sie können eine Art Vertrag unterzeichnen, demzufolge sie bereit sind, ihn bei sich aufzunehmen und zu behandeln, bis er wieder so weit hergestellt ist, daß er heimkommen kann.«

»Das wußte ich nicht«, sagte Celia. »Ich weiß so wenig über solche Dinge.«

»Das war bei mir nicht anders«, sagte ich in bedrücktem Ton. »Inzwischen bin ich besser im Bilde. Dieser Dr. Rose schreibt, er könne uns gewiß raten, sofern man John dazu bringen könne, einem Treffen und einem Gespräch zuzustimmen. Meinst du, daß John dazu bereit wäre, wenn du ihn bitten und ihm empfehlen würdest, sich mit Dr. Rose und dessen Partner zu treffen? Wenn du ihm dein Wort geben würdest, es sei zu seinem eigenen Besten?«

Celia krauste die Stirn. »Ich glaube schon. Ja. Ja, ich bin sicher, daß er das tun würde«, sagte sie. »Dich und Harry hat er beschuldigt, sich auf irgendeine furchtbare Weise für Wideacre verschworen zu haben, meine Sympathie scheint er jedoch nicht anzuzweifeln. Falls dieser Dr. Rose bald kommt, so glaube ich, daß John zu einem Gespräch bereit ist, wenn ich ihm versichere, das sei ja in seinem eigenen Interesse.«

»Gut«, sagte ich. »Allerdings mußt du meinen Namen dabei völlig aus dem Spiel lassen. Laß ihn glauben, es handle sich um Ärzte, die du für ihn gefunden hast; dann wird er ihnen vertrauen und mit ihnen sprechen, und sein armer, verwirrter Geist wird ein wenig Frieden haben.«

Celia griff nach meiner Hand und küßte sie.

»Du bist ein guter Mensch, Beatrice«, sagte sie mit halberstickter Stimme. »Ich muß vor lauter Sorge so von Sinnen gewesen sein wie John durch seine Trinkerei. Natürlich werde ich tun, was du für das Beste hältst. Ich weiß, daß dir nur unser aller Wohlergehen am Herzen liegt. Ich vertraue dir.«

Ich hob ihr Gesicht zu mir empor und küßte sie zärtlich auf die Wange.

»Liebe kleine Celia«, sagte ich sanft. »Wie hast du nur jemals an mir zweifeln können?«

Sie klammerte sich an meinen Händen fest wie eine Ertrinkende.

»Du kannst uns von diesem Wahnsinn erlösen, das weiß ich«, flüsterte sie. »Ich habe es wieder und wieder versucht, doch es scheint nur schlimmer zu werden. Aber du kannst es wieder in Ordnung bringen, Beatrice.«

»Ja, das kann ich«, sagte ich ruhig. »Laß dich von mir leiten, und nichts kann wieder so schlimm werden wie dies. Wir können John retten.«

Wieder schluchzte sie leise auf, und ich schlang einen Arm um ihre Taille. Lange saßen wir so auf der Fensterbank, schweigend, friedvoll, die wärmende Wintersonne auf dem Rücken.

Zufrieden verließ ich schließlich den Salon. Celia war eine Gefangene ihrer eigenen Vertrauensseligkeit, jedenfalls soweit es mich betraf; und mir war es gelungen, Johns Anschuldigungen in Indizien für seinen Wahnsinn zu verdrehen. In dem Sumpf der Sünde, in dem wir irgendwie alle steckten und der jegliche Klarheit trübte, klangen die Feststellungen des einzigen, der klar sah, einfach widersinnig. Man konnte Tee-Partys haben, soviel man wollte, und versuchen, John vom Alkohol fernzuhalten. Doch ob nun betrunken oder nüchtern: Sobald mein Name fiel, würde John daherreden wie ein Verrückter.

Immerhin erfüllten die nachmittäglichen Teestunden ihren Zweck, verrichtete Celia doch treu und ergeben mein Hexenwerk: sprach zu John von der Reputation, welche Dr. Rose genoß, und überredete ihn zu einem Gespräch mit dem Spezialisten. Mehr noch: sie überzeugte ihn davon, daß er einzig in dem sicheren Hort von Dr. Rose' Klinik von seinem Schrecken vor mir und von seiner Trunksucht geheilt werden könne. Und John, wie eingefangen in ein unenträtselbares Verwirrspiel aus halber Nüchternheit und vollem Rausch, wobei immer wieder verlockend gefüllte Flaschen auftauchten, bald in seinem Bett versteckt, bald zwischen seiner Wäsche; John in seiner Angst vor meinem Hexenlächeln und meinen Katzenaugen, in seinem Schrecken vor dem unauslotbaren Abgrund, der unter ihm aufzuklaffen schien, John in seiner Verzweiflung: er erklärte sich bereit zur Kur in der Bristol-Klinik.

Für den Tag, an dem wir den Besuch des Arztes erwarteten, war John nüchtern geblieben. Von meinem Schlafzimmer aus konnte ich durch die Wand während der Nacht immer wieder seine ruhelosen Schritte hören. Schließlich warf er sich aufs Bett; und stöhnte laut auf, als er auf den Kissen eine Flasche Port fand. Dann vernahm ich die Geräusche von Stiefeln auf der Westflügeltreppe; offenbar flüchtete er vor der Verlockung des Alkohols hinaus in den eiskalten Garten. Ich schlummerte, hörte dann jedoch, wie er in den frühen Morgenstunden zurückkam. Er mußte völlig durchgefroren sein. Im Dezember herrschte morgens oft strenger Frost, und nachts schneite es sogar gelegentlich. John war, in eine Art Kutschermantel eingehüllt, die ganze Nacht unterwegs gewesen, um in seiner panischen Angst vor mir, möglichst weit vom Haus entfernt zu sein. Und doch war er die ganze Zeit auf meinem Land gewesen.

Mit vor Kälte klappernden Zähnen kam er zurück, und ich hörte, wie er im Kamin das Feuer schürte, damit es im Raum wärmer werde. Die verführerische Flasche, mit deren Hilfe er sich mühelos hätte durchwärmen können, schien er zu meiden wie die Pest. Im Halbschlaf, wohlig in meine Decke gekuschelt, hörte ich, wie er in seinem Zimmer ruhelos hin und her ging; und hin und her; und hin und her; wie ein in einem Käfig gefangengehaltenes Tier. Dann schlief ich ein, und als meine Zofe mit der Tasse Morgenschokolade erschien, war nebenan alles still.

»Wo ist Mr. MacAndrews?« fragte ich.

»In Miß Julias Nursery«, erwiderte Lucy mit unüberhörbarer Verwunderung. »Mrs. Allens hat gesagt, er sei schon am frühen Morgen dort gewesen, um sich am Feuer zu wärmen; und dann ist er dort geblieben und hat Kaffee getrunken.«

Ich nickte und lächelte. Ob John heute nüchtern blieb oder sich wieder einen Rausch antrank, machte praktisch keinen Unterschied. Er befand sich in den Klauen eines Alptraums und fing an, jene Wahrheiten oder Tatsachen zu bezweifeln, von denen er auf so schmerzliche Weise Kenntnis erhalten hatte. Für John gab es im Haus nur einen einzigen vertrauenswürdigen Menschen: Celia. Ihr glaubte er. Und wenn er nicht bei ihr sein konnte, so ging er zu ihrem Kind: Julia. Überall sonst mochte verlockend eine Flasche lauern oder irgendein neuer Wahnsinn, gleich um die Ecke. Aber bei ihrem Kind war er sicher. Bei Celia war er sicher.

Ich schlüpfte in mein schwarzes Morgengewand und schlang ein schwarzes Band um meinen Kopf, damit mir das Haar nicht ins Gesicht fallen konnte. Meine helle Haut bildete einen wirkungsvollen Kontrast zur trüben Tönung des Stoffs, und meine Augen hatten einen dunkeltraurigen Ausdruck. Ich frühstückte allein und saß dann in meinem Büro. Schon bald vernahm ich die Geräusche einer Post-Chaise und begab mich zum Hauptteil des Hauses, um in der Vorhalle Dr. Rose und seinen Partner Dr. Hilary zu begrüßen. Wir gingen in die Bibliothek.

»Wie lange trinkt Ihr Gatte schon, Mrs. MacAndrews?« fragte Dr. Rose, ein hochgewachsener, stattlicher Mann mit braunen Haaren, braunen Augen und rötlicher Gesichtsfarbe. Es war mir nicht entgangen, daß ihm meine Erscheinung, gertenschlankes Elfenbein in dunkel kontrastierender Hülle, auf den ersten Blick einen nachhaltigen Eindruck gemacht hatte. Jetzt jedoch hielt er Feder und Papier bereit und tat seine Arbeit.

»Ich habe ihn seit seiner Rückkehr aus Schottland trinken sehen«, sagte ich. »Das war vor sieben Monaten. Seitdem ist er nur an wenigen Tagen nüchtern gewesen – allerdings glaube ich, daß im Haus seines Vaters regelmäßig Whisky getrunken wurde, und nach dem Tod seiner Mutter begann er exzessiv zu trinken.«

Dr. Rose nickte und machte sich eine Notiz. Sein Partner saß neben ihm und beschränkte sich aufs Zuhören. Er war ein wahrer Hüne, blond, mit stoisch-stumpfem Gesicht. Ihm, so schien mir, konnte man unbedingt zutrauen, mit unzurechnungsfähigen Patienten fertigzuwerden und Aufsässige notfalls mit einem einzigen Hieb zur Raison zu bringen.

»Gab es irgendeinen Grund für ihn, hier mit dem Trinken anzufangen?« fragte Dr. Rose.

Ich blickte auf meine ineinanderverschränkten Hände. »Ich war gerade von unserem ersten Kind entbunden worden«, sagte ich leise. »Daß er maßlos eifersüchtig war, hatte ich schon vor unserer Hochzeit gewußt, aber daß das bei ihm an Wahnsinn grenzte, begriff ich erst jetzt. Als unser Kind zur Welt kam, befand er sich gerade in Schottland, und als er von dort zurückkehrte, war er plötzlich von der Idee besessen, das Kind sei nicht von ihm.«

Dr. Rose schürzte die Lippen, doch blieb seine Miene professionell-neutral. Aber welcher Mann konnte gegenüber einem so attraktiven Opfer schon ohne jegliches Mitgefühl sein?

»In jener Nacht erkrankte dann meine Mama und starb«, sagte ich, und meine Stimme war kaum mehr als ein Flüstern. »Mein Mann war zu betrunken, um sie ordnungsgemäß zu behandeln, und machte sich deshalb Selbstvorwürfe.« Ich ließ meinen Kopf ein Stück tiefer sacken. »Seither ist unser Leben ein einziges Elend.«

Dr. Rose nickte und unterdrückte den Impuls, mir tröstend die Hand zu tätscheln.

»Weiß er, daß wir kommen?« fragte er.

»Ja«, sagte ich. »In seinen lichten Augenblicken ist er sehr darauf bedacht, wieder gesund zu werden. Ich glaube, er hat heute nicht einen einzigen Schluck getrunken. Sie werden ihn also in seiner besten Verfassung sehen.«

Der Arzt nickte.

»Ich dachte, es sei Ihnen vielleicht angenehm, ihm sozusagen zwanglos zu begegnen«, sagte ich. »Er ist mit meiner Schwägerin im Salon. Wir könnten dort unseren Kaffee nehmen, wenn's Ihnen recht ist.«

»Eine ausgezeichnete Idee«, sagte Dr. Rose, und ich führte die Herren in Celias Salon.

Celia hatte an diesem Morgen ausgezeichnete Arbeit geleistet, indem sie dafür sorgte, daß John während der Ankunft der Ärzte abwesend war. Zum Kaffee ging sie dann mit ihm in den Salon. Bei meinem Eintreten schaute er überrascht auf, und als er die beiden Männer in meiner Begleitung sah, begann seine Hand so heftig zu zittern, daß er seine Tasse auf den Tisch stellen mußte. Er warf Celia einen Blick zu, den sie mit einem beschwichtigenden Lächeln beantwortete; dennoch schien sein Vertrauen in sie irgendwie erschüttert – weil ich mit von der Partie war.

»Dies sind Dr. Rose und Dr. Hilary«, sagte ich. »Meine Schwägerin, Lady Lacey, und mein Mann, Mr. MacAndrew.«

Ob es allen auffiel, daß ich Johns Titel ausließ, weiß ich nicht; doch Celias Blick blieb auf meinem Gesicht haften, während sie den beiden Herren die Hand gab und sie aufforderte, Platz zu nehmen.

Ich nahm die Kaffeekanne und schenkte drei Tassen voll. John beobachtete Dr. Rose, wie ein Vogel eine Schlange beobachtet, und vom massigen Dr. Hilary, der schwer und gewichtig wie ein diensthabender Gefängniswärter auf einem von Celias zierlichen Stühlen Platz nahm, schien er möglichst weit fortrücken zu wollen.

»Ich habe ein wenig über Ihr Problem gehört«, sagte Dr. Rose zu John mit sanfter Stimme. »Ich glaube, daß wir Ihnen wohl helfen könnten, damit fertigzuwerden. Ich habe da so ein kleines Haus bei Bristol, wo Sie wohnen könnten, wenn Sie wollen. Zur Zeit befinden sich dort vier Patienten. Einer ist laudanumsüchtig, und die drei anderen haben Trinkerprobleme. Jeder von ihnen hat sein eigenes Zimmer und sehr viel Ruhe, um ein ungestörtes Privatleben zu führen, doch sind natürlich alle bemüht, mit ihren Problemen und deren Ursachen fertigzuwerden und zu lernen, der Sucht zu widerstehen. Während der ersten Tage verwende ich, zur Überbrückung der schlimmsten Phase, in sehr begrenzter Dosierung Laudanum. Und ich konnte gute Erfolge verzeichnen.«

John nickte. Er wirkte zum Zerreißen angespannt. Celias Blick, voller Liebe und Hilfsbereitschaft, ruhte auf seinem Gesicht. Immer wieder schaute er zu ihr, und er wirkte dabei wie ein Abergläubischer, der einen Talisman berührt. Dr. Rose' sanfte Stimme schien ihn zu beschwichtigen. Doch warf er mißtrauische Blicke auf Dr. Hilary, der seine eigenen Stiefel betrachtete und dasaß wie ein Berg, völlig bewegungslos.

»Ich bin bereit, zu Ihnen zu kommen«, sagte John, und seine Stimme klang dünn und überanstrengt.

»Gut«, sagte Dr. Rose und lächelte aufmunternd. »Das freut mich. Ich bin sicher, daß wir Ihnen helfen können.«

»Ich werde Anweisung geben, daß deine Sachen gepackt werden«, sagte ich und schlüpfte hinaus. Nachdem ich mit Johns Kammerdiener gesprochen hatte, blieb ich in der Vorhalle, um von dort zu lauschen.

»Es sind da nur noch einige Papiere zu unterzeichnen«, sagte Dr. Rose mit seiner sanften Stimme. »Reine Formalitäten. Unterschreiben Sie hier bitte.« Ich hörte das Rascheln der Dokumente, die er John reichte, und dann das Kratzen der Feder, als John unterschrieb. Ich lächelte und betrat wieder den Salon.

Zu früh.

Ich hatte mich im Zeitpunkt verschätzt. Ich war ungeduldig gewesen, hätte länger warten sollen. John hatte das erste Dokument unterzeichnet, worin er sich mit Dr. Roses Behandlungsmethoden einverstanden erklärte; die Generalvollmacht jedoch hatte er noch nicht unterschrieben. Meine Rückkehr in den Salon lenkte ihn ab, und seine Feder verharrte über dem Papier, während er auf den enggedruckten Text blickte.

»Was ist dies?« fragte er plötzlich scharf, während seine Augen sich verengten.

Dr. Rose warf einen flüchtigen Blick auf das Papier. »Das ist eine Vollmachtserklärung«, sagte er in seinem typischen sanften Tonfall. »Es ist üblich, daß Patienten, die bei mir eingewiesen werden, ihre geschäftlichen Angelegenheiten einer nahe verwandten Person anvertrauen, für den Fall, daß irgendwelche Entscheidungen getroffen werden müssen, während sie bei mir sind.«

Wild glitt Johns Blick über die Runde der lächelnden Gesichter.

»Eingewiesen?« fragte er, zielsicher dieses eine verräterische Wort herauspickend. »Eingewiesen? Ich war bereit, auf freiwilliger Basis als Patient zu Ihnen zu kommen.«

»Natürlich, natürlich«, sagte Dr. Rose. »Doch aus reiner Formalität handhaben wir das immer als Einweisung der Patienten für den Fall, daß ihre Sucht nach Alkohol überhand nimmt. Dann können wir sie drin behalten, so daß sie ohne Nachschub sind.«

»Drin behalten? Eingesperrt?« rief John entsetzt. »Mit Hilfe dieser Papiere will man mir mein Vermögen nehmen und mich in eine Irrenanstalt einweisen! So ist es doch, nicht wahr? *So ist es doch!«* In wilder Panik fuhr er zu Celia herum. »Hast du dies gewußt?« fragte er heftig. »Dies war deine Idee; du hast mir doch versichert, es würde mich retten. Hast du dies geplant?«

»Nun ja, John«, sagte Celia stockend und kaum fähig, einen vollständigen Satz zu Ende zu bringen, während John immer hektischer wurde. »Aber es könnte doch gewiß nichts schaden, oder?«

»Wer hat die Verfügungsgewalt?« fragte John. Er griff nach dem Dokument, und die übrigen Papiere flatterten zu Boden.

»Harry Lacey und Harry Laceys Anwälte!« rief er. »Und wir wissen doch alle, wer Harry Lacey kontrolliert, nicht wahr?« Er warf mir einen giftigen und doch furchtsamen Blick zu. Und dann entfiel auch dieses Blatt seiner Hand, weil er nun ganz begriff.

»Mein Gott, Beatrice. Du stiehlst mir mein Vermögen und läßt mich einsperren!« sagte er voller Entsetzen. »Ja – du läßt mich tatsächlich einsperren und bestiehlst mich!«

Dr. Rose gab Dr. Hilary mit dem Kopf ein kaum wahrnehmbares Zeichen, doch John bemerkte es sofort. Während Dr. Hilary sich gewichtig erhob, schrie John wie ein verängstigtes Kind.

»Nein!« schrie er. »Nein!« Und dann stürzte er in Richtung Tür, wobei er den kleinen Tisch und Celias Handarbeitskästchen umwarf. Kaffeegeschirr und Handarbeitsgerät bildeten auf dem Teppich ein wirres Durcheinander. Und plötzlich handelte Dr. Hilary. Mit einer für einen so schweren Mann fast unglaublichen Schnelligkeit vollführte er eine Art Hechtsprung nach Johns Füßen. John schlug lang auf den Boden. Celia schrie auf, und ich krampfte meine Hände ineinander, während der schwere Mann John auf dem Boden buchstäblich plattzudrükken schien.

Dr. Rose zog eine Zwangsjacke aus seiner Arzttasche hervor und reichte sie Dr. Hilary. John kreischte in Panik und Entsetzen. »Nein! Nein! Celia! Celia, laß nicht zu, daß sie das tun!«

Celia griff nach der Zwangsjacke und zerrte daran; doch sofort war ich bei ihr und packte sie und hielt sie fest. Sie stieß mich zurück und schrie: »Beatrice! Beatrice! Du mußt ihnen Einhalt gebieten! Das ist keinesfalls nötig! Sie sollen aufhören, John weh zu tun! Halt sie davon ab, ihn zu fesseln!«

Mit geübten Händen hatte Dr. Hilary Johns wild wedelnde Arme in die entsprechenden Löcher der Zwangsjacke gesteckt, sie vor Johns Bauch gekreuzt und dann auf den Rücken gebunden, und jetzt lag John hilflos zusammengeschnürt auf dem Boden, krümmte in sinnlosem Widerstand den Rücken und starrte zu mir mit vor Entsetzen hervorquellenden Augen.

»Du bist ein Teufel, Beatrice«, stöhnte er. »Du bist ein Teufel.«

John rollte seine Augen in Richtung Dr. Rose. »Tun Sie es nicht«, sagte er. Er hatte seine Stimme verloren; Angst schnürte ihm die Kehle zu, es war nur ein Krächzen. »Ich bitte Sie! Ich flehe Sie an! Lassen Sie es nicht zu! Es ist ein Komplott. Ich kann es erklären. Meine Frau will mich von hier weg haben. Sie ist eine Hure und eine Mörderin.«

Celia riß sich von mir los und kniete neben John nieder.

»Nein!« beschwor sie ihn. »Sag nicht solche Dinge, John. Sei nicht so – so außer dir. Sei ruhig, und alles wird gut werden.«

Johns Mund weitete sich zu einem Schrei, zu einem lautlosen Schrei des Schreckens.

»Und jetzt hat sie dich!« sagte er verzweifelt. »Du hast mich an diese Männer, an ihre Schergen verraten. Sie hat dich benutzt, um mir eine Falle zu stellen, und du hast die Schmutzarbeit für sie getan. *Du ...!*« Er brach ab, und wirr, hilfeheischend zuckte sein Blick von Gesicht zu Gesicht.

»Beatrice, du bist ein Teufel«, keuchte er wieder. »Ein Teufel. Gott rette mich vor dir und vor diesem infernalischen Wideacre.« Ein rauhes Schluchzen folgte, dann war er stumm. Ich stand schweigend. Dr. Rose warf mir einen neugierigen Blick zu. Mein Gesicht war blutleer, wie versteinert. Celia war zurückgewichen, als John seine Vorwürfe gegen sie gerichtet hatte. Sie weinte, die Hände vor den Augen, um nicht sehen zu müssen, wie ihr Schwager gefesselt auf dem Fußboden ihres hübschen Salons lag.

Ich war so still wie ein zugefrorener Fluß. Ich konnte nicht glauben, daß diese Szene dort vor meinen Augen Wirklichkeit war, obwohl ich doch gewußt hatte, daß so etwas geschehen konnte. Tastend streckte ich eine Hand nach hinten, bis ich den Stuhl fühlte, und dann sank ich darauf, meine Augen noch immer auf John. Ich sah, wie seine Lider zuckten und sich schlossen, und wie seine Brust, unter den gekreuzten Armen, sich mit einem Seufzer hob.

Dr. Rose trat auf ihn zu und hob seinen Kopf ein Stück an.

»Bringen Sie ihn direkt in die Kutsche«, sagte er zu Dr. Hilary. »Er ist soweit in Ordnung.«

Der Hüne hob John empor wie ein Kind und trug ihn geradezu behutsam hinaus. Dr. Rose half Celia auf einen Stuhl, doch sie sah ihn nicht an und hörte auch nicht auf mit ihrem herzzerbrechenden Schluchzen.

»Es ist eine wirklich unerfreuliche Sache«, sagte Dr. Rose mitfühlend zu mir, »aber in derartigen Fällen keineswegs ungewöhnlich.« Ich nickte marionettenhaft. Sehr aufrecht und sehr steif saß ich auf dem Stuhl, wie angenagelt. In meinem verkrampften Körper schmerzte jeder Muskel, und durch Hals und Kopf zuckten qualvolle Stiche.

»Dr. Hilary und ich werden die Einweisungspapiere unterzeichnen«, sagte Dr. Rose, während er die Dokumente vom Boden aufhob. »Ich werde auch die Unterschrift eines männlichen Verwandten benötigen.«

»Gewiß«, sagte ich. Meine Lippen waren ohne jedes Gefühl.

»Es ist uns lieber, wenn unsere Patienten sich mit der Einweisung einverstanden erklären und ihre geschäftlichen Angelegenheiten von sich aus in andere Hände legen, bis sie wieder gesund sind. Gelangen wir indes zu dem Befund, daß ein Patient zu krank und zu verwirrt ist, um sich freiwillig in Behandlung zu begeben, so können wir ihn allerdings auch ohne seine Einwilligung einweisen«, sagte er.

»Meiner Überzeugung nach läßt sich kaum bezweifeln, daß er an Wahnideen leidet, die durch seinen exzessiven Alkoholkonsum verursacht worden sind«, fuhr Dr. Rose fort, während er rasch etwas schrieb und schwungvoll mit seinem Namen unterzeichnete. Er hob den Kopf und sah mich an. »Aber seien Sie nicht weiter beunruhigt über das, was er sagt, Mrs. MacAndrew. Für Patienten wie Ihren Mann ist es charakteristisch, gegenüber jenen Menschen, die ihnen helfen wollen, übertriebene Ängste zu hegen. Wir hören von unseren Patienten die absonderlichsten Behauptungen, aber wenn sie dann geheilt sind, erinnern sie sich überhaupt nicht mehr.«

Wieder nickte ich mit verkrampften Muskeln.

Dr. Rose blickte zu Celia. »Wäre Lady Lacey vielleicht ein wenig Laudanum angenehm?« fragte er. »Dies ist ja für Sie beide ein furchtbarer Schock gewesen.«

Celia löste ihren Kopf aus den Händen und atmete tief durch, um ihre Selbstbeherrschung zurückzugewinnen.

»Nein«, sagte sie. »Aber ich möchte John noch einmal sehen, bevor er fortgeht.« Mit ungeheurer Willensanstrengung gelang es ihr, ein Schluchzen zu unterdrücken, doch ihre Wangen waren tränennaß.

»Er hat in der Kutsche ein wenig Laudanum bekommen und wird friedlich schlafen«, sagte Dr. Rose. »Sie brauchen sich also nicht eigens die Mühe zu machen, Lady Lacey.«

Celia erhob sich, und aus ihrer Haltung sprach jene neue Würde, die sie in den letzten Tagen gewonnen hatte.

»Er glaubt, daß ich ihn verraten habe«, sagte sie. »Er hat mir vertraut, und ich habe es zugelassen, daß er in meinem Salon wie ein Verbrecher zu Boden geworfen und gefesselt wurde. Er glaubt, daß ich ihn verraten habe, aber das stimmt nicht, denn ich wollte doch nichts *gegen* ihn tun. Ich habe versagt, weil ich Ihnen nicht in den Arm fallen konnte.«

Auch Dr. Rose hatte sich erhoben. Versöhnlich streckte er ihr die Hand entgegen.

»Lady Lacey, es war so zum besten«, sagte er. »Sobald wir in meinem Haus sind, wird er seiner momentanen Beengung ledig sein, und wir werden ihm eine überaus rücksichtsvolle Behandlung angedeihen lassen. So Gott will – und sofern Mr. MacAndrew über die nötige Energie verfügt –, wird er völlig geheilt zu Ihnen allen heimkehren.«

»*Doktor* MacAndrew«, sagte Celia unbeirrt, während ihr Tränen die Wangen hinabliefen.

»*Doktor* MacAndrew«, wiederholte er und nickte bestätigend.

»Ich werde ein paar Zeilen für ihn schreiben und ihm das Briefchen in die Tasche stecken«, sagte Celia. »Bitte fahren Sie nicht ab, bevor ich ihn nicht gesehen habe.«

Dr. Rose machte, sein Einverständnis bekundend, eine Verbeugung, und Celia verließ den Salon in straffer Haltung und mit gleichmäßigen Schritten, das Gesicht noch immer tränenüberströmt.

»Was ist mit der Vollmachtserklärung?« fragte ich.

»Die betreffenden Papiere habe ich als Teil der Einweisungsprozedur unterzeichnet«, sagte Dr. Rose. »Er ist in unsere Anstalt eingewiesen, bis mir seine Entlassung vertretbar erscheint. Was seine geschäftlichen Aktivitäten betrifft, so wird sich Ihr Bruder, Sir Harold, darum kümmern.«

»Wie lange, glauben Sie, wird er bei Ihnen bleiben?« fragte ich.

»Das hängt von ihm selbst ab«, erwiderte Dr. Rose. »Doch würde ich ganz allgemein in zwei oder drei Monaten eine gewisse Besserung erwarten.«

Ich nickte. Zeit genug. Sonderbar, daß mir selbst diese leichte Kopfbewegung stechende Schmerzen verursachte: in den verkrampften Halsmuskeln und in der wie übermäßig angespannten und pulsierenden Kopfhaut. Ich hatte alles erreicht, was ich wollte, und konnte dennoch keine Freude empfinden.

»Ich werde Ihnen jede Woche einen Bericht zukommen lassen«, sagte Dr. Rose. Er gab mir einen Brief mit der Beschreibung der Klinik und der Behandlung sowie die Papiere für Harrys Unterschrift. Ich hielt sie genauso sicher in meinen Händen wie der Arzt. Doch schmerzten sogar meine Finger.

»Sie können ihm schreiben und ihn auch besuchen«, sagte Dr. Rose.

»Sie – genau wie jedes andere Mitglied der Familie – sind willkommen, falls Sie sich für eine Weile dort aufzuhalten wünschen.«

»Das wird nicht möglich sein«, sagte ich. »Auch hielte ich es für besser, wenn er keine Briefe von daheim bekäme, zumindest einen Monat lang nicht. Vielleicht wäre es das beste, wenn Sie jeden an ihn gerichteten Brief mir zugehen ließen.«

»Wie Sie wünschen«, sagte Dr. Rose in neutralem Ton. Er griff nach seiner Arzttasche und ließ das Schloß zuschnappen. Ich erhob mich und entdeckte, daß meine Knie und selbst meine Wadenmuskeln schmerzten, als hätte ich die Gicht. Steif schritt ich zur Tür. In der Vorhalle wartete Celia, ein versiegeltes Couvert in der Hand.

»Ich habe John geschrieben, daß ich tatsächlich das Gefühl hätte, ihn verraten zu haben; daß dies jedoch niemals meine Absicht gewesen sei«, sagte sie mit ruhiger Stimme. Noch immer rollten Tränen ihre Wangen herab, was sie jedoch nicht zu bemerken schien. »Ich habe ihn um Vergebung gebeten, weil ich nicht fähig war, ihn vor Gewalttätigkeiten zu schützen.«

Dr. Rose nickte, die Augen auf dem Brief. Während wir Celia zur wartenden Kutsche folgten, hob er fragend die Augenbrauen und wies mit dem Kopf auf den Brief in Celias Hand.

»Sie können ihm, wenn Sie erstmal unterwegs sind, den Brief ja aus der Tasche nehmen und mir schicken«, sagte ich fast unhörbar. »Er würde ihn ja doch nur aufregen.« Dr. Rose nickte wieder.

John war auf dem Vordersitz ausgestreckt, noch immer in der Zwangsjacke, jedoch in eine karierte Reisedecke gehüllt. Im Kontrast zum kräftigen Rot und Blau der Decke wirkte sein Gesicht leichenblaß. Sein Atem jedoch ging jetzt sehr gleichmäßig, und sein zuvor von Angst und Qual verzerrtes Gesicht war jetzt so friedlich wie das eines schlafenden Kindes. Sein aufgelöstes blondes Haar hing ein wenig wirr, und auf seinen Wangen sah man noch Tränenspuren, doch um seinen Mund war ein leises Lächeln. Celia kletterte in die Kutsche und versuchte, John den Brief in eine Tasche zu stecken. Als sie dabei an der Zwangsjacke zerrte, erwachte John, doch das Blau seiner geöffneten Augen wirkte wie verschleiert: das Laudanum.

»Celia«, sagte er leise und undeutlich.

»Bitte, sprechen Sie nicht, Lady Lacey«, sagte Dr. Rose mit Nachdruck. »Er darf sich nicht wieder so aufregen.«

Celia fügte sich. Wortlos gab sie John einen Kuß auf die Stirn und stieg dann aus der Kutsche aus, blieb jedoch beim Fenster stehen, und während Dr. Rose einstieg und sich zu seinem hünenhaften Kollegen setzte, haftete ihr Blick unverwandt auf Johns Gesicht.

Seine Augen waren noch immer geöffnet, doch spähte er nach ihr aus wie nach einem fernen Leuchtturm in einem sicheren Hafen. Dann wurde sein drogenbenebelter Blick schärfer, und er schaute an Celia vorbei: zu mir, die ich steif wie ein Ladestock auf der Freitreppe stand.

»Celia!« sagte er, und obwohl seine Worte verschwommen klangen, hatte seine Stimme doch etwas Drängendes. »Beatrice will Wideacre für Richard«, sagte er.

»Goodbye«, sagte ich abrupt zu Dr. Rose. »Losfahren!« befahl ich dem Kutscher.

Ein kurzes Stück eilte Celia neben der Kutsche her, so daß John ihr weißes, verzweifeltes Gesicht sehen konnte.

»Rette die Kinder!« rief John wie erstickt. »Rette die Kinder von Wideacre, Celia!«

Dann fielen die Pferde in Trab, die Räder knirschten über den Kies, und Celia blieb zurück.

Endlich war er fort.

Beim Dinner schwiegen wir vor uns hin. Celia hatte den ganzen Nachmittag geweint, und ihre Augen waren rot und verschwollen. Harry, am Kopfende des Tisches, saß wie auf Nadeln. Celia hatte den ganzen Morgen im Stallhof auf ihn gewartet. Als er dann kam, bestürmte sie ihn, auf gar keinen Fall jene Papiere zu unterzeichnen, welche die Einweisung in Dr. Roses Anstalt besiegelten. Vielmehr solle er veranlassen, daß John wieder heimgeschickt werde. Harry war vernünftig genug, eine sofortige Entscheidung abzulehnen: letztlich, so erklärte er ihr, stehe ja wohl mir das Recht zu, darüber zu befinden, welche Art der Behandlung die beste sei für meinen Mann. Darauf wußte Celia keine Antwort. Schließlich hatte sie ja nur die vage Vermutung und den angstvollen Verdacht, daß mir, aus welchem Grund auch immer, im Hinblick auf John nicht zu trauen sei.

So saß sie dann mit geröteten Augen bei Tisch, den Blick auf den Teller gerichtet, und nahm kaum etwas zu sich. Auch ich hatte keinen Appetit. Johns Stuhl war an die Wand gerückt worden, und seine Tischseite wirkte eigentümlich leer. Noch immer klangen in meinen Ohren jene entsetzten Schreie nach, als der Anstaltsarzt John zu Boden geschleudert und dann in die Zwangsjacke gesteckt hatte. Die Gewalttätigkeit, die in jenem sonnenhellen Salon ausgebrochen war, schien noch immer das ganze Haus zu durchzittern, so als hätten Johns schrille Schreie hundert Geister aufgeschreckt.

Celia lehnte es nach dem Dinner sogar ab, in den Salon zu gehen; sie wolle, sagte sie, lieber in der Nursery bei Julia sitzen. Mit einem abergläubischen Schauder erinnerte ich mich daran, wie John die Nursery aufgesucht hatte, als seien im ganzen Haus nur die Kinder frei von Sünde und Gewalttat und dem leisen Pesthauch der Verderbnis. Doch ich lächelte sie so warmherzig an, wie es mir irgend gelingen wollte, und gab ihr einen Gutenachtkuß auf die Stirn. Bildete ich es mir nur ein, oder war es wirklich so: Celia schien vor meiner Berührung zurückzuweichen, als könne ich sie irgendwie besudeln: eine Art Brandmal meiner Rücksichtslosigkeit auf ihr hinterlassen. Insgeheim glaubte ich, daß Celia, ähnlich wie Mama, das Ende eines Fadens in der Hand halten mochte – und es ihr dennoch nicht gelang, in das Labyrinth hinein oder gar hindurch zu finden.

So saßen Harry und ich dann allein im Salon, und als das Tablett mit dem Tee gebracht wurde, fiel es mir zu, für Harry Tee einzuschenken und nach seinem Geschmack zu süßen. Nachdem er reichlich davon genossen und praktisch einen ganzen Teller voll *petits fours* verspeist hatte, streckte ich meine Satinschuhe zum Kaminvorsetzer hin und fragte beiläufig: »Hast du die Dokumente für Dr. Rose unterzeichnet und abgeschickt, Harry?«

»Unterschrieben habe ich sie«, erwiderte er. »Sie befinden sich auf deinem Schreibtisch. Nach allem, was Celia mir über Dr. Rose und über John erzählt hat, frage ich mich allerdings, ob wir das Richtige tun.«

»Es war eine höchst befremdliche Szene«, stimmte ich bereitwillig zu. »John führte sich wie ein Wahnsinniger auf. Hätten die beiden Ärzte nicht so prompt und so effizient gehandelt, so weiß ich nicht, was geschehen wäre. Celia glaubt, sie könne John unter Kontrolle halten und ihn wohl sogar von seiner Trinkerei heilen. Aber sein heutiges Verhalten hat bewiesen, wie wenig Einfluß sie auf ihn hat«, sagte ich. »Es ist jetzt fast zwei Wochen her, daß sie damit anfing, ihm das Trinken abgewöhnen zu wollen; und doch ist er fast jede Nacht betrunken gewesen. Heute wurde er sogar ihr gegenüber aggressiv und beschuldigte sie, ihn zu verraten. Wir können wirklich nicht mit ihm fertigwerden, wenn er durch die Trinkerei halbverrückt ist.«

Harry setzte eine sorgenvolle Miene auf.

»Davon hat Celia mir nichts erzählt«, sagte er. »Sie hat mir nur erzählt, daß die Ärzte nach ihrer Meinung mit John viel zu rauh umgesprungen sind und daß sie voller Angst ist wegen dieser Idee mit seiner Einweisung. Sie scheint sich sogar um Johns Vermögen Sorgen zu machen: um die MacAndrew-Anteile.«

»Das hat John mit seinem unsinnigen Geschrei bewirkt«, sagte ich glattzüngig. »Es war eine sehr verstörende Szene. Aber die liebe Celia versteht nun mal nichts von Geschäften und solchen Dingen. Zweifellos ist Dr. Roses Heim für John genau das richtige, und natürlich bedarf es einer regulären Einweisung, damit er nicht einfach davonlaufen und sich etwas zu trinken kaufen kann. Als ob wir nicht wüßten, daß es uns praktisch unmöglich war, ihn davon fernzuhalten! Celia hat die Keller zwei Wochen lang verschlossen gehalten, und doch ist es ihm irgendwie gelungen, sich was zu trinken zu besorgen.«

Harry warf mir einen verstohlenen Seitenblick zu.

»Du weißt nicht zufällig, wie er an die Drinks gekommen ist, Beatrice, oder?«

»Nein«, sagte ich mit Nachdruck. »Ich habe keine Ahnung.«

»Nun, ich werde Celia versichern, daß wir in Johns bestem Interesse handeln«, sagte Harry und erhob sich, um sich mit dem Rücken vor den Kamin zu stellen. Er lüpfte seine Jacke, um sich am Feuer sein fettes Hinterteil zu wärmen, denn die Nacht war bitterkalt. »Und ich werde ihr sagen, daß sein Vermögen absolut unangetastet bleibt, bis er zurückkommt, um selbst wieder die Kontrolle darüber zu übernehmen«, erklärte Harry. »Zwar haben wir die Vollmacht darüber, aber natürlich werden wir keinen Gebrauch davon machen.«

»Es sei denn, wir sähen für ihn eine geschäftliche Gelegenheit, die wir uns seinetwegen einfach nicht entgehen lassen dürften«, stimmte ich zu. »Alleiniger Sinn und Zweck unserer Kontrolle über sein Vermögen ist doch, für den Erhalt und die Vermehrung seines Reichtums zu sorgen. Natürlich werden wir sein Geld für nichts verwenden, was er normalerweise nicht billigen würde. Andererseits wäre es ja geradezu gemein von uns, wenn wir nicht sein Interesse wahrnehmen und entsprechend handeln würden.«

Harry nickte. »Ja, natürlich«, sagte er. »Aber im Augenblick hast du da doch wohl keine Pläne, Beatrice, oder?«

Ich lächelte beschwichtigend. »Überhaupt nicht«, sagte ich. »Dies ist ja alles so plötzlich, so unerwartet gekommen. Natürlich habe ich überhaupt keine Pläne.«

»Und was ist mit der Erbfolge?« fragte Harry nervös.

»Ach, das!« Ich hob eine Hand zu meinem Gesicht und glättete meine Stirn mit einer leicht theatralischen Geste.

»Laß uns diese Idee erst dann weiterverfolgen, wenn wir den Weg klarer sehen können. Vielleicht kommt John ja schon in einem Monat wieder heim, und dann können wir das mit ihm besprechen. Wir können damit fortfahren, Wideacres Profite zu steigern, um möglichst viel davon zu sparen. Es gibt für uns keinen Grund, bei dem Versuch, die Erbfolge zu ändern, irgend etwas zu überstürzen.«

Die ungeheure Erleichterung in Harrys Blick sprach Bände. Celia, ohne jeglichen Beweis zwar, jedoch begabt mit scharfer Intuition und einem Gespür für Unwahrheit, war voller Mißtrauen und Besorgnis. Und etwas davon hatte sich Harry mitgeteilt. Seine Frage, woher John seinen Alkohol bezogen haben mochte, und seine angespannte Neugier wegen meiner Zukunftspläne, all das deutete in eine bestimmte Richtung: daß Celia halb ahnte, halb wußte, daß ganz Wideacre und sein Schicksal praktisch von meinem Willen abhing, daß niemand außer mir wußte, wohin die Fahrt ging, daß einzig ich die Kontrolle über alles hatte; und daß nur ich sagen konnte, wer am Ende profitieren würde vom eingeschlagenen Kurs.

»Es ist für dich ein harter Schlag gewesen«, sagte Harry freundlich. »Laß dich dadurch nicht allzu sehr niederdrücken, Beatrice. Ich glaube ehrlich, daß diese Leute John heilen können, und dann kann bei uns alles wieder so sein, wie es war.«

Ich lächelte ein tapferes kleines Lächeln. »Ja«, sagte ich, »das hoffe ich sehr. Und jetzt geh und tröste Celia. Sage ihr, daß ich, obwohl ich sehr traurig bin, nicht darunter zusammenbrechen werde.«

Harry drückte einen sanften Kuß auf meinen Kopf und verschwand. Ich blieb nur noch, um neben dem niedrig brennenden Kaminfeuer ein Glas Port zu trinken, um dann frühzeitig zu Bett zu gehen. Morgen erwartete mich ein harter Arbeitstag. Mr. Llewellyn würde kommen, um sich Wideacre wegen einer möglichen Hypothek anzusehen: unumgänglich wegen der zu erwartenden Anwaltskosten. Außerdem war ich nun bereit, den Anwälten zu schreiben, daß sie die Sache in Angriff nehmen könnten: daß ich Zugang hätte zum MacAndrew-Vermögen und daß ich dieses verwenden könne, um Wideacre für meinen Sohn zu kaufen. Damit es ihm gehörte, wirklich gehörte, damit er es vererben konnte an seinen Sohn, und dieser dann wieder an seinen Sohn und immer so weiter in langer, langer Linie. Und sämtlich abstammend von der Hexe von Wideacre.

16. Kapitel

Ich mochte Mr. Llewellyn auf den ersten Blick. Er war ein fünfzigjähriger Waliser, der ein Vermögen gemacht hatte, und zwar mit Hilfe der kleinen Bergponys seiner gebirgigen Heimat: er hatte selbst welche gezüchtet und sie dann, ein echtes Schlitzohr, der Crème des Londoner Adels zum Geschenk gemacht. Die monatelange harte Arbeit zahlte sich aus. Die guttrainierten Tiere trugen mit absoluter Trittsicherheit die Erben der reichsten Besitzungen – und lösten eine neue Mode aus. Jeder, der es sich leisten konnte, mußte plötzlich unbedingt ein solches Llewellyn-Bergpony haben, bis am Ende sogar jede Metzgerstochter ein eigenes Exemplar besaß. Als die Narretei schließlich ihr Ende fand, war Mr. Llewellyn Eigentümer eines prächtigen Stadthauses und hatte es nicht mehr nötig, je wieder nach Wales zu fahren oder dort gar zu leben.

Seinen praktisch-bäuerlichen Sinn hatte er sich offenbar auch in großstädtischer Umgebung bewahrt. Vom Fenster meines Büros aus ließ er seine blauen Augen in aller Ruhe über die rauhreifbedeckten Felder von Wideacre gleiten, und man hätte meinen können, daß er den Wert eines jeden einzelnen Baumes abtaxiere.

»Ein feiner Besitz«, sagte er anerkennend.

»Wir haben viele Verbesserungen geschaffen«, sagte Harry und trank mit sichtlichem Behagen einen Schluck Kaffee. Mit seiner freien Hand wies er auf die Karte von Wideacre, wo die neu eingeplanten Felder gelb markiert waren: die Farbe des Weizens, den wir im kommenden Frühjahr dort anbauen wollten. Harry und ich hatten so manchen langen Abend damit verbracht, mit einer orangefarbenen Punkt-Linie all jene Gebiete zu umgrenzen, wo sich gleichfalls Weizen anbauen ließ, sofern man sie rodete beziehungsweise umpflügte. Doch jedesmal, wenn Harrys plumper Finger über Teile der Karte strich, wo sich jetzt noch dichter Wald oder üppige Wiesen befanden, stieg angstvolles Unbehagen in mir auf, die Furcht vor einem bevorstehenden Verlust.

»Die Normannen-Wiese können wir unmöglich einbeziehen«, sagte ich. »Das ist ein altes Schlachtfeld, und beim Umpflügen würde der Boden einen Haufen Schädelknochen und sonstiges Gebein freigeben.

Allerdings würden sich die Arbeiter von vornherein weigern, dort zu pflügen. In ganz Acre gilt der Ort als verwunschen.«

»Das wußte ich nicht«, sagte Harry interessiert. »Was für eine Schlacht soll denn das gewesen sein?«

»Jene Schlacht, die uns in den Besitz dieses Landes brachte«, sagte ich. »So heißt es jedenfalls. Hier sollen die Le Says, unsere Vorfahren, und ihre Handvoll Krieger sich mit den sächsischen Bauern eine Schlacht geliefert haben, die drei Tage dauerte, bis schließlich im Dorf kein einziger Mann mehr am Leben war. So erzählt man sich jedenfalls.«

»Na, wenn so was nicht der allerbeste Dünger ist!« sagte Harry vergnügt. »Und überleg doch mal, Beatrice! Wenn wir die Oak Tree Meadow in ein Getreidefeld umwandeln und wenn wir das auch mit der Three Gate Meadow tun, dann können wir doch unmöglich die Norman Meadow auslassen, so mittendrin mit nichts als Gras. Das ergibt einfach keinen Sinn.«

Nichts davon ergab für mich irgendeinen Sinn. Denn welchen Sinn hatte es, Wideacre in eine sogenannte Hochprofit-Farm umzuwandeln? Hier lebten viele Menschen, teils Besitzende oder Pächter, teils Besitzlose; doch hatte sich, über eine lange, lange Zeit hinweg, im Zusammenleben aller eine Art Harmonie herausgebildet, im Praktischen ebenso wie im Gefühlsmäßigen, so daß die Erinnerung an die Eroberer, die vor Zeiten das Dorf verwüstet hatten, inzwischen gleichsam zusammengeschrumpft war zum Namen eines Feldes. Wideacre glich im Augenblick einer kleinen Insel der Geborgenheit inmitten einer sich rasch verändernden ländlichen Umwelt. Rings um uns brachen die Großgrundbesitzer mit alten Traditionen: forderten höheren Pachtzins für kürzere Pachtzeit, erklärten angestammte Rechte für null und nichtig, so daß die Ärmsten der Armen praktisch vom Land vertrieben wurden; und verwendeten statt eigener Arbeiter, für die sie traditionsgemäß ein Leben lang Sorge zu tragen hatten, die billigeren Leute aus den Arbeitshäusern der Pfarrgemeinden. Im übrigen errichteten sie um ihre Parks immer höhere Mauern mit immer schärferen Metallspitzen, so daß ihnen der Anblick jener ausgemergelten Gesichter erspart blieb, die voll ohnmächtiger Wut waren und in deren Augen der Haß glühte.

Aber dann dachte ich an meinen Sohn und an die Erbfolge, und mein Herz verhärtete sich. Wenn Richard später Squire von Wideacre war mit Julia als seiner Partnerin, konnte er an diesen Menschen wiedergutmachen, was ich ihnen hatte antun müssen, um das Geld zusammenzubekommen für seinen Weg zum Master-Stuhl. Wenn Richard zu gebieten hatte, so konnte er die Felder ja wieder zurückverwandeln in Land, wo die Dörfler ihr Gemüse anbauen konnten. Er konnte auch wieder Wiesen anlegen und Fußwege freigeben. Er konnte wieder zulassen, daß die Leute im Fenny fischten und mit Schlingen Hasen fingen. Wenn Richard Squire war, konnte er wieder zu Gemeindeland werden lassen, wo jetzt Weizen wachsen sollte. Und in wenigen Jahren (nein, nicht in wenigen, sondern in vielen, ziemlich vielen, räumte ich innerlich ein) würde Wideacre wieder so sein, wie es gewesen war, bevor ich mit Harry darangegangen war, es auszubeuten und dabei zu entstellen. Richard würde wiedergutmachen können, was ich an Wideacre sündigte – sündigen mußte. Ja: Wenn Richard auf dem Master-Stuhl saß, konnte er Wideacre wieder jene Schönheit geben, die ich, um ihn eben dort hinzubringen, jetzt in Häßlichkeit verwandelte.

»Es wird so anders aussehen«, sagte ich.

»Ja, das wird es« bekräftigte Harry. »Es wird anfangen, so auszusehen wie ein ordentlich verplanter Grundbesitz, wie einer von den Plänen in meinem Buch, statt wie ein pittoreskes Kuddelmuddel.«

»Ja«, sagte ich traurig.

Die Karte, die ich ursprünglich hatte anfertigen lassen, um unsinnige Zänkereien wegen des genauen Verlaufs irgendwelcher Wege oder Feldraine leichter beilegen zu können, war jetzt Harrys ganzer Stolz. Mr. Llewellyn beim Arm nehmend, führte er ihn zu ihr.

»Sie planen eine Menge Veränderungen«, sagte Mr. Llewellyn, während er seine Augen über die Karte gleiten ließ, auf der orange-gepunktete Markierungen wie Pilze zu wuchern schienen.

»Ja«, sagte Harry voller Stolz.

»Dann ist Getreide also Ihrer Meinung nach recht zukunftsträchtig?« fragte der Londoner Kaufmann lächelnd.

»Natürlich«, bestätigte Harry. »Genau damit macht man heutzutage die Profite.«

Mr. Llewellyn, von bäuerlichem Stamm aus kargem Gebiet, nickte. »Ja«, sagte er. »Aber Sie planen da offenbar eine ganze Menge Veränderungen innerhalb kurzer Frist, nicht wahr?«

Harry nickte, beugte sich zu Mr. Llewellyn und sagte in vertraulichem Ton: »Wir haben da ein Projekt, für dessen Finanzierung wir Kapital benötigen.«

»Und dieses Kapital möchten wir mit Hilfe Ihrer Hypothek aufbringen«, unterbrach ich Harry rasch. »Das Darlehen werden wir zurückzahlen mit den Profiten von den zusätzlichen Weizenfeldern, so daß der finanzielle Gesamtertrag von Wideacre trotz der Kredittilgung auf seinem gegenwärtig hohen Niveau bleibt.«

Mr. Llewellyn nickte mir zu, und die Lachfältchen um seine listigen blauen Augen zogen sich zusammen: es war ihm nicht entgangen, daß ich Harry ganz buchstäblich »ins Wort« gefallen war.

»Was ist mit Ihrer Heuernte?« fragte er. »Wieviel wird es Sie kosten, um genügend Heu als Winterfutter zu kaufen?«

Ich griff nach einem Stück Papier. Die Berechnungen stammten von mir, nicht von Harry.

Zwischen 800 und 1000 Pfund je nach gefordertem Preis«, erwiderte ich. »Für die Schafe haben wir das übliche Wurzelfutter und diese neuartige Silage aus Klee. Das Wurzelzeug wie auch der Klee wachsen auf den gerade brachliegenden Getreidefeldern.«

»Und das Heu für die Pferde?« Mr. Llewellyn richtete die Frage an Harry, doch wieder war ich es, die antwortete.

»Die Pferde sind reine Nimmersatts«, sagte ich. »Aber wir werden genügend Wiesen behalten, um ausreichend Futter für sie zu haben.«

Mr. Llewellyn nickte, während er gleichzeitig das Papier mit den Zahlen überflog, das ich ihm gereicht hatte.

»Ich würde mir gern das Land selbst ansehen«, sagte er und stellte seine Kaffeetasse auf den Tisch.

»Mein Bruder Harry wird es Ihnen zeigen«, sagte ich, auf mein schwarzes Seidenkleid deutend. »Ich bin noch in Trauer und darf nur fahren.«

»Nun, dann fahren Sie mich doch!« sagte er mit einem freundlichen Lächeln, das ich erwiderte.

»Sehr gern«, versicherte ich höflich. »Aber ich muß erst in den Stallungen Bescheid sagen und mich dann noch umkleiden. Entschuldigen Sie mich für eine Minute.«

Ich verließ das Zimmer. Von der Westflügeltür aus rief ich einem Stallburschen zu, Sorrel vor die neue Gig zu spannen. Für das Umkleiden benötigte ich nur wenige Minuten. Ich schlüpfte in mein Reitkostüm aus schwarzem Samt und warf mir dann noch ein dickes, schwarzes Wollcape über, denn draußen herrschte bitterkaltes Dezemberwetter.

»Ist es Ihnen denn lieber, zu fahren als zu reiten?« fragte ich Mr. Llewellyn, während wir, eine Reisedecke über den Knien, die Auffahrt hinunterfuhren. Auf dem überfrorenen Kies und dem eisenharten Erdboden klangen Sorrels Hufe wie Hammerschläge.

»Es ist mir lieber, das Land zusammen mit dem Farmer zu besichtigen«, sagte Mr. Llewellyn, mir schalkhaft zublinzelnd. »Ich glaube, daß es *Ihre* Fußstapfen sind, die man auf den Feldern findet, Mrs. MacAndrew.«

Ich lächelte nur.

»Hübsche Waldung«, sagte er mit einem Blick auf die Buchen, deren Geäst auf der östlichen Seite vom Schneefall in der vergangenen Nacht wie versilbert wirkte.

»Oh ja«, sagte ich. »Aber hierauf würden wir nie eine Hypothek aufnehmen. Die Waldung, die ich dabei im Auge habe, befindet sich weiter oben, auf den nördlichen Hängen der Downs, hauptsächlich Tanne und Kiefer.«

Wir fuhren jetzt auf dem Reitweg, und Sorrel mußte sich mächtig ins Geschirr legen; aus seinen Nüstern stiegen wahre Dampfwolken.

Jenes Land, wo siebenhundert Jahre lang jede Familie des Dorfes ein Fleckchen Erde für ihren Eigenbedarf besessen hatte, war jetzt weiß überkrustet von Frost. All die kleinen Grenzmarkierungen, teils Mauern, teils Zäune, hatte man bereits niedergerissen, und im Frühjahr würde das Gemüseland, das für so lange Zeit mit soviel Sorgfalt gehegt worden war, unter den Pflug kommen.

Rund zwanzig Morgen Land hatten wir den Dörflern abgenommen, Land, wo sie Gemüse für sich selbst und Futter für ihr Geflügel gewannen: eine Art Schutzschirm für den Notfall – wenn es in einem schlechten Jahr keine Arbeit gab, wenn Hunger drohte. Nirgends jedoch war ihr Recht auf ihr Fleckchen Land schriftlich festgehalten; sie besaßen keine Verträge. Es war halt Tradition gewesen, diese wenigen Morgen Land den Dörflern stets zum Gebrauch zu überlassen. Und als ich in das Dorf gefahren war und einem halben Dutzend der ältesten Männer gesagt hatte, daß wir das Land unter den Pflug nehmen würden, um dort im kommenden Frühjahr Getreide anzubauen, gab es nichts, was sie gegen mich unternehmen konnten.

Ich hatte über die Angelegenheit nicht diskutiert; ich war nicht einmal aus der Gig ausgestiegen. Ich hatte sie unter dem Kastanienbaum auf dem Dorfanger getroffen, und während ich noch sprach, begann es zu schneien, so daß sie sich in ihre Hütten zurückzogen, wo sie sich dann am warmen Herd ausnörgeln konnten, statt gegen mich anzumurren. Im übrigen war ihre Kartoffel- und Gemüseernte längst unter Dach und Fach, so daß sie den Verlust ihres Fleckchens freier Erde erst im nächsten Winter spüren würden.

Auch konnten sich die Bewohner von Acre-Dorf noch glücklich

schätzen, weil fast zu jedem Cottage ein kleiner Garten gehörte. Diese Gärtchen waren voller Blumen – zumeist der Stolz und die Freude der Häusler. Darauf würde man nun verzichten müssen, ebenso wie auf die kleinen Grasstreifen, wo die Kinder zu spielen pflegten. All das würde man umgraben müssen, um dort Gemüse anzubauen.

Auf diese Weise gewannen wir rund zwanzig Morgen hinzu, was – bei dem zu erwartenden eher geringen Extra-Profit – nicht mehr bedeutete, als daß mein Sohn rein zeitlich dem Master-Stuhl ein kleines Stück näher sein würde.

Ich hielt, band Sorrel an einem Zaunpfosten fest und führte Mr. Llewellyn dann den Weg an den Downs entlang, bis wir zu jener neuen Schonung kamen, wo die jungen Bäume durch Zäune vor Schafen geschützt waren.

»Wie alt ist diese Schonung?« fragte Mr. Llewellyn. Das Lächeln war aus seinen Augen verschwunden. Nüchtern taxierend glitt sein Blick über die Bäume, die bis an die dreißig Fuß in die Höhe ragten.

»Die habe ich zusammen mit meinem Papa angelegt«, sagte ich, bei der Erinnerung lächelnd. »Ich war damals fünf. Diese Bäume sind vierzehn Jahre alt. Papa machte mir damals ein Versprechen. Er sagte, als alte Dame würde ich einmal einen Schemel haben, gezimmert aus dem Holz dieser Bäume.« Ich hob unwillkürlich die Schultern.

»Die Zeiten ändern sich«, sagte Mr. Llewellyn, der mein Schulterzucken zu Recht als Geste der Trauer verstand. »Allerdings – wie und in welche Richtung sich die Dinge heutzutage ändern, kann niemand voraussagen. Wir können nur versuchen, unserem Gewissen treu zu bleiben – und wenn wir Profite machen, eine gewisse Rücksicht auf andere walten zu lassen!« Er musterte mich mit einem ironischen Lächeln und blickte dann wieder zu den Bäumen.

»Wachsen gut«, bemerkte er anerkennend. »Wie viele Bäume?«

»Ungefähr fünfhundert«, sagte ich und öffnete eine kleine Pforte im Zaun. Mr. Llewellyn ging langsam die langen geraden Reihen entlang, betrachtete sorgfältig die Nadeln auf mögliche Anzeichen irgendeiner Krankheit, zog an den Ästen, um zu sehen, ob sie mit normaler Elastizität zurückschwangen, und schritt dann ein Quadrat von etwa zehn mal zehn Yards ab, wobei er die auf dieser kleinen Fläche befindlichen Bäume zählte und offenbar Rückschlüsse zog auf die Gesamtmenge der Bäume auf der Gesamtfläche.

»Gut«, sagte er schließlich. »Ich bin bereit, Ihnen auf diese Schonung Geld zu leihen. Ich habe einen Vertrag mit, den Sie sich in meiner Chaise anschauen können. Aber war da nicht auch noch ein Stück Gemeindeland?«

»Ja«, sagte ich. »Doch das liegt in der entgegengesetzten Richtung. Lassen Sie uns hinfahren.«

Wir gingen zur Gig zurück, und es bedurfte eines geschickten Wendemanövers auf engem Raum, das ich ausführte, indem ich Sorrel ganz kurz bei den Zügeln nahm. Mr. Llewellyn, das alte Schlitzohr, wartete in scheinbarer Höflichkeit und stieg erst ein, als das Wendemanöver vollzogen war und Sorrel mit der Nase »hügelabwärts« und die Gig mit angezogenen Bremsen stand. Dann lächelte er mir freundlich zu.

Wir fuhren los, und bald hatten wir die Straße in Richtung Acre-Dorf erreicht. Kurz vor Acre bogen wir nach links ins Parkgelände ab, jenem Weg folgend, der zur neuen Mühle führt. Mrs. Green war gerade dabei, vor ihrer Haustür die Hühner zu füttern. Ich winkte ihr beim Vorbeifahren zu und sah, wie sie neugierig Mr. Llewellyn musterte – wer denn das wohl sei. Sie würde es bald schon erfahren. Auf Wideacre gibt es keine Geheimnisse, schon gar nicht bei Geschäften.

Der Weg schlängelte sich durch den Wald und führte schließlich hinaus auf eine sich verbreiternde Fläche, als wir uns dem Gemeindeland näherten. Über uns in der Luft klang weicher und doch kraftvoller Flügelschlag, und ich sah, daß es ein »V« von Gänsen war, die westwärts flogen, zweifellos auf der Suche nach nichtgefrorenem Wasser und nach Freßbarem.

»Dies ist das Land«, sagte ich, mit dem Kopf in die Richtung weisend. »Ich habe Ihnen das Gelände ja auf der Karte gezeigt. Es ist alles so, wie Sie's hier sehen. Ein bißchen hügelig, hauptsächlich Adlerfarn und Heidekraut, ein paar Bäume, die gefällt werden müssen, und zwei kleine Bäche.«

Ich versuchte, meiner Stimme einen nüchtern-geschäftlichen Klang zu geben; doch unwillkürlich schwang darin etwas mit von meiner Liebe zu diesem ... dem Gemeindeland – Gold und Gras in kaltem Winterlicht. Einer der Bäche befand sich in der Nähe, und wir konnten hören, wie das klare Wasser rieselte und an winzigen Katarakten die Eiszapfen hinunterrann, auf seinem Wege zum Fenny.

Unter einer weißlichen, dünnen Schicht glühte gleichsam die bronzefarbene Tönung des Adlerfarns. Die wenigen Bäume, die ich würde fällen müssen, waren meine geliebten Silberbirken mit ihren papierweißen Stämmen und ihrem purpurbraunen Gezweig, das so anmutig geformt war wie eine Sèvres-Vase. Beim Heidekraut sah man unter der Schicht aus Rauhreif noch hellgraue Blüten, so daß diese Pflanzen sich gleichsam maskierten als glückbringendes weißes Heidekraut. Der Boden unter den Rädern der Gig, eigentlich feuchter Torf, war jetzt steinhart gefroren, doch in den winzigen Tälern knirschte der weiße Sand wie Zucker und sah auch wie Zucker aus.

»Und all dies können Sie für sich beanspruchen?« fragte Mr. Llewellyn, und in seinen Augen war ein Anflug von Zweifel.

»Juristische Probleme gibt es da nicht«, erwiderte ich. »Das Land gehört rechtmäßig zur Wideacre-Besitzung. Zwar ist dieser Teil seit jeher als Gemeindeland benutzt worden, doch handelt es sich dabei um nichts weiter als um ein traditionelles Zugeständnis. Unsere Leute haben hier ihre weniger wertvollen Tiere weiden lassen und auch Reisig und Brennholz gesammelt. Doch irgend etwas Schriftliches gibt es nicht. In der alten Zeit gab es alljährlich zwischen dem Squire und dem Dorf eine entsprechende Abmachung, aber Urkunden gibt es nicht. Es existiert keine schriftliche Übereinkunft, die uns in die Quere kommen könnte.«

Ich lächelte, doch mein Blick war kalt.

»Und selbst wenn es irgendwelche Urkunden geben sollte«, sagte ich ironisch, »so befinden sie sich in meinem Büro, und von unseren Leuten können nur wenige lesen. Es gibt gewiß keinen Grund, dieses Stück Land nicht für unsere Zwecke zu nutzen.«

»Ich habe mich vielleicht etwas mißverständlich ausgedrückt«, sagte Mr. Llewellyn höflich, doch ohne sein sonstiges Zwinkern. »Ich meinte eigentlich, ob es Ihnen denn nichts weiter ausmacht, dieses Land mit einem Pflug aufzureißen, dann einzuebnen, die Bäche zu beseitigen und hier Getreide anzubauen.«

»Das ist meine Absicht«, sagte ich, und mein Gesicht war genauso tiefernst wie seines.

»Nun ja, nun ja«, sagte er und verstummte dann.

»Würden Sie eine Hypothek auf dieses Land in Betracht ziehen?« fragte ich in neutralem Ton und wendete die Gig zur Rückfahrt.

»Gewiß doch, ja«, sagte er kühl. »Es verspricht, für Wideacre ein höchst profitables Unternehmen zu werden. Möchten Sie, daß das Geld direkt an Sie gezahlt wird oder an Ihre Londoner Banker?«

»An unsere Londoner Banker, wenn's recht ist«, sagte ich. »Ihre Adresse haben Sie ja.«

Wir saßen schweigend, während die kleine Kutsche heimwärts rumpelte im gelblichen Wintersonnenschein, der zwar heller wurde, jedoch nicht den leisesten Hauch Wärme brachte.

»Es ist ein Vergnügen, mit Ihnen Geschäfte zu machen, Mrs. MacAndrew«, sagte er formell, als wir auf den Stallhof fuhren. »Ich werde nicht noch einmal ins Haus kommen, sondern losfahren, sobald meine Pferde angespannt sind.«

Er ging zu seiner Chaise und kam mit zwei Verträgen zu mir zurück. Ich nahm sie, dicht neben Sorrels Kopf stehend, und die Stute nahm meine trotz der Lederhandschuhe kalten Finger zwischen ihre weichen Lippen. Ich gab ihr einen sanften Klaps auf die Nase und hielt Mr. Llewellyn zum Abschied die Hand hin.

»Meinen Dank für Ihren Besuch«, sagte ich höflich. »Guten Tag und gute Reise.«

Er stieg in seine Chaise, und der Lakai klappte die Stufen hoch, warf die Tür zu und schwang sich dann auf seinen Sitz hinten. Der wird in seiner Livree während der Fahrt nach London gehörig frieren, dachte ich und winkte kurz, als sich die Kutsche in Bewegung setzte.

Es war ein kalter Tag, doch was mich innerlich frösteln ließ, war der Umschwung in Mr. Llewellyns Verhalten mir gegenüber. Er, der mir völlig Fremde, verachtete mich wegen meiner Maßnahmen mit dem Gemeindeland: wegen der Nichteinhaltung des informellen Vertrags zwischen mir und den Ärmsten der Armen, wegen meiner Absicht, die natürliche und fruchtbare Schönheit Wideacres zu zerstören. Mich schauderte. Dann befand sich die Kutsche nicht länger zwischen mir und der Hall, und ich konnte die Tür zum Westflügel sehen. Celia stand dort und beobachtete mich. Sie war im üblichen Schwarz gekleidet, und sie wirkte dünn und zerbrechlich und verängstigt.

»Wer war jener Gentleman?« fragte sie. »Und weshalb hast du ihn nicht ins Haus gebeten?«

»Nur ein Kaufmann«, sagte ich leichthin und gab Sorrels Zügel einem der Stallburschen. Dann schlang ich einen Arm um Celias Taille und drängte sie sacht durch die Tür. »Es friert schon wieder«, sagte ich in forschem Ton. »Gehen wir doch in deinen Salon und wärmen wir uns dort am Kaminfeuer.«

»Was wollte er?« fragte sie beharrlich weiter, während ich meine Handschuhe und mein Cape abstreifte und nach heißem Kaffee läutete.

»Aus der neuen Schonung Holz kaufen«, erwiderte ich mit einer plausibel klingenden Halbwahrheit. »Ich mußte ihn dort hinauffahren, und es war schrecklich kalt.«

»Von dort Holz verkaufen, schon jetzt?« fragte Celia erstaunt. »Aber es ist für die jungen Bäume doch noch viel zu früh, gefällt zu werden.«

»Natürlich, Celia, nur keine Sorge«, sagte ich. »Aber er ist ein Holzfachmann. Und er bietet einen garantierten Preis, lange vor dem Fällen. Im übrigen wachsen die Bäume dort so prächtig, daß schon ziemlich bald die Zeit für den ersten Axthieb gekommen ist. Du bist ja seit Jahren nicht mehr dort oben gewesen, Celia. Da kannst du ja gar keine Vorstellung davon haben.«

»Da hast du recht«, räumte sie ein. »Ich begebe mich nicht hinaus aufs Land so wie du, Beatrice. Ich verstehe es auch nicht so wie du.«

»Warum eigentlich nicht?« fragte ich forsch und lächelte Stride zu, der gerade mit dem Kaffee kam. Mit einer Handbewegung bedeutete ich ihm, er solle einschenken; dann nahm ich meine Tasse und ging damit zum Kamin. »Aber du bist ja auch eher die Herrscherin der Küche. Was gibt's heute zum Dinner?«

»Wildsuppe und Wildbret und noch ein paar Sachen«, erwiderte Celia vage. »Beatrice, wann wird John heimkommen?«

Die Frage kam so unerwartet, daß ich davon völlig überrumpelt wurde. Mein Kopf zuckte geradezu herum, ich starrte sie an. Sie saß auf der Fensterbank, und ausnahmsweise waren ihre Hände, ohne eine Stikkerei oder was immer, völlig müßig, ganz im Gegensatz zu ihren Augen, die eingehend in meinem Gesicht forschten, und auch im Gegensatz zu ihrem Verstand. Ich konnte buchstäblich spüren, wie sie für die ihr unbegreifliche Situation eine Erklärung suchte.

»Wenn er wieder völlig hergestellt ist«, sagte ich entschieden. »Ich könnte es nicht ertragen, jener Szene noch einmal beiwohnen zu müssen.«

Sie erblaßte, genau wie von mir beabsichtigt.

»Gott bewahre«, sagte sie, unwillkürlich zu Boden blickend, wo John gelegen hatte, sie schreiend um Hilfe bittend. »Hätte ich gewußt, daß sie so mit ihm verfahren würden, hätte ich dich niemals in deinem Plan unterstützt, sie hierher kommen zu lassen«, sagte sie.

»Natürlich nicht«, erklärte ich genauso inbrünstig wie sie. »Aber sobald sie ihn dann hatten und er friedlich schlief, bestand die einzige mögliche Konsequenz ja darin, ihn den Ärzten zur Behandlung zu überlassen. Schließlich war es ja Johns eigener Wunsch, nach Bristol in die Klinik zu gehen.«

Celia nickte, doch ließ sich hinter ihrer Stirn ein ganzer Haufen von Einwänden und Vorbehalten ahnen, und ich hatte keine Lust, mir dergleichen anzuhören.

»Ich werde gehen und mich zum Dinner umkleiden«, sagte ich, meinen Dreispitz auf den Stuhl werfend. »Um nach draußen zu gehen, ist es heute nachmittag zu kalt. Gehen wir mit den Kindern und spielen mit ihnen Federball.«

Bei dem Gedanken an die Kinder hellte sich Celias Miene zwar auf, doch ihre Augen lagen wie umschattet.

»Ja, eine gute Idee!« sagte sie, doch aus ihrer Stimme klang keine Freude.

Mit einem billigen Trick war ich darum herumgekommen, mir weitere Fragen nach Mr. Llewellyn stellen lassen zu müssen – Fragen auch wegen der Erbfolge und meines plötzlichen Bedarfs an Kapital. Allerdings kostete mich das einen langweiligen, öden Nachmittag, an dem ich mit Celia und den beiden Nurses Federball spielen mußte; und natürlich auch mit den Kindern, die zu jung waren, um das Spiel verstehen, und zu klein, um es wirklich spielen zu können. Aber wie gesagt: keine Fragen mehr nach Mr. Llewellyn etc.; und auch keine Fragen mehr nach John und Johns voraussichtlicher Heimkehr.

Celia nahm offenbar an, daß John wenigstens über Weihnachten nach Wideacre kommen würde. Doch Weihnachten kam und ging vorüber, und Johns Zustand erlaubte ihm nicht, Wideacre zu besuchen. Da wir noch immer in Trauer waren, konnten wir auf Wideacre kein großes Weihnachtsfest feiern. Doch Dr. Pearce schlug eine kleinere Feier für die Dorfkinder im Pfarrhaus vor, woran ja auch Harry und Celia und ich teilnehmen könnten.

Ich meinte, wir konnten mehr tun als nur das: Warum nicht für die Speisen und Näschereien sorgen? Miß Green – die Haushälterin des Vikars (und Schwester des Müllers) – hatte recht altjüngferliche Vorstellungen davon, was Acre-Kinder essen sollten und in welchen Mengen. So fuhr ich am Weihnachtstag zur Kirche mit einem »Stiefelvoll« Fleisch und Brot und Marmelade und Zuckerwerk und Limonade. Die Feier sollte gleich nach dem Gottesdienst stattfinden; und so verließen dann Harry und Celia und ich die Kirche und sagten »Guten Morgen« und »Frohe Weihnachten« zu den wohlhabenderen Pächtern, die auf dem Kirchhof stehengeblieben waren, um uns zu begrüßen.

Die ärmeren Pächter, die Acre-Dörfler und auch die Häusler- oder Kätnerkinder befanden sich im Pfarrgarten, wo sie von der mürrischen Miß Green und zwei Hilfsgeistlichen »beaufsichtigt« wurden.

»Frohe Weihnachten, guten Morgen«, sagte ich zu den Anwesenden, als wir durch das Gartentor traten, und war verblüfft über die Reaktion. Auf keinem Gesicht ein Lächeln. Die Männer entblößten ihre Köpfe oder zogen an einer Stirnlocke, als Harry und Celia und ich den Weg entlanggingen, und die Frauen knicksten. Doch von der auf Wideacre gewohnten Wärme eines Willkommens war nichts zu spüren. Überrascht sah ich mich im Kreis um, aber niemand blickte mir in die Augen, und keine einzige herzliche Stimme rief mir ein »Guten Tag« zu oder murmelte, wie hübsch Miß Beatrice heute doch wieder aussehe.

Ich war so sehr daran gewöhnt, der Liebling von Wideacre zu sein, daß ich das im Garten herrschende Gefühl der Kälte einfach nicht begriff. Die Kinder saßen auf langen Bänken an aufgebockten Tischen, und ihre Eltern standen hinter ihnen. In wenigen Augenblicken würde Personal von Wideacre Hall Miß Green dabei helfen, ihnen ein herzhaftes Mahl zu servieren. Es war die Weihnachtsparty – eines der lustigsten und lautesten Ereignisse des Jahres. Doch keiner sprach, und niemand lächelte mich an. Ich entdeckte Mrs. Merry, die Hebamme, und winkte sie mit dem Zeigefinger zu mir.

»Was ist mit den Leuten?« fragte ich. »Sie sind alle so still.«

»Es ist der Tod von Giles, der alle so verstört hat«, erwiderte sie leise. »Habt Ihr denn nicht davon gehört, Miß Beatrice?«

Giles – ich erinnerte mich deutlich an den alten Mann, der, über seinen Spaten gebeugt, meinem Papa zugehört hatte vor so vielen Jahren, als ich noch ein Kind gewesen war und geglaubt hatte, mir gehöre selbst das kleinste Fleckchen von Wideacre. Giles, der damals schon so alt und gebrechlich wirkte, hatte meinen starken, jungen Papa überlebt und bis zu jenem Tag gearbeitet, an dem ich der Gelegenheitsarbeit für das Dorf ein Ende machte und statt dessen die Leute aus dem Gemeindearbeitshaus einsetzte. Jetzt war der alte Mann also gestorben – aber das konnte ja kaum ein Grund sein, Kindern die Freude an ihrer eigenen Party zu verderben.

»Weshalb sind sie so verstört?« fragte ich. »Er war schon ziemlich alt, und mit seinem Tod mußte man doch rechnen.«

Mrs. Merry musterte mich scharf. »Er ist nicht an Altersschwäche gestorben, Miß Beatrice. Er hat sich vergiftet und wird außerhalb des Friedhofs ohne Andacht begraben werden.«

Ich war wie vor den Kopf geschlagen. »Hat sich vergiftet!« rief ich, und meine Stimme war im Schock so laut, daß mehrere Augenpaare in meine Richtung schwenkten, als lasse sich denken, daß Mrs. Merry mir gerade die schreckliche Neuigkeit mitgeteilt hatte.

»Da muß es irgendeinen Irrtum gegeben haben«, sagte ich mit Überzeugung. »Denn warum, um alles auf der Welt, sollte er so etwas tun?«

»Warum?« fragte Mrs. Merry hart. »Nun, er hat es selbst angekündigt. Als Ihr die Gelegenheitsarbeit abgeschafft habt – das Ausheben von Gräben, das Stutzen von Hecken –, da hatte er kein Geld mehr. Zwei Wochen lang lebte er von Erspartem, und für eine weitere Woche borgte er sich was von seinen Nachbarn. Aber danach, das wußte er, würde er im sogenannten Gemeindehaus leben müssen. Und er hatte schon immer geschworen, daß er sich eher das Leben nehmen würde. Heute morgen fand man ihn, tot. Er hatte das Strychnin genommen, das er sich von der Mühle geborgt hatte, angeblich wegen Ratten in der Cottage. Ist ein sehr qualvoller Tod das, Miß Beatrice. Sein Körper war nach hinten gekrümmt wie ein Bogen, und sein Gesicht war schwarz. Man versuchte gerade, die Leiche in den Sarg zu bekommen, als Ihr auf Eurem Weg zur Kirche vorübergefahren seid. Habt Ihr die Leute nicht gesehen, Miß Beatrice?«

»Nein«, murmelte ich. Mehr brachte ich nicht hervor. Irgendwo ganz tief in mir klang ein trauriger kleiner Schrei. Tief in meinem Herzen trauerte ich um einige gute Dinge an Wideacre, die zerstört zu sein schienen, unwiederbringlich dahin. Die genauso endgültig und qualvoll vergiftet worden waren wie der tote Giles. Und mit einer ebenso geringen Dosis.

»Was ist denn bloß mit allen los?« rief Harry überlaut – in seiner Takt- und Instinktlosigkeit so zuverlässig wie eh und je. »Ich habe noch nie so viele todernste Gesichter gesehen. So freut euch doch, es ist Weihnachtsmorgen! Weihnachtsmorgen!«

Viele vorwurfsvolle Blicke trafen ihn, und dann schauten die Leute, meine Leute, zu Boden und scharrten mit ihren Stiefeln auf dem gefrorenen Boden. Bevor Harry die Situation noch verschlimmern konnte, ging die Tür des Pfarrhauses auf, und die Diener kamen mit der Mahlzeit für die Kinder.

»Giles ist tot«, sagte ich leise zu Harry. »Er scheint sich selbst umgebracht zu haben, als sein Erspartes aufgebraucht war. Ins Gemeindehaus wollte er nicht. Heute morgen hat man ihn tot aufgefunden. Du siehst ja selbst, daß alle uns die Schuld geben. Ich meine, wir sollten warten, bis sie auf unsere Gesundheit getrunken haben, und dann nach Hause fahren.«

Harrys rote Wangen waren plötzlich blaß. »Das ist ganz, ganz schlimm, Beatrice«, sagte er. »Giles hatte keinen Grund, so etwas zu tun. Er hätte wissen müssen, daß wir ihn niemals verhungern lassen würden.«

»Vielleicht ging's ihm gar nicht darum«, sagte ich scharf. »Was er wollte, war Arbeit, keine Almosen. Jedenfalls ist er jetzt tot. Sehen wir zu, daß wir von hier fortkommen, bevor Celia irgendwas davon erfährt. Warum sie unnötig beunruhigen?«

»In der Tat«, sagte Harry und sah sich hastig nach ihr um. Sie hielt gerade ein Neugeborenes aus Acre in den Armen und lächelte es an. Die Mutter des Kindes stand daneben, beobachtete die beiden, und der Blick, mit dem sie Celia ansah, war warm – und nicht kalt wie die Blicke, die mich getroffen hatten.

»Wir werden nicht lange bleiben«, rief Harry mit seiner klaren Tenorstimme. »Wir sind nur gekommen, um euch zu Weihnachten alles Gute zu wünschen, und wir hoffen, daß ihr Spaß habt an der Party, die wir und Dr. Pearce euch geben.«

Dann drehte er sich um und berührte Celia beim Arm. Zusammen gingen sie zur Chaise zurück, und ich folgte ihnen unmittelbar. Ich konnte die Blicke auf meinem Rücken spüren, und in mir stieg Furcht auf, eine ganz bestimmte Angst: daß ich, falls jetzt der Culler oder jemand wie er an meinen Grenzen auftauchte, nicht mehr darauf bauen konnte, daß ich in Sicherheit war. Aber ich beruhigte mich rasch. Solche Dinge waren typisch für das alljährliche Winterelend – jedermann, der auf dem Land arbeitet, fühlt sich mitunter in der Seele krank von der kalten Witterung und den dunklen Tagen. Der durch Giles Tod ausgelöste Schock saß jetzt sehr tief – jeder Arme fürchtete, möglicherweise auf die Mildtätigkeit der Gemeinde angewiesen zu sein oder, schlimmer noch, ins Armenhaus zu müssen. Mit dem Einzug des Frühlings würde das Leben wieder leichter sein. Und Giles vergessen.

In der Kutsche beugte ich mich vor und blickte aus dem Fenster, um mich zu vergewissern, daß sich im Grunde kaum etwas geändert hatte. Worin unterschied sich diese Weihnachtsfeier schon von denen anderer Jahre? Gewiß, Giles' Familie und seine Freunde waren über seinen Tod verstört, doch die anderen Dörfler würden schon bald vergessen. Wenn die Kinder sich erst einmal satt gegessen hatten, würde es allerlei lustige Spiele und Tänze geben wie stets zu Weihnachten auf Wideacre. Fest war ich davon überzeugt, daß sich auf Wideacre niemals etwas zum Schlechten wenden würde, und schon gar nicht so schnell.

Noch stand die Kutsche, in der wir saßen, vor dem Gartentor. Doch in dem Garten selbst, in dem so hübschen Garten, schien plötzlich die Hölle ausgebrochen zu sein. Unser Aufbruch zur Kutsche war für die Zurückbleibenden so etwas wie ein Signal zu einer Art Handgemenge gewesen. Überall krochen die Kinder über die Tische, grabschten einfach zu, stopften sich die Münder voll; und ihre Eltern drängten mit aller Kraft heran, um nach Eßbarem zu greifen und es sich in die Taschen zu stekken. Dies war keine Party; dies war ein kleiner Aufstand. Von der Haustür her beobachteten Miß Green und die Diener die Szene voll Schrekken. Am Fenster seines Arbeitszimmers erblickte ich das kalkweiße Gesicht von Dr. Pearce, als er sah, wie seine Pfarrkinder einander beiseite drängten und stießen, um ein Stück Brot zu ergattern oder sich einen Hammelschenkel zu krallen. Die kleinen Näschereien, die ich von der Hall mitgebracht hatte, fielen zu Boden, beachtet nur von den kleinsten Kindern, die zwischen den tretenden Beinen der Erwachsenen hindurchkrabbelten, um das Zuckerwerk aufzuklauben. Über ihren Köpfen, auf den Tischen, balgte man sich um die letzten Reste von Eßbarem – als seien buchstäblich alle am Verhungern.

»Abfahren!« sagte ich scharf und mit einem Unterton von Entsetzen in der Stimme und zog an der Kordel für den Kutscher. Vor Verblüffung über den Anblick einer solchen Raserei mitten im Herzen von Wideacre hatte er wie erstarrt gesessen, doch auf mein Signal schrak er zusammen, und die Pferde jagten geradezu mit uns los.

»Was ist denn los?« fragte Celia. Da sie auf der entfernteren Seite saß, mit Harrys fülligem Körper zwischen sich und meinem Fenster, konnte sie kaum etwas sehen. Ich beugte mich vor, um ihr völlig die Sicht zu versperren.

»Rauhe Partyspiele«, sagte ich hastig und versuchte das Zittern in meiner Stimme zu unterdrücken. »Und das übliche Gegrabsche von den Kindern.« Ich blickte zu Harry. Seine Wangen waren blutleer, doch er begriff, was ich wollte, und nickte bestätigend.

»Allmächtiger Himmel, was für einen Krach die machen«, sagte er scheinbar beiläufig.

Dann befanden wir uns zum Glück außer Hörweite, und ich konnte mich auf meinem Sitz zurücklehnen und versuchen, ruhig und gleichmäßig zu atmen, um mein Zittern unter Kontrolle zu bringen.

Ich hatte nicht geglaubt, daß der Verlust von Gelegenheitsarbeit Acre-Dorf schon so bald so hart treffen würde. Aber es ging halt nicht nur um solche Art Arbeit auf Wideacre selbst: wir lieferten gleichsam das Muster für das Verhalten unserer Nachbarn in weitem Umkreis. Wenn Wideacre Hall sich die billigen Dienste der Gruppen von »Gemeindearbeitern« zunutze machte, welche aus den Familien der Allerärmsten rekrutiert wurden, die zum Überleben auf die Almosen von seiten der

Gemeinde angewiesen waren, so wurde dadurch diese Praxis weit über Wideacre hinaus sanktioniert. Havering Hall hatte schon seit langem die niedrigsten denkbaren Löhne für derartige Gemeindearbeitergruppen bezahlt und diese Leute dann allmonatlich für ein paar Tage eingesetzt. Die Tatsache, daß sich nun, und zwar in größerem Umfang, auch Wideacre solch billiger Gemeindegruppen bediente, beraubte diesen Teil von Sussex seines letzten zuverlässigen Arbeitgebers.

Giles' schandbarer Tod war natürlich ein deutliches Indiz dafür, daß er, ein alter, verschrobener Mann, einfach nicht fähig gewesen war, sich einer veränderten Umwelt anzupassen. Aber mit seiner Befürchtung, daß ohne Gelegenheitsarbeit auf Wideacre für ihn nur das Arbeitshaus blieb, hatte er wahrscheinlich recht. Der sogenannte Roundsman, eine Art Aufseher, suchte sich unter den notleidenden Arbeitern immer nur die kräftigsten heraus – Giles wäre niemals in die Gruppe aufgenommen worden. Für ihn wäre nur das Arbeitshaus geblieben – schlimmer als das Gefängnis in Chichester – und der sichere Weg zum Tod. Natürlich war es verrückt von diesem verrückten alten Mann, sich das Leben zu nehmen. Sein Tod war keine vernünftige Reaktion auf unsere Versuche, Wideacre möglichst rationell und profitabel zu bewirtschaften. Gewissensbisse wegen eines solchen alten Narren waren wirklich das letzte, was ich gebrauchen konnte. Ich würde ja meinerseits nicht ganz zurechnungsfähig sein, falls ich mir die Schuld an seinem Tod gab: die Schuld daran, seine Welt – Wideacre – unerträglich gemacht zu haben.

Dies waren meine Überlegungen während der Heimfahrt, und als wir dann zu Hause waren und ich mit Harry im Salon vor dem Kamin stand, fühlte ich mich bereit und imstande, meinen Bruder zu beschwichtigen und sozusagen innerlich wieder aufzurichten. (Celia war nach oben gegangen, um Hut und Mantel abzulegen und die Kinder zu ihrem Weihnachtsmahl zu holen.)

»Mein Gott, Beatrice, das war ja grauenvoll«, sagte Harry. Mit zwei raschen Schritten trat er zu dem Tisch, auf dem die Karaffe mit Sherry stand, goß ein Glas voll, leerte es, und schenkte erst dann Sherry in ein zweites Glas ein, das er mir reichte. »Sie waren wie Tiere! Wie Wilde!«

Mit betonter Gleichgültigkeit zuckte ich die Achseln. »Also Harry«, sagte ich. »Nun übertreib aber nicht. Bei der Weihnachtsparty gibt's doch immer eine Menge Geschubse und Gedränge. Es ist nur so, daß wir das normalerweise nicht sehen. Damit warten sie im allgemeinen, bis wir weg sind.«

»So etwas habe ich noch nie gesehen!« sagte Harry mit Nachdruck. »Und du ebensowenig, Beatrice, da bin ich sicher. Das war ja der reine Aufruhr. Ich kann das nicht verstehen!«

Du ganz bestimmt nicht, du Narr, dachte ich, während ich am Sherry nippte.

»Sie sind besorgt«, sagte ich mit ruhiger Stimme. »Sie sind besorgt, weil viele von ihnen im Winter nun nichts mehr verdienen können. Auch sind sie alle verstört durch Giles' Tod. Im Augenblick fürchten sie, verhungern zu müssen, aber wenn das Frühjahr kommt, wird ihnen klar werden, daß sich eigentlich wenig verändert hat.«

»Sie haben sich benommen, als hätten sie seit einer Woche nicht einen einzigen Bissen gegessen!« hielt Harry dagegen. »Beatrice, du hast sie doch selbst gesehen! Du willst mir doch nicht weismachen, daß das Familien waren, bei denen bloß das Bargeld knapp ist. Sie sahen doch aus, als ob sie wirklich Hunger leiden.«

»Und wenn dem nun so ist?« fragte ich plötzlich scharf. Ich war es leid, Harry als eine Art Polster zu dienen gegen die Konsequenzen, die sich aus dem ergaben, was wir gemeinsam beschlossen hatten. »Du wolltest doch, daß wir die Gemeindearbeitsgruppen einsetzen. Wir stimmten beide darin überein, daß es für die Leute aus Acre-Dorf keine Gelegenheitsarbeiten mehr geben würde. Wir wollten für keine Arbeitskräfte zahlen, die wir zwar für dies und das und jenes verwenden können, die wir aber auch traditionsgemäß entlohnen müssen, wenn sie nicht wirklich arbeiten, bei schlechtem Wetter etwa. Diese unnötigen Kosten wollten wir loswerden. Darin waren wir uns doch einig. Glaubst du vielleicht, daß die aus Liebe arbeiten? Natürlich hungern sie. Sie erhalten keinen Lohn; sie versuchen, mit Hilfe ihres Ersparten bis zum Frühjahr durchzuhalten. Sie glauben, daß wir zu den alten Bräuchen zurückkehren werden und daß jeder Mann aus dem Dorf sich durchs Pflügen was verdienen kann und ebenso jeder Bursche bei der Aussaat. Wenn das Frühjahr kommt, werden sie entdecken, daß dem nicht so ist. Daß wir auch dann diese Arbeitstrupps einsetzen werden. Und wenn sie Arbeit haben wollen, wird ihnen nichts anderes übrigbleiben, als denselben Weg zu gehen: sie müssen sich an die Gemeinde wenden, sich in die Gruppe eingliedern und sich mit dem Hungerlohn zufrieden geben, den sie dort bekommen.«

Schonungslos fuhr ich fort: »Willst du mir jetzt etwa sagen, daß du unsere Pläne nicht weiterführen möchtest? Jeden Monat sparen wir Hunderte von Pfund, und wir betreiben die Farmerei so, wie du das immer gewollt hast. Meintest du im Ernst, niemand müßte für die Verwirklichung solcher Ideen bezahlen, Harry? Die Armen bezahlen. Es sind immer die Armen, die bezahlen. Aber sie können nichts gegen uns unternehmen. Und falls dir nicht gefällt, was du als Folge deines eigenen Tuns siehst, dann dreh den Kopf zur Seite und schau durchs andere Fenster wie Celia.«

Schroff kehrte ich ihm den Rücken zu und starrte in das flackernde Kaminfeuer: versuchte, mich wieder unter Kontrolle zu bekommen. Ich keuchte vor Wut und war den Tränen nah. Harrys gewollte Ignoranz über das, was wir dem Land antaten, machte mich fast rasend. Auch brodelte es in mir vor Zorn, weil ich in einer Falle saß. Denn es war der Entschluß, auf Wideacre buchstäblich alles für den Profit – und ausschließlich für den Profit – zu tun, der uns bis zu diesem Punkt geführt hatte und wohl noch weit darüber hinausführen würde. Die Ärmeren würden Acre verlassen müssen; durch die neuen Methoden wurde vielen die Existenzgrundlage genommen. Aber viele, sehr viele sogar würden starrköpfig sein und bleiben. Dann, so ließ sich praktisch voraussehen, würden die älteren Leute sterben und vielleicht auch die schwächlicheren Kinder. Und Giles würde nur der erste Tote sein auf Richards Weg zum Master-Stuhl.

Plötzlich fühlte ich Harrys Hand auf meiner Schulter. Am liebsten hätte ich sie abgeschüttelt, doch ich beherrschte mich. »Dies ist für uns beide eine bittere Zeit«, sagte Harry traurig, wobei er, nur an sich selbst denkend, die ausgehungerten Gesichter einfach vergaß. »Natürlich bin ich dafür, so weiterzumachen. Jeder Großgrundbesitzer hat genau die gleichen Probleme. Dies ist eine Zeit des Wandels. Das ist eine Tatsache, an der wir nichts ändern können. Die Leute werden sich halt anpassen müssen, das ist alles. Sie werden lernen müssen, mit den neuen Lebensbedingungen fertigzuwerden. Es wäre die reinste Narretei, wenn wir beide auf Wideacre die alten Verhältnisse beizubehalten versuchten.«

Ich nickte. Harry hatte einen Weg gefunden, sein Gewissen zu beschwichtigen, und ich hatte meinen eigenen Weg, um es zum Schweigen zu bringen. Ich konnte mich mit dem Gedanken trösten, daß alles, was ich jetzt tat, meinen geliebten Sohn dem Besitz von Wideacre näher und immer näher brachte. Harry seinerseits hatte die bequeme Lüge, daß er durch die sich wandelnden Zeiten genauso in die Klemme geriet wie die Menschen, denen er die Möglichkeit zu normaler Arbeit genommen hatte. Harrys Antwort war die des Pontius Pilatus: eigentlich habe er damit gar nichts zu tun. Er sah sich selbst als Teil eines historischen Prozesses voller Veränderungen, und weder war er an den Geschehnissen schuld, noch trug er dafür irgendwelche Verantwortung.

»Es gibt ganz einfach keine Alternative«, sagte er ruhig und brachte es gleichzeitig fertig, seiner Stimme einen Unterton von Trauer über seine Ohnmacht zu geben.

Als dann Celia mit den beiden Nurses und den beiden Kindern die Treppe herunterkam, konnten wir einander alle fröhlich zulächeln und in das Speisezimmer gehen, um uns gütlich zu tun an einer Tafel, die schier überladen war mit allerlei Haupt- und Nebengerichten: ganz so, als gäbe es, nur fünf Meilen von hier entfernt, keine hungrigen Kinder, die vom überfrorenen Gras im Pfarrgarten Brotkrümel auflasen.

In diesem Jahr war der Winter in Acre besonders hart. Ich fuhr nur noch selten ins Dorf, denn es war für mich kein Vergnügen, von mürrischen Gesichtern empfangen zu werden. Ein- oder zweimal war eine Frau mit Tränen in den Augen aus einem Cottage hervorgestürzt, hatte sich mit einer Hand an meiner Gig festgeklammert und gesagt: »Miß Beatrice, laßt meinen William doch an Euren Hecken arbeiten. Ihr wißt doch, daß es im ganzen Land keinen gibt, der sich besser darauf versteht als er. Mit dem, was wir an Lohn von der Gemeinde kriegen, kann ich meine Kinder nicht ernähren. Sie hungern, Miß Beatrice. Bitte, gebt meinem Mann Arbeit!«

Dann mußte ich mir das Bild meines eigenen Kindes, meines Richards, und seiner Zukunft vor mein inneres Auge halten, klar und deutlich, während ich gleichzeitig angestrengt auf die Ohren des Pferdes starrte und den Blick der Frau mied: mit ruhiger Stimme erwiderte ich: »Tut mir wirklich leid, Bessy, aber da kann ich nichts tun. Wir verlassen uns in Wideacre jetzt nur noch auf den Roundsman. Wenn dein Mann andere Arbeit haben will, dann muß er sich halt danach umsehen.«

Mit einem Schnalzer trieb ich das Pferd an und fuhr davon, bevor sie sich selbst und ihrem Mann Schande bereitete, indem sie vor mir auf der Dorfstraße zu weinen begann. Und mein Gesicht war kalt und abweisend, weil ich mir einfach keinen anderen Ausweg wußte.

Und Harry? Wenn er jemandem auf der Straße begegnete, der sich über die Hungerlöhne vom Roundsman oder über Gemeinheiten beklagte und von der Angst vor dem Arbeitshaus sprach, so zuckte er nur mit den Schultern und sagte zu dem Mann: »Was kann ich tun? Es steht mir ebensowenig frei, mir eine Welt nach meinen Wünschen auszusuchen, wie dir, du braver Bursche.« Und dann holte er einen Schilling aus seiner Tasche, als genüge das, um einem Mann mit einer kränklichen Frau und vier Kindern durch einen langen, kalten Winter zu helfen.

Die Leute glaubten, ich hätte mich gegen sie gewandt. Aber das entsprach nur teilweise der Wahrheit. Ich mußte an so viele andere Dinge denken, an die Änderung der Erbfolge, an die Regelung der künftigen Partnerschaft zwischen Richard und Julia; vor allem galt es, in der Atempause, die ich durch Johns Abwesenheit gewonnen hatte, Johns Vermögen für den beabsichtigten Zweck zu nutzen. Trotz all dieser Umstände sorgte ich dafür, daß das Gemeindeland den Winter über noch für die Leute zugänglich blieb, so daß sie dort, genau wie bisher, kostenlos Reisig und Brennholz sammeln und auch Torf stechen konnten. Erst im Frühjahr würde ich das Gebiet einfrieden lassen: würden Zäune den Leuten den Zugang zu dem Land versperren, von dem sie geglaubt hatten, es sei zu ihrer Nutzung bestimmt – dann würden sie nicht einmal mehr die Wege dort benutzen können.

Fertig waren die Zäune längst. Den ganzen Winter über standen sie hinter den Stallungen, und ich schob ihre Aufstellung immer wieder hinaus.

»Wir sollten nun aber wirklich anfangen mit der Einfriedung des Gemeindelandes«, sagte Harry mitunter, wenn wir gemeinsam die Karte von Wideacre betrachteten. »Die Darlehen von Mr. Llewellyn kosten uns eine Menge. Wir werden in diesem Frühjahr dort Weizen anbauen, und die Vorbereitung des Bodens braucht viel Arbeit.«

»Das weiß ich«, erwiderte ich. »Ist alles eingeplant, Harry. Die Zäune stehen bereit, und ich habe dem Roundsman gesagt, daß ich für die Arbeit mindestens zwanzig Leute brauchen werde. Aber ich möchte warten, bis der Schnee weg ist. Die Dörfler sind so daran gewöhnt, dort umsonst Brennholz zu sammeln und zum Hasenfangen Schlingen auszulegen. Wenn die Zäune aufgestellt werden, könnte es erst mal Ärger geben. Es ist für uns bestimmt problemloser, das zu tun, wenn wieder milderes Wetter herrscht.«

»Na gut, Beatrice«, sagte Harry. »Du weißt am besten, wie's gemacht werden sollte. Aber eigentlich müßten die Leute begreifen, daß sie bei uns zu lange nach den alten Bräuchen gelebt haben. Ich kenne keinen anderen Besitz in der Grafschaft, wo man sich so lange an die Tradition gehalten hat wie bei uns. Freies Brennholz, freies

Hasenfangen, freies Weiden, freies Ährenlesen; wir haben uns all diese Jahre selbst *bestohlen,* Beatrice. Man sollte doch meinen, sie würden *dankbar* sein.«

»Eigentlich komisch, wie?« sagte ich trocken. »Denn sie sind's *nicht.*«

Nein, sie waren's nicht; in der Tat. Indes der Winter voranschritt, hörte ich von den Frauen keine Bitten mehr. Wenn ich in der Gig durch das Dorf fuhr, gab es nirgends ein Lächeln oder einen tiefen Knicks. Unverblümte Unhöflichkeit gab es andererseits ebensowenig. Beim leisesten Anzeichen von Aufsässigkeit hätte ich dafür gesorgt, daß die Sache durch Vertreibung aus Acre geahndet worden wäre. Aber von Aufsässigkeit, zumal offener Aufsässigkeit, konnte auch gar keine Rede sein. Es war einfach so, daß ich nicht mehr geliebt wurde; jedenfalls nicht so wie früher. Und das fehlte mir. Die Männer nahmen ihre Mützen ab oder zogen an der Stirnlocke, und die Frauen machten ihr Knickschen, doch sie riefen mir nicht mehr »Guten Tag!« zu, und keiner hob ein Kind in die Höhe, damit es die hübsche Miß Beatrice und ihr prächtiges Pferd besser sehen konnte.

Auch Harry mochten sie nicht, natürlich. Aber in der launischen Art unwissender Menschen gaben sie ihm nicht in der gleichen Weise die Schuld wie mir. Sie wußten, daß er seit jeher auf Veränderungen versessen gewesen war; doch sie hatten darauf vertraut, daß ich ihm gleichsam standhalten würde. Jetzt, wo ich die Bewirtschaftung von Wideacre auf die Erzielung von Profit umgestellt hatte, verübelten sie mir das viel stärker als Harry. Insgeheim beschuldigten sie mich sogar, Harry beeinflußt zu haben. Mit einem kurzen Gedächtnis lebt es sich nun einmal bequemer: Sie hätten sich bloß daran zu erinnern brauchen, daß Harry sich, was das Land von Wideacre betraf, schon immer wie ein Narr aufgeführt hatte und daß dafür nicht ich verantwortlich zu machen war.

Die Witterung entsprach ganz der zornig-trostlosen Stimmung von Wideacre, und der Winter zog sich dahin mit Schneestürmen und klamm-kaltem Nebel, und während des Lammens hatten wir Stürme und Gewittergüsse. In diesem Jahr verloren wir weitaus mehr Lämmer als in all den Jahren zuvor. Zum Teil war daran die Witterung schuld, aber ich glaube, es lag auch daran, daß die Männer nicht bereit waren, endlos lange Stunden draußen zu bleiben, um am Ende eines kalten Abends von mir mit einem Lächeln oder einem Klaps auf die Schulter belohnt zu werden. Solange ich sie überwachte, taten sie ihre Pflicht, indem sie den Schafen wirklich halfen, die durchgenagten Nabelschnüre überprüften, sich vergewisserten, daß die Lämmer von ihren Müttern akzeptiert wurden. Befand ich mich jedoch nicht in der Nähe, so zog es sie, das wußte ich, unwiderstehlich hügelabwärts in Richtung Acre, und bei der bloßen Erwähnung der Herde spien sie aus.

Und so war in diesem Jahr bei den Schafen ein geringerer Profit zu erwarten, als ich kalkuliert hatte. Und der Gedanke an den Verlust der schon eingeplanten Summe ließ mich nur um so entschlossener an meinen sonstigen Plänen festhalten, mochte ich dadurch auch noch soviel an Freundlichkeit und Wohlwollen einbüßen.

Wegen der Witterung mußten mehr Tiere als sonst in schützenden Ställen bleiben, und es gab nicht genügend Heu und Winterfutter. So stellte sich die Frage, ob wir gutes Vieh schlachten oder aber mehr Futter kaufen sollten. Ich entschied mich für letzteres. Aber die Preise für Heu waren enorm hoch, und es bestand keinerlei Aussicht, daß ich das dafür ausgeworfene Geld später wieder hereinbekommen würde. Falls es uns gelang, bei den Tieren ohne Verlust über den Winter zu kommen, konnten wir von Glück sagen.

Die kalten, dunklen Nachmittage verbrachte ich meist hinter meinem Schreibtisch. Und wenn dann, beim frühen Einbruch der Dämmerung, Stride die Kerzen brachte, schmerzte mir der Kopf. Wir schienen nicht genug Geld zu machen. Und Mr. Llewellyns Darlehen kosteten mehr, als ich angenommen hatte. Die Zinsen waren hoch, die Profite hingegen äußerst niedrig. Ganz nüchtern betrachtet, gab ich mehr Geld aus als hereinkam. Unter solchen Umständen würde ich gar nicht in der Lage sein, Saatgetreide höchster Qualität zu kaufen. Ich würde mir Geld leihen müssen, um Saatgut zu kaufen.

Ich stützte meinen Kopf in die Hände, und was ich empfand, war wirkliche Angst. Nicht jene Angst, wie man sie beim Überspringen eines vielleicht allzu hohen Gatters fühlt, auch nicht jene mich ständig begleitende Angst vor der Gewalttätigkeit auf mich eindringender Männer. Sondern *Business*-Angst. An den schwarzen Ziffern auf dem weißen Papier ließ sich nicht deuteln. Selbst der Gedanke an die schwere Geldtruhe unter dem Schreibtisch war da kein Trost. Denn ich brauchte mehr Geld, *noch* mehr Geld als nur das. Wideacre brauchte mehr. Und ich fürchtete die cleveren Londoner Geschäftsleute. Ich fürchtete mich davor, noch mehr Geld zu leihen. Aber ich würde es tun müssen.

Für Harry war ich, was geschäftliche Sorgen betraf, praktisch eine Art Schutzschild. Ich wollte nicht, daß er in plötzlicher Panik den Plan zur Änderung der Erbfolge verwarf. Außerdem war ich zu stolz, um zuzugeben, daß ich Angst hatte. Vor einem allerdings konnte ich Harry sowenig schützen wie mich selbst: vor dem Haß des Dorfes, der den Winter über immer mehr wuchs.

Von uns dreien schien sich nur Celia, der Neuankömmling, die Achtung der Leute zu bewahren. Vorurteilsvolle Ignoranten, die sie waren, gaben sie ihr nicht die Schuld an den leeren Kochtöpfen und der dünnen Schleimsuppe. Narrengleich schienen sie blind zu sein für Celias Umhänge aus feinster Wolle und ihre fashionablen Bonnets, während sie sehr wohl gewahrten, daß das Gesicht unter dem Seidenbesatz bleich und besorgt aussah und daß Celias Täschlein stets geöffnet war, um einer Familie über eine bestimmte Schwierigkeit hinwegzuhelfen oder einem Kind eine Schlafdecke für kalte Nächte zu kaufen. Als es im Januar mit dem Wetter noch schlimmer wurde und der Boden steinhart gefroren war, schickte sie Tag für Tag die Kutsche zum Dorf mit dampfenden Schüsseln voller Stew aus den Wideacre-Küchen: für jene Familien, die sonst tagelang nicht ein einziges Stück Fleisch zu beißen gehabt hätten. Mürrisch registrierte ich, daß die Leute sie dafür priesen.

Sie begann, Acre-Dorf, mein Dorf, kennenzulernen und also auch die Leute, meine Leute. Sie erfuhr so manches an Einzelheiten über verwandtschaftliche und freundschaftliche Verhältnisse und Zustände. Wer mit wessen Schwester verheiratet war. Welcher Mann trank. Welcher Vater zu brutal war zu seinen Kindern. Welche Frauen schwanger waren. Und sie war die erste, die erfuhr, daß Daisy Sowers Baby starb.

»Beatrice, wir müssen etwas tun«, sagte Celia, während sie, ohne auch nur an die Tür geklopft zu haben, in mein Büro trat. Sie war direkt von den Stallungen durch die Westflügeltür ins Haus gekommen und war noch, samt Cape, für die Kutschfahrt gekleidet. Jetzt streifte sie, während sie an den Kamin trat, ihre schwarzen Lederhandschuhe von den Fingern. Plötzlich wurde mir bewußt, wie sehr sie sich seit Mamas Tod verändert hatte. Ihr Schritt war schneller, ihre Stimme klarer, ihr ganzes Auftreten zielstrebiger. Jetzt stand sie mit dem Rücken zum Kamin, wärmte sich an meinem Feuer und war im Begriff, mich über meine Leute zu belehren.

»Was denn tun?« fragte ich scharf.

»Etwas gegen die Not in Acre«, sagte sie leidenschaftlich. »Dort herrschen unmögliche Zustände. Viele Familien leiden Mangel. Jetzt ist das arme kleine Baby von Daisy Sower gestorben, weil sie, wie ich glaube, nie genügend Milch für das Kindchen hatte. In ihrem Cottage gab es so wenig Nahrung, daß Daisy wohl immer erst aß, nachdem ihr Mann und die anderen Kinder gegessen hatten. So wurde das Baby dünner und immer dünner, und jetzt ist es gestorben, Beatrice. Was für ein Jammer! Es war ein so reizendes Baby!« Ihre Stimme zitterte. Mit einem Schluchzen drehte sie sich rasch zum Kamin herum und fuhr sich mit der Hand über die Augen.

»Wir könnten doch sicher mehr Leuten bei uns Arbeit geben, nicht wahr?« sagte sie. »Oder wenigstens dem Dorf ein bißchen Getreide zukommen lassen. Wideacre scheint so reich zu sein, und ich begreife einfach nicht, wie in Acre Not herrschen kann.«

»Möchtest du die Zahlen sehen?« fragte ich mit harter Stimme. »Wideacre erscheint dir reich, weil du dein Leben hier bisher im Haus verbracht hast, wo an nichts gespart worden ist. Die Haushaltsführung untersteht zum Teil deiner Verantwortung, Celia, und du weißt, daß ich noch nie eine Rechnung aus der Küche beanstandet habe.«

Sie nickte. Das leiseste Anzeichen meines Zorns genügte, um Celia innerlich aus dem Gleichgewicht zu bringen. Nur zu gut erinnerte sie sich noch an ihren Horror vor Lord Havering, wenn er sie in betrunkenem Zustand angebrüllt hatte. Sie konnte es nicht ertragen, wenn jemand laut oder in scharfem Ton zu ihr sprach. Ich tat beides.

»Es mag für dich ja ein Vergnügen sein, im Dorf so eine Art Märchenkönigin zu spielen mit deinen Suppenschüsseln und Schlafdecken, aber wir haben Hypotheken abzutragen und Schulden zu bezahlen. Dies ist kein Garten Eden. In diesem Jahr haben wir Dutzende von Lämmern verloren, und auch das Kalben verläuft schlecht. Sollten wir ein nasses Frühjahr haben, wird's Probleme mit dem Getreide geben. Es ist einfach Unsinn, wenn du mich fragst, ob wir nicht einen guten Teil der Männer aus dem Dorf bei uns beschäftigen können. Der Besitz als solcher kann sich das nicht leisten. Im übrigen haben wir ja einen Vertrag mit dem Gemeinde-Roundsman, und von daher bekommen wir unsere Arbeitskräfte. Dabei handelt es sich ja größtenteils um Männer aus Acre, so daß die also durchaus hier arbeiten, aber zu vernünftigen Löhnen.«

Celia nickte. »Die Leute haben mir erzählt, die Löhne seien zu niedrig, um davon eine Familie zu unterhalten«, sagte sie leise.

»Schon möglich«, erklärte ich ungeduldig. »Doch ist es ja wohl kaum meine Schuld, wenn die Frauen es nicht verstehen, mit dem Geld auszukommen. Und es ist wahrhaftig nicht meine Aufgabe, schlechtes Wirtschaften auch noch zu ermutigen. Die Löhne werden in ihrer Höhe von den Friedensrichtern oder den Kirchenbeiräten festgesetzt. Mehr kann ich nicht zahlen, und ich wäre ja auch töricht, das zu tun.«

Celia wirkte tief bedrückt. Woran sie dachte, war mir klar, und sie sprach es auch aus. »Es ist ja bloß, weil das arme, kleine Baby...«, begann sie.

»Wie viele Kinder hat Daisy Sower?« fiel ich ihr scharf ins Wort. »Fünf? Sechs? Natürlich ist nicht genügend Geld da für alle. Sie hätte längst aufhören sollen mit dem Kinderkriegen, dann würde sie jetzt gut zurechtkommen. Du erweist den Armen einen sehr schlechten Dienst, wenn du sie in deiner Weise ermutigst, Celia!«

Celia wurde erst rot, dann blaß. Die gnadenlose Schärfe meiner Stimme war zuviel für sie. »Tut mir leid, daß ich dich gestört habe«, sagte sie und wandte sich dann, gleichsam mit dem letzten Rest ihrer Würde, zum Gehen.

Ich wartete, bis sie die Tür erreichte.

»Celia!« rief ich dann in freundlichem Ton. Sofort drehte sie sich zu mir um, und ich lächelte sie an. »Ich bin es, die sich bei dir zu entschuldigen hat«, sagte ich zärtlich. »Ich bin dir eine unleidlich mürrische Schwester, und ich bitte dich um Verzeihung.«

Langsam kam sie von der Tür zurück, und ihr Gesicht verriet Zweifel.

»Du brauchst das nicht zu sagen, Beatrice«, sagte sie. »Ich weiß, daß es vieles gibt, daß dir Sorgen macht. Die Schafe und die Kühe, und dann die Sorge, die immer auf dir lastet, wie ich weiß, die Sorge um John. Ich möchte mich dafür entschuldigen, daß ich zu all deinen Sorgen noch beigetragen habe.«

»Aber nicht doch!« sagte ich und streckte ihr die Hand entgegen. »Es ist nur so, daß ich mir wegen einiger Geldangelegenheiten tatsächlich gerade große Sorgen mache und deshalb recht reizbar bin.«

Celias Kenntnisse in Gelddingen beschränkten sich im allgemeinen darauf, daß sie in etwa bis auf ein Pfund genau wußte, wieviel sie in ihrer Börse hatte; doch nickte sie jetzt, als sei sie in der Tat eine Sachkennerin.

»Oh, ja«, sagte sie ernst. »Und deine Sorge um John. Hast du in diesem Monat von Dr. Rose einen Bericht erhalten?«

»Ja«, sagte ich und gab meiner Stimme einen traurigen Klang. »Er schreibt, John sei zwar noch immer weit von einer völligen Wiederherstellung entfernt, kämpfe jedoch tapfer gegen die Versuchung an.«

»Kein Wort von John selbst?« fragte Celia behutsam.

»Nein«, erwiderte ich und setzte ein tapferes Lächeln auf. »Ich schreibe und schreibe. Aber Dr. Rose meint, John sei noch nicht soweit, zu antworten; jedenfalls auf Briefe. Und deshalb bin ich nicht weiter darüber besorgt, noch nichts von ihm persönlich gehört zu haben.«

»Würdest du ihn denn nicht gern besuchen, Beatrice?« fragte Celia.

»Die Straßen werden bald wieder befahrbar sein, und dann könntest du doch selbst sehen, wie es ihm geht.«

Ich schüttelte traurig den Kopf und stützte meine Wange in meine Hand.

»Nein«, sagte ich. »Das wäre nicht gut. Dr. Rose hat mir eigens versichert, John sei noch nicht soweit, Besucher empfangen zu können, und ein Überraschungsbesuch würde höchstwahrscheinlich einen Rückfall bewirken. Wir werden uns nun mal in Geduld fassen müssen.«

»O ja«, sagte Celia sehr ernst. »Armer John – und auch arme Beatrice.« Sie legte einen Arm um meine Schultern und drückte mich. »Aber jetzt will ich endlich gehen, denn ich weiß ja, daß du viel zu tun hast«, sagte sie liebevoll. »Arbeite aber nicht zu angestrengt. Hör möglichst bald auf und kleide dich zum Dinner um.«

Ich nickte, wieder mit tapferem Lächeln, und Celia verließ den Raum. Ich wartete, bis sich die Tür hinter ihr geschlossen hatte und ich den Widerhall ihrer Schritte von dem Gang hörte, der zum Hauptteil des Gebäudes führte. Dann öffnete ich eines der Geheimfächer des Schreibtischs und nahm Dr. Rose' Berichte und ein Bündel Briefe heraus. Sie waren an meinen Mann gerichtet und stammten von Celia.

Dr. Rose hatte sie mir alle ungeöffnet zugehen lassen, zusammen mit seinen monatlichen Berichten. Deren Aussage war klar und eindeutig, was viel dazu beigetragen hatte, meine innere Unruhe noch zu vergrößern. Falls sich die Anwälte nicht beeilten, falls Johns Wiederherstellung weitere Fortschritte machte, dann würde ich ihn wieder hier auf Wideacre haben, bevor ich sein Vermögen dazu verwenden konnte, meinen Vetter für den Verzicht auf sein Erbrecht abzufinden. Dr. Roses erster Bericht hatte düster geklungen. Die Fahrt in der Kutsche hatte John in betäubtem Zustand zurückgelegt, aber als er dann aufgewacht war, in einem Raum mit vergitterten Fenstern, war er vor Angst schier von Sinnen gewesen. Eine Hexe habe ihn eingekerkert, hatte er behauptet, die Hexe von Wideacre, die ihre ganze Familie in irgendeiner Art Zauberbann hielt und die dafür sorgen würde, daß er bis zu seinem Tode hinter Gefängnismauern blieb.

All dies klang so überzeugend nach Wahnsinn, daß John wohl für Jahre – und somit fern von Wideacre – eingesperrt bleiben würde. Doch Dr. Rose' spätere Berichte wirkten weniger »positiv«. John mache Fortschritte. Zwar überkomme ihn immer wieder mal die Sucht nach Alkohol, ansonsten jedoch sei er ruhig und klar bei Verstand. In kontrollierter Dosierung verwende er Laudanum, nehme jedoch keinen Alkohol zu sich. »Ich glaube, wir können anfangen zu hoffen«, hatte Dr. Rose in seinem letzten Bericht geschrieben.

Ich fing nicht an zu hoffen. Ich fing an, zu fürchten. Auf Wideacre war mein Wort zwar Gesetz, doch außerhalb von Wideacre geschahen Dinge, auf die ich keinen wirklichen Einfluß hatte. Ich konnte die Anwälte nicht zwingen, schneller zu arbeiten; ich konnte die Verhandlungen mit meinem Vetter nicht beschleunigen. Ich konnte Johns Genesung nicht aufhalten. Das einzige, was ich tun konnte, bestand darin, die Anwälte in zahllosen Briefen zu schnellerem Vorgehen aufzufordern sowie in einem gelegentlichen Antwortschreiben an Dr. Rose, dem Arzt, in traurigem Ton zu versichern, um nicht die Gesundheit meines Mannes durch seine vorzeitige Heimkehr womöglich zu gefährden, sei ich bereit, ein ganzes Jahr auf ihn zu verzichten. Ein weiteres schwieriges Problem war es, dafür zu sorgen, daß Johns Vater unbedingt im fernen Edinburgh blieb. Sobald John sich in der Anstalt befand und ich im Besitz der Vollmacht war, schrieb ich dem alten Herrn von der Krankheit seines Sohnes und versicherte ihm, John erhalte die allerbeste Pflege. Mit Hinweis auf Dr. Rose' Autorität erklärte ich, zur Zeit dürfe niemand John besuchen, doch sobald sich sein Zustand entsprechend gebessert habe, würde ich dies dem alten Mr. MacAndrew umgehend mitteilen, damit er seinen von ihm so sehr geliebten Sohn wiedersehen könne. Dem alten Herrn fiel es in seinem Kummer und seiner Sorge um seinen Sohn überhaupt nicht ein, danach zu fragen, wie denn Johns Vermögen verwaltet werde, solange er sich in der Anstalt befinde; und ich meinerseits gab keinerlei Erklärung. Hätte er jedoch gefragt, so würde ich geantwortet haben, daß Harry die MacAndrew-Anteile für John verwahre. Aber ich hatte natürlich gehofft und hoffte nach wie vor, daß Johns Vermögen, bevor er zurückkehren und es zurückverlangen konnte, die einzig richtige Verwendung finden würde: um dem Bastard, der seinen Namen trug, auf den Stuhl des Squires zu helfen, in dem Haus, das er, John, so sehr haßte.

Alles mußte zur richtigen Zeit geschehen. Wenn sich doch die Anwälte bloß beeilen wollten; wenn mein Vetter doch bloß endlich den Vertrag unterzeichnete, auf sein Erbrecht zu verzichten. Mir blieb nichts anderes übrig, als zu warten. Und Celia konnte nur Briefe schreiben. Elf Stück waren es bisher, einen für jede Woche, seit John weg war. Jeden Montag schrieb Celia eine Seite Notizpapier voll, vermutlich in der Annahme, daß ein langer Brief John eher abschrecken könne. Auch war sie offenbar noch im Zweifel, ob er ihr wohl verzieh, was er ihren Verrat an ihm genannt hatte. Zarte, zärtliche Briefe waren es. Erfüllt von einer

Liebe, die so süß und so unschuldig war wie die Liebe, wie es sie zwischen zwei Kindern geben mag. Jeden Brief begann sie mit: »Mein liebster Bruder«, und jeden beendete sie mit den Worten: »Du bist täglich in meinen Gedanken und abends stets in meinen Gebeten«, und sie unterschrieb mit: »Deine liebende Schwester, Celia.«

In ihrem Inhalt beschränkten sich die Briefe auf Neuigkeiten über die Kinder, einem Wort über das Wetter; und stets fand sich die Versicherung, daß es mir gut gehe. »Beatrice strotzt vor Gesundheit und wird mit jedem Tag hübscher«, schrieb sie einmal. »Es wird Dich freuen, wenn Du weißt, daß es Beatrice gut geht und sie, wie immer, bildschön ist«, schrieb sie ein andermal. »Beatrice geht es gut, aber ich weiß, daß Du ihr sehr fehlst«, schrieb Celia. Ich lächelte ein bitteres Lächeln, als ich jetzt beim Lesen wieder auf solche Sätze stieß. Dann tat ich das Bündel Briefe wieder in das Geheimfach, schloß es ab, versteckte den Schlüssel im Bücherschrank und verließ den Raum, um mich zum Dinner umzukleiden; ging mit leichtem Schritt und glänzenden Augen.

Ich hielt mich an mein privates Versprechen, das Gemeindeland erst dann einzufrieden, wenn das schlimmste Wetter vorüber war; und als dann im März zwei klare, wolkenlose Tage kamen, trieb mich meine Ungeduld, die Sache endlich in Gang zu setzen.

Ich sagte dem Gemeinde-Roundsman, daß ich am folgenden Tag zweihundert Morgen Gemeindeland einfrieden wolle und daß er dafür sorgen sollte, daß gleich in der Frühe zwanzig Männer einsatzbereit waren. Er kratzte sich am Kopf und blickte zweifelnd drein. Er war ein einfacher Mann, gekleidet in braunen Manchesterstoff und mit den guten Stiefeln eines Arbeiters, dem es besser ging als dem Durchschnitt. John Brien hieß er; er hatte eines der Tyacke-Mädchen geheiratet und war ins Dorf gezogen. Da er in Chichester die Schule besucht hatte und im Dorf weniger Leuten verpflichtet war als die Alteingesessenen, hatte er den Job des Gemeinde-Roundsmans bekommen und konnte jetzt von sich behaupten, daß er der bestbezahlte und bestgehaßte Arbeiter in Acre war. Er mochte mich nicht sehr. Ihm mißfiel der Ton, in dem ich mit ihm sprach. Er hielt sich für etwas Besseres als die übrigen Bewohner von Acre, weil er lesen und schreiben konnte und weil er einen Job hatte, den auszuüben die meisten sich geschämt haben würden. Irgendwo in meinem Herzen fühlte ich mich noch den alten Zeiten und Bräuchen verbunden, und wenn die Dörfler einen Mann verachteten und verabscheuten, so tat ich das auch. Aber ich hatte mit ihm geschäftlich zu verhandeln, und ich brachte Sorrel und die Gig kurz zum Stehen und erklärte dem Roundsman, wo genau die Leute auf mich warten sollten.

»Es wird ihnen nicht gefallen, Mrs. MacAndrew«, sagte er, und aus seiner Stimme sprach Verachtung für solche Kerle, die womöglich die Arbeit verweigern würden, obwohl Edelleute und deren Wachhunde – solche wie er – ihnen befahlen, wo sie was zu tun hatten.

»Ich erwarte nicht, daß es ihnen gefällt«, sagte ich gleichgültig. »Ich erwarte nur, daß sie's tun. Können Sie morgen genügend Männer zusammenbekommen, oder sollten wir noch einen Tag warten?«

»Ich habe die Männer für die Arbeit.« Seine Hand wies in Richtung der Hütten, wo an leeren Tischen untätig Männer herumsaßen, die Köpfe in die Hände gestützt. »Jeder Mann im Dorf will Arbeit. Ich kann sie mir nach Belieben aussuchen. Aber sie werden was gegen die Arbeit haben, das Gemeindeland einzuzäunen und sich selbst auszusperren. Es könnte Ärger geben.«

»Dies sind meine Leute«, sagte ich, gleichgültig gegenüber dem Rat eines Fremden, der mit den hiesigen Verhältnissen unmöglich so gut vertraut sein konnte wie ich. »Es wird keinen Ärger geben, mit dem ich nicht fertigwerden kann. Sorgen Sie dafür, daß die Leute zur Stelle sind. Sie brauchen ihnen ja nicht zu sagen, um was für eine Arbeit es sich handelt. Wir treffen uns dort. Und sollte es Probleme geben, so kümmere ich mich persönlich darum.«

Er nickte, doch ich gab Sorrel die Zügel nicht frei, sondern musterte den Roundsman mit hartem Blick, bis aus seinem bloßen Nicken jene volle Verbeugung wurde, wie ich sie von den Leuten in meinem Dorf erwartete. Dann bedachte ich ihn mit einem knappen Lächeln und sagte schroff: »Guten Tag, Brien, ich seh' dich dann morgen beim Buchengehölz mit zwanzig Männern.«

Aber als ich dann am nächsten Morgen die Straße entlangfuhr und in die Abzweigung zum Gemeindeland einbog, sah ich, daß da nicht zwanzig Männer waren, sondern wohl eher einhundert. Außerdem Frauen und Kinder sowie alte, arbeitsunfähige Leute. Und eine Handvoll der ärmeren Wideacre-Pächter und etwa ein Dutzend Cottagers. Das ganze arme Volk von Wideacre war versammelt zu meinem Empfang. Ich brachte Sorrel zum Stehen und ließ mir viel Zeit, als ich die Zügel an einen Busch band. Denn ich brauchte Zeit, Zeit zum Nachdenken: So etwas hatte ich nicht erwartet. Aber als ich dann den Kopf hob, wirkte mein Gesicht klar und ruhig, und mein Lächeln war so lieblich wie der helle Morgen.

»Guten Tag, ihr alle«, sagte ich, und meine Stimme klang so hell und so heiter wie die des Rotkehlchens, das in der Buche über mir sein liebliches Lied zum hellblauen Himmel emportirilierte.

Die älteren Männer standen in einer kleinen Gruppe beieinander und berieten sich offenbar. Wie kleine Jungen knufften und pufften sie einander, bis schließlich George Tyacke vortrat, der älteste Mann im Dorf, immer noch am Leben ebenso hängend wie an seinem Cottage, obwohl er tiefgebeugt war und geplagt von Rheuma wie auch von Schüttellähmung, wie seine zitternden Hände bewiesen.

»Guten Tag, Miß Beatrice«, sagte er mit der sanftmütigen Höflichkeit eines geduldigen Menschen, der sich sein Leben lang anderen hatte beugen müssen, doch ohne jemals seine Selbstbeherrschung oder seine Würde zu verlieren.

»Wir sind heute alle hierhergekommen, um mit Euch über Eure Pläne für das Gemeindeland zu sprechen«, sagte er in der weichen Mundart des Sussex-Downland. Er war hier zur Welt gekommen und aufgewachsen und hatte sein ganzes Leben innerhalb dieses Kreises von grünen Hügeln verbracht. Seine Familie hatte niemals irgendwo anders gelebt. Wahrscheinlich waren es seine Vorfahren, deren Knochen in der Norman Meadow lagen. Und wahrscheinlich war es ihr – also sein – Land gewesen, bevor meine Vorfahren es geraubt hatten.

»Guten Tag, Gaffer Tyacke«, sagte ich, und meine Stimme war sanft. Der heutige Tag mochte eine harte Tat, eine grausame Tat gegen die Armen von Wideacre sehen; trotzdem war jetzt, genauso wie sonst, ein Lächeln in meinen Augen, wenn ich die gedehnte Mundart meiner Heimat hörte. »Ich freue mich immer, euch zu sehen«, sagte ich mit ausgesuchter Höflichkeit. »Allerdings überrascht es mich, daß ihr so viele seid – aus Acre und auch von anderswo.« Mein Blick richtete sich auf die Pächter: meine Pächter, die es meinem Wohlwollen verdankten, ein Dach über dem Kopf zu haben – und vor meinem durchdringenden Blick scharrten sie unruhig mit den Füßen. »Es überrascht mich, daß so viele von euch zu denken scheinen, ihr hättet irgend etwas zu sagen zu dem, was ich auf meinem eigenen Land tue.«

Gaffer Tyacke nickte wie zur Bestätigung meiner tadelnden Worte, und die Pächter blickten betreten zu Boden und schienen sich weit wegzuwünschen. Sie wußten, daß mir der eine kurze Blick genügt hatte, um mir jeden einzelnen zu merken; und jetzt war ihnen beklommen zumute, weil sie fürchteten, dafür bezahlen zu müssen. Was auch der Fall sein würde.

»Wir sind halt besorgt, Miß Beatrice«, sagte Gaffer sanft. »Wir wollten nicht hinaufkommen zur Hall, und als wir das erste Mal von Euren Plänen hörten, glaubten wir nicht, daß Ihr's auch tun würdet. So kommt es, daß wir so lange gewartet haben, um mit Euch zu sprechen.«

Ich stützte meine Hände auf die Hüften und schaute mich im Kreis um. Im Wintersonnenschein glühte mein Fahr-Kleid gleichsam im tiefsten Schwarz. Und die Tönung meines Haares unter dem hübschen schwarzen Reithut schien zu wetteifern mit der rauhen Färbung einer herbstlichen Buche. Die Leute hatten einen Kreis um mich gebildet, doch war es ein Kreis wie aus Hofleuten und nicht etwa ein Mob. Ich befand mich in absoluter Kontrolle dieser Szene, und das wußten sie alle. Nicht einmal der alte George Tyacke mit seiner Würde und seiner Weisheit konnte seine Stimme freihalten von einem Unterton von Servilität.

»Nun«, sagte ich, und meine Stimme war so klar und so laut, daß mich selbst meine möglichst unauffällig davonschrumpfenden Pächter hören konnten. »Ich will verdammt sein, wenn ich auch nur den leisesten Grund dafür sehe, daß dies irgend jemanden irgend etwas angeht außer mir; aber da ihr nun einmal alle hier seid, euch extra einen freien Tag dafür genommen habt, wär's wohl das beste, wenn ihr mir sagt, was ihr alles auf dem Herzen habt.«

Es war, als wäre ein Damm gebrochen.

»Es sind die Hasen! Ich kann kein Fleisch kaufen, sie sind das einzige Fleisch, das wir essen!« sagte eine Frau.

»Wo krieg' ich denn Brennholz her, wenn ich nicht mehr hierherkommen kann?« sagte eine andere.

»Ich habe eine Kuh und zwei Schweine, und die haben immer hier geweidet«, sagte einer der Dörfler.

»Ich habe immer meine Bienenkörbe auf dem Gemeindeland aufgestellt wegen des Heidehonigs«, sagte einer der Pächter.

»Ich steche Torf für meinen Herd auf dem Gemeindeland!«

»Ich sammle hier Reisig!«

»Im Herbst weiden hier meine Schafe!«

Durch den Wirrwarr der Zurufe drang Gaffer Tyackes zittrige Altmännerstimme an mein Ohr.

»Blickt hinter Euch, Miß Beatrice«, sagte er. Ich drehte mich um. Wenige Schritte vor mir ragte eine alte Eiche empor, einer der ältesten Bäume auf Wideacre. Es gehörte zu den schönen Traditionen des Dorfes, daß Liebespaare ihr Verlöbnis gleichsam besiegelten, indem sie ihre

Namen in die Rinde schnitten. Von den Wurzeln bis hinauf zur Höhe eines emporgestreckten Armes war der Stamm bedeckt mit Namen, Herzen, Liebesknoten, oft sehr kunstvoll eingekerbt.

»Dort ist mein Name und der Name meiner Lizzie«, sagte George und deutete auf eine bestimmte Stelle. Ich betrachtete sie aufmerksam und fand auf dem knorrigen Holz tatsächlich, grünlich überwachsen wie ein alter Grabstein, die Form eines Herzens mit den eingekerbten Namen »George« und »Lizzie« darin.

»Und darüber sind mein Pa und meine Ma«, sagte George. »Und darüber sind ihr Pa und ihre Ma, und die Namen meiner Familie gehen soweit zurück, wie sich noch irgendwer erinnern kann, bis die Namen schließlich nicht mehr zu erkennen sind, sondern man nur noch Kerben sieht, wo einmal ein Name war.«

»Und?« sagte ich kalt.

»Wo sollen meine Enkelkinder ihre Namen einkerben, wenn sie Liebesleute werden?« fragte Gaffer. »Wenn Ihr diesen Baum fällen laßt, Miß Beatrice, so ist das, als sollten die jungen Leute von Acre überhaupt nicht mehr umeinander freien.«

Aus der Menge scholl zustimmendes Gemurmel. Zwar ging es den Leuten hauptsächlich um Nahrung und Brennholz, aber selbst die Armen haben ihre Seelenregungen.

»Nein«, verkündete ich kompromißlos. Für einen winzigen Augenblick hatte ich mit dem Gedanken gespielt, den Baum stehenzulassen und einzuzäunen, so daß die Liebespärchen aus Acre in Sommernächten so wie bisher dem dunklen Weg folgen und ihre Namen in den Stamm der Eiche kerben konnten, bevor sie dann auf dem Heimweg irgendwo im Unterholz sich liebten. Aber ein solches Zugeständnis an alte Traditionen wäre nur sentimentale Narretei gewesen. Es war Unfug, in den geradlinigen Verlauf des Zaunes einen Knick zu machen für das Glück noch nicht einmal geborener Kinder.

»Nein«, wiederholte ich. »Ich weiß, daß ihr in Acre so eure Bräuche habt, und ihr alle wißt, daß ich euch immer ein Freund gewesen bin. Aber auf Wideacre gibt es nun mal Veränderungen, es läßt sich heutzutage nicht mehr so bewirtschaften wie früher. Es sind noch immer ein paar Morgen Gemeindeland übrig, die in diesem Jahr nicht eingefriedet werden. Dort könnt ihr eure Tiere weiden, Brennholz sammeln und Hasenschlingen auslegen. Dieses Gebiet jedoch ist für die Aussaat von Weizen vorgesehen.«

»Das wird ein schlimmer Tag sein, wenn rings um Acre Weizenfelder sind, im Dorf jedoch niemand genug Geld hat, um sich einen Laib Brot zu kaufen«, rief eine Stimme aus dem hinteren Teil der Menge, und wieder war da so etwas wie ein zustimmendes Gemurmel.

»Ich kenne dich, Mabel Henty«, sagte ich. »Am letzten Quartalstag warst du bei mir mit der Miete drei Monate im Rückstand, und ich hab' sie dir weiter gestundet. Erheb du jetzt nicht deine Stimme gegen mich!«

Hier und dort flackerte Gelächter auf, und Mabel Henty wurde puterrot und schwieg. Keiner der anderen schloß sich ihrem Protestruf an. Ich ließ meinen harten, unerbittlichen Blick über die Gesichter ringsum gleiten, und sie hielten nicht stand, sondern senkten die Augen vor mir; starrten auf ihre Stiefel. Bis auf eine Ausnahme: Gaffer Tyacke. Nur er hatte den Kopf nicht gesenkt; nur er hielt meinem Blick stand.

»Ich bin ein alter Mann, Miß Beatrice«, sagte er. »Und ich habe in meinem Leben viele Veränderungen gesehen. Ich war ein junger Mann, als Euer Pa ein Knabe war. Ich habe seine Hochzeit gesehen und sein Begräbnis. Ich habe Euren Bruder heiraten sehen, und ich war am Kircheneingang, als Ihr hineingegangen seid als Braut. Ich war hinter der Kirche, als Eure Ma begraben wurde. Ich habe hier soviel gesehen wie nirgendwer sonst. Aber niemals habe ich einen Squire von Wideacre gesehen, der sich gegen Acre-Dorf gewandt hat. Und ich habe auch niemals von einem solchen Squire erzählen hören. Wenn Ihr hiermit fortfahrt, wo wir Euch doch gebeten, angebettelt haben, das nicht zu tun, dann seid Ihr nicht der Master, wie Euer Pa das war oder wie sein Pa das war. Seit Hunderten von Jahren hat es auf Wideacre Laceys gegeben. Aber niemals hat einer von ihnen den Armen so etwas angetan, sie zum Stöhnen gebracht. Wenn Ihr fortfahrt mit diesem Plan, Miß Beatrice, werdet Ihr das Herz von Wideacre brechen.«

Ich nickte hastig, um einen klaren Kopf zu bekommen. Ein dunkler Nebel schien emporzusteigen aus dem Boden, und undeutlich vernahm ich das zustimmende Gemurmel der Menge. Dies schien mehr zu sein, als ich ertragen konnte: diesen Menschen gegenüber genauso zu versagen, wie ich dem Land gegenüber versagte. In diesem Augenblick schüttelte ich den Kopf wie ein ermatteter Hirsch, umstellt von Hunden. Ich hatte Angst. Ich fürchtete, irgendwie von meinem Weg abgeirrt zu sein, Zweck und Ziel meines Lebens aus den Augen verloren zu haben. Ich fürchtete, daß der stete, dauerhafte Herzschlag

Wideacres nicht mehr zu vernehmen sein würde, wenn ich lauschte. Ich faßte mir an die Stirn, die Masse der Gesichter rundum verschwamm vor meinen Augen.

Ein Gesicht hob sich aus der Masse heraus. John Briens Gesicht. Gleichgültig und gelassen; und voll Neugier.

»Sie haben meine Befehle, Brien«, sagte ich, und meine Stimme, kalt und schneidend, schien nicht mir zu gehören. »Stellen Sie die Zäune auf.«

Mit unsicheren Schritten ging ich zur Gig zurück und stieg ein. Ich konnte kaum etwas sehen, denn meine Augen waren voll heißer Tränen, auch zitterten mir die Hände. Brien band die Zügel los und reichte sie mir. Automatisch und mit gewohnter Geschicklichkeit gelang es mir, die Gig zu wenden.

»Laßt ihn das nicht tun!« rief eine verzweifelte Stimme aus der Menge. »Miß Beatrice, tut uns dies nicht an!«

»Oh, geht an die Arbeit!« sagte ich schroff und außerstande, die innere Anspannung länger zu ertragen. »Überall im Land werden Einfriedungen vorgenommen. Warum sollte das auf Wideacre anders sein? Geht an die Arbeit!« Und mit zorniger Geste ließ ich die Zügel so hart auf Sorrels Rücken klatschen, daß sich das Pferd mit einem Satz voranbewegte. Die Gig jagte geradezu den Weg hinunter, fort von dem Kreis angstvoller Gesichter, fort von den schönen alten Bäumen, die jetzt gefällt werden würden, fort vom Farn und vom Heidekraut, bald schon Fraß der Flammen, damit das ehemalige Gemeindeland eingeebnet und unter den Pflug genommen werden konnte.

Während der Heimfahrt waren meine Wangen naß von Tränen, die ich mit dem Handschuhrücken fortwischte; doch gleich darauf war mein Gesicht wieder feucht. Dabei hätte ich nicht einmal sagen können, aus welchem Grund ich weinte. Es gab ja auch keinen. Das Gemeindeland würde, wie von mir befohlen, eingefriedet werden, und der halb ausgesprochene Protest der Acre-Dörfler würde noch für ein halbes Jahr Gesprächsthema in den Schenken sein, um sodann vergessen zu werden. Der neue Zaun würde sich bald schon unauffällig einfügen, verwittert, moosbewachsen. Und die neuen Liebespärchen von Acre würden einen anderen Baum finden, um ihre Namen einzukerben. Und ihre Nachkommen würden niemals wissen, daß es dort mehrere hundert Morgen Land gegeben hatte, wo Kinder den ganzen Tag lang spielen und umherstreifen konnten, im Heidekraut, im Farn, zwischen Bäumen. Sie würden nur noch weitgedehnte gelbe Weizenfelder sehen, wo Kinder nicht spielen durften. Da sie den Unterschied nicht kannten, konnten sie ja auch darüber nicht traurig sein.

Aber wir, die wir das Gemeindeland gekannt hatten, waren traurig. Und als ich am nächsten Tag mein schwarzes Seidenkleid anzog, hatte ich tatsächlich das Gefühl, in Trauer zu sein. Denn inzwischen würden die Zäune stehen, indes die Männer darangingen, die schönen, großen Bäume zu fällen und das gesamte Gelände zu roden. Nein, ich würde jetzt nicht hinausfahren, um mir die Arbeit anzusehen. Damit würde ich warten, bis die Sache soweit vorangeschritten war, daß ich nicht mehr in einem plötzlichen Anfall von Gefühlsduselei den Vormarsch jener unerbittlichen Bestie stoppen konnte, die Harry überschwenglich »Die Zukunft« nannte. Auch würde ich eine Zeitlang darauf verzichten, nach Acre-Dorf zu fahren. Die Stimmen in der Menge hatten besorgt geklungen, nicht zornig; Leute, zu deren Sprecher sich Gaffer Tyacke machte, würden nie gegen die Gebote der Höflichkeit verstoßen. Aber wenn dieselben Menschen nun sahen, wie Zäune errichtet wurden, die ihnen selbst die Benutzung der uralten Fußwege versperrten, so würden sie zornig werden. Und nach einem solchen Schauspiel war mir nicht zumute.

Während des ausgiebigen Frühstücks entwarf ich eine Art Plan für meine Aktivitäten an diesem Tag, der allerdings ziemlich leer zu werden versprach ohne eine Ausfahrt auf Wideacre. Als ich anschließend zu meinem Büro ging, fand ich im Vorraum bei der Stalltür John Brien. Offensichtlich wartete er auf mich.

»Warum sind Sie nicht auf dem Gemeindeland? Ist irgend etwas passiert?« fragte ich scharf, während ich die Tür öffnete und ihn mit einem Wink zum Eintreten aufforderte.

»Nichts ist passiert«, erwiderte er ironisch. Ich nahm hinter meinem Schreibtisch Platz, ließ ihn jedoch stehen.

»Was soll das heißen?« fragte ich mit einem warnenden Unterton, der ihm offenbar nicht entging.

»Ich meine, daß nichts geschehen ist, weil die Männer nicht arbeiten«, sagte er. »Nachdem Ihr gestern morgen abgefahren wart, besprachen sie sich mit dem alten Tyacke...«

»George Tyacke«, ergänzte ich.

»Ja. Gaffer Tyacke«, bestätigte er. »Und dann sagten sie, sie wollten erst mal eine frühe Mittagspause machen. Und sie gingen alle nach Hause, und ich dachte, sie würden eine Stunde später zurückkommen, aber nicht ein einziger kam.«

»Und dann?« fragte ich scharf.

»Dann machte ich mich auf die Suche nach ihnen«, sagte er, eine Spur von Trotz in der Stimme. »Aber in den Cottages war niemand anzutreffen. Entweder müssen alle den Tag über das Dorf verlassen haben, oder aber, sie hatten ihre Türen zugesperrt und verhielten sich mucksmäuschenstill. Acre war wie eine Geisterstadt.«

Ich nickte. Es handelte sich also um eine kleine Rebellion. Lange konnte das nicht dauern. Die Leute von Acre hatten Arbeit bitter nötig, und Wideacre war der einzige Arbeitgeber. Sie brauchten Zugang zum Land, und alles Land gehörte ja uns. Sie brauchten ein Dach über dem Kopf, und sie waren sämtlich unsere Pächter. Unter solchen Umständen konnte keine Rebellion lange andauern. Da wir anständige, ja sogar großmütige Gutsherren gewesen waren, hatten sie vergessen, daß der Squire von Wideacre an sich über absolute Macht verfügt. Ich wollte sie nicht gebrauchen, diese Macht. Doch mit Sicherheit würde ich tun, was auch immer nötig sein mochte, um jene Zäune zu errichten und auf dem Gemeindeland Weizen anzubauen.

»Und heute?« fragte ich.

»Genau das gleiche«, sagte John Brien. »Keine Männer für die Arbeit und zugesperrte Cottages. Sie weigern sich einfach, das zu tun, Mrs. MacAndrew.«

Ich maß ihn mit einem verächtlichen Blick.

»Sagen Sie Bescheid, daß man meine Gig mit Sorrel für mich bereit macht«, sagte ich im Ton eisiger Höflichkeit. »Wie ich sehe, werde ich noch einmal hinausfahren müssen, um diese Angelegenheit zu erledigen.«

Ich kleidete mich zur Ausfahrt um, ging dann hinunter zum Hof, wo neben der Gig John Brien auf mich wartete, im Sattel einer Stute, die sein persönliches Eigentum war: ein Pferd, eines Gentlemans würdig.

»Folgen Sie mir«, sagte ich zu ihm in jenem Ton, in dem ich mit impertinenten Dienern zu sprechen pflegte.

Wir verließen den Hof und befanden uns bald auf der Straße nach Acre. Einen John Brien konnte man mit »stummen« Cottages ja für dumm verkaufen; ich jedoch wußte, daß mich aus jedem Cottage-Fenster ein Augenpaar beobachten würde, wenn ich durch den Ort fuhr. Ich lenkte die Gig zu dem Kastanienbaum auf dem Dorfanger: ein ebenso deutliches Signal zur Gesprächsbereitschaft, als hätte ich einen langen Stiel mit einem Tuch daran in der Hand getragen.

Ich band Sorrel an einen der niedrigen Äste, stieg dann wieder in die

Gig und wartete. Ich wartete. Langsam, eine nach der anderen, öffneten sich die Türen der Cottages, und einfältig-verlegen traten die Männer heraus und zogen ihre Mützen, während ihre Frauen und Kinder ihnen auf den Fersen folgten. Ich wartete, bis sich eine ansehnliche Menge rund um die Gig versammelt hatte, und begann dann mit klarer, kalter Stimme zu sprechen.

»Wir haben gestern ein paar Worte miteinander gewechselt, und ihr habt mir alle erklärt, warum ihr die Dinge auf Wideacre unverändert lassen möchtet«, sagte ich. »Und ich habe euch erklärt, daß das nicht geht.« Ich hielt inne, um ihnen Gelegenheit zu geben für irgendeine Bemerkung. Doch keine kam. »John Brien hat mir erzählt, daß gestern keiner von euch zur Arbeit dageblieben ist«, sagte ich und ließ meinen Blick über den Kreis der Gesichter gleiten. Alle Augen wichen mir aus. »Und heute war's nicht anders«, sagte ich.

Auf ein Zeichen von mir band John Brien Sorrel los und reichte mir die Zügel. »Es liegt ganz bei euch selbst«, sagte ich. »Weigert ihr euch zu arbeiten, so schicke ich nach Chichester, um aus dem Chichester-Armenhaus Arbeitskräfte hierher zu holen, und die können dann kommen und sich eure Löhne verdienen und mit nach Hause nehmen, während ihr in euren Häusern hockt und hungert. Und im Fall, daß es damit Probleme gibt, kann ich irische Arbeiter herholen und euch das Wohnrecht aufkündigen und ihnen eure Häuser überlassen.« Ein Schaudern des Entsetzens ging durch die Menge. Ich wartete, bis das spontane Aufstöhnen abgeklungen war, und blickte mich dann wieder im Kreis der Gesichter um. Es waren alles Leute, die ich so gut kannte. Seit meinen frühesten Kindertagen hatte ich mit jedem von ihnen Seite an Seite gearbeitet. Jetzt thronte ich hoch über ihnen und sprach zu ihnen, als seien sie Dreck auf meinem Weg.

»Es liegt ganz bei euch selbst«, wiederholte ich. »Ob ihr nämlich die Arbeit tut, welche diese Veränderungen erfordern. Und dafür die Löhne erhaltet, die ordnungsgemäß von der Gemeinde festgesetzt worden sind. Oder ob euch der Hunger lieber ist. Aber ob nun so oder so – die Zäune werden errichtet, das Gemeindeland wird eingefriedet.«

Ich fuhr los. Keiner sagte ein Wort, und ich hatte das Gefühl, daß sie auch noch schwiegen, als ich außer Hörweite war. In ihnen wirkte der Schock nach über die Rücksichtslosigkeit einer Frau, die sie geliebt hatten, seit sie als kleines Mädchen auf einem dicken Pony zu reiten pflegte. Sie hatten in mir ihre hübsche Miß Beatrice gesehen, auf die sie sich immer würden verlassen können. Und jetzt hatte ich ihnen mit kaltem, entschlossenem Gesicht verkündet, sie hätten die freie Wahl zwischen Hunger und Hungerlöhnen.

Sie nahmen die Arbeit wieder auf. Natürlich taten sie's. Sie waren nicht so töricht, es mit jemandem aufnehmen zu wollen, der Master, Grundbesitzer und Arbeitgeber in einer Person war. Während ihrer Mittagspause kam Brien zur Hall geritten, um mir zu melden, die Arbeit habe begonnen und die Errichtung der Zäune schreite rasch voran.

»Denen habt Ihr's aber gegeben!« sagte er bewundernd. »Ihr hättet mal deren Gesichter sehen sollen. Das hat denen die Mucken ausgetrieben. Ich wünschte, wir hätten die Iren hergeholt. Das würde das Dorf mal so richtig auf Trab bringen! Aber die sahen ziemlich erledigt aus, als Ihr abgefahren seid, Mrs. MacAndrew, das kann ich Euch versichern! Ihr habt sie praktisch am Boden zerschmettert!«

Ich musterte ihn kalt. Seine Gehässigkeit gegenüber meinen Leuten führte mir wieder die Absurdität der Rolle vor Augen, die ich spielen mußte. Und auch die widerwärtige Natur der Instrumente, die ich für meine Zwecke benutzen mußte. Ich nickte.

»Nun, dann gehen Sie wieder an die Arbeit«, sagte ich brüsk. »Ich will das Gemeindeland zur Frühjahrsaussaat bereit haben.«

Diesmal ersparte ich mir nicht die Qual, das Gemeindeland zu sehen; doch fuhr ich erst zur Zeit der Dämmerung hinaus, die um diese Jahreszeit etwa um vier Uhr nachmittags einsetzte. Im trüben Licht konnte ich vom Gemeindeland zwar nur wenig sehen, doch sein Geruch, die überfrorenen Farne und die vereisten Kiefernnadeln, all das zog und zerrte an den Saiten meines Herzens, als ich am Ende des Weges in der Gig saß, während Sorrel am Gebiß kaute. Vor uns ragten die neuen Zäune hoch, welche die Begrenzung der Weizenfelder für dieses Jahr markierten. Nächstes Jahr würden wir weiteres Gelände einfrieden und trockenlegen, bis schließlich nur noch Wiesen für die Mahd übrigblieben und ein paar Fleckchen, die zu hoch oder sonstwie zu ungünstig lagen fürs Pflügen, und wo also hübsche Wiesenblumen gedeihen mochten. Sämtliches Gemeindeland, das in so sanft gewelltem oder hügeligem Gelände lag, würde in wenigen Jahren ein Stück Vergangenheit sein, und dieser Zaun, der Acre-Dorf soviel Kummer und Sorge bereitete, war nur die erste von vielen Lektionen, welche die Leute lehren würden, daß das Land ausschließlich uns gehörte und daß sie in kommenden Jahren nicht einmal einen Fuß ohne Erlaubnis würden darauf setzen können. Doch hinter den dunklen Umrissen des neuen Zauns konnte ich die weichen, wie rollenden Linien der kleinen Hügel und Täler sehen, dort, wo es hinunter geht zu unserem Wald. Und in mir war eine Sehnsucht, die ich nicht unterdrücken konnte.

Eilig fuhr ich heim, weil ich nicht zu spät kommen wollte, um Richard zu baden und ihn in sein flauschiges Nachthemdchen zu stecken. Ich wollte sein nacktes, warmes, süß riechendes Bäuchlein kitzeln und ihn necken, indem ich meine kalten Finger in seine weichen, kleinen Achselhöhlen schob. Ich wollte sein dunkles Haar zu kleinen Löckchen bürsten und mein Gesicht an seinem warmen Hals vergraben und den reinen, süßen Geruch des Babys riechen. Doch im Grunde wollte ich ihn hauptsächlich sehen, um mich zu vergewissern, daß ich tatsächlich einen Sohn hatte, der eines Tages Squire sein würde, wenn es mir nur gelang, diesen einzig richtigen Kurs beizubehalten – einen Kurs, der mich hoffentlich nicht den Wahnsinn begehen ließ, dem Land, das ich liebte, das Herz herauszureißen.

Am folgenden Morgen war John Brien bereits vor dem Frühstück zur Stelle. Er wartete im Vorraum meines Büros, was Lucy, meine Zofe, mir meldete, während ich noch beim Ankleiden war. Unsere Blicke trafen sich im Spiegel, und ich hob eine Augenbraue.

»Magst du John Brien nicht, Lucy?« fragte ich neugierig.

»Hat nichts zu tun mit mögen oder nicht mögen«, sagte sie schroff. »Ich kenne ihn ja kaum. Ich weiß nur, was sein Job ist, und daß er doppelt soviel verdient wie irgendwer sonst in Acre und daß er trotzdem nie einen Penny übrig hat, um einem Verwandten seiner Frau mal was zu leihen. Ich weiß nur, daß er die Männer aussucht, die arbeiten können, und daß er den ganzen Winter über den jungen Harry Jameson nicht in die Gruppe aufgenommen hat, wo der Bursche doch so verzweifelt auf ein bißchen Lohn aus war. Nein, ich mag Brien nicht besonders. Aber die meisten anderen hassen ihn wie Gift.«

Ich betrachtete Lucy lächelnd. Sie war längst keine Dörflerin mehr, denn ihr Leben war eng verbunden mit meinem Leben in der Hall, und sie würde auf dem Küchentisch stets einen vollen Teller finden. Doch sie hatte in Acre Verwandte – und eine gute Nase für das, was dort vorging.

»Ich mag ihn auch nicht«, sagte ich, während sie mein Haar auf meinem Kopf emportürmte und rings um mein Gesicht ein paar Locken herunterhängen ließ. »Aber er sollte heute morgen eigentlich draußen bei der Arbeit sein. Mach schnell, Lucy. Wahrscheinlich gibt's irgendwelchen Ärger.«

Sie war im Handumdrehen fertig und trat ein, zwei Schritte zurück.

»Muß ja Ärger geben, wenn Ihr Land einzäunt, das seit jeher dem Dorf gehört hat«, sagte sie verdrossen.

Ich starrte sie im Spiegel an, bis sie ihren Blick senkte.

»Das Land gehörte Wideacre«, sagte ich hart.

Ich warf ihr noch einen Blick zu und wußte, daß nun auch sie zu den Menschen gehörte, die ich innerhalb weniger Tage gegen mich eingenommen hatte. Vielleicht würde Wideacre am Ende ja reicher sein und mein Sohn der Squire, doch mit der Liebe der Leute konnte ich kaum noch rechnen.

Achselzuckend verdrängte ich den Gedanken und ging hinunter zu John Brien.

»Ja?« sagte ich kalt. Er drehte seine Mütze in den Händen, und in seinen Augen sah ich die Aufregung über die schlimmen Neuigkeiten, die er mir melden wollte.

»Mrs. MacAndrew, 's sind Eure Zäune«, sagte er hastig. »Die haben Eure Zäune niedergerissen und zum Teil zerhackt. Fast unsere ganze Arbeit von gestern ist hin. Die Zäune liegen auf der Erde, und die Fußwege sind wieder offen.«

Ich starrte ihn an, als sei er vom Teufel besessen.

»Ist dies das Werk des Cullers?« fragte ich scharf. Die Angst in meiner Stimme machte ihn stutzig. Er musterte mich neugierig.

»Der Culler? Wer ist das?« fragte er.

»Ein Gesetzloser, ein Schurke«, sagte ich und geriet ins Stammeln. »Im Herbst hat er Mr. Briggs Schonung in Brand gesetzt. Könnte dies sein Werk sein? Oder ist es das Dorf?«

»Es ist das Dorf«, sagte John Brien mit Überzeugung. »In der kurzen Zeit kann kein Fremder was erfahren haben von dem Ärger, den wir hier haben. Außerdem könnt' ich schwören, daß ich weiß, wer's getan hat.«

»Wer?« fragte ich. Auf meinem Gesicht war Schweiß ausgebrochen, und meine Stimme ging stoßweise. Aber das besserte sich jetzt sofort. Wenn es nicht der Culler war auf meinem Land – mit jeder anderen Gefahr konnte ich fertigwerden. Für einen Augenblick hatte ich das Gefühl gehabt, zu meinen Füßen klaffe die Erde auf, und aus dem Schlund der Hölle stürmten der Culler auf seinem Rappen mit seinen beiden schwarzen Hunden auf mich los.

Jetzt erst begriff ich richtig und mit Erleichterung, was John Brien gesagt hatte.

»Wer aus dem Dorf denn?« fragte ich mit gefestigter Stimme.

»Gaffer Tyackes jüngster Sohn John. Sam Frosterly und Ned Hunter«, behauptete Brien. »Die sind als Unruhestifter bekannt. Gestern, beim Errichten der Zäune, haben sie langsam und widerwillig gearbeitet. Am Abend waren sie als letzte fertig, und auf dem Heimweg haben sie die Köpfe zusammengesteckt. Und heute früh waren sie die ersten, um mein Gesicht zu sehen, als ich den Schaden sah. Sie grinsten einander heimlich zu. Ich wette einen Wochenlohn darauf, daß die's gewesen sind.«

»Das ist eine schwere Anklage, bei einem solchen Vergehen droht denen der Strang«, sagte ich. »Haben Sie irgendwelche Beweise?«

»Nein«, sagte er. »Aber Ihr wißt ja selbst, daß sie die wildesten Kerle im Dorf sind, Mrs. MacAndrew. Natürlich hatten die ihre Hand mit im Spiel.«

»Ja«, sagte ich nachdenklich. Ich drehte mich zum Fenster und blickte hinaus auf den Garten und die Koppel und die hohen, hohen Hügel der Downs. Brien räusperte sich und scharte unruhig mit den Füßen. Doch ich ließ ihn warten.

»Wir tun nichts«, sagte ich, nachdem ich die Sache in aller Ruhe durchdacht hatte. »Wir tun nichts, und Sie sagen auch nichts. Ich werde nicht jedesmal nach Acre fahren, wenn etwas passiert. Stellen Sie die Zäune wieder ordnungsgemäß auf und reparieren Sie die kaputten Stellen, so gut es geht. Sagen Sie nichts zu den dreien: John Tyacke, Sam Frosterly und Ned Hunter. Lassen Sie die Sache auf sich beruhen. Vielleicht geschah das nur aus Wut und Übermut und wird nicht wieder vorkommen. Ich bin bereit, darüber hinwegzusehen.«

Ich wußte allerdings, daß wir ohne Beweise nichts gegen die drei unternehmen konnten. Das Dorf hatte gleichsam seine Tore und sein Gesicht vor mir verschlossen, und falls ich so weit ging, drei der wildesten, aber auch lustigsten und stattlichsten Burschen festnehmen zu lassen, so würde mir aus ganz Acre blanker Haß entgegenschlagen.

Die drei waren eine unzertrennliche Bande, seit sie – vorzeitig und mit glucksendem Vergnügen – die Dorfschule hatten verlassen müssen. Sie hatten Äpfel aus unseren Obstgärten gestohlen; sie hatten in unseren Waldungen gewildert; sie hatten im Fenny Lachse gefangen. Beim alljährlichen Wideacre-Tanz war es stets einer von ihnen, der mich aufforderte, um mich dann mit rotem, lächelndem Gesicht herumzuwirbeln, während die beiden anderen ihn mit Rufen und Pfiffen anfeuerten. Sie waren schlimme Kerle – so hieß es jedenfalls im Dorf. Doch in keinem von ihnen fand sich auch nur eine Spur von Bösartigkeit oder Gemeinheit. Und jedes Mädchen im Dorf hätte sonstwas darum gegeben, von einem von ihnen umworben zu werden. Aber sie waren gerade erst zwanzig und somit in jenem Alter, wo junge Männer eine trinkfeste Runde Gleichaltriger der Gesellschaft selbst der hübschesten Mädchen vorziehen. Gewiß hatten sie nichts gegen herzhafte Küsse im Winter unter dem Mistelzweig oder im Sommer hinter einem Heuhaufen – aber ans Heiraten dachten sie nicht.

Falls ich sie richtig einschätzte – und ich glaubte sie ganz gut zu kennen –, so hatten sie die Zäune niedergerissen, um's »denen da« zu zeigen. Aber wenn weder ich noch John Brien irgendeine Reaktion darauf zeigten, würde der Spaß seine Würze verlieren. Und ohne diese Würze – nein, aus schierem Trotz würden sie's sicher nicht tun. Ich glaubte, daß sie mich liebten und keine Zäune zerstören würden, sobald die Sache keinen Spaß mehr machte.

»Lassen Sie die Sache auf sich beruhen«, wiederholte ich. »Und lassen Sie sich nicht anmerken, daß Sie die drei für die Schuldigen halten.«

John Brien nickte, doch das Glitzern in seinen Augen verriet mir, daß er mich für schwach hielt. Aber seine Meinung interessierte mich nicht. Denn ich war absolut davon überzeugt, daß es sich um einen – allerdings recht derben – Streich handelte und nicht, wie John Brien meinte, um eine zielbewußte Zerstörung fremden Eigentums und um eine Verhöhnung von seiten der drei Burschen.

Doch er sollte recht behalten. Ich war es, die sich irrte.

Irgendwann hatte ich mein Gespür für das verloren, was in Acre-Dorf und auf dem Land vorging. Ich war davon überzeugt gewesen, daß Acre Miß Beatrice eins »auswischen« wollte wegen ihres Hochmuts. Und daß dann, wenn ich nichts weiter unternahm, außer daß ich das Gemeindeland weiterhin eingefriedet hielt, beide Seiten gleichsam miteinander quitt sein würden und die weitere Arbeit reibungslos vonstatten gehen konnte.

Doch in der zweiten Nacht wurden die Zäune abermals niedergerissen. Und in der dritten wurden sie niedergerissen und verbrannt.

Es war ein genauestens kontrolliertes Feuer, so wie das vorsichtige Landleute zu handhaben pflegen. In sicherer Entfernung von trockenem Waldholz und überhängenden Ästen hatte man das Zaunmaterial übereinandergeschichtet und in Brand gesetzt. Bevor irgend jemand das Feuer bemerkte, waren die Täter längst entschwunden.

»Und dann erzählen mir alle, sie hätten nichts tun können!« sagte John Brien gereizt. »Sie behaupten, bis sie das Wasser vom Fenny herbeigeschafft hatten, wären die Zäune vernichtet gewesen.«

»Aber da ist doch der Bach auf dem Gemeindeland, nur wenige Yards entfernt«, sagte ich. »Da hätten sie doch bequem eine Kette bilden können.«

»Der befindet sich innerhalb des Sperrgebietes«, erklärte John Brien. »Und sie sagen, Ihr hättet ihnen ja den Zugang verboten, und daran hätten sie sich gehalten.«

Ich lächelte bissig. »Verstehe«, sagte ich.

Ich drehte den Kopf zum Fenster, blickte hinaus. »Dies werde ich ihnen nicht durchgehen lassen«, sagte ich kalt und ohne die Spur eines Lächelns. »Ich habe ihnen eine Chance gegeben, aber sie scheinen mir ja unbedingt trotzen zu wollen. Wenn sie's darauf anlegen, mir zu drohen, mit einem Feuer in meinem Wald, so werden sie lernen müssen, wer der Master dieses Landes ist.«

»Ich werde nach Chichester fahren müssen, um neue Zäune zu besorgen. Bei der Gelegenheit kann ich auch gleich die Kaserne aufsuchen und ein paar Soldaten abstellen lassen. Diese werden dann erstmal die Zäune bewachen. Und falls jene Burschen sich auch nur in die Nähe wagen sollten, werden sie eine Abreibung bekommen, die ihnen zu besseren Manieren verhelfen wird. Ich habe ihnen ihren Spaß gelassen. Aber jetzt gibt es Arbeit, und die Spielchen sind vorbei.«

Brien nickte. Die Härte in meiner Stimme brachte seine Augen zum Glänzen. »Wenn wir sie auf frischer Tat ertappen, könnt Ihr sie festnehmen lassen«, sagte er. »Und sie können dafür baumeln.«

»Gewiß«, sagte ich. »Aber es sind ja Wideacre-Burschen. Es genügt, wenn wir ihnen Angst einjagen. Ich werde sofort nach Chichester fahren.«

Bevor ich die Kutsche bereit machen ließ, suchte ich noch rasch Harry auf, der in der Nursery mit Julia spielte.

»Dies ist sehr schlimm, Beatrice, weißt du«, sagte Harry, während er mich zum Stallhof begleitete.

»Richtig«, stimmte ich zu, mir meine Handschuhe überziehend.

»Typisch für die Armen«, sagte Harry. »Sie können einfach nicht kapieren, daß die Dinge nun mal so sein müssen.«

»Nun«, meinte ich ironisch, »bisher haben sie ja nicht ganz erfolglos zu verhindern gewußt, daß die Dinge ihren unausweichlichen Verlauf nehmen.« Ich stieg in die wartende Kutsche. »Dein sogenannter Fortschritt schreitet ziemlich mühselig fort – für einen natürlichen Prozeß.«

»Du geruhst zu scherzen, Beatrice«, sagte Harry sichtlich gereizt. »Aber es weiß ja jeder, daß die Dinge nun einmal so sein müssen. Auch ein paar verrückte Dörfler können das nicht aufhalten.«

»Ich weiß«, sagte ich. »Wenn ich in der Stadt bin, werde ich mit Lord de Courcey über die gesetzlichen Aspekte sprechen. Falls das so weitergeht, werden wir die Kerle fangen und vor Gericht bringen müssen.«

»Unbedingt hart durchgreifen«, sagte Harry, während er seine auf Hochglanz polierten Stiefel inspizierte. »Nur keine Nachsicht.«

Ich nickte und winkte ihm durch das Fenster der losfahrenden Kutsche zu. Mir kam Harrys Ton zwar recht pompös und töricht vor, doch alle, mit denen ich in Chichester sprach, hörten sich zum Verwechseln ähnlich an. Lord de Courcey schien das Niederbrechen und Verbrennen des Zauns einem bewaffneten Aufstand gleichzusetzen und begleitete mich auf der Stelle zur Kaserne. Den Vorschlag, gleich eine ganze Kavallerie-Einheit auf der Home Farm einzuquartieren, um Wideacre Hall vor drei jungen Burschen zu beschützen, konnte ich zwar ohne große Mühe abwehren; doch akzeptierte ich nur zu gern das Angebot, ein Halbdutzend Soldaten mit ihrem Sergeant mitzunehmen.

Ich hätte Wideacre-Lakaien einsetzen können. Doch wir sind eine kleine Gemeinde, und wenn ich auch sicher war, mich auf die Treue und Zuneigung der Bediensteten im allgemeinen verlassen zu können, so war mir doch klar, daß ihre Loyalität nicht so weit ging, wegen meiner Zäune gegen ihre eigenen Vettern oder gar Brüder gewalttätig zu werden.

Im Triumph kehrte ich heim: in gemächlichem Tempo, gefolgt von einem Wagen mit einer Ladung neuer Zäune sowie – in einigem Abstand – dem Sergeant und seinen Soldaten. Sie sollten im »Bush« einquartiert werden, und offiziell hieß es, sie seien Rekrutenwerber. In Wahrheit hatten sie sich bereitzuhalten, um auf ein Wort von mir gleichsam die Falle aufzustellen.

Gleich am nächsten Abend war es soweit. Den ganzen Tag über waren John Brien und die grinsenden Dörfler damit beschäftigt gewesen, die neuen Zäune zu errichten. Nachdem die Männer bei Einbruch der Dunkelheit nach Hause gingen, trafen wir uns – John Brien, Harry und ich – auf der anderen Seite des Flusses. Geräuschlos durchwateten die Pferde den Fenny, und die Soldaten banden ihre Tiere an und umzingelten die Lichtung, wobei einzig die Straße nach Acre offenblieb. Es war dunkel, noch war der Mond nicht aufgegangen, und das einzige Licht kam von den Sternen, bei teilweise bewölktem Himmel.

Ich war im Sattel geblieben und konnte sehen, wie Tobermorys Ohren nervös zuckten. Es war kalt, die klamme, bittere Kälte eines späten Winterabends. Harry, gleichfalls im Sattel und nicht weit von mir, rutschte hin und her und blies in seine Handschuhe, um die Finger zu wärmen.

»Wie lange warten wir?« fragte er. Er war aufgeregt wie ein Knabe, und ich entsann mich, mit einem Hauch von Beunruhigung, an seine enthusiastischen Erzählungen von den Kämpfen an seiner Schule, wobei sein Held Staveley sein Anführer gewesen war. Für Harry war all dies ein Spiel. Für John Brien, der mich auf seinem Pferd auf der anderen Seite flankierte, war dies weitaus ernster. Obschon mit einer Frau aus Acre verheiratet, haßte er das Dorf und hielt sich für etwas Besseres. Wie die meisten Städter in ihrer Torheit hielt er sich mit seiner raschen Auffassungsgabe für wesentlich gescheiter als die Landbewohner mit ihrer gemächlichen Klugheit. Und wie jeder, der die gesellschaftliche Leiter emporzuklettern versucht, haßte er die Leute, zu deren Schicht er nicht mehr gehören wollte.

»Eine Stunde«, erwiderte ich leise. Der Gedanke an einen Überfall aus dem Hinterhalt hatte etwas prickelndes und erregendes, doch irgendwo in mir sagte eine Stimme: *Dies sind deine Leute, dies sind deine Leute, und trotzdem versteckst du dich hier mit Soldaten und mit zwei Männern, deren Urteil du verachtest, um sie zu überfallen und ›unschädlich‹ zu machen.*

Ich konnte es kaum fassen. Was war nur geworden aus meinem früheren Verhältnis zu Wideacre, zum Land, zu den Menschen, daß ich ihnen jetzt in der Dunkelheit wie ein Spitzel auflauerte? Begonnen hatte es mit meinem Wunsch, Richard auf den Master-Stuhl zu bringen. Doch eben dies, der ihm von Rechts wegen zustehende Platz auf Wideacre, hatte eine lange Kette von Ereignissen ausgelöst mit Folgen, zu denen gehörte, daß mein Mann in einem vergitterten Raum seine Nahrung zu sich nahm; und daß das Gesicht Wideacres, das geliebte, lächelnde Gesicht dieses Landes sich von Tag zu Tag vor meinen Augen mehr und immer mehr wandelte. Würde es nicht Richard zuliebe geschehen ...

»Dort sind sie«, sagte John Brien leise.

Angestrengt starrend erkannte ich in der Dunkelheit drei Gestalten, die sich lautlos von Acre her näherten. Sie gingen hintereinander an der Seite des Weges, und mitunter verschmolzen ihre dunklen Silhouetten mit dem fast schwarzen Gebüsch. Deutlich konnte ich beim Sternenlicht John Tyackes blonden Lockenschopf erkennen, und der mit den breiten Schultern war wohl Sam Frosterly. John Tyacke sagte irgend etwas, tonlos fast, und ich hörte, wie Ned Hunter leise lachte. Sie verhielten sich so ruhig, weil es Nacht war und für sie, als Landbewohner, ein solches Verhalten selbstverständlich war. Sie waren nicht so leise, weil sie eine Falle fürchteten. Nie hätten sie sich auch nur träumen lassen, daß ihnen, den Wideacre-Burschen, auf Wideacre irgend etwas aus dem Hinterhalt drohen konnte.

Sie traten zum ersten Zaun, der das Land absperrte. Einer von ihnen grub mit einem Spaten, lockerte den Pfosten, und dann warfen sich alle drei dagegen und stürzten den Zaun mit vergnügtem Gelächter um.

»Jetzt?« fragte mich Brien leise.

»Jetzt«, sagte ich, und meine Lippen waren so kalt, daß ich kaum sprechen konnte.

»Jetzt!« rief Harry und gab seinem Pferd die Sporen, während gleichzeitig die Soldaten aus den dunklen Büschen hervorstürzten und auf die drei Burschen zustürmten. Da waren die sechs Soldaten, der berittene Sergeant sowie Harry, John Brien und ich. Die drei Burschen kamen wie torkelnd hoch, starrten fassungslos und jagten dann wie aufgescheuchte Hirsche zurück in Richtung Acre, wohl in der instinktiven Hoffnung, daß sie in Sicherheit waren, falls sie's schafften, nach Hause zu kommen.

Ned und Sam sprangen über den niedergerissenen Zaun und rannten den Weg entlang, hinter sich die Soldaten und Harry auf seinem Pferd. Ich machte einen blonden Schopf aus und erkannte, daß John Tyacke in entgegengesetzter Richtung lief, hinunter zum Fenny, wo er sich unter zahllosen Verstecken irgendeines aussuchen konnte. Er wußte nicht, daß ich hier war und ihn beobachtete, während er direkt auf mich zurannte. Seine Aufmerksamkeit galt noch jenen Geräuschen hinter ihm, die entstanden, als Harry sich von seinem Pferd auf die anderen beiden Flüchtigen stürzte. Er rechnete damit, daß ihm jemand dicht auf den Fersen war. Bevor er richtig begriff, was geschah, erreichte er Tobermory und blieb in der Dunkelheit neben dem Pferd stehen.

»Miß Beatrice!« sagte er.

»John Tyacke!« erwiderte ich. Er duckte sich und flüchtete den schmalen Weg entlang in Richtung Fluß.

»Habt Ihr gesehen, wohin er ist, Ma'am?« rief der Sergeant, der seine Leute von der Stelle herbeirief, wo Ned und Sam niedergeschlagen zwischen John und Harry standen.

»Nein«, versicherte ich hastig und ohne zu überlegen. Der junge Bursche war Gaffer Tyackes Enkelsohn, und ich mochte den alten Tyacke. Er war einer von unseren Leuten, und der Sergeant war ein Fremder. Ich wollte nicht, daß John Tyacke niedergeritten wurde wie ein Hund.

»Nein, er ist uns entwischt«, sagte ich.

Die Soldaten brachten Sam und Ned noch in derselben Nacht nach Chichester. Daran hatte ich nicht gedacht. Außerdem würde ihnen zu einem bestimmten Termin bei Richter Browning der Prozeß gemacht werden. Daran hatte ich nicht gedacht. – Wenn Acre morgen früh aufwachte, gab es nichts, was irgendwer tun konnte. Zwei der beliebtesten Burschen des Dorfes waren fortgeschafft worden. Und ihr bester Freund, der junge John Tyacke, konnte nur am Herd seiner Mutter sitzen, den Kopf in die Hände gestützt und für sich murmelnd, er wisse nicht, was er tun solle.

Für ganz Acre würde feststehen, daß auch John mit von der Partie gewesen sein mußte, wenn Ned und Sam irgend etwas ausgeheckt hatten. Und ebenso würde man wissen, daß die Sache schlimm ausgegangen sein mußte, weil die drei normalerweise unzertrennlich waren. John Tyacke würde seine beiden Freunde niemals im Stich lassen. Nun saß er den ganzen Tag lang und grübelte, was er tun sollte, indes der Zaun repariert wurde und man endlich daran gehen konnte, die Bäume auf dem umfriedeten Gelände zu fällen. Schließlich ging John zu seinem Großvater Gaffer Tyacke und erzählte ihm, was geschehen war.

Und dann kam Gaffer Tyacke zu mir.

So halb hatte ich damit gerechnet: daß ich nicht mehr die erste war, an die sich die Dörfler in einem Notfall direkt wandten, mußte ich erst noch lernen. Gaffer kam in mein Büro, als Harry gerade dort war, und hätte ich, schneller reagierend, Harry hinausgeschickt, so wäre es vielleicht nicht zur Abwärtsdrehung der Spirale gekommen, vom Irrtum zur Tragödie. Aber Stride hatte Harry und mir Kaffee serviert, während wir an einigen Plänen arbeiteten, und Harry war auf ein paar *petits fours* erpicht, so daß ich ihn seinem Wohlbefinden halber im Büro am Tisch sitzen ließ, wo er seine Leckerbissen genoß, während Gaffer Tyacke, seine Mütze in der Hand, vor meinem Schreibtisch stand.

»Ich bin gekommen, um mich zu stellen, Miß Beatrice«, sagte er.

»Was?« fragte ich ungläubig.

»Ich bin gekommen, um mich zu stellen«, wiederholte er ruhig. »Ich hab' die beiden Burschen gestern abend in den Wald mitgenommen und ihnen befohlen, die Zäune niederzureißen. Das hab ich ihnen am Abend befohlen. An den Abenden davor hab ich's allein getan.«

Ich starrte ihn an, als müsse einer von uns beiden verrückt sein; dann dämmerte mir allmählich, was er eigentlich wollte.

»Gaffer Tyacke, das könnte niemand glauben«, sagte ich freundlich.

»Du bist ein alter Mann, du könntest es niemals getan haben. Ich verstehe, was du zu tun versuchst, aber so geht das nicht.«

Seine Augen blieben ausdruckslos. Seit meinen frühesten Kindertagen hatte er mich gekannt und geliebt. Er hatte meine Taufe in der Gemeindekirche miterlebt und mich bei meinen ersten Ausritten mit Papa gesehen. Doch jetzt blickte er durch mich hindurch wie durch eine schmierige Fensterscheibe und sagte: »Ich bin gekommen, um mich zu stellen, Miß Beatrice, und ich bitte darum, daß Ihr mich festnehmt und nach Chichester schickt.«

»Was ist das?« fragte Harry, gleichsam aus seinem Traum aus Schokoladengebäck erwachend. »Was hör' ich da? Gaffer Tyacke – du hast die Zäune niedergerissen?«

»Ja«, sagte der alte Mann ohne Zögern.

»Nein!« sagte ich, gereizt, wie atemlos, in aufsteigender Angst. »Wie könnte das sein, Harry? Sei nicht so töricht. Du hast den Mann gestern abend laufen sehen. Es hätte niemals Gaffer Tyacke sein können.«

»Ich bin's gewesen, halten zu Gnaden«, sagte George Tyacke unbeirrt. »Und ich bin gekommen, um mich zu stellen.«

»Nun, dann kommst du vor Gericht, und es handelt sich um ein sehr ernstes Vergehen«, sagte Harry warnend.

»Das weiß ich, Squire«, erwiderte Tyacke ruhig. Er wußte es besser als einer von uns. Gerade, weil er verstand, worum es ging, war er hier. Ich streckte ihm eine Hand entgegen.

»Gaffer Tyacke, ich weiß, was du da tust«, sagte ich. »Ich wollte nicht, daß es so weit kommt. Aber ich kann dem vielleicht noch einen Riegel vorschieben. Ich meine, es ist nicht nötig, daß du versuchst, sie auf diese Weise zu retten.«

Voll wandte er mir sein Gesicht zu, und seine dunklen Augen waren so schwarz wie die eines Propheten. »Miß Beatrice, wenn Ihr es nicht so weit kommen lassen wolltet, dann hättet Ihr niemals damit anfangen sollen. Ihr habt uns selbst gesagt, daß dies der Weg der Welt außerhalb von Wideacre ist. Ihr habt jene Welt nach Wideacre gebracht, und jetzt wird das Tod bedeuten. Ihr habt Tod nach Wideacre gebracht, Miß Beatrice. Und es ist besser, wenn es mein Tod ist, als der von jemand sonst.«

Ich ließ eine Art Keuchen hören, sackte auf meinem Stuhl zurück; Harry seinerseits versuchte es, sich nähernd, mit einschüchternder Autorität.

»Das genügt, jetzt langt's aber wirklich!« sagte er. »Gaffer Tyacke, du hast Miß Beatrice in Aufregung versetzt. Halte deine Zunge im Zaum!«

George Tyacke nickte, noch immer den Blick auf mir, voller Vorwurf, tief brennend; indes Harry läutete und Anweisung gab, die Kutsche bereit zu machen – für eine Fahrt nach Chichester.

»Harry«, sagte ich beschwörend. »Dies ist Unsinn und muß auf der Stelle aufhören.«

Beim Klang meiner Stimme zögerte er und blickte von mir zu George Tyacke.

»Ich bin gekommen, um mich hier bei Euch zu stellen«, sagte George. »Aber ich kann auch zu Lord Havering gehen. Ich bin bereit, die Strafe auf mich zu nehmen.«

»Die Angelegenheit ist zu ernst, um sie einfach zu ignorieren, Beatrice«, sagte Harry in vernünftig klingendem Ton, doch auf seinem Pausbackengesicht spiegelte sich seine kindliche Aufregung über die Dramatik dieser kleinen, tödlichen Geschehnisse. »Ich werde Gaffer Tyacke nach Chichester bringen, und zwar sofort, um klare Verhältnisse zu schaffen. Und jetzt komm schon«, sagte er grob zu Tyacke und führte ihn hinaus.

Ich sah die Kutsche am Fenster vorbeifahren, und ich wußte nicht, was ich tun sollte, um sie zu stoppen. Ich wußte überhaupt nicht, wie ich irgend etwas stoppen konnte. Für eine lange, sehr lange Stunde saß ich an meinem Schreibtisch, den Kopf in die Hände gestützt. Dann ging ich hinauf zu meiner Nursery, um meinen Sohn zu finden, den künftigen Squire.

Sie hängten ihn.

Armer, alter, tapferer, törichter Gaffer Tyacke.

Die beiden anderen, die jungen Burschen behaupteten nicht im mindesten, daß er der – zumal Alleinschuldige gewesen sei; doch das Gericht war froh, einen Mann zu haben, der sich dazu bekannte, Zäune niedergerissen und verbrannt sowie fremden Boden unbefugt betreten zu haben. Also hängte man ihn. Und Gaffer Tyacke ging mit gleichmäßigen Schritten zum Galgen, und er hielt seine alten Schultern straff vor Stolz.

Die beiden jungen Burschen, Hunter und Frosterly, verurteilte man zur Deportation. Ned Hunter fiel dem Flecktyphus zum Opfer, während er auf seine Deportation wartete. Man erzählte sich, Sam sei die ganze Zeit bei ihm gewesen, und er sei schließlich in Sams Armen gestorben, die Lippen vor Fieber schwarz, voller Sehnsucht nach dem Anblick seiner Heimat und der Berührung von seiner Mutter Hand. Sam Frosterly wurde dann mit dem nächsten Schiff in die Verbannung geschickt, und seine Familie erhielt später einen Brief von ihm – nur ein einziges Mal. Er befand sich in Australien, ein hartes Leben und ein bitteres Leben für einen jungen Menschen, der großgeworden war im sanften Herzen von Sussex. Wie sehr muß er sich doch immer wieder gesehnt haben nach den grünen Hügeln seiner Heimat. Und es heißt, es sei das Heimweh gewesen und nicht etwa die Hitze oder die Fliegen oder die abscheulichen blutigen Schlägereien, das ihn umgebracht habe. Er starb noch vor Ablauf eines einziges Jahres. Wer in Wideacre zur Welt gekommen und aufgewachsen ist, kann einfach nirgendwo sonst glücklich werden.

Ich hörte von den Toden – von Gaffers Tod am Galgen, von Hunters Tod durch Typhus vor der Deportation –, und ich hatte einen schmalen Mund, ein weißes Gesicht und trockene Augen. Nach Hunters Tod verschwand John Tyacke, Gaffer Tyackes junger, hübscher Enkelsohn und Liebling des Dorfes, aus Acre. Manche sagten, er sei zur See gegangen, während andere behaupteten, er habe sich in den Waldungen von Wideacre erhängt, und man würde ihn finden, wenn die Herbstwinde kämen und das Laub fortbliesen, das ihn vor fremden Blicken schütze. Fort war er jedenfalls. Und nie wieder würde man die drei Arm in Arm die Dorfstraße entlanggröhlen sehen und vor allem hören. Und nach Einbringung der Ernte würde mich John Tyacke nicht mehr herumwirbeln in einer gehüpften Gigue, indes die anderen ihre Mützen in den Händen drehten und sich glucksend gegenseitig in die Rippen stießen. Alle drei waren fort.

17. Kapitel

Irgend etwas in mir schien zerbrochen. Ich konnte den Herzschlag von Wideacre nicht mehr hören. Ich konnte den Herzschlag nicht hören; ich konnte den Gesang der Vögel nicht hören. Nur ganz allmählich wurde es im Frühjahr wärmer, als umschlösse diesmal ein Klumpen Eis das Herz von England. Doch mir teilte sich selbst von dieser mäßigen Wärme nichts mit. Die Kuckucke riefen im Wald, die Lerchen stiegen gleichsam probeweise auf und machten erste Gesangsversuche; doch mir wurde nicht warm. Mein Herz sang nicht. Der Frühling hielt Einzug, der Wideacre-Frühling: mit Narzissen in den Wäldern, mit wie hingestreuten Wiesenblumen, mit dem jungen Laub und all der Süße, mit dem wilden Rauschen des Fenny – der Wideacre-Frühling war da; nur – in meinem Herzen blieb die Winterkälte.

Ich wußte nicht, was mit mir los war. Ich konnte nicht hören, nicht sehen. Nichts, gar nichts in meinem Leben schien mir noch *wirklich* zu sein, und ich blickte hinaus auf das feuchte, grünende Land, als blickte ich durch einen Wall aus Eis, der mich für immer trennen würde von dem Land, das ich geliebt, und den Menschen, die ich gekannt hatte.

Ich verbrachte viel Zeit damit, durch das Fenster zu schauen, durch die Glasscheibe. Betrachtete ungläubig die Bäume, ihr Grünen, ihr Gedeihen, das so unverändert schien, als sei alles noch genau wie früher – fast, als sei auch mein eigenes Herz noch gestimmt auf die stetig pochende Weise meiner Heimat. Doch ich wagte mich nicht hinaus. Kutschieren mochte ich nicht mehr, und reiten durfte ich nicht wegen der noch andauernden Trauerzeit. Aber ich hatte aufs Reiten auch gar keine Lust. Ich hatte nicht einmal Lust, in den Feldern spazierenzugehen. Die warme, feuchte Erde klebte an meinen Stiefeln wie Klumpen aus Lehm und schien mich hinunterziehen zu wollen wie in einen Sumpf. Und selbst beim Kutschieren schien die Anstrengung übergroß: das Halten und Ziehen der Zügel, das Schnalzen mit der Zunge – alles.

In diesem Frühjahr war das Land ringsum nicht so lieblich wie sonst; alles wirkte zu hell, zu grell. Die mannigfachen Grün-Tönungen ließen meine Augen schmerzen in ihrer Überfülle und Üppigkeit. Unwillkürlich kniff ich die Augen zusammen, wenn ich in Richtung der Downs blickte, und der Sonnenschein zeichnete harte Linien um meinen Mund und auf meine Stirn, die tief gefurcht zu sein schien.

Draußen auf dem Land zu sein, war für mich in diesem Frühjahr kein Vergnügen, und ich wußte nicht, warum. Im Dorf empfand ich es nicht anders. Ich hatte dafür gesorgt, daß im Winter jeder zu seinem Brennholz gekommen war, indem ich das Gemeindeland erst sehr spät hatte einfrieden lassen. Da konnten sie mir nun wirklich keine Vorwürfe machen. Niemand im Dorf mußte frieren. Ich hatte also keineswegs nur Unheil gestiftet.

Aber das erkannten sie nicht an. So wie man damals – in jenem Jahr mit Ralph – das Grünen und Gedeihen des Landes meinem Zauber zugeschrieben hatte, dem Segen, der durch mich auf Wideacre lag, so gab man mir jetzt an allem Schlechten und Bösen die Schuld. Die Kuh der Sowers ging ein, und natürlich war das meine Schuld, weil das Tier nicht mehr auf dem frischen Grün des Gemeindelands hatte weiden können. Eines der Kinder der Hills-Familie wurde krank, und selbstverständlich war das meine Schuld, weil der Arzt, mein Mann, sich weit weg von Wideacre befand und sie sich keinen anderen leisten konnten. Mrs. Hunter saß bei einem geschwärzten Herd und weinte unaufhörlich über die Schande, daß man ihr den Sohn genommen hatte, und darüber, daß er gestorben war, nach ihr rufend, ohne daß sie seinen Rufen hätte folgen können. Das sei meine Schuld, sagten die Leute. Das sei meine Schuld.

Und es war meine Schuld, ich wußte es.

Wenn ich durch das Dorf fahren mußte, hielt ich meinen Kopf sehr hoch, und meine Augen blitzten in zornigem Trotz. Noch immer gab es niemanden, der meinem Blick standhalten konnte, und mürrisch wandten sie ihre Augen ab. Aber als ich eines Tages, durch das Fenster ihres Cottage, Mrs. Hunter bewegungslos neben dem schwarzen Herd sitzen sah und bemerkte, daß aus ihrem Schornstein nicht die leiseste Spur von Rauch kräuselte, war mir überhaupt nicht trotzig zumute. Ich fühlte in mir nicht die Kraft, dem Unheil auf meinem Land standzuhalten, auch nicht, es zynisch zu ignorieren. Kalt und beklommen fühlte ich mich und voll Angst. An einem frösteligen Nachmittag hielt ich bei dem Cottage des Schusters und rief einer Gruppe dort stehender und schwatzender Frauen zu: »Mrs. Merry!« Die Frauen kehrten mir ihre Gesichter zu, mürrische, verschlossene Gesichter; und ich mochte kaum glauben, daß es eine Zeit gegeben hatte, wo sie mir lächelnd »Guten Tag!« zugerufen hatten, um sodann mein Gig zu umringen und mir den neuesten Dorfklatsch zu erzählen. Jetzt standen sie im Kreis wie gestrenge Richter und musterten mich aus kalten Augen. Dann machten sie Platz, damit Mrs. Merry zur Kutsche kommen konnte, und mir fiel auf, daß sie eigentümlich schleppend ging. Ihr Gesicht war ohne eine Spur von Lächeln, es glich einer ausdruckslosen Maske.

»Was ist mit Mrs. Hunter los?« fragte ich, mit der einen Hand die Zügel haltend, mit der anderen die Peitsche beiseite legend.

»Körperlich ist sie nicht krank«, erwiderte Mrs. Merry, ihre Augen auf meinem Gesicht.

»Was fehlt ihr denn?« fragte ich ungeduldig. »Ihr Feuer ist aus. Drei Tage nacheinander bin ich an ihrem Cottage vorbeigefahren und habe sie immer nur neben der leeren Feuerstelle sitzen sehen. Was fehlt ihr? Warum gehen ihre Freunde nicht hinein und machen für sie Feuer?«

»Sie will nicht, daß eins angezündet wird«, sagte Mrs. Merry. »Sie will auch nicht essen. Sie will nicht mit ihren Freunden sprechen. Sie sitzt einfach so da, seit sie vorige Woche Sam Frosterlys Brief bekommen hat, daß Ned tot ist. Ich hab ihn ihr vorgelesen, denn sie selbst kann nicht lesen. Sie nahm den Eimer, schüttete Wasser übers Feuer und saß bei der nassen Asche, bis ich ging. Als ich am nächsten Morgen wiederkam, war es noch genauso.«

Meine Miene blieb hart, doch in mir wuchs Verzweiflung.

»Sie wird sich schon wieder erholen«, sagte ich. »Es ist nur der Schock über den Verlust ihres Sohnes. Sie ist Witwe, und er war ihr einziges Kind.«

»*Aye*«, sagte Mrs. Merry.

Nur dieses eine Wort – kalte, harte Einsilbigkeit von seiten der Frau, die mich von meinem Kind entbunden hatte, die mir beigestanden hatte während jener Krise aus Mühe und Qual, die mir versprochen hatte, niemandem etwas zu verraten, und die dieses Versprechen zweifellos auch gehalten hatte. Mrs. Merry – die Frau, die zu mir gesagt hatte, ich sei genau wie mein Papa in meiner Fürsorge für die Menschen von Wideacre.

»Es ist nicht meine Schuld, Mrs. Merry«, erklärte ich mit plötzlicher Leidenschaftlichkeit. »Ich wollte nicht, daß so etwas geschieht, es war nicht meine Absicht. Ich mußte nur die Weizenfelder vergrößern; ich rechnete nicht damit, daß die Burschen die Zäune niederreißen würden. Und dann holte ich die Soldaten, um ihnen Angst einzujagen, damit sie mit solchen Sachen aufhörten. Ich dachte nicht, daß man sie fangen würde. Ich dachte nicht, daß Gaffer sich ›stellen‹ würde. Ich dachte nicht, daß man ihn hängen, daß Ned sterben und daß Sam weit fortgeschickt werden würde. Nichts davon hab' ich gewollt.«

In Mrs. Merrys Augen sah ich keine Gnade.

»Dann seid Ihr also die Pflugschar, welche die Kröte nicht zerschlitzen will«, sagte sie streng. »Ihr seid die Sense, die den Hasen nicht verstümmeln will. Ihr geht mit aller Schärfe Euren Weg, wollt jedoch jenen, die Euch im Wege stehen, nichts, aber auch gar nichts zuleide tun. Und so kann Euch denn auch niemand einen Vorwurf machen, Miß Beatrice, nicht wahr?«

Ich streckte Mrs. Merry, der weisen Frau, eine Hand entgegen.

»Ich habe es nicht gewollt«, sagte ich. »Jetzt geben mir die Leute an allem die Schuld. Aber mein Sohn wird wieder alles ins Lot bringen. Sagen Sie Mrs. Hunter, ich werde dafür sorgen, daß ihr Sohn heimgebracht wird, damit er auf dem Friedhof ein ordentliches Begräbnis haben kann.«

Mrs. Merry schüttelte den Kopf.

»*Nay,* Miß Beatrice«, sagte sie kategorisch. »Ich werde Mrs. Hunter von Euch keine Botschaft ausrichten. Das wäre eine Beleidigung für sie.«

Ich starrte sie mit offenem Mund an. Dann lockerte ich die Zügel. Sorrel setzte sich in Bewegung, und ich griff nach der Peitsche und trieb das Pferd zu schärferem Tempo an. Während ich mich von der Gruppe der Frauen entfernte, hörte ich, wie etwas seitlich gegen die Gig knallte.

Jemand hatte einen Stein geworfen.

Jemand hatte einen Stein nach mir geworfen.

Und so zog es mich nicht hinaus zu einer Fahrt durch den Wald, zu einer kleinen Wanderung durch die Felder oder zu einem Spaziergang auf der Straße nach Acre. Harry kam und ging, wie es ihm gefiel. Celia setzte ihre Besuche fort, und es war auch Celia, die dafür sorgte, daß Ned Hunters sterbliche Überreste von Portsmouth nach Wideacre überführt wurden. Und es war Celia, die für sein Begräbnis bezahlte und für das kleine Kreuz über seinem Grab. Celia und Harry wurden noch immer mit einem Knicks oder einem Ziehen an der Stirnlocke begrüßt, wenn sie nach Acre fuhren. Ich meinerseits mied das Dorf. Nur am Sonntagmorgen fuhr ich in jenem warmen, feuchten Frühjahr vorbei an den Cottages mit den starrenden Fenstern. Vorbei am Schornstein, dem rauchlosen Schornstein von Mrs. Hunters kleiner Hütte. Vorbei an den frischen Gräbern auf dem Friedhof, Gaffer Tyackes Grab, Ned Hunters Grab. Und ich legte dann den schier endlosen Weg zurück, der mich durch den Mittelgang der Kirche führte, vorüber an den Reihen der Bänke, von denen mich meine Leute beobachteten mit Augen so hart wie Kieselsteine.

In jenem Frühjahr verlagerte sich meine Arbeit ganz ins Haus. Das Reiten und das Befehlen erledigte sozusagen John Brien für mich. Täglich kam er zu mir ins Büro, und ich sagte ihm, welche Arbeit ich getan haben wollte, und er machte sich auf, um sie ausführen zu lassen und zu überwachen. So kam es also, daß das Land, das niemals einen Inspektor gehabt hatte, sondern stets von seinem Master direkt geführt worden war, jetzt von einem Mann überwacht und praktisch befehligt wurde, der kein Lacey war, der nicht einmal ein Farmer war, der nicht einmal aus der Gegend von Wideacre stammte: ein Städter, ein Aufseher-Typ.

Mit den Leuten, die ihm gehorchen mußten, bereitete er das Gemeindeland für die Aussaat vor, baute dort Weizen an. Im Dorf muckte niemand mehr auf. Er pflügte das halbe Dutzend Wiesen um, wo sich früher die Kinder getummelt hatten. Wo immer sich ein Stück Land unter den Pflug nehmen ließ, bauten wir Weizen an. Und dennoch machten wir nicht genug Geld.

Johns Vermögen reservierte ich für die Abfindung unseres Vetters; für die Anwaltskosten wollte ich es auf keinen Fall anrühren. Doch je länger sie die Sache hinschleppte, desto größer wurden eben diese Kosten. Das Geld, das wir von Mr. Llewellyn geliehen hatten, sollte für die Rechnungen während der ersten drei Monate reichen; doch blieb uns überdies das Problem, die Rückzahlungen für die Darlehen zu leisten, und Extrageld konnte erst beim Verkauf der Weizenernte hereinkommen – also irgendwann in der Ewigkeit, wie mir schien.

Nichts ging mir schnell genug. Zu Anfang unseres großen Plans hatte ich mich noch mit Harry beraten; jetzt traute ich mich nicht, ihm die wahren Zahlen zu zeigen. Unsere Ausgaben – für die Tilgung der Darlehen, für die Anwaltskosten, für Johns ärztliche Pflege, für die neuen Arbeitstrupps und für Gerät und Saatgut – überstiegen unsere Einnahmen. Wir griffen auf unsere Kapitalreserven zurück – und zwar so ausgiebig, daß ich mir fast schon an den Fingern abzählen konnte, wie lange es dauern würde, bis das von Papa so langsam und sorgfältig angehäufte Vermögen endgültig verbraucht war. Dann würden wir Land verkaufen müssen.

Es gab genug, das mich im Haus festhielt, selbst wenn morgens die Schwalben tief hinwegschwangen über den Fenny. Genug, wirklich genug: Jene fast unerträgliche innere Anspannung beispielsweise, die mich jeden Morgen auf den Postboten warten ließ, voller Angst, dies könne wieder einer der Tage sein, an denen einer von Dr. Roses zurückhaltenden, jedoch immer zuversichtlicher klingenden Briefen eintraf, in dem es diesmal vielleicht heißen würde: »Ich bin ja so froh, Ihnen mitteilen zu können, daß Ihr Gatte wieder vollständig hergestellt ist. Während ich dies schreibe, packt er bereits sein Gepäck für die Heimreise!«

Tag für Tag erwartete ich einen solchen Brief. Und Tag für Tag betete ich darum, daß endlich der Brief eintreffen möge, in dem mir mitgeteilt wurde, daß unser Vetter die Kompensation akzeptiert habe und Johns Vermögen an ihn gezahlt werden könne, damit die Erbfolgeänderung ernsthaft in Angriff genommen werden konnte. Jeden Morgen erwachte ich mit dem Gedanken, daß zwei gleichsam konvergierende Abläufe von Ereignissen immer näher herangerast kamen. Und jeden Tag öffnete ich voller Beklemmung den Postsack, den man mir ins Büro brachte: suchte, ob er etwas enthielt, das mir sagte, ob ich Wideacre gewonnen oder verloren hatte für meinen Sohn.

Ich hatte gewonnen.

An jenem wunderschönen Aprilmorgen – im Garten vor meinem Fenster nickten die Narzissen mit ihren goldenen Köpfen und die Vögel tollten durch die helle Frühlingsluft – enthielt der Postsack ein dickes, cremefarbenes Kuvert mit dem Firmenwappen unserer Anwälte in einer Ecke und ihrem pompösen Siegel auf der Rückseite. Mit allerlei rhetorischen Schnörkeln voller Eigenlob teilten sie mir mit, unser Vetter Charles Lacey sei mit einer materiellen Kompensation einverstanden und bereit, auf seine Rechte auf Wideacre zu verzichten. Ich hatte gewonnen. Richard hatte gewonnen. Die Angst und die Verwirrung der letzten Monate waren vorbei und würden bald vergessen sein. Jetzt würde Richard auf diesem Land als dessen künftiger Squire erzogen werden. Ich würde ihn alles lehren, was er über das Land und die Leute wissen mußte, und er würde in jedem Jahr seines Lebens die Ernte einbringen. Als seine Mutter würde ich zu gegebener Zeit schon ein hübsches Mädchen aus Sussex für ihn finden, und beide würden dann neue Erben für das Land zeugen. Fleisch von meinem Fleische, Gebein von meinem Gebein. Es würde mir gelungen sein, eine Familienlinie zu etablieren, die sich über Jahrhunderte hinweg in eine unvorstellbare Zukunft erstrecken konnte. Und es war mir gelungen, obwohl ich dabei den Klang meines eigenen Herzschlages verloren hatte, den Klang von Wideacres Herzschlag, den Klang einer Stimme der Liebe, wessen auch immer.

Schweigend saß ich mit dem Brief in der Hand, und eine gewaltige

Flut aus Erleichterung und Erlösung spülte über mich hinweg, so deutlich spürbar wie der Frühlingssonnenschein, der mein Gesicht und meine seidenbedeckte Schulter wärmte. Lange, lange Minuten verharrte ich völlig bewegungslos, genoß den Augenblick des Sieges. Nur ich wußte, was es mich, was es Wideacre, was es Acre-Dorf gekostet hatte, bis zu diesem Punkt zu gelangen, wo der Weg für meinen Sohn freilag. Nur ich wußte das. Aber auch für mich gab es da Dinge, die ich nicht wissen, nicht vollständig einschätzen konnte. Zwar hatte ich das Land für Richard gewonnen, doch war für mich dieses Frühjahr tot gewesen. Ich konnte nicht sicher sein, daß mein Gefühl für das Land je wieder zurückkehren würde. Die Leute hatten sich gegen mich gewandt; das Gras war zu grell-grün; und selbst der Gesang der Drosseln konnte die Mauer, die mich umgab, nicht durchdringen. Aber das gehörte wohl alles zu dem Preis, den ich zahlen mußte, um Richard sozusagen in den Sattel setzen zu können. Ich zahlte und zahlte, und jetzt war die Belohnung in Sicht.

Unwillkürlich aufseufzend zog ich Schreibpapier herbei und begann einen Brief an die Banker, in dem ich sie damit beauftragte, Johns gesamtes Vermögen zu Geld zu machen, sämtliche MacAndrew-Anteile zu verkaufen und die Summe auf das Konto unseres Vetters zu überweisen; um jedweder Frage wegen einer so ungewöhnlichen Transaktion zuvorzukommen, fügte ich das Dokument mit der Vollmachtserklärung bei. Dann nahm ich einen neuen Bogen Briefpapier und begann einen Brief an die Anwälte, in dem ich ihnen mitteilte, sie könnten nun jene juristischen Prozeduren in Angriff nehmen, die notwendig seien, um die Änderung der Erbfolge zugunsten meines Sohnes Richard und Celias Tochter Julia als gemeinsame Erben zu realisieren.

Dann saß ich wieder still, die Sonnenwärme auf meiner Schulter, und überließ mich für Augenblicke meinen Gedanken: versuchte mir gleichsam Rechenschaft abzulegen über mein Handeln.

Doch ich war genauso ungeduldig, wie ich es mit fünfzehn gewesen war, und sagte: »Jetzt.« Der Preis, den Richard vielleicht einmal würde bezahlen müssen, genau wie Julia, lag in ferner Zukunft. Ich konnte nur mit dem »Jetzt« fertigwerden. Das war ich mir schuldig. Ich war es meinem Sohn schuldig, ihm den Stuhl des Squires zu sichern. Ich mußte blind sein, mußte mich blind stellen gegenüber dem Preis, den ich wohl meinem Sohn aufbürden würde. Seine Aufgabe würde es sein, die von mir aufgenommenen Hypotheken ganz zu tilgen. Auch blieb ihm der Zwang, sein Leben lang mit seiner Schwester zusammenzuarbeiten, ein Zwang auch für sie. Aber das waren Bedingungen, die unter den

Umständen einfach akzeptiert werden mußten. Ich würde meine Pflicht getan haben, gegenüber meinem Sohn, gegenüber meiner Tochter, gegenüber mir selbst – und sogar, auf eigentümlich Weise, gegenüber meinem Papa und der langen Lacey-Linie: indem ich den Erben, den bestmöglichen Erben, auf den Stuhl des Squires setzte. Die Begleichung zukünftiger Schulden war Sache der Zukunft.

Ich versiegelte die beiden Briefe, schrieb dann einen dritten. An Mr. Llewellyn. Ich sprach von einer weiteren Hypothek auf Wideacre: auf das Wiesengelände, das wir in der Nähe von Havering eingefriedet hatten. Es war als Teil von Celias Mitgift zu Wideacre gekommen, und im ärgsten Notfall – falls wir gezwungen sein sollten, Land zu verkaufen – würde es mich weniger schmerzen, die neu hinzugewonnenen Felder zu verlieren. Eine Hypothek aufzunehmen auf jene Felder, über die ich mit Papa geritten war, hätte ich nicht ertragen können, nicht einmal seinem Enkelsohn zuliebe. Aber wir brauchten das Geld. Die gesetzliche Vereinbarung würde direkt im House of Lords, dem Oberhaus, unterzeichnet und bezeugt werden müssen, und auf dem Wege dorthin mußten noch viele Hände »geschmiert« sowie Verfahrenskosten gezahlt werden. Das sprießende Grün des Weizens würde sich in diesem Sommer fast buchstäblich in Gold verwandeln müssen, sonst drohte uns der Ruin.

»Beatrice! Du siehst ja so viel besser aus!« sagte Celia, als ich mich, nach dem Eintreffen des für mich so erlösenden Briefes, beim Frühstück zu ihr und zu Harry gesellte.

»Ich fühle mich auch besser«, erwiderte ich lächelnd. Celias Köchin hatte eine Köstlichkeit bereitet: in Zucker gerösteten Schinken mit Aprikosen; und dazu würzige Rindfleischpastete. »Mrs. Gough wirkt in der Küche Wunder. Ihr mißgönne ich ihren Lohn wahrhaftig nicht.«

»Nein, warum solltest du auch?« fragte Celia mit großen Augen. »Alle in London ausgebildeten Köchinnen sind teuer. Ich finde, sie wird hier eher unterbezahlt.«

Ich lächelte, zuckte die Achseln. »Nur keine Sorge, Celia. Ich habe keineswegs die Absicht, die Gemeindearbeiter in die Küche zu holen, damit sie dir dein Dinner kochen. Ich war nur gerade mit allerlei Kalkuliererei beschäftigt – und so kalkuliere ich im Augenblick automatisch alles und jedes.«

»Dabei mußt du wohl zu recht guten Resultaten gelangt sein, denn deine Augen glänzen wieder grün, und das tun sie nur, wenn du glücklich bist«, sagte Celia, mich aufmerksam betrachtend. »Hast du irgendeine gute Nachricht erhalten?«

»Ja«, sagte ich. »Ich habe einen Brief bekommen, der mich sehr glücklich gemacht hat.«

In Celias Gesicht leuchtete es plötzlich ganz hell auf.

»John kommt heim!« rief sie voller Freude.

»Nein«, sagte ich irritiert. »John kommt nicht heim. Diese gute Nachricht betrifft etwas Geschäftliches, das du nicht verstehen und beurteilen könntest. Von Dr. Rose habe ich in diesem Monat noch nicht gehört, aber in seinem letzten Brief meinte er, Johns Zustand müsse noch um vieles besser werden, bevor er heimkehren könne.«

Celia senkte den Kopf und blickte auf ihren Teller, wohl um aufsteigende Tränen zu verbergen. Als sie wieder aufschaute, sah ich, daß ihre Lippen ein wenig zitterten; die Enttäuschung war zu groß, allzu schroff hatte ich ihre Hoffnungen zunichte gemacht.

»Tut mir leid, Beatrice«, sagte sie. »Es war gedankenlos von mir, diesen voreiligen Schluß zu ziehen, nur weil du von einer guten Nachricht sprachst. Aber ich denke so unaufhörlich an John und daran, wie unglücklich du ohne ihn bist, daß ich unwillkürlich annahm, nur die Nachricht von seiner bevorstehenden Heimkehr könne dich so – so sehr belebt haben.«

Ich nickte nur kurz und konzentrierte mich aufs Frühstück. Celia aß sehr wenig und verzichtete sogar auf Obst.

»Wirst du nach Bristol reisen, um ihn zu besuchen?« fragte sie behutsam. »Es scheint ja schon so lange her zu sein. In der ersten Dezemberwoche ist er fort, und jetzt haben wir Mitte April.«

»Nein«, erwiderte ich entschieden. »Ich finde, ich sollte Dr. Roses Rat befolgen. Er versprach ja, mir umgehend mitzuteilen, wenn John soweit ist, daß er Besucher empfangen kann. Es wäre ihm wohl kaum damit gedient, wenn ich zu ihm vordringen würde, bevor er bereit ist, mich zu sehen.«

Celia nickte ergeben.

»Wie du meinst, liebe Beatrice«, sagte sie zärtlich. »Falls du es dir jedoch anders überlegst, oder falls Dr. Rose dir mitteilt, daß du kommen kannst, so weißt du ja, daß Richard für ein paar Nächte auch mal ohne dich auskommen kann. Ich würde dafür sorgen, daß er zufrieden ist.«

Ich nickte. »Ja, ich weiß. Vielen Dank, Celia.«

Meine Ungeduld erwies sich als unsinnig. Alles ging seinen Weg. Während die Apriltage wärmer und länger wurden und auf den Feldern, grün noch, der junge Weizen sproß, der uns später jenen Profit einbringen sollte, den wir für die Bezahlung der juristischen Prozeduren brauchten, hatten in London die Anwälte eben jene Sache in Angriff genommen, die sie bis ins House of Lords führen würde. Die Banker hoben zwar die Augenbrauen, als sie meinen Brief lasen, doch waren sie an die Vollmacht gebunden. An einem schönen Morgen mitten im April konnte Charles Lacey auf seinem Konto 200 000 £ verbuchen: ein Vermögen von enormer Größe. Und für mich und meinen Sohn jeden Penny wert.

Ich überschüttete Charles Lacey, der bei Harrys Tod als Master nach Wideacre gekommen wäre (und mich ja nicht dort hätte dulden müssen), mit der ganzen Fülle des MacAndrew-Vermögens und behielt keinen einzigen Penny davon; nicht für mich selbst, nicht für Wideacre. Wie in verschwenderischer Geste schleuderte ich ihm das MacAndrew-Vermögen in den Schoß – und ließ Wideacre ohne Schutz, ohne Kapital für den Notfall.

Und ich mußte an einen anderen Londoner Banker schreiben, um wegen einer neuen Hypothek anzufragen, damit ich neue Aktien kaufen konnte als Ersatz für jene, die wir bei schlechter Börsenlage abgestoßen hatten. Ja, alles ging nach Plan, aber meist war es doch sehr, sehr eng.

Der Zustand meines Mannes in Dr. Roses Anstalt besserte sich immer mehr. Seine Hände hatten aufgehört zu zittern, und aus seinen Augen verlor sich der fiebrige Glanz. Durch die Gitter an seinem Fenster konnte er die grünenden Baumkronen sehen, und das Krächzen der Krähen drang in sein Zimmer. Er konnte das unablässige Gurren der Waldtauben hören. Daß er jetzt bettelarm war, wußte er noch nicht. Er wußte noch nicht, daß ich ihn ruiniert hatte. Doch während er zunahm und sein Körper sich kräftigte, wandte sich sein Geist, mit weniger Angst und weniger Schrecken, wieder mir zu.

»Er scheint die Tatsache zu akzeptieren, daß der unglückliche Zustand der vergangenen Monate nicht absichtlich durch Sie verursacht worden ist«, schrieb mir Dr. Rose in seiner gewohnt taktvollen Art. »Er spricht von Ihnen jetzt wie von einem normalen Menschen und nicht wie von einer Hexe. Ich weiß, wie sehr Sie das beunruhigt haben muß. Sie werden glücklich sein, daß diese Zwangsvorstellung so schnell gewichen ist.«

Ich lächelte beim Lesen. Johns Rückkehr zur Normalität mochte sich als recht instabil erweisen, wenn er bei seiner Rückkehr entdecken mußte, daß er ein Bettler war – und angewiesen auf meine Mildtätigkeit. Er durfte niemals genügend Geld haben, um seinem Vater einen Brief zu schicken, sofern ich dessen Inhalt nicht genau kannte.

»Voraussichtlich wird er schon bald heimkehren können«, schrieb Dr. Rose. »Ich habe mit ihm darüber gesprochen, und er sagt, er sei sicher, wieder in einem normalen Haushalt leben zu können, ohne bis zum Exzeß trinken zu müssen. Zur Zeit ist er völlig enthaltsam; er sieht zwar, wie in seiner Umgebung getrunken wird, kann der Versuchung jedoch widerstehen. Bei Ihnen in der Familie könnte er wahrscheinlich lernen, mit Verwandten und mit Freunden einen gelegentlichen Drink zu nehmen. Er selbst ist in dieser Hinsicht völlig zuversichtlich, und ich bin geneigt, ihm beizupflichten.«

Ich nickte und drehte das Blatt um.

Gut möglich, daß John aus Angst vor mir nicht mehr halb von Sinnen war, aber er würde mich nach wie vor hassen und verabscheuen. Und jetzt regte sich tief in mir eine gewisse Furcht bei dem Gedanken, wie sehr er mich jetzt hassen mußte, nachdem er auf meine Weisung gefesselt, betäubt und eingekerkert worden war. Und ich haßte ihn; haßte und fürchtete ihn und hätte am liebsten verhindert, daß er jemals wieder nach Wideacre kam, mein kluger Mann mit den wachsamen blauen Augen. Er würde über all die Macht verfügen, welche jene Männer-Gesetze und Männer-Traditionen ihm zubilligten. Davor hatte ich Angst. Er wußte, was ich war, und er wußte sehr viel von dem, was ich getan hatte, und ich fürchtete sein Denkvermögen ebenso wie seine Vorstellungskraft. Wäre es nach mir gegangen, so hätte er für alle Zeit eingesperrt bleiben können. Aber hierfür hatte ich nicht den richtigen Arzt ausgesucht. Dr. Rose war ein guter, einfühlsamer Praktiker. Wenn er sich damals auf meine Seite gestellt hatte, so gewiß nicht nur meiner Attraktivität wegen. Meine Story klang ganz einfach überzeugend, und mein Mann wirkte nicht zurechnungsfähig. Keinesfalls würde Dr. Rose John auf Dauer dort behalten; er würde ihn entlassen, und John würde nach Hause kommen.

Und wenn mein Gespür nicht trog, so würde er heimkehren, um mich zu hassen; und er würde heimkehren, um Celia und ihr Kind zu lieben. Noch vor seiner Ankunft mußte ich den Plan zu Ende führen, Richard Wideacre zu verschaffen. Und das mußte geschehen, solange Celia sozusagen noch auf sich allein gestellt war: bevor sie also von John beeinflußt und ins Bild gesetzt werden konnte. Celia allein würde ich die Sache schon schmackhaft oder zumindest irgendwie plausibel machen können – die Erbfolgeänderung, die künftige Partnerschaft zwischen Julia und Richard.

Ich nahm meine Feder zur Hand, legte Briefpapier bereit und schrieb eine kurze und mühelose Antwort. »Was für eine wunderbare Nachricht!« versicherte ich Dr. Rose. »Mein Herz quillt über vor Glück.« Allerdings müßte ich auch zur Vorsicht mahnen. Meine Schwägerin, die sich Johns Krankheit so sehr zu Herzen genommen habe, sei nunmehr ihrerseits krank. Ich hielte es daher für besser, wenn John in Ruhe und Frieden in Bristol abwarte, bis in seine liebevolle Familie wieder die altgewohnte Harmonie eingekehrt sei.

Ich unterschrieb, versiegelte den Brief, roch genießerisch am heißen Lack. Dann lehnte ich mich in meinem Stuhl zurück und blickte hinaus durch das Fenster.

Die Narzissenpracht von Wideacre dauerte noch immer an, und die kirschroten Farbtupfer im Rosengarten schienen unter gelbem Gewölk schier zu verschwinden. Jenseits der Gartengrenze, auf der Koppel, wuchsen die wilden, die »Selbstgesäten«, vereinzelt nur, mit blasserer Tönung. Ich erblickte Tobermory, der gerade seinen hübschen Kopf senkte und sich an einem Büschel gütlich tat. Dann hob er den Kopf wieder, eine gelbe Blüte baumelte aus seinem Maul, er sah aus wie ein Clown, und gern hätte ich Richard bei mir gehabt, um ihm zu zeigen, was für einen komischen, albernen Anblick das beste Jagdpferd in unseren Stallungen jetzt bot. Am Waldrand war das braune Erdreich jetzt voller Flecken von üppigem Grün: dort, wo das junge Moos wuchs und die vielen zierlichen Pflänzchen, die im Frühling dem Sonnenlicht entgegendrängen. Alles grünte und gedieh, überall fanden sich Vogelpärchen, überall wurden Nester gebaut, wurde gebrütet, und in dieser Welt des volltönenden Gesangs und der süßen Gerüche schien ich die einzige kalte Gestalt in einem dunklen Kleid zu sein; allein, zwischen den Mauern.

In jäher Ungeduld sprang ich von meinem Schreibtisch auf, warf mir einen Schal über die Schultern und ging barhäuptig hinaus in den Garten. Ich durchquerte den Rosengarten und sog den warmen Duft der Narzissen ein, der mir aufreizend entgegenwehte. Durch die kleine Pforte gelangte ich auf die Koppel, und Tobermory sah mich und kam auf mich zugetrabt mit wunderschön gebogenem Hals und hocherhobenem Kopf.

Ich tätschelte ihn, und er senkte sein großes, sanftmütiges Gesicht und stupste mit seinen weichen Lippen, auf einen Leckerbissen hoffend, gegen meine Taschen.

»Hab nichts mit«, sagte ich zärtlich zu ihm. »Hab's vergessen. Ich werde dir später etwas bringen.«

Das Eis um mein Herz schien zu schmelzen, während ich zum Wald ging, ihn in Richtung Fenny durchquerte, des rauschenden, brausenden

Fenny, der bräunliches Hochwasser führte. Eine Brücke gibt es dort nicht, doch einen umgestürzten Baumstamm, der für mich denselben Zweck erfüllt. In der Mitte dieses Baumstamms saßen die Hodgett-Kinder und ließen ihre Beine herabbaumeln, alle ausgerüstet mit einer primitiven Angel, praktisch nur Stock und Schnur, und voller Hoffnung, einen Stichling zu fangen. Es waren die drei Jüngsten der Familie aus dem Pförtnerhäuschen. Nach dem Zwillingspärchen vor fünf Jahren hatte Sarah Hodgett geschworen, keine Kinder mehr zu bekommen, und das auch irgendwie geschafft.

»Hallo«, rief ich freundlich, fröhlich, und meine Stimme schien mir zu klingen wie eitel Sonnenschein.

Doch es war, als habe plötzlich drohendes Gewölk den Himmel verdüstert. Die Zwillinge, mit ihren fünf Jahren noch die reinsten Knirpse mit braunem Wuschelhaar und blauen, jetzt angsterfüllten Augen, sprangen so plötzlich auf, daß sie um ein Haar ins Wasser gefallen wären. Ihre Schwester, eine Siebenjährige mit sehr ernstem Gesicht, packte die Zwillinge und eilte mit ihnen über den Baumstamm, hinüber zum anderen Ufer.

»Entschuldigt, Miß Beatrice«, sagte sie und begann, die Zwillinge den Pfad entlang zu zerren, in Richtung des Pförtnerhäuschens.

»Lauft doch nicht fort!« rief ich hinter ihnen her. »Ihr habt ja eure Angeln zurückgelassen!«

Das kleine Mädchen, langsamer als die anderen, blickte sich zu mir um, und ich ging rasch bis zur Mitte des Baumstamms und hob die »Angeln« auf und lächelte das Kind ermutigend an. »Ihr könnt doch nicht einfach euer Werkzeug zurücklassen«, sagte ich scherzend. »Wie wollt ihr sonst in der Saison Lachse fangen?«

Das älteste Kind drehte sich um, mit angespanntem, besorgtem Blick. »Wir waren nicht hinter Euren Lachsen her, Miß Beatrice«, sagte sie ernst. »Die beiden Kleinen haben ja bloß Angeln gespielt, wir haben nichts weggenommen. Wir haben nichts auf Eurem Land kaputtgemacht, Miß Beatrice. Wir haben vorigen Sommer hier gespielt, bevor wir wußten, daß wir das gar nicht durften. Die Kleinen wollten nochmal so gern hierher. Tut mir leid, Miß Beatrice, tut mir leid!«

Dieser angstvolle Schwall von Wörtern – ich begriff das einfach nicht. Und so sprang ich, die Angeln in der Hand, auf der anderen Seite vom Baumstamm herunter, um die Kinder um mich zu sammeln und ihnen zu versichern, daß sie natürlich im Fenny angeln durften. Daß sie das gleiche Recht auf eine Wideacre-Kindheit hatten wie früher einmal ich. Eine vollkommene Kindheit, wo sich die Waldungen weiter dehnten, als einen die kurzen Beinchen tragen konnten, und wo der Fluß so schnell floß, daß es unmöglich war, mit ihm Schritt zu halten.

»Kommt her«, sagte ich freundlich, während ich gleichzeitig auf sie zuging.

Das älteste Kind stieß einen durchdringenden Schrei aus und rannte, die beiden Kleineren mit sich zerrend, vor mir davon. Das kleine Mädchen stolperte und fiel, und ihre ältere Schwester hob es vom Boden auf, für die Siebenjährige eine überschwere Last, und ging schwankend mit ihr weiter, während der kleine Junge nebenhertrottete. Mit drei raschen Schritten hatte ich sie eingeholt und packte das älteste Kind bei der Schulter und drehte es zu mir herum. Gehetzt zuckten die Blicke des Mädchens hin und her, und in ihren Augen standen Tränen der Angst.

»Was ist denn?« fragte ich. Irgendwie schien ihre Furcht auf mich überzuspringen, und meine Stimme klang eigentümlich hoch. »Was habt ihr denn nur?«

»Schickt nicht die Soldaten nach uns, Miß Beatrice!« schrie sie in einem Ton, der wie ein heulendes Entsetzen war. »Schickt nicht die Soldaten nach uns aus, und laßt uns nicht aufhängen. Wir haben nichts Böses getan. Wir haben nichts kaputtgemacht und nichts in Brand gesteckt. Bitte, laßt uns nicht aufhängen, Miß Beatrice!«

Meine Hände zuckten zurück, als hätte ich mich an den knochigen Schultern des Kindes verbrannt. Wie taumelnd stand ich mit geschlossenen Augen und versuchte sie zu begreifen, diese endgültige Zertrümmerung der Vorstellung von mir selbst als Miß Beatrice, dem Liebling von Wideacre. Und während ich noch so stand, schwankend und mit geschlossenen Augen, packte das Mädchen die Zwillinge bei den Händen und eilte mit ihnen davon, dem Pfad zu ihrem Häuschen folgend. Dort erst würde sie sich in Sicherheit fühlen. Denn draußen im Wald war Miß Beatrice, deren grüne Augen selbst durch Mauern hindurchblicken konnten und alles sahen, was unartige Kinder trieben. Wer konnte den schnellsten Läufer im Dorf niederreiten – denn war nicht Ned Hunter bei jedem Wettlauf der Schnellste gewesen? Wer konnte den ehrlichsten Mann im Dorf aufhängen lassen – denn wen wohl hätte Gaffer Tyacke jemals betrogen? Draußen im Wald war Miß Beatrice, in einem schwarzen Kleid, ganz wie es ihr zukam als Hexe: als die Hexe, die das Land bewachte, von dem sie jetzt sagte, es gehöre ihr und niemand sonst dürfe es benutzen. Und kleine Kinder spielten besser auf der Straße, oder Miß Beatrice würde hinter ihnen her sein. Und abends durften kleine Kinder ihre Gebete nicht vergessen, sonst waren sie selbst nachts vor Miß

Beatrice nicht sicher. Und am besten ließen sich kleine Kinder möglichst wenig blicken, aus Angst, daß Miß Beatrice' Schatten, der Schatten einer Hexe, auf sie fallen würde. Waren sie nicht davongerannt, als sie mich gesehen hatten?

Wie erschlafft lehnte ich mich mit dem Rücken gegen den Stamm einer Eiche, hob langsam den Kopf, sah nur verschwommen das Geäst, den Himmel, die hin- und herkreuzenden Vögel. Wie oft hatte ich in diesem Jahr nicht schon geglaubt, am tiefsten Punkt angelangt zu sein, doch jedesmal war zu meinen Füßen ein neues Loch aufgeklafft, und ich hatte meinen Weg trotzdem fortsetzen müssen, war, all meinen Mut zusammennehmend, in einer Art alptraumhaftem Taumel vorangelangt. Selbst kleine, wenn auch notwendige Handlungen von meiner Seite schienen die Konsequenzen einer Tragödie nach sich zu ziehen. Die einfache Entscheidung, ein Stück – ein nicht mal sehr großes Stück – Gemeindeland in Weizenfelder zu verwandeln, hatte mich hierher geführt, zu dieser Eiche, zu einer schwarzen Mauer der Verzweiflung. Ich wurde gehaßt und verabscheut auf dem Land, das ich liebte, von jenen Menschen, die für mich noch immer meine Menschen waren.

Meine Finger krallten sich in die Borke, um eine festere Stütze zu haben. In meiner Verzweiflung fühlte ich mich so krank und so elend, daß ich mich kaum aufrecht halten konnte. Mir fehlte die Kraft, auch nur einen einzigen Schritt zu tun. Ich hatte das Gefühl, in einer Falle zu stekken und mitansehen zu müssen, wie ich verblutete: wie buchstäblich mein Lebenssaft verströmte, versickerte. Jenes besondere Gefühl für Wideacre – jenes Gespür aus Vernunft und Liebe – hatte ich verloren, und geblieben war mir nur das Wissen, das jeder Narr haben konnte. Das Idioten wie John Brien und Harry haben konnten. Männer, die niemals das tiefe, dunkle Herz von Wideacre in der Erde hatten schlagen hören. Und nun hörte auch ich es nicht mehr.

Die Kälte brachte mich wieder zu Sinnen. Irgendwann war ich am Baumstamm hinabgeglitten, und jetzt kniete ich auf dem weichen Boden. Mein Kleid war feucht und verfleckt, und die Sonne war inzwischen untergegangen. Die empfindliche Abendkühle gab mir das Gefühl, einen Krug voll Wasser über den Kopf geschüttet bekommen zu haben; ich schüttelte mich wie ein durchnäßtes Hündchen und raffte mich mühselig hoch. Meine Beine schienen von Krämpfen halb gelähmt, und humpelnd, ganz wie eine alte Lady, überquerte ich auf dem Baumstamm, der als Ersatzbrücke diente, den Fenny. Langsam und unbeholfen legte ich den Heimweg zurück, und als ich durchgefroren in der Hall anlangte, fühlte ich mich wieder – oder noch immer – wie eine alte Lady. Doch nicht wie die stolze Matriarchin meiner Phantasie, umgeben von ihren Kindern und Enkelkindern, mit einer Familien-Linie, die sich endlos in die Zukunft streckte mit der Herrschaft über Wideacre für alle Zeit; sondern wie eine erbärmliche, elende alte Vettel, dem Tode sehr nah. Und für den Tod bereit. Und voll Sehnsucht nach dem Tod.

Eine Woche später kam Post, und ich dachte nicht mehr an Tod. Es war die Urkunde mit der Erbfolgeänderung. Die Anwälte hatten es endlich geschafft. Meine Augen glitten über das Dokument, als wollten sie es buchstäblich verspeisen. Das Erbrecht wurde von Charles Lacey auf Julia und Richard übertragen. Auch war festgelegt, daß jeweils das erstgeborene Kind aus Julias Ehe und aus Richards Verbindung, ganz gleich ob Knabe oder Mädchen, das Erbrecht erhalten würde. Ich mußte unwillkürlich lächeln. Es konnte also sein, daß wieder ein Mädchen Wideacre besitzen würde. Falls mein erstes Enkelkind ein Mädchen war – und ich dachte sie mir mit kupferfarbenem Haar und grünen, schrägen Augen –, so würde ihr das Land gehören, ohne daß sie einen Preis dafür zu zahlen brauchte. Sie würde rechtmäßige Erbin sein, und wenn sie über das Land ritt, brauchte sie an keinerlei Gefahr für ihr Eigentumsrecht zu denken. Und falls sie meine Cleverness besaß, so würde sie irgendeinen armen Squire heiraten, um Kinder und Erben für Wideacre zu haben, und ihren Mann dann nach Irland oder Amerika schicken mit dem – natürlich nicht ernstgemeinten – Versprechen, ihm zu folgen. Und falls sie mir in ihrer ganzen Art glich – ohne daß freilich ihr Herz und ihre Vernunft gebrochen waren, wie ich das bei mir fürchtete –, so würde sie laut lachen in ihrer Freiheit, ihrer Freude, ihrer Liebe zum Land. Und lachen würden auch die Menschen von Wideacre – weil sie eine gute Mistress hätten und anständigen Lohn und genügend Essen auf dem Tisch.

Dem Dokument über die Erbfolgeänderung war der Vertrag beigefügt, der all dies Realität werden lassen würde. Ein zur Hälfte beschriebenes Blatt Pergament mit den üblichen roten Siegeln und glänzenden Bändern. Ein einfacher Text mit einfachem Inhalt – in Anbetracht der dafür aufgewandten Kosten schier unglaublich.

Er besagte, daß dies ein Vertrag sei zwischen Richard MacAndrew und Julia Lacey, zur Zeit ein beziehungsweise zwei Jahre alt. Er besagte des weiteren, daß die Besitzung beiden gemeinsam gehören solle, um später gemeinsam geerbt zu werden von den jeweils erstgeborenen Kindern der zu erwartenden beiden Familien.

Ich hielt das Pergament ganz ruhig in meinen Händen und roch den Geruch von Lack und fühlte zwischen den Fingern die ein wenig rauhe Oberfläche des dicken Papiers. Die roten Bänder unten waren aus Seide, angenehm weich und warm. Den kurzen Text las ich gar nicht richtig, ich überflog ihn nur; um so mehr genoß ich die schiere Existenz dieses Stücks Papier, das mich so viel gekostet hatte.

Ich beugte den Kopf vor und schmiegte mein Gesicht an das Dokument. Das Pergament war warm und von leicht angerauhter Glätte. Die Siegel kratzten leicht über meine Haut, und die Bänder dufteten leicht nach Parfüm, als seien sie ein Stück sehr gängiger Ware aus einem Laden, wo es außer Seide auch Parfüms und Puder gab. Eine Träne rollte mir über die Wange, und ich hob den Kopf, um sie abzuwischen, damit sie ja nicht dieses so wertvolle Dokument verfleckte. Nur eine Träne, mehr nicht. Warum ich überhaupt weinte, wußte ich nicht. Vielleicht, weil der Kampf jetzt vorüber war und ich erst einmal aufatmen konnte? Oder aus Freude über meinen großen Erfolg? Ich war mir darüber nicht klar. Jener Wall aus Schmerz, der mich längst schon trennte von Wideacre, trennte mich nun auch von mir selbst. Ich wußte nicht mehr, ob ich gewann oder verlor. Ich konnte nur weitermachen; und weiter und immer weiter. Die scharfe Pflugschar in der Furche, die scharfe Sense auf dem Feld. Und ob dabei eine Kröte getötet wurde oder ein Hase verstümmelt oder ob es mein eigenes Blut war auf dem glänzenden Metall, das wußte ich selbst nicht mehr.

Ich läutete und gab Anweisung, für den Nachmittag die Kutsche zur Fahrt nach Chichester bereit zu machen; außerdem sagte ich Stride, er solle Harry ausrichten, daß er mich in die Stadt begleiten möge, wegen einer geschäftlichen Transaktion.

Aber noch in dieser letzten, allerletzten Phase hätte Harry sich am liebsten gedrückt.

»Warum warten wir eigentlich nicht Johns Rückkehr ab?« fragte er im freundlichsten Ton, als wir uns schon auf der Straße nach Chichester befanden.

»Nun, wir wissen ja nicht, wie lange es damit noch dauert und in was für einer Verfassung er sich befinden wird«, erwiderte ich im gleichen Tonfall. »Es ist mir lieber, den Vertrag auf der Stelle unterzeichnet und besiegelt zu haben, statt damit zu trödeln. Dann können wir es Celia und John zusammen mitteilen, als Überraschung.«

»Ja, schon«, sagte Harry zögernd. »Aber aus Johns Sicht ist es doch verdammt schlimm, Beatrice, weißt du. Ich meine, ich weiß ja, daß ihm an Wideacre viel liegt, aber wir haben sein gesamtes Vermögen dafür verwendet, Richard zum Erben zu machen. Ich wünschte, wir hätten uns mit ihm besprechen können.«

»Oh! Das wünschte ich auch!« sagte ich emphatisch. »Aber was konnten wir tun? Hätten wir die Sache noch eine Weile auf sich beruhen lassen, so wäre Gerede aufgekommen über Celias Unfruchtbarkeit, was sie tief bedrückt haben würde. Ein solches Gerede hätte Charles Lacey veranlaßt, höhere Forderungen zu stellen, weil er sich Hoffnungen gemacht hätte, Wideacre tatsächlich zu erben. Wir konnten nicht warten, wir mußten es tun. John wird schon verstehen. Es ist die Entscheidung, die er selbst auch getroffen hätte.«

»Na gut, wenn du dir da sicher bist«, sagte Harry zufrieden. Er lehnte sich in seine Ecke zurück, und die Kutsche schwankte leicht. Harry nahm auf alarmierende Weise zu. In den Stallungen von Wideacre würde es bald kein Pferd mehr geben, das ihn tragen konnte, falls er weiterhin so unmäßig aß und seine Nachmittage faul damit verbrachte, die Kinder auf dem Knie reiten zu lassen oder mit ihnen kurze Spaziergänge im Garten zu machen. Und falls sein Herz so schwach war wie Mamas Herz es gewesen war, so mußte es doppelt überlastet sein.

»Eigentlich gibt es wirklich keinen Grund, warum wir nicht Johns Rückkehr abwarten sollten, bevor wir den Vertrag unterzeichnen«, sagte Harry, noch immer beklommen. »Es nimmt sich so sonderbar aus. Auf dem Papier steht: ›Unterschrift von Julia Laceys Vater oder Vormund‹, und dort setze ich dann meinen Namen hin. Und da steht auch: ›Unterschrift von Richard MacAndrews Vater oder Vormund‹, und dort setze ich gleichfalls meinen Namen hin! Wer uns nicht kennt, könnte glatt meinen, wir hätten einen Betrug vor.«

»Ja, aber uns kennt ja jeder«, sagte ich leichthin. »Es ist so offensichtlich für alle Betroffenen das Beste, daß nicht der leiseste Schatten darauf fallen kann. Die einzige Person, die scheinbar etwas verliert, ist Charles Lacey, und der ist ja reichlich abgefunden worden.«

Harry lachte glucksend. »Der arme, alte Charles, wie?« sagte er. »Er muß angefangen haben, sich Hoffnungen zu machen, Beatrice, meinst du nicht?«

»Ja«, sagte ich lächelnd. »Aber es ist dir am Ende doch gelungen, ihn zu überlisten, Harry!«

»Es ist *uns* gelungen«, sagte Harry großmütig.

»Nun, es war deine vortreffliche Idee, die den Plan erst hervorbrachte«, sagte ich. »Und jetzt beginnt er, Früchte zu tragen. Wie gut du die Zukunft geordnet hast, Harry! Welch größere Garantie für das Glück der beiden Kinder könnte es wohl geben!?«

Harry nickte und schaute aus dem Fenster. Die Straße, von Norden her nach Chichester führend, senkte sich jetzt und wurde von dichtem Wald gesäumt. Auf der linken Seite, hinter hohen Mauern, befand sich das Herrenhaus der de Courceys, und weiter straßab gab es noch mehrere große Häuser. Dann kam die Ansammlung der kleinen Cottages der Armen. Bald ratterte die Kutsche über gepflasterte Straßen, und wir befanden uns inmitten der Stadthäuser der Wohlhabenden, und über die Dächer hinweg ragte der Turm der Kathedrale.

Jetzt waren wir am Ziel: bei unserem hiesigen Anwalt und Notar. Harry, nunmehr in Schwung, handelte ohne das leiseste Zögern. Schon glitt seine Hand über das so besonders kostbare Pergament, und er unterzeichnete, so wie unterzeichnet werden mußte: an zwei Stellen.

»Sieht ein bißchen sonderbar aus«, sagte der Anwalt, der sich aufgrund unserer langjährigen Beziehungen das Recht herausnahm, kritische Anmerkungen zu machen. »Ist es denn unumgänglich, daß dies ohne die Unterschrift von Dr. MacAndrew geschieht?«

»Mein Mann ist krank«, sagte ich sehr leise. Der Anwalt nickte. Eine graue Gestalt in einer düsteren Kanzlei – doch selbst bis zu ihm war das Gerede gedrungen, wonach ich, das hübscheste Mädchen in der ganzen Grafschaft, das Unglück gehabt hatte, einen Säufer zu heiraten. »Wir sind zu der Meinung gekommen, daß wir es ohne ihn machen müssen«, sagte ich. »Wir wissen ja nicht, wann er wieder imstande sein wird, heimzukehren.« Mit vor unterdrückten Tränen erstickter Stimme brach ich ab.

Der Anwalt drückte mir die Hand. »Ich bitte Sie um Verzeihung, Mrs. MacAndrew«, sagte er freundlich. »Ich wünschte, ich hätte meiner Besorgnis nicht eigens Ausdruck verliehen. Denken Sie nicht länger daran, ich bitte Sie.«

Ich nickte, und als wir dann gingen, bedachte ich ihn mit einem liebevollen, verzeihenden Lächeln, während er mir tröstend die Hand drückte und sie sodann küßte. Mit einem Anhauch von Mühsal stieg ich die Stufen hinunter, und in der Kutsche lehnte ich dann meinen Kopf gegen die Kissen, als sei ich erschöpft. Harry sah mein Gesicht und griff nach meiner Hand.

»Sei nicht gar so traurig, Beatrice«, sagte er. »John wird es bestimmt bald besser gehen. Vielleicht könnt ihr zwei wieder miteinander glücklich werden! Celia ist davon überzeugt, daß es für euch beide eine gemeinsame Zukunft gibt. Aber was immer auch mit deinem Mann werden mag – du und dein Sohn, ihr zumindest seid auf Wideacre sicher.«

Ich nickte und erwiderte seinen Händedruck.

»Ja«, sagte ich. »Wir haben heute gute Arbeit geleistet, Harry!«

»In der Tat, das haben wir«, sagte er. »Wann werden wir Celia davon erzählen?«

Ich überlegte blitzschnell. Am liebsten hätte ich Celia überhaupt nichts davon gesagt, weder jetzt, noch sonst irgendwann. Denn sobald sie von der Änderung der Erbfolge erfuhr und dem Erbrecht von Julia und Richard als vertraglich miteinander verbundene Partner, mußte ich mit ihrer Gegnerschaft rechnen. Sie wußte nur, daß Julia und Richard, als meine Kinder, Halbgeschwister waren. Sie wußte nicht – und würde auch niemals auf den Gedanken kommen –, daß ihr Mann beide Kinder gezeugt hatte. Doch mochte sie es nicht, wenn die beiden Kinder miteinander zärtlich waren. Und ebensowenig mochte sie es, wenn ich Julia berührte.

»Laß mich zuerst mit Celia sprechen, Harry«, sagte ich grübelnd. »Sie wird naturgemäß tief bedrückt sein, wenn sie erfährt, daß du von ihrer Unfruchtbarkeit weißt. Ich glaube, es wäre besser, wenn ich ihr sagte, das bekümmere dich nicht weiter, weil du eine so kluge Lösung gefunden hast, Julia zu deiner Erbin zu machen.«

Harry nickte. »Ganz wie du meinst, Beatrice«, sagte er. »Mach's so, wie du's für richtig hältst. Das einzige, woran ich jetzt denken kann, ist mein Dinner. Wie kalt diese Aprilabende sind. Meinst du, es wird Suppe geben?«

»Ich glaub' schon«, sagte ich liebenswürdig. »Ich werde nach dem Dinner mit Celia im Salon sprechen, Harry, damit du länger bei deinem Port sitzen kannst. Komm nicht herein, bevor ich nach dir schicke.«

»Einverstanden«, sagte er gefügig. »Ich werde zum Port ein wenig Käse genießen. Und ganz bestimmt keine Eile haben, mich von der Stelle zu rühren.«

Harrys Käse erwies sich als so »stark«, daß Celia, als er aufgetragen wurde, sofort von sich aus vorschlug, wir beide sollten uns doch in den Salon zurückziehen.

»Nur zu gerne«, sagte ich lachend. Ich stand auf und nahm einen Apfel aus der Obstschale. »Den genieße ich lieber im Salon, statt es hier in der Nähe dieses Käses auszuhalten, Harry!«

Harry gluckste belustigt in sich hinein.

»Wie rücksichtsvoll von dir«, sagte er. »Geht nur und habt euer Schwätzchen. Celia, ich glaube, Beatrice hat ein paar gute Neuigkeiten für dich, die dich, wie ich weiß, glücklich machen werden.«

Sofort blickte Celia zu mir, und in ihrem Gesicht leuchtete ein Lächeln auf.

»Oh, Beatrice, es handelt sich um John, nicht wahr?« fragte sie, sobald sich die Salontür hinter uns geschlossen hatte.

»Nein«, sagte ich. »Noch ist er nicht soweit. Aber der letzte Brief, den ich bekam, klang doch recht ermutigend. Dr. Rose spricht darin nur noch von Monaten, nicht mehr von einer unabsehbaren Frist.«

Celia nickte, doch das Licht in ihren Augen war erloschen. Tiefe Enttäuschung spiegelte sich in ihrer Miene. Und nicht ohne Boshaftigkeit fragte ich mich, ob Harrys immer mehr zunehmende Eßgier ihn nicht für Celia verwandelt hatte: von jenem goldenen Prinzen, mit dem sie vor den Traualtar getreten war, in einen schlaffen, langweiligen Dickwanst. Und ich fragte mich auch, ob Johns innere Anspannung, seine Verzweiflung, sein leidenschaftlicher Kampf gegen seine Trunksucht und gegen meine Kontrolle über ihn in Celia nicht mehr ausgelöst hatte als eine nur schwesterliche Liebe.

Aber die Wahrheit, *diese* Wahrheit, war jetzt Nebensache. Ich hatte eine überaus schwierige Strecke vor mir, und so sorgfältig ich auch alles durchdacht zu haben glaubte – eine Garantie dafür, daß ich ohne Straucheln ans Ziel gelangen würde, gab es nicht.

»Es ist trotzdem eine gute Neuigkeit«, sagte ich und setzte mich in den Ohrenstuhl beim Kamin. Ich zog einen Schemel herbei und legte meine Füße darauf, so daß sie die Wärme des Feuers fühlen konnten. Celia nahm mir gegenüber in einem Stuhl Platz, ohne mich aus den Augen zu lassen. Im Schein des flackernden Kaminfeuers und der Kerzen hinter ihr sah sie aus wie ein junges, ernstes Schulmädchen. Viel zu jung, um eingefangen zu sein in ein komplexes Gewebe aus Lügen und trügerischen Halbwahrheiten. Viel zu ernst, um mich einfach abschütteln zu können, wenn ich sie nur fest genug im Griff hatte.

»Harry weiß, daß du unfruchtbar bist, und er hat die Hoffnung auf einen männlichen Erben aufgegeben«, sagte ich brutal.

Celia stöhnte unwillkürlich auf. Wie schützend zuckte ihre Hand zu ihrem Gesicht.

»Oh«, sagte sie. Und schwieg.

»Doch hat er eine wunderbare Möglichkeit gefunden, den Besitz für Julia zu sichern«, sagte ich. »Es war samt und sonders seine Idee, aber natürlich habe ich ihm dabei geholfen. Wir haben dich in der Anfangsphase nicht gleich eingeweiht, weil wir uns erst vergewissern wollten, ob es auch wirklich möglich ist. Und das ist es, jetzt wissen wir's. Harry kann das Erbrecht sozusagen von unserem Vetter Charles Lacey kaufen, so daß es auf Julia übergeht. Sie und Richard werden gemeinsam Wideacre erben und bewirtschaften.«

Celias Gesicht war ein Bild völliger Verblüffung; dann aufsteigende Furcht.

»Zusammen bewirtschaften?« fragte sie. »Wie können sie denn gemeinsame Erben sein?«

Ich gab meiner Stimme einen ruhigen und zufriedenen Ton und wählte sehr sorgfältig meine Worte. Ich war nervös, voll innerer Anspannung. Es war, als wollte ich in einem mir fremden Gelände ein mir unbekanntes Hindernis nehmen, auf einem mir unvertrauten Pferd.

»Als gemeinsame Partner«, sagte ich im Gesprächston. »So wie Harry und ich das jetzt tun.«

»So wie Harry und du«, sagte Celia. »So wie Harry und du«, wiederholte sie. Sie blickte zum Kamin, und ihre Augen schienen zu glühen. Irgend etwas darin, irgendein besonderer Ausdruck, weckte in mir die Frage, was Celia wohl sehen mochte, dort in dem Stapel glühender Holzscheite.

»Nein«, sagte sie abrupt.

Ich zuckte unwillkürlich zusammen.

»Was?« fragte ich.

»Nein«, sagte sie. »Ich gebe meine Einwilligung nicht. Ich wünsche es nicht. Ich halte es nicht für eine gute Idee.«

»Celia, was redest du da?« sagte ich. Mir mißfiel die Schnelligkeit ihrer Worte. Die Atemlosigkeit, die Reglosigkeit der kleinen Gestalt dort im ungewissen Widerschein des Lichts.

»Ich wünsche nicht, daß dieser Vertrag unterzeichnet wird«, sagte sie mit klarer Stimme. »Ich bin Julias Mutter, und ich habe das Recht, über ihre Zukunft mitzuentscheiden. Ich wünsche nicht, daß die Angelegenheit weiterverfolgt wird.«

»Aber Celia, warum denn nicht?« fragte ich. »Was fällt dir eigentlich ein, dich Harrys Plänen in dieser Weise zu widersetzen?«

Das brachte sie nicht zum Schweigen, obschon sie sekundenlang stumm blieb. Ihre Augen waren auf den Kamin geheftet, als könne sie dort in der Glut wie in einem Spiegel Harry und mich sehen, während wir uns wild und leidenschaftlich paarten – so wie Mama uns in Wirklichkeit gesehen hatte.

»Das ist schwer zu erklären«, sagte sie. »Aber ich wünsche nicht, daß Julia auf die gleiche Weise in den Betrieb auf Wideacre involviert ist, so wie du es jetzt bist.« Sie sagte es eher behutsam, wie um mich nicht zu verletzen; dennoch war die Entschlossenheit in ihrer Stimme nicht zu überhören.

»Wideacre bedeutet dir soviel, Beatrice, daß du nicht verstehen kannst, daß es für ein Mädchen auch eine ganz andere Art von Leben geben kann. Mir wäre es jedoch lieber, wenn Julia diesen Ort als das Zuhause lieben würde, wo sie ihre Jugend verbracht hat, das sie indes leichten Herzens verlassen kann, wenn sie den Mann ihrer Wahl heiratet.«

»Aber auf diese Weise ist sie doch eine Erbin, Celia!« rief ich aus. »Sie kann ja den Mann ihrer Wahl heiraten, und er kann dann hier leben, so wie John und ich und du und Harry es tun. Sie wird Mitbesitzerin von Wideacre sein. Und du kannst einem Kind gewiß kein schöneres Geschenk machen!«

»Oh doch! Ich kann! Ich kann!« sagte Celia sehr heftig, ohne indes ihre Stimme zu erheben. »Das größte Geschenk, das ich Julia machen kann, wird darin bestehen, sie frei zu halten von der Vorstellung, Wideacre sei der einzige Ort auf der Welt, wo man leben kann; und daß sie ohne Wideacre nicht glücklich sein könnte. Natürlich möchte ich, daß sie glücklich wird – anderswo. Ich möchte, daß sie glücklich wird, weil sie ein gutes Leben führt und ein reines Gewissen hat und weil sie völlig frei Liebe geben und Liebe empfangen kann. Ich möchte nicht, daß sie glaubt, das Glück ihres Lebens hänge von einer Handvoll Morgen und einem hungernden, notleidenden Dorf ab!«

»Celia!« rief ich und starrte sie erschrocken an. »Du weißt nicht, was du da sprichst!«

»Doch, das weiß ich!« sagte sie mit Nachdruck und sah mich jetzt sehr direkt an. »Ich habe über all dies lange und eingehend nachgedacht, Beatrice. Ich habe darüber seit unserer Rückkehr nach England nachgedacht. Ich möchte nicht, daß Julia ihr Heim mit einem anderen Paar teilt, so lieb ihr diese Menschen auch sein mögen. Wenn sie heiratet, dann soll sie mit ihrem Mann zusammenleben, und nur mit ihm. Ich möchte nicht, daß sie in das Haus einer anderen Frau kommt, so wie ich, und dann sehen muß, wie ihr Mann seine Zeit und seine Arbeit mit jemand anderem teilt. Liebt sie ihn von ganzem Herzen, so wünsche ich mir für sie, daß auch sie seine ungeteilte Liebe und seine ungeteilte Zuwendung hat.«

»Aber wir sind doch alle so glücklich gewesen«, sagte ich lahm. »Wir waren doch alle so glücklich.«

»Irgend etwas hat nicht gestimmt!« rief Celia plötzlich laut. Mit zwei, drei schnellen Schritten war sie bei meinem Stuhl und zog mich hoch, um in meinem Gesicht zu forschen, als wollte sie in meiner Seele lesen. »Irgend etwas hat nicht gestimmt«, wiederholte sie. »Du weißt, was es war, und ich weiß es nicht. John wußte, was es war, doch er konnte es mir nicht sagen, und ich glaube, es war das, was ihn halb in den Wahnsinn und zum Trinken trieb. Ich kann es im Haus spüren, wo immer ich auch gerade bin. Ich kann es in der Luft atmen. Und ich will nicht, daß mein Kind auch nur mit dem leisesten Hauch davon in Berührung kommt.«

»Dies, dies ist Unsinn«, stammelte ich. Eine bestürzende Erinnerung überwältigte mich, die Erinnerung daran, wie Mama das Sündhafte in diesem Haus gleichsam gewittert hatte: etwas Schmutziges und Schwarzes, das sie zwar spüren, jedoch nicht sehen konnte. Ich hatte darauf vertraut, daß Mama viel zu töricht und viel zu feige war, um der Spur zu folgen, an deren Ende sie die Ursache der Fäulnis finden würde. Als sie dann zufällig darauf stieß, als sie es sah, das Tier mit den zwei Rücken, kopulierend vor dem Kamin, hatte ihr das maßlose Entsetzen den Tod gebracht.

Celia indes würde es vielleicht von sich aus wagen, der Fährte nachzugehen, um jenem Verruchten, gleichsam in dessen eigener Höhle, auf den Grund zu kommen. Ihre Liebe zu ihrem Kind und ihr eigener Mut mochten sich dort bewähren, wo Mama in ihrer Bänglichkeit überfordert gewesen war.

»Hör damit auf, Celia!« sagte ich schroff. »Du bist überreizt. Wir wollen heute abend nicht mehr darüber sprechen. Sollte dir die ganze Idee wirklich mißfallen, so werden wir sie ändern. Laß uns jetzt unseren Tee haben und dann frühzeitig zu Bett gehen.«

»Nein, ich höre nicht damit auf, und ich will keinen Tee, und wir werden nicht zu Bett gehen, ehe ich nicht mehr weiß. Auf welche Weise ist Charles Lacey entschädigt worden? Wie lauten die Bedingungen des Vertrags?«

»Also gut«, sagte ich leichthin. »Das Geschäftliche interessiert dich? Bitte, ganz wie du wünschst.« Und dann überschüttete ich sie mit »Fakten« wie mit Körnern aus einem löchrigen Sack. Verpachtungen, mittelfristig, längerfristig; die Umwandlung von langfristigen Verträgen in kurzfristige; die Rechte der Cottage-Bewohner sowie Einfriedungsmaßnahmen und, besonders wichtig, die Getreidepreise. Wie man Weizen verkauft, während er noch im Halm steht; wie man auf das Gedeihen der Ernte und die steigenden Marktpreise spekuliert, wenn andere Farmer schlechte Ernteerträge haben. Sogar den von mir gewonnenen Streit in Sachen Wasserrechte warf ich gleichsam mit in den Topf – bis Celia von meinem »Geschäftslatein« der Kopf schwirrte.

»Wir haben also unser Farm-System ein wenig geändert, um größere Profite zu machen, und wir haben auch das MacAndrew-Geld verwendet«, schloß ich.

Sie nickte; jedoch nicht zustimmend, sondern wie um einen klaren Kopf zu bekommen. Von dem, was ich ihr aufgetischt hatte, konnte sie kaum ein Wort verstanden haben.

»Johns Geld?« fragte sie.

»Ja«, erwiderte ich. »Das ist sozusagen Richards Beitrag für die gemeinsame Erbschaft mit Julia.«

»Du hast Johns Geld ohne seine Einwilligung verwendet?« fragte sie. Ihre Stimme klang ruhig, doch ihre Miene verriet ihr Entsetzen.

»Nur als eine Art Darlehen«, sagte ich beschwichtigend. »So eine Vollmacht soll doch dazu dienen, die Interessen des Patienten zu wahren. Naturgemäß liegt es in Johns Interesse – genau wie in meinem als seine Frau und Mutter seines Sohnes –, daß ihm sein Kapital möglichst hohe Zinsen einbringt. Das Darlehen, das er Wideacre gewährt hat, ist weitaus profitabler als die Dividenden der MacAndrew-Linie. Und es sichert überdies Richards Zukunft.«

»Du hast Johns Geld ohne seine Einwilligung verwendet und seinen Sohn ohne sein Wissen an Wideacre gebunden?« fragte sie ungläubig.

»Natürlich«, erwiderte ich in herausforderndem Ton und blickte ihr direkt ins Gesicht. »Wer das Wohl seiner Kinder im Auge hat, so wie Harry, so wie ich, muß naturgemäß glücklich darüber sein, daß auf eine solche Weise eine Änderung der Erbfolge möglich ist.«

Sie strich sich mit der Hand über die Stirn, wie um verworrene Gedanken ins Lot zu bringen. Erfolglos, wie es schien.

»Das ist eine Sache zwischen dir und John«, sagte sie verwirrt. »Aber ich kann es nicht für richtig halten. Und es will mir nicht in den Kopf, daß Harry zu diesem Zweck Johns gesamtes Vermögen verwendet haben könnte, und zwar während er krank war; aber wenn der Vertrag noch nicht unterzeichnet ist, kann das alles ja vielleicht bis zu Johns Rückkehr aus dem Hospital warten?«

»Vielleicht, vielleicht«, sagte ich beschwichtigend. »Ganz sicher bin ich mir da allerdings nicht. Harry hat das arrangiert, nicht ich. Ich wollte eigentlich nichts weiter, als dich jetzt beschwichtigen: wollte dir nur klarmachen, daß Harry, obschon er über deine Unfruchtbarkeit ziemlich traurig war, jetzt sozusagen einen Ausweg aus dieser Sorge gefunden hat, und es zwischen euch kein Gefühl des Unglücklichseins geben sollte. Weil ja euer allerliebstes Töchterchen das Land ihres Vaters erben kann.«

»Ihr plant, daß sie und Richard gemeinsame Eigentümer werden?« fragte Celia, wie um sich noch einmal zu vergewissern. »Daß sie und Richard zusammen auf dem Land aufwachsen und zusammen über das Land herrschen?«

Ich nickte.

»Und du und Harry, ihr würdet beide überall auf Wideacre herumführen und ihnen das Land zeigen und sie mit seiner Bewirtschaftung vertraut machen. Und während dieser ganzen Zeit würden sie einander auch immer näherkommen. Und nur du und ich würden wissen, daß sie nicht nur Partner sind, auch nicht nur Cousins, sondern Halbbruder und Halbschwester?«

»Ja«, sagte ich. »Aber Celia ...«

»Aber das würden wir ihnen nicht sagen können!« unterbrach sie mich. »Sie würden die besten Freunde und Spielgefährten und Geschäftspartner sein. Sie würden glauben, sie seien Cousins ersten Grades, während sie sehr viel engere Blutsverwandte sind. Sie würden einander lieben lernen, und ihre Interessen wären weitgehend identisch. Wie könnte man da erwarten, daß sie einander gleichsam den Rücken zukehren und andere Menschen kennen- und richtig lieben lernen, so daß sie sie heiraten wollen? Wie kann meine Julia das Leben haben, das ich für sie erhofft und geplant hatte, als Mädchen von Stand und Rang, wenn sie im Alter von zwei Jahren eine Erbin wird in einer Partnerschaft mit einem Knaben, der weder ihr Ehemann noch ein entfernter Verwandter ist?«

Schroff wandte sie sich von mir ab und vergrub das Gesicht in den Händen.

»Es ist ein Alptraum«, sagte sie. »Irgendwie, das spüre ich, droht Julia von hier eine Gefahr. Aber ich weiß nicht, was es ist!«

»Du bist närrisch, Celia«, sagte ich kalt. Mit festem Griff packte ich sie bei den Schultern und fühlte, wie ein Schaudern sie durchlief. »Wideacre ist ein Familiengeschäft«, sagte ich nüchtern. »Julia würde hier ohnehin bestimmten Verpflichtungen nachzukommen haben. Sie wird ganz einfach mit Richard zusammenarbeiten, so wie Harry und ich zusammenarbeiten.«

Meine Taktik erwies sich als falsch. Plötzlich verlor sie völlig die Fassung.

»*Nein!*« sagte sie, und es war fast ein Schrei. »Nein! Ich verbiete es! Du hast sie mir gegeben und gesagt, daß sie *mein* Kind sein sollte. Und als ihre Mutter bestehe ich auf meinem Recht, über ihre Zukunft zu entscheiden. Ihr Verhältnis zu Richard wird nicht so sein wie das Verhältnis zwischen Harry und dir, denn was dich und deinen Bruder betrifft, so ängstigt mich da irgend etwas, auch wenn ich keine Worte dafür habe, sondern nur so ein grauenvolles Gefühl, das mich frösteln läßt und mit Furcht erfüllt, wenn ich nachts wach werde. Ich weiß nicht, wovor ich mich fürchte, und ich mache euch beiden ja auch keine Vorwürfe. Aber ich habe Angst, Beatrice! Ich habe Angst für Julia! Ich will nicht, daß sie Teil einer Bruder-und-Schwester-Partnerschaft wird. *Nein.* Ich gebe meine Einwilligung *nicht.* Das werde ich Harry sagen.«

Ich rannte zur Tür und stand mit gebreiteten Armen, so daß sie nicht an mir vorbei konnte.

»Celia, warte«, sagte ich. »Stürze nicht hinaus zu Harry, während du so aufgewühlt bist. Er würde das höchst sonderbar finden. Er wird meinen, wir hätten miteinander gestritten. Beruhige dich erst einmal und überlege dir, was du sagen willst. Wenn du nicht möchtest, daß Julia und Richard gemeinsame Erben sind, so kann sie ihm, wenn beide älter sind, ihren Anteil ja verkaufen; oder er ihr den seinen. Du hast wirklich keinen Grund, dich hierüber so aufzuregen, Celia.«

»Tritt beiseite, Beatrice«, sagte sie mit leiser, doch harter Stimme. »Ich möchte mit Harry sprechen.«

»Nicht, solange du so überreizt bist«, sagte ich und rührte mich nicht von der Stelle.

»Tritt beiseite«, wiederholte sie, und ich erinnerte mich daran, wie sie in der Bibliothek vor dem Kamin gestanden hatte, zwei zerschmetterte Whiskyflaschen in der Hand.

»Du wirst Harry tief enttäuschen«, sagte ich. »Er hat dies geplant, um dich glücklich zu machen.«

»Tritt beiseite«, sagte sie noch einmal, und ihr Blick zuckte zur Zimmerglocke. Für einen kurzen Augenblick fragte ich mich, ob sie es wohl wirklich wagen würde, dem Butler zu läuten und ihm zu befehlen, die Tür zu öffnen, und mich so zu zwingen, ihr den Weg freizugeben. Doch ihr Gesichtsausdruck verriet mir, daß ich mit einer Frau sprach, die am Rande der Hysterie stand.

»Beatrice, ich habe dich jetzt dreimal dazu aufgefordert«, sagte sie in einem Ton, der verriet, daß sie jeden Augenblick die Kontrolle über sich verlieren konnte – und eine Celia in Panik fürchtete ich mehr als eine Celia, die sich wenigstens soweit in der Gewalt hatte, daß sie wußte, ob es vernünftiger war zu sprechen oder zu schweigen. Falls sie herausschrie, daß Richard und Julia Geschwister waren, würde ich unwiderruflich verloren sein. Behielt sie jedoch die Kontrolle über sich – und begleitete ich sie –, so mochte es mir noch gelingen, die Situation zu meistern.

Mit einem ironischen Knicks öffnete ich ihr die Salontür und folgte ihr dann dichtauf, während sie durch die Diele zum Speisezimmer rauschte. Durch die Tür, von der Küche her, kam gerade ein Lakai mit mehr Gebäck für Harry; doch auf meinen herrischen Blick hin machte er sofort wieder kehrt und verschwand. Celia sah nichts, hörte nichts. Sie warf die Tür zum Speisezimmer auf, und der Knall ließ Harry zusammenfahren. Vor ihm stand ein Teller, vollgehäuft mit Käse und Gebäck, und in der Hand hielt er eine Flasche mit Port. Auf seinem Kinn glänzte Butter. Er war als Verbündeter soviel wert wie ein Haufen Dreck.

»Ich billige diese Vereinbarung nicht«, sagte Celia mit hoher, harter Stimme. »Diese Dokumente sollen nicht unterzeichnet werden. Ich möchte das nicht für Julia.«

Harry sah sie verdutzt aus weit aufgerissenen Augen an.

»Aber es ist doch bereits geschehen«, sagte er. »Wir haben sie heute nachmittag unterzeichnet. Die Erbfolge ist geändert, und Richard und Julia sind gemeinsame Erben.«

Celia öffnete den Mund und schrie: ein dünner Jammerlaut wie von einem in eine Falle geratenen kleinen Tier. Sie stand ohne Bewegung, die Augen auf Harrys Gesicht, dessen Backen noch mit Gebäck vollgestopft waren. Auch ich stand wie erstarrt. Ich wußte nicht, was ich sagen oder tun sollte, um Celia zum Verstummen zu bringen. Doch ihr Entsetzen und ihre Angst vor jenem Unbekannten, das in den Winkeln von Wideacre lauerte und dessen Atemhauch zwischen uns fast buchstäblich zu spüren war, machte Celia wortlos, wenn auch nicht stumm.

Noch immer gab sie eine Art Jammerlaut von sich, wie das Wimmern eines Kindes, das sich in einer Tür einen Finger geklemmt hat. Ihre Augen rollten von Harry, der reglos am Kopfende des Tisches saß, zu mir, die ich schweigend hinter ihr stand. Dann fand ihr vor Angst wie gelähmter Verstand ein Wort. Sie sagte: »John.« Und sie raffte ihre Seidenröcke mit einer Hand hoch und eilte hinaus.

Harry würgte Halbzerkautes herunter und starrte mich aus wilden Augen an.

»Was ist los?« fragte er. »Was hat sie bloß?«

Ich zuckte die Achseln. Meine Schultern waren steif, und ich konnte spüren, daß die Gebärde etwas Hölzernes hatte. Mein Gesicht war vermutlich kalkweiß. Ich konnte fühlen, wie mir Kontrolle und Macht aus der Hand rannen wie der Sand vom Gemeindeland.

»Hör zu!« sagte ich. Und hörte im selben Augenblick, wie die Tür zum Westflügel knallte, und dachte sofort an meinen Schreibtisch und an das für mich so belastende Bündel von Celias Briefen an John, die ihn nie erreicht hatten. Ohne ein weiteres Wort zu Harry stürzte ich hinter Celia her, in Richtung meines Büros. Aber der Raum lag in Dunkelheit: Sie war nicht dort.

Scharf rief ich: »Celia!« – erhielt jedoch keine Antwort. Wo mochte sie bloß stecken? Ich sah im Westflügel-Salon nach, wo man die Kerzen angezündet hatte und wo im Kamin auch ein Feuer brannte. Ich lief die Treppe hinauf zu meinem Schlafzimmer; zu Johns Zimmer; ich warf sogar einen Blick in die Nursery, wo mein Sohn wie ein wuschelköpfiger Engel schlief – nirgendwo Celia. Aber dann vernahm ich die Geräusche von Rädern auf den Pflastersteinen des Stallhofs und lief zum Fenster. Die Kutsche stand bereit, und Celia war gerade dabei, einzusteigen.

»Celia!« rief ich. »Warte!« Nervös, verzweifelt fingerte ich am Griff, und endlich schwang das Fenster auf.

»Celia!« rief ich. »Warte! Bleib hier!«

Celia war inzwischen eingestiegen, und die Stallburschen, gerade im Begriff die Kutschentür zu schließen, drehten die Köpfe in Richtung meiner Stimme.

»Hierbleiben!« rief ich. »Warten!«

Celias Kopf erschien am Fenster, und ich konnte sehen, daß sie dem Kutscher offenbar erneut den Befehl zum Losfahren gab. Ich kannte den Kutscher. Ich hatte ihm eine Chance gegeben, als Papa seinerzeit einen neuen Mann gesucht hatte; sechs Jahre war das inzwischen her. Ich hatte zu Papa damals gesagt, Ben habe eine »Hand« für Kutschpferde. An seinen Familiennamen erinnerte ich mich nicht mehr. Wir nannten ihn seit Jahr und Tag ganz einfach »Kutscher Ben«. Jedenfalls war er ein Wideacre-Mann, hier geboren und aufgewachsen. Ich hatte ihm seine Stellung verschafft. Ich bezahlte seinen Lohn. Natürlich würde er halten, und Celia würde aus der Kutsche aussteigen müssen; und dann würden Harry und ich gemeinsam Gelegenheit haben, sie zu »bearbeiten«: sie zu beschmeicheln, sie unter Druck zu setzen, sie zu verwirren und so sehr durcheinander zu bringen, daß von ihrer Courage und ihrer Energie nichts weiter übrigblieb. Dann konnte ich meine Pläne weiterführen, so zielstrebig wie ein Ackermann mit dem Pflug seine Furche zieht oder beim Mähen die Sense schwingt, völlig unbeirrt durch getötete Kröten oder verstümmelte Hasen.

»Kutscher Ben!« rief ich laut und deutlich. »Warten! Ich komme nach unten!«

Ich warf das Fenster zu und lief hinaus zur Treppe. In weniger als einer Minute war ich unten, stürzte durch die Westflügeltür auf den Stallhof. Und hörte das Rattern der Räder der davonrollenden Kutsche; und sah, wie die Lichter um die Ecke bogen zur Front des Hauses, zur Auffahrt, um dann zweifellos in die Straße nach Acre einzubiegen, auf der Fahrt – falls meine Vermutung stimmte – nach Bristol, zu John.

»Halt!« schrie ich gellend wie ein Fischweib in den Wind der Aprilnacht, den entschwindenden Lichtern hinterher. Blickte mich dann wild nach einem Stallburschen um, den ich beauftragen konnte, die Kutsche einzuholen und Kutscher Ben meinen Befehl auszurichten: auf der Stelle umkehren. Aber dann erstarben mir meine wütenden Worte auf den Lippen, und der Zorn in mir erlosch. Ganz still stand ich in der kühlen Aprilnacht und fröstelte; doch die Kälte war in meinem eigenen Herzen.

Ich wußte, warum der Kutscher nicht gehalten hatte.

Inzwischen war mir der Familienname des Kutschers eingefallen.

Er lautete Tyacke.

»Kutscher Ben« war Gaffer Tyackes Neffe.

Langsam drehte ich mich um und ging mit schleppenden Schritten ins Haus zurück. Harry saß noch immer am Tisch, doch war ihm augenscheinlich der Appetit vergangen.

»Wo ist Celia?« fragte er.

»Fort«, sagte ich mühsam und ließ mich auf den Stuhl am Fußende des Tisches sacken. Harry und ich saßen einander gegenüber an den Enden des langen Tisches im Speisezimmer: genau wie an jenem ersten Abend, nachdem wir uns das erste Mal auf den Downs geliebt hatten. Das schien jetzt unendlich lange her zu sein; sehr, sehr fern, zeitlich wie räumlich. Harry schob die Karaffe mit Port auf mich zu, und ich holte mir ein sauberes Glas und schenkte mir großzügig ein; leerte das Glas dann auf einen Zug. Der Port wärmte mir Kehle und Magen, doch die Kälte der Angst, die auf mir lastete wie ein Bleigewicht, sie beseitigte er nicht. Wer hätte sich vorstellen können, daß jener Nachmittag süßer Leidenschaft auf den Downs uns hinunterführen würde auf diesen Weg? Jeder kleine Schritt war so mühelos, so sicher erschienen. Jeder kleine Schritt hatte zu einem weiteren geführt. Und jetzt war der Jüngling, der mich mit so unwiderstehlicher Begierde erfüllt hatte ein beleibter, alternder Squire. Zu dumm, um seine Frau mit einer Lüge abzuspeisen. Zu beschränkt, um seine eigenen Angelegenheiten zu regeln. Und das bezaubernde, bezauberte Mädchen, das ich einmal gewesen war, das gab es nicht mehr. Es war mir abhanden gekommen, Stück für Stück. Ein bißchen von ihr war gestorben bei dem Sturz, bei dem ihr Vater ums Leben kam. Und ein bißchen mehr war umgekommen in der Menschenfalle, in der Ralph seine Beine verlor. Und noch mehr von ihr war ausgeblasen worden wie wenn man eine von wenigen Kerzen ausbläst, als ihre Mama ihr Leben aushauchte. Und so war es weitergegangen, immer weiter, gleichsam Tröpfchen für Tröpfchen: gefrierend zu jenem immer größer werdenden Eiszapfen, der die Stelle meines Herzens einzunehmen schien.

»Ich verstehe überhaupt nicht, was eigentlich los ist«, sagte Harry verdrossen. »Weshalb war Celia so aufgeregt? Wo ist sie denn hin? Sie kann doch um diese Stunde kaum noch irgend jemandem einen Besuch abstatten? Und wenn sie so etwas vorhatte, wieso hat sie mir das dann nicht gesagt?«

»Gar so dumm brauchst du dich nicht zu stellen«, sagte ich scharf. »Du weißt ganz genau, daß Celia und ich Streit miteinander hatten. Niemand verlangt von dir, Partei zu ergreifen, also brauchst du auch nicht so zu tun, als ob du nicht verstündest, worum es geht. Celia möchte lieber, daß Julia nichts von Wideacre gehört, statt daß es zwischen ihr und Richard eine solche Partnerschaft gibt wie zwischen uns beiden. Ich nahm Anstoß an ihrem Ton, und es kam zu einem Wortwechsel. Jetzt ist sie einfach davon. Ich vermute, daß sie zu John will. Um ihm zu sagen, daß wir sein gesamtes Vermögen verbraucht haben; und um ihn zu bitten, ihr dabei zu helfen, unsere ganze Mühe zunichte und den Vertrag zwischen Julia und Richard ungültig zu machen.«

Harry starrte mich an. »Das ist schlimm«, sagte er. Ich schob ihm die Karaffe zu, und er schenkte sich nach und schob die Karaffe wieder in meine Richtung. Irgendwie glich der Raum einer Verschwörerhöhle. Mochte Harry auch in vielem recht begriffsstutzig sein, so besaß er doch genügend Verstand, um zu wissen, wann sein Reichtum und sein Wohlleben gefährdet waren. Folglich war ihm auch klar, daß er bei jedem Kampf, bei dem es um Wideacre ging, auf meiner Seite stehen mußte.

»Das können sie aber doch nicht ohne unsere Einwilligung tun, nicht wahr?« fragte er.

»Nein«, sagte ich. »Und sie können auch Charles Lacey nicht zur Rückgabe des MacAndrew-Geldes bewegen. Sie können also gar nichts tun.«

»Du hast doch gesagt, John würde sich freuen«, meinte Harry mürrisch. »Und du hast auch gesagt, Celia würde sich freuen.«

»Wie konnte ich ahnen, daß sie sich nicht freuen würde?« fragte ich. »Allerdings möchte ich behaupten, daß John darüber glücklich gewesen wäre. Was jetzt wohl kaum der Fall sein dürfte – wenn nämlich Celia über ihn herfällt mit Horrorgeschichten, wonach er hinter seinem Rücken beraubt wird, zugunsten deiner Tochter.«

»So etwas würde sie doch gewiß niemals sagen!« protestierte Harry. »Sie weiß, daß ich dergleichen niemals tun würde. Celia ist viel zu loyal, um sich derart gegen mich zu wenden.«

»Ja, aber allem Anschein nach hat sie sich von Johns Wahnsinn ein wenig anstecken lassen«, sagte ich. »Als man ihn damals fortbrachte, hatte sie sich ja fast schon in die Vorstellung verrannt, ich wollte ihn aus Gemeinheit einsperren lassen, vielleicht sogar, um in den Besitz seines Vermögens zu gelangen. Wahnsinn, natürlich.«

»Natürlich«, stimmte Harry unbehaglich zu.

»Ich glaube, wir haben beide nicht bemerkt, *wie* nah die beiden einander standen«, sagte ich. »Nach Mamas Tod verbrachte Celia einen großen Teil ihrer Zeit mit John. Dauernd plauderten sie im Salon miteinander, oder sie ergingen sich zusammen im Rosengarten.«

»Sie liebt ihn innig«, meinte Harry unbeeindruckt.

»Hoffentlich liebt sie ihn nicht zu innig«, sagte ich. »Es wäre doch schrecklich, wenn gerade ihre so liebevolle Natur sie in die Irre gehen lassen würde. Wenn sie selbst jetzt nicht an das denkt, was dich und euer Kind glücklich machen würde, sondern sich um John und das MacAndrew-Vermögen sorgt.«

Harry sah mich entgeistert an. »Aber das ist doch einfach nicht möglich«, sagte er.

»Nein, höchstwahrscheinlich nicht«, stimmte ich eilig zu. »Andererseits erweckt natürlich diese Hals-über-Kopf-Fahrt nach Bristol sehr den

Eindruck, als ob sie sich mit John gegen uns verbünden wollte. Gegen dich und mich und Wideacre.«

Harry schenkte wieder aus der Karaffe nach und butterte sich mit zitternden Fingern ein Sandwich.

»Dies ist alles Wahnsinn!« platzte er heraus. »Seit Mamas Tod ist nichts mehr in Ordnung! John ist verrückt geworden, und jetzt verhält sich, wie du sagst, auch Celia höchst sonderbar. Sollte Celia irgendwelche Schwierigkeiten machen wollen wegen dieser Vereinbarungen, die zu machen wir beide für richtig befunden haben, so werde ich sie gehörig ins Gebet nehmen. Was das Land betrifft, so versteht sie absolut nichts davon, was mir soweit ja auch ganz recht gewesen ist. Aber sie kann sich ja nun nicht einfach in völlig vernünftige geschäftliche Angelegenheiten einmischen wollen.«

»Ganz recht, Harry«, sagte ich mit scheinbar ruhiger Stimme, während ich vor Erleichterung aufatmete. »Du bist allzu lieb, allzu zartfühlend zu Celia gewesen – wenn sie in der Dunkelheit einfach so davonjagt, sogar ohne Begleitung ihrer Zofe, um mit deinem Schwager, meinem Mann, über unsere persönlichen und vertraulichen Angelegenheiten zu sprechen.«

»Ja, in der Tat!« sagte Harry. »Ich bin zutiefst über Celia enttäuscht. Und wenn sie wieder hier ist, werde ich ihr das auch sagen.«

»Gut«, meinte ich. »Ich finde, daß es gesagt werden muß.« Ich hielt inne. Harry, dort auf seinem Stuhl, schien innerlich zu brodeln; seine steigende Erregung war unverkennbar. Ich wußte, was als nächstes kommen würde, und fand mich mit dem Gedanken ab, ein oder zwei langweilig-ermüdende Stunden oben im Raum unter dem Dach verbringen zu müssen. Ja, ich kannte die bewußten Anzeichen bei Harry zur Genüge.

Seit einiger Zeit schon waren wir nur noch selten in jenem Raum zusammen: Ich hatte nun ja, dank Johns Geld und der Arbeit der Londoner Anwälte, hier auf Wideacre meine Sicherheit, und Harry war zu faul und zu schlaff, um noch oft die Verlockung zu spüren; doch besaß sie noch immer den alten Reiz für ihn. Wieder schenkte er sich sein Glas voll und streckte dann eine Hand nach meinem Glas aus. Ich erhob mich halb, um es ihm entgegenschieben zu können, und während er sich vorbeugte, hafteten seine Augen auf meinen Brüsten.

»Mmh? Beatrice?« sagte er, während er sich wieder in seinen Stuhl sacken ließ. Ich lächelte ihn an: ein träges Lächeln mit halbgeschlossenen Augenlidern.

»Ja, Harry?« fragte ich.

»Wo nun beide fort sind, Celia und John ...«, begann er und brach wieder ab, während sein Atem flacher und schneller ging. Ich warf ihm einen sehr direkten Blick zu, einen Blick, der Herausforderung und Einladung zugleich war.

»Dann werde ich jetzt gehen, um das Feuer zu entzünden«, sagte ich. »In zehn Minuten, Harry ...«

Im Vorgefühl der zu erwartenden Wonnen seufzte er tief und butterte sich ein weiteres Biskuit. Ich schlüpfte wie eine Schlange hinaus und schloß leise die Tür hinter mir. »Friß nur so weiter, Harry«, dachte ich bissig, »und du wirst dich in drei Jahren zu Tode gefressen haben. Dann werden mein Sohn Richard und meine Tochter Julia gemeinsame Erben sein, und ich bin dann beider Vormund und der alleinige Master von Wideacre, bis ich meinem geliebten Sohn das Steuer überlasse. Und weder Celia noch John werden mich davon abhalten können.«

Ich schickte keinen Expreß-Brief per Schnellpost hinter Celia her. Und ich schickte auch keinen berittenen Lakaien los, um sie noch abzufangen. Wenn die sonst so ruhige und brave Celia mit nichts als einem Schal um den Kopf so plötzlich aus dem Haus rannte wie eine geistesgestörte Bauernmagd, so war damit zu rechnen, daß sie ohne jeden Aufenthalt reisen würde; folglich konnte ein Brief Dr. Rose vor Celias Ankunft kaum noch erreichen. Und Kutscher Ben Tyacke würde allemal Lady Laceys Befehlen gehorchen statt meinen, falls ich einen Berittenen damit beauftragte, ihn zur Umkehr aufzufordern – er würde sein Gespann nur zu größerem Tempo antreiben.

Das einzige, worauf ich bauen konnte, waren Johns Labilität und Celias Verwirrung und Verzweiflung sowie Dr. Roses Voreingenommenheit gegen beide, von mir ohne eigentliche Absicht in ihm entfacht, jetzt jedoch höchst willkommen. Ich kann jetzt nichts tun, befand ich, während ich vor dem Schlafzimmerkamin mein Morgenbad nahm. Lucy hatte zwischendurch nach weiteren Kannen mit heißem Wasser geläutet, die sie nun an der Tür vom Lakaien entgegennahm, um sodann den sengend heißen Inhalt der ersten über meinen Rücken zu gießen, während ich leicht vorgebeugt in der Wanne saß. Mein Körper krümmte sich im wie kochenden, lieblich parfümierten Wasser.

»Miß Beatrice, Ihr verbrüht Euch ja«, sagte Lucy, als ich sie zu einem weiteren heißen Guß aufforderte.

»Ja«, sagte ich mit tiefem Behagen und fühlte, wie es siedend über mich hinwegspülte. Meine Zehen waren rosarot, und mein ganzer Körper sah wahrscheinlich scharlachfarben aus. Nach einer Nacht mit Harry, den ich mit Hilfe von Drohungen und Flüchen und Folterungen in ein wollüstiges Stück Wonne verwandelte, hatte ich das Bedürfnis, mich nicht einfach zu waschen, sondern gleichsam sauberzukochen. Mochten auch die schlimmsten Verbrechen auf Wideacre auf mein Konto kommen, an Harrys sexueller Abartigkeit litt ich jedenfalls nicht. Wenn mich der Drang nach geschlechtlichen Freuden überkam, wünschte ich mir einen ganz normalen Mann, der mich einfach ins Bett oder ins Gras warf. Harry schien einen unersättlichen Bedarf an immer neuen Drohungen und Verheißungen und Raffinessen zu haben. Sein feister Körper löste in mir weder Wollust noch Haß aus, sondern eine gewisse kühle Verachtung, die Harry jedoch nur noch stärker erregte. Ich winkte nach noch mehr heißem Wasser. Ich fühlte das Bedürfnis, mich zu schrubben und mir Harrys feuchte Küsse von der Haut zu sengen.

Ich kann jetzt nichts weiter tun, dachte ich wieder, während Lucy mir heißes Wasser über den Körper goß, um sodann, auf eine entsprechende Geste von mir, meinen Nacken mit parfümierter Seife zu massieren.

»Mmmm«, machte ich in tiefem Wohlbehagen und schloß die Augen.

Allerschlimmstenfalls würden Celia und John als ein Paar Racheengel heimkehren, um Wideacre zu zerstören – und den Garten der Täuschungen, den ich hier angelegt hatte. John vermutete zu Recht, daß Harry Richards Vater war, und Celias Geheimnis – daß auch Julia mein Kind war – würde ein weiteres Teilstück im Puzzle sein. Die Enthüllung beider Geheimnisse konnte, ja mußte meinen Ruin bedeuten.

Doch sah ich dieser Möglichkeit mit gewohntem Kampfesmut entgegen. Ich glaubte, damit fertig werden zu können. John kehrte aus einer wohlbehüteten, gegen die Realität abgeschirmten Anstalt zurück, völlig unvorbereitet für die Verrücktheit seines wirklichen Lebens. Ich hatte es geschafft, ihn als geistesgestört zu brandmarken. Vielleicht würde mir das auch bei Celia gelingen. Denn was beide zu erzählen hatten, war eine verrückte Geschichte. Eine Geschichte, wie sie nur Verrückte erzählten. Niemand würde ihnen glauben. Weitaus überzeugender würde die Behauptung wirken, beider Schuld und Begierde hätten John zur Trunksucht und Celia zum Wahnsinn getrieben. Zusammen hätten sie sich in eine alptraumhafte Schreckenswelt verrannt, eine Welt, deren Labyrinthe voller Ungeheuer waren, eine Welt mit mörderischen Pflugscharen, die Kröten zerquetschten und Hasen verstümmelten. Unsinniges Geschwätz, das ich nicht zu fürchten brauchte. Niemand würde ihnen glauben, wenn ich hocherhobenen Hauptes und stolz wie eine Königin jede gegen mich vorgebrachte Beschuldigung als übelste Verleumdung bezeichnete.

Allerdings glaubte ich nicht, daß es Celia und John so ohne weiteres gelingen würde, die beiden Teilgeheimnisse zum abschließenden Gesamtbild zusammenzusetzen.

»Mach nur weiter«, sagte ich zu Lucy, die gehorsam meine Schultern zu massieren begann.

John waren beim Kampf praktisch die Hände gebunden – wegen seiner zärtlichen Gefühle für Celia. Das wußte ich, hatte ich ihn doch damals, als ihn die Wahrheit wie ein Schlag traf, genau beobachtet. Es war wie ein haltloses Taumeln gewesen, voller Haß und Entsetzen und abgrundtiefer Verzweiflung über die Tatsachen, vor denen er sich dann in den Alkoholrausch flüchtete. Hätte er mich vor Celia bloßstellen wollen, so wäre damals Gelegenheit dazu gewesen. Aber er wußte genau, daß er damit ihre Ehe zerstören und ihr das Herz brechen würde. Und so hatte er es nicht getan; nicht einmal, als er sich in der Zwangsjacke auf dem Fußboden krümmte, hatte er das Geheimnis preisgegeben. Zu meinem Schutz hielt er sich ganz gewiß nicht zurück. Er schützte Celia: schützte sie vor jenem Entsetzlichen, worauf sich hier auf Wideacre unser aller Leben – und Zusammenleben – gründete. Womöglich würde Celia in ihrer momentanen Panik John gegenüber alles ausplaudern, was sie wußte, doch konnte ich darauf vertrauen, daß mein Mann, wenn er die *ganze* Wahrheit begriff, trotzdem stumm blieb – eben um Celia zu schonen.

Ich fürchtete Celia nicht. Falls sie allein zurückkehrte oder sich zum Handeln auf eigene Faust entschloß, so würde sie wohl dennoch keine Enthüllungen über mich verbreiten. Dafür gab es eine Reihe von Gründen. Sie hatte mir ihr Ehrenwort gegeben, was für sie so etwas wie ein heiliger Akt war. Auch hatte sie mich einmal geliebt, was sie zumindest zögern lassen würde. Respektabilität war ihr genauso wichtig wie einst meiner törichten Mama, und meine Bloßstellung würde meinen Ruin bedeuten und eine unauslöschliche Schande für die Laceys. Aber mehr als all das, mehr als alles sonst, fiel ihre bedingungslose Liebe zu Julia ins Gewicht, die sie vor jeder Unbedachtheit zurückschrecken lassen würde. Falls sie mich als Julias wahre Mutter »entlarvte«, so wußte sie, daß ich, selbst in meiner Schande, einen Anspruch auf Julia erheben und ihr das Kind wegnehmen konnte. Was immer auch in Celia vorgehen mochte, Verwirrung, Empörung, tiefe Qual, nie würde sie es riskieren, Julia zu verlieren. Beim geringsten Anzeichen einer solchen Gefahr würde Celia den Rückzug antreten.

Ich begann meine eingeseiften Schultern abzuspülen Ja, ich hatte beide fest im Griff, Celia und John. Denn beide liebten, und so waren beide auch verwundbar. Im Vergleich zu ihnen fühlte ich mich frei und ungebunden. Meine Liebe zu Richard war für mich keine Fessel, kein Hemmnis. Ich ging dennoch meinen eigenen Weg. Für ihn zu intrigieren, dazu war ich bereit; niemals jedoch würde ich mich für ihn opfern. Celia und John hingegen – keiner von ihnen war sein eigener Herr. Und deshalb fürchtete ich sie nicht.

»Handtuch, bitte«, sagte ich zu Lucy, und sie holte die groben Leinentücher vom Kamin, wo sie zum Anwärmen hingen. Ich rieb mich damit ab, so fest ich nur konnte, bis meine Haut brannte, und dann bürstete ich mein Haar zurück, so daß es als seidige, kupferfarbene Mähne weich meinen Rücken hinunterwallte. Nichts an meinem Körper verriet, daß ich zwei Schwangerschaften hinter mir hatte. Mein Bauch war flach und fest, meine Brüste rund und noch immer straff, meine Beine so lang und so schlank wie früher, ohne eine Spur von entstellenden Krampfadern.

Mit der flachen Hand strich ich vom Hals abwärts über die schwellende Rundung meiner Brüste und über meinen Bauch bis zum sanften, gelockten Haar zwischen meinen Beinen. Ich war noch immer sehr reizvoll. Und bald würde ich einen Liebhaber brauchen. Einen wirklichen Liebhaber, nicht so eine Landplage wie Harry, sondern einen Mann, mit dem ich lachen und herumtollen konnte, der mit mir jedes Vergnügen teilen würde, im Spaß wie im Ernst. Seufzend drehte ich mich um und knipste mit den Fingern: ein Zeichen für Lucy, meine Petticoats zu holen. Ich sehnte mich nach jenem wilden Liebesgetümmel, nach jenen leidenschaftlichen Umarmungen, wie ich sie noch von Ralph her in Erinnerung hatte. Nur Gott wußte, ob ich je wieder so einen finden würde wie ihn. Am besten wohl fand ich mich damit ab, daß er mir immer wieder fehlen und daß ich mich immer wieder nach ihm sehnen würde.

Und auch mit dem Warten mußte ich mich abfinden, mit dem endlosen Warten: darauf, daß diese schwere Zeit ein Ende nahm; darauf, daß das Land Profit abwarf, damit der Druck auf Wideacre abnahm, ein wenig zumindest, jener Druck durch die Schulden, die ich dem Land aufgebürdet hatte; warten darauf, daß die große goldene Überfülle des Getreides das Land aus dem ärgsten Würgegriff befreite und die Menschen aus dem sklavischen Joch erlöste, in das der harte Kampf um das

Geld sie zwang. Damit ich zurückgeben konnte, statt nur wegzunehmen. Damit die Menschen dieses eine schlimme Jahr meines Masterseins über Wideacre vergaßen und sich statt dessen der guten Jahre entsannen, die einander ohne Pause gefolgt waren, seit ich in Wideacre das Sagen hatte.

Heute würde ich wohl wieder im Büro sitzen müssen, um mich intensiv mit Zahlen zu befassen. Mr. Llewellyn besaß jetzt drei Hypotheken auf unser Land: auf das Gemeindeland, auf die Pflanzung und auf Celias »Mitgift-Land«. Um ordnungsgemäß den Schuldendienst dafür leisten zu können, hatte ich ein Darlehen bei unseren Bankern aufnehmen müssen. Ihre Zinssätze waren niedriger, und ich war zunächst recht stolz auf meine Cleverness, die Wideacre eine Atempause zu verschaffen schien. Doch es stand ihnen frei, die Zinssätze nach Belieben zu ändern, und inzwischen mußte ich an sie höhere Sätze zahlen als an Llewellyn. Ich befand mich in einer ebenso paradoxen wie lächerlichen Lage. Blieb ich, hier wie dort, die Zahlungen schuldig, so mußte ich Geld für zusätzliche Geldbußen aufbringen.

Im vergangenen Monat war ich gezwungen gewesen, einige fette Lämmer bei ungünstiger Marktlage zu verkaufen, unter ihrem eigentlichen Wert also; aber ich brauchte das Geld ganz dringend. In diesem Monat würde ich wohl Land verkaufen müssen – außerhalb der Saison Vieh zu verkaufen, ging auf die Dauer nicht. Irgendwie mußte ich sie zum Stoppen bringen, diese Abwärts-Spirale der Schulden; allerdings konnte ich kein Ende sehen. Es gab jedoch einen Mann, den ich kannte und der sich auf die Methoden der Londoner Geldleute verstand. Er als einziger hätte mir sagen können, ob es sich wirklich so verhielt, wie ich fürchtete: daß diese Leute nämlich mit mir so spielten, wie ein cleverer Fischer mit einem Lachs spielt; daß sich, obwohl ich nur mit zwei oder dreien von ihnen verhandelt hatte, es sich überall herumgesprochen haben mußte: Wideacre steuert auf den Ruin zu und ist für einen geschickten Fischer eine leichte Beute. Ein einziger Mann nur konnte mich hierbei beraten. Doch zweifellos beriet er sich jetzt, auf der Heimfahrt, mit Celia: wie sie beide meine Pläne am besten zum Scheitern bringen konnten.

Während ich nach unten ging, um zu frühstücken, überlegte ich, wie lange Celia inzwischen fort war und wie viele Tage sie wohl insgesamt brauchen würde: einen Tag nur bis Bristol (da sie ja schon am frühen Abend abgefahren war); zwei Tage, um John zu sehen und Dr. Rose zu seiner Entlassung zu bewegen; zwei Tage für die Heimfahrt. In der Kutsche würden sie die Köpfe zusammenstecken. Würden sich miteinander beraten, wie sie meine Pläne zum Scheitern und mich zu Fall bringen konnten.

Vier oder fünf Tage, veranschlagte ich, und ich behielt recht. Am Nachmittag des vierten Tages kam die Kutsche die Anfahrt herauf, voller Schlammspritzer und mit einer zerbrochenen Laterne. Und, genau wie erwartet, saßen beide darin.

»Sie sind hier«, sagte ich hastig zu Harry. »Du weißt, was du zu tun hast. Wir haben ja alles durchgesprochen, und zweifellos bist du im Recht. Sie hat versucht, sich in unsere Angelegenheiten einzumischen. Sie ist aus dem Haus gestürzt, um zu einem anderen Mann zu fahren – zu meinem Mann. Wie eine Verrückte ist sie davongetobt. Sie hat die Laceys bloßgestellt, und man wird in der ganzen Grafschaft über uns tuscheln.«

Harry nickte. Er atmete hastig, und in seinen Augen war ein gewisses Glänzen. »Sie sollte bestraft werden«, sagte er, und ich mußte an seine frühen Erfahrungen mit gewalttätiger Schikane an seiner Schule denken.

»Ja«, sagte ich. »Sie ist von uns allen wie eine Porzellanfigur behandelt worden. Nimm sie sofort und mach dir dein Vergnügen mit ihr. Du bist ihr Mann und hast das Recht dazu. Geh jetzt, und zähme sie.«

Er nickte wieder. »Aber kein Mann könnte Celia weh tun«, sagte er und versuchte angestrengt, überzeugend zu klingen.

»Jeder richtige Mann kann es«, sagte ich anstachelnd. »Vor allem du kannst es, Harry. Erinnerst du dich an die kleinen Knaben an deiner Schule? Im übrigen mag dir ja Celia noch so teuer sein – dies kannst du ihr unmöglich durchgehen lassen. Sie ist von dir zu John geflohen. Wenn du sie behalten willst, so mußt du ihr zeigen, wer der Master ist. Du bist der Squire. Du bist ihr Mann. Du kannst mit ihr tun, was du willst. Aber höre nicht auf sie, was immer sie auch sagt. Nimm sie ganz einfach wieder in Besitz.«

Harrys blaue Augen waren weit geöffnet, und sein Atem beschleunigte sich noch. Er ging an einem Tablett mit Gebäck vorbei, ohne es überhaupt wahrzunehmen. Mit plumpen Schritten, doch im Vorgefühl grausamer Liebeslust eilte er hinaus. Noch bevor Stride zur Stelle sein konnte, war Harry an der Tür der haltenden Kutsche. Ohne auf das Herabklappen der Stufen zu warten, stieg Celia hüpfend heraus. Sie trug noch immer dasselbe Kleid, das inzwischen schäbig und abgetragen und zerknittert wirkte. In nichts glich sie jetzt jener Lady Lacey, die Harry ebenso dominiert hatte wie letztlich auch mich. Sie sah erschöpft und ein wenig ängstlich aus.

»Harry?« sagte sie zögernd und trat auf ihn zu. Da die Kutsche unmittelbar vor der Freitreppe hielt, stand er ein oder zwei Stufen über ihr, völlig reglos, eine herrische Erscheinung.

Er machte sich großartig. Sprach nicht ein Wort. Sah aus wie einer der beleibten Helden von einer Wanderbühne. Sein Gesicht wirkte steinern. Celia trat neben ihn und legte ihre kleine Hand auf seinen Arm.

»Harry?« sagte sie wieder. Er packte sie mit hartem Griff, und ich sah, wie ihr Gesicht ganz weiß wurde vor Schmerz. Wortlos drängte er sie ins Haus und dann die Haupttreppe hinauf zum ersten Stock. Ich hörte seine schweren Schritte im Gang, der zum ehelichen Schlafzimmer führte; hörte auch, wie die Tür sich öffnete und wieder schloß; vernahm das zwiefache Klicken, als Harry sie verriegelte. Jetzt ging ich zur Kutsche. Was immer sich auch hinter jener Tür abspielen mochte, es interessierte mich nicht. Celia würde gedemütigt werden und hinabgezogen in den Sumpf von Harrys abartigen Lüsten. Sollte sie versuchen, sich ihm zu verweigern, so konnte er sie schlagen oder vergewaltigen. War sie ihm indes zu Willen, so würde der Unflat seiner perversen Gelüste ihre Seele besudeln, und nie wieder würde sie John mit offenem Blick begegnen können – oder in meinem Büro vor mir stehen und mich herumkommandieren. Sie würde gedemütigt und erniedrigt werden.

Ich lächelte.

John sah mein Lächeln, während er aus der Kutsche stieg. Und obwohl hell und warm die Sonne schien, fröstelte er, als striche ein kalter Wind über ihn hin. Er sah gesund aus, völlig wiederhergestellt. Verschwunden war der angespannte, verzweifelte Gesichtsausdruck. Er wirkte wohlgenährt, dabei jedoch ohne ein einziges überflüssiges Pfund. Nichts war mehr zu sehen von schattigen Augenhöhlen und dem ständig nervös zuckenden Muskel der einen Wange. Doch hatte die schwere Zeit Spuren in sein Gesicht gezeichnet: harte Linien rechts und links vom Mund und zwei tiefe Furchen auf der Stirn. Es war ein ernstes und starkes Gesicht. Genau wie früher war er makellos gekleidet, ganz in Schwarz, doch mit blendend weißem Hemd. Über dem Anzug trug er einen dicken, schwarzen Reisemantel. Ich sah seine blauen Augen, und wir maßen einander mit einem langen, harten Blick. Mochte er auch wieder so aussehen wie der Mann, den ich einmal geliebt hatte: jetzt waren wir geschworene Feinde.

Ohne ein Grußwort machte ich kehrt und ging in den Salon zurück.

Mit ruhiger Hand schenkte ich mir eine Tasse Tee ein. Das Mädchen erschien. Ohne dazu aufgefordert worden zu sein, brachte sie eine weitere Tasse und einen Teller. Unmittelbar hinter ihr kam John, mein Gatte. Nachdem das Mädchen gegangen war, schloß er mit fester Hand die Tür, und das leise Geräusch ließ mich unwillkürlich zusammenzucken. Ein Frösteln der Angst überlief mich. Ich war mit meinem Mann allein.

»Tee?« fragte ich mit steifer Höflichkeit. »Etwas Gebäck? Obstkuchen?«

»Laß uns offen und ohne Umschweife miteinander sprechen«, sagte er, und seine Stimme klang fest und ruhig. Offenbar hatte er seine Furcht vor mir verloren; ich besaß keine Macht mehr über ihn. Ich erhob mich und stellte mich so, daß ich mich auf den Kaminsims stützen konnte, um das nervöse Zittern meiner Beine zu verbergen.

John stand jetzt in der Mitte des Salons, und seine Erscheinung schien den Raum völlig zu beherrschen. Er stand auf leicht auseinandergespreizten Beinen. Seine hohen, schwarzen Stiefel glänzten, und sein wulstiger Reise- und Kutschermantel schien den wie schrumpfenden Salon zu füllen, fast zu sprengen. Er hatte seinen Hut auf einen Stuhl geworfen, und dieser Hut war wie ein Symbol männlicher Kraft; eine eigentümliche Bedrohung ging davon aus. Meine Hand krampfte sich am Kaminsims, und angestrengt bewahrte ich eine ausdruckslose Miene.

»Ich habe nichts zu dir zu sagen«, erklärte ich, ohne daß meine Stimme schwankte. Er würde nicht merken, daß ich mich fürchtete. Ich hatte mich fest in der Gewalt.

»Möglich. Aber ich habe einiges zu dir zu sagen«, gab er zurück. Ich blickte zur Tür. Nein. Bevor ich sie erreichen konnte, würde er mir den Weg verlegen. Aber vielleicht konnte ich zum Schein nach mehr warmem Wasser läuten. Doch ich besann mich. Da eine Konfrontation mit John ohnehin unausweichlich war, mochte sie getrost auf der Stelle stattfinden. Ohne Celia und Harry hatte ich ihn sozusagen ganz für mich, in vermutlich noch reisemüdem Zustand. Erleichtert fühlte ich, wie Zorn in mir aufstieg, denn ich wußte: falls er mir drohte, würde ich ihm standhalten und ihn bezwingen. Plötzlich war ich nicht mehr die Frau, die vor Angst und Schrecken wie mit gelähmten Gliedern stand. Ich war eine Frau, die für sich selbst und für ihr Kind kämpfte: um das Erbe meines Kindes und um mein eigenes Zuhause. Nein, ich würde nicht als reuige Sünderin zusammenbrechen, bloß weil mein Mann mich hart aus seinen hellblauen Augen musterte.

»Ich weiß, was du getan hast«, sagte er. »Celia hat mir alles erzählt, was sie wußte, und mit Hilfe dieses Wissens konnte ich mir den Rest zusammenreimen.«

»Und *was* hast du dir zusammengereimt?« fragte ich in eisigem Tonfall.

»Zusammen mit deinem Bruder hast du in Blutschande zwei Bastarde gezeugt«, sagte John, und seine Stimme klang so kalt wie meine. »Das eine Kind bist du bei Celia losgeworden, die es Harry gegenüber als ihr eigenes ausgab. Das andere wolltest du mir unterschieben. Dann hast du mich in eine Irrenanstalt einweisen lassen – oh ja, genau das war es, meine Teure –, um mir mein Vermögen zu stehlen, damit du für deinen Sohn die Erbschaft kaufen und deine beiden Kinder als Partner auf Wideacre einsetzen konntest.«

Meine Hand krampfte sich noch fester um den Kaminsims, doch ich blieb stumm.

»Ich werde dieses Lügengewebe aus Sünde und Täuschung entwirren und uns alle von dir befreien«, fuhr John fort. »Einige deiner Verträge und Abmachungen dürften rechtlich anfechtbar sein, und ich werde dafür sorgen, daß sie für null und nichtig erklärt werden. Die Kinder müssen gereinigt werden von deinem Makel und vom Fluch dieses verruchten Landes. Celia muß befreit werden aus diesem Morast der Sünde und der Komplizenschaft, zu der du sie mit List und Lüge verführt hast. Und vielleicht wird es ihr gelingen, Harry vor dir zu retten.«

»Dann bist du also bereit zu baumeln?« fragte ich ätzend. »Ich meinerseits bin jedenfalls bereit zu schwören, daß du Mama umgebracht hast. Im selben Augenblick, wo du auch nur ein Wort gegen mich sagst, hättest du praktisch schon die Schlinge um den Hals. Nun, John? Bist du so lebensmüde? Bist du bereit, zu sterben?«

Seine Augen begegneten meinem Blick, und ich sah, daß in ihnen nicht die mindeste Spur von Furcht war. Während mir ein Frösteln über den Rücken kroch, begann ich zu begreifen, daß selbst diese Drohung gegen ihn eine stumpfe Waffe war.

»Darauf werde ich's ankommen lassen«, sagte er, und unsere Blicke kreuzten sich wie Klingen. »Ich bin bereit, mir den Prozeß machen zu lassen, damit dir die Maske vom Gesicht gerissen wird. Denn bevor mich irgendein Gericht wegen fahrlässiger Tötung oder gar wegen Mordes verurteilt, wird es mit Sicherheit erfahren, wie es in Wahrheit dazu kam, daß das Herz deiner Mutter in jener Nacht zu schlagen aufhörte. Dann wärst du vor der Welt entlarvt als blutschänderische Hure, als Mutter von zwei Bastarden und als Diebin. Bist du darauf vorbereitet, meine hübsche Gemahlin?«

»Du wirst dein Geld nicht zurückbekommen«, sagte ich gehässig. »Das ist für dich für immer verloren. Es befindet sich in Charles Laceys Händen, und wenn ich ihn richtig kenne, so hat er es bereits zur Hälfte verschwendet.«

»Ja, mag schon sein«, gab er zu, während er durch das Fenster zur grünen Linie des Horizonts blickte. »Aber die Kinder kann ich vor dir retten... und Celia.«

»Eine sonderbare Art, sie zu befreien«, sagte ich scharf. »Indem du sie durch deinen Tod befreist, mag mir das ja Schmach bereiten. Was Celia betrifft... nun, für sie gibt es außer Wideacre keinen Ort, wo sie leben kann. Und Harry, ob nun entehrt oder nicht, wäre nach wie vor Squire. Wir würden hier alle ohne dich leben. Bist du bereit, einen Tod zu sterben, der nichts ändert?«

»Die Frage ist nicht, ob *ich* für den Tod bereit bin, Beatrice«, sagte er, während sein Blick wieder zu mir zurückkehrte, nicht voller Haß, sondern mit eindringlichem Interesse. Es waren wieder die Augen des klugen, scharfsinnigen Dr. MacAndrew aus Edinburgh. »Ich seh es dir an«, sagte er scharf, fast schneidend. »Du hast dich verirrt – irgendwo auf dieser Straße des Bösen, die du gereist bist. Das Leben ist aus dir entwichen, Beatrice.«

Mit zwei raschen Schritten war er bei mir, faßte mit einer Hand nach meinem Kinn. Ich ließ es zu, daß er mein Gesicht ins Licht drehte, und musterte ihn verächtlich, während ich angestrengt versuchte, meine Angst vor ihm zu verbergen.

»Ja, du bist so reizvoll wie eh und je«, sagte er in sachlichem Tonfall. »Doch aus deinen Augen hat sich das Funkeln verloren, und um deinen Mund ziehen sich Linien, die es früher nicht gab. Woran liegt das, meine Teure? Haben dich deine Schritte so tief in den Sumpf geführt, daß du dich nicht mehr daraus befreien kannst? Hat sich das Land hier gegen dich gewendet? Verfängt die Hexerei, die dir sonst zu Diensten stand, auf einmal nicht mehr? Ist es nicht so, daß die Leute auf den Boden speien, wenn sie dich sehen, und deinen Namen verfluchen, weil du Wideacre Tod und Verderben gebracht hast?«

Ich riß mich von ihm los und hatte die Tür fast schon erreicht, als ich hörte, wie er meinen Namen rief:

»Beatrice!«

Ich drehte mich zu ihm um, weshalb, wußte ich selbst nicht recht.

Hoffte ich auf ein freundliches Wort von ihm? Oder auf irgendein Zeichen dafür, daß ich doch noch Macht über ihn besaß?

»Der Tod ist auf dem Weg zu dir, und du bist für ihn bereit«, sagte er mit ruhiger Stimme. »Während der Heimfahrt mit Celia glaubte ich, dich töten zu müssen, um uns alle zu befreien von dem Entsetzlichen, das sich in dir verkörpert. Aber es ist nicht nötig, daß ich meine Hände mit deinem stinkenden Blut besudle. Denn der Tod ist auf dem Weg zu dir, und du weißt, daß du darauf gefaßt sein mußt zu sterben. Nicht wahr, meine hübsche Beatrice?«

Wortlos drehte ich mich um und ging hinaus. Ich schritt hocherhobenen Hauptes, mit langen, gleichmäßigen Schritten und ruhig schwingendem Rock. Wie ein Lord auf seinem Land schritt ich den Gang zu meinem Büro entlang; und schloß dann die Tür hinter mir und lehnte mich gegen die Täfelung. Und knickte sofort in den Knien ein und glitt zu Boden. Ich schmiegte mein Gesicht an die Täfelung. Das Holz war kalt, und es linderte nicht den Schmerz in den Wangenknochen, über die sich die Haut allzu straff zu spannen schien.

»Der Tod ist auf dem Weg zu dir«, hatte John gesagt: er hatte es in meinem Gesicht gelesen. Und ich, ich wußte, wie der Tod kam. Auf einem mächtigen Rappen kam er geritten, begleitet von zwei schwarzen Hunden, von denen der eine vorauseilte, während der andere dichtauf folgte. Ja, er kam zu Pferde, weil er keine Beine hatte, um sich von hinten anschleichen zu können. Er würde auf mich zugeritten kommen, der Tod, und ich würde sein Gesicht sehen, bevor ich starb. Die Reichen, die Adligen, die für ihr Leben und ihr Eigentum fürchteten, nannten ihn den Tod; die Armen, die ihm anhingen, nannten ihn den Culler. Ich jedoch würde ihm ins Gesicht blicken und ihn: »Ralph!« rufen.

Ich saß mit dem Rücken an der Tür, völlig bewegungslos, bis in der Dämmerung der Raum dunkelte und ich tief am Horizont den ersten kleinen Stern sah, unweit der dünnen Sichel des Mondes. Mit beiden Händen den Türknauf packend, zog ich mich hoch. Ich fühlte mich todmüde, wagte es jedoch nicht, das Dinner zu versäumen. Ich mußte unbedingt dabei sein.

John hatte sich verändert. Er war frei von mir: frei von seiner Liebe und seinem Traum von Liebe für mich – von dem, was ihn zum Trinken getrieben hatte, damit er die bittere Realität vergessen konnte. Er war frei von seinem Entsetzen vor mir. Er konnte mein Gesicht berühren, ohne daß seine Hände zitterten. Er konnte mein Gesicht ins Licht drehen, um mit seinen erbarmungslosen Arztaugen meine Haut zu betrachten: das Netz kaum wahrnehmbarer Linien, die dort jetzt eingezeichnet waren. Seine Liebe zu mir, seine Angst vor mir, beides gab es nicht mehr. Ich war für ihn jetzt, wie Dr. Rose mir versichert hatte, eine gewöhnliche Sterbliche.

Und gewöhnliche Sterbliche konnten John nicht schrecken.

Ich war nicht mehr die Frau, die er mehr liebte als sein eigenes Leben. Ich war nicht mehr die Frau, die er fürchtete, weil sie ihm als die Verkörperung des Bösen erschien. Jetzt war ich für ihn eine gewöhnliche Sterbliche mit einem sterblichen Körper und einem Verstand, der sich irren konnte.

Von nun an würde John mich nicht mehr aus den Augen lassen: würde darauf warten, daß mein noch junger, reizvoller Körper dem Tod entgegenging; würde darauf lauern, daß mein kluger, besessener Verstand Fehler machte. Und ich konnte so wenig tun, um ihn zu täuschen. Er hatte mich geliebt, und er kannte mich, wie mich kein anderer Mann kannte oder gekannt hatte, ein einziger ausgenommen. – John, der Arzt, war an sich schon von Berufs wegen ein kluger Menschenbeobachter und ein guter Menschenkenner. Und so war ich für ihn jetzt weder eine Liebesgöttin noch eine Teufelin, sondern das faszinierendste Exemplar der Gattung Mensch, das er je aus der Nähe hatte studieren können.

Und auch eine Feindin, die es zu besiegen galt.

Und das war nichts, was ich auf die leichte Schulter nehmen durfte.

Ich läutete nach Lucy, die bei meinem Anblick einen erschrockenen Schrei ausstieß.

»Ich werde Bescheid sagen, damit man Euch Euer Dinner auf Euer Zimmer bringt. Ich werde sagen, daß Ihr unpäßlich seid«, erklärte sie, während sie mir die Treppe hinaufhalf, um mich oben in Eile zu kämmen.

»Nein«, sagte ich. Ich fühlte mich so erschöpft, daß mir selbst das Sprechen Mühe bereitete. Auch schien meine Willenskraft erlahmt. Ich war kaum Herrin meiner selbst: Wie sollte ich es also mit Harry und Celia und John aufnehmen können? »Nein«, wiederholte ich. »Ich werde zum Dinner gehen. Aber beeil dich, Lucy, sonst komme ich zu spät.«

Die anderen hatten nicht im Salon auf mich gewartet, sondern waren ins Speisezimmer gegangen. Als ich mit blassem Gesicht, die Lippen jedoch zu einem Lächeln geschürzt, den Gang entlanggeschritten kam, öffnete der Lakai für mich die Tür. Wie angewurzelt blieb ich stehen und starrte.

Celia saß auf meinem Stuhl.

Sie saß dort, wo sie von Rechts wegen hingehörte.

Sie saß auf dem Stuhl der Squire-Lady am Fuße der langen Tafel, von wo sie alles bequem im Auge behalten konnte: die an den Wänden bereitstehenden Bediensteten, das im Kamin flackernde Feuer und die Gäste, um dafür sorgen zu können, daß deren Teller und Gläser stets wohlgefüllt waren. Auch konnte sie von dort ungehindert ihrem Gemahl, dem Squire, zulächeln.

Harry hob den Kopf und sah mich ein wenig unsicher an. »Es macht dir doch hoffentlich nichts weiter aus, Beatrice?« sagte er leise zu mir, nachdem er sich erhoben hatte, um zu mir zu treten und mich zu meinem Platz zu führen: zu jenem Stuhl gegenüber von John, wo sonst Celia zu sitzen pflegte. »John meinte, du würdest heute abend wohl nicht zum Dinner kommen, und so hat sich natürlich Celia ans Fußende der Tafel gesetzt.«

Ich lächelte nur und blieb dann bei dem Stuhl stehen. Den Blick auf Celia gerichtet, wartete ich darauf, daß sie aufspringen und zu ihrem gewohnten Platz gehen würde, um den Stuhl der Squire-Lady für mich frei zu machen. Aber sie dachte nicht daran. Sie erwiderte mein Lächeln, musterte mich aus ihren großen, braunen Augen und sagte: »Du möchtest doch gewiß lieber John gegenüber sitzen, Beatrice, nicht wahr? Dann ist alles wieder ganz wie früher, als John um dich freite und deine Mama noch am Leben war.«

»Nun, *mir* ist es lieber, wenn Beatrice mir gegenübersitzt«, sagte John, um die Entscheidung endgültig zu machen. »Ich möchte sie dort haben, wo ich sie sehen kann!«

Sie lachten darüber, die Narren. Als glaubten sie im Ernst, mir ungestraft meinen Platz nehmen zu können, um ihn Celia zu geben. Ich lächelte ein säuerliches Lächeln und nahm dort Platz, wo alle mich haben wollten. Es entging mir nicht, daß zwei junge Lakaien einen Blick miteinander wechselten. Sie würden sich beide nach dem nächsten Zahltag nach einer anderen Arbeit umsehen müssen. An ihnen konnte ich meinen Zorn ablassen, mich ein wenig erleichtern.

An diesem Abend triumphierte Celia.

Und ich sah, daß sie es sich verdient hatte. Ein blauer Fleck entstellte ihren Wangenknochen, doch der Ausdruck ihrer Augen wirkte eigentümlich gelassen. Vermutlich hatte Harry sie, im Zorn oder aus Leidenschaft, nur ein einziges Mal geschlagen, um sich sodann in Zerknirschung und Reue zu üben. Von seinen wirklichen Bedürfnissen wußte sie nichts. Zweifellos hielt sie Harrys Schlag für einen »Ausrutscher« und meinte, dergleichen werde sich niemals wiederholen. Diese eine schlimme Erfahrung glaubte sie, ertragen zu können, ja, ertragen zu müssen, wenn es um das Wohl und Wehe von Wideacre ging.

Und so nahm sie ihren Platz am Fußende der Tafel ein.

Ihr geliebter Schwager saß zu ihrer Linken und trank Limonade, und vom Kopfende der Tafel her strahlte Harry sie an. Im Lichte der Kerzen erblühte sie wie eine Nelke im Sonnenschein. All ihre Sorgen und all ihre Ängste schienen vergessen, zumindest für den Augenblick.

Wie ließ sich das erklären?

Nun, zweifellos hatte John sie beschwichtigt; hatte ihr vermutlich versichert, daß sich rechtlich für die Kinder eine Lösung finden würde: als Richards Vater könne und werde er auf Richards Recht verzichten, Wideacre gemeinsam mit Julia zu erben. Von ihm aus könne Julia gern Alleinerbin sein; im übrigen werde sich, für Richard und ihn selbst, gewiß irgendeine Art Kompensation für die Verwendung des MacAndrew-Vermögens finden.

Hatte Johns tröstender Zuspruch bei Celia sofort gewirkt? Das konnte ich mir nicht so recht vorstellen. Schließlich war sie Hals über Kopf aus einem Haus geflüchtet, das für sie ein Haus voller Sünde war. Vieles darin, allzu vieles hatte sie mit eigenen Augen gesehen, war als Erinnerung tief in sie eingebrannt. Dann und wann mußte sie die roten Striemen auf Harrys Rücken bemerkt haben, und sicher war sie manchmal mitten in der Nacht aufgewacht und hatte zu ihrem Schrecken den Platz, wo ihr Mann hätte liegen müssen, leer und kalt gefunden. Aber John und seinem offenen Lächeln war es schließlich gelungen, Celia zu beschwichtigen: »Vertrau mir, Celia. Ich kann alles ins Lot bringen.«

Erleichtert trat sie die Heimfahrt an. Allmählich jedoch nahm ihre Unruhe wieder zu, weil sie fürchtete, daß Harry auf sie zornig sein werde: ihr Entsetzensschrei im Speisezimmer – dafür würde er wohl eine Erklärung verlangen. Weshalb ihre Angst, ihr Horror – wovor?

Aber dann war es mit Harry gar nicht so schlimm gewesen. Gewiß, er hatte sie zu ihrem Schrecken geschlagen, aber nur ein einziges Mal, um sie dann mit Küssen und Zärtlichkeiten zu überschütten. Obwohl ihre Liebe und ihre Loyalität inzwischen weitgehend John gehörten, erfüllte sie ihre eheliche Pflicht, wie man das schuldige Pachtgeld zahlt, und Harry, befriedigt, zufrieden, verzieh ihr wortlos ihr ungebührliches Benehmen und stellte keine weiteren Fragen.

Die Diener räumten die Suppenteller fort und servierten Fisch. John aß mit großem Genuß. »Dies ist wunderbar«, sagte er und nickte Celia zu. »Lachs! Wie sehr mir doch das gute Essen von Wideacre gefehlt hat.«

»War wohl nicht weit damit her bei diesem Dr. Rose, wie?« fragte Harry. »Na, das ließ sich ja denken. Du bist sicher froh, wieder daheim zu sein.«

Johns warmes Lächeln galt noch immer Celia, deren erstaunlicher Beharrlichkeit er seine Heimkehr verdankte, doch als er Harry antwortete, klang seine Stimme kalt.

»Das bin ich in der Tat«, sagte er.

»Wie war es denn dort?« fragte Harry, taktlos wie eh und je.

»Sehr ordentlich«, sagte John. »Alles war ausgezeichnet organisiert. Ein guter Ort, um sich behandeln zu lassen. Es war einsam.«

Celias Hand zuckte. Doch sie unterdrückte den Impuls, mitfühlend nach Johns Arm zu langen.

»Ich hoffte, meine Briefe würden helfen«, sagte sie.

»Was für Briefe?« fragte John. »Ich habe keine Briefe bekommen.«

Meine Gabel in der Hand, hielt ich mitten in der Bewegung inne; fuhr dann jedoch damit fort, aß ein Stück Lachs, griff nach meinem Weinglas.

»Hast du meine Briefe bekommen?« fragte ich.

John musterte mich mit einem harten, ironischen und beleidigenden Lächeln.

»Nein, meine Teure«, sagte er höflich. »Hast du mir denn oft geschrieben?«

»Jeden zweiten Tag«, erwiderte ich in liebenswürdigem Ton.

»Und ich habe jede Woche geschrieben«, sagte Celia. »Was mag nur mit den Briefen geschehen sein?«

Johns Blick lag auf meinem Gesicht. Seine Augen glichen Steinen.

»Dafür habe ich keine Erklärung. Aber du vielleicht, Beatrice?«

»Nein«, erwiderte ich kurz. »Allerdings könnte es sein, daß Dr. Rose der Meinung war, in deinem Zustand seien Briefe von daheim nicht das rechte. Besuche hat er ja verboten, wie du weißt.«

»Muß aber doch einen Grund geben, daß er mir gegenüber nie was davon erwähnt hat«, sagte John. Mit ihm zu sprechen war wie ein Fechten mit Worten; wie ein Duell, das niemals ein Ende finden würde. Aber ich war müde.

Ich gab auf. Und war fast bereit, auch den Rest meiner Pläne aufzugeben. Jedenfalls wollte ich im Augenblick nichts als meine Ruhe.

»Entschuldige mich«, sagte ich zu Celia. »Ich bin müde. Ich möchte auf mein Zimmer gehen.«

Ich erhob mich, und schon war der Lakai zur Stelle, um den Stuhl für mich zurückzuziehen. Auch Harry hatte sich erhoben. Er bot mir seinen Arm, um mich zur Westflügeltür zu führen.

»Was hat dir denn so zugesetzt?« fragte er mit gewohnter Tölpelhaftigkeit, als wir den Gang entlangschritten. »Doch nicht etwa, daß Celia auf deinem Stuhl sitzt.«

Ich war zu müde und zu erschöpft, um mich jetzt wegen eines Stuhls zu streiten. Allzu nah war die Erinnerung an den geschulten Blick meines Mannes, der in meinem Gesicht den Tod gesehen hatte.

»Nein, es war nicht der Stuhl«, sagte ich matt. »Von mir aus kann sie die ganze Nacht auf dem verdammten Ding sitzen.« Ich löste mich von ihm und schlüpfte durch die Westflügeltür. Lucy entkleidete mich, und ich schickte sie fort und nahm dann den Schlüssel von meinem Frisiertisch und schloß die Tür ab. Zur Sicherheit schob ich noch einen Stuhl mit der Lehne fest unter die Klinke. Und fiel dann aufs Bett und schlief, als wollte ich nie wieder erwachen.

18. Kapitel

Aber ich mußte wieder aufwachen. Stets gab es Arbeit, die außer mir niemand tun konnte. Ich mußte aufwachen und mich ankleiden und hinuntergehen zum Frühstück und John gegenübersitzen mit Celia am Fußende der Tafel und dem lächelnden Harry am Kopfende, mußte dann, nach dem Austausch von Nichtigkeiten, in mein Büro gehen, wo mich haufenweise Rechnungen erwarteten, die ich vor mir ausbreitete wie die Einzelteile eines Puzzlespiels, über dessen Lösung ich dann nachgrübelte, bis mir der Kopf schmerzte.

Wie war ich nur in diesen Sumpf unerfüllbarer Forderungen geraten? Und wie konnte ich bloß wieder hinausgelangen? Es schien hoffnungslos. Bei den ersten Schulden – jenen bei Mr. Llewellyn – hatte ich noch alles unter Kontrolle gehabt. Aber dann war das schlechte Wetter gekommen und hatte den Schafen schlimm zugesetzt. Danach waren die Kühe von irgendeiner Infektion heimgesucht worden, und viele Kälber waren tot zur Welt gekommen. Und so hatte ich mir bei den Bankern Geld geliehen, mit einigen der neuen Weizenfelder als Sicherheit. Doch war es nicht genügend Geld gewesen, und so hatte ich mir noch mehr geliehen und dafür jene Felder verpfändet, die an das Gebiet von Havering grenzten. Aber es war sehr schwer, die Tilgungsraten nun auch dafür aufzubringen. Also lieh ich mir noch mehr Geld – auf die Weizenernte. Und betete insgeheim, daß die Weizenernte eine derart üppige goldene Fülle sein möge, eine solche *Über*fülle, daß ich von ihrem Ertrag all meine Schulden bezahlen konnte und, hoffentlich, nie wieder welche machen mußte.

Ich trug diese Last allein, wagte es einfach nicht, Harry reinen Wein einzuschenken: konnte und wollte nicht eingestehen, daß die Geschichte mit der Erbänderung uns immer tiefer in Schulden stürzte, so daß ich mich inzwischen gezwungen sah, noch mehr Geld zu leihen, nur um Löhne zahlen und Saatkorn kaufen zu können.

Ich hatte praktisch den Bankrott vor Augen. Und setzte meine ganze Hoffnung auf die Ernte, die Wideacre-Ernte.

Falls es eine Mißernte gab, war ich verloren.

Und verloren waren dann auch Harry und Celia und John und die Kinder. Es würde uns so ergehen, wie es allen Bankrottopfern erging: der Sumpf der Schulden würde uns schier verschlingen. Falls es uns gelang, wenigstens einen Teil des Vermögens zu retten, so konnten wir uns vielleicht eine kleine Farm kaufen, irgendwo in Devon oder Cornwall oder auch in Johns scheußlichem Schottland. Irgendwo, wo Land billig und Nahrungspreise niedrig waren.

Niemals wieder würde ich auf Wideacre erwachen. Niemand würde mich mehr »Miß Beatrice« nennen, mit Achtung und Zuneigung in der Stimme. Niemand würde zu Harry noch »Squire« sagen, als sei dies sein Name. Wir würden Fremde sein, Unbekannte, die nichts galten. Niemand würde wissen – und keinen würde es interessieren –, daß wir aus einer alten Familie stammten, die seit Jahrhunderten auf einem Landsitz namens Wideacre ansässig gewesen war.

Ein Frösteln überlief mich, und ich beugte mich wieder über die Rechnungen. Jene, die von den Händlern in Chichester kamen, ignorierte ich. Nur die Lieferanten für den Haushalt bezahlte ich regelmäßig. Ich wollte nicht den Fall eintreten lassen, daß Celia von der Köchin oder einem Hausmädchen erfuhr, daß die Kaufleute weitere Lieferungen verweigerten, ehe nicht die Rechnungen beglichen seien. Daraus resultierte ein Stapel von Rechnungen, die sofort bezahlt werden mußten. Ein weiterer kleinerer Stapel betraf die Zahlungen, die in diesem Monat für die Gläubiger aufgebracht werden mußten. Mr. Llewellyn, die Bank, ein Londoner Geldverleiher und unser Anwalt, der mir etliche hundert Pfund vorgestreckt hatte, als ich, um Saatkorn zu kaufen, dringend Bargeld brauchte. Eine Notiz erinnerte mich daran, daß wir dem Getreidehändler etliche hundert Guineen für Hafer schuldeten, den wir nicht selbst anbauten; und eine zweite Notiz rief mir unsere Schulden beim Heuhändler in Erinnerung. Da wir jetzt weniger Wiesen hatten, war ich gezwungen, zusätzlich Heu zu kaufen, was sich als unerwartet kostspielig erwies. Hafer und Heu als Futter für die Pferde, die jetzt zum Teil unnütze Fresser waren. Das Vernünftigste wäre es gewesen, einen Teil von ihnen zu verkaufen; doch wußte ich, daß ich mir das nicht leisten konnte. Den Verkauf von Wideacre-Pferden hätte man als Zeichen dafür genommen, daß ich am Ende war. Und schon wären die Gläubiger über mich hergefallen, um wenigstens etwas von ihrem Geld zu retten. In ihrer Angst, alles zu verlieren, hätten sie sich zwar mit geringeren Summen zufriedengegeben; aber dann würde Wideacre aus hundert kleineren Wunden bluten – und schließlich verbluten.

Aber ob nun so oder so, das Wasser stand mir ohnehin bis zum Hals. Woher sollte ich das Geld nehmen, um alle dringenden Zahlungen zu leisten? Wie eine Meute hungriger Wölfe schienen mich die Gläubiger zu umkreisen. Um Wideacre und mich selbst zu retten, mußte ich sie abschütteln; aber wie nur, wie?

In einem dritten Stapel sammelte ich die Forderungen all der Gläubiger, die warten konnten und warten würden. Die Weinhändler, welche wußten, daß wir den Gegenwert ihrer Forderungen als Weinvorrat in unserem Keller hatten, und sich dementsprechend zurückhalten würden. Der Hufschmied, der seit Jahr und Tag auf Wideacre arbeitete. Die Fuhrleute, die seit eh und je auf Heller und Pfennig entlohnt worden waren. Der Schuster, der Sattler, andere Handwerker – die kleinen Leute, die zwar um die Begleichung ihrer Rechnungen bitten, jedoch nichts gegen mich unternehmen konnten. Es war ein großer Haufen von Rechnungen, aber jeweils über geringe Summen. Wenn ich nicht zahlte, konnte das die kleinen Leute ruinieren, während sie ihrerseits mir nichts anhaben konnten. Sie würden sich gedulden müssen, ob sie nun wollten oder nicht.

Drei Stapel waren es jetzt, sorgfältig aufgehäuft. Aber das brachte mich auch nicht weiter. Ich nahm sie und tat sie wieder in die Schublade. Knallte die Schublade zu in ohnmächtiger Wut. Aus den Augen, aber nicht aus dem Sinn. Daß ich in Schulden zu ertrinken drohte, wußte ich, auch ohne diese Papierfetzen zu sehen. Es gab niemanden, der mir half; ich war mit dieser Last allein. Konnte nur darauf hoffen, daß die alten, zaubrischen Winde von Wideacre wieder für mich bliesen: daß unter heißer Erntesonne ein warmer Wind das Land golden machte – und mich frei.

Ich läutete und gab Anweisung, Richard für eine Ausfahrt zu kleiden und zu mir auf den Stallhof zu bringen. Ich hielt es drinnen nicht aus. Zwar liebte mich das Land nicht mehr, und so konnte ich mit Richard auch nicht in ungestümer Fahrt die Allee entlangjagen, um ihm mit dem ungetrübten Besitzerstolz meines Vaters die Bäume zu zeigen; aber hinausfahren konnte ich schon. Noch war es mein Land. Und vielleicht würde mich eine Ausfahrt mit meinem Sohn unter klarem, blauem Himmel wenigstens vorübergehend befreien von jenen Geistern der Heimsuchung, die in Gestalt unbeglichener Rechnungen in der Schreibtischschublade auf mich lauerten.

Er strahlte, wie stets, wenn er mich sah. Er war das lieblichste Kind, das man sich denken konnte – und so ziemlich das unartigste dazu. Während Julia stundenlang zufrieden mit einer Puppe in ihrem Bettchen spielen konnte, schleuderte Richard seine Puppe auf den Fußboden und plärrte dann, damit man sie ihm brachte. Tat man's, so spielte er das Ganze von neuem durch, wieder und wieder. Nur Bedienstete hielten dergleichen, notgedrungen, durch, bis Richard des grausamen Spiels überdrüssig wurde und ermüdet die Augen schloß: dunkle Wimpern, die wie Striche waren in dem so glatten und irgendwie vollkommenen kleinen Gesicht. Er war ein bildhübsches Baby. War das unartigste, das allerliebste Kind. Und er liebte mich.

Ich nahm ihn also aus den Armen seiner Nurse entgegen und drückte ihn fest an mich und lächelte, als ich sein vergnügtes Krähen hörte. Die Nurse stieg in das Gig, und ich reichte ihn vorsichtig zu ihr hinauf. Dann drückte ich ihm seine Rassel in die Patschhändchen und kletterte gleichfalls in das Gig.

Sorrel trottete die Auffahrt hinunter, und Richard schwenkte seine Rassel gegen die Bäume und das Wechselspiel von Licht und Schatten. An beiden Seiten des silbernen Spielzeugs befanden sich kleine Silberglöckchen, die wie Schlittenglocken klingelten und Sorrel dazu brachten, den Kopf hochzuschleudern und schneller zu traben. Von der Allee bog ich in die Landstraße nach London ein, und wir kamen gerade rechtzeitig, um in einer Staubwolke die Postkutsche vorüberfahren zu sehen. Richard winkte den Passagieren auf dem Dach zu, und ein Mann winkte zurück. Dann wendete ich das Gig, und wir fuhren in Richtung Hall. Eine kurze, sehr kurze Ausfahrt, gewiß, doch schrumpft die Welt für den, der sein Kind liebt, zu einer angemessenen Größe für kleine Freuden und kleine Oasen des Friedens. Das verdankte ich Richard, und hätte ich ihn aus keinem anderen Grunde geliebt, so gewiß aus diesem.

Als wir uns der Auffahrt näherten, gab er plötzlich Würgelaute von sich. Ein eigentümliches Geräusch – ganz anders, als wenn er mit offenem Munde hustete, daß es fast wie ein Bellen klang. Es war wie ein halbersticktes Würgen, wie ein Ringen um Luft; etwas, das ich noch nie gehört hatte. Ich riß die Zügel zurück, und Sorrel blieb stehen. Ich blickte zur Nurse, und sie schien genauso verwirrt wie ich. Aber dann griff sie nach der Rassel in Richards Händen. Eines der winzigen Silberglöckchen fehlte. Richard hatte es verschluckt – vermutlich steckte es in seiner Luftröhre fest, und verzweifelt rang er um genügend Luft zum Atmen.

Ich packte ihn und legte ihn, mit dem Gesicht nach unten, über meine

Knie. Ohne zu wissen warum, klatschte ich ihm mit der flachen Hand hart auf den Rücken, packte ihn dann bei den Füßchen und ließ ihn mit dem Kopf nach unten baumeln, während ich mich daran erinnerte, wie er bei seiner Geburt kleine Rülpser oder Würgelaute von sich gegeben hatte.

Er kodderte, kauderte, doch kein Silberglöckchen fiel auf den Boden des Gigs. Ich schleuderte ihn der Nurse geradezu in die Arme und rief: »Wo ist Dr. MacAndrew?«

»Im Dorf, mit Lady Lacey«, sagte sie und drückte Richard gegen ihre Schulter.

Die Geräusche, die er jetzt machte, klangen qualvoller, schrecklich mitanzuhören. Er würgte und würgte, und sein stoßhaftes Keuchen schien mehr und mehr zu erlahmen. Er bekam keine Luft. Er würde sterben, hier in meinem Gig, auf Wideacre-Land, an einem sonnigen Vormittag.

Ich peitschte auf Sorrel ein, und er senkte tief den Kopf und schlug, anstelle seines sonstigen gemessenen Trabs einen wilden Galopp ein. Das Gig holperte und hüpfte wie besessen, doch ich behielt das Tempo unvermindert bei. Der Wind prallte mir ins Gesicht, doch ein Blick auf meinen Sohn verriet mir, daß nichts von dieser Luftfülle den Weg in seine kleine Lunge fand. Er schien kaum noch zu keuchen oder zu husten. Seine Lippen waren blau.

»Wo im Dorf?« schrie ich durch den Lärm, den Sorrels donnernde Hufe machten, und durch das Ächzen und Quietschen des dahinjagenden Gigs.

»Im Pfarrhaus, glaube ich«, schrillte Mrs. Austin mit kalkweißem Gesicht, gleichermaßen um Richard bangend wie wohl auch um sich selbst.

Wir jagten in das Dorf, und ich sah nichts, hörte jedoch ein hartes, wie knirschendes Geräusch. Eine Henne war unter ein Rad des Gigs geraten, das ihr den Hals gebrochen hatte. Ich riß die Zügel so fest zurück, daß Sorrel sich ein Stück hochbäumte, während er zum Halten kam. Ich warf Mrs. Austin die Zügel zu und nahm ihr Richard ab. Es war zu spät. Zu spät. Er rang nicht mehr um Luft.

Ich lief über den Gartenweg zur Eingangstür, den schlaffen Körper meines Kindes in den Armen, dessen Augenlider jetzt so blau waren wie seine Lippen. Während ich noch lief, öffnete sich die Tür, und ich sah Dr. Pearces verblüfftes Gesicht.

»Wo ist John?« fragte ich.

»In meinem Studierzimmer«, erwiderte der Vikar. »Was ist denn mit ...?«

Ich lief weiter, stieß die Tür zum Studierzimmer auf, nahm undeutlich wahr, daß Celia, Mrs. Merry und die alte Margery Thompson über den Tisch gebeugt standen. Ich sah nur John.

»John«, sagte ich und streckte ihm den schlaffen Körper meines Sohnes entgegen.

Noch nie hatte er den inzwischen fast einjährigen Richard auch nur berührt. Jetzt nahm er ihn mit raschem Griff, als er die blauen Lippen, die blauen Augenlider sah.

Er legte das Kind auf den Tisch. Der kleine Kopf fiel haltlos zurück, prallte auf die Platte. John tastete in seiner Westentasche nach dem kleinen, silbernen Federmesser, das er stets bei sich trug.

»Was?« fragte er nur.

»Ein Silberglöckchen, von seiner Rassel«, erwiderte ich.

»Stiefelknöpfer«, sagte er zu Celia, die bei ihm stand, die Augen auf Richards Gesicht gerichtet. John schob eine Hand unter das Kinn des Kindes und drückte es gewaltsam hoch, bis sich die Haut ganz straff über die Kehle spannte. Und dann machte er mit dem Federmesser einen Einschnitt.

Mir knickten die Knie ein, und ich sackte auf einen Stuhl. Für einen alptraumhaften Augenblick glaubte ich, mein Mann habe meinen Sohn getötet. Aber dann sah ich, wie er einen von Dr. Pearces Pfeifenstielen in das kleine Loch steckte, und gleich darauf hörte ich ein mühsames Atmen. John hatte einen kleinen Einschnitt in Richards Luftröhre gemacht, und das Kind konnte wieder atmen.

Ich vergrub mein Gesicht in den Händen, konnte nicht hinschauen und spähte dann doch zwischen meinen Fingern hindurch und sah, wie John in Richards Mundhöhle blickte, während er gleichzeitig eine Hand in Richtung Celia streckte, ganz wie ein Chirurg, der ein bestimmtes Instrument verlangt.

Celia hatte inzwischen einen zierlichen Stiefelknöpfer und eine kleine Häkelnadel aus ihrer Handtasche hervorgekramt. Jetzt reichte sie ihm den Stiefelknöpfer und trat dann näher, um Richards blasses Gesicht zwischen ihre Hände zu nehmen und sein Köpfchen so zu halten, daß der Pfeifenstiel in seiner Funktion unbeeinträchtigt blieb. In Richards Lippen kehrte die normale rötliche Färbung zurück. John beugte sich vor und tastete sich gleichsam mit dem Stiefelknöpfer in die winzige Kehle des Kindes. Die Spannung schien unerträglich.

John richtete sich wieder auf. »Zu groß«, sagte er. »Haben wir nichts anderes hier?«

Wortlos löste Celia eine Hand von Richards Köpfchen und zeigte John die Häkelnadel mit dem winzigen Haken. Er lächelte zufrieden.

»Ja«, sagte er. »Genau richtig.«

Alle hielten den Atem an: Mrs. Merry, die früher über den »Akademiker« aus Edinburgh gespottet hatte, Margery Thompson, die größte Klatschbase des Dorfes, Dr. Pearce und ich. John schob die dünne silberne Häkelnadel in Richards Kehle; nur er und Celia schienen nichts zu spüren von der qualvollen Anspannung in der sonnenhellen Studierstube.

Ein leises, klingelndes Geräusch ertönte. Beim Herausziehen war das Glöckchen gegen Richards Milchzähne gestoßen. Und dann konnten wir sehen, wie es dort am silbernen Häkchen baumelte.

»Geschafft«, sagte John. Er zog ein seidenes Taschentuch hervor, zog den Pfeifenstiel aus der Kehle meines Babys, band ihm das Taschentuch als Bandage um den Hals und drehte das Kind dann so herum, daß es mit dem Bauch auf dem harten Tisch lag. Richard würgte und hustete, stoßhaft, noch immer etwas beengt, und begann dann zu weinen.

»Darf ich?« fragte Celia, und auf Johns Nicken nahm sie meinen Sohn und hielt ihn so in ihren Armen, daß sein Köpfchen an ihrer Schulter lag. Sie tätschelte ihm den Rücken und flüsterte liebevolle Trostworte, während er, voller Verwirrung und mit Schmerzen in seiner Kehle, weinte und weinte. Celias Gesicht, neben seinem Krauskopf, schien vor Stolz und Liebe zu leuchten, und als sie John anschaute, lag ihre Seele in ihrem Blick.

»Du warst tüchtig«, lobte er. »Der Stiefelknöpfer war zu groß. Hättest du nicht an die Häkelnadel gedacht, so wäre uns das Kind unter den Händen weggestorben.«

»Nein, *du* warst tüchtig«, sagte sie, während sie ihn mit unverhohlener Bewunderung und Liebe betrachtete. »Deine Hand hat kein bißchen gezittert. Du hast ihm das Leben gerettet.«

»Haben Sie vielleicht etwas Laudanum?« fragte John den Vikar, ohne seinen Blick von Celias wie leuchtendem Gesicht zu lösen.

»Nein, nur ein wenig Brandy«, erwiderte Dr. Pearce, der die beiden genauso aufmerksam beobachtete wie wir übrigen.

John verzog das Gesicht. »Nun ja«, sagte er. »Irgendwas braucht er. Er hat einen schlimmen Schock gehabt.«

Behutsam wie ein Vater nahm er Richard Celia aus den Armen und hielt dem Kind dann das Glas an die Lippen. Als Richard sich zur Seite drehen wollte, hielt John das Köpfchen fest und kippte dem Kind die winzige Menge Brandy mit einer kurzen, geschickten Bewegung in den geöffneten Mund. Sofort beruhigte sich Richard, und als Celia ihn wieder in ihre Arme nahm, nickte er an ihrer Schulter ein.

Wieder tauschten Celia und John einen Blick, wie durch Zauberbann ineinander versunken; aber dann schaute John zu mir, und der Bann war gebrochen.

»Auch du hast einen Schock gehabt, Beatrice«, sagte er kühl. »Möchtest du ein Glas Fruchtlikör? Oder Port?«

»Nein«, sagte ich tonlos. »Ich brauche nichts.«

»Ihr hattet wohl schon befürchtet, ihn verloren zu haben«, sagte Mrs. Merry. »Er sah ja auch schon ganz blau aus.«

»Ja«, sagte ich noch immer wie betäubt. »Ich dachte, ich hätte ihn verloren, den nächsten Squire. Dann wäre alles, alles umsonst gewesen.«

Ich sah die ungläubigen, bestürzten Gesichter. In aller Augen spiegelte sich Entsetzen. Sie sahen mich an wie eine Mißgeburt in einem Panoptikum.

»Du hast an ihn gedacht als den – Squire?« fragte John fassungslos. »Dein Baby lag sterbend in deinen Armen, und du dachtest daran, daß all deine Anstrengungen umsonst gewesen sein würden?«

»Ja«, sagte ich, in den leeren Kamin starrend. Mochten sie von mir denken, was sie wollten. Es war mir gleichgültig. Alles, alles war mir jetzt gleichgültig.

»Wenn er gestorben wäre – was wäre dann aus Wideacre geworden? Das Erbrecht gilt nur für beide Kinder gemeinsam. Ich hatte all meine Hoffnung in beide gesetzt. Und auf einmal schien es, als sei er tot.«

Wieder vergrub ich mein Gesicht in den Händen. Ein stoßartiges, lautloses Schluchzen erschütterte meinen Körper. Keine einzige Hand streckte sich, um mich zu trösten. Niemand sprach ein beschwichtigendes Wort.

»Du bist im Schock«, sagte Celia schließlich, doch ihre Stimme klang kalt. »Ich bin in der Kutsche gekommen. Du kannst darin heimfahren. John kann mich in deinem Gig nach Hause bringen. Fahr jetzt gleich, Beatrice. Daheim kannst du Richard zu Bett bringen und dich dann ausruhen. Du weißt einfach nicht, was du sprichst. Dies war ein zu großer Schock für dich.«

Sie brachte mich zur Kutsche und kümmerte sich gemeinsam mit

Mrs. Austin um Richard. Dann trat sie vom Fenster zurück, und Kutscher Ben fuhr mich nach Hause, während mein Sohn warm und weich in meinen Armen schlief.

Als wir in die Auffahrt von Wideacre Hall einbogen, mußte ich wieder an den Blick denken, den Celia und John miteinander getauscht hatten, als er ihre Geistesgegenwart, wegen der Häkelnadel, und sie seine Tüchtigkeit als Arzt gelobt hatte. »Deine Hand hat kein bißchen gezittert«, hatte sie gesagt, doch waren ihre Worte nicht allein für seine Ohren bestimmt gewesen. Mit diesem Lob hatte sie seinen Ruf als erstklassiger Arzt wiederhergestellt. Sie hatte den Anwesenden – und somit dem Dorf und auch der Welt jenseits des Dorfes – versichert, Dr. MacAndrew sei in der Tat der beste Arzt, den es in der Grafschaft je gegeben habe. Und sie hatte John wieder gesellschaftsfähig gemacht. Er allein hätte das niemals schaffen können, und ich hatte geschworen, daß ich es niemals für ihn tun würde. Celia war es mit einem einzigen, einfachen Satz gelungen.

Mochte man auf Wideacre auch noch immer glauben, daß der Tod meiner Mama letztlich durch seinen übermüdeten und betrunkenen Zustand verursacht worden war: diese Geschichte würde schon bald verdrängt werden durch die Geschichte der heutigen Ereignisse. Wie ich, als sich mein Kind in Gefahr befand, wie der Leibhaftige gefahren war, um zu ihm zu gelangen. Wie ich, mit meinem Sohn in den Armen, über den Weg zum Pfarrhaus gerannt war. Daß ich nach dem »Doktor« und nicht nach Mr. MacAndrew gefragt hatte. Und wie John dann, ebenso rasch wie umsichtig, seine ärztliche Tüchtigkeit bewiesen und meinem Sohn das Leben gerettet hatte.

Die Kutsche hielt vor den Eingangsstufen, und Stride stand bereit und öffnete die Tür. Als er nicht Celia, sondern mich in der Kutsche sitzen sah, stutzte er sichtlich.

»Lady Lacey kommt später in meinem Gig«, sagte ich. Das Sprechen bereitete mir Mühe. »Es hat einen Unfall gegeben. Schicken Sie bitte Kaffee auf mein Zimmer. Ich möchte nicht gestört werden.«

Stride nickte mit unbewegtem Gesicht und half mir aus der Kutsche. Müde ging ich zum Westflügel, ohne mich weiter um irgend etwas zu kümmern. Die Nurse würde schon dafür sorgen, daß er sofort in seine Wiege kam, und über ihn wachen, wenn er dann schlief. Er brauchte meine Fürsorge nicht. Auch gab es zwischen ihm und mir jetzt eine Barriere. Ich hatte laut ausgesprochen, was ich empfand: daß mein Sohn, mein liebreizender Sohn, mir hauptsächlich als Erbe von Wideacre wichtig war.

Ich liebte sein krauses Haar, seinen süßen Geruch, die Schatten seiner Wimpern auf seinen Wangen, und doch: als ich geglaubt hatte, er werde sterben, hatte ich als erstes an Wideacre gedacht.

Wideacre. Manchmal wollte mir wirklich scheinen, das Land habe mich in den Wahnsinn getrieben. Ich schloß meine Schlafzimmertür, lehnte mich dagegen und seufzte. Ich war zu müde, um nachzudenken. Zu müde, um nachzugrübeln über das, was ich tat. Zu müde auch, um mir wenigstens die Frage zu stellen, was eigentlich aus mir geworden war, daß mir an Wideacre mehr lag als selbst am Leben meines geliebten Sohnes.

John hatte eine Flasche Laudanum bei meinem Bett gelassen. Ich ließ zwei Tropfen in ein Glas mit Wasser fallen, trank dann langsam und genoß die Flüssigkeit wie einen süßen Likör. Dann legte ich mich ins Bett und schlief. Angst vor Träumen hatte ich nicht. Die Wirklichkeit meines Lebens erschien mir schlimmer als irgend etwas, das mir im Traum widerfahren konnte.

Am Morgen wäre ich am liebsten nicht aufgewacht. Ein leichter Nebelschleier verhüllte alles. Von meinem Fenster aus konnte ich weder die Hügel noch den Wald sehen – nicht einmal den Rosengarten. Die ganze Welt wirkte wie vermummt und erstickt. Als dann Lucy mit meiner Tasse Schokolade kam, fand sie die Tür verschlossen und rief: »Miß Beatrice? Seid Ihr in Ordnung?«, und ich mußte aus dem Bett steigen und fröstelnd über den kalten Holzfußboden gehen, um ihr die Tür zu öffnen.

Ihre Augen glänzten vor Neugier, beobachteten jedoch ohne eine Spur von Mitgefühl, wie ich wieder ins Bett kletterte und die Decken bis zum Kinn hochzog.

»Sorge dafür, daß das Küchenmädchen in meinem Kamin Feuer macht«, sagte ich gereizt. »Als ich die Tür abschloß, habe ich nicht daran gedacht, daß das Mädchen heute früh nicht würde hereinkommen können. Es ist so kalt hier drin.«

»Sie ist nicht hier«, sagte Lucy. »Sie ist nach Acre. Es ist niemand hier, um Euer Feuer anzuzünden. Nur die höheren Bediensteten sind noch im Haus. Alle anderen sind nach Acre gegangen.«

Der Nebel schien sogar in mein Zimmer eingedrungen zu sein, so feucht und kalt war es hier. Ich nahm die heiße Schokolade und trank gierig, doch wärmte mich das Getränk nicht.

»Wohin? Nach Acre?« sagte ich. »Ja, weshalb denn, um alles auf der Welt?«

»Wegen dem Begräbnis«, erwiderte Lucy. Sie ging zum Schrank und nahm mein schwarzes Seidenkleid und einen Stapel frischer Wäsche heraus.

»Wessen Begräbnis?« fragte ich. »Du sprichst in Rätseln. Leg die Sachen hin und erzähl mir auf der Stelle, was da vor sich geht? Wieso nehmen sich die Bediensteten ohne Erlaubnis einen Vormittag frei? Warum hat mich kein einziger zuvor gefragt?«

»Wird denen wohl kaum einfallen, daß die Euch fragen!« erwiderte sie und legte das Seidenkleid aufs Bettende und die Wäsche auf das Trokkengestell vor dem kalten Kamin.

»Was soll das heißen?« fragte ich. »Weshalb denn nicht?«

»Weil es Beatrice Fosdykes Begräbnis ist«, sagte Lucy und stemmte ihre Hände in die Hüften und sah mich herausfordernd an.

»Aber Bea Fosdyke ist doch nicht tot«, widersprach ich. »Sie ist von daheim fortgelaufen – nach Portsmouth.«

»Nay«, sagte Lucy, die innerlich zu triumphieren schien, weil sie es besser wußte. »Sie ist von daheim weg und nach Portsmouth, das stimmt. Aber sie ist dort in Elend und Schande geraten. Sie hatte gehofft, als Putzmacherin oder Verkäuferin arbeiten zu können. Aber sie hatte keine Empfehlungen und keine Ausbildung, also kriegte sie nichts. In der ersten Woche lebte sie von dem Geld, das sie für ihre Mitgift gespart hatte. Aber ihre Unterkunft war teuer, und sie hatte keine Freunde, die ihr mal was zu essen geben konnten. Bald war das ganze Geld futsch. Dann sammelte sie ein oder zwei Wochen lang Pure.«

»Was ist ›Pure‹?« fragte ich. Die Geschichte, die sie da erzählte, klang in meinen Ohren wie eine Art Märchen. Doch irgendeine Art Frösteln – wie der kalte Nebel, ja der kalte Nebel – kroch mir den Rücken hinunter. Ich hüllte mich fester in die Decken, doch ein Finger der Furcht rührte mich an – wie die Zugluft, die mir über den Nacken strich.

»Das wißt Ihr nicht?« sagte Lucy, und ihr Blick war voll Spott, wenn nicht Hohn. »Pure ist das, was Ihr –«, sie überlegte kurz – »Exkremente nennen würdet, na eben so Kot von Hunden und Menschen, was dort einfach so auf die Straßen gekippt wird, in die Gosse. Die Pure-Sammler lesen das auf und verkaufen es.«

Ich setzte meine Tasse ab. Bei der bloßen Vorstellung stieg Brechreiz in mir auf. Ich machte ein angeekeltes Gesicht. »Also wirklich, Lucy! Was für ein Thema, zumal für diese Morgenzeit«, sagte ich. »Wer, um alles in der Welt, kauft so etwas? Wofür verwendet man es?«

»Zum Einreiben von Leder für Bucheinbände«, sagte Lucy spöttisch und strich mit den Fingern über den in Kalbsleder gebundenen Band bei meinem Bett. »Habt Ihr denn nicht gewußt, Miß Beatrice, woher's kommt, daß das Buchleder so schön glatt und weich ist, daß Ihr's gern anfaßt? Weil's so richtig mit Hunde- und Menschenkot ein- und abgerieben wird!«

Angeekelt betrachtete ich das Buch, blickte dann wieder zu Lucy.

»Beatrice Fosdyke wurde also eine Pure-Sammlerin, wie du das nennst«, sagte ich. »Wie töricht von ihr, nicht nach Hause zurückzukehren. Auch wenn es hier nur wenig Arbeit gibt, mit dem Geld von der Gemeinde wäre ihr so etwas erspart geblieben.«

»Sie hat das ja nicht lange gemacht«, sagte Lucy. »Als sie wieder mal mit ihrem kleinen Beutel unterwegs war, sprach ein Gentleman sie an und bot ihr einen Schilling, wenn sie mit ihm gehe.«

Ich nickte mechanisch, schwieg jedoch. Noch immer war mir kalt. Das ganze Zimmer wirkte so klamm wie ein Kellerloch. Der Nebel draußen wallte in gespenstischen Formen. Er drängte gegen das Fenster.

»Sie ging mit ihm«, sagte Lucy. »Und mit dem nächsten Gentleman und dem nächsten. Dann reiste ihr Vater nach Portsmouth, um sie zu suchen. Er fand sie beim Postkutschen-Wirtshaus, wo sie wartete – auf Männer wartete, an die sie sich verkaufen konnte. Er schlug ihr auf offener Straße ins Gesicht, und dann fuhr er mit der nächsten Kutsche wieder nach Hause.«

Wieder nickte ich mechanisch. Der Nebel war wie ein großes, graues Tier, das gegen das Fenster scheuerte. Sein kalter Atem ließ mich frösteln. Ich konnte und konnte einfach nicht warm werden. Ich wollte nichts weiter hören von dieser anderen Beatrice.

»Sie ging in ihr Quartier zurück und borgte sich von ihrer Wirtin einen Penny, um sich ein Stück Seil zu kaufen, damit sie die Kiste mit ihren Sachen schnüren könnte. Sie sagte, ihr Pa wäre gekommen, um sie heimzuholen. Und nie wieder würde sie von dort weggehen.«

Vor meinem inneren Auge stand grell das Bild vom alten Giles – eine krumme Gestalt, die sich dennoch nie gebeugt hatte.

»Sie hat sich aufgehängt?« fragte ich, um die Geschichte abzukürzen und den Bann zu brechen, den Lucys bösartige Singsang-Stimme über mich zu werfen schien.

»Ja, sie hat sich aufgehängt«, sagte Lucy. »Man schnitt sie los und brachte ihre Leiche nach Hause. Aber auf dem Friedhof kann sie nicht liegen. Sie muß außerhalb begraben werden. Neben Giles.«

»Sie war töricht«, beharrte ich. »Sie hätte heimkommen sollen. Auf

Wideacre gibt es keine Kot-Sammler. Und niemand verkauft sich für einen Schilling an Fremde. Sie hätte heimkommen sollen.«

»Ach, eben das wollte sie nicht«, sagte Lucy, und wieder überkam mich, während sich ihre Stimme hob, jene wie prickelnde Furcht. »Sie wollte nicht heimkehren nach Wideacre, weil sie nicht auf derselben Erde gehen wollte, auf der Ihr geht. Sie wollte nicht die gleiche Luft atmen wie Ihr. Sie sagte, sie wollte lieber sterben als auf Eurem Land leben.«

Ich starrte Lucy an. Bea Fosdyke, dieses Mädchen in meinem Alter, das meinen Eltern zu Ehren auf meinen Namen getauft worden war, sollte mich so sehr verabscheut haben?

»Ja, weshalb denn?« fragte ich ungläubig.

»Sie war Ned Hunters Mädchen!« sagte Lucy triumphierend. »Hat zwar keiner gewußt, aber sie waren einander anverlobt. Sie hatten die Ringe getauscht und ihre Namen in den Eichenbaum geschnitzt, den Ihr auf dem Gemeindeland habt fällen lassen. Als er an dem Gefängnisfieber starb, da sagte sie, sie wollte keine einzige Nacht mehr auf Wideacre-Land schlafen. Aber jetzt wird sie für immer hier schlafen.«

Vor Kälte zitternd, kroch ich tiefer unter die Decken. Die Schokolade hatte mich nicht gewärmt, und niemand würde im Kamin für mich Feuer machen. Meine eigenen Bediensteten waren gegen mich. Sie waren gegangen, um das Schandgrab einer Prostituierten zu ehren, die mich gehaßt hatte.

»Du kannst gehen, Lucy«, sagte ich mit Haß in der Stimme.

Sie machte einen Knicks und ging zur Tür, drehte sich aber noch einmal um. »Auf dem Flecken außerhalb der Kirchmauer gibt's jetzt zwei Steinhaufen«, sagte sie. »Old Giles ... und Beatrice Fosdyke. Wir haben jetzt einen Friedhof für Selbstmörder, und die Leute haben auch einen Namen für diesen Selbstmörderfriedhof: ›Miß Beatrices Corner.‹«

Wie eine wirbelnde Giftwolke kam der Nebel den Schornsteinschacht herab. Er biß mir in die Augen, legte sich klamm und klebrig auf mein Gesicht, drang in meine Mundhöhle, so daß ich meinte, mich erbrechen zu müssen. Ich krampfte meine Finger in die Wolldecken, zog sie mir über den Kopf. Im freundlichen Dunkel unter den Decken begann ich zu wimmern in Qual und in Schrecken. Und vergrub mein Gesicht im Laken und wartete auf einen Schlaf, so tief und so dunkel wie der Tod.

Der Nebel blieb bis zum Maitag, eine ganze lange graue Woche lang. Ich sagte zu Harry und Celia, ein solches Wetter verursache mir Kopfschmerzen, und deshalb sei ich auch so blaß. Aber John musterte mich mit seinen scharfen, klugen Augen und nickte, als hätte ich etwas gesagt, das er längst wußte. Am Morgen des Maitags hob sich der Nebel, doch von Freude war nichts zu spüren. Für gewöhnlich gab es in Acre-Dorf einen Maibaum, eine Maikönigin, ein Fest und ein Fußballspiel. Die Mannschaft von Acre pflegte mit einem Ball, einer aufgepumpten Tierblase, zur Grenze von Wideacre zu ziehen, und dort rangelte und kickte man dann mit einem Team von Havering um die Wette, bis eine der beiden Mannschaften gewonnen hatte und den Ball im Triumph als Siegestrophäe davontrug. Doch in diesem Jahr war in Acre alles anders als sonst.

Der kalte graue Nebel schwebte gleichsam über allem, und die Leute husteten in der Kälte und hüllten sich in klamme Kleider. Im vergangenen Jahr war Beatrice Fosdyke die Maikönigin gewesen, und auf einmal hieß es, es brächte kein Glück, das hübscheste Mädchen im Dorf zu sein. Was die Fußballmannschaft betraf, so bekam man nicht genügend gesunde Männer zusammen. Wer von Gemeindearbeit lebte, wagte es nicht, sich von seinem Cottage zu entfernen, weil ja John Brien auftauchen und Leute für einen Arbeitstrupp suchen konnte: Die Chance, ein paar Pence zu verdienen, wollte sich keiner entgehen lassen. Viele andere litten an Husten und Schnupfen, weil das Frühjahr so lang und naß und das Essen in der letzten Zeit so armselig gewesen war. Das Fußballspiel hatte Acre fast immer gewonnen, weil die Mannschaft von den drei Draufgängern angeführt worden war: Ned Hunter, Sam Frosterly und John Tyacke. Aber Ned war tot, Sam befand sich auf dem Weg nach Australien, wo er sterben würde, und John war verschollen. Niemand in Acre dachte an Spiel und Spaß, an ein kunterbuntes Fest und ausgelassene Freude.

Mir graute bei diesem Wetter vor meinem Geburtstag. Für mich war mein Geburtstag stets der wahre Frühlingsanfang gewesen, doch als ich erwachte, schien es November zu sein. Langsam ging ich die Treppe hinunter und glaubte, genau zu wissen, was mich erwartete: Geschenke von Harry und Celia neben meinem Teller – aber gewiß nicht jener Haufen kleiner und kleinster Gaben von den Kindern aus Acre-Dorf. Auch würden keine Körbe mit Frühlingsblumen den ganzen Tag über eintreffen. Und jedermann würde sehen, was jedermann wußte: daß ich das Herz von Wideacre verloren hatte. Daß ich eine Ausgestoßene war auf meinem eigenen Land.

Doch unglaublicherweise sah alles genauso aus wie sonst. Drei bunt eingeschlagene Geschenke lagen bei meinem Teller, von Harry, Celia und John. Und auf dem Seitentisch türmte sich, wie eh und je, ein Haufen kleinerer Gaben. Der Anblick war so überraschend, daß ich in meiner Brust ein freudiges Zucken fühlte. Meine Augen begannen zu brennen, ich hätte vor Glück laut weinen können. Der Frühling kam also doch. Vieles würde jetzt wieder gut werden. Und Acre hatte mir verziehen. Irgendwie hatten die Leute verstanden, was ich ihnen nie offen zu sagen gewagt hatte. Daß der Pflug die Erde bricht, die Kröte tötet, damit gesät werden kann. Daß die Sense den Hasen verstümmelt, während sie Gras schneidet. Daß die Verluste und die Not und das Leid, alles, was Acre-Dorf in diesem furchtbaren Winter getroffen hatte, nur Geburtswehen waren. Und daß die Zukunft, die Zukunft meines Sohnes wie auch Acres Zukunft, gesichert schien. Aber die Menschen hatten auch so verstanden. Mochten sie sich auch eine Zeitlang in Bitterkeit und Haß gegen mich gewendet haben, irgendwie hatten sie doch verstanden.

Ich lächelte, und zum erstenmal, seit John mich angesehen hatte wie einen sterbenden Patienten, war mir leicht ums Herz. Als erstes wickelte ich die Geschenke bei meinem Teller aus. Von Harry stammte eine hübsche Brosche: ein goldenes Pferd mit einem eingelassenen Diamanten als Stern auf der Stirn, und von Celia eine Elle kostbarer, zinngrauer Seide. »Für die Zeit, wenn wir in Halbtrauer sind, Liebstes«, sagte sie und küßte mich. Dann noch ein winziges Päckchen von John. Ich öffnete es vorsichtig – und stopfte den Inhalt in die Hülle zurück, bevor Harry und Celia sehen konnten, um was es sich handelte. Es war ein Fläschchen mit Laudanum. Auf das Etikett hatte John geschrieben: »Vier Tropfen, alle vier Stunden.« Um meinen Schock, mein Entsetzen zu verbergen, beugte ich meinen Kopf rasch über den Teller.

Er wußte, daß ich versuchte, der Welt im Schlaf zu entfliehen. Und er wußte auch, daß meine Schlafsucht in all diesen Tagen und Wochen voller Nebel nichts anderes war als Todessehnsucht. Nur allzu deutlich war ihm bewußt, daß ich ihm geglaubt hatte, als er mich eine Todeskandidatin nannte, und daß ich bereit war. Jetzt half er mir, schneller ans Ziel zu gelangen. Und jener Flecken Erde, jene »Ecke« für Selbstmörder würde wahrhaftig zu Recht »Miß Beatrices Corner« heißen.

Als ich meinen Mut zusammennahm und aufblickte, lag hell und voller Verachtung Johns Blick auf mir. Ich hatte es ihm ja vorgemacht. Damals, als er gegen seine Trunksucht anzukämpfen versuchte, hatte er gleichsam auf Schritt und Tritt eine frische volle Flasche gefunden. Ich begriff, daß ich jetzt Abend für Abend bei meinem Bett einen großzügigen Vorrat Laudanum finden würde. Und daß der junge Doktor, der mich geliebt und vor der Droge gewarnt hatte, jetzt nur zu bereit war, mir davon zu geben, soviel ich immer wollte, bis ich schlief und schlief, um nie wieder aufzuwachen.

Mich schauderte. Aber dann glitt mein Blick zu dem kleinen Tisch mit den aufgehäuften Geschenken.

»Und die sind alle aus Acre!« sagte Celia staunend. »Ich bin ja so froh, so überaus froh!«

Ich nickte. »Ich freue mich auch sehr«, sagte ich leise. »Es ist für uns alle ein harter Winter gewesen. Ich bin froh, daß er vorüber ist.«

Ich trat an den kleinen Tisch und wickelte das erste Päckchen aus. Keines war größer als der Korken einer Weinflasche. Alle wirkten eigentümlich gleichförmig. Alle waren in buntes Papier eingewickelt.

»Was kann es nur sein?« rief Celia. Die Antwort erhielt sie sofort. Aus der Hülle rollte ein Kieselstein. Er war weiß mit grauen Strähnen und glatt und rund. Zweifellos stammte er von dem Gemeindeland, das die Dörfler jetzt nicht mehr betreten durften.

Ich ließ ihn auf meinen Schoß fallen und griff nach dem nächsten Päckchen. Wieder ein Kieselstein. Harry sagte irgend etwas und trat zu mir an den Tisch. Er riß ein halbes Dutzend Päckchen auf und ließ das bunte Papier auf den Fußboden fallen. Sie enthielten Kieselsteine, samt und sonders. Bald stapelten sie sich auf meinem Schoß. Mechanisch zählte ich sie. Und begriff dann, daß auf jedes Cottage, jedes Haus, jede Bretterhütte auf unserem Land jeweils ein Stein kam. Das ganze Dorf und auch all die anderen hatten mir zum Geburtstag Kieselsteine geschickt. Mich zu steinigen wagten sie nicht. Ein einziger Stein war einmal gegen mein Gig geprallt. Aber sie schickten mir, in hübsches Papier gewickelt, einen ganzen Schoß voll Kiesel. Ich erhob mich abrupt und ließ sie zu Boden fallen. Wie riesige Hagelkörner in einem eisigen Sturm prasselten sie aufs Holz. Celia starrte entgeistert. John beobachtete mich mit unverhohlener Neugier. Harry schien vor Wut sprachlos.

»Bei Gott!« rief er schließlich. »Dafür schick' ich denen Soldaten ins Dorf. Dies ist eine Beleidigung, eine absichtliche, berechnete Beleidigung. Bei Gott, das laß ich denen nicht durchgehen!«

Celias braune Augen füllten sich plötzlich mit Tränen.

»Oh, laß uns doch nicht so etwas sagen!« rief sie leidenschaftlich. »Wir sind es doch, die dies an Beatrice verschuldet haben. Ja, es ist unsere Schuld. Ich habe ja gesehen, wie das Dorf immer hungriger und verzweifelter und zorniger wurde. Und was habe ich getan? Mich lediglich darum gekümmert, daß möglichst auch die allerärmsten Familien über den Winter kamen. Niemals habe ich die Frage gestellt, was ihr beide, du und Beatrice, getan habt, Harry. Aber jetzt begreife ich, wozu das geführt hat. Wir haben alle falsch gehandelt, Harry. Ja, wir alle.«

Ich betrachtete sie mit ausdruckslosem Gesicht. Wohin ich mich auch wandte, wohin ich auch ging, überall schien ein Echo zu hallen, das da sagte: alles falsch, alles falsch; mit Wideacre ist alles falsch gegangen, ganz falsch. Während ich doch glaubte, oder glauben mußte, daß alles gutgehen würde. Mit einem Fuß in den rund fünfzig Kieseln zu meinen Füßen scharrend, starrte ich Celia an, die sich in Selbstvorwürfen erging; blickte zu Harry, der vor Wut wieder sprachlos schien; und zu John, der mich anblickte.

»Da ist noch eins, das dir entgangen ist«, sagte er ruhig. »Nicht ein Stein, sondern ein kleiner Korb.«

»Oh, ja«, sagte Celia erfreut. »Ein hübsches Körbchen, so wie es die Kinder aus dem Schilf am Fluß machen.«

Ich betrachtete es stumm. Der Korb kam von Ralph, natürlich. Ich hatte schon die ganze Zeit darauf gewartet. Jetzt stand der Korb hier auf dem Tisch, und ich konnte sehen, daß Ralph mit seinen Fingern noch genauso geschickt war wie früher. Es war eine hervorragende Arbeit. Er hatte keine Mühe gescheut, diesen Korb, zweifellos das Behältnis für seine Drohung, für mich so attraktiv wie möglich zu machen, geradezu einladend.

»Öffne du's doch, Celia«, sagte ich. »Ich mag nicht.«

»Wirklich nicht?« fragte sie. »Es kann doch nichts Schlimmes sein. Sieh nur, wieviel Arbeit allein dieser Deckel gekostet haben muß. Und auch dieser hübsche kleine Verschluß.« Sie zog das splitterartige Holzstückchen heraus, das als Bolzen diente und hob dann sacht den Deckel hoch; und schob mit ihren Fingern das Stroh drinnen beiseite.

»Wie sonderbar«, sagte sie überrascht.

Ich hatte eine Porzellaneule erwartet, ähnlich wie das letzte Geschenk. Oder irgendein Horrorobjekt wie das Spielzeugmodell einer Menschenfalle; oder einen Rappen aus Porzellan. Doch es war etwas Schlimmeres.

Seit Monaten hatte ich versucht, mich auf eine böse Überraschung zu meinem Geburtstag gefaßt zu machen. Daß Ralph nicht fern sein konnte, ahnte ich. Und so hatte ich eine Warnung von ihm erwartet, irgendeine verschlüsselte Drohung. Ich hatte mir vorzustellen versucht, was das sein könne. Doch die Wirklichkeit war schlimmer.

»Eine Zunderbüchse?« fragte John. »Eine kleine Zunderbüchse? Warum sollte dir irgend jemand eine Zunderbüchse schicken, Beatrice?«

Schaudernd holte ich Luft und blickte dann zu Harry, dem fetten und pompösen Narren, der meine einzige Hilfe und Stütze war in dieser Welt des Hasses, die ich rings um mich erschaffen hatte.

»Es ist vom Culler«, sagte ich verzweifelt. »Er schickt mir das, um mir zu sagen, daß er das Haus in Brand stecken will. Bald schon wird er kommen.« Und ich streckte die Hand nach Harry, als drohte ich, bei Hochwasser, von den Fluten des Fenny davongerissen zu werden und zu ertrinken. Aber Harry war nicht dort. In meinem Kopf und vor meinen Augen war der Nebel, nur war das Grau diesmal nicht feucht und kalt, sondern heiß. Und es roch wie Rauch.

Ich suchte meine Zuflucht im Bett wie eine Dahinsiechende. Ich wußte mir nicht anders zu helfen. Ich fürchtete und haßte das Dorf und zog vor, es zu meiden. Da ich den Herzschlag des Landes nicht mehr hören konnte, fand ich dort nirgends Trost, auch nicht im Wald oder auf den Downs. Auch wußte ich, daß von irgendeinem geheimen Versteck her Ralph das Haus mit seinen heißen, schwarzen Augen beobachtete. Er wartete seine Zeit ab. Mein Büro samt allem Mobiliar und Papierkram war für eine Zunderbüchse wie geschaffen. Und da ich nichts tun konnte, um mich zu wehren, blieb ich im Bett. Ich lag auf dem Rücken und sehnte mich weit fort in eine andere, friedliche Welt. In ein Land, das so war, wie Wideacre es einst gewesen – bevor ich den Verstand und mich selbst verloren hatte; und den Herzschlag des Landes und die Liebe und das Land selbst. Meine Hoffnung lag in der Zukunft. Aber gab es noch eine Zukunft? Für Richard und Julia? Für mich selbst? Ich hatte mich verloren. Ich war verloren.

Man behandelte mich wie eine Schwerkranke. Die Köchin bereitete erlesene Köstlichkeiten für mich. Aber ich hatte keinen Appetit. Man brachte Richard zu mir, aber er konnte nicht still bei mir sitzen, und der Lärm, den er machte, verursachte mir Kopfschmerzen. Celia leistete mir oft stundenlang Gesellschaft. In der warmen Maisonne auf der Fensterbank sitzend, beschäftigte sie sich mit einer Handarbeit oder las still in einem Buch. Zweimal pro Tag kam Harry herein, auf Zehenspitzen, doch so plump wie ein Elefant. Und morgens und auch nachts ließ sich John sehen und musterte mich mit einem kühlen, forschenden Blick. Stets hielt er für mich ein Fläschchen Laudanum bereit, und manchmal bemerkte ich in seinen Augen einen Schimmer von Mitleid.

Er arbeitete gegen mich. Das wußte ich, auch ohne seine Post zu durchschnüffeln. Zweifellos hatte er sich mit seinem Vater in Verbindung gesetzt und mit den besten Anwälten seines Vaters, um möglichst einen Teil seines Vermögens zu retten und folglich das Erbrecht meines Sohnes anzufechten und zunichte zu machen. Aber ich war fest davon überzeugt, daß meine Anwälte einen hieb- und stichfesten Vertrag geschmiedet hatten, der höchstens von den Unterzeichnern gebrochen werden konnte. Und solange ich Harry quasi in der Hand hatte, war Wideacre für meinen Sohn gesichert, und John konnte nichts gegen mich ausrichten.

Doch schien er mich nicht zu hassen, als ich den Mai hindurch das Bett hütete und dahindösend die warmen Tage verdämmerte. Er war einfach ein zu guter Arzt. Veranlagung, Ausbildung und Gewohnheit zwangen ihn zu einem Verhalten, das darin bestand, mich aufmerksam zu beobachten und sich keine Symptome entgehen zu lassen, nicht die Blässe meiner Wangen, nicht die Schatten unter meinen Augen, nicht den wie blinden Blick, mit dem ich zum hölzernen Betthimmel emporstarrte.

Unter meinen Kissen lagen zwei Dinge versteckt. Das eine war die Zunderbüchse, aus der ich sowohl den Zunder als auch das Feuerzeug entfernt hatte, weil ich mich vor Feuer jetzt so sehr fürchtete (allabendlich kontrollierte Harry auf mein Geheiß sämtliche Kamine im Haus, um sicherzugehen, daß alle Feuer gelöscht waren). In die eckige Büchse hatte ich eine in Papier gewickelte Handvoll Wideacre-Erde getan: es war jene Erde, die ich seinerzeit auf dem Heimweg zitternd in der Hand gehalten hatte, um sie dann all die langen Jahre hindurch auf dem Boden meines Schmuckkästchens aufzubewahren. Jetzt also befand sie sich in der Zunderbüchse, die mir der Culler geschickt hatte. Ralphs Erde in des Cullers Büchse. Wäre ich, wie die Leute sagten, wirklich eine Hexe gewesen, so hätte ich damit wohl Zauber wirken können. Und ich würde nicht gezögert haben, mich in ein Mädchen zurückzuverwandeln und all diesen Schmerz und Hunger und Tod ungeschehen zu machen.

Ich lag wie eine der Wirklichkeit entrückte Prinzessin in einem Tagtraum des Todes. Aber Celia, die mitfühlende, verzeihende Celia, hatte sich etwas ausgedacht, um mich aus dem Bett zu locken.

»Harry hat mir erzählt, daß der Weizen prächtig aussieht«, sagte sie eines Morgens Ende Mai, als sie in meinem Schlafzimmer auf der Fensterbank saß und hinausblickte auf den Rosengarten und die Koppel und den Wald und die hohen, hohen Downs dahinter.

»So?« fragte ich träge, ohne auch nur den Kopf zu drehen.

»Er steht schon hoch und ist silbergrün«, sagte Celia. Und aus dem Nebel in meinem Kopf tauchte unversehens ein Bild hervor: die Farben und Konturen wogender Weizenfelder.

»Ja«, sagte ich, nun doch interessierter.

»Er hat mir erzählt, daß auf der Oak Tree Meadow und der Norman Meadow der Weizen so üppig gedeiht, wie man es hierzulande noch nie erlebt habe. Große, dicke Ähren und hohe, gerade Halme«, sagte Celia und betrachtete aufmerksam meine sich aufhellende Miene.

»Was ist mit dem Feld auf dem Gemeindeland?« fragte ich, mich auf den Ellenbogen ein wenig höher stützend.

»Da gedeiht alles ganz vortrefflich«, erwiderte Celia. »Dort ist es so sonnig, daß Harry meint, der Weizen werde wohl vorzeitig reifen.«

»Und was ist mit den neuen Feldern, die wir an den Hängen der Downs umfriedet haben?« fragte ich.

»Das weiß ich nicht«, sagte Celia listig. »Davon hat Harry nicht gesprochen. »Ich glaube nicht, daß er schon so weit hinaufgekommen ist.«

»Nicht so weit hinauf!« rief ich. »Jeden Tag sollte er dort oben sein. Wenn man diesen verdammten faulen Schäfern die Chance dazu gibt, dann lassen sie ihre Schafe dort weiden, bis alles bis auf die Wurzeln niedergefressen ist, bloß um uns zu beweisen, daß die Downs den Schafen vorbehalten bleiben sollten! Von den Kaninchen und dem anderen Wild ganz zu schweigen. Harry sollte jeden Tag die Zäune um die Kornfelder überprüfen!«

»Das ist schlimm«, sagte Celia treuherzig. »Wenn du doch nur selbst nachsehen könntest, Beatrice.«

»Das werde ich«, sagte ich spontan und stand sofort auf. Nach den drei langen Wochen im Bett fühlte ich mich schwach, auch wurde mir sogleich schwindlig. Aber Celia war an meiner Seite, und als dann Lucy kam, suchten beide mein hellgraues Reitkostüm für mich heraus.

»Sollte ich nicht noch Schwarz tragen?« fragte ich überrascht.

»Es ist fast schon ein Jahr her«, sagte Celia. »Bei aller schuldigen Ehrerbietung, Beatrice, für dein schwarzes Reitkostüm aus Samt ist es ganz einfach zu heiß. Und in diesem hier hast du immer so reizend ausgesehen. Solange du Wideacre nicht verläßt, kannst du es getrost tragen, und gewiß wirst du dich darin gleich viel besser fühlen.«

Sie brauchte mich nicht lange zu überreden. Schon war ich in die seidenen Röcke geschlüpft, knöpfte mir dann die elegante Jacke zu. Lucy brachte die Samtkappe, die dazugehörte, und ich türmte mein kastanienbraunes Haar hoch und steckte die Kappe fest.

»Du bist ja so schön«, sagte Celia plötzlich. »Wirklich, Beatrice.«

Ich drehte mich um und betrachtete mich im Spiegel.

Meine Augen blickten zurück, und auf meinen Lippen lag ein fragendes Lächeln. Verschwunden war jener zauberhafte, ja magische Liebreiz, den ich besessen hatte, als Ralph mich liebte. Dennoch hatten mir die neuen Linien um den Mund und auf der Stirn meine Schönheit nicht genommen, sie hatten sie nur verändert. Und nichts würde mir meine Schönheit nehmen können bis zu meinem Tod. Die neuen Linien zählten nicht, wichtig war nur der Ausdruck.

Ohne auf Celia und Lucy zu achten, trat ich so dicht an den Spiegel, daß mein wirkliches Gesicht und sein Abbild nur wenige Zoll voneinander entfernt waren. Die Knochenstruktur, das Haar, die Haut – alles wirkte genauso perfekt wie früher. Aber der Ausdruck hatte sich verändert. Als Ralph mich geliebt hatte, war mein Gesicht so offen gewesen wie eine Mohnblume an einem Sommermorgen. Und als ich, später, Harry begehrte, überschatteten meine Geheimnisse nicht meine Augen. Auch noch zu der Zeit, da John um mich warb, lag ein Lächeln auf meinen Lippen, und es war Wärme in meinen Augen. Jetzt jedoch waren diese Augen kalt. Selbst wenn mein Mund lächelte oder wenn ich lachte, waren die Augen so kalt und so scharf wie zersplittertes Glas. Und mein Gesicht war verschlossen wegen all der Geheimnisse, die ich in mir trug. Die Linien um meinen Mund waren entstanden, weil ich die Lippen aufeinanderpreßte, selbst im Zustand der Ruhe. Und die Linien auf der Stirn kamen vom dauernden Stirnrunzeln. Im Alter, so wurde mir zu meiner Überraschung bewußt, würde ich den Gesichtsausdruck einer unzufriedenen Frau haben: würde gewiß nicht so aussehen, als hätte ich eine wunderbare Kindheit erlebt und später, als Frau, Jahre voller Macht und Leidenschaft. Schon mit vierzig würde mein Gesicht verraten, daß ich für all meine Freuden und all meine Triumphe teuer bezahlt hatte.

»Was ist denn?« fragte Celia und schlang, sich neben mich stellend, einen Arm um meine Taille.

»Schau uns an«, sagte ich, und sie drehte den Kopf, um gleichfalls in den Spiegel zu blicken. Ich fühlte mich an den Tag erinnert, an dem wir – eine Ewigkeit schien es her – auf Havering vor Celias Hochzeit Anprobe gehalten hatten. Damals hatte es wohl kaum einen Mann gegeben, der mich nicht begehrenswert fand, während Celia wie eine blasse Blume wirkte. Als wir jetzt Seite an Seite standen, sah ich, daß ihr, wenn man es so nennen wollte, die Jahre besser bekommen waren als mir. Ihr ängstlicher Gesichtsausdruck von ehedem hatte sich völlig verloren, ihre einst bleichen Wangen waren rosig, auf ihren Lippen lag fast immer ein Lächeln. Alles an ihr schien ein Ausdruck ihres Glücksgefühls zu sein. Der Kampf, den sie durchgestanden und gewonnen hatte – hauptsächlich gegen mich, ihre beste Freundin, aber auch gegen Harry und gewissermaßen gegen Johns Trunksucht –, hatte ihr eine Aura von Würde verliehen, die ihr zwar nichts von ihrem kindlichen Charme nahm, ihr jedoch Schutz bot in ihrer mädchenhaften Verletzlichkeit. Es war das Bewußtsein, genau zu wissen, was sie wollte, während andere noch schwankten; und das Rechte zu tun, wenn andere bereit waren, Unrecht zu begehen. Sie würde man im Alter ihres Charmes wegen ebenso lieben wie wegen ihrer kompromißlosen moralischen Weisheit.

Unversöhnlichkeit lag nicht in Celias Natur; dennoch würde sie gewiß niemals die Grausamkeit vergessen, die ich und die auch Harry bewiesen hatte, als wir vor den Augen des damals trunksüchtigen John Wein tranken und diesen auch noch priesen. Celia war nicht mehr auf mich angewiesen, und sie würde mir nie mehr vertrauen. Zwischen uns beiden klaffte ein schmaler, doch tiefer Spalt, den selbst Celias Herzensgüte nicht überbrücken konnte und wollte. Und als sie jetzt, im Spiegel, meine Augen betrachtete, war es mir nicht mehr möglich, mit Sicherheit zu sagen, was sie dachte.

»Du könntest doch ausreiten, um dir anzusehen, wie der Weizen steht«, sagte sie. »Ich glaube, daß du's könntest, wenn du nur wolltest, Beatrice.«

»Ja«, erwiderte ich lächelnd. »Fast ein Jahr ist inzwischen vergangen, und ich bin ganz verrückt danach, wieder die Downs hinaufzureiten. Sag doch bitte Bescheid, damit man Tobermory fur mich bereitmacht.«

Celia nickte, nahm ihre Handarbeit und verließ das Zimmer. Lucy reichte mir meine grauen Lederhandschuhe und meine Peitsche.

»Schon besser«, sagte sie, und ihre Stimme war kalt. »Ich habe noch nie eine Lady gesehen, die so schnell wieder auf die Beine kommen kann wie Ihr, Miß Beatrice. Manchmal denke ich, daß Euch nichts aufhalten kann.«

Der anfängliche Schwächeanfall war längst vergessen. Ich fühlte mich jetzt ausgeruht und kräftig. Und so packte ich Lucy, knapp oberhalb des Ellbogens, mit zangenartigem Griff beim Arm und zog sie ein kleines Stück zu mir.

»Der Ton, den du da anschlägst, gefällt mir nicht«, sagte ich mit gewohntem Selbstbewußtsein. »Er gefällt mir ganz und gar nicht. Wenn du dich irgendwo in der Ferne nach einer neuen Stellung umsehen möchtest, ohne Empfehlungsschreiben und mit nur einem Wochenlohn in der Tasche, dann brauchst du's mir nur zu sagen.«

Sie sah mich mit Wideacre-Dorf-Augen an: haßerfüllt und feige zugleich.

»Ich bitte Euch um Vergebung, Miß Beatrice«, sagte sie und senkte vor meinem funkelnden Blick die Augen. »Ich hab's nicht bös gemeint.«

Mit einem kleinen Schubs ließ ich sie los, und dann war ich auch schon draußen und rannte geradezu die Treppe hinunter. Auf dem Stallhof begegnete ich John, der die Tauben auf dem Dach zu beobachten schien.

»Beatrice!« sagte er, während seine kalten Augen in meinem Gesicht forschten. »Es geht dir besser – endlich.«

»Allerdings!« erwiderte ich voller Triumph darüber, daß er in mir nicht mehr die Patientin sehen konnte, die er langsam, aber sicher zu Tode »kurieren« würde. »Ich bin wieder gesund und bei Kräften und werde ausreiten.«

Einer der Stallburschen führte Tobermory auf den Hof. Sein im hellen Sonnenschein glänzendes Fell hatte genau die gleiche Tönung wie mein kastanienbraunes Haar. Er wieherte, als er mich sah, und ich tätschelte seine Nase. Dann machte ich eine Handbewegung in Richtung John, und es blieb ihm nichts anderes übrig, als seine Hände so zu verschränken, daß ich sie als Tritt gebrauchen konnte, um bequem in den Sattel zu gelangen. Als ich seine Hände, die weißen, gepflegten Arzthände, unter meiner Stiefelsohle spürte, triumphierte ich insgeheim – und strahlte ihn dann von Tobermorys hohem Rücken an, als ob ich ihn zärtlich liebte.

»Siehst du auch heute den Tod in meinem Gesicht, John?« fragte ich provozierend. »Deine Annahme, daß ich dir zuliebe sterben würde, war doch wohl ein wenig voreilig, nicht?«

Sein Gesicht war ernst, sein Blick eiskalt.

»Du bist so gesund wie nur je«, sagte er. »Trotzdem sehe ich den Tod zu dir kommen. Du weißt es, und ich weiß es auch. Du fühlst dich jetzt gut, weil die Sonne scheint und du wieder draußen und im Sattel bist. Aber die Dinge sind für dich nicht mehr so wie früher, Beatrice. Und du bist so töricht, daß du nicht weißt, daß alles um dich herum zerstört ist und daß dir nur eines übrigbleibt – zu sterben.«

Ich fühlte, wie das Blut aus meinen Wangen wich, als John mit solcher Prophetenstimme sprach. Um mein Gesicht zu verbergen, beugte ich mich rasch vor und tätschelte Tobermory.

»Und was wirst du tun?« fragte ich mit beherrschter, harter Stimme. »Wenn du mich mit dem ewigen Geschwätz über dein Lieblingsthema vor lauter Langeweile in ein frühes Grab oder in den Wahnsinn getrieben hast? Was wirst du dann tun?«

»Mich um die Kinder kümmern«, erwiderte er prompt. »Du schaust ja kaum noch nach Richard, Beatrice. Verständlicherweise, möchte man fast sagen. Denn entweder warst du damit beschäftigt zu intrigieren, oder aber du hast krank im Bett gelegen.«

»Deine Fürsorge gilt wohl vor allem Celia«, sagte ich im Bemühen, jenen Punkt zu finden, wo ich ihn meinerseits verwunden konnte. »Aus diesem Grund hast du ihr auch nichts von all den verrückten Vorstellungen gesagt, die du von mir und meinem Leben hast. Als sie in Angst und Schrecken zu dir kam, hast du ihr nicht gesagt, daß sie zu Recht Angst empfindet und zu Recht auch Schrecken. Obwohl du selbst doch erfüllt warst von Angst und Schrecken, nicht? Du hast sie beruhigt und getröstet und ihr versichert, alles könne wieder in Ordnung gebracht werden. Und dann hast du sie heimgebracht, damit sie sich mit ihrem Mann versöhne, als ob alles im Lot sei.«

»Als ob es im Labyrinth keine Ungeheuer gäbe«, sagte John leise. »Ja. Es gibt gewisse Dinge und Gedanken, die eine Frau – eine gute Frau, Beatrice – niemals beschäftigen sollten, von denen sie am besten gar nichts weiß. Ich bin froh, Celia vor dem Gift in ihrem eigenen Haus beschützen zu können. Dies ist eine Zeit der Prüfung, die nicht ewig andauern kann. Das Labyrinth wird einstürzen. Das Ungeheuer wird sterben. Und ich möchte, daß Celia und die Kinder den Einsturz überstehen.«

»Geschwätz!« sagte ich gereizt. »Das klingt wie eine Szene aus einem von Celias Lieblingsromanen. Was sollte denn diesen ›Einsturz‹ bewirken? Und wie willst du bei Celia und den Kindern den Retter spielen? Du redest Unsinn, John. Ich werde dich wieder einweisen lassen müssen!«

Der Hieb saß, das bewies mir das Aufblitzen in seinen Augen. Seine Miene allerdings blieb gelassen.

»Der Einsturz wird durch dich selbst kommen«, sagte er mit fester Stimme. »Du hast den Bogen überspannt, Beatrice. Es war ein cleverer Plan, gar kein Zweifel. Doch der Preis war zu hoch. Ich glaube nicht, daß du die fälligen Zahlungen leisten kannst. Und dann wird Mr. Llewellyn die Hypotheken für verfallen erklären – nicht nur jene, die du mit Harrys Einwilligung aufgenommen hast, sondern auch die, von denen nur du und er und ich etwas wissen. Und er wird sich weigern, das Land zu akzeptieren. Er wird auf Geld beharren. Und du wirst verkaufen müssen. Und zwar billig, weil die Zeit drängt. Und dann sind da noch all die anderen fälligen Zahlungen, die du nur leisten kannst, indem du immer mehr Land verkaufst. Wideacre wird schrumpfen, bis kaum noch etwas davon übrig ist. Du kannst von Glück sagen, wenn du wenigstens das Haus behältst, denn alles andere –«, er wies auf den Garten, die grüne Koppel, den dunklen Wald und die hohen, fahlen Hügel, »– ja, all das wird jemand anders gehören.«

»Hör auf, John«, sagte ich mit harter Stimme. »Hör auf, mich zu verwünschen. Hör ja damit auf. Denn falls du glaubst, mit Drohungen etwas bei mir zu erreichen, so werde ich diejenige sein, die das Labyrinth zertrümmert. Ich werde Celia sagen, daß du sie liebst und daß das der wahre Grund für deine Trunksucht war. Und daß du deshalb mit ihr nach Hause gekommen bist. Und Harry werde ich erzählen, daß Celia deine Geliebte ist. Dann wird es für dich und für sie kein Wideacre mehr geben, und du wirst die Schuld tragen an Celias Schicksal: wenn sie als Geschiedene von ihrem Kind getrennt und von Wideacre verjagt wird. Falls du es wagst, dich in meine finanziellen Angelegenheiten zu mischen, indem du etwa zu Mr. Llewellyn Verbindung aufnimmst und meine Besitzrechte hier gefährdest, so werde ich Celia ruinieren. Und das würde dir das Herz brechen. Droh mir also nicht, und hör auf, mich zu verfluchen.«

Johns Blick schien an einem fernen Punkt zu haften. »Nicht ich bin es, der dir flucht und dessen Fluch du fürchten mußt, Beatrice«, sagte er. »Du bist dein eigener Fluch. Wenn der Tod zu dir kommt, wenn das Verderben zu dir kommt, so wird es geschehen, weil Tod und Verderben das einzige sind, was du kennst, das einzige, wofür du Pläne machst, rings um dich herum. Selbst wenn du glaubst, für die Zukunft zu planen, für Richard, fürs Leben, so bewirkst du doch nichts als Verderben: Tod im Dorf und Verödung auf dem Land.«

In plötzlichem Zorn gab ich Tobermory einen Hieb mit der Peitsche. Wild bäumte er sich hoch – ein alter Trick, den ich ihm beigebracht hatte – und traf John mit einem Vorderhuf, wenn auch nicht voll, an der Schulter. Immerhin verlor er das Gleichgewicht und taumelte gegen die Tür. Dann stieß ich Tobermory meine Hacken in die Flanken, und wir jagten davon. Fast war es, als ritte ich wieder mit John um die Wette. Aber diesmal ritt ich nicht gegen John, den Mann, der das Wettrennen gewinnen wollte, weil er mich liebte. Ich ritt gegen Johns Worte und gegen seine ganze verfluchte Wahrheit.

Es war herrlich, endlich wieder im Freien zu sein. Wie prickelnder Champagner ergoß sich der Sonnenschein über mein Gesicht, und ich fühlte mich warm durchflutet, als Tobermory in lockerem Galopp an dem neuen Kornfeld, der einstigen Wiese, vorbeistrebte und dann hügelaufwärts hielt. Die Vögel sangen wie toll in sommerlicher Ausgelassenheit, und irgendwo oben in den Downs rief ein Kuckuckspärchen. Jubelnd stiegen Lerchen in den Sommerhimmel, und die Erde atmete. Warm und üppig roch es nach Gras und nach Blumen. Bald schon würde es wieder Zeit sein zur Mahd. Wideacre war ewig. Wideacre war, wie es immer gewesen.

Aber ich war es nicht. Ich ritt wie eine Städterin. Ich blickte mich um und sah alles, was ich sehen wollte, was es zu sehen gab. Doch es sprach nicht zu mir. Es erweckte keinen Widerhall in meinem Herzen. Es rief mir nicht zu, wie ein verliebter Kuckuck einem anderen zuruft. Es jubelte mir nicht zu wie eine Lerche. Das Land war ewig, war ewig schön, ewig begehrenswert. Aber es brauchte mich nicht mehr. Ich ritt auf dem Land wie eine Fremde. Ich ritt Tobermory wie jemand, der gerade erst reiten gelernt hat. Hart und unbehaglich fühlte sich der Sattel unter mir an, und die Zügel waren zu groß für meine dünnen Hände. Anders als früher verschmolzen wir nicht mehr zu einem einzigen Wesen, halb Mensch, halb Tier. Auch waren wir nicht mehr ein Teil des Landes. Wir befanden uns nur auf ihm.

Und da ich kein Gespür mehr besaß, keinen Instinkt, mußte ich mir erst alles bewußt machen, mit besonderer Sorgfalt. Stand das Getreide hoch und gesund? Sicher war ich mir nicht. Ich ritt die Umzäunung entlang, und als ich eine winzige Lücke sah, durch die ein Schaf hätte schlüpfen können, um sich am Korn gütlich zu tun, saß ich ab, band Tobermory an einen Baum und versperrte die Lücke mit Hilfe eines herumliegenden Astes. Gut, geschafft. Hier konnte kein Schaf mehr durch. Aber der Ast war mir sehr schwer vorgekommen, und ich fühlte mich tief erschöpft.

Mein Ritt führte über die Downs und dann hinunter auf jener Seite, wo die sogenannte Acre-Fährte ins Dorf strebte. In meiner dumpfen, trüben Stimmung hatte ich ganz vergessen, daß ich fast einen Monat lang nicht in Acre-Dorf gewesen war: nicht seit meinem Geburtstag mit den »Geschenken«, die niederträchtige Drohungen waren. Die Dörfler würden wissen, daß überall auf dem Fußboden verstreut Kieselsteine gelegen hatten – von diesem und jenem Bediensteten, die an ihren freien Tagen ihre Verwandten im Dorf besuchten. Und die Dörfler würden auch wissen, daß Miß Beatrice wie eine alte Frau ins Bett gestolpert war, das sie dann wochenlang gehütet hatte.

Eigentlich war es gar nicht meine Absicht gewesen, auf diesem Weg nach Wideacre Hall zurückzukehren. Tobermory hatte aus alter Gewohnheit diese Richtung eingeschlagen, und ich hatte ihn in meiner Benommenheit nicht daran gehindert. Jetzt ließ ich es gleichsam willenlos geschehen: ritt mit schlaffen Zügeln und wußte nicht, was ich tun sollte, wenn mir jemand drohte. Gewiß, mit Lucy war ich fertig geworden und hatte ihr ihre Unverschämtheiten verbeten. Aber hier befand ich mich nicht daheim, sondern auf Wideacre-Land, das sich mir entfremdet hatte und mich nicht mehr als einen Teil von sich akzeptierte. Und so fühlte ich mich nicht stark, sondern schwach; saß mit hängenden Schultern, wenngleich mit geradem Rücken im Sattel, so wie mein Papa mich reiten gelehrt hatte. Ja, aufrecht saß ich, doch meine Finger um die Zügel waren wie taub. Tobermory spürte die Veränderung in mir, und er bewegte sich vorsichtig voran, während seine Ohren unruhig zuckten.

Die Fährte führte am Friedhof vorbei und um jene Ecke, die man jetzt »Miß Beatrices Corner« nannte, mit den Gräbern der beiden einzigen Selbstmörder in der langen Geschichte von Wideacre. Irgend jemand hatte auf die beiden kleinen Grabhügel frische Blumen gelegt. Es gab keinen Grabstein und auch kein Kreuz, nicht einmal ein hölzernes. So etwas würde Dr. Pearce nicht gestatten. Wenn die Sache erst einmal ein wenig in Vergessenheit geriet und die Leute keine Blumen mehr brachten, würden die beiden Gräber kaum noch auffallen. Und vielleicht würden die Leute dann anfangen, ganz zu vergessen – und aufhören, für dieses Stückchen Erde meinen Namen zu gebrauchen.

Ich wendete nach links, ritt an der Kirche vorbei und dann die Dorfstraße entlang. Halb ersehnte ich, halb fürchtete ich den Anblick der Dorfbewohner. Aber was konnten sie mir schon antun? Sie liebten mich nicht mehr, sondern haßten mich. Doch etwas gegen mich zu unternehmen, wagten sie nicht – von verschlüsselten Drohungen abgesehen. Ich konnte tagtäglich die Straße von Acre entlangreiten, und wenn sie auch nur das Geringste taten, was mir mißfiel, so lag es in meiner Macht, das ganze Dorf dem Erdboden gleichmachen zu lassen. Ich konnte ihnen die Dächer über ihren Köpfen anzünden. Und das wußten sie.

Die Straße wirkte wie verödet. Aber dann bemerkte ich in einem der kleinen Gärten eine Frau, die auf einem mit Gemüse bebauten Fleckchen Unkraut jätete. Sie schaute auf, erfaßte mit einem einzigen raschen Blick das stattliche Jagdpferd und die Reiterin in der hellgrauen Kleidung – und schon packte sie ihr Kind und zerrte es in das Cottage. Hinter ihr knallte die Tür zu, mit lautem Krach. Dann klang von innen das Rasseln des Riegels. Ich kannte die Frau, wußte ihren Namen – Betty Miles –; doch bevor ich zu irgendeinem Gedanken kam, folgte gleichsam eine ganze Salve solch knallender, krachender Geräusche. Die Dörfler hatten Tobermorys Hufschläge vernommen, während sie an ihren leeren Feuerstellen saßen, kaum einen Bissen zu essen und ohne irgendwelchen Lohn; und sie waren zu ihren Eingangstüren gegangen und hatten sie zwei-, dreimal heftig zugeschlagen. Acre zeigte sich mir gegenüber genauso verschlossen wie das Land.

Auf dem Heimritt stoppte ich zwischendurch nur kurz, um einen Blick auf das frühere Gemeindeland zu werfen. Wie durch einen Zauber konnte man unter der Decke der fahlgrünen Weizenhalme noch immer die alten Konturen des Geländes erkennen. Undeutlich zeichneten sich die beiden kleinen Täler ab, und selbst die Mulde, wo sich einst die Wurzeln des Eichenbaums gebreitet hatten, zeigte sich noch immer als Vertiefung. Die Planierung war sehr nachlässig durchgeführt worden, weil ich nicht zur Stelle gewesen war, um die Arbeit zu kontrollieren. Doch was tat's. In einem Jahr würden die Pflugscharen alle Spuren jenes Stück Lands verwischt haben, das einmal, von allen im Dorf geliebt, für alle im Dorf offen und frei gewesen war.

Aber während ich in meinem hübschen Reitkostüm hoch oben auf meinem stolzen Tobermory saß, wollte mir plötzlich scheinen, als ob ich dieses Feld tausend Jahre lang Jahr für Jahr umpflügen und bepflanzen könnte, ohne daß sich die Spuren verwischten: auch dann würde man noch sehen können, wo die Dorfkinder Gänse gehütet hatten und wo einmal die gewaltige Eiche stand, in welche Liebespaare ihre Namen schnitten, um ihr Verlöbnis zu verkünden.

Ich wendete Tobermory mit schweren Händen, und er setzte sich eher träge in Trab. Es war ein warmer, duftender und summender Sommernachmittag. Ich trieb Tobermory zu schnellerer Gangart, und er fiel in einen leichten Galopp, so daß der Wind über mich hinstrich und der Seidenstoff meines Kostüms ein wenig zu flattern begann. Ich jedoch saß im Sattel wie ein Kloben Holz, und unter meinen Rippen war ein taubes Gefühl, als sei alles dort versteinert.

Nur Harry begrüßte mich gutgelaunt, ganz in seiner tumben Art. Sie saßen im Salon beim Tee, und ich trat ein und nahm meine im Haar festgesteckte Kappe ab. Sie erschien mir plötzlich zu eng.

»Gut, dich wieder draußen auf dem Land zu sehen!« meinte Harry. Er war kaum zu verstehen, weil er vollauf damit beschäftigt war, sich den Mund mit Gebäck vollzustopfen.

Celia musterte mich aufmerksam, offenbar über meine Blässe besorgt. Sie warf John einen kurzen Blick zu, und er taxierte mich mit seinen kühlen, wie gefühllosen Arztaugen.

»Trink doch ein Täßchen Tee«, sagte Celia und bat John mit einer Handbewegung, die Glocke zu läuten. »Du siehst müde aus. Ich werde noch eine Tasse bringen lassen.«

»Ich fühle mich vortrefflich«, sagte ich mit einiger Ungeduld. »Aber du hattest völlig recht, Celia, es sieht tatsächlich nach einer hervorragenden Ernte aus. Bei einem guten Sommer sollte es uns möglich sein, viele der noch auf Wideacre lastenden Schulden loszuwerden.«

Bei diesen Worten warf ich John einen unauffälligen Blick zu. Er schaute verächtlich drein, und ich fühlte mich in meiner Vermutung bestätigt: mit Hilfe der Verbindungen der MacAndrew-Familie war er über den Stand der Dinge zweifellos recht genau im Bilde; zumindest wußte er, im Gegensatz zu Celia und Harry, daß eine Saison nicht genügen würde, um uns von unseren Schulden zu befreien. Dazu würde es vier oder fünf weiterer guter Jahre bedürfen. Und wem bescherte der Himmel schon gutes Wetter, wenn das Überleben davon abhing? Irgendwie hatte ich das Gefühl, in einem jener abscheulichen Träume befangen zu sein, in dem man vor einer Bedrohung fliehen möchte, jedoch keinen Schritt von der Stelle kommt.

»Ausgezeichnet!« sagte Harry erfreut. »Daß du wieder auf den Beinen bist, Beatrice, ist mir besonders deshalb lieb, weil ich möchte, daß du nächste Woche dem Londoner Getreidehändler die Felder zeigst.«

Ich warf Harry einen scharfen Blick zu, doch das Unheil war bereits geschehen.

»Ein Londoner Getreidehändler?« fragte John prompt. »Was kann der hier wollen? Ich dachte, ihr verkauft nie direkt an Händler.«

»Tun wir auch nicht«, sagte ich rasch. »Haben wir nie getan. Aber dieser Mann, ein Mr. Gilby, hat uns in einem Brief mitgeteilt, er befinde sich gerade in dieser Gegend und würde sich gern unsere Felder ansehen, um sich einen Begriff vom Standard des Sussex-Weizens machen zu können.«

Harry öffnete unwillkürlich den Mund, um meine Lüge zu korrigieren; doch auf einen Blick von mir schloß er ihn wieder. Aber John genügte dieses verräterische Mienenspiel. Der Ausdruck seiner Augen, als er jetzt Celia ansah, sagte alles. Er hätte mich genausogut offen eine Lügnerin nennen können.

»Vielleicht wäre es besser, wenn du ihn gar nicht erst empfängst, Harry«, sagte Celia mit leiser, gleichsam vorfühlender Stimme. »Nur einmal angenommen, er bietet dir einen sehr guten Preis – dann *mußt* du ja in Versuchung kommen. Und du hast doch selbst oft genug gesagt, daß das hiesige Getreide an hiesige Kunden verkauft und auch hier in der Grafschaft gemahlen werden soll.«

»Ich weiß, ich weiß«, sagte Harry gereizt. »Aber man muß nun mal mit der Zeit gehen, meine Liebe. Die Farm-Methoden auf Wideacre sind die gleichen wie überall, wo modern bewirtschaftet wird. Die alte Vorstellung von kleinen Märkten und einem wohlfeilen Scheffel Korn für die Armen entspricht ganz und gar nicht dem gesunden Geschäftssinn.«

»Und ist wohl auch nicht die richtige Konversation für den Salon«, sagte ich besänftigend. »Celia, könnte ich noch eine Tasse haben? Dieses warme Wetter macht mich so durstig. Und hättest du vielleicht ein wenig Zuckergebäck?«

Celia machte sich an dem Apparat für Tee zu schaffen, doch ihr Gesicht verriet, daß die Angelegenheit für sie noch nicht erledigt war. John stand reglos beim Kamin, den Blick zuerst auf Harry gerichtet, dann auf mich. Er betrachtete uns beide mit einer gleichsam distanzierten Neugier: so als seien wir zwei Exemplare oder auch Beispiele niederen animalischen Lebens, unangenehm und abstoßend zwar, jedoch interessant, weil den Erfahrungen eines Arztes förderlich.

»Dann werdet ihr diesem Händler also nichts verkaufen«, sagte er in nüchternem Tonfall. Natürlich wußte er ganz genau, daß uns gar keine andere Wahl blieb. Ich war gezwungen, an den Meistbietenden zu verkaufen, um gleichsam eine Schneise in das wuchernde Gestrüpp unserer Schulden zu schlagen.

»Nein«, erwiderte ich mit fester Stimme. »Oder – äußerstenfalls – einen kleinen Teil der Ernte. Etwa den Weizen von den neuen Feldern, der ja im vorigen Jahr noch nicht auf dem Markt gewesen wäre. Dagegen kann es ja keinen Einwand geben. Es wäre vielmehr unverantwortlich, den hiesigen Midhurst-Markt mit Korn zu überschwemmen und den Preis tief nach unten zu drücken.«

»In der Tat?« sagte John mit vorgetäuschtem Interesse. »Und ich hätte gedacht, daß ihr euch freuen würdet, den Armen nach dem harten Winter, den sie überstehen mußten, in diesem Sommer und diesem Herbst wieder billiges Brot ermöglichen zu können.«

»Oh, ja!« sagte Celia emphatisch. »Wenn es eine gute Ernte gibt, dann sollte das gerade auch den Armen zugute kommen. Sagt doch ja, Harry, Beatrice! Es war doch ein furchtbarer Winter für die armen Menschen, genau wie John sagt. Aber ein guter Sommer – und ich bin sicher, daß ganz Acre wieder glücklich und wohlgenährt sein würde.«

Ich nippte an meiner frischen Tasse Tee und schwieg. Sie war Harrys Frau, und es war besser, wenn die Antwort aus seinem Munde kam. Er sah unsicher aus, schien auf einen Wink von mir zu warten. Mein harter Blick sagte ihm, was er zu tun hatte: fest bleiben gegenüber Celias unangebrachter christlicher Nächstenliebe.

»Ich will nicht darüber diskutieren«, sagte er schließlich. »Ich finde es gut, daß ihr beide, Celia und auch John, euch um die Armen sorgt; auch ich sorge mich um sie. Niemand will, daß irgend jemand hungern muß. Aber wenn sie so unvernünftig sind, zu heiraten und große Familien zu gründen, ohne daß sie wissen, wie sie sie ernähren sollen, so können sie kaum erwarten, daß man ihnen billigen Weizen verkauft. Natürlich wird es in Acre keine Hungersnot geben. Aber ich kann unmöglich ein ganzes Dorf unterstützen und gleichzeitig Wideacre so bewirtschaften, wie es sich gehört.«

»Sich gehört?« wiederholte John fragend.

»Ach, wechseln wir doch das Thema!« sagte ich abrupt, doch in scherzendem Tonfall. »Harry, der Squire, hat gesprochen! Da wir jetzt gutes Wetter haben werden, herrscht in Acre wirklich kaum Not. Also sprechen wir doch über etwas anderes. Ich würde zum Beispiel liebend gern mit Richard an die See fahren; wär' das nicht ein schöner Ausflug für uns alle?«

Damit war die Angelegenheit, wenigstens vorerst, erledigt. Celia schien sich unschlüssig zu sein, mochte aber eine offene Auseinandersetzung mit Harry jetzt nicht wagen. Auch John blieb stumm, doch verriet mir sein harter Blick, daß er nicht im Traum daran dachte, den Kampf gegen mich aufzugeben. Allerdings schien es, als brauche er irgendwie Celias moralische Unterstützung.

Mit List sorgte ich dafür, daß an dem Tag, an dem ich Mr. Gilby erwartete, sowohl Celia als auch John nicht auf Wideacre waren. Die Kinder, so versicherte ich Celia, müßten unbedingt neue Schuhe haben, und das Leder, das der Dorfschuster verwende, sei für die lieben Kleinen einfach zu rauh. Celia beschloß, mit beiden Kindern zum Einkaufen nach Chichester zu fahren, und wir versprachen alle, sie zu begleiten. Im letzten Augenblick schützte ich dann Kopfschmerzen vor und blieb zurück. Mit Genugtuung sah ich der davonfahrenden Kutsche nach, in der außer Celia, John und den beiden Kindern auch Harry saß. Plangemäß war ich alle los – eine gute Stunde, bevor ich Mr. Gilby erwartete.

Er war pünktlich, was mir gefiel. Allerdings war das auch das einzige, was mir an ihm gefallen konnte. Die Kleidung, die er trug – blütenweiße Wäsche, auf Hochglanz polierte Stiefel – wirkte stutzerhaft. Er war ein leichtgewichtiger Mann mit einem Wieselgesicht, was besonders auffiel, wenn er sich verbeugte, und er verbeugte sich oft. Kein Zweifel, daß er über alles sehr genau im Bilde war. Daß er wußte, wie sehr es der stolzen Tradition der Squires von Wideacre widersprach, direkt mit Londoner Händlern zu verhandeln, jenen mit allen Wasser gewaschenen Schurken, die einen ehrlichen Mann liebend gern um seinen Gewinn brachten. Und zweifellos wußte er auch, daß uns jetzt gar keine Wahl blieb, weil uns, wegen unserer gewaltigen Schulden, das Wasser bis zum Hals stand. Aber als wir in dem Gig saßen und losfuhren, war sein blasses, glattes Gesicht völlig ausdruckslos und verriet nichts.

Wir kamen durch den Wald, und er drehte den Kopf und taxierte innerlich die Bäume genau nach ihrem Wert. Und bald darauf ließ er seinen Blick über das Terrain der einstigen Wiesen gleiten, wo jetzt, ohne eine einzige Blume und gleichsam konturlos, der hohe, grüne Weizen stand.

»All dies?« fragte er.

»Ja«, erwiderte ich kurz und deutete mit dem Zeigefinger meiner behandschuhten Hand auf die Karte, die auf dem Sitz zwischen uns lag: wies auf das betreffende große Areal.

Er nickte und bat mich anzuhalten. Während ich auf dem Fahrersitz wartete, schlenderte er auf den Feldern umher wie ein Lord auf seinem Land. Er riß eine Handvoll grüner Weizenähren ab, strich die schützenden silbergrünen Blätter zurück und drückte sich die noch unreifen Körner direkt in den Mund. Dann kaute er darauf herum wie eine andächtige Heuschrecke, die ich leichtsinnigerweise auf meinen Grund und Boden eingeladen hatte. Um mir nichts von meinem Abscheu anmerken zu lassen, setzte ich eine genauso ausdrucksleere Miene auf wie er, und das fiel mir leicht.

»Gut«, sagte er, als er wieder in das Gig stieg. »Ausgezeichneter Weizen. Vielversprechend. Allerdings ist es ein sehr riskantes Geschäft,

Getreide auf dem Halm zu kaufen. Diese Risiken werden Sie berücksichtigen müssen, Mrs. MacAndrew.«

»Aber gewiß doch«, erwiderte ich höflich. »Möchten Sie jetzt die Felder auf den Downs sehen?«

Er nickte, und bald befanden wir uns auf dem Reitweg, der zu den Hängen der Downs führte. Die Schonung zu unserer Linken gedieh so prachtvoll, daß ich nicht hinblicken konnte, ohne daß Gewissensbisse mich quälten. Ja, sie wuchsen in Wideacre-Erde, diese Bäume, doch sie gehörten Wideacre nicht mehr. Sie waren Mr. Llewellyns Eigentum. Und jetzt würde ich auch noch das Korn verkaufen, während es noch grün auf dem Halm stand. Nichts schien mehr zu Wideacre zu gehören. Nicht die Bäume. Nicht das Korn. Nicht einmal ich.

Wieder stieg Mr. Gilby aus und ging mitten im Weizen umher. Auf diesen nach Norden zu gelegenen Hängen war das Getreide etwas im Rückstand, und die Körnchen, die Mr. Gilby in seinen Mund tat, waren so klein wie Reiskörner.

»Gut«, sagte er wieder. »Aber ein riskantes Geschäft, ein sehr riskantes Geschäft.«

Und bei diesem Thema blieb er den ganzen langen Nachmittag hindurch, während ich in meinen Kleidern unter der warmen Sonne schwitzte und gleichzeitig – aus banger Besorgnis – innerlich fröstelte.

Er stolzierte auf meinen Feldern umher und blickte zum Himmel, als wolle er den, als zusätzliches Ramschangebot, gleich mit einsacken. Kein Zweifel, daß der blaue Himmel und die weißen Wolken »gut«, aber eben auch »ein riskantes Geschäft« waren.

Er wollte die Felder auf dem ehemaligen Gemeindeland sehen, und wir mußten durch Acre fahren. Ich hätte es vorgezogen, den Weg durch den Wald zu nehmen, doch die Brücke bei der Mühle war nicht benutzbar, und so gab es für das Gig praktisch keine andere Möglichkeit. Diesmal knallten als Reaktion auf die Hufschläge meines Pferdes zwar keine Türen, doch in Acre war es so still, als sei das Dorf völlig entvölkert.

»Sehr ruhiger Ort«, sagte Mr. Gilby, als das Bewußtsein der unheimlichen Stille selbst in sein Geldschrank-Gehirn drang.

»Ja«, sagte ich trocken. »Aber nicht unbewohnt, dessen können Sie sicher sein.«

»Haben wohl Ärger mit den Armen, wie?« Fragend hob er eine Augenbraue. »Die wollen sich nicht anpassen, stimmt's? Wollen sich einfach nicht umstellen.«

»Ganz recht«, sagte ich kurz.

»Schlechtes Geschäft«, murmelte er. »Wird hier gezündelt? Steckt man hier Scheunen an? Verwüstet man die Frucht auf den Feldern?«

»Das hat's hier noch nie gegeben«, erwiderte ich mit Nachdruck. »Sie jammern zwar, aber mehr würden sie niemals wagen.«

»Gut«, sagte er. »Aber riskant«, fügt er nach einer Pause hinzu.

»Riskant?« fragte ich und trieb Sorrel, als die verödete Dorfstraße endlich hinter uns lag, mit einem Schnalzer zu einem leichten Trab.

»Riskant!« sagte er. »Wenn Sie wüßten, wieviel Ärger ich gehabt habe, um meine Getreidewagen vom Land nach London zu bekommen! Da haben sich, mitten auf der Straße, Mütter mit ihren Babys in den Armen vor die Wagen gelegt. Und Väter haben die Wagen umzingelt und die Fuhrleute verflucht – als ob man irgend jemandem die Schuld geben könnte! Ein paarmal bin ich selbst dem Mob sozusagen in den Rachen gelaufen. Einmal mußte ich, um mir den Weg freizukaufen, eine halbe Wagenladung billig an die Leute losschlagen!«

»So etwas gibt es hier nicht!« sagte ich energisch, während mir gleichzeitig ein Frösteln über den Rücken kroch.

»Nun ja«, meinte er. »Sussex ist im Augenblick ruhig. Aber die rühren sich schon noch.«

Wir fuhren zurück, und ich führte Mr. Gilby vom Stallhof durch die Westflügeltür zu meinem Büro.

»Hübsches Zimmer«, sagte er und sah sich im Raum um, als taxiere er den Wert der Möbel.

»Danke«, erwiderte ich kurz und läutete nach Tee.

Während Stride das Tablett brachte und die Teemaschine aufstellte, wanderte Mr. Gilby die Bücherschränke entlang und betrachtete mit unverhohlener Wertschätzung die roten Ledereinbände. Er legte seine flache Hand auf den Pacht-Tisch und ließ ihn langsam rotieren, wobei er mit den Fingerkuppen die glatte, gleichmäßige Bewegung prüfte. Er betastete die Rückenlehnen der Stühle und ließ seine Stiefel über den einfachen, doch feinen Teppich schlurren. Selbst als er dann saß und seinen Tee schlürfte, zuckten seine Augen hin und her. Er blickte aus dem Fenster, wo die Vögel sangen und im Rosengarten die Bienen summten, betrachtete dann die Tür aus poliertem Nußbaum. Seine Augen glitten zu meinem Schreibtisch und der großen Geldtruhe daneben. Eingehend studierte er den Komfort und die Eleganz dieses Zimmers mit den vielen prachtvollen alten Dingen darin.

»Hier ist mein Angebot«, sagte er, während er etwas auf ein Stück Papier kritzelte. »Ich werde nicht mit Ihnen feilschen, Mrs. MacAndrew, dazu kennen Sie Ihr Geschäft viel zu gut. Sie wissen, was Ihre Ernte wert ist. Sie ist gut, aber riskant. Was ich auf den Feldern gesehen habe, hat mir gefallen. Dafür hat mir die Straße, die von Acre zur London Road führt, um so weniger gefallen. Da gibt es zu viele Stellen, wo Männer, die sich für gescheiter halten als ihre Herren, Unheil stiften können. Auch das Dorf sah alles andere als vertrauenerweckend aus. Und deshalb meine ich, daß die Frucht auf den Feldern zwar gut, die Sache jedoch riskant ist, Mrs. MacAndrew. Und das schlägt sich in meinem Preis nieder.«

Ich nickte und warf einen Blick auf seinen Zettel. Die Summe war niedriger, als ich gehofft hatte, wesentlich niedriger sogar. Dennoch war sie dreimal so hoch wie der Betrag, den wir auf dem Midhurst-Markt, und doppelt so hoch wie der Preis, den wir in Chichester bekommen würden. Entscheidender jedoch war, daß Mr. Gilby jetzt zahlen würde und nicht erst in sechs Wochen, wenn das Getreide reif war. In der Truhe neben meinem Schreibtisch befand sich kaum noch Geld, und im Juli waren schon wieder große Zahlungen fällig. Ich konnte es mir einfach nicht leisten, Mr. Gilbys Angebot auszuschlagen. Aber was er da über Acre und die unsichere Straße gesagt hatte, ließ mir einen Schauer über den Rücken laufen.

Noch nie hatten wir unsere Ernte gleichsam über unsere Leute hinweg verkauft; doch für den Fall, daß diese sich gegen mich wandten, mich vielleicht sogar offen bedrohten, war ich entschlossen, das Land für mich und meinen Sohn zu retten, und zwar auf die einzige mir möglich erscheinende Weise. Ich wollte nicht, daß die Leute hungerten; ich wollte nicht, daß sie litten. Doch mußten sie, beim Gewinn Wideacres für Richard, die ihnen zukommende Rolle spielen. Wenn Richard dann später der Squire war, würden alle einsehen, daß dies den Preis wert gewesen war: den so hohen Preis, der für mich Furcht und für die Leute Hunger bedeutete.

Furcht. Ja, Furcht, grauenvolle Furcht. Mr. Gilbys Worte über Acre und die unsichere Straße hatte eine so tiefe und blinde Angst in mir ausgelöst, daß ich bereit war, das ganze Dorf Hungers sterben zu lassen. Irgendwo lauerte der Culler, vielleicht ganz in der Nähe, vielleicht noch fern von Wideacre-Land. Im vergangenen Jahr hatte er mir gedroht. In diesem Jahr hatte er mir jene schreckliche kleine Zunderbüchse geschickt, mit der er mir sagen wollte, daß das Feuer zu mir kommen würde. Daß er, der »Ausmerzer«, bei mir mit dem Ausmerzen der Gentry anfangen werde. Und daher konnte es mir nur recht sein, wenn ich Gold in der Truhe hatte, statt Frucht auf den Feldern oder Getreide in den Scheunen. Gold konnte er nicht verbrennen. In diesem Zimmer konnte ich mich vor seinen Angriffen so gut wie sicher fühlen.

»Ich bin einverstanden«, sagte ich nüchtern.

»Gut«, sagte Mr. Gilby. »Innerhalb von zwei Tagen haben Sie eine schriftliche Zahlungsanweisung für meine Bank. Werden Sie die Ernte selbst einbringen?«

»Ja«, erwiderte ich. »Aber schicken Sie auf jeden Fall Ihre eigenen Wagen hierher. Wir verfügen weder über genügend Fuhrwerke noch Gespanne, um alles nach London zu befördern.«

»Gut«, sagte er wieder und reichte mir, um unseren Handel zu besiegeln, seine weiche Hand. »Ein stattliches Anwesen haben Sie hier, Mrs. MacAndrew«, fügte er hinzu, während er nach seinem Hut und seinen Handschuhen griff.

Ich lächelte und nickte.

»Einen Besitz wie diesen suche ich für mich selbst«, sagte er. Ich hob die Augenbrauen und schwieg. In den Grafschaften rings um London war dergleichen nichts Neues, doch hatte ich nicht erwartet, daß Sussex so bald schon diese städtischen Kaufleute auf dem Hals haben würde, die den Ehrgeiz hatten, sich als Squires zu etablieren. Allein – sie begriffen nichts vom Land und von den Menschen. Sie versuchten sich als »Farmer« und erschöpften den Boden, weil sie ihn niemals ausruhen ließen. Sie brachten Verderben über viele Dörfer, indem sie die Einwohner in großer Zahl als Bedienstete nach London mitnahmen und sie später wieder heimschickten. Sie lebten auf dem Land, doch sie liebten es nicht. Sie kauften und verkauften es wie abgemessene Ware von einem Ballen Stoff. Zu Hause waren sie nirgends, doch schacherten sie überall.

»Falls Sie mit dem Gedanken spielen, sich von Wideacre zu trennen ...«, begann Mr. Gilby liebenswürdig.

Mein Kopf ruckte höher. »Wideacre!« sagte ich empört. »Wideacre wird niemals zum Verkauf stehen!«

Er nickte, ein entschuldigendes Lächeln auf dem Gesicht.

»Tut mir leid«, sagte er. »Ich muß Sie mißverstanden haben. Ich nahm an, daß der Verkauf des Weizens wie auch der Bäume so etwas wie eine Vorstufe für den Verkauf des gesamten Besitzes war. Und in dem Fall hätte ich Ihnen einen sehr guten, einen wirklich sehr guten Preis gezahlt. Einen Preis, den Ihnen niemand sonst zahlen würde. Ich hatte den Eindruck, daß allzu hohe Verbindlichkeiten auf Wideacre lasten, und ich dachte ...«

»Wideacre ist durch und durch gesund!« sagte ich mit zornbebender

Stimme. »Und ich würde eher bankrott gehen, als mich freiwillig davon trennen. Dies ist das Erbe der Laceys, Mr. Gilby. Ich habe einen Sohn und eine Nichte, die mir nachfolgen werden. Niemals würde ich ihr Heim verkaufen. Niemals würde ich mein eigenes Heim verkaufen.«

»Nein, natürlich nicht«, sagte er beschwichtigend. »Aber für den Fall, daß Sie sich's doch noch anders überlegen sollten ... falls etwa Mr. Llewellyn seine Hypotheken für verfallen erklärt ...«

»Das wird er nicht«, sagte ich mit einer Zuversicht, die ich nicht empfand. Was erzählte man sich in den Clubs der Geldleute über Wideacre? Steckten die etwa alle unter einer Decke? War das Ganze ein abgekartetes Spiel, von langer Hand vorbereitet, um sich in den Besitz eines der schönsten Anwesen in Sussex zu bringen? In welcher Verbindung stand Mr. Gilby, ein Getreidehändler, mit Mr. Llewellyn, Spezialist für Grundbesitz und Holz, der ganz am anderen Ende Londons wohnte?

»Und selbst wenn er das täte ... ich verfüge über ausreichende Mittel, ich bin eine MacAndrew«, sagte ich.

»Gewiß doch, gewiß«, versicherte Mr. Gilby, doch der wissende Blick seiner schwarzen Augen verriet mir, daß er über die Tatsachen sehr wohl im Bilde war. Zweifellos wußte er, daß ich über das MacAndrew-Geld nicht verfügen konnte. Vielleicht war ihm sogar bekannt, daß die MacAndrew-Seite gegen mich arbeitete.

»Dann wünsche ich Ihnen einen guten Tag«, sagte er und entschwand ohne ein weiteres Wort.

Reglos stand ich in meinem Büro. Nur ein leises Zittern spürte ich. Und, trotz der Wärme draußen, das Gefühl der Kälte, ausgelöst durch meine furchtbare Angst. Daß der Culler und seine Gesetzeslosen sich gegen mich verschworen hatten, war schlimm genug. Aber falls auch die Händler, die Kaufleute ein Komplott gegen mich schmiedeten, war ich unweigerlich verloren. Ich hatte nicht daran gedacht, daß sie alle einander womöglich kannten. Ich hatte vergessen, daß solche Männer gern in kleinen Clubs zusammentreffen, Wolfsrudeln ähnlich, die gemeinsam ein Opfer jagen – erjagen.

Dennoch hätte ich eine Chance gegen sie gehabt. Wenn ich, Wideacres Reichtum sowie die Liebe und die Arbeitswilligkeit meiner Leute im Rücken, den Kampf gegen die Fremden hätte führen können. Oder wenn ich, ohne die Bedrohung durch die Fremden, nur gegen das verbitterte, haßerfüllte Dorf hätte kämpfen müssen. Aber gegen beide zugleich kämpfen und auf einen Sieg hoffen, das konnte ich nicht. Während ich die Armen unter Druck gesetzt und ihre Widerstandskraft unterminiert hatte, war ich von den Reichen unter Druck gesetzt und in meiner Widerstandskraft immer mehr geschwächt worden. Mit dem schweigenden, verschlossenen Dorf auf der einen Seite und der verschwiegenen Rotte der Gläubiger auf der anderen befand ich mich in allerhöchster Gefahr. Zwischen ihnen – wie ein Knochen zwischen zwei Hunden – lag Wideacre. Und ich konnte für Wideacre nicht mehr fühlen.

Ich stöhnte leise, vor Sorgen und Erschöpfung, und legte mein Gesicht auf meine Hände, die auf der Schreibtischplatte lagen. Und so verharrte ich, bis der Sommerabend draußen vor meinen hohen Fenstern grau wurde und hin und wieder Fledermäuse über den Abendhimmel zuckten. Irgendwo im Wald schlug eine Nachtigall. Ich sehnte mich nur nach Ruhe.

Ich hatte nicht mit Celia gerechnet. Und mir wollte scheinen, als hätte ich nie richtig mit Celia gerechnet. Gleich nachdem die Kutsche zurückgekehrt war, kam sie in mein Büro. Sie trat ein, nahm ihr Bonnet ab und warf nicht einen einzigen Blick in den Spiegel über dem Kamin, um zu sehen, ob ihr Haar ordentlich saß.

»Wir sind auf der Allee einer Post-Chaise mit einem Gentleman darin begegnet«, sagte sie. »Wer war das, Beatrice?«

Ich hob den Blick von den Papieren auf meinem Schreibtisch und sah sie mit hochgezogenen Augenbrauen an, als fände ich ihre Neugier ungehörig. Mühelos hielt sie meinem Blick stand. Auf ihren hübschen Lippen lag nicht einmal die Spur eines Lächelns.

»Wer war das?« wiederholte sie.

»Ein Besucher, der gekommen war, um sich ein Pferd anzusehen«, erwiderte ich freundlich. »Das Füllen, das Bella von Tobermory hatte. Der Ruhm der Jagdpferde von Wideacre scheint sich immer weiter zu verbreiten.«

»Nein, das war er nicht«, widersprach Celia. »Es war ein Mr. Gilby, Getreidehändler aus London. Ich hielt die Kutsche an und sprach mit ihm.«

Gereiztheit stieg in mir auf, doch gelang es mir, meine Stimme zu kontrollieren. »Ach, der!« sagte ich. »Ich hatte geglaubt, du meintest einen anderen Gentleman. Ich habe heute nachmittag zwei Besucher gehabt. Mr. Gilby war der letzte.«

»Er sagte mir, er habe den Weizen auf dem Halm gekauft«, erklärte Celia, meine Lüge ignorierend. »Er sagte, daß du tatsächlich den Markt übergehen wirst.«

Ich erhob mich von meinem Schreibtisch und lächelte sie an. Meine Augen, das wußte ich, waren ohne Wärme, und Celias Gesicht war wie aus Stein.

»Wirklich, Celia, für dieses Geschäft bringst du wohl kaum die notwendigen Voraussetzungen mit«, sagte ich. »Die Bewirtschaftung von Wideacre ist eine komplexe Angelegenheit, und bislang hast du dafür ja kaum Interesse gezeigt. Findest du es nicht anmaßend, dich in Dinge einzumischen, auf die du dich nicht verstehst und die ich verantworten muß?«

Eine leichte Röte verfärbte ihr Gesicht, und sie sprach unwillkürlich hastiger. »Du hast recht, wenn du sagst, daß ich zu wenig weiß. Ich finde, daß es ein großer Fehler ist, daß man Ladys über das Leben der Armen so in Unwissenheit hält. Ich habe mein ganzes Leben auf dem Land verbracht und weiß von allem doch beschämend wenig.«

Ich wollte sie unterbrechen, was mir jedoch nicht gelang.

»Ich habe in einer Art Narrenparadies gelebt«, fuhr sie fort. »Ich habe Geld ausgegeben, ohne auch nur einen einzigen Gedanken darauf zu verwenden, woher es kam oder wer es verdient hatte.«

Sie hielt inne, und ich trat zum Klingelzug, als wollte ich nach Tee läuten.

»Ich wurde dazu erzogen, wie ein Kind zu denken«, sagte sie in halbem Selbstgespräch. »Man hat mich großgezogen wie ein Baby, das zwar Nahrung zu sich nimmt, jedoch nichts davon weiß, daß die Speisen vorbereitet, gekocht und serviert werden müssen. Wieder und wieder habe ich Wideacre-Geld ausgegeben, ohne mir jemals bewußt zu machen, daß dieses Geld von den Armen erarbeitet worden war.«

»Nicht ausschließlich«, widersprach ich. »Du solltest dich mit Harry über die Ideen der politischen Ökonomie unterhalten; aber vergiß nicht, daß wir Farmer sind und keine Kaufleute oder Fabrikanten. Unser Reichtum entstammt dem Land, der natürlichen Fruchtbarkeit, der Natur.«

Mit einer ungeduldigen Handbewegung wischte Celia meine Argumente beiseite und stützte ihre Hände flach auf meinen Pacht-Tisch.

»Du weißt, daß das nicht wahr ist, Beatrice«, sagte sie. »Du streichst hier Monat für Monat das Geld ein. Die Leute müssen an uns zahlen, weil uns das Land gehört. Würde man das Land sich selbst überlassen, so würden Unkraut und Wiesenblumen darauf wachsen. Genau wie ein Kaufmann machen wir Investitionen, und genau wie ein Bergwerksbesitzer die Bergarbeiter bezahlt, bezahlen wir die Leute hier.«

Ich schwieg. Celia hatte sich sehr verändert. In nichts glich sie mehr dem scheuen, schüchternen Mädchen von einst. Ich schwieg, fühlte jedoch ein wachsendes Unbehagen.

»Der Bergwerksbesitzer bezahlt seinen Arbeitern nur einen Bruchteil von dem, was sie wirklich verdienen«, sagte sie langsam, als entwickle sie ihre Gedanken in diesem Augenblick. »Dann verkauft er, was sie heraufgefördert haben, mit Profit. Diesen Profit behält er. Und deshalb ist er reich, und sie sind arm.«

»Nein«, sagte ich. »Du verstehst nichts von Busineß. Er muß alles mögliche Gerät kaufen, und er muß Kredite abzahlen. Auch muß ihm seine Investition einen Gewinn einbringen. Denn macht er beim Bergbau keinen Profit, so steckt er sein Geld in ein anderes Geschäft, und die Bergleute bekämen überhaupt keine Löhne.«

Celia hatte mir aufmerksam und mit ernstem Gesicht zugehört, doch plötzlich lächelte sie, als hätte ich einen Scherz gemacht.

»Ach, Beatrice, was für ein Unsinn!« sagte sie mit einem leisen Lachen. »Das ist ja genau das, was Harry sagt! Das ist genau das, was Harrys Bücher sagen! Ich hatte eigentlich angenommen, daß auf jeden Fall du weißt, was für ein Unsinn das ist! All die Leute, die da schreiben, daß man unbedingt Profit machen muß, sind reiche Leute. Und sie alle wollen beweisen, daß ihre Profite gerechtfertigt sind. Hunderte von Männern schreiben Tausende von Büchern, in denen sie zu erklären versuchen, warum manche Menschen hungern müssen, während andere reicher und immer reicher werden. Es drängt sie dazu, all diese Bücher zu schreiben, weil sie die auf der Hand liegende Antwort nicht akzeptieren wollen: daß es nämlich keine Rechtfertigung gibt.«

Ich bewegte mich unruhig, doch sie blickte an mir vorbei, durch das Fenster.

»Warum sollte es für den Mann, der sein Geld investiert, einen garantierten Profit geben, während es für jenen Mann, der seine Arbeitskraft, ja sogar sein Leben investiert, keinen garantierten Lohn gibt?« sagte sie. »Und warum sollte der Mann, der Geld zum Investieren hat, mit seinem Kapital soviel mehr verdienen als ein Mann, der den ganzen Tag lang sehr angestrengt arbeitet? Würden sie, nachdem man das Geld für die Rückzahlung der Kredite und für die Neuanschaffung von Gerät abgezogen hat, gleichermaßen entlohnt werden, so würden auch Bergarbeiter in anständigen Häusern leben und genauso gute Speisen essen wie Bergwerksbesitzer. Aber so ist es ja nicht. In Wahrheit leben sie wie Tiere in Schmutz und Elend und hungern, während Bergwerksbesitzer wie Fürsten in feinen Häusern leben, weitab von der Häßlichkeit der Bergwerke.«

Ich nickte nachdrücklich. »Es sollen grauenvolle Zustände herrschen, habe ich gehört. Und dann: die moralische Gefahr!«

Mein behender Frontenwechsel schien sie gleichermaßen zu irritieren und zu amüsieren.

»Hier ist es genauso schlimm«, sagte sie unverblümt. »Die Arbeiter schuften den ganzen Tag lang und verdienen weniger als einen Schilling. Ich arbeite überhaupt nicht und kann dennoch pro Quartal über zweihundert Pfund verfügen. Ich bin keinerlei Risiko mit Kapital eingegangen. Ich brauche keinerlei Arbeitsgerät zu ersetzen. Dieses Geld ist ganz einfach deshalb für mich verfügbar, weil ich ein Mitglied der *quality* bin, eine Person von Stand, und wir sind ja alle reich. Aber darin liegt keinerlei Gerechtigkeit, Beatrice. Und keinerlei Logik. Es ist nicht einmal eine sehr angenehme Art zu leben.«

Ich sackte auf meinen Stuhl, den Squire-Stuhl. Lange war es her, daß auch ich gemeint hatte, die Welt müsse geändert werden. Ich hatte es vergessen. Genauso wie ich vergessen hatte, daß ich von Ralph, dem Landlosen, zu der Einsicht bekehrt worden war: jene, die das Land kennen und lieben – sie sind es, die über das Land entscheiden sollen.

»Es ist schon eine böse Welt, Celia«, sagte ich mit einem Lächeln. »Da bin ich ganz deiner Meinung. Allerdings würde es niemandem etwas nützen, wenn du nur soviel Geld bekämst, wie es dem Lohn eines Arbeiters entspricht. Es ist nämlich ganz einfach so, daß Wideacre in seiner Gesamtheit von der Außenwelt abhängt und daß diese Außenwelt in ihren Forderungen an uns unerbittlich ist.« Mit dem Fingerknöchel pochte ich gegen das Schubfach, in dem sich das Bündel von Rechnungen befand, die noch in diesem Monat beglichen werden mußten. »Es ist die Außenwelt, die das Tempo der Veränderungen bestimmt.«

»Verkaufe doch Land«, sagte Celia abrupt.

Ich starrte sie mit offenem Munde an.

»Was?!« fragte ich.

»Ja«, erwiderte sie. »Von Harry weiß ich, daß ihr beide, um die Kosten für die Erbfolgeänderung und die Anwälte aufzubringen, so hohe Schulden gemacht habt, daß euch gar nichts anderes übrigbleibt, als mit diesen neuen Methoden den Farmbetrieb ganz auf Profitgewinn umzustellen. Entledigt euch der Schulden durch Landverkauf, dann braucht ihr diese Farmmethoden nicht mehr, die Acre in ein Hungerdorf verwandelt und das ganze Leben auf Wideacre vergiftet haben.«

»Du verstehst nicht, Celia!« fuhr ich sie an. »Solange ich für den Betrieb auf Wideacre verantwortlich bin, werden wir nie, niemals Land verkaufen! Kein Grundbesitzer verkauft jemals Land, solange ihm noch eine Wahl bleibt. Und ich, ich würde niemals ein Wideacre-Feld verkaufen!«

Celia näherte sich meinem Schreibtisch, stützte ihre Hände auf die Platte und blickte zu mir hernieder.

»Wideacre«, sagte sie mit eigentümlicher Heftigkeit, »besitzt von Haus aus zwei große Stärken. Zum einen das Land, das fruchtbar ist, zum anderen die Menschen, die sich für die Laceys die Seele aus dem Leib arbeiten. Eine dieser beiden Stärken wird helfen müssen, diese wahnwitzige Situation zu bereinigen, in die du da verstrickt bist. Laß das Land dir helfen. Verkaufe etwas davon – gerade soviel, wie nötig ist; dann bist du wieder frei und kannst die Leute so behandeln wie früher. Zwar nicht eigentlich mit Gerechtigkeit, aber doch wenigstens ohne Grausamkeit.«

»Celia«, sagte ich wieder, »du begreifst einfach nicht. In diesem Jahr sind wir ganz verzweifelt darauf angewiesen, Profit zu machen. Aber auch wenn wir das nicht wären, würden wir uns immer mehr auf die neuen Farmmethoden einstellen. Je weniger wir den Arbeitern zahlen, desto größer ist unser Profit. Jeder Grundbesitzer will soviel Profit machen, wie irgend möglich. Jeder Grundbesitzer, jeder Händler, jeder Geschäftsmann versucht, seinen Leuten so wenig zu zahlen, wie nur möglich.«

Sie nickte langsam, als habe sie nun endlich verstanden. Doch aus ihrem Gesicht war alle Farbe entwichen. Sie wandte sich um und machte einen Schritt in Richtung Tür.

»Was ist mit deinem Geld?« fragte ich stichelnd. »Und mit deinem Mitgift Land? Soll ich dein Geld, statt es dir zu geben, den Armen der Gemeinde zukommen lassen; und möchtest du vielleicht, daß deine Felder zum Gemeindeland erklärt werden?«

Sie drehte sich zu mir um, und zu meiner Überraschung gewahrte ich Tränen in ihren Augen. »Ich habe mein ganzes Geld für Nahrung und Kleidung für das Dorf ausgegeben«, sagte sie traurig. »John seinerseits steuert bei, was ihm sein Vater schickt, und Dr. Pearce bringt etwa den gleichen Betrag auf. Wir haben Nahrung gekauft, die wir den Frauen gegeben haben, und Kleidung für die Kinder und Brennmaterial für die Alten. Wir haben wirklich getan, was wir irgend konnten.« Ihre Schultern sackten tiefer. »Wir könnten es auch genausogut bleiben lassen«, sagte sie mit dumpfer Stimme. »Es ist wie mit dem Damm, den Harry damals baute und der dann brach, als das Hochwasser kam. In normalen Zeiten, wenn die Männer im Dorf Arbeit haben und es den meisten verhältnismäßig gut geht, vermag ein wenig Wohltätigkeit ja vielleicht etwas zu bewirken, aber wenn die Grundbesitzer gegen die Pächter sind, so wie du, Beatrice, und wenn sie beschlossen haben, Hungerlöhne zu zahlen, so vermag Wohltätigkeit kaum etwas auszurichten. Wir verlängern nur die Qual jener Menschen, die an Entbehrung sterben. Und wenn es uns gelingt, das Leben von Kindern zu erhalten, so hat das im Grunde nichts anderes zur Folge, als daß der nächste Master von Wideacre Arbeiter hat, die er schändlich unterbezahlen kann. Ihre Mütter erzählen mir, daß sie nicht begreifen können, warum Kinder überhaupt zur Welt kommen. Auch ich kann das nicht begreifen. Es ist eine häßliche Welt, die du und deine Fachleute für ›politische Ökonomie‹ verteidigen, Beatrice. Wir wissen alle, daß es anders sein sollte, und dennoch denkst du nicht daran, etwas dafür zu tun. Du und all die reichen Leute. Es ist eine häßliche Welt, die ihr baut.«

Ihre Stimme klang traurig, und sie schien auf eine Antwort von mir zu warten. Als ich stumm blieb, verließ sie den Raum. Irgendwie hatte ich einen schlechten Geschmack im Mund. Ich öffnete das Schubfach, das prall mit Rechnungen gefüllt war, und ich nahm alle Rechnungen heraus, um sie noch einmal durchzugehen.

Die Neuigkeit mit dem »vorab« verkauften Korn verbreitete sich schnell auf ganz Wideacre, und Celias Besuch war der erste von dreien, die ich über mich ergehen lassen mußte. In mancherlei Hinsicht war sie für mich am problematischsten, da sie mich jetzt überhaupt nicht fürchtete und mich aus ihren braunen Augen auf eine Weise musterte, als könne sie einfach nicht glauben, was sie da sah.

Mein zweiter Besucher war weit weniger schwierig. Es war Dr. Pearce, der Vikar von Acre, der für die Störung um Nachsicht bat und überdies um Verständnis für einen sorgengequälten Mann.

Er wußte, wer ihm seinen Zehnten zahlte, und war eifrig darauf bedacht, mich nicht zu kränken. Doch trieb ihn, genau wie Celia, jenes Mitleid mit der Armut, wie er sie Tag für Tag in Acre erlebte. Anders als Harry und ich konnte er das Dorf ja nicht meiden. Er wohnte dort, und sein Garten, wennschon von hoher Mauer umgeben, bewahrte ihn nicht vor den Klagen hungernder Kinder auf der Straße vor seinem Haus.

»Hoffentlich denken Sie nicht, daß ich mir Ungebührliches anmaße«, sagte er nervös. »Ungehörigkeiten sind mir ein Greuel. Niemand, der mich richtig kennt, könnte auch nur für eine Sekunde an meiner ordnungsgemäßen Einstellung bezüglich der Behandlung sowie der Disziplin der Armen zweifeln. Aber ich muß mit Ihnen über diese Weizenernte sprechen, Mrs. MacAndrew.«

Ich lächelte, war mir wieder meiner Macht bewußt.

»Dann sprechen Sie, Vikar«, sagte ich. »Ich werde tun, was ich kann.«

»Im Dorf erzählt man sich, die Ernte sei bereits verkauft«, sagte er. Ich nickte. »Im Dorf erzählt man sich auch, daß die gesamte Ernte, Wagenladung für Wagenladung, nach London geschickt werden wird.« Wieder nickte ich. »Die Leute im Dorf sagen, sie wüßten nicht, wo sie ihr Korn kaufen sollen, um es zu mahlen und Brot davon zu machen.«

»Auf dem Midhurst-Markt vermutlich«, erwiderte ich kühl.

»Mrs. MacAndrew, es wird Aufruhr geben!« rief der Vikar. »Von den drei Hauptlieferanten von Korn lassen zwei – Wideacre und Havering – ihr Getreide aus der Grafschaft hinaustransportieren. Nur der kleine Tithering-Besitz verkauft sein Korn hier. Es wird Hunderte von Familien geben, die Korn brauchen, doch nur eine Farm verkauft in Midhurst. Das Korn wird einfach nicht reichen.«

Ich hob die Schultern und setzte eine abwehrende Miene auf. »Dann werden die Leute sich halt nach Petworth oder Chichester begeben müssen«, sagte ich.

»Können Sie all dies denn nicht verhindern?« Aus der Stimme des Vikars klang plötzlich Angst, und sein sonst würdevoll-freundliches Gesicht wirkte plötzlich wie nackt vor lauter Sorge. »Das ganze Dorf hat sich gleichsam über Nacht verändert. Als das Gemeindeland verlorenging, ging auch die Seele verloren. Können Sie die Zäune nicht abbauen lassen und das Land zurückgeben? Als ich seinerzeit hierherkam, sagten mir alle, daß niemand das Land so gut kenne wie Sie. Daß niemand das Land so sehr liebe wie Sie. Daß Sie das Herz von Wideacre seien. Jetzt hingegen heißt es immer, Sie hätten Ihre Fähigkeiten vergessen; vergessen auch, daß diese Leute Ihre Leute sind. Kann es denn nicht wieder so werden wie früher?«

Ich musterte ihn kalt; betrachtete ihn wie durch eine Mauer aus Glas, die mich von jedermann trennte.

»Nein«, erwiderte ich. »Es ist zu spät. Die Leute werden in diesem Jahr für Korn viel bezahlen, oder aber ohne Korn auskommen müssen. Sie können ihnen ja sagen, daß es im nächsten Jahr besser sein wird. Die diesjährige Ernte jedoch geht nach London, weil Wideacre dazu gezwungen ist. Wenn Wideacre nicht prosperiert, so prosperiert hier niemand. Das wissen die Leute. Was ich tue, ist letztlich für sie von Nutzen. Es ist nun mal so in dieser Welt, daß die Armen nur überleben können, wenn die Reichen prosperieren. Wollen die Armen genügend zu essen haben, so müssen die Reichen noch reicher werden. So ist es nun mal auf dieser Welt. Und Wideacre ist nicht annähernd reich genug, um das Leben für alle hier sicher zu machen.«

Dr. Pearce nickte. Er wußte, wovon ich sprach. Schließlich hatten zu seiner Welt auch opulente Dinners in Oxford gehört und reiche Freunde aus Grundbesitzerfamilien; Jagdgesellschaften, Bälle, mannigfache Festivitäten – all das hatte er genossen. Er gehörte zu jenen, die in der Tat glauben, daß die Welt dazu da ist, daß die Reichen noch reicher werden. Auch hoffte er, daß aufgrund unserer Rekordernte der Kirchzehnt für ihn sich erhöhen werde. Und so glänzten, all seiner Besorgnis zum Trotz, seine Augen, als ich das Bild eines unausweichlichen Prozesses entwarf, wonach wir Profit auf Profit und noch mehr Profit machten, was man uns jedoch in gar keiner Weise zum Vorwurf machen konnte.

»Aber die... Kinder«, sagte er, eher lahm.

»Ich weiß«, erwiderte ich und kramte aus einer Schublade meines Schreibtischs eine Guinee hervor. »Hier«, sagte ich, »kaufen Sie für die Kinder etwas Spielzeug oder Zuckerwerk oder sonst etwas Eßbares.«

»Die Särge sind so winzig«, sagte er mehr zu sich selbst als zu mir. »Meistens trägt ihn der Vater in seinen Armen. Weil der Sarg so leicht ist, verstehen Sie. Sargträger braucht man dafür nicht. Denn die Kinder, die sterben, sind so klein, und wenn sie verhungern, dann sind sie am Ende so leicht wie Babys – stockdürre Arme und Beine. Und die Grube, in die der Sarg hinuntergelassen wird, ist eigentlich nur ein kleines Loch.«

Ungeduldig pochte ich auf die Papiere auf meinem Schreibtisch, um ihn aus seinen Gedanken zu lösen.

»War sonst noch etwas?« fragte ich abrupt. Er fuhr zusammen und griff nach seinem Hut.

»Nein«, sagte er. »Entschuldigen Sie bitte, daß ich Sie gestört habe.« Aus seiner Stimme klang nicht der leiseste Hauch eines Vorwurfs. Er küßte mir die Hand und ging.

Das also war der Schutzpatron der Armen von Acre! Kein Wunder, daß die Leute von Rache träumten: von einem Mann, der wie der Teufel reiten konnte und der sie anführen würde im Kampf gegen Männer mit feisten Gesichtern, die von Näschereien und Delikatessen lebten und nur die erlesensten Weine tranken. Solange dieser fügsame und Komfort gewohnte Vikar zwischen mir und den Leuten von Acre stand, waren sie praktisch ohne Schutz. Sie mußten inzwischen das Gefühl haben, daß die ganze Welt gegen sie war.

Es klopfte an die Tür, und Richards Nurse, Mrs. Austin, trat herein. »Möchten Sie Master Richard vor dem Dinner sehen?« fragte sie.

»Nein«, sagte ich mit einem Gefühl von Überdruß. »Machen Sie mit ihm doch einen kleinen Spaziergang im Garten. Ich kann ihn ja durchs Fenster sehen.«

Sie nickte, und wenige Minuten später sah ich sie dann draußen, über meinen Sohn gebeugt, mit wachsamen Augen und hilfsbereiten Händen, während er von einem Rosenbusch zum anderen stolperte und Blütenblätter zu verspeisen versuchte.

Das dicke Fensterglas in meinem Büro dämpfte alle Außengeräusche. Nur mit Mühe konnte ich die Stimme meines kleinen Sohnes vernehmen. Die Wörter, die sein Mund zu formen versuchte, verstand ich nicht: Wörter, mit denen er seine Freude ausdrückte über den Kies unter seinen Füßen, die Blütenblätter in seiner Hand und den Sonnenschein auf seinem Gesicht. Durch das dicke Fensterglas schien die Landschaft bar aller Farben, und die kleinen Verwerfungen in der Glasscheibe bewirkten, daß Richard und seine Nurse weit entfernt zu sein schienen. Es war, als halte man ein Teleskop falsch herum an sein Auge. Während ich Richard beobachtete, schien er sich noch weiter zu entfernen. Weiter und immer weiter. Ein kleiner Junge im Sonnenschein, zu weit von mir entfernt, um ihn als mein eigen Fleisch und Blut zu erkennen. Und seine Stimme konnte ich nicht hören.

19. Kapitel

Die Neuigkeiten, die Dr. Pearce zum Dorf zurückbrachte, verstärkten die Angst der Leute noch, und als wir, in sommerlichen Gewändern aus Seide und Satin, zur Kirche fuhren, schienen ihre Gesichter noch verschlossener als sonst, wennschon ohne ostentativen Trotz. Celia und ich schritten mit rauschenden Schleppen voraus durch die Kirchentür, gefolgt von Harry und John sowie den beiden Nurses mit den Kindern. Julia versuchte es schon auf eigenen Füßchen, während Richard von Mrs. Austin getragen wurde.

Während ich den Mittelgang entlangschritt, in meiner raschelnden grauen Seide mit meinem neuen Bonnet aus geköpertem Satin, konnte ich eine aufkommende Unruhe spüren, einem Wind ähnlich, der an einem stillen Sommertag durch Baumwipfel fährt. Ich ließ meinen Blick zur einen und dann zur anderen Seite gleiten, und was ich sah, löste tiefen Schrecken in mir aus.

Überall in der Kirche sah ich die schwieligen Hände unserer Arbeiter: Hände, die sich zur Faust ballten, als auf den Steinen des Mittelgangs meine Schritte erklangen. Sie ballten sich zur schützenden Faust, wobei der Zeigefinger den Daumen kreuzte: das einhändige geheime Zeichen des Kreuzes, sicherer Schutz gegen eine Hexe.

Ich ließ mir nichts anmerken. Hocherhobenen Hauptes schritt ich in dem Spalier aus heidnischen Fäusten. Doch der Haß und die Furcht der Leute folgten mir wie ein Schwarm giftiger Insekten.

Ich betrat unsere Kirchenbank, hinter mir schloß sich die kleine Tür, und nun war von draußen von mir nicht viel mehr zu sehen als die graue Seidenschleife oben auf meinem Bonnet. Ich ließ meinen Kopf auf meine Hände sinken, wie im Gebet. Doch ich hatte keine Gebete. Ich ließ nur meine brennende Stirn auf meinen eiskalten Fingern ruhen und versuchte, den Anblick all jener schwieligen Hände zu vergessen, die gegen mich das geheime Zeichen des Kreuzes machten zur Abwehr des Bösen, das sie in mir verkörpert sahen.

Dr. Pearce hielt eine gute Predigt. Ich hörte mit ausdruckslosem Gesicht zu. Das Thema seiner Predigt war jene so wundersam doppelsinnige Weisheit, wonach man dem Kaiser geben solle, was des Kaisers ist, und Dr. Pearce wußte beredt darzulegen, was daraus folge: daß Zufriedenheit und Gehorsam gegenüber der Obrigkeit angezeigt sei – gleichgültig wie die Obrigkeit mit dem Volk verfuhr. Doch hörte wohl kaum einer der anwesenden Dörfler richtig zu, schon wegen der vielen störenden Geräusche. Ununterbrochen klang jener trockene Husten, der ein Zeichen von Schwindsucht ist, sowie jenes würgende Geräusch, wie es Kinder mit Brustfellentzündung von sich geben. Irgendwo hinten in der Kirche greinte unaufhörlich ein hungriges Baby. Und selbst in unserer separaten und bequemen Kirchenbank herrschte irgendwie kein Friede. Auch nicht, als uns der Vikar, den unsicheren Blick auf Harry und auf mich richtend, ausdrücklich versicherte, gemäß den Worten des Herrn könnten wir allzeit tun, was uns gefiel.

Nach dem Schlußpsalm schritt ich wieder den Mittelgang entlang, ein kleines Stück hinter Celia. Ich spürte die dumpfen haßerfüllten Blicke auf mir, sah auch jene wenigen warmen Blicke, die sich auf Celia richteten. Auf dem Platz vor der Kirche hielten wir uns nicht weiter auf, um den Pächtern guten Tag zu sagen. Irgendwie war diese Tradition zum Erliegen gekommen. Doch als wir zur Kutsche gingen, bemerkte ich aus dem Augenwinkel eine rundliche Gestalt, die von der Kirche her eilig auf uns zustrebte: Bill Green, der Müller.

»Miß Beatrice!« rief er. Und fügte, sich auf seine Manieren besinnend, hinzu: »Guten Tag, Squire, Lady Lacey, Doktor MacAndrew.« Während ich schon in der Kutsche Platz nahm, richtete er wieder seinen besorgten Blick auf mich.

»Miß Beatrice, ich muß mit Euch reden. Darf ich heute zur Hall kommen?«

»An einem Sonntag?« fragte ich und hob in sachtem Tadel die Augenbrauen.

»Ich habe schon an so manchem Arbeitstag vorgesprochen, doch Ihr seid zu beschäftigt gewesen, um jemanden aus Acre zu empfangen«, sagte Müller Green atemlos. »Ich muß mit Euch reden, Miß Beatrice.«

Immer mehr Menschen kamen aus der Kirche. Neugierig starrten sie zum Müller, dessen für gewöhnlich zufriedenes Gesicht jetzt so bekümmert wirkte. Er hatte eine Hand nach der Kutschentür gestreckt, flehte um ein paar Minuten meiner Zeit.

»Also gut«, sagte ich und spürte den Abscheu, der neuerdings in mir aufstieg beim Anblick eines mich anstarrenden Haufens armer Acre-Bewohner. »Also gut. Komm heute nachmittag um drei zur Hall.«

»Ich danke Euch«, sagte er, mit einer kleinen Verbeugung zurücktretend; und erst jetzt sah ich, daß seine früher so rundlichen Wangen ziemlich eingefallen waren. Auch hatte seine gesunde Gesichtsfarbe einer kränklichen Blässe Platz gemacht.

Ich brauchte seinen Besuch nicht abzuwarten, um zu wissen, was ihm auf dem Herzen lag. Seit Harry und ich die Entscheidung getroffen hatten, Wideacre-Weizen in die Ferne zu verkaufen, war mir klar gewesen, daß es zu diesem Gespräch kommen würde.

»Das wird mich ruinieren, Miß Beatrice«, sagte Müller Green am Nachmittag verzweifelt zu mir. »Wenn die Acre-Leute kein Korn haben, werden sie mir auch keins zum Mahlen bringen. Und wenn Eure Pacht-Farmer ihr Korn ungemahlen verkaufen, dann brauchen sie meine Mühle nicht. Miß Beatrice, wenn Ihr Eure ganze Ernte außerhalb verkauft, wo soll ich dann Getreide kaufen, das ich mahlen kann, um die Bäcker, die meine Kunden sind, mit Mehl zu versorgen?«

Ich nickte. Ich saß an meinem Schreibtisch, hinter mir das geöffnete Fenster zum Rosengarten. Die beiden Kinder spielten auf der Koppel, und John und Celia schlenderten langsam hinter ihnen her und beobachteten, wie Richards Nurse den Kleinen auf dem Fußweg in Richtung Wald steuerte. Celias cremefarbener Sonnenschirm glich einem sichtbaren Echo aus vielfältigen Blumenfarben. Ich hatte Müller Green am Pacht-Tisch Platz nehmen und ihm ein Glas Dünnbier servieren lassen, das jedoch unberührt vor ihm stand. Er drehte und wand sich auf dem Stuhl wie ein Hund voller Flöhe. Er war ein stolzer Mann, ein aufstrebender Mann. Jetzt allerdings war er ein Mann in Panik. Er sah seine Pläne und seinen neuerworbenen Wohlstand entschwinden wie das Wasser auf seinem Mühlrad.

»Miß Beatrice, wenn Ihr nicht wollt, daß das Mühlrad, das Euer Großvater gebaut hat, vollständig ruht; wenn Ihr vielmehr wollt, daß die Armen etwas zu essen haben; wenn Ihr wollt, daß das Leben hier überhaupt weitergeht, dann müßt Ihr, müßt Ihr einen Teil der Ernte für den lokalen Verkauf reservieren«, sagte er verzweifelt. »Miß Beatrice, da bin ich, da ist meine Frau, da sind unsere drei Burschen, die jetzt alle für die niedrigsten Löhne im Gemeindetrupp arbeiten. Falls wir die Mühle verlieren, so bedeutet das für uns das Arbeitshaus, denn wir werden obdachlos und ohne einen Penny sein.«

Wieder nickte ich, während ich gleichzeitig in Richtung Garten blickte. John und Celia hatten das Gatter zum Wald erreicht. Jetzt kehrten sie um, damit die Kinder das weiche Gras der Koppel unter ihren unsicheren Füßchen hatten. Ich sah, wie Celia nickte, wobei ihr Bonnet in eine Art emphatisches Wippen geriet; und ich sah, wie Richard sein Köpfchen in den Nacken legte und sie anlachte. Hören konnte ich sie nicht. Obwohl das Fenster geöffnet war, umgab mich ringsum eine Mauer aus Glas. Durch dieses Glas hindurch konnte ich mit ansehen, wie mein Sohn an der Hand einer anderen Frau gehen lernte; auch war es mir möglich, diesem guten Mann, diesem alten Freund, zu sagen, daß er tatsächlich ins Arbeitshaus gehen und in Armut und Leid würde sterben müssen; ihm auch zu sagen, daß mein Wille so stark und so unaufhaltsam war wie die Mahlsteine seiner Mühle. Und daß er und all die hungernden und verzweifelten Armen von Acre zermalmt und zermahlen werden sollten, damit jener kleine Junge, der gerade erst gehen lernte, hoch und stolz zu Roß über das Land reiten konnte.

»Miß Beatrice, erinnert Ihr Euch an die Ernte vor drei Sommern?« fragte Bill Green plötzlich. »Erinnert Ihr Euch, wie Ihr auf unserem Hof gerastet habt, während wir das Erntemahl bereiteten? Wie Ihr eine Stunde lang in der Sonne gesessen und auf das sich drehende Rad und das Gurren der Tauben gelauscht habt? Und wißt Ihr noch, wie die hochbeladenen Wagen den Weg herauf kamen und Ihr die Ernte hereingelassen habt in die Scheune – mit dem so jungen und stattlichen Squire hochoben auf dem Thron der Garben?«

Ich lächelte bei der Erinnerung. Und nickte unwillkürlich.

»Ja«, sagte ich sinnend. »Natürlich entsinne ich mich. Was für ein Sommer das doch für uns war! Und was für eine Ernte in jenem Jahr!«

»Damals habt Ihr das Land geliebt, und in Acre hätte jeder für ein Lächeln von Euch sein Leben gegeben«, sagte Bill Green. »In jenem Jahr und in dem Jahr davor wart Ihr für Acre eine Göttin, Miß Beatrice. Seitdem ist es, als ob Ihr unter einem Bann stehen würdet. Es ist alles falsch gelaufen. Alles. Alles.«

Ich nickte. Die Papiere vor mir auf dem Schreibtisch sagten eben dies: daß alles falsch gelaufen war. Daß der Ruin bevorstand. Und daß der Culler lauerte. Schon jetzt schien es, als könne ich, in der Sommerluft, eine Spur von Rauch riechen. Die Gläubiger präsentierten ihre Rechnungen schon vor dem Quartalstag, an dem sie normalerweise erst fällig wurden. Sie wußten genauso gut wie ich: Wideacre war überfordert. Und für die drohende Katastrophe hatten sie ein Gespür wie Tiere.

»Bringt es ins Lot!« Bill Greens Stimme war ein Flüstern, ein Flehen. »Nehmt's in die Hand und bringt es ins Lot, Miß Beatrice! Kommt zu uns zurück! Kommt zurück zum Land und bringt alles wieder ins Lot!«

Ich hörte die Worte, und es war wie ein kurzer, schöner Traum: Rückkehr, Heimkehr. Zum Land und zu den alten Zeiten. Mein Gesicht war starr wie eine Maske.

»Es ist zu spät«, sagte ich. »Das Korn ist bereits verkauft, die Abmachung ist gültig, ich kann da nichts tun. So ist es nun einmal mit den modernen Methoden, Müller Green. Es kann durchaus sein, daß dir der Ruin droht. Aber wenn ich die Landwirtschaft nicht auf dieselbe Art betreibe wie die anderen Landbesitzer, so steht auch für mich der Ruin ins Haus. Die Welt ist, wie sie ist, und jeder muß sehen, wie er darin zurechtkommt.«

Er schüttelte den Kopf: benommen, wie nach einem schweren Schlag.

»Miß Beatrice«, sagte er. »Es ist doch unmöglich, daß Ihr das seid, die da spricht und solche Dinge sagt. Ihr ward doch stets für die alte Art. Für die gute alte Art, wo Männer und Master Seite an Seite arbeiteten, und die Leute anständige Löhne bekamen und ein bißchen Land hatten und einen freien Tag, und wo man ihnen ihren Stolz ließ.«

Ich nickte. »Ja«, sagte ich. »Dafür bin ich einmal gewesen. Aber die Welt ändert sich, und so muß auch ich mich ändern.«

»Das sieht den hohen Herrschaften ähnlich!« rief er mit plötzlicher Bitterkeit. »Nur nicht zugeben, daß man mehr Geld rausschinden will auf Kosten der Armen. Immer heißt es: ›Die Welt ist, wie sie ist‹. Aber die Welt ist das, wozu Ihr und Euresgleichen sie macht, Miß Beatrice! Ja, Ihr alle – Landbesitzer, Squires, Lords – macht die Welt zu dem, was sie ist und wie sie ist. Und dann sagt Ihr: ›So ist die Welt nun mal, ich kann's nicht ändern‹. Als ob nicht Ihr darüber entscheidet, wie die Welt sein soll.«

Ich nickte, denn er hatte recht.

»Also gut, Bill Green, wie du meinst«, sagte ich kalt. »Ich will, daß Wideacre reich ist. Daß mein Sohn und Miß Julia erben sollen. Und falls dich das deine Mühle kostet, falls es jedes Leben in Acre kostet, so sei's drum.«

»So sei's drum«, murmelte er, als könne er nicht begreifen. Er tastete nach seinem Hut, seinem Sonntagshut, und setzte ihn auf.

»Guten Tag, Miß Beatrice«, sagte er wie ein Mann, der einen beklemmenden Traum durchlebt.

»Guten Tag, Müller Green«, sagte ich, ihn mit jener Anrede ehrend, auf die er schon bald keinen Anspruch mehr haben würde.

Benommen, wortlos, fast einem Halbtoten gleich, verließ er mein Büro.

Durch das Fenster sah ich, wie er sich mühsam auf den Apfelschimmel schwang, den er draußen angebunden hatte. Als er losritt, kamen gerade John und Celia von der Koppel in den Rosengarten, und John rief dem Müller irgend etwas zu. Bill Green tippte sich mit einer mechanischen Geste an den Hut, schien jedoch kaum etwas zu hören oder zu sehen. Die eher vierschrötige Gestalt saß wie erschlafft im Sattel. Müller Green hatte schlimme Neuigkeiten für seine Familie. Es würde viele Tränen geben.

John und Celia durchquerten langsam den Rosengarten und kamen dann herauf, über die Terrasse zu meinem Fenster. Celia blickte zurück, um sich zu vergewissern, daß Julia auf dem harten Kies an der Hand der Nurse ging.

»Was wollte Müller Green denn?« fragte John durch das offene Fenster, als hätte er ein Recht zu dieser Frage.

»Die Vorbereitungen fürs Erntemahl besprechen«, erwiderte ich in liebenswürdigem Ton.

»Wie denn – er ist, an einem Sonntag, eigens hierher gekommen, um mit dir ein Festmahl zu besprechen, das seine Frau bereits seit Jahr und Tag organisiert?« fragte John mißtrauisch.

»Ja«, erwiderte ich und fügte boshaft hinzu: »Ich habe ihm allerdings gesagt, daß Celia alle Arrangements übernehmen würde.«

Celia zuckte zusammen wie von einer Nadel gestochen, und ich hatte Mühe, meine Belustigung zu verbergen. »Nimm das doch in die Hand, Celia, ja? Du weißt über das Dorf jetzt ja so gut Bescheid. In etwa drei Wochen, an einem Samstag, sollte die Sache stattfinden. Das wäre wohl der beste Zeitpunkt. Du müßtest halt dann und wann mal etwas von deiner Zeit für die Vorbereitungen opfern, so daß schließlich für achtzig bis hundert Menschen frische Speise vorhanden ist, die natürlich auch frisch *gehalten* werden muß.« Sie sah mich so entgeistert an, daß ich ein kurzes, spöttisches Lachen nicht unterdrücken konnte.

»Entschuldigt mich, auf mich wartet Arbeit«, sagte ich zu den beiden. Und dann knallte ich das Fenster zu. Durch die Glasscheibe hindurch trafen Johns Blick und mein Blick aufeinander. Doch die Gestalt dort draußen schien sehr, sehr weit entfernt zu sein.

Mit meiner Voraussage, daß es eine gute Ernte geben würde, hatte ich recht gehabt; mich jedoch geirrt, als ich glaubte, daß es schon in drei Wochen so weit sein würde. Obwohl die Sonne so heiß schien, daß die Arbeit um die Mittagszeit zur Tortur wurde, und trotz des zusätzlichen

Schnittertrupps aus Chichester wurden wir erst in der zweiten Augustwoche fertig.

Mein Herz hätte jubeln müssen. Es war eine wundervolle Ernte. Wir begannen mit den Feldern auf dem ehemaligen Gemeindeland. In mächtiger Front bewegten sich die Schnitter voran, und die goldenen Halme fielen in breiten Schwaden. An den ersten Tagen erklang schon am frühen Morgen hier oder dort eine Stimme und sang eine frohe Weise – in seligem oder auch unseligem Vergessen: Denn der Geruch des reifen Korns, das Knistern der trockenen Halme, der Rhythmus arbeitender Leiber, all die reiche Fülle und Schönheit, sie waren in diesem Jahr nicht die Vorboten eines sorgenfreien Winters, eines Winters ohne Hunger.

»Ich hör' sie gern singen«, sagte Harry, während er sein Pferd neben mir zum Stehen brachte. Er kam gerade von einem Ritt in die Downs zurück. Ich war schon seit dem frühen Morgen auf dem Feld. Nur dies war im Augenblick für mich wichtig: daß die Ernte vom früheren Gemeindeland sicher eingebracht wurde. Darauf baute ich fest.

Ich lächelte. »Ich hör' sie auch gern singen. Das hält sie in Schwung, und sie kommen schneller voran.«

»Am liebsten möchte ich selber eine Sense in die Hand nehmen«, sagte Harry. »Es ist Jahre her, seit ich das letzte Mal gemäht habe.«

»Nicht heute«, warnte ich ihn. »Nicht auf diesem Feld.«

»Wie du meinst«, sagte er, begriffsstutzig wie so oft. »Sollen wir mit dem Dinner auf dich warten?«

»Nein«, erwiderte ich. »Aber sorge dafür, daß man in meinem Büro etwas für mich bereitstellt. Ich werde besser hierbleiben, wenn die Leute ihre Mittagspause haben, damit sie nach dem Essen auch prompt wieder an die Arbeit gehen.«

Harry nickte und ritt davon. Als er an den Schnittern vorbeikam, die gerade das Ende des Feldes erreicht hatten, verhielt er einen Augenblick und sah ihnen zu. Sie richteten sich auf, versuchten mit verzerrten Gesichtern ihre krummen, oft von Rheuma geplagten Rücken geradezubiegen und säuberten müde und mit bedrückten Mienen ihre Sensen und Sicheln. Dann formierten sie sich wieder zur Linie wie in den Dienst gepreßte Infanteristen. Fröhlich rief Harry ihnen »Guten Tag! Gute Ernte!« zu und schien nicht zu bemerken, daß keiner Antwort gab.

Sie arbeiteten bis Mittag, und doch war das Feld kaum erst zur Hälfte gemäht. Sie arbeiteten nicht langsam – das hätte ich sofort bemerkt, und das wußten sie. Außerdem war dies eine altgewohnte Arbeit für sie, und da es Erntearbeit war, das Einbringen jener Überfülle, die der schier unerschöpflichen Fruchtbarkeit des Landes entsproß, so empfanden sie eine tiefe Freude darüber, und diese Freude drückte sich in dem ebenso gleichmäßigen wie zweckmäßigen Rhythmus aus, mit dem sie ihre Sensen schwangen. Daß sie diesmal an der Fülle nicht teilhaben würden, drang während dieser Arbeit wohl kaum an ihr Bewußtsein.

Mir wurde, als ich das noch nicht einmal zur Hälfte abgemähte Feld sah, zum erstenmal so richtig klar, was für ein enormes Areal ich in ein Weizenfeld verwandelt hatte – und was für ein großer Triumph diese Weizenernte war.

Den Schnittern folgten die Frauen und die Kinder und die alten Leute. Geschickt banden sie lockere Halmbündel zu festen Garben, und die Frauen, wie stets realistischer als die Männer, dachten ganz gewiß daran, daß sie trotz all dieser Fülle und Überfülle leer auszugehen drohten. Und wenn sie sich unbeobachtet glaubten, steckten sie sich rasch die eine oder andere dicke Weizenähre in die Schürzentasche; oder aber sie kehrten mir zu diesem Zweck den Rücken zu und taten ganz harmlos, während sie sich die Taschen vollstopften. Arme Bettler! Meinen Falkenaugen entging nichts, durfte nichts entgehen.

Das Ährenlesen war stets so etwas wie ein Gewohnheitsrecht gewesen, zumindest war es eine alte Tradition, zu der auch gehörte, daß man dabei auf Wideacre besonders großzügig verfuhr. Das Land war so fruchtbar und die Ernte meist so üppig, daß die Squires mehr oder minder lächelnd über das Ritual einer solchen »Beraubung« hinweggesehen hatten.

Aber jetzt war das anders.

Weil es anders sein mußte.

Ich wartete, bis die kleinen Kinder vom Dorf her mit Krügen voll Ale und Körben mit Brot und Käse für ihre Eltern kamen. Ich sah, daß das Brot in diesem Jahr grauer war, als es hätte sein sollen. Das bißchen Mehl, über das man noch verfügte, war ausgiebig mit pulvrig zerstampften Erbsen und zermahlenen Rüben »gestreckt« worden. Käse, sonst normalerweise zu einer einfachen Mahlzeit gehörend, gab es so gut wie gar nicht. Und die Krüge enthielten, wie sich herausstellte, nur Wasser. Diese Männer und Frauen, die unter sengender Julisonne arbeiten mußten, hatten nichts zu essen als Graubrot und nichts zu trinken als Wasser. Kein Wunder, daß ihre Gesichter unter der Schicht aus Schweiß und Schmutz von kränklicher Blässe waren. Kein Wunder, daß in der Mittagspause nicht mehr gescherzt oder gelacht wurde, daß es weder Tratsch gab noch Tabak getauscht oder miteinander geteilt wurde. Die Männer stopften sich Weißdornblätter in die Pfeifen.

Nach einer halben Stunde rief ich, auf die Minute genau: »Also dann! Wieder an die Arbeit!«

Widerwillig erhoben sich die Leute, warfen mir mürrische Blicke zu, einige murrten, doch laut zu widersprechen wagte keiner. Die Sonne befand sich jetzt im Zenit. Oben im Sattel meines Pferdes spürte ich die mörderische Hitze. Ich betrachtete die Leute. Die Männer, krummrükkig, die Sensen in den Händen, sahen aus wie fiebernde Patienten, so bleich und so in Schweiß gebadet. Und blutleer wirkten auch die Frauen, fast wie Todkranke.

»Versammelt euch bei mir!« befahl ich plötzlich und wartete dann, bis sie, gefügig wie Vieh, mit hängenden Köpfen einen Halbkreis um mich bildeten. Mit fröstelndem Unbehagen bemerkte ich, daß die Leute meinen Schatten furchtsam mieden. Als Tobermory sich ein wenig bewegte, und mit seinem Schatten natürlich auch meiner, wich die Menge zurück wie ein wogendes Weizenfeld, damit mein Schatten ja niemanden berühre.

»Leert eure Taschen!« sagte ich scharf und sah, wie die Leute unter dieser neuen Schmach die Köpfe noch tiefer beugten.

»Leert eure Taschen!« wiederholte ich.

Sie standen stumm. Dann trat einer der jungen Männer, einer der Rogers-Burschen, einen Schritt vor.

»Das sind alte Rechte von uns Schnittern«, sagte er. »Man soll dem Ochsen, der da drischt, das Maul nicht verbinden. Wir aus Acre sind keine Ochsen, noch nicht. Wir sind Schnitter. Erfahrene Schnitter. Und eine Handvoll Korn, morgens und abends, die steht dem Schnitter zu.«

»Das ist vorbei«, erklärte ich kalt. »Jedenfalls auf Wideacre. Entweder leerst du jetzt deine Taschen aus, Jung-Rogers, oder du ziehst aus deinem Cottage aus. Entscheide dich.«

Wie betäubt starrte er mich an.

»Ihr seid nicht mehr gut zu uns, Miß Beatrice«, sagte er verzweifelt. »Früher, da habt Ihr die alte Art hochgehalten, aber jetzt seid Ihr schlimmer als die Antreiber in einem Arbeitshaus.«

Er griff in seine Hosentasche, holte ein rundes Dutzend Ähren aus der einen, zog ein weiteres Dutzend aus der anderen.

»Laß sie fallen!« befahl ich. Er gehorchte wortlos, hielt seinen Blick jedoch auf den Boden gerichtet, und ich hatte das Gefühl, daß er seine Tränen vor mir verbergen wollte.

»Und jetzt die anderen!« befahl ich ungerührt.

Sie traten vor: Einer nach dem anderen warfen sie ein paar Ähren auf die Erde, bis sich ein kümmerliches Häuflein gebildet hatte inmitten des weiten, üppigen Feldes. Ein unbedeutender Diebstahl. Höchstens genug Weizen für zwei oder drei Laibe Brot. Die Leute würden das Korn dazu verwendet haben, sich eine etwas dickere Suppe zu kochen; und um Brei zu machen für die Kinder oder etwas »Papp« für noch nicht entwöhnte Babys, die an trockenen Mutterbrüsten schrien. Alles in allem war es für das Dorf wenig mehr als nichts und für Wideacre ein Verlust von nur wenigen Pence.

»Das ist Diebstahl«, sagte ich.

»Schnitter-Rechte!« rief eine Stimme von hinten aus der Menge.

»Ich höre dich, Harry Sugget«, sagte ich, ohne meinen Blick oder meine Stimme zu heben. Und spürte, wie ein Schrecken die Menge durchfuhr, weil ich den Sprecher so sicher an seiner Stimme erkannt hatte.

»Dies ist Diebstahl«, wiederholte ich. »Ihr wißt, was Dr. Pearce über Diebstahl sagt: daß ihr dafür in die Hölle kommen werdet. Ihr wißt, was das Gesetz über Diebstahl sagt: daß ihr dafür ins Gefängnis kommen werdet. Hört jetzt, was ich über Diebstahl sage. Jeder, den ich mit einem Korn, einem einzigen Weizenkorn in der Tasche erwische, wird auf der Stelle dem Friedensrichter übergeben, und seine oder ihre Familie wird noch in derselben Nacht ohne Obdach sein.«

Die Menge atmete, stöhnte, ein gepreßtes »Oh« wurde laut, erstickte wieder.

»Und Ährenlesen darf Acre erst, nachdem der Arbeitshaustrupp aus Chichester für mich die erste Ährenlese auf den Feldern durchgeführt hat«, erklärte ich. »Danach dürft ihr dann kommen und sehen, ob noch was übrig ist.«

Wieder erklang ein Stöhnen, Ausdruck der Bestürzung. Aber keiner wagte etwas zu sagen. Hinten in der Menge sah ich eine junge Frau, Sally Rose, Mutter eines kleinen Babys, jedoch ohne sorgenden Ehemann. Sie hatte sich ihre Schürze über den Kopf gezogen und weinte still vor sich hin.

»Geht jetzt an die Arbeit«, sagte ich mit sanfterer Stimme. »Solange nicht gestohlen und gemogelt wird, werdet ihr mich auch nicht unfair finden.«

Der versöhnliche Klang meiner Stimme ließ sie aufhorchen. Vorsichtig forschten ihre Blicke in meinem Gesicht. Doch Furcht und Mißtrauen waren so groß, daß überall rings im Halbkreis geballte Hände das uralte Zeichen gegen Schwarze Magie machten.

Ich blieb den ganzen Tag draußen auf dem Feld. Aber wir wurden nicht fertig an diesem Tag. Es war eine unvorstellbare Ernte, das wahre Wunder einer Ernte. Auf dem praktisch unberührten Gemeindeland war das Korn gediehen, als habe sich die Erde dort seit langen Jahren danach gesehnt, gleichsam bekränzt zu werden vom hellen Gelb des sich wiegenden Weizens. Soweit meine scharfen Augen sehen konnten, versuchte keiner mehr, Weizenähren heimlich einzustecken.

Als am späten Nachmittag die Sonne rasch tiefer sank und ein Hauch von perlgrauem Dämmerlicht den Himmel mit den verstreuten rosafarbenen Wölkchen zu überziehen begann, sagte ich: »In Ordnung, ihr könnt jetzt aufhören.«

Sie säuberten ihre Sensen, verstauten sie sorgfältig auf dem Wagen. Dann schlüpften sie in ihre Jacken, die Frauen schlangen sich Tücher über die Schultern, und wortlos und mit müden Schritten traten sie den Heimweg an. Alle wirkten sehr erschöpft. Zwei Jungverheiratete gingen engumschlungen, doch lehnte sie den Kopf gegen seine Schulter in einer Geste, aus der eher Sympathie als Leidenschaft sprach. Die älteren Paare schritten gleichfalls Seite an Seite, doch so, als sei da eine Kluft zwischen ihnen, aufgerissen durch ein Leben endlosen Elends. Ich sah nach, ob sie die Zäune hinter sich versperrt hatten, und ritt dann in Richtung Fenny, um dort durch die Furt zu der Fährte zu gelangen, die nach Wideacre Hall führte.

Ich fühlte mich sehr ruhig. Ein guter Arbeitstag mit einem Ernteertrag, der meine Erwartungen bei weitem übertraf. Falls mir mein Glück treu blieb und das Wetter hielt, so hatte ich viel erreicht. Was für eine phantastische Aussicht, falls ein Jahr lang, nur ein Jahr, alles einigermaßen nach Wunsch lief.

Dann konnte ich mir die zudringlichsten Gläubiger vom Hals schaffen und meine übrigen Schulden zielstrebig und planmäßig verringern. Und sobald die Geldleute davon überzeugt waren, daß Wideacre im Kern gesund sei, würden sie auch aufhören, sich gegen mich zu verschwören. Diese Männer waren Füchse, nährten sich von sterbenden Tieren; töteten nur schwache Opfer. Konnte ich ihnen gegenüber mit einem Erfolg auftrumpfen, so würden sie sich sofort bereit zeigen, mir wieder großzügige Kredite zu gewähren.

Ich wandelte auf einem schmalen Grat zwischen völligem Ruin und totalem Triumph, und mein Erfolg hing davon ab, ob es mir gelingen würde, die Weizenernte einzubringen – mit einer mürrischen, unterernährten und insgeheim rebellischen Arbeiterschar: einzubringen, bevor das Wetter womöglich umschlug und das noch auf dem Halm stehende Korn verdarb. Gelang mir das, so war von seiten Mr. Gilbys eine Prämie für mich fällig, und Wideacre würde für mindestens ein weiteres Jahr sicher sein. Der Himmel schien vorläufig gutes Wetter zu verheißen, die Aussichten waren gut.

Ich fühlte mich ruhig. Aber nur in meinem Kopf, meinem Verstand, nicht in meinem Herzen. Mein Herz glich jetzt einem kantigen, scharfen Scherben aus Glas, und verzweifelt fragte ich mich, ob es wohl jemals wieder fähig sein könne, sich höher zu schwingen aus schierer Freude am Leben.

Mit ein, zwei Schnalzern trieb ich Tobermory zu größerer Eile, und bald sah ich zwischen den dunklen Baumstämmen die Lichter von Wideacre Hall.

»Meine Güte, wie spät du kommst«, sagte Celia, als Tobermorys Hufe auf den Boden des Stallhofes hämmerten. »Hattest du vergessen, daß wir heute abend zu Mama zum Supper fahren?«

»Verzeih mir, Celia«, sagte ich, während ich aus dem Sattel glitt und einem Stallburschen die Zügel zuwarf. »Das hatte ich tatsächlich vollkommen vergessen.«

»Ich kann dich bei ihr entschuldigen, wenn du willst. Aber wird es dir nicht langweilig sein, so allein zu Haus?« fragte sie. Die Kutsche wartete bereits auf die drei; Celias Augen forschten im Dämmerlicht in meinem Gesicht, in ihrem Abendgewand war sie eine exquisite Erscheinung; und hinter ihr standen Harry und John, zwei makellos gekleidete Gentlemen.

»Langweilig? Nicht im geringsten«, erwiderte ich. »Wie prächtig ihr ausseht! Ich würde Stunden brauchen, um mich in ein solches Musterbild der Eleganz zu verwandeln. Laßt mich in meinem Schmutz und erzählt mir morgen, wie's war.«

»Wir könnten die Kutsche für dich zurückschicken«, meinte Celia, während sie einstieg und vorsichtig Platz nahm.

»Nein, nein«, sagte ich. »Glaubt mir – ich bin zu müde und sehne mich nach meinem Bett. Und ich muß morgen in aller Herrgottsfrühe wieder raus, zu den Schnittern aufs Feld.«

Celia nickte, und Harry trat zu mir und küßte mich auf die Wange.

»Ich danke dir, mein lieber Squire von Wideacre«, sagte er.

Ich lächelte über den harmlosen Scherz, blickte jedoch voller Mißtrauen zu John, als dieser nach meiner Hand griff. »Dann möchte ich dir gleichfalls guten Tag und gute Nacht wünschen«, sagte er höflich. Seine scharfen Augen forschten in meinem Gesicht. »Du siehst müde aus, Beatrice.«

»Ich *bin* müde, hundemüde!« lachte ich. »Aber ein warmes Bad wird mich schon wieder zu mir bringen. Und ein gewaltiges Supper. Wenn ich mit euch käme, würde ich Lady Havering arm essen – um Haus und Hof.«

John lächelte, doch war sein Lächeln eher eine mimische Geste, und es spiegelte sich nicht in seinen Augen wider.

»Ja«, sagte er. »Es ist in diesem Jahr in der Tat eine hungrige Ernte.«

Er ließ meine Hand los, stieg zu Celia und Harry in die Kutsche, und das sonderbare Trio fuhr los. An diesem Abend sah ich sie nicht wieder. Ein heißes Bad tat meinem steifen und schmerzenden Körper gut, und nach einem ausgiebigen Mahl, das für zwei gereicht hätte, rollte ich mich in meinem Bett zusammen wie ein Igel zum Überwintern. Vor dem Einschlafen tauchte in meiner Erinnerung das Bild des jungen Rogers auf, der vor mir seine Tränen verbarg, und es gab mir tief innen einen Stich. Aber das ging vorüber. Nichts konnte mich berühren an diesen heißen, traurigen Tagen.

Am nächsten wie auch am übernächsten Tag sah ich nur wenig von Harry, Celia und John. Im August gingen die gesellschaftlichen Aktivitäten so richtig los, und das bedeutete Picknicks und Feste und Feiern in Chichester und Hochsommertrubel und späte Bälle. Für mich bedeutete der August: die Weizenernte und nichts als das. Tatsächlich wurde mir nur einmal bewußt, was für ein fröhliches Leben Celia führte, und das war, als sie die Kutschpferde haben wollte, die ich als Gespann für einen zusätzlichen Erntewagen vorgesehen hatte. Ich schlug ihr die Bitte ab, und Celia, lieb und süß und patent wie immer, sagte ohne das leiseste Stirnrunzeln das Picknick ab und veranstaltete statt dessen einen Sommerball für die Kinder. Sie lachte und tanzte in dem kleinen Sommerhäuschen im Rosengarten, während John eine Gitarre zupfte, und es schien ihr egal zu sein, ob sie auf einem Ball war oder allein mit den Kindern. Ich konnte ihr Gelächter und ihre leichten Schritte auf der Holzdiele hören, während ich an meinem Schreibtisch Rechnungen durchging und die Lohnzahlungen vorbereitete. Durch das Fenster konnte ich meinen Sohn und Julia und Celia sehen, wie sie sich bei den Händen hielten und den ganzen Nachmittag Ringelreihen tanzten.

Ich bedauerte es nicht, hinter dem Schreibtisch sitzen zu müssen, während sie draußen in der Sonne waren und mein kleiner Richard hüpfend seine Muskeln und Sehnen erprobte. Es machte mir nichts aus, jetzt verzichten und zusehen zu müssen. Denn meine Arbeit in diesem Sommer würde bedeuten, daß ich mir nie wieder Sorgen machen mußte, wenn ich das Fach mit den Rechnungen öffnete. Unter einem schweren Briefbeschwerer aus Glas lagen die furchtbaren, allvierteljährlichen Forderungen der Geldverleiher, Hypothekengläubiger und sonstigen Kreditgeber. Aber unter einem anderen Briefbeschwerer befand sich ein Blatt Papier mit einer Aufstellung der Erträge von den Weizenfeldern. Und an jedem sonnenprallen Tag, während die Arbeiter schwitzten und ihre Sensen schwangen und ich reglos auf Tobermory saß, im Schatten einer Hecke, falls ich eine finden konnte, gab Wideacre uns mehr und mehr von seiner Überfülle und verhieß Rettung. Falls das Wetter hielt und die noch ungemähten Felder ähnlich gute Erträge abwarfen, konnten wir sogar mit einem ganz kleinen Profit rechnen.

In diesem Sommer mußte ich, wohl oder übel, das Leben eines verhaßten Verwalters führen, doch im nächsten Sommer würde ich wieder so lustig und beliebt sein wie Celia. Eine Saison lang, nur eine einzige, mußte ich entweder in meinem Büro verbringen, um Gewinne zu zählen, oder aber draußen auf den Feldern, um dort nach dem Rechten zu sehen. Im nächsten Sommer würde ich wieder die bezauberndste Frau weit und breit sein. Im nächsten Jahr würde ich mit meinem Sohn Ringelreihen tanzen. Im nächsten Jahr würde nicht mehr diese wie lähmende Kälte in mir sein. Im nächsten Jahr würde ich wieder Freude empfinden, würde wieder glücklich sein: glücklich auf eine ebenso natürliche und unkomplizierte Weise wie Celia.

Es klopfte an die Tür, und Harry trat ein. Ich wollte meinen Augen nicht trauen: Harry hatte sich gleichsam als Schnitter verkleidet. Statt seiner dunklen Breeches aus Seide trug er jetzt Beinkleider aus grobgewirkter Wolle, sogenannte Trews. Von seinem Hemd aus feinstem Stoff und von seinen glänzenden Reitstiefeln aus allerbestem Leder hatte er sich jedoch nicht trennen können. Der Anblick, den er bot, mochte den Vorstellungen eines Malers von einem »Farmarbeiter« entsprechen. Für mich war es eine traurige, ja grausame Travestie des goldenen jungen Gottes, der vor nur drei Jahren die Ernte eingebracht hatte. Sein damals rundes und goldenes Gesicht war jetzt feist und von der Hitze gerötet. Seine ehemals klaren Züge, so fein gemeißelt wie die einer griechischen Statue, wirkten jetzt sogar im Profil verschwommen wegen der Hängebacken und des Doppelkinns. Und sein einst so geschmeidiger, gottähnlicher Körper war jetzt der Körper eines gewöhnlichen Mannes, der älter aussah, als seine Lebensjahre besagten: übergewichtig, vernachlässigt, schlaff.

Mit seiner Intelligenz verhielt es sich nicht anders. In seiner Jugend hatte er, mit seiner Büchervernarrtheit und seiner Wißbegier, Anlaß zu Hoffnung gegeben. Doch die Schule mit ihrer Verderbtheit hatte einerseits seinen Intellekt korrumpiert und andererseits seine perverse Lüsternheit geweckt. Er las nur noch wenig, in der Hauptsache Bücher über landwirtschaftliche Geräte oder »fashionable« Romane, mitunter auch Geschichten über körperliche Züchtigungen und Quälereien, welche er in einem Versteck oben auf dem Dachboden aufbewahrte.

Er schlug nach unserer Mama. Unangenehmen Szenen und unerfreulichen Wahrheiten ging er nach Möglichkeit aus dem Weg; er behauptete, dergleichen verursache ihm Brustschmerzen. Er liebte die Ausflucht, die bequeme Lüge, und zog es vor, sich mit den Unwahrheiten anderer abzufinden, statt der Realität ins Auge zu sehen.

In einer Hinsicht glich er jedoch mir. Wir waren beide schon früh zu Besessenen geworden. Ich hatte erkannt, daß das Wichtigste in meinem Leben das Land war, dieses Wideacre hier; Harry hatte erkannt, daß das Wichtigste in seinem Leben das Befriedigen seiner Lüste war, vor allem ständige Völlerei. Und so stopfte er sich mit Leckerbissen und Süßigkeiten voll und trank zuviel Port, wie sein rotes Gesicht verriet. In seiner Trägheit vernachlässigte er seinen Körper – und fand eben hierin einen Grund, sich züchtigen zu lassen, auf diese Weise seiner perversen Wollust frönend. Für die normale Liebe schien er nicht geschaffen.

Jetzt sah er aus wie ein Bettlerprinz auf einer Wanderbühne und wollte Seite an Seite mit schlecht bezahlten, hungrigen Leuten arbeiten. Eine typische Narretei, schierer Schwachsinn. Harry jedoch hielt das für eine glänzende Idee, wie sein strahlendes Gesicht bewies.

»Ich dachte, ich fahr' mal auf dem Wagen hinaus und helfe bei der Ernte mit«, sagte er. »Die arbeiten jetzt doch auf der Oak Tree Meadow, nicht?«

»Nein«, erwiderte ich. »Das war vor zwei Tagen. Jetzt sind sie auf der Three Gate Meadow. Ich komme später nach. Und halte die Augen offen, damit die sich nicht die Taschen mit Ähren vollstopfen. Du weißt ja, daß ich ihnen das verboten habe.«

»In Ordnung«, sagte Harry. »Ich werde wahrscheinlich bis zum Abend draußen bleiben. Sollte ich bis drei Uhr nicht zurück sein, schick doch bitte einen Stallburschen mit etwas Eßbarem für mich.«

Ich wollte ihm noch eine Warnung mit auf den Weg geben, unterließ es jedoch. Irgendwelchen Schaden würde er als »Gentleman-Farmer« kaum anrichten können. Vielleicht konnte seine Anwesenheit sogar Gutes bewirken. Mich haßten die Leute aus tiefstem Herzen, doch womöglich brachten sie Harry Sympathien entgegen. Schließlich war er mal so etwas wie ihr Erntegott oder -halbgott gewesen. Auch wenn er jetzt nicht gerade muskulös und bronzefarben wirkte: Stand er mit den Schnittern in einer Reihe, schritt die Arbeit vielleicht zügiger voran.

Harry zog davon, fröhlich etwas trällernd, das er für ein Volkslied zu halten schien; und kurz darauf hörte ich, wie draußen ein Fuhrwerk davonrumpelte, und sah durch das Fenster, daß Harry neben dem Fuhrmann saß und Celia und den Kindern Lebewohl winkte.

Noch vor Ablauf einer Stunde war er wieder da. Ich sah sein grimmiges Gesicht, als er an meinem Fenster vorbeifuhr, und schob einen Geschäftsbrief beiseite und wartete. Ich hörte das Knallen der Westflügeltür, und dann kam Harry ohne anzuklopfen in mein Büro.

»Sie haben mich beleidigt!« sagte er, und seine Unterlippe zitterte vor Zorn und Empörung. »Sie weigerten sich, mit mir zu sprechen. Sie weigerten sich, die alten Erntelieder zu singen. Sie gaben mir keinen Platz in der Reihe der Schnitter. Sie drängten mich nach außen gegen eine Hecke. Die Mädchen lächelten mir nicht zu. Und als ich sagte: ›Na, los doch, Burschen, laßt uns singen!‹ antwortete einer: ›Unser Lohn reicht nicht mal zum Atmen, Squire, geschweige denn zum Singen. Bringt erst mal Eure hartäugige Schwester dazu, uns anständig zu bezahlen, dann werden wir Euch eins zwitschern, daß es eine wahre Lust ist. Aber solange wir hungern, müßt Ihr Euch selbst was singen.‹ «

»Welcher war's?« fragte ich hastig. »Ich werde ihn davonjagen.«

»Weiß ich nicht«, sagte Harry verdrossen. »Ich kenne all die Namen nicht so wie du, Beatrice. Ich kann die Leute nicht mal auseinanderhalten. Für mich sehen sie alle gleich aus. Sie scheinen gar keine richtigen Gesichtszüge zu haben. Es war einer der älteren Männer, aber ich weiß nicht welcher. Die anderen werden's wissen.«

»Und es mir ganz gewiß auf die Nase binden«, sagte ich sarkastisch. »Und was hast du getan?«

»Na, was schon? Ich bin wieder zurückgefahren. Was hätte ich auch sonst tun sollen? Wenn man mich auf meinen eigenen Feldern nicht arbeiten läßt, dann kann ich auch zum Dinner wieder heimfahren. Man sollte meinen, daß die sich freuen, wenn ein Squire Seite an Seite mit ihnen arbeitet. Wenn sie auf die alte Art so große Stücke halten, dann können sie sich mehr Tradition doch gar nicht wünschen!«

»Sonderbar, wirklich«, sagte ich trocken. »Wie weit sind sie denn inzwischen?«

»Oh, darauf habe ich in meiner Aufregung gar nicht geachtet, Beatrice«, sagte Harry nervös. »Tut mir leid. In diesem Jahr gehe ich nicht wieder hinaus auf die Felder. Du wirst alles überwachen müssen, und falls es für dich zuviel ist, muß dir halt John Brien helfen. Es wäre einfach nicht richtig, wenn ich mich solchen Beleidigungen aussetzen müßte.«

»Schon gut«, sagte ich voll Überdruß. »Geh jetzt und stärke dich mit Kaffee und Gebäck, Harry. Danach wirst du dich besser fühlen.«

»Aber warum sprechen die so zu mir?« wollte er wissen. Hinter seiner denkentwöhnten Stirn schien es angestrengt zu arbeiten. »Ich meine, ist denen denn nicht klar, daß die Welt jetzt nun mal so sein *muß?*«

»Offenbar nicht.«

»Ich bekomme immer so Schmerzen in der Brust, wenn ich mich aufrege«, sagte Harry in weinerlichem Tonfall. »Eine solche Szene sollte mir erspart bleiben. Es ist an der Zeit, daß sie begreifen, daß wir unser Bestes für sie tun. Wenn ich an all die Arbeit denke, mit der wir sie versorgen. Und dazu noch all die Wohltätigkeit! Jede Woche gibt Celia Pfunde für Brot und Suppe für die Armen aus. Und dann noch dieses Erntemahl! Wird ein hübsches Sümmchen kosten. Und kein Dank dafür, weißt du, Beatrice!«

»Erntemahl?« sagte ich scharf. »In diesem Jahr wird's kein Erntemahl geben.«

Harry musterte mich verwundert. »Aber Celia organisiert es doch«, sagte er. »Du hattest sie ja doch wohl darum gebeten. Es soll wie gewöhnlich bei der Mühle stattfinden, sobald das letzte Feld abgeerntet ist und die Leute mit der letzten Fuhre kommen.«

»Nein!« sagte ich entgeistert. »Harry, das kann doch nicht sein! Bill Green steht vor dem Ruin und ist auf irgendwelchen Frohsinn bei seiner Mühle gewiß nicht erpicht. Es wird wieder so werden wie zu Weihnachten. Was kann da nicht alles geschehen! Außerdem kann man nicht wirklich vom Einbringen der Ernte sprechen, da wir das Korn ja bloß lagern und bei der Mühle dreschen, wonach dann Mr. Gilbys Wagen kommen, um alles weit fortzubringen.«

»Ja, aber das Erntemahl ist schon arrangiert, Beatrice«, sagte Harry verlegen. »Und das habe ich heute auch den Leuten erzählt, bevor sie mich so abweisend behandelten. Wenn wir jetzt absagten, würde das wohl alles nur noch schlimmer machen.«

Ich starrte Harry an. »Wie konnte Celia meine Worte nur so ernst nehmen!« sagte ich. »Das Erntemahl muß ausfallen.«

»Wie du meinst«, sagte Harry unsicher. »Aber es ist alles vorbereitet, und es scheinen auch alle kommen zu wollen. Es wäre vielleicht einfacher, sich damit abzufinden, als das Mahl so plötzlich abzusagen.«

Ich grübelte angestrengt.

»Nun ja«, sagte ich schließlich. »Wenn alles vorbereitet ist und Müller Green keine Einwände hat, dann sollten wir das Mahl wohl am besten stattfinden lassen. Aber irgendwie ist's sonderbar – wie etwas mitten zwischen der alten Art und der neuen.«

»Wenn der Weizen erst einmal eingebracht ist, kommen vielleicht alle in Stimmung, und es gibt ein gutes Fest«, sagte Harry. »Vielleicht sogar so wie in dem wundervollen Sommer damals.«

»Das bezweifle ich«, sagte ich. »So etwas wiederholt sich niemals. Wideacre ist jetzt so ganz anders als damals, und du bist es auch. Was mich betrifft, so würde ich mich wohl kaum wiedererkennen.« Unwillkürlich hielt ich inne, weil meine Stimme so traurig klang. »Jedenfalls«, fuhr ich energischer fort, »wenn alles vorbereitet ist, muß es auch stattfinden. Und wir können ja frühzeitig aufbrechen, falls es irgendwelche Unannehmlichkeiten gibt.«

Harry ging, um sich umzukleiden, und als wir dann alle beim Kaffee saßen, schien er sich wieder leidlich beruhigt zu haben, doch nutzte er die Gelegenheit, der mitfühlenden Celia von der erlittenen Unbill zu berichten. Ich sah, daß John ihr einen aufmunternden Blick zuwarf, und prompt reagierte sie anders, als Harry es sich erhofft hatte: Die Verzweiflung habe die Männer zu ihren Grobheiten getrieben, meinte sie.

Sofort plusterte Harry sich auf.

»Höre, Celia«, sagte er und schwenkte seinen dicken Zeigefinger gegen sie. »Das mußt du schon Beatrice und mir überlassen, wie wir das Land verwalten. Wenn die in Acre ihren Gürtel mal ein paar Tage lang enger schnallen müssen, dann werden sie schon keinen schweren Schaden erleiden. Das wird ihnen nur den Appetit schärfen für dein Erntemahl! Glaub mir, Beatrice und ich wissen das am besten.«

Celia öffnete den Mund, um zu antworten, besann sich dann jedoch. Unter halbgesenkten Augenlidern warf sie John einen raschen Blick zu. Mehr brauchte es nicht zu einer perfekten Verständigung zwischen beiden. Jetzt griff John in die Debatte ein. Er wußte instinktiv, daß Celia an einem Punkt angelangt war, wo sie Harry nicht noch mehr herausfordern durfte.

»Celia hat recht, weißt du, Harry«, sagte John. In seinem Streben, meinem Bruder gleichsam die Augen zu öffnen, unterdrückte er seinen Abscheu gegen ihn.

»In letzter Zeit sind Celia und ich viel in Acre gewesen«, sagte John, und seine Stimme besaß wieder ganz die frühere Autorität. »Wir halten es so, daß die von uns verteilten Lebensmittel zuerst den Familien mit kranken Kindern zukommen, sodann den alten Leuten und dann den anderen bedürftigen Familien. Aber es liegt natürlich auf der Hand, daß wir de facto nichts ausrichten können, solange es keine langfristige Lösung gibt für das Problem der Armut auf Wideacre.«

»Das bestreitet ja niemand!« sagte Harry. »Es ist eine harte Zeit für uns alle, die wir auf das Land angewiesen sind.« Er griff nach einem Gebäckstück und schob es sich energisch in den Mund.

»Die Leute in Acre machen mehr durch als nur eine ›harte Zeit‹ «, sagte John geduldig. »Falls nichts geschieht, wird's dort viele Hungertote geben. Was wir an Lebensmitteln zur Verfügung gestellt haben, kann zwar einigen Familien helfen, doch leiden so viele Not, daß wir machtlos sind.«

»Daran tragen die selbst Schuld, weil sie ja unbedingt große Familien haben wollten«, sagte ich kalt. »Da werden Kinder in die Welt gesetzt, ohne daß man weiß, wie man sie ernähren soll. Was ihr beide da tut, ermutigt diese Leute nur, sich wie im Schlaraffenland zu fühlen. Wenn ihr an sie kostenlos Lebensmittel verteilt, werden sie niemals begreifen, wie es in der wirklichen Welt zugeht.«

John warf mir einen harten Blick zu. »Diese deine wirkliche Welt, Beatrice«, sagte er in nüchternem Tonfall, »das ist die Welt, wo man jahrhundertelang sämtlichen Arbeitskräften aus Acre Arbeit gegeben hat – um sich dann plötzlich so mir nichts dir nichts zu weigern, allen diese regelmäßige Arbeit zu geben und sie somit auf herkömmliche Weise, das heißt regelmäßig, zu entlohnen. Habe ich recht?«

Ich schwieg.

»Diese wirkliche Welt ist eine Welt, in der es sich nicht verhindern läßt, daß Arme wie Reiche Kinder zeugen, nur daß selbst die Bastarde der

Vornehmen in Seide gekleidet gehen und sich auf fette Erbschaften freuen können, während die ehelichen Kinder der Armen hungern müssen – richtig?«

Auf welche Bastarde, im Inzest gezeugt, er anspielte, lag auf der Hand. Auch diesmal blieb ich stumm und warf nur einen angewiderten Blick auf Harry, der sich die Finger ableckte und John ansah.

»Kein Wunder, daß sie die wirkliche Welt nicht verstehen«, sagte John, »denn auch ich verstehe sie nicht, diese deine wirkliche Welt. Obwohl ich in England und Schottland weit herumgekommen bin, kann ich mich an nichts erinnern, das sich mit Wideacre auch nur im entferntesten vergleichen läßt. In weniger als einem Jahr ist dieses prachtvolle Gut, eines der profitabelsten in der ganzen Grafschaft, völlig heruntergewirtschaftet worden, so daß es sich jetzt in den Händen der Gläubiger befindet und die Armen hungern müssen. Welches Bild ist denn nun wirklich? Ist das Realität, was du einmal geerbt hast, oder ist Realität das grauenvolle Zerrbild, zu dem du dieses Erbe hast verkommen lassen?«

»Also hör mal«, sagte Harry, endlich auf meinen fordernden Blick reagierend, »ich finde es nicht richtig, daß du Beatrice kritisierst, bloß weil wir uns jetzt moderner Bewirtschaftungsmethoden bedienen wie jedermann sonst. Natürlich streben wir maximale Profite an. Beatrice tut nur das allgemein Übliche.«

»Mir scheint, daß einem die Wahl bleibt. Daß man selbst die Entscheidung treffen kann – und muß«, sagte John, und nach wie vor klang seine Stimme so aufreizend kühl und beherrscht, als beteilige er sich an einer wissenschaftlichen Diskussion. Ich ging zum Kamin, stützte einen Arm auf den kühlen Sims und beobachtete John.

»Man hat die Wahl zwischen zwei Dingen. Entweder entscheidet man sich dafür, soviel Geld wie nur möglich zu machen; oder aber man meint, ein wenig Anstand anderen Menschen gegenüber sei durchaus angebracht. Mehr noch: nicht nur, daß man sie nicht bis zum letzten ausnutzt – man kann sogar versuchen, ihnen das Leben ein wenig erträglicher zu machen. Du und Beatrice – verzeih mir, Harry – scheint darauf versessen zu sein, auf Gedeih und Verderb Profit zu machen. Ich kann nicht behaupten, daß ich eine solche Haltung bewundere.«

Der Blick, mit dem er Harry und mich musterte, war so voller Ekel, daß ich mich irgendwie schmutzig fühlte. Aber ich dachte nicht daran, so etwas ungerührt hinzunehmen.

»Also wirklich, John«, sagte ich mit einem übertriebenen Seufzer. »Als Sohn eines Nabobs magst du dir den Luxus eines Gewissens ja leisten können, weil es ein anderer war, der die Schmutzarbeit tat, welche dir Reichtum bescherte. Für dich ist das Leben in üppigstem Luxus von frühauf eine Selbstverständlichkeit gewesen. Deshalb ist es für dich auch leicht, Reichtum zu verachten.«

»In der Tat, ich *war* mal reich«, sagte er, ein Glitzern in den Augen. »Und am besten betest du darum, daß ich Reichtum tatsächlich verachte, Beatrice. Denn ich besitze keine Reichtümer mehr.«

Celia sprang auf, besann sich dann jedoch. Sie hatte aus dem Zimmer stürzen wollen, aber sie zögerte und blickte zu Harry.

»Wir scheinen alle über ganz verschiedene Dinge zu sprechen und sogar zu streiten«, sagte sie traurig. »Aber während wir hier reden, werden die Zustände in Acre immer schlimmer. Harry, ich flehe dich an – hör auf mit dieser wilden Jagd nach Profit. Oder gib den Armen wenigstens die Möglichkeit, zu einem vernünftigen Preis Wideacre-Weizen zu kaufen. Wir wissen doch alle, daß es verkehrt ist, die hiesigen Märkte nicht zu beliefern. Dein Papa hat sich immer daran gehalten. Und du hast versprochen, das gleichfalls zu tun. Bitte, bitte, verkaufe Weizen an das Dorf.«

»Jetzt hör mal her, Celia«, sagte Harry und versuchte durch Lautstärke wettzumachen, was ihm an natürlicher Autorität fehlte. »Vorwürfe, Bezichtigungen – was soll das? Ziehst du gar meine Ehre in Zweifel?«

»Oh nein«, sagte sie, »aber...«

»Das genügt!« schnitt ihr Harry das Wort ab. »Beatrice bewirtschaftet Wideacre so, wie wir beide es für richtig halten. Auch im nächsten Jahr wird das so sein, wenn die Leute von Acre erst einmal ablassen von ihrem Trotz. Diese Unterhaltung ist hiermit beendet.«

Celia blickte vor sich hin und schwieg. Mir schien, daß, einem einzelnen Regentropfen gleich, eine Träne über ihre Wange rann; aber vielleicht irrte ich mich. John beobachtete sie voller Mitgefühl und blieb gleichfalls stumm. Ich wartete, bis ich sicher war, daß weder er noch Celia auf das Thema zurückkommen würden. Dann ging ich zurück zu meinem Büro. Es gab genug für mich zu tun.

Endlich schienen die Aussichten rosiger zu sein. Die Felder wurden schneller abgemäht als je zuvor, und ich war Tag für Tag draußen, fiebernd vor Ungeduld: Wenn doch die Ernte nur erst eingebracht wäre!

Die unglaubliche Überfülle verhieß Hoffnung, für Wideacre und für mich. Die Chance, frei zu sein, völlig frei von den Gläubigern, schien so nah. Doch mein Gespür sagte mir, daß ein Sturm in der Luft lag. Hinter dem Horizont braute sich etwas zusammen. Ich fühlte ein ungutes Prikkeln auf der Haut. Der Himmel war klar, so klar und so rein, wie ich ihn mir nur wünschen konnte. Aber ich konnte spüren, daß sich irgendwo hinter dem Horizont die Wolken ballten, gegen mich.

Die Tage waren heiß, allzu heiß. Die Hitze hatte das normale Sommermaß längst überschritten, und die Tage waren schwül: drückend, irgendwie bedrohlich. Auf Tobermorys Hals zeichneten sich selbst dann Schweißflecken ab, wenn er im Schatten stand und die Fliegen seinen Kopf umsurrten. Für die Leute auf dem Feld wurde die Arbeit mit jedem Tag qualvoller. Und eines Tages wurde einer der Schnitter ohnmächtig – Joe Smith, der Sohn des alten Giles. Er stürzte auf seine eigene Sense, und sofort versammelten sich die anderen Schnitter um ihn. Ich ritt zu der Gruppe. Er hatte sich eine häßliche Wunde zugezogen. Fast bis zum Knochen klaffte das Fleisch auf.

»Ich werde nach dem Arzt in Chichester schicken«, sagte ich in einer Anwandlung von Großmut. »Fürs erste kann Margery Thompson die Wunde verbinden, und wenn dann der Arzt kommt, kann er sie nähen.«

Joe blickte zu mir empor; sein Gesicht war kalkweiß, seine dunklen Augen wirkten eigentümlich verschleiert.

»Könntet Ihr nicht Dr. MacAndrew holen lassen, Miß Beatrice?« bat er inständig.

»Wenn du unbedingt Dr. MacAndrew haben willst«, sagte ich in jähem Zorn, »dann sieh zu, daß du auf den Wagen kommst. Der fährt zur Hall. Und dort wirst du wohl deinen geliebten Dr. MacAndrew finden. Solltest du ihn nicht antreffen, so wird er sicher in Acre sein, um gute Taten zu vollbringen. Dann mußt du halt auf dem Stallhof auf ihn warten. Hoffentlich verblutest du nicht, bevor er zurückkommt.«

Ich riß Tobermory herum und ritt wieder zu der schattenspendenden Hecke. Von dort beobachtete ich, wie man Joe auf den Wagen half. Wie sich zeigen sollte, hatte er Glück. John befand sich im Garten, als der Wagen auf den Stallhof fuhr. Er kümmerte sich sofort um den Verletzten. Er behandelte ihn umsonst und mit solchem Erfolg, daß Joe bereits zwei Tage später wieder auf dem Feld arbeiten konnte, wenn auch nicht als Schnitter. Natürlich machte das John bei den Leuten noch beliebter. Und ich hatte in Joe einen weiteren Feind.

Es war, als sei ich von Feinden eingekreist. Den ganzen Tag lang draußen auf einem Feld voller Männer, die mich haßten, und Frauen, die mich fürchteten. Und nachts schlief ich mit nichts als einer Tür zwischen mir und dem Mann, der mir den Tod wünschte. Und jeden Morgen wachte ich auf mit dem Bewußtsein, daß irgendwo draußen auf den Downs ein weiterer Feind lauerte, der meinen Tod plante, der sich bereitmachte für mich.

Sogar das Wetter schien mich zu hassen. Die Hitze hielt an, und es gab keinen Wind, die Weizenhalme raschelten nur trocken, bevor sie niedergemäht wurden. An den heißen, schwülen Tagen herrschte tiefes Schweigen. Die Männer sprachen nicht draußen auf den Feldern; die Frauen sangen nicht. Und selbst die Kinder, die Halme zusammenwanden zum Garbenbinden, unterhielten sich miteinander im Flüsterton. Und wenn ich auf Tobermory auf sie zuritt, so wichen sie mit offenen, stummen Mündern vor mir zurück.

Nicht einmal die Vögel sangen bei dieser Hitze. Man hätte meinen können, daß sie aus Mitgefühl schwiegen, daß sie stumm blieben aus Sorge um die geschundenen Menschen. Erst wenn es bei Sonnenuntergang und im ungewissen Dämmerlicht kühler wurde, hoben sie an, doch hatten ihre Stimmen etwas Unheimliches, ähnlich dem Winseln oder Jaulen eines geprügelten Hundes.

Selbst das Licht erschien mir irgendwie falsch. Und so irgendwie begann ich zu glauben, daß es meine eigenen Augen und überhaupt meine eigenen Sinne waren, die trogen und mich täuschten; die voll Hinterlist die Furcht vor einem Sturm in mir schürten, während ich mich verzweifelt nach Ruhe und Frieden sehnte. Aber mochte ich auch dem Prickeln auf meiner schweißbedeckten Haut mißtrauen, ebenso wie dem feuchten Geruch der schweren Luft – beim leuchtenden Licht des Tages, bei seiner grellen Helle, war ein Irrtum nicht möglich. Es stach mir in die Augen. Und es war nicht jenes helle, hohe Gelb, wie es die Hitze eines Wideacre-Hochsommers mit sich brachte; es war ein Gelb mit einer, im Kern kränklich-dunklen Tönung. Ein bläuliches Licht, purpurfarben fast, schwebte über uns. Eine Sonne wie eine rote Wunde in einem gelblichen, irgendwie vergilbenden Himmel. Wenn ich morgens die Augen öffnete, so überlief mich ein Schauer, als ob ich fieberte. Ohne Freude kleidete ich mich an. Der Himmel über mir glich einem Backofen, und der Boden unter meinen Füßen war hart wie Stein. Der Fenny führte nur noch so wenig Wasser, daß ich sein Plätschern vom Fenster meines Schlafzimmers aus nicht mehr hören konnte. In der dörrenden Hitze schien alles zu schrumpfen. Ich selbst fühlte mich wie ausgetrocknet. Einem welken Blatt schien ich zu gleichen; oder eher noch einer ausgetrockneten Muschel, in der alles Leben erstorben ist.

Und so trieb ich die Arbeiter zu immer größerer Eile. Morgens war ich als erste draußen auf dem Feld, abends kehrte ich als letzte heim. Ich trieb die Leute an, wie man ein träges Pferd antreibt, und gewiß würden sie sich dagegen gewehrt haben, hätten sie den Mut dazu gehabt und die Kraft. Aber Kraft hatten sie kaum noch. Hielten die Schnitter einmal inne, um sich den Schweiß von der Stirn oder aus den Augen zu wischen, so hörten sie mich sofort rufen: »Bewegt euch, Schnitter, bewegt euch!« Dann packten sie ächzend den Sensenstiel, der, glatt von Schweiß, selbst in ihren schwieligen Händen schmerzhaft scheuerte. Aber sie murrten nicht, muckten nicht gegen mich auf. Sie hatten nicht einmal genug Atem, um mich zu verfluchen. Sie arbeiteten, als wollten sie nichts als dies: die elende Schinderei hinter sich bringen, um dann zu warten bis der Winter kam mit Kälte und noch mehr Hunger und raschem Tod.

Und ich saß hoch oben auf dem schwitzenden Pferd, mit bleichem Gesicht und überanstrengten Augen. Auch ich kannte sie, diese Sehnsucht nach dem Ende. Ich fühlte mich tief erschöpft. Ich war todmüde nach all den Tagen voller Sorge, an denen ich den unerbittlichen Wachhund spielte, mich selbst genauso anstachelnd wie die Leute. Und da war noch etwas, tief in mir, wie eine schleichende Krankheit, die mir zuzuflüstern schien: »Alles umsonst. Alles umsonst.« Sinnlose Worte, doch voller Tücke.

Aber wir waren ja fast fertig. Es kam der Augenblick, wo die Schnitter zum letztenmal ihre Sensen und Sicheln schwangen, um dann keuchend niederzusacken im wie luftlosen Schatten der Hecke. Die Frauen und die alten Leute fuhren fort, die Garben zusammenzustellen. Bald schon würde sich in der Mitte ein großer Haufen, eine Art Pyramide erheben, bereit für die Erntewagen.

Margery Thompson, die im Pfarrhaus gewesen war, als John Richard das Leben gerettet hatte, saß schon auf der Bank bei der Hecke, und als ich sah, was sie tat, gab es mir einen eigentümlichen Stich. Auf ihrem Schoß hatte sie einen Haufen Halme, die sie zu einem ganz bestimmten Gebilde zusammenwand.

Es ist auf Wideacre Tradition, daß die letzte Garbe – die letzte der gesamten Ernte – zu einem »Korn-Baby« oder einer »Korn-Puppe« geformt wird. Diese Aufgabe übernimmt die geschickteste der alten Frauen, und die Puppe repräsentiert den »Ernteführer«. Oft hatte ich meine Schleifen dafür hergeliehen: um den magischen Kreis zwischen der Ernte und mir vollkommen zu machen. Und triumphierend hatte dann die kleine Kornpuppe Beatrice hochoben auf den Garben gethront. In dem Jahr, in dem Harry die Ernte eingebracht hatte, war das »Korn-

Baby« eine obszön aussehende Strohpuppe gewesen mit ein paar Lumpen als Hemd sowie, zwischen den Halmenbeinen, einer grotesk aufgerichteten Weizenähre. Alle hatten sich geschüttelt vor Gelächter. Harry hatte diese Puppe grinsend mit nach Hause genommen und sorgfältig vor Mama versteckt gehalten. Die Kornpuppen, die man für mich gemacht hatte, hingen in meinem Büro an der Wand: eine Erinnerung und Mahnung, über der Welt aus Papier, Ziffern und Zahlen nicht die wirkliche Welt zu vergessen, die Welt des Korns und der Göttinnen der fruchtbaren Erde.

Aber meine Sorgen und meine Geldgier hatten mich die alte Tradition der Kornpuppen vergessen lassen. Doch als ich sah, wie die geschickten Finger der alten Frau so flink und gekonnt mit den Halmen hantierten, wurde plötzlich Angst in mir wach, und ein Instinkt warnte mich, daß da eine neue Bedrohung lauerte: daß sich irgendein Zauber gegen mich zusammenbraute.

Lange war der Himmel klar und ohne jede Trübung gewesen. Jetzt kamen die Wolken gleichsam aus ihrem Versteck. Am Horizont türmten sie sich zu mächtigen Wällen, blockierten das Sonnenlicht, so daß schon früh die Dämmerung kam. Nun, das Wetter hatte sich zu meinem Glück lange genug gehalten. Jetzt brauchten nur noch plangemäß die Wagen zu kommen, um Wideacres Korn sicher zum reichsten Markt der Welt zu transportieren – dann mochte der Regen von mir aus in Fluten herabstürzen und Acre und ganz Wideacre in den Fenny schwemmen. Ich hatte getan, was ich mir vorgenommen hatte, und allein das schien mir wichtig in diesem Augenblick.

Ein leichter Wind kam auf, kaum mehr als der Hauch einer Brise, und es war, als glitte über Tobermory ein Frösteln hinweg. Doch der Lufthauch brachte keine Kühle, keine Erfrischung, er glich eher dem Odem einer Bedrohung. Er war heiß, als käme er aus fernen Landen, aus Indien oder Afrika: ein Hitzestrom, schwanger von Schwarzer Magie. Margery Thompson hielt die Kornpuppe auf ihrem Schoß und murmelte, als spräche sie zu einem richtigen Baby, und gluckste leise vor sich hin. Die anderen waren mit dem Auftürmen der Garben fertig und beobachteten Margery Thompson neugierig. Die Garben bildeten in der Mitte des Feldes eine unregelmäßige Pyramide, die jetzt gleichsam darauf wartete, von der Kornpuppe gekrönt zu werden: Symbol für das Ende der Ernte.

»Da, 's ist fertig«, sagte Margery und schleuderte die Strohpuppe hoch in die Luft und tat das so zielsicher, daß das Ding genau auf die

Spitze des Haufens fiel. Die Schnitter, ihre scharfen Sicheln in der Hand, traten traditionsgemäß ein wenig näher.

Den Regeln entsprechend, mußten sie nun von einer bestimmten Entfernung aus ihre Sicheln gegen die Strohpyramide schleudern, und es war Bill Forresters Sichel, die in der Puppe steckenblieb. Er trat auf den Strohhaufen zu, um die Puppe zu holen und mir zu bringen. Aber als er das Gebilde dann in der Hand hielt, wurde er rot bis unter die Haarwurzeln und warf das Ding seinem Nachbarn zu, der es sofort weiterbeförderte. Und so flog es wie ein Spielball von Hand zu Hand, die ganze Reihe der Schnitter entlang, bis irgendeiner, ich weiß nicht mehr wer, es in meine Richtung schleuderte. Tobermory scheute ängstlich, und ich straffte mit einer Hand die Zügel und fing, instinktiv und ohne einen weiteren Gedanken, den Gegenstand auf, den ich lieber hätte fallen lassen sollen.

Es war nicht nur eine Kornpuppe, es waren zwei. Zwei miteinander kopulierende Figuren. Es war »das Tier mit den zwei Rücken«, das Mama vor dem Kamin gesehen hatte. Eine der Puppen hatte um den Hals ein graues Schleifenband, mir offenbar irgendwann entwendet, und die andere war mit einem Stückchen feinem Hemdenstoff als Harry gekennzeichnet. Die Weizenähre, die seinerzeit kaum mehr als ein lockerer Scherz gewesen war, wirkte jetzt durch und durch obszön: Sie steckte zwischen den Strohbeinen der anderen Puppe. Diese Puppe stellte mich dar, die andere Harry. Das Geheimnis war kein Geheimnis mehr.

Wie erstarrt saß ich auf Tobermory: gelähmt durch den grauenvollen Anblick dieses Gebildes aus gutem Wideacre-Weizen, das jedoch in meiner Hand zu stinken schien. Was aber hatte den Anstoß hierzu gegeben? Klatsch, Tratsch, übles Gewäsch? Nein, das war es nicht, das sagte mir mein Instinkt. Irgend etwas anderes mußte es gewesen sein, etwas, das sich nicht wirklich beschreiben ließ. Etwas, das unbenennbar war und doch so sicher wie das Gespür für einen heraufziehenden Sturm. Margery Thompson, dieses kluge alte Weib, hatte mit ihrem inneren Ohr gelauscht – und dann, in Gestalt der Doppelpuppe, einen Scherz gemacht, der ins Schwarze traf. Die Wahrheit war gleichsam von selbst zu ihr gekommen. Sie hatte den Geruch von Wollust und Inzest gewittert, der an meinen Röcken, der an mir haftete: eben das, was Celia fürchtete und was auch schon Mama geahnt hatte.

Margery Thompsons Finger hatten wie von selbst aus Wideacre-Stroh dieses Schreckensgebilde geformt, dieses Symbol für alles, was auf Wideacre schlecht war und verderbt.

Ich riß an den Strohleibern und ließ sie zu Boden fallen, unter Tobermorys Hufe.

»Ihr widert mich an«, sagte ich. »Ihr seid Abschaum. Ihr verdient es, wie Schweine behandelt zu werden, denn ihr denkt wie Schweine. Bisher habe ich euch so gut behandelt, wie ich nur konnte. Doch von jetzt an werde ich nichts fühlen, nichts für euch empfinden. Wenn ihr Krieg wollt, so soll mir das recht sein. Ich werde alles Gemeindeland einzäunen. Ich werde sogar Acre-Dorf umfrieden und in Ackerland verwandeln. Ich werde mein Land von euch befreien. Und das gute Land wird rein werden ohne eure stinkenden Cottages und eure gräßlichen Kinder und eure schmutzige Phantasie.«

Die Männer hatten sich inzwischen wieder niedergekauert, und ich hörte, wie die Frauen seufzten. Aber sie weinten nicht, und kein Wort wurde laut. Die träge Luft sog allen das letzte Quentchen Kraft aus dem Leib.

»Geht jetzt«, befahl ich. Meine Stimme war voll Haß, klang jedoch brüchig wegen der Trockenheit meiner Kehle. »Geht. Und merkt euch: Wenn ich heute zum Erntemahl komme, dann ist der Mann, der nicht seine Mütze vor mir zieht, und die Frau, die nicht vor mir knickst, auf der Stelle ohne Arbeit und ohne Obdach.«

Sie seufzten wieder, wortlos, doch ich riß Tobermory herum und ließ sie dort auf dem Stoppelfeld zurück. Die Erntewagen schwankten über die Felder auf die Garbenhaufen zu, und ich sah, daß sich im vordersten Wagen John Brien befand.

»Ich werde mich jetzt umkleiden«, sagte ich. »Zur Mühle komme ich später.«

»Beim Erntemahl könnte es Ärger geben«, meinte er mit sorgenvoller Miene. Ich betrachtete ihn. In seinem Gesicht, dem Gesicht eines Stadtmenschen, fand sich stets eine Spur von Furcht vor dem Land. Jetzt hatte es eine grünlich-gelbe Färbung: Widerschein vom ungewissen Licht des Sturms. Irgendwo hinter mir war ein Knistern und Knacken, dann ein gewaltiges Krachen, und Briens Gesicht schien in lohende Weißglut getaucht im Schein des Blitzes, der wie eine gezackte Glasscherbe oben in den Downs herniederfuhr.

»Ärger gibt's ja immer«, sagte ich voll Überdruß. »Falls nötig, können wir ja ein paar junge Burschen festnehmen. Und wir können auch jederzeit einen weiteren alten Mann aufknüpfen. Die können zwar versuchen, uns Ärger zu machen, aber wir werden allemal mit ihnen fertig. Ich habe Männer aus Chichester, die das Korn bewachen werden, bis es gedroschen ist. Und Mr. Gilby wird mit seinen Wagen auch Wächter schicken. Ich fürchte Acres Trotz nicht. Und morgen werde ich mit Ihnen darüber sprechen, daß alle aus Acre ausgewiesen werden und das Dorf niedergebrannt wird. Ich will es nicht mehr. Ich brauch' es nicht mehr.«

In seinen Wieselaugen war ein Glitzern. Der Gedanke an Gewalttätigkeiten gegen die Menschen, die er verachtete, bereitete ihm unverkennbar Freude.

»Ich sehe Sie dann also bei der Mühle«, sagte ich. »Beeilen Sie sich, diese Ladung in die Scheune zu bekommen. Ich glaube, mit dem Regen hat's noch etwas Zeit, aber wenn's soweit ist, wird's ein gewaltiges Unwetter geben.«

Er nickte und knallte mit der Peitsche, um sein Gespann anzutreiben; aber er hätte sich nicht zu beeilen brauchen. Der Regen ließ sich in der Tat Zeit. Doch während meines mühseligen Heimritts war die Luft so dick, daß ich das Gefühl hatte, einen wattigen Knebel im Mund zu haben.

Selbst in der Hall ließ das eigentümliche Licht alles fremdartig erscheinen. Celias Salon war wie in ein Tiefseegrün getaucht, und ihr Gesicht, vom Weiß einer Koralle, war das Gesicht einer ertrunkenen Jungfrau. Ihre Augen glichen braunen Höhlen, und als sie mir Tee einschenkte, sah ich, daß ihre Hände zitterten.

»Was ist denn, Celia?« fragte ich.

»Das weiß ich selbst nicht recht«, erwiderte sie. Sie versuchte ein Lachen, doch ihre sonst so sanfte Stimme hatte einen harten, fast schrillen Klang. John beobachtete aufmerksam ihr angespanntes Gesicht.

»Bist du unpäßlich?« fragte er.

»Nein, nicht wirklich«, erwiderte Celia. »Es muß wohl an diesem scheußlichen Wetter liegen. Dieser Sturm, der schon so lange loszubrechen droht, der setzt mir zu. Mal ist mir heiß, dann wieder schüttelt es mich. Ich war heute unten in Acre, und auch dort scheint überhaupt nichts mehr in Ordnung zu sein. Einige der Frauen haben einen Bogen um mich gemacht. Ich bin sicher, daß es wegen der Kornwagen Ärger geben wird, Beatrice. Etwas Bedrohliches liegt in der Luft. Ich spüre, daß irgend etwas Schreckliches geschehen wird.«

»Es wird regnen, das wird geschehen«, sagte ich trocken, um Celia aus ihren Angstvorstellungen zu lösen. »Der Himmel wird seine Schleusen öffnen. Wir werden besser in der geschlossenen Kutsche zum Erntemahl fahren als im offenen Landauer.«

Celia nickte. »Ja«, sagte sie. »Deshalb habe ich auch schon Bescheid gesagt, daß man die Kutsche für uns bereit hält. Auch wenn ich nicht so wetterkundig bin wie du, Beatrice, so spüre ich doch bis in die Knochen, daß dieser Sturm kommt. Schon seit Tagen spüre ich das. Aber ich fürchte mehr als einen Sturm. Ich fürchte die Stimmung in Acre.«

»Nun, ich werde erst mal ein Bad nehmen und mir etwas Frisches anziehen, das tut den Nerven gut«, sagte ich mit gespielter Sorglosigkeit. Doch ich spürte Johns Blick auf meinem Gesicht und wußte, daß er in meinen Augen die Angst gewahrte, die Celias dunkle Vorahnungen in mir ausgelöst hatten. »Anschließend werden wir wohl auch gleich losfahren müssen. Die Erntewagen sind innerhalb einer Stunde abgeladen. Was meinst du, Celia?«

»Wir können losfahren, sobald es dir paßt«, sagte sie zerstreut. Während sie noch sprach, ertönte von den Downs her ein Donnergrollen. Dann zuckte ein Blitz, so grell, daß uns die Augen schmerzten, ein gespenstisches, helles Blau überhauchte die Wände des Raums; als er erlosch, schien alles in tiefe Dunkelheit zu stürzen. Aber dann war alles wieder völlig normal, und Celia lachte über ihr schreckhaftes Zusammenzucken, doch schwang in ihrem Lachen ein schriller Ton der Hysterie mit.

»Dann will ich mich beeilen«, sagte ich. Aber ich konnte mich nicht schnell bewegen. Die Luft war so dick, daß ich darin eher zu schwimmen schien als zu gehen. Irgendwie schien sie einem Abwasser zu gleichen, einem stinkenden Abwasser, das voller Schrecken war. Ich setzte ein krampfhaftes Lächeln auf, doch es war, als fletschte ich die Zähne. Wie schwimmend bewegte ich mich zur Tür; und überraschend stand John dort und öffnete sie für mich, und seine Finger strichen wie absichtslos über meine Hand.

»Deine Haut ist eiskalt, Beatrice«, sagte er in einer eigentümlichen Mischung aus ärztlichem Interesse und Schadenfreude. »Hast du Fieber? Oder fürchtest du dich vor diesem Sturm? Spürst auch du die Anspannung, den Haß rings um uns?«

»Nein«, sagte ich abgestoßen. »Mir ist, als hätte ich mein Leben lang nichts anderes getan, als Ernte einzubringen. Ich bin Tag für Tag draußen auf den Feldern gewesen. Während ihr beide hier im Salon gluckt und Ränke gegen mich schmiedet, bin ich draußen im sengenden Sonnenschein und versuche, Wideacre zu retten. Aber ich kann wohl nicht erwarten, daß das irgendwer versteht.«

»Aber nun hör mal, Beatrice«, sagte Harry, sich mit sichtlicher Mühe losreißend von dem vor ihm stehenden Teller mit Gebäck. »Du weißt doch, warum ich nicht helfen kann. Sie hören nicht auf mich, und ich kann Schmähungen nicht ertragen.«

Ich musterte ihn verächtlich. »Aber natürlich, Harry, das kann niemand von dir verlangen«, sagte ich. »Schließlich bin ich ja dort draußen, um dergleichen für dich zu ertragen. Für euch alle.« Vor meinem inneren Auge sah ich wieder die obszönen Strohpuppen und den Weizenähren-Phallus; sah, wie die Puppen in ihrer perversen Leidenschaft es wild und immer wilder miteinander trieben, bis sie dann auf oder kurz vor dem Gipfelpunkt ihrer Lust von der Spitze der Strohpyramide stürzten.

»Ich bin müde«, sagte ich. »Bitte entschuldigt mich. Ich werde jetzt gehen, um mir Schweiß und Schmutz und schlechte Laune abzuspülen.«

Ich hätte mir denken können, daß am Tag des Erntemahls kaum Personal im Haus zu finden sein würde. Das Küchengesinde war fort, ohne mich um Erlaubnis gebeten zu haben. Die Köchin hatte sich einen freien Tag genommen und war mit Stride im Gig nach Chichester gefahren. Zu meiner Bedienung war nur Lucy verfügbar, und sie beklagte sich bitter darüber, daß sie mehrere Eimer mit heißem Wasser zuerst die Treppen empor und dann drei Korridore entlangtragen mußte.

»Das ist genug, Lucy«, sagte ich schließlich, als ich mich einigermaßen erfrischt und erholt fühlte. »Nun erzähl mir noch einmal: Wer ist alles im Haus?«

»Nur die Kammerdiener und Lady Laceys Zofe und ich«, sagte Lucy. »Alle anderen sind 'runter zur Mühle. Für Euch steht als Dinner eine kalte Mahlzeit bereit.«

Ich nickte. Früher hatte das Personal an jedem Fest und jeder Feier von Acre teilgenommen. Mitunter bat man, die Koppel benutzen zu dürfen für irgendwelche sportlichen Wettbewerbe. Aber solch unbefangene Tage voller Ausgelassenheit waren jetzt vorbei.

»Ich werde ihnen einen Tageslohn abziehen«, sagte ich, während Lucy mir ein Frisiertuch um die Schultern legte und dann mein Haar auflöste, um es zu bürsten. Sie nickte. Im Spiegel begegneten sich unsere Blicke, und ich sah die Kälte in ihren Augen.

»Das war mir klar, daß Ihr das tun würdet«, sagte sie. »Und den anderen war das auch klar. Deshalb haben sie auch Lady Lacey um Erlaubnis gefragt, und die hat's ihnen gestattet.«

Ich starrte sie im Spiegel an, bis sie ihren Blick hastig senkte.

»Warne die Leute, daß sie es ja nicht zu weit treiben, Lucy«, sagte ich mit kontrollierter Stimme. »Ich bin die Impertinenz leid, auf den Feldern wie im Haus. Sollten sie sich zuviel herausnehmen, so wird ihnen das mit

Sicherheit leid tun. Es gibt massenhaft Leute, die sich um eine Anstellung in einem Haus wie diesem reißen, und mich verbindet nicht mehr allzu viel mit Menschen, die auf Wideacre geboren und aufgewachsen sind.«

Sie tat, als sei sie völlig in ihre Arbeit vertieft. Mit gleichmäßigen Strichen bürstete sie mein Haar und wand und drehte es dann oben auf meinem Kopf zu einem straffen, glatten Knoten.

»Schön«, sagte sie mürrisch. Ich betrachtete mich im Spiegel. Ich sah wirklich reizvoll aus. Die Tage draußen auf den Feldern hatten meiner Haut wieder jene sommerliche Honigtönung gegeben, und nachdem jetzt der angespannte, erschöpfte Ausdruck aus meinem Gesicht verschwunden war, sah ich wieder aus wie eine attraktive Zwanzigjährige. In meine Wangen war wieder die Farbe zurückgekehrt, und auf meiner Nase und oben auf den Wangenknochen konnte man winzige Sommersprossen sehen. Meine Augen, kontrastierend zur Honigfarbe meiner Haut, glänzten grüner denn je. Und mein Haar, durch die Sonneneinwirkung heller als sonst, war wie ein Gemisch aus Bronze und Kupfer mit einigen rotgoldenen Locken.

»Ja«, sagte ich kalt – und beide meinten wir scheinbar die Frisur, in Wirklichkeit jedoch die Perfektion des ovalen Gesichtes im Spiegel.

»Ich werde das grüne Seidenkleid tragen«, sagte ich, während ich mich erhob und das Frisiertuch zu Boden gleiten ließ, damit Lucy sich bücken und es aufheben mußte. »Ich bin die grauen und dunklen Farben leid. Und von der Gentry wird niemand anwesend sein.«

Lucy öffnete den Schrank und holte das tiefgrüne Seidenkleid heraus. Es hatte ein gleichfarbenes Mieder sowie hinten eine sehr hübsche, weitschwingende Applikation.

»Gut«, sagte ich, während sie es mir über den Kopf gleiten ließ, um sodann das Mieder straff zu schnüren. »Aber ich kann hier drin nicht atmen. Mach das Fenster auf, Lucy.«

Sie tat es, doch der heiße und feuchte Luftstrom, der von draußen eindrang, schien aus einem Dampfbad zu kommen und brannte mir in Mund und Nase. Unwillkürlich stöhnte ich auf.

»Wenn es doch bloß endlich losregnen wollte«, sagte ich sehnsüchtig. »Ich kann diese Luft nicht atmen. Ich kann mich bei dieser Hitze nicht bewegen. Alles rings um mich ist so unerträglich schwer!«

Lucy musterte mich ausdruckslos.

»Es setzt auch den Kindern zu«, sagte sie. »Die Nurse von Master Richard läßt fragen, ob Ihr wohl nach dem Umkleiden kurz in die Nursery kommen könntet. Master Richard ist sehr unruhig, und die Nurse glaubt, daß er zahnt.«

Ich zuckte die Achseln. Die frische Seide fühlte sich bereits warm und klebrig an.

»Bitte Mr. MacAndrew, sich darum zu kümmern«, sagte ich. »Ich muß sehen, daß ich zur Mühle komme. Mr. MacAndrew wird schon wissen, was zu tun ist, und Richard hört auf ihn.«

Wieder trafen sich unsere Blicke, und ich las in Lucys Augen die Verachtung für eine Frau, die nicht zu ihrem Kind ging, wenn es Schmerzen hatte und nach seiner Mutter rief.

»Schon gut, Lucy!« sagte ich leicht gereizt. »Geh jetzt und sage Mr. MacAndrew, daß er sofort zur Nursery gehen soll. Und komm sofort zurück, um mir das Haar zu pudern.«

Sie verschwand, und ich trat zum Fenster, in der Hoffnung, dort vielleicht etwas weniger mühevoll atmen zu können. Der Rosengarten wirkte wie entfärbt. Vergeblich versuchte ich mir zurückzurufen, wie hübsch er doch gewesen war, bevor dieses alptraumhafte Licht sich über alles gelegt hatte wie Mehltau. Das grüne Gras der Koppel war von gespenstischem Grau. Das Scharlachrot der Rosen im Garten wirkte jetzt kränklich grün. Ich hob den Kopf und sah, daß sich hoch oben purpurfarbene Wolken immer dichter ballten. Das Gewölk schien eine Art Zeltdach zu bilden, das sich ohne Unterbrechung von der Höhe der Downs bis zum Gemeindeland streckte und offenbar kein Licht durchließ und auch keinen frischen Zustrom von Luft. Die einzige Helle kam aus der Ferne, scheinbar fast vom Horizont: jedenfalls von vor jenen dunklen Wällen, wo ein ständiges Wetterleuchten zu sehen war, so, als solle Wideacre in zwei Teile zerbrochen werden. Das grelle Licht schmerzte mir in den Augen. Und als Lucy mir das Haar puderte und mir dann meinen Umhang reichte, fühlte ich mich noch immer ein wenig geblendet.

Ich wies den Umhang zurück. »Das brauche ich nicht. Es ist zu heiß«, sagte ich. Schon die leichte Berührung der weichen Wolle hatte genügt, um meine Finger schwitzen und jucken zu lassen.

»Ihr schaut nicht wohl aus«, sagte Lucy kühl. Ich wußte, daß ich ihr jetzt völlig gleichgültig war. Selbst wenn ich im Sterben gelegen hätte, würde sie das nicht gekümmert haben.

»Ich fühle mich ausgesprochen wohl«, entgegnete ich hart. »Du kannst jetzt gehen, Lucy. Ich werde dich heute nicht mehr brauchen. Wirst du mit den Dienern und Lady Laceys Zofe zur Mühle gehen?«

»Wenn es uns gestattet ist«, sagte sie mit unverkennbarer Aufsässigkeit.

»Es ist dir gestattet«, sagte ich, ohne sie gebührend zurechtzuweisen. Ich wußte, daß ich mit keiner Sympathie oder gar Zuneigung von ihrer Seite mehr rechnen konnte. All die Liebe, welche mir die Leute einmal entgegengebracht hatten, war endgültig erschöpft. Obwohl noch so jung an Jahren, hatte ich bereits zu lange gelebt. Wie sehr hatte ich doch die Zeit genossen, als ich noch jedermanns Liebling gewesen war, die von allen angebetete, hübsche Miß Beatrice. Jetzt war ich alt und müde und sehnte mich nach Schlaf. Ich verließ das Zimmer und ging die Treppe hinunter. Hinter mir hörte ich das Rascheln meiner giftgrünen Seidenschleppe. Irgendwie haftete meinen Bewegungen etwas Schlaffes, Kraftloses an. Ich kam mir vor wie eine Schnecke, die überall eine klebrige Schleimspur hinterläßt.

Die anderen warteten in der Vorhalle auf mich, und die Kutsche war bereits vorgefahren. Harry, den feisten Leib in graue Seide gezwängt, wirkte protzig und pompös mit seiner schwarzen reichbestickten Weste und den silbergrauen Strümpfen. Celia trug ein marineblaues Seidenkleid, das ihr Gesicht im gelblichen Sturmlicht noch bleicher und abgespannter wirken ließ. John wirkte so stattlich und makellos wie eh und je, und seine Miene war für mich wie ein offenes Buch: So wie bisher, sagte mir sein glänzender, fast glühender Blick, würde es nicht weitergehen; bald schon würde es zum Ausbruch kommen, genau wie der Sturm. Als ich durch die Westflügeltür kam, wandten mir alle gleichzeitig ihr Gesicht zu, und wie in plötzlichem Aufbegehren sagte ich voller Entsetzen zu mir: »Mein Gott! Was habe ich getan? Ich habe mein Leben geplant und bin durch Blut gewatet; ich habe getötet, ob absichtlich oder unabsichtlich, was kam's schon darauf an, ich habe unbeirrt weitergemacht, während mein Herz immer härter und kälter wurde. Habe weitergemacht, so daß dieses nutzlose Trio hier in Reichtum und Komfort und mit reinem Gewissen leben kann. Habe weitergemacht und immer weitergemacht – auf daß ich sie Tag für Tag sehe, Harry und Celia und John, bis zu meinem Tode!«

Mit Mühe meinen Gesichtsausdruck kontrollierend, sagte ich: »Tut mir leid, daß ihr meinetwegen habt warten müssen. Von mir aus können wir jetzt losfahren.«

Nur Kutscher Ben stand uns zur Verfügung. Die Lakaien hatten für das Festmahl bei der Mühle von Celia freibekommen. So zog, nachdem wir in die Kutsche gestiegen waren, John die Holzstufen hoch und schloß die Tür. Das Schaukeln der Kutsche im gespenstisch fahlen Licht ließ mich an meine Seekrankheit denken, und ich preßte die Lippen aufeinander. Celia und John sprachen leise miteinander. Über Acre. Und darüber, wie wenig sie mit ihren Hilfsaktionen dort ausrichten könnten. Mit einem Unterton von Panik sagte Celia: »Was wir tun, genügt einfach nicht. Wir verzögern ja nur den vollen Ausbruch der Krise. Lösen tun wir nichts, und was soll werden, wenn der Winter kommt?«

Der angstvolle Klang ihrer Stimme und ihre Worte lösten Gereiztheit und Zorn in mir aus. Und eine ungute Vorahnung. Ich biß mir auf die Lippen.

Die Kutsche rollte auf den Mühlhof, und hundert Gesichter wandten sich uns zu, ausgemergelt und von kränklichem Grün im Licht des Sturms. Als erste stieg Celia aus, und ein freundliches Gemurmel begrüßte sie. Mich empfing eisiges Schweigen, doch vollführte jede Frau einen Knicks, und jeder Mann zog seine Mütze, oder er zog an seiner Stirnlocke. John wurde von diesem und jenem mit einem »Guten Tag!« begrüßt, doch als Harry in überlautem, forschem Ton: »Guten Tag! Gute Ernte!« rief, erhielt er keine Antwort.

»Sehen wir zu, daß wir's hinter uns bringen«, sagte er zu Celia, und ich sah, wie seine fette Hand seinen Stock fester umspannte.

»Wie du meinst«, erwiderte sie. »Willst du das Gebet sprechen?«

Harry wirkte peinlich berührt, trat dann aber an den langen, aufgebockten Tisch und wartete, bis alle auf den Bänken Platz genommen hatten. Dann leierte er irgend etwas Lateinisches herunter, das er früher vielleicht einmal verstanden hatte, und gab Mrs. Green, die an der Küchentür stand, ein Zeichen.

Sie näherte sich mit einem großen Tablett voller Schweine-, Rinder- und Hühnerfleisch, das sie krachend auf die Tischplatte setzte. Hinter ihr kamen die Küchenmädchen von Wideacre, sämtlich mit großen Platten voller Käse, und ihnen folgten die Lakaien mit mächtigen Brotlaiben aus unserem goldenen Weizen. Der Anblick all dieser Reichtümer, die nun vor ihnen auf der Tischplatte ausgebreitet waren, löste bei den Leuten jedoch keinerlei sichtbare Befriedigung aus, von lautem Jubel ganz zu schweigen. Es war, als sei Wideacres Herz zerfault. Die Leute waren hungrig, sie waren am Verhungern. Und sie hatten vergessen, wie Fleisch schmeckte. Sie rangelten nicht, sie wurden nicht handgemein. Sie waren viel zu schwach dazu. Sie schienen völlig resigniert zu haben und sich ins scheinbar unabwendbare Schicksal zu schicken: in den gemeinsamen Hungertod. Die einstigen Führer des Dorfes – der alte Tyacke und die drei jungen kecken Burschen –, es gab sie nicht mehr. Jene, die hier saßen, ertrugen den Hunger offenbar völlig apathisch. Sie rechneten mit ihrem Tod im kommenden Winter, und sie fürchteten ihn nicht mehr. Sie litten so sehr Hunger – und dieser Anblick ließ mich schaudern –, daß sie nicht essen konnten.

Bei der Weihnachtsfeier hatten sie sich um jeden Bissen geprügelt; hatten wie Tiere die Krallen danach gereckt; hatten wie Wilde nur ans eigene Überleben gedacht. Doch jetzt beim Erntemahl gab es sie nicht mehr, diese ätzende Hungergier. Die Leute brachten, wenn überhaupt, nur sehr wenig herunter. Sie hatten vergessen, Speisen zu genießen; der würzige Käse und der delikat geräucherte Schinken besaßen keinen besonderen Reiz für sie. Ihre Mägen waren so sehr zusammengeschrumpft, daß sie keine normale Portion mehr aufnehmen konnten. Hunger war zur täglichen Gewohnheit geworden.

Doch nutzten sie, einem Urinstinkt folgend, die Gelegenheit. Ungeniert stopften sie ihre Taschen und jeden dafür brauchbaren Winkel ihrer Kleidung mit Stücken von Brot und Fleisch und Käse voll. Sie hamsterten Nahrung wie Eichhörnchen, die sich für einen harten Winter vorbereiten – in großen Mengen. Aber sie taten es nicht, indem sie einander beiseite drängten, wegstießen. Vielmehr halfen sie einander dabei, und die gebrechlichsten alten Leute bekamen ihren Anteil von jungen Männern zugesteckt, die selbst blutleere und ausgemergelte Gesichter hatten. Noch bedrückender jedoch war, daß eben diese alten Leute ihrerseits ein Stück Fleisch oder auch zwei den Müttern kleiner Kinder geradezu aufdrängten. Nein, sie rissen einander nicht mehr den letzten Bissen vom Mund. Sie hatten, so konnte man sagen, die Disziplin des Hungers gelernt. Die Toten des vergangenen Winters hatten sie in Angst und Schrecken versetzt. Jetzt teilten sie miteinander, selbst wenn ihre eigenen Mägen knurrten und schmerzten.

Über uns blähte sich das Gewölk immer dunkler und drohender, doch war hier bei der Mühle, anders als bei der höher gelegenen Hall, nicht einmal der leiseste Lufthauch spürbar. Wir sahen nur die schwankenden Wipfel der Bäume und hörten dann sogar das Ächzen der Kiefern. Plötzlich krachte es, als stürze ein ganzes Gebirge ein, die ganze Szene schien erstarrt wie in schneeigem Weiß, und lange noch hallte der Donner nach. Celia, neben mir, schien zu schwanken. Sie griff nach meinem Arm.

»Ich halte das nicht aus«, stieß sie hervor. Sofort schlang John einen Arm um sie, um sie zu stützen.

»Sie muß von hier fort!« sagte er schroff zu Harry und führte Celia zur Kutsche. Kutscher Ben, der in der Küche von Wideacre Hall reichlich zu essen bekam, hatte sich nicht zu seiner hungrigen Familie an den Tisch gesetzt. Als er sah, daß wir fahren wollten, tauchte er plötzlich aus den Baumschatten hervor.

»Dann also los!« sagte Harry, und seine Stimme klang wie ein Nebelhorn durch den immer stärker werdenden Wind. »Wir möchten euch gute Nacht sagen und euch für eure Mühen danken.«

Ich stieg in die Kutsche und setzte mich neben Celia, die fast wie von Schüttelfrost gepackt schien und ihre eiskalten Hände gegeneinander rieb, um sie zu wärmen. Immerhin befanden wir uns in der Kutsche, waren bereit loszufahren, und eigentlich konnte gar nichts mehr schiefgehen.

Aber ich hatte nicht an Harry gedacht: an seinen untrüglichen Instinkt, das Falsche zu tun.

Er stieg in die Kutsche und wendete sich durch die offene Tür noch einmal der Menge zu.

»Gar so schlecht lebt sich's auf Wideacre doch gar nicht, wie?« rief er. »Gibt nicht mehr viele Güter, wo's nach dem Einbringen der Ernte für die Leute noch ein freies Mahl gibt, wißt ihr!«

Der stärker wehende Wind war wie ein Ächzen, und er schien auch die Stimmen der Leute zu einem Ächzen zu verschmelzen. Hohle, hungrige, verzweifelte Augen hefteten sich auf Harry, der noch mit einem Fuß auf dem Tritt stand, und auch mich, die ich am Fenster saß, und sie schienen uns mit dem dumpfen Feuer ihres Hasses verbrennen zu wollen.

»Was ist mit dem Korn?« schrie gellend eine Stimme, und ein Chor weiterer Stimmen wurde plötzlich laut.

»Wideacre-Korn ist Wideacre-Gut!« schrien sie. »Wideacre-Korn wird Wideacre-Mehl! Wideacre-Mehl wird Wideacre-Brot! Damit auch wir was zu essen haben!« In der Küchentür der Mühle tauchte Müller Green auf, und sein Blick traf mich in unversöhnlichem Haß.

Harry zögerte, schien die Menge überbrüllen zu wollen, doch ich zerrte an seiner Jacke und sagte: »Komm doch, Harry!« und er zog die Stufen hoch und schloß die Tür. Dann ließ er sich mir gegenüber auf seinen Sitz fallen, und unter dem Aufprall seines Gewichts kippte die Kutsche ein Stück seitwärts.

Ich blickte zu Celia. Sie atmete beengt, und ihr Gesicht wirkte aschgrau.

»Ich halte es nicht aus«, sagte sie wieder.

»Was denn? Was meinst du?« fragte ich.

»Ich kann es nicht länger ertragen, so zu leben«, erwiderte sie. Ihre zierlichen Finger umklammerten meine Hand so fest, daß es schmerzte, und ihre Augen schienen zu glühen.

»Ich will nicht länger so leben«, sagte sie. »Diese Menschen sind im Begriff zu verhungern. Genau wie ihre Kinder, deren Arme und Beine so dünn sind wie Stecken. Ich kann unmöglich in der Hall an der reichgedeckten Tafel speisen, während im Dorf Hungersnot herrscht.«

Die Kutsche wendete; bald würden wir ein gutes Stück von hier entfernt sein. Wieder zuckte ein Blitz, und jedes Detail dieses Totenschädelfestes trat hervor im grellweißen Licht. Die Leute saßen noch immer auf den Bänken, und paradoxerweise war die Tafel, an der überhaupt nicht geschmaust worden war, völlig leer; nicht ein einziger Krümel war liegengeblieben. Ein kleines Kind würgte die Bissen, die ihm seine Mutter zugesteckt hatte, wieder hervor, blau im Gesicht, im Essen ungeübt. Die Mutter weinte lautlos. Die jungen Burschen und Mädchen, sonst verliebt miteinander tändelnd, schienen einander nicht einmal wahrzunehmen. Sie starrten wie blicklos vor sich hin, manche legten ihre Köpfe müde auf den Tisch.

In weniger als einem Jahr war aus dem lebendigen, lustigen, lauten Acre-Dorf eine Art Schattenreich geworden, mit ausgemergelten, kraftlosen Gestalten, die reif schienen für das Arbeitshaus: für die neuen Arbeitshäuser, wo weniger die Kraft zählte als vielmehr behende Finger – und vor allem die Entschlossenheit, wenigstens diesen einen Tag noch zu überleben: sich irgendwie einen Penny zu verschaffen, mit dem man sich einen Kanten Brot und etwas Gin kaufen konnte, um eine weitere Nacht voller Verzweiflung zu überstehen.

Dies waren die wandelnden Toten aus Harrys großer Zukunftsvision. Ich hatte gewußt, daß es so kommen würde. Ich war es, die sie getötet hatte.

Die Kutsche rollte voran, und abermals zuckte über unseren Köpfen ein Blitz, der die Pferde scheuen ließ. Die Leute von Acre sahen am Fenster der Kutsche mein weißes Gesicht und dicht daneben Harrys feistwangigen Kopf. Und sie sahen in meinen Augen den Schrecken, jedoch kein Mitleid. Irgendwo hob sich ein Arm, holte weit aus. Ich erkannte es rechtzeitig und zuckte instinktiv zurück. Dann krachte ein Stein gegen die Glasscheibe, und ein Schauer aus großen und kleinen Splittern sprühte ins Innere der Kutsche.

Ein Stück Glas stak in meinem Handrücken wie die Spitze eines Pfeils. Ich sah das hervorquellende Blut, wollte es mit einem Tuch stillen, drückte den Glassplitter nur noch tiefer ins Fleisch. Doch ich spürte keinen Schmerz.

Ich empfand weder Schmerz noch Groll, während der Kutscher die verängstigten Tiere mit der Peitsche antrieb und Harry vor Wut explodierte. Celia verbarg ihr Gesicht in den Händen und weinte wie ein Kind. Donner krachte, die Pferde schienen durchgehen zu wollen, die Kutsche schwankte wild, und ich hörte, wie der Wind die Bäume peitschte. Durch das Rattern der Räder hindurch vernahm ich Donnerrollen in Richtung der Downs, aber noch immer regnete es nicht. Durch das gezackte Loch in der Fensterscheibe blies mir ein Schwall heißer Luft ins Gesicht, und ich keuchte, rang mühsam nach Luft.

»Wenn es doch nur regnen wollte!« stieß ich hervor.

»Regnen!« rief Celia, und ihre sonst so sanfte Stimme klang plötzlich hart. »Ich wünschte, Wasserfluten würden vom Himmel stürzen und dieses ganze grausame Land fortschwemmen und Wideacre auch!«

»Du bist aufgeregt und empört, Celia«, sagte Harry. »Kein Wunder, wenn man's mit solchen Schurken zu tun hat! Ich werde das ganze Dorf räumen lassen! Ich will sie nicht auf meinem Land haben!«

Celia sah ihn mit blitzenden Augen an. »Wir sind die Schurken, nicht sie!« rief sie zornig. »Wie konntest du zulassen, daß es zu einem solchen Leben gekommen ist? Auf deinem eigenen Land, Harry! Wir behandeln die Armen ja schlimmer, als es die Kohlenbarone im Norden tun! Bei den Pferden in unseren Ställen achten wir auf gutes Futter, die kleinen Kinder jedoch lassen wir darben! Wir sollten es sein, die von Soldaten in die Wälder gejagt und aufgehängt werden. Wir sollten es sein, die hungern müssen, denn wir haben das Unheil über Wideacre gebracht. John und mich trifft genausoviel Schuld wie euch, denn wir haben es ja geschehen lassen und uns dann nur in lächerlicher Wohltätigkeit geübt. Allerdings seid ihr beide, du, Harry, und du, Beatrice, dafür verantwortlich, daß auf Wideacre diese sogenannten modernen Methoden eingeführt worden sind. Und dabei kommen eben nicht nur Hasen oder Kröten oder was zuschanden, sondern Menschen – Menschen, hört ihr! Wenn eure Saat aufgeht, dann steht uns allen Furchtbares bevor. Und ich will versuchen, es abzuwenden!«

Die Kutsche hielt vor der Hall, und Celia drängte sich an mir vorbei, ließ die Tür aufschwingen und sprang aus der Kutsche, wobei ein kleiner Schauer aus Glassplittern von ihrer Kleidung zur Erde fiel. Gern hätte ich mit Harry in aller Eile ein paar Worte gewechselt, doch John drängte sich zwischen uns, und so blieb mir keine Zeit, Harry zu instruieren.

Im Salon versuchte Harry ohne Überzeugungskraft, seine Stellung zu verteidigen. »Wir bewirtschaften Wideacre auf die einzige Weise, die wirklich gute Erträge garantiert«, sagte er, vor dem leeren Kamin stehend. Durch das Grollen des Donners draußen waren seine Worte nur schwer zu verstehen.

»Dann müssen wir uns eben mit geringeren Erträgen zufriedengeben«, sagte Celia scharf. Ihr Zorn war nicht abgeklungen, sondern eher noch gewachsen. Wie stets in solchen Situationen sprach sie nicht aus kalter Überlegung oder Berechnung, sondern in der festen Überzeugung, daß ihr Gewissen ihr recht gab und sie jetzt nicht schweigen durfte.

»Ernteerträge sind kaum etwas, das dich angeht, meine Liebe«, sagte Harry mit einem warnenden Unterton.

»Sie gehen mich sehr wohl etwas an, wenn die Kutsche, in der ich sitze, mit Steinen beworfen wird!« rief Celia. »Sie gehen mich sehr wohl etwas an, wenn ich im Dorf, in der Kirche, wo immer sonst, Halbverhungerte sehe, die dem Tode nahe sind.«

»Höre, Celia!« sagte Harry, lauter jetzt. »Ich wünsche darüber keine Debatte. Jetzt nicht, überhaupt nicht. Verstanden!«

Ich nickte John zu. »Komm«, sagte ich und wandte mich zur Tür.

»O nein«, erwiderte John, ohne sich von der Stelle zu rühren. »Hier handelt es sich nicht um eine Privatangelegenheit zwischen Harry und Celia, die sie am besten unter vier Augen regeln sollten. Dies ist eine Sache, die uns alle angeht. Genau wie Celia kann ich hier nicht leben, solange ringsum eine Hungersnot herrscht. Wieder steht ein Winter vor der Tür, und schon im vorigen Winter hat nicht viel gefehlt, und das Dorf wäre der Hungersnot zum Opfer gefallen. Ich werde diesen Raum erst verlassen, wenn wir beschlossen haben, den Leuten ihr Fleckchen Erde zurückzugeben, wo sie Gemüse ziehen können, und ihr außerdem eingewilligt habt, das Gemeindeland wieder allen zu öffnen.«

»Was verstehst du, was versteht ihr denn schon von Landwirtschaft!« sagte ich grob. »Ihr habt doch beide nicht die leiseste Ahnung. Du, John, hast in Edinburgh bestenfalls den gepflegten Rasen geschätzt, und du, Celia, kennst doch nichts weiter als das Interieur deines Salons. Hört her und hört mir genau zu: Wenn wir die Landwirtschaft nicht mit diesen Methoden betreiben, werden wir Wideacre verlieren.« Ein Blitz zuckte und zeigte mir Harrys entgeistertes Gesicht. Ich lachte unwillkürlich auf.

»Glaubt mir, ich übertreibe nicht«, sagte ich. »Wir sind bis über beide Ohren verschuldet, und das ist noch geschmeichelt. Wir müssen diesen Kurs beibehalten, oder wir verlieren alles. Kein Wideacre für uns, kein Wideacre für Julia. Natürlich trifft die Armen das härteste Los, so ist es ja immer. Aber sobald die in dieser Saison erzielten Profite hereinkommen, werden wir die Last ein wenig verringern können. Und dann wird es von Jahr zu Jahr besser werden.«

»Nein«, sagte Celia. Sie stand jetzt am Fenster, hinter sich den dunkel dräuenden Himmel: schwarzes Gewölk, durchädert vom grellen, orangefarbenen Licht der untergehenden Sonne.

»Dies ist keine Zeit für allmähliche Verbesserungen«, sagte sie. »Wir müssen alles vollständig ändern. Es ist nicht richtig, daß wir an unserer Tafel gut speisen, während auf unserem Land Menschen hungern und verhungern, damit wir reich werden. Es ist nicht christlich, es ist nicht richtig, daß es zwischen Reichen und Armen eine so tiefe Kluft gibt. Ich denke nicht daran, zu akzeptieren, daß es so sein muß, wie es jetzt ist. Du herrschst als Tyrann über Wideacre, Beatrice: Du kannst selbstherrlich entscheiden, wie alles sein soll. Nur darfst du nicht entscheiden, daß die Armen verhungern sollen – das lasse ich nicht zu!«

»Ich verwalte Wideacre auf die einzig mögliche Weise, um Ertragssteigerungen zu erzielen«, begann ich, doch Celia schnitt mir in ihrem Zorn scharf das Wort ab.

»Du verwaltest Wideacre nicht, Beatrice«, sagte sie voller Abscheu und Verachtung. »Du ruinierst es. Du ruinierst ja alles, was du liebst. Du bist eine Zerstörerin. Ich habe dich geliebt und dir vertraut und mich in dir geirrt. Wie groß war deine Leidenschaft für Wideacre, und doch hast du alles zerstört, was gut daran war. Du hast die Meadows, die Wiesen, geliebt, doch jetzt gibt es sie nicht mehr. Du hast die Waldungen geliebt, aber die Bäume sind zum großen Teil gefällt oder verkauft. Du hast die Downs geliebt, doch deine Pflüge ziehen ihre Furchen immer höher hinauf. Du bist eine Zerstörerin, und du kannst wohl nicht anders – du mußt zerstören, was du liebst.« Ihr Blick glitt kurz zu John, und ich wußte, was sie dachte: daß ich auch ihn zu zerstören versucht hatte – den Mann, den ich liebte.

Sie hielt mir einen Spiegel vor, den Spiegel, der mir die Wahrheit über mein Leben zeigte. Ich atmete beengt.

»So, wie die Dinge jetzt liegen, kann ich hier nicht leben«, fuhr sie mit strenger Stimme fort. »Ich kann nicht einfach dabeistehen, während du dein Werk der Zerstörung fortsetzt. Ich werde nicht zulassen, daß du uns weiterhin zwingst, so etwas wie deine Komplizen zu sein. Ich werde nicht untätig zusehen, wie du Menschen verhungern läßt, die ohne jeden Schutz sind.«

Sie hielt inne, und ich sah, wie Harrys Augen zwischen ihrem geröteten und meinem blutleeren Gesicht hin und her glitten; doch er blieb stumm. Ich versuchte, meinen Atem unter Kontrolle zu bekommen. Ich brauchte nur wieder ich selbst zu sein, dann wurde ich mit Celia, auch dieser zornigen Celia, mühelos fertig. Ich hatte die Worte, ich besaß die Macht, ich konnte sie bezwingen.

Aber John hatte mich die ganze Zeit über scharf beobachtet, und er kam mir zuvor.

»Du irrst dich, Celia«, sagte er, und ich musterte ihn überrascht: ein unerwarteter Verbündeter? »Du irrst dich«, wiederholte er. Seine Augen, scharf und glänzend, hafteten fest an mir. »Die Leute sind keineswegs ohne Schutz«, sagte er langsam und mit eigentümlicher Betonung. »Sie haben einen Beschützer.« Er sagte das mit soviel Nachdruck, daß Celia erst ihn, dann mich aufmerksam musterte. Selbst Harry wurde aufmerksam.

»Sie haben einen Beschützer«, wiederholte John. »Der Culler ist auf Wideacre.«

»Nein!« Mit ein, zwei Schritten war ich bei John, packte ihn bei den Revers und forschte angestrengt in seinem Gesicht.

»Das ist nicht wahr«, sagte ich. »Du willst mich nur quälen, so wie ich dich gequält habe. Es ist eine Lüge.«

Johns Blick spiegelte nichts als Neugier. »Doch, Beatrice«, versicherte er. »Es ist die Wahrheit. Der Culler ist auf Wideacre. Ich hörte, wie die Leute das heute abend sagten. – Wer ist der Culler? Und warum jagt er dir einen solchen Schrecken ein?«

Mich überkam ein Schwindelgefühl, und ich schloß halb die Augen. An meinen Ellbogen spürte ich Johns stützende Hände, und auf meinem Gesicht fühlte ich seinen harten, fragenden Blick. Ich öffnete die Augen, um an ihm vorbeizuschauen, um mich innerlich aufzurichten an der altvertrauten Umgebung.

Und dann sah ich sie.

Zwei schwarze Hunde im Rosengarten. Völlig bewegungslos: So wie gut abgerichtete Hunde sich verhalten, wenn ihr Herr es ihnen befohlen hat, während er, in irgendeinem Schatten verborgen, sie genau im Auge behält. Der Spaniel mit seinem Fell wie schwarzer Samt saß mit gespitzten Ohren, die glänzenden Augen auf das Haus gerichtet. Der pechschwarze Jagdhund lag mit erhobenem Haupt gleich irgendeinem ungeheuerlichen Wappentier und beobachtete das Haus, beobachtete mich.

»Er ist hier«, sagte ich und machte einen Schritt auf den Sessel beim

Kamin zu. Plötzlich knickten meine Knie ein, und ich sackte auf den Sitz. Mit festem Griff packte mich eine Hand bei der Schulter, und ich sah, daß Celia über mich gebeugt stand. Aber ihr Griff war sehr hart, und ihre Augen waren kalt.

»Wer ist er?« fragte sie. In meinem Kopf schien alles umeinander zu wirbeln, doch in beharrlichem Echo hallte diese eine Frage wider: *Wer ist er? Wer ist er? Wer ist er?*

»Will er Julia holen?« fragte sie. Ihre harte kleine Hand auf meiner Schulter krampfte sich noch fester, und sie schüttelte mich in ihrer Angst. »Will er Julia holen?«

Ich starrte sie aus leeren Augen an. Julia? Ich konnte mich kaum an sie erinnern. In dem Entsetzen, das mich gepackt hielt, sah ich nichts als die beiden Hunde, deren Augen auf das Fenster des Salons gerichtet waren – und die nur darauf warteten, daß ihnen ihr Herr den Befehl »Faß!« gab.

»Ist er Julias Vater? Kommt er ihretwegen?« Celias Stimme klang scharf, fast hysterisch, und doch begriff ich kaum, was sie sagte.

»Ja«, sagte ich, ohne zu wissen, was ich sprach. »Ja, ja.«

Celia starrte mich an, als hätte ich ihr ins Gesicht geschlagen. Wie hilfesuchend streckte sie eine Hand zu John.

»Was!?« fragte Harry völlig verwirrt. Auch seine Welt, seine so heile, schier unerschütterliche Welt, ging jetzt in die Brüche. Es ging alles so schnell, und es war einfach zuviel auf einmal. »Wovon sprecht ihr denn da? Ich bin Julias Vater.«

»Nein«, sagte Celia mit dumpfer Stimme, während ihr Tränen über die Wangen rannen. »Dies ist nur ein weiterer böser Streich, den sich deine Schwester erlaubt hat, Harry. Beatrice hat dich beschwindelt, und sie hat mich beschwindelt. Ich bin nicht Julias Mutter. Beatrice ist ihre Mutter. Und jetzt kommt Julias Vater, um sie zu holen.«

Harry richtete seinen verängstigten Blick auf mich.

»Beatrice?« sagte er, und es klang, als rufe er nach seiner Mutter. »Beatrice, sag mir, daß nichts hiervon wahr ist.«

»Es ist wahr«, sagte ich, jetzt tief in meiner eigenen Hölle gefangen, und es war mir gleichgültig, wen ich jetzt in seine Alpträume stürzte. »Julia ist mein Kind, und der Culler ist ihr Vater.«

»Und wer ist der Culler?« fragte John, der sich nicht von seiner Spur abbringen ließ. »Wer ist dieser Culler?«

Mein Blick richtete sich auf Harry.

»Der Bursche des Wildhüters«, sagte ich. Celia und John blickten fragend zu Harry, denn meine Beschreibung sagte ihnen nichts. Für ein, zwei Sekunden malte sich auf Harrys Gesicht so etwas wie begriffslose Verwirrung. Aber dann, urplötzlich, war da nur noch tiefes Entsetzen.

»Ist er hinter uns her?« fragte er. »Ist er hinter dir her? Kommt er, um Julia zu holen?« Die Angst in seiner Stimme ließ Celias Furcht in Panik umschlagen.

»Ich gehe«, sagte sie. »Ich gehe von hier fort, jetzt gleich, mit den Kindern.«

Schlaff saß ich da. Es war genauso, wie Celia gesagt hatte: Ich war eine Zerstörerin. Und jetzt stürzte mein Lügenlabyrinth zusammen.

Und draußen in meinem Garten warteten die Hunde des Cullers.

»Ich werde anspannen lassen«, sagte John und ging hinaus, alle Fragen beiseite schiebend, die ihm zweifellos noch auf der Seele brannten. Celias entsetztes Gesicht und Harrys schreckensvolle Miene genügten, ihn sofort handeln zu lassen.

Er hatte ja auf eben diesen Augenblick gewartet: Er hatte auf den Moment gewartet, da das Labyrinth zusammenstürzen würde, während er gerade noch rechtzeitig Celia rettete und auch die Kinder, die sie liebte. Als ich, zu Celias Schrecken, von Julias geheimnisvollem, jetzt wiederaufgetauchten Vater sprach, hatte John mir zweifellos kein Wort geglaubt. Aber das spielte jetzt alles keine Rolle. Unser aller Entsetzen bewies ihm, daß die Welt von Wideacre im Begriff stand, in Trümmer zu gehen, und es ging ihm einzig darum, die Unschuldigen zu retten.

Harry hatte sich umgedreht und lehnte seinen Kopf mit der Stirn auf den Kaminsims. Er weinte lautlos vor sich hin, ein einsames, von allen verlassenes Kind.

Celia verließ den Salon ohne ein weiteres Wort. Ich hörte, wie sie die Treppe zu Julias Nursery hinauflief: gleich darauf kam sie wieder herunter, langsam, vorsichtig, offenbar das schlafende Kind in den Armen. Dann hörte ich das Klappen der Westflügeltür; offenbar holte Celia jetzt auch Richard.

Wie eine Schlafwandlerin erhob ich mich, ging in die Vorhalle. Harry schlurfte hinter mir her, noch immer weinend.

John kam von den Stallungen zurück; er nahm Richard von Celia entgegen, und Celia hob die auf dem Sofa liegende Julia hoch. Mein Sohn, in eine Decke gehüllt, schlief friedlich. Er hatte einen Daumen in den Mund gesteckt, schmatzte dann und wann zufrieden. Ich beugte mich zu ihm, roch seinen süßen Geruch, spürte sein weiches, leicht kitzelndes Haar. Doch ich empfand nichts, nichts, nichts in der eisigen Welt meiner Angst.

John betrachtete mich mit einem sonderbaren Ausdruck.

»Nein«, sagte er, als stimme er einer von mir getroffenen Feststellung zu. »Für dich ist nichts mehr übrig, Beatrice, nicht wahr? Alles ist fort.«

Ich straffte mich, musterte ihn kalt. Jetzt konnte mich nichts mehr berühren. Ich war verloren.

Celia ging an mir vorbei, als ob ich überhaupt nicht existierte, und Harry folgte ihr wie ein Hündchen. Dann schritt, ohne ein einziges Wort, auch mein Mann an mir vorbei. Die Tür zum Westflügel klappte zu: Ich hörte die Schritte der drei, als sie den Korridor entlanggingen, zum Stall. Schließlich klang, im scharfen Sausen des Windes, das Krachen der Stalltür herüber. Ich war allein.

Das Sturmgewölk am Himmel – in der Vorhalle war es jetzt fast so düster wie nachts. Doch ich fürchtete das Dunkel nicht, fürchtete keinen Schatten. Der Schrecken, den ich Jahr für Jahr für Jahr tief drinnen vor mir selbst verborgen hatte, jetzt war er hier. Mochte ich auch verwirrt sein, halb betäubt, so war ich jedenfalls endlich frei von meiner Furcht vor Gespenstern, vor sich bewegenden Schatten, vor furchtbaren Träumen. Alles, was mich geängstigt hatte, das allerschlimmste Grauen, es kam jetzt zu mir. Vor dem Unbekannten brauchte ich mich nicht mehr zu fürchten.

Und das Haus, mein liebliches Wideacre, war endlich mein. Ganz allein mein. Nie zuvor war ich so völlig allein im Haus gewesen, gleich einem Insekt im Herzen einer tiefen, süß duftenden Rose. Niemals zuvor hatte hier eine solche Stille geherrscht, überall: in den Küchenräumen, in den Schlafzimmern, im Salon. Kein einziger Laut. Nichts. Ich war der einzige Mensch in der Hall. Ich war der einzige Mensch auf meinem Land. Niemand machte mir mein Besitzrecht streitig.

Wie in Trance ging ich in der Hall umher. Ich betastete die wie ineinanderverwobenen Schnitzereien des Treppengeländers, welche Ähren und einen Sack mit geschorener Wolle und eine trächtige Kuh zeigten, all jene Reichtümer, welche der Fruchtbarkeit Wideacres entsprangen. Ich trat zu einem breitbeinigen Tisch und strich mit der flachen Hand über die Tischplatte. Das Holz war warm, und die Berührung tat mir gut. Auf dem Tisch stand eine silberne Blumenschale, und die leicht hängenden Köpfe der Rosen schienen sich in der polierten Oberfläche des Holzes zu betrachten. Ich berührte sie sacht mit einer Fingerspitze, und die zarten Blütenblätter regneten herab und ließen nur die kahlen Pollenkörner zurück. »Du bist eine Zerstörerin, Beatrice«, hatte Celia gesagt. Ich lächelte. Aber war es ein Lächeln?

Ich ging zum Salon. Meine Hand schloß sich um den Türknopf: ein wunderbares Gefühl runder Wärme. Ich lehnte meinen Kopf gegen die Täfelung, die so glatt war und so herrlich kühl an meiner Stirn. Meine Finger strichen über den Kaminsims, und ich spürte die schöne rauhe Textur des Materials aus Wideacre-Sandstein. Ich berührte das hübsche, zierliche Porzellan, das Celia aus Frankreich mitgebracht hatte, und auch den rötlichen Stein, den ich einmal im Fenny gefunden hatte und der nun, als »Rarität«, gleichfalls auf dem Kaminsims lag. Auch die kleine Porzellaneule stand dort, von irgendeinem penibIen Zimmermädchen auf den Kaminsims placiert. Ich berührte die Eule ohne Angst. Ich brauchte keine Angst mehr zu haben vor geheimen Botschaften.

Mit dem Handrücken strich ich über den glatten Brokatstoff jenes Ohrensessels, in dem ich immer so gern gesessen hatte, um das Feuer zu beobachten. Und ich klimperte auf den Tasten des Pianos – geisterhafte Klänge in dem stillen Haus. Dann verließ ich den Salon und ging in mein spezielles, sicheres Zimmer. Im Kamin waren Holzscheite aufgeschichtet, aber natürlich brannte kein Feuer. Ich betrat mein Büro wie an einem ganz normalen Tag, mit ruhig schlagendem Herzen und leichtem Schritt. Allerdings bewegte ich mich wohl ein wenig langsamer als sonst. Und ich dachte auch ein wenig langsamer als sonst. Und ich konnte nichts deutlich sehen. Mein Gesichtsfeld war wie umrahmt von Nebelschwaden, die mir immer mehr den Blick einengten. Ich konnte nur noch sehen, was sich unmittelbar vor mir befand. Ich war in einem langen, langen Tunnel. Und ich wußte nicht, wohin er mich führte.

Bevor ich die Kerzen anzündete, trat ich zum Fenster. Der Sturm war die Höhe der Downs entlanggezogen und befand sich nicht länger in der Nähe des Hauses. Durch aufreißendes Sturmgewölk fiel kränklich-fahles Licht herab. Der Rosengarten war leer. Die Hunde des Cullers waren verschwunden. Er war hier gewesen, um das Haus zu beobachten, um zu sehen, wer flüchtete und wer blieb. Mit Sicherheit wußte er, daß ich jetzt allein hier war. Und er würde auch wissen, daß ich auf ihn wartete; daß ich seine Nähe genauso spürte, wie er die meine. Ich seufzte, und es klang erleichtert, als sei dies ein befriedigender Gedanke. Dann zündete ich die Kerzen an und auch das Feuer im Kamin, denn im Zimmer war es irgendwie klamm. Schließlich nahm ich ein Kissen von einem Sessel und hockte mich darauf, vor dem Kamin, und beobachtete die brennenden Scheite. Ich war nicht in Eile. Mein Leben erforderte keine Planung mehr. Heute nacht würde alles nach *seinem* Plan gehen, und ich brauchte, nun endlich nichts mehr zu tun.

20. Kapitel

Der Traum, glaube ich, begann sofort.

Ich weiß, ja ich weiß, daß es nur ein Traum war. Aber es gibt Träume, die wirklicher sind – oder doch scheinen – als alle Wirklichkeit. Jeder Tag dieser ermüdenden Ernte war mir weniger wirklich erschienen als dieser Traum. Während ich in die Flammen des Kamins starrte, hörte ich ein Geräusch; nein, nicht das Rollen des Donners. Ein Fenster quietschte. Für einen Augenblick herrschte im Zimmer völlige Schwärze, jedoch nicht, weil der Himmel wieder völlig von finsteren Wolken verhangen war: Jemand war durchs Fenster hereingeklettert und hatte dabei alles einfallende Licht blockiert. Träge drehte ich den Kopf, doch ich rief nicht um Hilfe. Ich öffnete den Mund, doch ich konnte nicht schreien. Ich konnte nur dasitzen, erstarrt, wie gelähmt, und warten.

Er kam zu mir, lautlos, und stieß den Stuhl so gegen meine Schultern, daß ich lang auf den Boden glitt. Ich zitterte, als sei seine Berührung wie ein eisiger Wind, doch ich bewegte mich nicht. Nur meine Augenlider zuckten, und ich blickte in den Widerschein des Mondes.

Er küßte mich. Er küßte meine Schulter, an der Mulde des Schlüsselbeins, und er küßte meinen Hals. Und er öffnete mein Kleid und küßte eine Brust, deren Warze so fest wie eine Himbeere war, und dann küßte er die andere. Ich hörte meine Stimme, doch keine Wörter oder Wortfetzen, sondern ein leises, sehnsuchtsvolles Stöhnen. Auch bewegen konnte ich mich jetzt wieder, doch suchte meine Hand keine Waffe, oh nein; sie suchte und sie fand das Altvertraute, daß so sehr Geliebte bei ihm: seine männliche Steifheit, seine männliche Härte.

Doch er drückte meine Hand beiseite wie eine lästige Fliege, und sein Gesicht glitt über meinen Körper, immer tiefer, über die sanfte Wölbung meines wohlgenährten Bauches, und dann nahm er mich in den Mund.

Er war nicht zart. Er küßte nicht. Er leckte nicht. Er grub seine Zähne in mich, als sei er ausgehungert nach Fleisch, und er biß tief, bis seine Zähne gleichsam in den Kern meines Körpers drangen und sich um den geheimsten, nur mir zugehörigen Teil meines Körpers und meiner Nerven schlossen.

Ich schrie, doch es war ein lautloser Schrei. Und es war kein Schrei vor Schmerz; sondern ein Schrei vor Qual und Wonne, vor Schrecken und Entzücken; und auch ein Schrei, ein unhörbarer Schrei der Hingabe und der entsetzten Resignation: des Sich-Fügens in mein Schicksal.

Er saugte an mir, mit hohlen Wangen. Er scheuerte sein Gesicht gegen mich, und seine Bartstoppeln kratzten über die Innenseiten meiner Schenkel. Mit aller Anstrengung versuchte ich, mich ihm völlig passiv hinzugeben, auszuliefern; aber als seine Zähne sich erneut um mein hochempfindliches Zentrum schlossen und ich die kleinen, doch scharfen Bisse spürte, stöhnte ich auf, als ob ich den Verstand verlöre, und packte mit beiden Händen seinen Kopf, wie um sein Gesicht in mich hineinzuzwingen. Seine Zunge glitt in mich hinein mit einem aufreizenden Stoß, und ich schrie vor Lust. Jetzt hatten meine Hände ihn bei seinem wirren, krausen Haar gepackt, und ich scheuerte mich gegen ihn, so hart und so fest wie gegen einen Treppenpfosten. Er wehrte sich gegen meinen Griff, um Luft zu schnappen, doch ich zerrte ihn an seinem Haar dichter und tiefer zu mir. Dann preßte er wieder und wieder die Zähne aufeinander, die Spitzen seiner unteren Zahnreihe schien brutal unter mir hinwegzuschaben, und mich packte ein Schütteln, ein Schaudern, und ein tiefer, rauher Schmerzschrei kam dumpf aus meinem Mund, und ich sagte: »Ralph.«

Und dann öffnete ich die Augen und sah, daß ich allein war.

Allein.

Allein wie immer.

Es war kurz vor Tagesanbruch. Die Kerzen waren niedergebrannt. Das Sturmgewölk am Himmel war weiter aufgerissen, doch noch immer schien sich der Sturm nicht ausgetobt zu haben. Er war die Downs entlanggewandert und schien jetzt zurückzukehren, zu mir. Die in der Luft liegende Spannung war für mich so spürbar wie eine Brandblase auf der Haut. Ich wußte nicht, ob ich geträumt hatte oder nicht.

Das Fenster stand offen. Gestern abend war es verriegelt gewesen. Ich wußte es. Ja, ich wußte es. Aber es war eine stürmische Nacht gewesen. Nicht auszuschließen, daß es sich beim ständigen heftigen Rütteln von selbst geöffnet hatte. Allerdings konnte es auch sein, daß Ralph von außen etwas darunter geschoben hatte, eine schmale Messerklinge etwa, um es zu öffnen. Sodann konnte er ein Bein über das Fensterbrett geschwungen haben, um auf den Fußboden zu treten. Um zu treten auf...?

Ich schrie. Der Ralph von der vergangenen Nacht hatte doch einen heilen Körper besessen – oder? Genau erinnerte ich mich doch noch an seine harten, festen Oberschenkel, als ich mit meiner Hand gegen ihn scheuerte; aber auch unterhalb seiner Knie? Ich erinnerte mich nicht mehr. Als seine scharfen Zähne mich dort unten so hart und fest umschlossen hatten, war alles andere vergessen gewesen, bis auf jenes Wort, seinen Namen, der in meinem Kopf wie eine Feuerglocke zu hallen schien.

»Ralph.«

Ich trat zum offenen Fenster und blickte zu den hohen Erhebungen der Downs. Irgendwo in der Ferne war ein Wetterleuchten, so grell, daß es mich für einen Augenblick blendete; aber dann spürte ich, daß auch in mir eine Helle war, die langsam, doch beständig wuchs: eine Hoffnung, eine Erwartung.

»Ralph.«

Seit ich ihn verloren hatte, war alles schiefgegangen.

Ich fühlte einen Schmerz, irgendwo unter meinem Brustbein, doch es war kein körperlicher Schmerz, es war irgendeine Qual, die mich schon so lange erfüllte, daß ich fast schon geglaubt hatte, sie gehöre zu meinem Wesen; eine Sehnsucht, ein Verlangen, eine unerfüllt bleibende Leidenschaft, die mich so lange und so unablässig gepeinigt hatte, bis ich all dieser Gefühle überdrüssig wurde, bis ich abstumpfte – oder doch abzustumpfen glaubte. Ein Jahr war wie das andere, all meine Pläne erwiesen sich als hohl, alle Wege führten nirgendwohin, und was einzig zählte, was einzig wichtig war, das war Ralph, seine Abwesenheit, mein Verlangen nach ihm und meine ungestillte und unstillbare Leidenschaft für ihn.

Und jetzt, so hatten die Leute gesagt, würde er kommen.

Ihm war es nicht anders ergangen, das wußte ich. Aber es war nicht der sogenannte weibliche Instinkt, der mir das sagte, nicht jenes Gespür, das einer attraktiven Frau verrät, daß der Geliebte völlig in ihrem Bann steht. Ich wußte es, weil Ralph und ich im Grunde ein und dasselbe Wesen waren – oder die beiden Hälften ein und desselben Wesens. Er war mein, obwohl ich versucht hatte, ihn zu töten. Er war mein, obwohl ich ihn zum Krüppel gemacht hatte.

Und ich war sein, jetzt und allezeit.

Auch wenn er kam, um mich zu ermorden.

Das Ächzen des vom Wind bewegten Fensterflügels weckte mich aus meinem Sinnen. Ich richtete meinen Blick auf die Anfahrt und meinte, in einiger Entfernung, noch unter den Bäumen, eine ganze Reihe brennender Fackeln zu erkennen. Ja, sie kamen. Sie kamen auf das Haus zu. Ich fühlte mich ruhig und gefaßt. Ralph – oder doch ein Traum-Ralph – war in dieser Nacht bei mir gewesen. Wozu also noch Begehren und Verlangen? Wozu also noch jenes zähe Sich-ans-Leben-Klammern? Wozu noch Hoffnung auf Flucht und Entkommen?

Plötzlich war ich wieder das Kind Beatrice, das niemanden und nichts fürchtete.

Ich stellte mich vor den Spiegel über dem Kamin. Im Widerschein zuckender Blitze, dem einzigen Licht, löste ich mein Haar auf, schüttelte den Puder heraus und ließ es wie eine große, herrliche kupferfarbene Welle herabwallen über meine Schultern bis fast zur Taille – so wie ich es als Kind getragen hatte, als ich im Wald von Wideacre mit einem anderen Kind spielte. Ich lächelte meinem Spiegelbild zu. Wäre ich abergläubisch gewesen – oder wenigstens klar bei Sinnen –, so hätte ich das Zeichen gegen Hexerei machen müssen, gegen mich selbst, als ich mich im Spiegel lächeln sah. Meine Augen waren von blankem, leeren Grün, bar jedes menschlichen Ausdrucks. Mein Lächeln war das einer Wahnsinnigen. Mein Gesicht war noch immer voller Reiz, ja voller Lieblichkeit und Süße, doch war es die giftige, verderbte Süße eines gefallenen Engels, der mit Teufeln Tisch und Bett geteilt hat. Mehr noch: Ich selbst sah aus wie eine Teufelin, liebreizend wie ein Himmelsgeschöpf, doch mit Augen, die so grün waren wie die einer Katze, wie die einer Schlange. In meinem Herzen fühlte ich ein wahnwitziges Pulsen der Freude. Das ferne Grollen des Donners klang eher wie ein Salut für eine Königin als wie eine Warnung.

Der Donner kam näher.

Ich konnte den Regen im Wind riechen, der jetzt kalt war. Ein angenehmer Nachtwind, abgekühlt durch den Regen, der auf irgendwelche fernen Wiesen fiel. Ein Regen, der vieles wegspülen konnte, den Schmutz, aber vielleicht auch diesen Schmerz und diese Verwirrung.

Der Regen würde auch hierher kommen. Genau wie Ralph.

Ich ging zur Fensterbank, sah im Aufzucken der Blitze das Glänzen meines Kleides. Es war eine Nacht für Dämonen. Wieder sah ich einige Fackeln, aber dann verschwanden sie hinter dem scharfen Bogen, den die Anfahrt machte. Bald würden sie hier sein. Wieder zuckten Blitze, und ich setzte mich auf die Fensterbank, vor der die Flügel sich wie eine hohe Tür zur Terrasse hin öffnen. Von hier würde ich die Fackelträger sehen, wenn sie die Biegung hinter sich hatten.

Und sie kamen, eine Fackel hinter der anderen. Es sah aus, als hüpften brennende Korken auf bewegtem Wasser. Dann zerriß ein gewaltiger

Blitz den Himmel über Wideacre, und unter dem nachfolgenden Krachen schien die Erde aufzuklaffen. Plötzlich sah ich die Hunde, seine Hunde, schwarz wie Teufel: der schwarze Spür- und Jagdhund, der schwarze Wasserspaniel. Der eine vor ihm, der andere hinter ihm, schnüffelnd, sichernd, so wie er es ihnen einst beigebracht hatte, als er in Wideacres Waldungen mit ihnen nach Wilddieben spürte. Der Jagdhund lief vorn, mit regennaß glänzendem schwarzen Fell, denn jetzt schüttete es wie aus Kübeln vom tiefen, dunklen Himmel herab.

Dann sah ich ihn.

Man hatte nicht übertrieben, als man mir von ihm erzählte. Sein Pferd war ein mächtiger Rappe, ein Vollblut. Und schwarz ohne einen einzigen weißen Flecken. Vollkommen schwarz: schwarze Mähne, schwarzer Kopf, schwarze Augen, schwarze Nüstern. Hoch aufragend. Größer noch als selbst Tobermory. Und oben also der Culler, »so sonderbar« dasitzend. Seine Beine hörten bei den Knien auf, doch er ritt wie jemand, der sich souverän im Sattel halten kann. Er ritt wie ein Lord, in der einen Hand die Zügel, die andere an der Hüfte, irgendeinen Gegenstand haltend. Was es war, konnte ich nicht sehen. Mein Ralph mit seinen schwarzen Locken, die ganz naß waren vom Regen.

Ein erneuter Blitz, die Szene für eine Sekunde taghell beleuchtend, ließ am Fenster mein weißes Gesicht erkennen. Die Hunde kamen die Terrasse herauf, als hätten sie eine Hexe ausgemacht, und der Jagdhund kam schnurstracks zu meinem Fenster und kratzte und winselte. Dann stellte er sich auf die Hinterbeine, tatschte mit den Pfoten nach dem Fenster und bellte – verbellte mich.

Und Ralph drehte den Kopf.

Er sah mich.

Sein mächtiges Pferd bäumte sich hoch und sprang dann mit einem gewaltigen Satz auf die Terrasse, als sei sie nicht höher als ein niedriges Gebüsch. Als es wieder blitzte und der Donner brüllte, befand sich Ralph zwischen mir und dem Licht, und sein Körper schützte mich vor der blendenden Helle.

Ich kletterte auf den Fenstersitz wie ein Mädchen, das seinen Liebhaber willkommen heißen will. Durch das weitgeöffnete Fenster hüpfte ich hinaus. Es goß, als stürze das Meer hernieder in einem einzigen gigantischen Schwall. Im Nu war ich völlig durchnäßt, war mein Seidenkleid wie eine zweite Haut.

Die Leute hinter Ralph und unterhalb der Terrasse waren stehengeblieben, wachsam, furchtsam. Unter dem herabströmenden Regen zischten die brennenden Fackeln, immer wieder grell überstrahlt von zuckenden Blitzen. Der unaufhörlich dröhnende Donner machte mich halbtaub und die gleißende Helle fast blind; doch war mein Blick auf Ralph gerichtet, und ich sah sein Gesicht und sein Lächeln, als ich auf ihn zuschritt mit hocherhobenem Haupt, direkt bis zum Kopf des mächtigen Rappen. Ein Blitz zerriß den Himmel, und ich sah das glänzende Messer in Ralphs Hand. Sein Wildhütermesser, mit dem er früher müde gehetzten Hirschen die Kehle aufgeschlitzt hatte.

Ich lächelte, und im grellen blauen Licht sah er, wie meine Augen glänzten, als er sich zu mir herniederbeugte, wie um mich zu sich emporzuheben und mich nie, nie, niemals wieder loszulassen.

»Oh, Ralph«, sagte ich, tiefe, urtiefe Sehnsucht in meiner Stimme, und ich streckte die Arme zu ihm empor.

Und dann fuhr die Hand mit dem Messer hernieder wie ein Blitz. Und der Blitz war schwarz.

EPILOG

Wideacre Hall liegt genau nach Süden, und die Sonne scheint den ganzen Tag auf den gelben Stein und beleuchtet schonungslos die starken schwarzen Brandspuren an den beiden noch stehenden Mauern sowie das schwarze, halbverkohlte Dachgebälk.

Wenn es regnet, laufen von den Brandspuren rußige Rinnsale die honigfarbenen Flächen der Mauern hinunter, und mitunter weht der Wind allerlei verstreuten Unrat aus dem Haus – Beatrices Papiere, sogar ihre Karte von Wideacre –, und das Zeug tanzt dann im Garten umher, durchnäßt, verdreckt, kaum noch kenntlich.

Wenn sich der Winter nähert und die Nächte länger und dunkler werden, wagt sich von den Leuten aus Acre keiner mehr in die Nähe der Hall. Mr. Gilby, der Londoner Kaufmann, möchte den Besitz von der verwitweten Lady Lacey kaufen, doch ist er sich unschlüssig wegen des Preises; fürchtet den üblen Ruf der hiesigen Armen, hat Angst vor möglichen Unruhen durch den »Mob«. Sollte er jedoch kaufen, so wird er mit dem Wiederaufbau bis zum Sommer warten müssen – und zu diesem Zweck zweifellos auswärtige Arbeiter heranschaffen müssen. Denn in ganz Sussex wird man keinen einzigen Arbeiter finden, der bereit wäre, das Haus zu berühren. Genauso wie die Dörfler nicht in die Waldungen von Wideacre gehen, obwohl ihnen die alten Wege wieder offenstehen. Miß Beatrice' Leiche wurde im Laub in einer kleinen geheimen Mulde bei der Gartenpforte gefunden – einem Kindheitsversteck. Und jetzt erzählt man sich, daß sie überall im Wald spukt und immerfort weint. Um ihren Bruder, der in derselben Nacht starb, weil sein Herz – schwach wie das seiner Mutter – den Schock nicht ertragen konnte, der Havering Hall bis in die Grundfesten erschütterte. Und so wandelt Miß Beatrice umher, weinend um das Land, klagend, in der einen Hand ein paar Ähren, in der anderen ein Häuflein Erde.

Falls Mr. Gilby den Besitz kauft, werden ihn dabei weder Gespenster noch Profit interessieren. Als praktisch denkender Geschäftsmann schert er sich wenig um irgendwelche Gerüchte um einen Geist auf seinem Land. Für das Dorf weitaus wichtiger ist allerdings, daß ihn Profit wenig kümmert. Was sein Geld betrifft, so werfen seine Geschäfte in der City wahrhaft genügend ab. Er denkt nicht daran, auf das Wetter zu »setzen« oder auf die Gesundheit des Viehs oder gar auf die unzuverlässigen, oft heimtückischen Götter von Wideacre. Er will nichts weiter, als in Frieden leben und sich seine Vorstellungen von einem Landleben erfüllen. Und so würde er sicher langfristige Pachtverträge gewähren zu günstigsten Bedingungen. Während er noch unschlüssig ist, sind die alten Wege wieder begehbar, und die neuen Getreidefelder verwandeln sich mittels Eigenbesamung wieder zurück in Wiesen. Falls Mr. Gilby nicht vor dem Frühjahr nach Wideacre kommt, so wird er entdecken, daß das Dorf die Streifen Gemeindeland wieder bepflanzt hat und daß Acre genauso ist wie zuvor: als hätte es keine harten Jahre gegeben, als hätte Beatrice niemals gelebt.

Die Kinder und Celia und John werden mehr Zeit brauchen als nur ein Frühjahr, um sich von allem zu erholen. Jene eine Nacht machte aus der Squire-Lady, die Celia war, eine verarmte Witwe, die jetzt in dem kleinen Dower-Haus lebt. Für ein weiteres Jahr muß sie Trauer tragen, doch ihr Gesicht unter dem schwarzen Schleier wirkt eigentümlich gelassen. Die beiden Kinder sind ein sonderbares Pärchen, von übermäßig feierlich-ernstem Anstrich in ihrer schwarzen Kleidung. Bei ihren langen Spaziergängen halten sie sich bei den Händen, und wenn sie beten, stekken sie die Köpfe dicht zusammen. Julias braunes Haar hat einen kupferfarbenen Glanz, und Richards Locken glänzen wie eine schwarze Pferdemähne. Im Dower-Haus wohnt auch John MacAndrew, um sich um seinen Sohn zu kümmern und um der Witwe zu helfen, sich in ihr neues Leben einzugewöhnen. Das einzige Geld, worüber er verfügt, sind die Zuwendungen seines Vaters. Gerüchte besagen, Miß Beatrice habe sein Geld für ihre Zwecke verwendet: für die Änderung der Erbfolge und für einen unauflösbaren Vertrag zugunsten ihres – und ja wohl auch seines – Sohnes. Aber in diesem Teil von Sussex gibt es nichts, was man *nicht* gegen Miß Beatrice sagen würde.

Sie ist zur Legende geworden: die Wideacre-Hexe, die das Land für drei süße Jahreszeiten in schieres Gold verwandelte und die es dann in zwei mageren Jahren kaltblütig aussaugte. So erzählt man es sich. Aber man erzählt sich auch, wie man, wenn sie als junges Mädchen über ein Feld schritt, in ihren Fußstapfen aufkeimenden Samen sehen konnte, und wie die Fische zum Ufer schwammen, wenn sie am Fenny entlangging, und daß das Wild fett war und leicht zu erlegen, wenn sie ihre Schritte durch den Wald gelenkt hatte – ja, daß sie die Göttin, die wahre Göttin von Wideacre gewesen war, so süß und so bitter und so unberechenbar wie alle Göttinnen.

Als sie sich dann gegen das Land wandte, mußten Menschen sterben. Als sie ihre Liebe für das Land verlor, verlor das Land seine Süße, und die Bitterkeit nahm überhand, und die Menschen mußten hungern. Kein Gemüse wuchs mehr. Die Wege wurden versperrt. Und eine alte Eiche, seit Urzeiten tief im Boden verwurzelt, krachte nieder, als Miß Beatrice dies in ihrem Jähzorn an einem Sommertag befahl.

Niemand hätte ihr Einhalt gebieten können. Im zweiten kalten Winter wäre wohl ganz Acre verhungert. Doch ein anderer Gott verhinderte das: einer jener alten Götter, ein beinloser Mann, halb Pferd, halb Mensch, ritt wie ein Zentaur zum Fenster ihres Hauses und riß sie an sich wie ein Liebhaber seine Geliebte. Er ritt davon, ihren Körper quer vor sich auf den Sattel gelegt, und man fand ihre Leiche, doch von ihm hörte man niemals wieder. Er war und blieb verschwunden. Wahrscheinlich hat er sich zurückgezogen in irgendein Geheimversteck, wo die alten Götter leben und befindet sich wieder irgendwo in oder beim pulsierenden Herzstück der Erde, wo er und Miß Beatrice wieder Herrscher sind und herunterlächeln auf das Land.

Wideacre Hall liegt genau nach Süden. Es ist jetzt eine Ruine, und niemand geht dorthin. Niemand außer dem kleinen Richard MacAndrew und der kleinen Julia Lacey, die beide so gern im halbzerstörten Sommerhäuschen spielen. Und manchmal betrachtet Julia aus großen Kinderaugen die Ruinen. Und sie lächelt, als fände sie den Anblick irgendwie sehr lieblich.